湛江市哲学社会科学规划项目《湛江当代文化简史丛书》（ZJ14YB14）资助

岭南师范学院科学研究处资助

湛江当代教育简史

张家波　龙　山◎编

中国文史出版社

图书在版编目（CIP）数据

湛江当代教育简史 / 张家波，龙山编. -- 北京：
中国文史出版社，2022.9
（湛江当代文化简史丛书 / 刘娟主编）
ISBN 978-7-5205-3615-8

Ⅰ. ①湛… Ⅱ. ①张… ②龙… Ⅲ. ①地方教育－教
育史－湛江－现代 Ⅳ. ①G527.653

中国版本图书馆 CIP 数据核字 (2022) 第 162260 号

责任编辑：全秋生

出版发行：中国文史出版社
地　　址：北京市海淀区西八里庄路 69 号　　邮编：100142
电　　话：010－81136602　　81136603　　81136606 （发行部）
传　　真：010－81136655
印　　装：廊坊市海涛印刷有限公司
经　　销：全国新华书店
开　　本：787×1092　　1/32
印　　张：7.125　　字数：171 千字
版　　次：2023 年 1 月北京第 1 版
印　　次：2023 年 1 月第 1 次印刷
定　　价：268.00 元（全五册）

文化湛江的当代视角（总序）

宋立民

1992 年，李学勤先生序吴方《中国文化史图鉴》之际说："由二、三十年代开始，已有学者编写比较系统的中国文化史。日本学者写的几本书，也被迻译到我国。后来文化史的研究冷落了一段很长时期，直到近十几年，才一跃而为历史学界最热门的课题之一。"[①]

如今三十年过去，看到由湛江市社会科学界联合会、岭南师范学院科学研究处大力支持，刘娟博士主编、岭南师范学院青年教师编撰的"湛江当代文化简史"丛书，感觉到发端于二十世纪八十年代的"文化研究热"还在继续，只是研究更加沉实，更加具体，没有续用"新旧三论手法""中西文化比较""重评文学史"的旗帜而已。

与"单打一"的专门研究相比，"文化研究"的切入固然是新颖的，甚至不无"捷径"的特质，但是，稍微深入一点考察，则不难发现，此类纵向跨越的研究颇不容易。

问题首先在于"多文化而无文化"。《中国大百科全书·考古卷》说："文化一词有着不同的含义，一般是指人类的人类社会在科学、技术、

---

① 李学勤：《中国文化史图鉴·序》[M].山西教育出版社，1992 年版。

1

艺术、教育、精神生活以及其他方面所达到的总成就。"美国最流行的词典《The American Heritage Dictionary》曰，文化"是一种人民或集团在特定时期创造的艺术、信仰、风俗、制度以及其他成就和思想"。笔者30年前编辑河南《大河报》的文化副刊时，已经发现"文化"的门类达数百种之多，政治、经济、军事、科技、东西方、烟酒茶……以至于"没有文化"也是"文化研究"的范畴，曰"文盲文化研究"。故此，文化研究更需要宽厚的人文科学与自然科学基础。在学科分支越发精细的时下，其难度不言而喻。

也正是在"知难而进"的意义上，"湛江当代文化简史"丛书是值得肯定的，因为筚路蓝缕不易，剑走偏锋更难——更何况体育史、族群文化史、教育史等并不是作者们读硕读博研究的方向乃至领域。

该丛书的第一个特点是当代性。

二十世纪八十年代，杂文家、文学史家唐弢与资深作家、翻译家、教育家施蛰存两位老前辈，有感于"当代文学史"出版物泛滥而著文指出：当代文学不宜写史。洪子诚先生认为，"唐弢先生说的当代文学不宜写史，主要是对当代人处理新近发生的事情的可靠性的怀疑。"意为"史"是需要沉淀的——小说《围城》里苏小姐那本《十八家白话诗人》序言，引 Jules Tellier 的比喻，说有个生脱发病的人去理发，那剃头的对他说不用剪发，等不了几天，头毛压儿全掉光了；大部分现代文学也同样的不值批评。"——疑似钱锺书本人对于白话诗的"史论"。

然而，对立的观点认为"李杜诗篇万口传，至今已觉不新鲜"，至少，看看身边人对于身边人的评价，总是不无当代意义的。例如冯文炳在北大谈新诗，就是讲身边刚刚发表的作品。问题在于欣赏者的见地与水准。梁任公《饮冰室诗话》第一则便开宗明义："我生爱朋友，又爱文学，每于师友之诗文词，芳馨悱恻，辄讽诵之，以印于脑。自忖于古人之诗，能成诵者寥寥，而近人诗则数倍之，殆所谓丰于昵者

耶。"他在第八则里又说："窃谓自今以往，其进步远轶前代，固不待蓍龟，即并世人物亦何遽让于古所云哉？"①于是他把黄遵宪的长诗《锡兰岛卧佛》推为中国"有诗以来所未有"。这种立足当代、肯定当代、放眼未来的"与时俱进"的胆识，为我们提供了理解"湛江当代文化简史"思路。例如湛江的"当代旅游"，其当代性就是毋庸置疑的。古代压根没有"旅游"这门产业——"近乡情更怯，不敢问来人"。不要以为本家宋之问已经到了自己的村口，或者至少到了老家河南灵宝（或山西汾阳），实际上他才到汉水。汉水到洛水尚有 500 多公里。是故哪怕仅仅提供了认识湛江当代教育、族群、旅游、文学、体育的一种思路或者史料，这种"当代意识"也不容忽视的。

该丛书的第二个特点是本土化。

或曰中国大陆最南端是"民风彪悍"的"文化沙漠"，那是对雷州半岛的红土文化与海洋文化知之太少。2004 年春节，著名文化学者、多次获得国家"山花奖""飞天奖"的孟宪明先生南下湛江，跟随雷州的傩舞表演跑了整整一天，拍照片上千张，大为震惊曰："失礼求诸野！中原已经没有如此完整的傩文化表演！"日前参与"湛江市优秀传统文化进校园"项目，笔者的任务是梳理"人文湛江"。结果是由浅入深粗粗分类，就涉及了湛江的地质文化、海岛文化、童谣文化、年例文化、祭祀文化、名人文化、音乐文化、舞蹈文化、台风文化、雷神文化、石狗文化、方言文化②——尚未包括"湛江当代文化简史"丛书里的体育、旅游、族群、教育、文学种种。

"三才者，天地人"。费尔巴哈说：文化的最终成果是人。同理，是否可以说：文化的最初据点是地，是故土、是方志。今年年初，读黄乔生新著《鲁迅年谱》，发现浙大出的这一套"浙江文化研究工程"传记类

---

① 梁启超：《饮冰室诗话》[M].人民文学出版社，1959 年版，第 1 页。
② 宋立民：《人文湛江》[M].中南大学出版社，2020 年版。

丛书，第一部分均为"家世简表"——有关鲁迅的这张简表，就是据《越城周氏族谱》而来，周知堂在该族谱上题识署："中华民国二十年四月七日会稽周氏清道房公允四支十四世作人书"。闻立鹏审定的《闻一多年谱长编》亦是将"闻氏世系"置于谱前。

浏览"费孝通江村纪念馆"与"饶宗颐学术馆"，我们不难发现，两位文化大师，均是在自己的故土起步：没有江苏吴江县庙港乡开弦弓村的社会调查，就不会有"人类学实地调查和理论工作发展中的一个里程碑"《江村经济》。饶宗颐可以居家自学而在敦煌学、甲骨学、词学、史学、目录学、楚辞学、考古学、金石学、文学、艺术史、宗教史、中外文化交流史、地理学、地方史、文献目录版本学等领域均有重要建树，家学渊源与潮汕文化的滋养功莫大焉。

"湛江当代文化简史"体例不一，写法不一，侧重不一，但是立足本土的特点十分突出，既有历史文献，又有作者自己的田野调查，可以为本地的"创文"提供文化支持，又可以为八方游客了解湛江提供方便。例如文学简史里对于著名本土诗人洪三泰的介绍，即擦亮了本土文化的品牌。洪三泰先生在74岁高龄，尚能以踏上时代潮头的诗心、认识与经略海洋的诗心、热爱港城故里的诗心和追寻艺术效果的诗心，写出了长诗《大海洋》，在"2019俄罗斯普希金国际诗歌艺术节及第二届丝绸之路国际诗歌艺术节"上，一举获得俄罗斯普希金诗歌艺术勋章，是本土的荣耀与广告，更是中国诗坛的幸事。

该丛书的第三个特点是原创性。

原创是可贵的，原创更是困难的。即便外地有现成的"文化研究"模板在，"照猫画虎"的局限性也是显而易见。正如不可以把"松下问童子，言师采药去。只在此山中，云深不知处"简单地改为"阶前问先生，言师上课去。只在此城中，校多不知处"。尤其是关于族群、教育、旅游之类的设计千家万户的领域，多如牛毛的材料如何取舍？"论从史出"

4

的"论"如何定位? 起承转合的阶段如何划分? 都是不折不扣的难题。

该课题申报之初提出了设想:首次系统对湛江当代文化的历史积淀、形态特征、现实变迁、机制创新等方面进行了较为全面深入的研究,从中提炼出湛江当代文化的精神内涵,并着眼于湛江经济社会发展的现实需求,研究湛江当代文化精神对湛江社会经济发展的重要影响,具有较强的原创性。

无论现在的成果是否完全实现了初衷,"雏形"是活生生地摆在这里。而且,几本小册子各有自己的格局与思考。例如"族群文化"的三个切入点——湛江当代族群文化的退隐、湛江当代族群文化的断裂、湛江当代族群文化的复兴,就鲜明地体现出"史"的特色。记得四十年前听北大严家炎先生谈文学史的作家作品研究,让弟子们始终记得三点:一是与前人相比,该作家或作品有什么贡献;二是与同代人相比,该作家或作品有什么特点;三是该作家或作品对于后世有什么影响。固然湛江的族群是全国族群研究的一个点,会具备一定的共性,但是这个点的特征一定是具有雷州文化气息的、无可替代的。又如对于湛江当代旅游文化发展的定位:"快速起步—徘徊摸索—调整尝试—飞跃发展",视野开阔,眉目清晰,例证充实,即便材料还可以补充更新,但是框架已经十分坚固。

龚自珍诗曰:"文侯端冕听高歌,少作精严故不磨。诗渐凡庸人可想,侧身天地我蹉跎。"[①]说恰恰是年少时写的诗歌,精密严谨,所以不可磨灭;到了"诗渐凡庸"的老年,"斯亦不足畏也已"。笔者垂垂老矣!南下湛江二十年,写了十本小册子,曰老子文化,曰孔子文化,曰鲁迅文化,曰博雅文化,曰审美文化,曰传播文化,曰台风文化,曰韵语文化,曰死亡称谓文化,最后一本是《人文湛江》。然而,回头看看,自知纯属

---

① 刘逸年等:《龚自珍诗集编年校注》[M].上海古籍出版社,2013年版,第653页。

5

"打一枪换一个地方"而尚未摸到"文化研究"的门径。因此，看到年轻老师的文化论著，真是由衷地高兴，虽不敢说"少作精严故不磨"，至少从确定选题到田野作业，从资料梳理到论从史出，他们付出的辛劳显而易见。唯愿已经有了基础的诸位作者，"咬住"自己的选题，一步步深入下去，为脚下红土文化的长城增砖添瓦。

壬寅夏至于广东文理职业学院紫荆苑

作者简介：宋立民，河南商丘人。广东文理职业学院教授。全国文科高校优秀学报主编。发表学术论文 200 余篇，各类评论近 5000 篇，出版个人专著 11 部。其中评论《清明祭》入选《中国新闻学大系》《中华杂文百年精华》，名列"中国当代杂文 200 家"。

目 录
CONTENTS

第一章　新中国前三十年的湛江教育／1

　第一节　新教育体制确立／2

　　一、新中国成立初期湛江地区教育接管工作／2

　　二、新中国成立初期湛江地区教育的整顿／4

　　三、新中国前三十年湛江地区教育行政的变迁／9

　　四、新中国前三十年湛江地区教育的基本特征／12

　第二节　新教育的发展／20

　　一、新中国前三十年湛江地区扫盲教育推广／20

　　二、新中国前三十年湛江地区幼儿教育的变动／27

　　三、新中国前三十年湛江地区小学教育的整顿／34

1

四、新中国前三十年湛江地区中学教育的变革／45

五、新中国前三十年湛江地区职业和中等教育的变动／53

六、新中国前三十年湛江地区师范教育的变动／63

七、新中国前三十年湛江地区高等教育的发展／66

第二章　改革开放时期的湛江教育／71

第一节　教育改革／74

一、教育管理体制改革／74

二、教育结构改革／79

三、办学体制改革／108

四、教育教学研究与改革／111

第二节　素质教育／116

一、素质教育初探期／116

二、素质教育发展期／127

第三节　教师队伍／132

一、教师的录用与管理／133

二、中小学教师素质逐步提高／134

三、教师地位和生活待遇逐步改善／137

第三章　21世纪的湛江教育／144

第一节　基础教育基本实现教育现代化／145

一、基础教育全面普及和提高／145

二、促进教育公平、均衡发展成效显著／149

三、大力推进教育信息化／158

第二节　职业技术教育快速发展／160

一、在校生规模逐年增加／162

二、学校布局和专业结构调整／163

三、建设职业教育保障、培训、评估机制／167

第三节　高等教育创新提质／170

一、普通高等教育办学规模进一步扩大／171

二、普通高等教育办学层次进一步提升／173

第四节　民办教育规范发展／176

一、加强协作，统一管理／179

二、制定民办教育机构管理和发展办法／180

三、民办公助模式，助力民办教育发展／182

四、办学层次丰富，办学成绩显著／184

第五节　素质教育深入推进／190

一、快乐体育：素质教育的突破口／191

二、小班化教学：素质教育新态势／193

三、创新德育：唱响素质教育主旋律／194

四、湛江市素质教育实践的启示／199

第六节　课堂教学改革百花齐放／202

一、贵生课堂／203

二、觉民课堂／204

三、情思历史／206

四、真心语文／209

五、"四动"英语／211

后　记／213

第一章

新中国前三十年的湛江教育

1949 年，中国共产党领导的中央人民政府在北京成立，开始了一个崭新的时代。中国共产党对教育十分重视，把教育作为服从政治的工作和实施的手段，将教育方针纳入党的根本轨道。这时期的湛江教育，在遵循中央"马克思主义"教育宗旨和各项教育方针政策的同时，执行广东省制定的一系列实施办法，对各级各类教育进行调整改制，加强了对教育的控制，也取得了很大的成绩。

第一节　新教育体制确立

一、新中国成立初期湛江地区教育接管工作

湛江解放时，市区只有中学 8 所，小学 20 所，各县县城也只有寥寥可数的中小学校数所。这些学校有的领导机构已经瘫痪，有的办学经费没有着落，学校教职员和学生多数采取等待观望的态度。大多数农村学校也是处于这种不稳定状态中。市及各县军管会根据这种情况，按照"先城市后农村，先中学后小学、先公立后私立"的秩序，分期分批地进行接管工作。首先派出联络员到各学校了解情况，宣传政策，协助复课。1950 年 1 月下旬，市区各中小学绝大多数实现复课，至 1950 年 9 月，各县城中小学及广大农村学校也绝大部分实现复课。与此同时，市军管会还针对各学校的不同情况，分别实行各种形式的接办和接管。①对公立学校派出军管代表正式接管。②对法国

天主教会办的育婴堂实行全部接办。③对私立学校或帮助改组校董会，或帮助成立校产清理委员会，使学校能继续办下去。④对一些政治背景复杂、领导机构已经瘫痪，没有条件继续办校的以撤销（如湛江市梓刚补习学校）。无论公私立学校，凡是能够继续办的，市军管会都采取扶持的方针。1950年4月，市人民政府成立文教局后，按干部供给制发给教师大米，以维持他们的基本生活。1952年以后，国家经济稍为好转，给私立学校发放补助费，如湛江市私立益智中学，1952年下半年得到政府补助的办学经费即达旧人民币900多万元。

从1951年起至1953年初，市人民政府又进一步对私立学校采取并入公办学校，或私立学校先联合办校进而改办公办学校的措施。至1953年3月，湛江市区已无一所私立中学或小学，改办成公办中学2所，公办小学6所。当时全市除一些农村保留民办学校以外，市区、县城及乡镇的学校都已改成公办。全市公办中小学校在学生占全市中小学生的

80%。从此，湛江教育事业便主要是由国家来办。

二、新中国成立初期湛江地区教育的整顿

（一）在教育、教学中实行除旧布新

1950 年 4 月 29 日，市军管会发出指示：要求各校在复课中取消国民党政府在学校设置的"党义""公民""童军""军训"课程；废除学校旧的训育制度，禁止体罚学生，并颁布了一些新的规章制度。1951 年，市政府决定实施政务院公布的《关于改革学制的决定》，推行了全国统一的新的教学计划、教学大纲和新编教科书。

1950 年底至 1951 年初，全市师生掀起抗美援朝和中学生参加军干校热潮。全市计有 200 多名青年学生被批准参加军干校。1951 年夏至 1952 夏，全市组织了 600 多名中学师生至市郊农村参加土改宣传工作。这一些运动和活动，使学校师生受到了锻炼，焕发了革命精神，对改造旧教育起了一定的作用。

（二）贯彻工农开门的办学方针

新中国成立后，市军管会和市人民政府即颁布指令和决定，要求学校采取优先录取工农子女入学的措施，在公办中、小学中设立人民助学金制度；同时在城市扩办职工子弟学校，成立工农速成中学；在农村大办冬学及各种简易学校，努力增加学生中的工农子女成分。至 1953 年，小学生中工农成分子女达 75%，中学生中工农成分子女达 63%。与此同时，还广泛地开展扫除青壮年文盲工作，逐步实现了学校向工农开门的办学方针。

（三）组织教师参加思想改造运动

从 1950 年开始到 1953 年，各级政府对教师的思想教育工作十分重视，组织教师参加各种学习班和进行思想改造运动。学习马列主义，清除封建、买办和法西斯思想流毒，批判剥削阶级腐朽思想和崇洋媚外思想，树立为人民服务思想，确立革命人生观。经过学习和思想改造运动，广大教师的思想觉悟有了很大提高。但在做法上却存在着简单粗暴和要求过高，甚至产生了一些错误偏向，伤害了一些人，如 1952 年湛江市发生的"邓禹事件"和海康县的"六纵假案"，使一些教师被拘禁或蒙冤入狱，尤其是"六纵假案"造成了很恶劣的影响。

1937 年 7 月，抗日战争爆发，广州、香港先后沦陷。这两地的一批爱国进步的民主人士及教育工作者西迁广州湾（即现在的湛江市）。1937 年 9 月，由陈学谈、陈学森、许爱周、梁録琚、霍子常、洪秀甫、叶寿南、梁伯纲、杨进、袁学伟、陈翰华、陈翰香、高在湘、吕成性和吴彬共 15 人组成董事会，创办了培才小学，陈学森任董事长。

1937 年 11 月 11 日，培才小学正式成立，学校选址在赤坎高州会馆（现湛江市第四小学校址），庄润德首任校长。1938 年，庄润德辞职后，梁其浩担任校长。1939 年 9 月，培才小学第一批学生毕业，同时增办培才初级中学。翌年 2 月，陈全道继任校长。1941 年秋，陈学森之女陈玉燕从上海震旦大学毕业，接任培才中小学校长职务。

为了学校发展，董事们在湛江寻找新址。1942年，培才小学从高州会馆搬迁至南方路（现湛江市十五小的校址）。同年，第一届初中学生毕业，增设了高中班。培才中学定址在赤坎鸡岭，自此正式成为独立的完全中学，取名为"广州湾私立培才中学"，并请时任民国国防最高委员会委员长的蒋中正先生题写校名"培才中学"。1945年，抗战胜利后改称"湛江市培才中学"，陈玉燕继续担任校长。培才中学以其显赫的办学成绩名震粤西、享誉南粤，被冠以"南路学府"美称。

　　培才中学具有光荣的革命历史，从1942年开始就有革命活动。在党组织的领导下，师生们掀起了抗日救亡运动，开展地下革命斗争，一大批进步学生走上革命道路。校友林才连是南路特委交通站负责人，1948年被捕，坚贞不屈，英勇就义。新中国成立初，大批学生积极参军、参加革命工作，大多有重大建树。

　　由于培才中学办学规模、办学影响较大，具有比较鲜明的办学理念，校园建设具有一定基础，这使她成了新中国成立后的湛江第一中学的重要组成部分。

除此之外，湛江第一中学前身还包括三所规模较小的学校——市立一中、河清中学和赞化中学。市立一中初名安碧沙罗学校，后改为赤坎法华学校，于 1920 年由广州湾法国公使署在现赤坎工人文化宫所在地开办，广州湾光复后，1946 年，法华学校更名为湛江市立小学（后招收初中生，再改为市立中学），新中国成立后，由人民政府接管改名为市立一中，并迁到寸金路（原雷州师范学校的旧址）作为新校址。河清中学开办于 1938 年，校址在赤坎大德路 1 号，开办时是小学，1943 年，秋增设中学部。赞化中学于 1944 年秋开办，校址在赤坎新华路的原拖拉机厂。

这三所学校，都是湛江第一中学不可分割的组成部分。

1952 年 2 月，以培才中学为主体，与市立一中、河清中学、赞化中学合并，更名为湛江第一中学，并商定 1937 年 11 月 11 日为建校日。湛江市人民政府委派王寅代理校长。四校合并后的湛江第一中学，以原培才中学校区为主校区，以市立一中的寸金路新校址（原雷州师范学校的旧址）作为分校区。1953年 9 月，初二年级八个班学生均到分校区上课，1954年 7 月，撤销分校区，移交给雷州师范学校（现岭南师范学院），所有师生均回到主校区上课。1954年，王植生接任校长。

这一时期，湛江一中的工作重点是整合原来四所学校的资源，增加设备，团结教师，凝聚师生力量，增强集体荣誉感，为湛江一中的发展打下坚实的基础。

三、新中国前三十年湛江地区教育行政的变迁

（一）湛江市市地合并前教育行政机构的设置及变迁

广东是解放较晚的省份之一，湛江市于 1949

年 12 月 19 日解放。为了巩固人民政权，加强文化教育工作的领导，于同年 12 月下旬即成立了湛江市军事管制委员会文教科，负责接管文化教育部门。解放初期，市级文化教育行政机构是合在一起的，称为市人民政府文教局。该局于 1950 年 4 月正式成立，作为市人民政府的直属机构，负责统一管理全市的文化教育工作。

随着国民经济的恢复和文化教育事业的兴起，把文化和教育合在一起的机构设置已不适应事业发展的需要，根据省的指示精神，于 1957 年春把文教局分设为教育局与文化局。而 1959 年却由于某种原因又合并为文教局。1963 年才再分为教育局与文化局。从此，教育局负责统一管理全市的普通教育、成人教育和中等教育。局内逐渐设秘书科、人事科、中教科、小教科、财务科、工农教育科（后陆续增设政保科、教学研究室）直至"文革"。

1966 年下半年，由于"文革"的全面开展，教育局原在机构基本瘫痪。1968 年 4 月，在湛江市革命委员会中成立民事组教育办公室，不久改为政工组文教办公室，后又改为文教战线革委会，领导全市文化教育卫生工作，直至1973年。当时教育局的领导与干部，部分下放至基层劳动，人事工作处于不正常的变动中。1973年下半年，文教战线革委会撤销，恢复市教育局建制，统一管理全市的变通教育工作。局内设秘书、政保、中学、小学、计财、工家业余教育各科及仪器站、教研室等机构。

（二）原湛江地区教育行政机构的变迁

湛江专区的教育行政机构，由于管辖范围的不断变更，从1950年5月开始，随着所辖地区的改变，行政机构的名称也不断地改变：

1950年5月，成立南路文教科，同年6月，改称高雷文教科（高州、雷州两地区各县市）。

1953年，成立粤西行政公署文教处（高州、雷州两地区和现江门市辖的开平、恩平、台山、阳江、阳春各县）。当时机构精简，仅设人事科、秘书室、教育科、文化科、卫生科，主管全区的教育、文化、

11

卫生工作，工作人员 20 余人。

1956 年，改称湛江专员公署文教处。同年又改为文教卫生办公室。1957 年，称文教卫生局，1958 年，改称文教局。其职能未变，管辖范围已将台山、开平、恩平诸县划出，将现属广西的合浦、钦州、灵山、东兴诸县划入（60 年代初又划出）。随着文化教育事业的不断发展，把文化和教育合在一起的行政机构已不适应形势的要求，于 1962 年开始，把文化、教育、卫生分开，成立专署教育局，统管全区的教育事业，直至"文革"。

1966 年，"文革"开始后，教育局原有机构陷于涣散。1968 年，大部分干部下放至阳江茶场干校劳动。1969 年以后，湛江地区革命委员会政工组内设教育办公室，统管全区教育工作。1973 年后，又重新组建湛江地区行政公署教育局。

四、新中国前三十年湛江地区教育的基本特征

（一）湛江地区教育相对落后

历史上湛江属于广东下四府地区，离省城较远，文化底蕴不如广府、潮汕等地区。如科举考试时期，广东共出了9名状元，湛江地区仅占一名。直至广州湾时期，湛江地区教育才出现了一定兴旺的景象，但好景不长，日本侵略军入侵后便受到摧残，到了国民党统治时期，整个湛江地区的教育都在走下坡路。如抗战期间的1942年，广州湾市区中学达到9所，学生3500人；小学达18所，学生7800人。到了1949年9月，湛江市区只有8所中学，学生1340人；小学11所，学生3448人。这个倒退有其客观上的原因，即由于抗战胜利后，大批难民返回原居住地，人口减少，外地教师也成批离开。但从根本上说，还是由于国民党政权的反动性和腐朽性以及经济上的崩溃造成的。

　　如在国民党统治湛江市4年多的时间中，不仅没有投资新建过一所中小学，而且连原有学校也被摧残和破坏，如益智中学的大部分校产被国民党一些官员借口办"中正中学"而侵占。其他教育也备受摧残。如湛江市当时唯一的一所工科性的职业技术学校——学谈机械职业学校，创办于 1939 年，师资、设备当时在省内还是首屈一指的，但到了 1949 年，该校连学生来源也成问题。因为在工业凋敝的旧中国，学机械没有出路，学生也不愿就读。

国民党统治湛江初期，叫嚷得最响的要在湛江筹办一所大学。从 1943 年起筹办至 1949 年新中国成立前，募集了一批批资金，制订了若干次办学计划，但结果还是烟消云散，所有"筹而不办"的资金也都落到贪官污吏手里。

由于历史欠账，湛江地区教育在广东全省居于中下游状态，这是一个不争的事实。

（二）湛江地区师生的素质教育显著提高

从第一个五年计划开始，湛江地区教育部门在着力提高教育质量的同时，也加强了对学生思想政治教育，开设政治课和时事教育课，加强了爱国主义教育。从 1954 年起，又加强了劳动教育，粤西行署成立了全区高小、初中毕业生升学及从事劳动生产指导委员会，要求各市、县认真做好这项工作。

此外，从 1954 年起，全市中学执行《准备劳动与卫国体育制度的暂行条例》，并推行劳卫制预备级和试行劳卫制体育锻炼。1956 年，全市举行少年运动会，有 815 名少年学生运动员参加 10 个项目的比赛。自此，学校的群众性体育运动逐渐掀起。

这期间，在师资队伍建设方面，一方面继续整顿和提高教师队伍。1953 年，粤西行署举办中学教师思想改造学习班，参加学习的达 2000 多人。1954 年，全市铺开整顿和改进小学教育工作，在整顿中着重提高小学教师的思想觉悟，对不适合当教师的进行调整，加强了小学教师队伍的建设。1954 年，中共湛江市委决定在学校中建党，由教育局党支部组织学校教师举行首次建党学习班。1955 年，湛江市和各县普遍召开小学教师代表大会，表彰了一批优秀的幼儿园和小学教师。

由于采取以上措施，教育质量逐步提高，湛江地区师生的素质教育得到显著提高。

（三）教育工作"左倾"思想泛滥

由于 1949 年《中国人民政治协商会议共同纲领》规定："中华人民共和国的文化教育为新民主主义的，即民族的、科学的、大众的文化教育"很快就过时了。1957 年，毛泽东同志提出，我们的教育方针，是"使受教育者在德育、智育、体育几方面都得到发展，成为有社会主义觉悟的有文化的劳动者"。这一方针，反映的主要是学校教育教学的培养目标。"劳动者"的提法，是具体针对当时大量城乡中小学毕业生升学困难、鼓励他们回乡务农而提出的。1958 年，《中共中央、国务院关于教育工作的指示》提出了一个新的教育方针："党的教育工作方针，是教育为无产阶级的政治服务，教育与生产劳动相结合；为了实现这个方针，教育工作必须由党来领导。"虽然党一直在领导教育，但突出这一点，仍然有很强的针对性，导致了此后教育政治化的加速。之后中共中央、国务院又发布了《关于教育工作的指示》，提出了"教育必须为无产阶

16

级政治服务，必须与生产劳动相结合"的工作方针，提出了"两条腿走路"的办法，湛江地区也出现了勤工俭学、半农（工）半读的群众办学热潮，学校也相应增加了生产劳动时间和基本生产技术教育的课程。但由于"左"的思想影响，忽视教育工作的规律，产生了许多严重问题。

首先，教育事业发展过快，超过了现实可能性。1958年4月，湛江市召开文化教育工作会议，提出"鼓足干劲，苦战三年，把湛江市建设成为全省文化教育最发达的城市"的口号，全市出现了大办学校的高潮。以原湛江市为例，到1958年底，全市幼儿园由1957年的15所猛增至781所，小学由1957年的177所增加到423所，中学由1957年的11所增加到18所；全市还出现了一批半日制农业中学和其他职业中学；从原来没有一所大学，一下子便办了华南工学院湛江分院、华南农学院湛江分院、中山医学院湛江分院和湛江师专4所大专院校，还出现了一批职工、干部的红专大学；工农业余教育的在学人数从 1957 年的 22838 人增加到 70628 人。教育事业虽然"大发展"，但全市教育经费不但没有相应增加反而比 1957 年下降；中小学公办教师也没有相应增加。这种宏观失控的状态一直延续了两三年。

其次，学校劳动过多，破坏了正常的教学秩序，教学质量严重下降。1958 年，湛江市在执行"教育与生产劳动相结合"中，出现了学校普遍大办工厂、农场，大炼钢铁、大搞兴修水利、大搞勤工俭学的各种活动，破坏了教学工作的正常秩序，不仅学校可以随便停课，县、公社和有关部门也可以随便下令中小学停课，使学校劳动占用的总学时一度达 60%左右，学校教学工作无法正常进行，导致了教学质量严重下降。1959 年湛江市的高考合格率，由 1957 年的 24.5%下降到 9.5%，在全省居于中下游状态。

当时全省都普遍出现教育质量严重下降的情况，引起了省委和各级党委的重视。从 1960 年起，各级教育部门和学校用两三年时间，采取措施逐步纠正"大跃进"盲目发展和生产劳动过多的错误。经过两三年努力，从 1962 年起，湛江地区教育提高较快，数量也有发展，不过"左"的思想影响依然存在，工作中也有不少失误。如在教师队伍中错误地开展对"母爱教育""美育""白专教育"等批判，在批判中，把一些教育工作中本来是正确的思想、观点和方法，如爱护学生、推广美育、重视智育、钻研业务等，都被扣上"资产阶级教育思想"的帽子而加以否定，导致教育思想上的混乱；有些单位还把本属于学术思想讨论的问题扩大为政治问题，对教师乱扣帽子。1964 年的"四清运动"又在学校搞了试点，把一批出身于剥削阶级家庭或有一般政治历史问题的教师作为"阶级异己分子""历史反革命分子"清除出教师队伍，伤害了这些教师，同时也挫伤了广大教师的积极性。

1966 年开始的"文化大革命"至 1976 年粉碎"四人帮"整整十年时间，使湛江教育事业受到了巨大损失，不但学校被严重破坏，教育工作者受到严重打击，还耽误了整整一代青少年的成长。

所以从 50 年代后期开始，由于"左"的思想的影响，教育事业不但长期没有放在应有的重要位置上，而且受到政治运动和群众运动的不断冲击，使湛江教育经过了曲折的发展历程。

第二节　新教育的发展

一、新中国前三十年湛江地区扫盲教育推广

中华人民共和国成立时，党和政府就开始重视扫除文盲工作。中国人民政治协商会议制定的《共同纲领》中就指出："要加强劳动者的业余教育和在职干部教育"。为此，教育部 1949 年 12 月 5 日发出《关于开展 1949 年冬学工作的指示》，指明当年冬学教育包括政治和文化两个方面。并对冬学内容、教材、师资等提出具体的要求。还指示各地政府应组织各级的冬学运动委员会，由政府负责人员亲自

主持。此后，每到农闲，从教育部到各地均下发"冬学"指示，要求农民挤出时间参加学习。1949 年 12 月 23 日至 31 日，教育部在北京召开的第一次全国教育工作会议提出："争取在 1951 年开始进行全国规模的识字运动。"

1950 年 6 月 1 日，政务院发出的《关于开展职工业余教育的指示》指出：开展职工业余教育是提高广大工人职员群众的政治、文化与技术水平的最重要方法之一。1950 年 9 月 20 日至 29 日，教育部和中华全国总工会在北京联合召开了第一次全国工农教育会议。毛泽东到会和大家见了面。朱德、李济深、董必武、郭沫若、黄炎培、李立三在会上讲了话。会议明确指出："推行识字教育，逐步减少文盲。"此次会议的报告经政务院 11 月 10 日第 58 次政务会议批准。12 月 14 日，政务院批准并转发的《关于开展农民业余教育的指示》中首次提出了扫除文盲的对象和标准："在对象方面，则应首先着重农村干部、积极分子及其青年男女，逐步推广到一般农民。"规定识字教育的标准是:"农民业余初级班(组)吸收文盲与半文盲入学,使其在三年内认识常用字 1000 字以上,并具有初步读、写、算能力。"1951 年 1 月,成立了全国职工业余教育委员会。到 1951 年底,全国有 170 余万工人参加学习。

与此同时,广东省也积极开展扫盲教育,并根据党和国家的扫盲教育方针和各历史时期的任务布置和指导扫盲工作,保证党和国家的方针政策得以在广东地区落实。例如,1952 年,广东省推行"速成识字法"在工人、农民中展开识字运动的计划,1953 年,省教育厅、省总工会颁布了《关于整顿扫盲工作的通知》,1956 年,省委、省人委发出《关于加速扫盲大力开展工农业余教育的指示》以及省扫盲小组的《关于春冬开展农村扫盲工作的意见》,1959 年,省教育厅颁布的《关于在农村进一步开展扫盲和发展巩固业余教育工作的报告》。

(一)在党和国家领导下,在省委、省人委指导下,湛江地区也开展声势浩大的扫盲运动。①举

22

办农村扫盲班校。1950 年，湛江市区和各县开始农村扫盲工作。是年，市郊始办农民夜校 35 所，88 个识字班，学员 1649 人，教学由当地中小学师生负责。1954 年，农村文化学习分为两期和春、夏、秋三个学段。当年市郊办了 157 个识字班，学员 4134 人，并培训了群众教师 253 人。1956 年，掀起扫盲高潮，郊区办 356 个识字班，学员 99000 人，占文盲总数 36.8%。1958 年，出现扫盲"大跃进"，14～40 岁的青壮年文盲基本入学，把所有识字的人组成扫盲大军，乡社厂矿和街道都成立了"扫盲指挥部""扫盲协会""扫盲突击队"，突击扫盲。在扫盲基础上，办起各类各级业余学校、红专学校 31 所，在学人数 15629 人。1963 年，在公办小学附设扫盲班 86 个，学员 1518 人。1966 年，"文化大革命"开始后，扫盲工作中断。1972 年，逐步恢复。②兴办农民业余中小学。从 1961 年起，市郊按照湛江专区布置，转向以兴办业余初等教育为中心。1961 年冬至 1962 年春，每个生产大队至少办业余高小 1 所，每个公社至少办业余初中 1 所。1963 年夏，市郊旱情严重，转入抗旱，但大部分夜校坚持上课，巩固率达 74.3%。1966 年，"文化在革命"开始，农民业余中小学停办。1972 年，恢复办学。至 1976 年，市郊参加业余夜校的人数达 31532 人（不含扫盲人数），是入学人数最多的一年，兼任教师 859 人，专任教师 162 人。③兴办农业技术班校。1955 年，湛江市初级农业社办记工班，学写农活名、庄稼名和度量衡名称。1958 年至 1959 年，掀起人人学文化、学技术高潮。市郊公社均设红专总校，各大队设分校。60 年代初期，陆续举办农业、农机、林业、兽医技术学习班，到 1966 年停办。

当时除湛江市积极开展扫盲运动外，湛江地区所辖各县扫盲情况都很好。如 1951 年，电白县成立工农扫盲协会，具体组织领导全县扫盲工作。当时，扫盲教育主要以夜校为阵地，以识字、学数、记账为主要学习内容。全县有夜校 3950 个班，参加学习的青壮年农民 7.91 万人。1954 年，电白扫盲教育形成高潮，全县扫盲班 4213 个班，参加学习的农民有 10.53 万人。1958 年，全县扫盲夜校发展到 6421 个班，学员 16.76 万人。专职扫盲干部 18 人，各小学的教师都兼职做扫盲教员，送教上门，包教包学。在"大跃进"期间，甚至送教到田头、到工地，利用中午休息时间教农民学识字。同时，还在农村、圩场等地布置学习环境，见物识字，看图识字。1958 年，全县参加冬学学习的农民 15.49 万人。

（二）湛江地区扫盲教育不仅局限于农村地区，在职工扫盲教育方面，当时湛江教育行政部门也做出巨大努力。据 1951 年统计，湛江职工文盲占 73%。针对新中国成立前的工人很少有上学的机会、文化素质差的现状，市教育部门在各系统开展大规模扫盲教育。到年底统计，建筑系统的文盲 966 人均已入学，入学率达 100%，商业系统 11 家公司职工文盲共有 832 人，入学率达 95.7%。1960 年 1 月，市职工教育委员会在建筑四工区、湛江化工厂、港务局召开全市职工教育现场会议，交流职工扫盲经验，号召全市职工反右倾、鼓干劲，确保第一季度完成扫盲任务，超过汕头，争取全省第一。会后扫盲进度快、气势大，全市工业、商业交通，建筑等系统文盲 7652 人，入学率达 92%。此外城区没有工作的人，对扫盲运动热情也十分高涨，都想早日摆脱文盲的帽子。于是城区居民在各区、街道、居委会的组织下，统一参加扫盲学习。不过由于浮夸风的原因，1958 年后，扫盲运动出现"大跃进"，实际效果太不如前。1960 年 1—5 月，市区已有 5000 多名职工脱盲。1960—1962 年，累计扫除文盲职工 6061 人，文盲职工数下降到占职工总数的 19%。但受当时政治环境影响，扫盲数字含有很大水分。

总之，新中国前三十年，湛江地区扫盲运动取得十分巨大的成就。如湛江市郊，至 1980 年市郊 12—40 岁有 199785 人，其中文盲 6253 人，半文盲 7795 人。1973—1980 年，湛江市郊区共 14539 名青壮年参加扫盲班学习。1980年底，经验收合格，市郊宣布基本脱盲。

二、新中国前三十年湛江地区幼儿教育的变动

（一）新中国成立前湛江市在法国租界时期，租界政府很不重视教育，20世纪30年代以前，根本没有幼儿教育可言。1925年，法国租界政府办的安碧沙罗学校附设一个幼稚班，但只收法国殖民官员的子女，中国居民的子女是不得进入的。1935年，法国租界政府和华籍富绅陈学谈等捐资创办西营圣若瑟育婴堂。1943年5月，陈学谈、陈学森又捐资创办赤坎育婴堂。不过这两所幼儿机构都是由天主教堂神父负责管理，招生人数很少。直至1940年后，由于抗日战争的影响，广州湾人口大为增加，从上海、广州、香港、澳门来了一批知识分子，办学事业蓬勃发展，于是广州湾幼稚园也应运而生。据有关资料记载，抗战时期湛江市区有7所比较正规的幼稚园，有500多名学生。不过解放战争爆发后，

27

幼稚园数量逐渐下降，至新中国成立前，市区幼稚园学生不足 200 人，下降三分之二。

新中国成立后，湛江市人民政府十分重视幼儿教育工作。首先按党和政府的文教政策，采取恢复和巩固的措施，妥善接管国民党统治时期留下的公办幼稚园，并一律按上级规定改称幼儿园。1951 年6 月，根据上级指示，市民政局查处和接收了法国天主教在霞山和赤坎办的两所育婴堂。同年 9 月，市文教局决定发展幼儿园班，附设在赤坎的市三联小内，招收幼儿 120 人，分大、中、小班。

1952 年 3 月，教育部颁发《幼儿园暂行规程试行草案》，7 月，又印发《幼儿园暂行教学纲要》，对促进湛江幼儿教育事业的发展起了重要作用。1956 年 11 月，教育部颁发《关于组织幼儿教育义务视导员进行视导工作的办法》之后，省、地、市都举办了幼儿园教养员工作经验交流报告会，对促进湛江市幼教工作的开展和质量的提高，都起到了一定的作用。从 1949 年 12 月至 1956 年，湛江市幼儿教育事业经历了接管、整顿、合并稳步发展的过程，在办园方针上，贯彻了幼儿教育为工农业服务，面向工农招生，在教学工作上按照《幼儿园暂行教学纲要》进行，废除了旧的入园考试制度、单元教学和识字教学制度。

1957年至1966年，湛江市幼儿教育事业的发展出现了大起大落、曲折发展的不正常情况。1957年，湛江市文教局在小教科设专职幼教干部负责全幼教的具体工作。1958年，随着工农业生产的"大跃进"形势，幼教事业也任意盲目发展。市区幼儿园除了公办的市一幼、市二幼外，街道、工厂、机关、部队为了适应生产和工作需要，都纷纷办起了各种幼儿园、幼儿队和托儿所。1958年7月28日，市文教局召开了幼儿教育座谈会，决定由市一、一幼教师22人组成"幼儿教育跃进工作组"，于8月中旬分赴各乡农业社开展建园工作。由于盲目发展，幼儿园急剧增加，有的地方还将小园合并成几百人的大园，造成幼儿园管理水平下降，对很多幼儿的身心健康发展产生不良影响。1960年后，随着国家政治环境好转，湛江市幼儿园的盲目发展得到了控制，数量开始下降。到1962年，全市幼儿园共有20所，在园幼儿共2900多人，基本回复到1957年的水平，同时各幼儿园的保教质量又有好转和提高。

1966年至1976年（"文革"动乱的十年），幼儿教育受到严重的破坏与摧残，基本上处于停顿、取消状态。1966年"文革"开始，幼儿教育领域即被指责为贯彻执行了一条"修正主义"路线，幼儿教育师范学校即停办（如雷师幼师班），市教育局幼教教研组解散，17年幼教工作被全盘否定。认为幼儿园是培养资产阶级接班人的场所，幼儿是"修正主义"苗子，幼儿园的保育工作只讲吃喝，是搞"福利主义"，很多办得好的幼儿园都被迫停办或撤销。"十年浩劫"给幼儿教育造成了严重损失，据资料记载，1967年全市幼儿园只剩下3所，在园幼儿仅246人。

（二）新中国前三十年，湛江地区幼儿教育体制也有很大的提升。1956 年，湛江市政府根据内务部、教育部、卫生部的有关规定，明确种类型托儿所、幼儿园的领导职责，主要是统一领导，分级管理。幼儿园的行政编制设有园长、副园长，每个班配两名教师，一名保育员，园内设有专职的医生或保健员、财会人员和其他工作人员。规模大的幼儿园还建立党支部、团支部、工会、职工代表大会等组织，这些群众组织均在党支部领导下工作。自教育体制改革后，一般都实行园长任期目标责任制，园长和教育行政部门签订任期目标合同。幼儿园按幼儿年龄分为大、中、小班。幼儿园按照各园的实际情况分为整日制、半日制、寄宿制、走读班、混合班等各种教育教养形式。但是新中国成立初期湛江地区经济水平还不高，幼儿园硬件设施还不够完善，所以教育部门做出决定，幼儿园实行半日制，即以教育为主，教师只负责给幼儿上课，不管生活。至 50 年代后期，为适应国民经济发展需要，多数改为整日制，教师既要按照各科幼儿教学大纲对幼儿进行教育，还要照顾好幼儿一日的生活，管理好幼儿的膳食、午睡及课外活动等，实行保教结合，教养合一，在各级政府努力下，幼儿教育取得了很大的发展。

此外，当时教育部门还根据教育部有关规定，针对湛江地区幼儿教育实际情况，对幼儿教育的教学与师资队伍进行大力改革。①课程设置：新中国成立前旧幼稚园一般开设语文、算术、唱歌、游戏、手工等课程，小学化的色彩很浓厚。新中国成立后，教育部颁发的《幼儿园暂行规程》第四章"教养原则、教养活动项目"中规定：幼儿园设体育、语言、图画、手工、音乐、计算等课。并明确指出："不进行识字教育，不举行测验。"1956年，教育部制定了《幼儿园教育工作指南》，各省市也出版了一些教材和资料，市教育行政部门也比较重视幼儿教育工作，50年代后期，湛江市幼儿教学研究活动比较活跃，经常组织市区幼儿园互相观摩，并开始注意游戏活动的开展。

在师资队伍建设方面，湛江教育行政部门这时期也做出很多努力。新中国成立初期，湛江市幼儿教师奇缺，新参加幼儿园工作或其他部门转来幼儿园当教师的，绝大多数未经过专业训练。据调查，湛江市幼儿师资的情况在 50 年代，一般幼儿园就都存在着"四多一少"和"三个差别"（"四多"是年老的多，病号多，文化水平低的多，临时工多，受专业训练的少。"三个差别"是公办民办差别、新老差别、城乡差别）。鉴于幼儿教育师资水平未能适应幼教事业发展的需要，市教育行政部门除了保送在职幼师至广州和各县幼师脱产培训外，还采取各种途径和措施进行幼师的培训和提高工作。湛江市党和政府还针对幼儿教师被人看不起的情况，对保教人员从政治上、生活上给予关心，大大稳定了幼儿教师队伍，同时采取一系列措施，使很多幼教工作者的社会地位有了很大提高。如 1963 年 6 月 1 日，共青团湛江地委、市妇联、市教育局、市总工会联合通报表彰 154 名优秀辅导员和优秀保育员。1963 年 6 月 2 日，湛江地区专署教育局、共青团湛江地委、省妇联驻湛江办事处联合表扬黄丽嫦等 53 名优秀儿童保育工作者，同时幼儿园普遍建立了党支部和团支部，加强了党对幼儿园的领导。

三、新中国前三十年湛江地区小学教育的整顿

（一）1949 年 12 月 19 日湛江解放。新中国成立前夕，湛江市区有市立一小、二小等公私立小学 20 所，连同各区乡的总共不下百所。这些学校都是设备简陋，教职员不足，多为营业性质，是一个烂摊子。当时恢复和发展人民的教育事业，是面临的重要任务之一。按照党和人民政府当时提出的"保护一切公私学校、医院、文化教育机关、体育场所和其他一切公益事业"和"暂维现状，即日开学"的方针政策，决定妥善接收国民党统治下的各级各类学校，以达到维持原状、加强领导、取得联系、逐步改造的目的。根据学校工作实际，市军管会文教科派出联络员分赴西营、赤坎两地和各中心小学负责具体接管工作。1950 年 4 月，湛江市人民政府

成立，并设置了文教局，由于加强了文教局的机构人员，抓紧了对旧学校的接管处理工作，湛江解放后的 8 个月里，除庆华补习学校外，全市各公私立小学都全部复课开学，没有一所关门，对教师也采取包下来的政策，没有人失业。

1950 年 1 月，广东省人民政府文教厅发出《关于公私立小学名称规定的暂行办法》。湛江市解放后各区乡小学名称混乱不一，给整顿和调整发展带来麻烦，因此市人民政府一再指示各区乡政府要按照省厅的规定执行。1950 至 1950 年，湛江市区基本保留各校名称，1952 年起，则将市区学校进行合并。如将广侨、韩江等小学合并改称为赤坎区第一联合小学。经过合并调整和联办，市区各公私立小学都有较大发展，学生人数和教职工人数比新中国成立前夕和新中国成立初期都有所增加。习惯上称这段时间为办联合小学时期。

1953 年，政务院《关于整顿和改进小学教育的指示》中规定："今后几年内小学教育应在整顿巩固的基础上，有计划有重点地发展。"随着国民经济发展第一个五年计划的开始，1953 年春季，湛江市首先对全市小学进行整编，教师整编比例为 40∶1。因为整编时间较短，加上县财政部门某些规定，文教部门处于被动地位，采取过于简单的办法，结果编余教师无法安置，造成部分教师不满，后来经上级党委发现及时做了妥善处理。粤西区党委和粤西行署当时鉴于小学发展带有盲目性，在一系列社会改革中，小学教师又受到过多的冲击，而且政治地位和社会地位低，存在不满情绪。另外，来自校内外的秩序混乱，严重影响小学教育质量的提高，必须进行整顿和巩固。1953 年 5 月，广东省和粤西地区相继成立了整顿小学办公室，针对小学教育中出现的质量低下和混乱的现象进行整治。9 月，粤西行署首先在湛江市霞山、赤坎两市区开展整顿小学教育的试点工作，11 月底，又在雷东县开展这项工作。接下来，行署又在海康、廉江等地实施分片整治。至 1954

年 6 月，粤西区整顿小学教育工作基本结束。经过整顿小学，党的知识分子政策得到实施，大部分教师转变了观点，消除了不满情绪，初步改善了校群关系和教师中的不团结现象。各县吸收了大批教师参加工作队，并发展了一批新团员，为教师队伍培养了一批教学骨干。整顿工作完成后，各类小学的面貌都有了显著的变化，小学教师的思想觉悟和业务水平都得到一定提高。

小学教育经过整顿巩固并有所发展后，因国家经济力量有限，未能大量开办中等学校，因此在 1954 年出现了小学生升学和出路的问题。1954 年 8 月，粤西行署成立了全区高小、初中毕业生升学及从事劳动生产指导委员会，要求各县妥善安排初中、高小毕业生的升学与就业。1955 年 5 月，湛江市召开教育工作会议，传达教育厅教育工作会议精神，继续执行中央"整顿巩固、重点发展、提高质量、稳步前进"的方针。在这段时间，湛江市为了提高小学行政干部的政治素质和业务水平，于雷州师范学校举办了粤西区小学行政干部讲习班，许克任主任，陈允锴任副主任，抽调各县的小学校长轮批参加学习。另外，为了为强党对小学教育的领导，中共湛江市文教卫生总支部开始在小学教育中建党，霞山、赤坎两市区都成立了小学联合支部，初期吸收了市四小教导主任潘德等入党，市区小学开始有了党的组织。同年12月，教育部召开全国普教会议，确定1956年教育工作的方针是："加速发展，提高质量，全面规划，加强领导"。市教育部门执行这一方针，进一步巩固小学学生学额，防止减少现象，市区小学又秋季开学，由于市区增招学生2000人，因此师资、校舍均不足，帮各小学普遍采取二部制，以满足儿童入学要求。1957年，湛江市区小学在校学生数达33077人，比1955年25822人增长28%。

由于"左"倾思想影响，1958年后湛江地区小学教育发展受到很大的冲击。1958年1月，和全国各地一样，湛江市及各县开展在教师队伍中反右派斗争的整风运动。市区、郊区小教师700多人，雷东县小学教师480多人在霞山市二中参加整风学习，至3月份整风运动告一段落，在全市小学教师中划了一批"右派分子"，教学秩序受到一定影响。1958年9月，省教育厅发出《关于学习陆定一同志教育必须与生产劳动相结合》的通知，市属各小学开始执委"勤工俭学"和"勤工办学"的方针，市一小、市四小、市九小等校提出办公费由自己学校解决，组织学生至厂、场参加生产劳动，教师组织理发组为学生理发。市一小、市四小组织学生至糖果厂包糖果。1958年9月，湛江市各小学掀起大炼钢铁运动，9月底止各小学拾废铁42134斤，平均每个学生10斤以上。各小学还办起了各种类型的小工厂44间，小农场29个，以及服务小组一批。在执行教育与生产劳动相结合的运动过程中，学生参加社会活动和生产劳动时间过多，导致教学秩序大受影响。1960年，根据中央"以农业为基础，大办农业，大办粮食"的方针，中共湛江市委文教局负责人做专题广播讲话，号召文教战线支援农业生产，满 16 岁的小学生均要转读业余小学，以便参加生产劳动。之后湛江地区大部分农村小学从三年级起一律改为二部制，实行半天学习，半天劳动。9 月底，由赤坎和霞山区党委组织教育战线支农检查团到各县检查研究，总结经验。湛江市和各县按照行署制定的"农村小学实行二部制试行办法"，对部分农村小学实行二部制。湛江市郊区 73 所公办小学、4 所民办小学，都实行了二部制。农村小学实行二部制后，由于学生每天能有半天参加劳动，给家庭增加了收入，使农村子女解决了入学经济困难的问题，从而推动了小学的普及。但实行二部制后，学生读书时间大量减少，影响教育质量。不久，"大跃进"的负面影响逐渐扩大，教育质量也出现明显下降问题。根据省委布置，湛江市委也开始教育系统反思工作。之后市教育局在霞山、赤坎两区小学举行大规模的语文、算术公开示范教学。同时，进行学制改革试验，将小学六年制改为五年制。市五小、雷师附小等校作为试验新教材的学校，试验效果良好。

1961 年，市教育局按照中央"调整、巩固、充实、提高"的方针，在农村处理了一批"超龄生"，在市区精简了一批代课、试用教师。1962 年，教育局继续执行这一方针，调整下放一批初中教师到小学任教，充实小学的教学力量。从 1958 至 1962 年，市小学教育的发展经历了两个大起大落的阶段。经过调整充实提高后，1962 年的湛江市小学在校人数为 59897 人，比 1958 年的 67102 人还少了 7205 人，为 1958 年的 89.2%。到"文革"前，小学教育又有较大的发展。

总之，从 1966 年至 1976 年，湛江市小学教育在"十年浩劫"中受到严重破坏，教学质量大幅度下降。

（二）新中国成立前，小学的学制一直是沿用民国时期仿欧美教育制度的"四、二分段制"。新中国成立后，小学学制依照中央人民政府政务院教育部的指示精神，学制几经改革，取消了为帝国主义、封建主义和官僚主义资本主义服务的旧学制，逐渐建立起为人民大众服务的新学制。新中国成立初期，湛江市各类小学在恢复和整顿时期，仍是沿用民国时期的"四、二分段制"。1950年，教育部在北京进行五年学制改革实验后，至1951年10月1日，政务院公布施行《关于改革学制的决定》，有关小学教育方面内容为："对儿童实施初等教育的学校为小学，修业年限为五年，实行一贯制。入学年龄以7周岁为标准。"教育部也做出决定："全国各地除个别地区外，不分城乡，小学自1952年秋季一年级新生起，一律开始实行五年一贯制。"

但按照当时省文教厅的意见，根据目前人民的一般经济情况，宜暂时保留"四、二制"为主，以五年一贯制作为重点试验，待人民生活普遍好转和五年一贯制取得经验后，再全面推行五年一贯制。1953年11月26日，政务院发出《关于整顿和改进小学教育的指示》中又规定："关于小学五年一贯制，从执行情况看，由于师资教材等条件准备不足，不宜继续推行。因此，已从本学年起，一律暂行停止推行。小学学制仍沿用'四、二制,分初、高两级'。"1958 年至 1961 年,全省较大规模的学制改革试验再次兴起,多数实验五年一贯制或十年一贯制,少数实验九年一贯制。湛江市五小等校进行五年一贯制实验,湛江市八小进行九年一贯制实验。1963 年 7 月 27 日,教育部发出《关于坚持进行中小学教学改革试验的通知》规定:"小学继续试验五年一贯制,要求达到新订六年制小学教学计划的程度,试验学校可以多一些。"1963 年,教育部颁发的十二年制中小学新教学计划,学制主要还是六年,五年一贯制仍然是试验阶段。这一时期,湛江市继续进行学制试验。"文革"期间,学制混乱,没有一定规定,但从 1966 年至 1973 年,小学大多数试行五年一贯制。

新中国成立后,湛江小学教学方法有了很大改进,国家制定了各类学校的教学计划,编订了各科的教学大纲,教师明确课堂教学是教学工作的基本形式,严格按照国家的教学计划和教学大纲进行教学，要求教师在钻研教材的基础上，编写好课时计划和教案进行教学才上课。这样逐步克服了长期以来在教学工作上的盲目性和无政府状态，这是教学方法上的一个重大改革。之后，湛江市各小学普遍学习苏联凯洛夫的《教育学》以及普希金等专家的教学经验，进一步改革教学方法，如在课堂教学上，推行"五个环节教学法"，即在一堂课中都有组织教学、检查复习、讲授新课、复习巩固、布置作业这五个步骤，贯彻教学方法上的"五个原则"，即自觉性原则、系统性原则、量力性原则、直观性原则、巩固性原则。还有学习苏联的"五级记分法"。特别是1953年苏联专家普希金在北京举行初中语文《红领巾》观摩教学课，在全国中小学的影响很大。1958年，提出了"教育要与生产劳动相结合，教育要为无产阶级的政治服务"的方针，教育战线也进行"大革新"，教学上冲破苏联"五个环节教学法"的框框，出现学生劳动过多、教学秩序不正常、教学质量下降的现象。1963年以后，在教学中提倡运用"启发式"教学法，运用毛泽东"十大教授法"，反对满堂灌的教学方法，并提倡精讲多练，精批细改，加强双基训练，千方百计提高教学质量。"文革"期间，教学方法混乱，提出"开门办学"、下乡下厂备课上课，向工农学习，请工人来校代教师上课。数学科实行"三算结合"等等，整个教学秩序受到很大冲击。

四、新中国前三十年湛江地区中学教育的变革

（一）新中国成立后，政府根据《共同纲领》"加强中学教育"的规定，逐步对旧有普通中学进行根本改造，大力发展中学教育事业。1950年2月，市军管会文教组派出联络员张保护等人参加对各中学的调研和领导，对当时市属的市立第一中学、私立中正中学、培才中学、四维中学、河清中学等10所学校进行调查，并写出《对本市私立中学处理方案》。之后，市教育行政部门根据教育部发布《关于接办私立中小学的指示》，分别接办了7所私立中

学。如，1950年10月，将私立正义中学、湖光中学接办合并成立湛江市第二中学。1952年，将私立培才中学合并湛江市第一中学。至1953年下半年，我市基本完成了接管和改革旧中学的任务。"一五计划"期间，湛江市增办了5所中学，校学生由1953年度2417人增加至1957年度的5063人，增长率为104.9%。普通中学的发展基本是稳步的。

1954年开始，湛江地区中学开始逐步建立中共党组织。1955年，农业合作化高潮来到，高小毕业生多了，要求升中学，对中学压力很大。这年12月，教育部召开普通教育和师范教育计划座谈会，讨论教育事业十二规划，确定1956年教育工作方针是："加速发展，提高质量，全面规划，加强领导。"会议提出采取"戴帽子"和推行二步制的办法，大量发展中学。我市贯彻执行的结果，1956年，普通中学在校学生3132人，比1955年的2931人增加981人。是年，广东省新办小学附设初中班3226个，初中招生153236人。

1957 年至 1966 年，是我省开展全面社会主义建设的 10 年，也是中学教育继续发展的 10 年。1958年至 1965 年期间，湛江市的中学教育在贯彻执行党的教育方针、进行较大规模的教学改革试验、试行全日制中学工作条例、推行两种教育制度、改革中等教育结构、努力提高质量等方面做了大量工作，也有过深刻的教训。在这期间，中学教育一度发展过快。1958 年，普通中学达到 17 所，在校学生 6135人，比第一个"五年计划"期间 1953 年的在校学生2471 人增加 3554 人，到 1965 年的 7 年间，普通中学发展到 33 所，在校学生 10599 人，比 1963 年在校学生 7418 人增加了 3181 人，增长了 42.9%。1958年至 1965 年，全市培养初中毕业生 11230 人，高中毕业生 2812 人，为高一级学校输送了大批合格新生，有力地支援了全市的社会主义建设。此外，1958年，中共中央、国务院发出《关于教育工作的指示》，针对当时教育工作中"三脱离"的状况，提出："党的教育工作方针，是教育为无产阶级的政治服务，教育与生产劳动相结合。"教育要办三类学校，来大力发展教育事业。第一类是全日制的学校，第二类是半工半读学校，第三类是各种形式的业余学习的学校。随着工农业生产建设的"大跃进"，在"左"的思想指导下，当时一方面对普通中学提出过高的要求；另一方面，为改革普通教育结构，提出大办农业中学。工业中学和手工业中学，把高小毕业生培养成为有社会主义觉悟、有文化、又有一定生产技能的劳动者。提出大搞勤工俭学、半工半读、教育与生产劳动相结合。由于在贯彻执行过程中，湛江一度出现打乱教学正常秩序、教学质量严重下降的情况。1959 年 3 月，市区中学掀起教师下厂劳动，在工厂进行劳动备课的活动，提倡拜工人为师，在劳动实践中备课；这种情况的出现，严重地影响了中学教学质量的提高。1959 年，湛江市中学毕业生参加高考的成绩严重下降。到了 1961 年—1962 年，湛江市中学教育进行一定调整，至 1965 年底，我市的中学教育事业又有了新的发展，中学教育结构也有了一定的变化。

"十年动乱",湛江市的普通中学教育受到严重破坏。

1969 年 1 月,湛江专区在茂名召开教育革命现场会议。会议要求郊区中学初中班下放到大队,每个公社办一所高中,城市小学要附设初中班,每个自然村都要办一所小学。在市区读书的农村中学生一律回到农村附中班就读。1970 年 1 月,所谓战备需要,湛江市把城市高中搬到农村去办,在市郊的三岭山、克初岭等地以原来市一中、市二中、市三中的高中部为基础新成立了工农中学、五七中学、和跃进中学。之后,湛江地区中学教育混乱局面一直持续至"文革"结束,中学教育才重新进入良性发展阶段。

(二)新中国前三十年湛江地区中学教育体制也发生很大的变动。首先在学制方面,市教育行政部门根据政务院于 1951 年 10 月 1 日颁布了《改革学制的规定》。湛江市各级各类学校从 1952 年开始,先后均改秋季招生。中学修业年限为六年，"三、三"分段，即高、初中各三年。但在1969年根据毛主席"五·七"指示："学制缩短，教育要革命"的精神，全市中学由"三三"制改为"二二"制，即初、高中各两年。

其次在课程设置方面，也做了很大变动。如，1951年秋，实中开始设英语，1954年秋撤销，改设俄语，1959年停授。另外，1950年，政治课被正式列入课程。1956年，语文课也进行改革，分为文学、汉语两科教学，不过效果不佳，两年后撤销分科。1958年后，政治"左倾"思想开始泛滥，教育阵线也受到波及，一些带有政治色彩课程走上讲台。如当时湛江中学普遍开设"农业知识课"等课。

"文革"期间，全市中学教育课程受到冲击更为严重，根据上级关于课程设置要精简和"课程要砍掉一半"的精神，从1968年至1973年止，全市中学课程只设政治、语文、数学、外语、工业基础知识、农业基础知识几门课程。至"文革"结束前，湛江地区中学教育在课程方面过于政治化和十分不规范。

新中国成立后，市教育行政部门对中学教学改革也十分重视。1957 至 1959 年，湛江市中学进行从教材、教法两方面的教学试验。在教材方面，主要是针对"三脱离"的内容，采取砍、换、补，适当提高语文、数学的程度，恢复 1954 年停开的初中外语课，数学科把一些教材逐级下放，提高高中数学程度。在教法上，注重与实际相结合，如政治课组织参观讨论、调查研究等，加强感性认识。但是，由于当时改革要求过高过争，强调了教学上的所谓"少、慢、差、费"等现象，对教材的"砍、换、补"不当，轻视了基础知识的重要性。

1960—1963 年，省教育厅提出着重进行学制改革的试验。1960 年，成立了广东实验学校，试行中小学十年一贯制。同上，经省批准试验五年制的中学 128 所，其中 124 所使用广东师范学院编写的五年一贯制中学教材，4 所使用华南师范学院编写的十年一贯制教材。这次学制改革的试验，湛江市有部分中学参加，其中坚持试验并取得成效的是湛江市第一中学。湛江市第一中学在这期间进行有计划的"四年一贯制"和"五年一贯制"的学制改革试验，成为广东省进行高中两年赶三年的两所试验学校之一（另一所中山大学附属中学）。湛江一中学制改革试验的总结材料在当时中宣部召开的座谈会上印发。这次学制改革试验，由于条件所限，至1962年，省进行了调整，缩小试验面，至1963年，改制试验学校只保留两所（湛江一中是其中之一）。停止学制试验的中学改为实行新十二年制教学计划。

1964年起，教学改革主要围绕如何减轻学生负担来进行。当时由于片面升学率的影响，作业多，考试测验多，学生课业负担太重，影响健康。为了改变这种现象，全省修改了考试和升留级办法，规定初中考试只考政治、语文、数学和外语四科，高中考政治、语文、数学、外语、物理、化学六科，其他学科只教不考，不列入升留级标准。在教法上，贯彻少而精的原则，注意讲练结合，抓住关键、重点，分清主次。全市还总结了湛江一中、湛江二中减轻学生过重负担提高教学质量的经验，对全市的教学改革起了推动作用。

五、新中国前三十年湛江地区职业和中等教育的变动

（一）新中国成立前，湛江市职业技术教育没有基础。新中国成立初仅有极小规模的工业学校一所，学生不满百人。为了适应国民经济发展的需要和广大青年就业的要求，从 50 年代后期，湛江市城乡陆续兴办了各种形式的职业技术学校。其中农业中学为当时主要的办学模式。根据上级指示，1958年 9 月起，湛江市教育局召开了各种会议，发动城乡大办半农半读的农业中学和半工半读的各种技术学校。之后，市教育局举办了农业中学师资培训班，学员约 40 人,为时 1 个月,结业后分配到原所在乡、系统，协助筹办农业中学和各类职业技术学校。不

过由于发展过快，办学条件差。当时几乎所有农业中学都没有基本的教学设备，校舍多是借用大队公房或祠堂庙宇，教师除陈铁农中、湖光农中有少数大学本科毕业生外，多系下乡回乡知青，经费每期不足 200 元，课桌椅借用或学生自带，办学领导单位也不落实。加以三年经济困难时期的国民经济调整，到 1961 年这类学校几乎全部被压缩了。1961年后，随着国家政策调整及经济形势好转，湛江地区各种职业技术学校又很快得到发展。1963 年 9月，省教育厅召开全省农业中学会议，讨论如何总结经验，进一步办好农业中学问题，并指出：农业中学是农民集体办办的职业学校，又是半耕半读的学校，它的任务就是培养学生成为有社会主义觉悟的、有文化、有劳动技能的劳动者，为进一步实现农业水利化、机械化、电器化和化学化培养后备力量而服务。

1964 年 5 月，《南方日报》发表《棠下中学——教育革命的一面旗帜》，接着发表了《高举半工半读、半农半读的教育革命的旗帜前进》的社论。同年7月，湛江专区教育局在湛江市召开农村小学教育、职业教育、农业中学工作会议，总结发展布置简易小学、职业中学、农村农业中学的工作。9月，湛江市召开有关会议，贯彻省、地农业中学会议精神，大办半农半读学校。

1965年2月8日，湛江市成立半工半读性质的农业技术学校、化工技术学校、电器技术学校、建筑技术学校。2月15日，湛江市委召开城市半工半读教育会议，推行半工半读教育制度。市工交、财贸政治部、市委宣传部、市人委各委局、工会、共青团、妇联、工厂企业和城市各校负责人参加会议，着重讨论在湛江市发展半工半读的职业教育。会后，抽调市一中杨春华、市二中黄以能等九名教师支援农业技术学校、建筑技术学校和电器技术学校的教学工作。6月，湛江市召开农村半农半读学校会议，要农村大力发展半农半读学校。1965年上半年，全市已办起半工半读学校17所。其中分布在城市工业、运输、手工业财贸部门。农垦部门的 7 所，招收学生 515 人。

经过两年多的努力，至 1965 年底，湛江市已办起半工半读职业学校、半农半读职业学校 18 所、半农半读师范 1 所，克初劳动大学 1 所，合计在校学生 2131 人。

湛江市教育行政部门也非常重视职业技术教育发展。1958 至 1966 年，职业多系农村的农业中学，市教育局根据上级有关文件精神，从当地实际出发，安排教学计划、教学内容。这样，当时农业中学的教学计划均以结合当地农业生产实际来进行，一般来说，无严格的教学计划可言。

其次在办学形式上，职业技术教育也非常灵活。就农业来说，有三种形式，一是"四集中"的办学形式，即学习、劳动、吃饭、住宿都是集中的，即当时省提出的崖山农中的形式，在 17 所农业中学中有 9 所属于此种模式。二是分散走读的形式，即读书在校、劳动在队、食宿在家的有 5 所，三是半集中半分散的形式，有 3 所。由于办学形式的多样化，适应农村农业生产的发展，人们把这种半农半读的教育总结为"十大优越性"。另外，对于市区工业技术学校，湛江地区的办学模式也可取。当时市区有 7 所职业技术学校，除农垦技术学校外，其他 6 所都是发挥厂矿企业的办学积极性兴办的，国家基本上没有拨款，减轻市办学经费压力。

（二）在中等教育方面，新中国前三十年先后创办了湛江气象学校、湛江中等工业技术学校、湛江市化工学校、湛江财贸学校等学校。如 1964 年 8 月成立的湛江市技工学校，是利用已下马停建的市泥碳土炼油厂旧址兴建的。1965 年，校名改为"湛江市中等机械工业学校"，校内附属工厂，半工半读，以厂养校。1964、1965 两年共招生 101 人，开设车工、钳工专业，学制三年。1966 年，学校停止招生。1969 年，技校附属厂改为"湛江通用机械厂"。1976 年，该校恢复招生，临时借用湛江市石英玻璃厂的闲置厂房上课，开设车工、钳工、电工三个专业，招生 100 人。1977 年初，学校在湛江市霞山人民大道南路附近征地 25 亩，一边搞基建，一边上课。

除了普通中专外，湛江市成人中专教育从 50 年代末、60 年代初开始兴起，据不完全统计，原湛江市 1959 年参加业余中专班学习的职工共 639 人，1960 年此类班校有 22 所，职工人数增加到 1129 人，是"文革"前入学人数最多的一年。1961 年至 1965 年，入学人数逐步减少，1961 年，上半年为 565 人，下半年 523 人；1962 年，上半年 232 人，下半年 172 人；1963 年，上半年 159 人，下半年 143 人；1964 年，上半年仍为 143 人，下半年略有增加，为 310 人；1965 年，上半年又跌到 249 人，下半年再减为 198 人。"文革"期间，湛江地区成人中专处于停滞局面。

1956 年，为了适应新中国建立后气象和海洋事业迅速发展的需要，原中央气象局决定在湛江创办第二所中等气象专业学校。为此，成立了学校筹建处，由郭生文同志任主任，吕明同志任副主任，负责学校筹建工作。经过两年的艰苦创业，学校初步建成。1958 年 4 月 15 日，学校正式成立，定名为中央气象局湛江气象学校。学校成立后，海洋水文气象专业和气象专业先行招生，共招新生 360 人（含海训班）。教职工约 30 人。1959 年，三个专业全面招生，在校生达 650 人，其中海训班学员 200 人。

1960 年，中央气象局从本局机关、北京气象学校和其他属下单位调配一批干部和教师，充实湛江气象学校干部队伍和教师队伍，此后，每年又从全国范围的高校调派一批批毕业生充实师资。笔者的一位旧单位老友的父亲阮建华同志此时在中央气象局担任领导工作，时年也调配到湛江气象学校担任校长。

阮建华是一位老八路，1922 年，出生在河北省保定市阮庄的一个农民家庭。保定曾作为河北省的省会，是一座历史名城，自古人杰地灵，像春秋战国时期的廉颇，三国时期的刘备、张飞，宋代的赵匡胤、赵光义，元代的关汉卿以及抗日英雄佟麟阁和狼牙山五壮士等等，正所谓"燕赵自古多慷慨悲歌之士"。由于在抗战期间，保定是侵华日军的大本营，保定也发生了诸多中国人民反抗侵略可歌可泣的事迹和故事。20世纪五六十年代风靡全国的《敌后武工队》《烈火金刚》《野火春风斗古城》等十多部抗战题材的小说和电影里的故事就发生在保定。如《敌后武工队》里面的著名汉奸刘魁胜原型就是阮庄的地痞无赖。1937年的"七七事变"后，抗日战争爆发，我八路军一部在吕正操同志（1955年解放军第一次授衔的上将）的率领下挺进冀中地区，开辟敌后抗日根据地。在八路军工作队的教育引导下，1938年，阮建华在姐夫史立德（北大学生党员，参加过"一·二九"运动）的鼓励和引导下，年仅16岁的阮建华和大哥阮光华、表哥邱军（两人均在抗战中牺牲）一起毅然参加了八路军，走上了抗日战场。由于阮建华参加八路军之前曾在保定城里当过店铺童工，粗通文墨，在当时也算是"知识分子"

了，到了部队后便成了连队的"账房先生"，从此一直担任部队的"粮草官"。从八路军冀中军区第十分区供给股股长一直到华北野战军（华北军区）后勤部供给处处长，其间参加过"百团大战""五一反扫荡"以及解放战争的平津战役。经过战场的生死考验，阮建华逐渐成长为一名具有坚定信仰和为民族生存而战的革命战士，战功赫赫也伤痕累累。新中国成立后，曾担任军委气象局机关党委书记。

1960—1962年，国家遇到暂时经济困难，湛江气象学校三个专业相继停止招生，学校面临停办的危险。但很快随着国家全面贯彻"调整、巩固、充实、提高"的方针，国民经济迅速好转，学校又重新获得生机。"文革"前夕的1966年是湛江气象学校的兴旺发达时期之一，在校生达740多人，教职工130多人；其中专任教师76人。在这一时期，作为湛江气象学校的一把手，阮建华同志团结学校班子一班人，带领全校教职员工，克服了重重困难，使湛江气象学校始终避免了停办下马的状况。1970

年 4 月，国务院和中央军委联合发出通知，决定对气象部门实行军管，同时决定撤销湛江气象学校和北京气象学校，湛江气象学校的校园校舍划归海军南海舰队。由于做官正派、为人平易近人，阮建华在学校深得多数学生和教师的拥戴。

记得 20 世纪 70 年代中期，笔者和车间几位同事到老友的家里玩，见到已经调任湛江医学院（现广东医学院）党委副书记的阮建华同志。阮建华同志非常平易近人，相当热情地与我们几个普通工人拉家常，聊工作，没有半点"官架子"，还坚持留大伙下来吃了午饭。记得电视剧《江山》主题歌词有这么一句：老百姓是山老百姓是海，老百姓是共产党生命的源泉。阮建华生前经常对子女说起他在战争年代和"文革"期间受到老百姓掩护的经历，教育子女们要记住人民群众和我们党的血肉相连关系，要永远做好一名人民公仆。

当年，湛江气象学校撤销后，阮建华同志主动要求到工作条件相当艰苦的高州石鼓煤矿工作，表现了一名共产党干部的应有素质和担当精神。后来组织上考虑阮建华同志在湛江气象学校的工作经历，最后还是把他安排在湛江医学院（现广东医科大学）。

1976 年 4 月 20 日，中央气象局根据国务院的指示精神决定恢复湛江气象学校，根据中央气象局的指示，学校复校后设置气象通信、气象和农业气象等专业，发展规模 1280 人。5 月 3 日，在南海舰队第一招待所成立了湛江气象学校复校筹备处；1979 年 9 月 1 日，全校 63 名教职员工在霞山海滨三路（现海滨大道中 43 号）的简易校舍里举行开学典礼，迎来复校后气象专业首届 40 名新生，国家气象局发来贺电。

六、新中国前三十年湛江地区师范教育的变动

（一）从 20 世纪 30 年代起，湛江地区各县的乡村师范大多改为简易师范学校。抗战期间，多采取临时师范、联合办校等办法，或在普通中学附设

师范班等办法维持师范教育的局面。新中国成立前，湛江各县的师范学校仅有雷州师范学校、遂溪师范学校、廉江师范学校三所，湛江市区在市立中学招有师范科班1个。

新中国成立后，1949至1952年，湛江地区人民政府接管和改造中等师范学校，贯彻了"整顿巩固、重点发展、提高质量、稳步前进"的文教总方针。1952年，廉江简易师范改为廉江初级师范，1956年，又发展为廉江县师范学校，1954年，遂溪师范合并于雷州师范学校，重点发展雷师。1961年至1965年，贯彻"调整、充实、巩固、提高"的八字方针，1959年创办的湛江市师范学校于1963年停办，1960年复办的廉江师范也于1964年停办；与此同时，湛江市和海康、徐闻、吴川等县都先后开办了教师进修学校，湛江市半农半读师范学校也于1964年创办了。"文革"初期，所有的师范学校的教师进修学校都停办了，教师被遣散，校舍也多被占用。1970年以后，湛江市师范学校、雷州师范学校、湛江五县的师范学校都陆续恢复招生、上课，举办各科师长、短期培训班。1975 年，又举办二年制的师范班，择优招取高中毕业生和民办教师。

（二）新中国成立后，人民政府接管了师范学校，加强了党对师范学校的领导。广东省人民政府文教厅根据中央教育部颁发的《关于试行师范学校暂行规程草案的指示》，强调了教学工作面向小学，办好附小等问题。1954 年至 1956 年期间，贯彻了"整顿巩固、重点发展、提高质量、稳步前进"的文教总方针，将遂溪师范和雷州师范合并，雷州师范学校于 1956 年被定为全国 80 所重点装备的学校之一。1966 年至 1976 年的"十年动乱"期间，师范学校下马。1970 起，师范学校大多不按中师的宗旨办学，学制、教材、教学计划、学习年限、培养目标都不统一，多数是招收高中毕业生办专业班，培养初中教师，也有师范学校采取短期培训、轮训和巡回辅导的形式，培训中、小学师资。这样，中师不为小学培养合格小学教师，而为中学输送大多是不合格的中学教师。

中等师范学校的修业年限定为三年和四年两种。招收初中毕业生和具有同等学力的社会青年（招收民办小学教师，修业年限一般为两年）。湛江市中等师范学校的普师班，幼师班基本上是三年制的。师范学校和教师进修学校开办的脱产进修班（含各种专业班）、民师班和成人师范班，多是两年制的，中师函授班、业余进修班基本上是四年制，也有三年制的。

中等师范教育专业设置普师班除了加强语文、数学等基础知识教学和教育学、心理学等专业课的教学外，还十分强调体育、音乐、美术、英语等课程教学。

七、新中国前三十年湛江地区高等教育的发展

（一）新中国成立前，湛江市基本上没有高等教育。抗日战争期间，广州市识襄勤大学曾一度迁往赤坎上课，为时很短，还有从广州、香港迁至广

66

州湾办的成人高等教育，如中华商业学校夜班、实用高级会计学校广州湾分校等一些大专院校，为数很少，抗战胜利后这些院校也回迁原地。此外，民国时期，一些国民党官员曾筹划要在湛江办一所大学。早在1943年，曾任广东省政府主席陈济棠曾倡议要办"南路大学"。1946年，陈济棠又将此事交给国民党中央委员陈伯南负责筹备，初定为"广南大学"，但只停留在初议阶段。1947年8月间，国民党一些驻湛官员又重提办大学的事，由粤南师管区司令林英亲自向地方富绅、省参议员陈学谈募捐国币2000万元，筹办"粤南大学"。1948年7月，粤南大学筹备处公布了一项计划，拟办文学院、农学院、医学院，并决定于1949年开始招生。但后来随着解放军的炮声迫近湛江，国民党官员筹办大学的事情也就不了了之。

直至1958年全国出现了大办高等学院的高潮，湛江也不例外，一年内办起了4所高等学校：华南工学院湛江分院、中山医学院湛江分院、华南农学院湛江分院、湛江师范专科学校。上述 4 所高等学校门类较为齐全，共设 16 个专业。至 60 年代初期，这些新办的大专院校为湛江培养了一批高等专业人才。1960 年冬，党中央、国务院决定对国民经济实行"调整、巩固、充实、提高"的方针，随后于 1961 年中央决定对教育进行调整。1962 年夏，湛江师范专科学校宣告停办。同年秋，华南工学院湛江分院并入从珠海县唐家湾搬来湛江的广东水产专科学校。1963 年夏，华南农学院湛江分院宣告停办。

经过调整，中山医学院湛江分院被保留下来，也就是说，"大跃进"期间湛江办起的 4 所高等学校只留下一所。1964 年 5 月，经国务院批准该院升格为五年制专科院校，更名为湛江医学院。搬迁来湛江的广东水产专科学校，中专部迁往海口市广东水产学校，大专部保留下来。原华南工学院湛江分院机械制作专业、化工专业学生分别转入广东水产专科学校的轮机管理专业和加工专业就读，保留电机专业。1963 年 6 月，学校改由中央水产部领导，更名为湛江水产专科学校。

"文革"前夕，湛江市的高等学校能够继续办校就是上述两所。1966年5月至1976年10月期间，上述两校也和全国其他高等院校一样，受到严重破坏，教学工作停顿，干部、教师受到冲击，学校财产蒙受重大损失，停止招生长达7年之久。

（二）在教学工作方面，50年代湛江各高校都没有建立起常规的教学制度，各门课程的教学方法也没有统一规定，基本上由各门课的任课教师自己解决。60年代初，贯彻执行《高等学校暂行工作条例》，教学工作逐步走上正轨。各校均能以教学为主，并按教学计划要求，组织学生进行教学实习、生产实习、写毕业论文。课堂教学也注意到采用启发式，尽量改革学院式的教学方法，一些基础课和专业课还经常举行观摩教学，现场参观，注意理论联系实际，学生学得比较扎实。不过，"文革"后期，几所高等学校招收一批工农兵学员，实行开门办学，片面强调现场教学，学生只学到一些零碎的知识，大大削弱了理论教学，教学质量严重下降。

（三）湛江各高等学校自建校以来，都比较重视思想政治工作，把抓好思想政治教育作为办好学校的中心环节。"文革"前，各校的思想政治教育主要围绕党在各个时期的中心任务，以阶级教育为基础，解决为谁服务的宗旨问题，教育学生热爱党、坚持社会主义方向，以及树立群众观点，反对"三脱离"等，这些教育产生了良好的效果，提高了学生的政治素质，为国家输送了一批合格的受高等教育的人才。

纵观历史，新中国前三十年湛江教育伴随湛江的经济发展及当时政府对湛江教育管理的加强而逐渐发展起来。以 1949 年为起点，湛江逐步建立了新的教育体系，成为粤西地区教育中心，并随着湛江经济的繁荣，使湛江成为仅次于广州的省域第二大教育中心。所以尽管新中国前三十年湛江地区教育虽遇到很大困难与波动，特别是经费不足长期制约其发展，中间还受到多次的政治运动冲击，但其取得成绩是令人瞩目的，那一代湛江教育人汗水是不容抹杀的。

第二章

改革开放时期的湛江教育

　　1978 年 12 月，中共中央召开了十一届三中全会。会议重新确立了马克思主义的思想路线、政治路线和组织路线，确定了"解放思想，开动脑筋，实事求是，团结一致向前看"的指导方针，果断停止了"以阶级斗争为纲"的口号，制定了把工作重点转移到社会主义现代化建设上来的战略决策。湛江教育事业经过两年多的拨乱反正、调整恢复，逐步进入正轨，进入了崭新的历史时期。

　　1985 年 5 月，党中央召开改革开放后第一次全国教育工作会议，颁布了《中共中央关于教育体制改革的决定》，做出了推进教育体制改革等重大决策。同年 6 月，湛江市教育局召开教育改革座谈会，贯彻省、市教学改革会议精神，抓紧抓好教学改革，决定改革教育管理体制，实行九年义务教育，调整中等教育结构，发展职业技术教育等。1986 年，全国人大颁布实施《中华人民共和国义务教育法》（以下简称《义务教育法》），湛江市教育系统认真学习，深入贯彻，结合湛江教育实际，大力组织实施九年义务教育，并取得了显著的成效。

1993 年 3 月，国务院颁发《中国教育改革和发展纲要》，提出了全国加快教育改革发展的新目标。1994 年 6 月，党中央、国务院召开改革开放以来的第二次全国教育工作会议，动员实施《中国教育改革和发展纲要》。湛江市紧跟时代步伐，按照国家要求，于 1996 年 10 月全面普及九年义务教育。是年，湛江市顺利完成基本实现九年义务教育、基本扫除青壮年文盲（简称"两基"）的任务，得到了广东省教育厅和省人民政府的充分肯定。

1999 年 1 月，国务院正式批转教育部制定的《面向 21 世纪教育振兴行动计划》，该计划提出了跨世纪教育改革与发展的蓝图。1996 年 6 月，中共中央召开改革开放以来的第三次全国教育工作会议，颁布了《关于深化教育改革全面推进素质教育的决定》，对 21 世纪中国教育改革发展做出了全面部署。是年 7 月，湛江市教育系统开展了学习贯彻全国教育会议精神和中共中央国务院《关于深化教育改革全面推进素质教育的决定》。同年 12 月 22 日，湛江市人民政府发出湛府〔1999〕60 号文《印发 999 湛江教育产业发展计划的通知》，提出"顺应时代要求，积极稳定地推进改革，把教育作为一个产业来发展，改善办学条件，营造实施素质教育的良好环境，加快推进素质教育的步伐，加快人才培养，刺激教育消费、带动内需、促进全市经济和社会发展"。至此，改革开放以来的湛江教育基本实现"全面普及、全面合格"的目标。

第一节　教育改革

以 1978 年十一届三中全会召开为标志,我国政治、经济、文化各个领域走上了改革开放的新道路。湛江市教育系统以解放思想实事求是的精神，以推进教育发展为目标，开启了教育改革新篇章。1985 年 5 月 27 日，中共中央颁布《关于教育体制改革的决定》，"湛江市教育系统认真学习、深入贯彻，结合湛江教育的实际，在教育体制、教育结构、教育教学三大领域实施了一系列改革。大力组织实施九年义务教育，成为这一时期湛江教育的最大特色"。

一、教育管理体制改革

1985 年 5 月 27 日，中共中央颁布《关于教育体制改革的决定》,提出了教育体制改革的目标和方向。决定从教育体制改革入手,加强宏观管理的同时,实行简政放权,扩大学校办学自主权,调整教育结构。湛江市按照《关于教育体制改革的决定》的精神,开展了教育体制改革。

（一）教育外部：实行分级办学、分级管理

湛江市按照《决定》的精神和有关法律规定,在全市范围内开展了教育体制领域的改革。在教育外部,实行以分级办学、分级管理为主要内容的办学体制改革,将基础教育管理权下放到乡（镇）、村,使基础教育更好地为农村经济发展服务。1987 年 7 月 31 日,湛江市教委召开教育改革研讨会,总结几年来我市开展教育管理体制改革的经验,研究探索进一步深化改革的理论、政策和措施。会议提出,市着重管好地方（含成人）高校、师范学校、市属中专、市技工学校、市重点中学,区主要办好管好普通中小学、公办幼儿园、职业学校和教师进修学校,县主要办好管好完全中学、职业学校、实验小学、实验幼儿园等。乡镇要办好小学、初级中学和成人教育中心。局（公司）、企事业单位要办好管好所属的各类学校。同时要求市、区、县各级都要办好一批示范性学校。

1988 年 4 月 12 日，湛江市教委在遂溪县召开城镇学校教育管理体制改革工作会议，参加会议的有各县区教育局局长、县城镇的镇长和教办主任，会议主要内容是进一步研究探讨城镇学校开展体制改革的问题。这次会议对促进湛江市教育体制改革起到了积极作用，将教育体制改革深入城镇学校。

分级办学、分级管理体制的实行，明确了市、区、县、乡镇各级的职责和权限，调动了各级政府办学的积极性，发动社会多渠道办学、为全面实施义务教育奠定了基础。从 1987 年开始，这种新的基础教育管理体制产生的效果显著。各级党委政府纷纷把教育发展纳入当地的经济建设和社会发展的总规划，制定目标，落实责任。同时，社会各界和人民群众办学积极性提高，使得不少学校的办学条件明显改善，尤其是乡镇农村中小学的办学条件改善明显。

（二）教育内部：实行"两聘两制一包一奖"制

湛江市开始有计划、有步骤地实行"两聘两制一包一奖"制度（是指在学校内部管理上采取聘任校长和教师，实行校长负责制、教师岗位责任制和学校经费包干、部分浮动奖励工资的管理体制）。1982年初，为了革除旧的学校内部管理体制存在"大锅饭""铁饭碗"弊端，提出了以实行校长任期目标责任制为核心，全面推进"两聘两制一包一奖"的学校内部管理体制改革计划，并在廉江县吉水镇开展试点。1984年8月，湛江市市政府文教办和市教育局干部在湛江市人民政府巡视员李润华的带领下深入廉江县吉水区、遂溪县城城月区、海康县白沙区以及徐闻县城南区开展相关教育管理改革调研，进一步促进了"两聘两制一包一奖"的学校内部管理体制改革。1985年春，在市中小学全面铺开。"两聘两制一包一奖"

管理体制的主要内容是以实行校长任期目标责任制为核心，实行校长聘任制、教师聘任制、教师岗位责任制、学校工资总额包干和浮动奖金制的一系列制度改革。实行校长任期目标责任制，明确校长的责、权、利，然后进行校长聘任，任期一般是3—6年，可以连任连聘。实行教师聘任制，对教师进行全员聘任，任期3—6年。改革学校的财务管理制度。实行学校工资总额包干和浮动奖金制，扩大校长的经济自主权，按照"多劳多得，优劳优得"的分配原则，克服平均主义，改变过去"干多干少、干好干坏一个样"的不合理状况。到1990年底，全市完成两聘两制工作学校2275所，占学校总数98.4%，全部完成两聘两制一包一奖改革的学校1158所，占50.1%.在这场改革中，全市落聘校长156人，落聘教师729人，占中小学校长教师总数的2%。实行以校长任期目标责任制为核心的"两聘两制一包一奖"学校内部管理体制改革，对激活学校内部活力，调动校长、教师积极性发挥重要作用。学校内部管理制度的改革和深化，形成了竞争激烈的用人机制，在教师资源配置、教师队伍结构、师资队伍素质、教师队伍活力等方面都有着明显的效果。

二、教育结构改革

（一）基础教育

1.普及基础教育

基础教育，就是人们在成长中为了获取更多学问而在先期要掌握的知识。就如同盖房子先要打地基一样，要想学好一门语言就要从认字开始。基础教育，作为造就人才和提高国民素质的奠基工程，在世界各国面向 21 世纪的教育改革中占有重要地位。

我国基础教育包括幼儿教育、小学教育、普通中学教育（初中、高中）。1949 年以前，中国的基础教育十分薄弱，教育发展最高年的 1946 年，全国只有幼儿园 1300 所，小学 28.9 万所，中学 4266 所。1949

年新中国成立后，中央和地方各级政府非常重视发展基础教育，投入大量的人力和财力普及教育。特别是1978年改革开放以来，中国的基础教育事业进入了一个新的发展时期。1979年，中共中央决定对国民经济实行"调整、改革、整顿、提高"的方针。1980年，中共中央、国务院发布《关于普及小学教育若干问题的决定》；根据国家和广东省的要求，湛江市对普及小学教育工作进行了统一规划，提出了入学率、巩固率、毕业率等方面的基本要求。由于各级领导的重视，全市普及小学教育工作进展较快。1982年，各级党委和政府积极采取措施贯彻中共中央、国务院《关于普及小学教育若干问题的决定》，深入农村进行调查，发动群众办学，着重解决农村生产体制变革农村小学校园出现的问题，重视贯彻落实好中央提出的"两条腿走路"，多层次办学。

1982年8月，国务院批准国家教育部、国家计委、经委、财政部在北京召开全国中小学校开展勤工俭学工作会议，湛江地区遵循会议内容，同时积极贯彻"教育为社会主义经济建设服务，教育与生产劳动相结合"的方针，组织各县（市、区）教育行政部门和中小学校开展具有时代性的勤工俭学活动，湛江地区教育局被授予"广东省和全国的勤工俭学工作先进单位"称号，中共广东省委、广东省人民政府和全国勤工俭学工作会议都给予了表彰和奖励。后湛江地区经过地、市、县、区教育部门分别组织的检查验收，至同年 12 月，按照省定标准，化州、高州、吴川已普及小学教育；1983 年 11 月，湛江市教育局组织检查验收廉江县的普及小学教育工作，报省授予"普及小学先进县"称号；《湛江市基础教育 1978—2000 年历年发展基本情况统计表》记录，湛江市普通中学由 1978 年的 165 所发展到 2000 年的 326 所，学校数增长 49.2%；在校中学生由 251233 人发展到 399122 人，学生人数增长 37.05%；中学教职员由 14283 人发展到 22480 人，增长 36.5%。小学校数由 1749 所发展到 2208 所，学校数增长 20.7%；在校小学生由 679355 人发展到

990835 人，增长 31.4%；小学教职员由 27491 发展到 40032 人，增长 31.3%。幼儿园由 394 所发展到 1334 所，园数增长 70.5%；在园幼儿人数由 14884 人发展到 172553 人，增长 91.4%；幼儿教职员由 1409 人发展到 6722 人，增长 79%。

2.教育质量

联合国教科文组织 1998 年《世界教育报告》的中心内容就是"教师和变革世界中的教学工作"，呼吁在新技术革命不断深入社会生活各个领域的社会现实面前，重视教师培训和教师社会、经济地位的提高。教科文组织总干事马约尔先生在《报告》的前言中，高度评价教师的社会作用。他指出："在即将跨越 21 世纪的门槛时，青年一代的教育从来没有像现在这样更迫切地需要我们的承诺和资源；我们的教师从来没有像现在这样对我们共同的未来举足轻重。"事实上，80 年代以来，许多国家已经采取了诸多切实可行的措施来努力提高中小学教师的质量。其中包括要求教师不仅能够传授知识，更应该具有创新意识，掌握现代教学技术，在教会学生知识的同时教会他们掌握发现知识、学会学习的本领；制定基础教育教师资格审定制度；加强中小学教师的在职培训；改善基础教育教师工资待遇。

为了提高普及小学教育的质量，广东省教育厅在湛江市遂溪县召开广东省西片 36 个市县区普及小学教育工作汇报会，现场参观附城公社、黄略公社的普及小学教育工作情况。省教育厅中小学处处长陈锦铎主持会议并做总结讲话，表扬湛江市普及小学教育工作抓得好。湛江市教育局重新组建后召开第一次县、区教育局局长会议，强调继续贯彻"调整、改革、整顿、提高"的方针，把全市教育工作搞好。

办好优质教育，在财力很有限的情况下，经费投入、师资队伍、优势生源等向重点学校优先倾斜确实有其必要性，但是也产生了负面影响，造成了"两极分化"。从以前到现在，重点学校大部分已成为家长和学生向往推崇的名校。它们在提高基础教育的水平和质量和在向高一级学校输送高质量的生源方面发挥了极其重要的作用,加快了人才的培养。而经济和社会的发展、义务教育的实施、以及老百姓生活水平的提高,让人们对高质量的教育更加热衷,由此造成了愈演愈烈的择校热。

3.教育现代化

1985 年,《中共中央关于教育体制改革的决定》第一次明确提出了要有步骤地实行九年制义务教育的宏伟目标。1986 年 4 月,《中华人民共和国义务教育法》正式公布,标志着我国从此确立了实施义务教育的制度。《义务教育法》是新中国成立以来颁布的第一个教育方面的法律。湛江市各级政府依法把教育放在优先发展的战略地位,把普及九年制义务教育放在"重中之重"的地位来抓,依法举办义务教育学校,筹措经费,配备教师以及保证必备的办学条件等。

湛江市率先实施九年义务教育。1986 年 1 月,中共湛江市委、市政府召开湛江市教育工作会议,各县（市、区）分管教育工作的副县（市、区）长、党委宣传部部长、教育局局长等 98 人参加了会议。会议确定要认真学习贯彻《中共中央关于教育体制改革的决定》，联系湛江的实际情况，实事求是把教育体制改革搞好。同年，湛江市教委召开教育改革研讨会，总结交流几年来实行教育体制改革的经验，进一步研究如何更好地贯彻中央和省委市委的有关指示，制定《湛江市普及九年义务教育的实施意见》和《湛江市 1986—1992 年普及初中教育规划〈修改建议稿〉》，并报市政府审批。6 月，湛江市人大七届常委会二十七次会议通过颁布《湛江市实施普及九年义务教育的决定》。在实施九年义务教育过程中，湛江市切实解决好难点、热点问题：政府对基础教育包得过多统得过死；地级、县级教育部门管理学校摊子太大、事务太多，很难管好；现行教育部门人事制度的"大锅饭"问题、"铁饭碗"问题相当严重，不利于调动教师工作积极性。针对这一系列问题的出现，市人民政府组织李润华、余陈华、陈登泰、程绍奕等人组成学习调研组，由市政府巡视员李润华率领前往山东、河北、北京等地进行学习，随后即到廉江吉水区搞教育体制改革试点。后来一直扩大试点范围，1984 年 12 月，湛江市政府转发市教育局和市财政局《关于市区集资办学问题的报告》，指示徐闻、遂溪、廉江为第一批从 1983 年开始开展农村教育体制改革，海康为第二批从 1985 年展开；吴川、湛江郊区、坡头区、赤坎区和霞山区为第三批从 1985 年展开。1985 年春，全市农村教育体制改革在全市广大农村的县、区、乡全面铺开。湛江市教育局以这些措施来探索基础教育的发展方向，以适应我市经济发展的新需要，以适应教育现代化的发展。

1999 年，初国务院批转了教育部制定的《面向 21 世纪教育振兴行动计划》，这一计划是教育战线落实"科教兴国"伟大战略的具体举措，是在落实《中华人民共和国教育法》及《中国教育改革和发展纲要》基础上提出的跨世纪教育改革和发展的施工蓝图。6月，中共中央、国务院发布了《关于深化教育改革，全面推进素质教育的决定》，为构建21世纪充满生机活力的具有中国特色的社会主义教育体系指明了方向。

（二）职业技术教育

所谓职业技术教育，指通过职业学校和职业培训机构，对劳动者进行的从事非专门性的职业知识、技能和态度的培训，以便他们现在或将来能顺利获得职业的活动。湛江市职业技术教育在办学类型上可以划分成普通中专、职业高中（含职业中专）、技工学校等。改革开放之后，经济不断发展，社会对各类技术性人才的需求也随之增加，尤其是第三产业从业人员的需求急剧增加，湛江市的职业技术教育在这种环境下迅速发展起来。湛江市普通中等专业学校、中等师范学校开办较早，但农职业中学在1956年以前没有，1957年才有一所，在校生62人，到了1966年发展到261所，在校生18127人，1967—1979年因"文革"影响绝大多数停办了。

1.起步发展

改革开放之初，湛江和全国一样，生产劳动急切需要大量的技术性人才，于是初、中级技术人才、管理人才和高素质的劳动者得到了重视。然而，由于教育结构单一、旧时的破坏、现今的经济迟滞等，处于当时环境的学生大多无一技之长，面对社会的挑战与压力束手无策，必须重新投入学习中去。在"六五"计划的第一年，即1981年，湛江市普通中专学校有7所，在校学生有1328人，教职人员有449人，专任教师有200人；中等师范有4所，在校学生有1375人，教职人员有261人，专任教师有117人；农职业中学有7所，在校学生2001人，教职人员有180人，专任教师有98人。其中，农业中学有4所，在校学生有1600人，职业中学3所，在校学生有401人。

1982年11月，在广东省人民政府批转省文教办公室《关于加强我省中等教育结构改革工作的意见》的要求下，湛江市不断改革中等教育结构，发展职业教育事业。1983年3月17日，省委、省政府做出《关于努力开创我省教育事业新局面的决定》，提出开创本省教育事业新局面的方针和主要任务，必须贯彻落实执行"调整、改革、提高、发展"的方针，积极进行改革，大力普及初等教育，加强中等职业教育和高等教育，发展包括干部教育、职工教育、农民教育、扫除文盲在内的城乡各级各类教育事业，不断提高教育质量，培养各种专业人才，提高全省各族人民的科学文化水平。6月23日，省教育厅、劳动人事局、财政厅、计委转发国家"三部一委"（教育部、劳动人事部、财政部、计委）《关于改革城市中等教育结构，发展职业技术教育的意见》，该意见确立了职业技术教育应有的地位，进一步明确改革中等教育结构，发展职业技术教育的方向、途径和要求。

至1985年，全市有中等职业技术学校54所。其中，普通中专学校9所，在校生2796人；中等师范学校4所，在校生1797人；职业中学21所，在校生 6309 人；技工学校 8 所，在校生 1030 人；另有成人中专学校 8 所，农业技术学校 4 所；全市中等职业技术学校在校生数占高中阶段在校生的 28%。

2.快速发展

《中共中央关于教育体制改革的决定》《国务院关于大力发展职业技术教育的决定》、中共中央、国务院《中国教育改革和发展纲要》等一系列历史性文件的颁发，有力地推动了职业技术教育事业的全面崛起。在"七五"期间，湛江市制定了《湛江市"七五"期间中等职业技术教育事业教育发展规划》。

1986 年 7 月，中央召开了新中国成立以来第一次全国性的职业技术教育工作会议。同年，全市有普通中专学校 11 所，招生 1611 人，在校生 3523 人；中等师范学校 4 所，招生 837 人，在校生 1929 人；技工学校 7 所，招生 550 人，在校生 1530 人；职业高中 28 所，招生 4249 人，在校生 8292 人。

"八五"期间，湛江市制定的《湛江市"八五"期间中等职业技术教育事业发展规划》指出了职业技术教育的基本任务和目标要求。职业技术教育的基本任务是要以党的十三届七中全会精神为指导，进一步落实"教育必须为社会主义建设服务，社会主义建设必须依靠教育"的方针。职业技术教育的目标是要努力办好现有的各类中等职业技术学校，对现有技工学校按照"整顿、协调、充实、提高，积极挖潜，稳步发展"的方针，以提高教育质量为中心，有计划、有步骤地发展。1991年，全市普通中专学校11所，在校生6415人，中等师范学校4所，在校生2264人，职业高中48所，在校生23082人，技工学校11所。

3.稳步发展

1996年，《中华人民共和国职业教育法》正式颁布实施，我国的职业教育开始进入法制轨道。同年，市教委根据《中国教育改革和发展纲要》实施意见及省、市教育工作会议做出的对教育发展的具体目标和要求，制定了《湛江市"九五"期间和2010 年教育事业发展规划》，确定"九五"规划和2001—2010 年的远景规划。

湛江市为深入贯彻《中共广东省委广东省人民政府关于加快推进职业技术教育改革发展的决定》（粤发〔2011〕14 号）和《广东省职业技术改革发展规划纲要（2010—2020)》，进一步增强职业教育对经济社会发展的服务能力，结合湛江市实际大力推进中等职业教育改革发展，全力打造粤西中等职业教育基地。

各级政府对职业教育进行重新定位，牢固树立"抓职教就是抓经济""发展职教就是发展先进生产力"的新观念，把职业教育作为提升湛江城市综合竞争力、增强人力资源能力建设、体现湛江教育综合发展实力的重要举措和普及高中阶段教育的有效增长点，树立发展职教与普教并重的观念，把发展高中阶段教育的重心放到发展职业教育上来，在政府投入、师资配备等方面给予政策倾斜。促进城乡统筹发展，紧紧围绕湛江市经济建设和社会发展的总目标，以服务为宗旨，以就业为导向，通过教育体制改革、机制创新和资源整合，探索集团化办学新路，进一步扩大中等职业学校办学规模，加强内涵建设，提高办学质量和效益，着力打造粤西中等职业教育基地，为全面建设幸福湛江提供人才保障和智力支持。

目前，湛江市职业教育正积极探索集团化办学新路，努力完善办学条件，全面提高教育质量，坚持走规模发展和内涵发展之路。打造中等职业教育强市和人力资源强市，初步建成粤西中等职业教育基地，为粤西地区乃至全省经济社会发展提供有效服务和人才支持。

（三）普通高等教育

普通高等教育，指主要包括全日制普通博士学位研究生、全日制普通硕士学位研究生（包括学术型硕士和专业硕士）、全日制普通第二学士学位、全日制普通本科（包括通过高考录取的四年制、五年制本科和通过统招专升本考试录取的二年制本科)、全日制普通专科(高职高专)。我国实施普通高等教育的教育机构有普通全日制本科(大学、学院)、普通全日制专科(高等职业技术学院/职业学院、高等专科学校)。

1985年5月,《中共中央关于教育体制改革的决定》提出:"高等学校担负着培养高级专门人才和发展科学技术文化的重大任务。我国高等教育发展的战略目标是:到本世纪末,建成科类齐全,层次、比例合理的体系,总规模达到与我国经济实力相当的水平;高级专门人才的培养基本上立足于国内;能为自主地进行科学技术开发和解决社会主义现代化建设中重大理论问题和实际问题作出较大贡献。"

1979年9月18日,中共中央批转了教育部党组《关于建议重新颁发〈关于加强高等学校统一领导、分级管理的决定〉的报告》,肯定了1963年《关于加强高等学校统一领导、分级管理的决定》的实行效果,重申其基本精神和各项主要规定仍然是适用的，并要求各地研究执行。

1999 年 1 月 13 日，国务院正式转发了教育部《面向 21 世纪教育振兴行动计划》，该计划是为了实现党的十五大所确定的目标与任务，落实科教兴国战略，全面推进教育的改革的发展，提高全民族的素质和创新能力而制定的。该《计划》共提出了11 方面的规划和要求。与《计划》有关的"211 工程"建设、"长江计划""跨世纪优秀人才培养计划""春晖计划"等一列人才培养的具体实施方案已经有效地展开，并取得了可喜成果。高等学校既是基础性研究与高技术研究的一支主力，也是科技攻关、引进项目消化吸收、传统产业技术改造和高科技产业开拓的重要力量，高等学校为培养高级专门人才和发展科学技术做出重要贡献。

本时期，湛江的高等教育无论是从学校数量还是规模上，在广东省都占据着举足轻重的作用，除省会广州外，湛江是拥有高等学校最多的地级市。1954 年 9 月，雷州省立师范学校迁至赤坎寸金桥畔，

1956 年，被国家定为全国 80 所重点中等师范学校之一，成为省内规模较大的老牌师范学校，为社会培养了大量的师资力量。1977 年，经高教局批准招收师范专科生，1979 年，国务院批准成立雷州师范专科学校，1991 年，再升格为湛江师范学院。1978 年，更名为雷州师范专科学校，1991 年，升格更名为湛江师范学院。学校当时设有中文、政史、英语、数学、物理、化生、体育等 7 个系 17 个专业，中文系设有汉语言文学和应用中文专业，数学系分设本科、专科数学专业，物理系设物理专业、电子技术专业、微信计算机应用专业，化生系设化学、应用化学、生物、应用生物专业，体育系设体育、体育卫生教育专业。1978 年，成立专科学校时拥有专任教师 45 人，其中讲师 1 人；1988 年，专任教师达到 221 人，其中教授 3 人、副教授 37 人、讲师 104 人。1990 年 10 月统计，在校生 1987 人（不含联合办学、专业证书班、夜大学生），其中国家任务生 1230 人（本科 100 人，专科生 1130 人），代培生 649

人，自费生 13 人，教师专科班 95 人。截至 1990 年 7 月，已向粤西地区输送专科毕业生 5861 人。由此可见，学校整体办学实力有了较大提升。

1958 年，广东医科大学的前身中山医学院湛江分院创建，1964 年，升格为五年制医学本科院校并更名为湛江医学院。1970 年，改为地区卫生学校，1972 年，恢复湛江医学院和高校体制。1973 年，开始招收专科生，1977 年起，招 5 年制本科生。1982 年，是全国首批获准有学士学位授予权单位，并在 1986 年获得硕士学位授予权。并设有医疗科室齐全，设备完善的综合性附属医院。1992 年，易名为广东医学院。学院坐落在霞山文明东路两侧，北是院本部和教学区，南为住宅区，占地 162000 平方米。1979—1987 年，建成教学实验楼 1618 平方米。1984 年，建成的图书馆大楼 4334 平方米，藏中外书刊 14 万册。1979—1983 年，新建设的标准教学楼 3298 平方米。1981 年，新建学生饭堂 1584 平方米。1987 年，建第二学生饭堂 2000 平方米。1980—1987 年，新建学生宿舍楼 9932 平方米。1978—1987 年，新建教工宿舍 168 套，共 11988 平方米，教工住房条件大为改善。1958 年创办时，教师才 12 人，1961—1966 年，先后从北京、上海、天津、沈阳、广州、江西、四川等地引进教师和医生 201 人，副教授 1 人，讲师、主治医师 38 人。1987 年，教职工 1508 人（含附属医院 881 人）。1988 年，教授有 21 人，副教授 74 人，讲师 150 人，主任医师 7 人，副主任医师 49 人，主治医师 82 人。生物化学教授梁念慈被授予"国家级有突出贡献奖的中青年专家"，被美国布兰斯大学聘为高级研究员。1958 年，创办时学生才 106 人。"文革"前，每年招生 100—150 人左右。1966—1972 年停止招生。1987 年，招生 408 人，其中本科生 263 人，专科生 61 人，成人专科生 67 人，研究生 17 人，在校学生 1624 人。

1979 年，湛江水产学院由湛江水产学校升格而成，同年开始招生本科生，是农业部所属高校。1981 年 1 月，成为首届授予学士学位的院校。当时学校设有海洋捕捞、轮机管理、船机制造与修理工艺、制冷工艺、淡水养殖和海水养殖六个专业。1988年，设海洋渔业系、食品加工系、轮机系、水产养殖系和海洋渔业、应用电子技术、热能与动力机械与装置、机械制造工艺与设备、制冷与冷藏技术、食品工程、淡水养殖和海水养殖八个本科专业。还有机械制造工艺与设备、食品工艺、制冷工艺、空调工程、淡水渔业、水产养殖六个专科两年制专业。1979年，升格为水产学院时拥有教职工495人，其中教授1人，副教授5人，讲师56人。到1988年，教职工677人，其中专任教师269人，教授7人，副教授44人，讲师117人。师资力量有了显著提升。

湛江农业专科学校是广东省属高等农业院校，位于市郊湖光岩畔，前身是创建于1958年的华南农学院湛江分院，1963年夏，湛江分院停办，改为人民公社干部学院。1964年5月，与湛江财贸学校换址。1965年7月，在湛江分院原址办湖光劳动大学，1966年6月停办。1969年初，湛江市革委会接收湖光劳动大学校址办五·七干校。1972 年，改为湛江地区农业学校。1976 年，升格为地区五·七农业大学（大专），1978 年，改为湛江五·七农学院。1978年，更名为湛江五·七农学院，学制三年，纳入国家招生计划。1980 年 5 月 7 日，经国务院批准，以湛江五·七农学院为基础建立湛江农业专科学校。1976 年，该校设有农学、畜牧两个专业。1990 年，设农学、农业经济管理、林果、畜牧 4 个系 11 个专业。建校初专任教师 79 人，其中副教授 1 人，讲师22 人，教师 37 人，助教 19 人。1985 年，专任教师141 人，其中副教授 1 人，讲师 56 人，助教 74 人。1990 年，专任教师 46 人，其中副教授 23 人，讲师45 人，助教 78 人。1981 年，在校生 925 人，毕业生 165 人。1990 年，在校生 1200 人，毕业生 633 人。

1997 年 1 月 10 日，湛江农业专科学校、湛江水产学院和湛江气象学校合并成为湛江海洋大学。

（四）民办教育

我国民办教育是在我国改革开放的时代背景

下产生的，它的产生与成长是改革开放政策在教育领域的一项重要成果。从改革开放到 21 世纪初，湛江民办教育的发展大约经历了三个阶段。

第一阶段：起步探索时期（1978—1987）。1987年前，湛江社会力量办学还处于萌芽期。1982 年，全国人大五届五次会议通过的《中华人民共和国宪法》第十九条第四款规定"国家鼓励集体经济组织，国家企业事业和其他社会力量依照法律规定举办各种教育事业。"第一次在宪法中对社会力量办学作出原则性规定。1985 年《中共中央关于教育体制改革的决定》中更进一步指出："地方要鼓励和指导国营企业、社会团体和个人办学，并在自愿的基础上鼓励单位集体和个人捐资助学，但不得强行摊派。"1986 年颁布的《中华人民共和国义务教育法》第九条第三款又进一步重申："国家鼓励企业、事业单位和其他社会力量，在当地人民政府统一管理下，按照国家规定的基本要求举办本法律规定的各类学校。"国家与政府对社会力量办学的支持和舆论向导，引起了社会的广泛关注，使沉寂 30 年的民办业余学校悄然萌发。1983 年 7 月 28 日，湛江市第一所民办性质的中学振兴中学成立，由杨飞等一批老干部筹办，校址在广东省湛江市赤坎区振兴路 88 号，与广州军区房地产管理局湛江办事处合办，是改革开放后广东省最早的社会力量创办的完全中学。1990 年，中顾委委员、广东省原省长刘田夫为学校题写校名。学校占地面积 10000 平方米，建筑面积 3540 平方米。1998 年 6 月，经广东省人民政府批准改为湛江振兴中等专业学校，第一任校长为吴卓壁。2000 年，有教学班 25 个，在校学生 1264 人，教职工 80 多人。湛江振兴中学并非纯粹的民办性质，它是民营资本与国有资本合力打造的成果。而该时期的申美职业技术学校和湛江益智文化技术培训学校则是比较早的纯民办性质的培训学校了，这两所培训学校在当时产生了一定的影响。1983 年，解放军转业干部黄龙创办申美职业技术学校，校址在霞山友谊二横路十一巷口，根据当时社会需求，开设了各种应用型专业，学员来自湛江五县四区和北京、上海、天津、河北、山西、内蒙古、辽宁、山西、福建、云南等 28 个省市自治区。1980 年，冼丽娟夫妇创办湛江益智文化技术培训学校，校址在霞山民治路 117—119 号，根据当时社会需求，设立各种应用性较强的专业。从 1988 年起，该学校坚持每个星期天都组织学员上街为市民免费理发，赢得了较好的口碑，该校在当时湛江社会力量主办的机构中具有一定的影响力。

第二阶段是稳步发展时期（1987—1991）。1987 国家教委颁布了《关于社会力量办学的若干暂行规定》，同年国家教委和财政部还联合颁发了《社会力量办学财务管理暂行规定》提出："国家鼓励集体经济组织、国家企业事业组织和其他社会力量依照法律规定举办各种教育事业，维护学校正当权益，保护办学积极性，在条件允许的情况下，尽力帮助解决办学中存在的困难，对办学成绩卓著者给予表彰和奖励。"这些法律性文件的实施标志着民办学校被纳入国家正常管理体系。国家对社会力量办学的态度由之前的积极鼓励上升到支持奖励，为社会力量办学提供了更加具体的政策支持。各地还根据国家教委有关文件精神并结合本地区实际情况，制定了关于社会力量办学管理办法和一系列鼓励政策，使民办学校稳步健康发展。据 1989 年有关资料统计，仅京、津、沪等十几座城市，经教育行政部门批准的各种民办学校已有 2000 多所，在校学生达 300 多万人。截至 1991 年底，仅民办普通中小学，全国已达 1199 所，其中中学 544 所，小学 655 所。初步形成了多类型、多层次、多学科的民办教育体系。1987 年后，湛江市社会力量办学发展迅猛。到 1987 年，市区共成立成人班校共 43 所，在校生人数 25049 人，教师 417 人。全市共办私立普通中学（含职中）7 所，在校生 1390 人，教师 84 人；私立普通小学 8 所，学生 532 人，教师 23 人。在民办成人班校 43 所中，属民主党派办的有市育才业余学校，市献力补习学校、市中山业余文化技术学校、市前进业余学校、市民进业余学校等五所。群众团体办的有无线电技术培训班、企业管理学习班、市培文高级补习学校、港城老人进修学院（后改名老人大学）、市会计学校、湛江药膳学校等六所。民办的中学有振兴中学、益智中学、育智普通高中、新华中学，以及吴川梅山完全中学、廉江安铺光明职业中学、廉江罗州中学、海康南秀初级中学、市郊群信初级中学等。私人办的有市升华外语速成学校、市私立励志业余文化班、赤坎私立培英服装剪裁学校、美的时装剪裁培训班、广州时装剪裁班、市申美职业技术学校、市剑桥美术学校、市益智文化技术培训学校、仲真书法班、新华业余技术学校、美术讲习班、私立中华会计班、求新补习学校、求知外语夜校、知用会计专修班、华南书法学校、市光明业余学校、新潮发型美容、南方服装学习班等 19 所。

第三阶段：大力发展时期（1992 年初—2000 年初）。1992 年初，邓小平南方视察谈话和党的"十四"大以后，标志着民办教育进入空前活跃和发展阶段。1993 年，《中国教育改革和发展纲要》首次明确表述了国家关于发展民办教育的"积极鼓励、大力支持、正确引导、加强管理"十六字方针。1999年，第三次全国教育工作会议召开。该次会议对中国许多教育的发展，重新制定了更为大胆和开放的定位，民办教育的定义也第一次从"对公办教育的补充"而改变为"与公办教育并重"，各级教育管理部门甚至开始直接给予部分民办学校予资金支持。湛江市委、市政府十分重视引进民间资本参与发展教育事业，支持民办教育发展，将民办教育纳入全市教育发展整体规划，深入民办教育改革，切实推进民办教育健康有序发展。

国家对民办教育实行积极鼓励、大力支持、正确引导、依法管理的方针。各级人民政府应当将民办教育事业纳入国民经济和社会发展规划。民办学校与公办学校具有同等的法律地位，国家保障民办学校的办学自主权，保障民办学校举办者、校长、教职工和受教育者的合法权益，鼓励捐资办学，对为发展民办教育事业做出突出贡献的组织和个人给予奖励和表彰。1992 年，十四大报告指出"鼓励多渠道、多形式社会集资办学和民间办学，改变国家包办教育的做法"；1993 年 2 月，中共中央、国务院颁布的《中国教育改革和发展纲要》规定，"改变政府包揽办学的格局，逐步建立以政府办学为主体、社会各界共同办学的体制"，"国家对社会团体和公民个人依法办学，采取积极鼓励、大力支持、正确引导、加强管理的方针"。民办教育推进到中、高等职业教育和职业培训领域。

1997 年，国务院颁布《社会力量办学条例》，这是新中国第一个规范民办教育的行政法规，标志着中国民办教育进入了依法办学、依法管理、依法行政的新阶段。1997 年，中国共产党第十五次全国代表大会提出了"科教兴国"战略，政府加大了教育改革与发展的力度。1999 年，全国教育工作会议提出要大力发展民办教育。会议决定，在我国第十个五年计划期间，要基本形成以政府办学为主体，公办学校与民办学校共同发展的教育格局。《中华人民共和国民办教育促进法》由中华人民共和国第九届全国人民代表大会常务委员会第三十一次会议于2002年12月28日通过，自2003年9月1日起施行。2001年，湛江市有民办幼儿园239所、在园幼儿14995人，民办普通中小学39所、在校生19859人，民办中等职业学校15所、在校生7280人。

三、办学体制改革

长期以来，湛江地区的各级各类办学机构均是政府和具有公办性质的企事业单位负责兴办。中共十一届三中全会后，尤其是1985年中共中央颁布《关于教育体制改革的决定》后，湛江涌现出一批以文化补习和技术培训为主要内容的社会力量办学机构。据统计，1982年至1987年6年间，湛江市区共批准成立的民办成人班校共43所，在学人数为25049人，教师417人。同时，全市（含5县

4区）共办起私立普通中学（含职中）共7所，在校学生1392人，教师84人；私立普通小学共8所，学生532人，教师23人。从社会各界办学情况分析，1982年至1987年，市区成立的民办成人班校43所中属民主党派办的5所，党政机关办的1所，学校集体办的6所，群众团体办的6所，企事业单位办的6所，个人办的19所。1982年，市区被批准成立的社会各界团体和个人举办的成人班校友12所，学员1745人，教师141人。其中民主党派办的2所，群众团体办的1所，学校集体办的6所，个人办的3所。1983年，市区社会各界团体和个人举办的成人班校又有8所被批准成立，共招收学员2958人，拥有教师68人。其中民主党派办的2所，企事业单位团体办的2所，个人办的4所。随着我国由计划经济体制加快向市场经济体制转变，有关教育办学体制改革的方向更加明确。1992年，《中国教育改革和发展纲要》提出，"改革办学体制。改变政府包揽办学的格局，逐渐建立起以政府

为主体，社会各界共同办学的体制。"同时指出，
"国家对社会团体和公民个人依法办学，采取积极
鼓励、大力支持、正确引导、加强管理的方针。"
1993年，湛江市委市政府制定《贯彻省委省政府
〈关于加快教育发展和改革若干问题的决定〉的实
施意见》，进一步明确，"鼓励和支持社会力量办学。
允许个人投资或集资举办各类学校。鼓励社会团体
和集体采用'民办公助''民办自助'等方式，发
展各类教育事业。"全市先后出现了振兴中学、东
方实验学校、群信学校、湛江一中培才学校等民办
学校。以政府办学为主体、社会各界共同参与办学
的多元化办学格局基本形成。民办学校成为全市教
育事业的重要组成部分，为经济社会发展做出了积
极的贡献。办学体制改革的过程，也是社会力量办
学行为日趋规范、民办教育制度逐步完善的过程。
同时，随着办学规模的扩大，办学机制的全面规范
化，也有一些民办学校存在办学资金不足，办学条
件不达标，师资队伍不稳定和教育教学质量没有保

障等问题。

四、教育教学研究与改革

粉碎"四人帮"后，1979 年 4 月，中国教育学会成立。同时，广东省教育学会也恢复了活动。1979年 7 月，省教育学会所属各研究会也相继在广州成立，这就大大推动了湛江地区和湛江市各科研究会的工作和筹建教育学会的工作。1981 年 4 月，湛江市原教育局在华侨招待所召开大会，成立了市中小学 12 个科的学科教研会，选出各科理事 128 人，都是原湛江市各科的教学骨干。同年 12 月，原湛江地区也在海滨招待所成立了地区中学 6 个科目的学科教研会，与会成员也是原地区各中学的教学骨干。1982 年 9 月，原湛江市成立了教育学会，并召开了首届理事会，由陈钧、陈方亮、许克、王广慈、罗毅等人组成。陈钧任理事长，罗毅任常务副理事长。成立仅一年，因地、市机构合并停止了活动。1984年 3 月，地市合并后，重新组成各科教研会，并在海滨宾馆召开了成立大会，各科教研会理事共 135 人。1985 年 12 月 30 日，地市合并后新的湛江市教育学会在市教委正式宣告成立。第一届理事会由程绍奕等 28 人组成。由程绍奕任会长，梁劲、许克、高哲民、李伟任副会长，程永年任秘书长。截至 1987 年，市属的霞山区、赤坎区、郊区及海康县、徐闻县、吴川县、遂溪县都已成立县（区）级教育学会。

1978 年年底，原市教育局成立了市教研组，并筹备恢复教研室。1979 年上半年，市教研组改称教研室，由罗毅、程永年负责。1983 年 9 月，地市合并，原地区教研室和原市教研室也合并，改为新的湛江市教育局教研室。1985 年下半年，市教育局教学研究室改称市教育局教育研究室。教研室这个机构对湛江地区教学研究产生了很大影响。它是我国学习苏联教育经验的产物。1979 年，全省各地教育部门陆续恢复建立教研室后，省教学研究室又拟定了《教学研究室暂行工作条例（试行草案）》15 条。这是进一步总结"文革"中广东省各地教研室的工作经验，并根据新时期的教育对教研室工作提出新任务而制定的"新条例"。从 1983 年地、市教研室合并以来，教研室的主要任务仍然是开展教材教法的教学研究、交流推广教学经验、组织教学改革和教学实验活动编写补充教材和有关学习资料。在工作质量和教研成果上均比过去有显著的提高和发展。

全面贯彻党的教育方针，实行教学改革。湛江市积极改革同社会主义现代化不相适应的教育思想、教育内容、教育方法。在教学方法上，改革传统的填鸭式、注入式教学法，实行因材施教、启发式教学。在全市推广"精讲、善导、激趣、引思"八字教学模式，各县市还从实际出发开展了一系列教改实验。在教学内容上，教材中新增为地方经济建设和社会主义现代化建设发展而服务的内容；积极组织编写地方教材，变"一纲一本"为"一纲多本"，从而逐步促进了本市中小学教学质量的提高。积极探索德育工作新形式、新方法和新途径，在中小学开展"两学会、两主动"德育活动。

本市第二课堂活动丰富多彩，各种兴趣组织不断涌现，大大地丰富了学生的课余生活，为学生的全面发展创造了良好的条件。湛江第八小学在全面推进素质教育的过程中，特别重视对学生的德育教育。其主要表现在校园楼梯处张贴有"每周一诗"，阶梯上都贴有《论语》的经典名句；《三字经》《弟子规》《论语》《千字文》《二十四孝故事》等经典作品错落有致地布置在校园的各个地方，包括走廊、宣传橱窗等。吴川梅岭小学一直秉承"自然就是美"的校训，以"科体艺活校"为品牌特色，在科学、体育、艺术等方面都有突出的表现，丰富了小学生的课余生活，培养多方面的兴趣爱好。学校近年来更是把重点放在足球教育上，还荣获了广东省中小学足球比赛的冠军。湛江第二中学、第四中学等学校鼓励学生学习如何舞狮等。将地方文化元素纳入校园教育中来，既有效地传承了优秀的传统文化，又提高了学生的艺术修养，将这种教学模式纳入学校教育工作的重点内容，实为湛江当代教育史上一大亮点。廉江一中创立伊始就以"文化立校"积淀了丰富的文化底蕴，校门正中面对的广场中央是教育圣人——孔子的塑像，两边矗立着高大的大理石柱子，柱子上还刻着孔子在《论语》中的名言名句，为学生树立敏而好学的榜样，为老师树立有教无类、因材施教的职业素质。学校还有图书馆、校史馆，用文字诗联串接而成的文化馆等，使校园文化氛围一气呵成，浸透着浓浓的书香气息和强者之音，其感染性、号召力无时无刻不在潜移默化中熏染着广大师生。

岭南地区远离中国传统文化内核，处处迸发出一种超越"传统导向"的进取精神。岭南的特异风格亦深深地体现在教育史中。湛江地区处于岭南的重中之地，当地的教育史一直走在教育改革的前沿，充分地展现了岭南地区文化的独特风采。其中最值得彰显的是湛江教育史中积累形成并取得重要成就的"家校合作"机制。

近年来，教育部在《教育改革和发展规划纲要》

中提出，教育要完善家校合作育人机制，要以《全国家庭教育指导大纲》为依据。湛江地区多所学校根据"全国优秀家长学校实验基地"和"全国优秀家长学校"的标准不断规范和发展家校工作，并结合学校实际情况，秉承"家校合力，同步育人"的宗旨，密切联系学生家长，积极与学生家长取得长期的交流合作，就学生的学习情况、成长中的心理问题等展开了及时的合作与交流，从而打造出优良特色家校育人品牌，使学校家校工作取得了突破性进展，多所学校荣获"全国优秀家长学校实验基地""全国优秀家长学校"等称号。因此，家校机制工作成了湛江当代教育史上一抹亮丽而又独特的色彩。

第二节　素质教育

一、素质教育初探期

在改革开放新时期，国家提出了全面实施素质教育的重大决策。1985年,《中共中央关于教育体制改革的决定》提出,教育体制改革的根本目的是提高民族素质,多出人才,出好人才。1993年,中共中央、国务院颁发的《中国教育改革和发展纲要》提出,"基础教育是提高民族素质的奠基工程","中小学要由'应试教育'转向全面提高国民素质的轨道",要"面向全体学生,全面提高学生的思想道德、文化科学、劳动技能和身体心理素质,促进学生生动活泼地发展,办出各自的特色"。湛江市按照中央的精神,结合本市教育发展实际,积极推进素质教育改革,并取得了初步成效。湛江市从20世纪80年代开始进行素质教育的探索和实践,大体经历了两个重要阶段:一是启动阶段(1985—1993),结合普及、实施义务教育和全面开展教育改革,湛江市素质教育改革启动;二是发展阶段(1993—2000),从《课程计划》的修订到九年制义务教育教材的更新,引发了教育教学的全面改革,素质教育在实践中发展。

（一）1985年至1993年：素质教育初探期

1985年，中共中央颁布《关于教育体制改革的决定》，湛江市就按照决定精神，在全市范围内开始了以"提高民族素质""提高劳动者素质"为目标的教育探索。指导思想是从单纯升学教育转轨到素质教育，调整了德育、智育、体育、美育、劳动教育等五育的安排，加强和改进各类教育，全面贯彻党的教育方针，采取了一系列的有效措施。

1.加强思想品德教育

湛江市根据青少年学生的认知能力和身心发展规律，分层次、分阶段进行爱国主义教育。1982年5月，教育部颁发《全日制小学思想品德教学大纲（试行草案）》，广东省教育厅教材编审组根据大纲规定，编出一到五年级共十册《思想品德试用教材》，每周授课1课时。这时期的思想品德课按照《中国人民政治协商会议共同纲领》第五章"文化教育政策"中的规定，主要在少年儿童中进行"五爱"教育（即爱祖国、爱人民、爱科学、爱劳动、爱护公共财物），并紧密结合小学生的思想实际，进行生动活泼的初步共产主义道德品质教育。思想品德课还结合社会主义新时期改革开放新形势、新特点，对小学生进行"坚持思想基本原则"的教育、培养"四有"（即有理想、有道德、有文化、有纪律）新人的教育和"法制"教育。1985 年 11 月，市教育局和市司法局召开小学思想品德教学工作会议精神，交流了法制教育工作经验，提出了加强这方面教育的措施，推动了小学的思想品德教育工作。

该时期少先队员的思想政治教育是思想品德教育的重要方面，其主要有以下几个方面：①爱国主义教育。每周一早上均举行升国旗仪式。挑选表现好的"三好"学生或优秀队员当升旗手。经常举行《伟大的社会主义祖国》为主题的参观访问和图片展览活动。②共产主义道德品质教育。开展"红花少年""红花集体"活动，开展"创三好，树新风"活动，以及"五讲四美三热爱"活动（即讲文明、讲礼貌、讲卫生、讲秩序、讲道德，心灵美、语言美、行为美、环境美，热爱祖国、热爱人民、热爱中国共产党）。③革命传统教育。这时期多数学校聘请解放军当校外辅导员，组织队员到连队营房参观访问，学习"三八作风"。湛江市区各小学大队部都设有"英雄角"，陈列本市革命烈士林才连和舍己救人的优秀民警林成烈士的英雄事迹。每年清明节，市区各小学均组织队员到寸金公园和东菊岭、菉塘等烈士陵园举行祭扫活动。

2.加强体育、美育和劳动教育

新中国成立前，小学一般均开设手工、劳动等课程。新中国成立后，低年级仍有手工课，中高年级则开设劳动课。手工课主要是纸工、泥工，劳动课主要是在种植蔬菜花草等。从 50 年代末到 60 年代，劳动课改为生产劳动课：低年级仍是在课堂上做手工、纸工，并在校内搞清洁。中高年级到校办校园地进行种植劳动，或到附近工厂、生产队参加车间田间的生产劳动，收入归学校所有。到了 60 年代，提出"教育必须与生产劳动相结合"的方针，学校的生产劳动时间更多。特别是"大跃进"和国民经济困难时期，学校也搞"大办农业"，影响了正常的教学秩序。"文革"期间，市区各学校大兴校办小农场、小工厂。1975年，掀起大学屯昌教育革命高潮。1978年10月后，生产劳动课的安排逐渐走向正轨。一至五年级开设了手工劳动课。80年代初，小学又开设科技活动课，市教委编印《小学科技活动教材》。各类学校的劳动教育更加科学有序，学生的劳动能力和水平也得到了有效提高。

1979年5月，教育部、国家体委、卫生部、共青团中央召开全国学校体育卫生工作经验交流会，并制定下达了《中小学体育工作暂行规定》和《中小学卫生工作暂行规定》，进一步明确了中小学体育、卫生工作的任务和指导方针，全市各学校均认真贯彻执行了这两个规定，使学校的体育、卫生工作发生了可喜变化。1982年9月1日，国家体委又公布了《国家体育锻炼标准》，又为少年儿童积极参加体育锻炼，提高运动技术水平提出了明确的目标和要求。该时期的体育工作一般包括以下几个方面：
①上好"一课三操"（体育课、广播操、课间操、眼保健操）。②开展群众性的课外体育活动。小学从三年级起，即开始参加《达标》锻炼，每周有两课时的课外体育活动时间。一般小学每学期都举行全校性的单项比赛活动，如广播操、跳高、拔河等。每学期都组织春游、秋游等郊游活动。③普及与提高相结合。各中小学在开展群众性体育活动的基础上，一般都建立本校以传统项目为主的运动队伍。坚持课余训练，参加校内外各项比赛。④体育工作与卫生工作密切结合，试行医务监督，进行体育卫生知识教育。市区各中小学都设有卫生室，有条件的配备校医和必要的药品和卫生设施。各班建立学生"健康卡片"和"健康档案"，每学期请医生来校全面检查学生体格 1 次，并进行预防接种注射等。1980 年9 月，湛江地区一批学校被省列为体育传统项目试点单位。其中，足球有吴川梅菉小学和湛江市十二小学，游泳有廉江安铺镇中心小学和吴川县博铺小

学，体操有遂溪县江洪中心小学等。1981 年 12 月，广东省教育厅、省体委联合发出《关于表彰我省优秀体育教师的决定》，湛江市十二小学文冠华老师获得表彰。1984 年 1 月，湛江市被省定位参加全国学生体质健康调研片（全省三个片），在市区八小、廉江河唇小学进行检测。同年 11 月，市教育局、市体委、市卫生局联合发出《对市部分重点中小学贯彻落实两个"暂行规定"进行检查验收的通知》，对 6 所重点中小学进行检查验收，市八小、十二小获得优良成绩。90 年代初期，湛江市开展了一系列体育教学改革。徐闻县实验小学等开展了"快乐体育园地"改革实践，取得了显著效果，并提出到 2000 年，全市所有学校都建成"快乐体育园地"。

新中国成立初，各中小学大部分未配备专职的美术、音乐教师，而且也未有这些科目的教学大纲、教材，教学上的随意性很大。改革开放新时期，教育部已经编写了《音乐教学大纲》《美术教学大纲》，并逐步编出了各年级的音乐、美术教材。各学校也逐步配备了专职的音乐、美术教师，按照教材和大纲进行教学，但是该时期专职的音乐、美术教师中，相当部分的教师缺乏相应专业的高等学校专业学习经历。与此同时，市各区均成立了音乐、美术教研会。此外，各中小学还积极开展课外兴趣小组活动，开辟"第二课堂"，成立歌咏、舞蹈、美术、书法、摄影、故事、剪贴等兴趣小组，每周安排一周课定期活动。这时期的美育教育水平有了显著提高。1986年10月，市教委、市团委、科协、妇联、文化局等单位联合举办了湛江市小学、初中第二课堂活动成果巡回展览评比。这次展览评比较全面地反映了1984年以来市各县（区）小学、初中开展"第二课堂"活动实况，并为今后推动这一活动的开展打下基础。湛江市八小建立的"红领巾乐团"，先后在校内外和广西南宁等地演出，获得社会各界好评，被誉为"音乐的小摇篮"。美术比赛方面，市八小的学生崔薇、冯冬泉、钟金潮参加省南粤"小神笔"美术比赛获得优秀奖。崔薇的美术作品《猫》曾在广东省、全国儿童画展中展出，受到教育部、文化部、团中央、全国妇联、中国美术家协会的联合嘉奖，同时选送去日本参加第十三届国际儿童画展。1987年6月2日，市教委、市团委、市妇联、市文化局联合举办"湛江市初中小学紫荆花音乐舞蹈会演"，参加这次会演的有五县四区和湛江一中、湛江二中11个代表队共600多人65个节目。共评出获奖节目30个，并评出霞山区、徐闻县、吴川县、赤坎区为湛江市初中小学生紫荆花音乐舞蹈会演先进集体。

3.加强养成教育

养成教育是以培养青少年学生具有良好的文明素质为目标，以养成良好的行为习惯、礼仪规范为切入口，以师生间的感情沟通为手段，使学生个性品质逐步优化，从而形成良好的道德品质的修养过程。1986年，湛江市教育局修订了《湛江市中学生思想品德教育纲要》，在分析中学生生理、心理、道德品质形成和思想状况特点的基础上，以共产主义思想教育为核心，从道德教育入手，规定了11

项思想品德规范教育项目及其分年级要求，初步形成了对中学生进行思想平的教育序列化的新局面。与此同时，《小学德育纲要》和《中学德育大纲》的研究已在全国范围内开展起来，这项研究，在德育的培养目标上改变了原来的结构，建立了包括政治态度、思想觉悟、道德品质、马克思主义的初步观点和个性心理特征等五部分的结构模式。青春期生理、心理和道德品质教育统称为青春期教育，被正式纳入学校教育内容，为德育工作新格局的建构提供了重要依据。为减少学校德育活动中的盲目性、随意性，湛江市教育局加快了德育教材建设，修订了《中学德育纲要》，编写了《思想品德教育大纲》《中学生日常行为准则》及青春期教育纲要、法制教育资料等。1988 年，湛江市教育局制定了《湛江市中学生日常行为规范》《湛江市小学生日常行为规范》，颁发了《关于在全市中小学开展礼仪规范教育的通知》。全市各中小学依据《通知》和《规范》精神，结合学校实际开展了一系列教育活动，强化训练，狠抓落实，多年如一日，常抓不懈，使一批批中小学生在校期间铭记在各种场合中应遵守的礼仪，并内化成为自觉行为，培养了讲文明、讲礼仪的好习惯。

二、素质教育发展期

从1993年秋季开始，湛江市小学起始年级逐步采用新的《课程计划》和新编的九年制义务教育教材。以课程计划的改革和教材的更新为契机，全市开始了新一轮的教育教学改革试验，拓展了素质教育的领域。湛江市根据国家全面实施素质教育的要求，在全市范围内开展了一系列全面推进素质教育的措施。

（一）高度重视课外活动

《课程计划》中对课时安排做了一些调整，适当减少了语文、数学、外语等学科在总课时中的比例，增加了社会科学和自然科学等学科所占的比例。与此同时，体育、美术、音乐和劳动课时都有所增加。此外，90年代湛江市的早操、课间操、课外体育活动改革也卓有成效。湛江市自编手操和轻器械体操与国家颁布的广播体操、韵律操等交替轮换做，大大提高了学生做操的兴趣。课外体育活动坚持分类要求、分层推进的原则实施目标管理。对条件一般的学校，按《湛江市中小学课外体育活动评分标准》的要求组织实施，每周2—3次课外体育活动；对条件较好的学校，则按"第二课堂"的要求管理实施，使"第一课堂"与"第二课堂"有机结合，有效增强了学生的体质和培养了学生锻炼的习惯。

（二）加强科学及网络教育

湛江市的青少年科技活动，新中国成立前几乎是一片空白。50年代，学校青少年以大搞无线电活动、工艺技术教育活动和农业科学技术活动为主的科技活动获得了大发展。但在"文革"期间，这项活动完全陷入停顿。1979年8月，全国青少年科技作品展览，湛江地区选送10件作品参展，其中1

件获一等奖，2 件获二等奖，1 件获三等奖。1981 年 8 月，湛江地区科协、地区辅协受省科协、省辅协委托，在市郊硇洲岛举办了广东省青少年科技辅导员海洋生物夏令营。此后，湛江每年都开展相关的青少年科技活动或比赛。1985 年 8 月，湛江市青少年科技辅导与协会秘书长郑丕义被评为中国青少年科技辅导员协会积极分子。1999 年 3 月 18 日，湛江市召开中小学现代教育技术应用暨教育信息化工作会议，提出到 2001 年，全市中小学基本普及电话教育；30%的学校基本实现教育技术现代化，50%的学校普及计算机教育和应用多媒体及技术进行教学；20%学校建成校园网并与市网站和互联网联网，基本实现市县镇三级教育管理信息网联网。

（三）开展素质教育课程改革探索

为了推进素质教育工程，湛江市改革了基础教育课程的结构和设置，加强了学校的科技、艺术、体育和德育课程设置。1995 年开始，湛江市开展了"构建学生快乐体育园地，促进全面实施素质教育"为主体的快乐体育活动，唤起了学生体育学习的热情和兴趣，成功地促进了湛江市素质教育的实施。在课堂教学改革上，提出了"精讲、善导、激趣、引思"八字教学要求。同时，还积极进行教材改革。湛江市组织编写了《九年义务教育六年制小学语文"掌握方法总体发展"实验课本（第1—12期)》，在1999年完成三个周期实验的基础上，进一步完善。于2000年被教育部全国中小学教材审查委员会审查通过，在全国发行。1999年7月6日、10月26日、11月2日、2000年1月9日的《中国教育报》分别以《浓墨重笔书写教改篇章》《创新第一》《艺术教育花艳飘香》《增强紧迫感加快发展中小学信息技术教育》为题，对湛江市深化课堂教学改革、推进素质教育进行了全面深入的报道。素质教育的大力推进，湛江市的教育实力得到了提高。2000年，在广东省教育工作会议上，湛江市教委撰写的《以改革求发展，以创新促提高——湛江市实施素质教育的探索》被大会作为经验交流材料。2000 年，在"广东省中青年教师课题教学基本功""说课"和录像课比赛中，湛江市获国家级奖励一等奖 2 人，二等奖 1 人；省一等奖（含特等奖）8 人，二等奖 4 人。1999—2000 年，湛江市中学生参加全国、全省学科竞赛获全国一等奖 10 人、二等奖 248 人、三等奖 130 人，获省一等奖 184 人、二等奖 248 人、三等奖 405 人。

（四）探索素质教育模式

在素质教育旗帜的号召下，湛江市各中小学弘扬改革创新精神，积极进行教育教学改革，形成了一系列素质教育模式，在当时省内外产生了较大影响。"快乐体育"，可以说是最先在省内外产生较大影响的湛江素质教育改革模式。其次是"八字课堂教学模式"。该模式是湛江市教委改变满堂灌教学模式做出的积极探索，最先是在 1995—2000 年的五年教改规划中提出课堂教学"七为六性"要求，即课堂教学要以思想为导向、知识为基础、训练为主干、方法为中介、思维为核心、能力为重点、操作为体现，达到教学思想先进性、教学目标完整性、教学过程有序性、教学方法灵活性、教学手段多样性、教学效果可靠性。为了加强教学改革的操作性，1998年5月，湛江市教委明确提出课堂教学"精讲、善导、激趣、引思"的八字要求。1998年8月，正式发布《关于全面贯彻课堂教学"八字"要求的意见》，"八字"课堂教学模式在全市范围组织实施。

第三节　教师队伍

加强教师队伍建设，提高教师队伍的整体素质，是教育事业改革和发展的基础和保证。改革开放以来，湛江市采取了一系列措施加强教师队伍建设，建立并逐步完善了教师培养培训制度、教师继续教育制度、职称评聘制度、聘任录用制度、考核奖惩制度、表彰奖励制度等，逐步建立起一支数量较大、素质较高的教师队伍，为新时期教育事业发展提供了保证。

一、教师的录用与管理

改革开放初期，湛江市各级各类学校都存在着教师数量不足、素质不高、结构严重不合理等问题。在教师录用上，市政府及教育行政部门采取措施多渠道扩大师资来源，缓解中小学教师短缺的矛盾。师范院校毕业生全部分配到学校任教。同时，通过定向培养、选留优秀高中毕业生、社会招聘、从外地引进等办法，充实教师队伍。1987年，湛江市普通教育系统教职工队伍已发展到45741人，其中专任教师有36406人。同时，市里每年会安排一定的用人指标，用于民办教师转正，以稳定教师队伍。到1978年，民办教师队伍已达23713人，占整个教师队伍的54.4%。从1979年开始，根据上级教育部门的指示，整顿民办教师队伍，严格控制民办教师人数的增长，规定招聘民办教师必须经过考核，或县以上教育部门批准。同时政府拨出一部分专项指标，用于吸收优秀民办教师转为公办教师。1981年至 1987 年，全市共吸收录用 2790 名民办教师为公办教师。经过多方努力，民办教师队伍的增长得到了控制。至 1987 年，全市仍有民办教师 17000 人。

1998 年 7 月，中央组织部、人事部颁发了《关于加快推进事业单位人事制度改革的意见》，为湛江市教育系统进一步深化用人制度改革提供了重要的政策依据。该年，湛江市进行师范生分配制度改革，宣布当年入学的师范生毕业后全部自主择业，政府不再包分配。

1995 年 12 月，国务院颁布了《教师资格条例》，1996 年 1 月，原国家教委下发了《教师资格认定的过渡办法》。按照国家和省级教育行政部门的要求，至 1997 年，湛江市完成了 1993 年 12 月 31 日进入各级各类学校从事教育教学工作且在编在岗人员的教师资格过渡工作。

二、中小学教师素质逐步提高

新中国成立初期，湛江市教师队伍的文化素

质较低，学历文凭均达不到相应要求。1978 年以后，湛江市采取函授、脱产进修等多种形式和渠道提高教师队伍素质，使教师的学历合格率不断提高，到 1986—1987 学年度，市小学教师学历合格率（即小学教师具有高中、中师毕业以上文化程度）由 1978 年的 67.9%提高到 78.3%，初中学历教师合格率（专科毕业以上文化程度）由 1978 年的 3.4%提高到 29.9%。高中教师学历合格率（本科毕业以上文化程度）则有所下降（高中教师中专毕业占比例比 1978 年则增加一倍）。主要原因是高中发展速度较快，而每年高师本科毕业生数量很少，远远未能满足需要，只好从专科毕业的教师中任用；同时相当一部分具有本科学历的老教师相继退休。湛江市先后开展了培养跨世纪基础教育人才的"教坛群英"工程和"百千万"工程。至 2000—2001 学年，专任教师学历达标率小学达 99.06%，初中达到 87.19%，普通高中达到 62%，职业高中达到 33.29%，分别比 1995 年增加

2.69 个百分点、8.96 个百分点和 14.16 个百分点。教师队伍的整体素质得到了提高。

1987 年 7 月，湛江市才开始进行中小学教师专业技术职务（职称）的评审工作，中学和小学同意评出高级教师、一级教师、二级教师和三级教师。1989 年，教育界推行"两聘、两制、一包一奖"制度，试行教育部门聘任校长，试行校长任期目标责任制；校长聘任教师，试行教师聘任制度。至年底，全市评定的高级、中级职称人数 4358 人，其中中学高级教师 296 人，中学一级教师 1890 人，小学高级教师 2172 人。这些人员中 1987 年年底前评定职称资格的 1084 人，其中中学高级教师 161 人。分别是：徐闻县 4 人，海康县 14 人，遂溪县 18 人，廉江县 38 人，吴川县 16 人，坡头区 1 人，郊区 1 人，霞山区 12 人，赤坎区 20 人，市直学校 47 人。小学高级教师 923 人，分别是：徐闻县 57 人，海康县 141 人，遂溪县 169 人，廉江县 206 人，吴川县 107 人，坡头区 30 人，郊区 43 人，霞山区 92 人，赤坎区

71 人，市直学校 7 人。

1980 年到 1987 年，广东省先后进行两次评选特级教师，在 1986 年第二次评选特级教师中，湛江市的李寰英、林才贤、谢景仁、李元华、凌树庭被评为特级教师。

三、教师地位和生活待遇逐步改善

改革开放以来，湛江市人民政府在提高教师社会地位、改善教师生活条件等方面做了大量工作，提高了教师教书育人的工作积极性和荣誉感。

（一）冤假错案平反及明确知识分子身份

1977 年 8 月 3 日，邓小平在《关于科学和教育工作的几点意见》中，以及 1978 年全国科学大会、教育工作会议上，明确指出要尊师，要提高教师的政治和社会地位。此后，教师的政治和社会地位得到了很大提高。这主要体现在以下两个大方面。

首先是冤假错案的平反。1978 年以来，湛江市根据中共中央[1978]11 号文件的要求，到 1978 年

11 月止，已将错案的右派分子帽子摘除，平反昭雪，并复查修改了一批教师档案中的不实之词。湛江市委落实干部政策办公室根据中共中央［1979］43 号文件和中共广东省粤［1979］23 号文件精神和地委的要求，对按政策复工复职的干部职工妥善安置工作，无辜受牵连的家属、亲友、身边工作人员应予解决的问题均妥善解决，同时补发"文革"期间的工资。

其次是明确知识分子身份。十一届三中全会后，教育部在中南、西南九省召开招生工作会议，明确不再提"团结、教育、改造"知识分子，提出知识分子是劳动人民的一部分。各级政府要完整准确地理解党的知识分子政策，不断提高教师的政治地位、社会地位，要评"模范教师""模范班主任""特级教师"等。1979 年 9 月，广东省文教办下发了《关于文教战线表彰先进单位和先进个人的通知》，对优秀的教育工作者进行了表扬和奖励，按照万分之五的比例评选了特级教师。

（二）建立表彰奖励优秀教师制度

1.表彰奖励制度化

改革开放后，教师工作得到了全社会的尊重，教师的工作积极性得到了大大提高，涌现出一批优秀教师和教育工作者。为了进一步提高教师地位，肯定知识的价值，形成尊师重教的良好风气，湛江市逐步建立起教师表彰奖励制度。1985 年 1 月 12 日，全国人大同意国务院提出的关于建立教师节的议案，决定每年 9 月 10 日为教师节，湛江市加大了对优秀教师的表彰奖励力度。1993 年，国家教委颁发《教师和教育工作者奖励暂行规定》，决定国务院教育行政部门会同人事部对长期从事教育、教学以及管理、服务工作并取得显著成绩的教师和教育工作者，分别授予"全国优秀教师""全国优秀教育工作者"称号，颁发相应的奖章和证书，对其中有突出贡献的，授予"全国教育系统劳动模范"称号，颁发"人民教师"奖章和证书。奖励"全国优秀教师""全国优秀教育工作者"每两年进行一次。按照中央精神，湛江市评选表彰优秀教师和优秀教育工作者的工作成了各级政府和教育行政部门的常规性工作，教师表彰奖励愈加制度化、常态化。

2.提高教师工资待遇

1977 年至 1981 年，国家先后四次调整了教职工工资。湛江按照国家要求和本地实际，先后多次调整了教师工资待遇。湛江当时的教师工资普遍偏低，20 世纪 60 年代毕业的教师每月多是 50 元、60 元。而 70 年代初中毕业去当工人的，每月工资有的超过 90 元，还有奖金，相比较而言，教师待遇普遍偏低。因此，1977 年，政府对占教职工总数的 40%工作时间长而工资偏低的职工增加一级工资。1978 年，又对占教职工总人数 40%且贡献大的教学骨干各增加一至两级工资，人均每月增加人民币 6 元。1981 年，占中小学教职工总人数 83.3%的教职工每人提升一级工资，另对占教职工总人数 28.5%的教师每人提工资两级。1984 年起，符合规定的大专、中师毕业的教师发放知识分子生活补贴，大专以上每人每月补助 10 元，中师毕业的补助 7 元。到了 1985 年，中小学教职工工资改革各增加一级工资，实行按原工资每人每月加 10 元，先靠一级之后再升一级。同年，又开始实行工龄补贴，每年补贴 0.5 元累计，按月发。退休时，工龄补贴计入退休金。另外，还有教龄补贴，5 年以上不足 10 年教龄的每月补贴 3 元，11 年以上不满 15 年的每月补贴 5 元，16 年以上教龄但不足 20 年的每月补贴 7 元，20 年以上每月补贴 10 元。与之前相比，每人每月均增 18.2 元，工资待遇有了明显提高。

3.改善教师办公住房条件

"文革"结束后，湛江市教师的办公住房条件普遍较差。据统计，1978 年，初湛江市区中小学教师住房人均面积不足 5 平方米。当时教师的办公条件更差，人均办公面积不足 2 平方米。教师住房和办公条件差成了制约湛江教育发展的重要因素。改革开放后，湛江市将改善学校办公条件和教师生活条件列为各级政府和教育行政部门的重要议程，多方筹措资金，使得教师的办公和生活条件有了较大改善。据统计，2000—2001 学年初与 1995—1996 学年初相比，各级各类学校的行政办公用房面积和单身教工宿舍和教工住宅面积均有了较大提高。如下表所示：

2000－2001 学年初与 1995－1996 学年初
湛江市学校行政办公用房与教师生活福利房情况

学年 \ 学校		普通中学		职业中学	
		1995—1996	2000—2001	1995—1996	2000—2001
行政办公用房	总数	125804	174090	11477	12083
	教师办公室	59284	94168	5934	7345
生活福利用房	总数	1199971	1876628	121774	120426
	学生宿舍	343037	414641	42349	27603
	单身教工宿舍	364183	566605	37166	34128
	教工住宅	424066	838483	37490	52771
行政办公用房	总数	236685	262714	19283	20491
	教师办公室	123865	175978	8815	14045

（接上页）

生活福利用房	总数	1384659	2021126	79691	111285
	学生宿舍	139564	778533	47376	28898
	单身教工宿舍	716118	166058	15030	50783
	教工住宅	464846	824059	10666	16848

第三章

21世纪的湛江教育

21世纪头二十年,是湛江市实施"十五""十一五""十二五""十三五"教育改革和发展规划的二十年,是基础教育基本实现现代化的二十年。"十五"期间,基础教育阶段全面实施素质教育,全面消除义务教育阶段的薄弱学校,全面实施教育信息化,全面提高教育普及水平;"十一五"期间,基础教育从注重规模扩张转变为突出内涵发展,从"全面普及"转变为"全面优质",到了"十二五""十三五"期间,教育发展进入提高质量、优化结构、促进公平的新阶段。

第一节　基础教育基本实现教育现代化

一、基础教育全面普及和提高

"九五"期间，在实现"两基"（基本实现九年制义务教育、基本扫除青壮年文盲）以后，湛江的基础教育如何深入健康发展，成为新世纪的湛江教育发展的重要课题。21 世纪初，湛江市教育局依据全市发展规划，确立了"十五"期间的教育发展目标之一是基本普及 15 年基础教育。为了加快全市基础教育事业的发展，提高教育整体发展水平，湛江市采取了一系列举措。

首先是提高基础教育普及率。21 世纪以来，湛江在九年义务教育全面普及的基础上，进一步普及 15 年基础教育。根据湛江统计年鉴的资料显示，到 2009 年，湛江小学升初中的升学率从 2000 年的

90.8%，上升到 99.2%，初中升高中的升学率从 2000 年的 33.2%上升到 94.5%。

其次是优化义务教育结构。城乡二元经济结构背景下，湛江市城乡教育差距较大。为了统筹城乡教育事业发展。21 世纪湛江市加大义务教育结构调整力度。2000 年底，湛江市政府召开教育布局调整暨改造薄弱学校工作会议，提出了教育布局调整规划。2001 年到 2004 年，湛江市根据各地区情况，积极推进教育布局调整和改造薄弱学校工作。2004 年 8 月 31 日至 9 月 3 日，湛江市人大常委会举行第十一次全体会议，会议听取和审议了市人民政府关于湛江市中小学布局调整、改造薄弱学校和偿还教育负债工作情况的报告。2000 年到 2014 年，全市共投入资金 8 亿余元用于城乡中小学危房改造和布局调整。到 2014 年，全市已经达到平均 1.4 万人一所小学，平均 2.9 万人 1 所初中。经过几轮教育布局调整和教育结构调整，撤并薄弱中小学 973 所，义务教育的规模不断提高，结构不断优化。到 2016 年，湛江市在推进义务教育均衡发展工作中成绩显著，获得广东省"教育强市"称号，湛江所有县（市、区）全部被认定为国家义务教育发展基本均衡县。继续坚持全力推进"改薄"工程。2016年，改造提升农村义务教育薄弱学校492所、薄弱普通高中18所，完成91个"一校一案"改造提升项目。全力推进湛江教育基地建设工程，投入资金22亿元。全力推进城区中小学学位建设项目，完成6所中小学新扩建任务，新增市区中小学学位10500个；全市新建扩建幼儿园126所，新增学前教育学位4.1万个；5个县（市）共新增学位3.6万个；湛江一中新校区完成选址工作。全面落实农村边远地区义务教育学校教师生活补助制度，交流轮岗校长教师2213名。培训教师8万人次，培养省、市级骨干教师、校长3921人。累计3400多名城镇教师到农村支教。

再次，大力发展高中阶段教育。大力推进普通高中发展。为适应高中学龄人口入学高峰的到来，满足广大人民群众对优质高中教育资源的需求，湛江市采取扩大现有高中学校办学规模和招生指标、鼓励民办学校发展等措施，大力推动高中教育的发展。2002 年以来，湛江市高中阶段教育发展迅速，在校生规模不断扩大，办学条件明显改善，师资力量得到增强。2007 年，全市高中阶段在校生 25.5 万人，其中普通高中 13.7 万人，中等职业技术教育 11.8 万人，分别比 2002 年在校生数增长 100%和 88.8%。2000 年以来，湛江市投入普通高中建设资金达 9 亿元，新增建筑面积 90 多万平方米，新增学位 9 万个，2006 年以来，中等职业学校（不含技工学校）新增建筑面积 3 万多平方米。全市现有两所普通高中学校通过了省的国家级示范性普通高中确认评估验收，两所普通高中学校通过了初期督导验收，七所普通高中学校申报了广东省国家级示范性普通高中，市一级以上普通高中优质学位占 73%；现有十所国家级重点中等职业技术学校，6 所省级重点中等职业技术学校，11 所中等职业技术学校被省教育厅定为骨干示范学校，建设了 4 个省级实训中心。但是湛江市高中阶段教育总体规模较小、教育投入缺乏保障、学位供给不足、发展不平衡、教师队伍整体素质不高等问题也较为突出。高中阶段本市在校生25.5万人、毛入学率54.15%，均低于同期全省平均水平。2009年，湛江市根据《中共广东省委广东省人民政府关于加快普及高中阶段教育的决定》(粤发〔2007〕19号)精神，制订了《湛江市普及高中阶段教育规划》。提出到2011年，全市高中阶段教育在校生总数达到41万人，毛入学率达到85%，较之2006年增加本地学位13.5万个；普通高中教育与中等职业技术教育规模大体相当，在校生分别达到20.5万人，较之2006年分别增加7.3万人和10万人，其中，中等职业技术学校本市在校生为13.9万人，向外市输送生源6.6万人。

二、促进教育公平、均衡发展成效显著

"有教无类"是中国最具人本情怀的传统教育思想之一，"人民享有接受良好教育的机会"，是我国全面建设小康社会的教育目标之一。中共十七大报告提出"教育公平是社会公平的基础"。坚持教育公平，是社会公平的重要组成部分。在 21 世纪教育公平理念指导着教育事业的发展，鼓励各级各类学校开展特色办学，错位竞争，考核评价标准多元化，逐步实现优质教育均衡化，均衡教育特色化，让学校在特色中发展，让学生在个性中成长。

（一）努力解决外来工子女入学问题

学位不足，是外来工子女难以全部进入公立学校就读的主要原因。2015—2017 年，湛江市规划政府投入新建和改扩建义务教育学校 30 所，总投入 20.46 亿元，新增义务教育公办优质学位 48500 个。湛江市教育局要求学校严格执行"按学区招生"，所有在读的学生（包括民办学校），都享受了免费教育补助，让进城农民工子女与学区孩子一样享受免费教育的权利。湛江市按照"以流入地政府负责，公办学校为主"的原则统筹安排。具体规定如下：对于已经入读城区学校的流动人口子女，在免收借读费后，不能以任何理由清退。常住人口子女与当地户籍人口同等待遇，纳入学区安排。非户籍人口在同一流入地连续居住五年以上，有当地的暂住证、工商许可证或劳动合同、房产证或租房的租赁合同，执行国家计划生育政策并依法纳税的，其适龄子女或者被监护人在流入地入学，享受当地户籍人口同等待遇。非户籍人口在流入地居住半年以上，有当地的暂住证、工商经营许可证或劳动合同、房产证或租房的租赁合同，执行国家计划生育政策并依法纳税的，其适龄子女或者被监护人在流入地入学，教育行政部门和公办学校努力创造条件，发掘潜力，增加学位，尽量安排。对在流入地居住时间较短，工作临时性强、流动性大、住所不固定的或专为入学而异地租房的非户籍人口子女，要积极引导其在原住地接受义务教育。如果回原住地确实有困难而公办学校无法安排的，可引导报读民办学校。

引入民间资金兴建学校，是湛江增加优质学位的另一做法。湛江市鼓励各地适度超前规划建设学校和教育设施，构建以政府为主体、全社会参与、公办民办共同发展的教育格局。2014年初，湛江市将"完善支持民办教育平等发展的政策和机制，促进民办教育规范特色发展"作为推进教育领域综合改革的一项重要措施，列入当年重要改革任务。廉江积极扶持民办教育，促进民办教育健康发展，构建多元化办学格局。目前，廉江市有民办幼儿园218所，民办小学8所，民办12年一贯制学校1所，民办教育培训机构6所，公、民办学校差距逐年缩小。2014年，廉江市引入民间资本6.2亿元，按照高起点、高规格、高标准的要求，创办了集小学、初中、高中于一体的民办学校——廉江市实验学校。学校占地276亩，建筑面积25万平方米，可提供中小学优质学位12000个，廉江学位紧缺问题得到进一步解决。2014年9月，湛江另一所民办学校——麻章区北大附属实验学校也揭牌开学，这座投入1亿元占地200亩的学校可提供6000个学位。据统计，目前湛江基础教育民办学校有1066所，在校学生

22.42 万人，分别占全市学校数、在校学生数 38.07%、16.38%。

（二）积极发展特殊教育

通过教育创强，湛江市特殊教育发展迅速，目前实现了县、镇两级特殊教育"从无到有"、各级特殊教育"从有到优"的新跨越。至 2014 年底，全市有市直属特殊教育学校 1 所，县级特殊教育学校 1 所，在建的县级特殊教育学校 4 所，筹建的县级特殊教育学校 3 所。全市特殊教育在校生 1975 人（其中特殊教育学校学生 585 人，随班就读学生 1390 人），接受学前教育、普通高中教育和职业教育的人数均有所增长，"三残"儿童学龄人口入学率达到 95%。霞山区、麻章区、坡头区、吴川市、遂溪县、廉江市、雷州市、徐闻县均建设了县级特殊教育学校；在乡镇（街道）建立随班就读资源班 67 个，4 万人口以上的镇（街）中心小学均建设了特殊教育随班就读资源室，实现了县、镇两级特殊教育"从无到有"、各级特殊教育"从有到优"的新跨越，三残儿童少年入学率达到 95.8%。当前湛江市正完善特殊教育体系，计划建立完善残疾儿童少年分类鉴定和入学安置机制，采取更适宜的形式安排残疾儿童少年入学；加快推进标准化特殊教育学校建设，完善残疾学生随班就读服务体系；开展特殊教育课程改革实验和"医教结合"实验，继续实施特殊教育教师能力达标提升工程等。2014 年，湛江市积极实施国家、省特殊教育提升计划（2014—2016），加快特殊教育事业发展，提升特殊教育水平，保障残疾人受教育权利。市政府将 2014 年底建成 5 所县（市）特殊教育学校列入 2014 年《政府工作报告》重点事项加以督办。吴川市特殊教育学校建设项目已竣工并于 8 月份投入使用；积极争取省级特殊教育学校专项资金 9781 万元，其中遂溪县、徐闻县、廉江市、雷州市获得省新建标准化特殊教育学校建设专项资金 6649 万元，市特殊教育学校和吴川市获得省特殊教育学校建设维护专项资金 3132 万元。积极推动随班就读资源教室建设，在全市 81 个 4 万人口以上的镇（街）中，已建有 58 个建立随班就读资源教室并通过省创强验收或督前检查，占总数的 71.61%。

湛江市特殊教育学校创办于 1988 年 2 月，学校坐落于湛江市海滨大道中 13 号，占地面积 42 亩，校舍建筑面积 24000 多平方米。是集学前教育康复、九年义务教育、高中阶段教育及职业技术教育于一体，兼收听力语言残疾、视力残疾、智力残疾、自闭症和多重残疾儿童少年的湛江市目前唯一一所综合性特殊教育学校。现有在编教职工 147 人，在校生 570 多人。学校严格贯彻执行《国务院办公厅关于转发教育部等部门特殊教育提升计划（2014—2016）的通知》和市教育工作会议精神，紧密围绕市教育局工作要求，在"民主、法治、廉洁、高效"的教育发展轨道上创建特殊教育强校。学校严格按教育部特殊教育学校课程标准开足开启课程。义务教育阶段开设高中阶段开设工艺雕刻、计算机应用、工艺美术、烹调点心、金工、木工、缝纫和推拿按

155

摩等专业，学生都能根据自己的能力、兴趣和未来发展学会一两门专业技术。学校获得"广东省残疾人之家""湛江市残疾人三项康复先进单位""湛江市行风评议满意单位""湛江市文明单位""湛江市文化建设示范单位""广东省特殊教育工作先进单位"等 20 多项荣誉。[①]

（三）重视教育资助工作

进入 21 世纪后，湛江市教育局十分重视教育资助工作。目前已经建立了比较完善的教育资助体系，教育资助力度也不断加大。

2012 年 10 月，湛江市印发了《湛江市学前教育资助制度实施方案》，加大了学前教育资助力度。各县（市、区）政府按每人每学年 300 元的标准给予儿童资助。2015 年，将学前教育资助标准提高至每生每年 1000 元。2015 年，义务教育阶段家庭经济困难的农村学生，如确定为特殊困难学生，在生活费补助方面，小学每生每学年补助

---

① 《湛江教育年鉴》(2015)。

500 元，初中每生每学年补助 750 元；另一类是其余 80% 的学生确定为一般困难学生，资助标准为每生每学年 200 元。2015 年，普通高中国家助学金的资助标准提高到每生每学年 2000 元。2015 年，中等职业学校全日制正式学籍的农村籍（含县镇非农）学生、城市籍涉农专业学生和非涉农专业家庭经济困难学生、残疾学生均可以享受中职教育免学费政策。国家对学校免学费补助金额为 3500 元，民办中职学校收费标准高于此标准的可以收取差额部分费用。

（四）推动教育均衡发展

湛江市为推动义务教育优质均衡发展，规范义务教育学校办学行为，大力推进城区学位建设三年行动计划，妥善解决进城务工人员子女读书和城镇"大班额"问题，出台了城区学位建设三年行动计划奖补方案、湛江市创建国家义务教育均衡发展县（市、区）专项资金奖补方案。2015 年，有 6 个县（市、区）被国家认定为义务教育基本均衡县（市、区）、1 个县（市、区）已通过省级督导并近期接受国家认定。至此，全市 10 个县（市、区）已累计有 9 个被国家认定、1 个通过省级检查，城乡区域教育均衡发展水平再上新台阶。

三、大力推进教育信息化

教育信息化是教育现代化的重要标志，也是教育现代化的有力保障。进入 21 世纪，适应新时代的要求，湛江市大力推进教育信息化工作。在"十一五"期间，湛江的教育信息化工作主要集中在信息技术教育课的普及、教育网站建设、教育信息资源的开发方面。"十二五"期间，湛江教育信息化工作主要着力于教育信息一体化建设：建立健全信息化一体化发展机制，逐步实现区域范围内中小学信息化建设标准统一、信息技术专业教师编配统一；加强优质教育教学资源共建共享，推进优质教育教学资源服务体系建设；推进基础教育专网"校校通"、多媒体教学进班级和各级各类学校数字化校园建设；实施农村中小学教师信息化能力提升计划，提高农村中小学信息化普及水平。"十三五"期间，湛江的教育信息化工作的推进，以"互联网+"思维和"共享"理念为指导，加强教育信息化体制机制创新，提升教育信息化基础支撑能力，应用信息技术扩大优质教育资源覆盖面，以信息技术支撑教与学方式变革等。2000 年后，湛江市大力推进教育信息化工程建设，加强教育信息化应用，大力促进教育公平、提高教育质量，极大地推动了教育事业的改革发展。据统计，2013—2015 年，湛江市教育信息化建设方面共投入资金 7 亿多元，建设多媒体教学平台约 1.8 万个，计算机室 1965 个，拥有完备网络设备的学校 1151 所，新增计算机约 13.8 万台。到 2015 年底，完小以上学校多媒体教学平台教室占比达 78%，宽带网络"校校通"达 100%，全市教育信息化覆盖率达到 85%，已基本实现三通目标，教育信息化基础建设进入全省中等行列。

第二节 职业技术教育快速发展

21 世纪,随着经济社会的发展,尤其是钢铁、石化、纸浆等大项目的落地,加之湛江本土海产养殖、加工、物流等产业的发展,职业技术教育的需求激增,职业技术教育在教育体系中的地位也越来越高。"十一五"期间,湛江市中等职业教育规模迅速发展壮大。为进一步发展中等职业教育,湛江市正全力实施并推进"打造一个职教基地、两大实训中心、五大职教集团"的发展计划。其中,以湛江市麻章经济技术开发试验区现有中等职业学校为基础的职教基地,在湛江市西部湖光农场规划用地 10000 亩,选择和吸引部分高等院校、国家级重点中等职业学校、技工学校和大型企业进场办学。基地统一规划、分步建设,建成后将成为湛江市以新兴产业为依托,产学研一体化的职业教育核心区,基地总体规模设计为 10 万人。2014 年,湛江市印发了《湛江市中等职业教育可持续发展方案》，提出加快建立与现代产业体系相匹配、与社会充分就业相适应、富有生机和活力的现代职业教育体系，到 2015 年，基本建立现代职业教有体系。中等职业教育生存发展能力和适应能力进一步增强；全部新增劳动力主要由职业教育培养配置，中等职业学校在校生达到 22 万人，每年开展各类职业培训达到 20 万人次。2016 年，湛江职业教育基地初步建成，职业教育综合实力进一步增强，职业教育大市、人力资源大市、粤西职业教育中心地位基本确立。2020 年，建立现代职业教育体系，中等职业教育可持续发展能力和协调能力全面增强；全市新增劳动力由职业教育全面开发配置，灵活、开放、有序、规范的职业教育网络覆盖全市，充分满足人民群众多样化就业、创业和终身学习需要；职业教育基地初具规模，全面建成职业教育强市、人力资源强市和粤西职业教育高地。

一、在校生规模逐年增加

近几年湛江市职业教育经过改革、调整、发展，职业教育取得了发展，现共有各类中等职业学校 68 所，其中中专学校 23 所，幼儿师范学校一所，职业高中 36 所，技工学校 8 所，在校学生 11 万余人。国家重点职业学校 9 所，省级重点职业学校 11 所，10 个中等职业教育实训中心，15 个省级重点建设专业点。2009 年，可以说是湛江中职教育发展的里程碑。到 2009 年，湛江市有各类中职学校 74 所，其中国家级重点学校 10 所、省级重点学校 4 所，中职教育已成为湛江教育的一大亮点。2009 年，湛江共 11 万多初中生参加中考，6.6 万考生进入普通高中就读，中职招生 7.3 万（含应届初中毕业生、中考流失生和历届生），实现了高中阶段教育的战略性调整。湛江市中职在校生规模达到 189377 人，比 2005 年的 96441 人增加了 92936 人，增长率达 96.36%。

二、学校布局和专业结构调整

湛江市在 21 世纪迎来迅速发展期，一方面是因为国家和广东省政策的利好，湛江市在招生政策上予以扶持，各级各类职业学校的招生数量和就业率均有所提高。另一方面是湛江近年来大力发展工业，各种大项目纷纷落户湛江，各行业对技工类人才的需求量大增。"十五"期间，湛江市职业学校的毕业生就业率平均在 98% 以上，甚至有些学校就业率达到了 100%。尤其是各所学校的优势专业，就业率均保持在 100%。"十五"后，湛江市职业教育在布局调整方面开展了一系列工作。

（一）合理调整布局结构

长期以来，由于各种因素影响，湛江市原有的职业教育布局结构不尽合理，办学点分散，规模普遍过小，不少学校还是初中、职校混设，发展后劲不足，远远不适应新世纪教育改革发展的新形势。"做大更应做强"，职业教育发展的重心应该是科学合理地调整布局结构，优化教育资源配置，发挥整体规模效益。2003 年，湛江市教育局提出了中等职业学校布局调整的思路：一是协调好中职教育与义务教育、普通高中教育的关系。普通高中与中等职业教育协调发展。二是协调好各类中等职业学校之间的发展关系。逐步减少职业高中招生规模，增加职业中专招生计划。调整技工学校的专业设置，专业设置以国家准入工种为主，对接湛江钢铁、石化、海洋等产业发展战略，不断增强湛江技工学校与区域经济发展的融合度。三是各区县要根据区域经济发展的特点，通过布局调整，形成每个区县重点办好一所职业学校的格局，条件成熟的地区实施初中和职教分离，对一些规模小、条件差的职业学校，在政府和有关部门的统筹协调下，进行调整、合并、联合。各学校也要根据自己的优势和传统，发展特色专业，打造品牌优势。目前，湛江市职业教育专业设置涵盖 15 个专业大类 85 个专业，学生就业率达 98.8%。正积极创造条件申请筹设三所高职高专院校，湛江幼儿师范高等专科学校筹设已获批准，湛江工业职业技术学院（筹设）主体工程建设封顶，湛江卫生职业学院（筹设）校园首期主体建筑已竣工，二期续建工程已启动，几所民办高职院校正在加紧筹划推进，提升全市职业教育体系建设水平将打开新局面。

（二）打造特色优势专业

打造特色优势专业，形成品牌优势，是中职学校发展的关键。在做精做强传统优势专业的基础上，结合湛江经济社会发展新形势，湛江鼓励和扶持各类职业学校开设了具有一定优势的专业。2015年，湛江市将着力发展优势产业和新兴产业，重点发展先进制造业、现代服务业和现代农业，形成以钢铁、石化、造纸为支柱产业的产业集群。湛江市按照专业对接产业的原则，中等职业学校据当地产业发展方向和自身条件、对照教育部 2010 年颁布的中等联业学校专业目录，合理布局学校专业，重点建设商贸服务、会计、机电一体化、计算机及应用、物流管理、数控技术、汽车应用维修、卫生、信息技术、印刷技术、旅游与酒店管理等现代化标志性专业。填补了专业设置的空白，形成与钢铁、石化、造纸产业集群对接的专业体系框架。建立了比较完整的、具有区城特色的中等职业教育专业体系，形成专业发展整体优势。至 2015 年，湛江已建成国家级实训基地 7 个，省级实训基地 18 个，市级公共实训中心 1 个，省级示范学校 5 所，国家级示范学校创建学校 3 所，省级重点专业 21 个，市级重点专业 39 个。

（三）拓宽办学范围

2003 年，湛江市职业教育承担起再就业培训工作，免费培训全市下岗职工，开展面向农村劳动力转移培训工作。每年由各类专业学校培训至少 6000 名下岗职工，8000 名农村剩余劳动力。与此同时，湛江市教育局还组织技工学校教师开展送教下乡培训活动，深得广大群众欢迎。"十二五"期间，湛江市又结合大工业发展需要，为了提高湛江市职业教育的层次和质量，提出到 2020 年建设一个职教基地、两大实训中心、五大职教集团的目标。湛江市中高等职业教育协调发展。在大力发展中等职业教育的基础上，提出适度发展高等职业教育，构建从初级到高级纵向贯通的应用型、技能型人才培养完整链条。积极推进三二分段中高职人才培养模式。积极推进湛江职业技术学院和湛江幼儿师范高等专科学校的筹建工作，积极支持广东文理职业学院升格为本科职业技术学院，把技能人才培养链条从中职延伸到专科、本科。

三、建设职业教育保障、培训、评估机制

（一）完善职教保障机制

跨入 21 世纪,湛江市职业教育步入快速发展轨道，为了适应发展需要，湛江市教育局进一步完善了职教保障机制：

1.组织保障

一是成立湛江市职业教育领导小组，建立联席会议制度，由领导小组每季度召开一次联席会议，研究职业教育发展的重大问题，制定发展职业教育的优惠扶持政策，促进中等职业教育健康发展。二是建立目标考核制度，把发展中等职业教育的相关指标列入各级各部门负责人任期目标和年度目标的考核范围，定期向人大、政协报告职业教育工作，并接受检查和指导。

2.政策保障

各级政府对职业教育进行重新定位，牢固树立"抓职教就是抓经济""发展职教就是发展先进生产力"的新观念，把职业教育作为提升湛江城市综合竞争力、增强人力资源能力建设、体现湛江教育综合发展实力的重要举措和普及高中阶段教育的有效增长点，树立发展职教与普教并重的观念，把发展高中阶段教育的重心放到发展职业教育上来，在政府投入、师资配备等方面给予政策倾斜。

3.资金保障

一是落实城市教育费附加中用于职业教育的

比例不低于30%，为职业教育发展提供资金保障。二是实施政府贴息贷款政策，加大对中等职业学校投入力度，把有限的资金用好，用有限的资金投入促进更大发展。三是鼓励企业和社会资本投入职业教育，在政府投入不足的情况下，融入社会资本，政府在政策上实施投资回报。

（二）完善师资培训

进入21世纪以来，师资培训以"双师型"教师培养为重点，做好专业教师的专业技能培训考证工作，并利用社会、行业资源，充分发挥"湛江市职业教育基地建设"的契机，分专业、分学科、分批次对教师进行教育理念、课程改革、专业发展和"四新"培训，组织教师带课题、带任务到企业进行顶岗实践，基本做到培训"全员参加""全部覆盖"。以网络为平台，加强对职业学校教师继续教育的管理。以"名师课堂"活动为契机，打造职业教育的优秀教师团队，发挥名、特、优教师的专业引领和辐射作用；充分利用湛江市的高校教育资源，加强与高校的交流合作，建立教学共同体，提高中职教师的理论水平。

（三）完善评估机制

为了提高职业学校教学质量，加强职业学校内涵发展、自主发展和可持续发展，按照国家《中等职业教育督导评估办法》的文件精神，湛江市教育局制定了《湛江市职业学校教学质量督导评估体系》。2009年12月，湛江市教育督导室聘请部分行业专家，首次开展了湛江市职业学校教学质量专项督导评估，为全面展开湛江市职业学校教学质量专项督导，促进湛江市职业学校持续可协调发展奠定了坚实基础。至2015年，全市90%以上的职业学校接受了市教育督导室组织的教学质量督导评估。

第三节　高等教育创新提质

湛江市现有高校7所（其中，省管普通高等学校 3 所：广东海洋大学、广东医科大学、岭南师范学院；民办普通高等学校 1 所：广东海洋大学寸金学院；民办高职院校 1 所：广东文理职业学院；普通高等学校二级学院 1 所：湛江师范学院基础教育学院；成人高等学校 1 所：湛江市广播电视大学），是全省除广州市以外高等学校最多的地级市。进入 21 世纪，湛江市普通高等教育迎来了重要发展机遇，进入创新提质发展期，办学规模进一步扩大、办学层次有了质的提升。

一、普通高等教育办学规模进一步扩大

进入 21 世纪以来，湛江市本着满足需求、按照政策、循序渐进的原则，合理有序地扩大高等教育办学规模。普通高等院校校园规模进一步扩大。2002年，广东医学院在东莞松山湖科技产业园创建新校区，校园总面积达到 1900 亩。岭南师范学院的校园面积也在原来的基础上得到了扩大，目前正在争取将湛江教育学院（南校区）划转到岭南师范学院。

广东海洋大学寸金学院于 2007 年开始在麻章区学智路 2 号建立新校区,于 2008 年 9 月正式投入使用,校园面积扩大到 36 万多平方米。2016 年 1 月,该校有启动湛江教育基地新湖校区的建设,2017 年 2 月,会计系 4000 多名学生入驻。

普通高等院校招生规模继续扩大。湛江各类高等院校,进入 21 世纪后,在保持合理规模的前提下,招生规模逐年适度增长。2015 年,湛江普通高校在校大学生 11.01 万人(不含非全日制在校生。其中广东海洋大学 2.9 万人、广东医学院 2.04 万人、岭南师范学院 2.2 万人、广东海洋大学寸金学院 1.86 万人、湛江师范学院基础教育学院 0.65 万人、广东文理职业学院 0.78 万人、湛江市广播电视大学 0.58 万人),仅次于广州和珠海(在校全日制大学生 127115 人),深圳在校全日制大学生 87674 人,排全省第四。专业设置广泛,包括理学、工学、农学、文学、法学、经济学、管理学、教育学、医学等学科。具有博士学位授予权学校两所,硕士学位授予权学校两所。

二、普通高等教育办学层次进一步提升

进入 21 世纪以来，湛江市普通高等院校坚持服务区域经济社会发展，积极调整科研布局，组织科研力量，对接区域经济发展，积极进行教学科研改，提升办学层次和水平。2001 年 12 月，湛江气象学校并入湛江海洋大学。2005 年 6 月，经教育部批准，湛江海洋大学更名为广东海洋大学。2014 年，广东海洋大学开始招收首批博士生，招收全日制本科生 8576 人、博士研究生 6 人、硕士研究生 230 人。本专科生、研究生总体就业率分别达 99.4%、95%，就业质量继续提升。广东海洋大学目前已是具有"学士、硕士、博士"完整学位授权体系的综合性省属重点大学。2016 年，广东医学院更名为广东医科大学，广东医科大学 2005 年在教育部本科教学工作水平评估中获"优秀"，2008 年，设立博士后科研工作站，2009 年，被广东省

列为国家限额指标内的拟新增博士学位授予单位立项建设单位，2012 年，获批设立教育部科技查新工作站，2013 年，获批为博士学位授予单位。2015 年 5 月，临床医学（CLINICAL MEDICINE）学科排名进入 ESI 全球排名前 1%，2016 年 1 月，学校进入 ESI 全球排名前 1%。2015 年，临床医学获批省内一本招生，2016 年，又有 10 个专业获批省内一本招生，2016 年 12 月，学校进入省市共建本科高校行列（全省 11 所高校）。

2014 年，湛江师范学院更名岭南师范学院。岭南师范学院坚持以协同创新为引领，集中全校的智慧，编制了《"创新强校工程" 2014—2016 年建设规划》，以实施"创新强校工程"为抓手，统筹推进办学事业的特色优质发展，不断提高办学质量和水平。人才培养质量不断提高。教育教学改革成效显著，获得第七届广东教育教学成果奖一等奖 2 项、二等奖 1 项，取得历史性突破。"质量工程"建设成效明显，获批省级专业综合改革试点项目 5 个、应用型人才培养示范专业 2 个、精品资源共享课 10 门、教学团队建设项目 5 个、人才培养模式创新实验区 1 个、实验教学示范中心 4 个、大学生实践教学基地 3 个、卓越人才培养计划项目 2 个、高等教育教学改革项目 20 项。

2014 年，岭南师范学院普通高考招生计划 8400 人。其中本科 6000 人（含本科插班生 502 人），专科 2400 人（含基础教育学院南校区 960 人、基础教育学院北校区 1440 人）。2015 年，普通高考招生计划 8300 人。其中本科 5900 人（含本科插班生 377 人），专科 2400 人（含基础教育学院南校区 1003 人、基础教育学院北校区 1175 人、五年制转段 222 人）。2016 年，普通高考招生计划 7040 人。其中本科 5640 人（含本科插班生 245 人），专科 1400 人（含基础教育学院南校区 664 人、基础教育学院北校区 644 人、五年制转段 92 人）。2017 年，普通高考招生计划为 8187 人。其中本科 6865 人（含本科插班生 290 人），专科 1322 人。

第四节　民办教育规范发展

2002 年 12 月 28 日，《中华人民共和国民办教育促进法》出台，2003 年 9 月 1 日起施行，标志着我国民办教育的发展进入了新的阶段。作为教育法的下位法和配套法律，《民办教育促进法》"主要是根据民办教育的特点做出相应的规定，来调整有关法律中对民办教育没有规范和解决的问题。同时，还由于民办教育在我国教育体系中的比重偏小，需要采取积极政策和措施来推动它的发展，（所以）把重点放在促进民办教育的发展上"。正因此，可以说，《民办教育促进法》的出台，不仅仅是我国民办教育事业发展史上具有里程碑和划时代意义的一件大事，而且它也是我国教育改革和发展史上的一件大事，它将从教育观念、教育体制和办学体制等方面对我国教育改革和发展产生深远的影响。2007 年 1 月，发布《民办高等学校办学管理若干规定》已于

2007 年 1 月 16 日经部长办公会议讨论通过,自 2007 年 2 月 10 日起施行。这标志着民办教育的法制建设又上了一个新台阶。

进入 21 世纪,湛江市按照《民办教育促进法》的规定,把发展民办教育作为湛江市教育事业的重要组成部分,将其纳入议事日程和教育发展规划,不断解决民办教育发展中存在的困难和问题,不断优化民办教育的宏观环境。2001 年,我市有民办幼儿园 239 所在园幼儿 14995 人,民办普通中小学 39 所在校生 19859 人,民办中等职业学校 15 所在校生 7280 人。2014 年,全市基础教育民办学校 1066 所在校学生 22.42 万人,分别占全市学校数、在校学生数 38.07%、16.38%。其中民办幼儿园 1007 所在园幼儿 15.62 万人,分别占全市幼儿园总数、在园幼儿数 61.07%、55.99%;民办小学 24 所在校学生 2.79 万人,分别占全市小学校数、在校学生数 2.87%、5.07%;民办普通中学 35 所在校学生 4.01 万人,分别占全市普通中学校数、在校学生数 11.08%、7.42%;

民办中职学校 19 所在校学生 1.3 万人，学生人数占全市中职学校在校生数的 12.59%，民办教育得到了良好的发展。2014 年初，湛江市委市政府将"完善支持民办教育平等发展的政策和机制，促进民办教育规范特色发展"作为推进教育领域综合改革的一项重要措施，列入《湛江市 2014 年若干重要改革任务要点》。6 月 11 日，陈云常委带队调研民办教育工作，召开部分民办学校举办者、校长和教师代表座谈会，听民声、集民智、解民忧，积极寻求破解民办教育发展难题的良策。按照《湛江市民办中小学办学情况信息公告办法（试行）》规定，通过湛江政府门户网站及湛江市教育局网站公告 2013 年全市取得办学许可证的民办中小学基本信息和年检情况，接受社会监督。组织参加竞争广东省民办教育专项资金并获得二等奖 200 万元，并召开竞争性现场评审会公开、公正、公平分配资金。设立市级民办教育发展专项资金 300 万元，引导民办学校规范化标准化建设，推动民办教育加快发展。廉江市实验学校首期投入 3.8 亿元，按省一级普通高中的标准建设，可提供学位 8100 个；麻章区北大附属实验学校投入 1 亿元，规划用地 200 亩，可提供学位 6000 个，成为全市民办教育发展的新亮点。

2015 年，我市现有各级各类民办学校 1085 所，在校学生 23.73 万人。其中民办幼儿园 1007 所在园人数 15.62 万人，分别占全市幼儿园数、在园人数 61.07%、55.99%；民办中小学 59 所在校学生 6.8 万人，分别占全市中小学校数、在校学生数 5.13%、6.24%；民办中等职业学校 19 所在校学生 1.31 万人，分别占全市中等职业学校数、在校学生数 32.76%、12.59%。民办学校已构成了比较完整的办学体系。

一、加强协作，统一管理

2000 年后，湛江市教育局对社会力量办学机构管理工作做了两项重要调整，一是试行对民办学校的属地化管理，所有民办中小学均由所在区县教育行政部门进行业务管理。二是对社会力量办学机构、包括民办中小学和非学历教育机构实行民办非企业单位登记管理，由民政局和教育局联合实施。对于民办非学历教育工作，湛江市采取了"统一做法，分级审批"的行政管理体制。统一制定政策、统一核名、统一发放许可证、统一公告督导评估结果。

二、制定民办教育机构管理和发展办法

为了更好地提供教育信息公开服务，引导民办教育依法办学，自我规范，湛江市建立了全市基础教育阶段民办学校信息公开制度，2012年，湛江市制定了《湛江市民办中小学办学情况信息公告办法（试行）》，各民办学校的基本情况（包括学校名称、办学地址、办学层次、举办者、法人代表、批准文号）及年检情况需要及时向社会公布，接受社会监督。执行信息发布制度。

为了推进湛江市民办教育平等特色规范发展，2015年，湛江市出台了《关于促进我市民办教育平等规范特色发展的实施意见》。明确提出建立健全民

办教育管理和服务体系。同时加大投入完善政策扶持民办教育发展，设立发展专项资金。从 2014 年起，市财政每年预算安排 300 万元设立市级民办教育发展专项资金，主要用于促进民办幼儿园、中小学、职业技术学校、技工学校教育发展；表彰和奖励为发展民办教育事业做出突出贡献的组织和个人。完善民办资助政策。按照接受义务教育阶段学生数量和当地公办义务教育阶段学校的生均财政拨款标准，给予承担政府委托义务教育任务的民办学校拨付相应经费；对符合当地条件的义务教育阶段民办学校学生，按公办学校标准，纳入免费义务教育补助范围，给予民办中职学校免学费经费补助。民办学校学生享受与公办学校学生同等的国家资助政策。制定招生优待政策。教育行政部门将各级民办学校的招生与学籍工作纳入统一管理；高中阶段民办学校与公办学校根据中考政策，统一公布计划、统一考试、统一划线录取；义务教育阶段"小升初"工作按照民办学校优先于公办学校招生的顺序安排。保障公办民办平等。各级教育行政部门积极协助相关部门依法清理并纠正对民办教育的各种歧视性政策、规定和做法，落实民办教育与公办教育平等的法律地位。此外，湛江市通过健全学校管理制度、完善年度检查制度、实行督导评估制度、加强招生考试管理、优化财务管理机制、加强制度建设规范民办教育发展。

三、民办公助模式，助力民办教育发展

湛江中小学教育阶段，"民办公助"模式学校一枝独秀。21 世纪，名校办民校情况出现主要因为湛江市委市政府制定并实施"名校带动、民办公助、市场运作、稳步推进"的民办教育发展方略的促进，也是创办国家级示范性高中时初、高中剥离的硕果。

湛江市"民办公助"办学模式的第一种类型是"公助民办"。2013 年 9 月，湛江市教育局公布全市民办学校统计数据显示，属于"民办公助"模式中公助民办类型的学校有 10 所，它们分别是湛江

一中培才学校、湛江一中锦绣华景学校、湛江一中金沙湾学校、湛江二中港城学校、湛江师范学院附中东方实验学校、麻章中学实验学校、麻章一中实验学校、湛江四中滨海学校、湛江九中华港实验学校、遂溪一中外国语实验学校。截至 2013 年 9 月，全市共有 6 所国家、省一级学校创办民办学校。2014 年，又一所采取民办公助形式创建的学校廉江实验学校创立，该校是一所集幼儿园、小学、初中、高中及高考补习班为一体的全日制现代化非营利性民办学校，至 2017 年共培养了 11 名学生考上北京大学、清华大学，100 多名学生步入全国十大名牌高校。

"民办公助"模式的第二种类型是国有民办。2013 年 9 月，湛江市教育局公布全市民办学校统计数据显示，属于国有民办类型的学校有 29 所，这些学校多集中在区县的乡镇或行政村，办学层次都是小学。如湛江市下辖的县级市廉江市 11 所民办学校都属于此类型，且多在行政村；雷州市 8 所，多集中在乡镇；吴川市 6 所，乡镇和村小各有 3 所，徐闻县 4 所。这类学校主要特征是教育资产归国家所有，教育投资时学校自筹为主，政府适当补贴。受乡镇或者行政村适龄儿童数量减少，原来村级小学或教学点撤并、留守儿童增加、学校服务半径扩大、教师待遇较低等因素的影响，这些村小或者乡镇较弱小的公办学校在生源和师资等方面出现问题，难以为继，经政府主管部门同意由个人出资或者村民小组集资等形式在原来学校基础上创办了这些民办学校。

四、办学层次丰富，办学成绩显著

湛江民办基础教育阶段办学层次丰富。湛江市 71 所民办中小学中有小学的 39 所，有初中的 33 所，只有高中的 4 所，九年一贯制学校 18 所，有初中高中的学校 4 所，有两所学校有幼儿园和小学、有两所学校有小学、初中和非学历培训。其中湛江一中培才学校在 2012 年创办国际班，计划每年招收

30—40 人，这也是湛江市目前唯一的一所有国际班的学校。

湛江民办初级中学实力强，办学成绩突出。与广东其他地区不同，湛江民办基础教育中初级中学学校多、实力强。在湛江市 71 所民办学校中，含有初级中学的有 33 所，占到全部民办学校的近一半。其中第一层次的初级中学以湛江一中培才学校为代表，初中人数超过 6800 人。据统计，2013 年考入湛江一中的学生，培才一中毕业生占 29.7%，公办学校中考取湛江一中最多的是湛江市第二十中学，考取 142 人，不足培才学校考取湛江一中人数的四分之一。近年廉江实验学校作为湛江民办教育界的新兴力量，发展速度喜人。第二层次的初级中学以湛江二中港城中学、湛江师范学院附属东方实验学校、遂溪一中附属外国语学校、湛江市麻章实验学校、湛江市麻章区一中实验学校、湛江一中金沙湾学校、湛江一中锦绣华景学校等为代表。第三层次的初级中学以坡头区光华学校、吴川市实验学校等一大批处在县区或乡镇的民办学校。

该类学校中，湛江一中培才学校是典型代表。2007 年 7 月，湛江一中与寸金教育集团合作办学，以民办公助模式创办"湛江一中培才学校"，迁址至湛江赤坎寸宝路。湛江一中培才学校秉承湛江一中"以德立校、育人为本、和谐发展、笃学求尖"的办学理念和科学高效的管理模式，并结合自身实际，开拓创新。经过多年的发展，学校占地面积 280 亩，校园人文气息浓厚，环境优美，设施设备完善，布局合理。学校拥有来自全国各地优秀教师、优秀大学毕业生及湛江一中部分骨干教师兼课，其中高级教师 45 人、一级教师 172 人、外籍教师 9 人。湛江一中培才学校成立后发展迅速，中考成绩十分突出，学校很快赢得了社会各界的信任与赞誉，办学规模迅速扩大。学校办学初仅 23 个教学班，学生 1200 多人，教职工 76 人。目前，共有 163 个教学班，在校学生已达 9000 多人，教职员工 520 多人。2010 年，湛江一中培才学校复办高中和高考补习班。中考成绩更是年年刷新，七届毕业生连续七年摘取湛江市中考总分状元桂冠，包揽了全市中考总分前三名，全市前十名培才学校占 7 名，八个学科囊括湛江市单科第一，单科满分高达 141 人次。湛江一中上线人数为 414 人，占湛江一中市区统招生人数的 79%！高中部办学成绩和声誉虽不及初中部，但其高考成绩稳步攀升，2016 年，该校应届班和补习班重点率、本科率均大幅度提升，其中一本上线 74 人(含传媒生 3 人)，一本达标率达到 150%，较 2015 年上线人数增幅达到 150%；二本上线 447 人（含传媒生 48 人），二本上线人数较 2015 年增幅达到 108%，增幅在全市各中学名列前茅。近年来，培才学生在各学科竞赛中均有出色表现，参加各种学科竞赛获全国一等奖 856 人，全国二等奖 1425 人，全国三等奖 1838 人。

2014 年，北大附属实验学校经湛江市政府批准成立，是与北大青鸟文教集团共同创办的一所高起点的全日制寄宿学校。学校坐落于广东省湛江市麻章区，占地 200 亩，设计在校生 6000 人左右。主教学楼建筑面积 12000 平方米，共 84 间教室，每间教室均配有完善先进的多媒体平台。目前在校学生近 4000 人，教职工 400 余人，该校坚持"明德博学、拾级而上"的办学理念，致力于打造"学生快乐、教师幸福、家长满意、社会认可"的现代名校。先后被评为"湛江市特色文化校园示范学校""麻章区优秀学校""党支部示范点学校"。

2014 年，廉江市实验学校正式创建，是经廉江市人民政府、湛江市教育局批准创办的一所集幼儿园、小学、初中、高中及高考补习班为一体的全日制现代化非营利性民办学校。学校总投资 6.8 亿元，中、小学校区占地面积 276 亩，建筑面积 25 万平方米，办学规模 240 个教学班，可提供 11000 个优质学位，学校现有 668 名专任教师，226 个教学班 10700 多名学生；幼儿园园区占地面积 36 亩，建筑面积 3.7 万平方米，办学规模 50 个班。校拥有来自全国 31 个省、自治区、直辖市的优秀教师，其中包括享受国务院特殊津贴的教育专家、特级教师及一大批省市级骨干教师、学科带头人、模范班主任。学校自 2014 年创办以来，多名学生被北京大学、清华大学录取，100 多名学生被复旦大学、上海交通大学、中国人民大学、浙江大学、武汉大学等全国十大名校录取。2015 年，该校首次参加高考，周晓畅和吴启亮两名同学被北京大学录取。周晓畅勇夺湛江市高考理科第一名、粤西地区高考理科第一名。2016 年，李湛、张雨薇分别夺得湛江理科、文科第一名，李湛总分进入了广东省理科前十名，被北京大学录取。2017 年，廉江市实验学校 7 人被北大、清华录取，并包揽湛江市文、理科第一名。该校既没有学区优势（位于粤西县级市），又没有历史沉淀（建校至今仅三年），更没有优质生源（首届高一新生录取分数线 380 分）的"后起之秀"，在短时间内成为众多家长竞逐的学校，其发展确实迅速。在湛江乃至广东教育界都产生了一定影响力。

第五节 素质教育深入推进

1999年，《中共中央国务院关于深化教育改革全面推进素质教育的决定》提出，"实施素质教育，要以提高国民素质为根本宗旨，以培养学生的创新精神和实践能力为重点，造就'有理想、有道德、有文化、有纪律'的、德、智、体、美等全面发展的社会主义事业建设者和接班人。""全面推进素质教育，要坚持面向全体学生，为学生的全面发展创造相应的条件，依法保障适龄儿童和青少年学习的基本权利，尊重学生身心发展特点和教育规律，使学生生动活泼、积极主动地得到发展"。同年底，湛江市召开全市教育工作会议，深入贯彻《中共中央国务院关于深化教育改革全面推进素质教育的决定》，颁发了《贯彻〈中共中央关于深化教育改革全面推进素质教育的决定〉的意见》。湛江市以开展"快乐体育"为突破口，"六进"课堂活动全面进入课堂，改革课堂教学；开展"两学会、两主动"改革德育；每两年举办一届中小学科技艺术节，提高学生科技艺术教育素养；完善"天、地、人三网"体系，以教育信息化推动教育现代化，在促进学生全面发展上取得了显著成效。

一、快乐体育：素质教育的突破口

湛江市坚持"快乐体育"作为深入推进素质教育的突破口。创建"快乐体育园地"工作始于1994年，在省内外产生了一定影响，是湛江素质教育背景下课改的代表性成果。创建"快乐体育园地"不仅克服了各地学校活动场地小、器材少而引起学校有"体"难"育"的现象，更主要的是通过"快乐体育"改变体育教学单调、枯燥的纯技能教学，使教学内容丰富多彩，除按体育教学大纲进行教学外，又充实了发展体能和各种体育娱乐的内容，而在课外活动中，每个学生都能主动参加各种自选有趣的活动内容。"快乐体育"改变了学生体育学习和锻炼的被动局面，激发了学生参加体育锻炼的兴趣和积极性。湛江市创建的"快乐体育园地"，被认为是"我国学校体育改革，尤其是农村学校体育改革与发展的一种有效的模式"。

进入 21 世纪，湛江市中小学新一轮课堂教学改革以全面贯彻党的教育方针为宗旨，以现代教育思想和新课程理论为指导，以全面提高学生的素质为目的，以培养学生创新精神和实践能力为重点，致力于教学方式和学习方式的变革和创新，为学生提供参与的机会，让学生成为课堂的主人，实现有效教育。基本理念是以发展学生素质为根本，以促进教师成长为关键，以提高教学效益为目的。总体目标是强化教育教学管理，规范教学行为；倡导自主、合作、探究的新型学习方式，构建自主高效的课堂教学模式；关注学生的兴趣、动机、情感和态度，全面落实课程目标要求；面向全体，分层实施，促进均衡，全面发展。

二、小班化教学：素质教育新态势

　　小班化教学是一种学生人数较少（小学一般每班 28 人、初中一般每班 36 人以内），按照民主性、平等性、充分性、综合性、个别化等要求开展教学活动的组织形式。小班化教学是素质教育各种要求和理念落到实处的有力保障，2002 年，湛江市开始推行小班化教育。2008 年，教育局采用行政补贴方式，大力推进小班化教育实验，并且把实验范围扩大到初中。到 2015 年，全市小学基本达到小班化教学要求，近半数初中加入小班化教学行列。小班制教学是小组合作学习的有力保障。进入 21世纪，小组合作学习是现代教育倡导的重要理念，小班制是落实小组合作学习理念的有力保障。小班化学校把小组活动作为课堂教学的一种基本组织形式，根据不同学科教学内容、不同的课堂教学环节和学生实际，采取不同的分组形式，让学生充分交流、讨论、展示、分享。湛江市在推行小班制教学后，课堂呈现出"六多"现象：学生发言人数多、实践机会多、合作机会多、个性化辅导多、反馈信息多、得到的认可和欣赏多。小班制教学是湛江市践行新时期前沿教育理念，深入推进素质教育的重要抓手。

三、创新德育：唱响素质教育主旋律

随着《国家中长期教育改革和发展规划纲要（2010—2020）》的实施，坚持以人为本，以德为先，全面实施素质教育的战略，开始付诸行动。湛江市中小学德育工作以社会主旋律为基调，根据特定时期学生的认知能力和身心发展规律，逐步形成以爱国主义教育为主线、以文明习惯养成为突破口，以培养现代社会合格的公民为目标，全面提高学生的思想道德素质的德育工作体系。21世纪，湛江市秉承创新精神，深入实施素质教育。

（一）改进德育工作机制

从教育引导青少年学生做一名合格的公民入

手，降低德育重心。同时，加强思想品德教育、法制教育和健全人格教育。加强教育评价制度的实践性探索，鼓励各所学校发挥特色，大胆进行德育实践创新，成效显著。

湛江市各所学校健全和完善了德育管理制度，建立了校长负总责的德育工作管理网络，成立了德育领导小组，分工明确，责任到人，互相配合。学校配备少先队大队辅导员、聘任辅导员、心理健康教育教师、聘请法制副校长等。每学期有具体的德育活动计划，有可行的实施方案，有详细的活动记录，有全面的活动总结等。

（二）更新德育内容

各所学校充分利用本土历史文化资源和"乡土教材"，进行各具特色的德育实践活动，使德育教育内容既保持历史的传承性，又具有鲜明的时代性和地域性，使之贴近学生生活，增强了德育效果。如安铺镇是广东四大古镇之一，有400多年的历史，本土历史文化非常丰厚，安铺中学本身又有着光荣的革命斗争传统，从抗日战争到解放战争，该校都是当地共产党活动和领导革命斗争的基地之一，安铺中学将这些历史文化资源融入校本文化建设和德育工作之中，产生了良好的教育效应。再如，廉江一中德育教育以重视对学生进行优秀传统文化教育为特色。该校在校园中心建起了全国首个以孔子《论语》为主题的大型广场——论语广场，"论语广场"占地8800多平方米，矗立着高大的孔子雕像和他的系列名言警句，校园建设传统文化气息浓郁。每年孔子诞辰，都举行隆重的拜师礼。湛江市第八小学坚持儒雅育人理念，编写校本教材《国之学》，开展经典诵读、经典知识擂台赛、经典诵读亲子活动。

（三）创新德育教育方法

十八大以来，湛江市教育部门以落实立德树人为根本任务，以培育践行社会主义核心价值观为主线，以开展中华经典诵读活动为载体，创新学校德育方法，积极实施优秀传统文化教育基因工程，打造湛江特色的德育工作品牌。各类学校开展"诵读经典"活动，掀起"诵读经典"的优秀传统文化热。2014年起，湛江市教育部门大力推动中华经典诵读活动，以此为切入点，加强中小学校优秀传统文化教育。2014年10月，举办了首届湛江市中小学校"诵中华经典做美德少年"展演活动。2015年，制定实施《湛江市教育系统开展国学经典进校园活动实施方案》，从三个方面着力实施。一是融入学校日常工作，明确提出中小学落实经典诵读"四个一"要求，即每天一诵读、每周一节课、每学期一次研讨、每年举办一次经典诵读展演比赛。二是在诵读内容上给予引导，根据小学生对优秀传统文化重感知、初中生重理解、高中生重认同的目标要求，分层次精选经典篇目，推荐给不同学段的学生阅读。三是举办大型展演活动，推动优秀传统文化教育深入开展。确定每年10月份为优秀传统文化宣传教育月，举办一次全市性中华经典诵读展演比赛。2015年，湛江市多部门联合举办中华优秀传统文化进校园巡回讲座，从驻湛高校挑选一批教授、专家到学校宣讲中华优秀传统文化。全市中小学共举办了 40 多场优秀传统文化专题讲座，两万多名师生参加。截至 2015 年 12 月，已连续举办了两届全市中小学中华经典诵读大赛，共有 27 支代表队 800 多名师生参加。湛江一中、市二中等学校纷纷成立经典诵读社团、兴趣小组，自主组织经典诵读沙龙，尽情演绎国学经典蕴含的"精、气、神"。

此外，湛江市教育局与岭南师范学院合作，出台《湛江市中小学优秀传统文化进校园项目实施方案》。计划用三年时间组织专家团队开展中华优秀传统文化进校园项目研究，准备培训 600 名优秀传统文化教育骨干教师，培养一批优秀国学教师，编写适用小学、初中、高中各学段的《中华优秀传统文化读本》和《人文湛江》，并通过举办一系列国学论坛、专家研讨、国学经典诵读、优秀传统文化进校园成果展示等活动，丰富我市中小学德育工作内涵，提高德育工作实效，打造湛江德育品牌。

四、湛江市素质教育实践的启示

20 多年来，湛江市各级教育部门围绕素质教育目标，以求真务实的态度，开拓创新的精神，构建了丰富多样的素质教育载体、路径和样式，积累了许多有价值的经验。

（一）转变观念是实施素质教育的重要基础

素质教育的宗旨在于"全面提高国民素质"，素质教育的基本就是要面向全体学生，促进学生主动、全面、健康发展。素质教育是从教育理念到教育体制、教育结构、教育内容、教育方法乃至人才培养模式等方面的整体性改革。由于受陈旧传统观念的影响和经济社会发展水平的制约，在高考升学依然决定着学生发展的现实形势下，部分学校和家长不可避免对教育存在认识误区和行为偏差。没有正确的教育理念，就不会有正确的教育行为。湛江市各级教育部门和各级各类学校必须带头转变教育观念，紧跟教育改革思潮，大力提倡素质教育理念，使素质教育深入人心，并使之成为学校、家庭、社会共同的自觉实践。

（二）重实践、求实效是实施素质教育的重要原则

实施素质教育需要理念和理论的指导，但基层学校广大教育工作者的积极探索和有效实践才是推进素质教育的关键。素质教育不能只是停留于形式或口号，只有结合校情、学情，将其落实到具体的教育教学实践之中，才能真正出实效。湛江市在推进素质教育过程中，涌现了一批先进学校、先进经验和先进个人。但是也出现了一些只会空喊口号、不想或不会进行实践探索的现象。对于那些有益于培养学生实践能力和创新精神，有利于促进学生全面发展和提高学生全面素质的教育探索，要多宣传、多总结、多推广。对于那些空喊口号、务虚应付的现象，教育主管部门也应加强督导和整改。

（三）提升教师队伍素质是实施素质教育的重要保障

学校教育中，教师处于主导地位，是教育理念的直接实践者，是决定教育改革创新的关键因素，高素质的教师队伍是实施素质教育的根本保障。湛江市各级各类学校，由于多种因素的影响，教师队伍素质存在参差不齐、整体素质不够高等问题。教师队伍建设也不是一朝一夕之事，必须常抓不懈，与时俱进，始终与教育改革发展相适应。今后要在切实把好教师"入口关"的前提下，不断加强师资培养和培训，合理配置教师资源，建立优化教师队伍的有效机制，全面提高教师推进素质教育的能力和水平。

（四）课程改革是推进素质教育的重要措施

课程是教育思想、教育理念的重要载体，是组织教育教学活动最重要的依据。实施素质教育，课程改革是核心环节，课题教学是主要阵地。教育部门、学校要认真落实《基础教育课程改革纲要》，在严格执行国家课程、地方课程的前提下，积极进行校本课程体系和内容的改革创新，加强课程的综合性、可选性。要在重视基础知识、基本技能教学并关注情感、态度培养的前提下，充分利用各种课程资源，开展研究性学习，提高学生发现问题、研究问题、解决问题的能力，培养学生的创新精神和实践能力，促进学生核心素养的养成和提高。

第六节　课堂教学改革百花齐放

21 世纪以来，湛江市课堂教学研究紧随教育改革发展大潮，进入了课堂教学改革的繁荣期。2013 年，湛江市教育局出台了《湛江市中小学新一轮课堂教学改革方案》。新一轮课改以现代教育思想和新课程理论为指导，以全面提高学生的素质为目的，以培养学生创新精神和实践能力为重点，着力教学方式和学习方式的变革和创新，倡导自主、合作、探究的新型学习方式，促进了湛江教育质量的进一步提升。

一、贵生课堂

贵生课堂是以贵生思想为核心的理念课堂，安心自由开放和尊重平等包容是贵生思想的核心内容。它既是 400 多年前明代戏剧家汤显祖在徐闻创办的贵生书院的理念与大数据时代下的教育改革相整合的产物，又是国家新课程思想和徐闻县课堂改革实践相结合的产物。它的两个标志性特点是体验性和态度性。贵生课堂的三大课堂主张：一是每节课老师必须关注到每一位学生；二是每节课必须提供给每位学生同等表现展示的机会；三是每节课老师讲的时间不能过半。贵生课堂先后在 2014 年 11 月的广东省中小学校长论坛大会上、2014 年 12 月的"第十一届全国学校品牌大会"上引起了强烈反响，受到了国内许多教育专家和各地教育精英的关注。《教师报》、广东电视台、《广东教育》《生活教育》《学校品牌管理》《湛江教育》等许多教育报刊和新闻媒体都对贵生课堂进行了多方面的报道。

二、觉民课堂

2014 年 12 月，湛江市开发区启动"觉民教育"课堂改革，围绕"明德、循道、正觉、悟民"四大核心精神开展一系列的"觉师""觉生"活动。"觉民教育"基本理念：唤醒潜能、唤起对真善美的敏感、打造智慧幸福人生。开发区教育局和"觉民教育"研究小组结合东海书院"师生互动、开拓进取、百家争鸣、开放包容"等精神和教学传统，确定了觉民课堂教学的三大关键词：开发、开拓、开放。"觉民课堂"所倡导的"开发、开拓、开放"理念，就是要让课堂教学唤醒和激发学生潜能，让学生的视野和思维得到发展，让学生产生知识的敏感，促发想象力和创造力。在"三开"理念引领下，觉民课堂取得了较为显著的成效，也产生了一定的影响。

百花争艳的课堂模式。各所学校秉承学校的传统，借助"有效课堂人人达标"的经验，创生出各具特色的"觉民课堂"模式：开发区一小数学科组的抛锚式教学模式、开发区四小的"三节十段"式教学模式、东简中学"四环自主开放式"教学模式、开发区一中"三环六步循环课堂"、觉民中学"自主·探究"教学模式等。

万紫千红的课堂生态。"三开"理念强调师生在课堂上的状态，要能够呈现生命的活力和成长。在这种理念的指导下，开发区各学校的课堂注重教师的启发和引导，注重学生的参与和创造。

步步生花的课堂研究。对"三开"理念的理解和对课堂教学的追求让学校和老师开始积极开展课堂研究。学校积极组织校本研修，老师们积极申报课题，形成了浓郁的教研氛围。

异彩纷呈的课堂成果。2015 年至今，基于课堂的课题研究获得省级立项的有 10 项，其中省级重点课题 2 项；获得市级立项的有 8 项。课堂教学比赛屡获佳绩，国家级特等奖 2 个，省级特等奖 2 个，省级一、二、三等奖 8 个，市级一等奖 25 个。东简中学、区一小、区二小、区一中等接待各类学校来访交流达 50 余次，已逐渐形成了影响。

三、情思历史

情，情境与情感；思，思想与思维。情思型课堂，又叫情思交融的课堂。情思历史就是教师在课堂教学中通过情景创设，引导学生进行历史体验，在情境中感悟历史，并在历史感悟中引发与进行历史真相与历史问题的探究的一种课型。情思历史，是湛江市教育局教育研究室教研员陈洪义主持创立的，他是广东省特级教师，广东省基础教育"百千万人才培养工程"名教师培养对象，全国特色教育优秀教师，近十年来一直进行"情思历史"的教学实践与理论探索，出版了《"情思历史"教学概论》《梦想与坚持：做一个有信仰的教师》等著作 4 部，在《历史教学》《上海教育科研》等全国核心期刊发表论文十多篇。《广东教育（综合）》和《中学历史教学参考》等报纸杂志专门对"情思历史"进行了专题推介和报道。

情思历史作为一种还在探索与完善中的教育哲学，本质内涵在于人文关怀，在于对生命的关注。教育教学实践告诉我们"囿于历史教学历史"和"跳出历史教历史"的历史教学都是不可取的，"囿于历史教学历史"，眼里只有历史事件的原因经过和结果，历史成为干瘪的事件；完全"跳出历史教历史"，成为没有历史的历史，也是不可取的。情思历史的提出就是强调要在坚持历史的本原、历史的本真和历史的本位的三位一体基础上，主张以历史课堂为平台，以历史内容与材料为依托，构建情感、思维、思想等各种学科素养相融相生的情智课堂，让历史课堂成为"为体验而教、为理解而教、为思考而教、为思想而教"的师生生命成长的课堂。

情思历史课堂的操作流程是："主题立意—创设情境—情思互动—思想生成"，在这个过程中，情境是方式，是途径，而情感和思维发展是目的。把学生"思"的心理过程和"情"的心理过程统一于教学活动之中，实施品德、智能、情意统一的教学，情思历史课堂首先着眼于构建怡情益智课堂，完成有效激发学生学习历史兴趣的任务，每个教学环节与步骤的艺术都凸显"怡情"和"益智"两大特征，既关注学生情感与生命成长，又关注学生思维与能力提升，使学生全面发展。然后在学生"怡情"和"益智"的基础上，追求以生为本发展到为以学为本，强调课堂学习中每一个环节设计都是基于学生的有效学习，让历史课堂学习质量从浅表化学习走向深度学习，构建深度高效课堂。最终，历史情感与历史思维在历史课堂中深度交融，形成学生的历史思想，即历史的智慧。从理论、流程及其内容框架来看，情思交融是在肯定情知互动的基础上，进一步认为情感中有认知因素，认识中有情感因素，情思互动是情知互动的一种深入，以此实现历史课堂的"拨动学生情感的弦，放飞学生思维的线"，使学生达到情感层面上的"乐学"和理性层面上的"善学"，从而收到"情"与"思"相得益彰的效果。总之，情思课堂是在情知理论的基础上进一步的发展。

四、真心语文

"真心语文"是广东省特级教师、中小学正高级教师、湛江市第十八小学校长谭永焕在充分学习和实践的基础上，逐渐形成的语文教学理念：尊重生命本真，复归本体价值，呼唤真心语文。

真心语文致力于学生的终生发展。《语文课程标准》（2011 年版）指出："语文课程致力于培养学生的语言文字运用能力，提升学生的综合素养，为学好其他课程打下基础；为学生形成正确的世界观、人生观、价值观，形成良好个性和健全人格打下基础；为学生的全面发展和终身发展打下基础。""真心语文"，就是遵循"天命之谓性，率性之谓道，修道之谓教"的生命成长规律，引领学生真心、真实、自主地进行语文实践，促进语文素养全面提高，播下中华民族文化的种子，促使学生自觉传承人类文化的优秀成果。

"真心语文"就在通过引导学生在听说读写活动中与文本、作者、教师、学习伙伴进行率性的心灵对话，能真心实意地表达自己的真实见闻和真情实感，真实、朴实、扎实地在内容与形式上感悟和表现语言文字的情、理、趣和精、准、妙，丰厚语言积累和精神积淀，培育阳光的语文学习个性，培养良好的语文学习习惯，发展健康的审美情趣和道德修养，最终实现语文素养的全面提高。

　　谭永焕提出语文课程"三点论"：教学切入点要巧妙，课堂动情点要凸显，课程训练点要扎实。一篇课文，一篇习作，一次口语交际，一堂识字写字，都力求要上到学生的"最近发展区"上，都要让学生有所悟，有所获，有所得。在语文教育实践中特别强调"五重"：重诵读，重感悟，重积累，重语用，重迁移。他把"真心语文"课堂教学基本模式归纳总结如下：课前自学真实感悟，温故激思真心涌动，交流汇报真情融入，点拨指导真诚相助，巩固拓展真正提升。

五、"四动"英语

"四动"英语是湛江一中培才学校叶译副校长的英语教学理念与教学主张。叶译，毕业于英国利兹大学，获英语教学硕士学位（MA TESOL），中学英语正高级教师、广东省特级教师、国家"万人计划"教学名师候选人、"广东特支计划"教学名师、广东省中小学新一轮"百千万人才培养工程"第一批名教师培养对象优秀学员、广东省中小学名师工作室主持人。他长期以来进行"四动"教学的探索与实践，其"四动"的教学理念在省内外有较大的影响，出版了专著《初中生英语口语自我纠错研究》（英文）及《自主学习与中学英语教学》；受邀请到浙江大学参加"中国名师大讲坛"中学特级教师课堂教学展示活动。"四动"指"主动、互动、灵动、触动"（Proaction，Interaction，Creation，Inspiration），"四动"英语主张以"四动"理念导引英语教学实践，培养学生主动的英语学习态度，在丰富多彩、形式多样的互动式英语学习活动中形成和发展学生的多元能力，启发学生的灵动思维，鼓励学生在成功体验的触动下不断创新自己的能力，从而培养学生的英语学科核心素养，使之成为个性张扬、充满灵性、具备终身学习能力的人。"主动"，就是要培养学生强烈的英语学习动机和浓厚的英语学习兴趣，从而主动地自觉学习。"互动"，就是要培养学生包括英语言语沟通、交际、协调、合作等在内的互动能力，使每一个学生的自我概念形成并不断发展。"灵动"，就是要培养学生的批判性思维，让英语课堂真正活跃起来。"触动"，就是要让学生在多元评价中体验成功并感受到英语学习的快乐，从而坚定英语学习的信心。

后　记

　　《湛江当代教育简史》是湛江市 2014 年度哲学社会科学规划项目成果之一。该书由我校马克思主义学院的龙山兄与本人合作撰写而成。龙山兄生于湛江，长于湛江，现在又奉献于湛江。可以说他是改革开放后湛江教育发展的亲历者、见证者，也是湛江教育事业的奉献者。他为人忠厚实诚，在课题研究过程中，主动承担起最重、最难的工作，让我深受感动。时至今日，我常常会想起曾经一起去湛江市档案馆堆积如山的资料中翻找查阅文献的美好时光。

　　新中国成立以来，有关湛江教育的文献资料非常多，也有些杂。我们一致认为先确定好一条串联资料的线索，用类似"穿糖葫芦"的方法，对找到的资料进行串联和取舍。同时，我们将资料分成两大类，第一类是全国同一性特征的国家类文献，比如《面向 21 世纪教育振兴行动计划》等。第二类是广东或湛江地方特色类的地方性文献。比如《印发 999 湛江教育产业发展计划的通知》以及一些地方性的教育举措等。第二类文献的研究价值最大，是我们需要重点搜集整理的。但是这类文献的搜集难度也相当大。其中有些文献在档案馆中不方便查阅，或者不能复印拍照，有些是存放在各级教育局、学校等相关部门，由于种种原因，相关部门不能为我们提供查阅服务，更不用说复印留底了。为了尽可能搜集多一些这方面的资料，我们动用了各种人脉资源，可谓绞尽脑汁。这类文献搜集难，成系统的文献搜集更难，这就极大地制约了我们对湛江地方特色教育史的深度发掘。

由于我们学力、时间的限制，未能将湛江当代教育发展的历史进行全面、系统、深入地梳理，只是从某一视角，对该时期湛江的教育发展情况进行了概述，不免有"挂一漏万"之嫌。比如，对湛江地区当代教育发展史上具有地方特色的做法和成就发掘得不够深入，未能避免"同质化"的问题。

《湛江当代教育简史》作为"湛江当代文化简史丛书"之一种，得到了湛江市社科联的大力支持。课题主持人刘娟博士工作安排细致有序，可谓无微不至。责任编辑全秋生先生秉持严谨的工作态度，为本书的如期付梓保驾护航！在本书的撰写过程中，还得到了时任岭南师范学院教务处处长刘惠卿教授、湛江市教育局莫东生主任、岭南师范学院图书馆特藏室的老师等一众友人的支持和帮助。在此一并致以深深的谢意！

张家波　谨记

2022 年 6 月于憨泉居

岭南师范学院科学研究处资助

湛江市哲学社会科学规划项目《湛江当代文化简史丛书》（ZJ14YB14）资助

湛江当代体育简史

韩金勇◎编

中国文史出版社

图书在版编目（CIP）数据

湛江当代体育简史 / 韩金勇编. -- 北京：中国文
史出版社，2022.9
（湛江当代文化简史丛书 / 刘娟主编）
ISBN 978-7-5205-3615-8

Ⅰ．①湛… Ⅱ．①韩… Ⅲ．①体育运动史－湛江－现
代 Ⅳ．①G812.765.3

中国版本图书馆 CIP 数据核字（2022）第 162262 号

责任编辑：全秋生

出版发行：中国文史出版社
地　　址：北京市海淀区西八里庄路 69 号　　邮编：100142
电　　话：010－81136602　　81136603　　81136606（发行部）
传　　真：010－81136655
印　　装：廊坊市海涛印刷有限公司
经　　销：全国新华书店
开　　本：787×1092　　1/32
印　　张：8.5　　字数：204 千字
版　　次：2023 年 1 月北京第 1 版
印　　次：2023 年 1 月第 1 次印刷
定　　价：268.00 元（全五册）

文化湛江的当代视角（总序）

宋立民

1992年，李学勤先生序吴方《中国文化史图鉴》之际说："由二、三十年代开始，已有学者编写比较系统的中国文化史。日本学者写的几本书，也被迻译到我国。后来文化史的研究冷落了一段很长时期，直到近十几年，才一跃而为历史学界最热门的课题之一。"[①]

如今三十年过去，看到由湛江市社会科学界联合会、岭南师范学院科学研究处大力支持，刘娟博士主编、岭南师范学院青年教师编撰的"湛江当代文化简史"丛书，感觉到发端于二十世纪八十年代的"文化研究热"还在继续，只是研究更加沉实，更加具体，没有续用"新旧三论手法""中西文化比较""重评文学史"的旗帜而已。

与"单打一"的专门研究相比，"文化研究"的切入固然是新颖的，甚至不无"捷径"的特质，但是，稍微深入一点考察，则不难发现，此类纵向跨越的研究颇不容易。

问题首先在于"多文化而无文化"。《中国大百科全书·考古卷》说："文化一词有着不同的含义，一般是指人类的人类社会在科学、技术、

---

① 李学勤：《中国文化史图鉴·序》[M].山西教育出版社，1992年版。

1

艺术、教育、精神生活以及其他方面所达到的总成就。"美国最流行的词典《The American Heritage Dictionary》曰，文化"是一种人民或集团在特定时期创造的艺术、信仰、风俗、制度以及其他成就和思想"。笔者30年前编辑河南《大河报》的文化副刊时，已经发现"文化"的门类达数百种之多，政治、经济、军事、科技、东西方、烟酒茶……以至于"没有文化"也是"文化研究"的范畴，曰"文盲文化研究"。故此，文化研究更需要宽厚的人文科学与自然科学基础。在学科分支越发精细的时下，其难度不言而喻。

也正是在"知难而进"的意义上，"湛江当代文化简史"丛书是值得肯定的，因为筚路蓝缕不易，剑走偏锋更难——更何况体育史、族群文化史、教育史等并不是作者们读硕读博研究的方向乃至领域。

该丛书的第一个特点是当代性。

二十世纪八十年代，杂文家、文学史家唐弢与资深作家、翻译家、教育家施蛰存两位老前辈，有感于"当代文学史"出版物泛滥而著文指出：当代文学不宜写史。洪子诚先生认为，"唐弢先生说的当代文学不宜写史，主要是对当代人处理新近发生的事情的可靠性的怀疑。"意为"史"是需要沉淀的——小说《围城》里苏小姐那本《十八家白话诗人》序言，引 Jules Tellier 的比喻，说有个生脱发病的人去理发，那剃头的对他说不用剪发，等不了几天，头毛压儿全掉光了；大部分现代文学也同样的不值批评。"——疑似钱锺书本人对于白话诗的"史论"。

然而，对立的观点认为"李杜诗篇万口传，至今已觉不新鲜"，至少，看看身边人对于身边人的评价，总是不无当代意义的。例如冯文炳在北大谈新诗，就是讲身边刚刚发表的作品。问题在于欣赏者的见地与水准。梁任公《饮冰室诗话》第一则便开宗明义："我生爱朋友，又爱文学，每于师友之诗文词，芳馨悱恻，辄讽诵之，以印于脑。自忖于古人之诗，能成诵者寥寥，而近人诗则数倍之，殆所谓丰于昵者

耶。"他在第八则里又说:"窃谓自今以往,其进步远轶前代,固不待蓍龟,即并世人物亦何遽让于古所云哉?"[①]于是他把黄遵宪的长诗《锡兰岛卧佛》推为中国"有诗以来所未有"。这种立足当代、肯定当代、放眼未来的"与时俱进"的胆识,为我们提供了理解"湛江当代文化简史"思路。例如湛江的"当代旅游",其当代性就是毋庸置疑的。古代压根没有"旅游"这门产业——"近乡情更怯,不敢问来人"。不要以为本家宋之问已经到了自己的村口,或者至少到了老家河南灵宝(或山西汾阳),实际上他才到汉水。汉水到洛水尚有 500 多公里。是故哪怕仅仅提供了认识湛江当代教育、族群、旅游、文学、体育的一种思路或者史料,这种"当代意识"也不容忽视的。

该丛书的第二个特点是本土化。

或曰中国大陆最南端是"民风彪悍"的"文化沙漠",那是对雷州半岛的红土文化与海洋文化知之太少。2004 年春节,著名文化学者、多次获得国家"山花奖""飞天奖"的孟宪明先生南下湛江,跟随雷州的傩舞表演跑了整整一天,拍照片上千张,大为震惊曰:"失礼求诸野!中原已经没有如此完整的傩文化表演!"日前参与"湛江市优秀传统文化进校园"项目,笔者的任务是梳理"人文湛江"。结果是由浅入深粗粗分类,就涉及了湛江的地质文化、海岛文化、童谣文化、年例文化、祭祀文化、名人文化、音乐文化、舞蹈文化、台风文化、雷神文化、石狗文化、方言文化[②]——尚未包括"湛江当代文化简史"丛书里的体育、旅游、族群、教育、文学种种。

"三才者,天地人"。费尔巴哈说:文化的最终成果是人。同理,是否可以说:文化的最初据点是地,是故土、是方志。今年年初,读黄乔生新著《鲁迅年谱》,发现浙大出的这一套"浙江文化研究工程"传记类

---

① 梁启超:《饮冰室诗话》[M].人民文学出版社,1959 年版,第 1 页。
② 宋立民:《人文湛江》[M].中南大学出版社,2020 年版。

丛书，第一部分均为"家世简表"——有关鲁迅的这张简表，就是据《越城周氏族谱》而来，周知堂在该族谱上题识署："中华民国二十年四月七日会稽周氏清道房公允四支十四世作人书"。闻立鹏审定的《闻一多年谱长编》亦是将"闻氏世系"置于谱前。

浏览"费孝通江村纪念馆"与"饶宗颐学术馆"，我们不难发现，两位文化大师，均是在自己的故土起步：没有江苏吴江县庙港乡开弦弓村的社会调查，就不会有"人类学实地调查和理论工作发展中的一个里程碑"《江村经济》。饶宗颐可以居家自学而在敦煌学、甲骨学、词学、史学、目录学、楚辞学、考古学、金石学、文学、艺术史、宗教史、中外文化交流史、地理学、地方史、文献目录版本学等领域均有重要建树，家学渊源与潮汕文化的滋养功莫大焉。

"湛江当代文化简史"体例不一，写法不一，侧重不一，但是立足本土的特点十分突出，既有历史文献，又有作者自己的田野调查，可以为本地的"创文"提供文化支持，又可以为八方游客了解湛江提供方便。例如文学简史里对于著名本土诗人洪三泰的介绍，即擦亮了本土文化的品牌。洪三泰先生在 74 岁高龄，尚能以踏上时代潮头的诗心、认识与经略海洋的诗心、热爱港城故里的诗心和追寻艺术效果的诗心，写出了长诗《大海洋》，在"2019 俄罗斯普希金国际诗歌艺术节及第二届丝绸之路国际诗歌艺术节"上，一举获得俄罗斯普希金诗歌艺术勋章，是本土的荣耀与广告，更是中国诗坛的幸事。

该丛书的第三个特点是原创性。

原创是可贵的，原创更是困难的。即便外地有现成的"文化研究"模板在，"照猫画虎"的局限性也是显而易见。正如不可以把"松下问童子，言师采药去。只在此山中，云深不知处"简单地改为"阶前问先生，言师上课去。只在此城中，校多不知处"。尤其是关于族群、教育、旅游之类的设计千家万户的领域，多如牛毛的材料如何取舍？"论从史出"

的"论"如何定位？起承转合的阶段如何划分？都是不折不扣的难题。

该课题申报之初提出了设想：首次系统对湛江当代文化的历史积淀、形态特征、现实变迁、机制创新等方面进行了较为全面深入的研究，从中提炼出湛江当代文化的精神内涵，并着眼于湛江经济社会发展的现实需求，研究湛江当代文化精神对湛江社会经济发展的重要影响，具有较强的原创性。

无论现在的成果是否完全实现了初衷，"雏形"是活生生地摆在这里。而且，几本小册子各有自己的格局与思考。例如"族群文化"的三个切入点——湛江当代族群文化的退隐、湛江当代族群文化的断裂、湛江当代族群文化的复兴，就鲜明地体现出"史"的特色。记得四十年前听北大严家炎先生谈文学史的作家作品研究，让弟子们始终记得三点：一是与前人相比，该作家或作品有什么贡献；二是与同代人相比，该作家或作品有什么特点；三是该作家或作品对于后世有什么影响。固然湛江的族群是全国族群研究的一个点，会具备一定的共性，但是这个点的特征一定是具有雷州文化气息的、无可替代的。又如对于湛江当代旅游文化发展的定位："快速起步—徘徊摸索—调整尝试—飞跃发展"，视野开阔，眉目清晰，例证充实，即便材料还可以补充更新，但是框架已经十分坚固。

龚自珍诗曰："文侯端冕听高歌，少作精严故不磨。诗渐凡庸人可想，侧身天地我蹉跎。"[1]说恰恰是年少时写的诗歌，精密严谨，所以不可磨灭；到了"诗渐凡庸"的老年，"斯亦不足畏也已"。笔者垂垂老矣！南下湛江二十年，写了十本小册子，曰老子文化，曰孔子文化，曰鲁迅文化，曰博雅文化，曰审美文化，曰传播文化，曰台风文化，曰韵语文化，曰死亡称谓文化，最后一本是《人文湛江》。然而，回头看看，自知纯属

① 刘逸年等：《龚自珍诗集编年校注》[M].上海古籍出版社，2013年版，第653页。

"打一枪换一个地方"而尚未摸到"文化研究"的门径。因此，看到年轻老师的文化论著，真是由衷地高兴，虽不敢说"少作精严故不磨"，至少从确定选题到田野作业，从资料梳理到论从史出，他们付出的辛劳显而易见。唯愿已经有了基础的诸位作者，"咬住"自己的选题，一步步深入下去，为脚下红土文化的长城增砖添瓦。

壬寅夏至于广东文理职业学院紫荆苑

作者简介：宋立民，河南商丘人。广东文理职业学院教授。全国文科高校优秀学报主编。发表学术论文 200 余篇，各类评论近 5000 篇，出版个人专著 11 部。其中评论《清明祭》入选《中国新闻学大系》《中华杂文百年精华》，名列"中国当代杂文 200 家"。

目 录
CONTENTS

第一章　湛江传统体育运动 / 1

　　第一节　武术 / 2

　　第二节　气功 / 17

　　第三节　民俗风情 / 17

　　第四节　竞技运动项目 / 27

第二章　新中国成立初期的湛江体育事业 / 30

　　第一节　民间体育事业 / 31

　　第二节　竞技体育运动 / 32

第三章　"文革"期间的湛江体育事业 / 57

　　第一节　几乎停顿的湛江体育事业 / 58

　　第二节　湛江竞技体育事业的顽强生命力 / 59

第四章　改革开放后的湛江民间体育事业／71

　　第一节　民间团体与协会成立／72

　　第二节　民间传统体育运动的复兴／75

　　第三节　武术散打一枝独秀／84

　　第四节　舞狮重现光芒／90

　　第五节　人龙舞再展魅力／94

　　第六节　棋类活动气氛活跃／97

　　第七节　体育舞蹈蓬勃发展／99

第五章　湛江当代竞技体育／101

　　第一节　跳水、游泳勇立潮头／102

　　第二节　球类运动力争上游／118

　　第三节　体育弱项勇于开拓／135

　　第四节　民间竞技遍地开花／158

第六章　湛江体育事业辉煌的原因与前景展望／163

　　第一节　湛江当代体育事业辉煌的原因／164

　　第二节　湛江体育事业的前景展望／204

后　记／207

附　录／208

第一章　湛江传统体育运动

新中国成立前，湛江体育运动主要在民间。湛江民间体育活动丰富多彩，可健体强身的武术、能治病祛邪的气功，气势磅礴的舞狮、声势浩然的人龙舞、热火朝天赛龙舟、潇洒夺目的舞貔貅，凡此种种，湛江百姓尽可说得头头是道，无不如数家珍。湛江民间体育活动多姿多彩，不仅有着源远流长的历史，还有着广泛的群众基础，每每在人前亮相，无不大放异彩，令人拍案叫绝。

第一节　武　术

止戈为武。武，可消停战事，可维护和平，可强身健体，可修身养性。武术，又称国术、国技或武艺，中国传统武术伴随中华民族走过数千年历史，是中华民族的瑰宝。

一、湛江乡村武术的起源和沿革

武术在湛江已有悠久的历史，当地俗称"打功夫"。最早的湛江民间武术应源于生息、劳作、生存的人类本能需要。湛江地处亚热带，热带雨林植物茂盛，丘陵沟壑遍布，得天独厚的自然环境孕育了大量的生命，也使得野兽得以栖息繁衍。史书曾载"高雷廉三郡多虎"，横行的猛虎严重危害了人畜安全，为对付野兽的袭击，人们自发组织群体进行防范，出现或徒手或器械的进攻、防御等演练，这些处于自卫的演练逐渐演变成为各地的民间武术。至于外地传入的武术，一般都有成熟的套路和规范的要求。相传最早传入湛江的武术是福建少林派武术，传入时间有说于宋朝后期，也有说唐朝已有。因其承传都惯于口授身教，没有详尽文字记载，故具体何时传入，难以查考。

湛江百姓广泛爱好武术。湛江民间武术的沿革，大致有四个主要渠道。一是历朝历代的驻军。军队以习武为本职，湛江历代驻军的主要将领和部队，多从中原调入，这就为将源远流长的中原武术带到僻远的祖国大陆最南端提供了便利条件。特别是每年秋季都要进行一次大检阅的"都试"，不仅激励了军队的严格训练，也促进了习武的开展，如后来散落于民间的"阵操""对练""实

2

用进攻与防御""十八般兵器的使用"等，都在一定程度上融进了地方的民间武术。二是历代朝政在民间村落设立的团练。团练有一定的组织架构，派教或掌教团练的，多是军队中的骨干或南来北往的武学精深者。教授内容多为实用的进攻与防御等近身武术以及武术器械的使用，影响并促进了各村落民间武功的传授和发展。三是长期以来各地习武之人开办的武馆。武馆开班为教，任教者一般都有几道"散手"，集精粹武术而传。地域广阔，学员众多，影响深远，是湛江民间武术传授和发展的主要特点。四是古代实行的武举制。自唐时创武举以来，历朝对武举的重视态度不一，明清时期，习武晋仕之风较盛，激发了民间对习武应考以追求功名的崇尚。仅康熙三十五年（1696 年）至光绪十五年（1889年）近 200 年内，海康县便先后有 40 人考中武举。此外，清代吴川县出武科举人 17 人，徐闻县出武科举人 18 人，进士 3 人。更有唐家镇杜陵村人吴国栋于光绪九年（1883 年）考取武进士，诰封二品武功将军；上杭人易中于乾隆四年（1739 年）登虎榜，为吴川第一开甲科武进士。可见武举应考对湛江民间武术的发展具有很大的激励作用。

湛江市近代武术以洪拳、儒拳、蔡李佛拳、五形拳、十形拳和猴拳为常见，20 世纪 40 年代曾盛行一时。

1922 年，武术拳师黄金龙在赤坎成立庆武堂，以习武强身为主。1937 年，由"黑眼元"等在赤坎成立小童狮会，后逐渐形成大童狮会，主要训练基本武功，以强身自卫为宗旨。1940 年，陈国祥、冼永汉、梁跃初在赤坎成立振武堂，习洪拳为主。1941 年，冼永权在赤坎成立国术馆。1942 年，吴川县梅录国技馆接受地下党委派，迁来湛江市赤坎。1944 年，正式成立赤坎群英国术研究社，由李侠雄任社长。一时间，湛江市武术遍及城乡，声名在外的武馆除以上外，还有鸭母港忠义堂、文章国技馆、霞山新武堂、义和堂、文章湾英雄班以及文章村、石头村、平乐村、麻斜、特呈岛、湖光等农村的狮子班。每逢元宵节，各地武馆争相出动，摆出架势，相竞斗艳。其中值得一提的是赤坎群英武术社。

赤坎群英武术社前身是吴川梅录国技馆，在成为共产党南路特委的地下交通站之后，于1942年受共产党委派，迁至湛江市，并于1944年在赤坎正式成立群英国术社，拳师李侠雄为负责人。当时地下党领导人温卓华、吴有恒等常到该社指导工作。馆内的李侠雄等武师，一边往来城乡收徒传艺，教授武术，一边为地下党搜集情报，护送同志，散发传单，进行革命活动，为解放战争做出贡献。新中国成立初期，人民政府对该社革命斗争历史给予高度评价，其事迹在湛江市革命斗争历史展览中展出，后来，随着社员参加革命工作，该社自行停止活动。

湛江乡民热衷武术，既有广大百姓自身的因素，即抵御野兽袭击、强身健体、除暴安良等需求，更有政治方面的原因。因为湛江地处祖国大陆最南端，面临南海，是海防重地，历代都有驻军，在军民长期交流中，精于武术的军人自然对乡风民风有强烈的影响。再者，大量人员通过武举获得功名、富贵、社会地位和广泛影响，也促使更多人投身于习练武术之中。

二、民间武馆

湛江过去的民间武馆有两种形式，一种是以乡村为单位的民间业余练武场所，多在乡村的祠堂、庙宇或禾堂、学堂进行。师傅由本乡村懂得武术之人任教，也有请外来俗称的"功夫头"当师傅，活动多在农闲时候。另一种是城镇带有专业性传授武术的武馆，又叫国术馆。设在有较宽阔场地的屋宇中，一般由会打拳弄棍的人自任教头设馆，招收学徒，收取一定佣金，学徒来自社会各阶层。还有的武馆教师有跌打医术专长，也兼看病卖药。

上述两种武馆都以健身自卫为宗旨。学徒在拜师时需举行一定的仪式，乡村武馆向列祖列宗神位跪拜，城镇武馆向关公画像或华光神膜拜，发誓习武不欺弱小，不做坏事，不为非作歹，不伤天害理。武馆中备有古代的刀、矛、剑、戟、藤牌等兵器供学徒练习，此外还有土制的石砧、石担、沙包、沙袋以练臂力。武馆逢年过节，都会参加当地的庆祝活动，持枪佩刀集众随行于游神庙会队伍中，表演拳脚、舞枪、耍棍、跳跃等拿手的武术节目，展现武馆威风。武馆还派出狮班取青，取青是各武馆实力较量和大显身手的重要项目。所谓青者，是用红纸包若干钱银及生菜一束，挂在高处，让狮子撷取。有的青高达二三层楼，技能高的狮班可叠几层人梯，表演高难舞狮动作取青，从而提高武馆知名度，扩大影响。

湛江主要的民间武馆简述如下：

雨花台——开设年代：宋朝咸淳年间。地点：雷州府参将署前阜民桥，古称古园通宝阁。主要传授：少林拳、李纲铜等。

功班——开设年代：明末。地点：徐闻乡间。主要传授：阵操、对练、集体进攻与防御等。

高山武馆——开设年代：清光绪二十年。地点：雷州城南门市。主要传授：洪、蔡南派两家拳术及器械武术。掌门人高山公，独创高跷龙舞流传至今。

狮子会——开设年代：清末。地点：吴川隔塘和大塘（梅菉

5

头）一带。主要传授：洪、刘、李、蔡、莫南派五大家拳术十大型中的前五型，即龙、蛇、虎、豹、鹤，以及由此演变的器械武术和武术醒狮（传统地狮）。

英武堂——开设年代：清末。地点：廉江清平。创办人李英才。主要教授：散手（即从南派拳术中拆卸而出的实用性进攻与防御徒手武术）和各种武术器械使用（其中并夹杂有从广西流传而来的一些太平天国时期太平军惯用的勾头扫腿实用武功）。

振武堂——开设年代：1920年。地点：廉江良垌。湛江太平、东海、遂溪、雷州也曾设馆，师傅肖康荣。主要传授：以虎形为主的拳套路，飞链、软鞭、棍等器械的使用。

尚武堂——开设年代：1920年。地点：廉江良垌。吴川、化州、廉城、湛江郊区也曾设馆。师傅肖永标。主要传授：洪拳为主，十大行头齐全；蔡家、李家快拳；枪对三节棍、大刀枪、徒手对刀等器械对练；著名拳路有洪家头李家尾、龙虎斗、虎豹合等。

光武堂——开设年代：20世纪30年代。地点：廉江良垌。师傅梁荣章。主要传授：洪拳为主，双人拳对练、大刀对枪、五人大刀、六人棍桩等。

群英堂——开设年代：1930年。地点：廉江安铺。廉城、广西合浦、东兴、北海等地也曾设馆。师傅许展。主要传授：五行形意拳、六点半棍、八卦等。

联武堂——开设年代：1935年。地点：廉江安铺。师傅谭光汉。主要传授：蔡家拳兼北派，刀、枪、剑、戟、鞭、棍等十八般武艺。

国庆堂——开设年代：清末。地点：遂溪黄略龙湾。创馆人李贤周。主要传授：散打、条横、醒狮。

庆武堂——广州湾（今湛江市）最早的武术馆。开设年代：清末，距今约 120 年以上。地点：湛江赤坎潮州街附近。创始人黄金龙，化州人。分支馆有大、小同书会，培才武术馆等。主要传授：洪拳、蔡家拳、梅花棍等。今易名为赤坎武术团，馆址移至赤坎文章村内。庆武堂第一任馆长黄金龙（清末民初）；第二任馆长王文海（民国时期）；第三任馆长王保（1980 年）；第四任馆长叶土平（2001 年）。一百多年来培养的武术弟子达十万人。

镇武堂——前身庆乐馆。开设年代：20 世纪 20 年代。创始人梁跃初，湛江市龙头人。最初馆址在赤坎牛皮街，后迁新华路。主要传授：洪拳、梅花棍、双头棍、双头枪、双刀。第一任馆长陈国祥；第二任馆长杨正；第三任馆长李如经；第四任馆长吴木。

群英社——初名武术馆。开设年代：1941 年。地点：湛江市赤坎今光复路旧镇龙园。创馆人李侠雄，外号"哥大"，吴川人。1938 年，加入中国共产党，受中共南路特派员温焯华、陈信才委派，1941 年，在赤坎开办武馆作隐蔽，设立南路革命联络站。1945年 11 月，定名群英武术社。武馆以"学武习武、强国强身"为掩护，开展革命工作，为抗日战争、解放战争的胜利做出重大贡献。在开展革命工作的同时，武馆积极开展群众性武术推广工作。主要传授：洪拳，突出各种武术器械的进攻与防御。吴川、遂溪、湛江郊区等乡村设有分馆。

义和堂——开办年代：1947 年前后。地点：湛江市霞山长桥码头边。主要传授：洪拳。传授对象：当时的码头搬运工人。

国术馆——开办年代：1938 年中秋节前夕。地点：吴川坡心岭村。创始人肖光护。中共党员，受上级党组织委派到梅菉开展抗日救亡工作，以开办武术馆为掩护，发展进步力量，进行抗日。坡心岭国术馆成立后，随即成立的国术馆还有梅菉头国术团，团址在梅菉祖庙，教头为张法亨；隔海村石桥街国术馆，教头为孙均泰；水口渡街三官堂国术馆，教头为李侠雄。这些武馆以民间组织形式习武，开展抗日救亡工作。1939 年，肖光护积劳成疾病逝，上级党组织委派林林到梅菉继续以国术馆为阵地，进行革命活动。1940 年，在梅菉中山公园工人宿舍挂牌成立英志堂。为扩大组织，林林派骨干分头到吴川、化州等乡村开设国术馆。吴川各地的国术馆在抗日战争和解放战争时期，为革命做了大量工作，作出重大贡献。

此外，较著名的武馆还有：1884 年，雷州城南门市设立高山武馆，收徒授艺，创立高跷龙舞，颇具影响；1899 年，徐闻城镇开设的东关武馆，由客籍福建武师高道传授洪家拳；1900 年，徐闻县城开设的英武堂武馆，习武者有 300 多人；1938 年，徐闻县城开设的徐闻县国技研究社，会员 101 人；1930 年，海康县开设的伏波关武术馆；1938 年，麻章太平开设的同庆轩武术馆等。

改革开放后，各地武术团体、堂馆相继涌现，如雨后春笋。一些原解散的武馆恢复或重建，新成立的武馆星罗棋布。据吴川县不完全统计，共有武馆 300 多个，武术教练 200 多人，参加练武者 1.5 万人，雷州市申请获准具备资格的民间拳师达 120 多人。不少武馆推陈出新，有所建树，除继承传统武术外，还有独特的创新项目，参加全国、全省比赛获优异成绩。

由于湛江广大乡民习练武术蔚然成风，与之相应的自然是大大小小的习武馆遍地开花。各习武馆在师徒传授过程中，教头规定纪律，自觉弘扬强身健体、造福乡梓等武德，获得较好的社会效益。

三、代表人物

李贤周（生卒年代不详），据访问应为清光绪年间出生，新中国成立前已逝世，遂溪黄略石盘人。教授武术并参加过黄略人民抗法斗争，遂溪龙湾同庆堂武馆创办人。主要武术为集取上六府，洪、刘、李、蔡、莫五大门南派拳术，结合湛江乡间特色的徒手进攻与防御（散打），以打条櫈、桩桩出名。设馆授武遍及雷州、麻章、东海岛等周边。

李英才（1906—2004），男，廉江清平英武堂创办人。主要武术为在南派的刀、枪、剑、拳基础之上，演练成独有的实用套路，并在南派散打中，糅合了广西流传下来的太平军盛传的勾头扫腿实战功夫。李英才授徒无数，后为徐闻县武术教练的张学清，也曾拜其为师，李英才于 2004 年逝世，享年 98 岁。

梁龙标（生卒年不详），男，据考应为清光绪年间出生，廉江人。新中国成立前已在武术界成名，也曾到湛江赤坎等地教授武功，但主要是以做大戏（粤剧）饰武生为主。主要武术为快马功夫，即从传统南拳的打沙包改为打板櫈、打桩桩，后更发展为打四轮车。手脚并用，勾去打来，灵活快捷，实用凶猛。

黄金龙（生于清光绪年间，卒于 20 世纪 40 年代），男，化州笪桥人。时为湛江赤坎庆武堂武术总教练。主要传授洪拳。庆武堂开办于清末，是湛江市最早的武术馆，也是湛江的武术策源地之一。黄金龙为湛江的武术发展和推动起了很大作用。

梁跃初（1900 年至 20 世纪 60 年代），男，湛江市郊龙头芬水村人。为湛江赤坎镇武堂创始人和武术教练之一。主要教授武术洪拳。梁跃初培养了大批武术精英弟子，遍布各地，活跃在武术界，为促进湛江的武术事业发展贡献甚大。

李侠雄（1913—1998），男，民间尊称"哥大"，吴川长歧下仓村人。早年在吴川狮子会学武，1938年，加入中国共产党。1941年，受党委派到赤坎创办群英社为掩护，建立南路革命联络站。李侠雄擅长洪拳，是湛江武术界公推的洪拳第一人，他身体硬健，80多岁高龄尚能一个人骑自行车从湛江至吴川。

李宙云（1917—1994），男，民间俗称"妹仔"，遂溪石盘人。早年入湛江赤坎镇武堂学武，为镇武堂第一代弟子。勤学苦练，善于进取。20世纪40年代前后，通过一上海流落湛江卖艺人，学得一套梅花棍和袖镖、梅花针等武术暗器，后在南派武学的深厚基础上，将北派的梅花棍演练得出神入化。1958年5月，代表湛江地区参加广东省武术比赛，一鸣惊人，获梅花棍第二名；同年，参加全国武术比赛，获梅花棍一等奖。为湛江武术界第一位全国冠军。

许凤祥（1927—），男，今为雷州市体育运动局退休武术教练，辽宁抚顺人。新中国成立初在茂名露天矿地质测量队当技术员，因自幼习武，北派功夫娴熟，后被抽调到湛江地区体育运动委员会。1958年5月，代表湛江地区参加在广州举办的广东省武术比赛，以一套吴氏太极拳最称著。1962年，调海康县体育运动委员会任武术教练，先后培养出亚洲南拳冠军冯维斌、邓家坚和世界南拳冠军何强。

张学清（1939—），男，廉江营仔人。早年跟长10余岁的大哥张燕石在湛江赤坎国术馆学武，聪明好学，技贯南北。1959年，考上武汉体育学院，成为湛江武术界第一个接受系统武学高等教育之人，后分配到武汉杂技团，一生钻研南北两大流派的武功精华。回湛江后，张学清任徐闻县武术教练，培养出众多优秀武术高手，其中姚月珠、张建国为全国和全省武术冠军。

肖康荣（1884—1987），绰号大鼻荣，廉江良垌镇崇山村人。肖康荣性格刚烈，力大无比，行拳套路以虎形为主。其特长功夫是飞铜钱（可以将铜钱飞出成一条直线，中者受伤），善鹰爪，名震一时。1920年，创立振武堂。在湛江、太平、东海、雷州、遂溪等地设馆授徒兼行医，主治骨伤科。

肖永标（1892—1978），艺名铁九仔，廉江良垌镇篁竹村人。以脚功见长，常常用脚踢断牛特（拴牛木桩），"铁九仔"在江湖上名声远远大于真名。肖永标坚持正义，除恶安民，1920年，创立尚武堂，强调"未学武先立德"，法帝国主义侵略湛江期间，肖永标曾在湛江湖光牛姆岭亲手打死抢掠百姓、无恶不作的匪徒多名，捣毁匪巢，为民除害，"威震雷廉两府"。肖族也被政府授予"双丁"的特殊待遇。族中为嘉奖肖永标义举，破格让肖从40岁开始领他人60岁方可领的宗祠享。肖永标在吴川、化州、石城、湛江郊区等设馆授徒兼行医，徒弟众多，武功突出者不少，其子肖联昇（1933—）学得内家真传功夫，在传统洪拳基础上博采众长，集蔡、李、莫诸家于一体，以穿心拳、螳螂腿见长。肖联昇曾获湛江武术比赛南拳（虎拳）第一名和省武术比赛第二名。

庞康娣（1925—），男，坡头区官渡北马村人。以经营中草药及行医为生。青少年时曾在湛江镇武堂学武，善打洪拳，新中国成立后又到广州参加武术培训，洪拳更为称著，在全国和全省武术大赛获优胜奖和一等奖。20世纪80年代，他的洪拳名家套路，经整理后以照片的形式著述成《洪拳》一书，由广东人民出版社出版。《洪拳》是湛江武术界的第一本专著，在国内外产生一定影响，海外不少武术人士专程到湛拜庞为师。

湛江乡民习练武术人数众多且历史悠久，在众多的习武之人中自然而然地出现一些出类拔萃者，最突出的是曾获得全国、亚洲乃至世界冠军的李宙云、冯维斌、邓家坚、何强等人，光耀体育史册。

四、突出项目

湛江的民间武术分拳术和器械两大类，多以套路、散打、器械、对练形式出现。主要拳种是洪家拳和蔡家拳，李、莫、佛等流派亦有之。洪家拳的套路主要有十大形（即形头功夫：龙、蛇、虎、豹、鹤、狮、象、马、猴、彪）。练拳功的器械有木桩（三手桩）；练体能训练（练臂力、腰力）的器械有石担、石牛、铅球等；练爪功的有铁圈、铁环、铁球、连环沙袋、解麻缆等。表演器械类主要有棍、大刀、护环短刀、叉、剑、戟、藤牌、燕尾牌、三节棍、两节棍、大关刀、朴刀、七星刀、月牙铲、马刀、铁尺、双飞蝴蝶刀、缨枪、流星锤、铁链、软鞭等。

洪拳——湛江民间武术流传最普遍、最普及的项目。洪拳位居南派洪、刘、李、蔡、莫五大门拳术之首，相传始创于明末清初反清复明的地下秘密组织"洪门"。洪拳的套路打法是将经由福建南少林改革后的中原北派武功中的十大形，发展成更适合南方人特点，突出快捷、沉实、刚劲的特质，用得最多的套路是前五大形"龙、蛇、虎、豹、鹤"。功夫要求长桥大马（架式大，动作舒展）、稳扎稳打，以硬重为主，防护身体为主，其口诀是"有桥寻桥、无桥找桥、静中爱动、动中爱静、他动我静、他静我动"。做到龙行土力，有浮沉吞吐之势；蛇行水力，有旋风指喉之毒；虎行火力，有迎风接风之威；豹行木力，有移身挨傍之架；鹤行金力，有起脚抓尾之猛。洪拳的技术特点是：处于外家和内家之间，以慢练出真功夫。初入门者，先扎马步以练腰腿功，气沉丹田，类同太极的桩功，其套路及招式都具有很强的隐蔽性。使用上的特点是硬、重、快，后发制人，俗称"听打功夫"，基本套路以"龙、蛇、虎、豹、鹤"为前五大形，后五大形为狮、象、马、猴、彪，练习的人很少。不同于其他门派的"拳忌双出"，洪拳多以双拳齐出，其中龙、虎、豹是力量型基础套路，主练拳、掌、肘、爪、手面功夫，力量主要是爆发力、阴阳力、交叉力等基础，类同太极四十八式练外形。而蛇、鹤形头是技巧型套路，务必要在龙、虎、豹的基础上加以提高，把腰马力直灌入手指末端，能把力练到手尾，用器械时，就能人与器械合一，把力量使到器械末端。同时提高"鹅头""肘低"力，及金、木、水、火、土五行力的相生相克和身形的灵活性。蛇、鹤形头的套修长并动作重复在练身体耐力、桩功和闪身借力。通过练蛇、鹤形反回来提高龙、虎、豹的双拳和阴阳交叉力等技术能力。如"双弓掌"（即"双龙出海"）在洪拳套路里出现最多，但在实战中的使用不多。其意义在于双手的平衡及双手的配合，稍加变化就能使用；双掌向下为"下罩"，向上为"小鬼捧猪头"，双掌向中为"双伏手"，上下双掌向左或向右推为"龙花斗"，这就是洪拳招式的隐蔽性。其会分阴阳就会连挡带打，从而减少时间差，即"根无两响、拳无两下"。这就是洪拳的特点，俗称"听打"。洪拳套路在演

练时根据吞、吐、浮、沉的发力吐纳气时发出不同的声音，如
"哈！嗨！"为吐力，以提高功力和调整呼吸，俗称"三分功夫
七分声"。之后就练"架桥"，所谓架桥就是两人面对面从上、
下、左、右、中不同方向较劲，从中体会金、木、水、火、土
的相生相克以训练腰马借力等，类似太极推手。

蔡家拳——南派武功五大门拳术中的一门，为清末番禺人蔡
李佛所创。蔡家拳较洪拳更沉稳和深藏不露，下盘尤稳，舒展开
来，柔中带刚，故武术界又称"儒蔡功夫"。主要套路有上六连、
下六连、缠肘、鹰爪、耕牛、四梢、五家庄等。功夫一高一低、
一挑一拔、闪身离打，以标腿为主，马法以低以阔为主。

太极拳——传说为明朝武当派功夫掌门张三丰创学，沾练粘
随，引进落空，用巧劲和潜力攻击对方。打法轻柔飘逸，盘腿推
手变幻无穷。特点以柔克刚、借力打力，为中原北派武学中突出
一项。武术界有"形意拳的手、太极拳的腰、八卦拳的腿"之说，
太极拳极讲究腰力。1928年，吴云卓在南京获全国武术大赛冠军，
时受赤坎商会聘请到湛江赤坎任教，为湛江武术界传授太极拳第
一人，太极拳始在湛江广为流传。

梅花棍——20世纪40年代，上海有卖艺者到湛江表演梅花
棍，赤坎镇武堂弟子李宙云拜师学习。师成后将北派的梅花棍结
合南派的双头棍打法，演练成独具一格的梅花棍。其特点是棍击
两头，四面开花，舞得水泼不入，击中点点致命。梅花棍有单人
表演和对打，1958年李宙云凭此棍法，获全国武术比赛梅花棍第
一名。

护环短刀——南派短兵器著名刀法之一，难度较大，讲究气
势、勇猛、快捷，可双刀分开使用，也合而为一，刀法近身逼

14

人，威胁性强。原短刀没有护环，后受北派马刀和西方军刀影响，结合实战而增加。传说湛江人民在抗法斗争中，缴获法侵略者军刀发现刀柄有护手可防脱落，便在传统的短刀上加上护环，并成为特有短兵器。20世纪80年代，国家体委有关部门组织专家到湛江考察，将湛江民间武术护环短刀定为国家武术比赛中南刀刀型，这是湛江民间武术界的贡献和荣誉。护环短刀可单独表演，也可对练，或与其他兵器对打。

藤牌——一种掩护身体，抵御刀、枪、矢、石的防御性武器，属佐兵器，俗称"挡箭牌"。北方多是木、铁、皮革制作，形状呈长方形或梯形，称"盾牌"。湛江民间多是圆形藤制，称"藤牌"。藤牌盛行与各种兵器对练，既防御又进攻，要求胆勇气力，轻足便捷。一般习武，有矛盾对打、单刀盾牌进攻、三节棍与盾牌刀对抗等。湛江民间藤牌多与三叉并用，三叉也称马叉，缘于抗法斗争。一百多年前，湛江人民不畏强暴，用收拢稻草谷物的农叉，手持藤牌与殖民主义者搏斗。这些行为流传至今，成为湛江武术中的常见传统习武项目。吴川民间用藤牌层层搭架，叠罗汉舞狮，称"舞貔貅"，武术与舞狮合一，气势宏伟。

徐闻县迈陈镇东莞村用藤牌操练藤牌古阵，十分壮观。一人指挥，三人锣鼓配合，64人分攻守双方，各32人组成4队，攻方使用32件长短兵器，攻上袭下；守方用32个藤牌布防应对。阵式多变，刚柔相济，疏密相通，动静结合，用兵灵巧。阵式内容有单龙出海、双龙出海、四象阵、八卦头、四面埋伏、十字阵、剪刀阵、走圆山，可谓招式百出，至今已有500余年历史。

铁尺——一种短兵器，用优质钢制成，有单铁尺和双铁尺。铁尺内练气、外使力，以意领先，以气催力，刚柔相济，发劲勇猛，气势逼人。铁尺的套路不一，打法不同，共同点是短小精悍，使用灵活，超落大方，既有内家缠绕之柔，又有外家点、捅、劈、崩之刚。习练时要求手、眼、身、法、步、精神、气力合为一体，步伐稳健，简朴多变。湛江的民间武馆用铁尺习武较为普遍，也是传统的武术表演项目之一。

条凳——乡村因陋就简、就地取材的常用习武器材，多当沙包练臂力，兼练腿功。手脚并进，可演练很多思维敏捷、出神入化的项目。高手能寸步不移，第一拳打在条凳左方，通过脚勾带凳，第二拳紧随其后，打在条凳右方，反复来回，速度极快。条凳练武，无严格的套路，要求步伐稳健，手随心转，法从手出，灵活多变，进退自如。直臂立举、条凳倒立、飞凳杂耍，双手转身劈凳等较为普遍。民间有的乡村用多张条凳上叠，在高凳端舞狮和表演难度高的武术，惊险壮观。

燕尾牌——用轻质硬木制作，宽一尺，高约五尺，上平、下呈燕尾状，正面中间略突，形如鱼脊，绘有龙虎神怪等彩画，反面有系带和挽手，便于抓握，俗称"盾牌"。燕尾牌是一种手持格挡，掩蔽身体，抵挡对方兵刃矢石的防御兵械，一般常配刀枪，以发挥进攻能力。跌、扑、滚、伏、窜、踔、蹲等作武术套路较流行，运用燕尾牌时，往往以盾为掩，以刀为攻，挟盾操刀，御中待机，攻防备致。有矛盾对打、盾牌刀进棍、盾牌刀进枪、三节棍进盾牌刀等。

湛江乡村武馆林立，习武之人众多，为减少和避免同类竞争胜负立判、有伤和气、甚至难以立足等难看局面出现，各武馆错位竞争，推出种类繁多的、不可替代的强势项目，为了能吸引更多学徒，除实用性外，各类武术还加强了可观赏性。

第二节　气　功

新中国成立前，广州湾（今湛江市区）曾有慧岚禅师传授"慧岚功"强身健体，治病祛邪。后有岚章大师，气功治疗跌打驳骨疗效甚佳。20世纪40年代，湛江硬气功风行一时，由梁猛、谭龙彪传入湛江市。当时赤坎振武堂、大同狮会有人练习硬气功，李元华、李宙云、黄国杰等人学有成就，常在本市作气功表演。1948年，李元华、李宙云等赴广州、香港表演气功，其中李元华的汽车过腹表演具一流水平。20世纪50年代后，气功在湛江基本失传，令人唏嘘。

第三节　民俗风情

民俗，即民间风俗，指一个国家或民族中，在特定的条件下，由民众所创造、享用和传承的生活风俗。民俗来自人民，传承于人民，并深入到人民的精神灵魂中。湛江人民富有创造力，又多有吸收外来文化，形成了独树一帜的湛江民俗风情，赛龙舟、网龙、醒狮、人龙舞、舞貔貅，样样都是湛江人民的精神瑰宝。

一、龙舟竞赛

龙舟竞赛在廉江安铺镇、吴川博铺镇是一项传统的活动，据说始于清乾隆年间，尔后每年端午节必有龙舟赛。

二、调顺网龙

调顺网龙始于明朝，距今约 600 多年，在清朝时日渐兴盛并形成了习俗。调顺网龙作为一门独特的舞龙艺术，传承活跃于民间，主要分布在调顺岛。调顺岛与陆地隔海相望，每年农历正月初十，当地进行元宵"年例"活动，由于交通及经济条件制约，村民没有财力购买布锦龙具进行庆祝，于是他们就地取材，将破烂渔网收集，裁剪扎制龙体经染色后编织成网龙。村民举着原始的网龙进行祭扫活动，先在黄氏宗祠和庙宇前舞动，然后沿着村庄各巷游行劲舞。

岛上村民以农耕和海耕为主要生产方式，也因此，调顺网龙继承传统舞龙特点，网龙龙具的制作象征农渔结合。龙头采用"牛角"代表农业；龙身是通透的网体，代表渔业。调顺村有两条大网龙（一条公龙，一条母龙）及两条小龙，象征生产和原始生殖崇拜，以求"人丁兴旺，六畜繁盛，风调雨顺"，希冀"鱼满船、粮满仓"。

调顺网龙舞由多人组成：龙珠一人，龙头一人，龙身或七人或九人或十一人不等，龙尾一人。由"龙珠"引带龙身随鼓点起舞，做出俯仰起伏、左右摇摆、上下穿腾、徐疾动静等姿态，以展现龙之威猛。调顺网龙借鉴布锦龙造型，既保持网龙的原始质朴，又美化了网龙的形象。舞龙套路一般有碧海游龙、盘底穿花、老龙指身、金蝉脱壳、二龙抢珠、金龙盘柱、卧龙腾飞等。调顺网龙是独特的舞龙品种，原始质朴，动态活灵活现，轻盈柔软，别具一格。

三、醒狮

广东的舞狮也称"醒狮"或"南狮",至今已有 1500 余年的历史。如今常常用来夺人眼球的舞狮,却是在战场上曾经立过功劳的"大功臣"。相传南北朝宋文帝元嘉二十三年(446 年)五月,交州(今广东、广西一带)刺史檀和之奉命征伐林邑,林邑王范阳指挥士兵,手操长矛,身骑大象,使得使用短兵器的宋兵吃了大亏。宋先锋官宗悫想到以百兽都畏惧狮子推论,认为大象亦不会例外。于是命士兵连夜用布、麻等物做成许多假狮子,每头"狮子"由两个士兵披架着,隐伏于草丛中。他还在预定的战场周围,挖了不少又深又大的陷阱。敌人再次以象军来攻时,宗悫放出了一个个张开血盆大口的假狮子,张牙舞爪直奔大象,大象吓得掉头乱窜,敌军在一瞬间溃不成军,四处逃命的人、象不慎落入陷阱者数不胜数。宗悫乘机指挥士兵万弩齐发,人、象俱被活捉,宋军大获全胜。从此,舞狮首先在军队中流行起来,尔后逐渐传入广东民间。

广东舞狮从北方的黄狮子(北狮)脱胎而来,北狮从中原流传到岭南地区,大体是在五代十国之后。北狮庄重雍容,依旧保留着一千多年前唐代皇宫的贵族气派。南狮头上扎有一只角,威猛粗犷,讲究神似,鼓乐激昂,令人警醒,故称为醒狮。

遂溪醒狮源远流长,历史悠久,明、清时代开始盛行,其表演形式独具一格。它不但融合了南北狮表演之长,同时在吸收南北狮精华的基础上,在套路、难度、鼓点、表演动作、表演形式等方面不断推陈出新:从单狮到双狮到多狮、从地狮到凳狮到高桩狮、从普狮到夜光狮、从男狮到女狮、从太狮到幼狮等,令人叹为观止，誉为"中华一绝"。

舞狮的制作，先以竹篾扎成狮头的形架，再糊以纸张，粘上猪鬃、马鬃或植物纤维，这是头部的基本工序。其后涂上各种颜色，最后抹一两层光油。狮头的色彩基调可分为红、黄、青、白、黑五种。狮头涂上五彩缤纷的图案，有些还在前额上嵌上反光镜片（现以胶片代替），系上若干枚小铜铃，舞动起来，有声有色，光彩夺目。另外，狮眼、狮耳、狮嘴也是可以活动的，使得狮子更加灵活生动。

舞狮分地桩和高桩两种表演形式。地桩是在平地上进行表演，高桩则是在桩上进行表演。表演高桩的舞狮者在最高为 3 米、最低不少于 0.5 米、长约 14 米左右的桩阵上，通过腾、挪、闪、转、扑、跌、探、跃等动作，来表现狮子的喜、怒、哀、乐、动、静、惊、疑八态。复杂而又存在一定危险性的表演决定了舞者必须由擅长武术的人来组成。此外，舞狮的动作中还拥有许多化自武术的技巧，如舞狮的步法，有四平马、子午马、之字步（麒麟步）、跳步、坐盘步等。舞狮中的翻身、滚地、倒插等身法，也由武术而来，而南拳更是舞狮的基础功夫。凡学舞狮者，必须先练南拳，锻炼上下肢和腰力基本功以及南拳的基本功架。反过来，习南拳者总是或多或少，或精或粗地懂得舞狮。

舞狮的乐器以战鼓为主，再配上大锣与三对铜钹。锣鼓都有传统的乐谱，主要有擂鼓、惊鼓、平鼓、踏步、半步、半剪、中剪、下剪、上剪、标步、双喜鼓、七星鼓、行街鼓、登山鼓等各种鼓法。鼓是狮的灵魂，鼓动则狮动，鼓停则狮停。

新中国成立前，各行业组成会馆之后，即组织醒狮队伍，为行业庆典助兴。狮队随行业的性质而定为"文狮"或"武狮"，如腈纶（绸缎）行、土布行、花纱行等工会设置的用"文狮"；而茶居行、粉面行、牙刷行、酸枝行、建筑行等工会设置的则用"武狮"。

四、人龙舞

龙舞，也称"舞龙"，民间又叫"耍龙""耍龙灯"或"舞龙灯"，在全国各地和各民族间广泛分布，其形式品种的多样，是任何其他民间舞都无法比拟的。

（一）人龙舞的起源

早在商代的甲骨文中，便曾出现数人集体祭龙求雨的文字；汉代董仲舒《春秋繁露》中已有明确的各种舞龙求雨的记载；此后历朝历代的诗文中记录宫廷或民间舞龙的文字也屡见不鲜。直至现在，龙舞仍是民间喜庆节令场合普遍存在的舞蹈形式之一。

人龙舞源自广东省湛江市东海岛开发区的东山镇，属于大型广场舞蹈，舞龙人数少则一人舞双龙，多则百人舞一大龙，是国内民间舞龙文化中特有的一种文化表现形式。关于人龙舞的起源，在民间有诸多传说。

传说一：人龙舞起源于明末清初，据当地老人讲，东海岛有一种习俗，即逢年过节看大戏或逛圩街，小孩都喜欢坐在大人肩头上，手拿零食或小玩具在老街一路招摇。另外，农闲时为寻开心，大人便会扛着小孩与另一对父子在康王庙前斗力斗智，首先被拉倒的一方判为失败，另一方则胜出。艺术产生于游戏，在这种民间风情的孕育下，人龙舞应运而生。

传说二：据艺人传说，人龙舞大约始于明末。明军在清军的大举进攻下节节败退，不得已撤退到雷州半岛和东海岛，适逢中秋，地方百姓为鼓舞明军士气，于是编排了这个舞蹈。此后人龙舞便在这里流传开来，至清乾嘉时达于鼎盛。

传说三：相传福王朱由嵩南下海南建立反清复明基地，在路经东海岛东山镇的时候恰逢中秋，当地乡绅为了让士兵能够过中秋，就把流传于孩子中间的一种杂耍组织起来进行表演，从而形成"人龙舞"的雏形。"人龙舞"由此逐步得到流传与发展，并逐渐演化成为一种"庆盛世、迎丰收、娱佳节、乐民众"的民间文娱活动。每年八月中秋，全镇东、西两街的"人龙舞"都会倾情连续演出三个晚上，场面热闹非凡，年复一年，最终成为百姓们约定俗成的活动，经久不衰。

（二）人龙舞的表演形式

龙舞最基本的表现手段是其道具造型、构图变化和动作套路。根据龙形道具扎制材料的不同，分为布龙、纱龙、纸龙、草龙、钱龙、竹龙、棕龙、板凳龙、百叶龙、荷花龙、火龙、鸡毛龙、肉龙等等。北方龙舞的制作一般高大粗重，风格古朴刚劲；南方龙舞则精巧细致，活泼敏捷。龙舞从色彩上可分为黄、白、青、红、黑等，以黄龙最为尊贵。龙舞的构图和动作一般具有"圆曲""翻滚""绞缠""穿插""窜跃"等特征。龙舞的传统表演程序一般为"请龙""出龙""舞龙"和"送龙"。民间有"七八岁玩草龙，十五六耍小龙，青壮年舞大龙"的说法。广东省东海岛东山镇东山圩村的人龙舞素有"东方一绝"的美称，人龙舞所以能得此名，主要在于其独特的表演形式。

据《海康县续志·风俗》中云："载龙舞，舞龙艺人为龙头，后为龙尾，次一人，举手抱前者脚夹后者挨次递抬向街直走，则念曰：骑龙头，龙头落下水；骑龙尾，龙尾竖上天。"也就是说，

22

人龙舞与其他舞龙形式的区别，主要在于"人龙舞"不需要借用其他任何的器物或媒介，而是由精壮汉子和儿童按一定的次序排列组成。参与人龙舞演出

中央电视台摄制组专题报道湛江东海人龙舞过大年
（林海波摄影）

的青壮年和少年均穿短裤，以人体相接，组成一条"长龙"。在锣鼓震天、号角齐鸣中，"长龙"龙头高昂，龙身翻腾，龙尾劲摆，一如蛟龙出海，排山倒海，势不可挡，并依靠人与人之间的连接而构成"龙"形，龙即是人，人即是龙。

"人龙"的龙身巨长，一般由五六十人组成，有的人数达到数百人，气势雄伟壮观。"人龙"分"龙头""龙身""龙尾"三个部分。"龙头"是"人龙"最重要的部分，演龙头者必须身高力大，基本功好，表演技巧熟练。表演过程中，"龙头"除了双手握住两个盾牌，还必须同时身负分别饰"龙舌""龙眼""龙角"的三个孩童。其中，饰"龙眼"孩童两手各持一灯笼或电筒，闪闪发光。"龙身"是龙的主体部分，每个大人的肩上支撑着相继做俯仰动作的小孩。小孩身穿龙服，头戴龙缨、龙冠，分节架接而成。"龙尾"的大人也肩负一个小孩。

"人龙"起舞时，由锣、鼓等敲击乐器有节奏地配合，龙身左盘右旋，上下起伏，如波逐浪，随着龙头缓缓前进时，龙尾亦随队形左摆右摇。整条"人龙"表演起来威武雄壮，气势宏大，

场面热烈，充分显示出龙的威猛精神。

　　湛江人龙舞有起龙、龙点头、龙穿云、龙卷浪等独具特色的表演程式，表演者练就了快速托人上肩的稳健动作和步法，队形流畅多变，动作一气呵成，远望充满动感，近观粗犷雄壮，成为中华龙文化延伸与发展的重要组成部分。旧时村里男人很热衷舞人龙，老街东西两头也就按地形分成两条"人龙"。平日，两条"人龙"的成员相安无事，但到中秋前夕相互就不再搭理，皆因两条龙都想争最长最强，以便博得"雄龙"之称（出演人数少的一条龙就是"雌龙"）。这就是人龙的"雌雄之争"。正因如此，人龙舞更是声名远播，踊跃者众。

　　传统的人龙舞演出时间主要为农历八月十五，演出场地集中在海边、圩镇小街等。后来，随着影响的扩大，人龙舞逐渐走出海岛，进入"广场"和"舞台"，演出时间也不再限八月十五，只要有节日或重大庆典，它都舞动起来。而且随着多年来对人龙舞的结构、舞步、舞姿态、乐风、节奏等方面的挖掘、整理和改造，形成了"起龙、龙点头、龙穿云、龙卷浪"等表演程式，人龙舞日臻完善。

　　人龙舞体现出的是不可战胜的群体力量和聪明智慧，凸显独特的海岛色彩和浓厚的乡土气息，是东海岛乃至雷州半岛经久不衰的民间风俗和大型广场娱乐活动的重要组成部分。每逢春节、元宵、中秋佳节和一些重大喜庆节日，东山圩村必连舞几个晚上"人龙"，东西两街户户张灯结彩，家家倾巢而出，人流如潮，热闹非凡。

人龙舞是东海岛特殊社会历史因素与地域自然条件的产物，它将古海岛群众娱龙、敬龙、祭海、尊祖、奉神等多种风俗融入"人龙"之中，形成了自创一体、独具一格的龙舞表演形式和"人龙"精神。人龙舞作为独特的民间艺术，在演出时动辄几十人甚至上百人，环环相扣、负载而舞，怡己娱人，需要一定的气力和耐力。因而两地舞人龙的乡民们，都有练武的爱好，身强力壮的基础。此乃人龙舞生龙活虎的必要条件。

五、舞貔貅

舞貔貅，源于吴川县梅菉镇，后流传于粤西一带，是一项民间传统活动。每逢元宵佳节或喜庆之日，舞貔貅和舞狮队一样上街表演，很受群众喜爱。

舞貔貅是由一个传说演绎变化而来的。相传古时候，吴川有座大山名唤祖罗荣山，山中聚居着很多动物，它们过着和平欢乐的生活。有一日，从远方来了一只凶残猛兽貔貅，许多动物成了貔貅的腹中美餐，侥幸逃脱的也远远离开了祖罗荣山。上山砍柴的樵夫见状，愤而与貔貅搏斗，结果亦不能幸免于难。为降服貔貅，土地神只得到玄机洞求救于紫微神童。经过一场搏斗，紫微神童也被貔貅吞入肚中，但紫微神童本事了得，他在貔貅肚中东一拳，西一脚，打得貔貅腹痛难忍，卧地打滚。貔貅无奈，只好吐出紫微神童，并承诺从此再不伤害生灵。貔貅被降服后，逃走的动物们又回来了，从此祖罗荣山又恢复了原来和平的日子。因紫薇神童造福了生灵，在舞貔貅时，人们也常常会将其降服貔貅这一神话故事生动地展现。

据记载，吴川制作貔貅工艺和表演活动于明代已经流传。因传说中的貔貅头似狮，身如虎，全身既有狮子、老虎的毛色，又有狮子、老虎的暴烈气质，故而貔貅头部的制作与狮头相似，但其头部用皮革包装，它的特点是眼大、嘴阔、须白、毛长等。

舞貔貅的套路有舞貔貅、斗貔貅、貔貅战、貔貅上牌山等。凡舞貔貅必有武术表演，舞貔貅吸收了高脚狮和短脚狮的舞法，使两者都兼而有之。舞貔貅的特点之一是队伍庞大，少则十余人，多则三五十人，由舞貔貅队、锣鼓队、武术表演队三者组成。在演出时，队伍锣鼓齐全，舞貔貅的动作跟随锣鼓的节奏而变化，有刚有柔、有轻有重、有急有缓、有弱有强。锣鼓明快激昂，动作潇洒刚健，形象威武雄壮。

1987年12月24日至1988年元月2日，在广州举办的首届广东民间艺术欢乐节上，吴川县舞貔貅参加表演。其工艺制作有了新的突破，采用了羊毛、兔毛，色彩鲜艳，舞起来栩栩如生，逼真逗人。在编排上，由10人手执盾牌搭成人桥，由40人组成三层人塔，高七八米，整个画面十分壮观。貔貅舞动时设计了"貔貅下山""貔貅过桥""貔貅上山"等组合部分，其动作有探路、搔、扑食、翻滚、戏水、爬山等。在密集的锣鼓声中，貔貅通过人桥，一步一步向三层人塔攀登。当到达顶部时，锣鼓骤然激昂，貔貅凌空起舞，忽左忽右，忽上忽下，在高空中进行采青。表演者刚劲有力，技高胆大，脚下的人塔更是时时刻刻都转动，观看者无不拍案叫绝。

作为"龙的传人"的中华儿女素有在重大节日"舞龙""舞狮"

的传统。作为中华儿女的一分子，湛江儿女不但热衷于"舞龙""舞狮"，而且舞出了南国海疆特色，如"网龙""人龙舞"等。

第四节　竞技运动项目

竞技运动即比赛性的体育活动，各国各地都有自己的特殊项目，湛江地区最是盛行的竞技运动是田径和足球。

一、田径

湛江市田径运动始于清朝末年。1929年，益智中学和培才中学开展跳高、跳远和赛跑，这三项田径活动在当时已较普遍。

1933年5月10日至17日，广东省第十二届运动会在广州举办，其中含县联赛。广州湾（现湛江市）和海康县参加了县联赛。湛江市王清获男子甲组100米、200米2项第二名；林天熊获男子甲组800米第二名；海康县获男子甲组全能第四名。

1935年5月4日至13日，湛江市和海康县又参加广东省第十三届运动会县联赛（广州）。海康县成绩较好，破1项省纪录，获2项第一名、1项第二名。

1937年5月，在广东省第十四届运动会县联赛（广州）上，海康县蔡朝贤获男子甲组800米、1500米第一名，2项均以优异成绩打破省纪录。

1939年8月，湛江市与法国舰队进行田径对抗赛（霞山），蔡明贤获男子800米第一名。

1941年，湛江市举办运动会，设田径、篮球等比赛。

1946年11月，湛江市举办光复一周年运动会，设有田径比赛和环市跑。

1947年6月1日至8日，以郭秉道领队，王经国、梁光福为教练的湛江市田径队（队员3男3女）参加广东省第十五届运动会，获男子甲组田赛第一名、女子乙组田赛第三名。其中，陈立芳获男子标枪第一名并破省纪录、铅球第一名、铁饼第三名、五项全能第四名；陈志辉获男子甲组800米和1500米2项第三名。

二、足球

湛江足球运动始于1901年，由法国殖民主义者传入。

1899年，法国强迫清朝政府"租借"广州湾（现湛江市区），1901年，法国人在湛江市开办安碧沙罗学校，足球运动首先在这所学校开展起来。1926年，以该校教师阮泰龙为首，成立足球队。同年，霞山成立华人体育会，同时成立足球队。

1926年秋，霞山华人体育会邀请香港公教足球队来湛江市比赛，客队以精彩绝伦的表演吸引了不少观众，足球在湛江市的影响日甚。1927年，霞山益智中学成立足球队，队员有祝伯谨、张九五、张九六、吴夺锦、沈木秀、钟田养、阮泰龙、郑台德共八人。11月，该队赴广州参加广东省第十一届运动会足球县联赛，获得冠军。这段时间里，湛江足球运动发展很快，霞山成立五支成年足球队（法华队、益智队、华人体育会队、红带兵队，蓝带兵队）和两支青少年足球队。

1934年，益智中学曾邀请中国足球队左边锋"左腿王"陈光耀来校辅导足球队，陈光耀留在益智队一段时间。

1935年，英皇登基典礼，英国船只成批抵香港游乐，其中4艘停留广州湾海面。法租界当局遂邀请他们驶进湛江市，并安排在霞山进行 4 天足球表演赛。洋人精彩的足球表演轰动一时，这一年，赤坎华人体育足球队成立。

这个时期，霞山、赤坎足球比赛每周皆有，足球队还到海康县和安铺镇等地比赛，总是获胜而归。球员中技术较全面、深受观众欢迎的比比皆是。其中最有名的要数阮泰龙、钟田养、王经国、林炳耀、郑台德、张九五、沈木秀、祝伯谨、高凤山、黄陈宝、林荟森、王玉田。

抗日战争时期，由于外地许多商人和社会名流移居湛江市，湛江商业繁荣一时，学校随之不断增加，各种体育项目相继传入，体育活动较快地开展起来。原本已有基础的足球运动自然成了体育活动的"热点"。在霞山和赤坎重新组建意志队、益友队、西青队、南方队、钟表队、明星队、建筑工人队、良师队、记者队、红带兵队、蓝带兵队共 11 支成年足球队。其中赤坎南方足球队是由港澳和国内球星组成，队员有冯景祥、李国威、孙锦顺、郭英祺、李德其、张金海、钟勇森、张景才、黎熙荣、朱国龠、江善敬、陈德群、麦兆汉、刘从生、谢锦河、孔应煜。霞山益志足球队也以香港名将为主，另有侯成韬、侯荣生、曾培福、温其庆、朱水强。此外，球王李惠堂、谭光柏也曾到湛江市小住。并作精彩的足球表演。这期间，霞山、赤坎每周都有几次足球比赛。香港巴士足球队、澳门东华足球队，越南西奥林匹充足球队，海防黑白足球队都曾应邀来湛江市进行足球比赛。1947 年至 1949 年，由于兵荒马乱，湛江市足球运动销声匿迹了。

湛江开展竞技运动起步较早，但项目有限，主要集中于足球和田径比赛方面。由于湛江历史上一度是法国殖民地，湛江早期的田径比赛、足球比赛还曾有法国人参与。

第二章　新中国成立初期的湛江体育事业

　　连年的战争使得体育事业的延续和发展受到了严重阻碍，除赛龙舟等个别民俗得以继续维持外，多数体育运动都无人问津，体育事业一度陷入低谷。新中国成立后，百姓生活安逸，社会秩序平稳，百废待兴的湛江体育事业迎来了春天。无论是民间体育还是竞技体育，在这一时期都得到了新生，一时间体育运动遍地开花，如才露尖角的小荷，初露锋芒，一片生机。

第一节 民间体育事业

在人们体育生活中重新活跃的各项运动里，作为湛江人民宠儿的武术和体现湛江人民团结凝聚力的群众性长跑活动尤为耀眼，在新中国成立后不久，这两项民间体育运动就大放异彩。

一、武术

新中国成立后，武术活动一度沉寂，气功更是几乎销声匿迹。直到1958年，武术被列为全国比赛项目后，才有了新的发展。1958年，全国武术比赛在郑州举办，李宙云获梅花棍一等奖。1958年9月，吴川郑富传、曾贻振、戴伯龙、庄耀权、李崇福等五人代表湛江地区参加广东省武术表演赛，获团体三等奖，会后在中山纪念堂表演龙、蛇、虎、豹、鹤五大形武术，广受好评。此后，湛江的武术事业才逐渐恢复。

二、长跑活动

湛江群众性长跑活动始于1931年。1946年（民国35年）11月12日，湛江市曾为庆祝光复一周年举办环市长跑活动。新中国成立后，市群众性长跑活动不时开展，且常常以竞赛的形式举办。1950年，为庆祝湛江解放一周年，市团委组织举办了一次较大规模的群众性长跑活动。该次活动由赤坎运动场出发，经过民主大道、九二一路、中山路、南华广场后，再回到赤坎体育场。这是新中国成立后第一次较大舰模的长跑活动，群众积极性极高，不仅参加活动者有数百人之多，连前来围观的群众都数不胜数，摩

31

肩接踵，沿跑道而下，万人空巷。

20 世纪 50 年代后期，市群众性长跑活动活跃，涌现出一些优秀的长跑运动员。1958 年 11 月 3 日，湛江籍运动员林举溪参加在北京举办的"全国马拉松锦标赛"。在这次新中国成立后首次举办的全国性大赛中，林举溪以 2 小时 43 分 9 秒的成绩打破男子马拉松 2 小时 53 分 34 秒 6 的全国纪录。次年 3 月，林举溪再次参加在广州举办的广东省第二届运动员马拉松比赛，以 2 小时 36 分 8 秒 2 的成绩打破省纪录，并获该项第一名。此外，还有另一位湛江籍运动员黄松林以 2 小时 50 分 8 秒 8 获第六名。

在武术和长跑上取得的成就体现了湛江人民优良的体育运动根基，这不仅是对以往体育因子的延续，也是鼓励新时代湛江体育运动更上一层楼的一大动力，可谓继往开来。

第二节　竞技体育运动

新中国成立之初，湛江竞技体育运动涉及面广，游泳、跳水、射击、田径、蹼泳，无一不在全省乃至全国的比赛中大放异彩，为湛江竞技体育争得荣光。羽毛球、篮球、举重等虽不能一鸣惊人，却也小有所成，丰富了湛江体育运动，也为后来的发展打下了基础。

一、游泳与跳水运动

因得天独厚的地理环境，生长在海边的湛江人民不乏水性良好者，游泳、跳水在成为竞技体育活动后，受到了广大湛江人民的推崇和喜爱，由此出现了许多游泳健将和跳水健将。

32

（一）游泳

游泳是湛江人酷爱的体育活动，历史悠久。但作为竞技体育活动，是从1945年才开始的。1945年10月10日，湛江市首次游泳比赛在赤坎游泳场举办。1946年5月19日，赤坎游泳场经修建后，向社会开放。该场邀请赤坎、霞山几所中学的学生做游泳表演。1946年6月1日，霞山建成游泳场，向社会开放。同年8月25日，湛江市在赤坎游泳场举办水上运动会。

1950年12月，湛江解放一周年，由湛江市团委组织举办了湛江市首届中小学生游泳锦标赛。1954年，团委扩建赤坎游泳场，从原来的一个游泳池增加到三个，并承办专区游泳比赛。此后，湛江游泳运动蒸蒸日上，获奖无数。

1955年6月10日至12日，湛江市首次承办省游泳分区赛，在湛江的参赛代表队中，男子获8项第一名；女子获6项第一名，其中男子4×100米混合泳和女子4×100米自由泳都获得第一名。

1955年8月，湛江市游泳选手2女1男首次参加全国比赛（上海），获得女子100米蝶泳第六名。

1956年，湛江市举办渡海游泳比赛，从霞山游泳场至麻斜码头，全程1700米，共有385人参加，曾昭存、梁明英分获男、女子冠军。

1956年，湛江市体委成立，如何提高湛江市游泳运动技术水平也随之摆上日程。后体委决定派出曾昭存参加广东省游泳干部训练班学习，曾昭存学成之后，担任湛江市游泳教练员工作。

1956年8月，湛江游泳选手24人参加广东省游泳比赛（广州），获团体总分第二名，其中曾昭存打破男子100米蝶泳省纪录，杨春霖打破男子100米蛙泳省纪录，梁明英打破女子100米蛙泳省纪录，获得金牌 3 枚，铜牌 4 枚。同年，湛江罗群英、唐宛如两名女选手参加 15 城市少年游泳比赛，获金牌 3 枚，铜牌 3 枚。

1957 年 8 月，湛江市游泳队由黄可为领队，卢森堡、盛荣为教练，男选手曾昭存、许耀焜，女选手唐宛如、罗群英、陈辉、梁爱玲，赴北京参加全国游泳锦标赛，获得金牌 3 枚、银牌 4 枚、铜牌 1 枚，1 个第四名，3 个第六名。

1957 年 9 月，在北京举办的全国游泳比赛上，湛江姑娘唐宛茹脱颖而出，一鼓作气连夺女子少年组 100 米、200 米自由泳两枚金牌，另一名湛江姑娘罗群英也勇夺女子少年组 100 米蛙泳金牌。

1958 年 8 月，湛江市游泳队由许克为领队、盛荣为教练，前往大连参加全国游泳跳水运动会，获得好成绩。

1959 年，在广东省第二届运动会上（广州），湛江专区获得游泳男子团体总分第五名，女子第四名。8 月，6 专区 7 个代表队的 279 名运动员在梅录镇角逐广东省少年游泳、跳水锦标赛，湛江获游泳团体总分第一名，并有 4 人 5 次打破 4 项全国少年纪录（女子 100 米蛙泳，女子 100 米、200 米自由泳，女子 4×100 米自由泳接力）。9 月，在第一届全国运动会（以下称全运会）上，湛江市 1 男 2 女游泳选手获 2 项第五名、1 项第六名。

1959 年，湛江市成立游泳专业队（即省代训班），由广东省体委拨经费，全天训练，队员 7 人，教练员为曾昭存。同年，唐宛如获准游泳运动员健将。

1959 年，在 21 个单位 2871 人参加的全国少年游泳通讯赛中，湛江专区获男子团体总分第三名，女子第四名。

50 年代，在全国游泳比赛中，湛江选手共获得 4 项第一名，4 项第二名，6 项第三名。这个时期，湛江市游泳教练员主要是蓝荣、卢森堡、曾昭存等。

1960 年 7 月，广东省体委在湛江市举办全省游泳教练员培训班，在湛江市培养了一批游泳教练人才。

1960 年，湛江游泳队参加广东省冬季游泳比赛（海口市）。

1962 年，湛江游泳队参加广东省重点业余体校游泳比赛（东莞）。

1964 年，湛江游泳队参加湛江专区第二届运动会游泳比赛，获团体总分第二名。

1964 年，湛江游泳队参加广东省第三届运动会游泳比赛，获团体总分第四名，破 1 项省纪录，夺得金牌 3 枚、银牌 2 枚、铜牌 4 枚。

1964 年，第二届全运会在北京举办，湛江泳手郑若虚代表广东省，接连夺下女子 200 米自由泳和 4×100 米自由泳接力 2 枚金牌；黎仕光夺得男子 4×100 米自由泳接力金牌。

1964 年，在北京进行第一届新兴力量运动会选拔赛中，湛江郑若虚（女子游泳）入选。

1965 年 8 月，在全国少年游泳、跳水锦标赛（上海）中，湛江市游泳选手陈永庆和阮绍群（女）共获得金牌 5 枚、银牌 2 枚、铜牌 1 枚。

1960 年至 1966 年，湛江市游泳健儿在全国比赛中获得金牌 22 枚、银牌 15 枚、铜牌 19 枚；在国际比赛中获银牌 3 枚、铜牌 2 枚。1961 年，黎仕光获准游泳运动员健将。

接二连三的获奖纪录，无不在彰显新中国成立初期湛江竞技体育的锋芒。在不同等级的竞赛中，湛江市的游泳健儿们夺金牌、破纪录，大展身手。在沉寂多年的体育行业中，在百废待兴的体育运动中，湛江游泳运动一鸣惊人。

（二）跳水

湛江市跳水运动全国驰名，被誉为"中国跳水之乡"，培养了一大批著名跳水教练及运动员。1942年，逃难而来的香港同胞把跳水技术带到了湛江市赤坎区，跳水运动从此在湛江生根发芽，1945年10月10日，湛江市在赤坎举办水上运动会，设有跳水表演。1950年，赤坎游泳场搭起高达十米的木式跳水台，卢森堡等青少年学习跳水。

早在1955年湛江就培养出一批跳水人才，如陈观贤、温一静、曾振海、杨子勤、陈乃英、李仲铭、符国海、黄秀女、陈夏仁、林碧玲、陈海燕、陈景华、朱观保、陈少玉等。60年代，湛江市跳水运动进一步发展，涌现出一批优秀跳水人才，如徐益明、柯亚九、郑观志、吴国村、卢锡强等。1973年，湛江市跳水运动员陈华明、唐树贵、陈华、陈文波、李忠等入选"八一"队，后成为"八一"跳水队主力，多次参加全国跳水比赛，并获得优异成绩。1974年，又涌现出一批优秀的跳水运动员，如王国雄、张强、吴建忠、林楚民、徐志、钟文珠、吴玉霞、钟冬娜、陈女、曲福江、梁少汉、梁雪英等。他们在省内、全国乃至世界跳水大赛中都获许多金牌，为湛江市争光。

湛江市优秀跳水运动员、教练员和裁判员遍布全国各地，如奥运会跳水冠军劳丽诗、何冲，原国家跳水总教练、国际游泳跳水技术委员会委员、被誉为世界"现代跳水技术之父"的徐益明，国家跳水教练陈文波、吴国村，北京体育大学跳水项目教授温一静，广东省跳水教练郑观志，广州市跳水教练黄秀妮（即黄秀女），湛江市跳水教练陈乃英、吴建忠等，他们为中国的跳水事业做出了巨大的贡献。

在这些优秀的跳水教练和运动员的努力下，新中国成立初期湛江的跳水运动取得了非凡的成绩。

1952 年 8 月，在广州举办的首届中南区（广东、广西、湖南、湖北和河南与省、区）游泳比赛上，卢森堡（后担任湛江市第一位跳水教练）夺得男子一米跳板铜牌、陈观贤（后担任广东省跳水队第一任教练）夺得男子三米跳板铜牌。

1953 年，湛江市把跳水作为一项主要的体育项目列入业余训练之中。同年秋天，卢森堡参加了中南区跳水比赛，获得男子跳板跳水第三名。

1955 年 8 月，湛江市 5 名跳水选手（男选手陈观贤、雷振海，女选手陈夏仁、温一静、陈木秀）参加全国 12 单位跳水比赛（上海），获一项第二名，一项第三名，一项第五名。

1957 年夏，湛江市跳水队男、女选手各两名，代表专区参加广东省第一届运动会，获男、女跳板两项第二名和男、女子跳板两项第三名。

1957 年 8 月，湛江市游泳跳水代表队 10 人（男选手陈观贤、雷振海、杨子勤、李仲铭、陈乃英，女选手林碧玲、陈夏仁、温一静、黄秀妮、陈少玉）到北京参加全国 21 单位游泳跳水锦标赛。10 名选手均进入前六名。男子乙组成绩尤其优异，雷振海、杨子勤夺走跳台跳水冠、亚军和跳板跳水亚军；女子的表现也不俗，陈夏仁、林碧玲等夺走乙组跳台跳水亚军，跳板跳水亚军和第四名、第六名。此外，该队还获得男子成年组跳板跳水第二名，男子少年组跳板跳水第四名，女子少年组跳板跳水第三名和第四名。

1958 年 8 月，湛江市陈观贤、陈乃英、朱观保、黄秀妮、林碧玲、陈海燕六名选手前往大连参加全国 28 城市游泳跳水比赛。

获女子跳台跳水第二名、跳板跳水第三名；女子少年组跳台跳水第三名、第四名，跳板跳水第三名、第五名；男子跳台、跳板跳水第二项第六名，男子少年组跳台跳水第五名。陈观贤达到运动健将；陈乃英，黄秀妮，（女）达到一级运动员。

1958年9月，湛江市向广西军区跳水队和广州军区跳水队各输送一名运动员。

1958年12月至1959年4月，国家体委在国家东四块玉游泳馆举办全国首届跳水教练员、运动员训练班，请苏联专家别勒讲课。湛江市陈观贤、李仲铭、陈乃英、温一静（女）、陈夏仁（女）、黄秀妮（女）、陈海燕（女）、郑观志（女）等参加学习。这对提高湛江市跳水技术水平起到了至关重要的作用。

1959年3月，湛江跳水队7男6女参加广东省第二届运动会，获5项第三名、2项第四名、1项第五名、2项第六名。同年6月，陈乃英、雷振海、黄秀妮（女）达到运动健将。

1959年9月，湛江市跳水选手陈观贤、陈乃英、李仲铭、黄秀妮（女）四人在北京参加第一届全运会。黄秀妮获女子跳台跳水第二名，跳板跳水第六名，为广东队获女子团体冠军立下了赫赫战功。

第一届全运会结束后，广东省组织跳水队到汕头和湛江两个地区进行巡回表演。湛江籍运动员返回湛江，先后在高州县、吴川县、廉江鹤地水库、湛江市表演跳水。在鹤地水库表演时，跳台是在水库中用两艘木头船临时搭建而成，观众达数万人，场面壮观。

50年代，湛江市跳水在全国占有重要位置，运动成绩名列前茅。60年代初到中期发生"文革"止，湛江市跳水健儿在国内外比赛中仍有上乘表演。

1960年8月，在北京的全国青少年跳水比赛中，柯亚九获得男子跳板跳水冠军和跳台跳水亚军，陈海燕获女子跳台跳水冠军、跳板跳水第五名；郑观志获女子跳板跳水第二名，跳台跳水第三名。

1963年，在印尼举办的第一届世界新兴力量运动会上，代表中国出战的湛江跳水选手黄秀妮和郑观志（后任广东跳水中心主任）分别夺得女子十米跳台和三米跳板银牌。

1964年，黄秀妮在武汉全国跳水锦标赛上获女子跳台跳水冠军、跳板跳水第三名。同年，黄秀妮、郑观志作为中国体育代表团的成员前往印度尼西亚参加第一届新兴力量运动会，黄秀妮获女子跳台跳水亚军，郑观志获女子跳板跳水亚军。

1964年8月，湛江市二中初中学生何君左在全国少年跳水比赛上，夺得男子少年三米跳板冠军。

1965年9月，在第二届全运会（北京）上，徐益明获得男子跳台跳水第四名，郑观志获女子跳板跳水第四名。

1966年8月，柬埔寨国家跳水队访问中国，在广州进行比赛，湛江市黄秀妮获女子跳板跳水冠军。

由于濒临南海，湛江在游泳、跳水比赛方面有得天独厚的自然条件，加上政府的重视与精心打造，湛江的游泳、跳水成绩在全省乃至全国崭露头角。

二、球类

球类运动是体育运动中的重要内容，在湛江市广为流传并成为竞技体育运动项目的球类比赛中，以水球、足球、羽毛球、乒乓球、篮球、排球见长。

（一）水球

湛江是国内最早开展水球运动的城市之一，早在 1946 年，刚设市的湛江在赤坎游泳场隆重举办抗日光复一周年水上运动会，当时便有培才中学、市一中和市联队三支代表队参赛；1950 年，湛江举办运动会，水球比赛是最受关注、最具观赏性的项目之一。

1955 年，湛江团委以卢森堡为首，组成业余水球队。

1956 年，湛江市体委成立，水球运动训练开始有计划地进行。8 月，水球队赴广州参加广东省首届水球比赛，参赛的还有广州、香港、汕头、江门、东莞等单位，湛江市获第二名。

1957 年 1 月，湛江市水球队以黄可为领队、卢森堡为教练，参加广东省第一届运动会（广州）获第二名。9 月，前往北京参加首届全国水球比赛（有北京体院队、上海、天津、长春、广东、厦门、广州、南宁、八一、湛江共 10 个队），湛江市获第七名。

1958 年 8 月，湛江市水球队再上北京，参加第二届全国水球联赛（有北京体院队、上海、天津、广东、厦门、广州、南宁、八一、湛江共 9 个队），湛江市再次获得第七名。

1959 年 3 月，湛江市水球队在广州参加广东省第二届运动会，获第二名。9 月，挥师南宁市，参加第三届全国水球甲级队联赛（北京体院队、上海、天津、长城、广东、厦门、广州、南宁、八一、湛江等 10 个队），湛江市获第四名。

1960 年 8 月，湛江市水球队在厦门参加第四届全国水球甲级队联赛（北京体院代表国家队、上海、天津、广东一队、广东二队、厦门、南宁、八一、湛江共 9 个队参加），湛江市获第七名。

湛江市水球队 4 年间连续 4 次参加全国比赛，且晋升为甲级队，在市民中，特别在青少年学生中影响日盛。这期间，在湛江市青少年学生中掀起了"水球热"。在赤坎和霞山两个游泳场，打水球的学生与日俱增，每逢周末、节假日的水球比赛也愈加频繁。湛江水球运动兴盛一时。正当湛江市水球运动向鼎盛目标迈进时，由于国家暂时经济困难，被迫停止了全国水球比赛，广东省也被迫停止了水球比赛。这对发展中的湛江市水球运动，无疑是一个沉重的打击。由于经济困难，湛江市水球队也难以坚持正常训练，部分队员不幸患肝炎，以致未能派出代表队参加1964年广东省第三届运动会水球比赛（这届省运会水球比赛只有广州、东莞、海康3个队）。

1964年，广东省少年水球比赛安排在湛江市举办。湛江市作为东道主参加，只获第三名。

湛江水球队虽未曾夺冠，但在每次的比赛中依然可以绽放自己的光彩，同样不失为湛江竞技运动场上的一颗明珠。

（二）足球

足球，有"世界第一运动"的美誉，是全球体育界最具影响力的单项体育运动。足球运动在湛江的出现时间并不算晚，可惜中间曾经被迫中断。1950年，湛江市恢复了足球活动，12月，湛江市首届运动会开设足球比赛，其后历届市运会都有足球赛的身影。

1953年，湛江市有关部门重点抓足球训练。学校、机关、厂矿、企业、工商联和企业单位，都普遍开展足球活动，每周都进行足球比赛。

1956年2月，在广东省足球分区赛中（北海市）湛江市获冠军。同年，湛江专区足球队参加广东省第一届运动会，后进入广州决赛，湛江队获铜牌。

1958 年，在湛江专区职工足球赛中（吴川县）湛江市获亚军。8 月 2 日，香港足球队应邀来湛，与湛江市足球队在赤坎进行友谊比赛。

1958 年，第二届全国乙级足球联赛，湛江队直接参加在武汉举办的中南区比赛，力夺第七名。

1959 年，在广东省第二届运动会上，湛江专区足球队获得季军。

1962 年 8 月，在广东省重点体校足球比赛中（海康县），湛江市获冠军。

1963 年，在省少年足球比赛中（吴川县），湛江市获冠军。

1960 年至 1965 年，湛江市办足球专业队，训练经费由省体委拨给。足球专业队由崔彪、黄可任班主任，王经国任教练，有队员 22 人。后输送北京体院 2 人、武汉体院 1 人，其余在湛江市安排工作。

1963 年 11 月，在广东省职工足球锦标赛中（佛山），湛江市工人足球队获冠军。

1963 年 12 月，湛江市足球队在长沙参加中南区足球比赛，获季军，晋升为全国乙级足球队。

1964 年 2 月，广东省足球锦标赛在湛江市进行，湛江市获冠军。8 月，在湛江专区第二届运动会上，湛江市足球队获冠军。

1964 年 2 月，在广东省青年足球赛中（广州），湛江地区获冠军。

1964 年，在广东省第三届运动会上，湛江地区足球队获季军。

1965 年 5 月，在广东省职工足球锦标赛中（广州），湛江市工人队获亚军。

虽然曾经中断，但在 1950 年湛江市恢复足球运动后，湛江足球队重整阵容，威力不减，多次在足球场上大展神威，为湛江竞技体育补上了浓墨重彩的一笔。

（三）羽毛球

湛江市的羽毛球活动于 1947 年开始出现，当时主要是学校的体育课教学。市立第一中学王经国老师利用校内运动场开辟露天羽毛球场，上体育课时教学生练习羽毛球，学生也利用课余时间进行活动，但当时开展的次数和地点都很少。

20 世纪 50 年代初，一些单位的羽毛球爱好者在工作学习之余，自发地组织打羽毛球。这些单位是湛江海关、湛江地区外贸局、湛江市人民医院（现湛江市第二人民医院）、越南会馆单位羽毛球队，这一时期羽毛球的训练较前些年更为普遍。

湛江市第一个比较正规的羽毛球场是设立在湛江地区外贸局的礼堂里。当时，湛江市市长何鸿景也非常喜爱打羽毛球，进行友谊比赛等。此时的湛江羽毛球运动逐渐普遍开展起来，越来越多的人参加了这项运动。湛江海关、湛江地区外贸局又相继建起了室内灯光羽毛球场。

20 世纪 50 年代后期，一批印尼华侨归来。他们到一些厂矿、学校、机关工作。这些归侨都比较喜爱打羽毛球，而且带回来一新的技术与打法，推动了湛江市羽毛球活动的开展，技术也得到了一定的提高。

1956 年，湛江市举办第一次羽毛球赛。由市体委主办，在湛江汽车修配厂进行，有 20 多名运动员参加了单打比赛。何鸿景市长也亲自参加了比赛，最终肖祝权获冠军，毛用霖获亚军。

广东省羽毛球队两次来湛江表演、辅导，影响很大。省羽毛球队在霞山人民会堂及赤坎工人文化宫进行单打、双打、混合双打的表演后，以女队出战湛江市男队，由于湛江市羽毛球队技术水平有限，男队反而输给了省女队，但这在客观上为湛江羽毛球队的发展提供了很大的帮助。

1958年8月，湛江参加广东省第一届羽毛球锦标赛。通过比赛，与广州、佛山、肇庆、汕头、香港、澳门等90多名运动员的互相交流技术，促进了湛江羽毛球运动。

1959年，湛江专区派了4名运动员参加广东省第二届运动会的羽毛球赛，占裕梅、梁福成获男子团体第三名，张美娟、施惠珍获女子团体第四名，占裕梅获男子单打第三名，占裕梅与梁福成获双打第四名，张美娟获女子单打第六名，并与队友施惠珍一起获双打第六名。

20世纪60年代初期，湛江专区（含湛江、茂名、阳江、海康、徐闻、遂溪、吴川等县市）和一些华侨农场都开展了羽毛球运动。1964年，湛江专区第二届运动会设有羽毛球比赛。湛江、茂名、阳江、海康、徐闻、吴川、遂溪等市县都组成代表队参加角逐，湛江队获男、女子团体冠军。1964年，湛江专区代表队参加广东省第三届运动会羽毛球赛，获成年组团体第三名，其中，谭顺光获少年男子组单打第三名，女子有林莲芝、邓秀贞、关惠珍等参加比赛，但没有获得名次。

（四）乒乓球

20世纪30年代，乒乓球活动就已经在湛江市出现，但当时参加活动的仅限于社会上层人士和知识分子。40年代后，乒乓球活动发展到学校，培才中学、广侨小学、高州会馆都已开展乒乓球活动。抗日战争后期，湛江大光报社陈董事长在赤坎成立"大光游乐社"，开展以乒乓球为主的体育活动。主要组织者有梁思敏、余卓炎等。当时球技较好的有冯卓锋、祝瑞璜，二人均参加过广东省乒乓球比赛。

50年代，余卓炎、陈少杰、李阶、梁志强等代表高雷地区和湛江市参加广东省乒乓球赛。1956年，湛江市体委成立后，乒乓球运动普及到城乡各学校和基层单位。湛江市培养出苏国熙、黄伟坚、梁学强、李蒙等优秀选手，其中苏国熙入选国家队，曾参加第二十六届、第二十七届、第二十八届世界乒乓球锦标赛，受到毛泽东主席接见。

自1959年湛江市第四届运动会以来，历届运动会都持续进行乒乓球比赛，中小学生乒乓球比赛、职工乒乓球比赛更是一年一度的比赛节目。"文革"后，因业余体校的不重视，乒乓球训练于1981年被迫取消，只在学校和基层单位开展，运动技术水平日益下降。湛江地区参加的广东省历届运动会乒乓球比赛中，成绩并不理想。1959年，第二届运动会获男子团体第二名，女子团体第三名。黄德光获男单第一名，黄德光、苏国熙获男子双第五名，苏国熙、李蒙获混双第六名，黄伟坚、李蒙获女双第四名。1964年，第三届运动会获男子团体第三名。吴河获男单第二名，吴河、张国祥获男双第三名。其后第七届省运会是由湛江市组队参加少年乒乓球赛，未进入前六名，取消乒乓球训练后的队伍技术落差，可见一斑。

（五）篮球

1943年，由商人汪鸿俊赞助，在湛江市赤坎组建"元青"篮球队。该队曾经三易队长，不断补充队员。首任队长黄珊，第二

45

任队长杨春荣，第三任队长梁元福，主要队员有韩民权、杨春荣、关乾定、杨男养、郭华荣，这就是湛江市第一支职业篮球队。"元青"队的活动直到40年代末，后期新增队员有王华容、林健鸿、陈悦、关泽儒、林兴、冯胜和、薛昌豪等。在这个时期，"巴拿"篮球队也宣告成立，队长陈明安，陈南、陈德、陈生、陈悦、关泽儒、郭华荣是该队的主力队员。

1950年，新中国成立后的第一支湛江篮球队"黑白队"成立，队长杨春华，队员有韩有权、黄珊、王叶客、林建鹏、关泽儒、陈勋、冯国耀、钟九如、谢振元。

1952年，市团委组建篮球队，队员有陈南、杨春华、林建鹏、关泽儒、王叶客。同时又组建"友联队"，成员有成方里、成思荣、周彬、叶华振、庞贵、郭华荣。

1953年，市男、女篮球队参加省比赛，领队温碧如，教练郭华荣，队中有冯慧英、凌秀英二人入选广东篮球代表队，代表广东参加中南区篮球比赛。

1954年，在何鸿景市长的关怀下，市体委通过省体委邀请香港男女子篮球队访问湛江市，进行篮球友谊赛。此后，香港女队队员陈贺珍（江仔）留在湛江任教练和打球。

1955年，湛江市邀请广西南宁市男、女篮球来市进行访问比赛，湛江市男、女篮球也去广西南宁访问比赛。市女子篮球队队员有陈颖宜、陈碧儿、凌秀英、谢廖沙、黄碧霞、郑燕琼、杜莲卿等，其中陈颖宜、陈碧儿一直在队中留任，坚持打球到70年代初期。男子篮球队队员有崔舜书（崔彪）、孙俊庭、吴斯、陈那林（林哥）、郑柱基、彭锐全。

1956年，湛江市男、女篮球代表队在广州参加省篮球赛，男子获第四名、女子第六名。

1959 年，广东省第二届运动会，湛江队获女子篮球赛第六名。

50 年代，湛江市驻军某部队男子篮球队、海军勇士篮球队、公安部队前卫篮球队、市工商联队、市代表队等很受湛江球迷欢迎，经常在市区进行友谊比赛。总之，新中国成立初期，篮球活动在湛江市得到普及，很是活跃。

（六）排球

排球在湛江市真正作为一项体育活动，始于 1950 年。

1956 年，经湛江市人民政府批准，成立湛江市男子排球队，编制运动员 12 名，均由湛江市委托台山县体委从台山县挑选而来。运动员月薪按行政人员标准发放，外加运动员伙食补贴。排球队实行全脱产训练，技术水平曾进入省先进行列，队员伍理民、李策大、倪庆祥、黄炎威等已掌握精湛技术。

1958 年，湛江市排球队除个别运动员留队，多数运动员上调广东排球队，黄炎成入选国家青年队，曾赴苏联、东欧等国比赛。

1959 年，在广东省第二运动会上，湛江地区女子排球获第六名，男子未曾上榜。

湛江参与的球类比赛品种齐全，其中水球比赛、足球比赛起步早，在省内处于领先地位，在全国也有较大影响；另羽毛球比赛、篮球比赛、排球比赛、乒乓球比赛，也在省内取得过较好成绩，甚至为省队、国家队输送过队员，其中乒乓球运动员苏国熙还曾受过毛泽东主席接见。

三、田径

田径是田赛、径赛和全能比赛的全称。现代田径运动的分类不同，主要包括竞走、跑、跳跃、投掷以及由跑、跳、跃、投掷的部分项目组成的全能运动，共计四十多项。1950年12月，湛江市首届运动会在霞山进行，设田径比赛。

1953年6月，湛江市庞贵、陈南、吴声桃（女）、李荣辉在广州参加中南运动会选拔比赛。庞贵获得男子撑竿跳高第一名，吴声桃获得女子100米第二名。

1954年2月，湛江市第二届体育运动会在霞山举办。田径比赛含铅球、铁饼、标枪、手榴弹、跳高、撑竿跳高、跳远、三级跳远、100米、200米、400米、800米、1500米、10000米跑。

1956年3月至6月，庞贵到上海参加全国田径教练学习班，回湛江后担任田径教练。

1956年7月，湛江市组成少年田径、游泳、跳水、体操代表队共65人，代表湛江地区去广州参加全省首届少年体育运动会，其中少年田径队19人（男11、女8）。

1957年1月31日至2月2日，湛江专区代表团参加广东省第一届运动会，湛江市庞贵获男子跳远第一名、三级跳远第二名；钟任明获撑竿跳高第二名；许秀芳获女子跳高第四名。

1958年，湛江专区和湛江市均举办中学生田径运动会和职工田径运动会。

1959年3月22日至27日，在广东第二届运动会（广州）上，湛江市（本届以县市为单位参加）共获金牌3枚、银牌5枚、铜牌5枚，获男子马拉松省纪录和女子跳高省纪录。

1959年12月，湛江专区田径运动会在梅录镇举办。阳江、阳春、高州、电白、化州、雷北、雷南、湛江、茂名、东兴、合铺、北海、钦州、灵山等14个县市参加。

1959 年，湛江市庞贵参加广州军区田径运动会获男子十项全能第一名，并参加全军运动会。

1963 年，在印尼举办的第一届世界新兴力量运动会上，代表中国参赛的湛江田径优秀选手陈供恩夺得男子 4×100 米接力金牌和男子 100 米银牌。

1964 年 8 月，湛江专区中学生田径比赛在高州县进行，湛江市第二中学获团体总分第一名，并代表专区赴广州参加省中学田径比赛，获团体总分第一名。

1964 年 10 月 19 日至 23 日，在广东省第三届运动会田径比赛（广州）中，湛江专区获团体总分第四名，共获金牌 3 枚、银牌 7 枚、铜牌 7 枚，破女子铅球省纪录。

1965 年 9 月，湛江市陈洪恩在北京参加第二届全运会田径比赛，与队友郑土成、沈孝智、何炎武获男子 4×100 米接力全国纪录，个人获男子 200 米第二名。

这个时期，湛江市优秀田径运动员陈洪恩、朱银山二人输送国家队，李荣晃、许秀芳（女）、谭永彪、张英光（女）、刘国英（女）共五人输送省队，林兴德、梁建勋二人输送八一队。

这一时期，湛江高频率地举办田径运动会，促使一些优秀运动员脱颖而出，他们被选入国家队后成绩斐然，有的创造国家纪录，有的获得世界冠军。

四、射击

射击是湛江市重点项目之一。作为一项正式体育运动项目，湛江市射击运动始于 1955 年。1955 年，市体委干部冯慧英被派往北京体院参加全国小口径运动步枪初级教练员学习班，返湛后即开展小口径运动步枪射击训练，主要对象是市区中小学生和职工干部。

1955 年，湛江市举办了一次局级干部射击比赛，有 50 多人参加，项目只有小口径运动步枪 30 米立射。市经委主任韩飞获第一名，市长何鸿景获第二名。

1957 年 7 月，湛江市射击队 6 男 6 女参加省赛，获总分第二名，男子 50 米卧射第一名。

1958 年，广东省体委派罗树林、张发钧两名射击教练来湛江市进行蹲点指导训练。后来，张发钧教练留在湛江任专职射击教练，为湛江市射击运动的发展做出了贡献。

1959 年 3 月，广东省第二届运动会射击比赛在广州举办。湛江专区射击队主要由湛江市运动员组成，获团体总分第六名，获 1 枚铜牌和 1 项第六名。

1964 年 10 月，广东省第三届运动会射击比赛在广州市举办。湛江专区组队参加比赛，团体总分联居第二名，并获金牌 2 枚、银牌 2 枚、铜牌 3 枚，2 个第四名，另有 3 个第五名，1 个第六名。

多次比赛结果证明，新中国成立初期，湛江射击技术在全省处于领先地位。

五、举重

湛江市开展举重运动始于抗日战争时期。

1945 年，湛江首次举重运动会由法国殖民主义者在赤坎体育场举办，运动会名称为"广州湾首次举重运动会"。参加比赛的有红带兵、蓝带兵（法国殖民者雇佣军）、本地商团兵、警察、学校团体。裁判长由号称广州大力士的谭文彪担任（谭当时在赤坎开办健身举重训练房，进行健身和举重训练）。比赛结果是培才中学学生李元华、曹庆天获得冠、亚军，第三名则被蓝带兵越南人谭某获得。

1950 年，湛江市在霞山工人文化宫举办职工运动会举重比赛。该次比赛的裁判长由李元华担任，运动员只有 5 人，获得第一名是李光裕、第二名白发、第三名谢荣荪。

1959 年，为迎接广东省第二届运动会，湛江市组建举重队，由李元华担任教练，队员有王毅（原名王歹）、谢荣荪、李光裕、白发、梁会保等。参加地区选拔赛时（赛区设在阳江），湛江市获团体冠军，5 名选手全入围参加省运会。谢荣荪、王毅参加 56 公斤级别比赛，李光裕、白发参加了 67.5 公斤级别比赛，梁会保参加 75 公斤级别比赛。最终李光裕获第二名，梁会保获第六名。

1969 年，广东公安系统运动会在佛山举办。湛江公安举重队由白发领队，队员有白发（67.5 公斤级）、陈保光、吴庆元，最终结果是白发获 67.5 公斤级别总成绩第一名。

相比于其他运动，在举重比赛方面，湛江属于全省的中游水平，尚不能有所突出。

六、体操

湛江市体操运动出现于 20 世纪初，但真正把体操作为竞技体育项目加入比赛却是在 1954 年。1954 年之前近半个世纪，湛江市的体操运动只不过是学生们之间的游戏，从未走出校门。

1954 年 2 月，湛江市举办第一次体操比赛。

1956 年，第一届广东省运动会（以下称省运会），湛江地区不参加体操项目。同年 7 月，湛江市组成少年田径、游泳、跳水、体操代表队共 65 人，代表湛江地区去广州参加全省首届少年体育运动会，其中少年体操队男、女各 6 人，获金牌、奖牌共 5 枚。

1957 年，易宝钿（女）被输送到广东体操队。

1958 年，刘仕娣又入选广东体操队。

1959 年，在广东省体操一级、健将级锦标赛中，易宝钿获健将级全能第三名、平衡木第二名。

1959 年，第二届省运会，湛江地区体操队获男子团体第五名，另获银牌 2 枚、铜牌 2 枚、2 个第五名、1 个第六名。

1964 年，第三届省运会，湛江地区体操队获团体第四名，另获 1 个第四名，1 个第六名。

纵观多次比赛结果，可以得出一个客观的结论，即在体操比赛方面，湛江属全省中等偏上水平。

七、蹼泳

蹼泳是 1986 年经国际潜联决定后由潜水易名而来的。潜水在我国虽然有着悠久历史，但是潜水运动在我国还是一项新兴的体育运动项目。湛江市潜水活动始于 1960 年。

1958 年 11 月初，苏联支援陆、海、空军志愿协会主席别洛夫上将应中国人民国防体育协会主任李达上将的邀请来我国访问时，介绍了欧洲国家新兴起的压缩空气轻潜水运动情况，阐述此项运动的实用价值，并介绍苏联潜水运动的具体情况，希望中国能开设此项目，愿意帮助中国培训潜水运动人员。随后国家体委把潜水运动列入国防体育项目开展。

1959 年 7 月，国家体委邀请德国潜水队 5 人到广州协助中国训练潜水运动员，本次参与训练的学员有 20 名，其中广东省 4 名。湛江市杨春霖参加了这次学习。

随后湛江市组织开展潜水训练活动，参加潜水训练的男子有杨春霖、林杰、林斌、张正、冯水清、李建、邓国强、柯行芳、关勋庭，女子有谢淑贞、陈志芳、李丽芳、陈碧莲、欧玉英、吴少英。

1960年3月2日至5日，国家体委李达主任在广东省体委副主任陈远高陪同下带着秘书与训练队队长刘基一乘专机到海口、榆林及湛江进行潜水训练场地的实地考察，最后确定训练基地建在海滨城市湛江市。

1961年3月，在广东湛江市建设"中国人民潜水俱乐部"的申请被批准。1961年，又从湛江市体校调入三名运动员，以加强训练队力量。

1961年3月，国家体委正式拨款30万元，同时还下达了基建任务，计划兴建教学楼和宿舍楼两座、伙房及饭堂一座，充气站（含减压仓、修理间）一座、仓库和油库等项目，合计建筑面积约3400平方米。

1964年，湛江市在湖光岩风景区内修建了一栋占地面积2000平方米、建筑面积730平方米的潜水运动训练站。

湛江市举办过两期潜水员辅导训练班，用以普及潜水活动。开展潜水活动的有湛江水产专科学院（现湛江水产学院）、雷州师范学院、湛江一中、市二中、市四中、市五中、市十三中、市民办中学。并于1965年、1966年举办两次中学生潜水比赛。

1964年11月1日至12日，湛江市潜水队参加全国潜水比赛。这次比赛由湛江市承办，参加单位有山东、湖北、广西、广东四省运动员58人。湛江男子队有关勋庭、柯行芳、李建、张正、邓国强、冯水清，女子队有陈碧莲、陈志芳、李丽芳、吴少英、欧玉英、谢淑贞。张海水为领队、刘木荣为教练员。本次比赛中湛江男队获团体第一名，女队获团体第二名，另获男子4×100米综合接力第三名，男子4×646米集体定向潜泳第二名，女子4×646米集体定向潜泳第一名，女子4×50米综合接力获第二名。此外，李丽芳获1项第二名和全能第三名，吴少英获1项第三名，冯水清获1项第二名，1项第三名，可谓战果丰硕。

1965年8月，湛江市潜水队赴武汉市参加全国潜泳比赛，陈克昌为领队，刘木荣、杨裕立为教练员，男队队员为李建、冯水清、关勋庭、催保汉、史日广、郭芳全，女队队员为谢淑贞、陈志芳、钟文莲、陈碧莲、吴少英、吴玉珍。本次比赛湛江队获男子团体第二名，女子团体第二名，男子4×646米集体定向潜泳第二名，女子4×50米综合接力第三名，女子4×646米集体定向潜泳第一名。另有李建获男子1000米简易潜水装具游、40米简易潜水装具游合男子全能3项第三名。

1966年，湛江市潜水运动因"文革"停止。1976年6月，恢复活动。1986年，又停止训练工作，教练改项。

在潜水比赛方面，湛江在全国居于领先地位。国家潜水运动训练基地就设在湛江湖光岩风景区。湛江不但在全国潜水比赛中获得骄人成绩，自身也承办过大型全国潜水比赛，潜水比赛堪称湛江体育竞技事业的一绝。

八、航空模型

湛江市航空模型活动始于1953年，从1957年开始至"文革"被迫中断，湛江市参加省和全国航空模型竞赛共13次。曾获省级赛团体奖7次，其中第一名1次、第三名1次、第四名4次、团体第五名1次，单项获省冠军9次、亚军12次、第三名16次、第四名2次、第五名6次、第六名2次；获全国赛亚军1次、第三名2次。1981年，市航模队被评为省先进班。

1957年8月，湛江市第一次参加省航空模型比赛，获4个第二名。

1958年8月，广东省第一届国防体育运动会在广州天河举办。湛江市由黄可率领9人参加，获1个第二名，3个第三名，1个第五名，1个第六名。

1959年8月，湛江市航模队参加广东省第二届运动会，获2个第三名，1个第五名。

1960年，湛江市航模队参加省航空模型比赛，获第三名。

1960年，省航模队来湛举办航模教练培训班，湛江市有6人参加学习。

1964年，市航模队利用无线电遥控模型飞机，为湛江军分区民兵进行实弹射击训练，湛江航模队第一次为军事服务。当年，国家体委奖给湛江航模队无线电遥控模型飞机1架。

1964年，湛江航模队参加第二届省运会航模赛，该队以陈克昌为领队，林浩森为教练，含运动员6人，获1个第二名，1个第三名。

1965年，湛江航模队参加省航空模型比赛，获1个第一名，1个第三名。

1966年，广东省举办无线电遥控模型飞机教练员训练班，湛江市三人参加学习。

1966年8月，湛江市举办航模赛，共有150人参加，湛江一中廖建生、梁浩华分获直升模型飞机第一名和第二名。

湛江积极举办航空模型竞赛，积极参加省级、国家级航空模型竞赛，多次获得优异成绩，受到省级嘉奖。

九、摩托车

摩托车运动从 1958 年开始，在全国各主要省市开展。为推动湛江市摩托车活动的开展，1960 年 4 月到 9 月，由省摩托车队派李有、郑子信、杨惠群三位教练来湛江市协助欧志珣教练开展摩托车训练工作，共办了四期摩托车训练班。

第一期为湛江地区摩托车教练员训练班，学员 20 人，来自湛江市、北海市、合浦县、茂名市、电白县。

第二期为湛江市摩托车辅导员训练班，学员 20 人，来自市区各工厂、机关。

第三期为东海岛东山公社举办的摩托车训练班，学员 20 人，主要来自公社、机关、中学和民兵骨干。

第四期为市中学生摩托车手训练班，学员 20 人，主要来自市区各中学、中专。

1962 年 11 月至 12 月，市体委摩托车教练欧志珣举办了两期摩托车驾驶员训练班。一期是来自市内各工厂机关的职工、干部共 20 人，另一期是在赤坎举办的轻骑三轮摩托车驾驶员训练班，学员来自赤坎、霞山、坡头的三轮车站工人。

由于车辆条件及其他条件不够完善，1963 年后，湛江市摩托车训练活动基本停止。

20 世纪五六十年代的湛江摩托车运动处于草创阶段，最后因为条件不具备而不得不终止训练活动，未能真正投身于该项竞赛中，当是一件憾事。

第三章 "文革"期间的湛江体育事业

"文革"期间，各行各业受到强烈冲击，体育行业也不无例外。在这一时期，湛江体育事业几乎全部中断。这样一个时局混乱、乌云密布的年代，湛江体育事业路途坎坷，看似前途渺茫，但哪怕面临如此窘境，湛江竞技体育仍然凭借顽强的生命力持续发展，并取得了一定的成绩。

第一节　几乎停顿的湛江体育事业

"文革"开始后，湛江体育行业受到严重破坏。从 1966 年至 1970 年，湛江市足球训练和比赛被迫停止，田径运动也遭受严重损害。本节以中国人民潜水俱乐部（以下简称中潜俱乐部）为例，看体育事业在"文革"时期的遭遇。

一、中潜俱乐部停训闹革命

中潜俱乐部成立后，举办各类训练班并开展潜水竞赛工作，经过几年的努力，潜水运动被越来越多的人了解，深受广大人民群众的喜爱，由此进一步得到了许多省、市、自治区体委部门对开展潜水运动的要求。我国潜水运动蒸蒸日上。正当大家满怀信心并决心要练好表演项目的时候，"文革"的浪潮刮起。学校停课，中潜俱乐部顿时陷入无政府状态，迫使巡回表演计划和举办全国潜水训练班的计划纷纷落空，训练和业务工作基本处于停滞状态。

二、中潜俱乐部实行军事接管

1968 年 5 月 16 日，国家体委航海运动司电话通知，中央决定体委系统实行军事接管，通知做好交接准备。5 月 25 日，南海舰队司令部训练处副处长王明琪同志来中潜俱乐部宣读中共中央发（68）71 号文件，正式对中潜俱乐部进行军事接管。而后就按军管要求，将中潜俱乐部所有档案文件、房屋、船只、车辆和器材设备等全部清点移交给军管小组，由军管小组负责对中潜俱乐部的全面领导。同年 11 月 21 日，中潜俱乐部成立革命委员会。这段时期，中潜俱乐部全体成员在革命委员会的领导下，按照中央部署，也先后多次派出潜水小组执行为国防、生产建设服务方面的潜水作业任务。

三、中潜俱乐部撤销解散

1970 年，国防体育正式宣布撤销，潜水运动也不例外。根据中央精神，军管小组宣布中潜俱乐部被撤销，人员全部重新分配。原则是由外地调来的人员可以陆续调回原籍，但已有家属在湛江市的不能调出湛江市外。因而除了少部分人留在湛江外，大部分人员调回原籍安排。年底最后一批人员调离后，中潜俱乐部彻底解散。

第二节　湛江竞技体育事业的顽强生命力

"文革"期间，湛江体育事业几乎受到全面冲击。尽管如此，湛江竞技体育事业仍在游泳、水球、田径等项目上取得了一些成绩，如星星之火，如立根破岩的小草，展示了顽强的生命力。

一、游泳

1970 年，湛江市游泳训练恢复，这一年夏，湛江市参加了专区少年游泳比赛（海康县）。同年，"文革"期间首届广东青少年游泳比赛在东莞举办，湛江队获得 6 项冠军。

1971 年，湛江市创办游泳省代训班，招收学员 20 名，由曾昭存担任教练，同时抓紧小学生游泳普及工作。举办游泳训练班，培养骨干，举办各种选拔比赛，使普及与提高结合起来，促进游泳活动的开展是这一时期湛江游泳队的主要任务和目标。从 1972 年至 1973 年，在地区举办的各项游泳比赛中，湛江游泳团体总分都列第一名。

1974 年，湛江地区第三届运动会游泳比赛举办（湛江市），有 41 人共 7 支代表队，以 122 人次相继打破 25 项地区纪录，其中，有 4 人 9 次破 4 项省少年纪录；5 人 12 次破 8 项省儿童纪录，湛江市获团体总分第三名。

1974 年 5 月，在省少年儿童游泳比赛中（新会县），湛江地区团体总分第四名，有 12 人 22 次破 18 项省少年儿童纪录，夺得 8 项第一名，19 项第二名，9 项第三名。

1974 年，广东省第四届运动会上，湛江地区游泳队获男子团体总分第二名，女子第七名，1 人打破 1 项全国儿童甲级纪录，5 人 10 次破 7 项省少年儿童纪录，夺得金牌 5 枚，银牌 3 枚，铜牌 4 枚。

1975 年 9 月，在第三届全运会上，湛江游泳选手获得 1 项第六名。

1977 年 6 月，在广东省少年游泳比赛（乳源县）中，湛江地区获得甲组总分第三名、乙组总分第三名，3 人 1 队 7 次获得 6 项第一名，14 项第二名，4 项第三名。

1977 年，湛江市承办全国少年游泳分区赛，湛江地区选手获 2 项第一名。

1978 年湛江地区第四届运动会游泳比赛有 22 人打破 12 项地区纪录，湛江市获得团体总分第二名。

1978 年 9 月，在广东省第五届运动会（广州）上，湛江地区游泳队获男子团体总分第五名，女子第三名，有4人5次破3项省纪录，夺得金牌1枚、银牌4枚、铜牌8枚。

在新中国成立初期，湛江市游泳队就以出类拔萃的成绩为湛江体育行业增添了不少光彩，及至"文革"期间，各项体育运动陷入低谷，湛江游泳队仍然能以优异的成绩脱颖而出，可见湛江游泳队的实力的确不容小觑。

二、跳水

1970年8月，广东省在肇庆市举办"文革"后首届少年儿童跳水比赛。湛江市获男、女子团体冠军。男子少年组跳板跳水冠军、女子少年组跳台、跳板跳水两项冠军，均为湛江市所获得。

1971年和1972年，湛江市跳水队应邀两次前往茂名市作跳水表演。湛江地区在茂名市开辟了跳水训练点，并调拨两名跳水教练至茂名，此后，这里成了跳水世界冠军的"摇篮"，培养出谭良德等世界跳水名将。

1973年，湛江市5名选手入选八一跳水队。

1974年9月，在广东省第四届运动会上（广州），湛江跳水队获4项冠军、2项亚军，1项第三名，1项第四名、4项第五名、1项第六名。

1974年10月，全国跳水、水球比赛在湛江市举办。湛江市梁少汉、吴国村分获男子跳台跳水冠、亚军，梁少汉入选国家集训队。

1975年5月，湛江地区在廉江县安铺镇开辟跳水训练点，湛江市派教练前往协助工作。

1975 年 5 月，在全国春季跳水比赛（茂名）中，湛江市吴建忠获男子少年组全能第二名。

1975 年 9 月，在第三届全运会上（北京），湛江市吴国村获男子跳板跳水冠军，跳台跳水第三名。吴国村的跳台跳水向前翻腾一周半，转体四周，超出世界跳水难度表演动作。

1976 年 7 月，湛江市分霞山、赤坎两个跳水队参加省业余体校跳水比赛（安铺镇），获 1 项冠军、1 项亚军、3 项第三名、1 项第四名。

1978 年，在第八届亚洲运动会上（泰国曼谷），湛江市吴国村获男子跳板跳水冠军，成为湛江市第一个亚洲冠军。相比于游泳队的惊才绝艳，湛江市跳水队亦不遑多让。

三、水球

1966 年，因"文化大革命"爆发，湛江市水球活动被迫停止。

1970 年，湛江市恢复水球训练，有崔保汉、陈连超、曾昭存三名教练。

1971 年，"文革"后首届广东省青少年水球赛在肇庆举办，湛江队勇夺冠军。

1973 年，湛江水球队参加广东省少年水球比赛，获冠军。

1974 年 9 月，第四届省运会（广州），湛江少年水球队（教练崔保汉、陈连超）获亚军。

1978 年 9 月，第五届省运会（广州），湛江少年水球队（教练张康福、陈德胜）获亚军。

新中国成立初期至"文革"前夕，湛江水球队都未曾夺冠，最佳的一次成绩是在广东省首次水球大赛获第二名。在"文革"

期间，各行业百废待兴之时，水球反而对以往的成绩有所超越，不得不说是水球队的一大突破。

四、羽毛球

20 世纪 70 年代，外贸局的黄善局、王伦，仪表厂的苏建新，湛江港务局的王康保、王康佑、林光辉，湛江市人民医院的姚天雨，外运公司的王志权，水产学校的文志强及余元、李霖、姚喜明、姚喜民、姚平、高善、谢美婵、贾少明等痴迷于羽毛球运动，坚持练习，技术水平不断提高。

1972 年，湛江地区羽毛球队参加广东省少年羽毛球赛，男子甲组获第六名，乙组获第七名。

1974 年，湛江地区第三届运动会羽毛球赛在湛江举办，比赛分成年组和少年组，参赛者有湛江、茂名、遂溪、海康、阳江、阳春、信宜、徐闻等市县共 89 名运动员。湛江市获男、女团体 2 项冠军，黄善局、高善、王志权分别获男子单打前三名，遂溪获女子团体第二名及男子第四名，徐闻获男、女子团体 2 个第五名，海康获男、女子团体 2 个第六名。

1974 年，湛江地区羽毛球队参加广东省第四届运动会羽毛球赛。谢美婵、姚平获女子成年组团体第六名并获双打第七名，高善获男子成年组单打第三名，高善、杜海波获双打第四名。

1978 年 7 月，湛江地区第四届运动会羽毛球赛在湛江市赤坎区举办，来自湛江市、茂名、遂溪、徐闻、阳春等市县 60 名运动员参加了比赛。湛江市男、女队双双获金牌。

1978 年，湛江地区羽毛球队参加广东省第五届运动会羽毛球比赛，男、女队均获团体赛第六名，王志权获男子单打铜牌。

湛江市从事羽毛球运动的选手中，市二中的姚喜明出类拔萃，是其中的佼佼者。姚喜明于 1973 年入选广东羽毛球队（后转国家队），1975 年 9 月，获第三届全运会羽毛球赛男子双打第五名，1979 年，获第四届全运会羽毛球男双第三名，团体第四名，1983 年，获第五届全运会羽毛球男子双打第四名和团体第五名。因其多次在国内外重大比赛中取得优异成绩，于 1980 年晋升为运动健将。

五、田径

1974 年，在广东省第四届运动会（广州）上，湛江田径队获男子团体总分第八名、女子团体总分第四名，获金牌 3 枚、银牌 2 枚、铜牌 1 枚，破女子铅球省纪录。

1976 年 3 月，湛江地区在遂溪县举办中学生田径比赛，14 个县、市参加。本次比赛中，有 9 人 10 次破 6 项地区中学生纪录，湛江市获团体总分第三名。同年 7 月，湛江地区参加广东省少年田径运动会，因当时反对所谓锦标主义，不注重比赛名次，因此并无排名，湛江地区被评为先进集体，湛江市叶友等 13 人被评为优秀运动员。

1977 年 6 月和 11 月，湛江地区分甲乙组举办两次少年田径比赛。湛江市于 12 月份举办中学生田径运动会。从此之后，湛江市每年举办一次中、小学生田径运动会，形成惯例。

1978 年 8 月，湛江地区教育局和体委为进一步推动学校施行"国家体育锻炼标准"，在吴川县举办中学生田径运动会，湛江市获团体总分第二名。

1978 年，在湛江地区第四届运动会上（高州县），湛江市获田径比赛成年组、少年甲组、少年乙组男、女团体总分第一名。

1978 年 9 月，在广东省第五届运动会上（广州），湛江地区田径队获女子团体总分第四名，男子团体总分第九名，并获金牌 4 枚、银牌 2 枚、铜牌 1 枚，破 1 项省少年纪录。

"文革"时期的湛江田径运动依然有所成就，但相比新中国成立初期破国家纪录、获世界冠军的光辉历史，不难发现，这一时期的田径运动还是受到了破坏。

六、足球

1971 年，湛江市恢复足球训练。从 1972 年至 1979 年，湛江市为国家输送 2 名优秀足球选手，其中送往广东足球队 4 名，南京部队足球队 4 名，昆明部队足球队 6 名，广州部队超球队 2 名，广东省体校五名。

1974 年 2 月，湛江地区举办第三届运动会，湛江市足球队获冠军。同年，在广东省第四届运动会上，湛江地区足球队获第五名。

1978 年，湛江地区第四届运动会举办，湛江市足球队再获冠军。同年，在广东省第五届运动会上，湛江地区足球队获第四名。

1978 年，效力于广东足球队的湛江籍队员关至锐，入选中国青年足球队。

足球队虽不是湛江最优秀的体育代表队，但仍在广东省内属中上水平。

七、乒乓球

新中国成立初期，湛江乒乓球曾有过辉煌历史，在"文革"期间虽然经历多番周折和打压，发展受到一定影响，但也还是取得了一定的成绩。1978年，第五届省运会湛江市获男子团体第五名，女子团体第五名，罗小清获女子乙组单打第五名。1974年，第四届省运会湛江市选手获男子团体第五名，女子团体第七名。李雪群、郑平获少年女双第一名，李雪群获少年女单第二名，潘杰、李少梅获成年女双第四名，张诚获少年男单第四名，张诚、甘金扬获少年男双第六名，丁活麟、林少梅获混男双第五名，张国祥、丁活麟获男双第六名。

八、篮球

60年代到70年代初，湛江市篮球队有吴孟、陈国平、陈有强、林允式（花四）、邓增录（邓鸡）、黄国耀（九仔）、吴亦潮、许健铨、赵耀明共9名队员。70年代初期，由于中国文艺凋零，无论是银幕或者舞台，只有8个"样板戏"。人们的兴趣转向篮球比赛，当时广西等地篮球队时常来访，每周都有篮球比赛，湛江市篮球也因此得以锻炼，技术水平不断提高。70年代后期，湛江市培养了一批篮球好手，具有相当实力。1974年，广东省第四节运动会男子获第六名，女子获第五名。1978年，广东省第五届运动会男子获第六名，女子获第五名。从这一方面讲，"文革"期间枯燥的文艺环境反而让篮球吸引了更多观众。

九、排球

60年代至70年代的湛江汽车修理厂、湛江地区外贸局等单位开展排球活动较为活跃，此外，一些学校也积极开展排球活动，市九中曾获湛江市第四届职工运动会（1973年）男子排球第三名。

1974 年，在湛江地区第三届运动会上，湛江市男子排球队获第一名。

1974 年，在广东省第四届运动会上，湛江地区男子排球获第六名，女子获第五名。

1978 年，在湛江地区第四届运动会上，湛江市男子排球队获第二名，女子队获第六名。

1978 年，在广东省第五届运动会上，湛江地区男子排球获第六名，女子获第四名。

总体而言，湛江男排实力高于女排，且在湛江市内可名列前茅，但于广东省内算不得出类拔萃。

十、体操

70 年代，湛江市培育了优秀体操运动员选手梁兰贞（女，入选国家队）和戴勇（入选广东队）。梁兰贞于 1977 年和 1973 年，在国内国际比赛中，获金牌 4 枚、铜牌 3 枚、3 个第四名，1 个第五名，1 个第六名。戴勇于 1978 年赴土耳其参加第三届世界中学生体操比赛，获团体、双杠、鞍马、吊环、自由体操 5 枚金牌并 1 枚铜牌。1978 年，第五届省运会湛江地区体操队获男子乙组团体总分第五名，女子乙组团体总分第六名，戴勇获金牌 5 枚、银牌 2 枚。梁兰贞和戴勇堪称这一时期湛江体操队的领军人物。

十一、摩托车

1975 年 11 月至 12 月，广东省体委为恢复因"十年动乱"而中断了的军事体育活动，特组织由原摩托车运动员和原航空模型运动员组成的军事体育表演队进行全省巡回表演,先后在广州市、佛山市、惠阳市、东莞、汕头市、潮州、梅县、兴宁、韶关市等地进行了表演。湛江市体委群体干部黄秀定(原国家摩托车队运动员、教练员)也应邀参加了摩托车表演。

1976年2月至4月,省体委举办恢复军事体育后的首期摩托车训练班,湛江市体委按照省体委的要求,在市区几个中学挑选了6名学员(4名学生、1名体育老师、1名工人),由黄秀定带队到广州进行训练,并兼一个班的教练。

1976年5月,为推动湛江市军事体育活动的开展,省体委再次组织军事体育表演队,专程来湛江市进行表演。分别在霞山、赤坎的体育场进行了4场宣传表演,湛江市除了黄秀定带队表演外,在首期省训练班中训练成绩突出的市八中学生陈卫莹、市二中学生李华健和湛江市汽车配件厂工人凌炽明也参加了表演。

1976年7月,湛江市中断了十几年的摩托车训练又开始了,由于当时训练条件差,仅有一辆训练车,因此这一期训练班只有4名学生。

1976年至1978年,湛江市体委摩托车训练,一直进行以培养优秀摩托运动员后备军、向省摩托队输送人才为目标的业余训练。在这三年时间里,湛江市共向省摩托车队和八一体工队摩托车队输送了5名优秀运动员,分别是1976年输送到省队的凌炽明、陈卫莹,1977年输送到省队的谭荣美、李少贫,1978年输送到省队的尹志坚。

湛江摩托车队虽起步晚,条件差,但由于省体委的大力支持,经过刻苦训练,仍然培训出了一批优秀人才,这是湛江市摩托车队在短期内取得的不可否认的成就。

十二、湛江潜水运动的恢复

1975 年 1 月 28 日，国务院、中央军委以国发（1975）19 号文件，发出"国务院、中央军委批转国家体委、总参谋部关于在全国回复业余滑翔学校和开展其他军事体育活动问题的请示"，决定恢复潜水活动，从次，我国潜水运动又获得了新生。

（一）成立筹建领导小组

1975 年 3 月 25 日，国家体委以（75）体政字 062 号文件发出了"关于恢复军事体育九个直属单位的机构和人员编制的报告"，其中规定潜水运动学校（原中国人民潜水俱乐部）的编制为 47 人。主要任务是：

1. 为各省、市、自治区及有关部门培养专业技术骨干，每年一期，每期 40 人左右。

2. 编写教材，总结经验，指导普及。

3. 集训临时组成的潜水运动，参加国际比赛。

4. 进行潜水运动设备及潜水运动技术的科研工作，促进运动水平的不断提高。

随即，国家体委派军体局航海出处长李梓祥同志到湛江市委联系，先后分两批抽调原中潜俱乐部部分成员归队。第一批有苏勇民、王元春、张玉坤、梁志诚、邱定邦、杨裕立、胡永松、谢锦华等八人；第二批有刘基一、匡林生、周国永、彦承印等。此外，中潜俱乐部还组成了潜水运动学校筹建领导小组，由领导小组负责重新组建学校。

（二）恢复训练和竞赛活动

在代表队完成重新组建之后，中潜俱乐部建立临时党支部，加强筹建工作力量；修复场地与设备，采购新设备，恢复筹建学校。此外，编写教材、举办第一、二期全国潜水教练员培训班；举办首期潜水医务监督学习班，这些都对潜水队的恢复起到了重要作用。另一方面，潜水比赛的恢复也促进了湛江潜水训练、学习和培训事业。

"文革"初期，湛江竞技体育事业受到全面冲击，"文革"中后期，湛江竞技体育事业开始恢复，游泳成绩在广东省名列前茅，跳水运动项目在全国乃至亚洲运动会上也崭露头角。此外，水球、羽毛球、足球、乒乓球、篮球、排球等运动也在全省取得了不错的成绩。虽然这一时期体育事业的发展受到了时局的制约，难免有些掣肘，但总体而言其成就仍然令人欣慰。

第四章　改革开放后的湛江民间体育事业

1978 年 12 月，十一届三中全会召开，新中国迎来了改革开放新时期。"文革"导致百废待兴的局面开始转变，各行各业紧跟时代步伐，一时间气象万千。湛江民间体育事业也蒸蒸日上，体育协会林立，传统体育运动复兴，武术散打一枝独秀，更有棋类活动、体育舞蹈兴起，无一不夺人眼球，令人惊叹，一切呈现出欣欣向荣的局面。

第一节　民间团体与协会成立

改革开放之后，受惠于政府政策，湛江市体育事业蓬勃发展，民间体育爱好者如久旱逢甘露，自发组织团体进行体育运动，为此，民间体育运动团体与协会纷纷成立，一时间遍布各地。

一、湛江市武术协会

"文革"期间百废俱兴，在打倒"四人帮"后，艺术界百花齐放，迎来了新生。练武之风再次席卷湛江市，城乡武馆、狮班等如雨后春笋般层出不穷。

1981年9月，湛江市第一个武术团体赤坎武术团成立，面积1000平方米。王保任团长，委员含叶青、朱土唐、梁志坤、王华生、黄华英、黄志才、陈文九、卢振江、卢华森共九人。赤坎武术团成立后，成为湛江市宣传推广并从事武术运动的基地，先后在农村设立18个分馆，其中许屋村、麻章村英雄班、秃头村班、城月扶莲村、新坡村各3个馆，南亭圩、南坡村、坡头镇下瑶各1个馆。1982年，赤坎武术团派出代表参加省运会，1983年，派出代表参加在深圳举办的省武术比赛。1983年5月至1984年1月，赤坎武术团在市委赤坎灯光球场开办武术训练班，每月一期，每期招收学员50人。

1984年元旦，赤坎群英武术社在原社长李侠雄带动下恢复活动，由李侠雄任社长、丘伟才任主任、杨总任秘书，有会员100多人，地址在湛江市赤坎区新光路27号。赤坎群英武术社自恢复活动以来，召开了4次洪拳拳师会议，决定以农村为主要对象，开展群众性武术活动，并在农村设立武术馆，其中东村武术队100人、新村武术队50人、英豪武术队50人。另外，赤坎群英武术社又在农村设立70个狮子班，人员达2000多人。

1985年，湛江市武术协会成立，市体委副主任谢广兴被推选为主席，副市长陈清、市政协原主席黎江、市建委原主任周明被选为名誉主席。湛江市武术协会成立后，加强了对社会拳师的管理，发掘整理武术，充分发挥了各武术团体的作用。

1986年5月，湛江市培才武术健身馆成立，馆址在赤坎南方路69号。馆长梁志坤，馆内有教练10名，会员50人，会员包含公安、保安、检察院、保险公司、银行、财政局、工厂、个体劳动者、退休工人等各界人士。梁志坤所培养的武术学员曾代表赤坎区参加市运会比赛，也曾派代表参加省青少年儿童武术比赛和省工人运动会武术比赛。自建馆以来，已有超过1000人参加武术健身训练。

1986年9月，湛江八卦拳社成立，拳社成员76人，肖云飞为社长，李景升、陈毅江为副社长；黄日明、刘志新为宣传秘书，谭忠华负责后勤。社内有教练5人，曾开办10期训练班，有学员300人。

1987年5月，湛江市传统洪拳武术研究会成立，谢火荣任会长，钟彪武任副会长。1986年2月，中国武术协会主席徐才至湛江视察，指示湛江市武术界应更好地进行洪拳发掘工作。在湛江市体委、湛江市武术协会的指导下，拳师谢火荣、钟彪武积极发动组织，经过一年多时间的筹备，成立了湛江市传统洪拳武术研究会。该会成立后，他们组织人员到武当山和山东省少林寺拜会武僧，进行洪拳发掘整理工作。1988年，武术研究会请少林寺武僧来湛江传艺三个月，组织 80 多人学习，并在宝满村、沙沟尾村和颜村成立洪拳研究分会。

二、湛江市钓鱼协会

湛江市钓鱼协会成立于 1988 年 6 月 23 日，黄一彪任主席，刘铁（原地委副书记）任名誉主席，谢广兴、吴善东、黄建强任副主席。1988 年 6 月 28 日，湛江市钓鱼协会在东海岛文参举办首次会员垂钓活动；1988 年 7 月，派出选手曾石山、谭木保与记者李珠前往福州市，参加全国沿海开放城市钓鱼比赛；1988 年 10 月 1 日，在东海岛文参举办全体会员垂钓活动；1989 年元旦，在湛江堵海大堤举办垂钓活动。

总的来说，钓鱼并非湛江市体育事业的主流活动，但仍旧吸引了部分群众参加，举办了一定的活动并与其他地区进行了沟通交流。

三、湛江市信鸽协会

湛江市信鸽协会成立于 1985 年 6 月 1 日，曹长绵任主席，植标志（原副市长）任名誉主席，李森、李明天任副主席。

四、湛江市自行车运动协会

湛江市自行车运动协会成立于 2007 年 6 月，是经湛江市民政局注册的单项体育运动社团。该协会的宗旨是响应国家"发展体育运动，增强人民体质"和"全民健身"的号召，"团结协作、和谐共赢、文明骑行"，积极为广大自行车运动爱好者服务，组织自行车知识培训、发现和培养自行车运动竞赛选手、组织自行车竞赛、旅游、休闲等各种活动，以推动自行车运动事业的发展。

五、湛江市体育舞蹈协会

在市体育局和市民政局的领导下，在市社会体育与竞赛管理中心的指导下，湛江市体育舞蹈运动协会于 2009 年 1 月在湛江市体育中心成立，现有 180 多名会员。

从 2009 年至 2012 年，由市委宣传部、市体育局、市总工会等单位主办，市体育舞蹈运动协会等单位连续成功举办泛北部湾地区"第一至三届体育舞蹈公开赛"暨"湛江市第一至五届体育舞蹈（国标舞）比赛"，同时举办湛江市第一、二、四届大学生体育舞蹈（国标舞）比赛，协助组织举办湛江师范学院第一至四届体育舞蹈（国标舞）比赛暨体育舞蹈协会第六届（新星杯）比赛。参赛选手多达 5000 人次，比赛组别 160 多个项目，通过组织一系列比赛活动，推动湛江市体育舞蹈的发展。

改革开放伊始，湛江人热爱体育事业的激情再度高涨，习武之风吹遍南天热土，各类武馆遍地开花。除了习武之外，湛江的一些民间体育运动也融入了浓浓的生活情调，钓鱼协会、信鸽协会、体育舞蹈协会等的成立即是证明。

第二节　民间传统体育运动的复兴

民间体育团体和协会的成立在一定程度上促进了民间体育运动的复兴，加上改革开放后的新政策，民族传统体育运动一改"文革"时的沉寂，气功、龙舟、长跑重新登上舞台，再展锋芒。

一、气功

气功作为一门古老的、中华民族特有的功夫，在 20 世纪 40 年代的湛江风行一时，50 年代后落寞，改革开放后，于 80 年代再度兴起。1981 年，曾伟东在湛江医学院附属医院用气功治病，疗效奇佳，香港气功界赞其为"东方圣手"。

1983 年，曾伟东、王德文医师参加广东省气功科学研究会成立大会，被吸收为会员。会后，他们在霞山、赤坎文化宫老干部局举办气功讲座。接着，湛江医学院附属医院举办了五县四区医务人员气功辅导员学习班，为湛江市卫生系统培养了一大批气功辅导员。后来，湛江市总工会、霞山工人文化宫举办了 5 期厂矿气功骨干学习班。为职工队伍培训了一批气功骨干分子。1984 年 6 月 10 日，在霞山工人文化宫成立湛江市职工气功培训中心，由曾伟东医师给病人进行气功治疗，到 1988 年为止，接受气功治疗者达 3 万多人次。这期间，湛江市老干部局邀请曾伟东举办了 3 期退休干部气功学习班。1987 年，湛江医学院成立了气功协会。

1988 年，曾伟东作为中国代表团成员，出席北京首届国际气功学术交流会。在会上，曾伟东宣读《气功治瘫》论文，使湛江市气功事业与世界各国气功兴起。同年 8 月，曾伟东赴加拿大多伦多参加首届国际针灸学术会议，发表"气功针灸治疗瘫痪病"的书面讲话。12 月，曾伟东受公派赴香港讲学，被香港妙通医疗学院聘为名誉院长。12 月底，作为中国癌症研究基金会自控气功防治肿瘤研究会常务理事的曾伟东，被授权筹备成立中国癌症研究基金会自控气功防治肿瘤研究会湛江分会。

2008 年 9 月至 11 月期间，湛江市在寸金公园举办了"2008

年全国百大公园健身气功展示系列活动"的启动仪式,并组织湛江市健身气功试点站习练人员,先后分别在湛江市第三届社区运动会开幕式上、渔港公园、人民公园等公共活动场所多次进行了健身气功展示活动,向社会推广了国家体育总局提倡的四种健身气功。

2009年,湛江市体育局联合市委"610"办公室,举办了"2009年湛江市四种健身气功展示活动""2009年全国百大公园四种健身气功展示活动"等,向社会推广国家体育总局提倡的四种健身气功。2009年,湛江市参加在江门举办的广东省第二届体育大会上,四种健身气功取得了集体第三名和个人竞技组第六名的成绩。

2010年,湛江市体育局委托推荐更多的健身气功点、单项协会、院校承担起培训气功的任务,加强健身气功队伍的组织管理,开展健身气功成员注册登记。

2011年8月8日上午,由市体育局主办、霞山区体育局承办的"全民健身日"活动启动仪式在海滨公园举办,期间进行了四种健身气功等表演。

2012年9月29日,湛江市组织了四种健身气功表演,为南粤幸福周活动宣传造势。

2013年7月9日,由市体育局主办、麻章区体育局承办的市第十四届"体育节"启动仪式在麻章区举办,期间进行了四种健身气功等表演,参加了启动仪式的有关单位、表演人员和观众达5000多人。8月8日上午,2013年"全民健身日"活动在海滨公园举办了启动仪式,展示了健身气功。10月19日,湛江代表团(梁志鹏副市长为团长)参加了在肇庆举办的广东省第三届体育大会开幕式。在本届体育大会中,湛江市体育代表团参加了健身气功的比赛。

二、龙舟

赛龙舟活动于 1977 年恢复，近年来，湛江市多次在背靠赤坎区金沙湾劳丽诗广场的金沙湾举办大规模的世界龙舟邀请赛。

1993 年，吴川市举办了首届龙舟竞渡，有 14 支代表队参加。1994 年开始，梅蔍头村每年端午节在大塘举办龙舟竞渡邀请赛，至今沿袭，已成传统。

2007 年 6 月 19 日，首届湛江国际龙舟邀请赛在湛江市金沙湾观海长廊海域举办，本次国际龙舟邀请赛设国际男子组、国际女子组、湛江男子组、湛江女子组、高校男子组等组别，各组设 500 米直道竞速项目。当天，来自美国、加拿大、澳大利亚、荷兰、意大利等十多个国家和地区的 14 支男、女境外代表队和 23 支本地及境内代表队共 37 支龙舟队参加了当天的预、决赛。经过紧张激烈的多轮角逐，来自印尼西苏门答腊队（首府队）、澳洲堪培拉雪地龙龙舟会队分别荣获男、女子组总决赛的冠军；雷州市（县级）乌石镇队、湛江师范学院队分别荣获得了男、女子组总决赛亚军。

2008 年 6 月 8 日，第二届湛江国际龙舟邀请赛在湛江金沙湾观海长廊进行，来自加拿大、英国、澳大利亚、荷兰、美国及中国香港、澳门、湛江等国家和地区的 28 支代表队参赛，经过紧张地角逐，英国国际龙舟队夺冠，湛江雷州乌石龙舟队和香港龙舟联会队分别获得第二、第三名。

2009 年 5 月 19 日，第三届湛江海上国际龙舟邀请赛在湛江市赤坎区金沙湾海湾举办，此次参赛代表有境外澳大利亚、英国、加拿大、爱尔兰、威尔斯、哥伦比亚等国家和香港、澳门地区的 8 支代表队约 300 人，以及本市各县（市、区）的 27 支（20 支男队、7 支女队）龙舟队共 35 支代表队参加本届赛事 3 个组别 4 个奖项的角逐。经过激烈竞争，英国万事达国际龙舟队夺得冠军，第二、第三名分别由广东吴川那津龙舟队，霞山区特呈岛男子龙舟队获得。

2010 年 6 月 16 日（农历传统端午节），第四届中国湛江海上国际龙舟邀请赛在赤坎金沙湾近岸海域举办。本次比赛共邀请了 51 支海内外代表队参赛。俄罗斯老虎队夺得国际公开组桂冠；吴川黄坡低垌队夺得湛江公开组冠军；霞山特呈岛队夺得湛江女子组冠军。经过四届的精心打造，湛江海上国际龙舟赛已声名远扬。

2011 年 6 月 6 日，第五届中国湛江海上国际龙舟邀请赛在湛江金沙湾举办，本届龙舟赛共 51 支代表队参加了本次大赛四个项目的角逐，其中包括澳大利亚、英国等国家和香港、澳门地区的 9 支代表队。最终澳大利亚科摩多龙舟队、吴川黄坡低垌龙舟队、阳江市江城区龙舟队分别获得女子组、公开组、国际公开组总决赛冠军。

2012 年 6 月 23 日，第六届湛江海上龙舟赛在赤坎金沙湾近岸海湾隆重开幕。本次比赛打破以往五届的常规，未邀请境外代表队参加。而将开展力度放在广泛发动本市民间龙舟参赛。共有 48 支本土代表队参加角逐，参赛者含工、农、兵、学、商，充分体现了端午节广大人民群众"齐参与，共欢乐"这一传统的群众活动主题。女子组总决赛前三名为御唐府湛师基础教育学院女子龙舟队、湛江师范女子龙舟队、湛江市体育学校女子龙舟队。男子组总决赛前三为公园一号那津龙舟队、麻章龙舟一队、吴川比干文化促进会霞马龙舟队。

2013年6月12日端午节，第七届湛江海上龙舟赛在金沙湾海域举办，39支龙舟队展开激烈角逐，比赛活动还举办精彩的水上艺术表演，吸引上万游客前来观看。

2014年6月2日，第八届湛江海上龙舟邀请赛在赤坎金沙湾畔举办，38支本土代表队参加比赛，最终吴川市黄坡低垌代表队、湛江师范学院女子龙舟队分别摘得男子组、女子组总决赛桂冠。

湛江市多次举办大型龙舟比赛，尤其是海上国际龙舟赛，都打响了湛江群众体育运动的旗号，俨然已经成为湛江群众体育的一个锃亮品牌。

三、长跑活动

80年代初，湛江市长跑活动处于"十年动乱"后的恢复阶段。从1980年开始，广东省每年都举办马拉松、长跑比赛活动，湛江市则是从1981年开始。

1982年3月25日，在广州举办了广东省马拉松和女子15000米长跑比赛。整场比赛以广从公路为基本路线，以隧道为起点，以广州市115中学为终点。湛江市组队参加该次比赛，海康县运动员冯锡春以2小时55分17秒的成绩获男子组马拉松比赛第八名。

1984年，湛江市运动员冯文敏参加广东省马拉松比赛，获男子组第十四名。

从1985年开始，湛江市连续举办三届"少林口乐"杯长跑比赛，活动经费均由廉江县保健饮料厂赞助。

从1985年2月5日至10日，为迎接在广东省举办的第六届全运会，湛江市举办了一次较大规模的长跑接力活动。本次长跑活动全程 320 公里，交接点 35 个，途径徐闻、海康、遂溪、郊区、市区、吴川等 6 个县区，参加人数达到 322329 人之多，是湛江市首次大规模的长跑接力活动。

1987 年 1 月，湛江市在市人民大道举办"少林口乐杯"迎春长跑活动，厂矿、企业、机关、学校、部队等 63 个单位共 1612 位运动员，分男、女青年组、中年组和老年组进行角逐。

1987 年 1 月，广东省马拉松赛在深圳举办，湛江市赤坎区运动员何华娇获马拉松女子组第八名。

1988 年，湛江市举办"88 国际体育援助"群众性长跑活动，机关、企业、学校组织员工和学生参加。

1990 年，湛江市和五县四区及 111 个乡镇参加"亚运之光"火炬接力跑活动，参加人数达 218000 人，观众 50 余万人。

1996 年春节前，湛江组织了一次全市性质的大型群众长跑活动，五县四区同时举办。据统计，参加长跑活动的群众共有 7 万多人，市长庄礼祥、副市长陈钧、市委副书记胡浩民，常委郑流、黄国威等领导同志也参加了这次长跑活动。

1997 年初，湛江市组织了一次迎春长跑活动，各县同时举办，参加长跑群众达 29 万人之多。在"97 全民健身宣传月活动"中，湛江市又组织一次"全民健身健步走活动"，参加活动的有 88 个单位共 2 万多人。

1999 年，湛江市组织"奔向新世纪，迎九运"万人长跑暨授旗仪式活动，还组织 7 个县（市）区参加"迎千禧，庆澳门回归"环雷州半岛接力长跑活动。

2001 年，迎九运"走进新时代"火炬传递仪式上有 13000 人参加了长跑活动，有 24 个单位共 1000 多人参加了体育表演。

2004 年 1 月 10 日，湛江市隆重举办 2004 年湛江市"好家庭"迎春长跑活动，市直属机关、企事业单位、驻湛部队、中央和省驻湛有关单位、赤坎区所属单位的干部职工和学校的师生共一万多人参加了长跑。市领导张志、吴智华、赖勇、万向南、金守平、黄晓涛、王克明、梁志鹏等出席了起跑仪式。长跑队伍从赤坎开心广场出发，经创业路、海滨路、康顺路，最终回到开心广场，全程约 4 公里。

2006 年 1 月 8 日，为庆祝《全民健身计划纲要》颁布 10 周年，广泛开展群众性体育活动，提高市民身体素质，湛江市在赤坎区体育场举办 2006 年湛江市"安利杯"迎春长跑活动。本次长跑有市直机关、企事业单位、大中专院校、驻湛部队、国家和省驻湛单位以及赤坎区所属各单位组队参加。长跑的线路从赤坎区体育场出发，经建设旅社、创业路、赤坎游泳场、海滨七路、广湛路口、康顺路、南桥立交桥，再回到赤坎体育场，全程约 4 公里。

2007 年 2 月 10 日上午，湛江市迎春长跑始发仪式在赤坎体育场举办。市领导吴智华、梁志鹏、黄雪艳等和万余名干部群众一起从赤坎体育场出发，经创业路、海滨七路、广湛路口、康顺路、赤坎立交桥跑回赤坎体育场。此次活动由市体育局主办，赤坎区承办，安利湛江分公司协办，活动旨在贯彻落实《全民健身计划纲要》，广泛开展全民健身活动，提高市民身体素质，构建和谐湛江。

2008 年 1 月 26 日，湛江市在赤坎区体育场举办全民健身与奥运同行"安利杯"万人迎春长跑活动。湛江市人大常务副主任吴智华、副主任朱坚真和湛江市人民政府副市长梁志鹏等市领导参加了这次活动，并有 100 支代表队超过 1 万人参加这次"全民健身与奥运同行"长跑。

2009年1月10日上午，一年一届的万人迎春长跑活动在赤坎区体育场举办。这次活动由湛江市体育局主办，赤坎区体育局协办。湛江市市直党政机关、企事业单位、大中专院校和驻湛部队和赤坎区直属单位干部职工、学生等万人参加这次迎春长跑活动。市领导吴智华、金守平、朱坚真、陈岸明、梁志鹏、王雪艳等以及赤坎区委、区政府领导参加本次长跑。本次长跑活动从赤坎区体育场出发，途径建设旅店、创业路、赤坎游泳场、百园路、康顺路、立交桥，最后回到赤坎区体育场。全程3公里。

2010年，为贯彻落实《第三届全国亿万学生阳光体育冬季长跑活动的通知》所提出的体育精神，推动湛江市全民健身活动的广泛开展，不断满足人民群众日益增长的健身需求，由市体育局、市教育局、共青团湛江市委主办，赤坎区人民政府协办的"2010年湛江市迎春长跑暨第三届全国亿万学生阳光体育冬季长跑活动"启动仪式于1月16日在赤坎体育场进行。来自市直属机关、企事业单位、学校、驻湛部队、国家（省）驻湛单位近万人参加本次长跑活动。此次长跑活动由赤坎区体育场出发，途径中山二路、创业路、海滨路、百园路、康顺路、南桥立交桥返回赤坎区体育场，全程约3公里。

2011年1月16日，湛江市在赤坎区体育场启动2011年迎春长跑活动。湛江市副市长梁志鹏等市领导参加了本次长跑活动，市直机关、企事业单位、大中专院校、驻湛部队、中央、省驻湛单位、赤坎区所属单位的干部、职工、师生共约10000人参加。

2012年，湛江市迎春长跑活动于1月4日在赤坎区体育场举办，约12000名市民参加活动；同年12月1日，湛江市霞山体育场举办了 2012 全国青年迎青奥长跑（湛江站）活动，约 2000 人参加。

2013 年 1 月 9 日，湛江市在第七中学体育场启动了 2013 年湛江市迎新年长跑活动，市四套班子领导、赤坎区领导、市直单位、驻湛部队、学校等单位的干部职工、学生共 5000 多人参加了本次活动。

2014 年 1 月 18 日，湛江市在赤坎区体育场举办了 2014 年"迎省运、贺新年"长跑活动启动仪式，来自市直单位、驻湛部队、学校等单位的干部群众、官兵、学生近万人参加了长跑活动。

2015 年 1 月 23 日，湛江市"迎省运、贺新年"长跑活动在赤坎区体育场起跑，市委副书记、市长王中丙宣布长跑活动开始并鸣枪出发。市领导赵志辉、刘忠芳、伍文兴、梁志鹏、何鑫等参加了活动。来自市直属机关、驻湛部队、企事业单位、大中专院校等 1 万多人参加了活动，长跑距离约 3600 米。

湛江的一些民间体育运动具有浓郁的地方特色，湛江是全国空气质量最好的城市之一，特别适合于练习气功和组织群众性的长跑活动，因此湛江的气功和长跑活动一度风生水起。加上拥有天然的不冻港湾，湛江市多次举办国际性龙舟邀请赛，为湛江、为广东、也为祖国赢得良好声誉。

第三节　武术散打一枝独秀

改革开放以后，湛江民间武术活动全面开展，民众习武的氛围越来越浓，在这个背景之下，湛江的武术运动员在省内和国内都取得了骄人的成绩。

一、省级比赛独占鳌头

1982年4月，广东省武术比赛在新兴县举办，杨鸿义获少年男子南拳第二名、长拳第二名、九环大刀第二名。

1982年10月，第六届省运会武术比赛在佛山市举办，钟九仔获男子短器械第一名、器械第二名、南拳第二名，吴尚礼获得男子器械第五名，麦茂获得男子长拳第五名，梁志坤获得男子器械第五名，郑伯胜获得男子老年组器械第六名，周文霞获得女子长器械第六名，杨鸿义获得男子少年组醉刀、长棍、对练3项第六名。

1984年，广东省武术表演赛在海南岛举办，杨鸿义获男子南拳冠军，白絮飞获女子短器械第二名，长器械、南拳2项第三名；许安获对练第二名、卓豪君获男子自选南拳第二名、黄月桂获女子短器械第三名、梁生获男子南拳第三名。

1984年，在广东省第二届工人运动会武术比赛（深圳）中，杨鸿义获男子单刀第二名，麦茂获男子刀术第二名，许安获男子南拳第三名，姚明珠获女子刀术、拳术2项第二名。

1985年，广东省首届少年儿童武术赛在云浮县举办，何强获少年男子组长拳第一名、棍术第三名，张建东获对练第一名，廖春玲获对练第一名，黄立志获儿童组对练第一名。同年，广东省武术比赛在花县举办，姚明珠获女子长棍第一名，伍梅获女子器械第一名、南拳第二名，梁亚明获男子长棍第二名，对练第三名。

1986年，广东省第七届运动会武术比赛在曲江县举办，湛江市获团体总分第二名。其中，庞康娣获老年男子组南拳、对练、长器械 3 项第一名，曾昭庆获老年男子组对练第一名，南拳、长器械 2 项第二名，何强获男子长器械、南拳 2 项第一名，钟堪庆获男子短器械第一名、长拳第二名，白絮飞获女子南拳第三名，钟九仔获得男子对练第四名、长器械第六名，姚月珠获女子长器械、长拳 2 项第五名，许安获男子南拳第五名、对练第六名，蔡东孔获男子南拳第四名、短器械第五名，梁绍萍获女子南拳第四名，杨鸿义获对练第四名，梁亚明获对练第六名。在省武术比赛（花县）中，伍梅获女子短器械第一名、南拳第二名。

1987 年，张艺华在广东省武术比赛中获对练第三名。同年，在东方乐园举办的广东民间欢乐节武术散打比赛中，郭仕智获男子 56 公斤级第一名。

1988 年 3 月，在广东省武术比赛（台山）中，姚月珠获女子南拳、双刀、长棍 3 项第一名；鸿义获男子南拳、双刀、大刀 3 项第一名；伍梅参加广东省农民运动会武术比赛。

1990 年，第八届省运会武术比赛就设湛江，湛江选手钟堪庆和女子少年拳手林春燕、王霓霓，共获 3 枚金牌。

1994 年，广东省第九届省运动会，王霓霓获得南拳第一名，器械第三名。

2005 年，广东参加第十届全运会，陈振获散打 56 公斤级全国第三名。

2005 年，赤坎群英武术社在广东省第一届全民健身运动会传统武术比赛暨广东省传统武术项目锦标赛（学生组）上，获中学生集体项目一等奖，分男女小学组和男女中学组，共获单项 24 个一等奖，42 个二等奖。比赛项目有南派、北派各类传统拳术，传统南派短兵械、长器械，传统北派短兵械、长器械、软器械以及太极拳、太极剑等。

2006年，第十二届广东省运会武术（散打）比赛，湛江武术获得1枚金牌、2枚银牌和2枚铜牌。湛江何强文武学校选手尤木军夺得男子南拳全能亚军、由赤坎选手钟瑜和车乐乐等夺得少年甲组集体基本功亚军。

2010年，第十三届广东省运会，湛江武术获得1枚金牌、1枚银牌、3枚铜牌、3个第五名和3个第七名，而这其中，湛江的武术散打比武术套路更为彪悍。陈立玉获得男子65公斤级1枚银牌，梁大毛获得男子44公斤级铜牌，王玮涛获得男子60公斤级铜牌，吴文鸿获得男子70公斤级铜牌，陈大鑫获得男子52公斤级第五名，林进贵获得男子56公斤级第五名，陈官龙获得男子60公斤级第五名，钟安志获得男子52公斤级第七名，陈凯获得男子60公斤级第七名，吴祖光获得男子65公斤级第七名。

2011年至2013年，陈大鑫连续三年代表湛江参加广东省青少年武术散打锦标赛，都获得60公斤级冠军。特别是2013年省锦标赛，湛江武术散打队以4枚金牌名列全省金牌之首并取得团体总分第二的优异成绩，其中，陈大鑫作为核心队员，统率全队奋力拼搏，居功至伟。

2014年，全国青少年武术散打锦标赛在江西省鹰潭市举办，由湛江市体校输送到广东省武术散打队的新秀陈大鑫勇夺60公斤级武术散打全国冠军。

2014年，广东省青少年武术散打锦标赛在湛江市举办，湛江市运动员莫康林获48公斤级金牌，冯炳旺获60公斤级金牌，湛江市团体获得季军。

2015年4月，湛江选手陈大炫获得全国武术套路冠军赛（传统项目赛区）男子南棍项目的铜牌。

2015 年，在广东省第十四届运动会武术散打赛上，湛江市共派出 7 名选手参加各级别的武术散打赛事，陈大炫获竞技体育组武术套路男子甲组南拳全能金牌，王胜荣获学校体育组武术套路比赛 2 枚金牌和 1 枚铜牌，冯炳旺、莫康林分别获得男子乙组 60 公斤级和男子乙组 48 公斤级金牌，许子杰获得男子甲组 56 公斤级单项比赛第二名，湛江队获武术比赛团体金牌。

二、全国比赛成就辉煌

1980 年，全国武术比赛在山西省太原市举办，庞康娣获男子洪拳优胜奖。

1982 年，全国散手锦标赛在北京举办，张建国获男子组第一名。

1984 年，全国武术比赛在兰州市举办，杨鸿义获男子优胜奖。

1985 年，全国工人运动会武术比赛在杭州举办，杨鸿义、许安各获得 1 项一等奖。

1986 年，全国搏击比赛在山东省潍坊市举办，邓家坚获男子 52 公斤级第一名。同年，全国武术观摩赛在天津举办，伍梅获女子二等奖。

1987 年，全国武术散打赛在哈尔滨举办，冯维斌获男子 56 公斤级第一名，邓家坚获 52 公斤级第一名。

1987 年，全国拳击邀请赛在武汉举办，张建国获 60 公斤级第一名，王道金获 65 公斤级第一名，冯家智获 65 公斤级第二名，陈彬获 75 公斤级第二名，马东进获 70 公斤级第二名，黄建获 70 公斤级第三名。

1988 年，全国武术比赛在锦州举办，杨鸿义获男子洪拳金牌奖。

1990 年，在南京举办的全国武术锦标赛上，梁艳华获女子南拳冠军。

1996 年，湛江选手王霓霓获得全国锦标赛南拳第三名。

1998 年，湛江选手王霓霓获得全国锦标赛南拳第五名。

2001 年，湛江选手王霓霓获得第九届全运会澳门赛区南拳第一名、顺德赛区第六名。

2002 年，湛江选手王霓霓获得全国大学生赛南拳第二名，传统器械第三名，传统第四名。

2003 年，王霓霓被评为中国武术七段称号，荣获"国家体育运动奖章"。由于专业成绩突出，被广东省政府、省体育局分别授予一等功、二等功、三等功。

2005 年，中国长安全国武术邀请赛在西安举办，赤坎群英武术社获得集体项目第二名，单项 19 个冠军，当中有少年组、青年组、老年组，含短器械、长器械，各类拳术等项目。

2006 年，在第一届传统武术精英赛中，赤坎群英武术社馆长张志伟获得十二枚金牌。

三、国际比赛成绩骄人

1988 年，在深圳国际博击邀请赛中，邓家坚获 52 公斤级冠军。

1990 年，第十一届亚运会在北京举办，何强获男子南拳冠军。

1991 年，在第一届世界武术锦标赛上，梁艳华获女子南拳冠军。

1992 年，湛江武术选手何强在亚洲武术锦标赛和世界武术比赛上，均获得武术冠军。

1993 年，第二届世界武术锦标赛在马来西亚举办，湛江选手何强勇夺男子南拳冠军，一时间，有"世界南拳王"美称。

1994 年，第十二届亚运会在日本举办，湛江武术选手何强获得武术冠军。

2005 年 12 月，第二届世界太极健康大赛在海口举办，车海静获男子 42 式太极拳二等奖和太极剑二等奖。

2006 年 2 月，在第四届香港国际武术节上，车海静获男子 42 式太极拳、太极剑 2 枚金牌和杨式太极拳银牌。

2006 年，香港国际武术节叶家富获青年组铁尺一等奖、传统南拳一等奖；张泉华获少年组传统南拳二等奖，南棍二等奖；张光强获少年组朴刀第四名。

湛江的武术散打一枝独秀、成绩骄人，何强等优秀运动员多次获得全国、亚洲乃至世界冠军。

第四节　舞狮重现光芒

经过几十年的发展，湛江醒狮显示了它独特的艺术魅力，全国性大型表演上的醒狮表演基本都邀请遂溪醒狮参加。目前，遂溪县有民间醒狮团 255 个，其中高桩狮 28 个，地狮 227 个，参加表演的队员达 1 万多人。

遂溪醒狮历史悠久，技术精湛，改革开放后更是致力于发展醒狮文化。几年间，遂溪县积极组织醒狮团参加国内国际重大表演赛，并多次代表国家到法国巴黎、澳大利亚等参加国外表演，获国际和全国醒狮表演大赛金奖、银奖、创新奖、山花奖等各类奖项 20 多个，还先后组织醒狮团参加贵州民间醒狮活动、北京文化活动、中央电视台"心连心"艺术团、第六和第八届"北京国际旅游文化节"、上海国际文化艺术节、法国巴黎"中法文化年"、北京首都庆祝建国 55 周年、挑战"世界吉尼斯"、澳门回归五周年中央电视台《同一首歌》和《祝福澳门》大型活动、澳洲凯恩斯文化节、首届"广东国际旅游文化节"等重大活动展演，充分展示了"中国醒狮之乡"的实力和风貌，提高了该县醒狮的知名度和影响力，为推动醒狮文化产业的发展奠定了坚实的基础。以下为 2001 年至今湛江醒狮取得的巨大成绩：

2002 年，湖北省荆门国际舞狮邀请赛，文车狮班获得了亚军。

2003 年，湛江举办首届国际舞狮邀请赛，湛江文车狮班勇夺冠军。

2003 年，贵阳举办醒狮国际邀请赛，遂溪龙湾狮班获得季军。

2003 年 10 月，广东省文联、广东省民间文艺家协会在南海举办广东省首届民间艺术表演大赛，龙湾女子醒狮团一举获得比赛银奖和最佳巾帼风采奖。遂溪龙湾女子醒狮团是广东省继顺德之后的第二支巾帼醒狮队伍，队员大约有四五十人，都是 20 岁左右的年轻女子。

2004 年 8 月，广东省体育局举办广东省首届传统武术项目比赛，龙湾醒狮团又勇夺男、女组成年醒狮二等奖，受到社会各界人士的关注和赞赏。

2004 年 10 月，许屋村高桩醒狮队在山西参加中国第六届民间艺术节，凭着惊险套路和出色表演，勇夺全国艺术最高奖"金奖"。

2005 年，湛江举办国际醒狮邀请赛，湛江龙湾狮班获冠军。

2006 年，龙湾狮班被中国龙狮协会派往马来西亚，参加该国五十周年庆典的国际龙狮邀请赛。

2007 年 5 月，佛山南海举办了一年一度的国际龙狮邀请赛，湛江遂溪龙湾狮班获得冠军。

2008 年，在举世瞩目的 29 届北京奥运会上，遂溪醒狮作为奥运会开幕式前的表演节目受到观众青睐。

2008 年，湛江醒狮教头李荣仔被选为新成立的湛江龙狮协会副主席，同时，李荣仔还是中国龙狮协会在湛江唯一的裁判委员会委员，并且是中国醒狮专业委员会在广东省的理事。同年，李荣仔被国家文化部评为国家级非物质文化遗产项目南派醒狮粤西地区的唯一传承人；2009 年，湛江醒狮教头李荣仔经考核被国际龙狮运动联合会批准为粤西地区唯一的国际级龙狮运动裁判。

2012 年 8 月 11 日，高桩南狮队伍——湛江遂溪龙湾醒狮团代表中国民间武学精粹，被国家体育总局社会体育指导中心和中国龙狮运动协会指名派赴美国参加第二十二届纽约国际龙舟赛开幕式表演，成为湛江竞技醒狮第一支赴美献技的队伍。这次演出中，龙湾醒狮展现了 12 个 C 级高难动作的高桩醒狮套路，近 30 万人观看。龙湾醒狮团最后获大赛颁发的"南狮西征·中美文化交流金奖"，载誉凯旋。

2013 年 8 月 14 日，官涌沙坡醒狮团代表中国参加美国纽约·香港国际龙舟邀请赛开、闭幕式表演，从大洋彼岸经香港凯旋。

随着遂溪醒狮艺术品牌的打响，其知名度不断地提高了，社会效益和经济效益显著，体现了"中国醒狮之乡"和"国家非物质文化遗产"的醒狮文化品牌。

文车醒狮团自 2000 年创办以来，特别是 2002 年参加湖北省荆门国际舞狮邀请赛获得银奖和创新奖及法国巴黎"中法文化年"等重大表演赛或展演后，声名在外，后被邀请参加国内重大演出平均每年200多场，收入达40多万元。

许屋醒狮团是创办高桩双狮时间比较长的醒狮团，与上海文化艺术创星有限公司签订为期10年在国内外进行商业性演出的合同，每年演出80多场，收入达30多万元。

石盘醒狮团是后起之秀，首创高桩八狮和高杆狮。该团每年演出70多场，收入达50多万元。

梅坡岭醒狮团自2000年创办高桩狮以来，每年演出80多场，收入近40万元，演出市场拓展到四川成都市、福建厦门市、广西柳州市等地。

全县醒狮团也是颇受欢迎的醒狮团之一，据不完全统计，该团每年演出900多场，收入达300多万元。

目前，遂溪的醒狮表演活动形成了独具特色的文化产业发展新格局，为发展该县第三产业注入了生机和活力，成为该县经济实现跨越式发展的新增长点，同时也解决了该县部分青年的就业问题。

2003年12月，遂溪县被中国民协命名为"中国醒狮之乡"，2004年4月，被批准成立中国民协醒狮艺术专业委员会。从2004年开始，每年的12

精神抖擞的遂溪龙湾高桩醒狮

月 8 日被定为"醒狮艺术节"。2006 年 6 月 2 日，遂溪醒狮入选首批国家非物质文化遗产名录，这标志着遂溪醒狮将有机会进入联合国教科文组织的数据库，成为全球性品牌。现遂溪县旅游局已开设了"中国醒狮之乡"一日游，正是充分利用遂溪醒狮这一品牌和自然乡村、历史文物的结合。同时，建立一些相应的保护举措也提上了日程。

湛江的醒狮表演水平可谓全国独步，享誉世界，凭借雄厚的实力入选首批国家非物质文化遗产名录，无愧于"中国醒狮之乡"这一光荣称号。

第五节　人龙舞再展魅力

龙是中华民族信奉的祖先，也是中华民族的图腾。龙舞是华夏精神的象征，它体现了中华民族团结合力、奋发开拓的精神面貌，包含了天人和谐、造福人类的文化内涵，是中国人在吉庆和祝福时节最常见的娱乐方式，气氛热烈，催人振奋，是中华民族极为珍贵的文化遗产。

东海岛人龙舞是一种古老的汉族舞蹈，起源于广东省湛江市东海岛东山镇。湛江依水靠海，是海湾城市，是龙的故乡。新中国成立之初，人龙舞在湛江市多个地区仍很盛行，但在后来的"破四旧"中渐至销声匿迹，直到 20 世纪八九十年代才得再见天日。二十多年来，各级党委政府和社会各界对人龙舞的挽救、保护和发展做了大量工作，取得了显著成果。湛江市东海岛人龙舞申请为国家级非物质文化遗产后，受到了越来越多的关注与厚爱。

人龙舞体现了对民族文化的传承与丰富。一方面，人龙舞作为中华龙的一种独特文化表现形式，丰富和发展了中国的龙文化，体现了中国传统文化的丰富多样性。

另一方面，人龙舞是通过人的组合和直接的身体活动而表现的身体文化，属于中国传统体育文化的重要内容，它不但可以丰富和调节人民群众的文化生活，还可以给人们以精神激励和审美的享受。人龙舞

300多米长的世界最长人龙

通过鼓乐的击打节奏将武术和舞蹈艺术有机结合起来，舞龙者在变化多端的节奏中利用人体多种姿态，在动态和静态造型中将力度、幅度、速度、耐力等糅合于舞龙技巧当中，完成各种高难度且优美的动作。这对表演者来说，是一种身体和精神的双重锻炼，对于观赏者来说也是一种健康休闲、调节身心的方式。舞龙的表演和比赛精彩激烈、气势不凡，充满吉祥和欢乐，为节日增添喜庆，给生活增添欢乐。

近年来，在省、市相关部门的重视、支持和具体指导下，湛江东海岛经济开发试验区带头着手保护和开发人龙舞，雷州沈塘、遂溪城月等也积极行动，共同做好人龙舞史料收集研究、原生态保护、文化品牌拓展等工作。这些努力，使湛江人龙舞打响了品牌，多次赴广州、香港等地展演。

上海大世界基尼斯纪录——中国最长人龙舞（王一鸣 摄）

5 条人龙共 400 多人拼成了美丽的奥运五环图案

　　1992 年，人龙舞应邀参加中央电视台"五一"晚会演出，并在该台"五月潮"节目里现场直播，荣获演出优胜奖和纪念奖。2006 年 2 月，人龙舞还被正式批准为首批国家级非物质文化遗产代表作名录。2007 年，在"中国湛江东海岛人龙——沙滩旅游文化节"开幕式上，由 188 名表演者共同创作的 76 米长的"东海岛人龙舞",在公证人员见证下,被载入"上海大世界基尼斯之最"纪录,上海大世界基尼斯总部代表向东海岛管委会颁发了认证书。2008年,人龙舞成为北京奥运会开幕式表演节目。

第六节　棋类活动气氛活跃

湛江市棋类活动不普及,技术水平也较低。近几年来,棋类活动开展越来越好,在诸多棋类爱好者中,以对弈中国象棋的人数较多。围棋和国际象棋也逐渐开展,但人数很少。

1978年,第五届省运会围棋比赛中,湛江地区获团体总分第五名。王振炳得男子个人第五名,伍小蕾获女子个人第五名。王振炳在湛江地区比赛中获第一名,被定为省业余4段。1983年,许华坤、尤勇参加省围棋赛分获第五名和第七名,许华坤被定为三段,尤勇被定为二段。1988年,尤勇参加振德杯省业余围棋大赛获第六名。

1978年,许丽娟参加第五届省运会,获国际象棋女子冠军,王文强获男子第三名。湛江地区获国际象棋团体第五名。1982年,第六届省运会湛江地区获国际象棋团体第六名。1986年,湛江市棋队参加省七届运动会比赛,陈榕获女子成年组围棋第五名,张素斌获女子少年组围棋第三名。1987年,在省少年棋赛中,湛江曾君获少年女子乙组围棋第二名,熊卫民获女子一组第三名。1988年,在省棋类锦标赛中,曾君获少年女子甲组围棋第三名,陈鸿鹏获少年男子组第五名。

1989年7月9日至13日,湛江市第七届运动会棋类比赛在霞山区举办，五县、四区和高校十个单位参加，共 71 名运动员。象棋比赛中，赤坎区获团体总分第一名，霞山区第二名，遂溪县第三名，廉江县第四名，海康县第五名，徐闻县第六名。围棋比赛中，霞山区获团体总分第一名，赤坎区第二名，遂溪县第三名，吴川县第四名，坡头区第五名。国际象棋比赛中，霞山区获团体总分第一名，赤坎区第二名，高校第三名。

1993 年 9 月 10 日至 11 月 28 日，湛江市第八届运动会举办，比赛项目包含棋类比赛。

1994 年，湛江棋类协会活动也很活跃，赤坎区棋协和雷州市棋协分别举办了 4 次较大规模的象棋赛，参赛者达 400 多人，对促进湛江市棋类活动的发展起了积极作用。同年，湛江市组队参加了第九届广东省运会棋类比赛。

1997 年 4 月至 11 月，在湛江市举办的第九届运动会中，棋类比赛也纳入比赛项目。

2009 年，湛江市参加广东省第四届职工运动会，象棋获得男子团体第三名。

2009 年 11 月 17 日，湛江市第十一届运动会棋类项目比赛在市体育中心结束，雷州苏华锷、廉江邹海涛、霞山杨思宁、雷州梁超荣、徐闻吴妃三、徐闻罗宁获中国象棋前六名以下；赤坎叶依林、雷州梁军、赤坎徐敏、吴川卓华新、霞山梁华瀚获本届比赛围棋前六名以下；雷州符俊杰、赤坎徐水程、雷州陈蔡生、吴川黄松寿、赤坎梁巴黎、霞山陈聪获国际象棋前六名以下。

湛江市棋类活动起步迟，技术水平不高，种类也较单一，但近些年来，有较好的发展态势，也逐渐在全省占有一席之地。

第七节　体育舞蹈蓬勃发展

2008年11月1日晚上，湛江市第二届体育舞蹈（国际标准舞）比赛在湛江市体育中心体育馆举办，比赛共设17个组别。

湛江市体育舞蹈运动协会在市体育局和市民政局的领导下，在市社会体育与竞赛管理中心的指导下，于2009年1月在湛江市体育中心成立。

2009年6月13日晚，湛江市首届大学生体育舞蹈（国标舞）在霞湖公园夜来香舞场举办，来自湛江3所高校的120多名大学生踊跃参加了这次比赛。

2009年9月19日，第一届泛北部湾地区体育舞蹈公开赛暨湛江市第三届体育舞蹈（国标舞）比赛"在湛江市体育中心体育馆举办。比赛内容为标准舞和拉丁舞两项，分A、B、C组，单项组、院校组，少年年龄分组，巾帼组，师生组，少年团体等共26个小项。

2010年12月19日，泛北部湾地区第二届体育舞公开赛暨湛江市第四届体育舞蹈（国标舞）比赛在湛江市体育中心体育馆举办。大赛设211个组别，由广东省体育舞蹈运动协会副会长、国际裁判吴琴女士等专业人士担任裁判长。另外，本届比赛特别邀请了第十六届亚运会国家代表队体育舞蹈拉丁舞5项金牌、单项恰恰金牌获得者石磊先生、张白羽小姐和全国体育舞蹈职业新星标准舞冠军获得者荆伟先生、金苗小姐为现场4000名观众做精彩表演。

2012年9月22日，泛北部湾地域第三届体育舞蹈公开赛暨湛江市第五届体育舞蹈（国标舞）竞赛在湛江市体育中心体育馆举办。广州、深圳、佛山、阳江、茂名、海口、三亚、北海、钦州、防城、南宁等泛北部湾各城市组队参赛。湛江市各县（市、区），湛江经济技术开拓区（东海岛经济开发实验区），中央、省驻湛单位和市直各单位，各大专院校、中小学校，各体育舞蹈（国标舞）协会、俱乐部、培训中心以及社会各界体育舞蹈（国标舞）喜好者积极报名参赛，有30多支队1700多人参赛。

除本地舞蹈比赛外，湛江选手还参加了全国、省、市体育舞蹈比赛。

2009年以来，湛江市选手在WDC国际标准舞世界杯、全国体育舞蹈公开赛、第四届国际标准舞全国公开赛、广东省第十四届体育舞蹈锦标赛暨第四届学生体育舞蹈锦标赛、广东省第二十届国际标准舞锦标赛、"贝蒂杯"2013年粤港澳国际标准舞（国际标准舞）公开赛、2013第四届全球舞王挑战赛、2013年广西第二届国际标准舞精英赛、2014年第五届广东省青少年体育舞蹈锦标赛暨第七届广东省体育舞蹈俱乐部联赛、首届广东省高校体育舞蹈锦标赛暨广东省中小学生体育舞蹈公开赛、广东省第九届青少年国际标准舞锦标赛、第二届WDC标准舞拉丁舞世界公开赛、2014"千帆会杯"中国艺术职业教育学会全国国际标准舞锦标赛等比赛中共获得112个第一名、98个第二名、80个第三名的骄人成绩。另外，湛江籍赵艺恒、龙淑怡、李庭辉，张茵茵在2015年英国黑池舞蹈节分别荣获21岁以下摩登舞第四名和14岁以下拉丁舞第二名。

湛江市积极举办并参加市、省、国家多种级别的体育舞蹈比赛，取得骄人成绩，于全省、全国初现峥嵘。

第五章 湛江当代竞技体育

经过 70 多年的艰苦努力，湛江当代竞技体育事业发展迅猛，跳水、游泳等项目在全国取得了领先的骄人业绩。湛江市开展了29 项体育活动。根据本市的特点和优势，把其中传统浓郁、贡献突出的"奥运战略"项目游泳、跳水、水球、田径、足球、射击等定为重点体育项目，先后向国家输送过数百名优秀运动员，运动技术达到省先进水平。其他项目如篮球、排球、体操等也具有一定水平。

第一节　跳水、游泳勇立潮头

跳水是一项优美的水上运动，它动作惊险、姿态优美，对运动员的空中平衡感、时间感有很高的要求。竞技跳水运动员自产生起就在一系列重大比赛中取得优异成绩，现在中国已经被公认为世界跳水强国之一。竞技游泳包括蝶泳、仰泳、蛙泳和自由泳四种竞速项目，以及花样游泳等，游泳运动员以强势的姿态走出国门，立足国际泳坛，是中华民族的骄傲。

一、跳水

1979 年 9 月，在第四届全运会跳水比赛中（北京），湛江市运动员吴国村获得男子跳板跳水冠军。

1980 年 7 月，在中国、加拿大、西德跳水比赛中（广州市），吴国村再次获得男子跳板跳水冠军。

1982 年 7 月，在广东省第六届运动会上跳水比赛中（惠州市），湛江地区获得跳水项目男、女团体冠军，湛江市共获 5 枚金牌，廉江县共获 1 枚金牌。

1982 年 8 月，在全国 1.1 单位少年跳水赛中（湛江市），湛江市获男子团体第四名、获单项 1 项第二名、1 项第三名、1 项第四名；廉江县获 1 项第一名、2 项第二名、1 项第五名。

1983 年 9 月，吴国村在上海参加第五届全运会跳水比赛。这是他连续三届争夺全运会跳板跳水佳冠，但由于伤病的影响和年轻新手的崛起，本次比赛他只获得第四名，实现"三连冠"的壮志未能如愿。

1985 年 10 月，湛江跳水新秀林小妮在第一届全国青少年运动会（郑州）跳水比赛中，获女子跳台跳水、全能冠军及跳板跳水亚军。

1986 年 6 月，林小妮在莫斯科参加中苏跳水比赛中，获女子跳板跳水亚军。

1986 年 7 月，在省运动会跳水比赛（汕头）中，由于与林小妮赴苏联作赛时间冲突，湛江市跳水队本次只获得团体第三名，共夺得 5 枚银牌和 4 枚铜牌。

1987 年 7 月，在第十四届大学生运动会（南斯拉夫）跳水比赛中，林小妮作为女子团体冠军成员之一，个人获得跳板跳水亚军、跳台跳水第三名。在 11 月的第六届全运会（广州）跳水比赛中，林小妮再次获得女子全能亚军、跳台跳水第三名的优异成绩。

1987 年 6 月，由广东省游泳协会、湛江市体委和廉江县资源发展贸易总公司主办，廉江县少林口乐保健饮料厂赞助的首届少林口乐杯全国跳水精英赛在湛江市赤坎游泳场举办，中国跳水精英、国际名将谭良德、童辉、李德亮、熊倪、高敏、许燕梅、吕伟、张玉萍、林小妮等参加比赛。比赛期间，国家跳水队总教练徐益明、广东省跳水教练郑观志亲自给市业余体校跳水班讲课和辅导训练。

1989 年 9 月 9 日至 13 日，湛江市第七届运动会成年组和少年组跳水比赛在廉江县举办。湛江市四个区、遂溪县和廉江县 6 个单位都参加了比赛，共有运动员 54 人。廉江县少林口乐队获团体总分第一名（109 分）、霞山区第二名（94 分）；郊区第三名（78 分）、遂溪县第四名（37 分）、赤坎区第五名（34 分）。

从 1984 年起的二十多年里，徐益明带领国家跳水队队员驰骋跳坛、战功显赫、成绩辉煌，取得了十六连冠的佳绩，为中国跳水事业建立奇功，创造了中国跳水界的历史。徐益明先后获得十次国家体育运动荣誉奖章，当选全国劳动模范和"十佳教练"。徐益明执教期间培养出的跳水人才有：李孔政，1984 年奥运会男台季军、1986 年世锦赛男台季军；史美琴，1981 年世界杯女板冠军；谭良德，1984 年、1988 年、1992 年奥运跳板亚军；周继红，1984 年奥运女台冠军；陈琳，1986 年世锦赛女台冠军；许艳梅，1988 年奥运女台冠军；高敏，1988 年、1992 年奥运女板冠军；孙淑伟，1992 年奥运男台冠军；伏明霞，1992 年奥运女台冠军、1996 年奥运女板、女台冠军、2000 年奥运女板冠军；熊倪，1996 年、2000 年奥运男板冠军；田亮，2000 年奥运男台冠军。

1990 年，在湛江举办的第八届省运会跳水比赛中，陈丽霞一人独揽的女子乙组一、三米跳板两枚金牌。

1991 年，在江门全国跳水冠军赛中，陈丽霞以绝对优势拿下女子一米跳板金牌。

1992 年，在日本亚洲跳水锦标赛中，陈丽霞力夺女子三米跳板第二。

1992 年，在成都全国跳水锦标赛中，陈丽霞成为女子一、三米跳板的"双料冠军"。

1993 年，在济南第一届亚洲杯跳水赛中，陈丽霞获女子一米跳板第三，以微弱的比分输给了国家队队友、世界冠军谭舒婷；同年，在成都第七届全运会中，陈丽霞和湛江队友李丹梅、谭玉莲等人合作，为广东队赢得了女子团体冠军。

1994 年，在罗马第七届世界游泳锦标赛的跳水比赛中，陈丽霞力压谭舒婷，稳夺女子一米跳板冠军。

1995年，陈丽霞与伏明霞等一线国手联袂出战日本福冈第十八届世界大学生运动会跳水赛，勇夺女子团体冠军；陈丽霞又个人收获了女子一米跳板金牌和三米板铜牌。

1995年，李蓉娟获得第五届世界游泳锦标赛跳水项目女子双人三米板冠军。

1996年，李蓉娟获得第六届世界游泳锦标赛跳水项目女子双人三米板冠军。

1997年，上海第八届全运会，陈丽霞再披广东队战衣出战，又与队友蝉联了女子团体冠军。

1998年，李蓉娟获得第八届世界游泳锦标赛跳水项目女子双人三米板冠军。

1999年，李蓉娟获得第九届世界游泳锦标赛跳水项目女子双人三米板冠军。

2001年，李蓉娟获得第二十一届世界大学生运动会女子双人三米板决赛冠军。

其中，湛江籍跳水选手劳丽诗获得如下成绩：

2001年，获得第九届全国运动会女子十米跳台双人冠军、单人第三名。

2002年，获得国际泳联跳水大奖赛（西班牙站）女子十米跳台单人冠军；同时获得国际泳联跳水大奖赛（加拿大站）女子十米跳台单人冠军；国际泳联跳水大奖赛（美国站）女子十米跳台双人冠军；

2002年，全国跳水锦标赛，勇获女子十米跳台亚军；在世界杯跳水赛又斩获女子十米跳台单人、双人冠军；在釜山亚运会获女子十米跳台单人冠军。

2003 年，获得国际泳联跳水大奖赛（澳大利亚站）女子十米跳台单人、双人冠军；国际泳联跳水大奖赛（中国站）女子十米跳台单人、双人冠军；在世锦赛获得女子十米台双人冠军，单人亚军。

2004 年，获得第十四届世界杯女子十米跳台双人冠军；奥运会女子十米跳台双人冠军。

2006 年，获得世界杯跳水十米台亚军。

2005 年至 2015 年，湛江籍跳水选手何冲获得如下成绩：

2005 年，获得全运会男子单人一米板冠军。

2005 年，获得世界游泳锦标赛男子双人三米板冠军，国际泳联跳水大奖赛（德国站）男子三米板单人、双人冠军，国际泳联跳水大奖赛（俄罗斯站）男子三米板冠军，国际泳联跳水大奖赛（美国站）男子三米板双人冠军，国际泳联跳水大奖赛（珠海站）男子三米板双人冠军。

2006 年，获得全国跳水冠军赛男子一米板、三米板和双人三米板冠军，国际泳联跳水大奖赛（加拿大站）男子三米板冠军，国际泳联跳水大奖赛（美国站）男子三米板冠军。

2006 年，获得全国跳水锦标赛男子一米板、三米板、双人三米板冠军，以及多哈亚运会跳水男子单人三米板冠军。

2007 年，获得游泳世锦赛男子一米板单人赛第二名，获得国际泳联跳水大奖赛（珠海站）男子三米板冠军，国际泳联跳水大奖赛（德国站）男子三米板冠军、双人冠军（与王峰），国际泳联跳水大奖赛（墨西哥站）男子三米板第二名，国际泳联跳水系列赛（南京站）三米板冠军，以及世界杯男子跳水三米板冠军。

2008 年，获得跳水世界杯男子单人三米板冠军，同年，获得国际泳联跳水大奖赛（深圳站）三米板冠军，国际泳联跳水大奖赛（加拿大站）男子三米板冠军。

2008 年，获得北京奥运会男子跳水三米跳板冠军，这是湛江体育健儿在奥运史上所获的第二枚金牌。

2009 年，获得全运会男子一米跳板亚军、男子单人三米板冠军和男子双人三米板季军；同年，获得世界游泳锦标赛男子跳水三米跳板冠军，实现了个人跳水生涯的"大满贯"。

2010 年，获得广州亚运会男子单人三米板冠军。

2011 年，获得国际泳联跳水系列赛（北京站）单人三米板亚军；

2011 年，获得上海世锦赛男子单人三米板冠军，以及深圳第二十六届世界大学生夏季运动会跳水男子三米板冠军。

2011 年，获得全国跳水锦标赛暨奥运选拔赛男子单人三米板冠军；同年，获得中国跳水明星系列赛（济南站）男子单人三米板冠军；中国跳水明星系列赛（常州站）单人三米板冠军。

2012 年，获得第十八届国际泳联跳水世界杯单人三米板冠军，国际泳联跳水系列赛（阿联酋迪拜站）单人三米板冠军（522.25分），国际泳联跳水系列赛（北京站）单人三米板冠军（548.70分），国际泳联跳水系列赛（莫斯科站）单人三米板冠军（497.65分），全国跳水冠军赛暨奥运选拔赛男子单人三米板亚军，全国跳水冠军赛男子双人三米板亚军（与李世鑫463.92分），伦敦奥运会跳水男子单人三米跳板惜获季军。

2013 年，获得中国跳水冠军杯（济南站）男子单人三米跳板决赛冠军，全国跳水冠军赛（武汉站）男子双人三米跳板冠军（与何超）、男子三米跳板季军，国际泳联世界跳水系列赛（莫斯科站）

男子双人三米板亚军（与秦凯）、男子单人三米板冠军；

2013年，获得第十五届国际泳联世锦赛（巴塞罗那）男子双人三米板冠军（与秦凯）、男子单人三米板冠军，获得第十二届全运会男子单人三米板冠军。

2015年，获中国跳水冠军赛男子双人三米板冠军（与何超）。

2009年至2015年，湛江籍跳水选手何超获得如下成绩：

2009年8月，在日本东京神纪水上运动项目比赛馆举办的第六届亚洲青少年跳水锦标赛上，何超与李毅搭档获得少年男子A组双人跳水三米跳板冠军，并获得单人跳水三米跳板季军。

2011年12月23日，中国跳水明星系列赛（常州站）比赛首日争夺中，夺得男子跳水单人三米板季军；2011年全国跳水锦标赛暨伦敦奥运会选拔赛，获得男子跳水单人三米板第八名。

2012年，获得全国跳水冠军赛跳水单人三米板季军，并获得跳水单人一米板第四名。全国锦标赛暨全运资格赛三米跳板冠军、2人×2分跳水项目冠军。

2013，获得全国跳水冠军赛（武汉站）跳水男子三米跳板亚军，以及男子双人三米跳板冠军（与何冲）；国际泳联跳水大奖赛（加拿大站）男子跳水单人三米板冠军、男子双人跳水三米板冠军（与李世鑫）；国际泳联跳水大奖赛（美国站）男子双人跳水三米板冠军（与李世鑫），以及跳水男子单人三米板冠军；同年，获得第十二届全运会男子单人跳水三米板亚军。

2014年10月1日，仁川亚运会男子跳水一米板比赛中，中国的兄弟搭档何超和何冲包揽了冠亚军，其中何超以462.85分夺得冠军，何冲以443.10分屈居亚军。

2015年5月22日，获得国际泳联跳水系列赛（加拿大温莎站）男子单人跳水三米板亚军（521.35 分），同时，在男子双人跳水三米板比赛中，何超与何冲搭档，以 429.87 分夺得冠军。

2015 年 7 月，在喀山世界游泳锦标赛男子跳水一米板冠军争夺中，何超两跳出现失误，最终只拿到第七名。

2015 年 8 月 1 日，喀山国际泳联世锦赛男子跳水三米板决赛何超以 555.05 分再次获得冠军，赢回荣誉。

2008 年至 2012 年，湛江籍跳水选手林劲获得如下成绩：

2008 年，获得全国跳水锦标赛男子双人三米跳板冠军（与冯琪）。

2010 年，获得国际泳联跳水大奖赛（意大利博尔扎诺站）单人一米板、单人三米板冠军，同时获得双人三米板冠军（与罗玉通）。

2011 年，获得深圳大运会双人三米板冠军（与秦凯）、单人一米板冠军，中国跳水明星系列赛（武汉站）双人三米板第五名（与吴明鸿）。

2009 年至 2012 年，湛江籍跳水选手粟泽万获得如下成绩：

2009 年，在第六届亚洲青少年跳水锦标赛上勇夺三枚金牌。28 月 11 日，在少年男子 B 组单人一米板比赛中，以 453.40 分的高分夺得当日首金。

2010 年 7 月，获得全国冠军赛（汕头站）男子一米板第四名、男子双人三米板第七名（与彭健烽），第十三届省运会少年男子跳水甲组单人一米板冠军。

2011 年 5 月，获得全国冠军赛（天津站）一米板第十二名、双人三米跳板第六名和男子团体冠军（与彭健烽）。

2011 年 10 月 1 日下午，获得 2011—2012 中国跳水明星系列赛暨伦敦奥运会选拔赛（武汉站）男子双人三米板第六名（与彭健烽）；

2011 年，获得第七届全国城市运动会跳水项目男子单人一米板冠军、男子双人三米板冠军（与彭健烽）、男子跳水团体冠军（与郑植群等代表广州队）。

2012 年 9 月 25 日下午，获得全国锦标赛（山西太原站）男子双人三米板冠军（与林劲）和男子团体冠军。同年 11 月 22 日，获得第九届亚洲游泳锦标赛（阿联酋迪拜站）男子双人三米板冠军（与林劲）。

2009 年至 2013 年，湛江籍跳水选手郑植群获得如下成绩：

2009 年，获得第六届亚洲青少年跳水锦标赛冠军。

2011 年，获得第七届全国城市运动会冠军。

2011 年 5 月 21 日，在天津市奥体中心水滴游泳馆进行的全国跳水冠军赛男子双人十米跳台决赛中，郑植群与谢思埸搭档以 435.96 分为广东队获得季军。

2011 年 10 月 7 日，在第七届全国城市运动会跳水男子团体比赛中，郑植群与队友陈艾森、谢思埸、彭健烽、粟泽万、柯浣忠合作以 1928.05 分的总成绩为广州市体育代表团夺得团体金牌，这也是本届城运会跳水比赛产生的首枚金牌。

2012 年，获得国际泳联跳水大奖赛（罗斯托克站）双人十米台季军（与陈艾森），以及全国跳水锦标赛（太原站）男子双人十米台冠军（与谢思埸）。

2013 年，获得亚洲青年运动会跳水男子三米板单人冠军。

2007 年至 2015 年，湛江籍跳水选手吴春婷获得如下成绩：

2007 年，年仅 10 岁的吴春婷获得全国少年跳水冠军。

2009 年，获得亚洲少年跳水冠军。

2011 年，获得第七届全国城市运动会女子双人十米跳台冠军。同年，跻身全国跳水锦标赛暨奥运选拔赛并在全国一线高手中获得女子双人十米跳台第八名。

2015 年 2 月，获得国际泳联跳水大奖赛（罗斯托克站）女子双人三米跳板冠军；4 月 5 日，获得国际泳联跳水大奖赛（墨西哥站）女子三米板季军；4 月 19 日，国际泳联跳水大奖赛（波多黎各站），以 305.40 分获得女子双人三米板冠军（与屈琳）。

2015 年 9 月，获得第六届亚洲杯跳水赛（吉隆坡站）女子单人三米板冠军、女子双人三米板冠军（与许智欢）。

2001 年至 2015 年，湛江籍跳水选手劳丽诗获得如下成绩：

2001 年 11 月，获得第九届全运会女子双人十米跳台冠军、女子团体冠军。

2002 年 6 月，获得世界跳水比赛（西班牙站）女子十米跳台冠军。

2003 年，获得世界锦标赛女子十米跳台冠军。

2004 年，获得雅典奥运会女子双人十米跳台金牌（与李婷）、女子十米跳台亚军。

2008 年至 2015 年，湛江籍其他运动员成绩如下：

2008 年 9 月，奥运跳水金牌选手劳丽诗和何冲的启蒙教练钟权生，在人民大会堂召开的第二十九届奥运会总结表彰大会上，获国家主席胡锦涛亲自颁发的北京奥运会"特别贡献奖"。钟权生是获得此殊荣的全国唯一一名基层业余体校教练。

2009 年，第六届亚洲青少年游泳锦标赛在日本东京举办，参加此届亚洲青少年游泳锦标赛的中国青少年跳水队，全部由湛江跳水选手组成。

2010年7月15日，广东省第十三届运动会在惠州市举办，在本届省运会中湛江跳水队表现最突出，共夺得6枚金牌。

2012年11月15日，第九届亚洲游泳亚锦赛在阿联酋迪拜举办，湛江选手林劲、粟泽万夺得男子跳水双人三米跳板金牌。同年，在全国锦标赛暨全运资格赛中，林劲、粟泽万再获男子跳水双人三米跳板金牌。

2012年9月，全国跳水锦标赛在山西太原举办，有13名湛江籍运动员参加这次本年度全国最高规格的跳水赛事。其中16岁的湛江赤坎小将郑植群，在男子双人十米跳台决赛中，与队友谢思埸跳出当今世界跳坛最高难度4.1的向内翻腾四周半409B，勇夺该项目冠军并获得大赛颁发的"全国最高难度奖"。

2012年11月15日，第九届亚洲游泳亚锦赛在阿联酋迪拜举办，湛江选手林劲、粟泽万夺得男子跳水双人三米跳板金牌；

2013年9月12日，在沈阳第十二届全运会上，跳水男子团体何冲、何超、林劲获得团体金牌，跳水男子三米跳板何冲获得金牌。

2015年10月10日，在福州全国青运会跳水比赛中，湛江籍运动员陈林海在男子一米跳板比赛中夺得金牌；湛江小将郑裕玲、陈家瑜、陈艺文和队友张南橘、姚晓丽、杨盼盼获得女子团体第二名。

勇立潮头，湛江跳水运动在全国乃至世界都处于顶尖层次，大批非常优秀的运动员脱颖而出，如劳丽诗、何冲、何超等人就多次获得世界冠军乃至全球知名度最高的奥运会冠军。

二、游泳

游泳是湛江人酷爱的体育项目，在十一届三中全会以后，湛江的游泳项目迎来了快速发展的时代，取得了骄人的成绩。

1979 年，在广东省业余体校游泳比赛（新会县）中，湛江地区获少年甲组第三名、少年乙组第四名、儿童甲组第六名。

70 年代，湛江地区游泳选手在全国比赛中共获金牌 22 枚、银牌 19 枚、铜牌 21 枚。

80 年代，湛江市游泳训练进一步普及，业余训练工作向正规化、系统化、科学化迈进。11 名教练员为游泳项目带来了新气象，其中湛江市中心业余体校 4 人，县、区业余体校 7 人，业余体校游泳班学生 200 多人，年龄最小的只有 6 岁。相应的游泳训练设施也大有改变，例如霞山游泳场建了太阳能游泳馆。除此之外，游泳队在选材及训练手段方面讲求科学性，因而游泳运动技术提高较快。

1980 年 7 月，广东省业余体校游泳选拔赛在吴川县举办。湛江地区获男子团体总分第四名、女子团体总分第四名，甚至还有 1 人破 1 项省儿童甲组纪录，获得 5 项第一名、5 项第二名、9 项第三名的傲人成绩。

1981 年 7 月，在省少年儿童游泳选拔赛（新会县）中，湛江地区获男子团体总分第二名、女子团体总分第三名、获 4 项第一名、13 项第二名、12 项第三名。

1982 年，湛江地区第五届运动会游泳比赛共有 1 人破 1 项省纪录、15 人 19 次破 16 项地区少年儿童纪录。

1982 年，在广东省第六届运动会游泳比赛中，湛江地区获男子团体总分第四名、女子团体总分第三名，有 2 人 3 次破 2 项省少年纪录，夺得金牌 11 枚、银牌 14 枚、铜牌 11 枚。

1983 年，在广东省少年儿童游泳选拔赛（清远）中，湛江地区 1 人破 1 项省儿童甲组纪录。

1983 年，第五届全运会在上海举办，湛江欧丽玉（女）、张观福、林来九、欧亚涛等四名游泳选手参加，其中欧丽玉获金牌 1 枚、银牌 1 枚，3 项第四名、1 项第五名、1 项第六名。

1985 年 8 月，在广东省少年儿童游泳锦标赛（茂名）中，湛江市获男子团体总分第五名、女子团体总分第六名，其中 1 队破 1 项省儿童乙组纪录，获金牌 6 枚、银牌 4 枚、铜牌 4 枚。

1985 年，湛江市第六届运动会游泳比赛中有 1 人破 3 项市纪录。

1986 年，在广东省第七届运动会游泳比赛中，湛江市获男子团体总分第六名、女子第七名，1 人打破 1 项全国儿童甲组纪录，3 人 3 次破 3 项省少年儿童纪录，获金牌 5 枚、银牌 3 枚、铜牌 9 枚。

1987 年 1 月，在汉口举办中国亚太地区游泳分龄赛选拔赛，湛江选手 4 人参加，其中欧观春、曹日福、吴洪景三人入选，并获 8 项第一名、1 项第二名、2 项第三名。他们在同年参加亚太地区游泳分龄赛（香港）中获得金牌 5 枚、银牌 2 枚。

1987 年 11 月，在第六届全运会（广州）上湛江吴川县游泳好手林来九破 2 项全国纪录，获金牌 3 枚。林来九被评选为 1987 年全国游泳十佳运动员、广东省十佳运动员。

1988 年，林来九参加第二十四届奥运会（汉城），成为湛江市第一个参加奥运会游泳比赛的运动员。4 月，林来九在广州参加亚洲游泳锦标赛，获男子 100 米仰泳冠军，与队友获男子 4×100 米混合泳接力冠军，并打破该项目全国纪录。林来九是我国男子 100 米、200 米仰泳全国最高纪录保持者。

1989 年 9 月 17 日至 20 日，湛江市第七届运动会成年组、少年组游泳比赛在吴川县举办。参加单位有吴川县、遂溪县、廉江县、赤坎区、霞山区、郊区、坡头区和高校 8 个代表队，运动员 167 人。本届运动会游泳比赛有 1 队 2 人 7 次打破 6 项省纪录；8 队 14 人 36 次打破 23 项市年龄组纪录。成年组吴川县获团体总分第一名（298 分）、霞山区第二名（203）、郊区第三名（114 分）、遂溪县第四名（5 分）；少年组仰泳吴川县获团体总分第一名（1117 分）、郊区第二名（361 分）、廉江县第三名（242 分）、赤坎区第四名（206 分）、遂溪县第五名（182 分）、霞山区第六名（168 分）。

从 1980 年至 1989 年，湛江市游泳选手在全国比赛中共获金牌 38 枚、银牌 24 枚、铜牌 9 枚，在国际比赛中获金牌 21 枚、银牌 9 枚、铜牌 2 枚。其中有 2 人 6 次破 6 项全国纪录。

为了培养更多优秀体育人才，提高游泳技术水平，从 1987 年起，湛江市体委在竞赛工作改革中，对游泳试行系列比赛制。以教练员为单位参加比赛，比赛不仅比运动员竞速，还比运动员年龄、形态、素质、机能等。这种全面的竞赛推动了训练工作，提高了技术水平。

1988 年，在广东省少年儿童游泳锦标赛（佛山）中，湛江市获男子团体总分第一名、女子团体总分第五名，有 3 人破 3 项省少年儿童纪录，获金牌 9 枚、银牌 4 枚、铜牌 4 枚。

1989 年，在广东省少年儿童游泳锦标赛（东莞）中，湛江男队、女队分获团体第二名。

1990 年，北京第十一届亚运会，林来九在游泳事业上达到巅峰——他个人既夺得男子 100 米仰泳这枚分量尤重的金牌，更与队友沈坚强、陈剑虹和谢军，首挫垄断亚洲泳坛 4×100 米混合泳接力多年的日本队，拿下了这枚沉甸甸的金牌。而正是这届亚运会，由陈运鹏统率的中国游泳队，第一次全面赶超日本队成为亚洲泳坛的新霸主。湛江泳手林来九也成为这一光荣历史的缔造人！

1992 年，林来九和沈坚强、陈剑虹、谢军，作为中国游泳队当年唯有的四位男运动员，参加了巴塞罗那奥运会。

1994 年，宝刀未老的林来九在曼谷第十二届亚运会上，为中国代表团夺得男子 100 米仰泳的铜牌。江门第九届省运会，湛江游泳队创下湛江参赛省运会一个项目夺得金牌最多的纪录，共获得金牌 13.5 枚。

1997 年，第八届全运会举办时，林来九已三十有一，仍为广东游泳队夺得男子 4×100 米混合泳接力的银牌和个人 100 米仰泳的第六名。16 年间，林来九参加了四届全运会、三届亚运会和两届奥运会，硕果累累；他更创湛江籍运动员参加以上三大赛事届数最多之纪录，被誉为"泳坛的常青树"。

1998 年，珠海第十届省运会，2002 年，深圳第十一届省运会，湛江游泳队一分未得。

2005 年，南京第十届全运会上湛江籍泳手曾思琪夺得游泳项目女子 4×100 米混合泳接力铜牌，后曾晋身国家青年队，陈晓君获得花样游泳团体第四名、双人季军。

2006 年，佛山第十二届省运会湛江游泳队获 1 个第四名、2 个第八名；在多哈亚运会花泳集体项目，湛江花样游泳运动员刘鸥和队友为中国队夺得首金；在全国游泳锦标赛，陈晓君获得花样游泳个人、团体的冠军。

2007年，陈晓君获得全国游泳锦标赛花样游泳个人、团体的冠军；中俄游泳对抗赛花样游泳个人、团体亚军；美国游泳公开赛花样游泳个人冠军、团体亚军、组合的冠军。

2008年8月，在北京奥运会花样游泳项目上，湛江花样游泳运动员刘鸥与队友一起夺得中国花泳奥运集体项目铜牌；在罗马世锦赛花样游泳项目中，刘鸥和队友夺得银牌；在世青锦标赛，陈晓君获得花样游泳团体和组合季军、个人和双人第六。

2009年，陈晓君获得瑞士站花样游泳团体亚军。

2010年，惠州第十三届省运会中，湛江游泳队获得3银1铜，2个第四1个第五2个第六，拿101分。曾旸获得男子少年乙组200米蛙泳和蛙泳全能两项金牌，腾悦获得女子乙组蛙泳第二名和第三名，黎嘉雯和湛江队友夺得女子少年乙组接力一个第四和一个第六；11月，第十六届广州亚运会上，湛江花样游泳运动员刘鸥和队友夺得花泳集体组合金牌，陈晓君和队友夺得花泳集体自选项目金牌。

2012年，深圳举办的广东省中学生运动会游泳比赛中，黎嘉雯获初中组女子100米自由泳第四名。

2012年8月10日，在伦敦奥运会上，刘鸥与队友黄雪辰为中国花泳队历史性地夺得奥运会花泳双人项目的铜牌；接着，在8月11日的集体项目比赛中，湛江双娇刘鸥、陈晓君与中国花泳队参加集体项目的队友一道，又为中国花泳改写了另一项历史——首次夺得奥运会集体项目的银牌。本届奥运会湛江运动员共夺1银2铜，湛江市藉此获颁广东省"体育贡献奖"。

2012 年 11 月 15 日，第九届亚洲游泳亚锦赛在阿联酋迪拜举办，湛江选手刘鸥一人连夺花泳双人和集体 4 金，陈晓君与队友夺得花泳集体项目 2 块金牌。同年，在全国游泳锦标赛中，湛江双娇刘鸥、陈晓君与中国花泳队参加集体项目的队友一道获得集体技术自选和集体自由自选 2 块金牌。

2013 年 9 月 12 日，在沈阳第十二届全运会上，花泳集体自由自选刘鸥、陈晓君获得集体项目金牌。

2014 年，广东省青少年游泳锦标赛中（惠州站），湛江游泳队夺得男子甲组 100 米蝶泳冠军，梁楚阳获得男子丙组 50 米蛙泳第二名，湛江市的游泳跃至团体总分第五名。

2014 年，在仁川亚运会上陈晓君代表中国队参加女子花样游泳团体决赛，中国队以总成绩 185.7221 分获得冠军；同年，在全国花泳锦标赛，陈晓君获得个人项目第三名和集体项目第四名。

2015 年，湛江第十四届省运会游泳比赛中，许特欣获得中学生组女子甲组 50 米自由泳季军，孙浩获得中学生组男子乙组 200 米自由泳比赛亚军，黎嘉雯获得中学生组女子甲组 100 米自由泳比赛季军，林荟东获得了男子乙组 100 米仰泳季军。

湛江游泳虽然没有跳水成绩那么光芒万丈，但也是强势竞技项目之一，不少运动员如林来九、刘鸥等人，不仅拿到亚运会、亚锦赛冠军，在亚洲独占鳌头，也拿到过奥运会、世锦赛银牌与铜牌，在全世界占有重要地位。

第二节　球类运动力争上游

球类竞技运动包括羽毛球、水球、足球、乒乓球、排球、篮

118

球等。这类运动不仅充满竞争性，还具有很强的趣味性，一直深受湛江人的欢迎，在球类赛事上也取得较大的成就。

一、羽毛球

1979 年，第四届全运会羽毛球比赛中，姚喜明获得男双比赛第三名、团体比赛第四名，1980 年，晋升为运动健将。

1981 年 8 月，姚喜明在美国参加第一届世界运动会羽毛球比赛，与孙志安获男子双打冠军。

1982 年 5 月，姚喜明在伦敦参加第十二届汤姆斯杯羽毛球赛，与孙志安取得双打胜利。同年 11 月，在新德里参加第九届亚运会，为中国获团体第一名立下战功。

1983 年，姚喜明获第五届全运会羽毛球男子双打第四名和团体第五名，并于 1979 年、1981 年、1983 年三次荣获国家体育荣誉奖章。

1985 年，湛江市选手刘尚文在南宁参加全国羽毛球赛，获男子双打冠军。

1986 年，湛江市参加第七届省运会羽毛球赛，获团体第五名。

2007 年 3 月，全国青年羽毛球比赛中，湛江选手何翔龙获得男子单打第二名、男子双打第三名，并为广东队获得团体第一名立下了汗马功劳。

2007 年，何翔龙获得西班牙世界中学生羽毛球锦标赛男子团体冠军、男子单打亚军和男子双打季军，2008 年 4 月，曾入选国家青年羽毛球队集训。

2007 年 7 月，"佛雷斯杯"羽毛球邀请赛在吴川市举办，有来自湛江、茂名、高州、信宜、化州、吴川等六市 11 支代表队和原国家二队队员参加，何翔龙代表吴川市队夺得第一名。

2008年至2009年，湛江选手何嘉欣获得全国女子少年乙组羽毛球单打冠军、双打亚军。

2009年，何嘉欣获得全国少年女子羽毛球单打季军，何翔龙获得全国青年赛羽毛球男子单打冠军；在湛江市第十三届运动会，陈锦麟代表霞山区一人连夺男子少年丙组单、双打两项冠军。同年，被选拔上广州市羽毛球队。

2010年，何嘉欣获得全国青年赛羽毛球女子单打季军、女子双打亚军，同年，何嘉欣及队友获得广东女子青年羽毛球队全国锦标赛团体亚军和第十三届省运会羽毛球少年乙组女子团体冠军。

2011年，何嘉欣获得第七届全国城市运动会羽毛球项目女子团体冠军，同年参加国家羽毛球集训队。

2011年，何翔龙获得全国羽毛球锦标赛男子单打第五名；在广州市第十五届运动会上，陈锦麟获男子少年乙组单打冠军。

2012年，湛江选手何嘉欣获得全国青年羽毛球锦标赛女子甲组双打冠军（与陈清晨）；同年，何嘉欣获得全国羽毛球冠军赛女子双打第五名（与陈清晨）。

2012年，湛江选手何翔龙与妹妹何嘉欣搭档获得全国羽毛球冠军赛混双第五名，同时他代表广州出战，夺得男子团体第五名。

2012年，广东省青少年羽毛球锦标赛中，陈锦麟代表广州再获男子少年甲组男子单、双打冠军；亚洲U15和U17青少年羽毛球锦标赛中，陈锦麟获得U15组男子单打冠军。

2013年，全国少年羽毛球锦标赛中，陈锦麟获得甲组男子单打冠军。

二、足球

1979 年，效力于昆明部队足球队的湛江籍队员梁光华入选中国青年足球队。

1980 年 7 月，广东省少年足球赛在湛江市举办，湛江地区组成地区一队、二队两支球队参加。湛江市足球队作为湛江地区二队参加比赛，获第三名。

1982 年 2 月，在湛江地区第五届运动会上，湛江市足球队实现三连冠。

1982 年，在广东省第六届运动会上，湛江地区成年足球队获第五名，少年足球队获第六名。

1982 年 10 月，全国足球分区赛决赛在湛江市举办。这时，著名国脚容志行率广东少年足球队到湛江地区巡回比赛和辅导。11 月 7 日下午，以容志行为首，由参加全国足球分区赛决赛的各代表队教练员、裁判员组成的元老队和湛江市足球联队，在霞山体育场进行比赛。客队容志行、陈汉舞（广东）、李应发（辽宁）等是挂鞋国脚，足球名宿；主队队员多半是回湛休假的昆明、南京部队足球队队员和退役的优秀运动队队员。因此，比赛势均力敌，最后以 1 比 1 握手言和。这场比赛有观众 2 万余人，这是湛江足球史上观看足球比赛观众最多的一次。湛江地区行署专员黄明德、地委副书记刘铁、湛江市市长王国强也观看了比赛。

1985 年 5 月，湛江市足球协会成立，推选我国足坛名宿、现居住香港的湛江市人士陈福来等为名誉主席，湛江市体委原主任陈英为主席。湛江市足协举办了足协杯、解放杯等比赛，邀请香港何应芬、朱永强来湛讲课和辅导足球训练。

1986年，湛江市举办第六届运动会，分别举办少年足球、女子足球和成年足球比赛。少年足球赛名次排列是海康第一名、霞山第二名、吴川第三名、赤坎第四名，女子足球赛名次排列是赤坎第一名、海康第二名、霞山第三名、遂溪第四名、吴川第五名；成年足球赛名次排列是霞山第一名、赤坎第二名、海康第三名、吴川第四名、坡头第五名、廉江第六名。

1987年8月，广东少年足球锦标赛在佛山市举办，湛江市勇获冠军。

1987年11月，第六届全运会在广东举办、湛江市庞真强、吴川县现突出荣获冠军。

1988年8月，湛江市成年足球队前往重庆参加首届城市运动会足球预赛，因两次点球未能把握好机会，而失去参加城市运动会的决赛资格。

1989年，湛江市李志坚、吴川县凌小君、徐闻县李世峰代表广东参加第二届全国青少年运动会足球比赛，广东队获冠军。其中锋将凌小君和门将李志坚均表现不俗。

1989年，湛江市第七届运动会举办少年男子足球、女子足球和成年足球比赛。少年男子足球赛于10月15日至20日在海康县举办，参加单位有赤坎区、霞山区四中、坡头区南油、海康县、遂溪县、吴川县博茂海蜇场队。吴川县博茂海蜇场队获第一名、海康县获第二名、霞山区四中获第三名、遂溪县获第四名、坡头区南浊队获第五名，赤坎区获第六名。

12月2日至12月8日，湛江市第七届运动会成年男子足球赛在市体育中心举办，参加单位有赤坎区醒宝队、霞山机械厂队、海康县、廉江县，吴川县陈记鞋店、高等院校6支球队。

比赛结果：霞山机械厂队获第一名、赤坎区醒宝队第二名、海康县第三名、吴川县陈记鞋店第四名、高等院校第五名、廉江县第六名。

1989年11月18日，为庆祝市体育中心落成庆典，湛江市体委邀请香港南华体育会足球来湛访问。13日晚上，湛江醒宝队与香港南华队在市体育中心足球场进行比赛。这是湛江市历史上第一场晚间足球比赛，也是湛江市历史上观看足球比赛观众最多的一次，达2万多人。比赛成绩为1:1平手。

自1980年至1989年，湛江市向广东足球队、广州足球队、西藏足球队、部队足球队输送优秀运动员20名。

80年代，女子足球在湛江市迅速开展。

1982年，湛江市在霞山、赤坎开展女子足球训练。由叶华振和王海华教练执教。同年，湛江地区和广东省举办首届女子足球锦标赛，湛江市女子足球队首次参加地区和省锦标赛。

1984年，湛江市女子足球运动进入全盛时期，为了迎战省女子足球锦标赛，从霞山、赤坎两地选拔出优秀选手组成湛江市代表队参赛。海康县女子足球队和吴川县女子足球队，也参加广东省女子足球锦标赛。湛江市女子足球队获冠军、海康县女子足球队获亚军。她们回到湛江后，受到湛江市副市长陈钧等领导人的亲切接见。后来，市委书记温戈，市委常委、团市委书记赵东花，副市长植标志、柯景仁等再次接见她们。

1985年8月，广东省第三届女子足球锦标赛在海康县举办，湛江市组成赤坎、霞山、海康、吴川4支球队参加，赤坎女子足球队获第二名，海康女子足球队获第四名。

1986年，澳门金喜花甲足球队应邀来湛访问，与赤坎女子足球队进行友谊赛。

1987年，湛江籍选手遂溪陈霞、海康洪震和吴兰芳、赤坎戴月莲和梁毅华等参加第六届全运会女子足球赛，为广东女子足球队夺得季军立下战功。

1987年，庞真强代表广东队参加第六届全运会足球比赛，最终广东队以2:1力克辽宁队，夺得全运会冠军。

1988年，在广东省女子足球锦标赛中，湛江市4支球队参加，霞山区得力女子足球队获第四名。

1989年1月，遂溪县陈霞被评选为"88中国女足奇星小姐"，12月，陈霞代表国家赴香港参加亚洲女子足球锦标赛，中国女子足球队获冠军。

1989年，湛江市第七届运动会举办少年女子足球赛和成年女子足球赛。少年女子足球赛10月在海康县举办，吴川县博茂海蜇场队获第一名、赤坎区获第二名、海康县获第八名、遂溪县获第四名。11月24日至30日，成年女子足球赛在赤坎区举办，海康县获第一名、霞山区获第二名、赤坎区获第三名、遂溪县获第四名。

湛江市自1982年开展女子足球运动后，个体劳动者叶锡干在赤坎开办了"培英"女子足球队，培养少年女子足球运动员后备力量，对赤坎区女子足球运动的开展和发展，产生过积极影响。

湛江自开展女子足球训练工作以后，向广东队输送8名优秀选手。其中遂溪县陈霞入选国家女子足球队，陈霞在几次国际比赛中都有极强表现，是中国女子足球队的后起之秀。

湛江市学校足球运动有较好的传统。1980年10月，广东省教育厅、体委命名吴川一中、海康一中、湛江市四中、吴川县梅岭小学、湛江市十二小为足球传统项目学校。其中吴川一中获1981年、1983年两次省足球传统项目学校足球赛冠军和1982年全国"三好杯"足球赛季军，市四中获1988年广东省中学生足球赛第四名。

1984至1988年，湛江市体委、教委每年举办一次小学生足球比赛，以基层学校为单位参加。学校足球从小学就开始抓，既抓了普及又抓了提高，为业余体校选材创造良好条件，提高湛江市少年足球运动的技术水平。1987年，湛江市少年足球队成为全省冠军。

80年代以来，体育社会化逐步兴起。

1983年8月，湛江卷烟广首先举办"醒墨杯"足球邀请赛。

1984年1月，吴川县举办"梅录杯"足球邀请赛，邀请沈阳青年队、广州青年队、广州体院足球队、梅县队、湛江市队等7个队参加。

1985年2月，海康县举办"雷州杯"少年足球赛。同年3月，湛江家电公司举办"三角杯"足球邀请赛，邀请国家水电足球队、日本沈阳部部队、青海青年队等5支足球队参赛。

1986年9月，湛江卷烟厂举办"醒宝杯"职工足球赛，邀请容志行前来指导。随后成立醒宝足球队，教练员由退休的昆明部队足球队教头王耀忠担任。队员来自优秀运动队退役队员，部分是市业余足球队员。1986年以来，湛江啤酒厂资助霞山区女子足球队，成立"得力"女子足球队。

1988年以来，湛江农车集团公司成立"三星"足球队。

1989年，"三星"足球队曾参加广东足协杯足球赛，获第四名。

1990年，湛江姑娘陈霞担任中国女足队长，带领中国队获得亚运会女足冠军。

1991年3月，湛江举办国际女子足球邀请赛，掀起女足热。20世纪90年代初成立的湛江"半球"女足征战日本和港、澳等地，红遍半个中国，又为国家女子足球队输送了高红、施桂红等名将。

1993年，湛江籍足球运动员高红代表中国队获得亚洲杯冠军。

1994年5月，高红东渡日本，到宝冢国际女子足球俱乐部踢球。

1995年，高红为瑞典第二届世界杯赛主力门将，代表中国队获第四名。在四分之一决赛对瑞典，中国女足以5:4获胜，高红扑出了3个点球。同年，高红代表中国队获得亚洲杯冠军；又在马来西亚第十届亚洲锦标赛上代表中国队第五次蝉联冠军；

1996年，高红在第二十六届奥运会（亚特兰大）代表中国队获得获亚军。

1997年，高红在亚洲杯比赛中代表中国队获得冠军；同年，在广州第十一届亚洲锦标赛代表中国队获得冠军。此后，她从日本回来辗转于广东半球和广东海印队。

1998年，第十三届亚运会（曼谷）中，高红代表中国队获得冠军。

1999年2月，高红为世界明星连队主力门将，获得亚洲体育记协评选出的"本世纪亚洲最出色的女足运动员"殊荣。

1999年，高红在美国第三届世界杯代表中国队获得亚军，入选世界明星队阵容；并在菲律宾第十二届亚洲杯中代表中国队获得冠军，入选亚洲杯全明星队；又以压倒票数超过包括区楚良、江津、陈东、高健斌、韩文海在内的男足门将，夺得"99中国足坛门王"称号。

2002 年，谢彩霞、周小霞代表国家女足队参加第十四届亚运会并夺得女足亚军。9 月，第十一届广东省运会女足比赛中，湛江队夺得第四名，周小霞是湛江队成员之一。

2003 年，周小霞、谢彩霞参加 2003 年亚洲杯女足比赛，荣获银牌。

2004 年 10 月，周小霞代表广东参加了南京第十届全运会女足赛。

2008 年，湛江女足参加中国广东省第九届中学生运动会女子足球比赛，并获得冠军。

2009 年，湛江女足队员有 3 人入选中国国家女子足球青年队（U17），取得了当年度亚洲青年女子足球锦标赛第四名。

2009 年 12 月 9 日，广东省第六届残疾人运动会聋人足球赛在惠州市结束，湛江市聋人足球队以 5 胜 1 平的优异成绩荣获冠军，这是 2005 年第五届省残运会上荣获冠军后的又一殊荣。在这次有 15 个代表队参赛的聋人足球比赛中，湛江市代表队分别淘汰肇庆队、东莞队进入四强，最后与佛山队争夺冠军，终于以 3:0 战胜佛山队，勇夺冠军。

2010 年，湛江女足参加中国广东省第十三届运动会女子足球比赛并获得亚军。她们既为湛江代表团夺得 2 金，又以集体项目漂亮的翻身仗大大鼓舞了全团的士气和斗志。

2011 年，湛江女足参加中国广东省青少年女子足球锦标赛获得冠军。同年，湛江女足队员入选中国国家女子青年队有 5 人，取得本年度亚洲青年女子足球锦标赛第三名的好成绩。

2012 年，第十届的广东省中学生运动会女足比赛中，湛江队均获得冠军。

2013 年，广东省足球锦标赛中，湛江足球运动队获得男子甲组的季军，湛江女足获得第五名。

2014 年，湛江籍足球运动员陈巧珠成为南京青年奥林匹克运动会足球运动员，曾获亚足联 U14 地区锦标赛冠军。

2014 年，广东省青少年足球锦标赛中，湛江男子足球队凭借谢维军的头球 1:0 淘汰上届冠军深圳队获得亚军，湛江女足获得第六名。

2014 年，湛江女足运动员谭茹殷代表中国女足参加在埃德蒙顿举办的 U20 世界杯，在中国队与德国队战成 5:5 的那场比赛中，谭茹殷当选全场最佳球员。2007 年，谭茹殷进入广东省女足青年队，2014 年，入选女足国家队。

2014 年以来，湛江青少年足球频传喜讯。吴川足球队勇夺省锦标赛少年甲组男足的亚军，湛江足球队获得省锦标赛少年乙组男足第五名，市八中足球队夺得"省长杯"初中组的第六名，吴川梅岭小学夺得省传统体育项目学校小学组男足冠军，坡头中学生足球队杀进省五人足球赛东莞赛区前三名等等。低迷已久的湛江足球似乎令人看到了复苏重振的曙光。

2007 年，广东昊昕贸易队（前身是瑞瑜实业队）由一群在广州体育学院求学的湛江吴川籍学生组成，七年来，昊昕贸易队征战广州市各业余赛事，共获得了五个冠军、三个亚军。

2007 年，瑞瑜实业刚组建便报名参加了广州市联赛，由于是首次参赛市赛，只能从最低级别的丙组打起，最终在 135 支参赛球队中脱颖而出，获得亚军。

2008 年，球队分成两支队——伍瑞瑜实业和昊昕贸易，首次征战"中腾杯"。昊昕贸易止步十六强，瑞瑜实业闯入决赛，并在最后的决赛中依靠点球大战胜出，首夺"中腾杯"冠军。

2009年，昊昕贸易队经历了长达一年的过渡期，在该赛季的中腾甲级联赛中，最终在积分榜排名第五。

2010年，第五届"中腾杯"，昊昕贸易一路过关斩将，勇夺冠军。

2011年，在"加油中国"广州赛区的比赛中，昊昕贸易队再度杀入决赛，成功夺冠。同年在第六届"中腾杯"中昊昕贸易队五战全胜，蝉联冠军。

2012年，昊昕贸易队在广州市第七届"中腾杯"足球比赛获得冠军。

2013年，昊昕贸易队在广州市友好杯足球赛中获得亚军，在广州市联盟杯天河区比赛中荣获亚军，今年更是在中国足协杯资格赛中表现优异，杀进正赛。

2014年，广东昊昕贸易队成功晋级中国足协杯正赛。

2015年，广东省第十四届运动会，湛江女足获得冠军，湛江男足获得季军。

三、水球

水球项目是奥运会历史上最早的集体比赛项目之一。1900年，男子水球于巴黎奥运会上被正式列为比赛项目，女子水球在2000年悉尼奥运会上被正式列为比赛项目。目前，奥运会水球比赛设有男、女两枚金牌。

十一届三中全会后，湛江水球发展取得的成绩：

1982年4月，第六届省运会中（广州）湛江少年水球队（教练陈德胜）获亚军。

1982年8月，全国少年水球比赛在湛江市举办，参加单位有上海、四川、湖南、福建、广东、广西、湛江等。湛江领队陈连超，教练劳有平，队员郑亚秋、陈熊、庞剑文、陈土贵、林加享、黎景山、李华荣、陈世杰、赵轩、钟亚福。湛江队以4胜2平获冠军。湛江市人民政府给少年水球队记集体一等功，给陈连超记大功一次。

1983年，在广东省少年水球赛中（安铺镇）湛江市获亚军。

1984年、1985年，在广东省少年水球比赛中湛江市连续两年获冠军。

1986年，在第七届省运会上（茂名市）湛江市成年队和少年队均获亚军。

1987年7月，在广东省少年水球比赛中（顺德县）湛江队获冠军。

1987年8月，湛江少年水球队赴南宁参加青年水球比赛获季军。领队是陈连超，教练劳有平、陈杰熊，队员吴新乔、苏元颂、吴瑞智、陈世杰、李文海、郑海民、黄锦辉、廖业兴、杨武鸿、陈伟、黄小飞。

1988年8月，全国青少年水球比赛在湛江市湖光农场举办。参加比赛有来自上海、四川、湖南、广西、广东的16支球队。湛江市获冠军，领队陈连超，教练劳有平、陈杰熊，队员杨国辉、叶卫仔、孙伟熊、陈车招、叶朝朱、郑海明、罗汉荣、黄小飞、王贤、黄锦辉、陈伟、陈衡弟、许旺健。

湛江市自50年代到80年代末，共培养输送水球人才56名。其中入选国家水球队有宋为钢、李健熊、杨永、劳有平、袁卡奇、许德文、黎景山等七名，广东省水球队17名，部队水球队（广州部队、武汉部队、沈阳部队、八一队）16名，广州体院水球队16名。

自1975年第三届全运会以来，历届全运会水球比赛湛江籍选手参加。第三届有劳有平一人，第五届（1983年）有宋为钢、袁卡奇、李健熊、谭辉四人；第六届（1987年）有李健熊、袁卡奇、谭辉、杨永、许德文、黎景山六人。其中，杨永被评选为本届最佳射手。另外，宋为钢作为教练员参加。自1979年以来，每年全国水球联赛广东代表队中湛江选手最多时达五人。每年联赛，广东队都获冠军。

1982年9月，宋为钢、李健熊参加第九届亚洲运动会（印度新德里），为中国水球队夺取冠军立下战功。

1984年9月，宋为钢作为中华人民共和国体育代表团水球队运动员参加第二十三届奥林匹克运动会（美国洛杉矶），成为湛江籍运动员中第一个参加奥运会的人。

1986年，李健熊、杨永参加第十届亚洲运动会（韩国汉城），为中国水球队卫冕成功立下汗马功劳。

1988年，李健熊、杨永作为中华人民共和国体育代表团水球队运动员参加二十四届奥林匹克运动会（韩国汉城）。

1993年5月，雷州市女子手球队参加省女子手球赛荣获第一名，同年8月，代表省队出席全国比赛获得第四名。

2002年，湛江籍选手廖秋良代表国家水球队参加第十四届亚运会水球荣获季军。

2004年，湛江选手吴宏辉和林潜源在广东省青年水球赛和全国青年水球赛中表现突出，为湛江复办不久的水球队夺得了全省第七名和全国第九名。紧接着，吴宏辉与林潜源被选拔上广东水球队。

2006 年，广东省第十二届运动会水球比赛，湛江市水球队获得第四名。

2008 年，亚洲水球俱乐部锦标赛湛江选手吴宏辉夺得亚军。

2009 年，第十一届全运会男子水球比赛，湛江选手吴宏辉和林潜源为广东水球队夺得预赛第二名、决赛第一名。

2010 年，广东省第十三届运动会水球比赛，湛江市水球队获得第四名，积 27 分。

2012 年，全国男子水球冠军赛广东队获得金牌，吴宏辉表现突出。伦敦奥运会中，吴宏辉代表中国队参加比赛，可惜中国男子水球队没有进入决赛。

2013 年 7 月，第十五届国际泳联世界锦标赛水球男子 C 组预赛，吴宏辉代表中国队参赛，可惜不敌塞尔维亚队。同年，全国男子水球联赛中，吴宏辉代表的广东队获得联赛总冠军；第十二届全运会男子水球比赛在鞍山市举办，吴宏辉代表的广东队击败上海队获得冠军。

2014 年，吴宏辉与林潜源代表湛江市夺得全省水球比赛第四名，不久便在伊朗举办的亚洲水球俱乐部赛中，代表广东水球俱乐部夺得亚军。同年，在仁川亚运会，吴宏辉代表中国国家水球队参赛，获得第三名。

2014 年，全国男子水球联赛总决赛在广西举办，吴宏辉代表的广东水球队击败上海队获得联赛总冠军，吴宏辉获得"最佳守门员"称号。

2015 年，全国男子水球冠军赛在上海举办，吴宏辉代表的广东水球队击败上海队获得联赛冠军，吴宏辉获得"最佳守门员"称号。

四、乒乓球

1982年，第六届省运会中，湛江市获3项第四名、1项第五名、2项第六名。

1989年10月24日至27日，湛江市第七届运动会乒乓球比赛在赤坎区沙湾中学举办。海康县、坡头区、霞山区和赤坎4支球队参加，共有运动员51名。这次比赛只进行少年男、女甲、乙组单打比赛，不进行团体比赛。

五、排球

1982年，在广东省第六届运动会上，湛江地区男子排球获第三名，女子获第四名。

2015年，广东省第十四届运动会，岭师附中女排代表湛江参赛力克深圳队夺得冠军；在学校组排球比赛中，湛江男排3:2险胜广州夺得季军。

六、篮球

1979年9月，湛江市男子篮球队参加广东省13城市职工篮球赛，（在佛山市进行决赛）获得冠军，这次出征领队是欧志峋，教练吴亦潮、郭秀荣，运动员盘康福、叶明礼、黄赤红、杨水生、罗红基、陈国平、昌伟明、吴华娣、黄亚生、李锦明、许青友。

湛江市篮球队在参加湛江地区第五届运动会比赛中，都取得较好成绩。

1982 年，广东省第六届运动会成年男子获第三名、少年女子获第三名。

1986 年，广东省第七届运动会少年男子获第三名、少年女子获第三名。

1987 年，在地区第四届运动会和 1982 年地区第五届运动会上，男子篮球队获得冠军。

1989 年 11 月 25 日至 12 月 2 日，湛江市第七届运动会成年篮球比赛在湛江市体育中心举办。男子 7 支代表队（廉江、遂溪、海康、徐闻、赤坎区、霞山区、高校），女子 6 支代表队（廉江、遂溪、海康、赤坎区、霞山区、高校），运动员 129 人。成年男子廉江县第一名、赤坎区第二名、高校第三名、遂溪县第四名、霞山区第五名、海康县第六名；成年女子赤坎区第一名、高校第二名、遂溪县第三名、霞山区第四名、廉江县第五名、海康县第六名。

1989 年 10 月 1 日至 8 日，少年篮球比赛在遂溪县举办。参加单位 5 个县和霞山区 6 支男、女子代表队，运动员 120 人。男子少组遂溪县获第一名、徐闻县第二名、海康县第三名、霞山区第四名、廉江县第五名、吴川县第六名；女子少年组遂溪县获第一名、廉江县第二名、徐闻县第三名、海康县第四名、吴川县第五名、霞山区第六名。

湛江籍男子篮球队员吕彦佩，1994 年出生在广东省湛江市徐闻县，是湛江最近的一颗篮球新星。2007 年，入选宋希执教的广东宏远三队；2009 年 8 月，代表广东少年男篮参加在青岛举办的全国 U15 少年男子篮球锦标赛；2010 年 1 月，由宏远三队进入宏远青年队，并代表宏远青年队参加 2010 青年篮球冬训赛，协助球队以 7 胜 1 负战绩获得冬训赛亚军；2010 年 6 月，代表宏远青年队参加 2010 年阿迪达斯明日之星青少年篮球训练营；2010 年底，代表广东宏远青年队参加 2010 年全国青年男篮冬训，并获得冬训投篮技术比赛内线组冠军。

2015 年，广东省第十四届运动会，学校组湛江男篮获银牌，湛江女篮获第五名。

这一期间，湛江广泛开展并参加多种级别的羽毛球、水球、足球、乒乓球、排球、篮球等球类竞赛活动，但真正在广东省、全国乃至整个亚洲地区取得较好成绩的却只有羽毛球、足球和水球。

第三节　体育弱项勇于开拓

湛江市运动员在跳水等强势项目有令人自豪的发展。不过在体育竞技中，湛江运动员并没有因此沾沾自喜，他们依然在体育的道路上不断奋进，长善救失。在蹼泳比赛、帆板比赛、体操比赛等短板上努力训练，终于得到了喜人的成绩。

一、蹼泳

蹼泳，即潜水，是指戴轻便潜水装具，按规则在游泳池内比赛速度的运动项目，又称潜水。它泳姿新颖、速度快，是一种有别于游泳运动的水中比赛项目。

（一）湛江潜水的变革和发展

党的十一届三中全会后，各行各业都实行改革开放，开创社会主义新局面，国家体委在党的十一届三中全会精神指引下，积极推进体育改革，湛江潜水运动也随着改革的春风，由原来为国防生产服务的"实用潜水"为主，转变为以提高运动成绩，为国争光的游泳池"竞速潜水"为主的发展方向。

1979年，国家体委把潜水比赛列入第四届全运会比赛项目。为使我国潜水比赛项目逐步与世界水下活动联合会设置的世界潜水锦标赛相一致，湛江潜水学校取消了自然水域及游泳池中"实用潜水"的竞赛项目。参照了世界水下活动联合会规定的世界潜水锦标赛21个项目，设置了男子蹼泳100米、200米、400米、800米、4×100米接力；器泳100米和400米；屏气潜泳40米，女子蹼泳100米、200米、400米、800米、4×100米接力；器泳100米和400米；屏气潜泳25米，男女共计16项。

1980年，全国潜水比赛项目又进行了调整，把男子40米、女子25米屏气潜泳统一改为50米，并增加男子800米器泳、男女子1500米蹼泳三个项目，使我国的潜水比赛项目与国际接轨又迈进了一步。

1981年，全国潜水比赛项目又增加了男女子4×200米蹼泳接力，至此，我国潜水比赛21项与世界水下活动联合会规定的比赛项目全部接上轨。为了与世界锦标赛名称相一致，1986年10月8日，经国家体委批准，从1987年1月1日起，把原来的"潜水比赛"一律改为"蹼泳比赛"。

（二）湛江蹼泳取得的成绩

湛江市为广东蹼泳队输送了一些优秀运动员，其中吴川县的邱亚帝、庄新，廉江县的符晓云，郊区林小妹等取得优异成绩。

1983年9月1日至6日，在福州举办的全国潜水比赛中，广东运动员邱亚帝以15秒8的优异成绩，超过了苏联运动员茹科夫保持的 15 秒 96 的男子 50 米屏气潜泳世界纪录，在较短时间内实现了短距离项目的突破，标志着我国潜水（蹼泳）运动"冲出亚洲，走向世界"已经迈出了第一步。

1984 年 9 月，在全国比赛中，邱亚帝以 15 秒 6 再超越该项世界纪录。

1985 年，湛江市霞山区开展蹼泳业余训练。

1987 年 9 月，在第六届全运会决赛中，邱亚帝以 35 秒 42 破男子 100 米器泳世界纪录，并获男子短距离全能金牌。获国家体育运动荣誉奖章。

1988 年，在省蹼泳比赛中，霞山区获团体总分第二名。

1987 年 9 月，庄新在第六届全运会蹼泳比赛中，破男子 4×100 米蹼泳接力全国纪录，获男子接力全能金牌。

1987 年 9 月，符晓云在第六届全运会蹼泳比赛中，破女子 4×200 米蹼泳接力世界纪录合全国纪录，成绩 6 分 32 秒 57，破女子 4×100 米蹼泳接力全国纪录，获女子接力全能金牌，女子短距离全能第四名，获国家体育运动荣誉奖章。

1987 年 9 月，林小妹在第六届全运会蹼泳比赛中，破女子 4×200 米蹼泳接力世界纪录，破女子 4×200 米蹼泳接力全国纪录，破女子 4×100 米蹼泳接力全国纪录，获女子接力全能金牌。获国家体育运动荣誉奖章。

1989 年 9 月 5 日至 6 日，湛江市第七届运动会蹼泳比赛于赤坎游泳场举办。霞山区、郊区、吴川县和廉江县等 4 支代表队运动员 39 人参加。本届运动会有 9 人 16 次打破 11 项市纪录。霞山区获团体总分第一名（288 分）、吴川县第二名（127 分）、郊区第三名（94 分）。

1992 年，在第六届世界蹼泳锦标赛上，湛江蹼泳运动员符晓云获得女子 100 米器泳和女子 4×200 米蹼泳接力两项世界冠军，并打破女子 100 米器泳、女子 100 米蹼泳、女子 4×200 米蹼泳接力三项世界纪录。

1994 年，第七届世界蹼泳锦标赛，湛江蹼泳选手符晓云获得女子 100 米器泳冠军。她曾 14 次打破 8 项女子蹼泳世界纪录。

2002 年，湛江选手陈洪武在全国游泳锦标赛中获得 4×100 米蹼泳接力冠军。

2003 年，湛江选手简卡在全国游泳锦标赛中获得 4×200 米蹼泳接力冠军。

2005 年，世青赛中，湛江蹼泳选手李静第一次踏足蹼泳世界舞台就获得 1 金 1 银 1 铜。

2005 年，湛江蹼泳选手简卡在全国游泳锦标赛中获得 4×200 米蹼泳接力冠军。

2006 年，苏州全国体育大会，湛江蹼泳选手李静与队友以 2 分 41 秒 68 打破了由世界蹼泳强国俄罗斯垄断多年的 4×100 米蹼泳接力世界纪录。17 岁的李静成为中国蹼泳一颗耀眼新星。

2006 年，湛江选手简卡在第三届全国体育大会上获得男子 4×200 米蹼泳接力第一名，破全国纪录；同年在全国蹼泳锦标赛上获得 200 米蹼泳冠军、400 米蹼泳冠军、4×100 米蹼泳接力冠军。

2007 年，湛江蹼泳选手李静第一次跻身世锦赛，在 200 米决赛中，她最后 50 米反超老牌世界冠军朱宝珍夺冠；是届，她还是 4×100 米、4×200 米蹼泳接力的冠军成员之一。李静成为中国蹼泳队的绝对主力。

2007 年，湛江选手简卡在全国游泳锦标赛中获得 4×100 米蹼泳接力冠军。

从 2008 年到 2013 年，李静又先后在世界运动会、世界杯和世锦赛 6 夺蹼泳世界冠军。2009 年，在台湾高雄举办的世界运动会上，她与队友以 2 分 37 秒再破 4×100 米蹼泳世界纪录。至今，这一世界纪录仍为李静领衔的中国队保持。2012 年上半年，她因腰椎间盘凸出，带伤上阵，在哥伦比亚世界运动会只获得 4×100 米蹼泳接力的第三名；但 2013 年下半年，李静和队友为中国队拼回了日内瓦世界杯总决赛 4×100 米蹼泳接力这枚沉甸甸的金牌。

2008 年，湛江蹼泳选手简卡首破男子 400 米蹼泳全国纪录后一发不可收拾，至 2014 年已五度打破男子 100 米、200 米蹼泳全国纪录，成为中国蹼泳男队短距离蹼泳的核心主力。

2009 年，在土耳其举办的世界杯蹼泳总决赛中，简卡领衔的中国男队，历史性地拿下 4×100 米接力这枚分量尤重的金牌。

2010 年，简卡再夺烟台世界杯蹼泳总决赛男子 100 米蹼泳金牌。

2011 年，同在烟台举办的年度世界杯蹼泳总决赛中，简卡力压四项世界纪录保持者俄罗斯名将卡巴罗夫，奋夺男子 100 米器泳金牌。

2014 年 8 月 20 日，全国蹼泳锦标赛暨全国青年蹼泳锦标赛在广西柳州体育中心游泳馆落下帷幕，有全国包括台湾、香港 27 支省、市和体育学院代表队共 335 名男女运动员进行角逐，代表广东一队参赛的湛江市遂溪籍优秀选手简卡，一人连夺男子 100 米蹼泳、4×100 米蹼泳接力两金；在他与队友的努力下，广东一队蝉联本次大赛的男子团体冠军。简卡在本次比赛一人获得 3 金。

此外，简卡还获得男子 50 米蹼泳第三名、100 米器泳第四名和 50 米潜泳第五名。另，代表广东二队参赛的湛江籍蹼泳新秀肖翔译获得男子 100 米、200 米双蹼第二名，50 米双蹼第三名；黎嘉雯获得女子 4×100 米蹼泳接力第三名。

2014 年，亚洲青年蹼泳锦标赛在泰国布吉岛赛场举办，湛江蹼泳选手简卡分别夺得两项第二名和两项第三名，湛江籍小将肖翔译和黎嘉雯分别夺得两项第一名和两项第二名，湛江三将在这次亚洲蹼泳的双大赛，一共收获 3 金 4 银 2 铜。

2015 年 4 月，全国春季蹼泳锦标赛，湛江籍广东二队肖翔译夺得男子 50 米、100 米双蹼两项冠军；湛江籍广东二队黎嘉雯在女子 100 米蹼泳项目夺得冠军。俩人双双入选新一轮国家蹼泳队。

2015 年，蹼泳世界杯总决赛，第一次跻身这一赛事的 18 岁湛江小将黎嘉雯在女子 50 米双蹼的决赛中，以 22 秒 5 的优异成绩勇夺冠军，成为继邱亚帝、符晓云、林小妹和许王健之后的又一名湛江蹼泳世界冠军；也是继 2014 年花泳陈晓君之后，湛江体育世界冠军的最新面孔。

十一届三中全会后，湛江的蹼泳比赛如日中天，实现了"冲出亚洲，走向世界"的梦想，邱亚帝、付晓云、林小妹、许王健、黎嘉雯等大批运动员先后获得世界蹼泳冠军。

二、田径

1979 年 6 月，在广东省少年田径比赛中（阳江县），湛江地区少年甲组团体总分第三名、乙组团体总分第三名，并破男子 800 米省少年纪录。

1981 年 5 月，湛江地区少年田径比赛有 8 人 8 次破 7 项地区纪录，湛江市获团体总分第一名。

1982 年 3 月，在湛江地区第五届运动会田径比赛中，有 1 队 11 人 16 次破 8 项地区纪录，湛江市获男子团体总分第一名。

1982 年，在广东省第六届运动会成年田径比赛中（4 月在广州），湛江地区获团体总分第五名；在少年田径比赛中（6 月在佛山），湛江地区好团体总分第三名，共获金牌 5 枚、银牌 5 枚、铜牌 8 枚。

1984 年 7 月，在广东省少年田径锦标赛中（广州），湛江市获男、女甲组团体总分第九名。乙组成绩较好（不计团体分），李桂莲、柯文忠、黄小虹、陈丽清破女子乙组 4×100 米接力省纪录，柯文忠破女子乙组 200 米省纪录。

1984 年 10 月，湛江市举办职工田径选拔赛，赤坎区获团体总分第一名。11 月，湛江工人田径代表队参加广东省第二届工人运动会，获男、女子团队总分第四名。共获金牌 2 枚、银牌 5 枚、铜牌 3 枚。

1984 年 11 月，在广东省城市田径比赛暨参加全国青少年运动会选拔赛中（惠州），湛江市获得甲组团体总分第八名，乙组团体总分第四名。李桂莲、柯文忠、黄小虹、陈丽清破她们保持的女子乙组 4×100 米接力省纪录。

1985 年 6 月，湛江市少年田径比赛有 9 人 9 次破 8 项市纪录。7 月，参加省少年田径比赛，获甲组团队总分第七名。共获金牌 3 枚、银牌 7 枚、铜牌 3 枚，破 1 项省少年纪录。8 月，湛江运动员李桂莲赴日本参加中日田径赛，获 3 枚金牌。

1985 年 10 月，孙晓、李德忠、李桂莲、陈丽清、柯文忠入选参加第一届全国青少年运动会（河南郑州），孙晓获三级跳远金牌，李桂莲、柯文忠与队友梁莉、余之慧获女子4×100米接力金牌。

1985年10月，湛江市第六届运动会少年田径比赛，有13人13次破10项市纪录，霞山区获团体总分第一名；成年田径比赛（1986年5月）有4人5次破3项市成年纪录，赤坎区获团体总分第一名。

1986年2月，湛江市中学生田径比赛有1队14人14次破9项市中学生纪录。遂溪县获甲组团队总分第一名、霞山区获乙组团体总分第一名。

1986年3月，在全国春季田径邀请赛中（广州），湛江市孙晓获三级跳远第一名，李桂莲女子200米第四名。

1986年4月，在广东省第三届中学生田径比赛中（佛山），湛江市获男子乙组团体总分第六名，女子乙组团体总分第四名，共获金牌5枚、银牌2枚、铜牌2枚。1队7人破4项省少年纪录。

1986年6月，在广东省第七届运动会少年田径比赛中（江门），湛江市获团体总分第六名。获金牌4枚、银牌3枚、铜牌4枚，破1项省少年纪录。

1986年8月，湛江市李桂莲再次赴日本参加中日田径赛，获女子200米金牌。

1986年9月，湛江市4人参加全国第二届中学生运动会田径赛（鞍山），获金牌1枚、银牌3枚、铜牌1枚。

1987年5月，湛江市少年田径比赛锦标赛，有10人16次破12项市纪录。

1987年6月，湛江市李桂莲在第六届全运会田径预赛中打破女子200米全国青年组纪录并获第一名。8月，她第三次赴日本参加中日田径赛，再获女子200米金牌。

1987 年 7 月，入选国家田径队的湛江籍选手孙晓在美国西版图全美青年田径锦标赛中获三级跳远第二名；在加拿大温哥华国际田径邀请赛，又获三级跳远第二名。

1987 年，湛江市中心业余体校和赤坎区田径队参加广东省第三届"少年飞人"流动杯短跑比赛，共获金牌 3 枚。

1988 年，在广东省中学生田径通讯赛中，湛江市以总分 239.36 分名列第一。

1988 年 9 月，在全国首届城市运动会田径比赛中（山东济南），湛江市选手获 2 枚铜牌。

湛江市学校田径活动普及工作做得较好。其中，湛江一中、湛江市二中、遂溪一中被广东省教育厅、体委命名为省田径传统项目学校。1988 年，湛江市二中被评为全国传统项目学校先进单位。

1989 年 9 月 30 日至 10 月 3 日，湛江市第七届运动会田径比赛在湛江市体育中心举办。五县、四区和高校田径代表队参加了成年田径比赛，运动员 114 人。五县、四区共 9 支代表队参加了少年田径比赛，运动员 179 人。成年田径比赛有 2 人 2 次打破 2 项市纪录；少年田径比赛有 3 人 3 次打破 3 项市年龄组纪录。徐闻县获成年田径总分第一名、霞山区第二名、坡头区第三名、郊区第四名、赤坎区第五名、遂溪县第六名。赤坎区获少年田径团体总分第一名、霞山区第二名、徐闻县第三名、郊区第四名、坡头区第五名、遂溪县第六名。

1990 年，在北京举办的第十一届亚运会田径比赛上，湛江姑娘李桂莲一人连夺女子 400 米和 4×400 米接力冠军。

1990 年，第八届省运会上，湛江少年田径全线出击，高汉明夺得男子少年甲组 400 米冠军、麦伟杰夺得男子少年甲组撑竿跳高冠军、陈朝颐一人夺得男子少年甲组 100 米、200 米冠军、朱小玲夺得女子少年甲组 400 米栏冠军、吴爱民夺得女子少年甲组三级跳远冠军、湛江少年甲组女队尽收 4×100 米、4×400 米接力冠军，谢文海夺得男子少年乙组 100 米、200 米冠军、梁小良夺得男子少年乙组跳远冠军。这届省运会湛江队豪夺 12 金，创湛江参赛省运会以来一个大项的夺金之最，而且全部是清一色的少年队员所为。

1991 年，孙雪夺得亚洲青年田径锦标赛女子 100 米栏冠军。

2003 年，湛江选手陈招维在全国冠军赛总决赛中获得田径团体接力项目金牌。

2004 年，湛江选手陈招维在全国冠军赛总决赛中获得田径团体接力项目金牌、在全国田径锦标赛中获得团体赛冠军。

2005 年，湛江选手陈招维在全国冠军赛总决赛中获得田径团体接力项目金牌、在全国田径锦标赛中获得团体赛冠军、在十运会田径决赛中获得团体接力赛冠军。

2005 年，在广东省传统项目中学田径锦标赛上，湛江田径运动员陈东在男子乙组 400 米栏的决赛上跑出了 53 秒 83 的优异成绩。陈东多次代表湛江出战广东省青少年田径锦标赛和代表坡头参加湛江市中学生田径"协作杯"赛。

2006 年 1 月，广东省教育厅、省体育局在广州市举办了广东省田径传统学校田径赛暨广东省中学生田径赛。来自全省 45 所田径传统项目学校和 15 所中学参加了这两个组别的角逐。湛江市第一中学、湛江市第二中学、湛江市第七中学，以及吴川市第三中学的田径队参加了田径传统学校组的比赛，比赛中湛江市参赛各队发扬顽强拼搏的精神，展示了湛江市中学生田径运动队的精神面貌和竞赛水平，取得了 1 金 4 银 3 铜的好成绩。

2006 年，崔濠镜代表湛江队参加佛山第十二届省运会获男子少年甲组 400 米冠军。

2006 年，湛江选手陈宇梅在全国田径锦标赛上获得女子 400 米栏冠军、女子 4×400 米接力冠军。

2007 年，崔濠镜代表湛江参加武汉举办的第六届全国城市运动会。

2007 年，第六届全国城市运动会陈明裕代表湛江队获得男子 400 米银牌。

2007 年，省青少年田径锦标赛，湛江田径运动员陈东更一人连夺男子甲组 110 米栏、200 米栏和 4×100 米接力、4×400 米接力 4 项冠军。

2008 年，湛江选手陈福劳成为广东省现代五项运动队正式队员，也是湛江目前在省该项目的唯一一名队员。当年即获得全国现代五项团体接力第三名、个人第四名。

2008 年起，崔濠镜代表广东队多次夺得男子 4×400 米接力全国冠军，是广东省田径队蝉联 2009 年、2013 年连续两届全运会男子 4×400 米接力金牌的主力队员之一。

2009 年，陈明裕代表广东队夺得全国田径赛男子 400 米铜牌。

2009 年 8 月 17 日，在湖南长沙举办的全国第十届中学生运动会，湛江田径运动员陈东在男子 400 米栏以 51 秒 36 的成绩夺金并破赛会纪录。

2009 年 5 月，国际田联系列大奖赛日本站的比赛中，崔濠镜代表中国与队友在男子 4×400 米接力以 3 分 05 秒 3 的优异成绩，夺得第二名并打破亚洲青年纪录。同年 10 月，在济南举办的第十一届全运会田径比赛上，崔濠镜代表广东与队友以 3 分 06 秒 36 的成绩夺得男子 4×400 米接力金牌。同年 11 月，崔濠镜代表中国在广州举办的第十八届亚洲田径锦标赛上，与队友以 3 分 06 秒 60 的成绩夺得男子 4×400 米接力银牌，改写了中国田径队在这一项目上 36 年无奖牌的历史，并首次登上了亚锦赛该项目的领奖台。崔濠镜还在 2010 至 2011 年的全国田径赛上，分别获得男子 400 米的第二和第三名。

2009 年，在第十一届全运会田径男子 4×100 米接力决赛中，湛江选手郑小东担当起第一棒冲锋陷阵，最终广东队力夺得金牌。

2010 年，崔濠镜代表中国队参加在广州举办的亚洲田径锦标赛，与队友合作获得男子 4×400 米接力亚军。

2010 年，惠州第十三届省运会，湛江田径队在 70 个项目的田径比赛中，总成绩是 2 金、2 银、3 铜、2 个第四、5 个第五、2 个第六、3 个第七和 2 个第八名，得分 264.5 分。其中，女子少年甲组三级跳远冠军被广东省田径队的湛江籍优秀选手吴志霞夺得，成绩为 13.52 米；女子少年乙组 200 米冠军则由湛江二中培养的年轻短跑苗子简烨珠夺得，当时她夺金的成绩为 25 秒 80。吴志霞还以 5.86 米的成绩，获得女子少年甲组跳远的铜牌；简烨珠还获得女子少年乙组 100 米的铜牌，成绩为 12 秒 69。

2011 年，陈福劳获全国现代五项团体接力冠军、个人第三名；2011 年，济南第十一届全运会陈福劳获现代五项团体接力第四名、男子个人第九名。

2012 年 4 月 15 日，全国田径大赛第一站（广东肇庆）赛事，代表广东参赛的两名湛江籍田径好手崔濠镜和陈明裕 400 米项目中，崔濠镜以 47 秒 14 夺得该项目的第三名，陈明裕以 47 秒 76

排第七名。

2013 年，陈福劳获得第十二届全运会决赛资格，代表中国参加成都现代五项国际比赛，陈福劳与队友为广东队夺得男女混合团体接力项目比赛冠军；同年，陈福劳在世界现代五项锦标赛中获得男子接力赛项目第二名。

2013 年，崔濠镜代表中国队参加在天津举办的东亚运动会，获得男子 4×400 米接力金牌。

2014 年，广东省青少年田径锦标赛，湛江队雷东获得男子乙组 110 米栏第一名，陆日俊获得男子甲组 110 米栏第二名，李海娇获得女子乙组 100 米栏第三名，张志聪获得男子甲组 110 米栏第三名，韦晓迪获得女子乙组 100 米栏第四名，团体总分也排第七。

2015 年，广东省第十四届运动会学校组田径比赛中，湛江代表队勇夺 13 金，且全部为湛江二中的队员所拼得：庞贝琴女子甲组 100 米，陈梅芳女子甲组 100 米栏，杨玉梅女子甲组 400 米，杨玉梅女子甲组 400 米栏，陈洁女子甲组三级跳远，庞贝琴、黄小静、陈梅芳、杨玉梅 4×100 米接力，吴乙钟男子甲组 110 米栏，韦庭辉男子乙组 110 米栏，林涛男子甲组跳远，邓永昌男子甲组 400 米和 400 米栏，叶浩伟男子乙组 100 米，陈冠声、符继耀、韦庭辉、叶浩伟男子乙组 4×100 米接力，都纷纷斩获金牌。

改革开放以来，湛江高频率地开展与参加了各种级别的田径比赛，比赛成绩在广东处于中上游水平，偶尔也有运动员获得全国冠军，偶露峥嵘。

三、帆板

帆板是新兴体育项目，湛江市帆板运动始于 1981 年 11 月，在较短时间内，培养出优秀选手张小冬。张小冬经过三年时间训练，就获得世界冠军称号，成为中国第一个女子帆板世界冠军，不可不称之为奇迹。

1980年，湛江市体委派刘木荣、陈土华到青岛学习帆板教练业务。他们学成后回湛担任帆板教练。1981年11月，挑选了黄汝湛、张凤友、庞金华、张小冬、林尤、杨玉凤六名男女青少年进行训练。帆板是新兴项目，经费不足、训练器材少（6名队员，只有2套帆板）、训练难度大（在海中训练，没有机动艇供教练员现场指导），训练时间完全随着潮汐变化而定，困难较大。但帆板队的教练和运动员齐心协力，在省市的关怀下，克服困难，把这个项目开展起来，并取得意想不到的成绩。

广东开展帆板运动汕头市、海口市和湛江市三个点。为参加1983年第五届全运会帆板比赛，广东省于1982年5月选拔集训队员，湛江市张小冬被选拔到省集训。张小冬原是湛江市少年田径选手，身体素质好，参加帆板训练，进步很快。

1983年，张小冬参加第五届全运会，获女子三角绕标第三名，同年参加国家帆板集训队。

1983年12月，张小冬在泰国参加第八届萝罗国际帆板赛，获女子三角绕标、长距离和全能3项第一名。

1984年2月，张小冬在第三届菲律宾帆板赛，获女子三角绕标第一名，长距离第二名。

1984年12月至1985年1月，张小冬在澳大利亚参加第十一届温得色弗尔级世界帆板锦标赛中，获女子长距离第一名、女子三角绕标第一名、女子障碍赛第四名、全能第三名。之后，张小冬多次在香港健牌帆板赛中夺魁，并连续三年夺得中国帆板优秀选手赛女子三角绕标第一名,第六届全运会女子三角绕标第一名。

湛江帆板队参加省比赛成绩如下:

1982年4月,(汕头市)运动员男子黄汝湛、张凤友、庞金华,女子张小冬、林尤,教练陈土华。张小东获女子三角绕标第三名。

1983年8月,(汕头市)运动员庞金华、陈豪、张凤友、冯哲理,教练刘木荣。没有一人进入前三名。

1984年8月,(海口市)没有一人进入前三。

1984年12月30日至1985年1月10日,张小冬在澳大利亚帕斯举办的第十一届世界帆板锦标赛上连夺女子三角绕标和长距离两项第一,成为中国第一个帆板世界冠军。

1985年8月,(海口市)湛江团体总分第一名。黄亚喜获男子三角绕标第一名、长距离第三名;何慧获女子三角绕标第一名、长距离第二名;黎飞雁获女子长距离第一名、三角绕标第二名。

1986年7月,(海口市)第七届省运会,张小冬获女子三角绕标第二名、障碍滑行第二名;黎飞雁获长距离第二名;钟月梅获女子长距离第三名。

1987年7月,湛江市帆板队赴青岛市参加全国沿海开放城市业余帆板邀请赛,黄培俊获男子长距离第五名,李军获女子长距离第四名,钟月梅获女子长距离第六名。

1992年,张小冬获得巴塞罗那奥运会帆板女子A390级亚军,实现亚洲奥运水上项目奖牌零的突破。

1997年,彭明生在世界帆板锦标赛上获得帆板比赛第二名。

2000年11月,中国帆板公开赛暨亚洲帆板巡回赛和全国帆板锦标赛在广西防城港东兴市举办,湛江籍选手李明东在男子米斯特拉重量级长距离赛中获得了第二名。

2001 年 10 月 16 日，全国第九届运动会帆板比赛在广东省汕尾市结束，湛江籍选手李明东获得了男子米氏板的比赛第五名。

2002 年，"阳江十八子"杯全国翻波板锦标赛暨帆板冠军赛在广东阳江大角湾落下帷幕，湛江籍李明东、吴世复分居冠、亚军之位。

2002 年 4 月，全国帆板锦标赛在深圳大梅沙开赛，在男子米氏板轻量级长距离的比赛中，湛江籍选手李明东率先驶入终点，为广东队夺得首金。

2005 年，全国十运会帆板比赛在江苏连云港落幕，湛江籍选手李明东获得男子米氏板铜牌。

2005 年，吴世复获得日照世界帆板精英赛三角绕标冠军、全国冠军。

2005 年 9 月 9 日，世界帆板精英赛在山东日照落下帷幕，湛江选手李四仔分获男子组三角绕标季军，许王平获得女子米氏板冠军。

2005 年、2006 年全国帆板赛，吴世复连续两年拿下了男子三角绕标项目的冠军。

2006 年，世界米氏帆板锦标赛暨中国（深圳）帆板公开赛在深圳举办，湛江选手李四仔夺得世界公开赛的 NP 板第三名。

2007 年，山东日照全国首届水上运动会，吴世复操着 NP 板，力夺男子三角绕标项目的全国冠军；湛江选手李四仔获得帆板男子 T293 级比赛冠军。

2007 年 11 月 19 日，亚洲帆板锦标赛在泰国巴堤雅国际帆板赛场落下帷幕，湛江籍双将吴世复、许王平分别获得男子 NP 板（奥运项目）第四名和女子 NP 板第四名。

2011 年，湛江的吴世复在深圳世界大学生运动会帆板比赛中获得一枚铜牌。

2013 年，全国帆板锦标赛上，湛江市 28 中学生符明善获得男子米氏乙组第一名。

2014 年，广东省帆板锦标赛，戴志红教练执教的湛江帆板队终于获得团体季军。

2015 年 5 月，全国 OP 帆船锦标赛中，不少湛江新秀就披广东战衣参赛，萧怡和尹小仙获得女子团体赛冠军，萧怡获女子甲组个人季军，张佳喜获男子甲组个人冠军以及男子场地赛季军，冯立彬男子甲组个人获第六名，曹峨碧获该级别的第七名。

湛江帆板运动开始于 1981 年，却在短时间内屡创佳绩，造就了大批优秀运动员。特别是张小冬，1984 年，她成为中国第一个帆板世界冠军。1992 年，她又获得巴塞罗那奥运会女子帆板 A390 级亚军，实现奥运会亚洲帆板运动奖牌零的突破，在中国帆板运动史上、亚洲帆板运动史上写下了浓墨重彩的一笔。

四、射击

1978 年 9 月，在广东省第五届运动会上，以湛江市选手为主的湛江地区射击队，获得女子团体总分第一名、男子团体总分第四分。并获金牌 1 枚、银牌 7 枚、铜牌 3 枚、4 个第四名、2 个第五名。

1981 年，在广东省青少年射击比赛中（韶关市），湛江市获银牌 2 枚、铜牌 1 枚、5 个第四名。

1982 年 7 月，在广东省第六届运动会上，湛江地区射击队获金牌 2 枚（均为湛江市选手获得）、银牌 2 枚、铜牌 3 枚。

1982 年，湛江市体委在霞山体育场建成 18 个靶位的步枪训练场和 1 个手枪训练场，大大改善了训练条件。

1983 年 8 月，广东省射击重点班比赛在湛江市举办。有 6 人 7 次破 5 项省纪录，其中湛江市吴碧玲以 173 环破女子标准步枪立射 20 发省纪录。湛江市获金牌 5 枚（包括男子自选步枪卧射团体）、银牌 3 枚（均为团体赛即女子标准步枪卧射、女子标准步枪 3×20 发、男子气步枪）、铜牌 3 枚（包括 1 项男子自选步枪 3×20 发团体）。在这次比赛中，湛江市与广州市金牌数并列第一名，奖牌数并列第二名（韶关市奖牌第一名）。

1983 年 8 月，在江门市举办的广东省青少年射击普通班比赛中，湛江市获金牌 4 枚，金牌数与广州市并列第二名，中山市金牌 5 枚名列第一名。

1984 年 5 月，广东省射击分区赛在湛江市举办。茂名、海口、肇庆、江门、自治州凉山、湛江市参加。湛江市获 16 项第一名，其中团体 10 项；10 项第二名，其中团体 2 项；6 项第三名，是参赛代表队中成绩最优异的队。

1984 年 8 月，广东省优秀射手射击比赛在广州市举办，19 个开展射击训练的市、县均派出选手参加。湛江市获金牌 2 枚、银牌 3 枚、铜牌 4 枚，奖牌数名列第二、金牌数名列第三（广州 10 枚、韶关 3 枚），黄学鸿以 556 环破男子气步枪 60 发省纪录。

1985 年 8 月，广东省青少年射击比赛在韶关市举办，19 个单位参加。湛江市黄学鸿以 589 环破男子小口径自选步枪卧射 60 发省纪录，吴斌以 573 环破男子小口径选手手枪速射省纪录。获金牌 5 枚、银牌 1 枚、铜牌 3 枚，金牌数与广州市并列第一，奖牌数第二。

1986 年 7 月，在广东省第七届运动会上，湛江市射击队破 1

项省纪录（女子乙组标准步枪 3×20 发团体），获金牌 6 枚、银牌 7 枚、铜牌 9 枚，团体总分第三名。

1987 年 8 月，广东省少年射击锦标赛在湛江市举办，18 个单位参加。湛江市获金牌 1 枚，团体总分第三名。

1988 年 5 月，湛江市射击选手匡海勤赴合肥市参加首届全国城市运动会预赛，以 581 环获男子 50 米移动靶标准速（10×45）第四名，取得决赛权。同年 10 月，赴济南市参加首届全国城市运动会。

1988 年，湛江市射击项目有教练员 5 人，其中市中心业余体校 4 人，海康县体校 1 人。

1978 年至 1985 年，湛江市向广东射击队输送 9 名优秀选手，其中匡海勤、欧小聪参加了第六届全运会射击比赛。

1988 年，湛江市参加首届城市运动会射击比赛，匡海勤参加射击比赛决赛。

1990 年，第八届省运会欧小聪蝉联飞碟多向冠军，匡海勤蝉联男子甲组手枪标准速冠军，湛江队收获男子乙组气步枪 60 发和步枪 3×20 发两项团体冠军，傅雄俊夺得个人步枪 3×20 发冠军，李海聪不仅是男子乙组气步枪 60 发和步枪 3×20 发两项团体冠军的主力之一，个人还夺得气步枪 60 发冠军。本届省运会湛江射击收获 6 金，掀起了湛江射击运动员省运夺金的第二波热潮。

1994 年，第九届省运会匡海勤又成为男子步枪移动靶的冠军。湛江枪手李海聪后来更跃为中国射击队的奥运选手。

2006 年，广东省第十二届省运会整个射击项目，湛江市获得 1 个第七、1 个第八。

2006 年 5 月，第七次全国残疾人运动会在云南昆明举办，符洪芝首次参赛，获得 W2 级个人排名赛单轮、双轮和淘汰赛 3 枚铜牌。之后，符洪芝被中残联吸收进入国家残疾人射箭队，多次代表国家参加国际残疾人射箭比赛，并获得好成绩。

2007 年 7 月，符洪芝前往英国参加第三届欧洲残疾人邀请赛，获得第四名。

2008 年 1 月，符洪芝参加在泰国举办的争夺北京残奥会参赛权比赛，力战群雄，喜夺金牌，实现了参赛以来的金牌梦，成为广东省三名取得 2008 年北京残奥会入场券的射箭残疾人运动员之一。

2008 年 7 月 12 日到 19 日，符洪芝参加在英国举办的第四届欧洲残疾人射箭邀请赛，赢得 W2 级个人淘汰赛银牌和 W2 级个人排名赛第五名。

2008 年 9 月 13 日，符洪芝在北京残奥会射箭女子个人反曲弓 W1 级/W2 级决赛中，以 85 环比 91 环的成绩惜负于土耳其选手吉泽姆·吉里什曼获得亚军。这是本市首次荣获残奥会奖牌，取得了历史性的突破。9 月 15 日，在北京残奥会射箭比赛女子团体反曲弓公开级的冠军争夺战中，符洪芝与队友一起不畏强手、顽强拼搏，以 205:177 的比分战胜劲敌韩国队，勇夺首枚残奥会女子团体金牌，并创造了新的世界纪录。这是本市获得的第一枚残奥会金牌，创造了本市残疾人运动员参加残奥会的最好成绩。

2010 年，广东省第十三届省运会整个射击项目中，湛江市飞碟小将赵梓键和吴星星分获得第八名。

2015 年，广东省第十四届省运会射击比赛，湛江队叶雅婷在女子乙组 50 米步枪三种姿势比赛中勇夺个人赛铜牌。

湛江的射击比赛不是强项，但在广东依然处于上游水平，不过要想在全国崭露头角，仍有很长的路要走。

五、体操

十一届三中全会以来，湛江市培育了谢志勇、戴俊杰、冯坚、林智勇等优秀体操选手。谢志勇入北京体院深造，戴俊杰入广州体院，冯坚、林智勇入选广东体操队。遂溪县培育了黄华东、王国华等优秀体操运动员。

1978 年，第五届省运会，湛江运动员戴勇一人独揽体操男子乙组单杠、双杠、吊环、自由体操和全能 5 枚金牌，开湛江选手参赛省运会个人单项夺金最多之先河。

1980 年，湛江市体操队参加广东省业余体校体操比赛，获儿童组团体总分第一名。

1980 年，意大利第四届世界中学生体操比赛中戴勇再获团体、自由体操、双杠 3 枚金牌，个人全能银牌。

1982 年，第六届省运会湛江运动员谢志勇在体操男子乙组奋夺鞍马、吊环、双杠和全能 4 枚金牌，何成夺得该组别跳马 1 金，湛江地区体操队获金牌 6 枚、银牌 8 枚、铜牌 7 枚、9 个第四名、10 个第五名、1 个第六名。

1983 年，第五届全运会上戴勇获男子团体第四名。

1984 年 6 月，在第六届世界中学生运动会体操比赛中（意大利），戴俊杰获自由体操、鞍马银牌，谢智勇鞍马并列银牌。

1985 年，在第一届全国青少年运动会体操比赛中，以林智勇、王国华、黄华东、冯坚组成的广东男子体操队获团体冠军。林智勇还获个人跳马金牌、王国华获个人跳马铜牌。

1986 年，第七届省运会湛江运动员冯坚一人独揽体操男子乙组单杠、双杠、吊环、鞍马和全能 5 枚金牌，平了戴勇的省运会单项夺金最多纪录。更为难能可贵的是，本届省运会体操男子乙组 7 金，连林志勇的自由体操和王文丙的鞍马，全部被湛江队收入囊中，首次创造了显赫耀眼的分组单项金牌"大满贯"。湛江市体操队获金牌 9 枚、银牌 5 枚、铜牌 8 枚、9 个第四名、7 个第五名、5 个第六名。

1993 年，第七届全运会上，湛江籍体操世界冠军黄华东为广东队夺得体操男子鞍马、单杠冠军。

1994 年，广岛亚运会上黄华东是中国队夺得男子团体冠军的主力之一，并和队友李小双等一道勇夺男子团体冠军，自己又夺回了个人鞍马冠军；同年，他和队友们奋夺德国多特蒙德第三十届体操世锦赛男子团体冠军。

1995 年，湛江籍体操选手黄华东和中国队的队友们蝉联日本靖江第三十一届体操世锦赛男子团体冠军。

1996 年，美国阿特兰大奥运会上湛江籍"鞍马王子"黄华东再度入选中国体操队男子团体主力阵容。是届，他与李小双、国林显等队友，为中国夺得体操男子团体亚军。

1997 年，黄华东代表广东体操队参加第八届全运会，获得男子鞍马第三名。

2007 年 9 月 30 日，第六届全国城市运动会在武汉体育中心体育馆结束，体操男子个人全能决赛中，来自广州队的湛江运动员朱真泉以 87.25 分夺得银牌。

2008 年，全国体操冠军赛在青岛举办，湛江体操选手廖秋华在单项比赛中的单杠和吊环，分别获得第六名和第八名。

2008 年 10 月，9 岁遂溪籍小将卢俊鸿一举夺得了广东省体操锦标赛男子少年乙组单杠第三名、双杠第五名、鞍马第八名和个人全能第七名。

2011年3月31日，世界杯多哈站体操比赛，廖秋华获得男子吊环银牌、男子自由操铜牌、男子鞍马铜牌。

2011年5月8日，在江苏昆山举办的全国体操锦标赛暨世锦赛选拔赛上，廖秋华、梁富亮和曹渝龙等队员组成的广东队以353.00分获得男子团体亚军。

2011年7月3日，在东京举办的日本杯体操比赛中，廖秋华获得男子全能亚军，廖秋华及队友梁富亮、黄玉国、童英杰、董振东组成的中国男队获得男团第四名。

2012年，全国体操冠军赛在昆明市体育馆举办，在单杠比赛中，朱真泉以14.225分的成绩获得第七名。

2012年5月，上海举办全国体操锦标赛暨奥运选拔赛，朱真泉为广东男子体操队夺得团体亚军，单杠也进入决赛。

2013年5月，第十二届全运会体操预赛，湛江籍广东体操国手朱真泉在单项决赛中分别获得男子单杠第四和鞍马第八，以两项前八的优异成绩跻身8月的全运会体操单项决赛。

2014年，在广西南宁举办的全国体操锦标赛暨第四十五届体操世锦赛测试赛，朱真泉勇夺男子单杠第三名。

湛江一直注重体操比赛，湛江运动员除夺得个人金牌外，也为中国队夺取亚运会团体冠军、世锦赛团体冠军、奥运会团体冠军立下汗马功劳。

六、举重

1983年，湛江市总工会罗中流、霞山工人文化宫陈松在霞山工人文化宫开办业余健美、举重活动。教练员李元华、谢广兴，训练出一批人才。

1987 年，湛江市坡头区、吴川县业余体校相继正式把举重列为训练项目。霞山区亦于当年派出陈欢劲等两名女选手，参加广东省首届女子举重比赛。

1989 年 11 月 5 日至 6 日，湛江市第七届运动会举重比赛在湛江市坡头区举办。四县、四区组队参加了这次比赛（海康不参加），运动员 111 人。比赛结果有 35 人、173 次打破 47 项市纪录。吴川县博城橡塑有限公司队获团体总分第一名（402 分）、坡头区广东半球包装材料厂队第二名（359 分）、徐闻县第三名（162 分）、霞山区第四名（70 分）、遂溪县第五名（56 分）、赤坎区第六名（29 分）。

1994 年，湛江体育代表团参加第九届省运会，由陈德胜、张德英、李伟和庞锦华率领的少年游泳队创造 13.5 金的一个项目优异成绩。

2014 年，广东省锦标赛湛江举重队就获得 13 金、团体第二的出色成绩。这次省举重锦标赛打破的三项全省少年纪录，湛江队员就占了两项。

2015 年，广东省第十四届省运会，湛江举重代表团斩获 4 金 2 银。

除了跳水等强势项目外，湛江市运动员在蹼泳比赛、帆板比赛、体操比赛的全国、亚洲、全世界均有可圈可点的上佳表现。

第四节　民间竞技遍地开花

悠久的中华文明孕育了悠久的体育传统，在湛江市的民间土壤中，航空模型、摩托车等体育活动正在默默传承着。

一、航空模型

湛江市航模活动注意在普及的基础上提高，在湛江一中、二中、四中、五中、七中、市四小、市十二小、市八小、市十五小、市十七小普及航模活动。其中，湛江市一中、市十五小被国家体委列为开展航模活动的重点学校。

从 1972 年至 1984 年，湛江市十五小学坚持航模普及活动。1977 年 5 月 27 日、1979 年 8 月 6 日，《中国体育报》刊登该校开展航模活动的情况。1979 年，市十五小学生制作三架航空模型飞机，送省参加青少年科技作品展览，均获奖，并送全国科技展览，其中一件获优秀作品奖。1983 年，该校被评为全国青少年科技活动先进单位，先后有国家体委、省体委、市体委等有关部门的领导，到该校视察和检查工作。

1978 年，恢复军事体育后省第一次举办航模比赛，湛江队获 1 个第二名。

1979 年，湛江市参加广东省航模赛，获 2 个第一名、1 个第三名、1 个第五名。

1980 年，湛江市参加广东省航模赛获团体第一名、2 个单项第一名、1 个第二名。

1981 年，湛江市参加广东省航模赛获 1 个第一名、1 个第二名、1 个第三名，1 个第五、六名。

1981 年，湛江地区举办弹射模型飞机通讯赛，8 县市 246 名运动员参加，湛江市获中学组和小学组第一名。

1981 年 12 月 15 日至 21 日，湛江市第五届运动会航模赛，湛江一中获中学组团体总分第一名、市十七小获小学组团体总分第一名。

1983年3月，湛江地区举办全区中小学直升模型飞机通讯赛，154520名学生参加。评出遂溪黄略区、湛江郊区麻章小学、海康一小等96个优胜单位；96名优秀运动员和10个先进县、市。这次规模较大的通讯赛是群众性航模的普及活动，受到了国家体委和省体委领导同志的表扬，曾在1984年第四期《航空模型》杂志上刊登这次活动的消息。

1983年，在遂溪县举办省航模赛暨全国航模通讯赛，湛江队获团体总分第四名。

1984年，湛江市参加广东省航模赛，获3个第三名。

1985年，湛江市参加广东省航模赛，获2个第一名。

1986年，以黄荣庄为领队的湛江市航模队参加广东省七届运动会航模赛，获团体第五名，单项第四、五名各1个。

1988年，湛江市参加广东省航模赛，获1个第二名、1个第三名、1个第五名。

二、摩托车

1976年7月至1982年7月，湛江市体委摩托车训练一直进行"以培养优秀摩托运动员后备力量，向省摩托队输送人才"为目标的业余训练。在这六年时间里，湛江市共向省摩托车队和八一体工队摩托车队输送了8名优秀运动员。

这8名运动员是1976年输送到省队的凌炽明，1976年输送到省队的陈卫莹，1977年输送到省队的谭荣美，1977年输送到省队的李少贫，1978年输送到省队的尹志坚、周海明，1979年输送到省队的李华健，1981 年输送到省队的吴俊瑛。

他们在全国、国际比赛的成绩如下：

1979 年，尹志坚和另一广东选手合作，获第四届全运会三轮摩托车越野赛第二名。

1979 年，凌炽明、周海明、尹志坚是获第四届全运会团体总分第四名的广东队成员之一。

1980 年，周海明代表广东队参加北京全国摩托车越野赛获第三名。同年，周海明、凌炽明代表国家摩托车队参加全日本摩托车公开大奖赛，周海明获第二十七名。

1981 年，周海明代表国家摩托车队参加香港亚太地区摩托车比赛取得 125 车型组第七名，团体第三名。

1982 年，周海明代表国家摩托车队参加香港第二届亚太地区摩托车越野赛获 125 车型组个人第四名。

1982 年 9 月，周海明代表国家摩托车队参加意大利国际摩托车锦标赛获 B 组团体第三名。同年 10 月，周海明代表广东队参加北京全国摩托车越野个人冠军赛获 125 车型组第二名，并达到摩托车运动健将。

1983 年 11 月，周海明代表八一摩托车队参加长沙全国摩托车越野个人冠军赛获 250 车型组第四名。

1985 年 8 月，周海明代表八一摩托车队参加新疆全国摩托车越野个人冠军赛获得 125 车型组第一名，并获得 2 个团体第一名；10 月，周海明代表国家摩托车队参加日本全日本摩托车越野公开赛获 125 车型第二十一名。

1986 年 5 月，周海明代表八一摩托车队参加辽宁养马岗全国摩托车越野邀请赛，获 125 车型组个人第四名并获团体第一名。

同年 8 月，周海明代表八一摩托车队参加全国摩托车越野赛，获125 车型组第一名并获团体冠军。

1987 年 5 月，周海明代表八一摩托车队参加杭州全国摩托车越野赛，战胜日本选手获 125 车型组第一名并获团体冠军。同年8 月，周海明代表八一摩托车队参加第六届全运会摩托车越野赛获 125 车型组第五名。

1988 年 6 月，周海明代表广州市摩托车队参加北京全国摩托车超级越野赛获第三名；7 月，周海明代表广州市队参加辽宁阜新全国摩托车越野赛获 125 车型组第一名。

从 1976 年 7 月湛江市摩托车训练恢复至 1982 年 7 月，湛江市业余军体校摩托车组除了重点培养摩托车运动员后备力量外，还根据市邮电事业发展和他们的要求，义务为市郊各邮电所培养摩托车邮递驾驶员 20 名左右。

1982 年 7 月，由于省摩托车队解散，湛江市业余摩托车训练活动随之终止。湛江市业余军体校摩托车组转入以培养摩托车驾驶为主，并兼营摩托车维修业务。摩托车驾驶员的培训，主要与市车管所合作，摩托车负责培训，市车管所负责考核。1984 年后，市公安局将培养摩托车驾驶员的培训权统一归汽车、摩托车培训中心。湛江市业余军体校摩托车组已不存在。

从 1982 年 7 月至 1984 年第一季度，湛江市业余军体校摩托车组举办了 21 期驾驶员训练班，培养驾驶员近 600 人，学员来自公检法、海关、市直各单位、各厂矿、企业及个体户等等。

改革开放以来，湛江的民间竞技体育项目也取得可喜的成绩：航空模型比赛成绩在广东省名列前茅；摩托车比赛成绩在全国乃至亚太地区更是极为抢眼。

第六章　湛江体育事业辉煌
的原因与前景展望

新中国成立以来，特别是改革开放以来，湛江体育事业风生水起，多次举办大型体育运动并屡次打破全国乃至世界纪录，有"跳水之乡""醒狮之乡"等诸多美誉。一切骄人的成绩都离不开运动员的刻苦努力，更离不开政府的大力支持，没有政策的鼓励，湛江体育事业很难取得如今的成就。目前，湛江体育事业形势大好，随着湛江经济实力的进一步提高，必将会迎来更加辉煌的未来。

第一节　湛江当代体育事业辉煌的原因

湛江当代体育事业成就辉煌，其中以跳水运动为最。1956年，全国水上运动会在广州举办，周恩来、邓小平、贺龙等一批老领导前来观看。一批运动员表演了在北京尚未实现的十米跳台跳水之后，周恩来同他们一一握手并询问运动员的家乡。发现多数人都来自湛江时，周恩来不禁感慨："湛江真是个跳水之乡！"

周恩来总理赞誉湛江为"跳水之乡"后，第一部以湛江跳水为题材的电影开拍。1965年，以湛江女队员黄秀妮和郑观志为人物原型的电影《女跳水队员》在湛江开拍。在影片中，故事的发生地被改为"湛川市"，以男性形象出现的高书记则代表郑观志的母亲，虽细节上有所出入，但电影中基本体现了女跳水队员的真实生活。

湛江当代体育事业所以能够取得非凡成就，原因众多。悠久的体育运动传统、浓厚的体育运动文化氛围，无一不影响着湛江体育事业的发展，但究其根本原因，则是政府的高度重视。湛江市政府从体育彩票、体育市场以及游泳、足球的培训费和承办各项竞赛的赞助费等多方面拓宽体育项目的集资渠道，不吝经费投入，加强场馆建设，广泛开展群众性体育活动。可以说，在湛江体育事业的发展过程中，政府的支持起到了至关重要的作用。本节将政府对体育事业的高度重视归结为如下三个方面。

一、积极提供物质需求

物质条件对主观发展有重要影响,湛江市政府投入人力物力,积极建立体育运动管理机构和配备建设体育设施,为湛江体育事业的发展提供了保障。

(一)建立体育运动管理机构

1953 年 9 月,湛江市成立了体育运动办公室,从此,体育列入湛江市国民经济和社会发展计划。1956 年 6 月,湛江市体育运动委员会正式成立,成为市政府四个委员会之一。1957 年春,湛江专区体育运动委员会(以下简称湛江专区体委)成立。1964 年,湛江专区体委改为湛江地区体委。1968 年 4 月,湛江地区军事管制委员会对湛江地区体委实行军管。1971 年 11 月,恢复湛江地区体育运动委员会。1983 年 9 月,湛江实行市领带县体制改革,地区体委与市体委合并,改称为湛江市体育运动委员会。现辖区雷州、吴川、廉江三市,徐闻、遂溪二县和赤坎、霞山、坡头、麻章四区,以及湛江市经济开发区和东海实验区。2001 年 10 月,市体委改名为湛江市体育局,直属单位有湛江市体育运动学校、湛江市体育中心、湛江赤坎游泳场管理中心、湛江市寸金体育场、湛江市海冰游泳场、广东省体育彩票管理中心湛江分中心、湛江市社会体育与竞赛管理中心。

(二)配备和建设体育设施

湛江市体育设施有湛江市体育中心、赤坎人民体育场、霞山人民体育场、赤坎游泳场、海滨游泳场、麻章区体育馆、坡头区体育馆、全民健身中心、奥林匹克体育中心等。

1. 湛江市体育中心

湛江市体育中心建成使用已有二十多年，为湛江的体育发展做出了很大的贡献。该中心位于湛江市人民大道北，由市政府投资 5500 万元，于 1990 年 9 月建成。湛江市体育中心是为承办广东省第八届运动会闭幕式而建的，现占地面积 16.8 万平方米，建筑面积 48292 平方米，设置有综合性体育馆和训练馆、体育场和副场、保龄球馆、网球场等主体建筑，附设餐厅、会议室等配套设施，是集竞技体育、群众体育和休闲娱乐于一体的综合性活动场所。

　　湛江体育中心的体育馆建筑面积有 9991 平方米，比赛场地（木地板）为 46 米×26 米，净空高度为 15.5 米，观众席 3537 位。馆内安装中央空调、灯光、音响、LED 电子显示屏等，适宜篮球、排球、羽毛球、乒乓球、体操等体育项目的比赛以及大型会议、文艺汇演等活动的举办，曾出色地完成了省运会男子手球决赛的承接任务。体育场为马鞍型设计，建筑面积有 25230 平方米，足球场面积为 105 米×68 米，标准塑胶跑道为 8×400 米，观众席 20000 个，适宜足球、田径等项目的比赛和大型文体活动的举办。综合训练馆建筑面积有 2500 平方米，拥有一个室内网球场及四个羽毛球场，适合训练及比赛用。室外网球场建筑面积有 6400 平方米，观众席 400 位，另有 6 个灯光澳之宝塑胶球场和 2 个硬底场，附设贵宾休息室 625 平方米。寸金体育场建筑面积有 7792 平方米，体育场下设 3 个门球场，长年免费提供给老年人锻炼活动以及承接省、市、区门球训练、比赛任务；是一个简易羽毛球馆，为全民健身服务。

　　另外，体育中心目前还建有 3 套全民健身路径、3 个室外篮球场（半场）、20 张室外乒乓球台、6 个标准室外灯光篮球场、1

个标准足球副场。

该中心自建成以来，以人为本，积极发挥公共体育场馆的作用，努力为企事业单位、社会团体、个人开展体育活动提供优质的服务。目前体育中心各个场馆每天前来锻炼的群众达五六百人，需要收费的各场馆都以成本价向公众开放，中心内的 3 套全民健身路径、3 个室外篮球场（半场）、20 张室外乒乓球台、体育场内田径场等活动场地均免费供市民使用。另外，寸金体育场利用场馆优势开展全民健身活动，羽毛球馆也提供给广大青少年开展羽毛球运动。

2. 赤坎游泳场

湛江市赤坎游泳场管理中心占地面积有 18815.5 平方米，目前中心拥有 4 个露天游泳池 1 个陆上跳水训练馆和 1 个室内跳水训练馆。其中，游泳池全年对外开放，面积约 3600 平方米，含跳水池 1 个、标准比赛池 1 个、初级池 1 个及儿童池 1 个；陆上跳水训练馆为面积 924 平方米，专供跳水队训练，不对外开放，室内跳水训练馆目前仍然在建，计划建筑面积为 4796 平方米。

该游泳场是一个以游泳为主的水上体育活动场所，主要用于游泳、跳水运动员训练（全年）和承办省、市级游泳、跳水比赛等。另外，该游泳场每年从四月下旬开始对外开放游泳，至当年十月上旬结束，以便湛江市广大市民开展水上健身活动。据统计，每年进入该场活动的人数均超过 20 万人次。

近年来在体育局党组的正确领导下，该场取得了辉煌的成绩，先后向省队、国家队输送了一批优秀的水上项目人才，在奥运会、世锦赛、全运会等国际国内大赛中取得了优异的成绩，为祖国赢得了荣誉，为湛江争了光，得到了各级各部门的充分肯定。更重要的是，自该厂成立至今，实现了安全生产零事故，为体育运动提供了安全保障。

3. 海滨游泳场

海滨游泳场占地面积为 14000 平方米，建筑面积为 2252 平方米，有室外游泳池 4 个，室内游泳池 1 个，跳水池 1 个。该场是一个以游泳为主的水上体育活动场所，主要用于夏季开放，为广大市民开展水上健身活动提供条件；同时用于游泳、跳水运动员训练等。另外，该场也是 2014 年省运会水上项目，即游泳、跳水、水球等项目的训练基地。其室外游泳池每年从四月下旬开始对外开放游泳，至当年十月上旬结束，室内游泳馆则是全年向市民开放并用于游泳训练。据统计，每年进入该场活动的人数约 30 万人次。

4. 霞山区体育场

霞山区体育场占地面积为 18500 平方米，建筑面积为 3600 平方米，看台座位可容纳 6000 人。1993 年，霞山区经过多方筹集资金，先后投入 800 多万元对霞山体育场主席台办公楼、运动场周围看台进行改造。2003 年，投资 200 多万元，铺塑胶跑道，场内有 400 米标准田径场、足球场，主要用于青少年运动员训练、辖区内中小学校上体育课以及提供给广大群众健身。体育场开放时间（节假日除外）为早上 8 点 30 分到晚上 10 点整。

5. 赤坎体育场

赤坎体育场占地面积为 15000 平方米，建筑面积为 200 平方米，观众席可容纳 500 人。该场由一个标准田径场、一个标准足球场（可分为两个七人制足球场、六个五人制足球场）、两个篮球场、两个羽毛球场、一个乒乓球长廊、一套全民健身路径组成。

168

该场自 2002 年改建投入使用至今，一直以来都是全天候 24 小时免费对外开放，为人民群众开展形式多样、喜见乐闻的健身活动提供了一个环境清洁、体育设施相对完善的休闲活动场所。另外，该场还协助各机关、企事业单位、学校、社会团体等举办一系列运动会、文化演出、体育教学训练等综合活动，得到了各单位、人民群众的高度评价。

6. 麻章区体育馆

麻章区体育馆位于麻章区政通东路，建成于 2008 年 1 月，总投资 1600 万元。该馆占地面积 13333.33 平方米，建筑面积 3760 平方米，主体高度 23 米，固定座位 2000 个，场地尺寸为 38 米×24 米。馆内设有主席台、电子显示屏、广播室、教练员和运动员休息室以及更衣室等功能设施。场地采用软胶地板，设有 6 个羽毛球场地和 2 间乒乓球室，可进行篮球、羽毛球、乒乓球等项目体育比赛和健身锻炼，也可举办大型会议、文娱演出、健身培训等公共活动，是一个集体育训练、比赛、会议、娱乐为一体的综合性中型公共体育场所。自建馆以来，该馆曾承接过区迎春文艺晚会、市第十届体育节启动仪式、市第十一届运动会跆拳道比赛、市中学生篮球、毽球比赛等大型体育赛事和文艺活动，也多次举办过区级各类群众性体育比赛。2015 年，该馆被选为第十四届省运会排球和篮球比赛的重要场馆之一。

7. 坡头区体育馆和全民健身中心

坡头区体育馆占地面积为 4770 平方米，建筑面积有 3800 平方米，观众席可容纳 800 人；全民健身中心占地面积为 1100 平方米，建筑面积为 3300 平方米，主要用于开展全民健身活动和体校运动员训练。

8. 湛江奥林匹克中心

湛江奥体中心位于广东省湛江市坡头区海湾大桥桥头北侧，于 2015 年 3 月竣工。其项目总用地面积为 44.3 万平方米，总建筑面积为 18.47 万平方米。该项目由一场三馆及周边配套道路工程两部分组成，建设内容包括体育场（含训练场）、体育馆、综合球类馆、室外工程、周边配套工程等，可容纳观众数为中心体育场主场 4 万名、体育馆 6300 名、综合球类馆 1100 名、游泳跳水馆 2200 名，总投资约 38 亿元。

项目整体设计贯穿"飘带"主题，凸显了如海湾一般自然流畅的规划，体育场以"海之贝"为理念，以"海螺"为母体，建筑形体简洁、纯净。体育馆、综合球类馆、游泳跳水馆，三馆串联，形如三片白色的贝壳，自由散落于沙滩之上，体现了海湾城市特有的建筑风格，项目建成后将成湛江市新的地标性建筑。

湛江体育设施齐备，使用安全，在所辖区错落布置，布局合理平衡，一应设施齐全，外观大方美丽，这些设施除了用于大型的比赛与训练之外，平时也向广大市民开放，用于群众的健身运动，取得了良好的经济效益和社会效益。

二、各级体育比赛的举办

为促进体育事业的发展，湛江市持续不断地承办全省性、全国性体育比赛，这一举措不仅激发了市民们的体育热情，更促进了各省市之间的体育交流，为湛江市运动员和体育爱好者学习外来优秀体育技能创造了条件。

（一）举办市运会、地区运动会

1. 市运会

1950年12月19日至24日，湛江市首届人民体育运动会在西营（现霞山区）人民体育场举办，竞赛项目有篮球、排球、足球和田径，有59个单位共5000多名选手参加比赛。

1954年2月3日至7日，湛江市第二届人民体育运动会在西营人民体育场举办，竞赛项目有篮球、六人排球、大型足球和田径。参加单位有某部队、中南海军西营基地、粤西军区、粤西公安部队、华南垦殖局、市人民政府、市工会、粤西行署、市一中、市二中、市三中、卫生学校、人民武装部队、市工商联、潮满区、新鹿区、西营居委、水上居委、第一工人子弟学校、市一小、市二小、市三小、市四小、市五小、市六小、第二工人子弟学校、西营机关俱乐部、海南供应站、粤西区党委、人民警察部队等31个代表队，运动员共7000多人。市一中获排球第一名，市工会联合会甲队获足球第一名。

1956年2月1日至16日，湛江市第三届体育运动会在西营体育场举办，比赛项目有篮球、足球和田径。在本届市运会中，湛江市运动员王保明以58.94米破广东省首届运动会男子手榴弹纪录（原纪录58.51米），罗连扬以45.11米破首届运动会男子标枪纪录（原纪录44.98米）。

1959年6月1日至4日，湛江市第四届运动会在霞山举办，比赛项目有田径、篮球、排球、足球、乒乓球、羽毛球、手球、体操、举重、自行车、象棋、航海多项，摩托艇、航空模型、射击、航海模型共16项，有80个单位共3000多名选手参加。比赛分机关组、人民公社组、少年组、小学组进行。

1981年，与第四届市运会相隔了22年之后，湛江市第五届运动会终于再次拉开帷幕。该次运动会10月1日开幕，12日闭幕。比赛项目有游泳、跳水、水球、田径、足球、篮球、乒乓球、羽毛球、中国象棋、射击、航空模型共 11 个。比赛分别在霞山、赤坎进行，参赛单位有南海西部石油公司、湛江港务局、湛江海洋渔业公司、湛江化工厂、湛江航运局、海军 4804 厂、湛江水产学院、雷州师专、湛江农专、湛江医学院、湛江卫生学校、市教育局、市城建局、市机电局、市轻工局、市二轻局、市卫生局、市房管局、市饮服公司、湛江地区水电局、地区供销社、地区公路局和各中小学校等共 105 个。该次运动会中，湛江港务局获游泳团体总分第一名，田径公开组第一名，足球第一名，乒乓球男子团体第一名。湛江地区供销社获男子篮球第一名。雷州师专获女子篮球第一名。湛江海洋渔业公司获水球第一名。市教育局获乒乓球女子团体第一名。湛江水产学院获羽毛球男子团体和女子团体第一名，田径大专组总分第一名。市轻工局获中国象棋男子团体第一名。湛江一中获田径比赛中学甲组、乙组总分第一名。湖光农场中学获田径比赛郊区高中组总分第一名。龙头中学获田径比赛郊区初中组总分第一名。市七小获小学组霞山片田径总分第一名。市八小获小学组赤坎片田径总分第一名。

1985 年 10 月 1 日，湛江市第六届运动会在赤坎体育馆举办。参加单位有廉江县、遂溪县、吴川县、海康县、徐闻县、赤坎区、霞山区、坡头区、郊区、高等院校共 10 个代表团。汤文藩副市长致开幕词，陈清副市长致闭幕词，市委副书记、副市长陈英豪，副市长柯景仁、市人大副主任黄一彪、市政协主席黎江、湛江军分区段家浩副司令员等领导分别出席了开幕式和闭幕式。本届市运会设田径、游泳、跳水、足球、篮球、乒乓球、武术、棋类、体操、射击、航空模型共十一个项目比赛，分散在各县区进行。

在本届市运会上，有 4 人 4 次破 2 项省少年乙组纪录（田径），有 14 人 16 次破 13 项市各年龄组纪录（其中田径 10 项，游泳 3 项）。霞山市、赤坎区、遂溪县、徐闻县廉江县、坡头区的代表团分别获团体总分前六名。霞山区获成年足球、乒乓球男子团体、少年田径甲组总分和游泳男子组总分等 4 个项目的第一名。赤坎区获女子足球、成年田径总分、乒乓球女子团体、女子组跳水总分 4 项第一名。遂溪县获成年女子篮球、少年男子篮球、少年女子篮球、体操男子组团总分、体操女子组团体总分 5 项第一名。徐闻县获武术团体总分和武术少年组集体基本功 2 项第一名。廉江县获游泳女子组总分、跳水男子组总分 2 项第一名。坡队区获少年田径乙组总分第一名。大专院校获成年男子篮球第一名。

1989 年 7 月至 12 月，湛江市举办第七届运动会，比赛分别在湛江市体育中心及各县、区进行。开幕式上，市委、市政府、市人大、市政协、市纪委、市各民主党派领导人、驻军首长和老红军、老干部代表，市运会组委会委员、有关方面领导等共 100 多人在主席台就座，运动员、教练员及群众 2 万多人参加。广东跳伞队做精彩表演，陈均副市长主持，郑志辉市长致开幕词。这次市运动会开幕式是湛江市各界庆祝中华人民共和国成立 40 周年的大集会，规模之大、场面之热烈是 10 年来之首，也是新中国成立以来最大规模的一次体育盛会。

本届市运会各县、区和高校共 10 个代表团参加，运动员、裁判员和工作人员共 2000 多人。比赛项目有田径、游泳、跳水、足球、篮球、乒乓球、举重、武术、体操和棋类等 11 个项目，因体操只有 1 队报名，没有进行比赛。本届市运会有 1 队 2 人 7 次打破 6 项省纪录，8 队 65 人 234 次打破 87 项市年龄组纪录。12 月

9日晚，本届市运会在市体育中心体育馆举办隆重的闭幕式，市委书记王冶、市长郑志辉和陈周攸、余启志、林彦举、戴洪、韩保东等领导和群众4000多人参加，市体委主人黄秀定主持，陈均副市长致闭幕词。在闭幕式上，市领导给13个获得湛江市首批体育先进镇的单位颁奖。闭幕式后，由湛江市文化局组织了一台精彩的文艺节目。

1993年9月10日，湛江市第八届市运会在湛江体育中心开幕，11月28日闭幕，历时两个多月。本次市运会设有田径、游泳、跳水、蹼泳、体操、乒乓球、柔道、举重、武术、篮球、足球、棋类、门球等项目，共有10个代表团1814名运动员参加了比赛。本届市运会有15队64人共235次打破124项市纪录。其中总分一至十名的代表团是霞山、吴川、赤坎、遂溪、郊区、坡头、廉江、海康、徐闻、高校。金牌总数一至十名代表团依次是霞山、赤坎、吴川、郊区、坡头、遂溪、廉江、徐闻、海康、高校。大赛组委会还评出了吴川、霞山、坡头、遂溪四个文明赛区，21个精神文明队，193名精神文明运动员和53名精神文明裁判员。

1997年10月25日至11月7日，湛江市举办第九届运动会，田径、游泳、跳水、武术、足球、篮球、举重、体操、拳击、柔道、羽毛球、乒乓球、棋类、门球14个大项355个小项共504场比赛分赛区进行。徐闻、雷州、遂溪、廉江、吴川、坡头、麻章、霞山、赤坎9个代表队2000名运动员参加比赛（其中有省和国家体工队运动员49名），刷新76项市纪录。雷州赛区、坡头赛区、遂溪赛区、赤坎代表团和麻章代表团获得体育道德风尚奖。

2004年12月6日晚，湛江市第十届运动会开幕式在市体育中心体育馆隆重举办，这是湛江市进入21世纪以来举办最高规格

174

的体育盛会。省人大环资委副主任温耀深、省人大科教文卫委副主任董良田、南海舰队政治部副主任张春秀少将，市领导邓维龙、梁万里、罗国华、阮日生、严植婵、徐志农、张朝良等出席。市十运会组委会主任、副市长黄晓涛主持了开幕式。湛江籍世界冠军何强、劳丽诗给大会发来了贺电。在各县（市、区）体育代表团入场后，体育中心演出了大型文体节目"腾飞湛江"。

湛江市第十届运动会设置了游泳、跳水、篮球、足球、羽毛球、网球、门球、射击、举重、体操、拳击、武术、柔道、跆拳道、摔跤田径、散打、射箭、乒乓球等19个比赛项目。本届运动会于12月11日举办闭幕式。

2009年9月21日至11月29日，湛江市第十一届运动会举办，历时两个多月。本届运动会共19个项目，有2600多名运动员参加，获310枚金牌。整个比赛在湛江市及市属各县（市）、区有关体育场展开。11月23日晚，湛江市第十一届运动会开幕式在湛江市体育中心举办，演出了以"激情湛江"为主题的大型文艺节目，整台晚会融入了湛江主流文化元素，以体现红土文化与海洋文明以及雷州半岛人民的民俗文化。为了完善组织领导，协调整个运动会的顺利进行，组委会下设办公室、竞赛部、宣传集资部、后勤部、安全保卫部、大型活动部、场地器材部等七个办事机构。比赛项目设田径、游泳、跳水、体操、射击、射箭、举重、柔道、摔跤、跆拳道、拳击、乒乓球、羽毛球、足球、篮球、武术（套路、散打）、棋类、网球、门球等19个大项310个小项（其中乒乓球、羽毛球、足球、篮球、网球、棋类增设公开组即成年组）；设有代表团总分奖奖励各县（市、区）代表团前六名、代表团金牌总数奖奖励各县（市、区）代表团前六名、突出贡献奖奖励各县（市、区）体育局前六名和体育道德风尚奖。

2013 年 10 月 8 日，湛江市第十二届运动会开幕式在体育中心体育馆举办，跆拳道队伍于现场倾力表演。开幕式前，健美操、武术等六个全民健身项目的展示让现场观众激情澎湃。张小冬、刘鸥、陈晓君等九名湛江籍优秀运动员集体亮相，为市运会加油鼓劲，中央和省驻湛单位、高校，市直机关、企事业单位，驻湛部队等单位派选手参加。

2013 年 6 月 12 日至 11 月 1 日，湛江市第十二届市运会举办，本届市运会设少年组、中学生组、公开组三个组别，来自湛江市各代表团的 4000 多位运动员在 21 个大项 326 个小项上展开激烈争夺，最终产出 19813 分，决出 326 枚金牌。霞山区、麻章区、吴川市代表团分获少年组、中学生组、公开组团体第一名。本次市运会共有 16 人 25 次打破 8 项湛江市少年甲组纪录；2 人 3 次打破 2 项湛江市少年乙组纪录；6 人 11 次打破 3 项湛江市少年丙组纪录。第十二届市运会首次接受企事业代表团参加比赛，闭幕式上，湛江海关、湛江日报社等 17 个代表团被授予体育道德风尚奖。

2013 年 11 月 1 日下午，湛江市第十二届市运会在市体育中心落下帷幕。市委书记刘小华宣布市运会闭幕，南海舰队政治部副主任卓怡新，市领导邓碧泉、郑日强、梁志鹏，市委秘书长胡海运等出席了闭幕式。

2. 地区运动会

1958 年至 1959 年，湛江专区第一届运动会举办，参加的单位有湛江市、茂名市、北海市、电白县、化州县、高州县、两阳县、雷北县、雷南县、东兴县、合浦县、灵山县、钦州县 13 个代表团。

本届运动会设置的竞赛项目有田径、游泳、篮球、排球、武术、乒乓球、羽毛球、体操八个。田径比赛在化州县梅录镇举办，体操在高州县举办，篮球在雷南县举办，游泳在湛江市举办，排球在两阳县举办。

1964年8月20日至24日，湛江专区第二届运动会在湛江市举办。8月20日，在赤坎体育场举办开幕式，中共湛江地委书记孟宪德，地委副书记、专署专员莫怀，地委宣传部副部长杨飞、湛江市副市长刘耀、湛江市委宣传部副部长李凌、湛江军分区副司令员吴伯珍、韩绍敏，参谋长宋桐卿、驻军部长首长刘汝丹中校、孙肇露中校、省体委办公室副主任卢承章等领导人出席，18个县市共490多名运动员参加。开幕式上，莫怀专员讲话。参加本届比赛的单位有湛江市、茂名市、北海市、阳江县、阳春县、高州县、合浦县、灵山县、东兴县、钦州县、电白县、信宜县、廉江县、遂溪县、海康县、徐闻县、吴川县、化州县18个代表团共6590人。

本届运动会设比赛项目有足球、田径、游泳、体操、乒乓球、羽毛球、射击、航空模型。湛江市获足球第一名、田径总分第一名、羽毛球男子团体第一名、羽毛球女子团体第一名、乒乓球男子团体第一名、获得射击比赛2项第一名、航空模型3项第一名，吴川县游泳总分第一名，高州县获乒乓球女子团体第一名。

1974年，湛江地区第三届运动会在湛江市举办，分2月8日至25日和4月21日至28日两个阶段。开幕式于3月6日下午举办，湛江地、市党政领导人，驻湛陆、海、空三军首长和生产建设兵团首长出席。地委副书记、湛江军分区政委杨玉清致开幕词。参加单位有湛江市、茂名市、阳江县、阳春县、信宜县、高州县、化州县、电白县、吴川县、廉江县、遂溪县、海康县、徐闻县13个代表团共2547位运动员。竞赛项目有篮球、排球、足球、乒乓球、羽毛球、田径、体操、棋类、射击、游泳、水球。表演项目有武术和跳水。

在本届运动会上，有4人9次破4项省少年乙组纪录，5人12次破8项省儿童组纪录，7队61人156次破42项地区纪录（其中田径17项、游泳25项）。湛江市获足球第一名，水球第一名，男子排球第一名，羽毛球男子团体第一名，羽毛球女子团体第一名。茂名市获游泳总分第一名。高州县获田径总分第一名，女子篮球第一名，乒乓球男子团体第一名。电白县获男子篮球第一名。阳春县获女子排球第一名。信宜县获乒乓球女子团体第一名。

1978年5月26日至1978年7月15日，湛江地区第四届运动会举办。本次运动会由湛江地区革委会副主任罗道让任组委会主任，陈英任组委副主任兼办公室主任。参加单位有湛江市、茂名市、阳江县、阳春县、信宜县、高州县、化州县、电白县、吴川县、廉江县、遂溪县、海康县、徐闻县、湛江市郊区、地区直属机关15个代表团共2063位运动员。

本届运动会设10个赛区。高州赛区举办田径赛，运动员529人；吴川赛区举办游泳赛，运动员240人；茂名地区举办水球、篮球（决赛）、射击比赛，运动员252人；海康赛区举办足球赛，运动员72人；信宜赛区举办乒乓球赛，运动员192人；阳江赛区举办棋类（中国象棋、围棋）赛，运动员39人；廉江赛区举办篮球预赛，运动员154人；电白赛区举办篮球预赛，运动员154人；化州赛区举办排球赛，运动员176人；徐闻赛区举办武术赛，运动员48人；湛江市赛区举办体操、羽毛球、航空模型、航海模型比赛，运动员 192 人。

本届运动会中，徐闻县许妃妹以 35.74 米破省女子少年乙组标枪纪录（原纪录 33 米）。在田径比赛中，还有 34 人次破 26 项地区纪录。在游泳比赛中，有 22 人次破 12 项地区纪录。湛江市获田径总分第一名，足球第一名，水球第一名，男子篮球第一名，乒乓球男子甲组第一名，乒乓球男子乙组第一名，羽毛球男子团体第一名，羽毛球女子团体第一名。阳江县获游泳总分第一名。高州县获女子篮球第一名，乒乓球女子乙组第一名。廉江县获中国象棋第一名。化州县获女子排球第一名。信宜县获乒乓球女子甲组第一名。徐闻县获男子排球第一名，武术第一名。

1982 年 2 月 15 日至 7 月 22 日，湛江地区第五届运动会分别在湛江市和遂溪县举办。2 月 15 日，在赤坎运动场举办开幕式，地委林若书记、专员黄明德出席开幕式。参加单位有湛江市、茂名市、阳江县、阳春县、信宜县、高州县、化州县、电白县、吴川县、廉江县、遂溪县、海康县、徐闻县 13 个代表团共 1374 名运动员。竞赛项目有田径、篮球、足球、游泳、跳水、体操、武术。

在本届运动会上，有 1 人破 1 项省纪录，有 11 人 1 队破 8 项田径地区纪录，14 人 18 次破 16 项游泳地区纪录。湛江市获男子组田径总分第一名，男子篮球第一名，成年足球第一名，跳水 7 项第一名，武术 6 项第一名（优秀奖）。吴川县获少年足球第一名，游泳男子组总分第一名，武术 4 项第一名。遂溪县获女子篮球第一名，武术 3 项第三名。阳江县获田径女子组总分第一名，游泳女子组总分第一名。廉江县获跳水 3 项第一名。茂名市获跳水 2 项第一名，武术 3 项第一名。徐闻县获武术 6 项第一名。高州县、电白县、海康县、各获 2 项武术优秀奖。

7月22日，湛江地区第五届运动会举办闭幕式。地委、行署领导人刘铁、郑志辉、李军等出席闭幕式，黎江副专员致闭幕词。闭幕词结束后，广东技巧队和武术队进行精彩表演。

（二）承办历届全国性体育赛事

1964年11月1日至12日，首次全国潜水比赛在湛江市举办。参加单位有山东、湖北、广西、广东、湛江共58位运动员，由卢承章任总裁判长。本届潜水比赛中，湛江男队以27940分获男子团体总分第一名，广东女队以28117分获女子团体总分第一名，湛江女队获团体总分第二名。

1974年10月12日至22日，全国跳水、水球比赛在湛江举办。参加跳水的单位有北京、上海、河北、辽宁、江西、江苏、福建、湖北、湖南、广东、四川及海军12个，参加水球的单位有上海、天津、江苏、福建、湖南、广东、广西、四川及海军9个。本次比赛共有运动员264人，领队、教练、医生66人。本次大会组委会由邹瑜（地委书记）任主任，杨玉清（地委副书记、军分区政委）、王才元（地委副书记、市委书记）、周舫（南舰群工部长）、赵庭瑶（省体委副主任）、刘铁（地区科教班主任）、王友林（市委副书记）、黄一彪（市委常委兼体委主任）、李重民（市委常委）任副主任。委员有穆杰（地区革委会办事组副组长）、王存旺（地委组织部副部长）、里璐（女，市委组织部副部长）、汤文藩（市委宣传部副部长）、戴洪（市计委主任）、黄挺（市两委办主任）、王华贻（省体委处长）、耿延坤（湛江警备区副参谋长）、吴振文（市科教办副主任）、曲学舜（地区体委副主任）、丘海生（市教育局局长）、黎耀（市公安局副局长）、赵景禄（市粮食局副局长）、曹长绵（市商业局副局长）、陈土来（市交通局副局长）、苏勇民（市卫生局副局长）、梁山（市城建局副局长）、梁方元（市总工会副主任）、陈少莲（女，市妇联副主任）、周建辉（团市委副书记，崔彪（市体委副主任）、王璘（赤坎区革委会副主任）、李洪臣（水球裁判长）、朱兆翔（跳水裁判长）、孙志国（北京）、张湖清（上海）、侯希臣（天津）、张云德（河北）、冯彩森（辽宁）、曾振通（江西）、林颜钿（福建）、王庆香（江苏）、李才顺（湖北）、霍庭俊（湖南）、徐德智（四川）、潘浩（广西）、董良田（广东）、郭巧明（海军）。黄一彪（兼）任办公室主任，吴振文、崔彪、罗志行，汤文藩（兼）任政宣处处长，崔彪（兼）任竞赛处处长，黎耀（兼）任保卫处处长，罗志行任行政处处长。

1977年8月15日至20日，全国少年游泳分区赛在湛江举办。参加单位有上海、浙江、福建、江西、安徽、河南、湖北、湖南、广东、广西、云南，共220名运动员。

本次大赛组织委员会由杨玉清（地委副书记）任主任，罗道让（地区革委会副主任）、王友林（市委副书记）、黄一彪（市委常委）、吴冀生（南舰副处长）任副主任。委员有穆杰（地革委办公室）、孙利世（地区财办）、苏正华（地区科教办）、柴金印（地委农场部）、邓英铸（四航局三处）、赵剑平（地区体委）、骆其宣（湛江警备区）、李汉英（市革委会办公室）、李荣山（市委组织部）、郑光民（市委宣传部）、李丕志（市计委）、林健（市财办）、吴振文（市科教办）、陈新（湛江港务局）、李志秋（湛江渔业公司）、苏勇民（湛江潜校）、崔彪（市体委）、苏克（女，霞山区）、王璘（赤坎区）、陈方亮（市教育局）、孙俊庭（市文化局）、陈光宗（市卫生局）、古庆祥（市公安局）、蔡云生（市物资局）、张强（市商业局）、焦利生（市粮食局）、陈耀南（市交通局）、李广成

（市总工会）、周建辉（团市委）、黄祥棠（女，市妇联）、林强（总裁判长）、施强（上海）、孙光耀（浙江）、刘永泉（江西）、姜邦志（安徽）、李宝玺（河南）、周志斌（湖北）、吴建中（湖南）、唐坤（云南）、彭炳安（广西）、朱辉生（广东）、董国仁。崔彪任办公室主任，罗志行、陈克昌、郑鹏任办公室副主任，张军任秘书组长、周修义任政宣组长、欧志珣任竞赛组长、陈国瑞任保卫组长、罗志行任行政组长。

1979年3月11日至31日，全国足球青年队联赛在湛江市举办。参加单位有广东青年二队、湖北青年二队、广职青年队、广州青年队、河南青年队、广西青年队、湖南青年队、广州部队青年队、湖北青年队、空军青年队共192名运动员。本次大会组委会由张勤（地委副书记、市委书记）任主任，刘铁（地区文教办主任）、王友林（市委副书记）、黎江（地区原副专员）、于瑞芝（女，市革委会副主任）、董薰（南海舰队文化部部长）、王华贻（省体委处长）任副主任。委员有张焕熙（地委）、吴焕文（地区）、陈英（地区体委）、陈其辉（市文教办）、安丰有（湛江警备区）、郑南（四航三处）、王忠金（市计委）、刘登来（市财办）、陈新（湛江港务局）、李志秋（湛江渔业公司）、苏勇民（湛江潜水学校）、崔彪（市体委）、陈方亮（市教育局）、陈光宗（市卫生局）、王璘（赤坎区）、田光巨（霞山区）、郑德耀（广东）、丁三石（湖北）、赵勇（广东）、区石谦（广州）、张建勋（河南）、张容辉（广西）、熊国斌（湖南）、潘培根（广州部队）、甘继罗（湖北）、王瑞礼（空军）、钟博宏（裁判长）。崔彪任办公室主任，赵剑平、汪玉琦、陈克昌、罗志行任办公室副主任，钟日和任秘书组长，欧志珣任竞赛组长、陈国瑞任保卫组长、袁世明任行政组长。

1979 年 7 月 16 日至 21 日，全国夏季游泳（分区）比赛湛江赛区在湛江市霞山举办。参加单位有上海、广东、湖南、湖北、江西、福建、江苏、安徽、河南、浙江、海军、广州部队、南京部队、北京体院共 302 名运动员。本次大会组织委员由慕君（地委副书记、市委书记）任主任，王友林（市委副书记）、张焕熙（地委）、黎江（地区）、于瑞芝（女，市革委）、董熏（南舰文化部长）任副主任。委员有苏正华、吴焕文、陈英（地区）、陈其辉（市文教办）、王忠金（市计委）、刘登来（市财办）、陈新（湛江港务局）、李志秋（湛江渔业公司）、邓英铸（四航局三处）、苏勇民（湛江潜水学校）、崔彪（市体委）、陈方亮（市教育局）、陈光宗（市卫生局）、李正德（市公安局）、陆炳光（市商业局）、陈功成（上海）、罗俊生（广东）、谢庆新（湖南）、文双卿（湖北）、曾振通（江西）林立桯（福建）、陆善明（江苏）、郭来财（河南）、郑毅贤（浙江）、刘大业（广州）、齐治环（海军）、冒爱华（南华京）、穆秀兰（北京）、廖君求（总裁判长）。崔彪任办公室主任，汪玉琦、方斌任办公室副主任。

1982 年 8 月 20 日至 27 日，全国少年跳水、水球比赛在湛江市举办。参加跳水的单位有北京、上海、江苏、河北、湖南、湖北、福建、四川、广西、广东、湛江市，参加水球的单位有广东、广西、上海、四川、福建、湛江市，共 144 名运动员。本次大赛大会组委会由王国强（市长）任主任，黄一彪（副市长）、李维涵（地区文教办）、黄沙（南舰文化部）任副主任。委员有唐那波（省体委）、陈新（湛江港务局）、何亿贤（四航局三处）、王元春（湛江潜水学校）、李志秋（湛江渔业公司）、刘思俭（湛江水产学院）、孙和斋（湛江医学院）、任成辉（地区体委）、陈钧（市文教办）、陈铭青（市委宣传部）、王忠金（市计委）、邵朋均（市财办）、陈英（市体委）梁山（市公安局）、黄先登（市教育局）、陈光宗（市卫生局）、卢政之（女，市总工会）、阮日生（团市委）、李凌（女，市妇联）、卢森堡（跳水裁判长）、刘伟南（水球裁判长）。陈英任办公室主任，黄可、崔彪任办公室副主任，钟日和任秘书组长，欧志珣任竞赛组长，王球任保卫组长，袁世明任后勤组长，陈文华任场地组长。在这次全国比赛中，湛江市少年水球队获冠军，湛江市跳水队获总分第四名。

1982年8月20日至25日，全国少年潜水邀请赛在湛江举办。参加单位有上海、广东、广西、湖北，共有运动员63人。大会组委由陈钧（市文教办）任主任，吴殿英、吴翼生（南舰）、苏勇民、王元春（湛江潜校）任副主任，梁志诚任总裁判长。

1982年10月25日至11月13日，全国足球分区赛（决赛）在湛江举办。参加单位有辽宁省二队、河南省、云南省、江西省、湖南省、河北省二队、福建省、火车头、上海工人，共有运动员162人。本次大赛大会组委会主任由王国强（市长）担任，黄一彪（副市长）、李维函（地区文教办副主任）、黄沙（南舰文化部长）任副主任。委员有韩重德（国家体委）、钟博宏（裁判长）、周广达（北京、副裁判长）、陈新（湛江港务局）、何亿贤（四航局三处）、王元春（湛江潜校）、李志秋（湛江渔业公司）、刘思俭（湛江水产学院）、孙和斋（湛江医学院）、任成辉（地区体委）、吴卓碧（市文教办）、陈铭春（市委宣传部）、王忠金（市计委）、邵明均（市财办）、陈英（市体委）、林克成（市公安局）、黄先登（市教育局）、陈光宗（市卫生局）、卢致之（女，女总工会）、阮日生（团市委）、李凌（女，市妇联）、丛者佘（辽宁）、祝富民（云南）、王发群（河南）、杨国柱（湖南）、念文汗（河北）、杨石英（福建）、赵德（火车头）、张树林（上海）、刘杰英（江西）。陈英任办公室主任，黄可、崔彪任办公室副主任，黄荣庄任秘书组长，吴浩杰任竞赛组长，王球任保卫组长，袁世明任后勤组长，陈文华任场地组长。仲裁委员会主任由黄可担任，委员有韩重德、钟博宏、周广达、郭华荣。裁判长钟博宏，副裁判长周广达、唐纪青、张兰秋．薛亮基、侯仁忠。

1983 年 10 月 I1 日至 18 日，全国青年水球比赛在湛江举办，参加单位有上海、福建、湖南、广东、广西、四川、广州，共 91 名运动员。本次比赛大会组织委员会主任由陈钧（副市长）担任，林彦举（市府秘书长）、关越静（国家体委水球秘书长）、黄秀定（女，市体委主任）任副主任。委员有李名为（南油）、王友吉（湛江港务局）、王桂初（四航局三处）、汤毅（女，市计委）、李志秋（湛江渔业公司）、余启志（市公安局）、程绍奕（市教育局）、郑志道（市卫生局）、梁山（市城建局）、刘运林、郑树安、陈瑞娴（女，省体委）、王元春（湛江潜水学校）、陈锐康（裁判长）、潘浩（广西）、刘伟南（广东）、刘焕新（湖南）、李贸富（四川）、金益佐（广州）、苏永良（上海）、蔡大赞（福建），陈华生（市体委）。陈华生任办公室主任，谢广兴任办公室副主任，张军任秘书组长，钟日和任副组长，林志利任竞赛组长，郭华荣任竞赛副组长，李时茂任保卫组长，谢黑、周荣海任保卫副组长，袁世明任后勤组长、文耀武任后勤副组长，袁志钊任场地组长、卢森保、曾亚任任副组长。仲裁委员会主任由陈钧担任，副主任是关静越，委员有彭绍荣、蒋全日、刘绍新、藩浩、陈锐康。

1985 年 4 月 10 日至 22 日，全国青年足球联赛（预赛）在湛江市举办，参加单位有辽宁、延边、梅县、武汉、福建、山西、江西、火车头共 136 名运动员。大会组组织委员会主任由李润华（市政府巡视员）担任，黄秀定（市体委主任）、谭锐洪（省体委副处长）、曾广源（市府办副主任）任副主任。委员有林修平、王存友、梁剑（赤坎区）、黄保协（湛江水产学院）、陈光宗（市卫生同）、马兑（市粮食局）、梁德盛（市公安局）、龙镛、余发森（市委党校）、吴自康、陈华生（市体委）、谢广兴（市体委）、陈克昌（市体委）、杨昌、李川（辽宁）、金文哲（延边）、林桂桐（梅县）、罗敦厚（武汉）、何开发（福建）、田光新（山西）、胡士达（江西）、张林富（火车头）。陈克昌任办公室主任，张军任秘书组长，林志利任竞赛组长，邓金光任场地组长，吴浩杰任聚卫组长，袁世明任行政组长，仲裁委员会主任由陈克昌担任，副主任吴自秉，成员有林志利，郭华荣。

1987 年 6 月 11 日至 15 日，首届"少林口乐"杯全国跳水精英赛在湛江市举办。这次比赛由广东省游泳协会、廉江县保健饮料厂和湛江体委主办，由少林口乐赞助，由湛江市承办。参加比赛的跳水精英有来自北京的金涛、张映红（女）、陈琳（女）、李鹏，来自天津的杨炎（女），来自湖北的童辉、刘世明，来自江西的涂军辉、许艳梅（女），来自四川的高敏（女）、费佳（女）、罗莉（女）、周义林，来自河南的刘国庆、耿涛、陆青，来自江苏的吕伟（女）、张玉萍（女），来自湖南的熊倪以及来自广东少林口乐队的谭良德、李德亮、兰卫、何威仪、陈英健、陈亭宇、杨成、林坚庆（女）、林小妮（女，廉江）凌海婵（女）、肖燕娟（女），林媛霞（女）、谭玉莲（女，湛江市）。大会组织委员会主任由陈钧（副市长）担任，副主任由曾昭胜（省体委副主任）、黄秀定（女，

186

市体委主任）、黄培绍（廉江县资源开发贸易总公司）担任。委员有陈钧、曾昭胜、黄秀定、黄培绍、曾广源、陈克昌、林树尧（市公安局）、施永义（少林口乐广）、黄浩然（少林口乐广）、徐益明（国家跳水队总教练）、林盛豪（广东少林口乐队）、朱健宏（裁判长）、梁山（市城建局）、梁剑（赤坎区政府）。裁判长是朱健雄，副裁判长是陈乃英。

1988年8月15日至22日，全国青年水球比赛在湛江市郊湖光农场进行，由湛江市郊区承办。参加单位有四川青年队、广西区体校、广西南宁市、广西梧州市、广西隆安县、广西平果县、广州青年队、广州珠江队、广东湛江市、广东顺德县、广州珠海市、广州汕头市、上海徐东区、上海虹口区、上海静安区、湖南冷水滩，共198名运动员。大会组织委员会主任由叶数学（郊区政府区长）担任，副主任由刘伟南（省体委副处长）、喻春娥（女，郊区副区长）、陈克昌（市体委副主任）、李中（湖光农场党委书记）、顾福亭（郊区体委主任）担任。委员有李向东（国家体委）、黄锦纺、杨国球（湖光农场）、郑卫东、梁福兴、张朝群、沈谦（郊区）、张亚东（省体委）、王资相（市体委）、蔡云生（裁判长）、廖政（四川）、史兆永（湖南）、张冠军（广西体校）、王纪林（南宁市）、陈汉良（梧州市）、李大兴（隆安县）、卢承益（平果县）、张炳如（汕头市）、林钟博（广州）、刘奕波（珠江）、陈连超（湛江市）、吕耀光（顺德县）、丁有华（珠海市）、俞金士（徐汇区）、王宗宜（虹口区）、秦松华（静安区）。顾亭福任办公室主任，杨国球、谭大伟任办公室副主任，沈谦任秘书组长，占丽华（女）、钟日和任副组长，王资相任竞赛组组长，陈碧儿（女）任副组长，张朝群任宣传组长，周碧任副组长，梁福兴任保卫组长，岳海建任副组长，张康福任场地组长，黎荣、许金鑫任副组长，郑卫东任行政组长，赵耀明、文耀武、罗荣任副组长。仲裁委员会主任由张亚东担任，委员有李向东、王资相。裁判组张由蔡云生（国家C级、四川），钟浩田（国际C级、广东）、宋为钢（广东）、何建国（广西）任副裁判长。在这次比赛中，湛江队获得冠军。

1991年11月2日，全国女子足球杯赛（决赛）在湛江市体育中心举办，湛江赛区有山东威海威东航运公司队、陕西钢厂队、河北长化队、河南南阳益民药厂队、大同队5支代表队，河南队以积分11分高居该赛区榜首。

1992年9月，全国"威力神杯"少年举重赛在湛江坡头体育馆举办，有广东、北京、上海等22个代表队参加。

1992年12月，全国部分城市"三星杯"老年男子篮球赛在湛江举办，有11个代表队参加，广东三星队获得第一名。

1992年，全国足球优胜杯赛在湛江市体育中心体育场举办。

1993年11月，"全国老年人港城杯"门球邀请赛在湛江举办，有20个城市22支代表队参赛，湛江市直属机关队和南海西部石油公司队分别获得第一名和第二名。

1995年，湛江市举办"国际奥委会主席杯"全国百城市湛江赛区自行车比赛，有市直机关、学校和企事业单位100多名运动员参加。

1996年，首届全国中华武术传统流派擂台赛和全国男子沙滩排球赛在湛江举办。

1997年，世界杯帆板赛暨奥运精英赛（IWCA）在湛江东海岛举办。

1999年7月至10月，湛江承办中国女子足球超级联赛解放军队主赛场赛事，参赛单位有四川、山东、河南、上海、广东、北京、河北 7 支代表队。

2000 年 11 月 22 日，湛江"珠啤杯"全国沙滩排球赛在霞山海边沙滩举办，男、女组分别有 29 个代表队和 22 个代表队参加。

2000 年到 2007 年，湛江市多次承办全国青少年水球锦标赛、全省青少年田径、拳击、武术散打、跆拳道、跳水、足球等赛事。

2001 年 11 月 14 日至 21 日，第九届全运会男子手球比赛在湛江市举办，比赛共有广东、上海、解放军、安徽等 8 支代表队参加，有来自各地的 350 位运动员、裁判员、体育官员、记者到湛江市参加比赛和采访。国家体育总局小球运动管理中心一部副主任郭建军、省体育局黄村基地副主任姚苏捷、九运会男子手球比赛总裁判长李长海等到湛江组织、视察工作。

2004 年，世界第三区（亚澳）滑水锦标赛暨亚洲滑水锦标赛在湛举办，举办地点设在湛江湖光岩，参加比赛的代表队有澳大利亚、日本、韩国、新西兰、新加坡、斯里兰卡、泰国、阿联酋、中国等国家和台北、香港 11 个地区。中国代表队在世界第三区赛事中夺得一枚金牌，在亚洲锦标赛中夺得 4 枚金牌。在亚澳区团体总分榜上，澳大利亚、新西兰和中国位居前列，在亚洲总分榜上，韩国、中国和中国香港列前三。

2004 年 7 月，"华农杯"中国乒乓球队出征雅典奥运会。湛江热身赛在湛江体育中心举办，由于湛江与雅典都是海滨城市，气候温度相似，国家乒乓球队把湛江当成了雅典奥运会的"实弹演习场"，赛制、赛程的安排与奥运会完全相同。国家乒乓球队共来了包括马琳、王励勤、孔令辉、王皓、陈杞和张怡宁、王楠、牛剑峰、郭跃等 32 名选手。本次比赛设男、女单打和男、女双打 4 个项目，热身赛全程赛况由央视国际网络 2 套节目进行现场直播。

2004 年，湛江市承办了全国青少年水球锦标赛，组织了"全国青少年三人篮球冠军挑战赛（预赛）湛江赛区比赛"。

2005 年 11 月 24 日，中国（湛江）国际舞狮邀请赛在湛江开锣。中国（湛江）国际舞狮邀请赛由国家体育总局社体中心、中国龙狮运动协会、广东省旅游局、湛江市人民政府联合主办。参加本次比赛的代表队有意大利、加拿大、新加坡、马来西亚，香港、广西、湖南、江苏和湛江遂溪文车、遂溪龙湾、廉江沙坡等 12 支醒狮队，最终江苏华伦、湛江遂溪龙湾、加拿大获得金奖。

2005 年，湛江市承办了中国乒乓球俱乐部超级联赛。

2007 年 6 月 19 日，首届湛江国际龙舟邀请赛在湛江市金沙湾观海长廊海域举办，本次国际龙舟邀请赛设国际男子组、国际女子组、湛江男子组、湛江女子组、高校男子组等组别，各组设 500 米直道竞速项目。当天，来自美国、加拿大、澳大利亚、荷兰、意大利等 10 多个国家和地区的 14 支男、女境外代表队和 23 支本地及境内代表队，共 37 支龙舟队参加了当天的预、决赛。经过紧张激烈的多轮角逐，来自印尼西苏门答腊（首府队）、澳洲堪培拉雪地龙龙舟会队分别荣获男、女子组总决赛的冠军；雷州市（县级）乌石镇队、湛江师范学院队分别荣获得了男、女子组总决赛亚军。

2008 年 6 月 8 日，第二届湛江国际龙舟邀请赛在湛江金沙湾观海长廊进行，来自加拿大、英国、澳大利亚、荷兰、美国等国家及香港、澳门、湛江地区的 28 支代表队经过紧张角逐，英国国际龙舟队夺冠，获得第二、第三名的分别是湛江雷州乌石龙舟队和香港龙舟联会队。

2008 年，湛江市承办了全国青年水球锦标赛。

2009 年 5 月 19 日，第三届湛江海上国际龙舟邀请赛在湛江市赤坎区金沙湾海湾举办，此次参赛代表有澳大利亚、英国、加拿大、爱尔兰、威尔斯、哥伦比亚等国家和香港、澳门地区的 8 支代表队约 300 人，以及本市各县（市、区）的 27 支（20 支男队、7 支女队）龙舟队，共 35 支代表队参加本届赛事 3 个组别 4 个奖项的角逐。经过激烈竞争，英国万事达国际龙舟队夺得冠军，第二、第三名分别由广东吴川那津龙舟队，霞山区特呈岛男子龙舟队获得。

2010 年 6 月 16 日（农历传统端午节），第四届中国湛江海上国际龙舟邀请赛在赤坎金沙湾近岸海域举办，本次比赛共邀请了 51 支海内外代表队参赛。俄罗斯老虎队夺得国际公开组桂冠；吴川黄坡低垌队夺得湛江公开组冠军；霞山特呈岛队夺得湛江女子组冠军。经过四届的精心打造，湛江海上国际龙舟赛已俨然成为湛江群众体育的一个锃亮品牌。

2011 年 6 月 6 日，第五届中国湛江海上国际龙舟邀请赛在湛江金沙湾举办，本届龙舟赛共 51 支代表队参加了本次大赛四个项目的角逐，其中包括澳大利亚、英国等国家和香港、澳门地区的 9 支代表队。最终澳大利亚科摩多龙舟队、吴川黄坡低垌龙舟队、阳江市江城区龙舟队分别获得女子组、公开组、国际公开组总决赛冠军。

2011 年 9 月 15 日至 18 日，全国武术套路冠军赛在湛江市体育中心举办，全国共有 37 支代表队共 254 名运动员参加了比赛。

2012 年 6 月 23 日，第六届湛江海上龙舟赛在赤坎金沙湾近岸海湾隆重开幕。本次比赛打破以往五届的常规，未邀请境外代表队参加。而将开展力度放在广泛发动本市民间龙舟参赛。共有48支本土代表队参加角逐，代表层面涵覆工、农、兵、学、商，充分体现了端午节广大人民群众"齐参与，共欢乐"这一传统的群众活动主题。女子组总决赛前三为御唐府湛师基础教育学院女子龙舟队，湛江师范女子龙舟队和湛江市体育学校女子龙舟队。男子组总决赛前三为公园1号那津龙舟队、麻章龙舟一队和吴川比干文化促进会霞马龙舟队。

2013年6月12日，正逢端午节，第七届湛江海上龙舟赛在金沙湾海域举办，39支龙舟队展开激烈角逐，比赛活动还举办精彩的水上艺术表演，吸引上万游客前来观看。

2013年11月3日下午，万达广场全国女子足球联赛第五站（广东赛区）在湛江市体育中心体育场开球。广东、武汉、山东、广西四支代表队参加，雷州蔡文飞、赤坎陈春梅、坡头郑茵和芦康娟及廉江妹子罗桂平、曹意文、谭茹殷七名湛江运动员代表广东队回乡参赛，并以2比0的成绩战胜了广西队。

2014年6月2日，第八届湛江海上龙舟邀请赛在赤坎金沙湾畔举办，38支本土代表队参加比赛，最终吴川市黄坡低垌代表队、湛江师范学院女子龙舟队分别摘得男子组、女子组总决赛桂冠。

2014年11月28日，全国滑水锦标赛在湛江湖光岩风景区举办。

（三）承办历届广东省体育竞赛

1955年6月10日至12日，广东省游泳分区赛在湛江市举办。参加单位有湛江市，阳江市，台山县、雷东县、高州县的男女代表队。

1958 年 7 月 27 日至 8 月 3 日，广东省水球锦标赛在湛江市举办。参加单位有广州市、湛江市、佛山市、东莞市、汕头市、江门市、新会县、石岐等 8 个队共 90 名运动员。

1958 年 7 月 31 日至 8 月 3 日，广东省职工、青少年游泳跳水比赛在湛江市海滨泳场举办。参加单位有佛山、惠阳、汕头、韶关、湛江、海南、广州、高要、合浦共有运动员 600 余人，比赛分为男、女职工、青少年 6 个组，游泳有 40 多个小项比赛。

1958 年 11 月 28 日至 12 月 1 日，广东省少年足球赛在湛江市举办。参加单位有湛江市、吴川县、琼山县以及北海市代表队。

1960 年 6 月 10 日，广东省地质系统职工业余球类比赛在湛江市举办，比赛项目有男子足球和男、女子乒乓球。参加单位有广州市区、韶关、汕头、江门、海南、湛江 6 个专区的地质系统职工代表队。

1963 年 5 月 19 日至 23 日，广东省足球对抗赛在湛江举办。参加单位有广州体院队、萌芽队、梅县青年队和湛江队 4 个足球队。湛江市队以一胜一和一负的成绩获亚军。

1964 年 2 月 1 日至 7 日，广东省足球锦标赛在湛江市举办。参加单位有湛江市、海康县等 6 支代表队，湛江市队获冠军。

1964 年 8 月 7 日至 14 日，广东省初中、小学足球赛在湛江市举办。湛江市五中获初中组冠军，雷师附一小获小学组冠军。

1965 年 7 月 25 日至 28 日，广东省四单位儿童跳水对抗赛（广州市、韶关市、茂名市、湛江市）和四单位水球对抗赛（广州市、东莞县、海康县、湛江市）在湛江市举办。

1965 年 7 月 28 日至 8 月 2 日，广东省青少年足球锦标赛在湛江市举办。参加单位有茂名市、遂溪县、吴川县、廉江县、海康县、湛江市。

1971年5月20日至6月5日，广东省少年足球集训赛在潜江市举办。参加单位有广州市、梅县地区、汕头地区、惠阳地区、韶关地区，佛山地区、肇庆地区、湛江地区和海南行政区。

1972年6月16日至22日，广东省少年体操比赛在湛江市举办。参加单位有广州市、海南地区、佛山地区、肇庆地区何湛江地区共有运动员137人，黄一彪任赛区组委会主任，刘冠元、梁文华任副主任。

1980年7月28日至8月10日，广东省青少年足球选拔赛在湛江市举办。参加单位有广州市一、二队，梅县地区一、二队，湛江地区一、二队、佛山地区、汕头地区、深圳市。珠海市等10支代表队，共有运动员126人。王友林任大会组委会主任，于瑞芝，李维函、陈其辉任副主任，刘锦泉任裁判长，叶华振任副裁判长。

1980年8月21日至27日，广东省青少年报务分区赛在湛江市举办。参加单位有肇庆市、广州市、江门市、茂名市、海口市、海南自治州、中山县、顺德县、花县、湛江市共36名运动员。于瑞芝任大会组委会主任，黄可、黄先登、陈克昌、高安任副主任。

1981年7月22日至26日，广东省儿童跳水、水球选拔赛在湛江市举办。参加跳水比赛的单位有广州市、湛江市、惠州市、茂名市、汕头市、新会县，廉江县7支市县代表队，参加水球比赛的单位有广州市、湛江市、顺德县、斗门县4支市县代表队，共有运动员140人，陈炳东任大会组委会主任，唐那波、任成辉、陈英任副主任，卢森堡任跳水裁判长，车汝棣水球裁判长。

1983年7月25日至8月5日，广东省射击重点班射击比赛在湛江市举办。参加单位有广州市、韶关市、汕头市、潮州市、佛山市、江门市、湛江市自治州、肇庆市、茂名市、惠州市、花县、琼山县等 13 支市县代表队，共有运动员 120 人。黄一彪任大会组委会主任，单学忠、陈华生、陈英任副主任，刘振达任总裁判长，张昌义任副裁判长。

1983 年 8 月 8 日至 8 月 16 日，广东省航空模型比赛在湛江市举办。参加单位广州市、韶关市、汕头市、潮州市、佛山市，中山县、肇庆市、茂名市、海口市、湛江市，共有运动员 91 人。陈钧任大会组委会主任，陈华生、单学忠、陈英、周彬任副主任，黎健源任总裁判长。

1984 年 4 月 28 日至 5 月 3 日，广东省射击分区赛在湛江市举办。参加单位有茂名市、湛江市、海口市、肇庆市、江门市、自治州、琼山县 7 个市县代表队，共 107 名运动员，陈钧任大会组委会主任，黄秀定、陈克昌任副主任。

1984 年 8 月 20 日至 23 日，广东省第二届工人运动会游泳比赛在湛江市举办。参加单位有江门市、佛山市、汕头市. 韶关市、深圳市、茂名市、银鹰体协、广州铁路局、海南自治州、肇庆地区、广州市、惠阳地区、湛江市，共有运动员 190 人。陈钧任大会组委会主任，廖志华、韦炯源、曾广源、庄美隆、陈克昌、谢广兴任副主任，老汝近任裁判长。

1986 年 8 月 28 日至 9 月 6 日，广东省第七届运动会少年足球比赛在湛江市举办。参加单位有广州市、佛山市、深圳市、海南区、珠海市、韶关市、梅县地区、肇庆地区、惠阳地区、湛江市，共有运动员 180 人。李润华任赛区竞委会主任，黄秀定（女）、苏孔大、曾广源任副主任，张文缘任裁判长。

1987 年 7 月 17 日至 20 日，广东省第四届重点中学和田径传统项目学校田径比赛在湛江市举办。参加单位的省重点中学甲组有湛江第一中学、海南中学、华师大附中、北江中学、肇庆中心、佛山市第一中学、江门市第一中学、中山纪念中学、自治州中学；省重点中学乙组有惠州市第一中学、汕头金山中学、省实验学校、广雅中学、执信中学、梅县东山中学、韶关市第一中学、深圳中学、茂名市第一中学、珠海市第一中学、海南农垦中学、方红农场一中；省田径传统项目学校丙组有广州市第七中学、从化县神岗中学、广东仲元中学、深圳翠园中学、珠海前山中学、斗门县第一中学、阳江县第一中学、阳春县第一中学、思平县独醒中学、遂溪县第一中学、湛江市第二中学、高州中学、海南华侨中学、韶关市第二中学、连县连州中学、曲江县曲江中学、南雄一中、澄海县澄海中学、潮州市金山中学、饶平县第二中学、乐东县黄流中学、东方县八所中学、三亚市第一中学、东莞县石龙中学、龙川县第一中学、博罗县博罗中学，四会县四会中学、郁南县西江中学、云浮县云浮中学、丰顺县汤坑中学、中山市小榄中学，共有运动员 11 人。陈钧任大会组委会主任，周国贤、陈镜开、陈方亮、陈克昌、杨燊任副主任，杨健南任总裁判，张醮林、张蜕、张田贵任裁判。湛江市二中获省田径传统项目学校丙组团体总分第一名，湛江一中获省重点中学甲组团体总分第三名。

1987 年 8 月 12 日至 2 日，广东省青少年射击锦标赛在湛江市举办。参加单位有广州、湛江韶关、汕头、佛山、江门、自治州、海口、潮州、中山、惠州、肇庆、梅县、饺平、西江、琼山、茂名，共有运动员 200 多人。陈钧任大会组委会主任，黄定秀、陈克昌任副主任。

1990 年 7 月 15 日，广东省第八届运动会于在汕头市开幕，8 月 31 日在湛江市闭幕。湛江市承办省八运会闭幕式及跳水、蹼泳、武术、田径等 4 个项目的比赛，参加单位有广州、深圳、珠海等 18 个代表团，共有运动员 950 人。在省运会闭幕式期间，还有港澳同胞及各界人士 1500 多人莅临湛江。出席省八运会闭幕式的省、市和部队的主要领导有林若、叶选平、王宁、卢钟鹤、王屏山、高振东、周坤仁、王冶、郑志辉等以及香港知名人士霍英东等。

1991 年，湛江市承办了广东省足球甲级联赛，共有 9 支代表队参加；承办广东省少年举重锦标赛（坡头区承办），共有 15 支代表队 248 人参加；广东省青少年短池游泳比赛（吴川县承办），共有 13 支代表队 145 人参加。

1992 年，湛江市承办广东省足协杯男子足球赛和广东省中学生毽球赛。

1993 年 7 月 17 日至 23 日，广东省青少年射击锦标赛在湛江体育中心举办，共有 7 支代表队 46 人参加。

1993 年 7 月 25 日至 26 日，广东中小学生"容盛杯"游泳锦标赛在湛江吴川梅录举办，共有 8 支代表队 125 人参加。

1993 年 8 月 5 日至 12 日，广东省"康龙杯"女子足球锦标赛在湛江体育中心举办，共有 8 支代表队 161 人参加。

1994 年 1 月 22 日至 26 日，93 年广东省儿童足球锦标赛（湛江分区赛）在湛江吴川举办，共有 5 支代表队 98 人参加。

1999 年 7 月 15 日至 20 日，广东省青少年射击锦标赛在湛江市体校举办，共有 8 支代表队 44 人参加。

1999 年 7 月 26 日至 29 日，广东省青少年拳击锦标赛在湛江市体校举办，共有 8 支代表队 93 人参加。

1999 年 8 月 20 日至 28 日，广东少年男子足球联赛决赛湛江体育中心举办，共有 10 支代表队 160 人参加。

2000 年 7 月 17 日至 22 日，广东省青少年射击锦标赛在湛江举办，共有 8 支代表队 77 人参加。

2000 年 7 月 19 日至 27 日，广东省少年儿童跳水锦标赛在湛江举办，共有 8 支代表队 83 人参加。

2000 年 8 月 13 日至 15 日，广东省青少年武术散打锦标赛在湛江举办，共有 8 支代表队 83 人参加。

2003 年，湛江市承办广东省青少年射箭、水球锦标赛。

2003 年 8 月 18 日，广东省第六届大学生运动会在湛江师范学院隆重开幕，副省长宋海，省人大常委会副主任李兰芳、湛江市委书记、市人大常委会主任邓维龙以及南海舰队副政委张鸿富少将，省直有关部门负责同志、湛江市四套班子领导、省第六届大运会组委会全体成员参加了开幕式。开幕式后，湛江师范学院 1750 名学生表演了大型团体操《青春放飞新世纪》。团体操分"故乡的花海""蔚蓝的畅想""让理想高翔""青春放飞新世纪"五个部分。整个表演始终贯穿了"青春、活力、海洋"的主题，充分体现省大运会"团结、奋进、文明、育人"的宗旨。广东省第六届大学生运动会共进行了 11 个比赛项目 1746 项角逐，67 所高校 6338 名运动员、教练员、领队参加了比赛，是广东省历史上规模最大、参加人数最多、信息化程度最高、比赛项目最多的一次全省大学生体育盛会。大运会共颁发奖杯 526 座、牌匾 265 块、奖牌 2040 枚，共决出 687 枚金牌。游泳项目共有 7 人 8 次破全国大运会乙组游泳纪录，18 人（10

队）39 次破 24 项广东省大运会甲组游泳纪录，6 人 6 次破 4 项广东省大运会乙组游泳纪录，15 人（6 队）24 次破 16 项广东省大运会丙组游泳纪录。田径项目共有 32 人 7 队 60 次破 27 项广东省大运会甲组田径纪录，3 人 7 次破 2 项全国大运会乙组田径纪录，2 人 2 次破 2 项广东省大运会乙组田径纪录，6 人 2 队 10 次破 5 项广东省大运会丙组田径纪录。中山大学、广州体育学院、深圳职业技术学院分别获甲、乙、丙组团体总分第一名。湛江师范学院等 16 个代表团获得体育道德风尚奖。湛江市体育中心等 14 个赛区被评为优秀赛区。

2003 年 8 月 25 日，广东省第六届大学生运动会在充满"青春、活力、海洋"气息的《彩色湛江》大型文艺晚会中落下帷幕，湛江完成了一个完美的冲刺。

2004 年，湛江市承办了广东省青少年水球、射箭锦标赛和广东省少年乒乓球冠军赛。

2005 年，湛江市承办了广东省青少年跆拳道、射箭锦标赛和省青少年田径公开赛、跳水路上弹网比赛。

2008 年，湛江市承办了广东省青少年水球、跆拳道、女子足球锦标赛和省羽毛球冠军赛。

2014 年 7 月，广东省青少年武术散打锦标赛在湛江市体育中心体育馆举办，全省 10 支代表队 88 名武术散打高手参加。

2014 年，广东省青少年举重锦标赛在湛江坡头举办，湛江参加运动会的运动员有男子 56 公斤级的梁志斌、男子乙组 56 公斤级的刘众喜、女子丙组 50 公斤级的林晓夏、女子乙组 63 公斤级的周小青、女子甲组 53 公斤级的庞嘉宇以及蔡雅林、邱振程、刘坚、陈晓妹等。

2014 年 7 月 25 日，广东省第十四届运动会暨第七届残疾人运动会在湛江奥体中心隆重举办。中共中央政治局委员、省委书记胡春华宣布广东省第十四届运动会暨第七届残疾人运动会开幕。开幕式由大会会组委会主任、副省长许瑞生主持，大会组委会名誉主任、省长朱小丹致开幕辞，广州军区副政委刘长银中将、司法部原部长邹瑜等参加开幕式。

作为东道主，湛江市四套班子领导刘小华、王中丙、邓碧泉等出席了开幕式。出席开幕式的领导嘉宾还有省领导林木声、周天鸿、邓海光、陈蔚文、广东省军区司令员张利明，省人大常委会原副主任陈坚、邓维龙，省政协原副主席王兆林，海军南海舰队副司令员张兆垠少将、张文旦少将，副政委杜本印少将、政治部主任聂守礼少将、后勤部部长田占欣少将，广东省公安消防总队队长王郭社少将，第十四届省运会组委会、纪律检查委员会委员，第七届省残疾人运动会组委会成员，各地级以上市及顺德区代表团，省直有关单位负责同志，中央、省驻湛单位负责同志，全国重点企业、港澳台及海外知名人士。开幕式后，比赛场所进行了大型文体表演《蓝色湛江，金色梦想》，包括《鼓动湛江》《丝路彩虹》《碧海雄风》《共享蓝天》《梦圆南粤》五个场次。

本届省运会与省中学生运动会合并，由体育和教育部门合办，开幕式与省残运会开幕式合办，增加残疾人代表团方阵，开广东体育改革先河。比赛项目、参赛人数为历届最多，规模为历届最大。

本届省运会包括竞技体育组和学校体育组两个组别，竞技组设 28 个大项、472 个小项，学校组设 8 个大项、134 个小项，两组共将产生金牌 606 枚。设代表团团体总分奖、突出贡献单位奖、国家学生体质健康标准优秀奖、体育道德风尚奖等四大奖项。由全省各地级以上市和顺德区组团参加，参赛运动员约 8000 人。湛江市将承办竞技组 20 项和学校组 8 项比赛，其余竞技组项目分别在广州、深圳、顺德、惠州、阳江和省黄村训练中心举办。在竞技体育组中，广州市代表团以 9491.1 分高居榜首，深圳（7373.4分）、东莞（5524.4 分）、中山（4410.5 分）和湛江（4325.4 分）等代表团名列综合成绩榜前列。在学校体育组中，广州、深圳、东莞等八个代表团获得团体总分一等奖，194 名裁判员和 775 名运动员和 74 个运动队获得"体育道德风尚奖"，广州、深圳、湛江等 22 个代表团获得"体育道德风尚奖代表团"，广州市体育局等 12 个单位获得"广东省第十四届运动会突出贡献奖"，广州市教育局等 16 家单位获得"实施《国家学生体质健康标准》工作优秀奖"。

本届省运会闭幕式由省运会组委会常务副主任、省政府副秘书长赵坤主持。第十四届省运会组委会副主任、秘书长、竞赛部部长高敬萍、郑庆顺分别宣布省运会竞赛成绩、获得"体育道德风尚奖"单位名单、获得"广东省第十四届运动会体育突出贡献奖"前十二名的地级以上市体育行政部门以及"实施《国家学生体质健康标准》工作优秀奖"单位名单。副省长许瑞生，湛江市委书记、市人大常委会主任刘小华，省教育厅厅长罗伟其、省体育局局长王禹平等领导同志为获奖单位颁奖。闭幕式上还进行了包括"收获""欢庆""展望"三个篇章的大型文体展示。

作为体育强市，湛江市政府积极地承办市运会，主动承办全省性、全国性体育比赛，截至目前已经举办 12 届城市运动会，承办全省性、全国性体育比赛分别达 40 余次，在全省、全国范围内产生广泛而强烈的影响。

三、加强体育交流

除大量举办运动会外，湛江市也分别注重对外体育交流。除自身赴越南等国家参加访问比赛外，还要请国家足球集训队，北京、湖北、福建等省队来湛江比赛，也邀请香港特别行政区、澳门特别行政区等篮球队、足球队来湛江比赛。此外，还邀请过意大利，阿尔及利亚、朝鲜等国际相关体育团队来湛江比赛。

1954 年，应湛江市邀请，香港男、女篮球队来湛江访问比赛。

1962 年，湛江市体育代表团 60 多人，包括足球队、篮球队和乒乓球队，应邀赴越南海防省访问比赛。

1964 年 10 月 31 日，以阿尔巴尼亚支援军队与国防志愿协会主席库法多·巴巴中校为团长的阿尔巴尼亚国防体育协会航海、无线电代表团一行四人从广州乘飞机到湛江市参观访问。

1983 年 10 月 16 日与 17 日，以希亚奇·阿尔维托为领队的意大利国家水球队一行十二人，应中国游泳协会的邀请来华访问。首站访问湛江市。湛江市副市长汤文藩、陈钧、柯景仁等会见意大利国家水球队全体成员。意大利水球队在湛期间，分别与广西水球队（刚获五届全运会冠军）和广东水球队（五届全运会亚军）进行两场比赛。

1986 年，澳门金禧花甲足球队应邀访问湛江，与市女子足球队比赛，并与市长青足球队比赛，柯景仁副市长参加比赛。

1987 年 8 月，澳门濠江中学男子足球队访问湛江市，进行 4

场比赛。

1989年11月18日，香港南华体育会足球队以许晋奎为领队，以香港足球队主教练郭家明和新华社香港分社文体部秘书钟绮玲女士为嘉宾，来湛访问，为湛江市体育中心落成典礼贺庆。19日晚上，在体育中心足球场与湛江醒宝队比赛。

1990年，第八届省运会在湛江闭幕，湛江市邀请霍英东、霍震霆、许晋奎等香港知名人士与湛江籍华侨、港澳同胞参加省运会闭幕式。闭幕式前，湛江市邀请广东足球队和香港南华足球队来湛江比赛。

1990年3月底至4月初，香港足总举办"复活节少年足球邀请赛"，市体委副主任陈克昌同志率领市少年足球队参加，取得亚军。

1991年3月，在湛江市体育中心举办湛江市首届国际女子足球光明杯邀请赛。大赛邀请朝鲜民主主义人民共和国国家女子足球队、台北中华女子足球队、中国女子足球队、广东女子足球队。8月，湛江市邀请广东女子足球队、广东半球女子足球队来湛江作赈灾女足比赛，把门票全部捐赠华东灾民。11月，湛江市邀请北京、湖北、福建、广东女排来湛江比赛，为红橙节助兴。12月，邀请中国足球集训队与中国奥林匹克足球队来湛江比赛。

2011年11月15日，韩国浦项市青少年体育代表团一行二十六人访问湛江市，对湛江市主要设施、市容市貌、体育设施等进行参观交流，浦项市女足与湛江市女足队以及海洋大学女足队进行了两场友谊赛。

积极与国内外进行体育交流，不仅增进了交流和双方的友谊，也扩大了湛江国内外的影响。

第二节　湛江体育事业的前景展望

湛江体育已经走过 50 多个春秋。新中国成立以来，特别是改革开放以后，在各级党委和政府的关怀和重视下，在社会各界人士的积极支持下，经过几代体育工作者的艰辛劳动，湛江体育沉淀丰富的历史文化，并取得辉煌成绩，在广东体育事业快速发展中占有举足轻重的地位。从 1995 年国务院颁布《中华人民共和国体育法》和实施《全民健身纲要》后，湛江市实施全民健身计划于 1996 年全面启动，大力推进全民健身场地、组织、活动和服务四大网络体系建设，广泛开展全民健身运动。

新中国成立以来，湛江共举办地区运动会五届，市运会十二届，成功举办多次国际、国内大赛以及全省青少年锦标赛。迄今为止，湛江市城乡群众体育活动站 160 多个，社会体育指导员 1880 多名，市级单项体育协会 23 个，县级体育协会 50 个，两个县（市）（遂溪县、吴川市）被命名为全国体育先进县（市），86 个乡镇已经全部成为湛江市体育先进乡镇，其中 9 个乡镇被命名为广东省体育先进镇，5 个乡镇被评为全国亿万农民建设活动先进单位。湛江市拥有 5 个全国体育先进社区，拥有 19 个省体育先进社区、12 个省体育先进社区委员会，完成农民体育健身工程 1303 个，占全市行政村 70%。

目前，湛江市部分群众体育活动已经形成一系列制度化，如每年举办一届体育节、"公仆杯"乒乓球、羽毛球赛、迎春长跑等体育活动，部分行业系统举办的大型群众体育活动多达 20 余项，全市群众体育活动十分活跃。尤其是醒狮、人龙舞、龙舟等传统体育项目日益彰显群众体育感召力，2003 年，遂溪县被评为"全国醒狮之乡"，文车高桩醒狮入选上海"大世界吉尼斯纪录"。2004 年，遂溪文车醒狮团代表我国南狮团赴法国巴黎参加"庆祝中法建交四十周年活动"做表演。2008 年，遂溪文车醒狮团代表中国男狮参加北京奥运会开幕式前期表演。此外，湛江还有堪称一绝的湛江东海人龙舞和国际龙舟邀请赛等群众体育"精品"，在国内外颇受关注。

湛江人民正在响应党委和政府的号召，在发展好群众体育的同时，以竞技体育为名片，坚持"立足传统优势、突出重点、因地制宜"的原则，大力实施《奥运争光计划》。全市逐步形成由市体校、县（市、区）业余体校和直属场馆业余体校、体育传统项目学校和网点学校组成的业余训练网络体系，业余训练规模和覆盖面不断扩大；着力完善管理制度和激励机制，改善训练场地设施，积极探索体、教结合的课余训练新模式。全市拥有业余体校 12 间，开展业余训练项目 20 个，在训人数 2500 人；省、市级体育传统项目学校 51 所，其中省级 11 所，市级 40 所，在训学生 5600 人；6 所国家青少年体育俱乐部。近五年来，湛江市获得世界冠军、亚洲冠军 21 个，全国冠军 111 个。连续多年被省体育局授予"突出贡献奖"单位，2004 年和 2008 年被省局授予参加雅典奥运会、北京奥运会"突出贡献奖"单位。湛江市体校、赤坎区体校被国家体育总局命名为"国家高水平体育后备人才基地"；湛江市体校被中国游泳协会命名为"中国游泳协会高水平跳水后备人才基地"；全市 12 个项目 16 个班点被省体育局命名为"省重点项目后备人才基地、重点班"。湛江竞技体育人才辈出，成绩斐然，曾为国家和省培养和输送了张小冬、吴国村、邱亚帝、符晓云、劳丽诗、何冲等一大批优秀运动员。

体育事业也像其他行业一样，存在如何兼顾、普及与提高的问题。新中国成立后相当一个时期，为了塑造国家形象，必须向提高倾斜，长期以来我国体育事业明显向竞技体育运动倾斜。经过六十多年的努力，我国竞技体育运动已经处于世界先进水平，这从奥运会等大型国际体育比赛中我国所获得的金牌数、奖牌数中得以体现。而体育运动最根本的目的是在于国民拥有强健的体魄，因此未来的体育事业发展趋势是竞技体育、民间体育齐头并进，湛江的体育事业也是如此。

参考资料：

[1]中国非物质文化遗产网.中国非物质文化遗产数字博物馆[OL].http://www.ihchina.cn/main.jsp.

[2] 符安平.遂溪与南海联手打造醒狮文化[N].湛江日报，2009-2-14-A03 版.

[3] 符安平.遂溪醒狮舞出大市场[N].湛江日报，2006-8-2-5.

[4] 苏雄.国家非物质文化遗产之遂溪醒狮的市场化运作[J].四川体育科学，2011 年 12 月第 4 期.

[5] 国家非物质文化遗产之遂溪醒狮研究[J].体育文化导刊，2007.4.

[6] 苏雄,等:"人龙舞"的社会文化价值[J].山东体育学院学报 6,2006.3.

后　记

本书通过搜集整理关于湛江当代体育发展的资料，梳理出湛江不同时期不同体育项目的发展历程以及各个项目取得过的成绩，它是对湛江体育史料的汇总。

作者在搜集相关体育史料的过程中，把原湛江地区和现湛江市的材料统一收录，搜集资料的范围包括：湛江市图书馆收藏的湛江地区县志材料，湛江市体育局历年来的年度工作总结和档案材料，湛江潜水运动学校档案材料，湛江村落记录的史料，湛江报纸资料和中国期刊资料等等。虽然查找和搜集了大量的资料，并把它们归纳梳理，但仍未做到尽全尽善暂存遗憾，期待在未来研究中愈加完美。

许多单位对于本书资料的搜集给予了很大帮助，在此对他们表示衷心感谢。

湛江体育大事记

1903 年（清朝光绪二十九年），颁布癸学制后，湛江市学校开始开设体操课程。

1929 年冬，湛江市益智足球队赴海康县城，与海康南强足球队比赛。

1930 年，湛江市法华足球队赴海康县，与海康南强足球队比赛。

1932 年，雷州半岛 3 县 1 市举办第一次运动会，竞赛项目有田径、足球、自行车。

1933 年，在广州举办的广东省第十二次运动会上，湛雷足球队获亚军。湛江市王清获县联田径男子甲组 100 米、200 米两项第二名，林天雄获县联田径男子甲组 800 米第二名。

1935 年，在广州举办的广东省第十三次运动会上，湛雷铁心足球队获亚军，海康县蔡朝贤获县联田径男子甲组 1500 米第一名，唐宏获男子五项全能第一名并破省纪录，何希孔获男子 110 米高栏第二名。

1937 年，在广州市举办的广东省第十四次运动会上，海康县获县联田径男子乙组团体总分第四名，蔡朝贤获男子甲组 800 米、1500 米两项第一名，并破该两项省纪录。

1939 年 8 月，湛江市与法国舰队在西营（今霞山）体育场进行田径对抗赛。

1941 年，湛江市举办大型运动会，竞赛项目有篮球、排球、足球、田径、跳水、水球。

1945 年 10 月 10 日，湛江市水上运动会在赤坎游泳场举办，女子首次登台参加体育比赛。

1946 年

3 月 15 日，湛江市政府召开体育座谈会，3 月 17 日，又召开各界人士座谈会，推行国民健康运动和发展学校体育。

3 月 22 日，湛江市体育会成立。

5 月 19 日，赤坎游泳场正式开放并举办剪彩仪式。

6 月 2 日，西营游泳场开放，湛江市市长和各界人士光临。

6 月 4 日（端午节），赤坎鸭母港桥头举办龙舟赛。

8 月 25 日，湛江市首届水上运动会在赤坎游泳场举办。

11 月 12 日，湛江市第一次运动会开幕。

1947 年

6 月 1 日，在广州举办的广东省第十五届运动会上，湛江市获田径男子甲组第一名，男子乙组第三名，其中，陈立芳获两项第一名，破 1 项省纪录。

11 月，湛江市举办全市运动会。

1949 年 9 月 23 日，修建赤坎运动场。

1950 年

1 月，湛江市举办欢庆解放环市跑。

10月，湛江市举办庆祝新中国成立一周年体育运动会，进行团体操、秧歌舞以及舞狮表演。

12月19日至24日，湛江市首届运动会在西营举办。

1951年

1月，湛江市举办新年运动会，竞赛项目有篮球、排球和足球。

12月，中南军区体操队到湛江市参加演出。

1952年，湛江市举办春节运动会，竞赛项目有田径、篮球和足球。

1953年

9月，湛江市体育运动办公室成立，黄可任办公室主任。

10月，驻湛部运动会在西营人民体育场举办。

1954年

2月3日至7日，湛江市第二届运动会在西营举办。

冬季，广东省篮球分区赛在湛江市举办。

1955年

6月10日至12日，广东省游泳分区赛在湛江市举办。

8月，湛江专区在湛江市举办田径比赛和自行车比赛。

1956年

1月，在广东省第一届运动会上，湛江选手破2项省纪录，获2枚金牌，5枚银牌、5枚铜牌，游泳团体总分名列第四名。

3月，国家体委颁布《劳动卫国制度》，要求中小学施行。

6月，湛江市体育运动委员会成立，市长何鸿景任体委主任。

8月，湛江专区第二届田径、自行车运动会在湛江市举办。

9月，湛江专区男女篮球比赛在高州县举办。

1957 年

1 月 31 日至 2 月 2 日，湛江专区代表团参加在广州举办的第二届省运会，湛江专区获省团体总分第三名（按：后来这次运动会不算第二届运动会。）

2 月，湛江市举办第一届教工运动会，在运动会期间成立钟声体协会。

7 月，湛江专区乒乓球锦标赛在吴川举办，吴川县获男子团体冠军。

1958 年

2 月，广东省武术表演赛在广州中山纪念堂举办，吴川县曾怡振等五名运动员代表湛江专区参加。

3 月，湛江专区职工足球赛在吴川举办，吴川县获得冠军。

5 月 4 日，湛江市召开全市体育工作大会，李重民副市长讲话，传达中央、省体委工作会议精神，要求今年内有七万人参加体育锻炼。

6 月 20 日，广州军区篮球队来市示范表演，并于 22 日晚在赤坎灯光球场与市联队进行友谊赛。

7 月 25 日至 26 日，湛江专区举办职工青少年水上运动会。

7 月 27 日，广东省水球锦标赛在霞山泳场举办。

8 月 3 日，广东省水球锦标赛在广州市举办，湛江市获亚军。

8 月 4 日，山西太原市工会联合组队共十余人到湛交流游泳经验。

8 月 14 日，湛江市中学生游泳队赴大连参加全国中学生游泳比赛。

9 月 10 日，湛江专区组队 250 人强化训练，准备参加广东省二届运动会。

1959 年

2 月，广东省武术比赛在广州市举办，吴川运动员曾昭庆代表湛江参加比赛，获一等奖。

3 月 22 日至 29 日，湛江专区体育代表团一行三百九十人，由代表团车金铭副团长率领，赴省参加省二届运动会。

5 月，全国田径分区赛在湖南长沙举办，吴川运动员林若峰代表湛江以 5.13 米的成绩获少年女子跳远冠军，并打破全国纪录。

9 月 16 日，湛江市运动员黄秀文代表广东省参加全国首届跳水比赛（北京），获女子跳台亚军。

11 月，广东省一级、健将级体操选拔赛在湛江市霞山举办。

12 月 15 日至 23 日，广东省第一届排球赛在湛江市举办。

1960 年

1 月初，湛江市举办元旦田径运动会。10 日，广东省航海运动队一行三十八人在霞山海滨做公开表演。

3 月 12 日，全省农村体育工作会议在梅录召开。26 日，广东国防体育现场会议在梅录公社召开，4 月 1 日闭幕。

3 月 5 日，中国人民解放军副总参谋长、中国人民国防体育协会主任、国家体委副主任李达上将在省体委副主任陈远高、省军区等领导陪同下，到湛江检查国防体育工作。湛江专署专员、专区体委主任莫怀，湛江军分区副司令员、湛江国际体育协会主任吴伯珍等人陪同检查、参观。

6 月 1 日至 11 日，化州县梅录人民公社体协吴巧会、雷北县安铺人民公社秘书周镇江成为体育光进单位和先进工作者，并以此出席北京召开的全国教育和文化、卫生、体育、新闻方面社会主义建设先进单位和先进工作者代表大会。

6月10日，广东省地质系统职工业余球类比赛在湛江举办。

8月7日至14日，全国青少年水上运动会跳水比赛在北京举办，湛江市运动员柯亚九获跳板金牌、跳台银牌；女运动员陈海燕夺得跳台金牌；郑观志夺得跳板银牌。

8月7日至14日，全国少年水上运动会在北京举办，湛江市游泳运动员黎仕光获得100米和200米仰泳的第一名。

1961年

4月15日至16日，全国游泳比赛在北京举办，湛江市游泳运动员唐宛茹代表广东省参加比赛，夺得100米自由泳金牌。

4月4日至14日，第二十六届世界乒乓球锦标赛在北京举办，湛江市运动员苏国熙参加了比赛并参加了罗马尼亚、缅甸、新加坡等国家对中国的访问赛。

1962年

4月29日至5月1日，湛江市举办工人游泳比赛和跳水比赛。

6月17日至24日，湛江市举办职工田径比赛和篮球比赛。

8月，湛江市举办民兵射击比赛，同月，广东省重点青少年业余体校足球赛在海康县举办，湛江队获冠军。

10月20日至23日，全国游泳、跳水锦标赛在南宁举办，湛江市游泳运动员黎仕光获100米仰泳第三名，女跳水运动员陈海燕获跳板亚军，黄秀女获跳板第三名。乒乓球运动员苏国熙参加在南昌举办的全国乒乓球锦标赛，获单打第三名，并代表中国到民主德国、苏联、捷克斯洛伐克等国家进行访问比赛。

1963年

1月26日，我国九城市航海多项运动邀请赛在湖江市霞山开幕，2月2日结束。湛江市代表队获男子团体第五名，女子团体第六名。

4月，湛江市田径运动员陈洪恩参加在昆明市举办的全国春季田径运动会，其100米跑成绩达到体育健将。

4月5日至14日，布拉格举办第二十七届世界乒乓球锦标赛，中国男队获团体冠军，湛江市乒乓球运动员苏国熙参加了比赛。

5月19日至23日，广东省足球对抗赛在湛江市举办。广州体院、萌芽、梅县青年、湛江市共4支足球队参加了比赛，湛江队以一胜一和一负获亚军。

10月10日至19日，佛山市举办全省职工足球锦标赛，湛江市工人足球队获冠军。

11月10日至22日，第一届新兴力量运动会在雅加达举办，湛江市女跳水运动员郑观志、黄秀女分别获得跳板，跳台银牌。

12月6日至16日，中南区乙级足球联赛在长沙举办，湛江足球队获第三名。湛江市五中足球队获省赛冠军，并代表广东省参加在大连市举办的全国性比赛。

1964年

2月1日至7日，广东省足球锦标赛（湛江赛区）在湛江市举办，湛江市队获冠军。

2月5日至7日，湛江专区中学生田径运动会在湛江市举办，15个市县共19个单位参加了比赛，湛江市获团体总分第一名。

2月15日上午，广东省飞机跳伞队11名运动员在湛江民航机场进行飞机跳伞表演，湛江市国防俱乐部也同时参加了航空模型表演。

2月13日至20日，在广州市省体育场举办广东省青年足球锦标赛，湛江队以 1 胜 1 和的战绩获冠军。

5 月 29 日，湛江专区正式成立"湛江专区参加省第三届运动会暨湛江专区第二届体育运动会筹备委员会"。

8 月 7 日至 14 日，广东省初中、小学足球赛（湛江赛区）在湛江市举办。初中组冠军由湛江市第五中学获得，雷师附小获小学组第一名。

8 月 20 日，湛江专区第二届运动会在湛江市赤泉人民体育场开幕。

9 月，湛江市举办了 4 次渡海活动，参加人数达 5000 多人，海军某部进行武装泅渡表演。

10 月 18 日至 25 日，湛江专区体育代表团赴广州参加省第三届运动会，在本届省运会上，湛江市游泳运动员黎仕光 100 米自由泳成绩达健将。

10 月 23 日，湛江市赤坎游泳场改建成功，投入使用。

10 月 31 日，全国航海多项警六单位潜水锦标赛在霞山体育场举办开幕式。在六单位的潜水锦标赛中，湛江市男队以 2794 分获男子团体总分第一名，女队获团体总分第二名。此外还取得 1 个单项第一名，4 个第二名，3 个第三名。

10 月 31 日，阿尔巴尼亚国防体协志愿会航海、无线电等一行四人在团长阿尔巴尼业支援军队与国防志愿协会主席库法多·巴巴中校率领下，从广州市乘飞机到湛江参观。

11 月 7 日，广东省水环、游泳，跳水等队的运动员、教练员共 70 多人到达湛江，并于 13 日至 15 日在湛江市作了精彩表演。

1965 年

2 月 10 日至 12 日，全省中学生田径运动会在广州举办。湛江专区代表队获团体总分第三名，湛江二中获基层队团体冠军。

4月4日，赤坎游泳场邀请全国甲级水球队——广东省水球队和上海水球队来进行表演赛。

5月至10月，湛江市举办职工运动会。

5月1日至4日，湛江军分区、广东省总工会湛江办事处和湛江专区体委等有关单位在湛江市举办全区职工民兵军事体育运动会。本月，全省职工足球锦标赛在湛江举办，湛江工人足球队获亚军。

6月13日至7月4日，湛江市举办横渡湛江海峡活动，有6000多人参加。

7月25日至28日，广东省四单位（广州市、韶关市、茂名市、湛江市）少年儿童跳水对抗赛和四单位（广州市、东莞县、海康县、湛江市）水球对抗赛在湛江市赤坎游泳场举办。

7月28日至8月2日，广东省青少年足球锦标赛（湛江赛区）在湛江市举办，湛江市队获冠军，并参加在广州市举办的决赛，获第三名。

8月22日至29日，全国潜水锦标赛在武汉东湖举办，湛江市队获男、女子团体总分第二名。

7月至9月，越南国防体协的潜水学习参观团一行七人在阮友淳中校带领下，到湛江参观学习。

9月，第二届全国运动会在北京举办。湛江市游泳运动员黎仕光代表广东参加比赛，获1枚金牌和1枚铜牌；田径运动员陈洪恩参加田径比赛，与队友沈友智、何淡武（广州）、郑土成（韶关）一起荣获男子4×100米接力跑冠军，并以41秒1的成绩打破该项41秒3的全国纪录。

11月10日至11日，广东省跳水队的10名男女跳水运动健将梁伯熙、黎振德、宋云藏、廖师泰、梁荦明、尹好容、司徒淑、徐益明、郑观志、黄秀妮从第二届全运会凯旋，在霞山、赤坎两游泳场进行汇报表演。

11月13日至15日，参加第二届全运会回来的广东省国防体育代表队在霞山人工湖、录塘靶场、赤坎西山公园（今为寸金桥公园）、霞山民航机场及霞山、赤坎体育场作汇报表演。

1966年

1月1日至2日，赤坎、霞山两地举办援越抗美越野跑运动会，有12000多民兵、学生参加。

1月，湛江市国防体育俱乐部被评为省文教战线先进单位，并派代表出席全省第二届文教战线先进单位（个人）代表大会。

7月31日，全市有5000多人泅渡湛江海峡。

1968年5月，根据中共中央、国务院、中央军委、中央文革联合发出的命令，对湛江市体育（包括国防体有俱乐部）系统实行军事接管。

1972年

4月1日，湛江地区灯光球场破土动工，政府拨款22万元。

6月16日至22日，广东省少年体操比赛（湛江赛区）在湛江市举办。

7月16日，为纪念毛主席畅游长江六周年，湛江市两万多军民分别在霞山、赤坎和郊区举办渡海活动。

1973年

1月1日，赤坎、霞山两地举办大型汇操表演，参加表演的运动员有2000多人，观众约20000多人。

1月6日，湛江地区中学生运动会分别在海康、信宜、电白开幕，25日闭幕。

1月20日，湛江市举办省田径赛，湛江市获田径、足球两项冠军，男子篮球第三名。

1月，湛江市举办第五届工人运动会，有4762人次参加了各项目比赛。

10月5日，广东省水球队一行十七人至湛江市霞山区和赤坎区表演。

10月19日至29日，广东省游泳队一行十八人到湛江专区作表演辅导。

10月，广西南宁市男、女子篮球队到湛江市访问比赛。

10月8日，湛江市体委邀请回湛江休假的国家乒乓球运动员苏国熙对市少年儿童乒乓球运动员进行辅导表演。

11月，广西钦州地区青年男，女子篮球队到湛江专区的廉江、化州、高州、茂名、电白、吴川、湛江、遂溪等县市进行友谊比赛。

1974年

3月6日，湛江地区第三届体育运动会在湛江市开幕。

8月19日，湛江市参加广东省第四届运动会。

10月12日至22日，全国跳水、水球比赛在湛江市举办。湛江市运动员梁少汉获男子跳台冠军。

1975年

7月13日和16日，湛江市举办万人渡海、长游活动。13日，有600多人在长桥码头下水至网寮船厂海滩进行10000米的长游活动。16日，有11200多人参加渡海活动，游程为3000米左右。

9月12日，湛江市运动员吴国村代表广东参加在北京举办的第三届全运会跳水比赛，广东队获男子团体冠军，吴国村是主力队员。吴国村还获男子跳板冠军、跳台第三名。

10月25日至11月25日，全国第三届运动会报告团来湛江地区汇报表演。

年底，湛江市已恢复潜水、航海模型、射击、摩托车、无线电、航空模型等项目的训练，并恢复了湛江市业余军体运动学校。

1976年

6月，由省摩托队与航空模型队组成的军事体育宣传队来湛江霞、赤两地做宣传表演，观众多达近8万人。

7月，湛江市受命组建了省潜水训练队。

7月16日，湛江地区参加畅游江、河、湖、海活动的人数达27万人次，湛江市区参加2000米到3000米渡海活动达14191人。

广东省游泳队、跳水队、水球队到湛江地区做辅导表演。

1977年

7月16日，湛江市举办渡海活动，有2万多人参与。

8月15日至19日，全国少年游泳分区赛（湛江赛区）在湛江举办，本次比赛有5人8次打破4项全国少年纪录。

江门、海口、湛江三市职工男、女子篮球比赛在湛江市举办。湛江市男队获冠军，女队获亚军。

广州军区男、女子篮球队到湛江市表演。

1978年

本年，湛江市举办湛江地区第四届运动会并组队参加省五届运动会。

5月份，湛江地区直属机关举办体育运动会，项目有篮球、乒乓球和羽毛球。

6月，第三届世界中学生运动会在土耳其举办，湛江市运动员戴勇代表国家参加了体操比赛。荣获男子团体、全能、双杠等5个冠军和1个第二名。

广东省男、女子篮球队到湛江市表演。

1979年

7月16日至21日，全国夏季游泳赛（湛江赛区）在湛江市举办。

10月15日，全国第四届运动会结束。湛江地区有33名运动员、教练员代表广东省参加了这届运动会。

10月20日至21日，跳水运动健将吴国村参加第四届全运会后返湛休息，在霞山、赤坎两地为5000多名群众做精彩汇报表演，陪同表演的还有"八一"队队员陈华名。

第一届世界羽毛球锦标赛在马来西亚举办。湛江市运动员姚喜明代表国家参加比赛，中国队获男子团体冠军，姚喜明是主力队员。

广东省十三城市职工篮球赛，湛江市男队获冠军，女队得第四名。

1980年

7月28日至8月8日，广东省青少年足球选拔赛在湛江举办。

8月21日至27日，广东省青少年报务分区赛在湛江市举办。

12月，首届"团结杯"篮球协作赛在海口市举办，湛江地区男子篮球队获冠军。

湛江地区第二届中学生运动会开幕。湛江市获田径团体总分第一名，湛江市四中参加男子篮球比赛，获第二名。

湛江市举办第六届工人运动会。

1981 年

2 月 22 日，澳门泳华足球队到湛江市访问，分别在赤坎、霞山与市联队进行两场比赛。澳门泳华足球队胜。

7 月 22 日至 26 日，广东省少年儿童跳水、水球选拔赛在湛江市举办。

7 月 28 日，湛江市籍运动员姚喜明参加在美国举办的第一届世界运动会，与江苏省运动员孙志安合作，获羽毛球男子双打冠军。

8 月 25 日至 27 日，广东省小学生游泳比赛在廉江县安铺镇举办。

9 月，遂溪县运动员郑伯胜代表广东省参加在沈阳市举办的全国传统拳术观摩表演赛，获南拳优胜奖。

9 月 21 日，湛江市赤坎武术团成立。

10 月至 12 月，湛江市举办第五届运动会。

10 月，广东省体委批准湛江地区一级教练员。

12 月，廉江县安铺镇被广东省命名为"体育之乡"。同月，湛江地区岑永辉、薛昌豪、梁怀恩、梁油行、毛永良、韦建洁被评为全国优秀体育教师。

1982 年

2 月 17 日，湛江地区举办中、小学优秀体育教师、优秀教练员和优秀运动员表彰大会。

3 月至 6 月，湛江地区举办第五届运动会。

5 月，湛江市籍运动员姚喜明参加在英国举办的第十二届"汤姆斯杯"羽毛球男子团体赛，比赛中，姚喜明与江苏省运动员孙志安合作，获男子双打冠军。

6 月 22 日，湛江地区第五届运动会胜利闭幕。

7 月 25 日至 27 日，广东省第六届运动会体操比赛在江门市举办，湛江地区健儿夺得男子团体冠军。

8 月 20 日至 27 日，全国少年跳水、水球比赛在湛江市举办，湛江市水球队获冠军。

8 月，吴川县第一中学足球队代表广东参加全国"三好杯"足球队，获第三名。

8 月 6 日至 9 日，湛江地区首届重点中学田径运动会在湛江市举办。

8 月 20 日至 25 日，全国少年潜水邀请赛在湛江市举办。

9 月，遂溪县百货公司被评为全国职工先进集体。

9 月 30 日至 10 月 1 日，广东航空模型队、香港运动员张带胜来湛江表演，市区中、小学生万人观看。

10 月，著名球星容志行率领省足球三队来湛江访问、辅导。容志行与在湛江参加全国足球赛的教练员、裁判员组成元老队与湛江市联队比赛，最终结果为 1 比 1 平。

10 月 25 日至 11 月 10 日，全国足球分区（决赛）在湛江市举办。

11 月 5 日，地委书记林若在地区第二招待所会见容志行。

11 月，湛江市籍运动员叶炳来参加在印度新德里举办的第九届亚运会，划船比赛中叶炳来与广东运动员王德平合作，获轻量级 2000 米双人单桨无舵冠军，成绩 7 分 42 秒 4。

11 月，湛江市籍运动员姚喜明参加在印度举办的第九届亚运会羽毛球团体赛，中国队以 3 比 2 战胜上届冠军印尼队，获冠军，姚喜明是主力队员。

1983 年

1月2日，湛江地区书记林若在徐闻县接见了地区武术工作座谈会的全体同志并讲话。

2月26日至28日，湛江地区首届女子足球锦标赛在赤坎体育场举办，海康县队获得冠军。

5月，吴川县教育局体卫何其源同志作为广东省基层代表主持全国学校体育卫生工作会议，并做了经验介绍。

7月，吴川县运动员邱亚帝参加在法国巴黎举办的中法潜水友谊赛，获男子100米泳、200米泳、4×100米、4×200米泳接力、50米屏气潜泳5项冠军。

7月24日至29日，广东省少年跳水、水球选拔赛在廉江县安铺镇举办。

7月25日至8月1日，广东省射击重点班比赛在湛江市举办。

8月11至16日，广东省航空模型比赛在遂溪县洋青空军靶场举办。

9月，全国第五届运动会在上海举办，湛江市籍有16名运动员代表广东参加了全运会。

9月，在上海举办的第五届全运会上，"体育之乡"廉江县安铺镇被评为全国群体有先进单位，并获银盾一座。

9月，广东省公路运输系统职工男子篮球锦标赛在湛江市举办，这是新中国成立以来广东省第一次举办这类比赛。

9月3日晚，吴川县运动员邱亚帝参加在福州市举办的全国蹼泳锦标赛，获男子50米屏气潜泳第一名，并以15秒80的成绩超过了苏联运动员茹可夫于1982年创造的男子50米屏气潜泳15秒96的世界纪录。

9月中旬，湛江地区实行市领导县的体制改革，湛江市管辖遂溪县、海康县、徐闻县、廉江县、吴川县5个县；化州县、高州县、信宜县、电白县由茂名市管辖，阳江县、阳春县由江门市管辖，市体委机构也相应变动。

10月11日至18日，全国青年水球比赛在湛江市举办。

10月16日至17日，以希亚奇·阿尔维托为领队的意大利国家水球队一行十二人，应中国游泳协会的邀请访问湛江。

10月24日上午，湛江市领导接见了参加第五届全运会归来的运动员。湛江市籍运动员在五届全运会上，吴川县运动员欧丽玉与队友一起在女子4×100米混合泳接力赛中获得金牌十枚，另有银牌6枚、铜牌9枚。

12月25日至26日，湛江市举办港城迎春环城长跑活动，市府秘书长林彦举获优胜奖。

1984年

1月21日，全国甲级足球劲旅沈阳部队足球队到达湛江，22、23日分别在霞山、赤坎体育场对市联队进行两场友谊赛。

3月，湛江市老年人体育协会成立。刘铁为名誉主席，黎江任主席，史乃泉任秘书长。

3月，吴川县籍运动员张观福代表国家队访问巴基斯坦，在游泳比赛中，获得男子100米，200米蝶泳、4×100米自由泳接力、4×100米混合油接力四项第一名。

4月27日至5月2日，广东省射击比赛在湛江市霞山射击场举办。

4月17日，上海武术大师正宗八卦拳大师王壮飞先生到湛校授艺。

6月15日，湛江市赤坎游泳场，由市府投资即市体委集资共9万元改建，重新开放。

7月，吴川县运动员邱亚帝代表国家队参加在意大利罗马举办的中、意互访潜泳比赛中，获得男子50米屏气潜泳第一名。

7月，吴川县运动员邱亚帝参加在意大利举办的中、意、西德、瑞典等国际潜泳邀请赛，获得男子50米屏气潜泳第一名。

8月，湛江市委书记温戈、副市长柯景仁等领导接见了荣获广东省第二届女子足球锦标赛冠军的湛江市女子足球队全体队员，并合影留念。

8月20日至8月25日，广东省第二届工人运动会游泳比赛在湛江市赤坎游泳场举办。

8月，遂溪县运动员曹明代表广东省参加在天津举办的全国体操锦标赛，广东队获男子团体冠军，曹明为主力队员之一。

9月，吴川县运动员邱亚帝参加在南宁举办的全国蹼泳锦标赛，获男子100米器泳和50米屏气潜泳两项冠军，以15秒60的成绩打破男子50米屏气潜泳世界纪录。

11月，辽宁、天津、四川、江苏女子排球队应湛江市邀请，在赤坎灯光球场做表演。

12月28日，国家体委授予湛江市老体工卢森堡同志国家级荣誉裁判员称号。

12月，世界竞速潜泳各项成绩公布，吴川县优秀潜泳运动员邱亚帝在50米屏气潜泳比赛中名列第一，在男子100米器泳名列第五。

12月，邱亚帝被评为广东省"十佳"运动员。

1985年

1984年底至1985年1月6日，湛江市运动员张小冬参加在澳大利亚珀斯举办的第十一届世界帆板锦标赛，获女子长距离、三角绕标两项冠军。

1月18日上午，帆板世界冠军张小冬从北京回到广州，受到省委书记林若、副省长王屏山的接见。

1月25日，帆板世界冠军张小冬返湛，受到湛江市领导人姚丽尹、陈斌、黄成海、柯景仁、刘万元、李润华以及市体委、团市委、市妇联、市教育局、湛江市二中师生们的热烈欢迎。

1月30日，湛江市委书记温戈，在市人民医院接见了帆板世界冠军张小冬，温戈书记将亲笔题字的《湛江乡情》赠送给张小冬。

2月5日至10日，为迎接第六届全运会在广东省举办，湛江市举办较大规模的群众性长跑接力活动。

2月4日上午，副总理万里，省委领导林若、吴南生、王屏山等在广州接见优秀运动员张小冬、邱亚帝等。

4月21日，湛江市足球协会成立，黄明德、柯景仁、陈福来当选为名誉主席，陈英为主席。

4月10日至22日，全国青年足球联赛（湛江赛区）在湛江市举办。

7月8日至10日，香港前足球总教练何应芬先生和香港足球界著名人士林励华、朱永强应邀来湛江市指导少年足球队训练。

7月15日至18日，香港前足球总教练何应芬先生、副总教练朱永强先生应邀在湛江市举办足球教练员训练班（注：何应芬先生是1948年参加奥运会的中国代表成员，曾担任老挝国家足球队教练和香港足总会总教练）。

8月23日，湛江市运动员朱晓红参加在贵阳举办的全国业余校射击比赛，获女子 40 发立射金牌，成绩为 378 环。

9 月 26 日，湛江市市长李国荣、市政府巡视员李润华接见获得全国第一届青运会女子跳水两枚金牌、一枚银牌的廉江县运动员林小妮。

10 月 6 日至 18 日，第一届全国青少年运动会在郑州市举办，湛江市籍运动员共获 10 枚金牌。

10 月 18 日至 19 日，在茂名市举办的全国第三届花样游泳比赛结束后，部分省、市运动员应邀到湛江作表演，花样游泳首次在湛江市表演。

10 月 20 日，全国潜泳长距离邀请赛在湛江市湖光岩举办。

10 月，吴川县运动员邱亚帝参加在江门市举办的全国蹼泳锦标赛暨中意友谊赛，获男子 100 米器泳、50 米屏气潜泳和 4×100 米蹼泳接力 3 项第一名，并打破 100 米器泳和 4×100 米蹼泳接力两项全国纪录。

10 月，湛江市第六届运动会开幕，历时 8 个月，分别在六个赛区进行了十个项目的比赛。

12 月，国家体委授予湛江市 21 名体育工作者"新中国体育开拓者"的光荣称号。

12 月 23 日至 25 日，吴川县运动员林来九参加在上海举办的全国短池游泳比赛，获男子 100 米、200 米仰泳两枚金牌，并以 2 分 27 秒的成绩打破由上海选手杨新天保持 2 分 9 秒 8 的男子 200 米仰泳全国纪录。

张小冬被评为 1985 年广东省"十佳"运动员。

1986 年

2 月 3 日至 5 日，湛江市中学生田径运动会在湛江一中田径场举办。

3月19日，湛江武术协会成立，黎江、陈清、周明为名誉主席，谢广兴任主席。

4月，在莫斯科举办的中、苏蹼泳对抗赛中，邱亚帝获50米屏气潜泳金牌。

4月20日，澳门金禧花甲足球队在赤坎体育场与湛江市女子足球队、市"常青队"作两场小型足球友谊赛。

5月1日，香港举办亚太地区少年儿童游泳分区赛，吴川县教练李秀、运动员欧观春、梁华杰、曹日福代表国家少年游泳队参加，三人共获8项第一名。

5月26日，湛江市第六届运动会在赤坎灯光球场举办隆重的闭幕式。

5月27日，湛江市委书记王冶、市长郑志辉、副市长张陈清、人大常委会副主任陈志群等领导同志在市政府一号会议室欢送参加第七届省运会的湛江市体育代表团部分运动员、教练员和工作人员。

7月7日，湛江市政府给参加第七届省运会健儿发出慰问信。

8月22日，鞍山举办的全国中学生田径运动会，湛江市郊区运动员李桂莲以25秒05的成绩获女子200米跑金牌。

8月，国献珍、陈就、朱和平参加省伤残人运动会，共获7枚金牌。国献珍打破省女子盲A级跳远、60米跑2项纪录。

9月10日至18日，广东省"醒宝杯"职工足球赛在湛江市举办，比赛期间前国脚容志行亲临指导。

9月21日，广东省第七届运动会在韶关市体育中心闭幕。湛江市代表团以1027分的成绩获得团体总分第五名，共夺得金牌38块、破 1 项全国纪录、9 项省纪录，被评为精神文明代表团，获精神文明赛区（少年足球），遂溪县被授予"广东省体育先进县"称号。

10 月，湛江市壮飞八卦拳社成立，王壮飞名誉社长，黄一彪任主席，柯景仁参加成立仪式。

10 月 8 日，广东省体委、省体工队致电湛江市人民政府，祝贺湛江市运动员陈志强、郑康生、李健雄、杨永等四人在第十届亚运会上获得 5 枚金牌。

10 月，吴川县运动员邱亚帝参加在上海市举办的全国潜泳锦标赛，获男子 50 米屏气潜泳，100 米器泳、短距离和全能 4 项冠军，其中 100 米器泳以 35 秒 7 的成绩打破了 35 秒 9 的全国纪录。

10 月 7 日，湛江市运动员张小冬参加在浙江省普陀山举办的全国帆板优秀选手赛中，再次夺得女子组三角绕标第一名，这是她连续三年获得这个项目金牌。

10 月 22 日，湛江市政府在市委党校礼堂举办参加第七届运动会表彰大会。在第十届亚运会获金牌的湛江市运动员陈志强、郑康生、李健雄、杨永等应邀出席。

11 月，在湛江市举办县、区四套班子领导干部男子篮球比赛。

1987 年

1 月，吴川县第一中学被评为 1986 年全国先进体育传统项目学校。

1 月 18 日至 22 日，吴川县教练梁亚生和湛江五名游泳小将（吴洪景、欧观春、曹日福、梁华杰、欧景光）参加在武汉举办的亚太区游泳分龄组选拔赛，共夺得 8 项第一名。

2 月 6 日，吴川县运动员林来九参加在联邦德国波恩举办的第五届阿雪那国际短池游泳比赛，以 27 秒 68 的成绩打破 29 秒

90 的男子 50 米仰泳全国纪录。

2 月，中国武术协会主席（原国家体委副主任）徐才到湛江检查体育工作。

3 月 1 日至 8 日，第六届全运会帆板预赛暨全国帆板锦标赛在海口市举办，湛江市运动员张小冬获得女子组三角绕标、障碍滑行和全能三项冠军。

3 月 13 日至 16 日，为加强体育社会化，迎接第八届省运会，湛江市体育工作会议在遂溪县举办。

3 月，湛江市首届老人门球比赛，海康县男子一队、海康县女子队获男、女子冠军。

3 月，国家体委副主任张彩珍视察湛江体育工作。

3 月 23 日，国家体委副主任何振梁一行六人，在有关部门负责同志的陪同下视察湛江体育工作。

3 月 24 日，国家体委主任李梦华一行在省体委主任魏振兰的陪同下视察湛江体育工作。

4 月 30 日，湛江市第五届直属机关运动会在赤坎灯光球场举办隆重的开幕式。

4 月，吴川县运动员欧观春、曹日福，湛江市郊区运动员吴洪景参加在香港举办的亚太地区少年儿童分龄赛，三人共获 5 项第一名。

5 月 18 日，湛江市洪拳武术研究会在霞山工人文化宫成立。

6 月 13 日至 14 日，由省游泳协会、廉江县保健饮料厂、湛江市体委主办的首届"少林口乐杯"全国跳水精英赛在湛江市赤坎游泳场举办。

6 月 12 日，湛江市委书记王治、市长郑志辉、副市长陈钧等领导同志在海滨宾馆会见参加首届"少林口乐杯"全国跳水精英赛的运动员、领队、教练员及裁判员。

8月8日至11日，澳门濠江中学男子篮球队访问湛江市，与市青年队、廉江、遂溪青年队进行了友谊比赛。

8月12日至21日，广东省青少年射击锦标赛在湛江市霞山射击场举办。

9月21日，吴川县运动员邱亚帝参加在江门举办的蹼泳决赛，在100米器泳比赛中，以35秒42的成绩打破苏联运动员A·茹可夫保持的男子35秒54的世界纪录。

9月22日，廉江县运动员符晓云、湛江郊区运动员林小妹参加在江门举办的第六届全运会蹼泳决赛，在女子4×200米蹼泳比赛中，与队友一起以6分32秒57的成绩，打破苏联队保持的6分34秒21的世界纪录。

9月21日，湛江市首届伤残人运动会在霞山灯光球场举办开幕式，副市长植标志致开幕词。

11月25日，吴川县运动员林来九参加在广州举办的第六届全运会游泳决赛中，以57秒14的成绩打破了男子100米仰泳58秒24的全国纪录。

11月，湛江市优秀运动员张小冬参加在海口举办的第六届全运会帆板决赛中，经过七轮努力拼搏，夺得女子三角绕标冠军。

12月7日，国家体委副主任袁伟民到湛江视察体育工作。

吴川县运动员邱亚帝、林来九被评为广东"十佳"运动员。

1988年

1月5日，在北京举办的1987年水上双十佳运动员评选颁奖大会上，吴川县运动员林来九榜上有名。

231

1月8日下午，湛江市在市政府礼堂举办参加第六届全运会湛江健儿表彰大会。

1月10日，湛江市农民体育协会成立，麦纬汉任主席，叶春繁任秘书长。

1月11日至16日，全国帆板锦标赛在海口市举办，张小冬获女子三角绕标、长距离和全能三项冠军。

1月15日，湛江市体育中心破土动工。

1月28日，省长接见5名优秀运动员，湛江市运动员杨水位列其中。

2月25日，省体委副主任曾昭胜、省府文教处贺处长来湛江检查体育工作。

4月6日至8日，为总结推广遂溪县经验、普及群众体育活动，湛江市在遂溪县召开体育工作会议，市委书记王治到会讲话。

4月24日，广东省首届农民运动会在佛山闭幕，湛江市农民体育健儿在众多强手面前勇于拼搏，共获3枚金牌、5枚铜牌。

5月1日至2日，广东省少林口乐跳水队来湛江表演4场，市委书记王治等领导观看了表演。

7月14日，足坛前辈旅美侨同胞、陈云龙夫妇参观市体育运动学校。

7月，广东省少年游泳比赛在佛山市举办，湛江市获团体总分第一名。

8月15日至20日，全国青年水球比赛在湖光农场举办，共16个代表队参赛，湛江市代表队获冠军。

9月，湛江市加入了开展"88"国际体育援助活动行列。

9月，国家体委授予遂溪县"全国体育先进县"。

9月17日，第二十四届奥运会开幕，湛江市徐益明、杨永、李健雄、林来九四人参加了本届奥运会。

10月13日，湛江市体育代表团团长黄秀定、副团长陈克昌率队前往山东省济南市参加首届全国城市运动会。

10月25日，湛江市委书记王治、市长郑志辉在市府亲切会见国家跳水队总教练徐益明。

12月5日至17日，全国二线射击教练员训练班在湛江市开班。

12月14日至17日，全省体育运动学校工作座谈会在湛江市举办，省体委副主任董良田出席。

12月25日，湛江市第三届"少林口乐"长跑比赛在湛江市人民大道举办，遂溪县获团体总分第一名。

12月，湛江电台、市体委联合举办节目"改革开放十年，湛江体坛盛事"，并连续报道。

湛江市中心体校教练陈德胜被评为"1988年度全国游泳优秀工作者"。

湛江市老年体协被评为"1987年省先进老年体协"。

在第六届全运会上，湛江市有42名健儿进入决赛，其中3人破2项蹼泳世界纪录，5人破6项世界纪录，15人夺得9个项目的金牌，金牌数仅次于广州居全省第二位，总共得分98.98分，居全省第四名。

1989年

1月，林来九被评为1988年南粤体坛"十佳"。

1月，由中国足球协会、足球报、广州奇星药厂联合举办的"88中国女足奇星小姐"评选活动，遂溪县陈霞榜上有名。

3月4日，香港愉园足球队将有全体球员签名的足球赠送给

233

湛江市市长郑志辉。

3月24日，全国农民体协授予李坤（郊区）、杨学软（徐闻）、韩锡尤（廉江）张才（吴川）、占卫国（遂溪）等五人获"全国农村体育积极分子"光荣称号。

4月13日至16日，湛江市19名中学生代表广东中学生田径队赴香港参加粤港澳学界埠际田径运动会，获6枚金牌、9银牌、5枚铜牌。

7月8日，全国滑水达标赛在廉江县鹤地水库举办。

7月25日，广东省电力系统第三届"电力杯"男子篮球邀请赛在廉江县举办，市电力代表队获冠军。

9月6日至16日，第二届全国青少年运动会在辽宁举办，湛江市25名运动员代表广东参加了这次比赛，其中10人获金牌，

9月29日，湛江市第七届运动会在新建成的市体育中心体育场开幕。

10月28日至31日，全国蹼泳锦标赛在湛江潜水运动学校新落成的蹼泳馆举办，湛江邱亚帝、庄新、符晓云、黄景生代表广东参加本次比赛。

11月19日，湛江市体育中心举办落成典礼仪式。

11月19日晚上，为庆祝湛江市体育中心落成，香港南华足球队与湛江醒宝足球队在该中心进行友谊比赛，结果为1比1持平。

12月9日，湛江市第七届运动会在体育中心那行隆重的闭幕式。

1990年

1990年，北京举办亚运会，湛江运动员分别在游泳、田径、帆板、武术、女足5个项目上夺冠，共获得7块金牌。林来九夺

234

得男子 100 米仰泳和 4×100 米混合泳接力两枚金牌，李桂莲夺得女子田径 400 米和 4×100 米接力两枚金牌。

7 月 15 日，广东省第八届运动会在汕头市开幕，8 月 31 日闭幕。湛江市承办本届运动会闭幕式及跳水、蹼泳、武术、田径等 4 个项目的比赛。湛江市获得金牌 44.5 块、银牌 37.5 块、铜牌 44 块。代表团总分 1672.25 分，金牌数和总分名列全省第五，有 3 人 4 次打破 3 项省纪录。

同年，在南京举办的全国武术锦标赛上，梁艳华获女子南拳冠军。

同年，湛江市和五县四区及 111 个乡镇参加"亚运之光"火炬接力跑活动。湛江市老年人体协召开第四届运动会和各种体育比赛。

1991 年

1991 年，湛江市承办了广东省足球甲级联赛、广东省少年举重锦标赛（坡头区承办）、广东省青少年短池游泳比赛（吴川县承办）。

3 月，在湛江市体育中心举办湛江市首届国际女子足球光明杯邀请赛。

8 月，湛江市邀请广东女子足球队、广东半球女子足球队来湛江作赈灾女足比赛，把门票全部捐赠华东灾民。

11 月，湛江市邀请北京、湖北、福建、广东女排来湛江比赛，为红橙节助兴。

12 月，邀请中国足球集训队与中国奥林匹克足球队来湛江比赛。

1991 年，在国际比赛中，湛江籍运动员付晓云获 3 枚金牌、

235

1 枚银牌，许旺键获 3 枚金牌、1 枚银牌，陈桂红获得 1 枚金牌，张小东获得 1 枚金牌，黄华东获得 1 枚金牌、1 枚银牌，共夺得 9 枚金牌，3 枚银牌。在全国比赛中，湛江选手获得 11 枚金牌、7 枚银牌、5 枚铜牌，其中湛江市代表团在二届城运会获得 1 枚银牌，2 枚铜牌。在全省比赛中，获得 59 枚金牌、56 枚银牌、63 枚铜牌。湛江选手有 1 人 2 次破 2 项全国少年纪录；2 人 2 次破 2 项省年龄组纪录；14 人 41 次破 27 项市年龄组纪录。

1992 年

以湛江企业冠名的"三星杯"全国水球赛在广州打响，广东、上海、解放军和广西等 10 支劲旅进行角逐。

坡头区承办、湛江威力神酿酒集团公司独家赞助全国"威力神杯"少年举重锦标赛在湛江举办。

市篮球协会承办、广东三星汽车企业集团等单位赞助全国城市三星杯老年男子篮球赛在湛江举办。

省足协杯男子足球赛在湛江举办。

省中学生毽球赛在湛江举办。

在日本举办的亚洲跳水锦标赛中，陈丽霞力夺女子三米跳板第二。

成都举办全国跳水锦标赛，陈丽霞成为女子一、三米跳板的"双料冠军"。

女子帆板成为奥运会正式比赛项目，在巴塞罗那奥运会上，张小冬成为第一个在奥运会获得奖牌的湛江运动员，夺得女子三角绕标项目的亚军。

在第六届世界蹼泳锦标赛上，湛江蹼泳运动员符晓云获得女子 100 米器泳和女子 4×200 米蹼泳接力两项世界冠军，并打破女

236

子 100 米器泳、女子 100 米蹼泳、女子 4×200 米蹼泳接力三项世界纪录。

湛江武术选手何强在亚洲武术锦标赛和世界武术比赛中，均获得武术冠军。

人龙舞应邀参加中央电视台"五一"晚会演出，并在该台"五月潮"节目里现场直播，还荣获"演出优胜奖"和"纪念奖"。

1993 年

9 月 10 日，湛江市第八届市运会于在湛江体育中心开幕，11 月 28 日闭幕，历时两个多月。本届市运会共有 64 人 15 队 235 次打破 124 项市纪录，其中总分一至十名的代表团分别是霞山、吴川、赤坎、遂溪、郊区、坡头、廉江、海康、徐闻、高校。

7 月 17 日至 23 日，广东省青少年射击锦标赛在湛江体育中心举办。

7 月 25 日至 26 日，广东中小学生"容盛杯"游泳锦标赛在湛江吴川梅录举办。

8 月 5 日至 12 日，广东省"康龙杯"女子足球锦标赛在湛江体育中心举办。

11 月，湛江举办 20 座城市 22 支代表队参赛的全国 93 老年人港城杯门球邀请赛，湛江市直属机关队和南海西部石油公司队分别获得第一名和第二名。

同年，湛江市参加国际比赛共获得 3 枚金牌，2 枚银牌。湛江选手何强在新加坡参加亚洲武术邀请赛荣获南拳冠军，参加在马来西亚举办的第二届世界武术锦标赛荣获南拳冠军；遂溪籍划艇新秀陈玉莲与队友合作，夺得在日本举办的亚洲划艇锦标赛冠军。湛江市参加全国和全省的 41 项比赛中，共获得全国金牌 13.5

237

枚、银牌 4 枚、铜牌 5 枚，获全省冠军 55 个，亚军 42 个、季军 32 个。湛江籍运动员有 42 名参加了第七届全运会，29 名选手取得了名次，夺得金牌 11.5 枚，是全省各市之首，廉江蹼泳名将符晓云 8 次打破五项世界纪录。

1994 年

湛江体育代表团参加了第九届广东省运会 25 个项目的比赛，获得总分 1621.8 分，金牌 42.5 枚，银牌 52.5 枚，铜牌 43 枚，有 2 人 4 次超 3 项全国少年纪录，1 人 1 次破 1 项省成年组纪录，5 人 15 次破 9 项省少年甲组纪录，5 人 13 次破 10 项省少年乙组纪录，取得团体总分第六，金牌数第六，少年团体总分第四，水上五项总第二，重竞技五项总分第七的好成绩，并被评为"体育道德风尚代表团"称号。

湛江市运动员在世界重大比赛中获得优异成绩。体操运动员黄华东代表中国参加在德国举办的世界体操锦标赛，获冠军；陈硕霞参加在罗马举办的第七届世界游泳锦标赛，获女子跳板跳水冠军；符晓云参加在东莞举办的第七届蹼泳锦标赛，获得女子 100 米器泳冠军；何强参加第二节武术锦标赛，获得南拳冠军；在第十二届广岛亚运会湛江籍 5 名运动员参加比赛，共获得金牌 3 枚，银牌 3 枚，铜牌 1 枚；陈丽霞参加罗马第七届世界游泳锦标赛的跳水比赛，夺得女子一米跳板冠军。

湛江举办第七届中小学生"协作杯"田径运动会，共有中小学生 19 个队，375 名运动员参加比赛，共有 28 个项目破比赛纪录。

湛江市学校参加省级比赛成绩优异，湛江一中参加省重点中学田径赛获团体总分第一，金牌 7 枚、银牌 5 枚、铜牌 5 枚；湛江十六小学参加省传统校武术比赛活动，获团体总分第一名，金牌 7 枚，银牌 5 枚，铜牌 5 枚；安铺中心小学、吴川博铺二小、容盛小学参加省传统校游泳比赛，共获得金牌 9 枚、银牌 8 枚、铜牌 7 枚。

湛江市组织大型"湛江学校体育之春"活动。

1995 年

为了《全民健身计划》工作能够扎实开展，湛江市政府成立了"湛江市实施《全民健身计划纲要》"委员会，并组织了大型的实施《全民健身计划纲要》动员大会。

湛江市中学生体育代表团参加省第五届中学生运动会获得团体总分第四，金牌 5 枚、银牌 10 枚、铜牌 13 枚。在一年一次的市中学生"协作杯"田径运动会上，共有 19 人 22 次破 15 项市中学生运动会纪录。

湛江市参加省少年田径锦标赛，获团体总分第一，甲组团体总分第二。雷州市体校代表湛江市参加省中学生手球赛获第一名，参加全国中学生手球比赛获第三名，参加省女子足球赛获第二名。吴川市代表湛江市参加省儿童足球赛获分区第一名，参加省少年足球赛获第三名，参加省冠军杯足球赛获第三名。麻章区体校代表湛江市参加省少年拳击赛获得团体总分第二名，霞山区体校代表湛江市参加省蹼泳赛获团体总分第三名。坡头区体校代表湛江市参加省举重赛，获得团体总分第六名。湛江市组队参加第一届少数民族运动会获团体总分第一，省残疾人运动会获团体总分第三名。

湛江市参加全国第三届城市运动会，湛江代表团参加田径、游泳、跳水、射箭、射击、柔道 6 个比赛项目，在与世界级和国家级选手拼搏中勇夺 3 枚银牌、2 枚铜牌共计 53 分，取得了湛江市参加历届全国城市运动会最好成绩。

本年湛江市参加省各级比赛共获得金牌 43 枚，银牌 54 枚，铜牌 58 枚。

1996 年

年初，湛江市组织了"公仆杯"大型篮球赛。

春节前，湛江组织了一次全市性质的大型群众长跑活动，五县四区同时举办。

湛江举办首届全国中华武术传统流派擂台赛和全国男子沙滩排球赛。

湛江选手王霓霓获得全国锦标赛南拳第三名。

湛江市举办全民健身月，全市相继举办了建委篮球赛、城市信用社篮球赛、羽毛球赛，市公安系统篮球赛、市大众体育展示活动等大型群众活动，各县群众体育活动空前活跃。

湛江市举办第九届中学生"协作杯"田径运动会，有 9 队破了 12 项市中学生田径运动会纪录。湛江市一中和二中参加省重点中学田径赛和省传统项目学校田径赛，获团体总分第二名。市十六小参加省传统武术赛获得团体第三名。雷州市女足获省女子足球锦标赛第一名。雷州市和霞山区少年男足分别参加省少年足球联赛分区赛，均获得第一名。市少年田径队参加省少年田径赛，获得团体总分第二名。

本年，湛江市参加省各项比赛共获得金牌 45 枚，银牌 48 枚，铜牌 36 枚。

1997 年

年初，湛江市组织了一次全市迎春长跑活动，各县同时举办，参加长跑群众达 29 万人之多。

端午节前后，遂溪、吴川、廉江等地组织龙舟赛，共 2000 多人参加。

10 月 25 日，湛江市第九届运动会开幕，11 月 7 日闭幕。运动会设有田径、游泳、跳水、武术、足球、篮球、举重、体操、拳击、柔道、羽毛球、乒乓球、棋类、门球 14 个大项 355 个小项共 504 场比赛分赛区进行。徐闻、雷州、遂溪、廉江、吴川、坡头、麻章、霞山、赤坎 9 个代表队 2000 名运动员参加比赛（其中有省和国家体工队运动员 49 名），刷新 76 项市纪录。这一届运动会有雷州赛区、坡头赛区、遂溪赛区、赤坎代表团和麻章代表团获得体育道德风尚奖。

本年湛江市运动员参加的 22 个项目省青少年比赛中，湛江市代表团共获得金牌 37 枚、银牌 29 枚、铜牌 34 枚、41 个第四名、53 个第五名、50 个第六名。湛江市运动员代表省参加全国青少年比赛获得金牌 9 枚、银牌 4 枚、铜牌 1 枚，湛江市组成中学生代表团参加省第七届中学生运动会获得团体总分第六名，湛江组队参加全国中学生运动会获金牌 2 枚、银牌 7 枚、铜牌 2 枚，市体校庞美娟同学代表我国参加中、日、韩国际田径对抗赛获得 100 米栏金牌，湛江籍运动员参加第八届全运会获得金牌 2 枚、银牌 6 枚、铜牌 11 枚。

1998 年

湛江选手王霓霓获得全国锦标赛南拳第五名。

6 月 19 日，湛江市组织"湛江市全民健身活动月大众体育展示会"，表演了高台舞狮、武术、跆拳道、腰鼓舞、木兰扇、泰迪球操、体育舞蹈、轮滑、健美操等 13 项体育项目。

10 月，珠海举办第十届省运会，湛江派出 340 名运动员参加比赛获得金牌 31.44 枚、银牌 40.4 枚、铜牌 51.8 枚，金牌数和团体总分均名列第九位。

湛江市代表队参加在桂林举办的第九届全国部分城市老年人篮球赛。湛江市代表队获得女子第一名、男子第二名的好成绩。

湛江市代表队参加省"中华文化杯"门球赛，获得第一名。

1999 年

西安市举办第四届全国城运会，湛江代表团参加田径、射击、摔跤、游泳 4 个项目比赛。

8 月，湛江市在赤坎灯光球场举办"中英杯"老年人门球比赛，有 40 个代表队 360 名运动员参加。

市老年体协在市体育中心举办第四届运动会。设有太极拳（剑）、门球、泰迪球健身保健操（舞蹈）、乒乓球、钓鱼等五个比赛项目。参加比赛有 350 多人。

湛江市组织"奔向新世纪，迎九运"万人长跑暨授旗仪式活动，还组织 7 个县（市）区参加"迎千禧，庆澳门回归"环雷州半岛接力长跑活动。

湛江市参加省各项目青少年锦标赛，获得拳击、射箭、跳水三个项目团体总分第一名，武术团体总分第六名，共获得金牌 48 枚、银牌 55 枚、铜牌 54 枚。

湛江市先后承办了全国超级女子足球联赛解放军队主赛场赛事、省青少年射箭赛、拳击锦标赛、省青少年足球分区赛和全省足球联赛。

吴川市被省体委命名为"省体育先进单位"。

2000 年

全国沙滩排球锦标赛在湛江举办。

广东省少年儿童跳水、射箭、武术散打锦标赛在湛江举办。

湛江市组队参加省各项目青少年锦标赛,共获得金牌 34 枚、银牌 29 枚、铜牌 42 枚,其中跳水、射箭获团体总分第一名,拳击、跆拳道获团体总分第三名,各项目总成绩排全省第七位。

7 月 15 日,湛江市体育中心举办 2000 年湛江市全民健身大众体育展示大会。

11 月 21 日,全国部分城市老年人篮球赛在海口举办,湛江代表队获女子冠军,男子亚军。

2001 年

湛江选手王霓霓获得第九届全国运动会澳门口赛区南拳第一名。

迎九运"走进新时代"火炬传递仪式在湛江进行。

湛江市竞技体育水平有较大提高,共组织参加省 24 个项目比赛,共获得金牌 54 枚、银牌 52 枚、铜牌 40 枚。其中,拳击、射箭获团体总分第一名,跆拳道、跳水获团体总分第二名,武术、帆板、体操获团体总分第四名,总分排名全省第五名。

11 月 14 日至 21 日,第九届全运会男子手球比赛在湛江市举办,比赛共有广东、上海、解放军、安徽等 8 支代表队参加。

2002 年

6 月 10 日,纪念毛泽东同志"发展体育运动,增强人民体质"题词五十周年暨第三届"体育节"体育展示会在湛江市体育中心体育馆开展。

湛江市组队参加广东省第五届老年人运动会,其中门球比赛荣获冠军、健身秧歌比赛获优胜奖、太极拳(剑)比赛获优胜奖、乒乓球比赛获团体第四名。

湛江市竞技体育组队参加第十一届省运会比赛，共派出 485 名运动员参加了田径、跳水、拳击等 24 个项目的比赛，共夺得金牌 80.5 枚、银牌 41.5 枚、铜牌 52.5 枚。金牌总数位列全省第六位，团体总分 3188.75 分，位列全省第八。

11 月，湛江市组队参加了广东省第四届残疾人运动会，分别参加了田径、游泳、羽毛球、轮椅竞速等 8 个项目的比赛，荣获金牌 31.5 枚、银牌 19 枚、铜牌 23 枚的好成绩，团体总分 299 分，金牌数、总分排列全省第三位。

湛江籍运动员劳丽诗参加在西班牙举办的世界杯跳水比赛，获得女子个人 10 米跳台、女子双人 10 米跳台两项世界冠军，并与队友一起夺得女子团体、混合团体跳水世界冠军，并于同年参加韩国釜山第十四届亚运会荣获女子个人跳台冠军。何冲参加在德国举办的世界青年跳水锦标赛，荣获男子一米跳板冠军、三米跳板亚军。谢彩霞、周小霞代表国家女足队参加第十四届亚运会，夺得女足亚军，廖秋良代表国家水球队参加第十四届亚运会，获水球季军。

湛江选手王霓霓获得全国大学生赛南拳第二名，传统器械第三名，传统第四名。

湖北省荆门国际舞狮邀请赛，文车狮班获得了亚军。

2003 年

7 月 12 日，湛江市在体育中心体育馆举办了湛江市第四届体育节"欧艺美杯"大众体育展演大会。

8 月 18 日，广东省第六届大学生运动会在湛江师范学院隆重开幕，于一周后闭幕。

湛江市派队参加城市运动会，共派出 28 名运动员参加了跳水、田径、拳击、射箭、散打、跆拳道等8个项目的比赛，湛江市在78个参赛城市中排名46位。

湛江市在"非典"过后，举办了市青少年锦标赛。

湛江市承办广东省青少年射箭、水球锦标赛。

湛江籍运动员参加亚洲杯、世界锦标赛，获得金牌6枚、银牌3枚，其中劳丽诗参加国际泳联跳水大奖赛澳大利亚站，获得女子10米跳台个人冠军；参加国际泳联跳水大奖赛中国珠海站，获得女子10米跳台个人冠军、双人跳台冠军；参加西班牙巴塞罗那第十届世界游泳锦标赛，获得10米跳台女子双人冠军。周少霞、谢彩霞参加亚洲杯女足比赛，荣获银牌。邓燕萍参加在意大利米兰举办的世界赛艇锦标赛，荣获女子轻量级4人双桨金牌。

湛江首届国际舞狮邀请赛，湛江文车狮班勇夺冠军。

年贵阳醒狮国际邀请赛，龙湾狮班获得季军。

12月，遂溪县被中国民协命名为"中国醒狮之乡"。

2004年

6月26日，湛江市第五届体育节暨体育三下乡活动启动仪式在廉江举办。

7月10日，湛江市举办第五届体育节暨市老年人体育协会成立二十周年大众体育展示会。

湛江市举办第十届市运会，遂溪获金牌182枚、赤坎区获金牌181.66枚、霞山区获金牌147.5枚、坡头区获金牌145枚、吴川市获金牌139枚、廉江市获金牌119.07枚，获团体总分前六名分别是赤坎区7314.75分、遂溪县6862.85分、霞山区6830分、吴川市5873.03分、坡头区5770.25分、麻章5435.55分。在本届市运会上共有48人17队104次破64项市运会青少年纪录。

世界第三区（亚澳）滑水锦标赛暨亚洲滑水锦标赛在湛江湖光岩举办，中国代表队在世界第三区赛事中夺得一枚金牌，在亚洲锦标赛中夺得4枚金牌。在亚澳区团体总分榜上，澳大利亚、新西兰和中国位居前列；在亚洲总分榜上，韩国、中国、中国香港列前三。

7月，"华农杯"中国乒乓球队出征雅典奥运会，湛江热身赛在湛江体育中心举办。

8月16日，湛江籍运动员劳丽诗与国家跳水队队友李婷夺得了雅典奥运会女子双人10米跳台项目的金牌，劳丽诗获得了女子单人10米跳台项目的银牌。

湛江市承办了全国青少年水球锦标赛、广东省青少年水球、射箭锦标赛、广东省少年乒乓球冠军赛并组织"全国青少年三人篮球冠军挑战赛（预赛）湛江赛区比赛。

本年，湛江市开始把每年的12月8日定为"醒狮艺术节"。

2005年

湛江市体校被国家体育总局评为"高水平体育后备人才训练基地"。

湛江市共组织587名运动员参加广东省青少年锦标赛23个项目的比赛，夺得金牌31枚、银牌25枚、铜牌33枚。

湛江市承办广东省青少年跆拳道、射箭锦标赛，省青少年田径公开赛和跳水路上弹网比赛。

湛江市承办中国乒乓球俱乐部超级联赛。

湛江市运动员在世界大赛中成绩斐然，继劳丽诗夺得雅典奥运会跳水冠军后，跳水运动员何冲在参加国际跳水大奖赛单人三米板比赛中夺得2枚金牌，双人三米板比赛中夺得5枚金牌。

吴世复参加 2005 年世界帆板精英赛，获得冠军。

湛江市组队参加了广东省第一届全民健身运动会，共参加了 11 个项目的比赛，夺得 74 枚金牌、83 枚银牌、34 枚铜牌。

10 月 12 日至 23 日，第十届全运会在江苏举办，湛江市共有 45 名运动员参赛，共有 3 人获得 3 个项目的金牌、4 人获得 4 个项目的银牌、7 人获得 7 个项目的铜牌、33 人次进入前八名，奖牌、总分位列广东省第八名。

8 月，湛江市第六届体育节暨广场大众体育运动会开幕，本届体育节暨广场大众体育运动会由市体育局和赤坎区体育局等单位合办，旨在庆祝《中华人民共和国体育法》和《全民健身计划纲要》颁布实施 10 周年。

湛江市"体育彩票杯"青少年篮球锦标赛在湛江市体育运动学校举办，获得女子前四名的代表队分别是遂溪县、吴川市、麻章区和遂溪大城中学，获得男子前六名的代表队分别是遂溪县、湛江市第十中学、徐闻县、雷州市、吴川市和遂溪一中。

11 月 24 日，中国（湛江）国际舞狮邀请赛在湛江开锣，湛江遂溪龙湾获得金奖。

2006 年

2 月，湛江人龙舞被正式批准为首批国家级非物质文化遗产代表作名录。

6 月 2 日，遂溪醒狮入选首批国家非物质文化遗产名录。

7 月，湛江市举办了湛江市第七届体育节大众体育展示会暨第二届社区运动会。

8 月 14 日至 11 月 25 日，第十二届广东省运会在佛山举办，湛江代表团共有 397 名运动员、72 名教练员参加了 21 个大项的比赛，以总分 3134 分获得全省第八名，奖牌总数以 138.7 枚为列全省第八，以 591.6 分获"突出贡献奖"第八名，金牌以 59.5 枚位居金牌榜第九。跳水队在比赛中夺得金牌 6 枚、银牌 7 枚、铜牌 6 枚，团体总分 379 分，单项成绩全省排名第二。

9 月 25 日，国家体育总局局长、中国奥委会主席刘鹏亲莅湛江，视察 2005 年落户湛江建设的国家赛艇、皮划艇训练基地。

12 月 3 日至 8 日，在佛山举办广东省第五届残疾人运动会，湛江市运动员在田径、游泳等 10 个项目比赛中共夺得金牌 23 枚、银牌 15 枚、铜牌 12 枚，团体总分位列第五，代表团获得"体育道德风尚奖"。

12 月 11 日至 18 日，清远市举办广东省第三届少数民族运动会，湛江市运动员在比赛中获得金牌 4 枚、银牌 2 枚、铜牌 1 枚，团体总分全省第八，代表团获得"体育道德风尚奖"。

湛江市举办了"安利杯"迎春长跑活动，"阳海'别克·雪佛兰杯'业余网球公开赛"，国家青少年体育俱乐部举办田径、游泳、跳水、帆板、水球、羽毛球、乒乓球、足球、篮球、散打、武术、体操等迎春竞赛活动，武术、平地醒狮、高桩醒狮、速度轮滑比赛，"三餐米业杯"迎春乒乓球邀请赛、"何强杯"散打精英擂台赛、"金装杜康杯"轮滑锦标赛暨湛江市中小学生轮滑锦标赛、"名匠杯"男子三人篮球赛、第八届"公仆杯"乒乓球赛、第十四届体育先进镇农民男子篮球赛。

2007 年

2 月 14 日至 15 日，"凯胜杯"迎春少年羽毛球公开赛在湛江市霞山工人文化宫体育馆举办。

6 月 19 日，首届湛江国际龙舟邀请赛在湛江市金沙湾观海长廊海域举办。

7月，湛江市选派了4支龙舟队参加了"庆祝香港回归十周年两岸四地龙舟邀请赛"，雷州乌石男队获得男子总决赛第一名，霞山特呈岛女队获得女子总决赛第二名。

7月19日，举办了湛江市第八届体育节开幕式，开幕式上进行了航空模型、24式太极拳、军体拳、健美操、醒狮等的表演。

9月，湛江市"体育彩票杯"青少年游泳、跳水锦标赛在赤坎游泳场同时铺开，来自湛江市各地的选手展开激烈角逐。

湛江市组织"安利杯"迎春长跑，参加人数达13000人；乒乓球协会组织"航海杯""友谊杯""政协杯""公仆杯"等大型比赛；社体中心承办"粮食杯"公仆迎春象棋赛、"锐志杯"网球邀请赛、"珠江啤酒杯""卫生健康杯""大华糖业杯"篮球赛等。

本年，湛江市运动员参加世界大赛荣获金牌3枚、铜牌1枚；参加亚洲比赛获得金牌2枚；参加全国比赛获得金牌15枚、银牌6枚、铜牌7枚；参加青少年锦标赛，共获得金牌67枚。另外，传统体育项目也有巨大的发展，遂溪龙湾醒狮团参加马来西亚建国五十周年国际醒狮比赛获金奖，廉江沙坡醒狮团参加福建泉州全国狮王争霸赛获金奖，雷州沈塘村人龙舞、东海岛人龙舞多次在国内外重大活动中获奖。中国湛江东海岛人龙·沙滩旅游文化节开幕式上，"东海岛人龙舞"被载入"上海大世界基尼斯之最"纪录。

2008年

5月29日，由湛江市体育局、湛江市总工会、湛江市国资委联合复办中断了20年的湛江市职工运动会。本次运动会与湛江市

第九届体育节和湛江市第三届社区运动会一起开幕，涵盖了湛江第二届（国际）龙舟邀请赛等重大赛事等一系列湛江市的社会和群众体育活动，一直延续至11月20日。

6月8日，第二届湛江国际龙舟邀请赛在湛江金沙湾观海长廊进行。

7月27日，广东省第十九届中学生运动会女足决赛在佛山市举办，代表湛江参赛的湛江市田家炳中学女足勇夺冠军。

8月，湛江东海岛人龙舞成为北京奥运会开幕式表演节目。

8月19日，湛江何冲在北京水立方游泳跳水馆，以570.90分勇摘第二十九届奥运会男子单人三米跳板金牌。这是本届奥运中国军团的第四十三枚金牌；也是湛江体育健儿在奥运史上所获的第二枚金牌。

9月15日，湛江残疾运动员符洪芝勇夺北京残奥会女子射箭集体项目1金和个人项目1银。这是湛江残疾运动员在残奥会上金牌零的突破，其中，符洪芝和队友在反曲弓公开级团体射箭决赛中获得集体项目金牌，打破了该项目的世界纪录。

9月29日，奥运跳水金牌选手劳丽诗和何冲的启蒙教练钟权生在国家体育总局于人民大会堂召开的第二十九届奥运会总结表彰大会上，获国家主席胡锦涛亲自颁发的北京奥运会"特别贡献奖"。钟权生是获得此殊荣的全国唯一一名基层业余体校教练。

11月3日，湛江市首次召开部分水上运动项目运动员、教练员、家长、学校教师与社会有关人士的专题座谈会。

11月5日，国家体育总局副局长王钧亲自视察湛江市赤坎区业余体校跳水班，对连续培养输送出雅典奥运跳水冠军劳丽诗、北京奥运跳水冠军何冲，为中国跳水培养输送出相当一批全国乃至世界冠军级队员的湛江跳水予高度评价。

2009 年

3 月 19 日，广东省体育局考察组对湛江市申办 2014 年广东省第十四届运动会的全面考察开始，经过两天分别对麻章、市体育中心、中国潜校、湛江师院和廉江等湛江体育场馆设施的考察并听取阮日生市长的陈述报告后，省考察组对湛江市的申办条件给予极高的评价。

4 月 28 日，湛江市政府收到广东省人民政府办公厅发来《关于同意湛江市承办广东省第十四届运动会的复函》的文件。

5 月 19 日，第三届湛江海上国际龙舟邀请赛在湛江市赤坎区金沙湾海湾举办，吴川那津男子龙舟队获得湛江男子组冠军；英国万事达国际龙舟队夺得国际男子组和男子组总决赛双料冠军；澳大利亚堪培拉雪地龙女子龙舟队则夺得女子组金牌。

7 月 23 日，在意大利罗马举办的 2009 游泳世界锦标赛跳水男子单人三米板比赛上，代表中国参赛的湛江籍选手何冲一路领先并最后夺冠；美国和加拿大选手分获银、铜牌。中国队凭借这枚金牌超越俄罗斯，重返本届赛事当日的金牌榜首位；何冲也凭借这枚金牌，继 2006 年亚运会、2007 年世界杯赛和 2008 年奥运会后夺金，成就了自己在男子单人三米跳板项目上的大满贯，名副其实地成为当今世界跳坛的"男子跳板之王"。

8 月 14 日，历时 5 天的 2009 年第六届亚洲青少年跳水锦标赛在日本东京神纪水上运动项目比赛馆圆满结束。在 17 个单项金牌的争夺战中，由奥运金牌教练钟权生率领的清一色由湛江选手组成的中国跳水队 9 名小将（何超、李毅、粟泽万、郭艺、郑植群、林铮、姚咏梅、张思敏、吴春婷）夺得了 15 枚金牌、8 枚银牌和 3 枚铜牌。

10 月 17 日，第十一届全运会开幕前夕，山东济南召开了 2005—2008 年度全国群众体育先进单位、先进个人及体育系统先进集体、先进工作者表彰大会。会议上，湛江市赤坎区体育局、湛江日报社、湛江市中心人民医院、吴川市体育局、廉江市体育局五家单位和陈车福、关基、孙浩、刘才、刘珍才分别被评为先进单位集体和先进个人。其中，廉江市获得"全国群众体育先进单位"和"全国农民体育健身先进单位"两项殊荣。与会人员受到胡锦涛总书记等党和国家领导人的亲切接见并合影留念。

11 月 18 日，全国第十一届运动会在山东济南奥林匹克体育中心开幕，代表广东参赛的湛江籍体育健儿以顽强的拼搏精神和出色的临场发挥，一共 19 人夺得 8 枚金牌。他们分别是跳水男子团体何冲、林劲、吴明鸿，跳水男子单人三米跳板何冲，体操男子团体廖秋华，花泳集体自由自选刘鸥、陈晓君，田径男子 4×100 米接力郑小东，田径男子 4×400 米接力崔濠镜，男子水球吴宏辉和摔跤男子自由式 55 公斤级陈华。此外，湛江籍体育健儿谭宾凉、林月娥、劳丽诗、王铮茗、陈丽珠、陈福劳、李琬辉、张俪川、李振球、谢彩霞等 29 人在十一运还夺得了男子成年足球、女子垒球、羽毛球男子团体、跳水女子团体、女子曲棍球、少年女子足球、现代五项男子接力、蹦床、成年女子足球等 13 个项目的 4 银 4 铜 3 个第四 3 个第五 1 个第六 1 个第七的优异成绩。湛江籍运动员创造了历届参赛全运会人数（48 名）的历史之最。

11 月 14 日，第十八届亚洲田径锦标赛在广州奥体中心举办，由湛江籍田径新秀崔濠镜和广东队友周杰、王优信、刘孝生组成

252

的中国队以 3 分 06 秒 66 的成绩夺得银牌。

11 月 28 日，湛江市第十一届运动会在市体育中心体育馆落下帷幕。本届运动会共决出金牌 1036.25 枚，赤坎区代表团以 205.25 枚金牌和 6750.60 分的团体总分成为本届市运会的"双冠王"；霞山区和吴川市代表团分别占据奖牌榜和总分榜的第二、三位。

2010 年

春节前夕，湛江市人民政府发出的新年贺卡，分别寄到全国乃至世界各地的曾获得过全国冠军和世界冠军的湛江籍体育明星手上。

4 月，在 2004 年雅典奥运会为湛江人民圆了奥运金牌梦的湛江市优秀跳水运动员劳丽诗正式结束自己 12 年专业跳水运动生涯，光荣退役。

5 月 14 日，第十四届省运会的主会场湛江新体育中心体育场和体育馆选址落户湛江海湾大桥脚下的坡头海东新区。

6 月 16 日（农历传统端午节），第四届中国湛江海上国际龙舟邀请赛在赤坎金沙湾近岸海域举办。吴川黄坡低垌队夺得湛江公开组冠军，霞山特呈岛队夺得湛江女子组冠军。

7 月 15 日，广东省第十三届运动会经过 3 个多月 617 个项目的激烈竞争，在惠州市圆满闭幕。湛江市以 51.75 枚金牌和 2928.5 分的团体总分双双排在全省 21 个城市代表团的第八位。其中，湛江跳水队夺得 6 枚金牌、湛江女足夺得亚军，按省运会规程奖励办法，为湛江军团赢回 5 枚金牌。

7 月 15 日，在广东省第十三届运动会闭幕式上，湛江市人民政府市长阮日生从广东省人民政府省长黄华华手中接过承办第十四届省运动会会旗。

11月1日上午9时，湛江进行第十六届（广州）亚运会的火炬传递。

2011年

1月24日，国家跳水、水球、花泳队备战2016奥运会综合训练基地的选址终于落户湛江。

3月29日，我国蹼泳和滑水运动的主要训练基地湛江潜水运动学校迎来了50华诞。

6月6日，由国家体育总局社会体育指导中心、中国龙舟协会、广东省体育局和湛江市人民政府联合主办的2011年全国龙舟月·第五届中国湛江海上国际龙舟邀请赛，在赤坎金沙湾观海长廊海湾隆重开幕。

7月24日，在上海举办的第十四届世界游泳锦标赛跳水比赛上，湛江籍"世界跳板难度王"何冲夺得男子单人三米跳板冠军，由湛江姑娘刘鸥任队长的中国花泳队夺得6银1铜。根据何冲为世界跳水做出的突出贡献，国际泳联决定向何冲颁发世界跳水名人堂的德拉夫利克斯国际跳水奖。刘鸥本人为双人技术自选、集体技术自选、集体自由组合3个项目的银牌得主。何冲与刘鸥双双入围CCTV"2011中国体坛风云人物"竞选。

8月16日至22日，在深圳举办第二十六届世界大学生运动会跳水比赛，代表中国参赛的湛江籍优秀跳水运动员林劲（广东跳水队广州体育学院学生）连夺男子一米跳板、男子双人三米跳板（与秦凯合作）和男子团体3枚金牌。何冲夺得男子单人三米跳板和男子跳水团体2枚金牌，吴世复夺得T29级帆板团体银牌，吴宏辉夺得男子水球第八名。

9月15日至18日，由国家体育总局指导、国家武术运动管理中心主办、广东省武术协会和湛江市体育局承办的2011年全国武术套路冠军赛，在湛江市体育中心体育馆揭幕。

10月16日至25日，全国第七届城市运动会在江西南昌举办，湛江市体育代表团取得了骄人的成绩。跆拳道陈明，跳水栗泽万、郑植群和吴春婷，羽毛球何嘉欣5人夺得6枚金牌。是届城运会，参赛的169名湛江运动员在12个比赛项目中，有65人进入11个项目的决赛。湛江运动员的金牌和总积分在全国54个参赛城市中排名第十六名。湛江市代表团还获得本届城运会的"体育道德风尚奖"。

10月18日，广东英德全国女子足球训练基地举办2011广东省少年女子足球锦标赛，湛江少年女足以4胜1负的成绩，重新登上冠军的宝座。

10月11日至19日，全国第八届残疾人运动员在杭州举办。湛江选手夺得了7金5银8铜。其中，湛江聋人男子足球队夺得了分量尤重的男子足球冠军。湛江聋人游泳运动员朱倩一人勇夺女子100米、200米仰泳，4×100米、4×200米自由泳接力和4×100米混合泳接力5枚金牌，成为本届残运会的"金牌王"。湛江优秀残疾运动员凯旋，先后接受了广东省和湛江市人民政府的庆功嘉奖，赤坎区也专门对朱倩进行了5万元的重奖。

10月20日至28日，广东省第二届农民运动会在江门市举办。李荣仔率领的遂溪龙湾醒狮团战胜"世界南狮王"佛山黄飞鸿等强队，勇夺高桩醒狮规定套路和自选技术套路两个项目的冠军，湛江市代表团还获得本届运动会的团体二等奖。

11月26日至20日，全国体操冠军赛在马鞍山体育馆落下帷幕。代表广东参赛的湛江遂溪籍优秀体操运动员廖秋华获男子全能冠军并夺得男子自由体操第四名和吊环第五名的不俗成绩。

11月29日，位于湛江海湾大桥东岸北侧的第十四届省运会主场馆建设正式开工。湛江市委书记刘小华和湛江市代市长王中丙等领导出席奠基仪式。

2012年

1月4日上午8:30，在赤坎区体育场举办2012年迎春长跑活动。

3月12日，湛江市召开2013年全市体育工作会议，会议主要内容是传达全省体育局长会议精神，总结2012年全市体育工作，全面部署2013年的体育工作。

6月15日，湛江市第十三届体育节期间在廉江市文化广场举办。

6月23日（端午节），第六届湛江海上龙舟赛在赤坎金沙湾成功举办。

在全国跳水冠军赛暨奥运选拔赛上，湛江籍运动员获得包括男子团体在内的4项第一名。

第三十届奥运会英国伦敦举办，湛江籍运动员刘鸥、陈晓君、何冲等三名运动员分别在花样游泳、跳水等项目中发挥出色，1枚银牌和2枚铜牌，创历届奥运会奖牌之最。

8月11日，湛江遂溪龙湾醒狮团赴美国参加第二十二届纽约国际龙舟赛开幕式表演，获"南狮西征·中美文化交流金奖"。

7月至8月，广东省青少年体育锦标赛各项目比赛陆续展开，湛江市组队参加了田径、游泳、跳水等24个项目的比赛，共取得1个团体第一、1个团体第二、4个团体第三、5个团体第四。

9月23日至9月28日，全国跳水锦标赛在山西省太原市举办，湛江籍运动员荣获4项第一。

9月27日至10月1日，世界蹼泳杯总决赛于埃及举办，湛江市蹼泳运动员简卡获得两枚金牌。

10月27日，举办了金沙湾海滨浴场开放仪式。

第九届亚洲游泳亚锦赛在阿联酋迪拜举办，刘鸥、陈晓君、林劲、粟泽万和吴宏辉等五名湛江籍运动员分别在花泳、跳水和水球三个项目中勇夺6枚金牌。

12月1日上午9:30，湛江市在霞山体育场举办2012全国青年迎青奥长跑（湛江站）活动。

12月2日晚上8时，第十四届广东省运动会场馆成功封顶。

12月7日，湛江市政府第二十一次常务会议通过了创办湛江跳水运动学校的方案。

本年体育彩票销售量达1.52亿元，同比增长13.55%，创历史新高。

2013年

1月9日上午9:00，在湛江市第七中学体育场启动了迎新年长跑活动。

3月12日，湛江市召开了全市体育工作会议，会议的主要内容是传达全国、全省体育局长会议精神，总结2012年全市体育工作，全面部署2013年体育工作。

4月26日，湛江市召开全市群众体育工作会议，会议总结了2012年群众体育工作开展情况，全面部署了2013年群众体育工作。

4月28日上午，湛江跳水运动学校成立暨湛江市跳水训练馆揭牌仪式在新建成的湛江市跳水训练馆举办。

6月12日（端午节），第七届湛江海上龙舟赛在赤坎金沙湾海域成功举办。

7月9日，由市体育局主办、麻章区体育局承办的市第十四届"体育节"启动仪式在麻章区举办。

7月至10月份，湛江市组队参加了广东省青少年锦标赛有关项目比赛，总体成绩有提升。其中，柔道项目排名第一，跳水、举重项目排名第二，摔跤、拳击和网球等项目均获得第三名，跆拳道、赛艇、排球及帆船（帆板）等项目成绩均有所提升。

7月28日至8月13日，第十二届全国运动会在辽宁沈阳举办，湛江籍运动员发挥出色，获得六金四银五铜的佳绩，贡献率排名全省第五。

8月8日上午9:00，2013年"全民健身日"活动在海滨公园举办了启动仪式。

8月11日，湛江遂溪龙湾醒狮团赴美国参加第二十二届纽约国际龙舟赛开幕式表演，获"南狮西征·中美文化交流金奖"。

8月29日，由市体育局主办，麻章区人民政府、广东省国营湖光农场承办的广东省首届千万人群广场健身排舞展示大赛（湛江预选赛）在湖光农场开幕。

10月8日至11月1日，湛江市举办第十二届运动会。

10月19日，湛江代表团（梁志鹏副市长为团长）参加了在肇庆举办的省第三届体育大会开幕式,湛江市获得团体三等奖(总分117分)，并荣获体育道德风尚奖。

11月3日至7日，全国女子足球联赛第五站（广东赛区）比赛在市体育中心体育场举办。

11月13日，位于金沙湾的湛江水上运动中心项目举办动工仪式。

5月份至11月份，按照省体育局的要求，联合湛江海洋大学团队对湛江市3500名多个年龄段市民（3—59岁）进行了国民体质测试工作，为市民健康提高科学数据支持和服务。

12月5日至31日，湛江市举办湛江首届校园足球联赛。

12月28日上午，湛江市按照省体育局关于开展绿道体育活动的要求，举办了湛江市绿道自行车骑行活动。

截至年底，广东省第十四届运动会主场馆主体工程完工，约完成了总工程量的85%。

本年全市体育彩票销售量达1.703亿元，同比增长12%，再创湛江市体育彩票销售历史新高。

2014年

1月18日上午9:00，湛江市"迎省运贺新年"长跑活动启动仪式在赤坎区体育场举办。

4月14日，湛江市召开了全市体育工作会议，会议的主要内容是传达习近平总书记对体育工作的指示精神和全国、全省体育局长会议精神，总结2013年全市体育工作，全面部署2014年体育工作。

6月20日上午，在海滨公园举办了湛江市第十五届"体育节"启动仪式。

8月8日上午8点，由湛江市体育局、赤坎区人民政府主办，赤坎区体育局承办的2014年湛江市"全民健身日"启动仪式暨"亿万人群健步走"活动在瑞云湖公园隆重开幕。

6月2日，湛江市在金沙湾海域举办了第八届湛江海上龙舟邀请赛。

5月至6月,第八届湛江市老年人运动会分别在廉江市、赤坎区和霞山区举办,参加比赛人数约330人。

11月6日至17日,广东省第八届老年人运动会在东莞市举办,湛江市组队参加比赛并取得了较好的成绩。

7月至8月,湛江市针对全市幼儿园、行政机关、企事业单位、工厂、学校以及农村等30多个单位共3105人进行测试,有效样本达2520人。

8月2日,湛江市在市体育中心举办了广东省第十四届运动会暨第七届残运会开幕倒计时一周年启动仪式。

9月24日,湛江举办了一期体育专业技术人员继续教育培训班,共有95名湛江市教练员和体育管理干部参加了此次培训班。

9月16至22日,湛江代表队105人参加在惠州市举办的广东省第五届少数民族运动会,获1金3银和优秀组织奖、体育道德风尚奖。

9月19日至10月4日,第十七届亚运会在韩国仁川举办。湛江市运动员陈晓君、何超、何冲、吴宏辉等代表国家参加本届亚运会,取得3金2银1铜的历史最好成绩。

5月23日至11月14日,湛江市派出735名运动员参加2014年度省锦标赛,获团体总分位列全省第五,其中跳水和柔道2个项目团体总分均排名第一,拳击、跆拳道、举重等3个项目团体总分排名第二。

5月23日至11月14日,湛江市承办田径、跳水、武术套路、武术散打、举重、跆拳道、柔道、女子足球、省传统学校羽毛球等15个项目省青少年锦标赛,为历年承办省级比赛最多的一年。

10 月 31 日，广东省百万职工第九套广播体操比赛（湛江赛区）在赤坎体育场举办。廉江市实验学校、廉江市第一中学获一等奖。

12 月 13 日，在肇庆市举办的广东省百万职工第九套广播体操总决赛中，廉江市实验学校代表湛江获一等奖（总分第一）。

11 月 18 日至 12 月 16 日，举办了市第二届校园足球联赛，共有 28 支校园足球队 546 名运动员参加。在原来 15 所校园足球学校的基础上，又增加了 9 所校园足球学校。

11 月份，湛江市举办了羽毛球、田径、乒乓球、足球等四个项目的裁判员培训班，共有 207 人参加省举办的各项目晋升一级裁判员培训班。

本年体育彩票销售创新高，全市总销量达 2.72 亿元，同比增长 60%。完成了 19 个乡镇农民体育健身工程建设。

2011—2014 年期间，共完成了 93 个（乡镇 87 个，农场 6 个），全市覆盖率达 100%。湖光农场被国家命名社区多功能公共运动场；瑞云湖社区体育公园被省命名市试点社区体育公园。湛江市培训二级社会体育指导员 500 多人、三级社会体育指导员 2346 名。

截至 12 月 31 日，湛江市社会体育指导员注册人数达 11461 名，现每万人拥有社会体育指导员 16.2 名。

湛江市哲学社会科学规划项目

岭南师范学院科学研究处资助

《湛江当代文化简史丛书》（ZJ14YB14）资助

程继龙　罗婵媛◎著

湛江当代文学简史

中国文史出版社

文化湛江的当代视角（总序）

宋立民

1992 年，李学勤先生序吴方《中国文化史图鉴》之际说："由二、三十年代开始，已有学者编写比较系统的中国文化史。日本学者写的几本书，也被迻译到我国。后来文化史的研究冷落了一段很长时期，直到近十几年，才一跃而为历史学界最热门的课题之一。"①

如今三十年过去，看到由湛江市社会科学界联合会、岭南师范学院科学研究处大力支持，刘娟博士主编、岭南师范学院青年教师编撰的"湛江当代文化简史"丛书，感觉到发端于二十世纪八十年代的"文化研究热"还在继续，只是研究更加沉实，更加具体，没有续用"新旧三论手法""中西文化比较""重评文学史"的旗帜而已。

与"单打一"的专门研究相比，"文化研究"的切入固然是新颖的，甚至不无"捷径"的特质，但是，稍微深入一点考察，则不难发现，此类纵向跨越的研究颇不容易。

问题首先在于"多文化而无文化"。《中国大百科全书·考古卷》说："文化一词有着不同的含义，一般是指人类的人类社会在科学、技术、

---

① 李学勤：《中国文化史图鉴·序》[M].山西教育出版社，1992 年版。

1

艺术、教育、精神生活以及其他方面所达到的总成就。"美国最流行的词典《The American Heritage Dictionary》曰，文化"是一种人民或集团在特定时期创造的艺术、信仰、风俗、制度以及其他成就和思想"。笔者30年前编辑河南《大河报》的文化副刊时，已经发现"文化"的门类达数百种之多，政治、经济、军事、科技、东西方、烟酒茶……以至于"没有文化"也是"文化研究"的范畴，曰"文盲文化研究"。故此，文化研究更需要宽厚的人文科学与自然科学基础。在学科分支越发精细的时下，其难度不言而喻。

也正是在"知难而进"的意义上，"湛江当代文化简史"丛书是值得肯定的，因为筚路蓝缕不易，剑走偏锋更难——更何况体育史、族群文化史、教育史等并不是作者们读硕读博研究的方向乃至领域。

该丛书的第一个特点是当代性。

二十世纪八十年代，杂文家、文学史家唐弢与资深作家、翻译家、教育家施蛰存两位老前辈，有感于"当代文学史"出版物泛滥而著文指出：当代文学不宜写史。洪子诚先生认为，"唐弢先生说的当代文学不宜写史，主要是对当代人处理新近发生的事情的可靠性的怀疑。"意为"史"是需要沉淀的——小说《围城》里苏小姐那本《十八家白话诗人》序言，引 Jules Tellier 的比喻，说有个生脱发病的人去理发，那剃头的对他说不用剪发，等不了几天，头毛压儿全掉光了；大部分现代文学也同样的不值批评。"——疑似钱锺书本人对于白话诗的"史论"。

然而，对立的观点认为"李杜诗篇万口传，至今已觉不新鲜"，至少，看看身边人对于身边人的评价，总是不无当代意义的。例如冯文炳在北大谈新诗，就是讲身边刚刚发表的作品。问题在于欣赏者的见地与水准。梁任公《饮冰室诗话》第一则便开宗明义："我生爱朋友，又爱文学，每于师友之诗文词，芳馨悱恻，辄讽诵之，以印于脑。自忖于古人之诗，能成诵者寥寥，而近人诗则数倍之，殆所谓丰于昵者

耶。"他在第八则里又说:"窃谓自今以往,其进步远轶前代,固不待著龟,即并世人物亦何遽让于古所云哉?"[①]于是他把黄遵宪的长诗《锡兰岛卧佛》推为中国"有诗以来所未有"。这种立足当代、肯定当代、放眼未来的"与时俱进"的胆识,为我们提供了理解"湛江当代文化简史"思路。例如湛江的"当代旅游",其当代性就是毋庸置疑的。古代压根没有"旅游"这门产业——"近乡情更怯,不敢问来人"。不要以为本家宋之问已经到了自己的村口,或者至少到了老家河南灵宝(或山西汾阳),实际上他才到汉水。汉水到洛水尚有 500 多公里。是故哪怕仅仅提供了认识湛江当代教育、族群、旅游、文学、体育的一种思路或者史料,这种"当代意识"也不容忽视的。

该丛书的第二个特点是本土化。

或曰中国大陆最南端是"民风彪悍"的"文化沙漠",那是对雷州半岛的红土文化与海洋文化知之太少。2004 年春节,著名文化学者、多次获得国家"山花奖""飞天奖"的孟宪明先生南下湛江,跟随雷州的傩舞表演跑了整整一天,拍照片上千张,大为震惊曰:"失礼求诸野!中原已经没有如此完整的傩文化表演!"日前参与"湛江市优秀传统文化进校园"项目,笔者的任务是梳理"人文湛江"。结果是由浅入深粗粗分类,就涉及了湛江的地质文化、海岛文化、童谣文化、年例文化、祭祀文化、名人文化、音乐文化、舞蹈文化、台风文化、雷神文化、石狗文化、方言文化[②]——尚未包括"湛江当代文化简史"丛书里的体育、旅游、族群、教育、文学种种。

"三才者,天地人"。费尔巴哈说:文化的最终成果是人。同理,是否可以说:文化的最初据点是地,是故土、是方志。今年年初,读黄乔生新著《鲁迅年谱》,发现浙大出的这一套"浙江文化研究工程"传记类

---

① 梁启超:《饮冰室诗话》[M].人民文学出版社,1959 年版,第 1 页。
② 宋立民:《人文湛江》[M].中南大学出版社,2020 年版。

丛书，第一部分均为"家世简表"——有关鲁迅的这张简表，就是据《越城周氏族谱》而来，周知堂在该族谱上题识署："中华民国二十年四月七日会稽周氏清道房公允四支十四世作人书"。闻立鹏审定的《闻一多年谱长编》亦是将"闻氏世系"置于谱前。

浏览"费孝通江村纪念馆"与"饶宗颐学术馆"，我们不难发现，两位文化大师，均是在自己的故土起步：没有江苏吴江县庙港乡开弦弓村的社会调查，就不会有"人类学实地调查和理论工作发展中的一个里程碑"《江村经济》。饶宗颐可以居家自学而在敦煌学、甲骨学、词学、史学、目录学、楚辞学、考古学、金石学、文学、艺术史、宗教史、中外文化交流史、地理学、地方史、文献目录版本学等领域均有重要建树，家学渊源与潮汕文化的滋养功莫大焉。

"湛江当代文化简史"体例不一，写法不一，侧重不一，但是立足本土的特点十分突出，既有历史文献，又有作者自己的田野调查，可以为本地的"创文"提供文化支持，又可以为八方游客了解湛江提供方便。例如文学简史里对于著名本土诗人洪三泰的介绍，即擦亮了本土文化的品牌。洪三泰先生在 74 岁高龄，尚能以踏上时代潮头的诗心、认识与经略海洋的诗心、热爱港城故里的诗心和追寻艺术效果的诗心，写出了长诗《大海洋》，在"2019 俄罗斯普希金国际诗歌艺术节及第二届丝绸之路国际诗歌艺术节"上，一举获得俄罗斯普希金诗歌艺术勋章，是本土的荣耀与广告，更是中国诗坛的幸事。

该丛书的第三个特点是原创性。

原创是可贵的，原创更是困难的。即便外地有现成的"文化研究"模板在，"照猫画虎"的局限性也是显而易见。正如不可以把"松下问童子，言师采药去。只在此山中，云深不知处"简单地改为"阶前问先生，言师上课去。只在此城中，校多不知处"。尤其是关于族群、教育、旅游之类的设计千家万户的领域，多如牛毛的材料如何取舍？"论从史出"

的"论"如何定位？起承转合的阶段如何划分？都是不折不扣的难题。

该课题申报之初提出了设想：首次系统对湛江当代文化的历史积淀、形态特征、现实变迁、机制创新等方面进行了较为全面深入的研究，从中提炼出湛江当代文化的精神内涵，并着眼于湛江经济社会发展的现实需求，研究湛江当代文化精神对湛江社会经济发展的重要影响，具有较强的原创性。

无论现在的成果是否完全实现了初衷，"雏形"是活生生地摆在这里。而且，几本小册子各有自己的格局与思考。例如"族群文化"的三个切入点——湛江当代族群文化的退隐、湛江当代族群文化的断裂、湛江当代族群文化的复兴，就鲜明地体现出"史"的特色。记得四十年前听北大严家炎先生谈文学史的作家作品研究，让弟子们始终记得三点：一是与前人相比，该作家或作品有什么贡献；二是与同代人相比，该作家或作品有什么特点；三是该作家或作品对于后世有什么影响。固然湛江的族群是全国族群研究的一个点，会具备一定的共性，但是这个点的特征一定是具有雷州文化气息的、无可替代的。又如对于湛江当代旅游文化发展的定位："快速起步—徘徊摸索—调整尝试—飞跃发展"，视野开阔，眉目清晰，例证充实，即便材料还可以补充更新，但是框架已经十分坚固。

龚自珍诗曰："文侯端冕听高歌，少作精严故不磨。诗渐凡庸人可想，侧身天地我蹉跎。"[①]说恰恰是年少时写的诗歌，精密严谨，所以不可磨灭；到了"诗渐凡庸"的老年，"斯亦不足畏也已"。笔者垂垂老矣！南下湛江二十年，写了十本小册子，曰老子文化，曰孔子文化，曰鲁迅文化，曰博雅文化，曰审美文化，曰传播文化，曰台风文化，曰韵语文化，曰死亡称谓文化，最后一本是《人文湛江》。然而，回头看看，自知纯属

---

① 刘逸年等：《龚自珍诗集编年校注》[M].上海古籍出版社，2013年版，第653页。

"打一枪换一个地方"而尚未摸到"文化研究"的门径。因此，看到年轻老师的文化论著，真是由衷地高兴，虽不敢说"少作精严故不磨"，至少从确定选题到田野作业，从资料梳理到论从史出，他们付出的辛劳显而易见。唯愿已经有了基础的诸位作者，"咬住"自己的选题，一步步深入下去，为脚下红土文化的长城增砖添瓦。

壬寅夏至于广东文理职业学院紫荆苑

作者简介：宋立民，河南商丘人。广东文理职业学院教授。全国文科高校优秀学报主编。发表学术论文 200 余篇，各类评论近 5000 篇，出版个人专著 11 部。其中评论《清明祭》入选《中国新闻学大系》《中华杂文百年精华》，名列"中国当代杂文 200 家"。

目 录
CONTENTS

第一章　前二十七年的湛江诗歌 / 1

第一节　新中国成立前夕湛江新诗的萌芽 / 1

第二节　50—70 年代湛江新诗发展概况 / 3

第二章　红土诗社：红土地上崛起的诗群 / 8

第一节　红土诗社概况 / 8

第二节　红土诗社的诗歌创作 / 12

第三章　湛江诗群——一个新生的诗群 / 23

第一节　湛江诗群发展概况 / 23

第二节　湛江诗群的诗歌创作 / 26

第四章　湛江当代代表诗人评析 / 35

第一节　洪三泰 / 35

第二节　海　湛 / 48

第三节　黄　钺 / 57

第四节　马　莉 / 64

1

第五节　刘汉通 / 74

第六节　黄礼孩 / 80

第五章　新中国成立初期到 90 年代的湛江散文 / 91

第一节　湛江当代散文概述 / 91

第二节　湛江 90 年代的散文创作 / 93

第六章　21 世纪以来的湛江散文 / 144

第一节　乡土作家群与红土情 / 144

第二节　孙晓与他的人生七部曲 / 160

第三节　马莉的诗性散文 / 165

第四节　学者散文 / 183

第七章　新中国成立初期到 90 年代的湛江小说 / 194

第一节　湛江当代小说概述 / 194

第二节　90 年代湛江的小说创作 / 197

第三节　陈堪进与红土文学 / 203

第八章　21 世纪以来的湛江小说 / 212

第一节　21 世纪以来的湛江作家群 / 212

第二节　洪三泰与"风流时代三部曲" / 217

第三节　陈华清的闪小说 / 224

后　记 / 233

第一章

前二十七年的湛江诗歌

第一节　新中国成立前夕湛江新诗的萌芽

新诗在湛江的发展，已有相对完整的历史谱系。早在新中国成立之前，40 年代湛江就有诗人开始尝试创作新诗了，新的社会经验、内心情感需要借助新的文体来表达。1946 年 3 月 10 日，《廉江民报》就刊发了廉江诗人爱微的作品《梦与现实》：

> 在梦里，
>
> 我捡了一片黄金。
>
> 在现实里，
>
> 我却抓住一把泥土。
>
> 但我讨厌梦里的黄金，

徒然给我空虚的幻想，

烙伤我稚弱的灵魂。

我却热爱现实的泥土，

它滋长着有生命的东西，

给我寄予绯红的希望于明天。[①]

这是一首水平相当不错的抒情诗，以流畅的现代白话展示了诗人内心的矛盾，表达了对土地、现实的热爱，这可以看作湛江新诗的源头性作品。同期稍后，雷州农民刊物《老百姓》[②]创刊，卷首创刊词是一位署名"阳光"的诗人的新诗："老百姓要讲话，／老百姓要掌权，／老百姓要管理天下。／谁说，／老百姓只能耕田种庄稼。"这是非常直白的口号诗。

从这些零星的文献，约略可以窥见湛江新诗萌芽期的概貌。

---

① 这里关于爱微和阳光的诗，大量引述和参考了《雷州文化概论》第十一章的内容。《雷州文化概论》，司徒尚纪著；岭南文库编辑委员会，广东中华民族文化促进会合编，广州：广东人民出版社，2014年版，第526页。

② 《老百姓》是1930年至1940年中共遂溪县委主办的通俗刊物。参看《湛江市文化史志》，湛江市文化局编，天津：天津古籍出版社，1995年版，第51页。

第二节　50—70 年代湛江新诗发展概况

新中国成立后，湛江诗人齐声歌唱新时代的新气象，以昂扬的热情歌唱祖国，歌唱湛江发生的翻天覆地的变化，这是充满诗意的年代。诗人韦秋、沈仁康、张永枚、李士非、芦获、丁明等有相当数量的创作。这些诗作，主题主要是歌颂劳动、歌颂生活，表达劳动人民翻身得解放的豪情的，格调激昂。1957 年 10 月，湛江市文化局举办第一次文艺创作评奖，陈振坤的《湛江颂》、李振寰的《流浪儿》、黄剑秋的《司炉工人组诗》获奖。1958 年第 4 期《诗刊》发表了陈振坤的《女板车手》《补畚箕》《深夜话别》三首，这是湛江籍新诗人首次在国家级专业诗刊上亮相。其中《女板车手》最为特别：

> 快锤紧车钉，快上足车油，
> 快把两条发辫扎在帽里头，
> 跨开大步，让小伙们看一看，
> 我们，是什么样的板车手。

　　……

但怎能不笑啊，这满车绚烂的砖泥，

这满车新记录呀，满车对祖国的爱情，

人催车，车催人，赶上去呵赶上去，

赶得小伙们唱乱了得意的歌声。①

工人诗歌一百首

诗刊社编

中国青年出版社

1958年·北京

① 诗刊社编：《工人诗歌一百首》，北京：中国青年出版社，1958年版，第103页。

最高的奖赏……………………高连升 100

我的师傅………………………倪学宝 102

女板车手（三首）……………陈振坤 103

装卸工人之歌（二首）………黄声孝 107

农垦工人短诗（四首）………张海鳌 109

端矿短歌（三首）……………黎 曙 111

换班（二首）…………………张承善 114

大跃进（二首）………………司徒奴 116

夜………………………………范学忠 118

信念…………………………周用宁 120

夜间铁塔上的电焊工…………李 簋 121

我是一个推车工………………蔡伏声 122

夜话……………………………龚克语 123

致塔式起重机手（二首）……宇 宙 125

"赶英号"………………………高崎来 127

飞向主席台的纸条……………李学蕙 128

通风工人………………………玉培森 130

大跃进的夜晚…………………常以本 131

附录：工人谈诗………………………133

3

　　这首诗充满了 50 年代社会主义建设期的鲜明风格，以热情洋溢的调子歌颂劳动，歌颂女性，简单而真切，热情而明朗。这首诗很好地体现了陈振坤及那一时期湛江诗人的创作风貌。陈振坤的创作得到了关注和好评，茅盾先生在 1958 年 5 月《诗刊》上发表题为《工人诗歌百首读后感》的文章评价这首诗，"这（指陈振坤《女板车手》，编者按）是浓重的笔触刻画新时代新女性群像。开头四句，用一句老实话来形容，就是'掷地作金石声'。最后一章（第四章），设想很新颖，造句也简洁遒劲。你看：'人催车，车催人，赶上去呵赶上去，/赶得小伙们唱乱了得意的歌声。'这形象还不生动？还不热惹惹地（原文如此，编者按）？不过，这诗的第二章却嫌弱些，为的是意境和语言都落了衬套。"

和中国其他地方情况相似，"大跃进"时期的湛江新诗基本走着民歌化、口号化的路线，汲取民间歌谣、山歌、词曲的内容和风格，为政治宣传服务。但也体现了民众热爱祖国、热爱生活、热爱劳动的思想感情，有的作品还具有强烈的泥土气息和生活积淀，可称之为朴素的抒情。陶铸如此评价这些民歌："劳动人民运用民歌的形式，歌颂了大跃进中的新人新事，也尖锐地揭露了工作中的缺点，是大跃进的号角，是推动我仍工作的有力武器。民歌是劳动人民思想、感情和愿望的结晶，它体现了革命浪漫主义和革命现实主义相结合的风格，是文学艺术中的珍品，是劳动群众共产主义精神高涨的反映。"[1]这一时期，湛江市及下属多

---

① 陶铸：《广东民歌（第一集）序》，《读书》1958 年 20 期。

个县市文化局、文联都编印了多种多样的民歌集。诗歌运动大面积热火朝天地展开，工厂、车间、海滨、地头人们集会、赛诗、朗诵诗歌。"大跃进"到"文革"前期，比较活跃的湛江诗人有陈列、银翼、陈志华、沈波、潘可、叶秀荣、孙伦、梁保庆、丁小莉等。①

---

① 这里关于陈振坤、大跃进诗歌等方面内容，大量引述和参考了《湛江市文化志》中对当代诗歌部分的记载。《湛江市文化志》，湛江市文化局编，天津：天津古籍出版社，1995年版，第51—53页。

第二章

红土诗社：红土地上崛起的诗群

第一节 红土诗社概况

回顾湛江当代诗歌发展的历程，就不能忽略"红土诗社"的存在。红土诗社产生在轰轰烈烈的 20 世纪 80 年代，在 20 世纪 90 年代的粤西诗坛发挥了巨大的作用，各路诗人们聚集在"红土诗社"的大旗下，集会、活动、交流、办刊，发挥他们的才华，为湛江当代诗歌的发展贡献他们的智慧和力量。红土诗社的影响力一直延续到当下，这是不可否认的历史存在。

20 世纪 80 年代是关键的历史转型期，也是精神之火熊熊燃烧的时期，是诗歌的大时代，朦胧诗、第三代诗歌的迅猛发展影响了湛江诗人。有太多时代生活的热情、个人生命的激情，需要在这里生活的人们亲自去抒发、去记录。这样，红土诗社应运而生。自己独自在诗苑摸索多年的老诗人、刚操起诗笔的年轻诗人，他们走在一起，终于将自己的设想变成了现实。1988 年 4 月 28 日，在广东省作协、湛江市文联的扶持下，湛江红土诗社正式成立。陈迅、温斌担任首任社长，聘请著名诗人洪三泰为名誉社长，韦丘、野曼、阿红等诗人、作家为顾问。诗社得到社会各界，尤其是这些湛江籍的老诗人、老作家的厚爱和支持，诗社的组织、交流、采风、创作活动如火如荼地展开。文联主管的本地刊物《湛江文学》成为红土诗社发表作品的主要阵地，几乎每期都辟出栏目刊发红土诗社的作品[1]。不久创办《红土诗歌报》，共出版 20 期，培养了一批

---

[1] 邓亚明：《红土诗社的前世今生》，见邓亚明新浪博客，2011 年 10 月 20 日，http://blog.sina.com.cn/s/blog_4d46fc6d0100utn6.html。

本土诗人，在全国诗坛都产生较大影响。名誉社长洪三泰在创刊词中说："这群人面向大海的蔚蓝，背靠荒原的赤红；他们在沧海遨游，在山野狂奔；胸怀壮志，脚踏实地，神思飞动，诗情沸腾，从雷州半岛起飞，展翅长空。"[①]《湛江日报》《湛江晚报》长期支持红土诗社的发展，多年以来连续发表红土诗社的作品，报道红土诗社的动向。80年代末到90年代初，这几年是红土诗社蓬勃发展的时期，成就和培养了一大批诗人。温斌、陈迅、毛球、朱海湛、郑流、李舟、温鹏、黄育斌、黄钺、邓亚明、梁永利、陈通、李陆明、戚伟明、李舟、符琳、莫宏伟、刘汉通、梁雷鸣、依萍等都是很活跃的成员。然而，随着20世纪90年代的社会转型和市场大潮的冲击，文学和诗歌迅速降温，1995年，持续数年的《红土诗歌报》停刊，红土诗社也自然解散。一些人下海谋生，一些人继续写作。也可以说此后的红土诗社转向了个体活动，对于真正爱好诗歌的人而言，写作永远不会停止。1990年后期到新世纪初，红土诗社成员成果不断。1996年，《湛江中青年诗选》出版（陈迅、邓亚明选编，陕西旅游出版社出版），1997年，《雷州青年诗人二十家》出版（海

① 龙鸣：《红土诗社重整旗鼓》，《湛江日报》2012年5月23日"A13文化潮"版。

仔、愁湖主编，中国华侨出版社出版），2000 年，《湛江红土诗选》出版（陈迅、邓亚明选编，中国文联出版社出版）等等。一大批中青年诗人在广东乃至全国产生了影响。黄钺、梁永利、戚明伟、刘汉通等年轻诗人作品见诸《诗刊》《文艺报》《作品》《延河》等重要文学刊物。红土诗社不少成员加入广东省作协、中国作协，黄钺受邀参加第 22 届青春诗会。

人们没有忘记红土诗社。经过一两年时间的精心筹备，2012 年 3 月，在湛江市文联关心和支持下，《红土诗报》重新复刊。那些离开的老诗人又聚拢了起来，而且逐渐团结起一批湛江籍年轻诗人。2015 年，《红土》诗刊正式创刊出版，成立了正规的编辑部。以后每年按季刊出刊，分"春雷号""夏雨号""秋月号""冬雪号"。重建的红土诗社赓续了对诗歌的热情，秉承了立足湛江本土、面向全国的精神，加强了组织建设和创作交流。

第二节 红土诗社的诗歌创作

现在回过头来综观红土诗社诗人的创作，会发现最大的特色就是地域色彩。湛江地处中国大陆最南端的雷州半岛上，三面都是漫漫海水，这片热土，是血一样热情的红土地。海有它的博大和丰美，碧波长天，椰风阵阵；也有它的狂暴和狞厉，秋季常有排山倒海般的台风。红土地盛产桉树、剑麻，及各种热带水果，长庄稼却一般。一方水土养一方人，所以形成了湛江人复合型的性格，既坚韧又灵活，既开放又执着，混合着海洋性和陆地性、现代气质与乡土气质种种要素。"地域性是每一个诗人的精神胎记，它意味着诗人精神的来历、情感的出处，是诗人开采不尽的生命矿场。地域性是诗歌的祖籍，一个没有祖籍的诗人将是一个没有灵魂故乡的诗人。""地域性某种程度上就是诗人精神驻地和灵魂港湾，它积聚着源自久远的历史记忆和文明传承，是诗人无法摆脱并终生受用的心灵底纹与集体无意识"①。红土诗人大都有明确的地域意识，诗人郑流说湛江诗人写作，就是要立足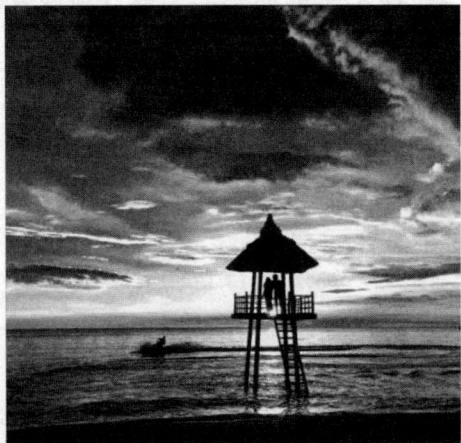湛江，表现湛江，歌颂湛江，"南国半岛这块阳光充足、雨水丰沛、雷声密集的红土地……它赭红的泥土、深蓝的海水、无边的绿色、厚重的历史"都引人折腰，值得抒写②。那么，红土诗人的地域性究竟体现在哪些方面呢？

首先，体现在对半岛自然物事、地理景观的书写。俗话说，"靠山吃山，靠水吃水"，浩浩碧波、殷殷红土，及生于其中、居于其上的花鸟虫鱼、惊风白露均有客观，蕴含着无穷的诗性。按照诗歌发生学原理讲，

① 张德明：《新诗创作中的地域性与超地域性》，《湛江现代诗选》，张德明编，太白文艺出版社，2008年版，第2页。

② 郑流：《南国半岛这块盛长诗的土地——〈湛江中青年诗选〉序》，《湛江中青年诗选》，陈迅、邓亚明选编，陕西旅游出版社，1996年版，第1页。

最先成为诗歌的东西，就是那些耳濡目染、与诗人的生活发生密切关联的东西。这些地理、生物景观是作为故乡而存在的。

> 欸乃声中化为小船远去
>
> 飞落礁石的尖顶上
>
> 饥渴的白鸟，大海的种籽
>
> 沐浴痛苦和欢乐的气息
>
> 听牡蛎和海螺的浪花
>
> 听敲打鱼鳞和虾壳的浪花
>
> 海鸟听出声音融洽了
>
> 祖祖辈辈传唱的渔歌

——李舟《海鸟》

诗人李舟用清浅的童话般的语言，写出了大海的美景，抒发了对大海的深情，这仿佛是对母亲般的深沉情感。欸乃而歌的小船、翱翔鸣叫的海鸟、粼粼的波光，鱼虾的嬉戏，这是引人遐思的情感和意境。

> 面对落日，我从来不会担心它会带走什么
>
> 我静静地倾听。金色的海鸥飞过了桅杆
>
> 在潮落与潮涨之间
>
> 海，屏住了呼吸
>
> 红树林早已浮出水面

触目如此安静

在这黄金时代
世界如我一样
倾听：日头落水的声音
　　　　　——梁雷鸣《北部湾落日》

梁雷鸣对海洋的感觉和书写就更深一层。他聚焦在"残阳入海"这一主要意象，进行长时间的观察和沉思。"海"所展示出来的风景既华丽又宁静，既壮阔又绮丽。这是另一种海洋体验。

芭蕉住在早晨的河边
望着鱼儿与晴朗的天空
脚下水声潺潺地流
拨动的一瞬
泥土与人之间悬念为雨
用透明的语言与芭蕉交谈
诉说与人的感情
……

呵　雨打芭蕉的湿度很浓
打湿了我的听觉
打湿了南方茂盛的歌声
　　　　　——海湛《广东音乐：雨打芭蕉》

15

海湛借助对音乐的想象，进入了对湛江常见植物芭蕉的描写，调动的是深厚的生活经验。芭蕉长在水边，雨露滋润着她，她有欣欣的生意，有稍显孤独和落寞，她和人一样。这芭蕉充满了流动的水性。海湛90年代以后的诗歌写得更自由舒展。

其次，体现在对湛江风土人情、历史故事的书写。一方水土，最重要最值得玩味的当然是生活在这方水土上的人的日常生活、爱恨情仇以及生老病死，这构成他们人生的主要部分。这些色彩斑斓的东西全部合起来，放入时间的长河，就有了历史的意味。红土诗人不仅反观他们投身其中的生活、风俗，还珍视半岛人创造的与半岛有关的历史文化，并且试图从中提炼出某些宝贵的可以传之久远的精神。

> 渔女要离开八百里海域
> 嫁到看不见椰树的地方
> 渔女悄悄修好一个椰子壳
> 带走海边坚硬的东西
> 她还偷走了父亲的一对鱼翅
> 教她的男人在梦海中翱翔
> ……
> 渔女要出嫁了
> 村子里的渔船都为她送路

鱼鳞和海腥给她化妆了

上岸的时候

高高的椰子树断了枝桠

——梁永利《渔女出嫁》

梁永利悠悠地讲述了一个动人的故事,海边的渔女出嫁,她要嫁到离海很远的地方,她渴望着未来新的生活,当然更多的是对故乡、大海、父母邻里的深深眷恋。"上岸的时候 / 高高的椰子树断了枝桠"确实是一个精巧的暗示,悲伤的气氛一下被烘托了出来。这仿佛远古时代海滨乡村的一幅民俗画,在叙事、写景、抒情中画出了海边乡民的真实生活和内心情感。

回到村庄

与春天的第一场雨相遇

丰泽的雨水 感恩的雨水

令沉默冬天的土地感激涕零

……

雨水落在家园

数不清的炊烟袅袅升起

像虔诚的守护者 巡视村庄

巡视这块幸福多情的土地

被雨水滋养大的村庄名字

美好而吉祥

——邓亚明《雨水落在家园》

这首诗凸显着浓郁的乡土诗歌气息。冬去春来，雨水滋润着土地，"雨水落在家园"，从这一精心提炼出的核心意象可以感受到诗人面对雨水时的喜悦甚至幸福的感情。这些深厚感情源自对大地的热爱，对家园的热爱。诗人似乎暂时忘却了城市化进程对淳朴的乡土空间的挤压，沉浸在草木炊烟的故乡。写这类题材的红土诗人很多，比如温斌、毛球、戚伟明、洪三河、冯柳等等。

红土诗人对历史的书写，可以梳理出一个由小到大、由地域到民族这样一个过程。例如海湛的《哦，我的雷州》：

雷声从记忆隧道传来炸开历史的裂缝

滑入一线日光我清晰地走入了洪荒远古

……

长发如浪飘荡着可歌可泣的世纪风云

眼睛如风闪烁于雷声劈开的州府史志

……

诗篇剑麻香茅种满了雷州的荒峦赤岭

甘蔗菠萝蕉林烘绿了赤土的热带风光

以宏大的篇幅、激昂的情感讴歌雷州、湛江的整个历史，从远古的鸿蒙开辟一直到当下的社会新貌，追溯和提炼整个地域的文化精神，这种写作走的是当代政治抒情诗的普遍路子。近年洪三泰的《大海洋》、洪三川的《丝路叠影》、洪三河的《半岛丝情》、洪江的《丝路梦回》四部新作"丝路"长诗走的也是这种路子，都是以半岛作为基点、溯古述今，展开历史言说，最终演绎出半岛乃至中华民族的历史精神。

最后，体现在对历史转型期社会生活的记录，对个人新的前途、命运的找寻。红土诗人也并非完全是"乡土诗人"，时代的洪流冲击着他们，他们感受到城市化的进程、现代精神观念的蔓延，甚至蓦然发现他们已经完全置身在一个变化了的半岛、变化了的中国。他们对此的情感态度是双重的。

一方面，他们呼唤、拥抱工业化、城镇化、现代化，这是富强、文明的象征，谁也不可能永远抱着"炊烟袅袅"的那个故乡不放。海湛《开车，我路过海湾大桥》：

车过湛江海湾大桥　这一刻

大桥挺起钢铁的脊梁

仿佛两岸的甘蔗林和翻滚的稻浪　瞬间成熟

海湾的号子和船笛隐约传来

点点渔舟巨轮的灯火在想象中闪闪发光

被分割的季候风倾向于路桥的两端

让绿色的梦唱响无边的浩瀚与苍茫 在海上

这是一种歌颂"现代化"的浪漫主义情感，让诗人满足且引以为自豪的是钢铁大桥、大轮船、汽笛声这一类工业化事物，类似于当年郭沫若对"一枝枝的烟囱都开着了朵黑色的牡丹呀／哦哦，二十世纪的名花／近代文明的严母呀"（《笔立山头展望》）的歌颂。邓亚明则与此相反，读现代文明的负面效应有了较为深刻的体验和表达，《南河桥》：

腐臭之水

漂浮于上的垃圾　仿如

城市身上的带状疱疹

那么多年了

那么多的雷暴

竟冲涤不去

这仅是浅表性的

皮肤疾患

这里一转而写现代性的疾患和阴影，"疾病"隐喻的不单是环保问题，更是对现代文明的焦虑，从乡土出来的歌者开始真真切切地面对现代社会的问题。戚伟明、陈通、梁雷鸣对此有更多的反映，家园失落，亲朋邻里远走城市，个人孤独无依，一时找不到生活

20

的道路和生命的归宿。这些经验是带有很大的普遍性的，不仅湛江，整个中国社会在经历这样一个痛苦的转型，所以这一类书写是有较大价值的。梁永利《寻求弥补创伤的方式》：

> 星辰落于城市上空
>
> 冷静的草坪与暗恶的沼泽
>
> 两面的梦想　徐徐飞翔
>
> 城市是一只空罐
>
> 孩子们笑出它的忧伤
>
>
> 怀念棕榈
>
> 棕榈整齐地剪裁着
>
> 欲望的时光
>
> 我用一种天真
>
> 骗取园丁的慈善
>
> 一辆垃圾车　正选择
>
> 陌生的方向　呕吐秽物
>
>
> 我在广告中行走
>
> 坠落的星辰
>
> 鲜血般发亮的生存空间
>
> 为什么步履轻浮了

不远的春天

　　待在城市的边缘

　　在 20 世纪 90 年代中期的写作中，诗人梁永利不再是单向地抒发对乡土的眷念，诗中的"我"已是独行在广告、霓虹灯之下，待在城市的边缘，诗人是忧闷孤独的，但是已经彻底地置身在现代化的城市空间。这是一个深刻的转型，红土诗人戚伟明、梁雷鸣、黄铖、刘汉通共同参与、表现了这一转型，也借以进入了当代新诗的转型过程，借鉴第三代诗歌的元素，进入 90 年代诗歌乃至当下的诗歌场域。诗人成了彻底的个人，地域、历史均缩小为写作的某一主题、底色、风格，而非他们写作的全部。

第三章

湛江诗群——一个新生的诗群

第一节　湛江诗群发展概况

说到近几年湛江本土诗歌的发展,就不能不提"湛江诗群"。这是一个新生的、正在成长的诗人群体。2015年年底,湛江诗人黄钺、符昆光多次到访岭南师范学院南方诗歌研究中心,在和著名诗评家、诗人张德明教授的交流中,萌生了创建一个新的诗群的想法。张德明教授几经考虑,出于对诗歌事业的热爱,也出于服务地方文化发展的愿望,答应了诗人们的要求。"湛江诗群"应运而生。

"湛江诗群"的成型和成长离不开"一个研究中心、一本专业诗刊、一个微信公众号平台"。南方诗歌

研究中心依托粤西高校岭南师范学院，成立已有十多年历史了，张德明教授任主任，团结、引进一批学者、诗人，持续地、有系统地追踪研究当代诗歌，出产了一系列研究成果，在广东省乃至国内产生了不可忽视的影响。南方诗歌研究中心可以说是湛江诗群发展的后盾。经过一段时期的筹备，《海岸线》诗刊于 2017 年 2 月正式出刊，以后按季度出刊，这是"湛江诗群"自己的诗歌阵地。《海岸线》归湛江市文联、作协主管，组成了稳定的编委会，出资人符昆光任社长，著名诗评家张德明任主编，诗人梁永利任执行主编，黄钺、程继龙任副主编。办刊理念是"立足岭南，进入当代，培育先锋"。随后，湛江诗群开放了微信公众平台，由诗人林水文主持编辑，每周定期推出一个诗人、一篇理论文章。

经过近两年的发展，湛江诗群已初具规模，形成了自己的总体风格。湛江诗群与红土诗社形成竞争、交流合作的关系。2017 年 3 月，郑州大学出版社出版发行"岭南批评文丛"，其中包括张德明《灵魂的维度》、赵金钟《想象与言说的魅力》、程继龙《打开诗的果壳》、史习斌《文学批评与文本聚焦》以及张德明等人合著《细读陈陟云》，这五部著作是湛江诗群在理论方面的重要收获。2016 年、2017 年暑期，张德明在南方诗歌中心开办"南方诗歌讲习所"，给诗群诗人讲授诗歌史、诗歌理论知识，改稿交流，先后开课六次，收到良好效果。湛江诗群的诗人以"湛江诗群"名义陆续在《延河诗歌特刊》《诗歌选刊》《中国诗歌》《岭南文学》《金田》《湛江晚报》以及中国诗歌网、诗歌周刊等期刊、网站上集体亮相。

湛江诗群主要的理论家、批评家有张德明、赵金钟、殷鉴、程继龙、史习斌，诗人有张德明、赵金钟、梁永利、黄钺（李金水）、彭一田、符昆光、袁志军、林斌、林水文、黄成龙、陈雨潇（宇上森）、程继龙、史习斌、南尾宫（刘卫）、庞小红（心帆）、杨晓婷（杨梅）、黄药师、阿勇、林改兰、贾天卜等。诗群吸收了一些已有成就的老诗人，着力培育青年诗人。

第二节　湛江诗群的诗歌创作

　　著名诗人李少君认为新世纪诗歌的一个明显标志是"地方性诗歌的兴盛"[①]，那么湛江这一群相对年轻的诗人走到一起，团结在"湛江诗群"的名号下，更多的是出于交流诗艺、抱团发展的迫切需要。这一群诗人，虽说也不时书写湛江"碧海蓝天"的地域特色，但更倾心的是表达当代人在当代社会的时代经验，他们诗意思考的中心由空间性转向了时间性。正如张德明、程继龙创办《海岸线》诗刊时设想的理念"立足岭南，进入当代，培育先锋"。"立足岭南"是为了接地气、避免脱离现实；"进入当代"则意味着观念、写法、语感必须进入当代汉语诗歌的场域，与国内当代诗人同台对话、同台竞争；"培育先锋"，就是要在诗群培养出一批敢于创新、可以引领潮流的青年诗人，"先锋"意味着探索，意味着实验，走前所未有的路，因此必须敢于探索和实验，哪怕失败。因此这一群诗人，更着迷于表达陌生的时代／现实经验、瞬间深刻的生命体验，对自我的想象和认识，日常生活的凡俗

---

　　① 李少君：《现代性的建构》，《星星·诗歌理论》，2017年第7期。

性和神圣性等等。

张德明是湛江诗群的首席理论家，在创作方面也是身先士卒。张德明喜欢书写早年生活记忆、创伤性的生活经验以及对世界虚幻一面的想象，他的写作风格一半是浪漫主义的，一半是现代主义的，而且不时夹杂一些后现代的戏谑感，他有多面探索、多面展开的趋势。《怀念》：

> 儿时的小竹篙
>
> 撑开一橹橹欢快的记忆
>
> 我知道山蘑菇讲不厌的童话
>
> 我知道鸽子树开花的秘密

这是清新朴素的抒情，带有浪漫主义的调子。《如果这还不够》则是苦涩的戏谑，是成年人在世的复杂情感：

> 我有晴空万里，我有雪花满地，我有天涯浪迹
>
> 如果这还不够，我有百年孤独，我有
>
> 十里相送，我有一寸情愁，如果这还不够
>
> 我有飞刀，我有骏马，我有止痛膏，如果
>
> 这还不够，我还有最后一滴
>
> 遗忘剂

赵金钟诗数量不算多，但也是一位诗龄很长的诗人，他的《紫荆花这样开着》以唯美热烈的抒情见长，在湛江地区传唱一时，但他冷静审思历史和时代的那

些诗更有现代色彩,诗艺也更多面。《忆淮河之二:隐贤山》:

　　曾不止一次地叩访你

　　在曲曲折折、愈行愈深的山中寻找

　　徒见些断垣残亭,不见隐士

　　有贤人隐居,我断定这不是妄说

　　只是年代久远,隐的早已不隐

　　在没有隐士的地方

　　我们只好用眼睛擦擦来路

　　把自己当成隐士

　　乍看有一种非今非古的感觉,诗人似乎沿着崎岖小径穿越到了"买山而隐"的时代,但是分明流露着当代感,一不小心就露出深切的焦虑和忧思,那种执着、那种苍凉着实让人动容,是啊,满眼荒疏,哪里才是生命归宿。《北京城里的乌鸦》:

　　那是 2009 年的冬天

　　在人们嘴上煮烂了的鸟巢的旁边

　　长着一个真正的鸟巢

　　一个来自南方的人看到

　　乌鸦在真鸟巢上叼着词句

　　咽下,又吐出

......

必须重新编码

乌鸦以本色的黑舌慎重舔舐着语词的温度

测度着先人赋予这些语词的硬度与成色

同时打量着自己和地上行走的邻居

北京鸟巢的乌鸦，这是一个尖锐的细节、一个独特的意象，"乌鸦"这种鸟中巫觋，对着鸟类的家"鸟巢"——鸟巢的现代仿像，进行最后的困守，盘旋其上，用自己的体温、感情和语言疗治着异化的创痛。这只黑色的乌鸦，是如此狞厉、执着，又如此令人动容，"要以黑来对抗白的信念／和它那与生俱来的聒噪"，历史本身之荒诞，竟产生了孰是孰非、孰黑孰白的幻觉。"物犹如此，人何以堪"，一种现实的隐痛弥散了开来。

黄钺在新世纪初曾取得不凡成就，曾参加第22届"青春诗会"。黄钺的诗素朴、大气，对人世沧桑有很深的体验，他将情感隐得较深，常出之以哲理，因此他写了不少哲理诗。近几年正在经历诗艺的转型，大致来说，更加倚重修辞和语调。《我还寻不着那个人》：

她好像来过

靠得那么近

细看，又成了别人

那个生死与共不离不弃的人

　　那个扶我过坎拉我上岸的人

　　那个没有密码

　　我至今联系不上的人

　　这里是拉开距离、沉静地述说生命中曾经最重要
的那个人，哀痛的情感化炼、隐含得很深。《李白，白
纸的白》：

　　李白，白纸的白

　　李白，字太白

　　翻译过来

　　意思说这么洁白的纸

　　能随便涂上那些过目即忘的五言七律么

　　黄钺早期的修辞显得颇为精巧，近年他慢慢深化
了对"修辞"的认识，修辞不仅仅是技巧，还是思维
方式，是重新发明和处理词与物的关系。这首诗就把
"李白"的"白"有意地理解为"白纸的白""字太白
（纸太白）"，文意顺势衍伸为：因而不便在白纸上涂
抹无意义的五绝七律。这是瞬间闪念的捕捉，也是思
维方式的变革。转型后黄钺的诗歌还不完善，不时显
出残缺、断档等问题，克服这些需要假以时日。

　　符昆光、袁志军的诗风较为接近。这两位诗人入世

深，人生阅历丰富，所以发而为诗常有厚实的现实感，而且在这种现实感中反向思考人生的归宿，追缅人生可能本该拥有的愿景和理想。符昆光《一个人的江湖》：

> 这些年，我活在咒语间
> 无法伸展，抵达远方的辽阔
>
> 遥望，是这样的小，小成一粒微尘
> 荒凉的人间，时光消瘦
> 燃烧的灰烬，一溜烟而过

"一个人的江湖"，一个人行走在荒凉的人间，活在难以祛魅的咒语间，只能和时光一起小下去、瘦下去，形似灰烬。这首诗以伸缩自如的笔法写出了复杂的"中年况味"，但是符昆光又没有完全失去童心、初心，这表现为对天地万物，尤其是卑微之物的关注，对远方和飞翔的强烈渴望，《菊花》：

> 夜半，听到窗外一声清脆的响声
> 很轻
> 轻得只有凭感觉才能听到
>
> 天亮了，走在田园上
> 一朵黄色的菊花向我微笑
> 莫非

昨夜的响声是菊花盛开的声音

沉思着，阳光会在上面栖息片刻
带上菊花的梦
展翅飞向我无法企及的地方

袁志军继续发挥了诗歌对人生的慰安、救赎和提升功能，但是相对显得凝重一些，粗粝一些，《倒影》：

身体融于碧水，灵魂皈依蓝天
面对一株枯树，我无法说出
谁是前世，谁又是
今生。而我仿佛听到
枯树内部涌流的水声

那水声。来自水底的鸟鸣
和远走他乡的绿色，以及
远航的梦呓。来自
另外的我

那株枯树
是我缄默的倒影

陈雨潇认为"自我即是灵感源泉。"她凭着女性优异的直觉和良好的语感写作，她的诗既有陌生的感官景观，又能随物赋形地营造出自由舒展的抒情空间。《他》：

> 他从花里，露出沉睡的脸
>
> 一绺被花蜜浸湿的头发
>
> 搭在额上
>
>
> 他紧闭的眼睛闪过贝壳的阴影
>
> 接着他的手露了出来
>
> 上面长满了花的鳞片

这个在花中显形的"他"，仿佛想象中的美少年那喀索斯，陈雨潇这种化实为虚，又在虚中翻新出奇的想象力和语言能力让人惊叹。群里的另外两个女诗人杨梅和心帆都是各有所长，杨梅善于在日常生活情景中展现或细腻或深刻的情思，心帆惯于在女性的知觉和想象中沉思爱情和命运，语感仍然是流利的。

群里年轻的男诗人黄成龙和林水文，黄成龙的诗文本意象多得密不透风，他喜欢借助一个个奇警的形象思考一些大问题，比如"黑夜""命运"之类。黄成龙《命运》：

> 音乐重新升起
>
> 镜子里的月亮开始碎裂
>
> 窗台踉跄的猫影遭到风的耻辱

变得木讷、反常

　　林水文的诗立足于底层经验和日常生活，而且加入了叙事试验，《单位的象征意义》：

我回原单位办理停薪留职手续

杨叔已经退休回乡下

烧酒延续他的生活，养鸡喂鸭

另一个杨叔已长期住在山上

无儿无女，无人探望

……

单位的招牌依然锃亮锃亮

太阳底下发着耀眼的光芒

墙上长出野花怀念旧时月色

土墙掉落了一层外表的泥巴

老鼠或许已偷吃它们剩下的光阴

而依然坚固。听说国家不倒

它们也不会倒

有些人希望它倒，却有些人不希望

我的态度依然模棱两可

　　另外，程继龙、史习斌、林斌、林改兰、贾天卜等诗人也是各有特色。湛江诗群初步取得了不俗的成绩，开放性、探索性正是这一群体的共同立场和特征。

第四章

湛江当代代表诗人评析

第一节　洪三泰

　　到了 20 世纪八九十年代，湛江诗歌水静流深地发展着，表面看上去不是那么耀眼，但是诗歌群落、诗歌流派、诗歌观念沉稳地重组、推进着。红土地上的诗人积累着人生的经验、感动着时代的脉搏，也蕴蓄着陡然隆起的力量。与"文革"前一时期相比，湛江诗歌的面貌焕然一新，无论是诗歌观念、题材、写法均有了很大的变化，一批中青年诗人在崛起，逐渐成为湛江诗坛的生力军。提到这一时期的诗歌，湛江文坛的人都会想到一个响亮的名字：洪三泰。洪三泰可以说是雷州半岛新诗的一面旗帜，一个令人振奋的鲜明符号。

洪三泰，1945 年出生，雷州半岛遂溪县乌塘镇芳流墩村人。这个美丽的小村庄可以说是孕育诗人生命的摇篮，洪三泰在后来的诗歌中多次描绘了家乡的丰草长林、红土蓝天，那里云朵静静地飘，农人在烈日下辛勤地劳作，海躺在并不很远的地平线外闪着波光，诗人自小对天地万物的自然的爱和富于幻想的性格在这一时期就养成了。"生我者芳流墩／育我者芳流墩／我的命运如墩上的云／／宋雨浇灭墩上的太阳／唐云遮着墩上的月亮／我的母亲在高墩上／呼唤我的乳名"（《芳流墩》）洪三泰 1963 年中学毕业，后曾任遂溪县报记者，广州军区生产建设兵团八师政治部秘书、兵团新闻干事，当记者、新闻干事的经历为洪三泰后来的写作积累了经验。20 世纪 70 年代后期，洪三泰就正式走上了诗歌之路，在正规的刊物上发表作品，几十年以来成果丰硕。出版有诗合集《红珊瑚》、诗集《天涯花》《孔

雀泉》《野性的太阳》《悬念》《洪三泰短诗选》（中英文）、《洪三泰世纪诗选》等，出版散文集《心海没有落日》《珠江诗雨》等，长篇传记《魅力在东方》《中国高第街》《开海》等，中篇小说集《热吻》，长篇小说《风流时代》三部曲（《野情》《野性》《又见风花雪月》），《血族》三部曲（《女海盗》）等，电影剧本《女人街》。《孔雀泉》获广东省鲁迅文学奖，《心海没有落日》获首届秦牧散文奖，《神州魂》获第二届中华优秀出版物抗震救灾特别奖。作品还获华夏诗大奖、《人民日报》文艺奖等。2016 年 1 月，出版长诗《大海洋》，长达 4500 行，以热情洋溢的笔调自由穿梭于历史、现实、想象的多重空间，歌颂了海上丝绸之路的悠久雄奇和光明前景。洪三泰曾享受政府特殊津贴。广东省人民政府文史研究馆馆员、文学院院长，省珠江文化研究会常务副会长、理事长。

洪三泰的很多诗作是雷州半岛乡土的赞歌。诗评家张德明先生说："洪三泰是从湛江遂溪走出来的优秀作家，在小说、诗歌和散文创作上都取得了突出的艺术成就，在中国文坛享有很高的声誉。他的诗歌立足于雷州半岛，通过对半岛上特定的物象和人文景致的细致观察和真切描述，将自我对家乡炽烈而浓郁的爱鲜明地彰显出来。"[1]半岛血一般的红土地孕育了他，使他的气质中流荡着忧郁的热情；半岛的剑麻、桉树象征着坚韧的生命力；雷州的石狗是半岛民俗神秘一面的代表。在对半岛风土人情的歌颂中，洪三泰倾力最多的还是对湛江劳动人民的刻画和抒写。《绿的·白的——给老场长》：

> 你献给山峦的胶林是绿的，／你献给平原的剑麻是绿的，／你献给荒地的蔗园也是绿的，／你的鬓发怎么是白的？//胶乳是白的，／剑麻的纤维是白的，／白糖和纸也是白的，／你的鬓发也是白的。

半岛是生机勃勃的，草长莺飞，瓜果飘香。胶林、剑麻、蔗园这些成为半岛作物的典型代表，它们色彩缤纷，维系着半岛人民的生活之需，又展露着醉人的诗意，读来使人仿佛置身湛江大地的丘陵原野之上，感受那里的生机和诗意。不过这一切不是自然形成的，而是靠辛苦劳作的双手和无私奉献的精神获得的。劳动创造美，这个美是"老场长"所奉献出的，乳胶、剑麻纤维、白糖和纸张连同这个老场长的鬓发都是白的，绿和白形成鲜明的对比，绿是生机的形态，而白

---

① 张德明、史习斌：《蓝色的旋律——湛江当代诗歌评点》，广州：暨南大学出版社，2005年版，第1页。

是硕果的形态，白得纯洁、素朴、光明，这样老场长的伟岸形象也生动地凸显了出来，这是朴素中的伟大。在红土地上默默耕作的农夫形象，是半岛乡土风情最集中的体现。"流蜜的鹅黄的秋野／也浓缩在脊背上／历史，铸造这厚实的铜牌／是对苦难父老的最高奖赏"，"一代又一代人／只会赤着背收获阳光／虔诚地弓起燃烧的脊梁"，"让太阳从脊背蹦出吧／去塑造真正成熟而光亮的世界／也真实地塑造我民族的形象"，（《古铜色脊背》）这里半岛上辛勤劳作的农夫甚至成了中华民族脊梁式人物的象征，脊背"铜牌般放射金色的光芒"是这种高大坚韧的伟大人格的光芒，这里地域化的抒写在一定程度上具备了超地域性景观抒写的性质，有了普遍性。

对大海的深情吟唱。湛江别称"港城"，是一座典型的海洋性城市，南濒南海，背靠北部湾，对湛江人民而言，相比于茫茫南海和太平洋，雷州半岛的土地真可以说是渺小的。雷州半岛三面环水，这造就了湛江人、湛江诗人的海洋视野和海洋情结，洪三泰八九十年代以来的大量诗作，正是对海洋的吟咏。海这位诗人眼中，是冒险的场所，是母亲的怀抱，也是诗人生命的化身，还是人类向自然进军、创造历史的舞台。《北部湾落日》：

落日
其实是诞生
在北部湾血火中临盆
诞生的
是那个半球的黎明

所有的海水都燃烧着
所有的海水都滚沸着
最热烈最辉煌的祝福
献给这美丽的生命

天海焊接的滑梯
滑下了入浴的太阳
啊，永远呱呱坠海
沉落，本是升腾
光明，不会在黑暗中消亡

这里借着落日描绘出一篇恢宏、光辉的大海的图景，
残阳如血，红得壮丽，红得磅礴。诗人很有一些"自
古逢秋悲寂寥，我言秋日胜春朝"的豪情，"落日／其
实是诞生"，是在血中临盆，整个大海就是生死交替的
场所，是生命浴火重生的过程。整个海水翻滚沸腾，
光明在黑暗中重新升起，在地球的另一半，在想象的

另一维度上。此诗引人进入海上落日的盛景，为湛江西北北部湾晴朗时黄昏的海景所震惊、迷醉，而且在这种迷醉中产生了带有哲性领悟的审美体验，诗性主体和关照对象相互观照，相互融合，相互提升，进入真正的诗意境界，这境界阔大、深沉，体现的乃是王国维"宏壮"的审美理想。在此意义上，"海洋"也被意象化为生命诞生、长成的必要元素、象征。海洋传达的乃是生生不息的生命精神，这在八九十年代湛江本土的海洋题材诗歌创作中是比较少见的。近年，洪三泰继续了海洋抒写的探索，创作出长诗《大海洋》，可以说借助对海上丝绸之路历史的想象性追溯和重新塑造，总结性地展示了他大半生以来对海洋景象的经验，追溯了华夏民族在海上活动的悠久历史，塑造出撼人心魄的海洋精神。诗人站在茫茫宇宙太古的某一点上，俯视和回顾海洋和华夏文明的地位，"太阳 一颗高悬的心 / 照见澎湃的海洋 / 皓月一轮诗眼 / 洞察浩瀚的海洋"（《序诗》），在《混沌》《地球的乳名》《生命的沉浮》《浪潮人影》几章，展示了"天地玄黄，宇宙洪荒"般的"创世纪"图景，"辽远的太空里 / 那浩瀚的海洋 / 只是一滴露珠呀 / 怎么能把地球 / 染得如此晶蓝"（《混沌》），随后，人诞生了，"七八年前的晨昏 / 在南海北部湾 / 在雷州半岛的西南"，"忽然见到人群啊／在一个晴朗的清晨／正是日月交映／潮汐自鸣"，"他们耕海／踏着浪花跑啊／穿梭于浪涛中／他们繁衍于鲤鱼墩／一代又一代／一群又一群"，人出现于海边，生于斯卒于斯，开始了与海洋斗争又依存的壮阔历史。尔后写伏羲氏刳木为舟、汉武帝开海、郑和下西洋以及当下重振丝路的国家战略，在漫长的历史时空中来展现"大海洋"之"大"、之"壮阔"，海洋的历史也是中华民族数千年来走过的不寻常的历史。借助历史，也适时地横向展开了对海洋各个侧面的多彩描绘。至此，洪三泰的海洋抒写也具备了"史诗"的气度。

对价值理想的追寻。洪三泰是一个执着于价值理想的人，多少年以来，他追寻着梦想的印迹，诗人都是逐梦者，真理的光热、善美的幻影，都长久地逗引着他们的热情，灵魂的眼睛追逐着俗世和现象之外的诗性，只有这些才能真正地满足他灵魂的饥渴。家庭、家乡都是洪三泰衷心歌唱的，他倾心于祖国如火如荼的建设、大自然美景的魅力。他是人格精神塑形于六七十年代的中国诗人，有着贺敬之、郭小川那一辈诗人的家国情怀，又有新时期以后诗人们建立在自我意识觉醒基础上的更为广泛的爱。"这里的空间是一台搅拌机，／搅拌着尘烟、阳光、汗水和热情。／和荒凉

的深圳河畔，／浇筑一座现代化新城……"（《尘土》）
这是对祖国现代化建设的热情讴歌，国家的现代化建
设可以说是洪三泰这一代诗人最核心的价值观念，是
他们最重要的理想，这种理想是超个人的。《白天鹅》：

> 在珍珠的江上
>
> 白天鹅刚刚苏醒
>
> 银色的羽翼
>
> 轻拍古老的羊城
>
>
> 东方的圣洁
>
> 东方的文明
>
> 东方的美的精灵
>
> 　　刚刚苏醒
>
> 在珍珠的江上
>
> 一尊珍珠般圣洁的女神

很显然，"白天鹅"是诗人理想的象征，它纯白无瑕、
优雅灵动，仿佛天外来客，没有一点凡尘烟火气。"白
天鹅"在珠江水面上刚刚苏醒，银色的羽翼，瞳孔晶
莹剔透，浸浴在日月的光辉里，是自由与光明的化身。
诗人皈依于真善美，"白天鹅"完美地体现了真善美的
要求，它像神一样引领着诗人的精神走向。尽管也有
对现实无奈的感叹，有对丑恶的挞伐，但是诗人洪三

泰更多地表现为对真善美的正向趋归。这也使他的诗具有了伦理思考的意味，避免了对一己之私事私情的沉湎。

　　洪三泰在自己漫长的诗歌实践过程中，吸收八九十年代、包括之前及之后的诗歌潮流，形成了自己较为完整的诗艺体系。首先是成熟的意象营造艺术。意象是中国诗歌基础而核心的基本创作和审美单位，孙玉石、王泽龙等现代主义新诗研究大家均认为意象是联结诗人、读者的审美中介，是构成诗歌文本的基本元素，是融合感觉与思想的枢纽，具有非常重要的作用。洪三泰很好地传承了现代诗歌的意象艺术，在生活中，他观察花鸟虫鱼、世态人情，在潜移默化中将这些统统沉淀在潜意识里，待到下笔写诗时，就自然地转化为鲜明而深切的意象，融合了自我的深沉意味和情感。"迷雾锁墩三日／清风吹墩半年／父亲赶牛碾过墩头／我至今还紧握那段牛绳"（《芳流墩》）"赶牛"就是一个意味深长的意象，其中蕴含着一个画面、一段心事，诗人童年和父亲赶着牛去耕田，这是艰苦却幸福的童年时光，人生最有价值的记忆。"让太阳直射裸背／裸背就成了盐田／让血汗染透土地／就是红土的来源"，（《雷州半岛人》）"盐田""红土"这些意象，把自然景观的"盐田""红土"和人文化的想象密切结合起来，很好地传达了诗人对"雷州半岛人"人生、精神的理解。意象能高能地传达诗人的情思，意象丰富、多义，又充满形象感，可以克服诗歌直抒胸臆、太过外露的不足。洪三泰的诗歌意象形成了比较稳定的类型，并在此基础上有了较为普遍的象征意蕴，比如"红土"象征的是丰饶而厚重的湛江大地，"日月星辰"象征的是宇宙的永恒流转，"剑麻""桉树"象征的是半岛生命的生生不息，"白天鹅"象征的是理想的纯粹和高洁。借助对意象的创造和组织，洪三泰建构了一个带有地域色彩、富有浪漫主义精神气质的诗意世界。

在诗艺上另一方面的突出特点就是，多种修辞方法的综合运用。修辞不是约束性的力量，其实更多的是一种生发性的力量，心中有情有境，不能一味地直接抒发，直接抒发也是难以达意的，或者说能直接抒发的都是那些较为粗糙的情感类型。诗歌更重要的作用在于展露心灵深处更为细腻、幽微的情感，这些往往是难以言传的，这就需要修辞，这是诗人洪三泰早已明确了的，他需要综合运用比喻、拟人、对比、排比、象征、隐喻、反讽等修辞方法，多角度地、有机地抒写在时代、现实中的复杂感受。早年的《绿的·白的——给老场长》一诗就用了对比的手法，"你献给山

45

恋的胶林是绿的，／你献给平原的剑麻是绿的，／你献给荒地的蔗园也是绿的，／你的鬓发怎么是白的？"这里就兼用排比和对比，一层层地排开所见之景象，语势增强，绿的和白的对比，自然和人事对比，这样就写出了老场长的辛劳和伟大。而且整首诗上下两节采用了问答模式，上节问，下节答，这样就增强了戏剧性和趣味感。这样的写法曾是 50 年代到 70 年代政治抒情诗的常用模式。再如《候鸟的葬礼》：

乘宇宙之风

追逐夕阳

壮哉，候鸟的金色的飞行

顷刻间

流星般陨落

黑夜的大网

让空中所有的鸣叫

成为绝响

凌晨的火光

照着一群吃候鸟的人

如一群群蝗虫

龇牙咧嘴

嘎嚓嘎嚓不吐骨头

……

候鸟啊

你的羽毛乱作北飞的云

候鸟临照日月，经冬历春，费尽千辛万苦往南迁徙，这是"金色的飞行"，但是顷刻间"流星雨般陨落"，坠入"黑色的大网"，笔锋一转，这些壮美的精灵被一群蝗虫般的人吃了，"嘎嚓嘎嚓不吐骨头"，充满了反讽的味道。这不仅是对吃鸟的人的辛辣讽刺，这是残忍而可耻的行径，而且让我们想到了"候鸟"的戏剧性命运，曾经付出艰辛的努力搏击长空，可是后来呢，落得一个如此潦草不幸的下场。难道人、所有生命不都是这样吗，生命本身带有悲剧性，这首诗最终还指向了这一层意思，所以也可以说它是隐喻性的，"候鸟啊／你的羽毛乱作北飞的云"。反讽、隐喻等的综合化用，使这样一首本来记录吃鸟恶性的实录性诗歌，带有了更深、更普遍的意味。

总之，洪三泰生于湛江、长于湛江，红土地、蓝色的海水养育了他，养育了他的诗情，他是怀着深情和感恩开始自己的诗歌历程的，他歌颂半岛的自然风物，由衷赞美半岛人民的辛劳和伟大，他的

47

诗歌具有地方志的色彩，为故乡湛江画形，为故乡湛江赋予精神。洪三泰以自己的智慧和感情最大限度地和故乡湛江融为一体。另外，他广泛地参与了中国八九十年代的诗歌进程，他超越了地域性，活动者中国诗坛的现场，描写现实、进入时代，贡献了很多带有普遍性的诗篇，直到当下他还为诗歌、文学发挥着自己的光热。洪三泰是八九十年代湛江诗歌的代表。

第二节 海 湛

海湛是湛江诗坛一位长足跋涉的老诗人。从青年开始，几十年来一直做着诗歌的梦，追逐着诗歌的理想。他原名朱海湛，湛江雷州人。自1984年至今，在《诗刊》《鸭绿江》《作品与争鸣》《作品》《中西诗歌》《南方日报》等100多家杂志报纸发表文学、新闻、摄影作品。获得多个奖项。已出版诗集、参与合集《海湛诗选》《永远的相思林》《南方有海》《雷州青年诗人二十家》《湛江现代诗选》等。海湛是红土诗社最有代表性，产生了实际影响的重要诗人之一。

海湛真正的创作，从80年代开始，经过了90年代，一直到新世纪。他热爱诗，诗歌是他表情达意的手段，也是他的生活方式。人生世事的感悟，对历史人物的见解，乃至对草木鱼虫的观感，对自然万物的关心和冥想，均纳入笔下，均投诸诗意的关照之下。当代新诗，就大的写法、阵营、流派而言，有浪漫主义的、写实主义的、超现实的、后现代的等等，那么大致而言，海湛是属于浪漫主义的。他诗歌关照、思考、写作无疑是倾向于浪漫主义的。浪漫主义作为一种经典化了的、有普泛意义的诗歌观念、方法，强调诗思发生时的灵感状态，看重自由想象力的作用和表达过程中夸张、强烈效果的生成。李白、高启、歌德、普希金、济慈、郭沫若、海子都是浪漫主义或偏于浪漫主义的诗人。值得注意的是，海湛的诗情感、基调多是偏于外放的，昂扬的，向上的，轻灵的。进入他视野、纳入诗意表现范围的事物，不管是社会的、自然的还是个人的，他都投以真挚的情感，曼妙的想象，给它们笼罩上热烈的玫瑰色的光彩。这样，他的诗读来不见得深沉、

复杂，但是美丽、宏大，富于激情，显示了一个当代诗人对国家、自然、世界的积极态度。

宏观、横向地看，海湛浪漫主义的诗歌题材集中在自然、历史、现代生活方面，也可以说，这三者撑开了海湛诗思的不同向度，构成了他诗意世界的基本版图。

海湛写了不少描绘、歌颂自然风光的诗，他的不少诗是以地名命名的，比如《半岛意象》《写给湛江的湖光岩》，诗中出现的地名如"楞严寺""洋家村""海湾大桥""南渡河"等等。这些是他家乡的地方或旅途所见的自然风景。《我们进入一个名词：鹤地》：

> 我们进入一个名词：鹤地
>
> 如同进入春天的空气和阳光
>
> 化作一叶扁舟
>
> 游入水库的深处
>
> 望水天四处鹤影飞翔

"鹤地水库"是湛江一处著名的风景。诗人海湛从"鹤地"这个名词、符号进入，由虚而实，进入了美好的春光，那里空气清新，阳光明媚，波光在碧绿、浩瀚的水面上闪烁。接下来诗人在虚幻的空间里，进一步放飞了想象的翅膀，化作一叶扁舟，游入淼淼水波，仿佛看到鹤影满天。鹤，是这方水域的精魂，它是神圣的，醉人的。

在接下来的想象和表达中，诗人"学会了亲近水"，水是流动的血液，仿佛接通了自己和大地的血脉。末尾"热爱这个名词吧：鹤地／如同热爱自己的生命／珍惜水和粮食一样……"感情得到升华和强化，自然的风景生命所必需的水、盐、粮食一样重要。

这类写作再比如《写给湛江的湖光岩》：

　　美丽莫过浩劫后的废墟

　　残缺之间构成不残缺的信念

　　湛江的湖光岩躺着

　　如女性饱经沧桑的叹息

　　焦土如歌　峭壁如诗

　　沉寂下去是曾经轰烈的日子

　　清水一湖　　日月圈圈

　　昼夜有谁发出声声惊喜

海湛将湖光岩当成动态的，有生命有情感的人来写，写出了它的柔美、神圣。最后一节：

　　历史未曾沉沦

　　湖底或许有游动的龙鱼

　　给平静的湖面永久的恐惧

　　每一丝波纹都疑是新的爆发

岩浆冷却成雕塑

　　没有表情地从楞严寺望去

　　被粗暴蹂躏过的时光

　　只留下这流动的碑　　没有文字

　　最后穿越到历史的长河中，截取了无限悠远中的一个瞬间，用简约的文字重现那个天翻地覆、地火奔流的野蛮时刻，这是大自然的伟力，但是这一切都复归宁静，有深度的宁静，只留下有时湛蓝到令人恐惧的湖面和陡峭的岩壁，这些都仿佛是无字的碑。

　　海湛是一个历史感很强的人，也可以说，他是一个善于借助历史来生发诗意、展开诗思的诗人。殷鉴教授认为海湛写得最好的还是"历史诗"，"因为我觉得海湛的才华在历史诗中似乎才得到尽情尽兴地发挥。""他对古今的历史，主要是古今的人物进行了严肃地思考和评价，并试图在这些价值中显示自己卓越的眼光和历史的洞见。可以说海湛的咏史诗还算是成功的，基本上实现了自己的追求。"[①]海湛回顾历史，抚今思昔，古今对话，在一些特别的历史符号上投入了想象和思力，写出了富于历史审美意味的诗。《雷州的后代》：

　　① 殷鉴：《大海和历史的回声——海湛诗歌印象》，《中国文学研究》增刊 2000 年第 1 号，第 124 页。

树杈之上

肩膀之上

雷剧与乡村的童年一道成长

绿化了一片茂盛的风景林

儿时的记忆，浓缩为"树杈之上""肩膀之上"，这些细节都可以扩充为深情的生活情境，这种"历史"，既是个人生命的历史，也是地方的历史。海湛还将他诗思的触须探入民族文化的根脉中，这可以说是结合了文化思考和诗意想象的更大的历史。如《李白独酌月光与酒》：

挥一挥飘逸的衣袖

拂去裙裾底下的风云

你　月光铺满坎坷的路上

提着酒　逃出盛唐

这首诗使人联想到余光中对李白的抒写，"绣口一吐，就是半个盛唐"，不过海湛展开了一些，他在抒情的同时，对李白"流浪""贬谪"做了一些点缀性的描述，将"举杯邀明月""斗酒诗百篇"等气质、形象和"史"的情境结合起来，这样虽显得散漫，但也能促发人的思考和想象。末尾：

用月光写诗

用脚印写诗

用酒灌醉诗

你　第一个写透了黑夜

在任性的　笔尖上

　卧着独醒的醉意

　至今　无人有你的海量

末尾集中发力，将境界提升了一个高度，语言的强度也增强了。"笔尖上／卧着独醒的醉意"堪称妙句。无疑，海湛是喜欢、崇拜诗仙李白的，这可以说是他的一个"镜像自我"，借以也将自己置入了历史文化的长河，在那里泛泳、淘洗，超越了自我的封闭和孤陋。

另外，海湛还是时代生活、生产状况的关注者和歌颂者。中国当代新诗的一个传统就是诗人保持与时代的关系，以积极向上的姿态记录、展示当代生活生产的状况，展示当代人的精神状态。这种姿态和写法，和五六十年代流行的政治抒情诗很有渊源。《写给那些港口装卸工》：

我穿过港城的石狮大森林

走过港口码头

我的诗　便被搬运的动作点亮了灵感

让诗句写到装卸工以及他脖子上那条汗毛巾上

我写港口装卸工

　　其实是在写所有在大地上劳动的人们

　　包括在码头上搬运货包的每一名农民工

　　他们的命运像大门吊机走动一样时快时慢

　　梦想接近彩云端时

　　忽而又返回现实的出发点

这类诗昂扬向上，海湛诚心诚意地歌颂码头工人，表达劳动创造美好生活的主题。但是问题也是显然的，在这种单向度的书写中，劳动的具体细节、码头工人的真实心理感受以及劳动本身不可避免的疲倦、痛苦以及不可测的危险性等等，均被删掉了。因此越发显得诗人观察写作时，几乎全是一种旁观的外在视角。这也是流行的浪漫主义的常见问题。

　　《开车，我路过湛江海湾大桥》《泊在故事与码头之上的船》均是这类紧贴时代、歌颂生活的浪漫主义诗篇。这类诗歌，当然是非常重要的题材，但是在写作时，不能仅仅向惠特曼、雪莱等浪漫主义诗人学习，还应该学习谢默斯·希尼、沃尔科特等诗人客观观察、精细展示、内化情感等现代主义写法，这样才能写出更加结实饱满的诗来。

　　综上，可以说，海湛在自然风景、历史想象、时代生活三个方面展开了他积极、轻灵的诗歌书写，开拓了他的浪漫诗意世界，因此，海湛是一位浪漫主义诗人，这是我们可以确凿得出的结论。也是他在湛江诗坛所显现的个人特色。

另外，还可以补充一点，浪漫主义诗人海湛还是一位乡土诗人。他对自然、历史、时代的书写无不沾染着乡土色彩，和红土诗社的其他诗人洪三泰、邓亚明、戚伟明等一样，他诗歌中充满了"红土""大海""犁铧""渔女""剑麻""雷剧"这样的意象。可以说他的浪漫主义世界与他的"故乡"是合二为一、不可分离的。《雷州的后代》：

红土地上的咸味雷剧

奶大了一代又一代观众

发黄的歌册越翻越新

最生动的脸谱

涂抹在拥挤的人间

《南渡河畔，我看到的东西洋》：

南渡河是雷州流动的风景

走遍了所有村庄

河畔的东西洋稻田一望无际

每天喝着她汩汩的乳汁茁壮成长

水声和湿润的爱

让稻田不停地对生命歌唱

第三节　黄　钺

黄钺，原名李金水，1966 年出生，广东吴川人。1993 年，发表处女作。2000 年，加入中国诗歌学会。2003 年，获"诗国杯"全国十大探索诗人称号。2006年，参加诗刊社第 22 届青春诗会。2007 年，参加散文诗社第七届全国散文诗笔会。有诗集《坐看云起》《大地精神》《纸上光芒》、读书笔记《从枝丫间望向远山》、散文诗合集《散文诗三人行》等。陆续入选多个版本的诗歌选集、年选。黄钺是参加过青春诗会，活跃在红土诗社、湛江诗群的重要诗人。他的写作长达二十多年，而且有持续性，一直坚持跋涉在诗歌的道路上，诗歌就是他精神生活的立身之本，他的梦想。他是立足湛江，产生了广泛影响，获得了国内诗坛认可的为数不多的本地诗人。

黄钺的诗有乡土诗歌的底子。黄钺写了大量的乡土题材的诗，无疑，"乡土"是黄钺诗歌情感的基点，诗思展开的主要依托。他写岭南、粤西的那片土地，写生他养他的那个小乡村，写海边生活的经验和记忆，写那里的人物旧事和草长莺飞。其中乡村、人物、大海三者是构成他乡土抒情的主要元素，他的情感和想

象主要依此而展开。黄钺写过一组规模宏大的诗，以
"词典"为形式，实验性地将和故乡有关的人物、风
景、民俗、往事汇聚在一个个"单词"上，编织起了
"故乡"的诗意世界，这就是他的《故乡单词》。这也
是黄钺自己很看重的一组作品。比如其中的《井》：

> 不包含大海
> 也不隐藏江湖
>
> 十五只水桶和青蛙的
> 家
>
> 一般人都背得起
> 很多人却放不下的词
> 直上
> 直下
>
> 村庄愈来愈空之后
> 一直噙满了泪的大眼

　　井是"市井"、乡情的主要依托，它"不包含大
海／也不隐藏江湖"，是平凡和朴素的，诗人小时候
汲水、游戏之地。但是，现在却荒凉了，乡村"越来
越空"，它仿佛"噙了泪水的大眼"。这种抒情一开始

就带有悲剧性,离不开怀悼乡土中国日渐离去的悲剧
意识。《苦》:

　　苦瓜的苦

　　苦楝的苦

　　苦艾的苦

　　……

　　物是人非

　　都已离世

　　一个中年偶尔回乡的人

　　突然,内心就那样

　　苦了一下

　　这是朴素而结实的抒情。这种故乡之情,大概比
得上"国破山河在,城春草木深"的情感,尽管不是
"国破",但是大有"家破"之荒凉感。"物是人非",
时代精神、工业化城市化的滚滚大潮流蚀空了乡村社
会的存在之基,每个失去故乡的游子,要么在异乡、
城市找到新的家,要么永远地逝去,形同孤魂野鬼。
"苦",成为挥之不去、愈来愈深的情感体验。所以这
类诗可以说是回到了存在的本真、现实来抒情的。《黄
昏,一只鸥鸟》:

　　穿越着,黄昏慢慢地

涂改着

苍茫着，左边是海，右边是海

前面更是

多么悠闲，多么慢

海天之间，一只鸥鸟

多么渺小

我身后不远的小镇

一朵一朵的灯火

开始亮起

我惊异，家在哪？

……

黄昏，独立海边之苍茫，这海边既是目前、脚下的海边，也是记忆中童年的海边。向东，向西，四望皆是茫茫的海水，苍凉的海水，唯一能看到的活物，是一只鸥鸟，这时产生了家国之思，生命之思，再次暗合了杜甫"飘飘何所似，天地一沙鸥"式的情感。

除此之外，黄铖将诗思伸向日常生活和超现实的想象之境。一方面侧目日常生活中常见的局部、细节，无限地契入日常生活，他对韩东、于坚这些诗人抱有好感；另一方面，他在想象、幻觉的领域里徜徉，扩大了自己的诗歌版图。这些使他的诗歌题材、诗意世界逐渐走向多向、多维，超越了狭义的"地方主义"趣味，也更深地进入了"当代"。《苦丁茶》：

> 一杯人生的显影液
>
> 如果温度足够
> 生命的底片上
> 将逐一显示：
> 故乡、童年、父亲、母亲
> 苦苦菜、苦瓜、苦艾、苦楝……
>
> 如果再添些水
> 还会喝出：
> 眼下不愉快的婚姻
> 孩子的哭声
> 和劳心劳力的写作……

这首诗可以说是黄钺前后两个时期诗歌写作的过渡、衔接。由对故乡、童年的追思到对"当下"婚姻、孩子哭声、写作的审思，这些都是中年人在饮一杯"苦丁茶"的时候的体验。和往事相比，当下生活显得更

迫切、粗粝，也更有质感。当代诗歌实验一个重要的
向度就是对粗粝现实的记录和命名。

怎样让人想象呢

一只神秘的影子

在一亿四千万年前

只凭着一双带翼的爪子

就爬上了

　　天空

　　　　　　　　　　　——《始祖鸟》

第一次爬到那种高度的人

他的心里一定感到冷

随着他下山的脚步

他身上肯定有一件件的东西在往外掉

如果他是个庸人

那些则无关紧要

如果他的内心，热情是条永无止息的河流

那些，就成了连着他血肉的词：

圣洁、梦想、雪

绝壁、翅膀、神秘

……

还有，安宁

灵魂的安宁

——《珠穆朗玛》

这些都是"高冷"、辽远的诗。无论是对始祖鸟发生的冥想、疑问，还是对珠穆朗玛峰攀登者发生的代入式的想象，都是诗人自我主体对乡土、日常、现实的超越，那个有热血、渴望向上的灵魂飞到了远古，飞到了地球之巅。他是个理想主义者。他所憧憬、敬畏者，是在荒寒之境忍受巨大的险阻以完成生命壮举的人或物。《始祖鸟》写得神秘，《珠穆朗玛》写得超绝，充满了现代主义式的孤独、酷烈。这可以说是黄钺这类诗歌的代表作。

在表达方面，黄钺逐渐从传统的抒情转向冷凝的智性化，用他自己的话说就是"写些哲理诗"。在写法上，就更加讲求剪裁融化和"留白"。比如《漏》：

在乡村，愈破烂的房子

晚上

愈光芒四射

这类诗，都借助冷静的、犀利的哲思，注重创意，所谓"诗意的发现"，在表达上讲求"以少胜多""言有尽而意无穷"。黄钺这类诗，不少确实很有创意，给人耳目一新的感觉。但读多了，难免有残缺、琐屑之感。凝缩得太紧，太注重修辞，反倒妨害了诗意的自由、舒放地展开。

目前黄钺的诗歌创作、实验还在展开中，还处在探索阶段，相信他会迈向一个更高的境界。

第四节 马 莉

马莉，最负盛名的湛江女诗人，在广东乃至全国诗歌界也有响亮的名声。祖籍河北，1957 年生于湛江，父母都是军医，父亲早亡。童年喜欢读苏俄诗歌、小说，对她产生深远影响。

诗人马莉　　　　　　　马莉诗集《金色十四行》

1982 年，毕业于中山大学中文系，青少年时期打下了坚实的文学基础。20 世纪 80 年代开始大量创作，

1985 年，参加时刊社举办的全国"未名诗人"笔会。
1986 年，发行第一部小诗集《白手帕》。80 年代浪漫
而开放的时代氛围助长了马莉的诗歌热情，这一时期

海子/马莉画　　　　　　韩东/马莉画

她的诗歌抒写南方的椰风海韵，少女的幻想和忧伤，
而且逐渐流露出深沉的女性意识。90 年代虽然表面
不再热衷于诗歌活动，但继续以极大的热情投入诗歌
创作中，按她自己的描述，90 年代写出了自己满意
的诗作 200 首。这一时期诗歌转向了深沉内敛，1994
年，出版诗集《杯子与水》。经过长期的沉默，2004
年，出版《马莉诗选》。2007 年，出版《金色十四行》。
2013 年，出版《时针偏离了午夜》。不管采取什么样
的姿态，活跃在诗坛还是远离诗歌现场，马莉一直不
忘初衷，跋涉在缪斯的路上。21 世纪以来，马莉还

写了大量的散文，出版散文集《夜间的事物》（2001年）、《黑夜与呼吸》（2010年）等，充满女性的"新感觉"和"细腻的诗意"。马莉长期在《南方周末》任职。她也以画家名世，画作深受西方现代派影响。马莉创作油画"中国诗人肖像"系列已经持续多年，旨在以画笔为当代中国诗人写照传神，留存一份珍贵的记录。

马莉的诗歌借助细腻的感触和略微抽象的幻想，展开对事物存在关系的探索。在这种艺术化的探索中，马莉将习见的事物陌生化，又保留某些局部性的日常细节，将它们统统纳入一个变形了的空间里。置身其中的事物带上了抽象派画家所画静物的某些色彩。例如《杯子与手》：

> 在夏天　在
> 所剩不多的日子里
> 阳光依然充足　照射着
> 透明的杯子
> 我的手　平放在桌面
>
> 杯子的影子　从玻璃窗
> 一直反射到我的手指尖上
> 起伏不停　长而又长

一直垂向地面　锐利

而　柔软

一开始就设置了一个"场景"，形同素描的背景，"杯子"与"手"这两种静物被置入有强烈目光注视着的场景中。阳光照射着杯子，手放在杯旁的桌面上。接下来"杯子"与"手"发生了关联，静物动态化，被子的影子"一直反射到我的手指尖上"，起伏而又锐利、柔软。第三节，描写更进一步：

开始　杯子的影子

孤独地如同修女

在教堂的彩色玻璃中间穿行

在我的指尖游走

后来　杯子的影子

居然与手亲热起来

共同变乱着事物和方向

如果说第二节是静物开始变得有的动作，第三节则是有了思想、性情和气味，气氛忽然变得明快而热烈。杯影在教堂玻璃的缤纷色彩中自由穿行，"在我的指尖游走"，最后索性"亲热起来"，仿佛爱情忽然来临，超现实的色彩陡然挥发而出，物之间的关系变得暧昧而诱人，物成为画面的色斑、音乐中的音符，流动的火焰般跳跃动荡。事物在诗性的特殊空间里星云般动荡起来，各自展现他们的华彩乐章，充满了灵性。这正是艺术家的观物方式和想象方式。这类诗作中典型的还有《花园里有一张空椅子》《海边的房子和罐子》《喷水池里躺着一只黑蝙蝠》等。马莉的这种观察、想象方式构成了她自己的诗歌玄学，朱大可说："马莉的玄学是女性化的，她的抒写保持了对事物细微变化的感官敏锐，却又超越了女性的纯粹感性，凭藉对事物的哲学本性的追问，向形而上的世界悄然飞跃。对空间和物体的直觉与体察、对事件的抽象能力、沉静而简洁的叙事以及对抒情的审慎规避，所有这些元素都令她的书写获得了特殊的话语深度。"[1]借助这样一种"关系"的诗学，马莉协调好了与自我内心，与自然、城市、历史的关系，给万事万物一个位置，使它们成为真正诗意的存在。这里多少带有存在主义的意味，青年时期，马莉也是海德格尔、萨特的信徒，她特别渴望实现"诗意地栖居在大地之上"（海德格尔语）的境界。

　　90年代以来，马莉一直被解读为一个女性主义诗人。这是有原因的，在访谈中她自述："对于女性作家，在20世纪80年代我特别喜欢这三位：伍尔芙、西蒙·波伏娃、

---

　　[1] 朱大可：《序：越过女性主义的感官世界》，《马莉诗选》，广州：南方日报出版社，2004年版。

杜拉斯。"①这些以思想力著称的女性作家深深地启发了她，也鼓舞着她。马莉有意地拉开与八九十年代男性诗人之间的距离，想要成为独特的女性诗人，开掘女性题材、发挥女性的感觉、展开对女性经验的表现。马莉融入了中国当代女性主义诗歌的潮流，2003 年，荣获第二届中国女性文学奖，这是对马莉女性主义写作的认可。写于 1988 年的《渴望失恋》：

> 不久前
> 两个影子从那幢废弃的小楼
> 走出两个修长的影子
> 一个向左
> 一个向右
> 修长而洁白
> 他说我的影子是他
> 我没有反对
> 我们幽会时走进去又走出来
> 一只老黑猫惊叫着从窗台跌下
> 跌死在我的脚旁
> 我断定是两个影子在作祟
> 这是致命的一击

---

① 张后、马莉："在一定的尺寸上燃烧——张后访谈诗人、画家马莉"，《文艺争鸣》，2015 年。

礼拜日他请我吃狗肉

我拔腿而逃

猫狗是一对冤家

我边跑边想

我不是猫我说

　　这又是进入梦境般的存在,在变形的空间里展开对男女两性角色和关系的幽思。两个影子鬼魅般出没在残垣断壁的环境里,这是不同寻常的关系,"废弃的小楼""黑猫惊叫着从窗台跌下"均营造出阴森的神经质气氛。女性的"我",作为男性的"他"的影子,一开始是甜蜜的恋爱关系。随后演化成"吃狗肉",猫狗自古是冤家,女性的"我"下意识地成为故事情节中的"猫",自己惊觉又否认了这一可能。以梦魇的方式展示出了两性之间的复杂关系,爱恨情仇、共谋又互害。女性从男性的肋中诞生,一直以来借男性而获得自己的生存,无论是肉体还是精神。女性主义者志在翻转这一权力关系,不惜以各种方式把女性从男性的势力中撕扯出来,试图实现她们的独立和尊严。这首诗即如此,显示出"女性主义"文学的强烈症候。

醒来以后

我发现我的影子躺在杯子里

那幢废弃的小楼正向我倾斜

我喊救命呀并迅速逃跑

他无动于衷

不容我挣扎甚至

用嘴咬住我的红唇

舔我的脖子

咬我的乳房

吮吸我的血液和骨髓

缠绕住我用他修长的四肢

经典的呼吸

从影子的瞳仁里

我看见我的身体在动摇

咬牙切齿

我从发间摘下簪子

刺向他血流如注

醒来时我发现影子正站在墙壁上

不错正是不久前的两个影子

从废弃的小楼里款款而出

一个向左

一个向右……

此诗后半部分的书写，直接说明了这是梦境，渗入了对梦境的思考、玩味。相对直露地再现了"他"

与"我"的相爱和相残。"我"在"他"身下晃动，在爱的沉醉中"我从发间摘下簪子 / 刺向他血流如注"，在梦中实现了妖女墨杜萨般的复仇。情境残酷而荒诞。诗的结尾流露出一丝女性的无力感。这是相当标准的女性主义诗歌，现在我们简直可以用经典的女性主义哲学公式去解析这样的诗作。21 世纪以来，马莉深入反思中国当代女性主义诗歌的某些不足，她说："当年，我虽然被这样的历史潮流诱惑着，被女性自我的所谓"性意识"的觉醒诱惑着，但我也警惕着。"[1]马莉明

女性与神性组画之九·在祈祷的地方/马莉画

---

① 张后、马莉："在一定的尺寸上燃烧——张后访谈诗人、画家马莉"，《文艺争鸣》，2015 年。

确意识到，建立在男女两性二元对立基础上、强调"黑夜意识"和"身体感觉"的女性写作，在日益商业化的时代越来越乏力，甚至沦为了它本身所要颠覆的男性霸权的窠臼，成为为反而反的招安因素。马莉认为，女性诗歌写作，要经由"女性性别"上升到对"人性"的普遍思考。"写作本身就是审视自己"[1]，以个性化的思想和感觉表达对世界的看法，而且要上升到对天地万物的表达。这样的转变我们在她近两年的诗集中可以逐渐感受到。

马莉是一个有全国性影响力的湛江籍诗人，她的创作已持续 30 年以上，完全可以说，马莉是为诗而存在的，不管是作为编辑家、画家、艺术家还是其他什么身份，诗歌在马莉那里有着最重要的价值和地位。她的诗先锋、细腻，在思想和技法上不断地创新、探索，形成了自己具有辨识度的风格。她是重要的女性诗人，也是专注于发现事物隐秘关系的冥想者。目前马莉还处在创作的盛年期，我们期望看到她更有深度和重量的作品问世。

---

① 张后、马莉："在一定的尺寸上燃烧——张后访谈诗人、画家马莉"，《文艺争鸣》，2015 年。

第五节　刘汉通[①]

　　刘汉通是一位重要的湛江籍诗人。自 1993 年开始创作并发表诗歌，作品散见于各种文学期刊，有诗入选《2007 文学中国》《中国年度最佳诗歌》《中国年度诗歌精选》等十几种选本。"刘汉通，一九七四年六月出生，广东廉江人。教师，现抱病居家，读书、写作。"这是刘汉通自己写下的简历。作为 70 后的广东诗人，刘汉通并非是最有名望的，但他在长达 20 年多的诗歌写作生涯中所体现出特有的文学气质与写作风格却可谓独树一帜的。广东——中国改革开放大潮的风口浪尖，刘汉通选择了一种与之相反甚至相悖的书写路线，在他的文字中，我们更多地照见作者窥探自己的内心，并将自己的沉思气质发挥在字里行间，这一方面，刘汉通给人的感觉和印象是宁静而深沉的。在长达 20 年的写作之途中，刘汉通的诗艺逐步走向了精深的境界。

　　刘汉通的诗歌颇具哲理性。他所表现的哲理性并非刻板的说理，而更多的是亲近某些具体可感的瞬间，

――――――――

　　① 此节贾天卜参与撰写，特此说明。

74

来与自我讨论生命中存在的无限可能。以刘汉通的作品《花园》为例。

> 红泥中的蚯蚓，它可以看见
>
> 整座花园的孤独，弯曲并深陷
>
> 只有遍地青草
>
> 知道风是怎样吹，地下的泉水
>
> 如何汇成波浪，完成所有的大海——我
>
> 又如何才能完成我的花园
>
> 我的现在，将来，或过去的一切

在某些片段中，刘汉通可以构建一个完整的世界供以把握时间、空间，并赋情绪于意象之中。进而将自己置放进一个物化的"小世界"，他可以是蚯蚓，目击世界在手中完成。这种精神气质区别于七八十年代的朦胧诗，他并不与"传统世界"过多地产生纠葛。他一方面传承了现代主义所习惯于运用的"乌托邦"式思维方式，每首诗在表达上都创造一个"可知的"世界观，来承载自我对于世界的完整反馈，也就是我们所说的哲思。另一方面，刘汉通的写作气质有意避开了传统现代主义所普遍表现的"异化和焦虑的经验"，进而倾向于内心的陈述与平静地抒情。刘汉通的组诗《一个自然主义者的札记》是其如是诗观的精确表达。

更深层次的，我们可以通过刘汉通的作品来窥探他内心的哲思。海德格尔说："诗人的最终目的就是还乡。"作为自然主义者的刘汉通也不例外，只不过他并非将还乡作为一个空洞的说辞或是一个抽象的概念，而是通过他笔下的草木来渲染一种"距离感"。以作品《河》为例：

> 我又想起了故乡的河
>
> 两岸青桑、几只荧光闪闪的猫眼
>
> 我爱那些妩媚的桃花
>
> 至今仍很后悔，从没折过一支送给她

片段间的书写，没用冗长的抒情，渲染的力道却恰到好处。轻易地描绘出一幅由河、桑树、桃花等自然物构成的故乡图景，这是草木的故乡，游子的家园。

同样的，孤独意识也是每个诗人写作过程中的必经之路。刘汉通笔下的孤独呈现出乌托邦的形式，他在写作的过程中有意地将自我建构的世界与现实世界剥离，这本身就是一种"孤独的姿势"。作品《孤独》中所表达的就是这样一种精神状态：

> 我不再去想象世间的种种美好
>
> 不再去摘下一片叶子询问季节——
>
> 我已经老得迈不开步子，热爱着黑夜
>
> 以及黑夜中一切看不见的事物

我能倾听到它们——属科、气味

隐藏在它们体内的宇宙一样的孤独

字里行间透露着虚无主义的味道，这便是诗人之"病"，而正是与虚无主义的对抗，成就了诗人最为独特的生命体验，"在心为志，发言为诗"。刘汉通在面对身体之病痛①与精神之桎梏下，表达了内心幽微处的呐喊，这也成就了刘汉通诗歌中最为深邃而独到的哲思。同为70后的广东诗人黄礼孩评论刘汉通："在病中，身体作为媒介与世界产生关联，引领我们发现和上升。疾病在我们的思想中形成'抗体'，足以抵御更多东西。极端的东西会促使诗人思考更深层面的东西，如身体的思想，但这并不排除心灵等层面上的思想，写作者'消化'了并呈现出一个更为特别的世界，这是'写作的呈现'，它们缓解了身体上的痛苦。"②

表达上，刘汉通的意象独到准确。在新诗的表达上，语言表达本身的跳跃性与现代主义后陌生化的手法，致使意象的使用往往与所要表达精神内涵存在距

---

① 近年，刘汉通身患病痛，他依旧在写作。

② 谭雅尹记录整理，《"疾病与写作——刘汉通诗歌研讨会"发言纪要》，中国诗歌网，2017 年 4 月 1 日，http://m.zgshige.com /c/2017-04-01/2967199.shtml。

离。这种距离所产生的审美价值我们称之为张力，张力过大会导致意象与实际的表述目的断裂，从而导致诗意的"不可解"现象。同样，张力过小则会导致诗意本身的缺失，从而导致诗歌本身的艺术性被削弱。因而成功的意象表达必须要建构在合理的张力范围内，既不会因为跳跃而过于生涩，又不会由于太过平白而落入俗套。刘汉通的意象使用可以说是比较精妙的，例如作品《梦见》中所运用的意象表达"森林被蚂蚁毁坏，河流在夜莺的歌喉里干涸／有人拣起地上的陨石推算世界的末日"，在明显的"悖论"手法中，精确地突出了一种荒诞而又切实的幻灭感与无力感。在字里行间运行着自我的宇宙，关于诞生与毁灭的完整程式，从而自然而深刻地表达创作过程中或是说生活过程中巨大的压迫感，通过意象构建的整体透露出生存的"幻象病态"。反观刘汉通前期的作品，我们可以看到他对于诗歌意象的整体把握是逐步提升的。例如刘汉通 2005 年的作品《河》中的一句"我那一去不返的青春啊，丝绸一样的青春"这句虽然比喻新颖独到，但整体对于青春的感受仅停留于青春的一个片段式的特点，而一去不返的特点本身早已乏善可陈。但在后来的书写中，如前文所述，刘汉通已经可以通过独到的意象来构建完整的诗歌意象体系，从而承载诗人独到的生命体验，突出诗歌本身的人文关怀。通读他的诗，我们能感受到他的思想演变和诗艺的精进轨迹。

刘汉通的诗歌风格整体是多变的，这里并不是说他的风格尚未形成。相反，刘汉通在把握诗歌的各类经验及题材走向体现得游刃有余。刘汉通在自己的诗歌随笔中表达了他对"偶然性"的一些看法"所以，我并不否认其中的偶然性。事实上，我非常重视这些'偶然性'。也许可以这样理解，在具体的写作中，是因为不断地有'偶然性'出现，我们的写作才得以不断地向前推进、深入，就仿佛一条夜航中的小船，穿过无数的暗礁、迷雾之后，依然朝着既定的方向，只是在到达目的地的同时，可能会出现一些戏剧性的变化。而这恰恰对应了诗中的'偶然性'。"①事实上，真正对于"偶然性"拥有驾驭能力的诗人，才是一个成熟的诗人。诗人不应该去寻找某些题材或是迎合某些情绪，而是在生活的恒常中捕捉那些与日常若即若离的幽微节点，以诗歌的形式加以阐释。如果说多变是书写的前提，刘汉通时时关注着内心生活的变化，所以刘汉通则是复杂的。生活使刘汉通成了一个矛盾的

---

① 刘汉通：《刘汉通随笔》，《诗歌月刊》2004 年第 11 期。

结合体，当生存成了一个人、一个诗人切切实实要面对的问题时，内心所激起的暗流，是常人难以揣摩的。面对"身体疾病"与"生活疾病"我们很难将全貌摊开于读者眼前，其中的矛盾定然是复杂的，但我们可以通过文本看到的是直面生活困境与诘难的屹立状态，不逃避、不美化的立场和姿态。笔下无论是美的、丑的、真实的、虚幻的、短暂的抑或永恒的，在他的文字里都成为直击幻灭与永恒终极问题的答案。刘汉通的诗歌风格也成了他态度的一种表达，用作家安石榴评论刘汉通的一句话来说："他不会直接去控诉自然的衰败，而是探究衰败的恶果和苍凉；他不会饶舌地复述生活的内容，而是探询生活的意义及可能。"

刘汉通是 90 年代以来最重要的湛江籍诗人，他的成就不容忽视，他诗歌的沉思气质，直面现实的气度以及所展示的宏大气度和幽深境界，都是令人着迷的。

第六节 黄礼孩

黄礼孩，70 后，生于中国大陆最南端的徐闻县小苏村。蔚蓝的大海、红色的土地、一望无垠的菠萝田、孤独的劳动和读书生涯，这些都是黄礼孩童年的重要组成部分。1992 年，从广州艺术学校毕业，学戏剧创作专业，后曾在中山大学、北京大学进修深造。90年代开始写诗，1993年，出版第一部诗集《寻找蓝鸟》。后来出版诗集《我对命运所知甚少》《一个人的好天气》《热情的玛祖卡》《给飞鸟喂食彩虹》，以及随笔评论集《起舞》《忧伤的美意》《目遇》《午夜的孩子》等。组织、参编的诗歌选本有《70后诗人诗选》《70后诗集》（与康城等合编）、《中间代诗全集》（与安琪、远村合编）等。1999年，创办《诗歌与人》，被誉为"中国第一民刊"，2005年，设立"诗歌与人·国际诗人奖"。《诗歌与人》坚守民间立场，以开阔的视野和纯正的诗歌趣味著称于世。现常居广州，主编《中西诗歌》杂志。黄礼孩得过很多诗歌奖，2013黎巴嫩文学奖、首届海子诗歌奖等重要奖项。他也有着多重的身份，编辑、评论家、诗歌行动者、艺术活动策划等等。但是做一个杰出的诗人，一直是他最看重的，诗是他的最高梦想所在。

　　黄礼孩的诗温柔、细腻，充满德性的光亮，《窗下》

《谁跑得比闪电还快》是他流传最广的代表作。黄礼孩无疑是 21 世纪以来湛江最具代表性的诗人，放在整个中国当代诗坛来看，也是最有实力的 70 后诗人之一。完全可以说，黄礼孩将生命最好的年华放在了写诗以及与诗有关的事业上，他热爱诗歌，对诗歌有崇高的期许。诗歌就是黄礼孩的命，这是走向真正的大诗人所必须具备的素质。他说，"写作是采集光的过程，我用光照亮自己"。

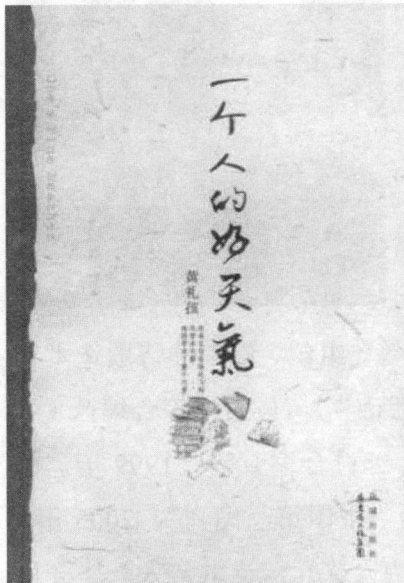

黄礼孩坚持边界行走，贯通了日常世界和心灵世界。黄礼孩说："诗人应该有不同的边界，诗歌就是从一个边界向另一个边界借来许多东西的魔幻组合。"①到了当代，社会生活空前地分化，一个个板块、圈层拼合成我们所存在的世界。黄礼孩很明确地意识到这一点，他的诗歌的触须、诗歌作业的工具

① 黄礼孩：《黄礼孩诗歌随笔》，《雨花》，2015 年第 1 期。

既要保持与日常生活的长期接触，又要探入个人心灵世界的光影梦幻中去。现实、日常生活是鸡零狗碎、细水长流的，谚语说"生活就是处理一个又一个事务"，柴米油盐足以耗尽身体的精力，喜怒哀乐足以耗尽精神的能量。但是谁也不可能提着自己的头发脱离地球，黄礼孩显然意识到，日常生活是一个统合了多重因素的强大的场，正是借其纷杂的混沌的本性，为肉体的持存、精神的生活、信仰的滋长提供了可靠的基石乃至丰饶的养料。世界范围内浪漫主义诗歌在其后期的凌空高蹈的历史经验足以警示后人，中国 80 年代诗歌高冷的抒情也为像黄礼孩这样的诗人敲着警钟。黄礼孩说："我尊重那些把是个诗歌进入恰恰暗含了从物质到精神的必由之路①。"长期以来，日常生活被不断地误解，很显然日常生活不至于锅碗瓢盆，它向下通向大

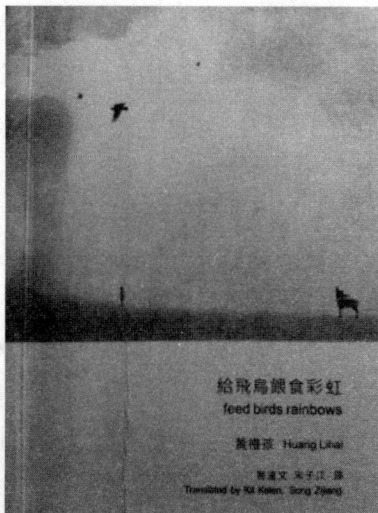

① 黄礼孩:《黄礼孩诗歌及诗观》,《诗选刊》, 2006 年第 1 期。

地，向上连接天堂。诗人童年玫瑰花瓣般的梦想，成年以后瞬间的体悟，长期萦绕于心的玄思，浮云般漂流在日常生活的上空。这是诗人的内世界，是他心灵世界的朝晖夕阴。黄礼孩不仅是有日常感的人，而且是有形而上的精神生活的诗人，他的诗就铺展在这双重的空间中。

独自一个人

今天早上，我没有草木可以修剪
不存在的花园，在梦里也找不到门

今天早上，我去赶地铁，不断地
接近生活，在存在的深处

今天早上，像一个遥远国家的地图
蓝天上的云朵多么陌生

一路上，没有人与我谈起天气
在一滴水里，我独自一个人被天空照见

这首诗在黄礼孩的作品中比较特殊，毋宁说它恰是一座连接日常和心灵两个世界的桥梁。是人在日常、心灵的边界上恍恍惚惚地游走。在花园修剪草木、赶地铁、与人谈起天气，这些都是现代人的生活图景，

84

诗人从内心燃起"接近生活"的强烈渴望，正像欧文·斯通笔下所塑造的梵高，重新对生活抱有强烈的热情，内心不希望被世俗生活排斥在外，这与一般人对诗人、艺术家的想象相反。身边"细微的事物"闪烁着金色的光芒，吐露着可贵的秘密，这是绵薄却动人的力量，引诱着诗人重新进入生活，将锅碗瓢盆的琐碎重新组合起来。然而就在同时，可以修剪的花园是梦中的、并不存在的，一路上并没有人谈天，只能像行走在一个遥远国家的地图，独行在一滴水里。带有强烈的"孤独意味"，沉浸在自我的心灵世界里。

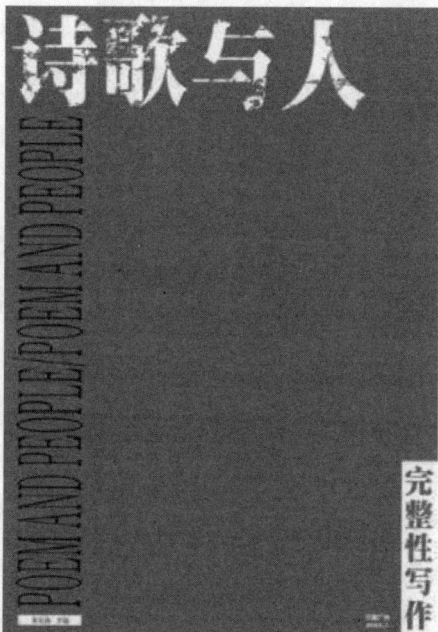

"在五月来到之前，凤梨献出了果实 / 这夏日将至的愿望，不知你是否有过强烈的想象 / 牛还在吃草，放牧的人还没有走远，四下里轻盈"，（《凤梨献出了果实》）这是童年经验的再现。"一个微不足道的

人／隔着一条街／在这个下午，只管朝前走／心向着对面的事物，"(《街道》)这是平凡日子里的状态。"我没有迷途，只给飞鸟喂食内心的彩虹，"(《给飞鸟喂食内心的彩虹》)这是心灵世界的美妙涟漪。黄礼孩找到了联结日常与心灵、物质与精神的方式，这双重世界的种种征象也构成它诗歌世界的版图。

向上的、温暖的德性。当代新诗写得狂怪野乱，当初对题材和新感觉的追求日益变成毫无顾忌的粗俗宣泄，很多诗人、诗群在先锋、探索的名义下，以写得黄、写得暴力为荣。我们说，新诗的优长就在于不断地突破古典诗歌传统的题材和格调，不断地展现现代人在现代社会中的深刻思想和复杂经验，但是这种开新、掘进本身并不等于写得色情、写得暴力。尤其是在伦理这一维度，对新题材、新感觉的重视似乎太容易使人们忘记人的伦理、诗的伦理向度了。新诗今天依然担荷着破坏旧道德、塑造新道德的义务，延续着五四以来的传统。所以贵在创新的同时也建构和维护伦理的因素。自由、平等、博爱，人与自我、他人及自然之间的友善与温情，这些依旧是最重要的。甚至可以说，这些是新诗发展所必需的内部要素。黄礼孩诗如其人，多年来小心谨慎地坚守着诗歌的伦理性，他的诗谦和、诚朴，流露着温柔的情感。他爱故乡的草木，爱身边出现的一切人，爱与诗歌相关的一切。这种真诚的情感，源自中国人友善的德行，带有儒家君子的仁爱色彩，更源于基督教的濡染。黄礼孩说，"我倾向于在诗歌的旅途遇见上帝的恩典、人性的光辉和普遍的自然美意"[1]，从小生活在一个基督教信仰的家庭，这也把爱的种子种入了他的心田。

窗　下

这里刚下过一场雪
仿佛人间的爱都落到低处

你坐在窗下
窗子被阳光突然撞响
多么干脆的阳光呀
仿佛你一生不可多得的喜悦

光线在你思想中
越来越稀薄　越来越
安静　你像一个孩子
一无所知地被人深深爱着

　　十多年了，这首诗仍然令人动容，它日益散发出

　　① 黄礼孩：《诗歌内外：与礼孩谈诗——黄礼孩访谈录》，《星星诗刊》，2012 年第 4 期。

宝石般的光芒。这是典型的"事来""境来""情来"的诗。这首情诗里，"情人"、那个被恋慕的人"坐在窗下"，也许"我"坐在她的对面，这是一个特殊的时刻，正好"刚下过一场雪"，于是一切都具有了朴素的、明亮的令人感动的魔力。在大陆最南端的黄礼孩眼中，雪几乎是神奇的，那似乎是沟通天人的精灵。"仿佛人间的爱都落到地低处"，这是雪的品性，不也是一切的人间大爱所应有的品性吗！这种对雪景的纯粹的体验，对纯真之爱的沉思，被巧妙地放进了"我"对"你"的观察、想象，"我"对"你"的爱像雪后阳光那般明亮、纯粹。于是自然、人、爱一切仿佛都被瞬间打通了。"撞响""干脆"这都是锋利的诗意感受。"你不可多得的喜悦"精力浑厚，似乎能道尽人生情爱的所有故事，又是美好的祝愿。"光线越来越稀薄"，这是透过玻璃窗仰视天心的感觉，这种感觉使人联想到但丁跟随恋人贝雅特丽齐仰视整个天堂，由男女之爱升华到宗教的爱的境界。这是当代新诗中难得的从内部生发出宗教性的作品。"像一个孩子／一无所知地被人深深爱着"，这是人生最幸福的状态，赤子般的生存状态，不再为归宿焦虑。不止如此，黄礼孩所有的诗作都渗透了君子的德行，这使得他的诗作具有动人的力量。

精湛的技艺。诗的"技艺"首先是修辞，比拟、戏剧性、悖谬搭配、反讽之类，还包括诗人生产诗意的秘密手艺、语言表达的方式等等。诗的技艺，不仅锻炼的是感觉的敏锐、想象的奇绝，还有语言的表达能力。"技艺"是多向的提升，现代诗歌提升着现代汉语的质地和表现力。

> 台风，宝石般燃烧。风熄，很多东西已灰飞烟灭 / 靠海的家乡，植物尸体的气息，四处流散 / 风暴支持死亡的布道，从黑暗的中心摇摆向边缘 / 大海与陆地之间横躺着恐惧，如行星的出轨。
> (《穷人的粮食被取走》)

这里的感觉、意象、语词运用都是高密度的，以强有力的手法表现台风的疯狂以及它带来的骇人的后果，读来使人仿佛亲临台风中心。

> 狗拿耗子时，火储存在人性的树里 / 为何狗是宠物而猪是食物？道德的前提 / 设置了一个陷阱，它充满黑暗的悲鸣 / 本相与图像隔着一些似是而非的幽默"。(《人与家禽》)

诗人的思想徘徊在事物间或明或暗的复杂关系中，显然有所发现。"她取下钻石，从身上掏出一条湄公河，安静如归家 / 六月就要换季了，银色的器皿盛着风。"(《曼谷》)如此写曼谷，拟人、比喻、象征、超现实手法被精细地调配在一起，造境鲜明而意味深长。

古老的雷州这块土地上，诗的血液一代代传承，正值中年的黄礼孩，无疑是其当代诗歌的代表。黄礼孩就像一缕神奇的光芒，涌起在中国大陆的最南端，照亮了中国当代诗坛，整个诗坛都熟知他虔诚、热情、勤恳的模样。著名诗评家沈奇先生评家黄礼孩的诗充满了"安静、澄明、朴素之美"[①]。他以长期的探索和不懈的营造，建构起了丰满的诗意世界。在伦理、技艺等各方面均臻于几近完美的程度。

---

① 沈奇：《安静、朴素、澄明之美》，《诗选刊》，2005 年第 9 期。

第五章

新中国成立初期到 90 年代的湛江散文

第一节 湛江当代散文概述

和小说不同，湛江散文的繁华始于 20 世纪 70 年代，崭露头角的散文作家有袁炳、张翅、洪三泰、何银华、艾彤、陈述、陈迅、郑流等。80 年代后较为著名者如：1989 年，何银华散文集《在雷州这片土地》出版，展现雷州半岛风情和人民群像，祝宇《绿色的梦》（1991 年）、《路长长》（1998 年），艾彤《寸草心》（1992 年）、《流年散笔》（1997 年），吴志强文集《远方的呼唤》《海上生明月》《我行我思》，邵锋散文小说集《真情像草原广阔》（1998 年），黎俊生《神奇的明镜》，欧锷散文集《南粤风情》（1992 年），

《鸣春集》（1994 年），《白沙采青（1996 年），肖寿光《绿草地》（2003 年），黎劲风《今宵月圆》（2004年），冯伟文集《文海一粟》（2001 年），蔡庭《雷州风流》《南国校园之歌》，刘其献《芸芸集》（2005 年），容乾文集《无眠的旷野》（2001 年），李明刚《桨声悠悠》（2005 年），金虎《风雅集》（2005 年），周斌男《感悟社会》（2006 年），蒋柯煌《汉港雄风》（散文卷，2011 年），孙晓《岁月留痕》（2012 年），黄康生《携春而行》（2014 年），李利君《湛江：中国的飘带》（2016 年），赵金钟《流彩的石头》（2015 年），红筱《筱露斜阳》（2015 年），祝德纯《竹影横斜》（2015年），史习斌《隔岸的灯火》（2015 年）。[①]

相比小说的宏大叙事，湛江散文选择了回归日常生活，作家以我手写我心，一事一物皆成文章，谈得最多的还是湛江的风物，历史、文化以及故乡的人情，以及自我的人生历程，湛江散文在内容上

---

① 本段引述和参考：《湛江市文化志》，湛江市文化局编，天津古籍出版社，1995 年版，第 55 页；《湛江市志》，湛江市地方志编纂委员会编，中华书局，1962 年版，第 1762 页；《新中国成立以来湛江文史资料选编》（广东省湛江市非经营性出版物），中国人民政治协商会议广东湛江市委员会编，湛江日报印刷厂，2016 年版，第 193 页；朱海湛、邓亚明《螺岗岭下说散文——湛江散文创作研讨会纪要》，见《湛江日报》2013 年 9 月 5 日第 A13版"文化"。

体现了红土地、蓝海洋、绿树林三结合的风采，近年因丝绸之路的重兴，对广州湾和蓝海洋的抒写更添加了宏阔的空间，在风格上或质朴无华直动人心，或诗意多情，展现作家对湛江这片热土的热爱。但比之小说，湛江散文的地域特色较弱。此外学者散文的出现，不仅拓展了散文的题材，还以其睿思和深识加深了湛江散文的深度。

第二节　湛江 90 年代的散文创作

90 年代的散文写作中，艾彤、祝宇、何银华、吴茂信、吴康权、陈堪进、邵锋有着自己的写作特色，引领一代文风。艾彤有散文创作意识，文字雅洁；祝宇写得朴实动人，是广州湾历史的见证和叙述者；何银华文风朴实，代表湛江红土特色，陈堪进写得诗意勃发，是海岛渔村生活的摹写者；吴茂信主张写真善美，文风刚健爽朗，记录了湛江经济的腾飞史；吴康权写家乡和节气，带有人文之思；邵锋则用真诚书写生活，写得一派豪情逸兴。

艾彤，原名李敦蔼，湖南新邵人。湛江市作协原主席、《湛江文学》主编，副编审。已出版散文集《寸草心》《流年散笔》，《杂拌集》（小说、散文、评论合集）等。艾彤是散文人，更是对如何创作散文有深度思考的人，是有意识的散文人，其散文集的后序不同于他人，多有表达自己对散文写作的独特观念，他崇尚真实，反对虚构，主张知识性的散文。艾彤的散文更倾向于学者散文。

《寸草心》是艾彤第一本散文集，他在《后记》中说"情要自然流露，不要卖弄，掺不得半点假……凡感动了自己的，写来便顺手"，认为写散文贵在真情实感，又提出"文贵创新，其次语言精炼，情趣丰富"，自言"尽量搜集历史的、地理的、社会的、人文的、人物的有关资料，取其可用者糅进作品中。如此可以增添情趣，加强内容厚力，给读者有益的知识"。[①]沈仁康在序里特意写到艾彤的散文写作"认真严谨"，"他在上海鲁迅墓前，看到繁花盛开，不但一一请教记下花名，而且翻阅了有关鲁迅的书达百万字，知道鲁迅爱花，当年他的书房里陈列过什么花，他逝世后安葬时许广平随棺放入一朵扣花……最后，他才写出一篇二千字的文章"[②]。艾彤散文加深了厚度和底蕴，但有时候过于追求知识的准确性和完备性，又会略微显得直而少风情，比如《鸟市散步》中的"画眉是大家族，

---

① 艾彤：《寸草心》，广东旅游出版社，1992年版，第238—239页。
② 艾彤：《寸草心》，广东旅游出版社，1992年版，第3—4页。

在动物分类学上属于鸟纲、雀形目鹟科画眉亚科，共261 种，分布于亚、非、欧、澳几洲"。[①]

《寸草心》多是现实抒写，大体能分为叙事抒怀、各地山水游记、人物素描、湛江风情四大版块，沈仁康在前序里评价，"讲究构思，方寸之地，着意布置一个曲折迴环的天地"，"朴实中透出灵气，方正中有着变化，素淡中呈现华彩"，实为得当之言。

艾彤擅长细节描摹，如《乡音》写到细节时颇动人心，作者去北京在衡阳转车，夜里看到老乡围着火盆，抽着旱烟聊天，竟然就"扑上前去，挤在他们中间，静静地、甜甜地、久久地，听他们闲谈，竟忘了冬夜的寒冷，旅途的劳顿，和站在一旁茫然四顾的妻子"，这种看似夸张却在情理之中的手法极能说明作者对家乡的怀念之情。

艾彤几乎每篇都在尝试不同的构思和文章结构，《我的心贴着地图跳荡》平平写起，回忆自己 40 年前崇敬的地理老师，又轻轻带出一笔闲笔："后来，他去了台湾，听说在基隆某中学教地理"，接着笔触又转向孩子的《中国地理填充图册》填图作业，才引出文章的主旨，"地图，不是我们伟大祖国的缩影

---

① 艾彤：《寸草心》，广东旅游出版社，1992 年，第 3—4 页。

吗？"原来作者是想以地图为线索表达对祖国的感情，文章开始梳理中国地图的前世今生，这是作者有意识使用的散文中加以知识的手法，从清朝地图写到了近代，写到了台湾：呼应了开篇写杨老师在台湾的闲笔，"杨老师，你还在台湾吗？你还在课堂上给学生们指点祖国万里河山吗？挂在你心坎里的还是旧时的那幅地图吗？"接着又引用了台湾作者林央敏的《在地图上》，点出关键是"祖国的大好河山，他们只能在地图上神游"，和本文题目"我的心贴着地图跳荡"完美呼应，引用余光中的《当我死时》，李蓝的《地图》，指出"我们捧惯了新中国的地图，似乎少了这种感动和深情"，这篇文章对祖国河山的感情呼之欲出，再转笔写向中国地图的新旧变化，期盼新地图和新时代的进步，情感浓度虽有下降但依然围绕地图表达了自己的拳拳爱国之心。

艾彤写人物会加入人物的传记，摹写当时情境。《寸草心》写瞿秋白，是从墓前的小花切入，"这里种的花是瞿秋白爷爷的家乡江苏常州市青山路小学的同学寄来的，有千日红、千日白、夜落金钱、一点缨等"，原来这各种颜色的小花是家乡的孩子献来的，又接着写他疼爱孩子，采用场景描摹手法，"冬天，把女儿放在雪车里，他拉着雪车跑，笑声震荡在天空中"。他给女儿写信，写诗："小小的蓓蕾，含孕着几多生命，陈旧的死灰，几乎不掩没光明，看那沙场的血花灿烂，经过风暴之后的再生，难道是无意中的赤心？却是赤爱的新的结晶。"从爱孩子到爱美好的未来并愿以生命换成这未来，重感情又一片赤诚的瞿秋白形象便顺着这朵朵小花呈现在读者面前，笔法由小见大，如嚼橄榄，后而愈香。

《鲁迅墓前的花》也是颂赞烈士精神，但也从花的角度切入，手法和《寸草心》同中有异，开篇直接以鲁迅的视角写"他看见了花，闻着了花的芳香，脸上漾起丝丝笑纹"，依次罗列了广玉兰树、月桂、美人蕉、木芙蓉、海棠和夹竹桃，便顺势写到鲁迅对花的喜爱，最后把重点放在了鲁迅铜像边温习功课的女青年，她说"这里安静，又有鲁迅先生在望着我们，督促着我们，激励着我们哩"，作者由这想到了鲁迅对青年的栽培，成功地把花和青年对应起来，鲁迅的爱花便是爱青年，并为着青年、祖国的希望和人类的未来殚精竭虑，死而后已。

艾彤写山水多得山水之精华，传神动人。《孤独的吴山》写他独自一人行走于孤独的吴山，结尾可谓神来妙笔，"走着走着，来到十字路口。荒榛蔓草，阒无人踪，茫然四顾，不知去处，猛着胆往前走，竟到了居民的后院。怅怅然，回头望去，吴山隐没在翠幕烟霞中"，作者以"隐没"手法写自己有意入吴山，却在不经意间走出了吴山，正写出了吴山在人世却又随时隐遁于人世的距离和孤独感，和吴山的性情吻合无间，文笔漂亮之至。

《北海看海》写北海，"这里的是石英沙，雪白雪白，粉一样地细。我抓起一把，沙沙地响，闪着银光。银涛万顷，烟波浩荡，晃晃莽莽，无比豪放奔逸。一排排海浪举着灿烂的阳光，滴金流霞地，嬉笑着，向岸边滚滚涌来，轻轻地和海滩一抱，响过柔和的接吻声，便悄悄地退了下去"。沙子的雪白细腻变成一脉银波，辉映海浪，颇得北海之趣。

《玉女潭小记》写"游罢玉女潭，走一段路，便到了出口处。回头望玉女山，一片翠绿，又是一座平平常常的青山……"，前文写得奇趣跌宕，结尾宛如长江佘山石，回望又成一片平常青山，数语定调，颇见笔力。

《麓山红叶》写红叶，"绿叶中透出斑斑红痕，秋深了，麓山的枫叶红了"，"枫林稠密处，叶子从马路两边挤过来，在路的上空抱成一团，好似抹了一片红霞……满树红叶，摇着阳光，似一柱冲天燃烧的火炬，极为壮观"，"站在望湘亭上，向下望去，只见茫茫苍苍，金色的阳光洒满枫叶，秋风拂过，熠熠生辉，仿佛红的波涛，翻腾起伏，从我们的脚下直向山下涌去，向湘江岸边泻去"。红叶稠密似红霞，又似冲天火炬，更似浪涛，直奔湘江，写出了麓山红叶的恢宏气势。

艾彤的散文集里特别值得一提的还有他对来湛作家的书写，坦率直露，吉光片羽，弥足珍贵。如《有朋自远方来——记几位来湛江的作家》，写了周立波、田汉、肖殷、张洁、谌容，刻画了这些作家不同的性格侧面，笔法不同，写周立波听景仰颂扬的话时"毫无表情地在一旁愣着，似有些心不在焉"，但听到说"周立波同志一贯坚定地执行毛泽东文艺路线，是人民的作家"时，"两眼陡然亮了，脸上漾起笑意，显得很高兴"，写出周立波的赤子之心，但作家的巧妙之笔在于马上插叙了一段周立波1967年的境况，"听说前几天开批斗大会，他站在高台上，远远地望去，瘦得只露出两个黑黑的大眼窝"，前文热烈赞扬周立波是人民的作家，此处却只描述其现状，不做评论，但作者之心清晰可见，可谓不写之写。写张洁时则很活泼，装扮潇洒，也能赤手掏菠萝蜜，遇到宾馆里的蚊子时，"跨在蚊香上，跺着，跳着，嘴里直嚷嚷：'鬼东西！鬼东西！'活脱脱像一个大孩子"，等去机场的车着急时，"急了，又嚷了起来……一会儿瞅瞅外边马路，一会儿看看手表，又踩着跳着不让蚊叮咬，忙得团团转"，写了张洁的容貌、笑容、菠萝蜜、蚊叮趣事后，作者才淡淡地来说："我是她的作品的忠实读者。她的《爱是不能忘记的》《祖母绿》，那细腻解剖内心的笔触，正显示着她一颗坦率、真诚的心。"对张洁作品和为人的喜爱溢于言表，有趣的是，写完张洁笔触又轻轻一转，"后来，又见着北京另一位女作家谌容"，写谌容用了欲扬先抑的手法，先写她不大乐意和文联同志会面，见了面气氛也不大热烈，话不投机半句多，可到了晚上，气氛热烈之时谌容很活跃，讲起《人民文学》催稿时，谌容说："命有一条，稿子没有！"作者说："酒不醉人，谌容的话醉了我。我想起了上午的礼节性会晤。看来，每个人的心并不是时时处处都可以敞给别人看的。"深得散文写作的四两拨千斤之法，淡然而有味。

《流年散笔》是艾彤的第二本散文集，内容主要是思念故乡、日常起居、悼念和文艺随笔，附录《散文与我》在《寸草心》后记的基础上更加深入地谈论了散文审美观和散文的创作机制，他认为首先要真事真情，"写出真情来，要真有其事，实有其情，真实是很要紧的"，"凡感动了自己的写来便顺手；凡感动得不够劲的，写来便费力"，其次重在创新，要有作者独特的感受，不同题材便用不同写法和语言，如歌颂烈士的《寸草心》用明快激越的诗歌语言，写古代谪臣《雷州的西湖》便是文白兼用。最为推崇的是凝重洗练有诗境的散文，如苏轼的《承天寺夜游》，因此艾彤致力于短而精、含蓄有意境的散文创作。对于散文创作的题材，他在前序中提到并不一味主张宏大，琐事虽小，但能小中见大，"可以透视作者的人格力量和风骨"，其文正如其言，他的散文便是常常写现实生活的诸般样态，《流年散笔》写了乔迁、黄包车、同志的称呼、汤、冲凉、广味普通话、狗肉，甚至打呼噜，无一不入笔。至于散文的结尾，他提出"不宜硬去添一个'光明尾巴'，以显示主题升华。闪光的东西要在文字中自然流露"，但这种自然流露而不明示的写法很是需要作家的笔力，艾彤是这么说的，也是这么做的。如《乔迁志喜》写了四次搬家的过程，絮絮叨叨琐琐碎碎，先是三十年前，放单车的棚子略加修整而成的新房，不过五平方米，伸手可触瓦面，一床一桌，再到生子之后的有高房顶和铺花瓷砖、正中挂着伟大领袖像的水泥结构平房，后来文化局在南海舰队政治部后门的一块空阔地盖了宿舍，被戏称为"西伯利亚"，遥远偏僻但也是幸福的二房一厨一卫，更有房前屋后郁郁葱葱的丛竹、果木、鲜花，再后来，地市文联合并后在赤坎博物馆内有了一座高楼，作者分到三房一厅，厅堂宽敞还有个后花园，掩映万树丛中，最后，老伴单位在霞山盖了新宿舍，分到一套墙上双飞粉、地下彩釉砖、居高临下的框架结构房，于是喜气洋洋地搬了过去，作者描写三次搬家，第一次自己动手，第二次部队和文联的同志帮忙，第三次叫了搬家专业户，"车抵新楼，女婿放了一长串响炮，噼噼啪啪，似欢笑，似欢呼，喜气洋洋……"作者不避琐细，用他的文笔巨细靡遗地描绘了充满希望的越来越好的新生活，而且作者认为"不能光顾自己，还要想想人家，想想那些比自己住得差些的人家"，油然生发了"倘若天下寒士都能一次次乔迁，都有广厦安居"的大念想，足见儒士风范。整篇文章写的只是自己一家不断迁居的过程，但由小见大，读者不由自主就跟着作者欣喜新生活的变化。

《流年散笔》的后记很有意思地写了作家出书的真实困窘，"当今出书，难，也不难。关键是钱"，两个难字，包含了对作家才华和现实经济的感叹，说"我说穷文人，荷包不丰，又找不到赞助，手头虽有一部评论书稿和一部散文书稿，不敢想出版的事，只好藏之箱底，束之高阁"，幸好后来书还是出来了，但"此后还能不能出书，不敢想了"，[①]写出文学和经济之间的不平衡现实和文人困于现实又希冀在文学中超越现实的复杂心理。

《杂拌集》应该是艾彤的第三本集子，他在《卷首片语》说："我早步入暮年，不再争长论短，只求自由自在写点自感兴趣的东西。我一贯主张作家应该是多面手，要会几副笔墨。多会几副笔墨，施展才能的路子就宽了，遇到不同的题材便用不同的笔墨，不吊死在一棵树上。"呼应了《寸草心》和《流年散笔》重视立意创新的写作方式。所谓"杂拌"是指多种体裁的尝试，有小说、散文、评论和童话，但他自以为写得最好的文体是散文和评论，他的散文在《杂拌集》已经形成鲜明的个人风格，文笔出神入化，如《烟雨春江绿》是小说，但最好的地方却是在散文笔法，如写杨崇石画画，"一口气画了两幅山水画，一幅《江上数峰青》，一幅《梧桐叶上潇潇雨》，远山近水，扑面而来，似有清风拂面，清凉透骨"，"清凉透骨"用得极妙，神理俱出，足见笔力。他强烈反对莫言关于散文"基本上是编的"这种文学理念，在《胡诌的散文》再次强调"小说允许'胡诌'，散文决不能随口瞎编"，

---

① 艾彤:《流年散笔》，中国华侨出版社，1997 年版，第 165—166 页。

认为"散文必须真实。它所写的客观事物，包括作者抒发的主观感情，都必须真有其事，实有其情，有作者的真实感受。如果，描写的内容是虚构的，胡编的，无中生有的想象，就失去了散文的生命和力量"。在其小说的写作中，也是散文的现实写作手法，如《故里旧事》写了形形色色乡里小人物的人生，朴实而又略带生活困苦中的悲凉，为了三斤瘦肉而和人打赌吃肥肉致病却还得意扬扬的淮先生、心地善良却不能说话的哑巴柳溪、只会挑煤被村众视为无用之人的二崽、随和宽厚的照疤子李世照、嗜吃腐烂物的怪物玉生，这些人物身上见出作者艾彤形于文字的悲悯之心却又能以平淡叙说的笔触表达，淡语写深情。在艾彤散文的诸多题材中，写得最好的又当在人情，其散文更多的笔力用在记载当代生活中的人事，尤其是保存了当代文坛一系列鲜活的人物形象，如《刘教授的读写说》写岭南师院刘海涛的微型小说研究，从题目就可以见二人关系亲密，写刘教授在文友集会上发言，"他嗓门清亮，口齿伶俐，简明扼要，抑扬顿挫，眉飞色舞，略带湘味的普通话如滔滔流水从他的嘴里流淌出来，让你不得不洗耳恭听"，连用五个四字词，让人会心一笑，拍案叫好。《文坛开拓者》写广东的易征，先写其人打扮新潮，吃住讲究，写文章也喜欢标新立异，"文章很有才气，无八股味，活脱脱，水灵灵，轻松活泼，饶有情趣"，真正是文如其人。《魂兮归来》写他熟悉的徐闻作家陈堪进，"他是大海的儿子"，写海是"把自然景物、人的命运、爱情纠葛以及生活习俗等等和大海巧妙地糅合在一起"，"作品写得很美，人物美，意境美，情调美，语言美，充满诗情画意，给人以美的享受"，评价深得陈堪进作品真味，准确而带着深情。《一位随和朴实的文人》写沈仁康，艾彤自述他和沈仁康的友谊是君子之交淡如水，但"这水已像酒一般醇厚、永久"，这篇文章也正像他描述的二人友谊，轻轻写来如水，细细品来却是醇酒，回忆了两人间的多年交往和沈仁康的轶事，写他随和，"70年代初，我家住在近海的平房里，昏暗逼仄，家具残旧，只有一张竹椅可供休憩。他进门来，随意往竹椅上一躺，悠悠然。到吃午饭的时候了，随便吃一点，毫不在意"，但转笔又写沈仁康托作者问候被打倒的市长王国强，丝毫不避忌，写他爱书，看到破四旧时清理的旧书"很是兴奋，趴在地上，一本一本地翻，直翻得满头汗垢"，写他专门和太太炖了一锅汤请作者吃饭，作者因临时有事无法前来，"两口子就如此守着一盆汤直至深夜"，但事后并无不快，"只觉得没有让我品尝他那个让他很满意的汤而有些遗憾"，写他的性情，"沈仁康没有什么惊人的事迹，平平常常一个文人，脾气好，很随和，不拘小节，文人习气重，绝无媚俗之态。人缘也好，和他谈什么，觉得什么丑话都可以说，不必在心里设防，推心置腹，肝胆相照，他是一个值得信赖的朋友，大家都喜欢和他交往"，轻描淡写，平平常常，作者剪裁的都是小而动人之事，无一不道出沈仁康的赤子之心和两人间的真挚交情。他写顾城的妻子谢烨，立意与其他怀念顾城的文字不同，而是为谢烨鸣不平，"那位美丽、聪颖、善良、纯真、坚忍、充满才情、被迫辞职辍学，待在家里给顾城当私人秘书和保姆的谢烨却被遗忘、冷落了"，指出谢烨为顾城所做的牺牲，接着评述了谢烨发表在《湛江日报》副刊的遗作《暮色丛林》，写得美而充满人情味，"窥见那蕴藏在一个少妇心灵深处的充满对生活无限爱恋的情愫"，盛赞了谢烨的才华，表达了对谢烨被杀却遭遇不公评论的愤慨、同情、惋惜和感叹，给当时的文艺圈留下了谢烨的才华侧影和怀念。《令人难过的悲剧》写一直乐观的杨干华却因抑郁症去世，作者写他们俩在特殊时代虽有共同遭遇，但杨干华却乐观幽默，其人其文均如是，正如他写的一副对联：莫皱双眉看世事；且盘两膝品清茶。

艾彤的散文注重立意和创新，更重真情实感，写得干净传神，为当时的湛江散文写作树立了新的典范。

祝宇，1933 年出生，广东湛江市人，湛江文化局原局长，保护广州湾法国公使署旧址"第一人"。著有散文集《绿色的梦》《路长长》。

祝宇熟悉广州湾历史，梦想有一个充满绿意的湛江，《绿色的梦》是对湛江的记录，如名篇《绿色的梦》：

> 绿特别眷恋雷州半岛，萧萧秋风，凛凛冬日，它也不肯移步。这欢快的脚步，趟过山，山绿；涉过水，水碧。把那绿莹莹的情，碧晶晶的爱，尽情地注给雷州大地。这一万二千平方公里的殷红的古雷州，水光山色，蓝天绿地，花树摇影，层林竞秀。多少神奇的故事，多少美丽的梦幻，尽在绿色中……

抓住了雷州半岛绿的特色，和红土、蓝海糅合成半岛的三原色。

> 雷州不再干旱。湿润了。呵，大自然的伤口——荒山秃岭，在绿色的浸润下迅速愈合，已不见风沙滚滚红尘漫天，已不见山石兀突烈日喷炎，在太平洋面恣肆暴虐的台风，爬上这片绿地也胆怯了。雷州，这强悍粗暴的恶汉。反复无常的脾气，在绿色陶冶下逐渐平和，变成娇羞温文的绿衣少女。

绿意缓解了雷州半岛暴烈的雷和台风,给了半岛柔情,祝宇希望湛江铺满绿色,所叙基本和绿林相关。

如果说《绿色的梦》正如祝宇自己在后记中所说:"写剧本时的副产品,主要反映湛江市的海韵风情,在创作思想上,有着时代的印记。"①《路长长》则是另一种文风,张喜洋如此评价祝宇的《路长长》:"它们犹如摇落的满天星星,璀璨中放出温暖,蓦然回首中,又有几许无奈。从小生长的翠竹环绕的竹山村,塑造了作者一辈子的绿色情结。老屋房檐下叽叽喳喳、衔泥筑巢的小燕子,触发了他热爱生活的情怀。"切中肯綮,《路长长》卷二《故园情深》是祝宇对自己家族的全面记载,如《八千里路云和月——记父母》摹写母亲的聪慧、坚强、果敢,以及对整个家族的支撑,他用一种叫紫云英的植物形容母亲:

> 我们农村有一种很好的绿肥,名叫紫云英,一丛丛一丛丛生长在田野、林间、路旁、屋边、山坡。在阳光照耀下,那像蝴蝶的紫色的花,显得清雅、潇洒。她不像名花那样妩媚,也少佳卉的婷婷。然而丰实而繁茂。她不慕虚荣,不与群芳争宠,也不在意人们是否投以青睐;别人冷淡

---

① 祝宇:《绿色的梦》,花城出版社,1991 年版,第 107 页。

也罢，鄙视也罢，她总是那样自持，那样忠贞，
　　那样高洁。母亲就像山野中、阳光下的紫云英。
　　无论凌厉的霜风袭来，还是瓢泼的暴雨浇来，她
　　都能顽强地展瓣吐芳，用明净的颜色去点缀广袤
　　的原野，把淡淡的清香渗进无比清新的空气里。
　　为了生活的甜蜜，为了大地的丰收，越把自己的
　　全部血肉化作庄稼的养分而无怨无悔。

母亲如紫云英，能承担世间风雨，无私养育子女。祝宇对母亲及家族诸人的摹写，文笔朴实，只是日常生活的记叙，言简情深，更是以本家族之生活管窥广州湾的历史风云变荡。

　　九十年代著名的散文作家还有陈堪进（1940—2002），他的散文能写朴实的湛江人群像和海岛渔村生活。《钱盲的母亲》写母亲，"因为她与金钱无缘，凡是与金钱有关的事物也不知晓。诸如价格、价值这类概念，她心中自然没有，什么讨价还价，什么拈斤拈两也全不懂得。连人参和番薯哪样贵重也分不清"，母亲不懂金钱，不懂高丽参的珍贵，无偿给有需要的村民使用，作家用"不懂"立意，反面写出母亲不同于世俗的质朴和以人为重的高贵性情。

　　《花蟹街即景》写出了文人的可爱和海民的爽朗直率：

我曾在雷州半岛海边赶了一次墟。

那是一个盛产海鲜的小墟，街道两边摆满了大箩小筐，大箩装的是鱼虾，小筐装的是海螺，磷光贝泽，熠熠生辉。卖海螺的都是十二三岁的小姑娘，她们个个手里都拿着一只碗，做什么呢？我看了一会，才知她们卖螺不用秤，而是用碗来量的，一碗两毛钱。我在人流中挤来挤去，一心想买花蟹，偏偏找不到。于是，我便向一位卖海螺的姑娘打听：小妹妹，有花蟹卖吗？

小姑娘眼睛忽悠一转，见我是外地人，就指点说：诺，那边，街上有海麻树的地方。

花蟹不同于别的蟹，它披一身绿色的花衣，甲壳和螯足上的斑纹疏密有致，像是要跟姑娘们媲美一样。卖蟹姑娘好像嫉妒花蟹的美，有意把它们捆成一串串，摆在沙土上，还不时往它身上撒泥沙，将衣饰全部遮盖住，花蟹不平地露着突棱棱的双眼盯着女主人。看着这情景，我这买蟹人也禁不住要为它说话了。我即问一位卖蟹大嫂：你们为什么要这样委屈花蟹呢？把它洗干净了不是更好卖吗？她一听，掉过头掩着嘴笑。笑什么呢？这倒引起了我的注意，打算问个明白。

海螺用碗卖，花蟹捆泥沙，作家通过自己的所见所闻写出海边风情，又通过海边姑娘的视角反映出作家不通世情的可爱，生动有趣。

《他有了自己的天空》写了徐闻作家周飞明写作的投入：

> 每当赶圩的乡亲到他家里来，他就请人家抽烟、喝茶，与他们拉家常，问村里婚丧嫁娶……聊着聊着，他仿佛回到自己童年放牛、捉迷藏的山坡，回到自己留下足迹的海滩，陶醉在椰风海韵之中……随着生活的充实和感受的真切，他又有了灵感和冲动，一摊开稿纸，一个个熟悉的面影就在脑海里浮现：卖海参的余老汉、不怕山魈精的翠仔、打鱼的蛋家妹、养虾的阿蓝、打井的雷公伯、退伍的石板、回乡办砖厂的女大学生……这些人物一个跟着一个活脱脱地跳出来，成了他笔下栩栩如生的形象。他越写越来劲，整个心沉浸在文学世界里。雷声震破窗口的玻璃不知道，台风掀开屋顶的瓦片也不停笔。门前的紫荆花开了又谢，谢了又开；他写了又撕，撕了又写，床前的稿纸就像门前凋落的花瓣，铺了一层又一层……

周飞明腿脚不利于行，通过聊天的方式积累生活经验，作家用"床前稿纸像凋落的花瓣"比喻他写作的辛苦，用"雷声震破窗口的玻璃也不知道"的夸张笔法突出他沉浸于文学的快乐与充实。

除了摹写人物，陈堪进更擅长诗化式的散文，主要体现在他对景物的描写和环境的创设。如《草甸春牧图》：

> 街边的苦楝花早开了，白白的，灿然若雪。空气里流动着淡淡的清香。每年苦楝花开的时候，我都到郊外去踏青……

洁白清香的苦楝花可以比为作家和其文风，又如《网床轻轻摇》写渔村的单身汉想象的温馨场面：

> 网床又摇了，轻轻的，悠悠的，就像小时候，自己睡在摇篮里，母亲在轻轻地摇一样……网床又摇了，随着网床的晃动，似乎浮漾着一种诱人的气息和淡淡的幽香。啊，是姑娘！是姑娘的玉手轻轻地摇动着他的网床。他心头一喜，赶快转过头去，想看是谁。可是，一棵棵硕大的椰子树挡住了他的视线。

网床的摇动好似母亲的温暖，又好似姑娘的逗趣，写出了单身汉的可爱臆想和海边休闲生活的温馨。《瓜荫赋》由雨声打在瓜棚上回想童年，展现了作家内心的柔情：

> 这天，我正入迷地看书，突然下起雨来。听着雨点打在瓜叶上的声音，恍若回到童年。小时

的我是那么任性，雨下了还在瓜棚下玩耍。父母在屋里一声声地呼唤，我却不理睬。我被雨点落在瓜叶上的声音吸引住了，那声音好听，像谁在弹琴。我边听边伸着手，想捕捉那流泉的音韵。还有一夜，我在瓜棚下睡熟了。第二天醒来时，发现一根瓜蔓垂了下来，毛茸茸的嫩叶吻着我的脸蛋儿，手指也被它的卷须紧紧地缠住。我撩开那藤蔓，松开它的卷须，它却不想爬到棚上去，老在我面前拂来拂去，似乎想对我说些什么。至今，我还忘不了那瓜藤儿对我的柔情和抚爱。

无论小说还是散文，作家擅长联想，如写声音，以及由声音产生的心理联想，他由雨点落瓜叶想到童年、琴声、流泉，以及瓜蔓轻柔的吻，他所用的事物都是轻柔清新，带着爱意的，这正和他的诗意文风相映衬。

陈堪进的散文兼得生动和诗意，更有对社会和人生的思考，是一位成熟的散文作家。

何银华，1944年出生，广东廉江人。1966年，毕业于华南师范大学中文系，1976年，调湛江日报社工作，历任编辑、记者站长、文艺部主任，1989年，在湛江市作家协会第六次代表大会上被选为副主席。出版有《在雷州这片土地》《笔踪集》《旅踪集》《何银华文集》。

何银华出身新闻记者，其散文可谓是写实型，他又热爱故土，着力摹写了雷州的湖山海岛和生活在其间的人民，读来宛如风情画卷徐徐展开，文笔质朴清俊，亲切有情，但又不纯是因写景而写景，景物的背后承载的是厚重的雷州文化积淀。他的第一本散文集《在雷州这片土地》集中描写雷州的特有物景，如硇洲岛、云雾岭、小城古巷、青年亭、鹤地水库、K物街、农垦；雷州歌、廉江红橙、海榄等等，开卷第一篇《红土情》写雷州半岛的奇观和人物，"每当汽车在红土路上飞驰而过，那滚滚红尘便纷纷扬扬地漫过剑麻园、菠萝园，漫过稻田和番薯地，漫过路旁的砖房草舍……袒露的世界都蒙上了薄薄的红色粉尘，甚至于行人，衣领上也留下一抹'落霞'，给人风尘仆仆之感"，"落霞"描述了红土飞扑一片的情景，化俗为雅，熟悉雷州红土地的人便默契地会心一笑，虽然不是王勃的"落霞与孤鹜齐飞，秋水共长天一色"青天碧水的明丽澄静感，却也有了风景不与他处同的想象空间。他对雷州有着深重的感情，他对自己的身份确认说明他对故土的感情："我的第一声哭啼诞生在红土，我是雷州之子"，但这红土却是南蛮恶土，"放眼望——总是没有窗口的茅草棚，总是拖泥带水的木屐声，总是大碌竹伴着击石取火，总是稀稀番薯粥"，可就是在这样的恶土之上，"雷州人与红土相依

114

为命"，"我的古铜色的雷州人，形象伟岸，个个有雷脾气。一旦摆脱了黑暗和愚昧，便迈开了沉甸甸的脚步。雷声是助威的天鼓。广袤的土地，留下了闪光的足迹"，"吃惯了白斩狗的雷州汉子，一杯下肚，便哼起了粗犷的雷州歌谣"。在何银华的笔下，雷州是蒙昧之地，远处荒壤僻野，早年民众生存不易，又正在其中酿就了粗朴坚韧的生命底质，喝得了番薯粥，吃得了白斩狗，又能向天借胆，傲立独行于天地间。何银华抓住了雷州最典型的物质——红土，雷州人生于斯，长于斯，红土同时赋予了雷州人食物和风霜，雷州之子的形象跃然纸上。又如《云雾岭采风》既是写半岛之高山，写作手法上也如登山，文似看山不喜平，偏偏陡峭中又生出迂回之意，实是大手笔。《云雾岭采风》开篇来一句"我最喜欢采写'僻壤新闻'"，文势凌空突兀，但读完全篇，读者就恍然大悟，所谓"僻壤"，却是地偏景好情真，难怪作者喜欢，这正是黄康俊在《一位学生给老师的内心独白——拟代序》对老师何银华的描述："（相貌平平）他却是个好人。就如他作品一样淳朴真诚、笃实练达、温良随和的那种人。"[①]淳朴真诚的

① 黄康俊：《一位学生给老师的内心独白——拟代序》，见何银华《在雷州这片土地上》序言，广东人民出版社，1989年版，第9页。

人，喜爱的是风光绝妙的大自然和温暖的人情，《云雾岭采风》写二月早春的云雾岭，"有趣得很，云雾像怕人似的，你前行一步，它躲闪十尺，由浓变淡"，当作者走入云雾里时，"眼前景物渐渐清晰起来，显影成一幅幅画屏：山花、绿树、修竹，怪石、陡岩、古藤，林间还有白练般的飞泉……真如身入仙境画中"，祥和的美景一一出现在眼前，但怪石和陡岩预告了云雾岭的另一面，"此刻，山里没有风，原野静寂，只闻得鸟的啾鸣。咳一声，山鸣谷应，声音不知传到多远的地方去。山中林木绿得滴水，叶子闪着斑斑驳驳的亮光，更添神秘色彩"，僻壤处的静谧又带有陌生、神奇和些许恐惧，有触碰天机的屏息静气之美。读者正跟着作者的脚步"沿着潮湿淋漓的羊肠小道，小心翼翼地走着"，转过一道山廊，听到了笃笃的声响，原来是黄牛吃草牵动脖子上的木铃声，读者和作者一起高兴起来，从"白云深处有人家"的静美仙境到神奇畏惧的僻野再到宁静的烟火人间，读者的情绪已经一曲十八弯，最终沉淀在温暖的人情中，看到作者笔下的山里人家：炊烟、毛蓬蓬的小狗、捉迷藏的童伢子、声如洪钟的老大爷，活泼热闹，作者被热情的老大爷邀请留宿山寨，第二天出发去凤凰寨时遇到一位姑娘，问前路有多远，姑娘说："一喊路"，乍看这词，读者和作者都觉得路不远，优哉优哉往前走，但却是历尽悬崖、藤蔓和怪石，一路艰辛，最后看到白云深处的凤凰寨时，"幢幢瓦房映着阳光，整齐地贴在山腰上；山壁有清泉飞泻而下，像一匹飘动着的白绸子；群峰连绵，大片大片的杉林像无数绿塔伸向天外；毛竹、八角、山漆、油茶竞相争翠；新建的加工厂的烟囱，冒着淡淡的青烟"，艰险过后有风光，读者也陶醉在凤凰寨的清美之中，但依旧疑惑，到底"一喊路"有多远，文章最末作者才写姑娘狡黠地说："一喊路嘛，就是喊一声，走起来得半天！"这时读者才恍然大悟，此时姑娘的可爱，山寨的美，语言的灵动，文思的曲折跃然纸上。他写雷州物产红橙，《金秋，在红橙的故乡》："那满树挂红，密如繁星的果实，似乎都各具神韵：有的弯下圆溜溜的脑袋，像在默然静思，有的像娇羞的少女藏于叶间，赧然含情；还有的翘然昂首，笑指天空……可谓千姿百态，都在尽情地展示各自的美状和魅力。"

写湛江的历史文化，如《硇洲踏古》写了硇洲岛的海岸风景、宋朝末代皇帝的传说、近代的硇洲灯塔，还有各式各样的民俗，海岸风景如"危崖壁立，怪石嶙峋，在灰沉沉的天底下，像一座不知荒废了多少世纪的城。这里只有风声和惊涛裂岸的咆哮，浪柱高达数丈，震撼海天。置身其境，令你怀疑自己是不是回到了远古，是不是到达了天外边的一个什么国度。幻觉丛生，感受和思维都发生了无可名状的变异"，写出了硇洲岛的海势险恶和自然冲刷历史的无穷力量，但是步入岛上的小镇，却是"高楼耸立，侧有军港、渔港，码头泊着难以胜数的大轮小舟；衣着新潮的青年男女，谈笑风生，横街而过""一面闭塞，一面开放，古今共存一岛，难道这里真有个历史的断层"，原始的海岛和现代化的小镇并存，于是读者和作者一起迷惑了，硇洲岛究竟是怎样的，作者在篇末特意提示读者，"旅游者上岛之时，切莫被淡淡的寂寞和苦涩笼罩心绪"，如何不被硇洲岛现如今的粗犷原始古朴占据全部心灵呢？方法是驰想岛上的历史人物和风俗，"岛子地灵人杰。冷峻、倔强是岛子的神魂"。如清代两度击溃英国战舰的窦振彪将军，如土地庙、天后宫，对于不明白的地方，岛上为何只有天后宫而无土地庙，作者也并没有给出确切的解释，使得这片硇洲岛的书写显得摇曳多姿。其实这就是何银华的典型写作手法，将自然山川和历史、文化结合而写，岛人生存的痕迹都会留存在这片土地上，而不尽然是如今的险峻海崖，这一记忆将由新一代的岛民继承而又开出新的未来。

写湛江社会的传统和转型生活，如《K物街漫笔》

写湛江赤坎的闹市，历史悠久，周围是散落的天主教堂和法式建筑，昭告着湛江这座港城曾经经受的屈辱，但如今又恢复了它的生机勃勃，"古老的又窄又旧的小巷，石仔灰砂，凹凹凸凸"，看似破旧，却呈现了别致的市井热闹，"粤语、雷州方言、客家话、潮州音和普通话，多种语系在小街里形成南腔北调的大合奏""北方客商的各式塑料品和土特产源源涌入K物街，K物街的时髦货色也源源不断地被采购回北方去"，世俗的烟火气在这里充满了魔力，熙熙攘攘，来来往往，作者说，"只要靠近K物街，就受到某种驱使，身不由己地挤进去"，认为"在K物街，人能获得自尊""在这里，人们似乎不受任何约束，逍遥自在地浏览，随心所欲地选购，可以挑肥拣瘦，可以讨价还价"，写出港城K物街（即赤坎区中山二路步行街）市场经济下的买方市场的热闹和自由，以及新时期湛江人民精神昂扬而独有的风情。

他写乡土传统和新生活，如《小城的古巷》：

> 巷仔弯弯曲曲，但总体是南北走向。两侧民宅基本是两层小楼，路面宽不足三米，行进其间，似漫步于狭长的小山谷。除了摩托，巷子绝对不能通行其他机动车辆。平时，这里最大的噪音就是单车的"铃铃"声。清静的巷子，日照时间很

短很短，终日阴阴凉凉，成了天然的手工作坊工厂。街民们沿袭着传统的劳作项目，在各自家门前或卷炮竹，或刨竹麻，或纺麻绳，或编草席。古老的小巷空间，回荡着慢条斯理的旋律。

写出300多年小巷的浓郁市井气和烟火气，以及对世事淡然度之的韧性生活：

最积极的是中年妇女。一大早，她们就走出深巷到市场去，人手一只竹篮子，脚底奏着'的的得得'的木屐声。小巷是被她们吵醒的。采购回来，她们还一路上叽叽喳喳地评论市场。这个说碰上了好运气，买了肥嘟嘟的膏蟹，只是价钱贵了点。那个说，价钱贵点还不是要紧的，最气人的是将鸡鸭肚子塞满了泥巴和沙子，骂鸡鸭贩子不是人……

带着历史的清静和现实生活的热闹。但同时也写了新时期的年轻人，"巷子外日新月异，灯红酒绿。古老的小巷，在青年人眼中已成了历史的骷髅。对那块狭长的环境和陈旧的生活方式，他们已表露了明显的局促感。外面的竞争和那些新潮的观念和意识，使他们跃跃欲试。不管老一辈理解与否，下班归来，吃罢晚饭，就穿上时髦的服装，邀朋约友，到歌舞厅去，到信息中心去。他们暗暗在追求着，有朝一日要当厂长，要当经理，当世人瞩目的企业家……"，这与前面所描写的生活截然不同，真实表达出年轻人对传统生活的意欲突破，但何银华还是表达了他对住过多年小巷的留恋，"我想，一座城市应该保留一些历史的'躯壳'。没有小巷，城市的今昔就失去了对比，失去了反差，也就失去了色彩"。写了小巷的晴天、雨天、清晨、晚上，古老、狭窄、阴凉、热闹，老人对它的习惯，年轻人对它的日渐嫌弃，如：老人谈古镇旧事时，年轻人总会反感地说："鼠疫早被冲到北部湾海底了，还提！"作者在表达老年人的困惑时也带入了自己的立场，他似乎也在疑惑为什么城市变化如此之快。小巷的生活对他而言就是一帧帧的画面。

《银河恋歌》之《青年亭上忆当年》描写雷州青年运河，开篇用了以退为进却开篇明义的手法，显得迂回曲折又不失明朗，"我每次登青年亭都是流连忘返的。这倒不是因为自己当年曾为青年运河搬过土，流过汗，也不仅是由于亭上风光幽雅，景致迷人，我是在追思那些曾为运河贡献热血、青春和智慧的雷州儿女"，对于作者这代人，雷州运河的开挖是一种难以磨灭的记忆，他开始用和读者面对面谈话的抒情笔调回忆过去，"也许你听人讲过，我们生活的这块土地，原是个赤地千里的穷乡僻壤，历史上有名的'苦旱雷州'，如今，当你看到清澈的运河水映着白云，闪着晶光，千回万转流向广袤的半岛平原，把雷州大地染得郁郁葱葱的时候，难道你能不由衷地敬佩当年战天斗地、造海开河的英雄？"读者会跟着他的视线走，"亲爱的同志，你不是喜欢谈论志向抱负和理想前途吗？你不是经常思考青春与幸福吗？请翻翻青年运河的史册吧，它会给你找到有益的答案。"他给青年人指出"理想是一种力量，这种力量支配着青年们不分昼夜地奋战""当时工地上流传着一首诗：'日食工地，夜宿山冈，风吹只当摇羽扇，雨大免了洗衣裳，荒野当床草当席，拿天作蚊帐……'"呈现了建造雷州运河的青年人为国家为青春付出的理想和力量。

如果说散文是他的艺术构造，那么何银华的序跋写得朴素，就像生活的纹路一样，历历可见。如《〈情幽幽〉序》（1996 年），写自己担任地方报纸文艺副刊编辑十多年，见过许多作者，蒋生属于"仍然在基层摸索，苦斗着，好不容易才露出点曙光"的类型。然后铺叙蒋生其人，生活，婚恋，再到其作品，是典型的由人见文写法：

> 记不清是哪年哪月哪日认识蒋生的，反正时日不短了。他是个十足的乡下人。第一次来到报社，怯生生的，对报社，对编辑记者大概有一种神秘感。无疑，他是壮着胆子来的，既急于见到

编辑，又不知编辑为何方神仙。交谈中，他那夹着浓重雷州音的白话或普通话，说起来都不那么顺畅，显得别扭。……读过蒋生作品的人，都切实感到：文如其人。不管是他的小说、散文或报告文学，都渗透着质朴，信笔写来，少见雕饰。乡土味浓浓的，乡土情也浓浓的。他笔下的人物，大都是乡间普通人。叙述的故事，都倾注着作者的思想感情，体现着作者的爱憎，是经过提炼和加工的产物。

这是真正把笔调调成和书写对象一致的风格，实属有意为之。

何银华的散文多写于八九十年代，以其新闻记者的笔触，真实地记录，用自己的生活见证时代和城市的发展，宛如一双轻柔的手，一一抚摸自己的生活痕迹和城市的动脉，有自然地理的雷州红土、云雾岭、神秘的草甸、五色石、热岛、潮、海草，有小巷、青年运河、浦乡，有记人的渔女、父亲、航标工，环卫工等等，篇篇以物载情。正如他的自序《魂牵故里》：“结集出书，记录着人生的成长轨迹。它是向父老乡亲递交的作业和答卷。”[①]何银华长在小渔村，熟悉咸

---

① 何银华：《何银华文集》，作家出版社，2001年版，第1页。

水歌，渔夫形象会变成雕像，求学时家人的关照，如"忆往昔，小学——中学——大学，岁月峥嵘，感慨万端。报告故里，你的儿子已走向成熟。出了书，当是交了卷，如释重负"，在后记中，作家表示："我多么希望，'文集'里的篇章都像颗颗珍珠，把它们串起来，变成一条美丽的项链。这样我便把它当作礼品，献给所有关爱过我的人。"①他珍惜自己的文字，并对乡土有着回馈之心，写出来的文字便都带着情意。

那个年代的作者都是从苦旱雷州走过来的，作家多是寒门子弟，对真实生活有着刻骨铭心的理解和记忆，从不讳谈自己的苦难，文学是苦难的出口，于是对过去的生活总有拉长时空的缅怀之思，文笔坚韧而多情，清醒而包容，对这片土地充满了真诚的爱意，何银华曾在其文集后记讲过：

> 粤西有一支文学大军，他们组成了时代的合唱团，我身在其中，常常受到感染和熏陶。我享受着和文友们一起在文学曲径上艰难跋涉的甜酸苦辣。②

呈现出一种湛江文人互相提携的朴素理想主义精神。

---

① 何银华：《何银华文集》，作家出版社，2001年版，第311页。
② 何银华：《何银华文集》，作家出版社，2001年版，第311页。

吴茂信，1944 年出生，广东雷州人。自幼生活颠簸，1972 年开始文学创作，作品数量丰富，小说和剧本在广东省多次获奖，历任《湛江文学》杂志主编、《粤海风》杂志主编、湛江市文联秘书长，广东省文联党组成员、副秘书长，副编审，广州市政协副秘书长、巡视员，广东省作协第四、五届理事，杂文创作委员会主任。著有诗集《岁月流痕》、小说集《暖流》《心灵的召唤》、散文集《稔花笺》《彩虹》《散绮集》、杂文集《沉默不是金》、剧作集《吴茂信剧作选》、文艺评论集《成熟季节的收获》、综合文集《自珍集》。

　　吴茂信出生于父母抗日流亡途中，自述"放过牛，种过田，采过海，当过教书匠，拉过剧团胡琴，任过刊物编辑"，人生经历丰富，秦牧在《稔花笺》的序《山花的风采》中说吴茂信"很像一枝在瘠土、石缝中生长的稔子树"[①]，认为其"生活扎实，作品富有地方气息"，"文笔流畅自然读起来有平川驰马的愉悦感"。吴茂信也在《心中的歌》自言他是"吃稔子果长大的，也是在雷州歌哺育下成长的"，他的散文特色以平易流畅为本，但因文章和文心带着雷州之子的情感，显得慷慨刚朗，《祝〈半岛文学〉创刊》对雷州精神的概括

---

　　① 吴茂信：《稔花笺》，花城出版社，1993 年版，第 1—3 页。

125

更让人耳目一新:

雷州人,与雷州万物一样倔强、坚韧、生机无限;不怕雷火,不畏风暴,世世代代,在这片土地上繁衍,创造出难以估价的物质财富和源远流长的文化传统。半岛的土地并不贫瘠!看那漫山遍野的稔子花,枝叶何其苍郁,花朵何其绚丽,她扎根荒野,默默地酿造果酱,慰劳辛勤耕作的农夫村妇,犒赏天真无邪的童男稚女,供他们享用,教他们陶醉。稔子花,半岛大地的精英,并不比岭表的映山红逊色。

稔子多长在山上,植株矮小,花却开得漫山遍野,绚丽多姿,无须太多照料和养分,就能在阳光和风雨中傲然自在,结的果子色紫而甜,是雷州人童年记忆中亲切解馋的山果。稔子面对的自然环境和其绽放的生命精神实在和雷州人太像了,正是泰戈尔《飞鸟集》所言"生活以痛吻我,我却报之以歌"。

吴茂信拈出稔子花作为雷州精神的代表,不仅是他自己生命的自比,更是用来比喻贫瘠险恶的雷州土地上不惧风暴、坚韧挺拔、热情外放、勇敢抗争命运、创造生命价值又时时懂得回馈大地、回馈乡里的雷州人民。

这温厚淳朴的精神体现在吴茂信身上便延伸出一种珍爱真善美和积极向上的品质，他的散文写作宗旨是写善不写恶。他在《暖流》后序写道："祈望父老兄弟的生活变得更美好，是我写作的目的。我为他们而写作，写出来的文字，自然奉献给他们，但愿能在他们的心头留下一股暖流。"[1]又在《心灵的召唤》后序写道：

> 尽管有那么一群城狐社鼠，我也无暇对它们侧目，甚至不屑于提起它们，以免玷污我的笔端。世界因有它们，已经使大家活得很辛苦，再让它们充当文艺作品的主角，我们岂不更亏？我要把我的笔墨留给好人，把光明展现在他们的面前，让他们活得更开心些。我希望世界一天比一天更光明、更美好。谋事、成事都在人，而人的好坏全看心灵……人们只有在美好心灵的召唤下，才能共创辉煌。[2]

因此散文集《稔花笺》中占最大篇幅的是对湛江新人新事新风貌的记录。吴茂信用热情书写着湛江的人事，从他的笔端能看到苍老古朴的雷州三元塔重修后展现

---

[1] 吴茂信：《暖流》，长江文艺出版社，1991年版，第263页。
[2] 吴茂信：《心灵的召唤》，广东人民出版社，1995年版，第345—346页。

出年轻挺拔的英姿，见证历史的寸金桥公园、舒适惬意的海滨宾馆、幽雅的雷州西湖、坡头麻西围热火朝天的养虾事业、美丽富饶的国营农场、根深叶茂的雷州歌、蓬勃新生的《半岛文学》丛刊，大胆开拓、勇敢创新的湛江医学院附属医院，热心为民的坡头区政府、从低谷攀登高峰的湛江卷烟厂、沙漠变绿洲的城月文化站、齐心协力发展的官渡镇党政班子、行业佼佼者的吴川甘蔗化工设备厂，又能看到勤劳肯干为湛江付出的能人仁士，如湛江开发区的干部们、认真专业的钻井平台工人、对未来充满希望的山乡人民、热情植物建设四化的老战士、湛江电器企业"三角牌"电饭煲的李秀森和欧阳文、平反后放弃市委机关工作坚持回乡服务的欧叔、湛江供销储运公司勇斗歹徒的模范共产党员李以平等。吴茂信通过以人事记录历史的写作方式表达对故乡湛江发展的殷殷期盼，如《砂锅》以一只难买的砂锅为载体，"它不仅记录下中国农民的悲欢，而且记录下他们对物质和精神文明孜孜不倦的追求"，作者以小见大，从小小的砂锅一窥湛江人民生活的变化。如《铁手起宏图》：

　　我的家乡在雷州半岛，村庄与国营农场毗邻。农场的土地上有荟郁的防护林带，卫护着一片片绿涛滚滚的橡胶林和品种浩繁的热带作物图。不仅给

半岛大地铺金展翠，而且为社会主义建设贡献出丰
饶的财富。每天一辆辆汽车在林间大道上穿梭如
织，满载着黄澄澄的干胶和白闪闪的纤维，也满载
着农垦人的壮志豪情，飞向祖国的四面八方。

作者亲眼见证着湛江经济的腾飞，又用豪情之笔记录
了湛江的生活和风土人情。最精彩的是他写湛江开发
区拓荒新建的过程，如《张开彩翼吧，湛江》：

在迷茫的尘雾中，我们还能看到什么呢？

老农说，这情景极像烧荒——面对遍地的荒
草和荆棘，点着一把火，火借风势，风助火威，
呼啦啦，张牙舞爪的蒺藜丛顿时塌了架子，枯枝
败叶在熊熊的烈焰中涅槃，毕毕剥剥地爆响，仿
佛为自己的新生而欢呼，又好像为拓荒者燃放鞭
炮。参加烧荒的人，即使性格再内向，也压抑不
住内心的激动，跟着别人欢腾雀跃。别看烧荒后
的土地黑乎乎、乱糟糟的，那表土是疏松极了，
连乱石也变得酥脆，只稍一场春雨，土质肥沃芳
香，别说是种子，就是把扁担插下去也会绽芽抽
枝的。很快便漫山遍野生机勃发，这儿一汪绿浪，
那儿一片彩云；引来百鸟，招来蜂蝶，在这新开
垦的处女地上，流荡着诗的馥郁和画的芳馨。这
一切，多么像湛江的开发区！

我们开发区为什么烟尘滚滚？不正是由于无数辛勤的开荒牛在负重耕耘么？时间、效率和速度，在这里交响、奏鸣，把昨天、今天和明天，编织成五彩斑斓的花环。

吴茂信采用联想手法，用老农烧荒比喻开发区建设的破而后立，新颖奇妙合理，荒草在烈焰中获得新生，正如湛江开发区的光彩焕发，而参加烧荒的人，正是开发区的千万民众。吴茂信讴歌了众多为湛江建设付出辛劳的人们，以及这些人能亲身参与和见证一座城市腾飞的激动，今天的辛苦是为了明天的发展和荣耀，漫山遍野的绿浪、彩云、百鸟和蜂蝶正是寓意着湛江未来的美好蓝图，生机勃发，蓄势待发，可见作者对故乡湛江寄寓的无限期望和热情。又如《在寸金桥公园的塑像前》写："湛江，这颗镶嵌在雷州半岛南海岸边的宝石，在时代光束的照耀下，必定能折射出更加璀璨的豪光。"他的散文中屡屡流露出身为湛江人的自豪，多角度抒写湛江人的奋斗精神，凝结成对湛江未来充满希望的刚朗文风。又如《耕海曲》：

您看过齐白石的虾戏图么？那是誉满天下的艺术精品。然而，麻西观虾的乐趣，却是白石老人的作品所无法包容的。碧澄的池水中，虾群首尾相衔，恣意游弋，如同一条翠玉雕成的潜龙，又如蓝天上翱翔的鸽群。主人用竹竿在水上一画，惊动游虾，争相跃出水面，然后像雨点般洒落，溅起簇簇水花，荡起圈圈涟漪，仿佛虾池漾开的笑窝。细心的客人还会发现，对虾弹跳时，先是把身子收拢成一圈，然后突然张开，接着弹力远射出去，而且总是尾巴在前。看着这番有趣的情景，您准会打心里发出欢笑——因为您清晰地看到，一条耕海致富的道路在不断地向前拓展……

作者写坡头区麻西村的养虾事业，比喻颖致，虾如翠龙、翔鸽，又把水中涟漪形容为"漾开的笑窝"，是以情入物的写法，展现了麻西村游虾的勃勃生机，尤其是"对虾弹跳时，先是把身子收拢成一圈，然后突然张开，接着弹力远射出去，而且总是尾巴在前"，这一细节描写，写出了对虾折身成对的显著特色，不是细心沉潜观察者不能为之。虾池之有趣正是指向耕海致富的希望，正如题目《耕海曲》一样，这是唱出对大海的赞歌，更是对麻西人敢于拼搏的赞歌。

平易刚朗之外，吴茂信重视故乡情，尤其是故乡人之情，其散文又有淡然悠远之笔，如《香泉涓涓》写欧叔送我水仙花，"水仙花开了，每一个骨朵都奉出一瓣心香，汇成一股涓涓的香泉，淌过心头，留下无限的温馨，又如笙歌琴韵，飘荡起悠远的回声"，通过水仙花的花香联想起两人的交往，以物寄情，笔淡而情深。

吴康权,（吴康权的出生年份待查）广东湛江市人。中山大学汉语言文学大学专科毕业。1965 年应征入伍，曾任雷达操作员，地对空导弹显示车检验员，广州航道局职校语文教员，参加编纂出版新中国成立后第一部《湛江志》，著有《吴康权文集》。

吴康权的人生经历极为丰富，又爱好文学，反映在他的散文中又比别人多了对生活的思考。他在《序言》里写：

　　我思考着人生的晚年。夕阳会勾起人生一些未解的惆怅，因为斜阳照彻古今，见证江山更迭，比个人心事更开阔的是黄昏的价值。很多人退休后，过着一种享清福的生活。然而，我恰恰相反，感觉一个人退休后，因有着丰富社会阅历，有着深厚知识积淀，对事物的见解更全面。如果掌握得当，"斜阳晚钟"的钟声将更加洪亮悠长，人生流光更绚丽多彩，更能领悟人生的清欢。[①]

晚年著文对他来说并不止于一种总结，而是渗透着对

_____

① 吴康权:《吴康权文集》，广西人民出版社，2015 年版，第 5 页。

生活更进一步的品味和思量。

吴康权擅长将人文糅于自然之中，写得最好的是节气和家乡系列，如《节气》：

> 乡村有这么一个好处，它使你觉得这世界上一切东西，都是有根有脉、有因有果。春夏几个节气，给人一种青春活力，绿玉万点，花光千重。秋天就不同了，立秋、处暑、白露、秋分、霜降，像坐滑梯似的，一个比一个凉，表情也一个比一个冷漠、生硬，但又不得不跟着它们，一步步地往岁月深处走去，走着走着，一场铺天盖地的叶子飘落，深冬的小寒大寒到来，一年365天就走完了。对于草木、庄稼和一些小生灵，惊蛰、霜降都是一个节眼点。这两个节点，一个主兴，一个主衰，可谓一阳一阴，一道一魔，它们配合得默契，配合得天衣无缝。

他就像一个熟稔节气的老农，把二十四节气拟人化，一一历数他们的模样，数出万物受到的兴衰影响，从青春活力走到万物凋零的岁月深处，实在是文笔老练又谙熟人世的写法。

《节气》还写了霜降：

> 至于霜降，给我感觉，霜降之夜总是出奇地静，有月没月都是那样地静。是一种旷世的大静。

一切生灵都缄默不言,就连平日喋喋不休的老人,也寡言少语。依节令时序而生活,这是几千年古老的时尚。花知时而开,人顺势而立,与天地唱和,与万物相谐,节气中所体现出来得天人合一的共生之观,是中华子孙共有的文化基因,净水流深,绵延至今,这是天道之伟大。

霜降是一种安静,代表了节气的大静,而生活在其中的人,更是顺应节气,天人合一。吴康权的写作触角从自然延伸到人身上,从一场霜降悟到了人与自然的和谐,以及静谧和渊默感。

他写家乡,关注风土人情,如《家乡的风·土·情》:

乡村里的许多事物,小至一片浮萍、一株草,大到一棵树、一座山,这一切都与风息息相关。春风归来遍地绿,它们不得不绿,"春风有情来梳柳",多美的诗意;秋风君临千叶黄,它们不得不黄,"吹落黄花遍地金",又是另一番景致。由绿转黄,由黄转绿的变换之中,永远不老的只有土地。只有风,一拨一拨地吹,吹了几千年,几万年,它吹走了许多东西,又吹来了许多东西。山泉在石上潺流,庄稼在风中拔节,燕子在风中飞翔,蟋蟀在风中吟唱……倘若没有风,这个世界多么沉寂!

一个深秋的季节，我又一次回到乡村，风吹枯了一年年的野草，也吹老了人间岁月。我看见父母生前围扎起的篱笆，垒砌起的泥砖墙，已经在风中坍塌；竖在父母坟前的墓碑，在风中变得如一方普通的石块。山坡上的许多坟茔也是如此，每隔几年，人们就为这些坟茔添一些新土，可是添着添着，那些给坟添土的人也走了，于是山坡上又多了一些坟头，只有风继续地吹。

他写家乡，首先写的是风和土，次之写人。风吹来了生息，吹去了生命，风之后是土，这土不是普通的土，而是墓碑和坟茔，添土的人一代代地逝去，只剩下了风。简单数笔，四季和人世轮转便在他的笔下得以展现。读者也从中看出他对家乡的眷恋之情，如《乡音是根》切入的角度是"乡音连着对家乡的记忆"，他说"我是湛江市地方志办公室一位退休人员，在我内心深处，乡音蕴含着一方水土的根系，是家乡的一草一木，是山包上的老牛，在等候暮归的主人；乡音连着所有童年的记忆，连着衣食住行吃喝拉撒。往往想起家乡的风味小食，至今垂涎欲滴。"乡音代表的是思维和情感，家乡美食联系的是过往的回忆：

元宵的汤圆年夜的饭，端午的粽香腊八的粥，中秋的明月清明的雨，乡音的每一处皱褶里都蕴藏着爱的厚重。无论你在那个大城市待多久，忘了家乡话，你就会失去乡情，忘却乡愁。你的表述，也许会失去捕捉对生活和世界上最精妙的东西。更重要的是，你会跟整个世界隔着一层，会觉得缺乏归属感，也许真的不知道哪里是家了。

乡音是宝笈，引领人生，是奋斗目标的期待；乡音串起人生的足迹，是家乡的符号，留住人生的记忆。树高千仞，落叶归根。

吴康权从乡音中看出了人的归属感，如果没有乡音这一符号，人就会失去对自我身份的确认和世界的认知感，他的写作手法是先勾勒具象的乡音乡食乡风乡土，再延伸到乡情乡愁和自我，逐步引读者入境，着实是循循善诱又精工巧制。

吴康权的散文描摹家乡，叙说节气，实则是对自我和世界连接的思考，又多选用巧妙的切入角度，尤其是从风、土谈家乡，从节气谈人生，从乡音谈归属，立意新而有哲思，自成一家之文。

邵锋，1963 年出生，广东电白县人。当过演员、导演、编辑、研究人员，后任湛江市社科联主席。1980年起从事文学创作，先后在全国、省市报刊发表小说、散文、杂文、文艺评论、报告文学等三十多万字，著有散文、小说集《真情像草原广阔》，1998 年出版。

邵锋的散文是典型的湛江本土文学，以情驭文，信笔写来都是对生活的真诚感悟，亲切自然有真情，与众不同的是更带着他个人气质中的豪情。吴茂信在序中指出他的散文能写"真情实感"和"民情民意"，并在真实中体现出对艺术的追求，评价允当。邵锋在《后记》中写道：

> 文学是我精神的寄托……以情动人，是文学创作的法则，文学创作只有倾注真情，才能感染人，打动人，作品才有生命力。我写的文章都是我的真情实感，亲历亲闻。这个集子取名为《真情像草原广阔》，体现了我作文的追求，也体现了我做人的态度。在文风上我喜欢亲切自然，崇尚林语堂说的"围炉座谈"那种境界。散文这种文体，既能表达自己的真情实感，又令人感到亲切自然。因此我特别喜爱散文。[①]

其散文最大的特色是我手写我口，真实地记录了作者的人生体验和情感历程，人如其文，又融入文化知识，增强了文章的可读性和厚重度。这得益于他对书籍的热爱，《乐在读书》自述他一生最大的乐趣是读书，作

---

① 邵锋：《真情像草原广阔》，国际文化出版公司，1998 年版，第 2、3 页。

者写他抄过全本的普希金诗集、海涅诗集，至今还保存着，写下乡演出时的读书，"漫漫长夜，烛火如豆，灯火虽然很微弱，但她给了我无穷的热量，照亮了我的胸膛。她让我看到了人类知识宝库的结晶，看到了人间的真善美。她带我沉醉在一个个美妙而梦幻般的夜中"，写书籍对他生命的感发：

> 我忘不了雷州半岛曾家村海边长长的大堤，我曾坐在这海堤上忘情地诵读高尔基的《海燕》，这顽强搏击的海燕，曾给予我无穷的勇气与力量；我忘不了东海岛海边的沙滩，我曾在这沙滩上面向浩瀚的大海，高声诵读海涅的《大海》，这豪迈的诗情，曾令我的心胸豁然开阔，豪情满怀；我忘不了新家小学后面的那片翠绿的山坡，有一晚，我曾躺在这里沉醉在罗曼·罗兰的《约翰·克利斯朵夫》的世界中，我突然听到锣鼓声响，才想起今晚的演出已经开场了，急忙忙赶回去化妆……他们都是我的知己，是我最可信赖的朋友。与他们相厮守，令我心境平静，心胸开朗，眼光开阔，思想升华。

这段自述道尽爱读书之人的心声。他爱读书，书本也给了他精神的滋养，能领略到春夏四季流转和自然的力量，以及内心和古今中外贤人来往的精神愉悦感。

这些书本的滋养也体现在他的散文写作中。

首先,他常常在散文中直白表达自己的性情志趣,如《寻访朱自清故居》开篇说"我喜欢读散文,我特别喜欢读朱自清的散文",《烟花三月下扬州》自言"性好寻幽问古,尤好古代园林",《真情像草原广阔》说:"我最喜欢唱的一首歌是《一剪梅》。我最喜欢这首歌的第一句歌词:真情像草原广阔。每唱着它,我的心胸就感到开阔宽敞。"《乐在读书》自述"我的一生,最大的乐趣是读书"。作者以文立心的真诚历历可见,读完这部集子,作者爱文学、爱古典文化、心胸宏阔的个人形象也得以构建完成。其次,他会引用古诗文和文化知识入文,如《银滩冲浪》在写大海对自己的感悟后,引用陆游的诗"名山如高人,岂可就不见",并改成"大海如哲人,岂可久不见",融合得很恰当。尤其是游记往往选取文化的视角切入,如写平山堂先从欧阳修入手,"山以人播,人以山传",让景物体现出人文色彩。又如《瓜果》写白兰瓜时,便引入了白兰瓜的知识,介绍了其产地、传播、年产量和味道等,堪称知识小散文。

再次,他的散文没有停留在写情的层面,而是呈现出情理互融的特色,比如《王昭君》篇看到蒙古妇女膜拜王昭君,发出评论"人民是最讲实际的,只要你对他们有所贡献，他们是永远不会忘记你的"，肯定了王昭君为汉匈和平做出的贡献。又如《明孝陵》："王陵上皇帝的地下宫殿，对奴隶来说却是白骨累累的万人坑。""历史上好的明君，只要于国于民有所贡献，即使没有修墓立碑，也会流芳百世。相反，那些昏庸的暴君，任由你的陵墓修得再大，也不会得到人民的怀念"，以自己的历史观来衡量史事，颇有见识，散文也就变成作者心声的抒写。

除了以文化和历史入文，邵锋写得最好的文字是以景出意境，有着兴象玲珑感。如《烟花三月下扬州》对瘦西湖的描写，得其空灵之美。"那日去游瘦西湖，正是烟雾缥缈、细雨溟蒙之际，一切景物笼罩在烟雨之中，透着一股朦胧的美，空灵的美，缥缈的美，令人陶醉，令人迷恋。在烟雨中，只见湖面逶迤曲折，时展时收"，写出来瘦西湖少女般的清秀婀娜，以及刚刚面对世界的纤柔羞怯。又如《独步苏堤》，"堤两旁杨柳依依，随风飘拂。我拂开杨柳，抹一把让雨水打湿的眼睛，向西湖远处张望，只见湖中的湖心亭、小瀛洲、三潭印月，还有远处的白堤，都笼罩在烟雨朦胧之中，有一种缥缈虚幻之感"。结尾更妙，作者遇到一个在西湖捕捞鱼虾的姑娘，她笑着说："下雨天没人才好呢，我喜欢自己一个人在这里玩。""原来也有喜欢在微雨中散步苏堤的人"一句之后戛然而止，颇有张岱《湖心亭看雪》偶遇知音之意趣。又如《寻访朱自清故居》写作者寻故居而无人知之时，"天空突然阴云密布，一阵风吹过之后，淅淅沥沥下起了小雨。霏霏小雨在面前扯起一道朦胧的雾障，把我的视线更搞糊涂了。我立在安乐巷口，四顾茫然"。阴云小雨的迷蒙既是外界险阻，更寓意着作者的心境，哀叹世人"忘记历史、蔑视人文"却不知如何自处的茫然无措，不禁让人联想起"想当年，朱自清就是踩着这条小巷光滑的石板走出去的，走向那风雨如晦的生命旅程"，成功地让读者和作者走入了同一意境。又如《太原赏雪》，"我们情不自禁，像一个初降生到这个世界上的稚童，手舞足蹈，得意忘形。我们仰着脖子，张开大口，想尝一尝雪的味道。雪花丢进嘴里，咸凉咸凉的，顷刻便消融入水"，抓住雪花的味觉和触觉这一细节，细致摹写我们一行人初见雪的行为心情便如赤子的感动。

邵锋的散文又多有对生活的感悟，如《春日掘树桩》写我掘回树桩后，"立即憧憬着，此景清供案头，真使人赏心悦目，怡情生趣。可又一转念，要实现此般意趣，还需经过修根、整形、栽种、抹芽、剪枝、扎形。非十年八年工夫不可成功。这当中需耗费多大的心血！做盆景是这样，处世谋事又何尝不是如此？"辛苦方能有所成，这段话体现了他写文对生活有所思考的一种写作方向，更难得的是有些篇章中的生活感悟已经从情感上升到哲理，如《银滩》写冲浪时领悟人生：

> 我游向海的深处，这里已远离人群。纵目四顾，海水如墙将我包围。海浪呼啸着汹涌着来了，随着一声轰鸣，犹如天崩地裂，我被压在了无底的深渊；接着，又似有一双无形的手将我从深渊高高托起，猛然睁开眼睛，只见海面豁然开旷，又恢复了平静与自然……人生的道路又何尝风平浪静？人生的道路又何尝不是一波未平一波又起？生命的旅程永远处于浪涛——平静——浪涛的循环反复之中。

这段海水对人的压抑运用了人体五感的描写，真实如在眼前，作者在海水下而上时感到了豁然平静的一瞬间，由此联想到人生，结语的"大海如哲人"指明大自然能给予人生启示，表达作者勇于面对人生的生命情怀。

又如《天苍苍　野茫茫》物我两忘境界中的哲学思考：

> 饱含着草原气息的风拂面畅怀，犹如给心灵注入一支清新剂，悠悠然，我似乎进入了物我两

142

忘境界。我默默无声地伫立在大草原上，任由情感如潮水般奔流倾泻，任由思绪如天空的白云自由飘飞。

我仰观天空，天空是那么高，我俯视草原，草原是那么阔。天空犹如博大的穹庐，把大草原严严盖住。我猛然感到，站在这博大神奇的大自然下，人犹如沧海一粟，如草原上的一棵草，一粒沙，在这大自然的面前，是那么渺小，那么卑微。人，既具有战胜大自然的力量，但有时在大自然面前却又无能为力。一股从未有的强烈的压抑感劈头盖脸地向我袭来，内心深处勃发出一股强烈的生命冲动。正好几个牧民赶着几匹骏马走来，我从牧民手中牵过马绳，接上马鞭，向着宽阔的大草原奔驰而去，身后留下一串嘀嘀踏踏的马蹄声……

作者一人伫立草原时，宽广的大地和天空营造了思绪飞翔的空间，他感到自己作为人类的渺小，同时又在人类面对大自然的既定命运的渺小中迸发出反抗和超越渺小的生命原始欲望，便接过牧民的马鞭奔腾而去，真是神来之笔，正和他性格中的豪情吻合，是意境哲思兼得的一段描写。

第六章

21 世纪以来的湛江散文

第一节　乡土作家群与红土情

21 世纪以来湛江的散文作家延续了 90 年代的散文传统，文笔多诗意抒情，写出自己对这片地处偏远的红土地的热爱和依恋，以写湛江的历史、地理、风俗、文化最为突出。

曹林光（笔名云津），湛江雷州市人。青年时当过农民、工人、中学民办教师，后调入湛江图书馆工作，著有散文集《永远的故乡》，诉说对故乡雷州的殷殷热爱，从农家子弟的视角，回看自己出生成长的乡村和雷州古城，谈云津水、雷州音和红土情，既有对亲情的重笔书写，又有反映社会风貌和农民生活。他的散文记录了雷州的历史,《从蛮荒到繁荣——雷州》谈雷州半岛地理、人文与社会,谈地理位置、火山地质、平坦地貌、干热气候、雷州府设置、贬臣入雷州、佛教的传入、陈玉文与雷州文化的形成、闽移民移居雷州、雷州方言形成、雷州人的经济与文化艺术,谈经济生活以耕陆和耕海为主,海上商业贸易、雷州器艺、雷歌、雷诗、雷剧、书法、作家群体、今日雷州。如"雷州半岛为中国三大半岛之一,因多雷暴而得名,被称为'天南重地',流淌着鉴江、九洲江、南渡河、遂溪河四大河流",让读者对雷州有着初步轮廓的了解。曹林光写雷州,重在人情,最精彩的篇章当是《月母的故事》,描写了一个勇敢、善良、慈祥的乡村女性:

> 印象里月母的手是温暖的、粗糙的、有力的……少小时,我们一帮小伙伴总喜欢在月母身边逗乐,月母给我们讲许多有趣故事,总拿家中好吃的东西给我们吃,她没有子女,待我们真像自己亲生孩子一样。春夏秋冬,月母总是用自己粗糙的大手拉着我们的小手,让我们感到既安全又踏实。那粗糙大手传递给我们的是挚爱,是温暖,是呵护,是鼓励,是期盼。月母的手给了我们成长的力量和勇气。

女性对新生辈的母爱之情跃然纸上,整篇充溢着温暖和慈爱。写月母的手艺：

> 月母会做很多种年糕，有绿豆、红豆、花生等各种品味的。记得小时候，年糕还在月母火热蒸笼里，我们就喜欢偷吃。打开蒸笼，每人拿着一双筷子，在年糕上面挖一小块，你一口我一口地吃起来。月母进来的时候，看到我们贪吃的模样哭笑不得。月母并没有批评我们，只把我们带了出来，然后语重心长地说："傻孩子，锅里的年糕还是半生不熟的，你们吃了会肚子疼的，再等一会，熟透了才可以吃。"知道错了的我们乖乖地点了点头，同时仍抿着甜甜的嘴巴。

看到这些文字，读到月母的心灵手巧和热腾腾的年糕味，读者也被带入了被宠爱的情境之中，乡村女性给予孩子的包容和爱护朴实又广大。他还写月母的菜园：

> 月母的那双手是最能自由发挥的地方。菜园地不大，也就半亩多的样子，但在她的精心计划和细致侍弄下，常年都在青翠碧绿中透出蓬勃的生机。葱、蒜和韭菜，那是有固定位置的。青椒、茄子、黄瓜、豆角、大白菜、萝卜、卷心菜、丝瓜、葫芦等，一年四季里都在小园中你方唱罢我登场地轮番表现。月母还在菜园的篱笆边上种上"月亮菜"（扁豆）或丝瓜，然后让它们的藤蔓顺

着竹篱笆蜿蜒伸展，春夏时节那丝瓜藤上总是在这儿或那里先开出一朵朵黄艳的小花，那花成五角形向外卷曲绽放，很优雅的样子。不几天，花的蒂上就有豌豆大的东西长出，再过几天，就变成一条又短又细的瓜条了，那就是丝瓜的雏形。不出几天，那瓜条就又变长变粗了，待上十天半月，就成了一条鲜嫩的丝瓜了。"月亮菜"则在夏末和初秋后才在茂密的藤蔓中妖冶。这里或那里绽放出淡蓝色的花，那花形既像蚕豆，又很有些像振翅欲飞的蝴蝶，那花不是一朵朵的，而是相约着抱成团开放，一串串绽放在青翠的藤蔓上，显得热闹清雅。三五天后，那一串串的花就渐渐谢了，代之是一串细小的"月牙牙"，它们挨挨挤挤的，好像很害羞的样子。在阳光和雨露的哺育下，它们一天一个样，不几天就长成了有着漂亮弯月弧线的"月亮菜"。于是我提着竹篮走到她的菜园，在那竹篱笆上绵绵延延的绿带中寻找着合适的对象下手。因为太老和太嫩都不行，只有刚刚长得壮实的丝瓜或"月亮菜"才是最合适的。

写出月母营造菜园的勃勃生机，一年四季的菜就宛如生命的歌唱，惹得少年喜爱，对月亮菜生长的摹写读来更有打开新世界的好奇与欣喜。依恋家乡的孩子，必然有得到家乡和母亲早年的照顾,《故乡老宅的荔枝树》《母亲的腊肉》《母亲的针线》《母亲的爱》等篇章正是写出了母亲的亲切爱子,母子之情跃然纸上,也见得雷州女性贤惠持家又正直厚道的特性。他写故乡老同学聚会,写出男女同学因经历沧桑的不同而有不同人生坎坷的幽怨和苍凉:

> 我们的生活,终究承载着满满回忆的事物和旧时的欢颜悦目,因为有这些,生命的每一个阶段都显得十足重要。然而,一切终究如梦一场,化为尘土,只有日月星辰,千古仍旧高高地悬挂于天上,成为永恒的风景。

人要好好度过每一个阶段,因为人生都是承载着回忆而度过,但人的一生之变化,和日月之永恒毫无可比性,渺小短暂而愈加值得珍惜,这种写法就把故乡之情上升到了简单的宇宙之思。曹林光写故乡的情感笔法从容,平实质朴,笔端充满感情,但他写自己的身份认同,又真切写出内心的迷茫与挣扎后的坚定:

> 我分明是生活在城市里的,但又总是觉得游离而陌生,这片不停息地生长的土地,每时每刻,似乎都在改变着模样……可谓色彩斑斓,美不胜收,让人仿佛来到了幻想世界,眼花缭乱又无所适从……来到城市二十多年……走在街上,我会

油然生出自豪，为自己能够和这座城市一起走向
辉煌的年代而骄傲……我时常体会着置身城市之
中的感觉。当你站在十字路口的人行横道线的一
端，当信号灯由红转绿的那一瞬间，你会体会到
潮水拍向堤岸的澎湃，潮水流向远方的壮观，你
会融入这如潮水般的人流，感到在茫茫人海中自
身渺小的惊诧。

他依恋故乡，离开故乡后又在适应城市，慢慢把城市
当成第二故乡，这是从农村走向城市的双故乡心理。

黄康生，1969 年出生，2000 年，荣获广东新闻界
最高奖，后任《湛江晚报》总编辑。自称"始终心怀
散文梦想奔走在新闻采访前线"，著有散文集《携春而
行》。诺贝尔文学奖获得者莫言评价他的《大陆之南》
《湛江之美》《海东之幸》《大海之盟》等作品："这些
散文作品散发着泥土的芳香，可读，耐看。"[1]

黄康生热爱他生活的湛江，处处挖掘湛江的特色
和美感，他说：

我们是湛江的一分子，湛江却是我们的一辈
子。湛江为天下而美，我们以湛江为美。湛江之

① 黄康生：《莫言：湛江是福地》的序言《携春而行》，人
民日报出版社，2014 年版，第 5 页。

美，美在大海、江河、山岭、原野、城市浑然一
　　体；湛江之美，美在田野、山冈、乡村、海岛、
　　庭园四季常绿；湛江之美，美在整座城市的生态
　　自觉和对美丽湛江梦的不懈追求。
如《湛江之美》从地势、海湾、海风、陆地、山岭、
植被、空气、白云、夕阳、晚霞描写湛江，"穿行在湛
江这片红绿蓝交织的梦幻土地上，仰可观蓝天白云，
俯可吸清新空气，躺可数晶亮星星"，整个湛江"弥漫
出浩然的生命之美"。湛江诸景中，黄康生擅写海，能
写出湛江海的味道，"城里有海、海在城中、陆海一体。
在这座城市任何一角落，都可走向大海；在城市的任
何一个方位，都可闻到大海的气息，闻到大海那种让
人怀着生之欢愉的味道"，写出海与湛江、湛江人共生
存的命脉，咂摸出湛江人闻海而喜的心理。如果说黄
康俊笔下的大海是暴烈的，黄康生的湛江海则是清幽
邈远磅礴而温柔的，《硇洲渔火》：

　　海天相接之处，渔火变成了星星，星星也变
　　成了渔火，宛如一长串瑰丽的流火，照亮了碧海，
　　辉映着夜空。渔火因黑夜更显得闪烁璀璨；大海
　　因渔火而更显得苍茫！海鸟披着渔火的流光在海
　　面上轻轻地滑过，叫声清脆而有穿透力。大团大
　　团的雾气，从大海深处弥漫过来，时浓时淡，时

聚时散，缭绕渔船与渔船之间。在渔火的照射下，那寂寂的海水，发出呢喃的絮语，仿佛在叹息逝去的年华。

湛江海的辽阔，水天交接，渔火和星星同一时空，照耀着人情和时光，他笔下的海之美呈现出大气和苍茫时空感。《水泽湛江》：

波涛滚滚的大海，烟波浩渺的湖泊，缓缓流淌的河流，湛江浮天载地，襟江连海。有人说，正是那襟江连海的不息水流造就了湛江，滋养着湛江。海水、江水、湖水共同孕育着湛江这座海湾城市的"文脉"，濡养了湛江悠久的历史，也承载着千百年来湛江建设者的浓浓情感和千年梦想。

不仅表现湛江依海生存的现实，而且指出海是湛江历史文化和情感的依托。他也把目光凝聚在海滩涂之上，《品读海滩涂》：

湛江海滩涂古老、悠久、雄浑、恢宏。104个海岛、沙洲，48.9万公顷10米等深线以内浅海滩涂，装满了千年辉煌的湛江海洋文化。那绵延千里的滩涂不知吸引多少海珍聚居，也不知养育过多少代赶海、耕海人。伫立在湛江东海岸那片具有几千年历史的广袤滩地上，浪花溅湿了我的思绪，海风熏湿了我的衣衫。远处，碧海和蓝天融为一体，海天一色。莽莽的红树林尽情地朝远方苍茫着，卷曲的树干和滩涂上的根枝相挽，结下了弧形的红树籽。绿叶万丛中，不时可见鹭鸶惊飞，在空中画下一道道诗意般的弧线，摇曳出苍凉的意韵。而那布满滩涂的"刀山剑海"——数千亩蚝场，正以它兀兀之躯，映衬着天空的浩渺与旷远。脚踏这片没有污染、没有杂尘、没有雕饰且清新得有些苍凉的海滩涂，我的眼里噙满泪水。这片滩涂充满了原始气息，浸润在这种气息里，生命会自然律动，神思也回归自然。

他对海充满感情，写红树林、海滩涂、布满滩涂的养蚝场，又把时空拉向遥远，从生命的角度写出了海滩涂自然史诗性的存在。黄康生写海有海的磅礴，写江却又是温柔静谧，《鉴江之上》：

夜斜披着皂色道袍，踟蹰在江上。属于河的夜空，高而远，呈现一片深幽肃穆的神色。星星撒满天宇，密密麻麻，闪闪烁烁，像在轻唱着那遥远而又古老的歌谣。月儿嵌在深蓝色的天幕里，温馨而又宁静。船舱外，银光款款，清辉淡淡，给人一点浅浅的喜悦和哀愁。寂寥的江天之间，一轮熠熠生辉的明月把天地装点得旷远、迷茫。

鉴江是作者童年的记忆，写得亲切悠宁，他擅长把目

152

光从眼前的水延伸到天上的星空，拉长写作和心灵的空间，读来有清幽邈远之感。黄康生写海、写江多带着人生回忆和生活情感，然而这篇《雨夜悟琴》却是文人悟境：

　　茫茫的海，在雨中寂寞地涌动。涛声低沉，一如我苍茫的心情。雨夹杂着丝丝凉意，犹如千针万线坠落海面。海上，雾蒙蒙的，隐隐约约看到几艘船的轮廓。远处，灯光点点，银白橘黄，在蒙蒙夜色雨景之中融成一片，犹如环绕在海天边缘的光链。我一边聆听着缥缈的雨声，一边注视着久违的海，心中忽然升起一种莫名的浮躁。忽然，一阵犹似雨打芭蕉渐沥之声从海边茅屋处飘出来。循声而去，但见一位琴师端庄而坐，熟练地拨动着琴弦。琴师柳眉樱唇，容貌清丽，长发曳地，眼睛波光潋滟——那琴声，原先只有一缕，似是早晨的雾气，隐约透出如锦繁花。渐渐地，声音明澈起来，泠泠如山中清泉，又隐隐有松柏之意，悠然辽远，不染一丝烟火气。音调悠然，境界高雅。听在耳中，如水上涟漪，一圈圈荡开去，心中一切杂念都随波而去。乍闻此音，竟如醍醐灌顶，心中的烦恼阴霾一扫而空，人世间的浮华喧嚣，得意失宠一扫而净，只余一片澄明。琴声渐渐低下去，周围只剩一片静寂。

这段海边的雨夜听琴，音乐和心境的铺写，呈现出人在音乐中心底澄明的轻灵，极见作者笔力，颇得唐代钱起《省试湘灵鼓瑟》"曲终人不见，江上数峰青"二句之远韵。

除了湛江海，他还写湛江的雷，2017 年 6 月 23 日，发表在《湛江晚报》的《雷州半岛雷千重》一文从历史和自然两方面写出半岛雷的雷霆力量，喊出"雷州半岛的雷，闪耀吧——"的恢宏话语，震动人心。又能区分四季雷之不同，摹写春雷之温柔，"春雨、田野、山羊、野鸽、松鼠、农人的纯自然组合，是对春雷的最好注解"，着实深谙湛江物色。他又有写湛江民俗的舞狮子，《远去的醒狮》："一些家境较为殷实的人家总会把狮子请回家采青，以图吉利。进门之前，狮子总爱不停地摇头、打转、绕圈。主人用红头绳将生蒜、红包捆好，然后系在一条长长的竹竿上，把'青'高高吊起，而红狮子就借助板凳，翻、滚、跳、跃，直想把'青'吃进嘴里。瞧，那狮子舞动得活灵活现，一眨眼，一滚地，一跳跃，充满活力。"这段堪称舞狮动作的经典，他从童年过年的回忆中挖掘出醒狮代表的乡村红，用以对比今日醒师文化的沦落。

黄康生在《携春而行》的后记中说："采访路途上

154

遇见的一片大海、一条河流、一方鱼塘、一缕月光、一盏渔火、一棵古树……都能拨动心灵的琴弦，引发联想和感悟，唤起对宇宙人生的思考。"[1]黄康生是新闻人，擅长用记录式的文字描摹湛江图景，展现湛江向上的力量，其散文则悠游有笔力，展现了湛江的审美愉悦。

李利君《湛江——中国的飘带》则是从外来人的角度观看湛江。《一入天南即故人》历数踏足湛江的将军、贬臣、文人、士子，他说"在这里留下足印的，因为曾经与这片土地同呼吸、共命运，都已经成为湛江的故交"，说的是古人，又是他自己，他在湛江待了二十年，对湛江有着深厚的感情，他这样描写湛江的阳光：

> 如果你抬头，注目头顶的阳光，你会发现雷州半岛的阳光与众不同。阳光哗啦啦地打过去，一片坦荡和光明磊落，眼睛被直射得睁不开时，还能闻到空气中的刚烈和强悍——饱蘸天地壮阔和生命的壮美，铺展的红土地就像一幅浓墨重彩的油画。

---

[1] 黄康生：《携春而行》，人民日报出版社，2014年版，第248页。

他认为"湛江自秦以降的历史沿革，每个历史转折点宏大的史迹遗落，长期以来缺少甘于寂寞的有心人深入地开掘整理和研究"，他把历史拉到遥远的 16 万年前，《16 万年以来的湖光岩：一场盛大的庆典》追溯 16 万年前，雷州半岛上已经有了"人"的信息，湖光岩也出现并滋养了半岛人们。他定义湛江为"湛江，是一座英雄史诗的城市！它从秦汉开始的故事，一直是中国历史的华服上不可或缺的纽扣"，认为自己有责任寻访和考证湛江流失的历史，走过每条老街小巷，挖掘当年的人事，叙说当年的热血壮士、忠臣傲骨、凛凛英雄，他说："关于这座城市，有很多人写下过他们片段的记忆。他们的描述如此寂寞，近乎只言片语，以至听者寥寥。"李利君的散文集呈现的是寻找的姿态，难得有人像他一样穿行在史料和现实寻访之中，辛苦地搜索湛江的历史，并用文字缀连史料，描绘古今。李利君惊讶地发现，今天赤坎的城市格局早在二十世纪三四十年代就已经确定，但是山丘不变，人事迁移，赤坎原为当时的商业繁盛区，李利君如实记载他们寻觅的过程，并在篇首写下他获得的历史沿革资料，民主路 105 号、三和街 23 号、大通街 66 号、中兴街 77 号、寸金路 29 号、和平路 30 号、南兴街 49 号、民权路 65 号、民主路 165 号，他一一找出它们的历史，如《从中兴街 77 号开始》，寻访当年的大中酒店，他的笔触穿越历史，来到现实，找到中兴街 77号，看到一个阿伯，以为是隔壁楼的屋主，一问才知道是阿伯租的房子，"如此看来，可能是房管局的房。他租来做早餐，为老街坊们供应拉粉、白粥……"李利君的描写中带着怅惘和遗憾。民权路 65 号是难得的有后人居住的房子，可是房主黄朝流也并不清楚以前的故事，认真地给了哥哥和姐姐的电话给李利君。李利君在结尾这么写：

> 它，黯然地淹没在若隐若现的市声和灯火之中，仿佛一艘大船，遭遇了一场方向不定的风浪，搁浅抛锚，带着一些谜语，无言地向历史的洋底缓缓沉去。

写出人事被遗忘和逝去在时间深处的无奈。《雾失环市路》写 24 岁就牺牲的年轻共产党员林才连，文中出现了三个路标：拥军路 206 号、环市路 241 号、环市路 431 号，到底哪个才是林才连当年的住处呢？李利君带着读者在回忆和现实中跳跃，既是史料的难以证实，也凸显了他的写作手法。李利君没有告诉读者，他在结尾写道：

> 今天，英雄们洒下鲜血的战斗哨位，已经难寻踪影。但看看林立的高楼，正在日益拓宽的城

> 市、河畔浪漫相拥的恋人，这不正是那些有名和
> 无名的英雄们舍命追求的吗？他们活着，是为了
> 别人活得更好！

发现湛江人的生活，发现湛江曾经有过、现在或许欠缺的精神，铭记历史，铭记英雄，把"零碎的个人叙述，变成湛江人的集体记忆"，这是李利君《湛江——中国的飘带》写作的意义和愿景。

李土寿《湛江人的美食情缘》是作者将其《湛江晚报》专栏"寿哥食经"的内容结集成书，借湛江美食谈论文化，亦是一部湛江饮食文化历史的小品文，挥洒自如，生动有趣，处处可见作者性情。写"湛江是回归沙漠带中的绿明珠、红树林、雷琼火山、海陆配置（北部湾处在热带，既是火山，又不是沙漠，且海水洁净，湛江在粤桂琼的圆心之处，从古商埠变为现代港口工业城市，且是大陆唯一的热带海岸）"，因此食物丰富新鲜，烹饪更讲究艺术：煲炆煎煮焗炸，地理又影响人的饮食习惯，"湛江位于热带的北缘地区，气候炎热，体力消耗大，影响人的食欲，湛江比其他地方更重视喝汤，以至'不可一日无汤'。而且，汤的熬制也比其他地方考究，煲汤还成为母亲疼爱子女、妻子关心丈夫、女士取悦情人的重要感情表达方

式"，《湛江菜领"鲜"为本》点出湛江菜的关键："湛江菜的特点归结为'清、淡、鲜'。清，与宁静淡泊的民风有关；淡，则关乎山水之格局；鲜，是湛江菜之本。在湛江下馆子，菜单上少不了的是：一只走地鸡，要妙龄的那种；蒸条鱼，要生猛的；来斤虾，必是鲜活的；炒时鲜，要当天从地里拔的。一顿饭下来，湛江人的那份亲切全在鲜味里了。"妙龄走地鸡的形容生脆可爱。非常细致区分湛江的粥为两种：米软水清，饭水分离；水米交融，又写以白粥配咸鱼是高级美味，写得让湛江人会心一笑。食记也谈自己生活，如《吃座》写攘菜如何不失礼，风起云涌：

　　这时当定睛提气，慢慢举筷，不动声色地悄悄瞄准，突然间一筷下去，以迅雷不及掩耳之势，夹中目标，大功告成。如果一击不中，切不可在盘中徘徊，也不可空筷而返，必然顺势挟了其他任何一物，全身而退，稍做休整，养精蓄锐，且待卷土重来，再度出击。怕只怕筷子行到一半，突然间半路里杀出一个"程咬金"，横刀夺爱，棋先一招，将肉片挟去，所有的努力一下子付之东流。多少会有些懊恼的，但万不得乱了分寸，当随机应变，马上筷子转向，投入别的菜盘，依旧面色如常，谈笑风生，不给人家添尴尬，不给自

己找气赌，告诉自己，好菜还在后头呢，这才是
见过世面的大家风范。

搛菜写得一如兵家相争之场面，生动有趣。如《家族
觅食记》写了三姨妈擅做豉油鸡的食谱和过程，读来
亲切可人。又如《保肺清心"百合汤"》：

会做百合汤的人，自然是会做饭的人，这类
人谈起恋爱来的确很便利。人类最早的情爱，是
通过猎食和采摘野果充饥来结缘的，想必那一定
是在充满诗境和浪漫情调的原野、森林。

把食物和人类的情爱联系到一起，读来也盎然有趣。
又结合文化历史，增加文章的底蕴，如《吃鸡的原味》：
"清代诗人袁枚把白切鸡列为鸡菜十类之首，'太羹元
酒之味'"。

李土寿的美食散文可谓是湛江难得的小品文，信
手拈起即文章，点将湛江美食，融入本土人情和文化，
是不可多得的有趣文章。

第二节　孙晓与他的人生七部曲

孙晓，1963 年出生，原广东三银实业集团总裁，
1995 年，当选中国散文诗学会副主席。著有"孙晓人
生系列丛书"七部曲：《多彩人生》《感悟人生》《风雨

160

人生》《岁月流痕》《十年惊梦》《大爱无声》《岁月山河》。孙晓出身贫寒，白手起家，历经奋斗，成立三银集团，1993 年，当选为中国十大火星带头人，90 年代末，集团破产，远走广州重新出发，寄意文学。他自言"不是文学中人，只是一个喜欢文学的家伙，是个商人"，但他以真我性情写出了蓬勃真实生命力的文字，这七部散文集是他人生的写照和对社会世态的思考，少年的苦难，青年的意气风发、成败得失苦辛，中年的宽容圆润，一一在目，他的文字里带着血性与生命的刚强，不避丑恶，不避卑弱，完全白描式的直白叙述，尽管缺乏成熟的经过锤炼的程式化的精致的创作技巧，但正因此，所有外在的粉饰和遮蔽完全消失，在孙晓的直而硬朗的叙述中，读者所见即所感，最直接地触碰文学的真正内核——人的存在，以及人应当应对生活的苦难，以及如何看待苦难的意义。

　　七本书中，最见性情和意志的是《风雨人生》，这本书既是三银集团从成立到破产的实情记录，也是孙晓直面生活、剖析自我的人生体悟。《风雨人生》写于集团破产十年之后，"我突然想把这些别人闻所未闻的真实故事讲出来，并告诉我的后代，在人生路上，一定要做好心理准备，既要有接受挫折的勇气，也要有跌倒了再站起来的决心和力量"，他写三银集团的兴起和蠃败，如实无讳，可以看得到 90 年代末经济转型期的商海风云变幻，更多的是他自己的人生。他的故事含泪带血，写少年时为生活拼搏，未满 17 岁推车拉泥营生，转向供销，"从工厂到湛江或茂名各乡镇，当时几乎没有一条平整的路，自行车在坑坑洼洼的黄土路上行驶，一路风吹雨淋，人还没到目的地，就浑身像散了架似的"，后来去海南，"白天在仓库、码头，背负着超过自己身体重负的大包小包；晚上，匆匆扒几口咸菜拌米饭，抹抹嘴巴又急着找其他工作……为了挣钱，从海口到三亚，从五指山到万泉河，我几乎跑遍了海南""有时最惨的时候，我身上一分钱都没有，到集市场去买菜，可是哪有不要钱的菜啊？没办法，我就去捡菜贩扔到地上的烂菜叶"。写尽了人生的艰楚，不是亲身经历过的人没法写出这样的细节，他说：

> 我饱尝了揾食艰难的滋味，饱尝了人间冷暖世态炎凉，内心的伤痛苦不堪言。生活的悲哀与残酷，摧毁了一个花季少年的美丽梦想，在对人生绝望的时候，我曾想一死了之。有多个看不到星光的夜晚，我孤独地徘徊于海边，夜雾很浓，有几次我真想跳下海去算了，但当一想到在家里还有老小等着我挣钱寄回去养活他们，我又放弃了轻生的念头。

162

写到这里，他又收敛了笔锋，"实际上，那段时间我一下子成熟了很多。不知经过多少挣扎，我终于从茫茫浓雾的海南冬季中走了出来……"，少年挣扎在生存最底线的心酸，养家的艰辛，跃然纸上，真实得直击人心。他以超常人难以想象的毅力和信心赚取了人生的第一桶金，1984 年，广西兴安老农发来近 600 吨价值十多万元的石米，但没法销售出去，于是他"从广西到湛江火车站，再到湛江海边，再到海口。白天背着一袋石米，游走于市区的大小建筑工地上，夜晚依然是与那一堆石米为伴，和湛江一样的涛声，只是海口的夏天又多了几分炎热。空荡荡的夜晚海边寂静无人，我倚着石米堆，潸然泪下"。每一句话都是当时情境的如实摹写，触摸每一个字，都能感受到这个青年让人硌得慌看得见血肉模糊的人生。他的十年反思，除了酸楚故事，也不讳言失败，鄙夷当年的幼稚和附庸风雅，拉选票，中学未毕业当客座教授，内心依然是当年的寒酸落魄街头少年，剖析自己丑陋一面，但血性中依然可见浩然正气。他写自己在海南走私汽车被抄家坐牢时，执法部门都被他的清贫震撼了，原来他每月除了两千五百元的薪酬，没有在这走私中多要一分钱，"生活虽然清贫，但我的内心世界是坦荡的，我为能在人生任何时候都有做到穷不夺志，富不欺人，诚

163

信立身，仁义行事，甘于清贫绝不沦落而欣慰"。这源于他父亲的教诲，更成为他行事的原则，写文章也是如此。孙晓有言："男人应该有这样的胸怀，即使我一无所有，当我趴着睡的时候就抱住了地球，仰着睡的时候便拥有天空。"他的文章正是如此磊落坦荡。

当他久居广州十年后，又写了《感悟人生》，开篇引用了陶渊明的诗"人生无根蒂，飘如陌上尘"，写出他青少年时期的彷徨无所居。《活着有什么意义》一篇说："人是苦虫。……不汗流浃背辛苦劳动，不渴到唇干舌燥，那一杯白开水喝起来怎会有滋味呢？……给你苦吃，还不许你皱眉喊苦，这就是人生。"道出人生的真相：人生实苦，而人如苦虫，经历辛苦才得到一点甜。十年的沉淀，他的文风依然直切，但更加洞察人事，把生活沉淀成更深一层的思考。他在《岁月留痕》谈到人生的真谛：

> 生命需要的不过只是很本真的那一点点东西，譬如饥饿时的一碗饭、寒冷时的一件棉衣、黑夜里的一盏灯、休息时的一张床、行走时的一双鞋……至于那一道又一道的菜肴、那衣服的款式、衣服上是否绣了花、鞋是布鞋还是名贵的皮鞋等，不过是生命中一些可有可无的点缀，并非生命不可缺少的东西。

这段话看透人间万事，回归了生命的一种本质，非经大繁华大事者不能道出，是他对人生的起起落落、大悲大喜之后的大彻大悟，"历尽天华成此景，人间万事出艰辛"。他写出了过去之自我如何演变成今日之孙晓的过程。

孙晓以他从苦难中练就的蓬勃生命力贯彻在这七部自传体散文集中，充分展现红土湛江人的锐气和血性，有担当有作为，以及对生命万事的包容，和洞彻世事之后归于大海般的平静。

第三节　马莉的诗性散文

马莉，祖籍河北，1957 年生于广东湛江市，毕业于中山大学中文系 77 级本科，曾任《南方周末》高级编辑。90 年代末开始写作散文，著有《爱是一件旧衣裳》（1999 年）《温柔的坚守》《怀念的立场》（2000年）《夜间的事物》（2001 年）《词语的个人历史》（2006年）《黑夜与呼吸》（2010 年），被誉为"新感觉"代表作家之一。

马莉不仅在诗坛上享有盛名，也是当代散文写作的先锋。她的散文非常注重女性观照生活的新角度、新感觉和绵腻细密的诗意，更试图挖掘生活和文字符号背后的抽象意义。正如谢大光在《词语的个人历史·序》所言"女作家的视角常常自然地偏向于个人的、非主流的层面，因而也就比较多地带有创新意味"，"女性作家多注重在日常生活的感觉上出新"。从社会生活转向个人内心，从具体朴实转向抽象幻想，这是马莉散文突出区别于湛江典型化生活散文的特色所在。

马莉从小生活在湛江，中山大学中文系毕业后入职《南方周末》，主要在广州工作和生活。她爱读书爱想象，又从小城来到繁华的大都市，又是南北家族碰撞交融而形成的女性作家，她在《潮湿》里自言：

> 在我的生命史中，我的母系家族来自南方，我的父系家族来自北方，因此我的写作实际上被身体的两股力量牵引着，碰撞着，时而发出有意义的或者无意义的声音，我的写作属于明亮的天空下与潮湿的大地上的写作，属于对个人经验的体验与幻想的写作，属于南方的写作，属于女性的写作。

北方的高爽明亮和南方的柔软细腻结合在一起，便构成了马莉的碰撞型写作。她从新女性的角度来观看和感受世界，能抓得住世界细微的呼吸，又能展露出瑰丽而宏阔的想象力，因此她的散文并不是典型女性散文的轻柔美丽之语言，而是由广阔的心灵想象空间构建出来的细腻内敛的力量感。

首先，马莉的散文常常流露出对童年和生活的迷恋，实际指向原始的大地力量。她屡屡提起童年对她的影响，如《期待》："小时候的事情太让我迷恋了，那时候内心永远有一种期待，而现在，内心仿佛永远有一种告别。最先是告别父亲。"童年对于她而言，一是对自然的接触，二是成人的期待，前者让她迷恋来自自然的风景和律动，后者则代表了人世的历练和沧桑，成长的喜悦和告别童年的哀伤交集在她的散文中，因此她常常用文字在回忆童年，抚摸童年走过的痕迹，多有留恋和告别过去的写法，如《痕迹》：

在南方有很多痕迹，它镌刻在我们要经过的地方。我们要经过的地方通常是一些潮湿的地方，而潮湿的地方经过烈日的曝晒之后它还会再潮湿，所以痕迹在南方是所有的诗歌的潜在语言。我迷恋所有生长痕迹的地方，我的绘画表现了所有痕迹留下的声音、意识、动作以及痕迹的消失。

所有的痕迹都是忧郁的。我一直记得那面墙是大姨妈家的墙，那墙的上面有一条巨大的弯弯曲曲的潮湿的痕迹。我第一次看见它的时候我的心情变得忧郁起来。那是南方潮湿的四月，那天傍晚隔壁的钢琴师响起，那墙上面的痕迹像夜晚的影子一样不住地飘忽和颤抖。我十分惧怕。大姨妈说，别怕，那屋子是老屋子啦，痕迹是它的神经。大姨妈说这话的时候我感觉到了整座屋子的颤抖。

她抽绎出南方生活给予她最大的感官印象——潮湿，并认为潮湿的痕迹带给了她诗歌的语言和想象，潮湿、痕迹，本是客观的外在表现，马莉却用自己的想象赋予它忧郁的象征，这是典型的"以我观物，物皆著我之色彩"。她先告诉读者，她迷恋忧郁的潮湿和痕迹，再描写忧郁的具体意象，当弯曲的潮湿痕迹随着钢琴师声飘忽和颤抖时，痕迹变成了老屋子的神经，神经颤抖时，老屋子也在颤抖，她用诗人的想象给读者构建了一个老屋子的故事，她试图去描绘和记忆这些流淌过生活和生命的痕迹，并让其成为自己的一部分，炼化成文学的养分。因此，她表现出对时间的喜爱，《时间》一文写道："我喜欢阅读所有涉及时间的诗歌，仿佛是从一条河流到一条道路，一切朗照澄明天空下的飞逝之中。"她喜欢和时间有关的诗歌，她可以翱翔在时间的河流之中，展开诗性的想象，但时间的特质一是空间的神秘感，二是不可逆的线性流逝，而她用来抵抗时间的方式是写作，试图以写作来记下

168

时间和时间里流淌过的痕迹。《光芒》写道：

> 在所有意志消沉的时刻，我极想做的事情是写作。写作能让我感受到花园中花瓣的光泽与涨潮时海浪低沉的呻吟。正像一个写作的女人，内心没有一个形而上的精神指向，她无疑是会坠落。

写作能让她最大自由地驰骋于时空的想象之中，成为马莉的精神信仰。而她尤其喜爱在窗边写作，《窗扉》写道：

> 我仍然喜欢坐在我的窗扉前写作，一些关于窗扉以外的超验叙述时刻追随着我内心无法克制的声音向我扩展、移动、飘来……而对于窗扉的开启和关闭这样简单的动作不仅洋溢着我的喜悦，还帮助我恢复朴素的心情。在雨天的日子里，我关上窗扉，拉紧窗帘，倾听空洞的雨声犹如在宁静中被一只手抚爱。

窗扉有着分隔空间的作用，窗扉外是外在空间，窗扉内是心灵空间，马莉借助窗扉得到了隔离外界的心灵安宁。童年、写作给了她对抗外界的力量，而她对童年的热爱，根源上是指向诗歌的，如《神性》：

> 人类早期的心灵就像一个儿童的心灵，儿童的心灵是具有神性的。一个儿童可以对大海与星星说话，可以对一朵花或者一只小兽低语，可以

169

想象月亮与河流的悲伤心情，因为人类在童年时代对世界还没有足够的理解，所有的一切都还处在探索的原创阶段，对所有的事物无不有一种敬畏感，儿童的眼睛是向上的，眼神虔诚地向上注视，是仰视天空与宇宙的，那时候的诗歌，从盲诗人荷马到弥尔顿，无不充满了神性。

诗歌是神圣的，最接近诗歌的是儿童。儿童对自然有着天然的好奇心，他们"以物观物，不知何者为物，何者为我"，因此能和大海、星星、小花、小兽说话，能理解月亮和河流，理解大自然的人文山川，正如埃克苏佩里所写的小王子，能看见箱子里囚禁的小羊、玫瑰的心情等等大人看不到的东西。这种和自然对话的能力是人类生而具有，却又在成长的过程中逐渐丧失的，马莉用诗性和哲思的思维表达了这种生命根源的拷问。她试图通过写作诗歌这种方式来拷问自己，"人类一旦丧失了对自身灵魂的审视与拷问，就会变得虚假与渺小。人类啊，怎样才能够重新修复那被自己瓦解了的生命的实体？诗人啊，怎样才能够修复真正的诗歌的实体？"人类如何回到童年，便是如何修复生命，便是诗人修复诗歌实体的过程，她在《倾诉》里写道："从前的夜晚我能看见许多星星，一颗星星就是一个人的倾诉。现在的夜晚已没有了星星，现在的天空却依然是从前的天空。这个世界将越来越失去亮色，失去自然与人的魅力。"儿童是最接近神性的存在，对诗歌、天空、宇宙都有着敬畏之心，马莉对童年、对痕迹、对过往的留恋无一不是表达了这种追索。

其次，马莉散文呈现出对气息有着异乎寻常的敏感和捕捉，擅长把抽象事物具象化，属于感官写作的方式，又能把具象事物抽象为宏阔的想象空间。如《触摸》："一片叶子就在这样的时刻，落在了地面上，我看见了大自然中一片轻盈的叶子在腐烂前的特殊的、平静的气息。我被这种莫名的力量吸引着走向前去。"她使用了通感，把缥缈的气息视觉化，写出了落叶归根的平静内敛的自然规律。又如《潮湿》："尤其在阴雨绵绵的天气里，我的心情会使面孔变得平静而安详，我的所有灵感会从我的脚下沿着我身体肌肤的每一个细小的毛孔、蓝色的毛细血管、绿色的神经，爬遍我的全身""南方的土地和天空由于它的潮湿而呈现出一个无限遮蔽的历史，就像一部女人身体的历史，缓慢地朝向另一个诱惑的世界敞开着她的幻想。"她把这种南方的潮湿气息指向母性或者说原始的女性力量，这和她对童年的迷恋是异曲同工的。《潮湿》接着写了她对童年生长的南方海城的感觉：

南方以南的一座椰风浪影的海滨小城——湛

江，是我出生和成长的地方。那是一个充满诗歌意绪和情调的亚热带雨林的小城。或者说，那是一个具有诗歌神性的热带小城；木屐与牛车一年四季进出这座小城的四周，空气中的每一个缝隙都塞满了芒果、菠萝、荔枝和龙眼的香气，这些相互缠绵的浓郁香气时刻霸占着人们的呼吸，并且捍卫着这座小城缓慢而落后的优雅风范。

湛江这座海滨小城在马莉的印象里是充满浓烈热情的气息和味道，代表着人世的原始旺盛生命力，尽管发展缓慢，但在这缓慢中却有着不慌不忙响应自然节奏的热烈生活的内敛力量。马莉从这种缓慢和热烈中感受到了诗歌的气息，如果说她擅长把抽象意象具象化，此处则是把气息先具象化为可感之物，又把这可感之物提炼到诗歌的层面，极具灵性。她从来不止于简单地描述气息的意象本身，而是擅长借助气息遨游在思维的空间长河里。又如《质朴》：

用鼻子嗅嗅它的气味吧，小镇的气味在迷蒙的雨雾里像一个轻轻陈述的词，夹杂着竹子、泉水以及各种卵石的秘密气味，它不同于都市喧闹的大街上的气味；不同于我们身体细小感觉的气味；不同于从一所豪宅进入另一所豪宅的气味。

小镇，我从未到过的地方，在过去的时间中

我们习惯了热闹与奢侈，对于平淡、俗常甚至黑暗的角落，似乎早已遗忘，是小镇，它诗歌一样质朴的光芒，唤起了我的记忆。站在恍恍惚惚的路灯下，我无法描述它的早晨和中午的寂静以及傍晚时分的细微变化。

美丽的鱼干或者挂在小店的墙上，或者摆放在店门外的竹筐里，一股海腥的气味仿佛正在讲述着一条鱼的历史和一座大海的秘密。这些收缩了生命的鱼干们，睁着不会转动的眼睛细诉着自己的不安与困惑，向每一个造访者表述自己渴望被出卖的欲望。

她们普遍都比较白嫩，因为空气里开放着安静的花朵，阳光用忧郁的露水包裹着她们的身体。

我把买来的山货一个个摆在房间的地板上，细细地观赏着，我看见了它们的快乐，那是它们曾经在山上或在溪边生长时由于不同的气候所带来的快乐。那是一种无人能比的简单而深刻的快乐。

这篇散文的名称是《质朴》，马莉似乎很迷恋和质朴相关的美感，也能挖掘构成质朴的诸多意象和气息，她和她面对的世界是相通的，可以畅行无阻地遨游其中，她能在外物中感知质朴的力量。小镇的气味是"夹杂着竹子、泉水以及各种卵石的秘密气味"，这种秘密感来自大自然，来自完全不同于都市生活的体验。她对鱼干的描述新颖有致，"这些收缩了生命的鱼干们，睁着不会转动的眼睛细诉着自己的不安与困惑，向每一个造访者表述自己渴望被出卖的欲望"，这是诗人的思维，静止的鱼干在诗性思维里变成了可言语可沟通的对象，外物在马莉看来皆如是，因此她能从地板上的山货看到了它的生长历程，以及质朴生长中亲近自然的快乐。更重要的是，马莉从这种质朴的美感中感悟到了诗歌，"对于平淡、俗常甚至黑暗的角落，似乎早已遗忘，是小镇，它诗歌一样质朴的光芒，唤起了我的记忆"，在最平常的事物中都能见到诗性，质朴而有力量，这是马莉对诗歌的理解，诗歌是质朴的神秘的带着光芒的一个伟大的世界，这个世界里的语言和意象都来源于生活本身，却由于诗人的思维幻化成了超越生活的满天星辰。她没有停留在感知气息和意象的层面上，而是运用这天赋开始从质朴中思索诗歌的元素，如《气息》谈论了语言的气息：

> 置身在语言的某个地方，可以看见所有的风景，却恐惧着寻找不到准确的表达，就像在一处厚实的墙壁上敲击，想象好了每一种敲击的方式，想象好了每一次敲击之后的结局，却恐惧着，躲避着。

她把语言具象化为看得见风景的地方，又把寻找合适语言的过程模拟为敲击墙壁的方式，表达了对语言描摹事物的可能性的怀疑和谨慎。

马莉的散文有哲思，尤其表现在对诗歌或语词的深入思考。如她在《经典》一文表达过对当前诗歌写作的看法：

> 你不用先锋的语词书写你就不时尚，你就落伍……你若还一味地固守着传统的抒情方式、幻想与幻构、直觉与超验，不来点拳打脚踢，不用刀子革掉它们的命，你就是一个思想不解放的守旧派……以一种现实发展的大趋势或者说必然性来要求和判断诗歌的是与非，以一种是否先锋或者是否传统来判断诗歌的审美价值，这种全体诗人集体无意识的革命意识形态，比过去专制政体导致下的集体有意识的革命意识形态，究竟有何区别呢？

她批判了为先锋而先锋的诗歌写作方式，认为诗歌的审美价值不应抛弃传统的抒情方式，而单用先锋与否来判断，她认为经典的诗歌当如《经典》所言：

> 博尔赫斯面对宇宙仰望着他的永恒。他的视野触及了我们眼前的面包与玫瑰，还触及了我们头顶的星空。我们因他的仰望而仰望。他让我们

想念那些被丢弃的众多岁月，那些曾经为我们的泥土祝福的燃烧的事物，那些傍晚的空间，月亮和黑夜……经典之所以成为经典，是因为它没有一丝时尚的色彩。伟大作品在经受住了恒久的时间考验之后，脱去了各个时代不同的批评家们曾几何时扣给它的所有的冠冕堂皇的帽子，留下的只是文本本身，这文本就是经典。经典就是永恒。

伟大的作品必然是"皮毛落尽见真纯"，只有文本本身才能筑造永恒，因此她长期在思考诗歌语词的表达，如《言说》："诗歌让我们焦虑，它需要我们深邃的忍耐力与深邃的洞察力。我之所以用了两个深邃，是因为诗歌与一个民族和人类一样——需要的不仅仅是技巧而是品质，与生俱来的品质。"马莉认为，比起技巧，诗歌更重要的是品质，这品质由何而来呢？她的《内敛》告诉了读者答案：

> 不朽的暗示来自童年时期，是的，我一直在我的内心中描述我的童年的暗示，其实是在描述中一个词或者一首诗的品质。诗的品质其实就是诗人体现在诗歌中的不朽的精神。

诗歌的品质是精神，而这种精神如何体察和展现呢？她在《暗恋》中举了一个写作的例子：

> 因为暗恋——这把尖锐的刀锋下面所隐藏的

东西是无比丰富的，是每天在日常中行走的人想象不到和无法触及的……一个被语言所操纵的暗恋者在暗恋中面对俗常的日子就像面对一座座千言万语的高山大川，他用心灵和身体幻想文字，当他试图超越现实的层面而进入精神的层面并深深陶醉在他冥想和虚构的语词中时，他其实拥有了一次爱与死的灿烂经历。

暗恋是一种抽象的心情，但这种抽象之下却是海明威所说的巨大冰山，没有经历过的人，没有深邃洞察力的人都没法用言语表达出冰山之下的丰富，只有用心灵和身体来超越现实层面，才能展现出节制之下的绚烂。她在《阴影》写道：

在语言的阴影之中被语言所包围的女性，我知道什么是我们所需要的和面临着的困境，每过一段时间，我们又需要把自己完全敞开，敞开在一条宽敞的道路上，在人群的嬉闹和俗常的日子里，在一次简单的出发中。

语言是对外物的描述，但又是一种限制，只有理解个人所面对的语词困境，并在寻找语词的过程中深深地忍耐，才有可能敞开自己，运用洞察力超越现实。这实际是对语言能否反映思维这一经典难题的深层思考，言语的所指和能指究竟能否百分之百地契合，马莉在《气息》中如是表达：

> 言说变得异常艰难。这种情感和思想长久地置身在语言的某个地方，反复地做着澄清的努力以寻找最完美无缺和最无懈可击的表达方式，这种徘徊与等待的痛苦使我至今置身在语言的某个地方，一个永不为人知的隐蔽之所。

> 我是那样地迷恋语言的气息，就像迷恋我所喜爱的魁伟的身躯，就像迷恋一座想象中的屋宇，它的木质结构和古典主义精神，就像迷恋一颗肯定属于我但我却难以得到的心灵。

> 在写作的日子里，语言的气息把我带向一个又一个陌生的错误的地方，让我在惊恐之中获得对于这个周围世界的认识，以及对于一个人的爱情。而在一些平常的日子里，语言的气息苛求着我的生活尺度，使我学会用一种更加苛求的目光记住我所选择的颜色和质地，记住那些疯狂的线条和起伏的色块，记住我在语词中眺望的角度和距离，包括那些人群中的某些面孔、身影、声音和部分细节，包括我将要面对一块布料的谨慎选择。

言说是困难的，语词有着不同的气息。马莉承认语言的气息把她带向一个个陌生又错误的地方，这正是作家们选用语词写作的过程，而更重要的是，使用不同的语词会构成你对世界和人的不同认知，会把你塑造成不同的人。马莉说：

> 这样的时刻我的思路就像水果的脉络一样透明清晰，我在一支笔的严密的叙述中被一种看不见的力量支配着，我穿过房间的寒冷与黑暗处到达另外一个地方，那里肯定是我所不知道的神秘之境，在那里，语词的卵石布满面前，我一不谨慎就会被语词的卵石绊倒，但当我爬起来的时候，眼前正有一只鸟儿飞过……

马莉善于剖析自我，穿越寒冷的过程到达语词的终点，这是一种痛苦而美丽的成长，她又在《词语的个人历史》一文写道：

> 语词帮助我在一次次的冒险之中达到我想要到达的地方，我常常无法想象它最初的存在，但它让我如此地执迷不悟，除了沿着为自己设定的语言的方向持续而谨慎地前进之外，我别无他求。在外表平静、单纯、简洁的生活中，我努力实现着一种对于语词的亲切的到达。这将是我最终的也是最美好的到达。这样的到达使我感觉到了生命的不停止的战栗。

语词选择的过程是一种冒险，但通过这种冒险，作家的语言能最大限度地贴近造化神工的天意，这在某种程度上来说是对自然的回归，实为庄子所说的"以天合天"，当作家达到这样的境界，必然能感受到最美好的战栗，宛如陶渊明"采菊东篱下，悠然见南山"的境界。

最后，马莉散文中对于童年、气息和诗歌的向往，都统一地指向了内敛节制又宏博的力量。她在《内敛》里借用黑猫的阐释，从童年到成年，再到老年，指出人生是一步一步走向阔大又慢慢收敛，因而充满了对人生理解和宽容的力量。她说"经历了许多的人与事，至今，我的童年，我无限迷恋着它，正如那只捕鼠的黑猫以其巨大的内敛的美丽，仍然让我感受并回味什么是力量。是的，力量"，说黑色的老猫"伏击时候的漫长等待让我想到的不是捕杀，不是暴力，而是一种内在的力量的聚集，是隐藏在屋宇、树叶、河流、石头、山脉和一群星星中间的内敛的精神"。这种力量来自山川草木，来自宇宙星辰，来自人类的童年。她继续写道：

在成年人的世界里，空间在一天天地缩小，而在一个孩子的世界里，空间在一天天地阔大，因为童年是我们人类较为漫长的内敛的时期，童年的目光是惊奇的，那些潮湿的墙壁或者干枯的花茎都能够让一个幻想的嘴唇流淌出童话的蜜汁。

童年是最具有想象力的，是最具有诗歌特质的阶段，孩子会对世界充满好奇和探索，当他一天天成长，他的空间一步步从内敛走向阔大，而成长是一场对自我的巨大消耗，如果孩子在成长的同时能够保持他的好奇和敬畏之心，他就能持续拥有内敛的力量，否则他就变成索然无味的大人，马莉写道：

> 看不见的永远是大地深处的力量，它更深刻地体现在了一年四季的嬗变之中。漫长的冬藏过程实际上就是一次隐没在大地深处的运动，这便是大地身体的内敛。这些充满世界的不可知的变化总让我的目光变得犹豫和迷惘，我向窗外不住张望着大地——春天开花，夏天结果，秋天收割，生命经历了一场重大的浩劫，它已消耗得淋漓尽致，它已变得虚空。如果没有安静而漫长的冬天，如果没有一次穿透死亡的冬藏，土地将不再肥沃，河流将不再充盈，大自然将会干枯。

这段对于大地力量的描述非常精彩，冬藏式的内敛迸发出春、夏、秋的绚烂，但这绚烂却是一场重大的生命浩劫，就如人类的童年用了漫长的时间来探索世界，如果没有童年的沉淀，人类的成人期将是多么黯淡。她又把这种内敛的力量比之于母亲，"在大地上，人类的早期拥有的正是这样的充满仁爱的眼光"，"我的母亲，当你的目光充满了温柔美丽、诗意绵绵、温情脉脉的气息，那是她们那一代女性的早期面貌，在精神的深处被伦理道德所照耀过的挥之不去的内敛气息"，女性的力量，仁慈温和宽容而内敛，正是她们包容了人类自身的粗糙鲁莽无知凶残，"内敛对生命本体是一种克制，而对他者则是一种给予。这样我们身体中的水与血将会使我们所有的人类惺惺相惜，目光充满着怜悯与热爱"。这段极精妙地揭示了内敛的力量，克制自己，给予他人，正是孔夫子"克己复仁"的另一种表达。以仁爱之心看世界，以诗歌之心写世界，这就是马莉散文的宗旨，她在《预言》里写道：

> 他们已经看见了信仰的内在之光在隐蔽之中闪耀。一个饱满而壮硕的生气勃发的孩子，正躺在那里自语着生长。金色的落叶在飘向他的时刻闪闪发光。一片温柔的精神之乡。人们正在那里过着纯朴的日子。神祇正亲切地注视着他们。神圣时刻似乎到来了。在这人类之夜，孤独的预言者怀抱着寻找人类精神的虔诚信仰，开始了漫长又艰苦的跋涉之旅。……现在，我已在穿越你的过程中遗忘了自己。那是一片温柔的精神之乡。

马莉所苦苦追寻的是一片温柔的精神之乡，有精纯的信仰，有勃勃生发的孩子，有亲切的神祇，所有的外在修饰和荣华都已不存，只剩下神圣、质朴而内敛的力量。对于马莉而言，这既是写作的过程，又是人类的精神之路。如何才能到达精神之乡？马莉赋予了诗人（孤独的预言者）这个任务，跋涉孤苦，为人类寻找精神之乡。而写作有三个层次，第一是表达，其次是忘我，第三是看见自己。马莉的散文既是理性的又是诗性的，她的题目常常是简单的两个字，显现出内敛和节制，但内容却是细腻炫密的，她试图通过剖析自我与外在世界，在童年和成长中表达自我，又借助对语词的思考达至诗歌的真谛，最后在寻找精神之乡中看见了自己和人类的命运。

第四节　学者散文

2015 年，岭南创作文丛推出学者的文学作品集，散文部分收录了岭南师范学院祝德纯、赵金钟、史习斌三位学者的作品，他们既是研究者，又是教师，学者散文不同于其他作家在于，他们更多一层深邃的学识、深厚的人文素养、深切的人生思考和独特的审美个性，常常有对教学、研究和生命的思考，一经融入文章，便显得内蕴厚重。

祝德纯教授擅长散文研究，其散文集《竹影横斜》

写访学、旅游、湛江景色、儿时记忆、师生情、母子情和她心灵栖息的竹园。祝教授的散文语短情长，而清新明朗，有着女性的细腻，又因她有古诗词的修养，写起散文带着触手可及的温润感。如《飞越海峡》的末段："下得飞机，听来迎接我们的台湾朋友说，连日来，台湾一直阴雨，即所谓的'梅子黄时雨'。"这种带着叙事的克制，但又含蕴情意，非有功力之人不能为之。如《水传奇，山作秀》写金屋塘山民的朴素生活：

> 这里的山民是淳朴的，这里的生活还是原初的。人们还是过着头年年底杀猪、熏肉，一家人吃到第二年年尾的日子。这里的山民是硬朗的，老太太八十多岁还能背着一个大竹篓上山下岭打猪草，老爷子九十多岁还能健步如飞，健壮得像才过花甲之年，十几里路去赶场，来去都不肯坐车。他们唯一的奢侈就是尽情享用这传奇的水，这冬暖夏凉的传奇水。

如《金屋塘·草角树》：

> 他们还生活以本真，还生命以本真！尽管如此，夜幕降临时，我站在老屋门口，看着垅里那一片片黑压压的瓦房，心里仍然觉着一种沉重。这低低的瓦房沉沉地压抑着，压抑着这小小的垅，压抑着这古老的金屋塘、草角树，以至于这里的

人懒得抬起头来去看那高朗的天，懒得放开眼去看那山外的山。他们感受不到天外万象更新的朝气，更不用说参与山外那千帆竞发的壮丽！只有那明明灭灭的电灯光亮，如远天永恒的星光，让人觉得一种宁静与轻松。

笔力精到，写出山民生活朴素而原始，无欲无求，外来人的角度却觉得闭塞沉重，但究竟什么是永恒，如星光的电灯也昭示了作者内心的疑惑。她写那些读书和没有书读的公社日子，如《"小荷才露尖尖角"时》：

到了冬季，湖里、池塘里荷叶、菱角都枯萎了。什么"留得残荷听雨声"，全是吃饱了没事干的文人自作多情！在我儿时的眼里，残荷意味着成熟，意味着粮仓，意味着一个冬天可以不挨饿了，因为残荷下面是莲藕。就是这样看起来很轻松的送饭的工作，对我来说也是苦不堪言，刻骨铭心。靠岸近的藕早就被挖走了，父亲他们常常在离堤岸很远的湖中央开挖藕塘，饭送到岸边，他们一身汗，一身泥，不能蹚水上岸来吃，加之寒冷，有时甚至是冰天雪地，当然只能由我卷起裤腿蹚水送过去。一日三餐，来回三趟，赤脚踩在冰凌上，咯吱咯吱，腿上不是被冰凌划出血痕，就是被荷秆挂伤。眼里噙着泪，脚上流着

血，一步一步艰难地在湖泥里跋涉——至今想来
还想哭。

作者的少年时期正是经历艰难之时，"赤脚踩在冰凌
上"的送饭细节让人身临其境，"至今想来还想哭"勾
连了过去和现在，体现当年这种痛苦的绵长，也是对
公社时代的一种辛酸的控诉。她写自己爱的竹园，《竹
园，何以为名？》：

每当旭日东升，我便大开轩窗。于是这竹影
儿便从我那高高的书架上拂过，一排排、一本本，
轻盈抚摸。待我在桌前坐下，她便悄悄走来，斑
驳台前，弄得我眼花缭乱；见我无意书本，怕是
羞怯，便静静地移步地板、茶几，退至窗沿，而
后悄无声息地离开我的书房，只留下一片澄明给
我！记得苏州拙政园小沧浪水阁原有一联：风篁
类长笛；流水当鸣琴。我的窗前无水流成韵，确
是"风篁类长笛；晨鸟当鸣琴"。

《竹园听雨》写雨声：

竹叶儿窸窸窣窣，随风俯仰，那光滑的、尖
尖的叶片任凭细雨儿淋浴，而后便没事般轻轻洒
落，逗着雨丝儿玩，调皮地将雨丝儿变成雨滴儿，
点点滴滴……那南瓜叶则不同，硕大的叶片像一
把把绿色的伞，细细的雨丝落在上面，它也很夸

186

张地"嘭嘭嘭"直响，许多叶儿的响声连成片，一点都不秀气，粗犷得很。而且这叶儿片片相连，高高低低，层层相接，把大片的泥土遮蔽得严严实实，霸道得很。那雨儿想对它们温柔一点都不行，想和泥土温存一番也不行，只好请来风儿帮忙，将叶片翻过来，拂过去，这才有了与泥土亲密接触的机会。最温柔多情的是太阳花……细雨飞来，太阳花将刚刚举起的红色或黄色小酒杯似的花朵儿赶紧收拢，像珍藏美酒似的将小水珠装进杯中，等太阳出来再慢慢享用。

体现作者对自然的细腻感受力，一如用了孩童的视角，颇有朱自清写《春》的生机盎然。

赵金钟教授擅诗，所写散文朴素真情，《流彩的石头》是其对生活的记录，纪游、访学、世态评论、父子之情，一一写之，读来轻盈而真切动人，他在后记中写道："绕不开的煽情。没有天哪有地，没有地哪有家，没有家哪有你，没有你哪有我"，完全以情驭文，随笔书之，出笔成情。如《我的校园》写对校园的喜爱：

我的校园没有古铜色的凝重，只有翠绿色的轻盈。与鹤发童颜的校园相比，只能算是江南小丫，少了一点厚重，却多了几分灵气。天生丽质，清水芙蓉，给人一种恬淡爽朗的韵味。恰巧她居于江淮之间，江风梳抚，淮水浴洗，将她调理得冰清玉洁，晶莹剔透，如听着李龟年的歌子浮出华清池的玉环贵妃。

看他对学校的喜爱，以美人出浴形容学校，略见《荷塘月色》荷叶亭亭出水之韵，写出美而不妖感。《送别日记》写送别儿子，表现父亲对儿子的依恋：

送别时刻最难将息，特别是亲人间的送别。母子间、父子间的送别，本无话可说，又有无穷的话想说，说出来的话既不新鲜，又无重量，完全是吃喝拉撒，老生常谈，但别后反刍，又回味无穷，并常常伴有暖流或热泪翻涌。

这一番辗转反侧，是最简单的话蕴含最深的情感，引起读者的共鸣。《徐闻纪行》写堵车于徐闻县城：

我们驱车或行走于街头，所到之处皆有文化，且皆弥漫着中华传统文化的气息……现在，我眼前的舞狮活动，全没有了钱财的影子，而是村镇人们的文化娱乐活动。这些舞狮队铆足了劲儿，把热情，把期盼，把祝愿，舞到每一条街道，每一座小院。这给我们的行走带来了麻烦，我们急着赶回湛江。驾车者冯君是地主，他熟悉每一条街道，便带我们穿街走巷，打游击。这里堵了，他把车开到那里；那里又堵了，他又把车开到别处。结果，到处都是狮队，到处都是人，自然，到处也都是鞭炮声和欢笑声。我们急，但我们不烦，堵得长啦，我们还可以下来走走，凑凑热闹，看看究竟。县城不大，但我们时间花得不短，拐弯抹角，东突西闯，终于来到了不堵的路口，遂生陶渊明笔下渔人"豁然开朗"之感慨，长出一口气：我们出来了！

写得闲庭信步，乐趣横生，可见性情之雍容，末句又生柳暗花明感。除了日常生活，又有写学术生涯，如《燕园访宗璞》写探访宗璞先生的经历："在三松堂，我再一次感受到了精神的力量。这里是生长精神的殿堂。"从现实中宗璞先生的谦逊和博雅，写到自己领受的精神力量，颇有学术殿堂神圣之感。《又见康桥》如此评价徐志摩、林徽因的情感：

我们无须渲染这一段感情，也许这只是徐氏的单恋，但这单恋已被他打磨得晶莹剔透，美丽得如水晶桃花，很鲜艳，却也易碎。这段感情最终给志摩带来了幻灭，导致了他的没有归期的"云游"。美景虽不再，美女亦虽不再，志摩的心还在。这段感情无时无刻不在撞击着他的情感闸门，成就了他那片片闪光的诗句。幻灭了肉体，造化了诗歌。祸兮？福兮？成功的花、失败的花都在萧何的腋下艳丽地绽放。

这段评论非常精彩，不索隐于徐、林的真实生活，而是指出徐志摩把这段情感打造成了晶莹剔透的桃花，一遍遍在心中揣摩，便成了闪光的诗句，这是文学才子的独特创造力和魅力。

史习斌教授《隔岸的灯火》写爱情、亲情和友情，对教学、学术的思考和研究，还有对自我的身份认同，其写作题材和风格广泛，展现出成熟作家对语言的控制力。《隔岸的灯火》一文写出乡村少年对镇上生活的向往和疑惑：

> 岁月如同河流，也是一把锋利的刀，将人生切成小段，将记忆剁成碎片……小镇的光明正是村庄里的灯火，它连接着乡村和城市，把城市的魅力辐射给村庄，又为乡村的前行点亮梦想。这隔岸的灯火，燃烧在无数乡村少年的心头，成为他们征服城市的信念和回归家园的路标。当年的少年已长成青年并即将进入中年，早已不再满足于一个小镇给他带来的新奇与惊喜。他看惯了大山之外的灯红酒绿，习惯了城市生活的多快好省，小镇的朴素和寒碜倒一下子成了悲怜的源头。

作家超出普通人的部分在于他能够将生活咀嚼成思想和情感，这篇写出少年对美好生活的向往，以及达成愿景后回头看当年的向往，却又黯然神伤的心情。《农民与土地》一文写他对土地的看法：

> 曾经写过两句诗：农民是土地的儿子，土地是农民的儿子。倒不是专门让他们沾上乱伦的臭名，只是发一声沉沉的即便是微弱的呼喊。黑土地的凝重，抑或是黄土地的沧桑，都是生存的一种苍凉再现。农民们在撑起自己肚皮的同时，也撑起了地球上一切生物的骨架……远离故土，多年未真正品尝土地的原色了，只能站在高高的建筑物上，站在一个农业古国、农业大国的历史顶桅，也时常想一些荒谬的"理论"：田野是疏松的土地，森林是茂盛的土地，岩石是凝固的土地，大山是隆起的土地，甚至于——阳光是一种燃烧的土地。土地，加上农民，便是整个世界。

将诗歌的写法打入散文，并加入自己的哲学思考，体现农民的儿子对土地的依恋，以及青年出走农村后对农村未来的担忧。《走在城市的边缘》一文写自己身份的两重性和无所依归：

> 地地道道的农二代走在城市的边缘……城市伸出一只无形大手无情地捏碎我的梦想，梦想里有我的诗歌、我的文学、我的事业、我的尊严。梦想破碎时如一只无名的虫子被踩踏，身体裂开

的声音沉闷而清脆。

这种比喻和极度的夸张写出他对城市的抗拒、无奈和无所适从，城市是山里青年向往的地方，但城市又是扼杀他们的地方。因此史习斌的散文里有着对城乡的思考，就有着对大山的怀恋，前者写得冷峻焦迫，见其思想，后者则笔法平实细腻，带着远逝的喜爱和怀念，《远去的茶香》一文写家乡人喝茶，细节毕现：

　　　　真正和享受有关的，还得数冰天雪地的冬闲时候。几个志同道合的年轻媳妇儿聚在一起，围着旺旺的火塘，手里熟练地纳着千层底，口中念念不忘这鬼天气，随即是对远出未归亲人的牵挂。这时的公公笑眯眯放下手中一米多长的大烟杆，绝无怨言地来执行泡茶的公务。老人的动作是没有时间概念的，慢吞吞拿来泛着釉光的陶瓷瓦罐，轻轻放在火上预热。三根筷子样的指头夹一撮茶叶，时而还抖落几根。茶叶在罐子的不停抖动下频频翻滚。待够了火候，将火罐退出火塘。

写出茶山人冬天夜晚喝茶的舒心与自在。而他写亲情的篇章又是一种文笔，如《只如初见》一文写女儿的出生，朴实絮叨，描写宝宝的容貌："一个小生命被抱被包裹着，只露出一颗圆圆的头，头发有些杂乱，却很温顺地贴在头上；再看脸部，五官端正，眉宇细长，眼睛微闭着，明显是个双眼皮儿，鼻翼微挺，小嘴微张，下巴略尖，一双耳朵很有特色，纯粹是得了宝妈的真传"，写宝宝喂奶换尿布，写宝宝翻身和爬行，写给宝宝写诗，字里行间无一不是父亲对女儿的无理又无私的爱。他写父母先后逝去的《撒尔嗬的唱词没有悲伤》，语言朴素无修饰，文字间是极致的冷静和克制，又带着自我劝解的达观与振作，"有时觉得他们并未离去，只是出了一趟远门，一定会在某个时刻回来，就像小时候一个人在家时的等待，再饿再怕，总能在深夜等到那一串熟悉的脚步声"，如盐入水，却感人至深，催人泪下。好的文字一者有情感，二者有哲思，史习斌教授的散文兼得情理。

以岭南师范学院学者们为代表的作家群的出现，意味着"新岭南作家群"的新兴和成长，更意味湛江文学渐渐从粗犷、朴实、本真走向更深度的思考。

第七章

新中国成立初期到 90 年代的湛江小说

第一节　湛江当代小说概述

　　湛江的小说创作一直要到 80 年代后期才真正出现蓬勃发展局面。但早在 1959 年，湛江已出现第一部公开发表的中篇小说，即黄朗创作的《海边传奇》（第 1、2 期《南海之花》杂志）。70 年代，《湛江文艺》和《港城文艺》创刊，开始发表小说，如沈以瑜的中篇小说《深入虎穴》（《港城文艺》1978 年第 2期），1975 年 10 月，湛江出现第一部公开出版的长篇小说《志气歌》（广东人民出版社）。80 年代，湛江小说走出湛江，吴茂信《入伙》和丁小莉《静静的月影湖》获广东省 1980 年短篇小说新人新作奖，1988

年，黄康俊的中篇小说《两个太阳的海域》收入《1987—1988年优秀中篇小说选》（人民文学出版社），1989年，何银华的《在雷州这片土地上》、李梅笑的《爱的空间》、叶君保的《血奠寸金桥》相继出版，由花城出版社出版。1979年至2000年，湛江市作者共出版长篇小说、中短篇小说集共215部（篇），获省以上文学奖的有20人次。较为著名者如欧阳琪长篇小说《霜晨血》、苏定华中短篇小说集《处女岛》、李利君小小说《热闹》《江丽小姐那样的人》《老枪》《种子粮》、小说集《等到天亮》，孙伦长篇小说《盛世佳人》三部曲：《崛头巷风情》《月牙湾恋曲》《老爷楼景观》，陈堪进小说集《月浴》、小说散文集《孤岛呼唤爱情》、长篇小说《生命之帆》。李志范长篇小说《浸染》、中篇小说选集《醉翁之意》，董坚长篇小说《海出血——解放海南岛》《冰美人——冯婉贞传奇》（上）、小说集《浴血军魂》《红土家族》《红土部落》《乡下故事》等，张颖小说集《大写的红玫瑰》、陈玉吉长篇小说《市声》、周飞明中短篇小说集《台风季》、吴张英长篇小说《黄花儿》、李鸿倩长篇小说《近水楼台先得月》、黄彩云长篇小说《天涯寻梦》、蒋生小说集《情悠悠》，邓石岭短篇小说集《多梦的花季》《遥远的唢呐》、杨能长篇小说《金盘宴》、陈雁短篇小说集《绝望一步》。①

　　湛江当代小说的作家群集体呈现出鲜明的红土和海洋文学印记，小说一方面展现雷州半岛的自然风光和人文风情，刻画生活在红土地上的人们群像，具有雷州地域文学的特征，是岭南文学的一部分，另一方面又借小说人物反思社会生活，处处可见作家超前于他人对社会的关怀和反省。八九十年代的作家群，思考的焦点多在于描摹湛江人的特性，其写作模式以模仿现实生活为主，21世纪后的作家们开始了多样化的文学创新，一方面拓展了写作题材，从农村到都市，从现实到神话，从民间到军旅，包罗万象，其焦点多在于探讨社会转型期的湛江往何处去、人如何突破困境的问题，以及人性的真实挖掘。虽然有从理想主义到社会反思的裂变，但湛江作家群体的写作总体呈现出边缘而野蛮生长的生命力。

---

　　① 本段引述和参考：《湛江市文化志》，湛江市文化局编，天津古籍出版社，1995年版，第47—50页；《湛江市志》，湛江市地方志编纂委员会编，中华书局，2004年版，第1759—1760页；《新中国成立以来湛江文史资料选编》（广东省湛江市非经营性出版物），中国人民政治协商会议广东湛江市委员会编，湛江日报印刷厂，2016年版，第107—109页；《湛江文艺网》"文学 小说"，2015年6月25日，网址：http://www.gdzjwyw.cn/a/wenhuachuangzuo/20150616/125.html。

第二节　90 年代湛江的小说创作

90 年代开始，尽管陷入"广东文坛静悄悄"的局面，湛江文坛也略为沉寂，但湛江小说开始展现独特的地域文学特色，黄康俊是 90 年代湛江最负盛名的作家之一。黄康俊，1956 年生于廉江渔村，高中毕业后跟父亲闯海，1989 年，入读鲁迅文学院作家研究生班，著有长篇小说《热带岛》《南中国海佬》、中短篇小说集《海蚀崖》、长篇报告文学《蓝色的跨越》《华侨城之光》《裕华人》等。黄康俊写海极其出色，他真正地把海融入渔民的性情和生活，如他用"一个人就是一片大海"比喻人的心思难猜，他极其擅长写渔民和渔民所赖以生存的海的力量，如《海蚀崖》写崩鼻三叔，相貌丑陋却能感知鱼群，因这一技之长享有渔民的尊敬，以及三叔嗅鱼功能丧失后境遇的变化，作家如此写崩鼻三叔的样貌："那像来不及遮盖突然遭雨淋了的砖坯似的脸，坑坑窝窝深深浅浅尽是规格不一的印，立即让人联想起一条被蛆钻通了的烂鱼。"非常形象在他写来，海性和人性是共通的，人的相貌自然也可以用海来形容，整部小说作家仅仅轻轻提了三叔的善良和三叔三婶的融洽感情，却浓墨重彩描写了三叔相貌之丑，大海之凶，人心之恶，强烈对比下呈现出生存之沉重。又如《鬼海·鬼鳐·鱼贼》写出人与海的对抗性和海的恐怖力量："只见西北方向的鬼海，一座船蜽般大的墨黑黑的水柱，从海面直扯向天空，滔天的浪涛，在黑柱四周咆哮、冲撞，离这里好几海里，也听得到风卷狂浪的飒飒喧嚣。这才是真正的倒海翻江！呵，过海龙！——鬼海中肆虐无羁的龙卷风！"海在黄康俊的笔下，一点都不温柔，而是充满了原始生命力的狂暴，这是生存者才能体会到的海，末尾写珊花夫妻跟鬼鳐搏斗的过程，"这时，鬼海上空，一道炫目的蓝光划过，随之便是一声来自地府似的霹雳，'西北暴……'珊花一语未了，一股山呼海啸般的黑色气流裹挟着箭镞般的大雨劈头盖脸袭来，顷刻，天昏，海暗，浪哭涛嚎……呼哗！阴森森一个紫黑的咆哮压来，小艇上的夫妻来不及发出任何一声呼叫……"只有看到小说的末句，才会明白，这紫黑的咆哮声便是大鱼鬼鳐，海和海洋生物在这里充满了恐怖的力量。

另一极有特色的作家是董坚。董坚，1952 年出生，著有长篇《海出血》《冰美人》《蛇年》，结集《红土部落》《红土家族》《乡下人家》《漂浮》《大兵魂》等。董坚以擅长写作红土文学作品闻名。他出身农家，当过农民、民办教师、养过虾、种过香蕉，自述早年写小说多有稿费的原因，饱尝了生活之苦，是真正的土地之子，或许正是因此，他的小说多描述底层农民的生存疼痛，如《追粮》写基层政权和农民的矛盾，写刘日生到村里追粮，"却见村巷一片空寂，家家户户锁了门，偶尔一两个老得掉口水的耄耋，石狗般坐了门阶，娃崽们一见他们，远远飞腿躲阎罗似的奔，有亚运会的速度。唯一欢迎他们的是狗群，龇牙咧嘴。这情形，特让人想起黑白电影里头，那鬼子悄悄进了村的片段"，跳脱而活灵活现，整个追粮的过程同时写了村里各家的喜怒哀乐，喜剧式的手法中蕴含着农民生存的悲凉。

相比其他作家，他的语言不够雅正，但却本色，他的人物一看就是俏生生的雷州半岛人，他的词语一读就是活灵活现的雷州话，他是真正能以本土语言和文化写作的红土作家。如《土皇帝董大炮传奇》：

> 爹羞愤得夹着书本逃回家来，割了辫子摘下耳坠，扯下红妆甩掉花鞋，死不肯进学堂——吆牛耙田，挑粪捉虫，春种夏收。农闲里摇着小舨下海，网鲚鱼、勾白虾、叉藤鳝、钓龙虱、拾螺蚌、摸大蟹、掏虾包、掘沙虫。

鲚鱼、白虾、藤鳝、龙虱、螺蚌、大蟹、虾包、沙虫，网、勾、叉、钓、拾、摸、掏、掘，这些动词和海鲜名的一一对应让人叹为观止，就像今人没法分辨先周时期古人对马的各种命名一样，雷州以外的人也没法辨析这些海鲜动词的具体指向。又如《陆阿彩》：

> 我们红泥村的女人，断无城里太太小姐那让人酥骨的娇声嗲气，全是些雷神火种的家传，开口蛮牛叫天，骂人是雷公劈岭。便是夜半发起穷恶，亦噼里啪啦炸烂蚊帐，直震得身边男人耳炸穿膜，嗡嗡嘤嘤三天三夜听不清人间是非。

雷州半岛以多雷暴出名，半岛的女人似乎也带着火烈的性子，董坚直接用雷公之声来形容女人骂声的豪烈和跃然欲出的勃盛生命力。

孙伦著有《盛世佳人》三部曲：《崛头巷风情》《月牙湾恋曲》《老爷楼景观》，作家在《老爷楼景观》的后记中说：

> 一提笔就跟着人物走，走到哪里算哪里，自始至终我都只是关注人物的命运和性格发展，及其相互之间的关系。我丝毫不考虑要用我的人物和故事去图解或演绎政治上或哲理上的什么问题。我始终面对现实，贴近生活，我不故意给现实涂脂抹粉，不背离生活本身规律，人物性格和故事情节的发展都顺乎生活的自然。

三部曲以梅花镇为中心，描写了改革开放时期的风云变幻和社会现象，突出程雨华为代表的新生力量的勃勃生机，又写出了地域特色的南海风光，是一部城镇文学的佳作。

梁伯明《山野轶事》写了农村小子文于石上县城读书，与城镇女孩唐中莲同伴，两人均爱好文学，后来中莲高中毕业后插队到文石的村子，两人感情升温，但因中莲回城中断发展，于石成为反革命分子，艰难度日，改革开放后，单身的于文石成为农民企业家，文、唐二人举行婚礼，事业文学均有成。叙述文于石人生经历的坎坷过程，同时反映了粤西农村生活的真实。作者自序有言："写一部书来纪念自己的初恋。我那伴随初恋的坎坷人生，何尝不也是最值得写记的事情……我的艰苦人生历程，何尝不也是人民共和国的坎坷历程！"小说非常详细地描摹了知识青年下乡的情状，记叙了生产队的工作细节，堪称史料：

> 粤西山区生产队工作，如出一天的勤拿一天的工分，一等男劳动力一天记 10 个工分，10 个工分算一个劳动日，一等女劳动力一天记 7 个工分，不够一个劳动日，每个劳动日，一般年景只值三五盒火柴，一毛钱左右，更何况多下力气，工分也绝对不会多记。①

---

① 梁伯明：《山野轶事》，中国华侨出版社，1997 年版，第 1 页。

所记之事不过数十年前，读来却荒唐又真实，作家写于石给母亲阿银婆带回月饼，"于石坐到条凳上，凝望着脸庞瘦削的老娘贪婪地品尝月饼。娘那吃得津津有味的样子，让小伙子内心汹涌起负罪感。父亲解放前给地主打长工，每年铁定有十担八担稻谷收入，绝对养得起一两个家口，如今自己在生产队里干活，理论上是自己给自己打工，竟养不饱一个老娘！虽说今年是大灾之年，人力难以抗拒，但目前的境况，仅仅是一场台风洪水造成的么？"借助阿银婆吃月饼时脸上的贪婪这一细节，作家讽刺了那个年代一个壮小伙费尽劳力竟然没法养活母亲的悲哀。这部小说奇特的是文中有文，中间插入了文于石，或者说是作者假托文于石写的四篇小说：《我的未婚夫》《乔叔的桃花运》《山乡一日》《山路》，表达了作家对反愚昧、反封建、反腐败的深度思考。但小说的结尾以副处级唐继威和正科级舒国妍的对话结束："唐继威极沉重地叹了一声，唉！是的，他的党经过艰难曲折的探索，才把祖国领上改革开放的康庄大道，这是一个很好很难得的发展机会，可是社会文化道德方面却又出现许多严重的问题，阻碍了发展的过程，唐继威作为老共产党员，能不忧心忡忡么！"戛然而止，显得结构不够完整。

第三节　陈堪进与红土文学

　　陈堪进（1940—2002），湛江徐闻人。著名的红土文学作家，广东省作家协会会员，曾任徐闻县文联主席，热心指导、培育和提携文学青年，著有长篇小说《生命之帆》、小说集《月浴》和小说散文集《孤岛呼唤爱情》等。

　　陈堪进少小生活困苦，"文革"后曾任大队干部，后学医，而后弃医从文，其作品融入自己丰富的人生经历，有着鲜明的红土和海洋文学的特点，质朴真情，其成熟作品深受朱自清《荷塘月色》和孙犁《荷花淀》的文风影响，展现出温柔如诗歌般的创作风格。陈堪进热爱这篇红土地，并将对故乡的热爱一一呈现在作品中，他在《月浴》的后记中写道："我从不忘记自己脚下的红土地，不忘记自己的父老乡亲，我力求在作品中饱含自己的真情实感，融注我对家乡深沉的爱。"[①]他的创作多取材农村和海岛，高扬人物的生命意识，刻画了一系列充满人情味的或粗朴或细腻的粤西红土人物群像，让人读来有着浓厚的生活气息，又多写自己的

----

　　① 陈堪进：《月浴》，花城出版社，1994 年版，第 299 页。

生活和内心感受，并转化为审美性的文学书写。

1993 年，出版有小说散文集《孤岛呼唤爱情》，名动当时。《女人和船》写女船长珊花面对三个光棍汉的选择，展现了海边女子的生命力和海岛风情。名篇《孤岛呼唤爱情》写了四个守岛人大黑牛、小秀才、猴精、伙头哥在孤岛上守护木麻黄林的故事，孤独寂寞中对女性的向往，重点写了珍珠妹来到海岛后和小秀才、大黑牛之间的情感纠葛，珍珠妹和小秀才相互喜爱，但大黑牛又喜欢珍珠妹，当台风来时，大黑牛坚决不肯离开孤岛：

> 珍珠妹实在忍不住了，怒冲冲地抢起刀就猛砍。那刀也不钝，砍得很带劲，木屑在刀下飞舞着，偌大的树干，很快就砍去一半。站在树下的小秀才和船大叔看着也急了，劝珍珠妹止手，可是她就是不停。她抬头望了树顶一眼，见大黑牛脸不变色，目不斜视，她颓然地丢了刀，扑在树干上，眼泪扑簌簌地掉下来。

一个女人不能用爱去拯救一个男人，反而让他为自己的爱而死，这不仅是男人的悲哀，也是女人的悲哀。尽管大黑牛的举动不可理喻,但那都是出于对她的爱。她能忍心让他死吗？她无奈地哭了，在一个不屈的硬汉面前动心地哭了！

大黑牛坐在树上看见她哭了，白润润的脸上尽是眼泪，不知咋的，他一下子不安起来。这个自认为是石头的人，不怕刀不怕斧，却怕女人的眼泪。

尾声台风过后，大黑牛又回到孤岛上去。海潮并没有把一切淹没，茅寮还好好的，一切依旧。小秀才不知怎样感谢黑牛，是他救了他和珍珠妹。大黑牛不要小秀才报答，也不再理睬他。不久，场部送小秀才到林学院进修去。小猴精下落不明，伙头哥也不再回岛上来。唯有他不走，一个人守着一个孤岛。他母亲已经死去，世上没有任何亲人。珍珠妹有时到岛上看他，他像不认识她。他不说话，变成一个哑巴。

作家用细致的文笔写了珍珠妹的刚烈和柔情，以及大黑牛的执拗，执着地在孤岛上守望永远不可得到的爱情，呼应了题目。

《最后一炷香》写夏虎犯罪后不肯伏法，躲在民间，唯一的念想是要留下后代，他和妻子田芬说：

田芬，我知罪，我死了也不枉了，可现在我还不能自首，我得活着，我要亲眼看看你生下是男是女……人到这个地步，想的竟是这么一回事，是可悲还是可恨，田芬望着他那可怜巴巴的样子，也不知说什么了。

作家从留后的角度切入，写一个人看似无理却真实的心理活动，可信可怜，反映的是雷州半岛对于延续后代的信念，这篇小说同时又插入暖色调的描写，细细铺叙木工春暖帮助田芬并相互喜欢的过程，读来紧张中又有松弛。

《椰渡未了情》注意写人性的想法，小说人物逸飞和玉秀结婚，但逸飞被打成右派，玉秀冷脸相待并出走他乡，逸飞出海流落，正好被玉秀的丈夫所救。作家对逸飞的心情描写非常细致：

> 水良为什么迟迟没有回来呢？他越来越感不能再往下去。昨夜，不知为什么，当明月正照到床前的时候，他就睡不着了。听着玉秀在隔壁翻身和叹气声，他就把耳朵竖起来，留心她的动静，她为什么也睡不着呢？难道月光也撩动了她的春心。他听见她下床，她的脚在找木屐了，木屐声轻轻的，像踮着脚尖走路，也许她怕吵醒他。她开了门，好像又没有出去，倚着门在望那院子里的月光吧？一会儿，她又关了门，上了门闩，他从她房里的每一声轻微的声响，想象着她的动作。突然，那木屐声向他走来。她的房与堂屋有一道通门，她为什么却连门也没有闩呢？她已经越过那道门了，那木屐声和着他的心音，在他的耳里震响。他瞪着眼睛，注

206

意着她的举动。啊！她已经站在他的床前了，月光把她的影子清晰地映在地上。她要做什么呢？他不敢看她，屏着呼吸，在等待着她，希望她走近一步，又怕她走近一步，理智和感情抗衡，在交锋。人心总是这样的奇怪，当你想入非非，忘乎所以的时候，你就会变成另一个人，什么越轨的事情，什么冒失的举动都会做出来，一旦理智克制了感情使你意识到目前事情会发生什么结果的时候，你又会变得十分谨慎了。把人家好心的举动、正当的体贴也视为异端，加以避忌，从一个极端走到另一个极端。此时，他就是如此。其实，他何必这么紧张呢？玉秀无非只是站在他的床前，谁知道她在想什么呢？月光静静地照着她，她的心思，只有那窗外的月亮知道啊！

他希望水良快一点回来，人非草木，岂能无情。他与玉秀相互谅解之后，得到她无微不至的体贴和关照，彼此的感情上又泛起难以平息的波澜。这种感情哪怕是再发展一步，就是对水良的无礼，这在良心和道义上都是不能允许的。水良是他的救命恩人，他不能做出对水良有任何损害的事情，所以，他是非走不可了。

这段的描写和其长篇小说《生命之帆》"帘内帘外"一

节有异曲同工之处，用外界投射的声音和心理活动描写了主人公内心的波澜，情感和理智的斗争。

陈堪进是一位有意识的作家，除了描写红土地上的人们，细致可信，又曾概述自己的文学创作："我写小说既注重生活，又注重美感，尽量做到环境美，人性美，有的还带有一点淡淡的诗意。"这的确是他最鲜明的写作风格，如《月浴》：

> 一个水库，清亮亮的，水中有流星，有朗月，还有几缕淡淡的云彩，比天空更加幽远、深沉、美好。一会儿，静静的水面跃出一条小鱼，微波荡漾，只见晃晃忽忽，月影颤悠，云彩变幻，有说不出的微妙，宛如那朦胧而静谧的梦境。

叙述故事中糅入人与自然的契合，以环境的清丽衬托人物的圣洁。

《生命之帆》是他自传体的长篇小说，延续其诗意文章的写作风格，但又加入抗争命运的铿锵气脉。小说写了作家秋林和癌症抗争的过程，以及秋林和医生春韵的感情，纯真而清新，两人当年因误会而分开，又在医院重遇，并携手战胜病症的经历，小说围绕两人塑造了一系列生动的人物,区长许登贵的迷恋政坛，画家老王对死亡的云淡风轻等，整部小说充溢着昂扬向上的生命力量，被原湛江市作协主席艾彤誉为"高扬生命风帆的壮歌""炮火中的荷花"。难得的是，作者还写了主角秋林在病中念念不忘的是构思《教育诗》和《匪童》两部小说，反映主角对社会责任的担当和文学的庄严使命。《生命之帆》写秋林"崇尚文学，认为真正的文学应当把人们引向崇高"，这也正好是陈堪进的个人写照。《归魂化作一片帆》一章是其诗化小说风格的体现，画家老王病重却没有钱医治，想念故乡：

　　他失望了，索性把目光移向远处，去望天上的白云。天空碧蓝如海，那一朵朵随风的白云像一片片白帆。啊，白帆！啊，家乡！有白帆的地方就是他的家乡啊！他的家乡是一个美丽的海岛。他父亲是岛上的渔民。记得每当父亲驾着小船出海时，他和村里的小孩子们就到海滩上去，目送那远去的一片片帆儿，直到帆影消失在天海之间，融进云霞里。傍晚，渔帆映着晚霞归来时，他又跟小伙伴们一起去迎接它们。在它们天真的目光里，那些帆都是有色彩的，有灵性的，甚至会说话的。它们一旦出了海，就像赛跑似的你追我赶，谁也不愿意落在谁的后头。一旦有一片帆儿掉队了，前头的帆而又回头呼唤它，等待它。

　　然而，他已许多年没有看见白帆了，这时望着天上的白云，又把白云看成白帆，他多么想回家乡去看看白帆，他多么想像童年一样站在海滩上等待那披着晚霞的归帆啊……他曾以帆为题材，画了一幅《呼唤》，画面上是一片乌云笼罩的大海，一片白帆勇猛地破云而出，一只海鸥伴着它飞舞，白帆呼唤着海鸥，海鸥呼唤着白帆，那是呼唤着一种生命的信念，呼唤着一种精神和力量……

作家采用了寄托的手法，白帆成为童年和故乡的记忆载体，又用了叙述回忆的手法，呈现了一幅晚霞映归帆的海滨美景，成为支持老王的生命信念和精神。

《帘内帘外》一章则描写了春韵和秋林感情重新萌发时的细腻心理活动：

小小的雨伞在头顶移动，细细的雨丝从伞的四周飘垂而下，就像一张美丽的网，把他俩裹进迷蒙的温馨里。他俩在伞下默默地走着，彼此都感觉到对方的气息，听到对方的心音，他似乎有很多话对他说，她也似乎有许多话对他说，但他们都不说，悠悠的雨声把他们带进回忆里，他们仿佛回到中学的时光……

夜里，每当小屋里亮起柔和的灯光，粉红的窗帘上就映着两个影子。那是春韵陪着秋林在灯下看书学习。春韵望着帘上这一对影子，静静地体味着一种人生的温馨。

210

是啊，过去多少个长夜，屋子里只有孤灯映影，寂寞的滋味有谁知道。人成双，影成对，尽管有时只是默默无言，但彼此心心相印，相伴读书，乐在心头。

作家借助一柄小伞和雨丝构成的封闭空间，让秋林和春韵回想当年纯真的感情，夜里又用灯光和粉红窗帘拉近了两颗心灵，再接着写春韵在帘外徘徊挣扎的心理活动，温馨动人。一扇布帘是作家构设的障碍物，又是男女之间感情的突破点，最后他们成功走出帘外，勇敢地走到了一起。

陈堪进是红土文学作家的典型代表，既能摹写红土人物形象，鲜明在目，又能发展出自己独特的诗意审美风格，文风清新唯美。

第八章

21 世纪以来的湛江小说

第一节　21 世纪以来的湛江作家群

21 世纪以来，湛江的小说创作蓬勃发展，涌现出诸多作家和作品，写作题材丰富，如军旅、农村、都市、官场等，无一不涉及。

如吕冠嵘《征雁归来》以转业军人姜凡为主角，依托天南这个港口城市，写了这一群体回到地方创业的故事，作者吕冠嵘是军人出身，深深了解转业军人的辛酸：

> 转业干部就像那套褪了色的军装，那条磨破皮的武装带；那组脱了线的帽徽、领章，很少有人懂得他的价值。特别是那几页带血的经历，很

少有人会关注它，珍惜它。从最可爱的人到不受
欢迎的人，失落的痛苦是难以承受的，于是，许
多人都留下了一道心灵的创伤……和平世界里有
几个人在乎你的军功章。

即便如此，姜凡等人依然不忘初衷，为城市规划和园
林建设贡献力量，写出了军人的爱国为民之心。另外，
这部小说虽然假托天南，但书中所言多可和湛江史实
一一对应，是以虚写实的手法。

李洪的南方海滨小城三部曲（《生死搏斗》《风风
雨雨》《新的曙光》）是长篇通俗小说，是以湛江赤坎
区为背景，写了保亨一家因鼠疫逃难广州湾的故事，
以及儿子小坚逐渐成长为共产党员的故事，这部小说
的特点是如实摹写了妓女等底层市民的生存之悲苦。

傅学军《天胶》写了南方农垦事业，种植橡胶树
的艰辛历程，属于朴素的纪实叙事，堪称农垦的发展
史诗。

陈观友《命运》是湛江人写湛江事的一部长篇小
说，以知识青年石耕的命运为焦点，摹写 1965 年到
1968 年间社会各阶层在上山下乡和"文革"运动中人
生道路上的遭遇，反映时代对知识青年的折磨。但尽
管小说主旨是为了反映时代错位造成的痛苦，整篇行
文中多处可见作家对美的向往，如：

213

走在田间的道路上，周围的景物别有一种恬静闲适之美。夕阳慢慢西沉，斜晖染红重重的岭树、归巢的鹭鸟以及苍茫的海面。军井村鳞次栉比的房舍升起袅袅炊烟、鸡鸣狗吠之声隐隐传来，令人忆起陶渊明的诗句：狗吠深巷中，鸡鸣桑树颠。周围田野，渐渐荡漾起淡白的轻雾，柔和的晚风送来阵阵野花和农作物的令人陶醉的混合馨香。

作家有意在写主角悲剧命运的同时写了农村的娴静之美，已然成为陶渊明的田园牧歌，又写"石耕开始分析：怎样才能做个精神的富人呢？首先要懂得发现生活的美，进而懂得享受生活的美。生活是美的，从自然界来说，春花秋月，朝露晚虹，夜萤晨星，南雁北鸥，是美的；山的阳刚，水的阴柔，海的壮阔，河的绵长等，也是美的。……总之，大千世界，目遇之而成色，而遇之而成音，心遇之而为欢愉，神遇之而为彻悟。有时令人嘘唏嗟叹，有时令人慷慨激昂，其凄美，其壮美，都令人目不暇接，美不胜收"，作家给出的方法是投身大自然，投身社会，体会人与人的脉脉温情，可见陈观友在石耕身上倾注了全能真善美的象征和期待，愈是如此，愈见一代知识青年在时代洪流中的悲剧和无奈。

除了个人作家外，还出现了地域文学群体，2011

年，徐闻县出版由30多名本土作家文学作品结集而成的《汉港雄风》，有意识推出地域文学和作家群体，分为中篇小说、短篇小说、散文、诗歌四卷，有李明刚、曾权、杨能等作家209篇作品，标志徐闻文学迈进一个新的阶段。在作品内容上，著名诗人黄礼孩如此评价："在他们的文字里，我看到温暖的身影，看到熟悉的生活和人生，看到土地上的情怀，看到尘世间的精神和心灵。他们是红色土地和蓝色大海真诚的守望者。"①这是地域文学的本色特征，以赤子之心书写生命的热情和对生活之所的热爱。

墨心人，原名李陆明，曾用笔名鹿鸣，六〇后人，省作家协会会员。原是红土诗社主力，曾任《港城》文学杂志临时编辑，90年代下海经商，后以一部34万字的长篇小说《本城公案》轰动湛江文坛。这部《本城公案》是李陆明在数十年的港城湛江和深圳特区生活的基础上写出来的，堪称湛江文学21世纪的一部代表作，特别之处一是以网络为载体的传播方式，小说在网上连载到几万字时，点击率便已接近一百万，后被天涯网站评为"2008年度十大图书"；二是这部小说的创作初衷与湛江其他小说颇有不同，呈现出一种

---

① 黄礼孩：《红蓝之地的守望者》，见蒋柯煌《汉港雄风》序（短篇小说卷），中国戏剧出版社，2011年版，第1、2页。

为游戏而作的目的，墨心人在《本城公案》后记："如何能让你翻开本书之后，就茶饭不思地阅读下去，是我开始写的时候首先想到的事……能否在教化方面起到一点作用，我倒不做过多考虑，因为我不认为自己有教育他人的本事。"[①]他看重文学的娱乐功能，记录了一群生活在边缘状态的人的生活，但是作者试图在边缘化的书写中寻找世间的一点纯净，这是一种凤凰涅槃的写作心态，他的后记描述出他对文学的珍惜，可见游戏不过是托词，"蓦然回首，她却在灯火阑珊处，依旧那么风情万种我见犹怜，我本以为她早已离我而去，如同朴树唱的那些花儿。追花逐蝶了半生，才发现还有一份美丽在痴痴地为我守候。这一顾盼令我心战栗，这战栗成就了这一本迟来的书"，"我用这些文字祭奠过去的日子。它们像夜空里的星星，或许能指引我心灵行走的方向"。小说情节的书写在强调娱乐和好看的同时糅合了沉重的现实感，源于作者常常展现出的悲悯情怀，作者在小说中对改革开放之后的人性扭曲等一系列现实有着思考和拷问，其着眼点超越具体人物而上达整个社会和人类，他的后记展示出了文学写作的野心："这是人类社会必须经历的形态吗？我

---

① 墨心人：《本城公案》，江苏文艺出版社，2008年版，第311页。

们的每一次进步或者说觉醒，难道都必须像唐三藏西天取经一样，要经历九九八十一难吗？"他的小说以镇海市为背景，描写了正直、暴力和色情，以及常浩、林丰、王金辉等正义之士、贪官污吏和残暴大亨，复杂多面，但他在写小说中人物时，没有完全正面的人物，就算是男主角常浩也不是完人，然其可贵之处也正在于此，写的是普通人面对功名利禄和逆境的真实挣扎。因此《本城公案》呈现出双重特质：阅读的快感和现实的沉重，游戏之轻荡和思考之深沉。读者千万要识破作者这一用心，穿过文字的知障直见作者本心。

第二节　洪三泰与"风流时代三部曲"

洪三泰，1945 年出生，广东省遂溪县乌塘镇芳流墩村人。后任广东省人民政府文史研究馆馆员、文学院院长，国家一级作家，获国务院特殊津贴专家。洪三泰从 20 世纪 70 年代开始在《诗刊》发表作品，后以电影文学剧本《女人街》、报告文学《中国高第街》等轰动当时，兼擅诗歌、散文、小说多种文学体裁，是具有全国性影响的广东著名作家。主要小说作品有中篇小说《官下街》《大漠狼烟》《后花园》《热吻》等；长篇小说《闹市》，"风流时代三部曲"之《野情》《野性》《又见风花雪月》，"血族"系列之《女海盗》等。

洪三泰出生农村，当过知青，从农民的儿子成长为真诚而热情的诗人，最早以诗歌驰名当世，后来转向小说，一改其早年诗歌风格的英雄和理想主义，以及内心深处的真诚讴歌，深刻细致了描写改革开放之时岭南天地和人性的变化与挣扎，尤以"风流时代三部曲"震惊文坛，被誉为岭南都市文学的代表作，"是继《三家巷》《香飘四季》之后，又一部现代岭南文化的代表作，有着鲜明的地方特色——无论是情调、韵味、意境还是语言，而最重要的是，现代都市意识的获得与把握，惟有在改革开放前沿方可实现。作为现代都市的众生相，作品对人性深处的发掘，也是很见功力与勇气的。"

某种程度上，"风流时代三部曲"是他早年小说的深化和拓展，人物形象包含改革开放之时的个体户和西北边陲的开拓者，前者如《我、雁雁和"皮鞋皇后"》《官下街》，后者如《大漠狼烟》。《我、雁雁和"皮鞋皇后"》写了青年个体户的我、雁雁和媚媚之间的鞋店竞争，以及男女之间的恋爱纠葛，带着浓厚细腻的南国市井气息，《大漠狼烟》写了从雷州半岛入伍到西北

218

的刘鹤，奋战西北荒漠，以及郭颖千里追随的爱情，写得大气磅礴又回肠荡气。洪三泰曾自言 1979 年到大西北和大西南采风，"大西北的荒凉、粗犷，在我的心灵深处引起了巨大的震撼，使我这样一个长期在广东生活的南方人诗风大变，由细腻变成粗犷大气，由以小见大变成以大见小，写作风格也有了一种突变"。"风流时代三部曲"正是承继了《我、雁雁和"皮鞋皇后"》《官下街》和《大漠狼烟》的两种风格糅合又创出新的写作范式。

"风流时代三部曲"由三部独立的长篇小说构成。塑造了都市市民形象，深刻描写出转型期对传统生活和文化的剧烈颠覆，以及在这其中生活的动荡和人性的野狂。洪三泰在《野情》后记的自述正是这三部曲的绝佳概括：

> 我听到呐喊和狂欢声穿过钱眼，忽地凝聚成大理石，被自身或别的什么力量雕塑成巨商富豪……随之而至的是疯狂的突进，种种塑像碎落成泥。平地忽见展现的海市蜃楼，黯然变成古典。有跳楼者，有堕落，泡沫闪烁，时空变幻无穷；有力拔山之英雄，有把舵力挽狂澜者，喊声雷动；有独辟一隅，指点街市，运筹风花雪月的时代骄子；有歌，有哭，有情，有爱，有怒，有骂，有

眠，有醒，都野得很，野得近似疯狂。我在寻觅
着，呼唤着。风里雨里，我的街边仔、街边女、
巨商富豪、总裁老板、浪子流民……喜怒哀乐无
常，却总是有型有款。[①]

《野性》以广州两千多年历史的百步街为背景，描写
了农民山狗和外商李焕芝的激烈商战，鲜明看到山野
富豪山狗的蓬勃生命力。《野情》描写了南国房地产商
战中广州摩天建筑总公司总经理魏巨兵和刁达八的竞
争。《又见风花雪月》以戏剧性的手法描写浪子孔云飞
审视"文革"的独特视角，叙说了"文革"时期一个
高干家庭的劫难、挣扎和奋争，以及三姐弟不同的人
生境遇，鹤哥、玲姐和云飞，流落荒漠西北、清冷西
南和迷离都市的悲剧性经历，从三弟孔云飞眼里看到
的生离死别，带着意识流的幻想和现实的交融，似真
还幻，读来有着轻描淡写的悲凉和沉重。

这三部小说最突出的特点在于，洪三泰完全突
破了湛江小说的写作模式，不再是农村、战争和军
旅题材，不再是对诗意田园生活的悼念或是对理想
人物的赞歌，而是赤裸裸地展示人性。洪三泰的笔
触写出人性恶的狂欢和荒诞感，主角不是传统的英

---

① 洪三泰：《风流时代三部曲·野情》，花城出版社，2000
年版，第 477 页。

雄人物，也不是真善美的代言人，带出一种阅读的难堪、焦灼和沉重，处在这样的情境，各式各样的人并不一定有清晰的成长路线，只呈现活在当下的乖张和荒芜感，偏偏还能写出在黑暗扭曲中又潜藏着一点未曾泯灭的人性光芒，以及面对命运的挣扎和自强。如《野情》以夸张笔法描写刁达八对女性的物化和践辱，但站在刁达八对立面的男主角魏巨兵也不见得是正义和真善美的化身，他和女秘书张清婷的婚外情，洪三泰写出了魏巨兵妻子贺丽雅静默的悲凉，《野情》第十七章《零点的笑容》："他喜欢逗妻子。逗乐了，他就得到解脱，得到心理上的平衡，欠妻子的债似乎也少了些……贺丽雅给他的爱由来已久，他觉得受之无愧，享之不尽。""贺丽雅心里一阵发颤，她稳睡着一动也不动。魏巨兵的背脊像一堵墙，厚厚的，高高的，冷冷的，硬硬的……她感到魏巨兵在用一根隐蔽的甚至无形的针在狠狠地扎她的心。在那里近乎黑话的话里，在他那近乎阿谀奉承的笑声里，隐藏着多么可怕的杀机……贺丽雅假装没听见，依然稳稳地沉沉地睡着。魏巨兵掀开被，下了床，俯下身子在妻子略显苍白的面颊上吻了三下。""他轻松地到了卫生间，湿擦了一番后，煮开水，弄早餐，扫地，拖地，十分勤快。千

221

把人的头头在单位是绝不会干这些的，可在家里，魏巨兵却成了极普通极普通的人。他这一切都是为妻子而做。""他甚至可以帮妻子擦鞋，洗内衣。他尽量把早餐弄得可口些。葱油饼是他的拿手好戏，高级咖啡、牛奶，还炒三碟花生、小菜之类。一切都摆停当之后，他轻轻地走进卧室，俯在妻子的耳边，小声唤道：牙牙，懒虫好起来吃早餐啦……贺丽雅起来梳洗只用了三分钟，然后进餐。一切相安无事。"魏巨兵对妻子柔情蜜意，但和情人聊天，却完全不避妻子，也不以为意，见出他对婚姻道德感的冷漠。

整部小说中纯美的象征是记者翟美美，善良美丽又有才华，《野情》描述她最美的一段是关乎她为魏巨兵而写的散文：

试写的那篇名叫《摩天抒情》的散文还只开了个头，是以抒情笔调开头的，还颇有点气度：

摩天，是神秘的。摩天是一种假设？是一种创造？摩天人是神仙么？摩天偶像已经矗立在我的心头。但愿不是梦幻。是实实在在的、铁打钢铸的偶像……

她多愁善感，感情线显而易见。她的文笔，作家说她说写散文的料子，报社编辑同事也赞她的文章有真情，耐读，文采飞扬。

这是整部小说中最温柔的描写，但美的化身翟美美却被迫嫁给刁达八，承受了巨大的性和精神的双重折辱，体现美的被摧毁，后来终于被救出来，洪三泰是冷静又仁慈的，笔法带着反省性的荒诞和体察，在毁灭中又有一点希望。后来魏巨兵因隐私被市纪委要求停职，小说如此结尾："他的吼声和狂笑声被一阵阵南风吹得很远，很远……。"刁达八的结局也并没有明言，邪恶没有按照道德必然被惩治，洪三泰只是一任人物顺其本性而发展。雷铎为"风流时代三部曲"写有序言："洪三泰这三部曲的成败得失并非最重要，最重要的，是证明在辛酸老辣的上一代作家和幸福润滑的下一代作家之间，尚有人在，在辛辣与甜滑之间，留下一点不甘不平的故事，为历史见证——如此。"[①]洪三泰的三部曲写作颠覆了传统的湛江现实文学，是一种好的艺术创新，但某种程度上也可以说模糊了地域文学的印记，如果说洪三泰的早年写作代表了他的青年理想，三部曲则是一个中年人对时代的深刻思索和关怀。

[①] 雷铎：《从诗到故事》，见洪三泰《风流时代三部曲·野情》序，花城出版社，2000年版，第4页。

第三节　陈华清的闪小说

湛江当代小说的领域中，陈华清以其闪小说的成就蜚声文坛，被湛江师院的龙鸣教授誉为"湛江文坛的一匹黑马"。陈华清，湛江遂溪县人。现任湛江市作协副主席，出版有红色题材小说《地火》、长篇小说《海边的珊瑚屋》、小小说集《行走在城市上空的云》、散文集《爱到卑微处，才是看清自己时》《有一种生活叫"江南"》、闪小说集《最好的年华》《桃花美人》等。闪小说是小说的新样式，源于英文词根"Flashfiction"，汉语闪小说的概念与内涵在 2007 年由马长山、程思良提出。微型小说研究专家刘海涛教授在《新形态、超文本小小说的创作与欣赏》一文指出："小小说可以从闪小说的挑战文字极限的试验中学到一些让自己更精粹、更精美的技巧；闪小说也可以在小小说中学到并探索怎样在文学极限中智慧地表达文学性的方法。"①闪小说注重创新，擅长在短短字数中展现生活的无限空间，好的闪小说，宛如以径寸之木为核舟，笔法洗练而神灵毕现，是一门精致的艺术。程思良把闪小说

①　刘海涛，任晓燕：《新形态、超文本小小说的创作与欣赏》，《百花园》，2012 年第 5 期。

写作的笔法概括为"微型、新颖、巧妙、精粹"①，陈华清的闪小说正是国内闪小说蓬勃发展过程的一种可贵探索和实践，给了湛江文坛一种新的示范。她的闪小说篇幅一般不到六百字，喜用欧·亨利出乎意料又在情理之中的手法，结尾多有反转，在内容、构思、语言、意象方面都有其精彩之处。

一、红尘情愁的现代生活

陈华清曾讲过："有人类的地方，爱就不会缺席，而爱也是文学作品永恒的主题。"她说："我希望读我文字的人能读到美好，感受到温暖，沐浴着阳光。更要读到善良。善良是生命的黄金,是人一辈子的财富"。诚如其言，她的闪小说着力于表现芸芸众生的细微而闪光的人性之美。如《两地情》写了年三十晚上，边防哨卡士兵强和妻子秀的一通电话，两人用着中国的传统心理互报平安，妻子给强描述了家里年夜饭的其乐融融，强给妻子讲了边防热闹过年的欢乐，但隔着电话，妻子一方的实情是婆婆被汽车撞成重伤，儿子感冒发烧，强一方的实情是哨卡上只有他一个人。夫妻二人都为了宽慰对方,不让对方为自己担心而撒谎,

---

① 转引自潘熹：《新世纪东南亚华文闪小说的话语指向与叙事策略》,《邵阳学院学报》(社会科学版),2018年第2期。

生活至难，幸好夫妻同心相互支持，谎言虽假，却形成了笑中带泪的辛酸而温馨的阅读效果。《留着给你》写了张姓男子每天晚上十点多必然出门，连妻子怀疑也不顾忌，原来他曾见到有人深夜卖水果动了恻隐之心，每晚出门是赶着去赤坎立交桥下买下摊主的全部水果，还用善意的谎言说妻子怀孕要吃很多水果，实际上他自己天天以水果代饭，妻子揭破了这个谎言后，水果摊主告诉他自己找到了好工作，再也不卖水果了。深夜天桥下的人性温情，不仅在于好心的张姓男宁愿以水果代饭也要每天买光天桥水果，更在于处在社会底层的水果摊主，听到真实原委后的举动，"张男又来买水果了。她怔怔地看着他，说，我找到份好工作，明天开始上班，以后不卖水果了！后来，有人看见这个女人在港城的另一个角落卖水果"，"怔怔"一词意思微妙丰富，表达了水果摊主乍听原委的愣怔、感激，以及下意识做出决断的神情。张男和水果摊主的互动写出了陌生人的温情，以及双方对这份温暖的相互珍惜。

　　《最美的康乃馨》写了邮差"我"给安娜送信的故事，安娜的丈夫死于战争，儿子安东也上了战场。安东牺牲后，"我"不敢告诉安娜，于是代安东写信给安娜，也教安娜识字看信，有一天，"她看着院子里的康乃馨发呆，眼泪直打转"，后来安娜去世后"我"才知道，安东和母亲约定，每封信上都会画一朵康乃馨，可是从那个秋天开始，信封上的康乃馨就没有了。但是安娜为了维护"我"的善意，以及两人相处的美好时光，选择死后才告诉"我"真相，这种互相体贴的温情，整篇读来有一种柔软的悲伤，以及不可抗拒的悲凉命运中人力能挽起的一点作为，这股力量柔软而坚韧，能让人类在黑暗中一直继续前行，直到有光之处。

在人性美的人物里，满福子是特殊的存在，《满福子》写世家制作鞭炮炸药的满家出了个貌丑性烈经常惹是生非的儿子，后来日本攻陷东北三省，以生死要挟满福子为日军制作炸药，甚至连满妈都劝阻不了满福子而上吊自杀，可是后来这个为非作歹的满福子却在自己身上绑满炸药和日军司令部同归于尽。即使写传统意义上的坏人，她也留了一丝丝人性的余地，如《赵姑娘》写土匪李胡子一枪崩了山下赵财主，抢了他的女儿赵姑娘，赵姑娘却在父亲头七之后就咬舌自尽，宁死不从。李胡子"暴跳如雷，扬言要把她扔到山上喂狼"，这是李胡子性情的暴烈和残酷，可是有人赞赏赵姑娘的忠烈，并提议"她因大王而死，不如厚葬她，落个好名声"，于是"李胡子最终还是体面地葬了她"。"体面"一词是作家留给李胡子这类悍

227

匪的一丝宽容，用得精准而厚道。除了人性之光，陈华清也尝试描述普通人的多样情性，如《梦里喊小芳》写李海因为睡觉夜夜喊小芳和老婆吵架，老婆按常理怀疑小芳是李海的心上人，但作家直接揭示小芳是李海同年入伍的同学，在一次战斗中，小芳踩到了地雷，正当李海爬去救小芳时，"一声巨响，小芳被炸得血肉横飞，李海目睹小芳如花的生命瞬间凋落"，所以"小芳，你别走啊！多少年了，他在梦中喊着她的名字，梦里哭醒"写出了李海对小芳如花年华如花凋逝的痛惜，以及活生生的生命在自己眼前爆炸的深深恐惧感。《寻找安琪》写报纸刊登了一则重酬十万元寻找六岁女童安琪的寻人启事，重点写出安琪身上穿的童服、裙子、鞋子都是"天宝牌"，结果炒热了"天宝"童装，最后作家才点出"安琪"是"天宝"服装公司用电脑合成的虚拟人物。作家以寻人启事为烟雾弹，鲜活地写出市民追附潮流的情态以及商人利用从众心理制造商机的策略，有螳螂捕蝉、黄雀在后的阅读效果。

二、精巧新颖的构思

陈华清的闪小说构思精巧用心，意在突破读者熟悉的生活情理和阅读顺势，颇有欧·亨利的手法又翻进一层，层层反转，读来如入幽径，曲折处处有风景。如《我一定要找到他》写"我"苟且偷生只为寻找一个塌鼻男人，"我"嗅出熟悉的味道扑向塌鼻男，被骂为"狗东西"，还被一枪打倒在血泊中，读到此开始惊讶，"我"到底是谁？但作家还在继续铺垫，引出了女孩丽丽嫁给塌鼻男而遭遇杀身之祸的前情，最后才点出"我只是一条流浪狗""这一世我是你（丽丽）身边的一条狗，来世还守在你身旁"，狗尚且如此忠诚有情义，和作为人的塌鼻男一对比，高下立现。《满福子》前半写满福子的调皮捣蛋，"谁咳嗽了他，这家人的鸡窝鸭寮保证被炸得鸡飞蛋打"，写家人亲戚对满福子的忧心，让他到省城跟随小舅舅读书，写满福子为日军制作炸药后，村民对他恨之入骨，写满妈劝阻不了儿子而自杀，"用绳子往脖子一勒，走了"，但却几乎不写满福子的反应，通篇都没有语言描写，直到最后，日军军车突然爆炸，太君把利剑顶在满福子的胸口，"他面不改色，抓住利剑往下一划，露出捆绑在身的炸药"，满福子用自己炸掉了整个日军司令部，英雄的形象顶天立地。《两地情》的反转也颇见功力，强和秀互相隐瞒了家里的实际情况，第一层反转是写秀不敢告诉强家里的惨淡情境，第二层反转是写强也不敢告诉秀，边防哨所的歌声、笑声和猜拳声都是用口技拟

229

摹出来的，颇有欧·亨利《麦琪的礼物》的风采。《老吴的运气》写了老吴的拆迁款迟迟未能拿到，女儿仅差一分未能上重点中学，一筹莫展之际，表弟曾伟的来访让一切事情有了转机，拆迁办主任亲自把拆迁费放到老吴手中，一中校长亲自把新生录取通知书放到老吴手中，一路铺垫至此，才用一句话反转点出："新上任的市委书记叫曾伟"，读者恍然大悟之际，读出作家对官场趋炎附势的讽刺，但接着又继续反转，表弟说："老哥搞错了，新来的市委书记也叫曾伟，我还是在市委看大门。"和市委书记同名的人都能引起社会一众草木皆兵的趋附，讽刺更深一层而愈显社会之病态。反转手法的使用中比较特别的是《看不见的爱》，写了失去视力的舞蹈演员"她"和丈夫的故事，丈夫以海伦为例鼓励"她"读书创作，陆续发表了作品，使得"她"成为著名的盲人作家，后来当"她"恢复视力时向丈夫索看以前发表的作品，丈夫却显得非常难堪，根本拿不出来。小说的结尾以她对丈夫的谴责结束："你怎么不经我同意就自作主张处理了？你懂得它们对我的意义吗？没有它们就不会有今天的我！"戛然而止，看似丈夫真的没有保留她的作品，但拥有全能视角的读者看来，却会联想到另一种可能性，即"她"之前发布的作品都是丈夫的善意谎言，

230

作家没有明示这一反转的真实性，但暗含着不写之写，留给读者无限的想象空间。

三、诗意的行文

闪小说因其字数少，难以展开作细致的铺写，其文学性难以呈现，但陈华清的《桃花美人》就带着散文化的诗意。开篇不写故事，而是先描述桃花景色，"桃花江原来叫清江，因其两岸种满了桃花，一到春天，十里桃花，千里红艳，如同彩霞落江边"，再往下写皇帝游江遇到桃花女，但桃花女的出场却和白居易《长恨歌》"犹抱琵琶半遮面"有异曲同工之妙，是先闻其歌再见其人，唱的还是唐伯虎的《桃花庵歌》"桃花坞里桃花庵，桃花庵下桃花仙。桃花仙人种桃树，又折花枝当酒钱"。皇帝喜爱桃花女，却被告知美人额头长着克夫痣，这里又是作家熟用的反转手法，当皇帝放弃带桃花女进宫后，小说再次反转，原来桃花女已与陈公子私订终身，克夫痣是自己点上的。《桃花美人》的后半是习用的闪小说文法，但前半部分是极其难得的一种尝试，去掉闪小说本身的紧张感，融入了卷轴慢展的散文式节奏，重复出现的桃花意象又将读者带入诗意盎然的意境里，同时彰示闪小说向散文文体借鉴的可能性和空间。

正如西华师范大学何希凡教授所说:"有小说特定的时空领域,有出人意料又在情理之中的'欧·亨利笔法',更有鲜活精彩的人物生命跃动;既借鉴了人类祖传的审美秘方,又有时髦先锋的实验性探索。但它是瘦了身的文学书写,浓缩的都是精华,浓缩更需要巧手和匠心!"①

① 何希凡:《决绝的告别与深情的反顾——我看"闪小说"登场的文学意义》,《当代闪小说》,2012年第1期。

后　记

　　这本书是程继龙君和我合作而成。程君来湛已八年有余，他热爱湛江，躬身参与湛江诗群的创作，现在又作为批评者描摹和评价湛江文学，为湛江梳理和建构文学谱系。正如书题而言，这本书仅仅是湛江当代文学的"简史"。虽然没能展现湛江文学的全部面貌，但已经勾勒出初步的线条，其他的就有待后来者为之。

　　身为湛江人，我对湛江常常有一种熟悉又陌生的亲近感和疏离感。我热爱这片土地，但似乎又并不那么真正地了解她。

　　岭南地处偏远，湛江更是岭南之南，位于中国大陆最南端的雷州半岛，三面环海，既有浩瀚无边的蔚蓝大海，又有热情漫漫的红土地。湛江人在大海风浪的锤炼之下，意志坚强又心志质朴，在广阔又温润的红土地滋养之下，心境开放又豁达。

但因为长期和中原、江南地区有地域区隔，湛江在文学方面多有不足。或许是热带、亚热带季风气候的影响，湛江人经常只感觉到夏和冬，没有春与秋，天清气朗却四季混淆。因此，比起四季分明之地，湛江人多了一种钝感，对自然界的变化不够敏感。缺少了"江山之助"，湛江似乎难以孕育善感多思的文人，也就很难产生经典伟大的文学著作。

可湛江自有她的迷人之处，一年四季，阳光明艳，一派生机勃勃。经常在朋友圈看北地大雪纷飞之时，湛江依然花开灿烂，寒冬更胜暖春。再忧伤和敏感的情绪在这遥远的海滨小城似乎都能轻易地被一荡而尽。

湛江的地理、文化和文学都有着鲜明的地域特征。海洋象征着开阔和生生不息，红土则是厚重和包容。海洋和红土共同催生了湛江文学，90年代以前的湛江创作呈现出浓郁的地方乡土文学特色，作家热衷描述雷州半岛的自然景观、风土人情和历史文化，试图从乡土中寻找生命的归宿，展现出一种真诚至极而笨拙厚朴的乡土情结。

20世纪90年代之后，湛江作为港口城市有了飞跃的发展，时代的变迁带来了新的文学因素。此时，作家试图超越地域性，尝试从地方书写转向对当代生活的经验写作和哲学思考，湛江文学也迎来了发展的契机。湛江文坛涌现了黄礼孩、洪三泰、马莉等一批具有全国性影响的专业作家，聚集了以岭南师范学院为代表的学者派文人，吸引了各行各业的生活派文学创作者……湛江文学未来可期。

乡土不仅是籍贯和生长之地，更是精神故乡。作家在乡土中得到滋养，作品呈现出独特的乡土气息。当他们超越乡土时，作品则获得了诗性的成长，表达更加宽广，直指文学本质和生命主旨。

在写这本书之前，我对湛江的地域文学几乎一无所知，而在写作的过程中，深藏于成长过程的家园记忆不断地被唤起，让我似乎通过文学触摸到了湛江的文化和精神命脉。我很感激这样的经历，海德格尔曾经说过："诗人的天职是还乡。"我通过书写湛江真正走在了"还乡"的路上。

特别感谢责编全秋生先生。他对图书、作者和读者都有着强烈的责任心，孜孜不倦地审阅并提出修改意见，这本书才得以出现在读者眼前。

罗婵媛　谨识

2022 年 5 月于康乐园

图书在版编目（CIP）数据

湛江当代文学简史 / 程继龙，罗婵媛著. -- 北京：中国文史出版社，2022.9

（湛江当代文化简史丛书 / 刘娟主编）

ISBN 978-7-5205-3615-8

Ⅰ. ①湛… Ⅱ. ①程… ②罗… Ⅲ. ①当代文学—地方文学史—湛江 Ⅳ. ①I209.965.3

中国版本图书馆 CIP 数据核字 (2022) 第 162264 号

责任编辑：全秋生

出版发行：中国文史出版社

地　　址：北京市海淀区西八里庄路 69 号　　邮编：100142

电　　话：010—81136602　81136603　81136606（发行部）

传　　真：010—81136655

印　　装：廊坊市海涛印刷有限公司

经　　销：全国新华书店

开　　本：787×1092　1/32

印　　张：7.75　字数：186 千字

版　　次：2023 年 1 月北京第 1 版

印　　次：2023 年 1 月第 1 次印刷

定　　价：268.00 元（全五册）

湛江市哲学社会科学规划项目《湛江当代文化简史丛书》（ZJ14YB14）资助
岭南师范学院科学研究处资助

林春大 ◎ 著

湛江当代
族群文化简史

文化湛江的当代视角（总序）

宋立民

1992 年，李学勤先生序吴方《中国文化史图鉴》之际说："由二、三十年代开始，已有学者编写比较系统的中国文化史。日本学者写的几本书，也被迻译到我国。后来文化史的研究冷落了一段很长时期，直到近十几年，才一跃而为历史学界最热门的课题之一。"①

如今三十年过去，看到由湛江市社会科学界联合会、岭南师范学院科学研究处大力支持，刘娟博士主编、岭南师范学院青年教师编撰的"湛江当代文化简史"丛书，感觉到发端于二十世纪八十年代的"文化研究热"还在继续，只是研究更加沉实，更加具体，没有续用"新旧三论手法""中西文化比较""重评文学史"的旗帜而已。

与"单打一"的专门研究相比，"文化研究"的切入固然是新颖的，甚至不无"捷径"的特质，但是，稍微深入一点考察，则不难发现，此类纵向跨越的研究颇不容易。

问题首先在于"多文化而无文化"。《中国大百科全书·考古卷》说："文化一词有着不同的含义，一般是指人类的人类社会在科学、技术、

---

① 李学勤：《中国文化史图鉴·序》[M].山西教育出版社，1992 年版。

1

艺术、教育、精神生活以及其他方面所达到的总成就。"美国最流行的词典《The American Heritage Dictionary》曰，文化"是一种人民或集团在特定时期创造的艺术、信仰、风俗、制度以及其他成就和思想"。笔者30年前编辑河南《大河报》的文化副刊时，已经发现"文化"的门类达数百种之多，政治、经济、军事、科技、东西方、烟酒茶……以至于"没有文化"也是"文化研究"的范畴，曰"文盲文化研究"。故此，文化研究更需要宽厚的人文科学与自然科学基础。在学科分支越发精细的时下，其难度不言而喻。

也正是在"知难而进"的意义上，"湛江当代文化简史"丛书是值得肯定的，因为筚路蓝缕不易，剑走偏锋更难——更何况体育史、族群文化史、教育史等并不是作者们读硕读博研究的方向乃至领域。

该丛书的第一个特点是当代性。

二十世纪八十年代，杂文家、文学史家唐弢与资深作家、翻译家、教育家施蛰存两位老前辈，有感于"当代文学史"出版物泛滥而著文指出：当代文学不宜写史。洪子诚先生认为，"唐弢先生说的当代文学不宜写史，主要是对当代人处理新近发生的事情的可靠性的怀疑。"意为"史"是需要沉淀的——小说《围城》里苏小姐那本《十八家白话诗人》序言，引 Jules Tellier 的比喻，说有个生脱发病的人去理发，那剃头的对他说不用剪发，等不了几天，头毛压儿全掉光了；大部分现代文学也同样的不值批评。"——疑似钱锺书本人对于白话诗的"史论"。

然而，对立的观点认为"李杜诗篇万口传，至今已觉不新鲜"，至少，看看身边人对于身边人的评价，总是不无当代意义的。例如冯文炳在北大谈新诗，就是讲身边刚刚发表的作品。问题在于欣赏者的见地与水准。梁任公《饮冰室诗话》第一则便开宗明义："我生爱朋友，又爱文学，每于师友之诗文词，芳馨悱恻，辄讽诵之，以印于脑。自忖于古人之诗，能成诵者寥寥，而近人诗则数倍之，殆所谓丰于昵者

耶。"他在第八则里又说："窃谓自今以往，其进步远轶前代，固不待著龟，即并世人物亦何遽让于古所云哉？"[1]于是他把黄遵宪的长诗《锡兰岛卧佛》推为中国"有诗以来所未有"。这种立足当代、肯定当代、放眼未来的"与时俱进"的胆识，为我们提供了理解"湛江当代文化简史"思路。例如湛江的"当代旅游"，其当代性就是毋庸置疑的。古代压根没有"旅游"这门产业——"近乡情更怯，不敢问来人"。不要以为本家宋之问已经到了自己的村口，或者至少到了老家河南灵宝（或山西汾阳），实际上他才到汉水。汉水到洛水尚有 500 多公里。是故哪怕仅仅提供了认识湛江当代教育、族群、旅游、文学、体育的一种思路或者史料，这种"当代意识"也不容忽视的。

该丛书的第二个特点是本土化。

或曰中国大陆最南端是"民风彪悍"的"文化沙漠"，那是对雷州半岛的红土文化与海洋文化知之太少。2004 年春节，著名文化学者、多次获得国家"山花奖""飞天奖"的孟宪明先生南下湛江，跟随雷州的傩舞表演跑了整整一天，拍照片上千张，大为震惊曰："失礼求诸野！中原已经没有如此完整的傩文化表演！"日前参与"湛江市优秀传统文化进校园"项目，笔者的任务是梳理"人文湛江"。结果是由浅入深粗粗分类，就涉及了湛江的地质文化、海岛文化、童谣文化、年例文化、祭祀文化、名人文化、音乐文化、舞蹈文化、台风文化、雷神文化、石狗文化、方言文化[2]——尚未包括"湛江当代文化简史"丛书里的体育、旅游、族群、教育、文学种种。

"三才者，天地人"。费尔巴哈说：文化的最终成果是人。同理，是否可以说：文化的最初据点是地，是故土、是方志。今年年初，读黄乔生新著《鲁迅年谱》，发现浙大出的这一套"浙江文化研究工程"传记类

---

① 梁启超：《饮冰室诗话》[M].人民文学出版社，1959 年版，第 1 页。
② 宋立民：《人文湛江》[M].中南大学出版社，2020 年版。

丛书，第一部分均为"家世简表"——有关鲁迅的这张简表，就是据《越城周氏族谱》而来，周知堂在该族谱上题识署："中华民国二十年四月七日会稽周氏清道房公允四支十四世作人书"。闻立鹏审定的《闻一多年谱长编》亦是将"闻氏世系"置于谱前。

浏览"费孝通江村纪念馆"与"饶宗颐学术馆"，我们不难发现，两位文化大师，均是在自己的故土起步：没有江苏吴江县庙港乡开弦弓村的社会调查，就不会有"人类学实地调查和理论工作发展中的一个里程碑"《江村经济》。饶宗颐可以居家自学而在敦煌学、甲骨学、词学、史学、目录学、楚辞学、考古学、金石学、文学、艺术史、宗教史、中外文化交流史、地理学、地方史、文献目录版本学等领域均有重要建树，家学渊源与潮汕文化的滋养功莫大焉。

"湛江当代文化简史"体例不一，写法不一，侧重不一，但是立足本土的特点十分突出，既有历史文献，又有作者自己的田野调查，可以为本地的"创文"提供文化支持，又可以为八方游客了解湛江提供方便。例如文学简史里对于著名本土诗人洪三泰的介绍，即擦亮了本土文化的品牌。洪三泰先生在74岁高龄，尚能以踏上时代潮头的诗心、认识与经略海洋的诗心、热爱港城故里的诗心和追寻艺术效果的诗心，写出了长诗《大海洋》，在"2019俄罗斯普希金国际诗歌艺术节及第二届丝绸之路国际诗歌艺术节"上，一举获得俄罗斯普希金诗歌艺术勋章，是本土的荣耀与广告，更是中国诗坛的幸事。

该丛书的第三个特点是原创性。

原创是可贵的，原创更是困难的。即便外地有现成的"文化研究"模板在，"照猫画虎"的局限性也是显而易见。正如不可以把"松下问童子，言师采药去。只在此山中，云深不知处"简单地改为"阶前问先生，言师上课去。只在此城中，校多不知处"。尤其是关于族群、教育、旅游之类的设计千家万户的领域，多如牛毛的材料如何取舍？"论从史出"

的"论"如何定位？起承转合的阶段如何划分？都是不折不扣的难题。

该课题申报之初提出了设想：首次系统对湛江当代文化的历史积淀、形态特征、现实变迁、机制创新等方面进行了较为全面深入的研究，从中提炼出湛江当代文化的精神内涵，并着眼于湛江经济社会发展的现实需求，研究湛江当代文化精神对湛江社会经济发展的重要影响，具有较强的原创性。

无论现在的成果是否完全实现了初衷，"雏形"是活生生地摆在这里。而且，几本小册子各有自己的格局与思考。例如"族群文化"的三个切入点——湛江当代族群文化的退隐、湛江当代族群文化的断裂、湛江当代族群文化的复兴，就鲜明地体现出"史"的特色。记得四十年前听北大严家炎先生谈文学史的作家作品研究，让弟子们始终记得三点：一是与前人相比，该作家或作品有什么贡献；二是与同代人相比，该作家或作品有什么特点；三是该作家或作品对于后世有什么影响。固然湛江的族群是全国族群研究的一个点，会具备一定的共性，但是这个点的特征一定是具有雷州文化气息的、无可替代的。又如对于湛江当代旅游文化发展的定位："快速起步—徘徊摸索—调整尝试—飞跃发展"，视野开阔，眉目清晰，例证充实，即便材料还可以补充更新，但是框架已经十分坚固。

龚自珍诗曰："文侯端冕听高歌，少作精严故不磨。诗渐凡庸人可想，侧身天地我蹉跎。"①说恰恰是年少时写的诗歌，精密严谨，所以不可磨灭；到了"诗渐凡庸"的老年，"斯亦不足畏也已"。笔者垂垂老矣！南下湛江二十年，写了十本小册子，曰老子文化，曰孔子文化，曰鲁迅文化，曰博雅文化，曰审美文化，曰传播文化，曰台风文化，曰韵语文化，曰死亡称谓文化，最后一本是《人文湛江》。然而，回头看看，自知纯属

---

① 刘逸年等：《龚自珍诗集编年校注》[M].上海古籍出版社，2013年版，第653页。

"打一枪换一个地方"而尚未摸到"文化研究"的门径。因此，看到年轻老师的文化论著，真是由衷地高兴，虽不敢说"少作精严故不磨"，至少从确定选题到田野作业，从资料梳理到论从史出，他们付出的辛劳显而易见。唯愿已经有了基础的诸位作者，"咬住"自己的选题，一步步深入下去，为脚下红土文化的长城增砖添瓦。

壬寅夏至于广东文理职业学院紫荆苑

作者简介：宋立民，河南商丘人。广东文理职业学院教授。全国文科高校优秀学报主编。发表学术论文 200 余篇，各类评论近 5000 篇，出版个人专著 11 部。其中评论《清明祭》入选《中国新闻学大系》《中华杂文百年精华》，名列"中国当代杂文 200 家"。

目录
CONTENTS

前 言／1

第一章　湛江族群溯源及其文化形成／10

　　第一节　远古先民／11

　　第二节　百越各族／15

　　第三节　南迁汉人／20

　　第四节　莆田迁民／28

　　第五节　湛江历史族群文化表征／34

第二章　湛江当代族群文化的退隐／56

　　第一节　湛江农村的基本情况／56

　　第二节　新中国成立后至"文革"前

　　　　　　湛江族群文化历史概述／66

1

第三节　湛江族群文化退隐的特征与成因 / 79

第四节　"文革"时期族群文化的际遇 / 83

第五节　"文革"期间湛江族群文化断裂具体表现 / 84

第六节　湛江族群文化断裂的特征与成因 / 89

第三章　湛江当代族群文化的复兴 / 93

第一节　农村社会的基本情况 / 93

第二节　改革开放前后湛江族群文化历史概述 / 104

第三节　湛江族群文化复兴的特征与成因 / 133

第四章　湛江当代不同类型族群文化个案研究 / 149

第一节　津前村：海岛村落地方性知识生成 / 150

第二节　后溪村：海边村落祖荫庇护下的人神互动 / 183

第三节　河唇钟姓：山地客家当代族群文化创新 / 201

第四节　罟帆人：红卫社区上岸的疍家人 / 226

第五节　湛江族群文化的特征 / 243

附录一 / 262

附录二 / 274

后　记 / 283

前　言

　　湛江，位于祖国大陆最南端的雷州半岛，东濒南海，西临北部湾，南与海南岛隔海相望。历史上，湛江港是海上丝绸之路的重要港口，商船、渔船、移民、经济往来、文化交往、政治流寓、族群互动等一直交织在这块地理位置优越的区域，也铸造了多元一体文化融合的湛江区域辉煌文化。2010 年 8 月，广东省委十届七次全会通过的《广东省建设文化强省规划纲要（2011—2020）》把雷州文化列为广东四大区域性文化之一。2011 年 8 月，时任广东省委书记汪洋深入雷州调研，对雷州文化给予充分肯定，并作出批示：“雷州文化是我省民系文化中历史最悠久的文化之一，应予以高度重视。”[①]随着雷州文化、雷州民系的历史地位、区域文化价值被确立，湛江区域特色文化更加被凸显，民系界定更加明晰，区域文化自信也得到进一步彰显。

　　雷州市英典北岭、徐闻县华丰岭、遂溪县江洪港“鲤鱼墩”、古铜鼓挖掘等多处古文化遗址传述着湛江五千多年的历史。在这边土地上，黎、壮、瑶、侗、苗等少数民族作为土著民族曾经创造了“蛮越之地”独具特色的土著文化，后经秦置三郡、徙其民与越人杂居以及在中原一带两汉、魏晋南北朝、唐宋元明朝代更替的战乱迫使外地人迁入雷

---

　　① 刘兵：《广东省文化厅出台措施保护发展雷州文化》[N].湛江日报，2011年 10 月 14 日，A09 版。

州半岛一带，随及带来的先进生产技术、文明礼仪、政治管理体系的介入、建书院以教化民风、立祠堂、修族谱、聚族而居等，在雷州半岛播散中原民风之气，促进土著民族文化与中原文化、闽楚文化相融合，海洋文明、江河文明、山地文明相交汇，形成了特色鲜明的区域文化类型。

自汉人入迁之后，湛江地区土著少数民族或与汉人斗争，或被同化，或被归顺，或被迫迁至海南岛、广西等地。明清之后，土著民族在雷州半岛数量骤减，至民国，所剩无几。在历史发展长河中，生活在雷州半岛的不同民族、族群间的互动，形成了现在多元一体、和而不同的湛江族群文化相对稳定的格局。古老的建筑，如寺庙、祠堂、民居等，丰富的非遗文化，如年例民俗、戏曲文化、婚丧嫁娶习俗等，无不反映着湛江雷州民系、广府民系、客家民系等不同族群文化的风格与特色。

"族群"（Ethnic Group）术语在 20 世纪 50 年代开始被台湾地区学界使用，80 年代被引入到中国大陆。

在本书中将湛江当代族群主要分为三类：雷州人、广府人、客家人。对于这三种族群的界定，主要也是从使用共同语言、具有共同祖先或拟血缘关系、有共同的历史记忆和民俗习惯以及在集体记忆中表现出较为稳定的价值意识等方面来界定。当然，在湛江地区还存在一些特殊群体，比如上岸后的疍家人、20 世纪归国的华侨等，在本文中从语言上将他们归为广府人，这一归类不排除承认从他们群体内部特征来看，有些方面有异于其他的广府人，这在本书中也会单独讨论。

在湛江历史上，一开始群体的互动更多表现在不同民族间的互动。"自交趾至会稽七八千里，百越杂处，各有种姓。"①自秦开始，"移民实边"一直是王朝统治者管理边疆的一种策略。汉武帝平岭南，则在原秦三郡基础上分置九郡，而采取的是羁縻政策，即"以其故俗治"。秦

---

① 《汉书·地理志》[O].引颜师古注。

汉时期雷州半岛民族格局分布较之先秦时期变化不大,汉人也无法一下子改变当地的民族格局,只能使用羁縻政策来管理边疆。后来随着汉人大量迁入雷州半岛、开发雷州半岛,强势的汉文化逐渐同化了雷州半岛的土著文化与土著居民,形成了汉人遍布雷州半岛的民族格局。后来在雷州半岛上的族群互动更多表现在汉人内部不同族群间的互动。而湛江地区历史上汉人不同族群的互动体现在陆地的互动以及海洋、海外的互动,由此也促成了新的地方性知识运作体系的生成。

文化是人类适应或改造环境的产物,文化形成的背后主要是人在活动,不同族群间的互动。

湛江文化经过漫长的历史沉淀,已经形成了丰富多彩、独具特色的区域性文化。历史上湛江地区作为黎、壮、苗、侗等多个土著民族居住的区域,创造了丰富的土著文化、百越文化。东汉以后则以"俚僚文化"代替"百越文化"。隋唐时期俚人发展为大规模的部落联盟,高凉冼氏势力覆盖粤西南、海南等地。当时朝廷为了稳定一方,采取"以俚治俚"的办法,启用俚人渠帅。尤其是冼氏跟高凉太守冯宝联姻后,受冯家封建礼教的熏陶,在部落中极力推行封建法治,改造俚人风俗,使俚人大量融合到汉人中去,而这时的雷州部分俚人仍以瑶、壮、侗、僚等族称保留其自身的特色,但随后他们也相继走上汉化的道路。特别是陈文玉当雷州刺史后,他"精察吏治,怀集峒落,蛮夷相继输款"(归顺后跟汉族同化),另有一部分则"相率归峒远去",或渡海到海南入黎寨,或归广西跟僮(壮)族融合,就这样雷州半岛少数民族由多变少,然而俚僚文化在雷州半岛大地上留下了深深的痕迹。[①]在湛江地区,随着雷州人、广府人、客家人三大主要族群格局的确立,三大族群所带来的族群文化与当地土著文化交融、借用,创造出雷州文化、客家文化、流寓文化、广府文化、海外文化、疍家文化、归侨文化等多种灿烂多彩的

---

① 雷州历史文化丛书编委会编:《雷州史谭》[M].广州:岭南美术出版社,2013年版,第54页。

文化丛簇。

湛江地理位置优越，是中国"一带一路"的重要支点城市。在历史上，湛江地区是南来北往船只、人员流动较为频繁、密集的地方，如据《海康县志》载："南浦津埠，县南二十里，自闽广高琼至此泊舟，仍通郡城"。南浦津在雷州城南二十里，接近南渡河口，从福建、广州、高州、海南来的商船，一般先到此停靠，然后溯江而上达雷州城。据《宋史·食货志》记载，这一时期雷州港的主要进出口货物是米、谷、牛、酒、黄牛等。除此之外，随着汉人南迁，粤西沿海港埠如梅菉港、水东港、赤坎港等也开始形成和发展。素习航海经商的闽人，纷纷乘船来雷州经商和定居。① 湛江地处环南中国海域，族群文化的形成是来往于这片海域多种族群间互动的结果。而湛江族群文化形成的背后所带有的海洋文明、江河文明、山地文明等三大文明交汇交融，也铸造了湛江区域文明的辉煌。

语言是一个地方文化的"活化石"，也是一个族群文化交流、传承的重要载体。《左传·僖公二十四年》："言，身之文也。"可见，语言是内植于一个人身体并通过行为表达的一种富有生命力的载体。张应斌教授谈到："言语不仅是交际工具，也是人的籍贯、文化教养的直观表现。母语的形成伴随人之所以为人的过程，它还是人的社会关系、乡土情感和人的本质的重要载体。"② 这也与唐章孝标《初及第归酬孟元谧见赠》："每登公宴思来日，渐听乡音认本身"相应和。从族群文化的角度来看，语言也是一个族群区别于"他群"、具有高识别度的载体。相同的语言往往在不同的区域空间中会产生族群的认同。

据《石城县志》："言语不一，有客话与广话相类，其余有哎话、雷话、地僚海僚话，大抵上音各异，习俗亦殊。"③ 可见，在清朝时期，

① 申友良：《宋代雷州港的对外贸易研究》[J].社科纵横，2016，31（3）.第107—111页。

② 张应斌：《雷州话生成的历史过程》[J].湛江师范学院学报，2012，33（1）。

③ 蒋廷桂修：《石城县志》[M].光绪十八年（1892年）高城联经刊印本，石城即今廉江卷二《舆地志下·风俗》。

4

湛江地区的语言体系的构成和现在已无大区别。另据《重修石城廉江县志》卷二《舆地志下·语言》："县之语言有三种：一曰客话（即白话），附城及南路一大部分，西路一小部分略同，多与广州城相类……附城东又有地僚音，西路又有海僚音。二曰哎话，东路、北路及西路一大部分，附城一小部分皆同，与嘉应州相类。三曰黎话，南路、西路各一小部分俱有，附城之东南亦间有之，与雷州相类。"[①]从《重修廉江石城县志》的时间来看，到了 20 世纪 30 年代，湛江地区的语言分布格局已形成。同时，由于语言使用的载体是人群，因而语言格局的形成也是族群分布区域的形成。对于湛江地区语言形成的过程，在《湛江市志》（2004）有详细记载：

秦汉以前，今湛江市境内是古越族人生活地区。汉魏以后出现了壮、侗、黎、瑶、苗等多个民族。壮、侗族所操语言属汉藏语系壮侗语族；苗、瑶族所操语言属汉藏语系苗瑶语族。春秋战国时期，吴越及楚人入粤，始有汉语在粤地流播。秦汉时期，大批中原汉人进入岭南，其中部分人进入雷州半岛一带。这些早期的迁民多来自中原，带来了汉语。大量移民来到雷州半岛及其北部一带是唐宋元明时期。唐朝的地方政府在屯门设镇保护过往船只，因此沿粤东海道进入岭南的人日益增多。当时雷州半岛一带人口稀少，有大量肥沃土地尚可开发，相当部分人便安屯于此，主要分布于徐闻、海康、遂溪三县，亦有小部分到了廉江及吴川，这些从粤东海道而来的"新客"多是福建人，因而带来了早已形成于福建一带的闽语。他们人多势众，且带来了先进的生产工具和技术。原居住这里的土著民族部分往外地迁徙，部分与当地操闽语、粤语的人相融合。大约到了明代，在今湛江市境内闽语和粤语成了最通行的语言。唐宋时期，不少政治家、文化名人被贬雷州，对"中州正音"之传播起了重要作用。如宋代名相寇准被贬雷州期间，就曾向本地士子、民众亲授"中州正音"，使官话在一些城镇中得以传播。据明万历年

---

① 安铺华安印务书局：《重修石城廉江县志》[M].1932 卷二《舆地志下·语言》。

间欧阳保所纂《雷州府志》载："雷之语有三，有官话即中州正音也，士大夫及城市居者能言之；有东语亦名客语，与漳潮大类，三县九所乡落通谈此；有黎语，即琼崖临高之音，惟徐闻西乡语之，他乡莫晓。"这里所谓"客语"亦即雷州话，由于闽人是外来人，原居住于雷州的本地人则称之为"客"，便称其语言为"客语"；而"黎语"并非指今天本地人所说的雷州话，而是指通行于海南少数民族地区的黎话，属壮侗语族。

在福建等地移民大量迁至雷州一带的同时，大批经商的粤人亦迁入本地市镇开业，使早已形成于西江一带的粤语在市镇间通行。较早的有梅菉镇及吴川、廉江等地的其他市镇。由于这些市镇的商品经济较发达，使得粤语成为城乡交际的通用语言。元明清时期，来自顺德、恩平、高州等地粤语区人口相继迁到廉江、吴川等地农村，使操粤语的人口不断增多。此外，明清期间，来自福建汀州府及广东嘉应州的客家人迁到廉江，带来了客家方言。至此，湛江出现了三大方言。闽、粤、客三大方言传入湛江后，在漫长的历史发展中，分别受到本地语言环境的影响，各方言都发生了一定的变化，形成了各自的特色。闽方言发展成为有独特个性的雷州话，粤方言发展成为湛江白话、吴川话等，客家话

湛江语言的变迁图[1]

---

① 李亚强，周文硕，朱明杰：《湛江方言是本土文化的根》[N].湛江晚报，2015年3月31日（第7版：湛江实时话题）。

也成了具有本地特色的偓话。①

湛江地区语言分布发展格局的形成是建立在历史上不同族群的互动与迁移中形成。随着秦统一六国、中原官话进入百越地区之后，就开始影响着当地的土著方言，加上两汉时期的动乱、边境匈奴、胡人的长期骚扰、明清抗倭、古代海上丝绸之路商贸往来等多种因素的推动，湛江方言形成了以汉族方言为主的语言格局形成。"从人口来看，操雷州话的约占全市总人口的51%，粤语约占33%，客家话约占12%。"②雷州话、粤语、客家话三种语言分布格局具体如下：

雷州话：作为闽南方言的次方言，是湛江地区使用区域最广泛、使用人口最多的方言。主要分布在海康县境21个区镇（注：客路、英利等区有几个乡讲白话、偓话）；徐闻县全境18个区镇（下桥，曲界等区以及县属国营农场有些居民讲白话、偓话）；遂溪县全境23个区镇的大部分（北坡、港门、草潭三区讲白话，洋青、杨柑有些乡讲白话、偓话）；湛江市麻章、湖光、太平、民安、东山、东简、硇洲等七个市辖郊区，以及赤坎、霞山两个市区的一部分居民；廉江县的横山、河堤、新民（部分乡村讲白话）、龙湾、营仔（部分乡村讲白话）等五个区；吴川县的覃巴部分人讲白话、兰石、王村港三个区。估计讲雷州话的人口有275万多人。③

粤语：亦称白话，粤语的发展与湛江商贸的发展和族群的互动有很大关系。粤语进入湛江地区较晚，但是由于商贸关系，使用粤语的人数发展很快。由于商贸交流主要是在湛江市区，所以粤语在湛江市区，尤其是赤坎一带使用较为广泛。广州湾时期，广州、香港很多讲粤语的人纷纷跑来湛江，也促进了粤语的进一步发展，形成了具有地方鲜明特色

① 湛江市地方志编纂委员会编：《湛江市志》[M].北京：中华书局，2004年版，第2045—2046页。

② 湛江市地方志编纂委员会编：《湛江市志》[M].北京市：中华书局，2004年版，第2047页。

③ 欧立华：《湛江地名的语言学分析》[D].四川外国语大学硕士学位论文，2017版，第206—207页。

的"湛江白"。粤语主要分布在吴川县境内(王村港区、兰石区、覃巴区讲雷州话和海话);湛江市区赤坎、霞山两区的中心街道,以及市辖郊区坡头区;廉江县的廉城镇、安铺镇、石城、良桐、平坦、新华等六个区镇的全部,吉水区的大部分(少部分乡村讲偓话),新民、营仔两区的部分乡村(还有部分乡村讲雷州话)。此外,在海康、徐闻、遂溪三县境内,还有一些零星分布的居民点也讲白话,如海康县客路区的高坡、三塘、恒山、赵宅等乡;徐闻县下桥区的信桥、二桥,曲界区的南胜、石灵溪等乡;遂溪县的北坡、港门、草潭三个区。这些区乡的白话居民,大多是新中国成立前从雷州半岛北部粤西地区高州、化州、信宜等县迁来的。估计讲白话的人口有 174 万多人。^①此外,湛江的海话分布于廉江县沿海车板区名教、南桐、旧埠、多浪、坡心、龙头沙等乡,高桥区德耀、坡启、红寨等乡,营仔区的下洋乡。《石城县志》称这种海话为"海僚音",本文称为"廉江海话",今天使用的人口约有五万多人。^②

客家话:又作"哎话""偓话""山话",如《电白县志》谈到:"唐宋以前,僮谣杂处,语多难辨……海旁声音近雷琼曰海话,山中声音近潮州、嘉[应州]曰山话。"^③赵越老师普查了 28 个镇(包括 226 个居委和村委、2297 个自然村)、9 个农场(包括 276 个场队)客家人口的分布,得到的普查结果是,湛江的客家人口共约 71.61 万人。^④主要分布于廉江县西部和北部的塘蓬、石颈、和寮、长山、石角五个区的全部,以及河唇、石岭、青平、高桥四个区的大部,河堤、营仔两区的部分乡村,这几个区的偓话与广西东南部古城、英桥一带的偓话可

---

① 欧立华:《湛江地名的语言学分析》[D].四川外国语大学硕士学位论文,2017 版,第 209 页。

② 欧立华:《湛江地名的语言学分析》[D].四川外国语大学硕士学位论文,2017 版,第 211 页。

③ 孙铸修,邵祥龄等纂:《电白县志》[M].光绪十四年(1888 年)刊本卷三《舆地三·方言》。

④ 黄梦秋:《粤西方言探秘:今次讲讲湛江话》.粤西网[EB/OL],2013-10-21. http:∥www.yuexw.com/a/20131021/46589.htm.

以连成一片。此外，雷州半岛其他各县也有一些乡村讲㑩话，如海康县英利区的英益、英益墩、大桥三个村，遂溪县城西区的搬迁队等等。这些零散的㑩话村都是 50 年代末 60 年代初修建鹤地水库时陆续从廉江县的㑩话区迁来的。估计讲㑩话的人口约 61 万多人。[①]

湛江方言来源及分布图[②]

在湛江这块古老神奇的红土地上，湛江族群及其文化历经漫长历史时期的交往融合，形成了具有鲜明区域特色的基本形态。新中国成立以来，湛江族群文化发生了波动性变化，在本书中分为族群文化退隐、族群文化断裂、族群文化复兴三个变迁阶段，每个阶段都基于这个时间段国家政策大背景之下来对湛江乡土社会现状进行分析，结合了很多丰富的个案、访谈录、口述史、历史资料等进行研究。从学科研究视角层面，本研究侧重于人类学、社会学研究，并结合民族学、民俗学、历史学、考古学等多学科交叉视角，如黄淑娉教授所说"我们的研究，很重视历史文献，但是不局限于用历史文献资料。人类学运用田野调查和历史研究相结合的方法。我们不仅仅是用文献资料，更着重对民间社会的现状作实地调查；我们不仅仅研究大传统文化，更着重研究民间社会的小传统文化。我们认为，这样的研究，能够更深入地了解文化的本质。"[③]

---

① 欧立华：《湛江地名的语言学分析》[D].四川外国语大学硕士学位论文，2017 年版，第 210 页。

② 李亚强，周文硕，朱明杰：《湛江方言是本土文化的根》[N].湛江晚报，2015 年 3 月 31 日（第 7 版：湛江实时话题）。

③ 黄淑娉：《广东汉族三大民系的文化特征》[J].广西大学学报（哲学社会科学版），1998.12，20（6）。

第一章　湛江族群溯源及其文化形成

　　古代先民在新石器时代就已经生活在雷州半岛一带。据考古材料证实，他们生活在湛江地区至少有 5000 年的历史。作为雷州半岛上的土著居民，"僚""僮""侗""黎""苗""瑶"等少数民族在尚未开发的原始蛮荒文明形态中创造了各自不同的民族文化。这一时期居住在雷州半岛的族群是西欧、骆越等蛮夷部落。[①]随后，公元前335年，楚灭越之后，"楚子熊挥受命镇粤，至此开石城，建楼以表其界"。[②]雷州半岛开始纳入楚国管辖范围，楚国也开始将中原一带的先进文化引入到雷州半岛，促成雷州半岛文化形态逐步形成新的文化雏形。

　　秦汉时期，随着海上丝绸之路的开辟，雷州半岛被纳入中外文化交流的重要区域，尤其是自秦始皇派任器、赵佗平百越，置南海、桂林、象郡三郡，雷州属于象郡之后，雷州半岛正式在政治体系上纳入中原王朝的管辖范围。由此，湛江地区也进入全面开发和新型族群文化类型培育的重要阶段。此后不断有移民或被迫、或自发、或政治迁民等迁入湛江地区。自唐迄宋，不断有闽人迁址雷州。唐代已有"徙闽南之民于合州"之说。宋代大迁闽南（厦门、泉州、漳州、莆田等地）之民于雷州，雷州半岛的土著居民有的被汉化，

---

① 王钦峰:《雷州文化的基本类型和发展脉络田》[J].岭南文史, 2013 版, (6)。
② ［明］黄佐撰:《广东通志》[M].广州: 广东省地方史志办公室眷印, 1997 版。

有的迁往广西，有的渡海至海南岛。到两宋时期，雷州半岛已出现很多闽南莆田移民聚居的村落。[①]据《雷祖志》中记载："雷州人祖先，大多在唐、宋、明之时，来自莆田等地。"外来移民的迁入，逐渐改变了雷州半岛人口格局，莆田移民及其后裔成为雷州半岛人口的主体。[②]闽人在雷州客居之多，并与当地语言相互影响，从而逐渐演变成闽语在广东的另一分支——雷州方言。[③]此外，秦汉之后，随着湛江地区商贸的发展以及中原动乱加剧，以粤语为母语的广府人、以哎话为母语的客家人也先后迁居此地。本章主要从远古先民、百越各族、南迁汉人、莆田迁民[④]四个部分，通过共时性与历时性两个层面对湛江历史族群文化的形成进行解读，梳理整个湛江历史族群文化的形成过程。

第一节　远古先民

早在七八千年前的新石器时代，雷州半岛已有人类繁衍生息。2002—2003 年，遂溪县江洪镇鲤鱼墩遗址的出土也证实了远古先民在七八千年生活在雷州半岛这一事实。作为目前雷州半岛发现最早的人类居住遗址，鲤鱼墩遗址出土的陶片、石器、骨器、鹿角及遗弃的贝壳、人骨遗骸以及人体遗骸的侧身屈肢葬、仰身屈肢葬、贝丘葬、割体葬等特点，为我们现在考究湛江族群文化历史早期的发展提供了宝贵资料。

---

① 杨师帆：《论粤西雷歌文化构成的多元性》[J].湖南科技学院学报，2013 年 1 月.第 34 卷第 1 期.第 193 页。

② 黄战：《论雷州半岛文化特色的形成及发展》[J].岭南文史，2007（4）.第 16—20 页。

③ 力志钦，蒋祖缘：《广东通史》（古代上册）[M].广州：广东高等教育出版社，1996 版，第 899 页。

④ 笔者按：莆田迁民原本属于南迁汉人的一支，雷州民系的主体是生活在雷州半岛、会讲雷州话的群体，而这一群体绝大部分都是来自福建莆田一带。他们入迁雷州半岛对促进湛江地区新的族群文化格局的形成占着非常重要的地位。因此，在本章中单独详细从不同的文化层面进行解读这一族群的形成。

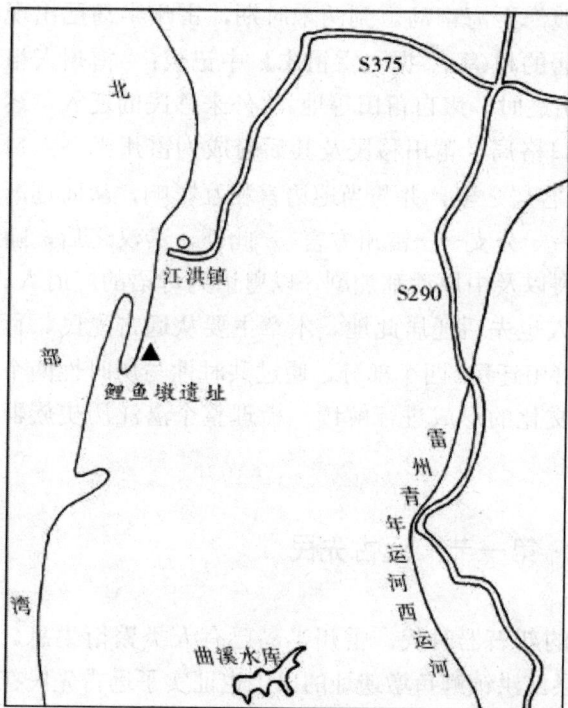

据文物普查,在雷州半岛的西海岸（北部湾沿岸）发现有新石器时代山冈遗址多处。其中有海康县属的卜袍岭、兰园岭、英典北、石头堰等山冈遗址,徐闻县属的华丰岭山岗遗址,遂溪县属的江洪镇鲤鱼墩贝丘遗址及人骨遗骸,其出土器物十分丰富,有石斧、石锛、石网坠、敲砸器、穿孔器等磨光石器,还有砺石及红褐色夹沙陶片等。从这些遗址的出土器物看,它属于新石器时代遗物。[2]这些早期具有地域特色的文物呈现了湛江地区早期先民的生活与文明发展的样态。

鲤鱼墩遗址[1]

有肩石铲在雷州溪南水库和英利镇那停村的发现是湛江地区远古先民文明发展的一个重要标志。雷州半岛远古先民在蛮荒的原始生活状

---

① 1983 年,文物普查时发现鲤鱼墩遗址。1986 年,做过小规模试掘。1991年,被公布为湛江市文物保护单位。遗址位于遂溪县江洪镇北草村东边角村东南部的鲤鱼墩。鲤鱼墩是一个东大西小的土墩,因形似鲤鱼而得名（广东省文物考古研究所、湛江市博物馆、遂溪县博物馆。广东遂溪鲤鱼墩新石器时代贝丘遗址发掘简报,2015 年第 7 期,第 6 页。）。

② 雷州历史文化丛书编委会编:《雷州史谭》[M].广州:岭南美术出版社,2013 年版,第 3 页。

态中从事渔猎的生计方式。"英利镇那停村东至东里镇，西至英利镇覃典村，南至徐闻县锦和镇，方圆几十公里都是红壤土，有利于农作。因此有肩石斧是与大型有肩石铲、有段石拍同时出土，是雷州先民从采集渔猎生活逐步进入稻作农业时代的物证。"①而在远古先民时代，制造石器的工艺水平较低，能拥有一件大型有肩石铲，这不仅仅是一种生活需要，而且这已经远远超出了被视为生产工具使用的范畴，成为一种当时先民权力与地位的象征。因为有肩石铲在当时生产工具落后的时代已经属于先进的生产工具，一般是当时氏族部落首领所拥有的工具。这也标志着在湛江地区生活的远古先民由于生活与生产的需要，已经从原始分散的生活状态中，开始形成了组合型的生活共同体，较为集中地生活在一起，并通过原始的方式出现带领这个"生活共同体"进行日常的生活、生产的首领，也象征着先民的生活样态由原始散居状态进入酋长制的规范统领阶段。同时，氏族部落的形成，他们在信仰祭祀、生活聚会、生产劳作等方面也以群体的方式进行，促使了最原始的、不成文的社会规范与社会管理秩序的形成。"2002 年 5 月，雷州市英利镇那停村出土了一件 4000 多年前的有段石拍。有段石拍属于棍棒型带柄石拍，通长 28.5 厘米，拍身长 14.5 厘米、宽 7.5 厘米、拍身中部厚 4 厘米、拍尾厚 3 厘米，拍的两侧有线条勾状纹分别有 10 条和 11 条，拍柄长 14 厘米、宽 5.5 厘米、厚 3.5 厘米，重 1533 克。石拍形状完整，也有点磨损的痕迹，是目前国内外发现棍棒型带柄石拍重量最重的一件。"②石拍是一种制作树皮布衣、打剁葛根之丝织布的工具。古籍曾记载"雷人善织葛，其葛产高凉、硇洲，而织于雷"。石拍的发现是湛江地区远古先民文明发展的又一标志。从衣物穿着方面来看，树皮布衣生产工具的制作推动着他们在穿着方面文明意识的发展。

1982 年，在雷州半岛西海岸先秦时期的山冈文化遗址出土的灰、红软陶片中，发现有弦纹、篦纹、绳纹、席纹、夔纹、米字纹、叶

① 邓碧泉，吴茂信主编：雷州文化[M].广州：岭南美术出版社，2013 年版。
② 邓碧泉，吴茂信主编：《雷州文化》[M].广州：岭南美术出版社，2013 年版。

脉纹、云雷纹、双线交叉十字纹、方格纹戳印十字圆圈纹、方格纹戳印菱形纹等。纹饰形式多样，是彰显雷州先民进入农耕社会的文明标志，也遗留下雷州先民对自然雷神崇拜的符号。[①]在一定程度上也彰显了湛江先民在民间祭祀与图腾崇拜的信仰体系的初步系统化，尤其是后来在徐闻县曲界镇愚公楼村、廉江市石城镇飞鼠田村、雷州市英利镇覃典村等地大量古代铜鼓的发掘，铜鼓上的纹饰图案更加鲜明地呈现出当时先民们对于自然雷神、风火、太阳等自然神灵的崇拜。"湛江地名文化有反映宗教信仰的，如道教地名东岳村、灵山里；反映贸易商贾的，如牛墟、井尾坡、十三行"。[②]同时，铜鼓在百越文明体系中也是一种权力象征和酬祭雷神的重器，经常用于征战、娱乐与传信。在陈志坚先生的研究中，将铜鼓的主要用途归纳为以下几点：①权力象征。《隋书·地理志》记载："有鼓者，号为都老群情推服"，"鼓唯高大者为贵。"②财富象征。《明史·刘显人传》说："鼓声宏者为上，可易千牛，次者七八百。得鼓二三，便可僭号称王。"③敬祭雷神。清屈大均《广东新语》记述："雷人辄击之以享雷神，亦号之为雷鼓云。雷，天鼓也，霹雳以劈历万物者也。以鼓像其声，以金发其气，故以铜鼓为雷鼓也。"④击之为乐。明代魏浚《西事珥》中说："夷俗最尚铜鼓，时时击之以为乐。"⑤集会传信。晋人裴渊《广州记》说："鸣此鼓集众，到者如云。"清人檀萃《滇海虞衡志》记："会集击之，声闻百里以传信。"⑥指挥战阵。南宋陆游《老学庵笔记》中说："南蛮至今用于战阵、祭享。"对于雷州半岛一带远古先民器物文化的挖掘，我们不但发现了湛江族群文化在早期不同阶段的发展过程，还可以看到在不同的发展历程中不同器物作为文明发展象征符号，在早期的部落发展、生产生计方式更替、民间信仰体系构建、权力运作体系以及族群区域特色文化特质的形成中发挥着重要影响。

---

① 陈志坚著：《雷州文化》[M].序二，香港科技大学华南研究中心出版，2011年10月。

② 《湛江文史系列丛书地名文化》[M].广州：岭南美术出版社，2013版，第2页。

第二节　百越各族

一、百越"族称"发展概况

百越非单一民族,而是历史上生活在我国南方地区的多民族共同体的统称。在邓碧泉、余石主编《民俗文化》一书中有谈到:百越族在不同时期有不同的称谓:夏朝称"于越";商朝称"蛮越"或"南越";周朝称"扬越""荆越";战国称"百越"。百越族是一个民族众多且族类相近的大族系。《隋书·南蛮列传》有:"南蛮什类,与华人错居,曰蜒、曰襄、曰俚、曰僚、曰拖,俱无君长,随山洞而居,古之所谓百越是也。"《逸周书·王会解》有"东越""欧人""于越""姑妹""且瓯""共人""海阳""苍梧""越区""桂国""损子""产里""九菌"等名称。

百越各族在雷州半岛的分布格局[①]

宋代罗泌的《路史》又具体解释了百越的族称有:"越常、骆越、瓯越、瓯皑、且瓯、西瓯、供人、目深、摧夫、禽人、苍梧、越区、桂国、损子、产里、海癸、九菌、稽余、北带、仆句、区吴,是谓百越。"[②]《隋书·南蛮传》载:"南蛮什类,与华人错居,曰蜒、曰儴、曰俚、曰僚、

---

① 这是《职方记略》中的一幅夏禹治水构拟图的雷州半岛部分。(参见邓碧泉,余石.民俗文化[M].岭南美术出版社,2013年版,第53页。)

② 邓碧泉,余石:《民俗文化》[M].广州:岭南美术出版社,2013年版,第22—23页。

15

曰迤、俱无君长，随山洞而居，古之所谓百越是也。"《隋书·地理志》云："自岭南二十余郡，……其人俚獠。"可见，百越作为南方多民族的统称，其内部支系非常多，而且同一支系在不同历史时期的族称有些会有变化。历史上生活在湛江地区的百越支系主要是骆越[①]，两汉称乌浒，晋至隋唐称俚僚。对于当时骆越与其他古越人支系的分布，在《吕氏春秋·恃君》篇曰："扬汉之南，百越之际。"《汉书·地理志》注引臣瓒言："自交趾至会稽七八千里，百越杂处，各有种姓。"

生活在雷州半岛的古越人有着自己的民族语言和文化特征，如"种植水稻、制造及使用有肩石器或有段石锛、几何印纹陶和具有特色的青铜器，以及断发文身、住千栏、擅用舟揖、嗜食海产和鸡骨占卜等。"[②]生活在湛江地区百越各族都有着自己的民族语言，有着丰富的民间信仰和图腾崇拜。生活在江海边的古越人"习于水斗，便于用舟"[③]，也"善于造舟"[④]。古越人生活所处的环境较为恶劣，他们在与自然环境抗争、调适的过程中形成了鲜明的族群特色，其生活习惯、民俗信仰、行为表达等都构建了有区别于"他族"的民族文化特质。

---

① 笔者按：关于"骆越"之名的起源，《水经注·叶榆河》引《交州外域记》有载："交趾昔未有郡县之时，土地有骆田，其田从潮水上下，民垦食其田，因名为骆民。"《吕氏春秋·本味篇》有"招摇之桂，越骆之菌"一句。高诱注曰："越骆，国名：菌，竹笋。"晋戴凯之《竹谱》引作"骆越"而未加说明，应有所本。高诱所谓"国"者，实为部落联盟之类。其活动，司马迁在《史记·南越传》"佗因此以兵威边，财物赂遗闽越、西瓯、骆，役属焉"下谓，"姚氏案《广州记》云，交趾有骆田，仰潮水上下，人食其田，名为骆侯人"。北魏郦道元《水经注·叶榆水》卷三七引《交州外域记》亦曰："交趾昔未有郡县之时，土地有雒田。其田从潮水上下，民垦其田，因名雒民。"骆、雒相通。垦食骆田之越人，是为骆越。骆越是战国秦汉时期分布于桂西南、雷州半岛、海南岛以及当今越南北部区域的一个族群。（参见邓碧泉，吴茂信，陈鸣主编：《雷州文化》[M].岭南美术出版社，2013年版，第15页。）

② 邓碧泉，吴茂信，陈鸣主编：《雷州文化》[M].广州：岭南美术出版社，2013年版，第14页。

③ 班固：《汉书·严助传》[M].长沙：岳麓书社，1993年版。

④ 欧阳询：《艺文类聚》[M].卷77[Z].上海：上海古籍出版社，1999年版。

16

百越文化特质作为一种族群文化象征符号，成为了湛江区域历史文化的重要组成部分。

二、湛江百越各族民族格局的历史发展

粤西一带历史上被视为"南蛮之地"，黎、苗、壮、侗等民族作为雷州半岛的土著居民，很早就生活在粤西这片土地上，这在考古器物与现存地名①中都可得到考证。殷商以来，岭南百越各族及其先民已经开始与中原一带、吴、越、楚等地区进行频繁的经济往来。《史记·五帝本纪》载："北至于幽陵，南至于交趾，西至于流沙，东至于蟠木，动静之物，大小之神，日月所照，莫不砥属"。这一记载说明：岭峤之南而交趾之属的雷州半岛在五帝之时已通声教。《史记·五帝本纪》又载，舜受禹，"定九州，各以其职来贡……至于荒服，南抚交趾"。可见，在这个时期中原王朝的政治体系已经影响到南方交趾一带。公元前212年，秦始皇派遣任嚣、赵佗平定南越，将南越之地纳入中原王朝统治的版图之中，管制其民，教化其风，迁民谪戍，开启汉越杂处之端。《史记·南越列传》亦有载："秦时已并天下，略定扬越，置桂林、南海、象郡，以谪徙民，与越杂处……"值得一提的是，秦朝迁移至雷州半岛一带是有计划、分批次地进行：首先"发诸尝逋亡人、赘婿、贾人略取陆梁地以适遣戍"。（《史记·秦始皇本纪》）即第一批将罪犯、入赘他家的男子以及从事经济活动的商人发配至雷州半岛一带，这一批号称有五十万人。这是秦朝第一次大规模迁徙其民与百越各族杂居所形成新的民族居住分布格局。第二批是"适治狱吏不直者，

---

① 可参看：周振鹤、游汝杰《方言与中国文化》、罗常培《语言与文化》、李锦芳《论百越地名及其文化蕴意》、习光全《百越语地名与地方历史》《湛江市地名志》、《湛江文史系列丛书地名文化》、邓碧泉，余石《民俗文化》、鲁扬《俚语古村名：少数民族村落的活化石》、张进荣《从地名文化的视角看粤西吴川人和海南临高语族群的关系》、欧立华《湛江地名的语言学分析》。另：屈大均在《广东新语》提到："自阳春至高、雷、庸、琼，地名多曰那某、罗某、多某、扶某、过某、牙某、峨某、陀某、打某等"。

筑长城及南越地"。(《史记·秦始皇本纪》)这一批出于政治管控的需要，把朝廷中不听话的官员、听讼断狱不公平的官吏发配到雷州半岛。第三批是出于南方边境长治久安、军队内部较为稳定的考虑，在赵佗"求女无夫家者三万人，以为士卒衣补，秦皇帝可其五千人"(《史记·淮南衡山列传》)。这一批专门迁移一批女子到南岳各地，与守卫岭南的官兵组成个体家庭或与越族人通婚，推动了整个岭南地区中原文明体系介入的进一步发展。

西汉时期，汉武帝重划郡县，将岭南部分地区少数民族同汉人一样采用编户齐民的方式进行管理，促进了雷州半岛土著少数民族在社会形态发展上逐步由原始部落社会发展成为封建社会的早期形态。这一时期，又有大批的中原人或是留戍落籍于当地，如当时很多官兵跟随着马援南征，最后留在南方生活；或是被流放到雷州半岛，这种情况以后很多朝代都会出现，比如坐落在雷州西湖的十贤寺中的十位流官都是被贬流寓到雷州半岛；或是因中原战乱，雷州半岛相对太平、土地较多，如北宋大政治家、大文豪苏轼在《伏波庙记》中曾指出："汉末至五代，中原避乱之人多家于此（指雷州）。"南迁汉人自汉朝之后不断有人迁入雷州半岛。如道光《广东通志》卷92："东晋南朝，衣冠望族向南而迁，占籍各郡。"陈朝期间不但仿效汉武帝将越人纳入郡县编户，还征收赋税。据《隋书·地理志下》所载："平陈，以此为合州，置海康县，大业初州废，又废摸落、罗阿、雷川三县入。"这里谈到的"摸落、罗阿、雷川"三县就是当时郡县管理的产物，黎族、壮族等少数民族被纳入封建王朝的统治体系。此外，随着中原人迁入雷州半岛，他们都致力于教化越人，开启其文明风气，如《后汉书·南蛮西南夷列传》载："锡光为交趾任延九真，于是教其耕稼，制为冠履，初设媒聘，始知婚娶。建立学校，导之礼义。"这在一定程度上推动了雷州半岛历史时期的社会改革和文化发展。

冯孟钦《雷州半岛早起居民的来源问题》一文提到："如果说广东的历史转折点发生在秦汉，那么粤西南的历史转折点则发生在唐宋之间，后者乃以粤西南的俚人完成了汉化过程，'俚人'这一称谓

18

消失为标志。也是从唐朝开始，政府开始有计划地向雷州半岛移民，至宋代，移民的数量占到了优势地位，以致今天绝大多数当地居民每谈到祖上前来的时间，言必称两宋。"①对于百越各族的管控以及强制性教化其民开启中原文明之风推广、征收赋税等措施，引起了雷州半岛当地很多部落、少数民族的不满，反抗封建统治的斗争不断。如据《宋史·仁宗本纪二》卷十载：景佑二年（1035 年）五月"瑶僚寇雷、化州，沼桂、广会兵讨之"。据《元史·仁宗本纪三》卷二六载："延佑六年"（1319 年）广东南恩，新州瑶……龙郎庚等为乱"。《元史·泰定帝本纪一》卷二九载："海北②瑶酋盘吉祥寇阳春县。"后来中原王朝推行"以俚治俚"的羁縻制度，在一定程度上减少越人的反抗斗争。《新唐书》卷四十三下有载："为都督或刺史，贡赋版籍，多不上户部，然声教所及，皆边州都督、都护所领，著于令式。"在雷州半岛地区，史籍有载当时雷州府首任刺史陈文玉平反当地土著反叛朝廷的事迹，如据《雷州县续志·雷祖志》载："五代后梁开平四年庚午，黎族首领发、符孟喜等倡乱，钦差都知司马陈襄直发十二戈船讨平之。"另据《海康县续志》坛庙条云："（唐）贞观五年（陈文玉）出就荐辟，官本州刺史，旧有瑶③、壮、侗、僚、与黎诸贼皆惧，归峒远去，自是雷无贼患。"这一时期雷州半岛大部

---

① 冯孟钦：《雷州半岛早起居民的来源问题》广东省博物馆编：《天南重地：雷州历史文化》[M].广州：岭南美术出版社，2012 年版。

② 笔者按：海北，指当时的钦州、廉州、雷州诸路。

③ 据廉江县清嘉庆二十四年（1819 年）张大凯修的《石城县志》记载：宋时县境内居住的瑶族人共五百二十多人，分为"东山瑶"和"西山瑶"两个部分。"东山瑶凡十；甲"，"西山瑶凡十一甲"。东西两瑶各设一个管理人，叫"抚瑶"。再上一层设"克甲"总管两山之瑶。明成化间知府孔镛采取开明政策，安抚瑶民。结果"升平日久，瑶民化"。从此瑶民作为一个民族就在雷州半岛北部的廉江县消失了。清道光《遂溪县志·乡都志》社村条还列有瑶山社一条，但下面却没有村名。清以前的"社"相当于现在的区乡。只有社名而没有村名，至清末已名存实亡，说明这里的瑶民已被同化或外迁了。（参见：邓碧泉，余石：《民俗文化》，广州：岭南美术出版社，2013 年版，第 53 页。）

分的少数民族纷纷迁徙到广西、海南、越南等地。在这期间俚族首领冼夫人跟陈文玉一样致力于维护百越各族的统一以及各民族的团结，加速推进了历史民族团结大融合局面的出现。

据史料记载，唐代至明代是闽人、中原汉人大量迁移到雷州半岛的高峰时期。明代李贤等编撰《明一统志》也可印证。该书卷82："州（雷州）杂黎俗，故有官语、客语、黎语。官语，则可对州县官言。客语，则平日相与言也。黎语，虽州人，或不能尽辨。"这是元明时期雷州府多方言格局形成的佐证。三种语言中，官话仅是对外来官吏的衙门语言；客话即东语，已是平时通语；黎语已少解人，它已濒危。[1]从语言的分布格局和使用情况可以看出到了元明时期，分布在雷州半岛的土著居民人数逐渐减少。《廉江县志》[2]记载：古时有瑶族 520 人，明宣德七年（1432 年），广西瑶僮从陆川入县境残掠。《康熙阳江县志》卷二[3]："境外猺獞潜入，住良猺，赴县陈告，欲自立户籍。"经过了上千年的历史演变，汉人入迁湛江地区之后，人数在不断增多，而壮、侗、黎等民族的人数却逐渐由多变少，甚至逐渐在雷州半岛一带消失了。因此，至清朝民国之后，湛江地区的族群格局分布已经形成了同当代湛江地区族群分布相接近的格局。

第三节　南迁汉人

在中国历史上，人口迁徙是常态，动因有很多，比如战乱、灾害、瘟疫、逃难、政治流官、戍边军队落籍、外地商人经商等，在湛江地区人群的流动、族群的互动也如此。在历史上湛江第一次人口大规模迁移是秦朝时期，据《资治通鉴·秦纪二》有"始皇三十三年，置桂林、南海、象郡，以谪徙民五十万人戍五岭，与越杂处"。尔后，西汉伏波将军路博德平南越、东汉伏波将军马援征交趾，都在雷州留下数量可观的

---

① 张应斌：《雷州话生成的历史过程》[J].湛江师范学院学报，2012, 33 (1)。
② 廉江县地方志编纂委员会：《廉江县志》[M].广州：广东人民出版社, 1995 年版。
③ 《康熙阳江县志》[M].北京：中华书局, 2003 年版。

戍守士卒。据考证,秦汉时期的戍卒,后来大多娶土著的越女为妻,并且开枝散叶,成为今天两广地区汉人的祖先。雷州市马留村即为伏波将军马援留守戍卒的后裔。明代屈大均诗句"马留遗子姓,交趾奉旃旗"所咏即指此事。①东汉末年中原动乱、雷州半岛随着海上丝绸之路的开发,商贸互为较为频繁。当时有谚云"欲拔贫,诣徐闻"。据《湛江市志》记载:"建安十五年(210年),孙权派步骘任交州刺史,率兵进入岭南,原合浦太守士燮等归附东吴。合浦郡仍辖合浦、徐闻、高凉、临允、珠崖五县,郡治在合浦县。此后至南北朝时期,由于中原动乱,百姓大量南迁,部分进入雷州半岛。"②苏轼在雷州城《伏波庙记》中写道:"自汉末至五代中原避乱之人多家于此(指雷州)。"西晋末年,南迁的人流依然不断,其时东线交通尚未开发,南迁之人多从西线,即"经洞庭湖沿湘漓进入粤西"。后来,"东晋南朝衣冠望族向南而迁,占籍各郡",其中有的迁居雷州半岛,如刘宋时徐闻县阮谦之,其祖父从陈留迁此(指徐闻),"其后人多居遂溪,今犹有阮家村";著名楼船将军王浚也于此流寓吴川,在博铺建茂山书院,凉州太守亦随踪而至,定居吴川。③

唐代雷州半岛人口又有了明显的增长。唐太宗实施"移民实边"政策,"徙闽民于合州(即雷州)"。据《中国历代户口、田地、田赋统计》的统计,雷州半岛的在编户,唐贞观十三年(639年)有2458户,至唐天宝十四年(755年)达到4320户。在117年间,年均增长率高达4.8%。④南宋末年,宋朝统治体系摇摇欲坠,宋幼皇宋端宗赵昰、赵昺受到元朝大兵的追击,在众将20余万官兵的保护下不断南下至现湛江市硇洲岛及附近海面,当时还有十多万的宋朝子民随着宋帝从莆

① 邓碧泉,余石:《民俗文化》[M].广州:岭南美术出版社,2013年版,第25页。

② 司徒尚纪:《岭南历史人文地理——广府、客家、福佬民系比较研究》[M].广州:中山大学出版社,2001:第49~50页。

③ 湛江市地方志编纂委员会编[M].北京市:中华书局,2004年版,第300页。

④ 邓碧泉,吴茂信,陈鸣主编:《雷州文化》[M].岭南美术出版社,2013年版,第30页。

田、福州、潮州等沿海岸线相继逃到大陆南部。后来宋亡之后，他们散居在雷州半岛，还保存着很多迁出地的信仰、民俗文化，甚至从现在的村名中还可以看到之前的历史痕迹，如赤坎的福建村、吴川梅菉镇有樟州街、吴阳镇芷寮圩曾有福建街、龙潮村王祖庙对联"王扶宋山河统帅保主社稷，祖授任海康教谕辅国栋梁。"等。"到元初的至元二十七年（1290年），雷州户数达到89535户，为北宋元丰元年（1078年）户数的6.5倍。在212年间，户数增长了550%，年均增长8.9%，人户密度在广东诸州中从元丰元年的第12位跃升到第1位。这么高速的人口增长，正是因为宋室南渡后，大量的移民涌入造成的。"①司徒尚纪《岭南历史人文地理》中说："宋元时期，福佬系已自发展为一个族群，以后生齿日繁，人地关系越来越紧张，除部分人留在当地谋生外，大批福佬人远走他乡，开始了大规模的民系迁移潮，首选之地即为地理环境相类似的雷州半岛和海南岛沿海，继及东南亚各地。"②

此外，由于种种的原因，在雷州半岛地区出现很多被贬官员，他们大多是朝廷命官，身居要位，对中原正统文化非常了解，在朝野之中名望极高，如寇准、苏轼、李纲、赵鼎、秦观、苏辙、汤显祖等。在田野调查中搜集的《吴川延陵文化》也显示：

> （吴川吴阳）上郭历史源于北宋。时进士吴保金，在京受职，官至知枢密使，授银青光禄大夫，晚谪高凉参军，宦满卜居宁川所（吴川旧县城）。兴建延陵家塾，开拓吴川教化，恭惟乃祖，泽被当时。后因保金公七世孙敏吾公让地建城，迁居上郭，支流繁衍，发展至吴川、电白、化州、雷州、廉江以及阳江、海南、海外等地。③

① 邓碧泉，吴茂信，陈鸣主编：《雷州文化》[M].岭南美术出版社，2013年版，第30页。

② 司徒尚纪：《岭南历史人文地理：广府、客家、福佬民系比较研究》[M]. 广州：中山大学出版社，2001版，第49页。

③ 吴其操主编：《吴川延陵文化.古文明吴川上郭记略》，2008年冬，于2015年11月在吴川上郭采集。

百姓东村陈氏祖祠内对联也有记录："求世德于太邱官爵仰袭封庆流苗裔；称儒宗乎内海人文看蔚起香绍芸风。"

这一群体也不容被忽视，他们被贬经过雷州半岛地区，有些在当地定居，有些暂居当地一段时间。这些特殊的群体在政治文化、生产技术、教育教化等方面都有较高的水平。他们在雷州半岛一带兴办教化、劝课农桑，推动了湛江地区生产技术和文化文明体系的发展与重构。除此之外，还有一群特殊的群体，即镇守在南疆的屯兵戍卒。因为中原王朝很注重国土边疆的稳定，在不同朝代他们都会在边疆一带派遣官兵驻守边疆。经过若干代的屯军，军户的数量已经相当之大了。据明万历《雷州府志》记载，到明万历四十一年，雷州府人口共 24306 户，军户就占了11071 户，军户在数量上已经接近雷州府总户数的二分之一。军人悍勇，军籍落户对民风的形成影响甚大。[①]清朝期间是湛江地区人口迁移的一个高峰时期。明代实施"海禁""迁界"政策之后，沿海一带失去了以往的繁华。在清康熙年间，朝廷取消了长达 200 多年的"海禁"政策，湛江是作为当时沿海区域开放了 10 个通商贸易口岸之一。这一政策对湛江的经济发展、人口流动、文化交流作用很大。那时"芷寮港在湛江港未开发前（清中叶时），已是粤西第一名港"。[②]文中提及的芷寮港口旧址即在今吴川市吴阳镇境内。明末清初邑人陈舜系在其笔记《乱离见闻录》中记载："闻芷寮初属荒郊。万历间，闽、广商船大集，创铺户百千间，舟岁至数百艘，贩谷米，通洋货，吴川小邑耳，年收税铜万千计，遂为六邑最。"[③]光绪年间《吴川县志》卷二亦载："芷寮为海口，市船所集。每岁正月后，福潮商艘咸泊于此。近则货船聚于水东、赤塝（坎），而芷寮寂然矣。"卷十则载："芷寮……万历间闽广商船大集，韧铺户百千间，舟岁至数百艘，贩谷米通洋货。吴川小邑耳，

---

① 刘岚：《雷州半岛民风悍勇成因探析》[J].广东海洋大学学报，2010，30（2）.第 43—46 页。

② 曾昭璇：《岭南史地与民俗》[M].广州：广东人民出版社，1994 版，第 88—89 页。

③ 中国社会科学院历史研究所明史室编：《明史资料丛刊第三辑》[M].南京：江苏人民出版社，1983 版，第 234 页。

年收税铜万千计，遂为六邑最。^①当时，赤坎区今民主路、南华广场一带都是海滩，船只停在鸭嫲港外，乘潮可靠海沟直泊古老渡等埠头。与古老渡相连的大通街商贸繁华，设有多个码头，至今还保留近十个石条砖步梯级踏跺式渡头遗迹，足见赤坎商贸的发达。^②茹士初《湛江四次人口迁移》一文中提到：

> 福建商人方氏捷足先登，载货到赤坎贸易，闽人引聚渐多，集居一地。再后便是潮州商人李氏，招引海外华商来赤坎经商。他们如领头的鸿雁，引来一群群大雁南飞。一时间，人如潮涌，闽浙、广府、潮州、高州、高琼等地商人接踵而至。其时，在赤坎港注册商船有400余艘，其中闽浙的商行船号就有45家。潮州籍在赤坎居住的人口达1000多人。由于到赤坎经商和定居的移民越来越多，为消除语言、习俗上的差异，更好与土著居民相处，也出于商贸业发展的需要，他们于乾隆年间，先后建成了闽浙、潮州、高州、广州、雷阳五大会馆。至光绪年统计，赤坎人口增加到12000多人，尤以落籍的商人居多。中国社会科学院语言研究所张振兴所撰的《广东省雷州半岛的方言分布》中说：廉江西部、北部讲𠊡话的居民，基本上都是明清之际，也有从福建西部旧汀州府和广东东部旧嘉应州地区陆续迁来的。又据《廉江县地名词目》中关于茶山、山头、田界等10条村庄释文，均说是明清时期形成的村落，居民分别从福建和广东电白、化州、顺德等地迁移定居。^③

这一时期对湛江现在族群文化格局的形成起到很重要的作用。

据《赤坎文史》记载：①东园村地处南桥河畔。民国初期从茂名、电白、吴川等地人士来湛江赤坎谋生，在此建房形成村落，初有十多户人家，约80多人，后来陆续迁来数百人，分别在南桥河东西两

---

① （清）毛昌善修，陈兰彬纂：《吴川县志》[Z].清光绪十四年刊刻本影印.台北：成文出版社，1967。

② 骆国和：《赤坎经济发展的几个历史片断》[J].政协湛江市赤坎区委员会编：《赤坎文史》（第二辑）.2010年12月，第27页。

③ 茹士初：《湛江4次人口迁移》[N].湛江晚报2014.12.14.第10版：纪实周刊。

侧建房，形东园西村、东园东村；②金田村位于赤坎城区西北面，清初苏姓从吴川塘缀迁此成村；③沙湾村位于赤坎城区东部。清代中叶，洪姓从化州县长岐迁沙湾南端定居，后逐渐形成沙湾南村。法国租占广州湾中期，再从沙湾南端迁到沙湾北端，形成沙湾北村，因两村均在一个海滩的沙湾上，故称今名；④文西村位于赤坎区前进路西侧。明崇祯年间形成村落。历史上跃进路、光复路、新江路一带为文章海湾，该村位居文章海湾西部，则称文章西村，为免与文章村复名，故简称文西村；⑤调顺村地处调顺岛北端，先民黄昱于元朝天历二年（1329年）从福建莆田来石城（廉江）任县宰，任满定居石城上县村，其孙黄文举于明朝二年（1400年）率家属南迁首先开发调顺岛，择临海而建村落，在岛内过着农耕捕鱼生括，村民期望农耕捕鱼风调雨顺，故取村名调顺，距今已有600多年。①由此可见，清代时期赤坎区部分村落分布已经形成。在《湛江陈氏通谱》中也提到陈氏进入湛江的过程：

陈氏入湛早期，为求自保，往往聚族而居。经几代休养生息，生齿日多，而地不加广，不得不另觅住场，但因于地权和户籍，迁居者为数不多。为巩固政权，明朝开国皇帝朱元璋采取了"与民生息"的政策，登位时首先实行计口授田，下诏"避乱民复业者听垦荒地，复三年。"不久又诏"有能开垦者，即为已业，永不起科"，对新开垦的荒地免除租税。因此洪武年间湛江陈氏境内分迁频繁，开辟了很多新的农田，形成了许多新的村落，出现了第一次分迁高潮。清朝廷在顺治十兰年（1656年）七月颁布了"禁海令"，沿海居民流散。其后又经两次迁界，老百姓"仓卒奔逃，野处露栖。死亡载道者，以数十万计。"直至康熙二十二年（1683年）七月，清廷平定台湾之后，才宣布废止"迁界令"，但生还原籍的不到原有人口的四分之一，大量田地荒芜。

---

① 政协湛江市赤坎区委员会编：《赤坎文史》（第二辑），2010年12月（第172—174页）。

清廷申令，准许迁来的百姓自行垦荒，所垦田地归自己所得，三年不纳税。于是出现了第二次分迁高潮。据有的陈氏族谱记载，解禁后有的一人就新垦荒一百多顷，特意留言让子孙后代知晓祖辈创业之艰辛。[①]

湛江"广州湾"时期人口的流动也是值得一提。因为当时抗日战争爆发之后，广州、上海、香港等一些经济发达的地方相继沦陷，商人没有合适安全的地方庇护，由于湛江"广州湾"[②]一带是属于法国殖民地管辖范围，这一地区的社会环境相对稳定和安全一些。很多商人、难民自发性涌入广州湾地区，那一段时间湛江地区人口流动频繁，人口数量出现非常快速的畸形增长。

在湛江历史发展中，汉人迁入雷州半岛的历史是在不断和当地人互动、斗争、通婚、戍边等过程中形成的。目前所说的湛江当地族群的格局实质上指的是雷州民系、广府民系、客家民系三大族群汉族内部的不同族群。而这三大族群格局在湛江地理空间的形成，也是一个不断和外族互动以及与本族内部不同支系间的互动中形

---

① 陈立新主编：《湛江陈氏通谱》[M].香港：南方人民出版社，2013年版，第32页。

② 1899年11月16日，法帝国主义强逼清朝政府签订《广州湾租界条约》，把现湛江港航道及沿岸包括遂溪、吴川两县的大片土地划为租界，统称广州湾，租期99年。赤坎划入租界范围，沦为法国殖民地。初设赤区，1911年改为赤坎市，市政厅设在福熙路（命中山一路），当时，赤坎东面仍是大片海滩，向南船只可沿海汊直达赤坎水库一带，故有"陈屋港"地名。随着商贸日趋兴旺，而市区土地稀少，妨碍着赤坎发展。20世纪20年代初，年达50的殷商许爱周，慧眼独具，利用租界的特殊位置，大胆斥资与本地商绅合股组建填地公司，把古老渡一带伸入赤坎市区的海港填平，在鸭墟港外另挖一海港作船只驳运使用，使赤坎的面积大幅度扩增，今日的四条"民"字头马路，"民主""民生""民权""民族"路就是当年填土的产物。赤坎进一步拓展，屋宇渐多，建成一批商铺。据《雷州地理志》记载，当时赤坎埠"其商店多半改造洋楼，填海滨而铺户加多，浚海港而轮船不绝。商店有三四百间，居民二三百间"。还有多艘客货轮每星期往返香港、澳门一次。1925年，广州湾商会会馆建成和商会成立，赤坎商埠格局形成规模，跃为粤西商业重镇。（参见骆国和：《赤坎经济发展的几个历史片断》，政协湛江市赤坎区委员会编：《赤坎文史》（第二辑），2010年12月，第27页。）

成。这种互动或来自商贸上，或来自文化交流上，或来自地域认同的基础上，甚至可能是在宗族械斗、族群冲突等多维历史视角的相互作用之下形成。三大族群的形成无论是从他们彼此到来的时间先后顺序上，还是他们迁入的方式上都会有一定的差别。欧立华《湛江地名的语言学分析》提到：

> 《廉江上县黄氏族谱》卷一绍雄《序》记载："上县始迁之祖为显公，元代由闽举人，任石城县尹。石城即今廉江，上县即旧治地。"卷一汝佐《序》："始祖显公，原籍福建莆田县。"[①]后来移民主要来自福建西部旧汀州府和广东东部旧嘉应州的客家话地区，廉江涯话的发音人刘傅伯松同志说，他祖先姓傅，从福建迁出，途中去世，先妣改嫁从刘一起来粤西，后代故姓刘傅。由于他们迁来较晚，所以多集中在雷州半岛北部电白、吴川、廉江三县的北部山区地带。明代中叶以后，雷州半岛与广州地区的往来越来越多，广州一带的移民也陆续进入雷州半岛，《吴川县志》卷十《纪述·杂录》："自明中叶来自新会者，多住西山，来自漳泉者多住芷寮，他邑迁移，间一二耳。"（《石城县志》卷九《纪述志·杂录》）又载："同治五年（1866 年）丙寅九月至十一月，广东巡抚蒋益澧三次遣恩平、开平客民四千余往琼州，亦有安插高州各属者，后己巳八年（1869 年）又分插客民于石城各墟。"

由于这些移民来得很晚，并且多从事商业贸易活动，所以逐渐集中在雷州半岛北部的城镇商埠，甚至把这些城镇的早期移民排挤出去，今廉江县的廉城镇、安铺镇，吴川县的梅菉镇都是具有数万居民的商业贸易中心，镇内几乎清一色地通行白话，就是在这种移民过程中逐渐形成的。今湛江市近郊一带仍通行雷州话，但在市区白话却占绝对优势，也说明了这一点。[②]

其实，雷州半岛民族格局在宋代至清代已经发生了很大变化，由

---

① 《廉江上县黄氏族谱》[M].赤坎华文印务局，1931 年卷一绍雄《序》。

② 欧立华：湛江地名的语言学分析[D].四川外国语大学硕士学位论文，2017.第 206 页。

27

原来主要是少数民族聚居转成了以汉族为主的民族聚居分布格局。大量汉人南迁至湛江地区，不仅改变了当地落后的生产技术、生计方式，也改变了当地的民风民俗。赵世喻先生在对族群历史记忆的探讨中谈到："历史记忆这个词不仅包括它记忆的对象是历史事件，同时记忆本身也是一个历史，是一个不断传承、延续的过程，这个过程本身也构成历史。"①对于湛江族群互动历史记忆与历史发展族群文化整体格局的形成，都是基于史料长河探索中以及对族群个体的访谈口述史中来还原历史的文化记忆，走向历史的现场去重构族群互动的历史，对于湛江人来说，也是对于自己所属族群文化认同的一种构建与传承。

第四节　莆田迁民

莆田移民是雷州半岛南迁汉人的重要部分，也是比较特殊的部分，由此笔者将其单独作为一节来研究。移民本身是一种很普遍的社会历史现象，也是社会发展的常态。在雷州半岛田野调研中，笔者发现分布在雷州半岛上、操持着不同方言的人群，无论是在族谱上还是在口述史中大部分都说自己祖先是从福建莆田过来的。从语言本身来看，真正从福建莆田过来的先祖应该是讲闽南语，但是在湛江地区使用粤语的部分人也说自己的祖先是从福建迁移过来的，从中可以推测：使用粤方言为母语的人说自己的祖先是从福建莆田过来，可能是祖先一开始迁入雷州半岛地区使用的也是闽南语，后来居住在语言比较强势的粤语方言环境中被同化或因为商贸等其他方面的原因，逐渐习惯使用粤语，并影响着下一代。当然也不排除有些先祖从福建莆田来到雷州半岛期间，中间相隔有几代先在粤语方言区域生活，然后才逐渐迁移到雷州半岛。

目前，在雷州半岛很多莆田迁民居住的地方都留有"祖先从福建

① 赵世瑜：《传说·历史·历史记忆——从 20 世纪的新史学到后现代》[J].载杨念群编：《新史学——多学科对话的图景》（下），北京：中国人民大学出版社，2003 年版，第 655 页。

莆田来"的文字记载，比如：湛江百姓东村谢氏祖先灵牌对联"系出莆田树木千年恩报本；支分遂湛源流万派永朝宗"。文章湾村妈祖庙对联"湄祖分灵迁湛土；文母香火继莆田""五洲香火祖湄洲；四海恩波颂莆海"。雷州东山村蔡氏宗祠厅联"系出莆田，教秉琼州迁卜扎；支分海邑，名标杜籍振东山"。雷州水店蔡氏宗祠堂联"宗系济阳，支系莆田，祖德长流，书香永在；迁居水店，分居四海，人才蔚起，文运亨通"。黎郭村黄安公祠堂联"莆田出谷，鼻祖署雷光俎豆；黎郭迁鸳，耳孙知海绍箕裘"。调顺岛黄氏宗祠门联"江夏源流远；莆田世泽长"。雷州市附城镇卜扎村蔡氏宗祠的门联"系出莆田教秉琼州迁卜扎；分支海邑名标桂籍振东山。"等等。在这里，先来梳理一下莆田迁民在雷州半岛的历史发展状况。

莆田隶属福建中部沿海一带，中部和东部为冲积平原和海积平原，土地较为肥沃，适合农耕，吸引了中原大量移民迁至这一带生活。然而，莆田很多土地属于低山丘陵地带，可开发的土地并不充裕。随着移民的日益增多，莆田一带的人口密集，生活压力越来越大。苏辙《林积知福州》说："长乐大藩，七闽之冠，衣冠之盛，甲于东南。工商之饶，利尽山海，然以地狭，故民多不足，俗巧，故使或不称。"雷州半岛地广人稀，平原地带较为宽阔，沿海分布的生活环境与莆田较为接近，农耕、渔猎的生活方式以及丰富的土地资源吸引莆田人迁至此地。此外，历史上莆田籍官员在雷州任职较多。他们在当地任职，也有大量族人投靠或者引族人聚族而居于雷州半岛。

早在秦汉时期，就有闽南莆田居民迁入雷州半岛一带。唐代之前，雷州半岛人口稀少，生产水平较低，因此唐太宗有目的、有计划地"徙闽民于合州"，有利于更好管理边陲、开发南疆。至宋代，雷州半岛已经形成了一些莆田迁民居住的村落。宋元时期，北方少数民族与封建王朝连年混战不断以及江南地区遭到严重破坏，人们被迫南下避乱。宋朝末年宋幼帝在张世杰、文天祥等人的护驾之下难逃至湛江地区硇洲岛，跟随军队超过十万、民众超过二十万。宋亡之后，部分散居在雷州半岛一带，包括陈文龙子孙在内的大量闽人定居雷州。当时政府还在雷州府置立屯田所，召募民户和士卒垦荒，安置了 1500 余户，其中多为闽人。

关于莆田人宋代迁移到雷州半岛，在湛江很多族谱、地方志上都有记载，如：宣统《海康县续志·金石》载："海康鹅感村官民，由闽入雷，自宋末梅岭公始。"同书《人物志》又云："吴日赞，府城东关人，先世系出八闽，始祖竑，宋谆熙初官雷通判，因家焉""邓仁爽，公闽人也，发迹于福州朝阳里，为宋进士，官光禄大夫，继掌雷州路，性癖山水，择得郡西南七十里而家焉。庄名潮阳，殆不忘其祖乎。"同书《金石·莫公亚崖祠田跋》云："余系自浦（田）之武盛里，一代特奏公判高凉，卒于官，其子因家焉。季有冬公迁雷，盖宋理宗末年也。"另同书《陈韫之先生墓志铭》曰："其先闽人也。始祖以宋进士官于琼，有政绩，任满，卜居于雷之北隶，延世滋大，乃迁岭东乾塘村。"[①]北宋之后，莆田迁民在雷州半岛逐渐成了主要的人群构成。北宋绍圣年间，贬雷的苏辙在《和子瞻次韵陶渊明劝农诗》的小引里有"余居海康……其耕者多闽人也"。史书记载，粤西化州"以典质为业者十户，而闽人居其九"[②]，雷州"海道可通闽、浙，故居民富实，市井居庐之盛甲于广右"。另有宋人周去非曾提及钦州民众有五种，其中"射耕人，本福建人，射地而耕也，子孙尽闽音"。宋人范成大也指出：海南四郡黎地，"闽商值风水，荡去其赀，多入黎地，耕种不归"。司徒尚纪在《岭南历史人文地理——广府、客家、福佬民系比较研究》指出，"宋元时期，福佬系已自发展为一个族群以后生齿日繁，人地关系越来越紧张，除部分人留在当地谋生外，大批福佬人远走他乡，开始了大规模的民系迁移潮，首选之地即为地理环境相类似的雷州半岛和海南岛沿海，继及东南亚各地。"[③]可见，雷州人口发展与雷州民系的形成在宋代时期已有了很好的基础。

---

① 雷州历史文化丛书编委会编：《雷州史谭》[M].广州：岭南美术出版社，2013年版，第 6 页。

② 王象之：《舆地纪胜》卷 16[O].刻本.南海：伍氏，1855 年（清咸丰五年）。

③ 司徒尚纪：《岭南历史人文地理——广府、客家、福佬民系比较研究》[M].广州：中山大学出版社，2001 年版，第 49—50 页。

在雷州半岛，代表性港市有海康港（今雷州）"州多平田沃壤，又有海道可通闽浙，故居民富实，市井居庐之盛，甲于广右"①。经海康港出口有"米谷、牛酒、黄鱼"②。可见，雷州人与闽漳、潮汕一带的人们通过海路进行商贸互动以及文化交流也比较频繁。至元代，元海北海南道宣慰司曾留远《题湖光岩》诗曰："天风吹送入闽船，来结游湖未了缘"。③可见元代雷州与闽南一带的联系也比较紧密。明清时期，跨地域、跨族群间的互动往来更加频繁，如史料记载"年收税饷万千之计，遂为六邑之最"④"漳人驾白艚春来秋去，以贸易米，动以百计，富庶甲于岭西"。⑤《湛江市志》有载：在明代万历年间吴川县芷寮成为"闽广商船大集"的重要港口。每年来往船只数百艘。"设铺百千间"，附近黄坡、梅菉生意大盛。⑥湛江赤坎一带也是在这一时期开始发展兴盛起来。来自广州、福州、潮州、漳州、高州等地的商人都在湛江地区建有会馆。会馆以地缘关系为基础联系在一起开展商贸活动，并形成一些保障当地商贸活动、文化互动往来的规章制度。

清政府复界之后，实行与民休养生息、奖励耕垦的政策，如"雍正即位后，屡颁劝农之诏，要求各省督抚以及府州县官大力招民垦荒；并令借给牛、种、口粮作为生产工本；又宽其起科年限……又诏举老农，给予八品顶戴，以示奖励耕垦"。当时雷州半岛有大量的荒地，"雷州知府王铎大力招民垦荒，""终雍正之世……雷州府开垦税田 6.29 多万亩一为了进一步开垦荒地，乾隆十一年（1746 年）更是诏谕高、雷、廉三府"听该地民人垦种，免其升科，给与印照，

① 王象之：《舆地纪胜·雷州》[O].刻本.南海：伍氏，1855 年（清咸丰五年）。

② 脱脱：《宋史·食货志》卷186[O].文渊阁四库全书本。

③ 陈立新：《湛江海上丝绸之路史》[M].香港：南方人民出版社，2009 年版，第 160 页。

④ 光绪：《吴川县志》卷10[O].刻本.1892（清光绪十八年）。

⑤ 陈立新：《湛江海上丝绸之路史》[M].香港：南方人民出版社，2009 年版，第 187 页。

⑥ 湛江市地方志编纂委员会编：《湛江市志》.北京：中华书局，2004 年版，第 27 页。

永为世业"。在这些政策的影响下，（中原移民）或通过官府招徕，或通过同乡的牵引，大量莆田地区的汉人便来到了雷州半岛。[①]百姓西村谢姓祠堂内《跋》所述：

> 本祠开基正祭祖讳淳齐公乃太始祖讳灵运公之裔。在明清之交，兵荒马乱，民不聊生。为谋求生计，从福建莆田县迁来广东遂邑德性西村定居。先人曾于乾隆二十六年建祠祀与，后因水土不适，祠址再次搬迁。于民国十八年在现址重建，但年久失修，风雨侵蚀，祠宇残坏，全族倡议重修宗祠并永推选永隆等十八人筹备再建。于乙亥年润八月开始筹资、备料、规划与工重建。经一年多苦心筹营、设计、施工，于丙子年月完工告竣，以供千秋祀奉，更为子孙繁荣昌盛、瓜瓞绵长大计，公义再自开基祖下十世列祖均题主入祠，同享蒸尝，永受馨香，荫庇后人遵循祖训，同霑祖德，永沐宗功，恒念先人创业维艰，毋忘祖绩慎守宏图，重栽宝树，延先祖高风，绩后辈德义，胸怀大志，继创伟业，为祖先争光。

据明王士性《广志绎》指出："廉州中国穷处，其俗有四民：一曰客户，居城廓，解汉音，业商贾（按指客家人）；二曰东人，杂处乡村，解闽语，业耕种；三曰俚人……；四曰疍户"。[②]明陈全之《蓬窗日录》也说："廉州人作闽语，福宁（今福建霞浦）人作四明语，海上相距不远，风气相关耳"。[③]康熙《海康县志·民俗志》指出："雷之话三，有官语，即中州正音也，士大夫及城市居民能言之；有东语[④]，亦名客语，与漳、潮大类，三县九所乡落通谈此；有黎语，即琼崖临高之音。"[⑤]另有清代顾炎武《天下郡国利病书》引《寰宇记》云：（雷州）

---

① 邓碧泉，吴茂信，陈鸣主编：《雷州文化》[M].广州：岭南美术出版社，2013 年版。

② 王士性.广志绎：卷 4[M].北京：中华书局，1981.第 103 页。

③ 李新魁：《广东的方言》[M].广州：广东人民出版社，1994 年版，423—424 页。

④ 笔者按：东语，即雷州话，它已成为平民百姓的日常用语，也成了当时雷州半岛地区的主要语言之一。

⑤ 司徒尚纪：《海南岛历史上土地开发研究》[M].海口：海南人民出版社，1987 版，第 110—111 页。

俗有四民。一曰客户，居城郭，解汉音，业商贾。二曰东人，杂处乡村，解闽语，乐耕种。三曰深居远村，不解汉语，惟耕垄为活。四曰蛋户，舟居穴处，亦汉音，以探海为生。可见宋代雷州已经形成官语、闽语、黎语、疍家方言的格局。此时无"官话"一词，称为"汉音"，它通行于城镇集市，官话规模已粗具。讲闽语的东人主要是农民，存于乡村。黎语在偏远山村，疍家人生活在舟楫之上，处于社会底层。从语言方面可见，明清时期湛江地区莆田迁民的语言分布格局以及整个区域不同族群间的空间地域方位格局已经成型。

值得一提的是，莆田迁民的到来，不单单是从语言上冲击着当地土著语言的分布格局，影响着当地已有的民族分布格局，对土著先民的信仰体系也形成一定冲击。清初屈大均《广东新语》尚言："凡渡海自番禺者，率祀祝融、天妃，自徐闻者，祀二伏波。"及至清中叶张渠《粤东闻见录》则称"今雷琼渡海者率祀天妃、龙王，而不及伏波"。可见，清代妈祖与伏波神在雷琼地区出现了明显的势力消长。据邓格伟先生的调研和不完全统计，阳江、湛江、雷州等地见诸历史记载的天后宫有88座，其中湛江市6座、徐闻县19座、雷州9座、遂溪6座、廉江5座、吴川8座、电白5座、阳江30座（今存13座），不少天后宫至今仍香火鼎盛。[①]

在湛江当地社会中，据地名工作者的调查统计，在重点调查的18个乡镇494个村庄中，共有族姓104个，从来源上看，有90%以上的族姓是从福建省兴化府莆田县和福州府福清县迁来的移民，其中又以莆田迁来的最多，占两县移民总数的90%以上。从分布情况看，分布较广的有陈、黄、吴、李、林、蔡、梁、王、何、周十大姓，尤以陈姓分布最多，分布最广，与福建省闽语区姓的分布与人数的多少大同小异。[②]

① 邓碧泉，余石：《民俗文化》，广州：岭南美术出版社，2013年版，第27页。
② 刘佐泉：《雷州文化的历史及特征与"海上丝绸之路"》[J].湛江师范学院学报，2002，23（2）.第23—28页。

第五节 湛江历史族群文化表征

一、族群互动体系的多重构建

新石器时期先民、百越各族、南迁汉人、莆田迁民是湛江族群的主要来源。自从秦置岭南三郡，汉设徐闻县，大量迁中原之民至南越之地，民族融合、汉越杂居、多族群成规模互动的格局逐步形成。随后各个朝代中陆续有因战乱、仕途、经商、被迫迁徙等多种原因，汉人不断入迁雷州半岛，形成了以汉人为主的民族格局分布。在经过千百年的交往融合之后，他们形成了新的族群结构，民间的族群识别符号发生了多重位移，如方言位移、习俗位移、信仰位移等。如东汉杨孚《异物志》所载："雕题国，画其面及身，刻其肌而青之，或若锦衣，或若鱼鳞。"可见雷州半岛土著先民是有自己的民族独特文化符号，"雕题文身"是越人对于所居住环境的一种生存调适，逐渐成了他们族群的一种文化象征符号。后来随着汉人的入迁，他们或被迫前往他处，或主动融入汉人的生活体系中。在汉人强势文化的影响之下，他们民族文化象征符号逐渐退隐或消失，他们的方言与生活习惯也逐渐与汉人趋同，这也是他们在伴随着生活环境的改变而做出的一种文化调适的生存策略。下面从遂溪新有村村落的形成与信仰体系重构、从乡规民约的达成与社区控制、从地方性信仰民俗内容的发展等三个例子来谈谈族群互动体系的多重构建。

（一）遂溪县杨柑镇新有村村落形成与信仰体系重构

遂溪县杨柑镇新有村访谈记录（记录人：叶钰茹）[①]

叶钰茹：新有村有几多种姓？

GS 公：有姓钟的，姓叶的，姓李的，姓何的，姓林的。

---

① 访谈记录人叶钰茹，访谈人 GS 公，访谈时间是 2016 年 1 月 20 日，访谈地点在遂溪县杨柑镇新有村 GS 公家。

34

叶钰茹：为什么会有那么多姓氏呢？

GS公：大家以前祖公搬来这边住的，大部分从隔离村葛松那边搬下来的。隔壁的李家塘村也是从新有村搬出去的，又叫新村仔。

叶钰茹：新有村在建村时，为什么有这些姓氏的祖公搬过来呢？

GS公：新有村一开始，这个姓氏先从葛松那边搬过来，感觉住得舒服，想热闹点，就会叫上其他姓氏的人过来，慢慢多起来。过去呢，一两户人过来，其他户可以自由搬，不会说要搞迁移。但是现在不行了，现在从这个村迁移一户人到另一个村，没有谁敢要了，主要是土地比较紧张。来到这个村，算是这个村的人了，但是现在都没土地分给他了。我们村姓何的是最后来的，就在崖鹰灯那边住，只有水沟田可以住。姓钟的人最先搬来，就是从葛松搬来这里，所以现在我们和葛松村的景贺还是兄弟（同族）。姓叶的人比较少，听说那些年搬过来的时候，他们族都是单丁，大概来了一两百年。

叶钰茹：会不会有搬来又走的情况呢？

GS公：有啊，以前有些来了觉得不合适又搬走了。以前走贼，感觉这个地方不敢住就搬走了。豆坡墟那边，很多都是广西白沙佬来住的。因为被贼抢，没办法，所以大家合伙住在一起，就有那么多个姓氏了。但是像隔壁村白银树村就不行，杂姓是不能住的，都是姓黄的。我们新有村大概有四百多年历史了。

叶钰茹：会不会每个姓氏的名字都有字辈呢？有无族谱之类的本子记载呢？

GS公：有啊（翻钟氏族谱），我们这边原先从吴川搬来的，我们一世祖是严公，一代一代祖公下来。天祥公在岭北，明亮公在九有，明亮公的儿子有元左元相。九有那边就是元左公的后代，我们就是元相公的后代。我们字辈是大家商定之后，就排在字牌上，现在都增字辈了。我这边就是德字辈，最先搬来新有村的。

叶钰茹：新有村这边有没有分到祠堂呢？

GS公：我们祠堂在九有，叫作九有祠堂。这里的（祠堂）

烂了，现在准备新屋那边集资修葺祠堂，以文化室为名。这些都算是文化遗产了。那些祖先神还在庙里。

叶钰茹：那些公分别都是什么呢？

GS公：有关帝公、白马公、华光公，因为功德无量，受人尊重，所以被立为公。我们年正月十七的年例就是白马公的诞期。在出游那天，阿公如果选哪个人作为童子（指神灵替身）的话，阿公就会落在他身上。这时无论他在哪里，都自然会跑过来阿公（神）面前跪着让别人穿令，用香火烫过脚筋，如果是假降就会痛，如果是真的就不会。

叶钰茹：那他们不同姓在一个村，他们搬过来之前都信这些神灵吗？

GS公：不是啊，不同地方拜的神不一样，他们不同姓从不同地方过来，肯定一开始不是全部都是拜这些神啊。不过来了之后，都听说这些神很灵，人来到一个新的地方，肯定是需要"契神"或拜神啊。每个神的由来都有很多灵应的故事啊，他们来了听到这些故事，也希望得到我们神的保护啊。都别说是本村人，就是外村人来到我们村"帮工"一段时间，有时都会去拜神啊。

在粤西地区，村落的形成主要分为三种情况：一是同姓聚居形成村落，这种情况一般是一开始由一户或几户同姓兄弟迁移到一块地方居住，发现这块地方容易生活，加上为了自我防护，壮大同宗内部力量，保住固有的开荒土地资源，一般会让迁出地的同族兄弟也过来一起生活，繁衍后代，形成了同姓聚居的村落；二是杂姓聚居形成村落，如上述遂溪县新有村的形成就是属于这种情况，他们或同时迁入，和睦相处，或陆续迁入，先来者占有较好的地方，后来者居住在村落边缘地带，呈一定格局分布。一开始他们可能有不同的民间信仰、民俗文化，在长期的互动、共处中，民俗文化符号发生了变化、信仰体系也发生了位移，形成一个拟血缘关系的村域共同体；还有一种情况也是同姓聚居，他们并非一开始就是同姓聚居，而是在强者与弱者的较

36

量中，弱者愿意改姓跟着强者一起在一个村庄里同姓生活，比如雷州市东里镇后溪村，他们一开始有五房，后来有少量陈姓人员迁移到村附近生活，希望纳入林姓的村庄中，以免被其他村庄的人欺负，后来姓陈的先辈改为"林"姓，后溪村就形成了六房，从而出现整个村全部姓林的这种情况。由此可见，历史先民的互动与村落的形成建立在多种原因相互作用与基于生存在自我调适的基础之上，让他们在生活互动中相互借鉴、相互达成新的信仰体系、新的民俗仪式、新的村落运作秩序。

（二）从乡规民约的达成看社区控制体系的重构

例1：茂莲宗祠敦俗碑（咸丰九年）[①]

（碑存茂莲宗祠）

奉钦加知州衔署遂溪县正堂加十级纪录十次张，为给示严禁，以维风化事。

现据监生曾肇乾、族老曾子兴、仁通、尚梨、通典、兴本、必度、克匡、克灼、思习、思九、□口、有干等呈称：切朝廷设法，所以惩奸究，而乡党立禁，即以锄暴凌也。如生等集族鸠居此乡，以及接壤比居之邻里，向敦上古休风，共安业于光天之下。自道光年来，习俗迥异，狡诈迭生，礼教既衰，偷窃竞起。前经族查联呈请示，议立禁约明条，开列在簿。各皆父戒其子，兄勉其弟，蒸蒸然颇循上古之遗风焉。不料近几年间，世风于以日下，人心更见不齐，非（貌）【藐】尊长以横行，即玩官法而妄为；或借端而逞恐吓，抑为利而滋侵讹；或开场而局赌，抑放头而吞口；或抖券以冒占，抑□捕券而强夺；或昼而盗蒔业，抑黑夜而割稻谷；或窝贼以行窃，抑接赃以售私；或移尸而嫁害，抑撞命而吓财；或舞弄以构是非，抑□诳而成棍骗。种种恶习，令人发指。生等目击地方如此疮痍，民情如此浇薄，意欲悉除旧染，免坠顽

① 雷州历史文化丛书编委会编：《雷州碑刻》，广州：广东人民出版社，2013年版，第166页。

暴迷途，悔革前非，同归荡平觉路，则黎民得有归厚之日，要莫外于象魏悬书所感□矣。势迫联名录词，万恳廉恩，俯顺舆情，准即给示勒石严禁，以端风俗。倘有抗违不遵，乞准捆送究治，合境戴德无涯。为此，叩赴等情到县。

据此，当批准给示严禁，尚顽梗不化，仍敢妄为者，许即捆送赴县，以凭究办。在词除批揭示外，合行严禁。为此示谕：该村附近诸色人等知悉，尔等嗣后务须各安正业，耕种营生，切勿游手好闲，为匪作奸，致干罪戾。倘再不知悛改前非，及不听该父兄约束，或盗窃乡邻资财、田野禾稻、甘蔗、杂粮、竹木、花生等类者，许各该村绅耆，合保严拿，捆送赴案，以凭照例惩究，决不姑宽。如有外来匪徒，潜匿境内伺窃，扰害间阎，一经查实，许即联名赴案密禀，以凭严拿，从重惩办。该保甲人等，如有包庇纵容情弊，一经访闻或被告发，定行一并严究不贷。各宜凛遵莫违。特示。

计开禁条列后：

○族内子侄，各要孝顺双亲，恭兄友弟。

○禁居族殴辱尊长，欺孤凌少，乱伦背义，自作自尊。

○禁出外酗酒滋事，逞凶争斗，招惹是非。

○禁开窝煎煮雅片私卖，引诱子弟。

○禁开场聚赌。

○禁盗取田稻、园中薯芋物业。

○禁玄武二山四围村烟火，大小树木竹丛，盗行砍伐。

○禁窝隐窃匪，接藏赃物。

○禁窝接盗窃莳、稻、芋、豆、瓜菜等物。

○禁本村来龙坡葬墓，凿伤气脉风水。

○禁本村四周坡草，以及沟□土围各堤□。

○禁盗窃牛猪家物。

○禁觊觎孤寡，抖诬索诈。

○禁冒移丐尸，讹索乡愚。

38

○禁挟嫌划撞，装伤栽陷吓讹。

○禁男女口角争论，持愈逞强，登门拼命，诈伤索财。

○禁倚势肆横，强夺强占。

○禁子侄外出助势，随帮附邻，诬命搜抢，籍端恐吓。

以上各款，略举大端，而责罚、并诸细务，已有祖簿载明。倘或有干者，务要遵照施行，抑或穷迫不能如例备要，勒父兄并从堂伯叔酌派缴足，不得更变缺减。至于出外招惹是非，惟累及房亲，与族众无涉。相传执为成例，此非故意苛求，只为维风俗而化奸党，蒸蒸然复诸上古之休风焉。

首事思办、申明成传书撰，合族同立。

例2：茂莲宗祠遗规碑（咸丰七年）[①]
（碑存茂莲宗祠）

咸丰七年十月吉日仝立牌位遗规，尝闻礼授□□□□□生，遥望我族先代，名实□□□□□□□□祖祠重建□□，设位以遵宗，果然鼻祖有灵，儿孙受荫，在咸丰七年重建祖祠。合族公议，追设众绅牌位，配祭文。国学以上，武绅把总以上，俱得设牌位于祠堂，同□祭品。刻立贞珉，永以为祠□□□□祈蒙声丕玉振，列祖之灵，爽有式凭，即后之箕裘，赖永绍矣。所有遗规开列于后：

一议文武绅士，并营伍出身把总以上者，牌位具是祠内出钱设位，不□品。

一议捐纳国学以上者，牌位亦是祠内出钱，但主家逢造吉日，祠□□□务□任铜钱十千文。以猪羊祭祖，猪羊之头给回主家，其余交与祠内按丁均分。凡属国学以下者，皆不得入：：

一议义子子孙，虽贤皆不得设立牌位。

登计田条开列于后：

---

① 雷州历史文化丛书编委会编：《雷州碑刻》，广州：广东人民出版社，2013年版，第164页。

灵道田二坵共一石。后坎田一坂十石斗。下田大堤田一坂四斗。祠前园四坵。车路河园一坵。（缺）

以上共米一石二斗五升五合三勺。

例3：禁约碑[①]

禁约碑多为官府奉示禁约、乡村民规之类条文，严示社会公民遵守，稳定社会秩序，淳化民风，促进文明发展，构建和谐社会。丰厚村遗存有一通《奉谕禁碑》，碑文正楷阴刻，字细且浅已严重风化，仅辨认"粤遂溪县事和平县正堂加十级纪录十次廖为乞示严禁以□□□""□□王法所不□□""以同居□不守各之本分何敢为非无如近日□□□""□不法之徒姑息□□""咸丰陆年四月拾七日立禁碑"等，碑文患漫不清难于辨认，考其文意出之净化社会恶习陋俗，严惩不法之徒，警示今后不再有此事发生，倘有必须加重究办，从而达到淳风化俗倡启文明的目的。

赤坎区九二一路三巷 26 号门前有一口水井，称"新安社井"，井围栏嵌一通《新安社井记》碑，碑文："一议水井不得洗衣服。一议秽水桶不得在此洗刷。一议如有讳禁者罚□□□□。"敬告各居民遵守讲究卫生，保持井水与井周边清洁。虽为寥寥数语，却关系民众健康之大事。

例4：奖赏碑[②]

陈川济村陈氏宗祠山门内左侧墙上嵌有民国二十一年竖立的《陈村仔村筹设奖学基金碑》一通，碑文："本村聚族而居，自明季迄今历十六、七世，都四百余年。地处瘠贫，人安畎鉴。三时不害，八口无饥。农事之余，兔园可读。固可望岁，逢年而长世者也。海通以还，人事日趋繁複。使非积学，因应无从。国家既

---

① 政协湛江市赤坎区委员会编：《赤坎文史》（第二辑），2010 年版，第 214 页。

② 政协湛江市赤坎区委员会编：《赤坎文史》（第二辑），2010 年版，第 215 页。

弘教育之门，乡曲宜广进修之路。藉收指效用，弼昌时爰无等。差施由亲，始爰于建国二十年腊月，共同发起召集全村父老商决，将绍周、绍贤两公遗下尝田租额二十四石，暨本村远祖所垦之南坑鱼塘一口，石湾鱼塘一口，麻林头捕鱼箔位一所，拨为本村奖学基金。以为子弟勤轻其束修之给，期其所学有成。并组理事会以司也纳而昭大公，订立规程以资共守而垂久远，所望后之人踵其事而扩充之。祖武长绳，士咸丕振，人才辈出，蔚为国光。将于此觇之矣！中华民国二十一年元月十五日。"奖赏学子，奋发读书，"祖武长绳，士咸丕振，人才辈出，蔚为国光。"此为设奖学基金的宗旨目的。此碑昭示社会文明之风蔚盛，必须从教育抓起，勤学重教，才能构建文明和谐社会。

从碑刻内容来看，《茂莲宗祠敦俗碑》《茂莲宗祠遗规碑》《禁约碑》《奖赏碑》这四个碑文内容都是依据时局所需而定，管理所需而立。《茂莲宗祠敦俗碑》明确提到立碑背景为"自道光年来，习俗迥异，狡诈迭生，礼教既衰，偷窃竞起"。为了整顿恶习、维护礼教、管理民间秩序，官方监督、地方精英参与、族内有威望的人协助一起以成文的形式将民生诉求、社会管理所需的要求制度化、成文化、强制性来约定俗成，力保社会秩序稳定、民风文化、礼教管制。在共同维护地方社会的同时，在"学而优则仕""为仕尊优"的社会背景下，各族人都重视本族的教育，共同商定，划定族产集体所有，并从族产收获中拿出部分钱财作为教育奖励基金，"拨为本村奖学基金。以为子弟勤轻其束修之给，期其所学有成"。这些现象在现在粤西地区的宗族村落还在继续保持，并在经济水平提高的今天得到进一步发扬光大。

（三）土地公、土地婆民俗信仰体系内容的发展

陈湘老师在《从雷州民俗看古代血统观念的社会影响》谈到：雷州农村每家都安放着神主牌，每村都建立宗祠，这是农民从远古而来的血统观念的反映。然而小农生产者自身也产生血统观念，从农民对"土地公"敬奉意念的演变中便可看到这点。本来"土地公

41

是上古时代人们对于社稷的原始崇拜物"。东汉史学家班固作过这样的解释:"人非土不立,非谷不食。土地广博、不可遍敬也;五谷众多,不可一一祭也。故封土立社,示有土地;稷,五谷之长,故立稷而祭之也。"(见《白虎通·社稷》)班固的话说明土地神是属于自然神祇,是在农业经济条件下人们懂得土地可贵,才产生对于土地神的崇拜。然而古代统治者和老百姓对于土地的拥有是不同的。在周代,"溥天之下,莫非王土",(见《诗经·北山》)而老百姓所有的只是一小块赖以生息的土地。所以天子祭社稷,老百姓只能供祀村子里的"土地公"。但是从雷州民俗看来,农民敬奉"土地公"的目的,并不仅仅是局限在"非土不立"这个意义上,也不仅仅把土地公作为自然神祇来敬奉。雷州每村都有大小两庙,大庙所祀之神不一,故有"白马庙""华光庙""雷首宫""天后宫"等等之分。但小庙所祀者一概是土地公,是谓之"土地庙"。村民若遇不测欲解危难,或有经营望其业成,都到大庙求神庇佑;唯有两事——破土动工和要求生育,则向土地公祈祷。所以自古以来,雷州人凡建屋、挖井、开沟、砌堰、修路、筑堤等等动及土地的事,都必到土地庙烧香燃烛、虔陈供品,将其事告知土地公,俗谓之"祀土";人死后埋葬于地下,也要在墓地旁边立一小小的土地庙,于清明扫墓时祭祀之,说是答谢土地神给死者一块安息之地的恩情。如此风习固然反映出小农生产者对于土地的依靠,即所谓"非土不立"的心理,这与古代人崇拜土地神的目的是一致的。但奇怪的是:雷州土地庙里却多了一个"土地婆",甚至有的土地庙里还放着一个名叫"人祖"的石雕男人生殖器;雷州人不仅把动土之事告诉土地公,求其允许,而且请土地公帮助生孩子,俗谓之"求嗣";倘婚后不育者,人家常会讽言,"你欠了土地公——一斤猪肉",意谓对土地公礼拜不勤者就不能生男育女。

此外,凡生男孩者,于土地公的诞辰(二月二日),必须在土地庙里挂红灯或在庙前放烟花,以示酬谢土地公助育之恩;且烟花里藏一纸团,烟花将完,纸团飞出,围观者抢之,叫作"抢炮头",抢得者乃得子之兆；村民新婚之夜，在"打花茶"（庆祝新婚的家庭文艺晚会）中，也必有扮饰土地公、土地婆给新娘送子的表演。上述习俗说明雷州人心目中的土地神已不是自然的神祇，而是人化了的有配偶的神了，它不但司掌土地，而且管理生殖。这与古代人意念中的土地神就有所不同了。这一演变是什么原因呢？这是小农生产者渴望生殖所幻想的结果。小农生产者的生产工具和生产技术都是落后的，对于大自然的征服力是微弱的，因此他们把生产力的提高简单地看成是人的增加，即所谓"人多势众"。这产生了小农生产者对于生殖的崇拜。然而生殖与血统是联在一起的。崇拜生殖，把小农生产者的血统观念扩展了，也就是说，他们的血统观念已经不仅仅表现在对于祖先的纪念上，而且表现在对于后代繁衍的企望上。所以在雷州农村各种祭神的祭文上，必有几句这样的话："伏祈风调雨顺五谷丰登，人丁兴旺、六畜平安。"这"人丁兴旺"就是小农生产者自身产生的血统观念。这种血统观念，还反映在雷州民俗的其他方面。[①]

（四）小结

族群的迁徙与文化的调试是一种基于族群与环境之间，以人的作用作为主体，表现在人对环境的改造和调适的过程。在新村村落的形成过程中可以看出不同的姓氏在移民过程中一开始处于一种波动状态，并非是到一个地方就会世代扎居于此。如果看到更好的地方，他们还会做出新的行动策略，甚至当他们搬到新的地方，发现新的地方还不如之前的地方，在他们新的行动策略失败的同时，他们依然会不断地调适，寻找最合适的居住地方。同时，他们搬到不同的地方，可能都会有不同的信仰神灵。这时候他们也会在自身的信仰体系中做出一定的行动调适，一来争取早点融入这个集体中，二来在新的信仰体系的构建中也是参与同质的文化体系中，对当地文化体系的一种认同表现。这种认同表现也让当地人不会感觉他们是"外地人"。因为他们

---

① 陈湘：《从雷州民俗看古代血统观念的社会影响》，湛江市文化局编：《雷州民俗文化研究文集》，1991年版，第25—26页。

有同质性的文化象征符号体系，这是比较直接地将他们融入相同的族群认同体系中来。在土地公、土地婆的案例中民俗的演变，其实质上也跟村落信仰体系的重构相类似，也是族群在对新的生活环境以及自身生存的需要做出的一种调适性的民俗观念与行动的转变。此外，一个地方乡规民约、族规族约等成文或不成文规章制度的制定，是当地人或同族人发现存在的一些新的、共性的问题之后"约法三章"，更好地去规范整个群体的行为表达以及对其生活所在社区的一种管控社区秩序的方式。

二、族群认同取向的多维结构

（一）多元的祖源共处构建和谐的村落社区认同

"认同"原本是一个心理学概念，指从心理层面的自我归属、自我认可的表现，但"认同"的过程也是一种对外界事物的体验而做出反映的心路历程。与此类似，在一个村落初步形成阶段，很多村落都是由来自不同地区的移民迁移到这个地方共同聚居。一开始他们的观念、民间信仰、民俗习惯还是保持着原来迁出地的文化形态，后来在迁入地聚居一段时间后，出于生存、和谐相处等多方面的原因而自我做出的一种策略性的调整、适应，并在长期的发展中形成了新的一套民俗礼仪、人际网络、姻亲关系、劳作模式等地方性知识体系。这一地方性知识体系的形成，也是他们作为一个共同体的自我认定、自我归属、具有村域共同体概念的形成。

案例1：南三岛青训村[①]

青训村，始名"清训"，寓意以清正、廉洁之风教育子孙后代，后改为青训。村落呈正方形，为傅、李、黄三姓聚居村庄，以傅姓居多。据记载，傅姓于明神宗万历元年（1573年）由浙江绍兴嵊县城西戴德村迁来。随后，李姓于嘉庆、光绪年间由吴川三柏迁来，黄姓由坡头麻登村迁来，他们和睦相处、休戚与共。

---

① 陈强主编：《南三岛志》[M].北京：中央文献出版社，2003年版，第352页。

案例2：南三岛新沟村

新沟村(含新沟上下垌寮)，因村北有条长达数华里的大沙沟，故名为新沟村。多姓聚居，有刘、庞、钟、韩、李、陈、郑、伍、马、谢、郭等11个姓。刘姓早于清康熙年间从吴川平定迁来创业；庞姓于清雍正年间从龙头上蒙村迁来；钟姓于清乾隆年间从龙头丁村迁来；韩姓于清乾隆年间从龙头殷村迁来；李姓于清咸丰元年(1851年)从吴州三柏迁来。陈、郑、伍、马、谢、郭等姓亦先后而来。

案例3：黄略村与通明村[①]

湛江姓氏的分布五花八门，有的一个村甚至一个乡都是一个姓，人数过万；有的一个村却有几十个姓，人数悬殊。遂溪县黄略镇，王姓人口一万多人，集中在黄略大村和以大村为轴心的五个村委会。村名冠镇名，又以一姓为最突出，在全国属罕见。麻章区太平镇通明村，历史上是水师驻地。各朝都有军人落籍，形成多姓杂姓，全村1100多户，5800多口人，就有43个姓氏，最多时期达57个，村中建有4个祠堂，彼此和睦相处，大小姓氏平等相待，被评为湛江市特色文化村，在全国也属罕有。

（二）神灵祭祀公共空间的价值体系重建与认同

多神信仰、民间信仰丰富性、民间祭祀多样性是粤西村落比较常见的现象。绝大部分村庄都有多神信仰，即在同一个村庄，同时祭祀多位神灵。而这种现象也不是随着村落的形成就形成的，往往是在村落形成后很长的一段时间里才逐步形成，而且往后由于各种原因还会增加或减少所供奉神灵的数量。这是一个呈波动变化的过程，也是不同族群在同一个空间互动、协调、重新建构的文化样态。很多先民并

---

① 邓碧泉，余石：《民俗文化》[M].广州：岭南美术出版社，2013年版，第342页。

不是一开始过来村落生活就开始信仰所有神灵，而是随着灵验故事的出现或精神层面的需要，从而对原先的信仰内容做出适当调整，以更好满足精神的需要。换言之，神灵在这一空间中也规范了当地人的生活秩序、认同体系以及价值观念。下面以湛江市坡头区兰妙村华光公信仰祭祀为例进行文本呈现。

兰妙村坐落在雷州半岛东北部，全村人都姓李。村民多以耕种和外出打工为生，耕种多以中老年人为主，辍学青年大多选择外出打工。全村约有 900 人，有 230 多户人家。兰妙村村民世代信奉华帝，相传华帝为天上玉帝的外甥，诞生于农历九月二十八，所以村民在九月二十八会进行庆祝。农历九月二十八就是兰妙村的年例。村里会有专门负责管理庙宇的老人，当地人称其为庙祝。庙祝的工资并不高，一年只有 1000 元左右，老人凭着对神灵的虔诚和对本村的热爱，一直兢兢业业地进行管理庙宇的工作。每月农历初一、十五给华帝、土地公烧香斟茶，不定期清扫庙宇的卫生。在对兰妙村 LLG 的访谈中，她谈到：

"我们先祖一开始是江西陇西搬过来，经过平泽、化州、龙头，再到我们坡头兰妙村的。一共生了四个男孩，兰妙村的祖公是第二房，大房主要分布在五角圩，三房位于高岭，四房远达到塘缀。

在搬迁过来之前，村民还不信奉华光大帝，当地人只是感觉在我们当地生活，一个村没有神灵是不行的。得不到神灵保佑，其他村也会来欺负我们村的，所以我们开始信奉华光大帝。后来听说信仰华光公后发生了很多灵验的故事，后来大家就越来越相信华光公了。我这里讲三个故事：（1）坡头镇上还流传着我们村有华光大帝庇护的说法。当年我们村民和别人发生群殴时，对方看到我方有大批穿白衣的士兵，气势极强。然而当天我们村民没有人穿白衣。老人说穿白衣的士兵是华光大帝的兵；（2）据说村中间的池塘曾有人溺水身亡，夜间池塘传来哭号。有人让村民拿一只碗给华光大帝坐着，然后将半只碗扔下池塘，从此池塘便没有异声了;(3)在"文革"前,有个小贩在一个晚上路过我们村口时遭遇抢劫犯。在抢劫犯将抢走他的钱并逃跑时,小贩大喊华光,小偷便放下他的钱逃跑了。小贩说是华光显灵了。另外,相传华光公是学武的,从开始村里便开始组织年轻人学武防身。慢慢地,耍武功也成为大年初一祭拜时的一种表演。然而可惜的是,随着时代的发展,村里最近也没有请相关的师傅教导年轻人武功,会武功的绝大部分还是我们父亲那一辈。"①

表1 兰妙村祭祀华光公的民俗情况表

节　日	节日时间	节日内容
土地公诞	农历二月初二	杀鸡拜神、做田艾糍
清　明	四月四日	祭拜祖先,其中分个人祖先以及大众祖先墓地。时间在清明前后,没有严格要求
端午节	农历五月初五	1. 在五月初一,就在神台上摆好摘来的新鲜茉莄。端午当天也会照例杀鸡拜神。 2. 在吃过午饭后,大人们都会让小孩子去洗澡,又名"洗龙舟",据说这样可以让孩子健健康康长大。 3. 另外一部分家长会请村里经验丰富的老人给自己的幼龄小孩子"抓虫",这种抓虫就是老人在手上抹上一层类似清凉油的药油给孩子的额头、肚脐等部位进行按摩。
中　秋	农历八月十五	杀鸡拜神、也有人会祭月
年　例	农历九月二十八	1. 兰妙村最大的节日当属农历九月二十八的年例。这时每个家庭都会做大餐,邀请亲戚朋友过来吃饭看"大戏"(粤剧),很多家庭主妇也会提前一两个月到田野里采摘田艾草,为九月二十八的盛宴进行准备,田艾草是做田艾糍必不可少的一道原料。 2. 请"戏班"的钱是各家按照人头凑的钱,另外村子里有钱的同胞也会为此捐赠部分的资金。

① 访谈人 LLG(湛江市坡头区兰妙村人),访谈时间是 2016 年 2 月 10 日;访谈地点在 LLG 家里。

（接上页）

春节	一月初一至十五	1. 从除夕夜开始在神台上摆放燃烧着的煤油灯、蔗糖片、柑橘等，直到年十五过去。 2. 从年初一至十五每天早晚都要过去庙宇里烧香和简单的跪拜。 3. 年初一，熟悉的鞭炮声唤来新的一年。早上家家会煮糖面也要吃斋直到中午。村子里会统一祭拜，在祭拜过程中，也有舞狮、耍武功等活动可以观看。 4. 初三早上进行大扫除，将好运扫进屋子里。 5. 年初八开始"游神"，既有自己村的出去游，也有别人村的游进来。如果这期间有人逝世，别人村一般不会继续"游神"进来村，多少会避讳一些。 6. 年初十，村里建筑起"灯棚"，专门放置"灯火"。也会摆"灯酒"。据说每个新生男丁都要进行这个程序。

（三）从地域性会馆的形成与运作看湛江历史族群认同

历史上，会馆的建立在中国经济贸易往来比较发达、繁荣的沿海区域比较常见。在湛江赤坎老城区历史上有多个会馆建立于此地。据《辞源》解释："会馆同籍贯或同行业的人在京城及各大城市所设立的机构，建有馆所，供同乡同行集会、寄寓之用。明刘侗《帝京景物略》四《会稽会馆唐大士像》：'尝考会馆设于都中，古未有也，始嘉（靖）隆（庆）间，……用建会馆，士绅是主。凡出入都门者，籍有稽，游有业，困有归也。"会馆是一种基于地缘关系的联络、业缘关系发展的需要而建立的一种族群文化传承与发展的载体。据地方史料记载，湛江赤坎在明清之前都还是一个人口稀少、到处荒芜的地方。宋元虽有船只往来于此，但是扎根在此地发展的人口并不多，加上受到"海禁""迁海"的政策影响，一直处在发展缓慢的状态。后来随着海禁的废除以及吴川梅菉港口的发展，带动了赤坎地区的发展。乾隆末年，已经有很多福建商人、潮州商人、广州商人等乘船于此进行商贸活动和定居。刘佐泉先生在《古商埠五大会馆综述》提到："由于清代到赤坎经商和定居的移民之来源地比较广泛，彼此语言、习俗的差异，不仅使移民与土著间，而且各地移民间也存在着隔阂。这种土著以及移民相互间的隔阂，便会造成他们相互间缺乏沟通和信任感，从而使得同乡移民之间相互需要一种信任和依赖感，而在对付外界的事务中，移民更感到团结的重要。各地移民对故土的深切眷念，对于自身安全的渴求，更加强化了同籍移民间合作的观念，加上海运和商业的发展，'商旅穰熙，舟车辐辏''商船蚁集，懋迁者多'经济实力增强，于是捐资建立移民会馆已是水到渠成，顺应团聚精神这一潮流而兴建。"①在湛江地区，各大会馆的建立有助于加强族群间的联络与交往，对于族群文化的形成和跨境族群的交流起到很大作用。叶彩萍在《赤坎四大会馆拾遗》②一文中对湛江赤坎会馆的建立与作用做了详细解读：

　　赤坎移民会馆最早建立于清乾隆年间，最迟建于清咸丰年间，由同籍人捐资共建。会馆的规模视各地移民在赤坎埠的人数多寡和财力状况而有所差异。故各地移民之间互相攀比，借会馆来夸耀自己的实力。会馆的建筑类似庙宇。会馆建筑规模的宏大，一方面与当时每年节庆之日，同籍乡人在会馆"祭祀、演剧、宴会"有关，另一方面也与当时人们的心理因素有关。史载："各处会馆之建筑物崇宏壮丽，可为其团结力量最富之明证。"会馆建筑的宏伟壮丽竟成了移民团结力强大的象征。正因如此，各地移民对会馆的维修和保护特别关注。如雷阳会馆、高州会馆都曾经重建、重修。正是由于各地移民对会馆的不断修葺和保护，才得以使赤坎会馆建筑直到20世纪下半叶仍保存完好。可惜，现已全被拆毁，只能凭记载、记忆重现赤坎五大会馆的风采，彰显赤坎商埠之底色。

　　赤坎的闽、浙、潮、广、高、雷人修建会馆的目的，在于通过会馆组织来联络乡情，团结同籍乡人，以维护其在赤坎埠的共同利益。会馆既然作为一种社会组织而存在，就必然会在大移民

---

① 刘佐泉：《古商埠五大会馆综述》[J].政协湛江市赤坎区委员会编：《赤坎文史》（第二辑），2010年12月，第34—35页.

② 叶彩萍：《赤坎四大会馆拾遗》[J]，《赤坎文史》第一辑.第36、41—43页.

社会中发挥它的社会功能：

一、联谊乡情。这主要是通过举办祭祀同籍乡神（主要是天后妈祖）、演戏、赛会、饮宴、聚会等活动而实现的。通过种种活动，使人们在追思神灵和祖先的过程中，找到共同的归属感，从而更加律己、齐心，珍惜同籍人之间的情谊。

二、会馆设置会首、首事，积极参与地方行政管理事务。同时，为同籍乡人排忧解难，调解同籍人之间及其与外籍人之间的纠纷，充当见证人，维持地方治安，等等。

三、参与商务事项，如订立各帮商规等。最典型的是树立在闽浙会馆的《诏安港客商船户出海名次开列碑记》，嘉庆二十一年（1816年）五月立。此碑现藏湛江市博物馆

四、慈善救济事项。原存高州会馆，今在湛江市第四小学内的《乐善堂碑记》明载："今将捐题施棺芳名列后：（人名、商号、银两略）上下合共捐银四百〇一元，六六兑……光绪六年（1880年）岁次庚辰孟冬董事训导孔庆关监生方祯祥同立"。又，《赤坎乐善堂重拟题捐小引》碑，原存高州会馆，现在湛江市第四小学内。

碑载：上下共捐银五百大元，七兑。除抵支外，尚存银三百二十两整。今此银暂生在本埠当铺出息，以备施工费，候日后有好瓦铺署买收租，以垂久远。

光绪二十一年岁次乙未孟冬董理方祯立。

五、兴办教育。高州会馆便是私立培才小学校舍。浙会馆每学期补助63万元给私立进化小学。广州会馆补足私立广侨小学经费不敷之数。潮州会馆支付私立韩江小学经费不足之数。

会馆要时常举办各种祭祀。潮州会馆支付私立韩江、演戏、宴会、救济、教育等活动以联谊乡情，均需要有一定的经济来源。会馆的经济来源主要是会产收入，各会馆都有自己的产业。现藏湛江市博物馆的《云霄港碑记》《漳浦港瓦铺碑》《云霄港瓦铺碑》《乐善堂碑记》均有记载。

三、族群文化丛簇的多元融成

湛江地区族群历史的发展、族群格局的形成、地方性文化符号的重构以及多维族群认同取向的融合,奠定了以古百越土著文化为始基、以中原汉文化为主脉、以多元文化融生为肌理的湛江族群文化形制。在不同的历史与现实情境中,湛江族群文化总能做出相应的自我调节,为族群的生存与发展创造有利条件。

族群文化的互动与形成一般都是依赖于所处环境的不同而做出相对应的文化调适,并在服饰、饮食、居住、交通、器用、婚嫁、丧葬、祭祀、帮会、社交、节令、游戏、娱乐、游神赛会、宗教、信仰、迷信、忌讳、歌谣、谚语、谜语、传说、故事、寓言等方面形成多元的文化丛簇。下面从民俗文化的角度解读生活在海岛社会与海边社会两种不同的地理环境之下社会形态的民俗演变与地方性知识的生成。

(一)特呈岛特色年例民俗的形成

特呈岛是笔者在 2015 年去做田野调研的岛屿。在调研中得知整个岛所有村落都是姓陈。当地村民告诉笔者,他们的先民是从福建莆田移民过来的,在这个岛上生活已经有七百多年了。他们依海而生,村落依海而建,大部分村民都是以捕鱼为生,兼有少部分田地耕作。岛内的信仰非常丰富,除了信奉他们从莆田带过来的妈祖信仰之外,还有洗太庙、华光公、大王公等。由于海岛四面环海,他们在长期的生产劳作中所形成地方性的知识体系有差异于陆地文明的社会体系。海岛的地理环境限制了生活在这个岛屿上的人群交通只能以舟船跟其他人群互动往来。岛内较为封闭的环境使他们秉承了很多农渔耕作文化的遗风旧俗,比如独有的年例、海产祭祀、屯兵挡灾、驱魔下海、抱烧犁头、翻滚箭床等习俗仍在沿袭。

湛江地域的年例,大部分集中在正月,以元宵期间最多。各地按祖上律定的神诞日当天进行,祭祀一般以三牲(鸡、鹅、猪肉)为主。特呈岛的年例却很独特,定在年尾的十一月廿四冼夫人诞辰日,又分两天进行。过去因交通靠木头小船，亲戚朋友来往不便，为利于分流，岛内7个自然村的年例，划分二十三日、二十四日两天，其中人口较多的新屋、坡尾为二十三日，其余为二十四日，各村按规定自觉执行。村民多以出海捕捞为主，为祈求顺风、顺水、顺利，祭品除三牲外，还备有大鱼、对虾、青蟹同祭。这些年例习俗，在湛江地区可谓独一无二。年例当天，每家每户到洗太庙祭祀，亲友纷至沓来。以村为单位也进行集体拜祭，由法师、村的头人和族老主持，拜祭完毕进行游村。当晚做大戏，即神诞戏。每年的二月张赵侯公诞、七月的车公诞、九月的大王公诞、十月的华光诞，分别由新屋、东村、坡尾、北江等村负责，年例的大戏则由未做过大戏的村子进行，也形成了特呈岛一道独特的文化风景，一年到头都有大戏睇。①

岛内信仰体系也非常独特。虽然他们每个村都会有自己信仰的神灵和神庙，但是听说他们有些神灵不是一个村自己祭拜，而是多个村落共同供奉。每年元宵期间有轮流迎神进村的习俗。他们会按照传统的规定次序和时间把车公、圣母、五兄弟、座公等神像抬入自己村的庙宇祭祀。在他们看来，神灵相会也是不同村的人到了这两天相会在一起。平时或许比较忙，交流比较少，而多个村庄共同供奉同一神灵以及元宵节轮流进村迎神，这其实是给这个小岛上的人们提供了一个公共交流与公共祭祀的场域。他们伴随着旧有习惯的传统规则有序开展，全村所有人出动，相互迎神送神，相互邀请到自家吃年例，睇年戏，这也是当地一种独特的人际网络的构建。

（二）雷州半岛石狗崇拜与食狗习俗的形成

石狗②在雷州半岛一带特别常见，尤其是在雷州市管辖的范围之内。在日常生活中，雷州人把石狗视为神灵，把它拿来供奉。雷州人对自己比较喜欢、亲昵的小孩常称呼其为"狗仔"。如果很想生一个男孩，常常在石狗面前祈福。若得到了灵应，一般就会在明年正月或二

---

① 邓碧泉，余石：民俗文化[M].广州：岭南美术出版社，2013年版，第161页。
② 石狗在当地亦称"泰山猴王""大王""文曲星""公父""石敢当"等。

月在"石狗公"旁边挂灯，意味"添丁"。甚至还有些人将自己的孩子"契公祖"，希望通过人神拟亲属关系的达成来祈求这个孩子能得到这个神灵的庇佑。雷州地区的石狗分布广泛，散布于雷州半岛各地，尤以今雷州市所辖区域最为集中。雷州市辖区有 19 个镇、街，共 2152 个自然村，几乎每个村子都有石狗，不仅数量众多，形态也丰富多样，是最有代表性的地区。今湛江市区辖有麻章、赤坎、霞山、坡头及东海岛五区共 29 个镇、街，计有 1330 多个自然村，其中以麻章区分布的石狗最多，其他区也有相当数量。东海岛区的东海岛、硇洲岛上也有分布，说明石狗文化对其他岛上居民也有相当的影响。①

对于石狗文化的存在，有学者认为石狗文化是古代百越民族对动物图腾崇拜的一种文化演变的形式。他们认为百越各族生活在雷州半岛这块土地上有很多遗风旧俗影响着杂居的汉人。在远古先民中俚僚、僮人都是从事农耕兼之捕猎为生，故以保护农稼、有看护狩猎本领的兽物为图腾。他们崇拜雷神，依托雷神的庇佑，开荒拓展，繁衍生息。春秋时期楚灭越后，越人相继迁雷，与俚僚人杂居相处，成为雷州的古越族，俗曰南蛮。"南蛮什类，与华人错居，曰蜑、曰俚、曰僚，俱无君长，随山洞而居，古之所谓百越是也。"从民族学的角度来考察，壮族（僮族）与古越族中的骆越人有演变的关系。因此，壮族所保留的一些民风、民俗多少会带有古骆越人的历史印迹。据调查，今广西西部的壮族聚居地，如上思、大新、田阳、忻城、来宾、合山、上林、都安、象州、金秀、荔浦等县（市）以及南宁杨梅古镇一带，都有数量不少的石狗，而在东部的博白县，则有更多发现。有学者认为，石狗是壮族先民图腾的演化物，主要依据是：在民间流传的神话中，壮族创始人布洛陀的祖母是高贵的公主，祖父是英勇的狗。在来宾县的水落村，村中立有石狗头，当地人称为"阿公"，即爷爷的意思，村民定期对石狗礼拜。崇左一带的半族人，在春节时结草为狗像，并在村中供奉。此外，壮族还流行"以

---

① 邱立诚：《对雷州石狗文化研究的几点认识》[J].原载《百越研究》第二辑《中国百越民族史研究会第十四次年会论文集》，合肥：安徽大学出版社，2011 年版。

狗为姓""尊狗贵狗","以犬婚聘""用狗占卜""用狗求雨"等民风、民俗。①当然对于当地人所说石狗祭祀跟古代狗图腾崇拜有关，这方面以后还需要深究。当时可以肯定的是狗作为一种动物在先秦时期就已经存在于雷州半岛一带，如史料《逸周书·王会解》载，商朝初年伊尹受商王成汤之命，"于是为四方之令曰：……正南瓯、邓、桂国、损子、产里、百濮、九菌，请令以珠玑、玳瑁、象齿、文犀、翠羽、菌鹤、短狗为献"。史料中提到的南瓯、邓、桂国、损子、产里、百濮、九菌也包括了雷州半岛一带。至于作为动物的狗是如何演变成为了当地的一种民间信仰，在这里不作考究。然而，石狗文化崇拜的存在与雷州半岛爱吃狗肉的存在是不争的事实，也带有一定的文化冲突性。

据李时珍《本草纲目·兽部》，狗肉性温，加药材水煮，可"大补元气"，治疗"脾胃虚冷"，治愈"腹满刺痛""浮肿屎涩"等病症。另据《舆地纪胜》记载："五岭之南，号为瘴乡，高（州）、窦（州）、雷（州）、化（州）俗有说着也怕之谚。"②宋代周去非撰的《岭外代答》对瘴气作了很好的阐释：南方有病皆谓之"瘴"，其实似中州伤寒。盖天气郁蒸，阳多宣泄，冬不闭藏，草木水泉皆禀恶气。人生其间，日受其毒，元气不固，发为瘴疾。轻者，寒热往来，正类痁疟，谓之"冷瘴"。重者，纯热无寒，更重者蕴热沈沈，无昼无夜，如卧灰火，谓之"热瘴"。最重者，一病则失音，莫知其所以然，谓之"痖（哑）瘴"。冷瘴未必死，热瘴久必死，痖瘴治得其道间亦可生。③由此可见，狗的药用价值刚好可以弥补雷州瘴气弥漫的自然环境对于人的影响，而狗是雷州半岛自然存在的动物，不需要从外地购买过来，因此，吃狗肉成了雷州菜谱中一道很重要的菜。

从雷州半岛土著先民居住与信仰来看，因为现在生活在广西一带的壮族在自己民族的传说中的确谈到其祖先由来与狗的故事。而据大

---

① 邱立诚：《对雷州石狗文化研究的几点认识》.原载《百越研究》第二辑《中国百越民族史研究会第十四次年会论文集》，合肥：安徽大学出版社，2011年版。

② （宋）王象之：《舆地纪胜》[J].第903页下。

③ （宋）周去非：《岭外代答》卷四[J].风土门.知不足斋丛书钞本。

量史籍记载，在雷州半岛土著先民中，壮族是很重要的一个土著民族。后来生活在雷州半岛的壮族大部分迁往广西一带。现在广西一带也有石狗文化信仰，也有吃狗肉的习俗。反而在福建莆田一带石狗文化很少见，但是迁移至雷州半岛的移民绝大部分来自福建莆田一带。由此可见，在雷州半岛，石狗文化历史的演变和发展，是汉人与当地土著居民间的杂居、互动、借用中保留下来。石狗文化也是汉人迁移至雷州半岛之后基于地方地理环境的生存调适而形成的一种饮食文化。崇狗又食狗肉的习俗是在不同民族不断融合、不同族群互动交流中产生。如蔡平、张国勇《区域文化研究的新视野：以雷州文化研究为例》："一个本有丰富多彩的土著文化主体，在历史发展的进程中文化不断走向多元和异质的区域，总是伴随着不同历史时段外来移民的植入。外来移民的规模及其文化强势与否决定了移入地土著文化变异与转移的进程……这些为中原王朝并入版图的'荒服'区域，将很快成为外来政策移民的活动空间，其土著文化也将随着土著人的被同化和移出，为外来强势文化所替代。如此，这些地区便也形成了以外来移民及外来文化为主导，一定程度融合和保留了土著人、土著文化因子，又与自然地理环境相依存的文化面貌。"[①]这也是我们前面提到同一族群在不同的地理生存空间与文化氛围中做出一种自我调节的生存策略，也是区域历史文化变迁发展的结果。

① 蔡平，张国勇：《区域文化研究的新视野：以雷州文化研究为例》[J].广东海洋大学学报，2010.30，第27—34页。

第二章 湛江当代族群文化的退隐

新中国成立后，湛江市在党和政府的领导下，建立了新的社会秩序，采取了系列措施，如土地制度改革、渔业和航运业的民主改革、镇压反革命运动，巩固人民政权等。人民得以翻身做主，族群个体的利益与国家联系更加紧密，减弱了对族群组织的依赖。在社会主义改造阶段，国家逐步实现公有制经济。基层政权组织是族群日常生产、生活的主要组织结构，负责管理农民的经济、政治和社会生活等方面。因此，宗族组织的影响力相对下降。在大跃进和人民公社化时期，"政社合一"的乡镇体制公有化程度高，促进了人们的生产、生活的集体化，族群活动受到一定程度的限制。这一时期，在国家形势的影响下，湛江的族群活动逐渐与国家意志相结合，族群文化处在退隐状态。本章主要从新中国成立后至"文革"这段时期的湛江农村基本情况、湛江这段时间族群文化梳理以及结合案例探索湛江族群文化退隐的表现与成因三部分进行论述。

第一节 湛江农村的基本情况

一、土地制度改革

土地改革是农村生产关系的变革。新中国成立以前，土地私有，地主占有大量土地，耕地近三分之一掌握在地主手中。农民租种地主土地，一般要缴纳相当于产量 50%～60% 甚至 70%～80% 的地租及种种额外负担。1950 年 1 月 20 日，湛江市以遂溪县为试点，开展减租减息工作。2 月，南路专署贯彻减租退押、保障佃权指示。3 月后，各县成立农代会，全面发动开展减租、减息、退租、借粮。是年 11 月，高雷专署颁发布告，实行"二五减租"贷谷 10 余石。1950 年 12 月底，遂溪被定为全省 11 个土改试点之一。至 1951 年 4 月中旬，全县据 42 个村（当时全县 100 个行政村）统计，没收、征收地主土地 12.15 万亩，没收果园 88 个，耕牛 655 头，农具 1874 万件，房屋 3064 间，粮食 372.6 吨。农民每户一般分田折合粮食 150 公斤，最高 500 公斤。12 月 11 日，原湛江市（即今市区）土改，以新鹿区为试点，次年 5 月结束。1951 年 2 月 15 日，成立土地改革委员会，抽调大批干部、学校师生员工下乡参加土改。6 月中旬起，潮满、东海、硇洲各区全面展开。秋后进入分田，划分阶级。①

遂溪县杨柑镇新有村访谈（记录人：叶钰茹）②

叶钰茹：新中国成立之后，新有村是怎么发展的呢？

GS 公：以前是个体，后来变到集体。有生产队，人民公社。以前吃集体饭，家里有什么都拿出来。以前我做干部的时候，将 444 人分作两个生产队。由互助组开始，从初级社到高级社再到人民公社。所有人并起来，小村搬来大村住，李家塘就回新村住，大家并成集体大饭堂。细伢仔去书房回，就来帮婆娘仔锉番薯，还有工资领，有三块元一个月。改革开放之后就有生产队分户，有早一批和迟一批，相差两三年，都是一九八〇年，一九八一年前后分户。分户后，大家生活逐渐好过。

1951 年 6 月 4 日，中共高雷地委作出全面开展土改决定，7 月份大规模展开。土改运动一般分为三个阶段：第一阶段工作队下乡开展

① 湛江市地方志编纂委员会编 [M]. 北京：中华书局，2004 年版。

② 访谈人 GS 公，记录人叶钰茹，访谈时间是 2016 年 1 月 20 日，访谈地点在杨柑镇新有村 GS 公家。

访贫问苦，扎根串连，组织队伍，成立或改组农会，对反动封建地主、恶霸开展斗争；第二阶段划阶级，分田地，根据调查资料，划分出农村每户的阶级成分，如地主、富农、中农、贫农、雇农和其他成分，没收地主的土地、耕牛农具和封建剥削的财产，分给无地或少地农民；第三阶段，土改复查，对漏划阶级的农户进行补划，错划的纠正。对土地改革的遗留问题进行处理。1952 年秋收前，海康、徐闻、廉江三县已基本完成土改。^①不过值得一提的是，当时有部分归侨、侨眷回国居住在湛江地区，当时的土改政策在具体实施中，并没有考虑到他们这一群体的特殊性，采取"一刀切"的做法，简单地以侨汇的多少为标准来界定阶级成分，也不顾一些归侨、侨眷劳动力弱、无法耕种自己土地的特殊情况，把土地出租等同于地主，把侨汇多、生活好等同于地主。主观地为归侨和侨眷扣上"地主""富农"等各种阶级的帽子，将他们的土地和财产收归分配，损害了他们的利益，打击了归侨的生产积极性。^②

新中国成立后，南路地委、高雷地委带领人民顺利接管湛江市，开展土改、渔改、城市和民船的民主改革、司法改革，实行了耕者有其田，使人民彻底在政治、经济上翻了身。^③新中国成立前，以宗族名义支配在地产阶级手里的公偿田、族田被没收，归于人民所有。新中国成立初期，农村土地制度改革，实行农民土地所有制，祠堂、庙宇、寺院、学校和团体在农村中的土地及其他财产实施公有制，从制度上弱化了单个农民家庭与族群活动之间的经济联系。

二、基层政权重置

新中国成立后，全国基层政权建设运动开始在湛江地区开展。首先对乡级组织进行初步改造，取缔了国民党时期的乡村保甲制度，建

---

① 湛江市地方志编纂委员会编[M].北京：中华书局，2004 年版，第 349 页。

② 童蓉：《二十世纪五六十年代中国政府安置印尼归侨政策研究》[D].暨南大学硕士学位论文，2011 年版，第 58 页。

③ 陈充：《湛江党组织光辉的发展历程》[J].湛江文史，2011（30），第 6 页。

立乡人民政府委员会，由农民民主投票选举，乡干部逐步实行货币工资制，并开始定编。往后，由于农村要开展大规模的农田水利建设以及开展"大跃进"运动，这两个运动都是需要大规模的人力资料的投入，也需要连片的土地进行管理。不久在国家推行"小社并大社"的号召下，湛江地区按照全国政治政权设置的要求："把一个合作社变为一个既有农业合作又有工业合作的基层单位，实际上是农业和工业相结合的人民公社。"[①]"一大二公"是人民公社体制初期的特征。这对于中国农村土地资源进行了重新调配，因为人民公社规模较大，基本是一乡一社，一社内的土地即整个乡的土地都可以随意被使用，无偿征用整个社里的任何劳动力，集体在食堂吃大锅饭。这种体制的改革使农村基层干部权力高度集中，既是经济组织，也是政权组织，两者合一，统一领导，分级管理其管理体制为公社、生产大队和生产队三级。人民公社的各级权力机关是公社、生产大队社员代表大会和生产队社员大会，其各级管理机关是公社、生产大队和生产队管理委员会。公社社员代表大会就相当于"政社合一"前的乡人民代表大会，公社社员代表大会定期召开，决定全公社范围内的重大事情。由公社社员代表大会选举产生的公社管理委员会，在行政上相当于原来的乡人民委员会（即乡人民政府），受县人民政府的领导，在管理生产建设、财政、贸易、民政、文教卫生、治安等项工作方面，行使乡人民委员会的职权。生产大队的一切重大事情由生产大队社员代表大会决定，生产大队管理委员会，在公社管理委员会的领导下，管理本大队范围的生产和行政工作。生产队是人民公社的基本核算单位，实行独立核算、自负盈亏，直接组织生产、收益的分配等工作，生产队范围内的土地都归生产队所有，生产队的生产和分配等一切重大事件由生产队社员大会讨论决定。[②]

---

① 何沁：《中华人民共和国史》[M].北京：高等教育出版社，1998年版，第199页。

② 明星：《我国新时期农村基层政权组织的变革研究》[D].安徽师范大学硕士学位论文，2005年5月，第10—11页。

人民公社基层组织的设立对湛江地区的族群文化影响很大。在湛江农村地区，村落的聚集大多是具有血缘关系的群体集中居住，大部分聚族而居。他们更加青睐于运用以往宗族内部的信仰体系、仲裁体系、分工体系以及家族观念在农村社区中运作。此外，他们还有自己的祠堂、寺庙、族田、族产等隶属宗族内部的公共资产。然而，在新中国成立后，由于农村政权的重新设置，人民公社体制实行党对农村的一元化领导，设置一乡一社，已经打破了以村落为单位的格局。一乡一社是他们的劳作方式、人员流动不再局限在本村，随意地被抽到其他村劳作，而且本村的土地资源、寺庙、祠堂、公共的族产、族田都归于公社所有，可以随时被当作公共财产进行处置，也冲散了族内以小农经济为基础的宗法制结构运作体系。总而言之，国家对乡村社会权力结构进行了调整和重组，将国家行政权力直接延伸到村庄内部，自上而下建立起一套严格的支配体系。在人民公社时期，族群中的个体与国家集体组织的联系达到前所未有的程度，在"政社合一"的人民公社中，族群组织失去其组织结构存在的组织基础。国家基层行政组织取代族群对农民思想、生活、文化活动的支配地位。

三、文化改造运动

文化改造是新中国成立以后，中国共产党对教育事业的改革。1949年的《中国人民政治协商会议共同纲领》明确规定："人民政府应该有计划有步骤地改革旧的教育制度、教育内容和教学方法。"[①]党和政府设立了夜校、扫盲班等教育体系为文盲较多的农村地区提供教育服务，宣扬社会主义意识，革除族群文化中的封建迷信成分和早婚、溺婴等社会陋习，提升农民的科学文化水平，开拓了人民的思想思维，拓展其族群活动的社会空间。

---

① 有林等：《中华人民共和国国史通鉴》第一卷[M].北京：当代中国出版社，1993 年版，第 426 页。

在对遂溪新村的田野调查中，对于文化改造也做了一些相关访谈记录：

> YYR：以前文化改造时，新有村里有没有什么措施呢，比如扫盲班、夜校那些？
>
> GSG：有啊，也有办夜校，办小学，村里头和李家塘人都有来教书。新中国成立后，就有扫盲班，这些婆娘大大小小的都过去扫盲。那些人都是一边教书，一边做革命活动。

值得一提的是，疍民上岸居住是族群文化在这一时期表现的一项重要内容。疍民的文化普及也是当时文化改造运动的重要内容之一。疍民作为上岸定居的"水上人民"群体，长时间的水上生活，虽然渔业技术较高，但缺乏文化知识。"新中国成立后的50年代，镇政府为上岸定居的疍民设立夜校，供疍民学习文化知识。后来修建了渔民小学，就是如今镇上的'中心小学'，六七十年代设立初级中学教育。让未到劳动年龄的疍民子女接受学校教育，以提高疍民的教育水平。其中，中学学习成绩优秀的年轻一代疍民经过政府培训后可担任学校教师，对疍民进行文化教育。当时的课程只有简单的语文、数学、历史等学科，学生上课的环境也十分简陋，但只要认真听讲还是能学到知识。疍民经过学校教育，获得知识后有利于打工赚钱。五六十年代的学费尽管才一两块钱，但当时镇上整体的经济不发达，疍民家庭收入少、人口多，温饱问题常常得不到解决，更别说花钱接受教育了，经济的困难对疍民接受教育有着十分重要的影响。因此，疍民受教育的权利在不知不觉中消失了。"[1]对疍民子女的教育，使他们了解其族群外的生活经验与先进理念。从社会阶层结构的流动方面来看，文化改造运动使很多人告别了不识字的年代，凭靠知识来争取更高的发展机会，无论是在经济上、政治上还是文化上都会凭靠知识取得一定的发展空间，从而促进了社会阶

---

① 李晓霞：《雷州市企水镇疍民群体的社会习俗变迁调查研究》[D].广州：广东技术师范学院硕士学位论文，2015年，第45页。

层结构的变动与流动，削弱了传统宗族的权威与帮扶，族群参与其中的意识也被削弱。

四、疍民群体社会地位的提高

在新中国成立之前，湛江地区的疍民的地位较为低下，被陆上居民视为贱民。虽然在清代和民国时期，政府实行革除疍民低贱户籍和允许他们有相应的权利，但是疍民的社会地位尚未得到彻底改变。疍民是水上居民，多数分布在沿海地区，广东便成为疍民分布的主要地区之一。明代时期，广东曾设立多个河泊所对疍民进行管理，其中雷州府有 3 个，高州府有 4 个，分别设立在海康、徐闻、遂溪、吴川等县。①由于疍民分布较多，多为水上居住，生活漂泊不定，且易遭受周边不法分子干扰，难以保障人身安全。因此，新中国成立后，解决疍民问题成为广东省民族工作的重要任务。1952 年5 月，广东民委向广东省海岛管理局、海南民委及各疍民聚居区政府发出《为调查疍民资料请广泛搜集见告》的公函，揭开了新中国成立后大规模疍民调查的序幕。该函指出疍民过去在反动统治下造成与陆上间的隔阂和歧视，近来虽逐渐消除，但为求疍民的彻底解放，应否提到民族问题上予以处理，乃当前亟待解决的问题。省民委要求有关单位将本地疍民人口数量、散布地区、历史来源、生活状况、解放前被歧视、压迫、剥削情况，现在的社会关系以及语言、风俗、习惯各方面是否有与陆上居民不同的显著特征等加以调查，并将调查结果汇送省民委。同时要求各地政府提供应否将疍民问题作为民族问题来处理的意见，以供参考。②党和政府深入调查疍民的族群文化及活动，了解其族群关系，为解放疍民，巩固人民政权，保存其族群的特殊性有重大意义。

---

① ' 河泊所[0].明会典，卷 36 户部。

② 广东省民族事务委员会：《为调查疍民资料请广泛搜集见告》，广东省档案馆档案 246—1—6 号卷，第 1 页。

关于疍家的族群来源说法不一①，但疍民内部很少自称为疍家，他们认为这是具有歧视性的称谓。党和政府根据"名从主人"原则，首先禁止对疍民的歧视性称呼，改称"水上居民"或"水上人民"。1950年，政务院就发出《关于废除对海上渔民"疍家"侮辱称号的通知》，沿海水上渔民的人格受到尊重。②1953年7月，省政府又重申《关于疍民应改称"水上人民"并特殊照顾其政治地位》，要求各机关行文应将疍民改称"水上人民"，以示陆上汉人与疍民的平等，禁止汉人社会对疍民的歧视，并要求各地政府要特别照顾疍民。③在之后的时间里，"疍家"或"疍民"的称谓，在党和政府的公文中、地名牌匾中被取消或更改。"疍民"便被改称为"水上人民"或"渔民"。称谓的改变使疍家族群因生活环境和政策而造成的不平等地位获得了与陆上居民同等的尊重，这是疍民解放的重要开端。

党和政府首先取消了旧政权强加在疍民身上的苛捐杂税，接着将关系疍民切身利益的河权海权收归国有，有海产利益地区，凡没有建设设备的河海，政府取消原来的租金，组织疍民自行管理；有建设设备的，如属恶霸、反革命分子或祖偿（或姓族）④占有的予以没收或征收，分别组织渔民管理；守法地主及其他人民投资经营的以工商业

---

① 归纳起来主要有三种不同的意见：第一，疍民是少数民族，其中罗香林认为疍家系越族后裔，陈序经也曾经列举了数种关于疍民非汉族族源的说法。第二，疍民历史上主要是少数民族，在发展过程中融入了汉族成分在内；陈序经指出他们不是汉族，但时至今日，已经掺杂了其他的民族成分，特别是掺杂了汉族成分在内；黄淑娉指出疍民原系古越族，在发展过程中有不少汉族人融入其中。第三，疍民是汉族族裔，黄新美、张寿祺从体质特征的角度认定珠江口的疍民实为汉族的一支。目前，多数人更倾向于第二种观点，认为疍民群体原本发源古代的百越，但后来加进了汉人的成分。正是疍民来源不明的身份成为他们备受陆上汉族人群歧视的主要原因。（参见张银峰：《族群歧视与身份重构：以广东"疍民"群体为中心的讨论》[J].中南民族大学学报（人文社会科学版）.2008，28（3）。）

② 林宗彦：《海康县水上居民定居前后》[J].《海康文史》，1990年第2期，第25页。

③ 广东省政府：《关于疍民应改称"水上人民"，并特殊照顾其政治地位》，佛山市档案馆档案21—1—30号卷，第42页。

④ 指以宗族名义占有的用于宗族活动的财产。

者看待，可继续经营或公私合营，如不愿继续经营者其建设设备可出租或转让。[①]没收宗族活动的财产，既削弱了族群活动的物质基础，又打击人们族群意识和文化认同。将河权海权归为国有，使个人利益与国家政策联系更为紧密，使宗族势力在族群社区中逐渐失去影响力和牵制力，逐渐影响族群的身份认同。

西营是湛江市霞山区的旧称，是当时的一个小渔站。[②]工作队充分发动疍民群众，争取权利平等，提升疍民个体的地位，从心理上认同新的社会组织形式，加强疍民的国民意识，减少了疍民上岸以后受强势的族群势力所压迫而发展成弱势群体的可能性，从而达到对疍民的解放的目的。

湛江位于雷州半岛，三面沿海，对渔业和航运业改革是湛江民主改革的重要部分，这对湛江肃清封建残余、解放和发展生产力具有重要意义。自 1951 年至 1953 年冬，沿海疍民聚居区开展了民主改革运动，发动疍民从事阶级斗争，努力提高疍民的阶级觉悟，打倒压迫疍民的恶势力。党和政府派出由省总工会、海员工会、边防局及各地方工会等组成民主改革工作队，分赴各疍民聚居区开展工作。这样欺压疍民的恶势力被斗垮了。[③]此外，从 1953 年 1 月开始，内河疍民聚居区的民主改革在搞好试点的基础上全面铺开，参加民主改革的疍民占全省水上人口的 42%，船只占全省船只的 45%。[④]彻底打压旧势力，肃清旧社会强势族群文化的封建残余，是对疍民的进一步解放，也是湛江族群文化的多元融合。

---

① 詹坚固：《建国后党和政府解决广东疍民问题的举措及成效》[D].广州：华南师范大学硕士学位论文.2004：24。

② 1958 年，经省批准，将具有殖民色彩名称的西营改为霞山。

③ 詹坚固：《建国后党和政府解决广东疍民问题的举措及成效》[D].广州：华南师范大学硕士学位论文，2004 年，第 23 页。

④ 《南方日报》记者：《全面布置内河民主改革》[N].南方日报，1953—7—25，第 1 页。

五、农业合作化运动

农业互助组是新中国 20 世纪 50 年代农业生产的主要组织形式，也是中国社会主义农业集体化的过渡形式。互助组起源于新中国成立前农民为克服生产困难而组成的临时、松散、简单的互组劳动队，如耕田队。战争年代，在中国共产党领导的一些地区，在党和政府的支持和大生产运动的带动下，农民组织了简单且较稳定的互助组，对克服困难，发展生产，起了很大的作用，这些积极作用成了新中国成立后互助组得以继续存在，并被向全国迅速推广的重要原因。[①]1951 年12 月，中共中央《关于农业生产互助合作的决议（草案）》也明确提出，"农民在土地改革基础上所发扬起来的生产积极性，表现在两个方面：一方面是个体经济的积极性，另一方面是互助合作的积极性"，"解放后农民对于个体经济积极性是不可避免的，党充分地了解了农民这种小私有者的特点，并指出不能忽视和粗暴地挫折农民这种个体经济的积极性"，互助组"是建立在个体经济基础上（农民私有财产的基础上）的集体劳动"。[②]可见，互助组最初的建立是按照自愿互利的原则，组织农民成立几户或十几户为一组的农业生产互助组。当互助组发展到初级社阶段时，是以组织农民成立以土地入股和统一经营为特点的小型农业生产合作社。

据《湛江市志》记载："湛江地区在经济恢复时期（1950—1952年）农村中开展了轰轰烈烈的土地改革，农民分到了土地，生产积极性空前高涨，接着走上互助合作的道路。"[③]《麻章大事记》也提到："1952 年 4 月，湛江市郊区和各县农村纷纷组织农业互助组，拉开农

---

① 韦青松：《新中国 50 年代农业互助组研究》[D].广西师范大学硕士学位论文，010 年，第 8 页。

② 史敬棠等编《中国农业合作化运动史料》下[M].北京：三联书店，1959年版，第 3—4 页。

③ 湛江市地方志编纂委员会编：《湛江市志》[M].北京：中华书局，2004 年6 月，第 321 页。

村互助合作运动的序幕。"①随着互助组合作的发展，湛江地区在互助组合作的范围上由农业扩大到对渔业、航运业等方面进行社会主义改造。当时为了确保农民对土地的所有，还专门给土改后的农民发放了土地证，让他们较为放心地去开展互助组的合作。不过随着社会主义建设的推进，当个体经济上升到集体经济时，互助组合作也逐步向农业合作社方向发展。农业合作社发展的高级阶段表现为组织农民建立大型的农业生产合作社。由于农业生产合作社大规模地发展，逐步开始影响到农民对于土地的私有产权。这些大规模活动的开展，实质上将湛江地区聚族而居，在生活中对于宗族依赖的一种生活方式打散，并进行重新组合。同时，也将每个姓氏的祠堂、族田等公共族产纳入到整个农业合作化的运动中来，冲淡了人们在宗族观念上的依赖性，在一定程度上从大范围统一了农村农民的思想意识。

第二节　新中国成立后至"文革"前湛江族群文化历史概述

新中国成立后国家基层政权的重新设置、国家层面的政治运动对于乡土社会而言，都是一种对原先既有的权力运作模式、传统文化整体观以及原先既有的生计方式、生活样态、社会组织与社会结构形成了巨大的冲击。因国家经济发展的需要和政治运动的影响，农垦移民、库区移民、疍家人上岸、华侨归国等，这些都是发生在同一时期的不同族群文化新格局的变动。这一变动对于湛江既有较为稳定的族群文化、族群格局带来很大的变迁。

一、农垦、库区移民与族群文化新格局

新中国成立后，雷州半岛地区在毛主席的指示下有大批移民迁移至此进行开荒，成立农场。据《湛江市志》记录：1949 年 12 月，湛

---

① 麻章大事记[EB/OL].麻章区地网.http://info.huizhou.gov.cn/shtml/mzq/dsj/2014/05/14/99159.shtml.

江解放，大量解放军进驻。1950 年初，10 万大军和民工集结在雷州半岛训练，准备解放海南岛。海南解放后，有少量军人转业到湛江工作。1952 年 8 月，解放军林业工程第 2 师第 4、第 5、第 6 团分别开赴徐闻、海康、遂溪、廉江、吴川，成立垦殖所，组织包括当地政府派出的土改工作队、民工、归国华侨和全国各大专院校分配来的学生约 10 万人，开展大规模垦荒种橡胶，这也是本市历史上大规模的一次人口迁移。50 年代中期，湛江建设港口、铁路，随后海军南海舰队司令部迁来湛江，湛江渔业公司等一些大单位成立，湛江市区范围迅速扩大，人口有较大的增长。[①]

据统计：从 1952 年至 1954 年两年间，就开垦出土地 31.5 万亩用于种植天然橡胶。从 1955 年开始，26 个小农场开始合并，徐闻全县境形成红星、友好、东方红、海鸥、南华、五一、勇士等七个大型的国营农垦场及国属徐闻橡胶研究所。回顾 50 多年来，湛江农垦共向国家提供了 27 万吨橡胶。这 50 年来，湛江农垦不但建成了橡胶基地，而且还建成了糖蔗、剑麻、水果、养殖、林业、茶叶基地，拥有 170 多万亩土地，人口达 17 万人，以开发、种植、加工热带亚热带作物为主，集生产、科研、经营为一体的大型国有企业集团，年实现社会总产值 20 多亿元，国内生产总值 6 亿元，缴纳税金近亿元。另外，湛江农垦还在安置华侨、难民、移民等方面为国家作出了不可磨灭的贡献。仅在 20 世纪 50 年代到 70 年代，湛江农垦共安置归侨 8 万人。[②]

1958 年 6 月，在廉江县北部九洲江流域兴建鹤地水库，迁出库区全部人口，这些农民除安置在该县其他地方外，大都搬迁到徐闻、海康，重建村庄，共 3.1 万人。不久，高州县兴建良德水

---

① 湛江市地方志编纂委员会编：《湛江市志》[M].北京：中华书局，2004 年版，第 300—303 页。

② 皓雪：《雷州半岛原始森林消失之谜——湛江农垦开垦雷州半岛史话.揭秘历史》[J].2010 年第 4 期。

库，库区有 2000 多人迁到徐闻和海康。①

从上面的资料记载中可以看出，在新中国成立后至"文革"前这一时期，原先湛江地区在清朝时形成较为稳定的族群文化格局，受到来自经济发展的需要或政治运动的安排，湛江族群格局出现了新的变化，其中表现为以下几种：第一，在因国家经济发展需要迁移大量移民至雷州半岛开垦、建立农场；第二，因为国家农垦技术需要下到农垦地区，迁移了一批知识分子、技术人员；第三，因为世界政治格局的变化，比如在印度尼西亚排华时期，需要将大量华侨迁回中国，其中一部分安排在雷州半岛；第四，因湛江地方规划与经济发展的需要，在二十世纪五六十年代需要修建大型的农业生产水利工程，出现大量库区居民的转移。

其实，从后来的语言分布格局原因分析中也可以看到这一时期移民迁徙的足迹。在雷州半岛很多地方都会出现双语区、多语区，即原本在某个地方只有一种语言，后来出现了很多种语言交叉分布的格局。比如雷州客路镇，原本都是讲雷州话的，但是后来出现了有六个管区都讲白话的情况。这个现象就发生在客路镇北部与遂溪县接壤的地方有六个管区的 13 个小村说白话：恒山管区的白鹤仔、上埠、谷仓；六梅管区的大边塘、文准；塘塞管区的山峡塘、东闸；赵宅管区的水归塘、牛母湾、车连塘；湖南管区的龙翼塘；田头管区的邓宅寮，还有20 世纪 60 年代从高州水库水浸区迁来的移民村高坡村。说白话的还有乌石镇和企水镇两个渔港的部分渔民。此外，还有 7 个国营农场的大部分职工也说白话。另外，还有说客方言"偃话"的村庄分布在客路镇北部与遂溪县接壤和英利镇南部与徐闻县接壤的地方。客路镇有3 个管区的 5 个小村说"俚话"：大家管区的月湖，塘塞管区的塘塞、坎壳湖、八公湖，三塘管区的留村。其中留村是 60 年代从鹤地水库水浸区迁来的移民村。英利镇有 4 个小村说"偃话"：大桥上村、英益村、

_____

① 湛江市地方志编纂委员会编：《湛江市志》[M].北京：中华书局，2004 年版，第 300—303 页。

月墩村和昌竹倔村。此外，还有唐家镇的"四海村"，是 20 世纪 60 年代从鹤地水库水浸区迁来的移民村，也说倔话。在雷州县境内众多的说白话和倔话的村庄和居民点的人，因为生活在大多数人说雷州话的环境里，所以也大都能说雷州话，从而形成雷州境内特殊的双语居民点。雷州话是湛江市使用人口最多的方言，分布于徐闻、雷州、遂溪大部分地区、廉江的横山、河堤、新民、营仔、龙湾等五个镇，吴川的覃巴、兰石、王村港等三个镇。[①]

当然，这种语言格局的形成也不全部是发生在新中国成立后至"文革"前这段时间，也有些是发生在新中国成立前历史移民迁至于此地后，不同族群间的互动，语言的借用和相互影响，就会出现双语区、多语区的现象，比如雷州的客家人有些是从廉江、化州迁来，有些是东南亚归侨（主要是越南归侨）。有些迁入时间长达三百年，有些仅四十余年。集中分布在各农场及客路、英利、唐家三镇的部分村落。遂溪客家人是 20 世纪 50 年代从长青、武陵和高州等地迁来的，零散分布在遂城、城月、洋青、岭北、北坡、河头、杨柑七个镇的某些村落（河头镇客家人迁到遂溪有三百多年）。徐闻的客家人主要是 20 世纪三四十年代因逃难从信宜迁入的，至今仍说信宜客家话。下桥镇最集中，其余均为零散分布。

二、上岸的疍家人与族群文化新格局

疍民作为一个水上族群，周去非《岭外代答》卷三《疍蛮条》有记载："以舟为室，视水如陆，浮生江海者疍也。"对于疍家的祖源与由来，历来影响着人们对这一群体的归类，有学者认为疍民应归类于汉族人，因为史料记载说这一族群的先民一开始为了逃避陆上的战乱之苦、劳役赋税之重，逃亡海上来生活。学者们还将疍民

---

① 雷州历史文化丛书编委会编：《雷州方言》[M].广州：岭南美术出版社，2013 年版，第 6 页。

的信仰与陆上居民的信仰进行对比分析，他们很多信仰神灵相似①，但纵观学术界对于疍民的研究，对于疍民源于百越民族的说法还是比较赞同，如罗香林（1964）《蛋民源流考》②、詹坚固（2012.01）《试论蜑名变迁与蜑民族属》③、吴建新（1985.01）《广东疍民历史源流初析》④、叶显恩（2012）《关于疍民源流及其生活习俗》⑤、徐心希（2006.02）《闽、粤、台疍民历史考略》⑥、蒋炳钊（1998.04）《蛋民的历史来源及其文化遗存》⑦、黄新美（1990.02）《珠江口水上居民（疍家）种族的研究》⑧等。

雷州半岛历史上很多沿海的港口，如企水港、乌石港、流沙港、东里三吉港、吴川梅菉港、硇洲岛红卫社区、徐闻外罗港等都有疍

① 贺喜《从家屋到宗族？——广东西南地区上岸水上人的社会》："我拜访了受访的一位阿婶的家。她家祖公的神龛安在二层小楼的阁楼上，平时不轻易示人。神龛内有13尊小神像和两块神主牌。一块神主牌写有"本家先位众神老幼之位"，另一块则是新近去世的老人的神主牌，书写了明确的姓名。从神龛的布局来看，这里混合了两种不同的祭祖方式：以神像代表祖先以及以神主牌代表祖先。从水上人的神龛的形式来看，二者并存的现象非常普遍。从神主牌所列祖先的代际来看，这是近年才采用的祭祀方式。在没有明确系谱的情况下，要将神主牌的方式吸纳进来，折中的办法就是将所有的祖先都抽象地列于一个统一的神主牌之上。在雷州西南部的乌石港，上岸后的水上人家里也供奉着类似于企水港的神像。但是，这些神像并不完全是祖公，还夹杂着其他的地方神。在我采访的一家人的神龛上，供奉着17尊小神像，前面8尊是祖公，后面9尊是地方神。安放在一侧的小神主牌写着"本堂香火列为众神，本郡家先历代之神"，可见这些神像的安放者很清楚地将它们分成了两类。从神像的外形看，祖公与小神也有细微的差别。小神的服饰与庙里所见相似，只不过每尊高不盈尺。祖公的服饰则较多地体现了现实社会的风尚。"（参见贺喜：《从家屋到宗族？——广东西南地区上岸水上人的社会》[J].民俗研究，2010，（2）：240。）
② 罗香林：《蛋民源流考》[J].广西民族研究所—少数民族史论文集，1964。
③ 詹坚固：《试论蜑名变迁与蜑民族属》[J].民族研究，2012（01）。
④ 吴建新：《广东疍民历史源流初析》[J].岭南文史，1985（01）。
⑤ 叶显恩：《关于疍民源流及其生活习俗》[J].香港出版社，2012版。
⑥ 徐心希：《闽、粤、台疍民历史考略》[J].闽都文化研究，2006（02）。
⑦ 蒋炳钊：《蛋民的历史来源及其文化遗存》[J].广西民族研究，1998（04）。
⑧ 黄新美：《珠江口水上居民（疍家）种族的研究》[J].中山大学学报，1990（02）。

民。据万历《雷州府志》卷之九《食货志·户口》记载：天顺六年（1462年），海康县：疍户二百九十一。弘治五年（1492年），徐闻县：内复疍图一。嘉靖元年（1522年），海康县：疍户二百九十三口三百八十六。万历四十一年（1613年），雷州府：疍业一百八十八户，海康县：疍业户一百八十八户。徐闻县：疍户八十户。1953年，海康沿海的水上居民共有424户2649人，主要分布如下：乌石港204户1345人；企水港175户1065人；三吉港8户62人（东里镇境内）；英良湾21户10人（英利镇境内）；麻亭湾16户67人（南渡河西）。[①]解放之前，他们以舟楫为家，捕鱼为生，全家人挤在同一条船上，生活条件恶劣。何强《疍民、渔民和渔港风情》[②]谈到：明代年间，开始数名吴川籍渔人迁居于此，成为外罗的最早居民。到了清乾隆至咸丰年间，外罗港出现了内港网门，流动在两广沿海的"疍家"从各地迁来此地开始来此捕鱼、停泊，由于港湾自然资源条件优越，前来捕鱼者渐多，外罗便成为"疍家"渔船的常泊之地。据查，外罗的"疍家"渔民多为汉人，操疍家话（广州话的一个支系），疍民全家蜗居船上，专以捕鱼为业。疍家在外罗港一带的活动给当地带来了较新的捕捞技术，对外罗渔业的发展起过一定的作用。其间，从事水产品买卖和其他贸易的小商贩也由此产生，外罗从此逐渐热闹起来，出现了经商的居民和外罗疍民两个不同支系的镇民。从明代开渔埠开始，随着渔业的逐渐发展，外罗从渔埠发展成了渔港，1929年已成为雷州半岛的主要渔港之一，并从此作为广东省的重要渔港记载在册。到20世纪30年代，渔业生产向纵深发展，渔港又有了发展。每年二至七月，不少儋州船、罟帆船云集外罗，把握渔汛，扬帆出海，外罗港的声誉日益远扬，呈现一派繁荣景象。外罗

---

① 刘佐泉：《雷州文化的历史及特征与"海上丝绸之路"》[J].湛江师范学院学报，2002，23（2）.第23—28页。

② 何强：《疍民、渔民和渔港风情》[EB/OL].碧海银沙网.2011-04-14. http:// zjphoto.yinsha.com/file/201104/2011041420590918.htm

新中国初刚上岸蛋家人以海边陆地居住[①]

的渔业生产向以家庭形式为主。一艘渔船就是一户，一户就是一个生产单位，没有严格的生产组织。40 年代，为了捕鲸，单凭一艘家庭小船不能为力，大家便相约合作捕鲸。由九到十艘渔船组成船队，分工合作进行围捕，按实际中钩船数和规定分享捕鲸的果实，捕鲸季节结束即自行解散。

新中国初期，为了解决蛋民问题，广东省民族委员会（以下简称广东民委）、民政厅先后组织过大规模的蛋民调查，全面地掌握了蛋民情况，为制定政策提供了充分依据。1952 年 5 月，广东民委向广东省海岛管理局、海南民委及各蛋民聚居区政府发出《为调查蛋民资料请广泛搜集见告》的公函，揭开了新中国成立后大规模蛋民调查的序幕。该函指出蛋民过去在反动统治下造成与陆上间的隔阂和歧视，近来虽逐渐消除，但为求蛋民的彻底解放，应否提到民族问题上予以处理，乃当前亟待解决的问题。为此，省民委要求有关单位将本地蛋民人口数量，散布地区、历史来源、生活状况、解放前被歧视、压迫、剥削情况，现在的社会关系以及语言、风俗、习惯各方面是否有与陆上居民不同的显著特征等加以调查，并将调查结果汇送省民委。同时要求各地政府提供应否将蛋民问题作为民族问题来处理的。[②]

---

① 图片来源：朱方雨：《探秘水上生活的广东蛋家人：最后的文化已逐渐消失》[EB/OL].参考消息网.2017-02-04.http://www.cankaoxiaoxi.com/china/20170204/1643355.shtml.

② 詹坚固：《建国后党和政府解决广东蛋民问题的举措及成效》[D].广州：华南师范大学硕士学位论文.2004：13—14.另参考：广东省民族事务委员会：《为调查蛋民资料请广泛搜集见告》，广东省档案馆档案 246-1-6 号卷，第 1 页。

案例 1

访谈人：杨杰珍，女，70岁，企水镇疍民，采访时间为 2014 年 9 月 3 日上午 9：24，采访地点在企水镇海新路 139 号[①]

我 8 岁从广西北海来到企水镇，当时我的姐姐嫁到这儿，我们没有父亲，就跟着姐姐生活。我们这些疍家人很多都是从外地而来的，比如北海、阳江、沙田、日本等地，我是从小跟随家人摇着疍家艇，摇到哪儿哪儿就是我的家，全家的吃喝住都在小型的疍家艇里。尽管我们都是从四面八方而来，但我们都是讲白话，很多生活习俗也都是一样的，所以相处就很亲切。

以前没解放时，我们都是以疍家艇为单位谋生，捕捞多少海产品就供自家用，多了的就跟其他人交换。解放后，疍民可以上岸了，我们个体小艇仔捕获的水产品因为数量不多，就直接拿到镇上的市场叫卖，卖了之后才有钱买米供家里人吃，买些布给孩子做衣服。当时都是用政府发的米票、布票来换购的，劳动的人每个月大概有 27 斤米，倘若还不够供养家里，就会到市场上买农民卖的番薯干、杂粮等混在一起，增加米的数量，以望吃多几顿。50 年代后政府推行水产业，大渔船的疍民出海捕捞收获多，就直接卖给水产赚钱，再用钱进行其他的买卖。俗话说的"生活生活"，就是大海养育着我们这样一群人。

新中国成立后不久，政府就为疍民建立了学校，就是现在镇上的中心小学，1954 年她才有机会到学校接受教育，读一年级时已经 11 岁了，读了三四年后就到劳动的年龄，要参加劳动了，而后就再也没有接受过学校教育。甚至有些疍民只读了一两年小学就不得不辍学，回家劳动赚钱养家，当时只要接受过教育，认得几个字，不是文盲就可以去工作了，没有什么中学、大学之说。

① 李晓霞：《雷州市企水镇疍民群体的社会习俗变迁调查研究》[D].广东技术师范学院（硕士学位论文）.2015 年 6 月.第 20—23 页。

案例 2

郭亚彩，女，56 岁，企水镇疍民，采访时间为 2014 年 3 月 13 日上午 10：10，采访地点在企水镇企水镇曾企路广东农村信用社原新圩分社一楼 102 号。

50 年代，镇政府开始建立渔民小学，在此之前，政府为我们举办过夜校，6 点多开始上课。我 11 岁时读过几周夜校，认得几个字，13 岁才去读一年级，当时的报名费、学费合计 1.1 元，而成绩名列班级第一、二名的同学可以免学费。当时给我们上课的老师都是学习成绩优秀的疍民子女，经政府培训合格后成为学校的教师。有些有钱人家的疍民子女多能接受较长时间的学校教育，而很多疍民子女因为家庭经济的困难而不得不辍学，这样疍民接受教育的机会就大大减少了。

在湛江地区，一开始疍家人上岸居住，还是会受到陆地居民的歧视。当时当地人很少考虑和疍家人通婚，疍民小孩子上学都会受到歧视，加上疍民不认识字、不懂政治，一开始都没有机会参与新中国的政治活动中来。

沿海疍民上岸定居，往往要经过从艇到棚（寮）和从棚（寮）到屋两个阶段。以海康县为例，1953 年，海康县共有水上居民 424 户 2649 人，1950—1953 年，部分渔民搬上沙滩建简易木棚，1953—1963 年，渔区经过组织生产互助组、合作社，开展技术改革，渔产增加，渔民增收，渔民普遍建棚，这时棚的质量较简易木棚好得多，也较美观、宽阔，个别人已开始建砖瓦结构的平房。至 20 世纪 80 年代末期，乌石、企水两港的渔民（指过去的疍民）已建成楼房 540 座，其中钢筋水泥结构的楼房 285 座，建筑面积 65000 平方米，渔民新村总面积达 1.5 平方公里。[①]

---

① 林宗彦：《海康县水上居民定居前后》[J]，《海康文史》，1990 年第 2 期，第 28 页。

50 年代初，在合作社经营政策影响下，疍民群体开始纳入渔民生产大队统一管理，集体出海，生产水产品由当地的水产管理部门来负责买卖，他们享受居民的待遇，每个月一位成年的渔民有 36 斤大米。当时的渔民生产劳作也是以记公分的形式来领取个人劳动所得的粮票、布票、肉票等。总而言之，在国家的政策引导下，疍家作为水上独特的族群在新中国成立之后逐渐上岸居住，融入陆地居民的生活中来。这也是给湛江地区族群文化格局分布、语言格局分布注入了新的内容，他们逐步融入陆地汉人的文化体系中来，而且在国家从政治上对民族的划分，已经将疍家人划入汉族的民族归属中来。

三、归侨与族群文化新格局

在湛江地区，归侨也是一个比较特殊的群体。据档案资料记载：20 世纪五六十年代，印尼、马来西亚等国家出现较大规模的排华事件，中国政府采取了对归侨、华侨的救济措施。湛江地区由于地理位置的关系，是广东省主要的安置地点，广东很多归侨安置在湛江的各个农场，以湛江市奋勇华侨农场最为典型。这一点在《湛江市志》亦有载：20 世纪 50 年代，一些华侨由于马来西亚排华事件出现而纷纷回国，被安置到工厂、农场和农村。1960 年，印度尼西亚、印度当局排华，大批侨胞遭受迫害。当年，归国的华侨经湛江接待3.9 万人，其中安置在湛江市 7600 人。1978 年，越南排华，被驱赶的华侨由湛江接待 1.9 万人，其中 9098 人安置在湛江市。这些华侨分别安置在 15 个农垦农场和奋勇华侨农场，受到中国共产党和人民政府的关心照顾，帮助解决住房和生活，安排了工作，使他们感到祖国的温暖。如对越南归来的华侨，国家事先按每人 1400 元拨给农场，作为建房、购置家具的安家经费，做好对华侨安置准备。华侨获安置后，有劳动力的吸收为农场正式职工，无劳动力的每人每月发给生活费 25 元，使人人安居乐业。这是国家为了应对当时复杂的国际政治形势，对印度尼西亚、马来西亚、越南、缅甸、印度等国 8

万多归侨而设立的。后来随着国际形势变化及中国经济转型升级的时代要求，华侨农场的特殊历史地位也在发生变化，它不仅仅是一个政策性的安置单位，更重要的是中国经济改革进入深水区的一块新试验田。[①]

1952 年—1956 年，开始有 12 名马来西亚归侨被分配入场。1960 年，由于印度尼西亚反华排华，7 月 14 日，第一批印尼华侨共 70 户 238 人从广州分配安置到农场。10 月 9 日，第二批印尼华侨乘"俄罗斯号"客轮抵达湛江港，有 69 户 360 人被安置进场。1964 年 11 月，又有 4 户 21 人从马来西亚自费回国的华侨被安置到农场。1968 年—1969 年，缅甸、印尼相继发生反华、排华事件，有 65 户 280 人的缅甸、印尼华侨被安置到农场。1978 年，越南当局大量排华，5 月中旬至 12 月底农场相继接回越南难民 2537 人。1979 年上半年，农场又安置了越南难民 97 人。为了解决归侨亲人团聚和对口安置问题，农场还安置北婆罗洲、沙捞越、新加坡、印度、柬埔寨、菲律宾、泰国和美国等地区和国家归侨 160 多人。由于部分归侨被重新安置到城镇工作或出境定居，农场归侨人数常有变动。1990 年 12 月统计，农场安置归侨共计 3880 人。[②]

1967 年广东安置归侨情况表[③]

华侨农场	安置人数	安置对象
潼湖华侨农场	3500 人	第七、八、九批及零星归侨 200 人
英德华侨农场	1100 人	第四批
清远华侨农场	1300 余人	第五批及零星归侨 300 人

---

① 湛江市地方志编纂委员会编：《湛江市志》[M].北京：中华书局，2004 年版，第 1508—1511 页。

② 湛江市地方志编纂委员会编：《湛江市志》[M].北京：中华书局，2004 年版，1508—1511 页。

③ 张小欣：《"九三〇"事件后中国对印尼归华侨救济安置工作论析》[J].华侨华人历史研究，2011，(2)，第 57 页。

（接上页）

阳春华侨林场	1200 人	第六批及零星归侨 100 人
花县华侨农场	200 人	零星归侨
彬村山华侨农场	300 人	零星归侨
奋勇华侨农场	400 人	零星归侨
蕉岭华侨农场	100 人	零星归侨

湛江市奋勇华侨农场，原为广州军区生产建设兵团七师一团，始建于 1952 年 8 月。农场位于湛江市西南部，雷州半岛中部，北距湛江市区 48 公里，南接雷州市区，占地总面积 46 平方公里。农场于 1960 年与 1978 年分别接纳来自印度尼西亚、越南等 13 个国家和地区的归侨侨眷。1960 年 8 月，由于印度尼西亚当局排华，农场接受安置了大批印尼归侨，1963 年，更名为广东省国营奋勇华侨农，隶属广东省中侨委和粤西农垦局双重管理，后隶属广东省侨务办公室。1969 年 4 月，由于体制变化，更名为广州军区生产建设兵团第七师第一团，隶属广州军区生产建设兵团。1974 年 4 月，又复名为广东省国营奋勇农场，隶属粤西农垦局。1978 年 10 月，由于越南当局排华，农场接受安置了大批越南难民，故又更名为广东省国营奋勇华侨农场，隶属广东省华侨农场管理局。1988 年 10 月，广东省把全省华侨农场下放市、县管理，故更名为湛江市奋勇华侨农场。现总人口 5822 人，侨民侨眷共 3881 人，占总人口 66.7%，是广东省安置归侨的重要基地之一，也是湛江市唯一的华侨农场。

2016 年 12 月，在雷州市奋勇高新区调研归华侨对于 20 世纪五六十年代归国的口述史回忆时发现在这一群体的生活中，国家政策跟他们的生活比较紧密。他们当时归国也是由于东南亚政治的变化而做出的行动策略。他们归国后大多数划片区集中而居。然而，他们是来自不同国家、讲不同语言，大多算是土生土长的外国人，对中国的传统文化与地方方言并不熟悉。这也就意味着他们在归国之后会面临着一系列的文化调适的过程。如下面的例子访谈人 HPS 的口述史中可以看出，他归国之后，不仅面临着不会中文、不会讲当地方言、无法开展生活工作等困难，他的婚姻生活也让我们看到这一群体的特殊性。他跟他老婆原本是不同国家的人，作为华侨在不同时期安置在同一个农场上，他们俩由都不会讲中文到两个人在家庭用白话沟通的过程，就是一种因文化生存需要所作出的一种文化调适的策略表现。

访谈人：HPS（祖籍广东兴宁，原籍印度尼西亚，现住奋勇华侨农场）

访谈时间：2016 年 12 月 2 日

访谈地点：湛江市奋勇高新技术产业开发区

我是在印尼出生的，我家庭来源比较复杂啊，我跟你讲吧，以前不是有下南洋的说法嘛，我爷爷当时在国内生活很困难，后来也跟着别人下南洋了。我爸爸是在印尼出生的，我妈妈是土生土长的印尼人，我从小就在印尼出生，不过后来我在七八岁的时候就跟着我爸妈回到国内了。那时候是 20 世纪 60 年代初呀，我之前跟我老婆是不认识的，因为我老婆是越南人，她比较晚才回来中国，大概是在 20 世纪 70 年代中期了。我老婆的妈妈是中国人，她爸爸是越南人，后来遇到越南排华，她就跟着她爸妈过来了。

我感觉也是一种缘分啊，怎么说呢，从越南过来东兴，就隔着一座桥，过了这座桥就到了东兴。当时农场有那么多车，上了不同的车去的地方是不一样的。当时我老婆在东兴那边办理了手续之后，刚好安排坐我们农场（奋勇华侨农场）的车过来了。我们是在农场这边才认识了。我一个朋友，他和兄弟同时从越南过来东兴，不过他们俩坐的车不同，一个被安排坐了我们农场的车，一个被安排坐廉江那边农场的车，所以后来生活他们都不在一起了。

我和老婆一开始回来都不太适应。我小时候在印尼读书都是讲印尼话、写印尼的文字，我老婆在越南那边上学也是讲越南话、写越南文。我在印尼读书时，有些老师也是华侨，但是他们不教我们华文，也是用印尼语来教我们的。因为我祖籍是客家人，我在家里爷爷、爸爸都会讲客家话，所以我也会一点。我跟我老婆现在沟通是用白话沟通，不过我们俩一开始都不会讲白话的，都是来到这边之后才会讲白话了。

我是（一九）六〇年回到中国的，刚回到农场时，生活方面还有点补贴，后来国家也困难了，就没有补贴待遇了。不过我们俩现在退休后都有退休金，每个人有两千左右，加起来四千左右，够我们两个的生活费用了。

第三节　湛江族群文化退隐的特征与成因

一、生产关系改造置换了湛江族群文化的经济基础

新中国成立后，由于新的国家体制、国家政治共同体的建立，国家在生产关系上也对旧的生产关系进行改革或革除。生产关系是人们在物质资料生产过程中所形成的社会关系。新中国对旧的生产关系进行改造，也意味着新中国成立前以地主、富农阶层为代表的土地制度与政权运作方式面临着改革。这也是前面讨论湛江地区农村土地改革的社会背景。土地在中国广大农村相对于农民而言是最重要的资源，将土地从地主、富农阶层中回收进行统一管理、统一分配，将土地分给农民，给农民派发土地拥有证件，这对于农民而言，是一个重要的事件。

农村土地制度和生产组织形式改革的性质是生产关系改造。在新形势下，建基于旧生产关系的族群文化面临困境。族群文化的现实生存空间受到严重压制，族群成员出于现实利害关系的权衡，只能在隐藏的思想情感领域为族群共同文化留存记忆空间。在湛江农村地区，除了地主、富农阶层对于土地资源的掌控之外，以宗族为单位也拥有一定的族产、族田。聚族而居是湛江族群文化的一种常态。对于宗族的重视体现在乡村的日常生活中，体现在传统的宗族活动中，体现在乡土社会的民间信仰体系中。然而，土地改革、农业、渔业生产合作

79

化、对土地的统一分配以及对原有祖庙、族产、祠堂等宗族公共资产回收以及宗族间公开纯粹的宗族活动进行的频率大幅度下降，这对于以宗族为单位的村落社区生活、原有的社会关系网络而言，都是一个巨大的冲击。无论是雷州民系、客家民系还是广府民系，原先按照村落的族规族谱来进行生活生产、冲突仲裁的社会运作体系也受到很大影响。当然，宗族的退隐并不意味着在公共的参与空间中找不到宗族活动的痕迹，更确切地说宗族的退隐是原先以宗族为单位进行生产生活的生活模式在新中国成立后逐渐减弱，被生产队的划分打乱、被人民公社化的集体劳作方式所替代。

二、农村基层行政组织改变了族群社会的权力运作机制

新中国成立后，国家意志和国家权力对族群社会的强力支配，消解了传统宗法及其组织的合法性和影响力。传统族群文化的组织主体缺席，外显文化形式与活动逐步消退，族群文化转向象征性的存在方式。国家通过土地改革、合作化运动以及党政系统的构建等，对农村政治进行了系统的改造和重塑,彻底瓦解了传统的农村二元权力结构，重新构建起以党组织为核心的相对集权的一元权力结构，顺利地实现了近代以来国家权力下沉的目标和农村政治的转型。新中国成立初期，农村权力结构变迁从形式上看，表现为有破有立，旧的权力结构经过一系列政治改造，逐步崩溃，随之逐步构建起新的权力结构。从变迁力度上看，表现为非不破不足以立，在国家力量主导下，彻底打破旧的权力结构，构建起全新的权力结构。从此，新的权力秩序和规范，新的文化规范在农村确立起来，农村政治进入一个新时代。[①]

在湛江的乡土社会中，以血缘为纽带、父系家长制为内核的宗族体系是对新中国成立前社会已有的宗法组织、伦理体制的继承。前面讨论到土地改革，通过"没收并分配族田，使宗族势力失去了

---

① 彭小宇:《建国初期农村权力结构的特征及其影响评析》[J].理论观察,2013年第7期，第79页。

发挥作用的物质基础：通过没收祠堂或改作他用，使宗族失去了精神象征和活动的中心……通过摧毁宗族组织和消灭族长族权，使宗族势力失去了组织基础和权力依靠。正是通过采取各种措施和手段，使农村宗族势力遭到有史有来最直接、最致命的打击。"[①]土地改革对于当时农村旧有的社会等级结构而言是一种瓦解。"农村古老的社会权力结构，经过这场变动被全部颠倒了过来，没有人再可以凭借土地财富和对文化典籍的熟悉获得威权，原来的乡村精英几乎全部瓦解，落到了社会的最底层，从前所有的文化、能力、财富以及宗族等资源统统不算数了。"[②]

在合作化时期，农民、渔民的生活安排由生产队来进行支配，合作社的发展在这一时期也由初级阶段发展到高级阶段，尽管在生产力上而言已经有了很大的进步，但是小农经济的观念尚存在农民、渔民的生活观念中。这对于宗族势力而言，虽然在退隐，但是还保存一定的生存空间，只是在表现形式上没有之前那么大规模体现。此外，农村基层政权的重新设置，对于原先的宗族权力在村落社区的运作方式来说，也是一个很大的冲击。比如人民公社化，集政治、经济、社会组织功能于一身的社会体制自上而下地渗透在乡土社会中，也自下而上地表现在政权体制的统一化上。乡土社会基层政权的重构，意味着对以原先构建的建立在血缘和地缘基础之上的农村社会结构将要被割裂并被重新组合。以制度权威取代族长权威、由土地重新分配建立在回收族田、族产的公共宗族财产上，加上人民公社化时期建立的实体组织结构是"三级所有，队为基础"，实践的组织原则是"政社合一"。这对于人们而言，对于跨越宗族组织之外，对于政权组织的集体生产、集体劳动有着前所未有的依赖。在调研中，雷州市东里镇后溪村村民LHR告诉笔者："我们之前有个旧祠堂，现在还有痕迹，但是新祠堂

① 范佐来：《农村宗族势力的抬头及其治理研究》[D].福建师范大学书硕士学位论文，2004 年版，第 6—7 页。

② 张鸣：《乡村社会权力和文化结构的变迁》[M].西安：陕西人民出版社，2008 年版，第 230—231 页。

还没建起来，虽然我们村全部姓林的，但是在五六十年代我们要跟其他村在一起编入生产队去出海，各房之间的帮工没有之前那么紧密了。"彭小宇《建国初期农村权力结构的特征及其影响评析》的文章中提到的：这一时期的族群文化特征，表现在血缘群体的经济基础被抽掉，大量的群体所属的公田，如族田、学田都被没收，重新分给农民，血缘群体无法再以经济力量控制其同族亲属。再次，血缘群体的职能，如救济贫寡等被政府所取代。在宗族血缘关系被冲击的同时，连带受到冲击的还有根深蒂固的传统宗族血缘意识。由于超血缘的组织的建立，如农会、基层政权组织，以及对阶级成分的强调，使得原先的血缘群体的认同感和宗族血缘意识大为减弱。[①]

三、文化改造运动强化了族群成员的价值观照意识

新中国成立初的文化改造主要是从提高全体国民的知识水平以及对新旧文化的辨识度的目的出发，进行了扫盲运动、教育普及、革除迷信、提高科学水平等。一个地方，只有乡民的普遍知识素养提高了，政策进乡入村才不会有太大的阻力。新中国成立时，湛江地区以宗族为核心的权力运作方式对于基层政权组织的介入以及对农村的社区管理都形成一定的阻力。文化改造对于湛江乡民文化知识的提高带来了一定的福音，笔者的母亲也是一位受益者。她告诉笔者："我们那个年代（五六十年代）很多人都可以读书了，以前女孩子都不怎么去读书的，后来很多人都去读书了。不过一般是白天要劳动，晚上才能读夜校。那个时候也很辛苦，因为白天工作完之后，本来就已经很累了，到了晚上去读夜校，每个人提着一个油灯过去，一边上课一边都想睡觉。没学到多少东西，但是最起码识得几个字了。"另外，笔者在硇洲岛红卫社区田野调研时听当地的老人讲："我们红卫这边基本都是疍家人住的，一开始我们疍家人上岸之

---

① 彭小宇:《建国初期农村权力结构的特征及其影响评析》[J].理论观察,2013年第7期，第79页。

后，政府就可以在我们当地建立小学，上岸后的小孩子都接受教育了。一开始是叫红星小学，现在都改名了。"

文化改造运动为族群成员带来新的文化价值观念，族群成员在新旧文化的比照权衡之中做出价值判断与取舍，进而改造现实生活。总体而言，新中国成立后至"文革"前，湛江族群文化呈现出退隐的情况，这也是在象征着"国家意志——族群文化"双重意义系统在农村社会中的进退关系，两者之间既有碰撞冲突，也有融合转化。

第四节 "文革"时期族群文化的际遇

1966 年，湛江地区传统文化遭到了不同程度的破坏，湛江地区的历史文物古迹宗庙、祠堂、街道等也成了"破四旧"（旧思想、旧文化、旧风俗、旧习惯）的目标，传统色彩的文化遗迹、民间信仰场所与宗族活动民俗遭到破坏，湛江地区的族群文化遭到了前所未有的冲击，这是湛江当代族群文化断裂的开端。

在湛江地区，木偶戏、雷剧作为一种民俗活动，是人们休闲时间的一种娱乐活动，也是族群对神灵祖宗的一种祭献形式，以祈求答谢神灵、祖宗一年来的庇护和降福，体现的是一种对神灵、祖宗的信仰和敬畏，是维系族群生活、巩固族群情感精神纽带的显性活动之一。但是在当时，这种祭祀祖先，展现族群对宗族情感的活动遭到了严重的摧毁。一切雷歌对唱活动被禁止，在雷歌的基础上发展起来的雷剧也停止了演出。粤西地区大、中、小型木偶戏班被迫解散，广大木偶艺人被迫改行。

据当时地方史料数据显示：1966 年 8 月 25 日至 8 月 29 日，赤坎居民上交到各街道办事处的佛像、神主牌、香炉、签筒、八卦、族谱等物品达 6000 多件；霞山居民也自动清理了不少这类物品，或亲手毁掉，或上交处理。昔日供奉的祖庙祠堂瞬间成为废墟。记载着族群迁移往来、血脉来源、宗族传承信仰，维系宗族情感纽带的族谱、神牌、祠堂，受到不同程度的破坏。

第五节 "文革"期间湛江族群文化断裂具体表现

"文革"对乡土社会的宗教信仰、宗族文化、传统制度、祠堂器物、宗法观念、传统民俗、文化仪式等方面的影响都非常大。这一期间湛江的人口流动较大,包括知识青年、返国的归侨等。人口的流动冲淡了人们对地域乡土概念意识的束缚。

在湛江地区,祖先神灵敬奉、年例民俗文化、族谱祠堂、信仰仪式等都是湛江区域性族群文化的主要内容。湛江的宗族、家族与神灵信仰常常联系在一起。在本地人看来,用"亦神亦祖"一词对这一文化来说是最好的概括。对神灵、祖先的敬仰供奉,是维持一个族群稳定发展的重要精神纽带。神像是传统族群中最具尊严、最具控制力、最具神圣意义的文化象征符号,处于族群文化系统的核心地位。而在这一时期乡土社会的传统文化却成了攻击对象。焚烧神像,意味着族群文化与族群日常生活产生了断裂。

一、客家方言区:廉江龙湖村的多尊神像被村民烧毁

据《湛江市地名志》记载:龙湖村是属于河唇镇的一个村落,在廉江廉城镇北9公里九洲江东岸。因处龙湖潭畔而得名。村东南有省重点文物保护单位罗州古城遗址。在田野调查中,龙湖村村民ZZC讲到:

> 我们龙湖村现在主要供奉的神灵有观音菩萨、普庵祖师、北斗玄天镇武上帝、敕封五显华光大帝、骑鹤仙姑、烟主司命灶君、文昌帝、土地公等。
>
> 观音菩萨(女菩萨)在钟氏族群供奉的神灵当中,排位是最大的。它是钟氏始祖钟明富带下来的神像之一,在"文革"期间被钟氏族人私藏在家里,免遭毁坏,得以保存下来。观音菩萨一般会放在田心村供奉。普庵祖师,钟氏始祖钟明富带过来的神像之一。现一般供奉在龙湖村。北斗玄天镇武上帝,武将,属于北

方神灵，主管水。现一般供奉在河唇镇龙湖村。据龙湖村村民钟志超介绍，上帝公不属于钟氏始祖钟明富所带下来的神灵。

传说在120多年以前，龙湖村一个村民做鱼苗生意。在加水进鱼塘时，错将两筐鱼苗放进鱼塘，由于这位村民把所有的家产用来做鱼苗生意，需要靠这两筐鱼苗赚回成本盈利。因此这位村民便对天请求：若哪位神仙能将鱼苗找回来，便世世代代祭拜供奉这个神灵。随后便出现一个身穿白衣的人出现在他面前，这位村民跟着这位白衣人进入到森林里，发现了"尚帝公"和"何仙姑"的神像，于是他便要了这两座神像，放到鱼苗丢失的位置，最后鱼苗竟然神奇地汇聚在失落的地方，这位村民成功找回了丢失的鱼苗，最后发家致富。

敕封五显华光大帝，武将，属于南方神灵，主管火。钟氏族群始祖钟明富带过来的神像之一，现一般供奉在河唇镇青湖村。

文昌帝，建于357年前后（大约在廉江钟氏族群第九代）。据说过去有一家人在廉江塘蓬镇的一个圩做生意，因为生存不下，把文昌公带回来的。

"文革"时期，廉江市龙湖村的文昌庙没有被毁，但文昌帝君的神像却被毁了。因为当时钟氏族群被分成青湖大队、龙湖大队。龙湖大队没有办公的地方，虽然当时文昌庙的神像已经被毁，但是他们还是用了龙湖村的文昌庙作为办公的地方，这样龙湖大队的文昌庙才被保护了下来。大概在1979年才重新建的，文昌庙前后共修建过四次。目前文昌庙在廉江只有三座，龙湖村的文昌庙是其中一座。

钟氏宗族所供奉的神像、神灵被无情地捣碎、摧毁。钟氏始祖钟明富所带下来的三个神像一尊神像被毁掉，只剩下其中两尊神像，被族人偷偷私藏在家中较隐蔽的地方才幸免于难，得以保存下来。"文革"后钟氏族人才有机会重新塑造观音等神像。除神像被毁之外，钟氏宗族大部分的族谱也遭到破坏。"文革"时期钟氏祠堂旁边是学校（现在没有保留下来），祠堂用作学生宿舍，才没有被摧毁，后来学生搬出来，才重修恢复成祠堂。只是重新修茸翻新祠堂，还保留着以前的建筑构架。

钟氏宗族出于对始祖的敬仰与保护，极力保护始祖流传下的神像，才使得那些神像能够在短时间内得以修复，维持宗族的正常运作和精神纽带的寄托。他们以家庭或家庭中或明或暗的个人行为进行的"象征替代"活动代替了传统宗族公开全体性的活动，继续延续和保持着对于宗族的集体记忆和身份认同。这一时期，虽然钟氏宗族的祭祀、供奉、游神等活动被暂停，但是族人对祖宗的情怀依然抱有敬畏之情，这也是一种对先祖恩泽的感戴。

祠堂是宗族文化的一部分，它是以同宗同族为代表、共同获得文化归属感与共享感的直接媒介，这对维系族群的文化认同和归属具有重要意义。它的基本功能是祭祀祖先，通过对祖先的祭祀，以同姓血缘关系的延续为纽带，把整个家族联系起来，形成宗族内部的凝聚力和亲和力。这里面蕴藏这一种质朴的精神力量，宗祠的存亡势必影响到家族乃至宗族文化的表达。

二、闽南方言区

（一）麻章旧县村康王庙的遭遇

湛江傩舞素有"舞蹈的活化石"之称，是由中原及闽南传入的，古老生动，蕴含丰富，场面盛大，动作原始古朴。2007 年 4 月，"考兵"傩舞被列入湛江市第一批非物质文化遗产代表作名录。2009 年，湛江麻章旧县村成为"湛江傩舞传承基地"。现主要分布在湛江市的麻章区湖光、太平镇，雷州市南兴、松竹、雷高、杨家、白沙、附城、沈塘镇和吴川市的黄坡、博铺等镇乡村。其中，又以湛江麻章旧县村的"考兵"为代表，每年农历正月十五元宵佳节，旧县村都会举办由道士在村中康王庙前主持盛大的祛除鬼疫、消灾纳福的傩舞祭祀活动。

现傩舞虽被列入湛江非物质文化遗产代表目录中，但是在"文革"时期也面临着重大危机。当时傩舞被定性为封建迷信活动，受到严重冲击。神庙受到亵渎，如泰山府的康王神像的红头巾被村民摘下，变成贴身衣物的布料。旧县傩舞活动被取缔，傩舞扮演者受到迫害，面具服饰道具都被毁坏。

（二）历史文化名村——调铭村

位于雷州市调风镇仕礼岭旁的调铭村，山环水绕，历代以来人才辈出，这是一条历史古村落，是湛江市的特色文化村，2013 年该村被列入"中国传统村落"名录。在该村的东、西、南三个村口各设置了三个闸门楼，每个闸门楼左右两侧设有炮楼，炮孔枪眼密布，防卫森严，现只剩下东闸门的炮孔枪眼残迹依稀可见。

气势雄伟壮观的调铭村始祖公祠，占地面积 3200 多平方米，共108 间，建筑面积 8398 平方米，公祠围墙四角均建有高四层的碉楼，碉楼制高点刻有"当山"两个刚劲有力的大字，用三年时间才建成，曾轰动三雷，可惜在"四清"时被毁。

除了公祠被毁，调铭村许多古宅建筑也难逃厄运。调铭村有 25座建筑面积约 9800 平方米的四合院式建筑群，每座宅第结构大同小异，有门楼、厢房、大堂、书斋、花圃、客厅、庭院等，且有山水、花鸟、人物等壁画修饰却不富丽堂皇。尤其是宅第里藏书丰富，古籍卷帙浩繁，可惜"文革"中毁之一炬。由于历史时期的重重浩劫，许多宅第早已被毁。但从现保存较完好的太史第、外翰第、观察第、广文第、景福、履泰等建筑尚可看出当时丁氏家族先祖安荣尊贵之气派。他们居官于朝，勤政爱民，两袖清风，为世人称道。

清朝时期，该村在东南面建成的一座八弧九层高 24.1 米砖石结构的文笔塔，"文革"时期也被毁于一旦。

（三）雷州市英利镇古迹寺庙

昔日英利镇是商人云集的地方，它的中心区路边曾竖立着五座贞节牌坊，"文化"时被拆毁了 4 座，目前仅一座幸存下来。

新中国成立初期，英利镇里外小小的土地神庙多达上百座。这些土地庙不是本地人里立的，都是经商的外来人立的。古人把土地神作为最基本的神，最信赖的保护神，入村先问土地，先立神后创业成家，成了中华民族的普遍风俗。所以外人每到一个地方，都要先立土地庙拜土地神，英利的土地神庙之多在全国恐怕都少有。在"破四旧"运动之前，英利镇存有古寺庙、古庵堂、古祠堂二十多座，都处于镇子边缘处。这些寺庙庵堂绝大多数是外来经商之人所建。他们带来商品或钱财，在这里经商发家。为了报答神灵的庇佑，他们或合捐或单捐，在发迹地建寺庙敬神灵。现在近十间寺庙是在 20 世纪八九十年代重建的。

（四）族谱遭毁，"岭南才子"陈乔森祖籍归处难以溯源

特呈岛陈氏族谱自坡头区乾塘陈氏的一个分支，村谱世系表中没有陈乔森及其家人的记载，但发现"附录"中有陈乔森中举后，要求入籍东及村和东及、特呈、乾塘陈氏族老，以"避免搞乱宗支"为由婉言拒绝。"附录"还详细记述，陈乔森不能入族，但向村中父老表示不忘育土之恩，"既同宗族又同乡里且所同而不及"，建议改村名为同及念族，"绅老齐声赞许，将颖兴村改为同及"，陈乔森还为祠堂题联"遂岭蓬洲堪聚族；祖功宗德必流馨"。东海土音"同"与"东"相似，后衍变为东及村。至于陈乔森是哪里逃荒到东及村村谱没有记载，乡亲们也不太清楚。村主任陈守芳说：我们家谱已被毁。十年前，曾有陈桂林后代陈益举回东及村寻根。当时，80 多岁的村中长老陈生宏（已去世）曾说过，小时候听祖父说陈桂林是湛江赤坎陈屋港人。

虽然湛江赤坎陈屋港村的族谱当时被毁，无法查到陈乔森的有关历史文字资料，但该村 65 岁以上的老人几乎众口一词，村中曾出过一位名人叫陈桂林，中举后改名陈乔森。村里流传很多关于陈乔森随父母逃荒到麻章坑排、东海岛东及村和在雷州成为名人的故事。陈乔森中举后多次回陈屋港祭祖，在陈氏宗祠建有拜亭、化宝炉和旗杆。陈乔森还亲笔为陈屋港村的陈氏宗祠、华光庙、德福庙书写匾牌，其中陈氏宗祠镌有陈乔森印章。这些文物在这一时期中被毁，但很多人都见过。

三、广府方言区

（一）遂溪县杨柑镇河图仔古村落

位于遂溪县杨柑镇的河图仔村是从潮州搬迁来的，距今已有三百多年历史。"河图仔村"的村名是取于上古传说，源于八卦星象。先人

们取"河图仔"为村名，寓意生生不息、长长久久之意。

河图仔村有 11 座由红泥砌成的炮楼，其中 8 座是地主家自建的，另外 3 座是村集体修建的，分别耸立在村口和村的三个角落。最高的一座接近 20 米高。"文革"时期，大多数炮楼被拆除，唯——座被保存下来的炮楼因改成学校，才幸免于难。

河图村仔有一座建于清光绪年间的良会公祠，四合院式结构，据说那些镶嵌在红泥墙壁柱上的光滑的大理石都是从潮汕地区由水路运过来，整个祠堂呈现出明显的潮汕地区建筑风格。但是这座祠堂在"文革"时期也遭毁坏，大院早被拆除，只剩下主堂的断壁残垣。

（二）吴川市吴阳镇谭氏

位于吴川市吴阳镇芷寮谭屋村的谭氏宗族，自始祖芝轩公从南宋绍定六年（癸卯年，公元 1233 年）再次开基建族，历经 700 多年历史，谭氏宗族支系繁茂，人才辈出。谭氏祖先于明清年间分别建了谭氏大宗、谭氏小宗两座宗祠，占地 2000 多平方米。 标志着谭族的兴旺发达，源远流长。

谭氏大宗建筑面积近 500 平方米、长 36 米、宽 15 米，前堂高 6.37 米，中堂高 6.63 米，后堂高 7.09 米。它是谭氏历代祖先的纪念堂，是维系谭氏族宗族血系的根基，是见证祖先丰功伟绩的载体，是谭氏文化的源泉， 是谭氏后裔寻根问祖的标志。谭氏小宗始建于清朝（1662 年），建筑面积 450 平方米， 到 1970 年已有 308 年历史。谭氏小宗在"文革"时被被拆除。但是千百年来对神灵、祖宗的信仰与崇敬，这种意识已经深深扎根在人们的心中，融入人们的骨血中了。人们依然坚持努力地维持和延续自己族群的信仰和精神。

第六节　湛江族群文化断裂的特征与成因

族群文化的断裂包括两个方面：一是物质上的族群文化，即实体的族群文化，如族群的组织结构、制度规范、权力分配、族群活动；二是观念意识上的族群文化，如族人的意识和观念，这需要通过一定的族人日常活动体现出来。比如，很多宗族的谱牒都遭到破坏、烧毁；神像、祠堂、宗庙这些供族群进行活动的地方被打砸、销毁，根本没有地方进行日常的祭祀活动。族群文化是通过这些物质性的实体活动来体现自己对宗族文化的延续，随着这些显性族群活动的消失，族群文化会因此遭受断裂。

一、湛江族群文化断裂弱化了族群凝聚力

族群文化体现的是"人、族体、神灵"三者之间相互构成，相互反哺的关系。一旦"神、族"和"神、人"的关系产生断裂，势必弱化"族体、个体"之间的认同、归属关系和"个体"之间的仁、义、礼、智、信等伦常关系，而这些归属情感、伦常关系正是族群认同与凝聚的共同精神纽带。

人之所以能够汇聚形成一个族体，不仅是因为他们有共同的地域环境、共同的经济生活、共同的语言，更重要的是他们拥有共同的文化、情感以及对这种共同文化、情感的心理认同感、归属感。族群对"神灵、祖宗"的祭祀、敬畏，正是体现了他们对这些共同文化具有相同的心理归属感和认同感，这将牢牢地将不同的个体联系在一起。

"神"蕴含着人们对未知世界的敬畏、对终极价值的关怀、对圣贤功德的缅怀、对祖先恩泽的感戴、对生活福祉的祈愿、对后人的德行的训示等思想情感内容，若是一概以"封建迷信"论之、处之、毁之，则是对族群文化的心理认同感和归属感的削弱，一旦族群失去这些共同文化的认同和向心性，势必会弱化族群的凝聚力。所以说族群文化一旦断裂，不仅是弱化了族群的凝聚力，甚至会瓦解或是终结一个族群的存在。

二、湛江族群文化断裂淡化了族群文化活动

族谱是宗族文化中密不可分的一部分，它是宗族追根溯源最直接的记载和强而有力的证据。这一时期，湛江地区乃至全国各地农村宗

族的族谱惨遭毁灭，族群在一定程度上也中断了对祖宗根源追溯的认知。对于这种现象，农村宗族称作"断了根"。树有根，水有源，族谱的中断使得宗族力量逐渐割裂瓦解。"宗族"作为一个自发形成的组织群体，依靠的是血缘关系为纽带维持整个宗族的发展繁衍。族谱的记载、族群活动的正常运作是维系整个宗族正常持续运作中不可缺乏的部分。族谱的中止导致宗族支系记录的缺失，族人之间的认同感逐步弱化。

举个例子，位于遂溪县黄略镇平石小学的郑氏宗祠始建于明初郑氏家族鼎盛时期，原建筑面积 1000 多平方米。与一般家族祠堂有所不同的是，郑氏祠堂除了供奉祖先、举办宗族事务之外，还承担起教书育人的职责。据有关记载，这里曾是平石村传道授业、培育教化后人的重要场所。据《平石文史》记载：清乾隆进士、翰林院编修陈昌齐与平石郑氏西林公是亲戚，曾常来平石。清嘉庆年间，平石良好的村风、家风以及学风，到处呈现出喜气祥和的气氛。陈昌齐对此特别称赞，认为平石人教育子女有方，代代出贤人，所以欣然提笔书写"通德家风"四个苍劲有力的楷体大字送给村民，挂在郑氏宗祠拜堂的大门上。郑氏宗祠屏风后门上的"功资守助"牌匾是清光绪壬寅年（1902年）遂溪知事亲自题写赠送给平石村民的，目的是为了表彰平石村民见义勇为、铲除海盗的侠义功德。"文革"时期这些宗祠的毁灭，也割裂了后代对祖先传统美德品行的延续，后代的教育教化也势必遭到影响。族群文化的断裂不仅削弱了族群的文化活动，弱化了族群内部的力量，磨灭了族群共同文化的认同感和归属感，还在一定程度上打破了社会秩序的稳定。

值得一提的是，宗族文化的断裂，代表一种显性的、外在的、物质的文化表现形式的断裂，传统的宗族活动由公共的宗族活动场域转入家庭内部以更加隐秘的方式进行。以家族为单位的个人祭祀行为代替了传统公开的群体性宗族活动，实质上还是在延续和传承中宗族的集体历史记忆以及族内的身份认同。无论是上坟还是对祖先神灵的祭拜，这些活动并非完全断裂，而是转移至家庭场域以个体行为得以保存宗族的记忆，在他们的记忆深处还是有着"宗族共同体"的意识。新中国成立之后，旧的国家机器被打破，在新的国家机器的重构过程中，不是绝对的、彻底地对整个社会结构进行重构，对于隶属传统文化中"苗红根正"的文化体系还是适度地保存。同时，当时国家对于户籍制度的管理较为严格，这在一定侧面上有效地控制人口的流动，在地缘层面上保持了宗族内在的凝聚。

第三章　湛江当代族群文化的复兴

第一节　农村社会的基本情况

一、改革开放初期

（一）家庭联产承包责任制

1978 年，十一届三中全会后实行改革开放，国家废除了高度集中的人民公社体制，在农村普遍实行家庭联产承包责任制，农民从事农业生产的积极性大为提高。《麻章大事记》也有记录：1979 年 12 月，郊区农村部分生产队开始实行联产承包土地责任制，自发包产到户，有效地调动广大农民的生产积极性。1980 年，郊区农村推广集体耕牛分到户管养的政策，农民养牛的积极性空前高涨。1981 年，全市开放农贸市场，恢复传统圩期。1982 年，郊区农村普遍实行"包产到户"或"包干到户"生产责任制。①

王启军《广东农村改革访谈录——访马恩成》一文中谈到：家庭联产承包制因为符合农民的意愿和生产力的发展，迅速地推广开来，

---

① 麻章大事记[EB\OL].麻章区地网.http://nfo.huizhou.gov.cn/shtml/mzq/dsj/2014/05/14/99159.shtml.

但是这毕竟是在现有农地上进行的，而广东因为"七山、一水、两分田"，还有大量的农村资源没有得到合理的开发，这就要求广东探索包产到户的新形式。在沿海捕捞方面大概是 1981 年底 1982 年初搞起来的，最先进行探索的是湛江，即允许农民可以自己建造渔船，对于集体的渔船，实行以渔船为单位的独立承包和独立核算，也就是实行当年反对的"包船到户"[①]，这样就把集体的利益跟承包渔船的渔民的利益进行了结合，更好地激发了渔民的积极性。

1986 年，在沿海滩涂上召开的沿海水产工作会议，推广了沿海滩涂的个人承包，改变了过去沿海滩涂上吃大锅饭的情况。过去只是采用"渔研"的形式等涨潮的时候把鱼"圈"在"渔研"中，在退潮的时候，集体再组织社员打捞。这种粗放的经营方式，个人积极性不高，产量很低。实行承包后，滩涂进行规划，分片包给个人或联合体，采用新技术，精养鱼或虾，大大提高了产量，增加了渔民的收入。另外，在广东有很多种植橡胶的国营农场，家庭联产承包制后，在国营农场内部也出现了职工家庭承包，也就是国营农场和家庭农场双层经营的形式。这也很好地提高了农场和职工的两个积极性。总之，这些都是对家庭联产承包制的创造性地使用，进一步解放和推动了生产力的发展。[②]

家庭联产承包责任制的实行，提高了农民、渔民的生产积极性，给他们的生活物质水平也带来了很大的改善。以吴川地区的宴席习俗

[①] 1979 年 5 月，中共湛江地委召开全区水产工作会议，总结了新中国成立 30 年来渔业生产的经验教训，落实渔区历史上行之有效的各项政策。渔业体制改革开始在渔区实行。是年，海洋捕捞率先打破旧框框，实行"三定一奖"（定产量、产值、成本到船，超产奖励）生产资枉制，初步调动了渔民的生产积极性。1980 年，湛江渔区进一步推行"大包干"责任制。即以大队为核算单位，在"三定一奖"的基础上，以船为单位实行分配，自负盈亏。初步克服了渔业集体经济中"吃大锅饭"的弊端，捕捞业开始打破沉闷局面，产量逐年提高。1982 年，渔区 99% 以上的生产队实行了以"大包干"为核心内容的生产责任制。（参见：符铭，屈康慧：《兴渔之路——在改革中发展的湛江海洋渔业》．广东党史，1996—12—30，第 9 页。）

[②] 王启军：《广东农村改革访谈录——访马恩成》[J].南方农村.2009 年第 1 期。

为例，1958 年，吴川地区是公社集体食堂，基本是"一日三餐干饭"，不到一个月就造成口粮不继的情况。这是因为当时公社的集体生产造成粮食生产量低，导致粮食短缺，人们即使在年例习俗中也无法解决温饱问题。80 年代时期，得益于改革开放实行家庭联产承包责任制，地方米的产量提高，民众每天很少吃杂粮，主要吃"一干两稀"，或"两干一稀"。菜肴为荤素相互搭配，一般家庭日常也吃上鱼和肉。这时期的吴川地区也在年例等重大节日吃上干饭，并且"食年例"菜色相较之以前大有改善。①

农村经济体制改革初期，公社制度的取消使农民失去对人民公社的集体依赖，而市场经济中正式社会互助组织的缺失，劳动力不足或生产资金缺乏、生产技术滞后、营销渠道闭塞等原因给家庭联产承包责任制带来了一定潜在风险。作为家庭主要人际关系的血缘亲情关系自然成为农民生产和生活互助的主要依靠对象，宗族、亲属变成家庭个体在生产和生活中寻求互助的依赖选择。随着以血缘为基础的家庭联系在生产、生活得以加强，以血缘为基础的宗族组织群体成为一种特殊力量在农村再度发挥作用。改革开放初期，我国农村依旧盛行聚族而居的居住方式，人们处于同一片土地上，共享有限的社会资源，担负激烈的竞争压力，为宗族势力的聚合提供了地缘条件。②唐利平在《人类学和社会学视野下的通婚圈研究》一文中提到："家庭联产承包责任制，改变了农村的生产经营方式，每个农户成为独立的生产单位，为了有效实现自己的利益必须自主同外界交往寻求支持和帮助"。③家庭联产承包责任制的实行在一定程度上也推动宗族内部密切联系交流。在改革开放之后，宗族文化也开始复兴。在乡土社会劳作分工与信息获得上，他们可以利用宗族血脉打通人际交往圈，在亲近的关系中，通过密切交流获得市场信

① 吴川市地方志办公室编：《吴川县志》[M]，第 950 页。

② 熊峰、余盼：《改革开放以来农村宗族的变迁》[J].湛江师范学院学报，2014.08，35（4）。

③ 唐利平：《人类学和社会学视野下的通婚圈研究》[J].开放时代.2005—04—30。

息。在宗族文化复兴的同时，人们也开始注重宗族内部之间的交流。同时，经济体制的改革推动了族群文化复兴，为族群文化的复兴提供巨大的发展空间。

（二）公有制为主体、多种所有制共同发展

改革开放后，我国实行的经济体制是：以公有制为主体，多种所有制经济共同发展。突破了"以粮为纲"的单一生产结构，发展多种经营和乡镇企业，全面活跃农村经济。如廉江县的车板村，改革开放后，在家庭联产承包责任制的推动之下，当地农民注重调整农业种植结构，农业主要是种植水稻、番薯、花生、木薯、大豆等多种农作物，不再局限于种植粮食水稻等，而是多种农作物耕种，调整作物的种植生产以适应改革新潮流。在畜养方面上，以养猪、牛、鸡、鸭等为主。在逐步突破统销制度后，积极发展甘蔗生产基地来面向市场，搞活农产品的流通。因此，车板村的经济快速发展，农民的物质生活不断改善。经济来源的厚实为文化的复兴提供了强大的物质基础，正如出自《管子·牧民》中的"仓廪实而知礼节，衣食足而知荣辱"。农民只有满足了温饱等物质的需求，进而进一步追求精神需求，这为族群文化的复兴提供了契机。

多种所有制经济共同发展的制度下，国家鼓励支持个体经济的发展，充分利用分散的资源创造财富，推动社会经济发展。20世纪80年代，经济体制开始改革，实质是要增强个体的劳动积极性，促进社会整体的生产力发展[1]。渔民的生产资料等又回归到个人手中，以个体为单位进行出海捕鱼，收获所得归入个人财产。疍民单一的生产方式趋向多样化、规范化，个体经济开始出现，个体户逐渐增多，生产也由原来的捕捞扩展到浅海渔业养殖等。生产、经营规模不断扩大，疍民的生存方式发生了根本的变化，生活质量也在逐步得到提高。[2]经

---

① 唐国建：《从疍民到市民身份制与海洋渔民的代际流动》[J].新疆社会科学，2011（04），第132页。

② 李晓霞：《雷州市企水镇疍民群体的社会习俗变迁调查研究》[D].广州：广东技术师范学院硕士学位论文，2015年版，第18页、42页。

济实力的增强为镇上的信众对庙宇神祇进行隆重的祭拜提供了资金来源，对敬神祭祀神的仪式越来越重视，有利于这一群体的文化复兴。

（三）多种经营和乡镇企业

改革开放后，农村经济发展上也推行多种经营的模式，以促进农村经济全面发展，并且还大力发展乡镇企业，打破了单一集体的所有制结构，形成了以公有制为主体、多种所有制共同发展的农村经济新格局。如吴川博铺镇的村民，改革开放以来，在国家倡导发展乡镇企业时，敢闯敢干的博铺人摒去落后的生产方式，大力发展塑料鞋产业，家家户户都参与鞋业生产，使博铺成为远近闻名的"南国鞋城"，也为吴川成为"中国塑料鞋之乡"作出了重要贡献。博铺人生活显著改善，思想观念和精神面貌也发生了积极的变化，更加追求精神的消费。富裕起来的博铺人每年元旦都大做年例，将族群习俗搞得红红火火的。还搭起彩篷设宴在大街旁，山珍海味、洋酒、饮料样样有，和婚庆筵席没有两样。元旦之日、年例之时全博铺都人头涌涌，各家各户都泊满小汽车和摩托车，坐满客人，他们把酒言欢，觥筹交错，处处都是喜气洋洋的场面，在热闹喜庆的氛围中复兴族群传统文化。①

农村改革初期，农业的土地、劳动力和资金三要素都留在农村内部使用，开创了农民"离土不离乡，就地办工业，就近城镇化"的发展模式。徐闻县发展农业生产，廉江车板村在家乡搞农业生产基地，吴川博铺镇发展中外驰名的鞋制造业就近办工业，解决农村多余劳动力剩余资源的问题……使湛江经济出现了改革开放以来第一个黄金增长期，为族群文化的复兴奠定坚实的物质基础。

二、改革开放中期

（一）市场经济

邓小平同志视察南方谈话，指出市场经济不等于资本主义，计

---

① 金臻，棱枫：《吴川风俗拾趣"之14：独特的新历年例》[EB/OL].碧海银沙网，2011 年 1 月 4 日。

划和市场都是经济手段。江泽民同志提出"社会主义市场经济体制"。1992 年，党的十四大确立社会主义市场经济体制改革目标。农业生产三要素已不是留在农村内部使用了。同时，在改革开放初期实行的家庭联产承包责任制，使农业结构的调整和技术的改进，农业的生产效率得到提高，使得部分劳力也从农业分离出来。此外，伴随着城市规模不断扩张，大量占用耕地，农村劳动力大量流出，农民背井离乡，外出务工。如雷州的东里镇，农业主要以番薯、甘蔗、花生、眉豆这些为主，沿海以渔业、盐业、养殖业为主，农业结构的调整和技术的改进，农业的生产效率得到提高，再也不需要大量的劳动力花费在农业生产上。又由于工业的发展，农业经济回报低，雷州地区没什么工业，所以大部分劳动力外出务工。[①]但是，远离家乡的他们，依然心系故土，根存乡里。在一些重大节日时，不管回家的路途有多艰苦，也无法阻挡他们归家过节的决心。年例时节，东里镇外出务工的男性同胞积极回到家乡参与游神活动，在游神活动中祈求家庭平安、工作顺利等厚望。即便外出工作也不忘族里的习俗文化。

在市场经济发展的大背景之下，解放了的农村劳动力，除了外出务工，还有一部分是抓住商业发展的机遇积极创业，并在成功之后惠及村里百姓。廉江市河唇镇新屋仔村党支部书记黄宗云根据本村实际，以市场为导向，以销售带动种植，发展壮大花卉主导产业，积极改良花卉品种，拉长花卉产业链，增加群众收入。自己试种新品种，并将成功经验传授给村民，使得村民及时调整了花卉品种，增加木科花卉面积，获得巨大的经济效益。[②]

市场经济的发展，商家们主要以营利为目的，但黄宗云能将自己的成功经验传授给村民，让村民们及时调整花卉产品取得经济效益。

---

① 张屏：《雷州农村游神活动与乡邻关系的研究》[D].云南艺术学院硕士学位论文，2016。

② 粤先宣：《南粤大地致富"领头雁"带领村民奔小康》[EB/OL].大洋网.2006
-05-08.http://news.sohu.com/20060508/n243139851.shtml。

这是源于同村同祖宗的内在密切联系的根源发挥作用，宗族的纽带是交流市场信息、融合各方发展资源等需求的文化表达。

（二）外出务工潮

随着十一届三中全会以来中国经济政策的重大转移，农民流动量也急剧增加，于是形成了农民纷纷外出打工的潮流。这种大规模流动现象的出现，是商品经济发展的必然产物。1993年，湛江外出农民工人数达到6200万人，比1989年翻了一番，出现第一个"民工潮"。1997年，东南亚"金融危机"后，大批农民工千方百计挤进城市，出现了第二个"民工潮"。进城务工的农民工离土又离乡。社会上盛行"寻根热"之风，远离家乡的族人在异地通过共同的语言、族群节庆活动、文化习俗等等，找到慰藉漂泊之感的精神支柱与文化身份认同。重大的节日，他们则会亲自回来参加，因为他们普遍讲究仪式上独特的虔诚。借助民间节日，使得浓浓的乡情发挥了独到的文化内涵，强化了同根的精神寄托情感，有利于族群文化的复兴。

外出务工人员除在重大节日回乡参与民俗文化活动之外，还通过捐款助力农村建设，改善农村人们的生活，推动农村文化新面貌发展。在吴川市，就有20万劳务大军回乡助建新农村。这20万劳务大军通过各种方式支持家乡新农村建设，除了捐资修路、建校、办学、济困外，还积极"穿针引线"，帮助家乡上项目。塘缀镇山瑶村外出老板龙观生除捐资给家乡修建硬底化村道、建农贸市场和村文化楼外，还引资回乡办圣达电器厂，解决了当地富余劳力就业和经济发展的问题。据统计，20万劳务大军现已捐资5亿多元支持家乡农村，建起了农村硬底化公路1514公里，完成改水4.8万户，改厕7.3万户，大大地改变了村容村貌；改善了农村的生活环境和生产条件；建成了村文化楼（室）430幢，村灯光篮球场222个，村生态公园5个。吴川市副市长黄水源说："老板们及外出经商务工人士热心公益，回归故里，这是资金的回归、项目的回归更是乡情的回归。

说明建设社会主义新农村顺民意，得民心。"①外出务工者热心公益，不仅改善家乡新面貌，还推动家乡文化事业的发展，建设文化楼、图书馆、篮球场等为子孙后代提供良好的学习环境，也为族群文化建设提供硬件设施。

（三）"993861"现象

与"民工潮"相伴随，农村出现"993861"现象。"99"即九九重阳老人节，指的是空巢老人的社会现象、"38"指的是留守妇女、"61"指的是留守儿童。"993861"现象指的是因为市场经济的发展，大量民工潮的出现，在中国乡村中只留下了劳动力较弱或被繁重的家庭事务束缚的人群。在市场经济的快速发展下，经济发达的城市晚上一片热闹，而在粤西一带不少村庄一到夜晚就是漆黑一片，只闻狗叫，不见人影，导致留守下来的老人、妇女和儿童们与外出务工亲人缺乏频繁的密切交流，造成精神空虚，这为族群文化的复兴提供发展空间。因为精神文化生活的丰富能短暂弥补来自家人精神的空缺，也能娱乐留守人们的日常生活，提高文化素养。

三、城镇化建设时期

党的十六大以来，我国把解决好"三农"问题提升到宏观战略层面考虑，提出了"统筹城乡经济社会发展"的重大战略，积极建构"以工促农、以城带乡"的体制机制，建设"生产发展、生活宽裕、乡风文明、村容整洁、管理民主"的社会主义新农村，推进城镇化建设。社会主义新农村经济建设与文化建设相辅相成，对族群文化复兴起到重大的推动作用。增加农民收入、提高农民的生活质量，在物质条件充裕的前提下，农民会更加注重精神文化的满足，有利于社会主义新农村建设中的乡土文化的发展，强化宗族文化，

---

① 章东：《湛江吴川市 20 万劳务大军回乡帮助设建新农村》[EB/OL].南方网.2006 年 03 月 15 日.http://www.southcn.com/news/dishi/zhanjiang/ttxw/200603150366.htm.

最终推动族群文化的复兴。

案例4—1—1：吴阳镇姓李村[①]

改革开放之后，很多当地村民抓紧商机、机遇获得发展。同时，他们也在物质丰裕的基础上回报家乡，积极参与家乡的公共事务与基础建设。在吴阳镇李村，从2008年开始，在外出务工村民李学卓为首倡议，成立村外出务工经商联谊会，以联谊交流、回报家乡为目的，制订出本村文明建设实施方案，以"一年一小变，二年一中变，三年一大变"为目标，经过多年来村全体外出工作、务工经商村民团结一致，同心同德合力共建，李姓村生态文明建设终于取得骄人成果，房屋规划合理化，村横直巷全硬底化，地下排污管网化建造，户户改厕规范化，村卫生垃圾专人清理集中处理化，2014年10月，自来水引进每家每户，2015年，建造村中聚宝塘公园栏杆装饰工程、搬迁村变压器整改电网，从江苏引种600棵银杏树木种植，美化绿化村容村貌，建造村文化广场，建标准灯光篮球场，配置室外乒乓球台三张，村中成立篮球队、村民健身队。

案例4—1—2：古文明吴川上郭记略[②]

新中国成立后，上郭人秉承祖先谦让开拓、读书笃行的优良传统，重视文化教育事业，涌现了一批硕士、博士、教授、专家以及国防科技人员。改革开放以来，上郭人弘扬至德精神，勇于开拓创新，致力精神文明建设，投入巨资，修建了新市场、社区办公大楼和中小学，修筑了硬底化道路、灯光篮球场，安装了自来水、路灯，扩建了水榭池塘，美化生态田园等，基础设施日益

---

① 李华贵：《吴阳镇姓李村：建设文明生态村凝聚浓浓乡情》[EB/OL].碧海银沙网讯，2016-01-23.http://zjphoto.yinsha.com/file/201601/2016012222055548.htm.

② 吴其操主编：《吴川延陵文化》.2008年冬，第67页，于2015年11月在吴川上郭采集。

完善。现在，上郭社区交通便利，村容整洁，民风淳朴；邻里和谐，是既有历史文化沉淀又充满时代精神活力的社会主义新农村。族群个体的外向性发展，也推动着族群文化现代性内涵的表达得到进一步张扬。

案例4—1—3：徐闻北松何氏[①]

在北松村，有相当一部分的习俗与当地其他村庄不同，北松何氏的一些做法无时无刻不在提醒自己不忘是客家人后裔。比如每年清明、中秋、重阳期间，北松何氏都会按照闽西粤东一带客家地区的风俗习惯来祭祀先人，而每年农历五月初五端午节也会按照客家的习惯改在五月初四提前过节。2010年7月，在分离4个多世纪以后，经过北松何氏族人的多方奔走和不懈努力，来自雷州半岛北松何氏终于和祖籍地福建汀州武平县（现福建省龙岩地区武平县）象洞乡岭头坊的何氏代表们相聚在湛江湖光岩，以重述乡谊和血缘深情。采访过程中，记者了解到，近十年来，北松何氏依托着自身丰富的资源优势，实现了资源的初加工和转化增值，快速提高了村民和村集体的收入，为加快村里基础设施和新农村建设提供了重要保障。村民们不但先后筹集300多万元资金对村内4公里多的环村道路进行扩宽、硬化。还按照村庄规划建设，进行了全面的圈改、厕改及厨改，优化了生活条件，使家家户户吃上了干净卫生的自来水，成为当地新农村建设的一大亮点。同时，北松村还积极引导村民移风易俗，改变陈规陋习，形成健康、向上、文明的新风尚。

案例4—1—4：吴川市吴阳镇蛤岭村

改革开放后，蛤岭村很多年轻人外出务工，他们大多从建筑

---

① 冯斐，何强，伞夏霖，闵志：《定居雷州半岛的客家望族——徐闻北松何氏》[N].湛江晚报，2013.11.03。

工人起步，向大型建筑工程承包、房地产开发等方向去发展，很多人都成了知名企业家，如京基集团董事长陈华就是一个典型案例。在他们致富之后，吴川当地政府启动的"回归工程"给他们提供了一个回乡建设新农村的平台。在陈氏兄弟的号召下，蛤岭村大大小小30来个"老板村民"纷纷响应"回归工程"，为蛤岭村的新农村建设出钱出力。"项目从2002年开始，直到2008年完工，包含了高标准的环村大道、自来水、文化长廊、公厕、地下排污、文化中心、小公园、商业街、十里荷塘、新农村展馆和生态园等，合计投资额达8000多万元。"如今的蛤岭村已成为集文明、生态和观光于一体的社会主义新农村旅游景点，成为远近闻名的社会主义新农村示范基地。人居环境完全可以媲美于大城市的别墅群区，同时集体经济的壮大也使村民的生活越过越红火。"去年来村里旅游的有3万来人次，20来万元门票收入全归村集体所有，逢年过节村里出钱为老人发红包、办酒席，大大提升了村民的幸福感。"[1]

新生代农民工大多是毕业后就直接进城打工，或自小就随父母进城，他们基本上没有务农的经历，因而对土地缺乏深厚感情，表现出不离城、不返乡、不种地的态度。虽然热爱家乡，但不会固守家乡，他们对农村的认同感较低，而对城市生活充满向往，渴望融入城市，梦想成为市民。家乡的重要性和回家的必要性在许多新生代农民工心目中的地位已经下降，在他们眼中，春节返乡看望父母长辈仅仅是一种礼节性的仪式。[2]对他们而言，外出打工是常态，留守农村是例外。[3]在一定程度上接受了现代城市文明。

① 广东吴川市蛤岭村：《昔日穷渔村今日别墅群——致富能手》[EB/OL].中国青年网，http://nongye.youth.cn/2015/0303/1016736.shtml.

② 程远，张真：《上海市区老年人养老意愿研》[J].市场与人口分析，1999（4）.第31—35页.

③ 王明学、胡祥、刘闳：《新生代农民工精神文化生活研究》[J].中国青年研究，2013年.

但由于城乡二元结构的制度和自身能力的限制，没法真正融入城市生活，只能生活在城乡两极之间的模糊地带。文化生活的"孤岛化"特征显现。因此，复兴和创新族群文化，以适应新生代农民工的精神需求，能有效解决他们精神的匮乏。政策的利好、发展的机遇、城市文明的熏习、乡土情怀的牵系、制度性阻隔的遗存、能力素质的限制……农民所面对的是快速转型的社会环境和生活方式。快速转型的社会同时激发了农村、农民努力寻找生活平衡点的创新能力。

第二节　改革开放前后湛江族群文化历史概述

一、华侨第二批归国潮

在新中国成立后至改革开放期间，华侨归国从未断过，这一期间出现了两批归国潮，第一批是以 1960 年的印尼归侨为代表，大批返回国内，被称为"老归侨"；第二批是以 1978 年越南、老挝归侨为代表，被称为"新归侨"。他们归国之后绝大部分都是安置在各个省份的农场生活，尤其是广西、广东、福建三个省安置归侨人口最多。

20 世纪 70 年代后期，越南从其国家利益出发，制定并推行了一系列反华排华路线，大批居住在越南的华人华侨被驱赶，被迫逃离自己的家园，因此这一时期被迫回国定居的主要是印支越南华侨的难民。

早在 1977 年，越南北部的难民潮就已经开始，1978 年，达到高潮。1977 年初，越南政府开始有计划地驱赶很早以前从中国迁居到越南边境地区的边民，随后逐步发展到大批驱赶旅居越南各地的华侨。在越南政府排华浪潮中，华裔政府官员被解职、独立开业的商人被迫停业，华人学校被关闭。在所谓的战略要地，华人被驱逐。而在南部，数万计的拿得出钱的华侨只好向他们（越南当局）交纳黄金和美元，以换取乘船离开越南……在北方，几十万华人被迫离开城市，并且允许各街区、单位、机关、学校对华人或华人子弟任意采取所谓适当措施执行这一决定。于是这些华人只好离开城市，或到经济区或出钱贿赂离开越南。"1978年，越南政府又颁布了一项针对在越南居住和谋生的外国人的政策，政策禁止华人从事渔、林、印刷等多种职业，以迫使其加入越南国籍。与此同时，无数华人被强迫送往荒芜人烟的所谓新经济区，任其自生自灭；还有不少华人大企业家被打成买办阶级，横遭监禁并没收财产。在越南反华政策的一再打击下，华人在越南实际上已经失去了起码的生存条件。"于是，他们或沦为船民或跨过边境涌入中国大陆。[①]

雷州半岛的奋勇农场、红江农场、火炬农场等都有安置归侨。归侨返国之后，在中国的居住对于他们而言还是一个陌生的环境，无论是在语言上、文化上还是其他的方面都存在很多不适应，他们也会面临着生活生产不适应、土地资源划分不明确、语言与文字沟通不通畅等方面的困难。不过由于在农场里他们之前来自的国家不一样，他们的归来是一种基于打破原先地缘关系的基础上进行的重新组合，在整个居住空间中呈现出文化的多样性与独特性。

案例4—2—1：归国安置亲人分散与生计方式多样性

访谈人：WSH（84岁，祖籍恩平，原籍越南，现住湛江市奋勇高新技术产业开发区）

访谈时间：2017年2月3日

访谈地点：湛江市奋勇高新技术产业开发区

我听我妈讲过我之前的祖籍是在广东恩平的，不过我从出生就在越南了，所以一开始对我们中国不太了解。我爷爷那时候就已经迁移过去越南了，到了我已经是第三代了。我父亲去世得早，上世纪七十年代越南排华我回国的时候，我妈妈跟我回来了。现在我们兄弟三人都在农场这边。之前在越南住在农村主要是耕田，现在回来这边一开始是割胶，当胶农啊。其实我在越南时干过十几年的会计，但是回国后不敢再做这个了，因为我从小就是学越南文字，对中文不太认识，害怕把人家工作搞砸了。

我们当时回来的时候，大部分的华人都回来了，也有一些瑶族人跑到越南山区里住。一开始我们从东兴回来，在广西待了一段时间，也有些朋友跑去云南、海南那边谋生了。刚回来时很穷，我儿子没钱读书，供他读到初中就不读了。现在一个在云南、一个在广州那边打工，生活比之前好了很多。

案例4—2—2：生活文化适应与国家政策惠及第二代

访谈人：LLM（原籍越南，归侨，住在原奋勇华侨农场）

访谈时间：2016年12月03日

访谈地点：湛江市奋勇高新技术产业开发区

我是在1978年回到中国的，那时候我们国家还是很困难。我们在越南住时，旁边大部分也是住着华人，讲涯话、白话、闽南语，反正讲什么话的人都有，我们在那里长大，也会很多种话。我妈妈之前跟着我们回到广西后，她就留在广西那边跟我妹妹家生活了。我有时去到他们那边，他们那边还讲涯话，在合浦那边哪怕买张车票都得跟他们说涯话。我老公的哥哥回来比我们晚一点，后来他们不能安排到我们奋勇这边来，把他们安排到广州那边去了，所以当时我们一家人虽然回来了，但还是分散在不同地方啊，幸亏他们兄弟都一直保持着联系。

我祖籍就在广西这边，听老人说之前是因为在国内生活不好，都吃不饱饭，后来跑到越南那边谋生了。我们当时回来好多人，密密麻麻的，排着队过到中国东兴这边后要重新登记，重新办理户口，办理完户口才算是中国人。那时候农场的车在那里接我们过去农场。刚刚回来那会，现在还记得很清楚啊，你不知道我当时哭了多少回。刚回来农场插秧、割胶这些我都不会，我当时在越南时主要是在国家机关单位工作。刚回国我

106

的儿子都不会讲中文。他之前在越南时讲越南话，我在越南工作时写的字都是越南字。

一回来可苦了，不过现在政策好了，你看我女儿读完大学跑到深圳那边去工作了，他们生活现在比我们好多了。

二、城镇化发展与宗族械斗问题的解决

历史上，宗族械斗现象在闽粤一带比较常见。不同时期引起宗族械斗的成因略有不同，表现形式也略有不同。宗族械斗问题的存在也不利于城镇化的发展以及宗族文化的复兴。

1980 年至 1992 年，全市发生械斗 584 起，死亡 109 人，伤6639 人，损失几千万元。自 1993 年以来，湛江农村已连续 6 年没有发生大型宗派械斗，但引起宗派械斗的山林、土地纠纷、宗族观念、游神和联宗祭祖等因素仍然存在，尤其是山林土地纠纷，新的纠纷继续发生，老的纠纷还有许多久拖未决。据统计，目前全市尚存积案件 228 宗。这些积案，不少是历史积怨型，在历史上曾因山林、土地纠纷打伤、打死过人，争议的双方都有一本血泪账，代代相传，纷争不止，积怨甚深，随时都有可能发生冲突。因此，宗派械斗像幽灵一样仍在农村游荡，我们稍有松懈，它就会对农村稳定造成威胁。

据统计，1981—1992 年，因山林土地纠纷引起的宗派械斗327 起，占这个时期发生的械斗总数的 56%。可见，多数械斗是因为山林土地问题引起。

从纠纷械斗的情况看，如果没有基层干部的同情和支持，没有族头、族老的组织煽动和指挥，群众性的械斗是打不起来的。因此，要教育好这一部分人。其次是农村的中小学生，一方面他们将成为农村的新生力量，另一方面可以通过他们对家庭成员宣传。在形式上，可以灵活多样，开会学习、开辟专栏和广播等，其中现身说法是最有效的形式，让受害的村民讲械斗的危害，让村民算一算为械斗的花费和对发展经济的影响，从中认识到宗派

械斗无输也无赢，最终害了自己也害了别人。[①]

从以上材料可见，引发宗族械斗主要的原因有山林、土地纠纷、宗族观念、游神和联宗祭祖等因素，尤其是山林土地纠纷。而这一时期正是宗族复兴、民俗文化活动恢复、联宗祭祖活动频繁的时期。此外，家庭联产承包责任制的发展、城镇化发展进度加快在一定程度上推动土地资源升值，原先村落间尤其是靠近城乡的村落，很多地方土地会出现界限不明确的模糊地带，这种情况最容易引起冲突。对于湛江城镇化的发现，我们从先一组数据来了解："1949 年底，全市城镇居民 23.55 万人，占全市总人口的 11.23%；乡村人口 186.29 万人，占 88.77%；1964 年，全市城镇居民 32.94 万人，占全市总人口的 10.99%；乡村人口 266.86 万人，占 89.01%；1982 年，全市城镇居民 60.34 万人，占总人口的 13.33%；乡村人口 392.43 万人，占 86.67%；1990 年 7 月第四次人口普查，全市城镇居民 171.20 万人，占总人口的 31.70%；乡村人口 368.85 万人，占 68.30%。与 1949 年相比，城镇居民增加了 147.65 万人，增长 6.27 倍；乡村人口增加 182.56 万人，增长 98%。"[②]

宗族械斗不利于族群文化复兴。只有解决宗族械斗问题，族群文化才能达到快速复兴。改革开放后，经济体制的改革也促进了政治体制的转变。村民自治取代了生产队体制、乡镇政府管理取代人民公社体制。这在一定程度上削弱了政府权力对农村的直接领导与管理，加上新推行的村民自治在民主选举、村民参政质量、选举办法、村务管理民主化程度等方面都存在很大的缺口，导致村干部的管理执行力遇到很大困难。然而，经济体制的变革，个体化、多种所有制的发展带来的利益冲突日益严重，需要有一个组织来开展协调与仲裁。不稳定的社区治理因素与执行力水平不够，给以姓氏血缘关系为基础的宗族

① 何辅舜：《宗派械斗的顽症必须标本兼治》[J].人民之声，1999 (7).第 6—7 页。

② 湛江市地方志编纂委员会编[M].北京：中华书局，2004 年 6 月，第 1 版，第 308—309 页。

组织提供了宗族文化复兴的沃土。因此，在宗族文化复兴的同时，湛江地区的基层政权组织与宗族内部族委会都特别注重对宗族械斗问题的解决，尤其是发挥宗族里有名望人士借助民间仲裁调解的传统方式以及借助基层党组织的关系进行调解，以便促进宗族械斗问题的解决以及农村地区和谐社会的构建。下面 D 镇 C 管区杨、易两姓的宗族械斗问题的解决进行案例文本呈现。

案例 4—2—3[①]：我们是怎样化解宗族矛盾纠纷的
D 镇 C 管区党支部书记 YKZ

我们 D 镇杨、易两姓的宗族隔阂问题由来已久，而且冲突的次数多，积怨深，损失大，后果严重。长期以来，两姓之间形成互不通婚、互不通商、互不让步、互不对话的"四不"现象。在杨、易两姓的宗族纠纷械斗中，我们 C 管区是重灾区，几乎所有大大小小的纠纷械斗都直接祸及。我们管区的党员、干部和群众对宗族纠纷的危害性都有深刻的切身体验，有"尝不尽的苦水，流不完的泪水"。易姓的干部和群众也同我们一样，宗族纠纷械斗折磨得苦不堪言。面对着这种状况，我们深深感到，化解宗族隔阂，填平姓氏鸿沟，已经是刻不容缓的了。因此，自 1968 年杨、易两姓那场大型的宗族纠纷械斗事件平息以后，我们管区党支部就把如何化解两姓的宗族隔阂作为头等大事来抓。特别是去年以来，在镇党委、镇政府导下，经过我们杨、易两姓各管区觉员、干部和群众的共同努力，终于使杨、易两姓的宗族隔阂得以化解，打破了宗族禁锢，初步改变了"四不"现象，并且出现了安定团结、和睦友好、生产发展、经济腾飞的可喜局面。

我们管区党支部在化解杨、易两姓宗族隔阂中，主要做了如下几方面的工作。

---

① 笔者于 2017 年 8 月 14 日在湛江市档案馆搜集。因出于保密考虑，材料中涉及的人名、村名，均以代称标记。

一、把化解宗族隔阂摆上支部工作的重要议事日程。

过去，每次纠纷械斗事件发生后，群众都意见纷纷，普遍都是针对党支部的领导班子提出的。有的入木三分地说："干部不牵头，万事难上手。"有的甚至一针见血地指出："起风是这些人，灭火也是这些人。"群众的这些意见，确实点中了问题的症结。事实上农村中发生纠纷械斗，与干部未加制止或制止不力有着直接的关系。虽然宗族纠纷械斗"起风"不一定是干部，但"灭火"是我们义不容辞的责任。我们党支部多次带着群众提出的意见，围绕我们杨、易两姓宗族纠纷不断升级的问题，召开了党员和干部会议，通过摆事实，揭矛盾，找原因，大家认为群众的意见是中肯的。宗族纠纷械斗之所以不断升级，隔阂越来越深，归根结底是我们支部的党员、干部工作还做到不够，没有起到预防和制止农村宗族纠纷械斗的战斗堡垒作用，于是，我们党支部从长计议，把化解杨、易两姓的宗族隔阂认真地摆上了工作的议事日程，并把它作为党支部、党小组、党员干部的考核内容，列为评选先进党员和先进工作者的主要条件。每季度的支部大会和党小组的生活会都例行汇报，检查和总结这方面的工作。同时约法三章，不利于团结和睦的事不做，发现好人好事，我们就旗帜鲜明地加以表扬，发现不足之处随时纠正克服。

二、充分发挥党员、干部的带头作用，引导群众互相交往，沟通感情。

为了沟通杨、易两姓干部群众的思想感情，我们支部号召和动员党员干部从我做起，主动带头同对方交朋友，密切来往。起初，我们利用双方党员干部中的一些私人关系，进行交往接触，以消融隔阂情绪，感染群众，扩大影响面。随着我们党员干部互相交结的日益频繁，长期受宗族隔阂禁锢的两姓群众受到了很大的教育和启迪。我们党员干部的行动逐渐得到了越来越多的杨、易两姓群众的理解和支持。1989年农历正月，我们 C 管区的群众做年例时，支部就利用这个机会，动员党员干部主动邀请镇里的易姓干部和D管区易姓的党员干部。易姓的党员干部深受感动，个个都前来作客。同年D管区办事处落成时，他们支部也主动发动和组织党员干部来请我们作客，我们也依时赴约。1990年，他们F小学落成和我们G中学落成时，也都互相宴请欢聚。随后，我们因势利导，把党员干部间的往来扩展到群众中去。今年正月年例时，我们党支部的党员干部除了去请易姓的党员干部外，还动员和组织群众去请易姓群众。杨、易两姓群众有了更多的接触机会，思想感情日益加深。

随着我们杨、易两姓群众的关系不断改善，互不通婚的禁锢开始打破。我们党支部一班人统一思想，统一认识，真正做到凡是两姓的青年有意恋爱的，我们都大力支持。当他们遇到问题的时候，我们两姓的党员和干部都主动出面做工作，为他们排难解忧，积极撮合他们成功。近两三年来，先后有多对青年联姻。

三、谦让为怀，严于律己，宽以待人。

谦让为怀是化解纠纷隔阂、增进和睦团结的重要前提。多年来，我们双方管区的支部都是这样做的。1989年农历正月初六，F坡村的杨姓青年和O村的易姓青年，在镇政府门前车站因闹矛盾打架，双方都有轻伤。事发之后，我们杨、易两姓的支部领导立即赶到现场，领导双方的思想都很统一，各自劝阻自己的人，当事人各自检讨自己的错误，互相赔礼道歉，不需镇政府的有关部门出面调解，当场就妥善地解决了矛盾。双方不但表示不向对方索赔伤药费，还增进了相互间的感情。

今年三月的一天夜晚，G村的几个杨姓青年与下圩的几个易姓青年因事发生打架，双方都打伤了人，我们管区街道接到报告后，党员干部火速赶到现场，我们还是首先批评自己管区的青年，并叫他们向对方赔礼道歉，检讨自己的不是，这样使易姓的青年深受感动。此后，我们没把这件事告诉D管区。可是，当D管区支部书记得知此事后，即亲自到我们管区赔礼道歉。

我们C管区G村与H管区P村，为一块面积三亩多的林地争议百年，多次发生纠纷，你种下木苗我拔起，我种下木苗你去拔起，互不相让。经政府和关部门多次调处仍未解决。杨、易两姓的关系改善以后，去年P村撰文要求镇政府调处此事时，我们支委则分头到自己管区G村的群众中去做工作，经过深入细致的思想工作，G村的群众提高了思想觉悟，主动把争议的林地全部交P村使用。一个争议百年之久而随时都可能引起纠纷械斗的问题，就这样顺利地解决了。事实说明，谦让为怀、严于律己、宽以待人是搞好睦邻关系的法宝。这样做可以大事化小，小事化了。

四、加强合作，多办实事，密切睦邻关系。

为填平我们杨、易两姓间由宗族纠纷造成的鸿沟，多年来，我十分重视多办些对双方群众都有利的实事，以沟通两姓群众的思想感情，密切睦邻关系。前几年，我们Q村的S向支部透露，他打算同J村易姓的群众在易姓管区的地盘合办纸厂。我们当即给予鼓励，并与板桥管区的支部交换意见，结果得到他们支部的鼎力支持并主动出面解决办纸厂所需的地皮。1989年，F管区F村的Y想来我们C管区与杨姓群众合股办酒厂，我们支部积极协助，积极为他们解决地皮以及提供各方面的方便。由于两姓群众密切合作。纸厂、酒厂等企业都办得根好。此外，这几年还有不少杨、易两姓群众合股做生意，取得了显著的经济效益。这样，使两姓群众的思想感情更融洽了，睦邻关系更密切了。

多年来的工作实践使我们体会到，要治理农村的纠纷械斗，支部核心作用和党员干部的带头依用是至关重要的。正如我们的前人所说的"只有落后的干部，没有落后的群众"。这一点我们的体会是很深刻的。

杨、易两姓宗族隔阂的和解，为我们发展生产、劳动致富创造了有利的环境。人民安居乐业，经济迅速发展，加快农村"两个文明"建设的步伐。仅三年来，我们管区就集资53万多元办学校。去年，仅是 G 村就集资了 41 万多元。搞了 1000 多亩的山水田林路综合治理，把过去的低产田改造为高产稳产农田。今年早稻丰收在望，亩产可超七百斤。

当前，我们镇正在全面贯彻落实中央和省、市、县社会治安综合治理会议的精神。我们一定要全力以赴，配合和协助镇委、镇政府搞好杨、易两姓间的"四通"，按照"谁主管谁负责"的原则"看好自己的门，管好自己的人，办好自己的事"，不断发展杨、易两姓间友好、团结的睦邻关系，把社会治安综合治理工作搞得更好！

案例 4—2—4：带头消除宗族隔阂，促进杨、易两姓群众团结
D 镇 H 区主任 YWF
（1991 年 7 月 10 日）

农村宗族纠纷、械斗是社会安定团结的祸根，哪里发生，哪里就遭殃。我们 D 镇杨、易两姓在一百多年前，因闹元宵讲了一两句刺耳的话，就引起了一场封建宗族械斗，结下宗族积怨。到 1968 年两姓群众在同开一条水渠时，只因撞碰一下，本是鸡毛蒜皮的小事，却酿成一场大规模的宗族械斗。给人民群众的生命财产造成极大的损失，物毁人亡、妻离子散、田地抛荒……为了应付宗族械斗，族头还要摊派，巧立明目地收钱收谷，动用集体钱财打架；宗派械斗所吃的、所花的每一分钱都是群众的血汗钱，群众担惊受怕，人心惶惶。也无法发展，生活无法改善。更为严重的是自械斗后积怨日深，常常出现宗族矛盾。纠纷成为 D 镇突出的治安问题。历届党委和政府为此做了大量的疏导工作。但宗族的阴影时隐时现，鸿沟仍填不平。去年以来，镇委和镇政府把化解两姓隔阂作为社会治安综合治理和预防制止农村宗族纠纷械斗的一项重要工作来抓，对党员干部提出具体要求，我们两姓党员干部狠抓落实。我从教好、管好本姓群众做起，深入细致地工作，使两姓的矛盾冰消雪解。出现团结互助、共建两个文明的良

113

好局面。

我目睹宗派械斗"后遗症",增强我化解两姓积怨的责任感和紧迫感,下决心医治械斗的创伤。我自当干部十九年来,看到群众为宗族隔阂担心受怕,出门怕相遇、相遇怕打架、打架怕铲村,还怕收钱、收谷摊派。村边田怕有种无收,插花田耕种无路。我看在眼里,记在心上。为此,我决心化解两姓隔阂,从疏导教有本姓群众做起,从行动上作表率。

1968年,杨、易两姓宗族械斗后,互不通婚,青年们有机无缘、有缘无分,造成千里迢迢到云南、四川等地娶亲,现在干部当红娘、穿针引钱,两姓间的一对对青年喜结良缘。两姓农田用水,常常发生抢水、打水架。现在互相让水,共饮一池水。以前各筑各的路、各走各的道,现在,筑的是团结路,走的是团结道。以前各趁各的圩,互不通商,现在互相趁圩通商,以礼相待,而且两姓居民插花居住,两圩将连成一体。以前互相斗狮班大,斗盾牌多,斗功夫强,现在已变成"赛平安、赛团结、赛风格、赛奉献、赛发展"了。以前各自为政,讲的是宗族话,开的是宗族会,办的是宗族事,现在变成团结互助,共同学习生产技术,共同发展养鸡业,共同改造低产田,共同合办企业,发展经济。

案例4—2—5:械斗隔阂吃尽苦头,和解团结乐在心头

D镇C管区G村村长 YZL

(一九九一年七月十日)

这几年来,杨、易两姓宗族隔阂的逐渐化解,群众生活在安定团结的环境之中,心情舒畅,精神振奋,生产得到大发展,生活日益改善。人们开始希望友好往来,互通有无,和睦相处。今年农历正月十二,J村在游"飘色"的时候,他们村的干部主动来我村拜访,要求我们"借"路。他们的这一友好举动,使我们深受感动,我们即买来饼干、水果招待他们,大家坐在一

起饮茶谈心，为这良好的开端互相祝贺。同年农历正月十八是我村"年例"，我们也请J、F等村的管区、村干部和群众来作客，大家举杯畅谈安定团结的好处，我们还加强治安力量，保证宾客平安过节。

安定团结的局面，带来我村的经济繁荣，促进了文化教育事业的发展。去年，全村投资40多万元大搞低产田的改造，解决水利问题，今年夏季水稻平均亩产达700多斤，超过历史最高水平。为了方便对外界的联系，村动用推土机推成了村通外界的三条大路，改变了交通落后面貌，同时亦有条条小路通田头，大大改善了生产和生活环境。为了全村下一代人的幸福和健康成长，全村还投资40多万元办了一所中学和一所小学，使村民子弟能及时入学读书，提高本村群众的文化素质和思想觉悟，使青年一代成长为有文化、有理想、有道德、有纪律的新一代。这些行动，进一步促进了全村社会主义物质文明和精神文明的发展。

案例4—2—6：冤家宜解不宜结，解铃还须系铃人

D镇J村YXZ

（1991年7月10日）

历史的经验告诉我们，解铃还须系铃人。当年我们易姓群众与其他姓氏群众多次发生宗族械斗，我当时是血气方刚的青年，虽然没有冲锋在前，参与械斗，但那是我们这辈人闯下的祸、结下的仇，我们都有责任。近年来，在镇领导干部的教育下，我对我们这一辈人的所作所为进行了反思，每当想起我们易姓群众往日与其他姓氏群众为一些鸡毛蒜皮的小事就大打出手，从而结下世代冤仇，心里总觉得不是滋味，感到惭愧万分，良心受到谴责。我们这一辈人与其他姓氏群众积下的深仇大恨，必须由我们这一辈人去了结。俗话说，"解铃还须系铃人"。我决心做消除宗族隔阂、搞好安定团结的带头人。首先是从我做起，从亲戚朋友做起。

115

说来也可笑，自当年我姨妹与易姓青年解除婚约后，长达十几年我都不愿跟她来往，也不让我爱人去探望她。为了搞好这些关系，后来我让爱人去探亲，也邀请姨妹到我家作客，亲戚来往正常了。1983年以来，我到镇政府或赶圩，见到杨姓的群众就主动打招呼，有机会还同杨姓群众生下来谈心。我这样做，当时易姓群众不理解，个别人还说我是"汉奸""傻佬"，但我觉得这样做是符合大多数人的愿望的，人们需要我这样的"傻佬"。我不怕一些人说三道四，冷嘲热讽。1984年，我建屋进宅时，特地请了杨姓、陈姓等人到我家喝进宅酒。1985年，我大儿子结婚时，又请来了不少杨姓好友来饮喜酒。杨姓群众有什么喜庆事邀我参加，我必定参加。因而，我与他们的交往日趋密切。我这样做，逐渐得到大家的理解和支持，甚至他们自己也这样做了。现在杨、易两姓有近200人有交往了。这是搞好杨、易两姓群众团结的一个良好开端。

我不是党员，也不是村干部，可是村中一些与杨姓群众有瓜葛的事，群众总是找我出来处理一下，我借此机会与他们搞好关系。比如，易姓群众有座祖坟在杨姓群众的地段马王塘岭上，近年来群众想将坟墓修建一下，但又怕与杨姓群众发生纠纷。一直都不敢修建。有人建议请镇政府、派出所的同志来主持，修建时打起架也有个见证人。而我并不是这样想，我认为自己的事情最好由自己来解决。1990年清明节前，我主动找到杨姓群众商量，征求他们的意见，得到他们的同意后便把祖坟修好了。这件事我们不用麻烦镇政府，也没有与杨姓群众发生任何冲突，许多群众都竖起大拇指说我这个和事佬好样。又如今年春宵期间，群众自发组织游飘色，准备从下圩游到上圩，为两圩群众共庆春宵佳节助兴，但又怕发生纠纷。村群众又请我出面与杨姓群众商量，我接受了这个任务，便主动找到了附近杨姓管区的干部及个别有威信的群众商量，说明来意和游飘色路线，他们表示同意。在游行时杨姓4个管区的干部及附近几条村的群众都来边放鞭炮、边维持秩序。这样的友好合作是前所未有的。这次春宵活动，为化解杨、易两姓群众几十年的怨恨起到了推动作用，真是大快人心。

　　搞好安定团结，创造祥和的生活环境，抓好生产，搞好经济建设，共建典好的家园，人民安居乐业，这是广大群众的共同愿望。近年来，由于我们搞好与邻近杨姓群众的关系，群众得以安心生产，全力以赴地搞好经济建设。单是去年，为了改善群众的居住条件，我们J村开发了一大片荒坡岭地，实行宅居地有偿使用，收入了一笔钱。我们将这些资全全部投入公益事业。其中投资10多万元安装了自来水，投资3万元铺设了硬底道路500多米，投资3万元折建了校舍300平方米。去冬今春，又投资10多万元搞低改田，受益面积达1600多亩。近年来，许多易姓群众在杨姓好友的帮助下，办了近80家个体养鸡场，还开办了工厂，许多易姓群众到杨姓企业做工，互相合作，得益非浅。

三、宗族、祭祀与行为表征：湛江族群文化复兴

　　20世纪80年代以来，国家对高度集中的政治经济体制进行改革，激发个体活力，增强社会生产力。曾一度在"文革"浩劫断裂的传统族群文化得以接续，维系族群的血缘宗族观念逐渐复兴，族群的文化活动日益增多。改革开放后，随着时代的快速发展，人们也在不断创新习俗文化活动以推动族群文化的传承发展。改革开放后，湛江族群文化的复兴以其特有的客观属性或特质呈现出来。笔者认为：重建香火祠堂、修建聚集文化场所、跨地域宗亲联络、民俗文化的恢复与创新、寺庙公共信仰空间的重构、新型族群人际社会网络再建构这五种活动最能体现族群文化的复兴。

　　（一）宗祠的重建：以廉江吉水镇梧村垌重建刘氏宗祠为例

　　廉江吉水镇原梧村垌族刘氏宗祠"文革"期间曾被破坏。"文革"以一种绝对的方式完全打倒了宗族共同体，撕开了家庭成员间亲情和血缘关系温情脉脉的面纱，使得宗族的影响降到了最低点。曾经辉煌

一时的祭祀活动此时无法登上台面，祠堂昔日的风采也已不再。[①]而在改革开放后，农村实行家庭联产承包责任制，并且农村基层建立乡镇政府，生产力的恢复和政治环境的宽松自由。此时，宗族文化曾衰落的败象重振复苏的势头。梧村垌的刘氏族人追祖心切，召集乡亲父老积极重建刘氏宗祠，以追溯祖源、尊祖敬宗、增强宗族凝聚力、延续香火，繁盛宗族后代。刘聪公后裔在村里发起刘氏宗族重建刘氏宗祠倡议书：

> 水有源，树有根，寻根问本是人之天性，落叶归根亦是人之常伦。继往开来，乃人之天职，盖物本乎天、人本乎祖，天有阳光雨露，万物始有生机；祖垂厚德隆恩，众裔孙方能衍庆。溯吾始祖（刘聪公），元朝湖广永州举人，元顺帝年间任高州府教授，正十九年，石城（今廉江）土寇猖獗，刘聪公协同道宪攻破横山、龙飞等多个山寨。平定匪寇有功，元顺帝二十八年胜任石城县尹（一县之长）、官宦落籍，卜居梧村，迄今已历六百余载，派脉粤、桂、琼海内外等地，现传至二十八代，发丁数万，人才济济。[②]

梧村垌多次召开筹备工作会议，决定成立重建梧村垌族刘氏宗祠筹建委员会进行筹建，宗祠及配套工程占地面积 3000 多平方米，建筑面积 620 平方米。重修祠堂费用经过筹建委员会商讨，特作以下倡议：凡刘聪公的裔孙不以家长的芳名立功德留念，并在宗祠竣工陞座时上祭文名。[③]在梧村垌刘氏村民都自觉、踊跃捐款重建，唯恐缺份。在他们看来，为修建宗祠募捐是为了尊祖敬宗，尤其是为追崇为官清廉、爱民恤民、广施善政、重雅崇文、开创盛世、功绩广为流传后定居梧村垌建基立业的始祖——刘聪公。每个人都有义务也都乐意为光宗耀祖尽一份绵薄之力，尽显孝心，弘扬祖德，芳名百世。

---

① 卢燕：《卢氏宗祠——一个农村社区公共文化空间功能的变迁与重建》[D].华中师范大学硕士论文，2012-05-01。

②③ 刘如毅：《广东省廉江市吉水镇梧村垌刘氏宗族重建刘氏宗祠倡议书》[EB/OL].村村乐首页.2017-07-03.http://www.cuncunle.com/village-105-513168-article-1151499056528521-1.html.

宗族的许多活动和职能需要通过祠堂来完成，祠堂的重修是延续宗族的繁荣昌盛，也是族群文化复兴的重要活动之一，在增强族群认同和团结方面起着不可替代的作用。

（二）跨地域宗亲联络：以廉江秋风江钟氏为例

由于"文革"期间族谱、祠堂等遭到破坏，很多村落间的联系中断。改革开放之后，随着宗族文化的复兴，宗亲间的联络也在不断加强。他们往往会组团去外地寻根问祖、完善族谱、祭拜祖宗、重建始祖祠堂、举办民俗活动、共修祖坟等。这些行动也体现了乡土社会对宗族文化的重视。无论是祭祖还是修祠堂，都体现了宗亲间的血缘结合上形成了比较稳定的宗族情感，甚至他们会将这些行动作为显示宗族势力的强大及其在当地的社会地位的一种方式，将修建祠堂、祭祖、修祖坟、游神活动等活动的规模扩大。麻国庆教授在对闽北地区的调查中提到："印象最深的几乎每村都有一个以上的祠堂或祖膺，很多地方还在兴土木，重修重建祠堂，不同姓氏建造的祠堂可谓富丽堂皇，是当地最为引人注目的建筑。"[①]以族谱作为联系，明确宗族的历史与族际间的辈分关系。当然，市场经济的发展、人们生活水平的提高、物质生活的丰裕，也为修建祠堂、远涉他地的宗亲联络奠定了物质基础。

案例4—2—8：廉江秋风江钟氏宗族跨地域宗亲联络

近年来，许多姓氏纷纷组织人力修祖祠、编宗谱、挖掘家族文化缅怀祖公恩德，廉江市秋风江钟氏族裔，在钟永衡、钟英和等宗亲组织和带领下，在中华英才香港商人钟永森宗亲巨款赞助的带动下，经过宗亲们多方捐款及艰苦努力，在1999年重建好秋风江钟氏大宗祠，于同年农历十二月十三丑时升座，使祖公尽享裔孙香火，造福人间。

在宗祠重建、祖公升座尽享人间香火之际，宗亲们寻根问祖、

---

① 麻国庆：《宗族的复兴与人群结合——以闽北樟湖镇的田野调查为中心》[J].社会学研究，2000年第6期。

编写祠谱之呼声日增。这样，经多方联系，永衡、钟达、炳和、再兴等宗亲组织四十多人的祭祖团，于 2004 年 4 月 16 日前往广东梅州蕉岭县三圳镇顺岭村拜祭马氏祖婆。期间拜访当地钟氏宗亲，召开座谈会，互相交流意见，建立宗亲情谊，获悉世界钟氏宗亲组织的发展概况，并收集了我祖根源的部分相关资料，得益非浅。[①]

适逢当今太平盛世，国泰民安。六族裔孙饮水思源，缅怀祖德。族众强烈要求重建秋风江钟氏大宗祠。1993 年，由钟日新组织筹建，法王公显圣择课，定于 1993 年农历十月初六丑时奠基（即癸酉年癸亥月甲辰日己丑时）立癸丁兼丑未分针。设计图纸，五间过，两座下，祠建占地面积 420 平方米，水泥钢筋结构，顶高 12 米，楼亭式祠堂。按图施工，四周砌砖至窗台高，后因故停工。

为建好这座祠堂，在族众强烈要求下，由钟康寿、钟李胜等人牵头，召开代表会议，重新成立筹建小组，一致推选中永衡为筹建组长。在筹建小组的指导和带领下，开展工作，制订措施，组织资金，在众宗亲的大力支持，掀起集资、捐资高潮，慷慨解囊，如香港钟永森宗亲捐款人民币 10 万元。经过几年的努力，大宗祠顺利竣工。择陛座日于一九九九年农历十二月十三日丑时大吉，祖牌登座殿堂，列主怡安。[②]

案例 4—2—9：延陵郡吴川上郭吴氏族谱修订

中华吴姓乃一支庞大的氏族，自轩辕皇帝时代起下传尧舜，后到周朝吴泰伯方立为吴姓氏族的始祖。泰伯的后人氛围延陵，渤海两郡。经历数千年的变迁，吴姓氏族分布到全国各地，据

---

① 广东廉江秋风江钟氏宗族编纂委员会：《钟氏大宗祠谱（颖川堂秋风江）》[M].2010 年，第 1 页。

② 广东廉江秋风江钟氏宗族编纂委员会：《钟氏大宗祠谱（颖川堂秋风江）》[M].2010 年，第 14 页。

1989年人口普查人数在全国姓氏人口最多前十名内。上郭吴氏乃宋朝从福建莆田珠玑巷南迁而来，经历千年春风秋雨，雁来燕往。历尽沧桑才成今日之名宗望族的基业，但因历史的发展，生活需要，上郭吴姓人分布在吴川、湛江、茂名、广州、东海岛、南海岛、雷州半岛、广西等省、市、县形成了一百多个村庄和居住点。这次重修《吴氏族谱》乃大势所趋，民心所向，也是寻根问源研究历史之壮举。[①]

（三）游神活动的恢复：以雷州市东里镇为例

"民俗是一个民族或社会群体在长期的共同生产实践和社会生活中逐渐形成并世代相传的一种较为稳定的文化事象（即事物和现象），是区别该民族与他民族、这个社会群体与那个社会群体的重要依据之一。"[②]游神活动作为民俗活动的一类，是族群文化的重要表征，它通过对历史演变的浓缩，演化成为族群的民俗信仰，满足族民的精神需求和表达了族民的个体情感。

雷州的游神活动通过赋予地方特色或地域性标志物的装饰，游神时传达出族群特有的文化、价值观和行为方式，实现族群成员的自我认同和群体外他群的区别认定。因此，创新本族群的游神活动，给民俗活动赋予时代的烙印，在复兴曾衰落的民俗活动的同时，也是在兴盛和丰富族群文化。

20世纪80年代，村里老一辈长者指引年轻一代重新雕刻游神偶具，制定了新的游神协议，凑钱打造了神轿、锣棚，买了醒狮、彩旗、神星、锣、鼓、唢呐等等游神用具。[③]在年例时节或者是喜庆节日的祭祀过程中恢复游神活动。在当天到神庙里把众神（一般包括：土地公、王母娘娘等开过光以后的神偶代表神灵）太初大街游民示众，与群民接触互动，同庆同乐，神灵方能感知民众对神灵的敬仰之情，接

---

① 资料采集于2015年12月吴婷婷在吴川市下步龙村搜集整理。

② 陈云洪：《四川汉代画像与汉代信仰民俗》[J].成都文物，2002年第2期。

③ 张屏：《雷州农村游神活动与乡邻关系的研究》[D].云南艺术学院硕士学位论文，2016年。

受民众寄托给神灵的祈祷祝愿，保护四方百姓平安祥福。游神这一过程是族群展现群内民俗信仰，是强化族群认同的重要活动形式。追溯到远古时期，雷州的民俗信仰历史渊源极其深厚。《雷祖志》云，雷祖应"霹雳而生""武力绝伦""叱声霆震"，"乡人呼为'雷种'"，猛峒獠黎诸少数民族"皆惧"，至苍任日"猛老獞老复来贡献方物，求勿捕剿，自是雷无贼患"。[1]雷州地区多雷，先民以为雷神在作怪，故设雷神庙和举办各种祭雷仪式，以祈求雷神息怒。这种恐雷、敬雷的心态与生活方式，形成了最原始的雷神崇拜。[2]

随着经济的发展，人民生活水平的提高，特别是 1999 年左右，游神活动工具得到补充，参与人数增加，都达到了前所未有的顶峰。人们也更加注重丰富游神工具装饰，于是个别村想方设法丰富自己的游神工具，吸引群众眼光，显示本村的能力、地位。游神工具他们增加了彩旗、服装、八宝、帽子、雷剧队等，丢弃了以前打架用的工具，不练功夫了，不要藤牌了，也不要刀、叉、棍了，连鹰也不要了，更加注重色彩的鲜艳来吸引眼球。[3]族民振兴游神活动的热情高涨，为游神活动竭尽心思，并能随着时代的发展不断创新游神活动。

游神活动蕴藏了深厚的民间信仰，作为族群认同和族群文化复兴的符号形式，也为族群关系赋予了改革开放的时代意义。正如美国人类学者凯斯（Amber Case）认为，"文化认同本身并不是被动地一代一代传下来的或者以某种看不见的神秘的方式传布的，事实上是主动地、故意地传播出去的，并以文化表达方式不断加以确认。"[4]所以，游神

① （明）庄元贞撰，（清）刘世馨重编：《雷州志》（卷一）。

② 赵映：《基于文化地理学的雷州地区传统村落及民居研究》[D].华南理工大学硕士学位论文，2015。

③ 张屏：《雷州农村游神活动与乡邻关系的研究》[D].云南艺术学院硕士学位论文，2016。

④ 乔健：《族群关系与文化咨询》《社会文化人类学讲演集》，天津：天津人民出版社，1997 年版，第 486 页。

活动作为族群文化的一种表达方式，是可以作为分析论证族群文化复兴的重要载体。

（四）寺庙与公共信仰空间重建：以重修武帝庙为例

民间公共信仰受到重视，不单单体现在修建祠堂。一个地方的寺庙重建也被重视，地方信民参与捐款、商人捐资捐物等体现了公共祭祀空间与精神建设的相协调。改革开放之后族群文化的复兴体现在宗族文化的复兴，也体现在民间信仰体系的复兴。在市场经济的发展中，人们的物质生活水平在提高，伴之而来也有一些新的社会问题的出现。比如伴随着民工潮的出现，乡土社会中空巢老人、留守妇女、儿童等现象也出现，甚至外出务工的人在陌生的环境中也会遇到内心的迷茫和心里的困惑，他们在精神生活建设与物质生活的提高相协调，这在一定程度上推动了民众对于民间信仰体系的恢复以及进一步"张扬"。

重修武帝庙①

青平武帝庙乃是一座历史悠久之文物古迹，始建于明代八年，距今已有四百余年，曾经三次重修。于一九七〇年被拆，经廿余载未能恢复。现值升平盛世，改革开放，人民富裕之际，青平乡亲父老及各界人士迫切要求，定要恢复这一古迹。癸酉岁仲春，由青平英武堂集案商议，决定重建该庙，并成立筹建组，公选林德卿先生为首，负责建庙全面工作，聘请龙其胜先生为工程设计，于本年端午节日破土动工，今已告竣，此乃青平人民一大喜事也。武帝庙分上下两座，中间设拜亭，两边天井，红墙绿瓦，上座屋脊镶双龙戏珠，下座镶双凤朝阳，石狮雄踞门前石阶两侧，宏伟壮观，庙内庄严幽雅，画栋雕梁，雕画、瓷板画，装点别致，既有传统特色，又有时代气息，观者无不称赞。该庙之建成，实赖广大群众及商民人等之鼎力支

---

① 廉江市青平镇革命历史文物整理小组编.革命历史文物廉江青平武帝庙古戏[M].2017 年 8 月 11 日采集于湛江市图书馆地方资料室.第 12—14 页。

持，捐资捐物助此盛事也。庙宇告竣之日，均将捐资佰元以上之乐捐大户芳名刻于石板，三十元以上书于瓷板，表其功垂于永久矣。筹建组人员不计得失，不计报酬，克勤克俭，鸠工庀材，日夜辛劳，为建庙作出很大贡献，特镌芳名于石板使传于不朽，万人敬仰。承蒙筹委厚托，志建庙者事简介于众。第予识浅，涂鸦献拙，诚望见谅。

公元一九九四年夏历孟冬吉旦

（五）年例民俗的复兴与新型规则的生成

1. 游神规则的制定

张屏[①]在对雷州市东里镇的游神活动调研中提到十三个村庄共同游神的历史发展中提到：刚开始的游神是"游夜"，就是夜间抬着神出来游。当时没有电，灯就是照明工具，村上就制作了灯笼，一是为了照明，方便夜游，二是为了漂亮。所以当时的游神就是每个村抬着轿子和灯笼在自个村上游，后来邻村（白领村）想着几个村一起游比较热闹，于是邀约了大湾中村、大湾南村、白领西村、白领东村一起游，同时一些村为了增加友谊和热闹，也纷纷要求加入，所以最后增加到了十三个村。其中大湾西村比较特别，因为他们村的朱公是几个村一起供奉，四年才会轮到大湾西村坐镇一次，所以大湾西村四年才能参与一次。参与的村多了，为了公平和安全，不出意外，白领村林子恩秀才（是当时最有文化也是最有权势之人）想到了一个方法，叫来所有村的负责人定下了游神的协议与规则，由抓阄决定村游神队伍的顺序，写了 1 到 13 的序号，谁抓到几号就排第几，但是三吉村由于当时村上没神，神是与其他村共奉，所以它只能跟供养之村商量，或轮流着游，三吉村的负责人不愿意，于是当时不参与抓阄，所以初始定下的顺序是白领—大湾西—后塘—英佳塘—沟尾—后六—鸭六—南塘—北堀—大湾中—大湾南，后来

① 张屏：《雷州农村游神活动与乡邻关系的研究》[D].云南艺术学院（硕士学位论文），2016.06.03，第 18—23 页。

三吉村想参与这个热闹的活动中，但阄已抓定，其他村都不愿意重新抓，或让其插队，便提出要求，让三吉村队伍结后，三吉村也同意了。于是出现了新顺序白领—大湾西—后塘—英佳塘—沟尾—后六—鸭六—南塘—北堀—大湾中—大湾南—三吉。为了更加公平、灵活，于是在这个顺序的基础上规定，轮到哪个村哪个村的队伍便排第一带队用，跟着这个村后面的队伍按着顺序一起往前排，以前序号上的第一号、第二号再接着往后排，这样每个村都可以排到第一、第二……第十二，除了三吉村，到三吉村时再重新抓阄，十三个村都按即时抓阄的顺序重排。同时定下了游神时不能斗殴闹事，并要求村里的负责人共同签下协议，也由以前的夜游改成了白天游。为了履行好协议由白领秀才家出人和枪来维护这个秩序（秀才家是个大财主，又有文化，在当地当时是很有说话权，人们也都听从他的话），按顺序游行没几年就有个村为了排第一，仗着他们村上的人多、会武功，强排第一，结果被大湾中村的玉梅爷爷强烈要求回去排好队，还差点打起来，后来每个村都害怕自己的人被受欺负，也为了村上有面子，被看得起，人丁多，于是村上的年轻人开始带刀、带功夫棍、带叉、带石灰粉、藤牌这些具有杀伤力的武器和防御性的武器一起游行。

　　根据多年来的事迹告诉人们，游神过程中很容易制造矛盾，影响到乡邻关系，于是为了规避这些不必要的矛盾出现，便商量制定了游神的硬性规定。这个规则制定是根据去年的情况总结又不断地调整，规则制定时间是在当年正月十二之前，也即临近游神的时候为快乐新春，并达到人神欢乐，搞好团结安全游神乡邻关系而定。大家一起商讨规避事项，遵守原则，到时候村里的负责人便要求自村的村民遵守，共同维护。制定规则会议由十三个村的负责人、村委会负责人、边防负责人一起开。2010年正月初十，最新的会议在北堀村委会召开，会议决定内容如下：①会议决定在游神开始的白领、后塘、大湾南三个村，十一点钟正正式拉队游神，如不到位者只能补跟在队尾，到第二个村拉队时才得复回原位参加游神。②消除神坛会师、接狮、只准拜神。③不准在拉队游神时燃放长炮并摘彩，尽量抓紧时间。④尽力装饰队伍，壮观游神场面。望各村的负责人共同执行。

从东里镇的游神活动中我们可以很清晰地看到改革开放之后，民俗游神活动的恢复过程以及活动仪式开展中内部规则的生成。这些规则的生成目的是尽可能减少村落间因民俗文化的开展而出现的矛盾冲突，保证整个游神活动的顺利开展，推动和谐乡土社会的建设。

2. 公共祭祀空间与族群社会网络的构建

改革开放之后，民间祭祀活动开始复兴，从神像的恢复、神灵祭祀空间由以家庭为单位较为隐性、个体的祭祀空间转移到显性、公共的祭祀空间中来。这一时期，由于外出务工、求学以及经商的人口流动性比较大，加上通婚圈的扩大，农村的人口社会结构没有之前那么稳定，他们往往是离乡不离土，在宗族活动、年例民俗以及神灵神诞祭祀时，他们就会从城市里返乡参与村中的民俗分工事务以及公共祭祀。他们在外面工作，从事不同的行业，返乡参与村落、宗族活动，公共的祭祀空间不但给他们提供了一个神圣的信仰空间，也给他们提供了交流外部信息、行业信息、联络宗亲关系等平台。平时长时间在外面工作，返乡聚集也是他们联络日常村民、血缘感情的重要时机。

此外，随着市场经济的发展以及宗族祭祀活动规模的扩大，他们与外族、外村的人们联系也比较紧密。比如在年例的时候，如果办年例的规模比较大，他们就会请外面村落的醒狮队伍、锣鼓棚队伍等过来帮忙。甚至在年例民俗开展时，很多人为了联络感情、建立社会关系网络，他们会借助这个机会邀请自己的朋友、具有业缘关系的同事、领导等人过来"吃年例"。由此可见，公共祭祀空间的恢复与显性地表达为湛江族群提供了一个构建个人与集体间的社会关系网络的过程。以下是对湛江赤坎区百姓村、湛江遂溪县铺仔村关于这一主题的访谈材料：

访谈一[①]

我们是外村的人来参加这个村的游神，我们村叫沙园村，距离百姓村100多公里，在雷州市龙门镇那边。我们过来这边，他们要给我们每个人600块，我们这次来了12个人。他们村的锣鼓棚不够，人手也不够，需要请我们，我们跟他们村关系有些兄弟也比较好，他们就请我们过来了。我年轻的时候也过来湛江这边打工，之前湛江百姓村附近很多人都是讲白话，但是百姓村人讲雷州话的，他们对外讲白话，因为很多讲白话的老板在附近做生意，需要跟他们打交道，必须要讲他们的话。后来改革开放之后，我们雷州的大老板很多在湛江做生意，跟雷州老板打交道也多了，现在讲雷州话的人也多了。百姓村的游神，因为他们的规模比较大，所以他们单单靠本村的狮子团（舞狮的醒狮团）是不够的，他们一般都会请外地的，比如遂溪县遂城镇西溪村、黄略镇南新村、赤坎区东山狮团等。一直都在联络，所以我们跟他们的关系也比较好。

访谈二[②]

我们村（遂溪县界炮镇铺仔村）中庙的日常管理方式是按照每户人家轮流烧香打扫的管理制度。村民无论是在外打工还是在家务农的人，都必须参与这个"轮流香灯"的管理方式。轮流的次序是根据村场中房屋的排列顺序安排，由东边最南面的屋子开始轮流，每户人轮十天的"值日"，若是轮到该户人而该户人已外出务工时，则可让村中其他兄弟帮忙烧香。具体的工作是每天都需要早晚给庙和祖公屋烧香，而早上则需加倒茶一环节，即倒掉昨天的茶水换上今天的新茶，香与茶水皆从自家中拿出；平常也需要给庙打扫卫生。而日常的值日村中并没有人监督查管，全凭

① 访谈人姓名未详（沙园村锣鼓棚队伍成员），访谈时间是2016年2月24日地点在百姓村陈氏祠堂前。

② 选自林春大，陈可茵《遂溪县界炮镇铺仔村族群文化调研报告》，访谈人陈可茵。

自觉，当"轮流香灯"挂牌挂到哪家就自觉去遵守这一规则。

当"轮流香灯"轮到的那户人家遇到一些大喜事如"坐月子"或是有丧事，则需跳过这户人家，其他的特殊节日如春节、清明节都不需要暂停这"轮流香灯"的管理模式。大年初一全村男女到"祖公屋"拜年。

访谈三：湛江四个姓陈村的关系互动与族际往来[①]

我们文章湾村这边信仰的是妈祖、华光大帝、泰山公、邬王、周大将军等。

我们村姓陈的多，无论是百姓村[②]还是我们这边姓陈的兄弟都是从陈屋港村[③]分出来迁移到这边住的。陈屋港村是在南桥附近，我告诉你，陈屋港村是大房，文章湾村是二房，百姓村是三房，文章村是四房，都有联系的，都是我们姓陈的人搬过去的。我们现在跟陈屋港村、百姓村的联系还比较多，跟文章村联系不多了。以前有条南桥河是没有桥的，每年下大雨泛大水的时候，我们都过不去。虽然我们和陈屋港只是隔着一条南桥河，但是两边的来往也不方便，后来来往也没之前那么频繁了。以前每年到了年底过冬节（即冬至时节的一些习俗）时，我们姓陈的会过去陈屋港那边拜神，后来有两年不知道为什么搞得不和了，不过现

---

① 访谈人，文章湾村的守庙老人，访谈时间是 2016 年 2 月 24 日，访谈地点在赤坎区文章湾村妈祖庙内。

② 百姓村形成于清康熙年间，初有几十户人家，约 150 多人，来自福建省莆田、兴化和广东省化州、电白等地，有谢、许、朱、柯、黄、肖、李、吕、姚、黎、刘、吴、张、冯、林、郑、曾等 18 个姓氏，因为村内醒狮队在赛会中多次获胜，故名"得胜村"。后有人误听"胜"为"姓"，错写"得姓村"。（参见政协湛江市赤坎区委员会编：《赤坎文史》（第二辑），2010 年 12 月，第 169 页。）

③ 陈屋港村地处赤坎城区西南部，临近南桥河。据传明代陈姓从福建莆田县迁此定居。南桥河原为海湾，设置港口，陈姓居港之南，初名陈处港，后因雷州方言"处"与"屋"谐音，日久讹成今名。（参见政协湛江市赤坎区委员会编：《赤坎文史》（第二辑）.2010 年 12 月，第 173 页。）

在关系还是在的。

文章村①那边游神有时会过来我们这边请康王，有时不会，所以说现在联系没之前那么亲密了。文章村、百姓村都没有康王的，只有陈屋港和我们村有，之前我们村也没有的，只有陈屋港那边有，所以我们都会去陈屋港那边拜神，后来我们从陈屋港那边把康王分灵出来，所以我们都在我们这边拜神了。

我们村这边现在找不到族谱了，陈屋港那边还有。我们不怎么过去陈屋港之后，他们那边作为大房修族谱也不怎么理我们了。

百姓村、陈屋港村是属于南桥居委会，我们文章湾村是属于中华街道办。以前无论是百姓村还是陈屋港村，他们的村庄都不大，那边的田地很多，主要是种蔬菜的。

以前百姓村是农业户口，我们和陈屋港村是半居民户口。百姓村那边的土地多，后来改革开放后都填了田地卖给别人建房子。不过土地价格越来越贵之后，他们就不卖土地了，把土地租给别人或者自己建房子，把房子租给别人来住。

百姓村那边的谢姓人口发展得比较快，不过最先是姓陈的人搬到百姓村，谢姓后面才搬过来，只是我们姓陈的往外发展的比较多，所以在村里的常住人口在百姓村没有谢姓那么多。

陈屋港村的年例游神是在每年正月十五，百姓村是在正月十七，我们文章湾村是在正月十九，文章村是在农历三月二十三。农历三月二十三是妈祖的诞辰日。我们之前文章湾村和陈屋港那边的时间一样都是在正月十五，元宵节的那天。后来有一年用杯珓问神灵，他们说我们的时间不对，该到了现在的正月十九。到了这天，我们也会酬神演戏，我们这边请的戏班基本是粤剧，陈

---

① 文章村位于赤城区西侧。明崇祯年间，陈姓从湛江特呈岛迁至此地，逐渐形成村落，相传当陈氏宗祠落成时，清末留美学生监督陈兰彬书写对联，并命名为文章村。始居时村民多聚在平坡，后因人口繁衍，渐移至鹧鸪岭上，故村落形成西高东低，呈点状分布。（参见政协湛江市赤坎区委员会编：《赤坎文史》（第二辑），2010年12月，第171页。）

屋港那边请的是雷剧。百姓村的康王大帝昨天是从我们这边请过去他们那边游神。陈屋港今年过冬节都请我们过去。年例在我们这边是很重要的，过年可以不回来，但是一般年例都会回来的。

在粤西地区，年例民俗非常隆重，在当地有着"年例大过年"的说法。在粤西地区过年例是非常热闹的民俗活动，光绪《高州府志》卷六·舆地六·风俗：

> 二月祭社，分肉入社，后田功毕作。自十二月至是月，民间多建平安醮，设蔗、酒于门，巫者拥神疾趋，以次祷祀，掷珓悬朱符而去，神号康王，不知所出。乡人傩，沿门逐鬼，唱土歌，谓之'年例'。或官绅礼服迎神，选壮者赤帜，朱蓝其面，衣偏裻之衣，执戈扬盾，索厉鬼而大驱之，于古礼为近。"[1]

在年例快到时，很多在外面工作过年不回来的人，到了年例都会回来。其实，年例对于宗族文化比较受重视的粤西地区而言，是一场宗族权力与宗族认同的盛宴。法国社会学家涂尔干提到："当我们解释社会现象时，必须分别研究产生社会现象的真实原因和其功能，要想完整地解释社会现象同样必须解释清楚它的功能。"[2]年例活动中所开展的民俗仪式活动、人际交往互动在一定程度上促进了宗族认同、村际间社会网络的形成以及个人人际关系网络的不断扩大。"年例文化符号意义在社会变迁中经历了重构的过程。年例文化符号意义由注重天人沟通及宗族的纵向联系（即与祖先的联系）转向纵向联系与横向联系（现实社交圈的联系）并重"。[3]中山大学周大鸣教授在对粤西村落年例民俗的考察中提到"份子钱"是宗族认同的一个重要体现，只有按照民俗交了份子钱，才会被族里的人认可其

① （清）杨霁修，陈兰彬纂：光绪十六年（1890年）刻本，《广东历代方志集成·州府部（三）》，广州：岭南美术出版社，2009年版，第82页下。

② 黄淑娉，龚佩华：《文化人类学方法理论研究》[M].广州：广东高等教育出版社，1998年版，第131页。

③ 罗远玲：《仪式叙事中粤西年例的变迁与当代意义——以广东省茂名市为例》[J].中南民族大学学报（人文社科版）2010年第5期。

在乡村的社会身份，平时有什么事情族里的人才会过来帮工。

另外，在粤西"亦神亦祖"的社会民俗背景下，对于祖先的祭祀、受到宗族认同的同时，也需要让祖先神灵知道你在其中的参与。周大鸣先生谈到："在全村接神集会上，村长会将交了份钱的每一户每一个人的名字写在一张红纸上。接神活动临近结束时，由道士在全村村民面前，在神灵面前念诵红纸上的名字，念完当即在神灵面前烧掉，意思是提交给了神灵。这一仪式象征着村民们到神灵那里去登记户口，只有通过这个仪式，神灵才知道世间有这样一个名字，这样一个人，才能保佑他。通过这个仪式，村民们心理得到了调解，得到了安慰，带着神灵保佑的愿望心满意足地回家。通过这个仪式，个人也得到了整个宗族的认同。"[1]在湛江当代的民俗文化中，年例民俗展演内容、仪式表达等方面都在发生剧烈的变化，其中国家的在场是推动年例文化变迁的一个主要原因，但是年例的文化变迁并不是弱化了年例民俗空间的民众参与，反而在城镇化快速发展的今天，民众在精神层面向年例民俗所赋予的精神世界的丰富化发出时代更强音。

3. 神灵信仰与社区秩序整合：以吴川市塘㙍镇下步龙村为例

据当地人吴婷婷[2]介绍：我们（吴川市塘㙍镇）下步龙村的祖先是从茂名电白那边过来的，电白那边有很多种语言，我们是讲白话的。我们村有两个姓，姓林和姓吴。听说一开始的开山祖宗是姓吴的，林姓是从邻村社山村搬迁过来的。起初林氏由于工作的指导来到下步龙村生活了一段时间，后来在此结婚生子，从而定居下来，并逐渐发展壮大林氏。不过我们村周边有四个村，分别是姓李的低垌村、姓林的社山村、姓庞的小宵村和大宵村，可能我们村的林姓和社山村的是一个祖先的，因为他们年例游神不跟我们在一起，是跟社山村那边一起游神的。每年正月初十是我们村的年例，我们姓吴的都拜村里的康皇

① 周大鸣，潘争艳：《年例仪式与社会功能——以粤西电白县潭村为例》[J]. 中南民族大学学报（人文社会科学报），2008，28（2），第7—8页。

② 访谈人吴婷婷，访谈时间是2016年1月19日，访谈地点在岭南师范学院校内。

大帝，但是林姓在我们村里还建了一座小庙，里面供奉的不是康皇，他们在初十年例的时候不拜康皇，去的是他们建的小庙。在我们村里的吴姓取名是论字派的，有十个字位：启、德、章、昌、业、兴、绍、太、基，每一代的取名都是有规定的，每一代轮到哪个字位，大家取名都要用到这个字位。

在我们村里，康皇是最大的神，我们当地人都喜欢喊它叫"老爷"，村里还有洗太奶、土地公（太安境）等神灵。每年逢年过节、每个月的初一十五、每逢嫁娶、村民外出求财和平安、小孩子读书求顺利的时候都会带水果、花生、红糖、糕、香、蜡烛、纸、酒、茶、花红、鸡等等过来庙里拜祭。如果有村民在农历新年年初带上在康王那里许下保福，在年末的时候就带上红糖、鸡、香、纸、蜡烛来还报福。如果上一年村里有男丁出生，他们家就会在明年正月初八这一天大摆宴席招待来访的亲朋好友，我们本地人叫这为开灯。正月初十年例的时候，家家户户都会早早地带上祭品来广场拜祭康皇。因为在年例的时候，村民来拜祭的人数过多，为了方便村民，康皇很早就被村民用轿子抬出广场，迎接村民的供奉。

在年例这一天，我们村最热闹。不管是大人还是小孩，在这天都会早早地起来。大人在早上六点的时候就会放鞭炮，然后就开始一整天地忙活。在八九点的时候，家家户户就会提着祭品去广场拜祭康皇和洗太奶，还有村民也会把晚上需要燃烧的鞭炮和烟花带上。以前在年例的时候，家家户户都会来很多亲朋好友，但是随着经济的发展，在家务农的村民越来越少，外出打工、读书的人一般在初八的时候就离开村子了。所以不是每家每户在这天都是很热闹的，有些家庭亲友多就做十几桌，少的话就做一桌。尽管来访的人不多，但是过年例的环节一个都不会少。

在吃完午饭的时候，村民就开始准备游神的祭品。村民一般都会在门口的右边摆上一张八仙桌，先是三个大酒杯，接着五个小酒杯摆在大酒杯的后面，然后就摆放削皮的甘蔗、苹果、沙田橘、饼干、糖果、红糖、花生，最后面一行就放三个小香炉，不一定是香炉，也可以是三个装着沙子的杯子。当康皇来到的时候，村民就在烧香的这一端放上一张席子，来跪拜到访的神。其实，不止是本村人拜祭，村民来访的亲朋好友都可以拜祭，因为只要是拜祭康皇，都被视为吉祥好运的象征。

在往年，要到下午才开始游神的。2015 年，有了些新变化。在13:00 左右，村中的年轻人用轿子抬着康王，伴着锣鼓声，每家每户地游。其实不只是青年参与，总会有几个中年人主持某些环节，也有小孩子跟着敲锣打鼓的，或者是在晚上的时候举火把给大家照明。游神还有一个吸引人的活动，就是舞狮！以前是只有一条狮的，2015 年有两条狮子。当狮子来到一户人家门前时，该户人家就会把事先准备的两个红包让狮子咬下来。那是在两根长点的竹子一端，用两条红绳各绑着两条山蒜，用绳子的另一头各绑着两个红包的，这样方便舞狮的人取红包下来。这些红包会有一部分奖励给积极参与游神的人，剩下的就用于村中青年会的费用。不过，也有些村民积极抬轿子却不用奖励的，因为大家认为抬康王也是虔诚的一种表现，康王会看到的，从而保佑他们。

在粤西乡土社会中，民间信仰是建立在"亦神亦祖"的地方民俗观念中，对于神灵的信仰，也是对先祖的祭祀与精神的寄托。因此，乡土社会秩序的动态整合，无疑"神灵信仰"是一只无形的手，一直在掌控者乡民行为表达的"张力"大小。哪怕是乡民间存在日常的冲突，但是在神灵信仰公共空间中总是保存在一种虔诚、和谐的状态，严格遵守先人留下的祭祀体系，不敢轻易改变或行为怠慢。同时，有时神灵祭祀活动的共同参与也为他们提供了一个情感维系或解决日常矛盾的平台。因此，神灵信仰与基层政权成了规范乡村社区秩序以及达成有效管理乡土社会的有力"抓手"。

第三节　湛江族群文化复兴的特征与成因

一、湛江族群文化复兴接续了族群传统文化

自 20 世纪 80 年代以来，湛江当代族群文化进入复兴的新阶段，

曾一度退隐、断裂的传统族群文化得以接续。随着社会进入全面改革阶段，农村社会变迁与社会结构分化也在加速，而管理制度层面整合与完善的滞后性使新旧制度交替时产生摩擦，为农村宗族活动的复兴提供了一定的机遇。湛江地区悠久的多族群融合文明史，积淀下了雄浑深厚的传统族群文化。有太多优秀积极的精神文化内涵值得当地人复兴、传承、发扬。兴盛湛江族群、复兴族群文化离不开族群传统文化这片神圣的精神土壤。唯有接续族群传统文化方能在当代复兴湛江的族群文化。族群文化复兴主要表征是修缮或重建祠堂、接续族谱、复兴族群文化活动、展演乡土文化艺术等。

（一）通过重建祖祠来复兴族群文化

宗祠是各项族群活动主要仪式的展演舞台，宗族对族群文化的复兴有着重要意义。同一宗族的人在共同的祠堂里进行祭祖仪式、供奉神灵、结婚拜祭等等能追溯族群根源的历史与文化。祠堂既是缅怀先辈的圣地，也是习俗文化仪式展演的舞台。作为族群历史文化的建筑符号，宗祠被赋予了宗族同根同源的象征意义，族群成员通过宗祠这一场所能增强族群内部的情感交流，强化族群内部的凝聚力。改革开放之后，湛江地区大大小小的村庄大部分都在重建祖祠，书写祖祠志，通过这一行为的表征来彰显乡民对祖祠以及宗祠事务的关注，同时也表达了他们对于血缘宗亲关系的重视，如赤坎区百姓东村的《重建百姓陈氏祖祠志》：

重建百姓陈氏祖祠志①

陈侯先祖创业开基遗泽流芳千秋颂

德性后昆齐心弘志光宗耀祖万世传

物本乎天，人本乎祖。追本溯源，吾村原名德性村，土改时更名百姓村，沿用至今。陈氏吾族根发雷州仙萝大村萝雷公，即为一世祖，传至十七世明烈公时迁居屋港村开枝散叶，乃建有宗祠。长子朝瑞公随父居原地，次子朝俊公迁居文章湾村，三子朝

---

① 百姓东村陈氏祠堂内碑刻，于2016年2月18日在百姓东村采集所得。

134

义公迁居德性村为吾村陈氏开基祖，明烈公为太始祖，传世至今已三十一代，吾族时代藩衍昌盛，此乃祖宗之功德遗泽源流长矣。

人不可忘宗，念祖不可无祠。祠乃敬天地、祀祖宗、追源感恩之所在也。吾村陈氏祖祠始建于明末清初，地处现泰山庙左旁，砖木结构，双头三间瓦屋。因地势低洼潮湿，后迁至头村斜坡处，乃为双头三间瓦屋。垂历史之故，壬午年仲秋（1942年）搬迁至现址重建，亦双祠屋格局为上下座。祠历岁月沧桑，屡遭风雨侵蚀，又分别于甲午年（1954年），辛酉年（1981年）各重建一次。

今逢盛世，海内清晏。惠风和畅，国泰民安。百姓富庶，村容焕然。为缅怀先祖，承蒙祖先，本族耆老遂倡重建祖祠之要务，宗亲后贤欣然应诺，乃于辛卯年五月十六日卯时（2011年）重建，壬辰年腊月十八日（2012年）竣工落成。

祖祠之重建，承本族耆老贤达谋策建献，宗亲后嗣同心同德，倾力奉献，今祖祠落成，举族同庆。庶可上慰先祖在天之灵，下表后昆追远之怀矣，此乃吾族共襄之盛举，爰勒石为记，详列捐助名录于后，俾后世子孙毋忘先业，恒帝铭记云尔。

廉江吉水镇梧村垌的乡亲父老面对祠堂在"文革"期间被破坏，聚集号召族人积极踊跃捐款重修祠堂，并多次召开了重修祠堂的工作会议，切实地制定重修方案，目的是为了重现昔日祠堂风采，增强族群的自豪感与荣誉感。同时，祠堂为族群的祭祀活动、文化展演活动、年例的供奉神像活动等提供建筑场所。以祠堂这一有形的物质载体凝聚族群的精神、兴盛本族群，从而形成一种宗族的文化环境对族人产生族群文化熏陶的作用，最终推动乡土社会复兴族群文化。其他村落也是如此，修缮祠堂或者是重建香火堂：廉江龙湖村重建香火堂、石颈镇庙山村香火堂、廉江市合江坡村重建香火堂、麻章旧县村重建泰州府等等来复兴族群文化。

（二）通过恢复民俗文化来复兴族群文化

游神活动作为族群文化民俗的一种表达方式，恢复游神活动能接续族群的传统文化、起到复兴族群文化的作用。雷州市东里镇的人们在"文革"后重新雕刻游神偶具、协定新的游神协议，并且打造神轿、锣棚，买了醒狮、彩旗、神星、锣、鼓、唢呐等等这些游神用具。在游神当天，男性青年担当起游神的主力军，不言劳累舞起游神用具，穿梭于村里大街小巷让神与村民亲近接触，沐浴神灵的道德感化，在游神中接续族群的精神信仰，延续族群文化。在湛江市霞山区的北月村，对于雷神的信仰与其信仰体系跟雷州雷祖有密切关系相关。雷祖信仰，强化了他们村庄与雷州跨地域间联系，年例的族群互动也扩大了北月村社会网络的不断扩大。在"文革"时期，他们的神灵信仰、年例活动也曾受到破坏停止，改革开放之后又逐渐得到恢复。

案例4—3—1：北月村"雷祖回庙"年例民俗①

　　每年北月村（湛江市霞山区）的"年例"游神，是由村中辈分较高的老人家到海康白沙镇把雷祖的神像请回来。祭拜的仪式与雷州传统仪式无异……迎神是指农历正月十三到雷州白沙镇迎接雷祖。一般是早上九点集合，然后出发。从霞山到雷州要两个小时车程。到了之后，首先会放鞭炮告知神灵，集体到祖庙拜祭、焚香、烧纸钱等，场景十分热闹。将雷祖像从主庙请出来，再回到北月村的"陈氏宗祠"，一路上都必须放鞭炮表示迎接神灵……

　　到了年例的最后阶段，称为"尾年例"或者"年例尾"。雷祖在巡游之后，就必须要抬回到"陈氏宗祠"，最后再回到白沙镇主庙。北月村的"做年例"仪式也接近尾声。在雷祖回到"陈氏宗祠"，北月村的民众就会集体再拜祭，放鞭炮。然后把祭品取回家，宴请各位亲朋好友。

　　"雷祖回庙"是一种家族共有财产的共有证明和宗族之间承认的象征。中国传统上被承认的财产分为两种：第一，可转让的私有财产，诸如能够出租、交易、分割的财产。第二，建立后不

　　① 选自陈汉威：《湛江年例的变迁1892—1992》[D].广西师范大学硕士学位论文，2013年版，第43—45页。

可被其拥有者分开的祖产。北月村的祠堂门梁上刻有"告中华民国二十九年成次庚辰十月十三日卯畴合族裔孙重建"。重建于1940年10月13日，资金来源为全村的居民凑钱与陈学谈捐赠。重建的原因，主要是因为旧的祠堂年久失修，而且陈学谈作为宗族中的一分子，在当时具有一定的实力，便出资重建祠堂。根据陈可章（87岁）叙述，在建祠堂的时候，陈学谈具有能力出资建造整座祠堂。但是他坚决要求全部居民出钱，能出多少就出多少。其原因是他（陈学谈①）希望建造一个大家的祠堂。可以理解为，建造北月村这房人的祠堂。这是共有财产方面的有力证明。宗族之间的承认主要是建立在"雷祖"的信仰。在北月村，雷祖是公认的共同祖先，"年例"就是一种同祖宗之间承认的仪式。"雷祖回庙"就是两者之间的共有仪式的证明。

此外，地方戏剧也是民俗文化的一部分。雷州市灵山里村里，民营企业家彭德权为了助力乡村文化建设、弘扬族群独特的雷剧文化捐资168万元，在村里建起具有设计新颖、风格独特、气势恢宏和美观大方的雷州观戏楼，堪称当前雷州第一观戏楼，为展演灵山村雷剧表演提供舞台，推动雷剧文化的复兴与繁荣。

传统族群文化的精神凝聚作用具有强大的思想统摄性，需要借助祠堂、戏剧、游神活动的有形物质或活动作为载体，为接延族群的精神信仰、团结宗族复兴族群文化。

案例4—3—2：河唇钟氏年例游神②

游神的路线是按照传统，各祖宗抽签来主办，然后游完所有

---

① 陈学谈（1882—1966），字天焕，广东省湛江市霞山区北月村人。清宣统三年（1911年）任广州湾赤坎公局局长兼赤坎西营商团团长。陈学谈积极攘乱平匪，既得到上司青睐，又赢得民望。1923年，被选为遂溪县县长。不久，又被军阀陈炯明、邓本殷提升为雷州二属民团总办、雷州善后处长。其间，对抚辑黎庶、整伤吏治、重建乡村等做了一定工作。1927年，蒋介石发动"四一二"政变后，时任广州湾赤坎公局长。

② 2016年2月21日，笔者廉江市河唇镇青湖村采访搜集。

的村。比如轮到这三个村，他们来做所有的具体工作，安排人力物力，如煮饭、外宾接待、场面布置，而族长和族委做总指挥。待各路人马集中以后，按狮、龙队一字排开，游到每个村的香火堂或者像晒稻谷那样开阔的可以摆牌位的场地。每家每户就来到这个事先商量好的场地，拿着桌子、鸡、烧着香、摆钟台在等，神来了就放鞭炮、烧、拜、插香，等神吃好了，吃饱了再游。以前像2012年，游神还是所有的村都游到，保证所有家庭后代的生活区域都游到，但它不会越界，游到其他姓的家庭里。其他姓的也不会游到我们这里来。但是如果有交叉的路线，其他人也很通融，会让你通过，他们也会拜和烧香。现在也有入乡随俗的情况，比如游到河唇镇上面，那些做生意或当地居住不一定姓钟的人或国营企业的外地工人，他们也会跟着烧香，也会拜这些地方大神。现在担心会发生一些群体性事件，有限制了，现在不是游完所有的村，只列了二十几个村，现在可能从石仔岭出来，游到河唇镇上。以前要游一天一夜的。小时候每游到一个村，村里面的狮队在村头路口迎接，迎进来之后烧香拜。以前还有一个打武术的，拳、棍、刀、叉、鞭各种武器都可以打出一套路，现在虽然有舞狮队但是平时不学的了，武术也慢慢失传了。不同姓的功夫套路是不同的，他们都是族内人，不用请外面的人。

不同的宗族交往也比较频繁，一般是通过姻亲，因为很少在族内通婚。以前不一定是客家人和客家人通婚，我以前的祖婆就是讲白话的，姓文的。现在年轻人婚嫁的范围更大了，我们村一个是我，一个是内蒙古那个。我的就是通过读书旅游结识的，内蒙古那个可能是在外打工，旅游交友比较多认识的，现在也是住村里的。以前他父亲是做生意的，廉江的南菜北运叫愧北，即骗北的意思，他儿子有很多外省的人在过年的时候来看我们的节。这也是改革开放的原因，户籍制度相对方便，人们出去不用开那么多证明，自由了通婚半径就扩大了。有一个是华师毕业留在广州教书，他老婆是湖南湖北的。虽然这种通婚会让宗族意识变淡，但是他过年过节能回都会回，清明拜神拜祖都是要回。主要是过年、元宵、清明、中秋几个节日，以过年和清明为大。

（三）通过传承传统祭祀仪式来复兴族群文化

仪式往往是作为一种民俗文化符号穿插在民俗的展演中。严格仪式程序的保留，是人们对当地"亦神亦祖"文化现象的尊重，因为在他们看来，仪式是一种跟神灵、祖先沟通的方式。笔者小时候在后溪村过年时，有一天凌晨五点多看到有一个人从她所住的屋子里一下子跑出来，穿过村子的小巷时大声地叫喊，一直朝着天后宫的方向跑去。等她跑到天后宫的寺庙里时，突然坐在了供奉神灵的宗台之上，全村的"元首"①围住她，听她传话。后来听村里的人说，她是神灵附身（当地称"童"），神要降在她的身上，她代替神灵来说话。后来笔者在其他地方也看到这种现象。此外，在湛江乡土社会，宗族的传统祭祀有着内在的社会秩序。村民们会通过不成文的规定、约定俗成的做法去推进宗族祭祀的传承性。比如，在遂溪县铺前村，村中庙的日常管理方式是按照每户人家轮流烧香打扫的管理制度。铺仔村的村民无论是在外打工还是在家务农的人，都必须参与这个"轮流香灯"的管理方式。轮流的次序是根据村场中房屋的排列顺序安排，由东边最南面的屋子开始轮流，每户人家轮十天的"值日"，若是轮到该户人家而该户人家已外出务工时，则可让村中其他兄弟帮忙烧香。具体的工作是每天都需要早晚给庙和祖公屋烧香，而早上则需加倒茶一环节，即倒掉昨天的茶水换上今天的新茶，香与茶水皆从自家中拿出；平常也需要给庙打扫卫生。而日常的值日村中并没有人监督查管，全凭自觉，当"轮流香灯"挂牌挂到哪家就自觉去遵守这一规则。

在湛江地区，浓厚的民俗仪式都是要按照严格的顺序来开展。当地人说这些顺序是不能乱的，乱了就会担心神灵怪罪自己。内心

---

① 笔者按：这里的"元首"指的是村寨里的"村民"通过在神坛面前以卜问杯珓的形式来选定固定的人员代表神意来管理接下来一年的村中公共事务，发挥着管理、统筹、议事、协调、调和等多方面的作用。

的虔诚使他们觉得：只要是神灵要求做的事情都要去做，只要是神灵要求参与的仪式一定要参与，不能漏了，也不能错。所以平时神灵祭祀需要全村人按照人口来收钱时，大家都不敢马虎。民俗活动需要帮工，大家都愿意积极去帮忙。他们往往会将神灵"人化"，即是觉得人想要什么、人想做什么，神灵应该也是这样的，比如村民觉得人如果坐在轿子里可能舒服，所以给每个神灵也定制一座神轿。在游神的过程中，如果遇到道路颠簸的地方，他们游行的速度就会缓慢下来，觉得如果太快的话，神灵坐在轿子里会受到颠簸不舒服的，所以他们在仪式的表达时也往往按照人的意念以及所要祈祷的方式来开展。据《海康县志》（雷州称海康）记载，雷州市杨家镇井尾圩清乾隆年间就很繁华了，每年圩期，除邻近的村镇人们来赶集外，还有东里、北和、乌石和北海、吴川、遂溪、徐闻等地的人们。他们用轿抬着"妈祖"来赶集。每年节前（集前），井尾村民无论男女老少都斋戒三天。各地赶集的商贩也在赶集前将商品运至井尾坡。妈祖巡游路线是——北出南返。开始是上午从西汀天后宫的北门出游，经过西汀村的中村、北村，赤步村、东坎村，后至井尾坡，在坡上游三圈，上午十一时半左右，妈祖驻轿在坡顶的临时神阁休息。下午三时左右开始，继续在坡上游三圈，后游至西汀村的南村，返回西汀天后宫的南门，最后升上神座。"西汀村由林、陈、张、刘、黄、纪、莫、符、何、杜、彭、梁等多个姓氏组成，这些姓氏多数来自福建，明代迁居雷州半岛，在新的移民地建立村落之后，他们需要通过共同的精神纽带凝聚人心，建立村落社会结构，维护村落社会秩序，同时，满足人们多样化的精神需求，天后信仰必定随着这种实际生活的需要和精神需要在西汀村落户生根并发展。据西汀村百姓说，在乾隆年间，有一年天后诞日，有72家天后宫都来西汀村朝拜，当时的信众多达30万人。"[①]实质上，西汀村的盛会不单单

---

① 刘岚：《雷州半岛阴阳墟形成原因探析》[J].黑龙江史志，2010.15（总第232期）。

是几十个村神灵的相会，也是不同村庄族群间的相会。他们聚在一个公共的场域，通过在井尾坡阴阳墟的仪式行为相会来表达人神共处与交流，也是人与人之间互动的盛会。人们可以通过这个公共场域来进行信息交流、人际关系的拓展。

二、湛江族群文化复兴蕴藉着丰富的文化表达

与新中国成立后族群文化的退隐期和"文革"时族群文化的断裂期相比，改革开放后族群文化的复兴期，族群文化复兴的现实语境已经发生了深刻的变化。不再仅仅局限于族群文化是族群认同的表达形式、族群文化是族群与他族群相互区别的重要特征、族群文化是展现族群势力强弱的体现等传统文化意义上的表达。而是，族群文化复兴蕴藉了更加丰富多样的文化表达，族群文化复兴活动的现实意义有了多种阐释的可能。如族群文化复兴是增强族群认同和团结、交流市场信息、融合各方发展资源等需求的文化表达，也是学习和拥护国家改革开放政策、探索并寻找族群文化在现行社会制度下生存发展的新方式等愿望的文化表达。

此外，民间族群社会非常注重利用传统民俗、现代商贸、科技手段和政府的积极态度，呼应政府倡导的和谐社会建设行动，努力创新文化展演的现代表达方式。商业界开始关注区域文化发展所创造的潜在商机，学术界也开始参与区域文化的梳理、阐释与研究工作。

（一）年例活动增强族群认同和团结的文化表达

美国人类学家格尔茨（Clifford Geertz）曾强调，文化是指从历史沿袭下来的体现于象征符号中的意义模式，是由象征符号体系表达的概念体系，人们以此进行沟通、延存和发展他们对生活的知识和态度。[①]年例活动集体记忆以习俗的形式一直流传至今，年例这一族群节庆活动中，摆醮、游神、祈祷、逛神、贺丁、宴客等主要表现

---

① ［美］格尔茨：《文化的解释》［M］.纳日碧力戈译，上海：上海人民出版社，1999 年版，第 103 页。

形式，能唤醒独属于族群内部的集体记忆，都能让族群成员铭记族群的精神信仰，都能增强族群内部的凝聚力。整个祭祀过程将历时性的神圣空间与纵向性的天人合一、亦神亦祖的父系血缘宗亲关系联系在一起，以神我关系、族我关系作为一种理性的、仪式化的表达，突出传统礼治秩序与现代乡土社会整合管理秩序。

而不同的表演形式也是区分不同的群体，是族群认同在发挥作用。雷州人对于雷傩舞称"走清将"或"走成怅""舞巫""考兵"等，而吴川人对于傩舞称"舞六将"与"舞二真"。对于两个不同方言区的不同族群来说，同有年例同有傩舞，但叫法不一，表演也不同，两个地方的文化本质上有一定的区别，源于他们对本区域文化、宗族习俗有着强烈的认同。

（二）祭祀、宴客是交流市场信息融汇资源的文化表达

年例的宴客，是一个将族群内散居在各地，或是在外务工的人群聚集在一起交流活动的平台。在欢心喜庆的节日氛围里，不断增进人们的情感交流，密切联系彼此的关系。如博铺人做新历年例时，宴请亲朋好友和攀亲聚旧、共叙天伦、互通信息、互利共赢，积极融合各方资源共同致力于把远近闻名的"南国鞋城"博铺发展成为"中国塑料鞋之乡"。

再如，津前天后宫位于湛江市外海的硇洲岛，天后信仰是硇洲吴姓先祖从莆田带入的。每年农历三月二十三妈祖诞辰，当地要举行"三月坡"，在庙前演戏酬神。改革开放后，不少港澳台同胞前来祭拜许愿，并赠送石狮、石香炉等。由于港澳同胞的前来祭拜或短暂的停留，必定与对当地人们的进行交流、消费等，在这过程当中存在着外界信息传递、思想价值观的影响等文化的表达。

（三）寻找族群文化在现行社会制度下生存发展的新方式的文化表达

改革开放，由于国家的政策和经济体制，疍民都陆续上岸定居了。与他们相依为命的疍家船则变成了谋生工具，而疍民也已经成了渔民。追求经济效益和融入陆上居民的这一过程当中，过去创造的优良水文

化习俗等逐渐被疍民遗忘，如独具特色的咸水歌、服饰文化、传统风俗与崇拜等。如今，疍民还保留了对鬼神的敬仰和由此演变而成的游神习俗。疍民的社会习俗又在时代的进步中不断变迁，主要由于疍民生存的自然环境和社会环境的改变。在疍民被引渡上岸居住的过程中，陆上居民文化习俗对疍民产生了深刻的影响，令疍民传统的社会生活习俗发生了明显的变迁。[①]因此，我们不但要维护、研究文化的多样性，更要积极倡导充满人文关怀的适应性变迁。[②]

此外，在麻章旧县村，作为傩文化比较有名的村庄，他们以往权责都是按照神灵旨意，通过卜问杯珓的形式来产生，现在转为直接由村委会选举任命。这种权力由神到人的变化，意味着一种新的权力公平分配的观念已经内化到村民的心中。在新时期，乡土文化的发展不再是传统意义上的"文化展演"，它们会随着社会的变化增加了新的社会功能，主动融入现代化文明的大潮流中。

同时，廉江市河唇钟氏以建商会的形式强化宗族内部交流、信息互通、传统文化传承以及和谐乡土社会秩序新构建。

河唇钟氏商会嘉铭[③]

2016年5月初，在我族商界精英钟冠杰先生的大力推动和族委会、全体宗亲的鼎力支持下，河唇钟氏商会正式成立，会址设在顺德北滘镇。河唇钟氏商会的使命与担当：

一、塑造河唇钟氏"当代客家儒商"的文化精神

儒商文化底蕴：贯通道德智慧与民生经营于内在心性，践行"高""贵""清"的儒商"瑚琏"精神，塑造"富而思源、富而仁恕、富而好礼、富而不淫"的儒商人格。

客家文化情怀：学钟桂公聚族效国，学钟贤公夫妇济世隆德，

---

① 李晓霞：《雷州市企水镇疍民群体的社会习俗变迁调查研究》[D].广州：广东技术师范学院硕士学位论文，2015年版，第16、36、48页。

② 包路芳：《社会变迁与文化调适——游牧鄂温克社会调查研究》[M].北京：中央民族大学出版社，2006年版，第294页。

③ 2016年6月，从河唇钟氏商会相关人员提供资料采集所得。

学钟山公"一家十四口，进士十三人"的德望家声，塑造"艰苦创业、创业致富、富而思进、进而济世"的客家儒商情怀。

当代文化意识：认识新常态，适应新常态，引领新常态。创新、协调、绿色、开放、共享，塑造符合社会主义核心价值观要求的当代客家儒商意识。

三、构建河唇钟氏商会"三联三创"的运作机制

建立"联宗"平台，创新宗族互动机制：立足政策前沿、发展前沿、思想前沿，把握新常态规律与趋势，带动宗族乡亲改变发展观念，协力建设宗族公共事业、公共设施和公共项目。

建立"联网"平台，创新信息交流机制：创立商会官方网站、公众号，强化网站、公众号、微信群的思想引领功能、电子商务功能、网络文创功能、教育培训功能，实现网上与网下互动共赢。

建立"联创"平台，创新资源聚集机制：聚集族内商业精英和各类专业人士，实现强强联合，推进创新工程。疏通资源聚集渠道，建设青年创业项目孵化池，培养新一代商业精英。

四、实现河唇钟氏商会"四通八达"的发展目标

通过奖学助学制度，达成培养人才、促进学风的目标：设置河唇钟氏商会"弘毅"奖学金，并结合开展学业辅导、勤工俭学、顶岗实习等助学活动，为宗族培养人才，促进家乡形成优良学风。

通过孝慈奖掖制度，达成厚德载物、濡化家风的目标：设置河唇钟氏商会"孝慈"奖掖金，奖励年度"十大孝子""十大慈善人物"，倡导孝敬父母、慈悲仁爱、行善积德的传统美德和良好家风。

通过精准扶贫制度，达成和谐发展、共享成果的目标：坚持以"目标精准、对象精准、措施精准"为原则，对鳏寡孤老、病残智障、丧失劳动力、家庭贫困的族内宗亲，给予多种形式的资助和帮扶。

通过"传帮带"制度，达成传播商道、振兴族望的目标：定期举办行业精英论坛、创业经验交流、新兴行业技能培训、实习见习、顶岗代岗等"传帮带"活动，传习商道，提掖后生，振兴族望。

（四）北月村年例利用现代商贸、科技手段等努力创新文化展演的现代文化表达方式

20世纪90年代，由于商品经济的发展，年例作为一种地方庆典，成了商户们的目标。北月村年例游神的那一天，会有大量的广告牌加入队伍之中。这些广告牌可清晰地注明厂家的名字和商品，同时也会有相关的年例祝福语，例如，嘉士丽饼业有限公司祝贺北月村年例成功等等。赞助商能获得一定的宣传效果，同时年例筹集的经费也能有所增加。年例的商业化已经丰富了当地族群文化内容。

20世纪90年代时期的年例人员逐渐复杂化，出现了负责摄影的外来人员，一部分乐队和礼仪队。这些新加入的人员，主要是为了宣传作用。摄影的工作人员为了保留年例的完整过程，同时也是一种宣传手段。乐队的责任是为了年例潮流化，在传统敲锣打鼓的基础上，加上一定的节日音乐，目的是为了吸引更多的民众和使得当代人们更容易接受年例活动。[①]

北月村在复兴族群文化、推动族群文化发展时，顺应时代发展的潮流，将年例这一习俗文化巧妙地与现代文明、现代技术相结合，将现代元素加入传统的族群文化，推动族群文化的蓬勃兴盛。

三、湛江族群文化复兴具有新的架构张力

在改革开放前期，由于民俗中有些内容会被认为是有封建迷信的成分，很多被禁止展演。地方政府也担心宗族游神会出现宗族械斗等很多事情的发生。虽然在整体上地方政府和基层组织对族群文化复兴

---

① 陈汉威：《湛江"年例"的变迁（1892—1992）》[D].广西师范大学硕士学位论文，2013年，第33页。

更多采取宽容的态度，但也在一定程度上存在着被动预防、应急干预、犹豫观望等状况，缺乏主导族群文化发展的积极性和创造性。族群集体则表现出极大的文化重塑热情，文化符号与外显事象呈现勃勃生机。族群文化重塑的现代意义指向显得模糊摇摆。族群文化复兴在凝聚、认同与疏离、弥散的张力结构中探索前行。

到了 20 世纪末至 21 世纪初，政府主导区域族群文化发展的积极性和创新热情得到提高，政府鼓励社会各界积极挖掘、提炼、形塑具有区域特色的典型文化形态，以此提高区域发展的社会影响力和文化软实力。巴尼特（H.G.Barnett）指出："创新应被界定为任何在实质上不同于固有形式的新思想、新行为和新事物。严格说来，每一个创新是一种或一群观念；但有些创新仅存于心理组织中，而有些则有明显的和有形的表现形式。"[①]当代湛江族群文化的发展是传统与现代并存、经济全球化与文化本土化结合、政府社会管理目标与族群和谐发展愿望相统一，通过互相对话、协商、涵化，丰富族群文化的地方性知识。

案例 4—3—3：九头岭村年例的发展与演变[②]

坡头镇博立乡九头岭村是一个小村庄，据村中老人陈伯称，该村系从吴川塘尾村搬迁而来，之前一直随塘尾村在正月十三做年例，祭祀活动是"拜老爷"。由于该村是个小村，为了壮大村子，早几年村里建起了石狗公庙，改敬石狗公，寄予人丁兴旺，发展壮大族群。石狗公庙建成于农历十二月初九，于是这一天就成了九头岭村的年例日。这个鲜活的案例说明，年例作为一种群体性习俗，会在不同的历史时期根据不同的条件演变，所谓"移风俗"或"移风易俗"，就是强调人与风俗的关系中人的能动作用，即摒弃那些

---

① Barnetthg.Innovation: The Basic of Culture change[M].McGraw-Hill, NewYork, 1953.第 7 页。

② 黄治英：《年例的发展与演变》[EB/OL].湛江新闻网.2013-03-01.http://www.gdzjdaily.com.cn/topic/2012nianli/2013-03/01/content_1637704.htm.

妨害人们生活的陋俗，弘扬有利于人们心智的风俗，促进人类文明的进步发展。事实上，在数百年的传承中，湛江的年例也经历着改变，甚至一度中断。据了解，明、清时期，年例已记入粤西的地方志，民国初年至新中国成立初期比较盛行，在随后的"文革"中，受破"四旧"（旧思想、旧文化、旧风俗、旧习惯）影响，年例一度中断。20世纪80年代以来，随着改革开放和经济的飞速发展，粤西政通人和，国泰民安，于是汉族民间开始恢复年例习俗。但是，由于年例的游神、祭祀等活动带有强烈的宗教色彩，在很长时间里被有关部门看作是"搞封建迷信活动"而被禁止，甚至拆除庙宇建筑，收缴神像、锣鼓、旗牌、香炉等。例如，麻章旧县正月十五跳傩舞闹元宵时，曾被公安部门禁止。年例虽禁，却禁而不止，反而越禁越烈。许多地方通过改建"文化活动室"或"宗族祠堂"代替原名号掩饰而已；有些地方执法人员在没收神像、锣鼓、旗牌、香炉等年例必需品时，甚至被当地村落全族人围攻袭击，终因"法不责众"不得不重新审视年例的性质。20世纪80年代中期，绝大部分地方恢复了年例活动，而且形式上除了传统的单纯游神祭祀，还扩大了宴请规模，增加了放映电影、大型文艺演出和汉族民间艺术巡游等内容。

为满足农民对精神文化日益增长的需要，构建和谐农村，2004年，湛江市大力推进特色文化村、文化室和文化节建设，使先进文化进村入户，人心入脑。活动开展后，广大农民开始挖掘、保护和利用本村的文化资源，纷纷自办文化节。最早将年例搞成文化节的是塘博村，接着，各地的农民文化节不断上演。农民文化节内容丰富多彩，既有充满现代气息的球类比赛、时装表演、农民卡拉OK歌唱大赛，又有传统特色浓郁的醒狮武术表演、醒狮邀请赛、草龙舞表演等。文化节在继承的基础上，为传统年例注入了许多新的时代内容和文明元素，比如飘色巡游也有计生宣传、神五上天、北京奥运等内容；"爱国、守法、诚信、知礼"等公民道德教育融入了醒狮表演、雷剧演出和书法、篮球比赛中。

文化建设起到的教育与开化作用是明显的，"醒狮起舞泯恩仇"就是一个鲜活的例子。由于历史原因，遂溪县文车村和许屋村曾发生过上百人的械斗，造成两村群众互不来往，积怨难消。通过开展醒狮文化节活动，两村加强了交流，增进了团结，增强了友谊，使过去几十年的积怨得到了化解。

纵观近年来湛江的年例，也呈现出新的精神风貌，年年"旧瓶"换"新装"，游神成了汉族民间艺术大巡游、党和国家政策的宣传队，将新的政治需要与传统文化融合，成为年例演变的普遍规律。比如，百姓村的年例打出了往年没有的"忠、义、信、和"的牌子，是对儒家文化的回归，而麻章年例的主题宣传是"创卫"。

现代人文化生活的多元化，也促使"年例"这一古老而独特的汉族民间习俗推陈出新，渐渐融入时代的生活气息，增加彩车、飘色、粤剧、轻音乐、电影、歌舞、杂技等文体活动，让"年例"成为老少咸宜的文化大餐。甚至有不少乡贤借"年例"返家之机，捐资修路、助学、敬老等。

第四章　湛江当代不同类型族群文化个案研究

　　湛江位处环南中国海重要地带，也是国家"一带一路"战略规划的重要支点城市。从地理地形来看，湛江位处在雷州半岛，三面环海，多个岛屿分布在南中国海、北部湾海域上，形成了典型的滨海海洋文化、岛屿文化。此外，在湛江市域范畴内分布着东北部的鉴江、西北部的九洲江、中部的南渡河、西溪河等多条河流贯穿，而且鹤地水库也分布在湛江境内，北部与广西、茂名接壤，属于山区地形，这些地形地貌也促进湛江文化中不单单有海洋文化，也有山地文化、江河湖泊文化。生活在不同地理地貌的人们所操持的方言各异、民俗各异、文化样态各异。雷州文化、广府文化、客家文化、疍家文化等多种文化类型、不同的族群互动在湛江长期的历史发展中形成了内容丰富、时代久远的"湛江文化"，是岭南文化的重要组成部分。

　　在本篇所呈现不同类型族群文化的个案研究中，笔者选取了津前村、后溪村、河唇钟氏、罟帆人四个调研对象进行研究。津前村位处南中国海硇洲岛上，是湛江典型的海岛文化田野点；后溪村分布在雷州半岛的沿海地带，与硇洲岛隔海相望，村落面向辽阔南中国海域，作为湛江沿海村庄的海洋文化研究的田野点之一；河唇钟氏，是湛江山地文化的典型，也是粤西客家文化的典型。河唇钟氏是一个以地域概念作为范畴的称呼，位处与广西接壤的地方，在长期的族群互动中形成了较为鲜明的地方文化特色；罟帆人是分布在湛江沿海居住的疍家人中一个典型的代表群体，生活在硇洲岛红卫社区，无论是从集中居住的规模，还是从疍家文化样态的呈现，罟帆人都是湛江疍家文化的典型代表，而且他们在生活与经济中的发展与国家政策的发展紧密联系在一起，具有重要的研究意义。四种不同的群体，分布在不同的地形地貌中生活，在长期的历史发展、区域性的族群互动以及带有不同族源民俗文化交流互动中，构建出湛江文化的整体脉络，在长期历史发展中也促进了湛江族群互动的社会网络的构建与地方性知识的生成。

第一节　津前村：海岛村落地方性知识生成[①]

一、津前村概述

硇洲岛是一个镇级行政单位的海岛，全岛总共有五个村委会，三个居委会。津前社区是属于三个居委会其中之一。在整个津前社区辖管津前村、车路村、槺棚村三个村庄，其中津前村无论是在村落面积还是人口规模上都是占了绝大多数的比例。从地理方位来看，津前村是位于湛江市东南部硇洲岛西端，西北距霞山区 36 公里，南与淡水社区接壤。

津前明初建村，据《吴川县志》载："硇洲渡在城南一百二十里，南通硇洲津前渡，村前有渡，故名意指问津所在，渡口建天后宫，立有明万历三年石坊。"村庄聚落沿海岸向东分布，呈不规则块状，建筑多为砖瓦平房，为岛上最大渔村，没有田地分配，属于纯渔村。据当地老人 YHT 介绍，在改革开放之前津前流传这么一句话"津前人只要一顿没鱼都不吃饭"，其意有二：一是说明津前人是靠海吃海，吃惯了海鲜，如果一顿没有海鲜，都不想吃饭；二是津前人以海为生，只

---

① 本小节选自林春大硕士毕业论文《海岛社会的水平性——广东硇洲岛津前村的海岛民族志》第 52—55 页、第 78—106 页。

要有一天没有捕捞到鱼，都没有钱买米煮饭吃了。可见这句话不但道出了津前以海为生、靠海而活的升级模式，也体现出了津前村在改革开放之前的生活水平还是处于比较不稳定、贫苦状态。津前村原为浅海捕捞，现向深海发展，部分居民搞养殖业、种植业。在新中国成立后到改革开放前这段时间，津前村有部分渔民根据政府发展深海渔业的需要加入红卫社区的深海或远洋捕捞作业的船队中。村前礁石，外有深渊，鱼类喜栖集，利于大小船艇作业。新中国成立前全是木帆船，1949 年新中国成立后，在中国共产党的领导下，全面实现机械化，大力发展渔业生产。[1]1950 年，硇洲岛改为硇州区；1952 年，划入雷东县为第三区时，津前村为津前乡。1983 年，改为区时津前为湛江市硇洲区津前乡人民政府。1987 年，撤区建镇时津前为湛江市郊区硇洲镇津前居委会。1990 年，改为湛江市郊硇洲镇津前管区办事处。1993 年，改为湛江市东海岛经济开发实验区硇洲镇津前居民管理委员会。1998 年 8 月，贯彻第九届全国人大常委会第四次会议文件，于 1998 年 12 月改为湛江市硇洲镇津前居民委员会。2002 年，为湛江市东海岛试验区硇洲镇津前社区居民委员会至今，于 2011 年与东海岛一同合并为湛江经济开发区直管。

津前村现有居民 118 户 6000 多人（2013 年数据），有渔船 228 艘，以捕鱼为主，有拉渔网加工厂，仿制缆线等工厂及养殖场，场边有津前炮台遗址。村内有 500 年历史的天后宫建筑群及其妈祖文化。天后宫原是 1950 年元月中国人民解放军四十三军一二八师三八三团一营部队渡琼作战指挥部驻所（旧址）。2003 年 12 月 29 日，湛府通过 18 号文件定位湛江市文物保护单位。村内有天后宫和解放海南岛渡琼纪念广场、津前文化楼、篮球场、文化公园、革命历史陈列室、学校等。（2012 年 3 月统计资料[2]）

---

① 广东省湛江市地名志编纂委员会编：《湛江市地名志》[M].广州：广东省地图出版社，1989 年版，第 54 页。

② 资料来源于 2014 年 3 月 8 日从津前社区居委会办公室搜集得来。

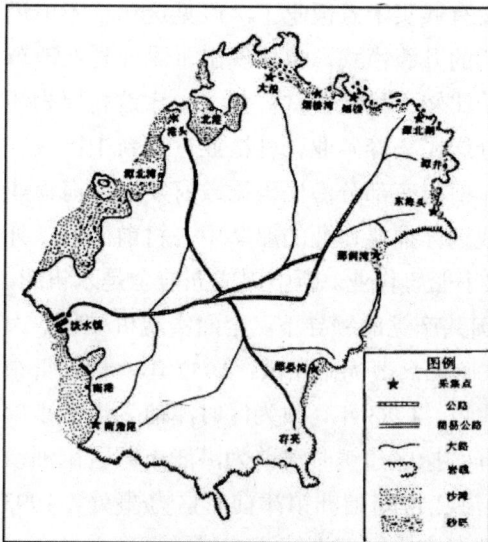

津前村方位图

津前村前面的海域以水深而命名为"津前泓"。古人说，津前村前海流水急、漩涡滚滚，汇集在此，直卷到地壳海底下，渔民在此钓鱼泊锚，是不可能泊得稳的，自古以来，岛上渔民把它故名为"津前泓"。据当地人介绍，从津前村至"津前泓"这一段海域大概宽约 100 米，海水深度在不断加深，其中以"津前泓"处为当地近海区域海水最深：涨潮时，水平浪静海水向南流，退潮时水急漩涡滚滚海水向北流，浪花滔滔，海不扬波。解放后，据水文队在"津前泓"测量水深，涨潮后水深 88 米，退潮后水深 86 米，该航道日流量船只数千艘。在明清时期，由于广州湾至海南岛航道上"津前泓"是最深的位置，中国大部分南下东南亚国家的渔船、商船都经过津前泓海域，才驶向海南岛、越南、缅甸、老挝、菲律宾、马来西亚以及通过全世界各地。因此，硇洲岛作为中国"海上丝绸之路"的中转站，由于地理方位的特殊性，在整个华南中国海域，硇洲岛海域也是一片相对繁忙以及族群互动比较频繁的海域。

在津前村，渔民户口为居民户口（在整个硇洲岛有居民户口的社区分别为津前社区、淡水社区、红卫社区），他们没有田地，"靠海吃海"，除了少部分搞养殖业、种植业外，家家户户基本以渔为生，依海

① 图片来源：胡自强，杨海明，颜亨梅：《硇洲岛沿海腹足类的种类组成和生态分布》[J].湖南教育学院学报，1996—10（05），津前村于淡水社区西北方向，紧挨着淡水社区，图中的淡水镇实为淡水社区。

而荣。硇洲岛向外的交流只能以船为介，其客运与货运的码头都是设立在津前社区境内。值得一提的是，津前天后宫是硇洲岛主要祭祀地方之一。叶立青先生在《雷州半岛民间的妈祖信仰崇拜》①中提到：庙中天后坐轿，刻着楹联"像是莆田尼山吴祖；庙居津前正德元年"，向今人明示，天后信仰是由硇洲吴姓的先祖从福建莆田带入的，并且风俗独树一帜，每年的农历三月二十日，硇洲岛上的渔民们会进行斋戒，执庙内仪仗轿抬天后坐像及簇拥着轮流在十二个坐主家中供奉的行像神游"上坡"，回上街尼婆亭山墩前的大后官"娘家""朝堂"，供斋上香祭拜，并请戏班演戏酬神，热闹非凡。至二十三天后神诞日下午，在举行一系列朝拜仪式之后，再将天后坐像"下坡"送回津前天后宫内"开斋"，并继续在庙前演戏酬神。岛上投缘的青年男女亦纷纷趁此良辰吉日，结拜成"十兄弟"或"十姐妹"，请妈祖神为其作证，大家祭拜许愿，祈求人生事业爱情吉祥美满、平安如意。

二、流动的家：津前渔民对海域的认知实践

（一）流动的鱼群与被传承的"捕捞技艺"

在海岛社会中，生活的日常实践与文明的出发点在于海洋。"最初的海洋活动受制于港湾的环境，季风、洋流等自然规律，人类与之发生关系，都是从局部海域出发，逐渐探索出和形成了相对固定、约定俗成的出海时间、航行方向、交往对象和海域范围，海洋文明的诞生都在特定的海域。"②而在特定的海域中，栖居在大海中的海岛族群，对海洋的认知、传统渔场的发现、鱼群游动的发现等等，这些都是他们附着在海岛上生活所发现和衍生出来对自然资源的利用。对于这些通过长期的生存实践所积累与传承下来的捕捞技艺、所建构起来认知海岛社会的世界观以及在与海洋互动中所衍生出来的歌谣、信仰、仪式与区域性格特征与心理模式，在年轻一辈的乡土教育中必须要得到

① 叶立青：《雷州半岛民间的妈祖信仰崇拜》[J].海洋开发与管理，2001-08-30，第 77 页。

② 杨国桢：《中华海洋文明论发凡》[J].中国高校社会科学，2013-04，第 53 页。

传承、被记忆，才能让海岛社会的生计方式、生活思维以及生存智慧得到进一步发展。正如格尔兹所说："一种透过象征符号在历史上代代相传的意义模式，一种将传承的观念表达于象征性形式的系统；透过它们人与人相互沟通、绵延传续并发展出他们对生命的知识与对生命的态度。"（Geertz，1973:89）海岛居民附着在这片土地上之后，在长期的历史发展中他们必定会生长出自己的文化体系。

1. 流动的鱼群与被实践的"捕捞技艺"

海域的流动性赋予了生活在这片海域的鱼群的"流动性"，而鱼群的"流动性"不但赋予了渔民生产作业的"流动模式"，还让他们在长期的作业实践中形成了一套记忆这一片海域鱼群习性的"捕捞技艺"。在宽广的海域中，鱼群在流动，人群也在流动。而鱼群是怎么流动，在什么季节在哪一片海域流动，这是作为渔民需要来思考的问题，因为对这些问题答案的掌握会直接影响着渔民捕捞作业的效益与渔获量。当地渔民告诉笔者：

> 鱼群的流动看起来很乱，但是其实是有规律的。我们出海捕鱼会根据这些规律来进行捕捞。比如说今天，我们出海捕捞在北纬 20'53 作业，发现捕捞的海产量很多，有很多鱼群，那么明天我再过来捕鱼时，可能就会顺着潮汐在北纬 20'55 的地方作业。因为鱼群的流动也会随着潮汐而发生变化。我们一般都是在凌晨三四点出发，到了早上六点多海水在逐渐退潮，我们的渔网是刺网，随着潮汐的涨退来作业。我们在硇洲岛近海一带作业，当潮水退时，偏于东南方向，我们撒网也是跟着潮退的方向来进行流动性作业。"①

在中国古代，人类很早就通过对鱼类贪食的习性而用饵食引诱法来捕捉，由此发展成传统的钓具作业，而告别了徒手摸鱼、竭泽而渔、棍棒打鱼、弓箭射鱼等原始的捕鱼方法。在台湾地区盛行的"渔沪围

---

① 访谈人 HW（57 岁），访谈时间是 2014 年 8 月 10 日，访谈地点在津前文化楼旁边。

鱼"也是渔民通过对海洋的认知发展出来的捕鱼技艺，而在这一传统的捕鱼技艺背后更是一套与资源再分配、社会组织形成、宗族间的互动、资源的管理与争夺等地方性的知识体系的形成。"捕鱼得看风向，撒网得看洋流"，对海域的认知是需要建立在生产实践、观察总结以及前人传承的技艺基础之上。顾炎武《天下郡国利病书·苏松》载：黄鱼船"每年四月出洋时，繁盛如巨镇""各郡渔船大小以万计"。之所以在这个季节渔船成群出动，是因为渔民们知道黄鱼汛的到来。对于渔汛的认知是一种被实践与传承的技艺。在海洋文明体系与海域劳作中，类似于这种技艺，在渔民的生产实践背后已经形成了一套成熟的地方性知识体系。

2. 流动的海域与被记忆的"海洋认知"

在历史中，人们对海域的认知是建立在水平地带性所赋予海域不同的自然、地理、生态环境特征的基础之上，由于不同的海域水平地带性不同，海域总是出其不意地在不同的历史时代给从事渔业生产劳动的渔民群体带来"新鲜"的一面。20世纪五六十年代，每年三月一到，南风通洋，硇洲岛的船队就开始陆陆续续从海南岛附近海面开回来。由于不同的海域风向不一致或者海域的水产品种类不一样，因而出现了在帆船时代硇洲岛渔民在国家政策的引导下去海南岛周边海域捕捞作业的"新鲜事件"的出现。硇洲岛渔民去海南岛打鱼，并不是因为海南岛的鱼类和数量比硇洲岛多，而是因为在每年的十二月至次年的三月，在海南岛海域的海风方向适合帆船作业，而硇洲海域风向不对，不利于帆船在硇洲海域进行捕捞作业。国家政策对其作出决定是根据水平地带性所赋予的不同的海域不同的自然生态特征以及国家的需要来作为参考。可见，对于不同海域的认知是建立在国家对区域的认知的基础上，不同海域的流动性特征所带来的不仅仅是洋流、风向、水温、气候的变化，相对于渔民与国家来看，其意义更大。因为它带给了渔民通过海上捕捞作业的实践而形成了对海域的认知以及不同海域间的族群互动，它也在国家层面上给国家的社会空间中带来了文明的碰撞、族群的互动、文化的交流、经济体系网络化以及特定社会文化空间的再生产。

对于海域的认知，人们并非只是依靠着脑海记忆的方式来将这一认知留存在南海中。人们通过一些形式来将这一认知进行转化，或将其用文字的形式进行记忆，或通过口头的形式在不同群体间进行传承，或只在自己认为比较亲密的朋友圈和具有血缘关系的群体间分享，由此，渔民对海域的认知总是通过一些可以传达信息的渠道来将其记忆或者传承。在硇洲岛，渔民在对深海或者近海作业中形成了一些自己独特的海域认知或者通过继承老一辈经验的方式来将硇洲海洋认知体系传承或记忆下来运用到日常的生产劳作中。

案例：试网与海域认知（访谈人：LJZ，60多岁）

我们一般去"做海"，船开到一定的海域后，还不大清楚这一块海域是否有鱼，就会撒网来试探，如果没有的话，就会把船开到更远的地方去试网，如果有的话就开始在这片海域撒网。我们在海上捕捞的渔民，如果出海时间久了，就知道哪片海面上的鱼群比较多。这也是对我们渔民能力的一种考验。如果我们对这些方面熟悉的话，就能有更多的捕捞。[1]

在辽阔的海域中航行，很多不确定的未知因素充斥其中。若只依靠着个人实践而得来的对海洋的认知去面对海域，将无法很好地去面对海域中的未知因素。对于海域认知的地方性知识体系的建构是需要建立在经验分享的空间中被记忆。而年轻一代渔民对海域认知知识体系的掌握，不但可以提高在海上作业的生产效益，最重要的是可以将海域在生产作业中给自己所带来的风险环境控制在尽量低的范围之内。此外，技艺被作为对海域认知的一种符号被认知、被记忆、被传承，它能在适当的实践空间中得到"再生产"并被新的一轮地方性的知识体系的建构整合到其中来。

3. 气候认知与应对台风机制的生成

---

[1] 访谈人LJZ（60岁），访谈时间是2014年3月8日，访谈地点在津前文化楼旁边。

气候的变化对渔民、渔业、渔村的生活息息相关，相对于农民，渔民在对气候关注方面更加积极，因为农民的生产劳作场域是在固定的田地里，而渔民的生产作业场域是在海域中，流动性的海域带给渔民的是一个漂泊不定的环境，随着天气的变化，在海上作业的渔民随时都有生命危险，船只也有被风浪打翻、打破的危险，这种情况在以前天气预报不发达、造船技术不高的年代表现得更加明显。因此，在渔民长期的海上作业中，对天气的关注与对鱼群流动的关注一样重要。在渔民长期对天气关注的基础上，也形成一套对于这片海域气候变化认知的地方性知识体系。

案例：根据异常现象与云层的变化来辨别天气

（被访人：SXM，年龄未详）

　　一般遇到天气大的变化都会有预兆的，你看以前四川汶川地震之前，到处都是癞蛤蟆，这种怪现象的出现一般天气会有变化。在我们硇洲这边，上个月的台风过境，很多海蟑螂都出现在海边，在湛江观海长廊那边新闻报道也有，上次（2014年7月）的台风很大，我们硇洲这边香蕉损失很大。平时嘛，一般蜻蜓大量出现而且飞得很低、有翅膀的那种蚂蚁在有灯光的地方大量集中在一起，这些我们一看就知道可能会有下雨的天气。俗话说"海水分路，不是风就是雨"。如果我们开船（航船）在海上遇到这种情况，一般就知道天气会有变化了，如果这种现象比较明显的话，我们就会赶快开船到附近的港口去避风，走慢了，就会有生命危险的。以前老人对我讲"侬（当地长辈对晚辈的一种昵称）啊，如果你开船在海上看到日头（指太阳）含剑，这种现象就是将天气会有变化，七月份的话，就会有台风，你赶快开船去躲船（避风）。"[①]
在硇洲岛，暴雨、风暴、台风、雷电天气在夏天的时候经常出

---

　　① 访谈人SXM（年龄未详，家住在天后宫后面），访谈时间是2014年8月13日，访谈地点在SXM家里。

现，尤其是台风或风暴对于海上航船来说是一个很危险的天气信号，在 20 世纪七八十年代之前，造船技术与天气预报都不发达，这些气候的来临会对当地渔民海上作业与生命危险造成极大的威胁。不过，主观能动性的发挥也是人们在应对事情变化的一种本能反应。渔民在长期的渔猎活动中也形成了应对气候变化尤其是台风天气变化的一套地方性应对机制，其中包括上面说的对海上或者陆地生活中天气变化的认知。

避风港是渔民应对台风天气所依靠的重要地方。在硇洲岛，南港和北港都是当地比较大的避风港，很多在周边海域作业的渔民，若遇到台风天气或者其他恶劣的天气变化都会去这两个地方避风。其实，对避风港的建设也是当地政府对渔民群体应对台风的一种举措。听当地人阐述得知，国家在硇洲岛南港投入了几个亿的资金进行内港的拓阔、拓深，以方便更多在附近作业的船只进入避风港中，保障渔民与渔船的安全。此外，硇洲政府还成立了南海渔业救助志愿者队伍，用以在台风过境或者平时海上作业时，渔民遇到危险时发挥着救助作业。可见，避风港和救助队是政府在预防台风与台风发生后两种应对机制，当然天气预报也是政府启动应对灾害的一种机制。在天气预报的技术还未成熟之前，渔民对于天气的掌握更多是停留在经验判断的层面，而在国家成立了气象局以及在每个小地方设立天气预报小组之后，渔民对天气的关注和对经验判断的依赖性在减少，而对国家天气预报保持着持续的关注。

2014 年 8 月 17 日下午，渔民已出海归来。笔者在津前文化楼的旁边与 YHT 老渔民聊天，突然天气骤变，海上乌云密闭。原本围聚在一起聊天、打扑克休闲消遣的渔民突然慌了起来，赶快跑到码头去解开船缆绳，将船开到南港去避风。听 YHT 老人说："遇到这种天气，必须要在最短的时间内将渔船停靠在避风港，如果慢了，一来大风大浪就会把船打破，还有就是其他渔民将他们的船开出去，你的船停靠在旁边可能也会有一定的损害。船毕竟是我们渔民全部的家当，所以遇到天气变化，我们第一反应就是想到我们的船。就是因为这个，我们平时也不敢走开，更不要说去远的地方探亲戚。"①对于台风天气的到来，渔民对陆地上的家也会做出相应的防护措施。对 HHR 老师的访谈得知："我们这边的台风或者暴雨天气比较多，所以也有自己的预防措施。有时在我们村里的雨水积得比较多时，我们会将积水引到海边去。我们的建筑都要考虑排水的功能。以前还是壳牙屋时，屋顶是用茅草来盖的，不稳定。经常要备着绳子穿过屋顶，然后绳子的两头绑住几块大石头固定好，以免被台风将屋顶茅草掀开。如果绳子比较多，就会以'绳网'的形式来覆盖在整个屋顶的茅草上面，再在每根绳子的两头都系上石头压着。"②现在很多渔民都住上了新楼房，楼房抗风性比较强，所以传统预防台风的方式也在逐渐被摒弃，但是由于在海岛上居住，暴风骤雨的天气比较多，渔民在建新楼房时也会去考虑排水防风的因素在内。笔者在调查期间还看到他们在自己楼房门口的门槛与大门的缝隙处用透明塑料胶或者其他防雨材料塞在空隙处以免雨水进入屋内。总之，渔民对于风灾、暴雨等天气的变化，在政府应急机制的背后带给渔民群体的生活更多的是对政策的依靠、实践以及一些民间地方性机制也在他们的认知与实践中生成。

（二）海上人不成文的"契约"

在不同的区域社会生活的族群总有着对自己所处的区域社会文化、伦理、地方逻辑、生计劳作等不同的表述方式。在辽阔而又平静的海域中，在海岛社会中的海洋族群他们也有着自己一套地方性的表达。而对于这些表征符号的形成，即没有国家强制力量的介入，也没有地方精英的有意构建，它们属于这片海域社会不成文的"契约"，对于这些"契约"的形成，更多的是海洋族群在长期的海事实践中所形成的一种心灵照应模式以及行动策略方式。正是这些不成文的"契约"的形成，使整个平静的海域变得"喧闹"与"人性化"。

① 访谈人 YHT（81 岁，关键报道人），访谈时间是 2014 年 8 月 17 日，访谈地点在津前文化楼旁边。

② 访谈人 HHR 老师（58 岁），访谈时间是 2014 年 8 月 10 日，访谈地点在 HHR 老师家里。

津前村当地的老渔人告诉笔者，每次去到一个地方，如果你不熟悉里面的海港，又遇到天黑了，一般也有当地的渔船进入海港里面，这时外地船就会跟着本地船只进入港内。当地的船只如果看到你不熟悉怎么进入这个海港，他们也会主动去帮助你。以前没有电，一般他们在船尾挂着一盏灯，让其他的渔船就会跟着进入，现在有电了，他们会在船尾挂着闪灯，一闪一闪的，其他的船只也可以跟着进去了。如果在船上遇到没淡水、粮食之类的，也会相互相借来解决困难。比如说渔船在海上航行，如果遇到柴油机坏了，船开不回的话，那么就得让另外的船只绑在一起拉回来。别人帮助你了以后，一般给钱或者给东西给他们都不要的。不过我们这边有个习俗，就是得买一小挂鞭炮，在别人帮你把船拉到岸边停靠时放鞭炮图个吉利。无论去到哪里，只要遇到台风天气，都可以停船进入当地的内港。

　　有一些不成文的规定或者契约，它们没有出现在官方的明文规定里，但是对于每个渔民来说都是知道的，比如说在以前，科技还不发达，在海上捕捞时遇到自己的船只出事了，如果是在晚上，看到附近的海面有渔船作业，那么就会在自己的船上点一把火，放在比较高的位置尽量让附近的船只知道，如果是在白天，可以拿一件衣服站在船上举起来摇动，别的渔民看到也知道你的船只出事了。如果在附近作业的渔船发现了这种信号之后，他们都会将船靠近来相互帮忙。因为这种事情谁的船只都可能遇到，如果不相互帮忙，在茫茫的海洋里，随时都有生命的危险。"无论哪个地方的船过来都可以停在我们这边，这是很正常的，也就像我们去到其他地方捕鱼，将船停到他们的港口一样，我们'做海'（出海捕捞）的人都是做同一行的工作，谁都会把对方看作'邻居'，在海上遇到什么事情都会相互帮忙的。一般我们在海里作业遇到困难都会相互帮忙，除非实在帮忙不了。因为我们在海里作业，谁都会有困难的时候，都需要对方的相互帮忙来解决。"[①]在

---

　　① 访谈人 YHT（81 岁，关键报告人）、YHM（49 岁），访谈时间是 2014 年 3 月 10 日晚上，访谈地点在他们家里。

中国传统的乡土社会中，"小农意识"建立在强调个体、无约束的意识形态，而在海洋社会中，渔民间的合作意识比农民间的合作意识强一些，在辽阔的海洋中作业，面对着海洋的风险环境，渔民需要依靠着相互间的合作、帮助来抵制风险事故的发生以及在风险事故发生后能在最短的时间里得到解决。

每当到了渔汛季节，在硇洲岛附近海域或者周边渔场都能看到大量的渔船航行在海面上，密密麻麻，而到了晚上，整个附近海面在航行的船只点缀下更是星星点点。众多的渔船在熟悉的水道中进行航行，若没有依靠一些规则去管理或约束，或许海上的纠纷不断。在硇洲岛周边的社会中，正是依靠着一些地方性的"约定"达成了他们和谐的海面生产劳作。SQS 老人告诉笔者：

> 一般我们在捕鱼归来，把所有的事情处理完之后，船只就会停靠在距离海岸十米的距离，用绳子拴住岸上的石柱，整整齐齐的，这些是没有人可以要求或者管理，都是我们渔民自觉去做好的。政府给我们建了海上航标、陆上航标、水鼓等，我们按照着政府的规定来航行。但是有些东西也不全部都是政府规定的，我们长期做海嘛，都会有一些东西不需要政府来规定，我们也能自觉做好。比如捕鱼用的浮标，这个是在胶艇船会用，用浮标主要是告诉别人这一小块海面上已有人撒网，以免别的渔民不知道，还在这里撒网，两张网就会混杂在一起，不利于捕捞。对于浮标的使用，白天在浮标的上面插上旗子来告诉别的渔船，到了晚上就会装有电池装备，浮标就会闪闪发光，其他的渔船就会看到。还有船上安装的"红绿灯"，一般船只在晚上行驶时就要启用这个，规则是左红右绿，以方便其他船只可以判断前面船只的行驶方向。如果你看到两个颜色的灯，那么就可以判断船只从正方向开过来。如果你只看到一种颜色的灯光，那证明你看到船身的方向，船只和你船只是平行方向。对这些东西的掌握是可以判断好船只的方向，以免晚上在海洋里航船时船只相撞。如果是大轮船，在船头、船尾各安装一个灯，而且船头灯不准高过船尾灯。这样其他船就

会判断对面的船，船头在哪边、船尾在哪边。如果是大船准备靠近码头，就要插一面旗，红白相间，别人看到，就知道你的船只将要靠近码头。另外，谁的渔船上都有旧轮胎绑在船身，10元左右一个，大船一边就得装上六七个，两边就得装十三个旧轮胎。主要是用来防止船只靠近相撞时，可以相互弹开，以免造成船只破坏。胶艇船涂成绿色主要是出于海上作业时的安全因素考虑的。因为绿色在海上作业时反光给其他船只，容易辨认，以便在海上出现交通事故。这些规则有政府的规定，也有我们渔民为了安全起见自己形成的"约定"，这样渔民之间的冲突就减少很多。[①]

地方性"不成文契约"的形成，不但是渔民用自己对海域的认知以及思考问题的方式来参与地方性海域知识与海洋文明的构建中，而且它们形成的背后更是当地渔民社会伦理道德观的体现，就如津前村渔民 LZL 对笔者回忆他在海南岛临高县所看到当地的渔民社会一样："临高、儋州人性格不好，经常通过对歌形式来逗当地的女孩子，有时他们去到三亚或者其他地方也会。不过他们有个好的习俗就是只要是在海里见到死尸，他们都会拼命地打捞起来。有时还会冒着生命危险去捕捞死尸，因为在他们的观念中'捞个死尸，平安三年'。"可见，促使海洋族群在面对着海洋活动时所做出的行动策略的动力不但在于地方性知识体系在整个行动中的规范，更在于民间性社会伦理道德观念在整个行动空间中的"指引"，从而达成了整个社会文化最真实的表征。

三、固定的家：岛内人的日常交往网络

（一）海岛社会渔民的身份认同与交往观念

"认同"一词最早见于哲学范畴，后来在心理学上得到广泛应用来研究个体与群体、群体与群体之间在心理层面的身份归属性。现在

心理学领域对这一词语的应用较少，但是由于在全球化背景中，族群的关系、民族关系、政治紧张与社会的变迁等大量社会问题的出现，对于个体或群体的身份归属问题在学术界上被不同学科所关注，因此"认同"一词也被广泛运用在跨学科、多学科的研究中。对于一词概念上的界定，不同的学科有不同的定义。在社会科学领域，学者们常常将认同一词与特定的社会、文化、族群、政治等方面相关联来进行研究。在心理学泰斗西格蒙德·弗洛伊德看来，认同是"个体与他人、群体或被模仿人物在感情上、心理上趋同的过程"①。对于族群认同的研究在人类学、民族学、社会学等学科领域被视为一个传统的研究主题。因为在不同的区域分布着不同的族群，而地方性的文化通过族群的一系列行动表现出来，因此族群也是建立在一个共同的文化渊源之上。"共同的历史记忆和遭遇是族群认同的基础要素。语言、宗教、地域、习俗等文化特征也是族群认同的要素。"②

在海岛社会中，渔民在不同的语境中具有不同的身份归属，换言之，其身份认同体现在多方面、多语境、多重身份的认同之中。"乡土社会"是费孝通先生提出的一个概念，在费孝通先生看来，乡土社会具有"熟悉性""地方性"以及"不流动"三个明显的特征。依笔者浅见，在海岛社会中的村庄同样具有"地方性"与"熟悉性"的特征。正是因为这种"熟悉性"特征的存在，使没有土地依靠的纯渔村地区对于村落的界限划分也变得更加清晰。村落的边界会直接影响着人们对于自己身份的界定。笔者对津前村的讨论是放在一个自然村的范畴，而不是放在行政村的层面上来讨论。从社会学上来看，目前中国所说的村庄分为两种结构类型，一种是以自然的边界所形成的自然村，一种是由数个邻近的村庄所划定的行政村。费孝通先生对于村庄的定义是"村庄是一个社区，其特征是，若干个户聚集在一个紧凑的居住区内，与其他相似的单位隔

① 车文博：《弗洛伊德主义原理选辑》[M].沈阳：辽宁人民出版社，1988年版，第375页。

② 周大鸣：《论族群与族群关系》[M].广西民族学院学报（哲学社会科学版），2001-03（02），第16页。

开相当一段距离（在中国有些地方，农户散居，情况并非如此），它是一个由各种形式的社会活动组成的群体，具有其特定的名称，而且是一个为人们所公认的事实上的社会的单位。"①费先生对于村庄的定义赋予了村庄自然特性与社会属性两种特征。而海岛社会的渔村与费先生对乡土社会中所探讨的农村最大的区别在于渔村生活的族群"流动性"与在农村生活的族群"不流动"特征。渔民是"以海为耕"，而农民却是附着在土地上，因此，宽广的海域赋予了海洋渔业资源具有流动性的特征，渔民将无法像从事种植业的农民一样可以固定在某一块土地上而不流动，海洋渔民的生产活动是依托在流动的渔船以及流动的海洋资源之上的。在海岛渔民群体看来，他们与农民不同的是渔民群体同时拥有两个家：一个是附着在海岛土地之上"固定的家"，一个是以海域为舞台的流动着的渔船，即"流动的家"。因此，在对自身的身份认同上，渔民群体对于这两个"家"所处在的环境中的身份认同是不一样的。

渔民在海岛上居住，固然对自己生活所住的村庄、楼房、土地财产权、血缘或地缘的群体有着自己的一套身份界定。在海岛上的渔民，如同陆地上的农民一样，在他们的身上也具有多重的身份，因此对于渔民具体身份的认同需要放在特定的语境中来进行界定。比如津前村作为一个自然村，是属于津前社区（行政村）的一个村庄，津前社区总共包括榴棚村、津前村、车路村三个村庄。如果将津前渔民的身份认同放在行政村的范畴中来进行界定，那么津前渔民在与榴棚渔民或者车路渔民的日常互动中，他们就会是不是在聊天中带上"我们津前人"等类似的词汇，这就是他们在同一个行政村内对其他渔村的人界定自己是"津前人"这一身份认同。相对应的，他们在同一个行政村的几个村寨中的日常往来将是以津前人的身份来行动，而无论他做了好事还是坏事，其他村寨的人都会将他放在津前人的村落身份中来对其他人谈论他所做的事情。可见，个人的身份与村落集体的身份是紧密联系在一起的。个人对于自己身份的行使，在其他村庄的人看来，

① 费孝通，《江村经济》[M].上海人民出版社出版，2006 年版。

164

实质上也是村落集体身份在个人身份对外的实践。但是，如果津前人在跟另外一个行政村的人进行互动交往，那么这个语境所赋予他的身份不在是自然村落的身份，而是以行政村为载体的身份。比如说"津前人"与"红卫人"的互动，这个在本论文的第四章会做详细的介绍。居住在红卫社区的"罟棚人"在对外交流时是以红卫社区这一行政村作为身份归属实践的载体，而这时的"津前人"也不再是以自然村作为载体来行使自己的身份，而是以"津前社区"这一行政村作为载体来对外交流。这时，其所处的一举一动在别人看来都会对他所在的行政村造成影响。值得一提的是，红卫的"罟棚人"因为是上岸的疍家人，这一群体以"咸水白"作为母语，当从语言上来看，就被硇洲岛其他村落或行政村的人视为"跟我们不一样"的群体。因此，在硇洲岛中，语言也成了不同族群间身份认同的一个重要砝码。

从硇洲岛的历史来看，"由于村民是不同时期、因不同原因、从不同地域中迁入的，因此，在迁入之初，村民之间很难持有相同的价值体系，但在面对相同环境中的艰难求生和发展，村民之间的互动必然会驱使他们抛弃原有的价值体系，而逐渐形成适合于海岛的独有价值体系。"①在海岛社会中，生活在与村里的渔民的身份认同是基于来自不同族源关系的群体聚集在共同的村落空间中来对海岛社会进行开发，而在这个开发的过程也是村落共同体与共同价值体系形成的过程。因此，共同的历史情感记忆也是构成了海岛社会渔民认同的一个重要因素。但是，由于在不同的历史时期，国家的政策在海岛社会的实践不一样，也会影响着海岛社会内部的认同。比如在五六十年代，渔业生产队、合作社时期，在国家政策的影响下，津前社区的船队与红卫社区的船队都是在海南一带的海域进行作业，但是因为津前的船队主要是以浅海作业为主，而红卫渔船主要是以深海作业为主，因此，在他们彼此看来，都是"不一样"的群体，这会影响着居住在同一个海

---

① 唐国强:《海洋渔村的终结——海洋开发、资源再配置与渔村的变迁》[M].北京: 海洋出版社, 2012 年版, 第 45 页。

岛不同群体在海岛内部的身份认同。尤其是国家渔业柴油补贴政策的实行，也是作为一种区分不同身份认同的因素。比如说同样是津前人，一部分的渔民因为有相关的证件，被国家法律机制所认可的渔民身份，那么他们就能享受到国家对渔业的柴油补贴政策的补助，而另一部分渔民由于无法拿出国家法律所认定的渔民身份，也无法去享受国家油差价补助的政策。由于国家对渔业的柴油补贴投入很大，在津前村能够享受这些优惠政策的渔民少则每年几千块，多则几十万。由于国家油差价补贴政策的实施，从津前村渔民群体的内部区别出了不同的社会分层，因此由于不同社会分层的出现，在国家政策推行的语境中也会影响着渔民对身份归属认同的实践。

不同的身份认同以及这个身份认同背后所赋予的特定社会意义空间会影响着不同身份之间的交往。在津前渔民看来，相对于同一个行政村的橹棚渔民或车路渔民，津前村的渔民更愿意、更积极地在津前渔民群体中展开有关合作、互惠、交往等方面的互动，他们对于身份的认同影响着他们在行动上的"亲疏"。他们在身份上所展开的互动，从宏观层面来看，如费先生"差序格局"所述的相类似，即是以自我认同的身份为中心来逐渐对外互动，在对外互动的过程中，越是与其身份相差越近的群体，越成了他们互动频率较高的群体，原始与其身份相差越远的群体，他们之间互动的频率越低。值得注意的是，这里所说的在身份上的距离不是指实体的距离。比如津前渔民不一定跟自己内部的渔民互动时最频繁的，反而因为部分渔民享受国家油差价补贴政策，而对于这部分政策在地方的实施是由地方政府来掌控，因此享受国家油差价补贴的渔民为了保证自己这个被国家法律机制所认定的身份，他们在个人整个交际网络中，更愿意与其身份有关或相接近的政府官员走得更近。此外，在硇洲岛，由于生计与土地的因素区分出了两个群体，一个是拥有一定土地、可渔可农的群体，一个是没有土地属于纯渔村，只能靠海为生的群体。在政府的行政划分中，对于没有土地的村落划入居委会来管理，对于其他的划入村委会来管辖。在整个硇洲岛有三个居委会和五个村委会，而居住在居委会的群体叫村委会管辖的村落称为"农村"，因此在硇洲岛就存在农民与居民两种不同的身份。这种划分在以前表现得更加明显，因为这个会涉及国家户籍的管理问题，以前国家对居民户口与农民户口在粮食补给上是不一样的，一般居民户口比农民户口多，因为这也会影响着生活在这两个地方的群体的生活水平。在以前，拥有硇洲岛居民身份的人是比农民身份的人更具"优越感"，因此拥有居民身份的渔民不希望自己的女儿嫁到农村去，也希望自己的儿子娶拥有居民户口家户的儿女。巴斯（FredrikBarth）认为"当一个群体的成员与其他群体成员互动，通过传递出的包含或者排斥，族界维持以此标准来确定成员所属"。[1]从硇洲岛不同身份认同的群体互动中不难发现，在不同的语境中对于身份归属的解读是不一样的，而在不同身份认同的背后群体互动的背后带给他们的是更加明显的心理界线，而这一心理界线的存在，促使了一些地方性的社会秩序与文化规则的产生。

（二）从红钱簿的变化来看渔民的社会交往范围

1. 海岛渔民的日常社会交往

费孝通先生曾在《乡土社会》[2]一书中提出了"关系社会"这个概念，并将这一概念与"熟人社会""人情社会"相关联。在费先生看来，乡土社会就是一个"熟人社会"，在这个熟人社会里，到处都是可以发现"血缘""地缘""直接"或"间接"甚至是"虚拟性"的亲属关系。而在整个社会交往网络中，这种社会关系在复杂的地域规则运作中形成了"差序格局"。这个社会格局就如一块石头投入一片水域中荡起的一圈圈波纹一般，每个人都能在这个格局中找到自己与其他人的关系，某个人处在自己社交网络的中心圈子之内，若以石头比方成为自己，那么与自己关系比较亲密的朋友、亲人就是定位在距离这块"石头"不远的波纹之中。在一个渔民社会里，渔民都是依靠着最初的亲属关系来建立起自己初级的关系网络，而随着自己活动范围的扩

① FredrikBarth, EthnicGroupsandBoundaries, WemerSoUorseditedTheoriesof-Ethnicity: AClassicalReader[M], Houndmills: MacmillanPressLtd.1996.P300.

② 费孝通:《乡土中国》[M].北京: 三联书店, 1985 年版, 第 24 页。

大以及职业的不同需求而建立了一个"扩大"的社会关系网络。社会关系网络在不同的时期处于波动的状态，随着新交际圈的扩大，旧的社会关系网络会慢慢被纳入新的社会关系网络的重建之中或者从旧的社会关系网络中退出，不再被纳入这个人新的关系网络中来。这就是社会关系网络的不断重构过程。

"探亲戚""和朋友喝早茶""去邻居家串门"等都是为了巩固原先的社会关系网络或者重构新的关系网络的一些行动策略。对于海岛社会这些行动策略的研究是为了更加细致地了解海岛社会的日常社会交往。孔阿婆告诉笔者："硇洲岛海边的渔村都是以捕鱼为主，但是海岛中间的村庄主要是以农为主，所以硇洲岛中间住的农民经常拿着自己种的农产品去市场卖，再用钱来买渔民捕捞的鱼或者其他的生活用品。以前我们去探亲戚，经常是提着鱼去他们家，如果亲戚是住在农村地区，他们就会将自己种的瓜果、蔬菜、番薯、甘蔗等农产品给我们带回家。"①可见，海岛社会不同生计方式的存在不但奠定了海岛社会内部交换体系的形成，也奠定了海岛社会日常社会交往的物质交换基础。

此外，居住在海岛内与海岛外的亲戚之间的关系互动，实质上是不同区域所生产的物质的一种交换，通过这一交换形式来将两者间的交往与社会关系更趋亲密化。据当地渔民 WXY 的阐述："以前这边也没有什么宾馆，亲戚过来一般也住在自己的家里，勉强住一个晚上，第二天再回去。以前没钱买什么东西，也没有多少东西在市场上卖，所以一般亲戚过来会带自己家里的一些东西过来，我们回的也是自己家里的东西。家里的东西包括农业上的收获、渔业捕捞的收获或者其他的东西。以前交通也不方面，一般探亲戚都是比较近的。现在探亲戚比较频繁，而且随着经济上收入的增多，用钱买很多东西，而且市场上卖的东西也越来越多样化。不过去探亲戚一般也是根据具体的情况，比如说说亲戚家的孩子特别多，就会买一些糖果、玩具、水果等小孩喜欢的东西，如

---

① 访谈人孔阿婆（89 岁，姓名未详），访谈时间是 2014 年 3 月 21 日，访谈地点在天后宫"海不扬波"牌坊旁边。

果亲戚家就有两位老人，一般又给老人买一些衣服、补品、生活用品等等。当然我们靠海地区的渔业去亲戚家，一般会提前晒一些比较好吃的鱼干带给亲戚，如果路近的话，我们也会直接带几斤海鲜过去。"[①]不过国家的政策变化也会影响着当地的渔民社会交往范围的扩大或缩小，比如在上世纪五六十年代，硇洲的渔船要求每年十一二月份到海南进行捕捞生产作业，到了次年三月份才回来。由于长期在海南附近海域劳作，硇洲岛渔民也与海南附近的渔民开始交往，并成为朋友或者"拟亲戚"关系，进行相互往来。除此之外，生计方式也在影响着他们社会交往网络的变化，比如由于硇洲岛渔业生计生产比较好，在 20 世纪吸引了不少来自雷州半岛大陆地区的女孩子到硇洲地区补渔网，后来很多女孩子嫁到了硇洲这边来，而正是因为他们之间成了亲戚关系，硇洲岛渔民与雷州半岛居住的人们之间的社会交往网络也在扩展和保持。但是地理距离的远近将会影响着他们相互间"探亲戚"的频率。由于后来硇洲岛的渔队在改革开放以后被分散成为个体经营户，很多硇洲岛的渔民和原本在海南岛关系比较好的渔民之间，因为地理的阻隔以及"探亲戚"频率太低，相互间的联系也在减少，甚至已经没有被纳入到现在个人新的社会交往网络范围之内。

此外，渔村的生计方式对"探亲戚"的交往关系也形成一定的阻碍因素。当地的渔民告诉笔者："我们'做海'这一行很少能走得开，因为我们的船经常是停放在岸边。如果去了远地方去探亲戚或者去游玩的话，万一突然（刮）起大风，我们不在家，渔船就会被风浪打破。渔船可是我们渔民最重要的家产啊"。听到这里，笔者一时犯惑，去探亲戚时渔船停在避风港里不就安全了吗？后来得知，即使船只停靠在避风港，但是突然来了大风暴，大量的渔船就会开进避风港。若渔民不在家，不将自己的渔船配合着其他人的渔船停靠好，很多开进来避风港避风的渔船有时在停放时不小心刮断了系在抛锚与船头之间的船

① 访谈人 WXY（59 岁，关键报告人），访谈时间是 2014 年 8 月 13 日，访谈地点在 WXY 商铺里。

绳缆，那么渔船有可能会被大风刮到大海里漂到其他地方，所以在渔村里，"探亲戚"的频率也比较低。渔业生计模式有别于农耕劳作模式，在"探亲戚"方面，渔民比农民更具约束性，其背后所承担的风险环境也是不一样的。

2. "如何请人"与"该请什么人"：地方性逻辑在一本红钱本中的运作

2014年3月15日，笔者刚从淡水社区那边参加一个婚礼回来津前村，晚上去了LBW[①]家里做访谈。林伯伯知道笔者去参加婚礼的事情以后，围绕着婚礼的事情谈开了。林伯的二儿子在前两年刚结了婚，娶的姑娘是硇洲本地人。在距离婚礼还有差不多一个月的时间，林伯就开始忙碌着筹备办婚礼的一切事情。说到"该请什么人"的事情，林伯停顿了一下，皱了一下眉毛，告诉笔者他二儿子的酒席办得不大，才十九桌。"其实我是可以办三十多桌的，但是考虑到大儿子刚办婚礼不到两年，有些人有点不好意思再请了。大儿子办的酒席就有三十多桌，但是才不到两年二儿子又办婚礼，在这两年里我都还没去参加过几场酒席，所以有些人就不敢随便请了。"听到这里，让笔者有些困惑，为什么大儿子办酒席时可以请这些人过来，二儿子却不敢再请他们了？针对着这一疑惑，笔者向林伯求教其中的原因。

林伯笑了一下，接着谈开了："侬啊，可能你没办过婚礼，你也不太熟悉。很多人来参加你的婚礼不只是为了过来吃一顿。每个人心里面都明白，现在随礼的钱都得在200元以上，如果过来吃一顿的话肯定觉得亏了。他们很多人之所以来参加你的婚礼，也是在为自己考虑。因为你参加了别人的婚礼越多，以后你家有喜事了，人家也会来参加你的。"当我问到那一般该请哪些人来参加婚礼时，林伯告诉笔者："自己家的兄弟、外家（指妻子父母家）的兄弟、二儿子的朋友和兄弟还有他老婆那边的姐妹都是必须要请的。其他的人就比较随便了。但是

---

① 访谈人LBW（61岁），访谈时间是2014年3月15日，访谈地点在LBW家里。

170

一般你去参加过别人婚礼的人，到了你结婚时，这些人你都应该请他们来参加自己儿子的婚礼。"笔者听到这里又开始犯难，为什么他们都是应该来的呢？后来得知是因为"这些人家的喜事如果你都参加了，你也随了礼钱，到了你家办婚礼的时候，他们必须过来参加你家的喜事，而且他随礼的钱必须要比之前你所给的钱多一些。前两年到了我二儿子办酒席时，我之所以没有请一些参加过大儿子婚礼的人，是因为我也是参加过人家的一次婚礼，人家都把钱还回给你了，到了二儿子婚礼的时候就不好意思再请别人的了。二儿子婚礼请的人大多数是自己的亲戚或者邻近以及平时一起'做海'的朋友和几个经常买我鱼到市场去卖的'鱼客'（当地的俗称，指鱼商），所以办的酒席不大。"这时，林伯的妻子坐在旁边抱怨："赤马（硇洲的一个村庄，属宋皇管区管辖）妃谭太不懂什么了，以前你去参加他家儿子的婚礼给了 200块，我们老二结婚时他都不过来，也没托人拿钱过来给我们。"此外，林伯母还谈到了另外一家人不太"懂事"是因为林伯去他家参加婚礼时一个人过去给了 200 块，但是在林伯二儿子结婚时，这家人有三个人过来参加酒席才给了 210 块。在林伯母看来自己家办酒席办亏了。这种不懂事的事情，笔者在田野访谈中也时常听到，值得一提的是LZY 提到他村子里的人办婚礼，本来跟他关系也不错，但是没有送请帖给他，只是有一次在路上遇到时偶尔听说："到农历十二月八日是我仔（指儿子）结婚，现在还有十四天，到时你有空就过来帮忙啊。"在LZY 看来，这样的邀请只是口头上的邀请，而且到了接近婚礼的那几天也没有接到电话请他过去帮忙。LZY 说"他不但不发请帖（指婚礼邀请函）给我，甚至到了婚礼的头天都没有亲自来我家说一声，这也太不懂事了。"

　　此外，在"该请什么人"这个问题上常常让林伯感到为难，特别是在请周边的邻居上。根据林伯说："住在我们家周边的人，大家都相互认识，平时的关系也是比较好。"对于"邻居"这个概念的界定，林伯感叹说："挨着我家屋子的家庭是我们的邻居，但是隔几百米或者一千米，甚至在淡水一带也算是我们的邻居，不过距离越远，这种邻居

171

之间的关系就越疏了。所以里里外外都是邻居，在请周边邻居上比较困难。有时请了这一家，刚好挨着这一家的邻居按理来说也应该请的，但是如果请了他，那住在他家隔壁的邻居又应该请，这样不断扩大，总得在一个地方划开，否则全部的人都得请啊，那办几百桌都搞不定，哈哈……再说如果人们跟你关系不是很好，而且家庭距离你家在千米之外，你还邀请别人，这样人家也会很为难的，不去的话感觉不给你面子，去了的话就得随礼钱。所以在该请什么人上是一个大学问啊，侬啊，请了一些关系疏的人，人家虽然也来参加了，不过背后会说你（即埋怨之意）。"还有一种情况让林伯当时很犹豫不决，就是林伯谈到他认识的两个朋友，一个家里的孩子全部都是女儿，一个是单身汉（当地的俗称，指单身男子）。林伯说："这两个人跟我的关系都不错，但是我为什么犹豫要不要请他们呢？因为有女儿的那一家，以后他们女儿都是嫁出去，有些家庭在女方家也会办喜酒，但是万一以后他们家女儿嫁出去时不办喜酒，我就觉得心里过不去，因为大仔（指大儿子）结婚时已经请过他，老二结婚时要不要请他过来参加，主要是不确定他家里女儿嫁出去要不要办酒席，如果肯定办的话，那我就不可能犹豫，一定会请他的，但是万一他不办婚礼，他来参加了我两个儿子的婚礼，给了礼钱，那我怎么还给他们呀。所以这种不确定的原因让我最后在老二办婚礼时没有请他，但是跟他关系那么好，没有请他心里也过不去，希望他能理解吧。另外一个朋友是单身汉，侬啊，你应该也知道，单身汉没有儿女，是不可能办婚礼的，除非是家庭建新房子，搬入新家时办酒席。不过这种希望比较小，请他过来参加我侬仔（对自己儿子的昵称）婚礼的话，那他的钱不是白给我家了嘛。所以我也只是在大仔（指大儿子）婚礼时请过他，老二的婚礼肯定不能请他了。"在海岛渔村，作为一个地方社会，人们对于婚礼"请人"这件事情上，不只是将关系的亲密程度作为唯一考虑的因素，最主要是还是在考虑"我收了别人的钱，我以后能不能还回给别人。因为这钱是不能白给的，总得在以后找着机会还回去"。

可见，在海岛渔村地区，随礼的深层之意是大家给钱给办酒席的一方聚在一起办酒席，凑热闹，以后别人家需要办酒席，你还得还回去，从经济层面来看，随礼是一种近乎等价交换的形式，在其中，物质的形式与交换的内容数量变化不大，而频繁的互动给他们之间的交流有一定的促进作用，促进他们之间的关系更加亲密。从上面当地人所叙述的三个"不懂事"的例子可以看出，当地人对于"不懂事"的界定是一个人在村落里所做出的一切行动是否按照当地的礼仪、习俗的规范来行事，若行事的表现偏离了当地内在的规范秩序，那么这个人就被认为是"不懂事"。在海岛社会的一个渔村里，由于村子里的人长期共处，在这一"从行政上所划定的共同体"内部形成了一些地方性的习俗以及行为规范。即是小区域的空间里也有着自己内在的规范体系与原则，对于生活在地方社会中人们的一举一动皆被纳入整个村落的规范体系中来被别人评价。一个"懂事"的人，其行为规范是依靠着村落内在的秩序来进行运作。在"如何请人"的做事方式上，当地人认为一定得亲自到他家里跟他说、给他发请帖或者到了临近婚礼前亲自打电话正式地跟他说明这件事情并表达出正式邀请他去参加的心意，若只是随便提到此事，这种在当地人看来是"不正式"的，他可以以"不去参加婚礼"的行动来回应这种"不正式"的邀请，以此来表明他对别人做事"不懂事"的不满。此外，在对"该请哪些邻居"这方面，笔者发现，在海岛社会，在"请邻居"上所体现的地方性行动思维如费孝通先生所说的"差序格局"，以自己家为中心，一波一波地向周边扩散，距离自己家远近的邻居，关系越亲密，在家有喜事办酒席时是最应该请的，而距离自己家越远的邻居，关系表现上"疏一些"，距离越远越可以考虑"可请可不请"。因此，在办喜事酒席这件事情上"该请什么人"，对于渔民的思考，不单单是在其在平时所构建的社会交往网络中来思考与定夺，其行动与思维的背后更多的是受到地方性伦理观的约束，为了能将事情尽量做到让别人看到"很懂事"，一套地方性的伦理道德观以及地方性文化逻辑思维的运作在其中得到很明显的体现。

3. 结婚与"入火"：从"红钱簿"变化来解读海岛渔村渔民的社

173

会交往

在硇洲岛地区，听老人说以前办酒席都不收礼钱，按照以前的观念，结婚办酒席是为了让兄弟聚在一起欢喜，由于以前的生活水平低，很多时候温饱问题都不能解决，很多人都期盼着村子里的人结婚就可以饱食一顿。不过以前办酒席也不大，尤其是在20世纪五六十年代，那个时候买什么物品都是依靠着布票、粮票、肉票等票据来购买，渔民的生活日常开支都纳入国家计划经济的体系中，甚至在"文革"时期结婚，只是请几个比较要好的亲戚朋友过来坐着一起，买一点糖果、茶水来招待他们就好，到结婚的时候新郎新娘向着挂在屋子里毛主席的头像磕头，再向父母行礼就算结婚了。到了改革开始时期以后，渔村里的生活好了，由于人们的生活收支都是在市场经济的自由支配上来进行，很多家户办酒席开始在菜样种类以及婚礼的规模上扩大，相对应地在办酒席上的投入也不断增加。后来进入了20世纪80年代末90年代初，参加婚礼的人们开始随礼，而且随礼的礼金也在逐渐增加，由八九十年代的5块10块到了九十年代末的30块、50块、100块，后来到了21世纪初，来参加婚礼的人一般随礼都在100元以上，现在的礼金钱上涨到200元以上，很少有人会给100元。对于这些数据的得来，笔者主要是根据访谈以及对当地红钱簿的搜集得来。从"YHC结婚'红钱簿'所体现参加人员所在的村落范围汇总表"中可以看出，当地渔民YHC结婚是在2000年（即21世纪初年），那时来参加婚礼的人给的礼钱绝大多数是在一二百元之间。若按照表格中的数据进行相关比例的来统计，总共来参加婚礼的有88户，其中随礼100元的共74户，占84.1%；随礼200元的共9户，占10.2%；随礼50元的共5户，占5.7%。可见来参加婚礼的在100元以上的占了94.3%。到了2013年，随着物价水平的提高以及人们生活水平的提高，当地渔民群体来参加酒席随礼的礼金提高至200元以上。从"HW入火①'红钱簿'所体现参加人员所在的村落范围汇总表"可以看出，来参加HW家"入

---

① "入火"是当地渔民对搬入新家居住的一种俗称。

火"的家户共 166 户，而随礼 100 元的有 8 户，占 4.8%；随礼 200 元的有 126 户（在此将 210 元 1 户与米担套椅 1 套 1 户纳入 200 元的范畴之内），占 75.9%；随礼 300 元的有 20 户，占 12%；随礼 400—1000 元的有 12 户，约占 7.3%。可见，随着人们生活水平的提高，人们在参加婚礼上随礼钱的数量也在不断增加。

YHC 结婚"红钱簿"所体现参加人员所在的村落范围汇总表[②]

参加人员所属村落	户数[②]	参加人员所属村落	户数
津前	33	下港	4
周屋	4	槽棚	1
东海	5	那昆	1
存亮	2	招宅	3
淡水	7	上岭子	1
应凡	5	大问	1
孟岗	1	赤马	5
洪拱	1	八中	1
湖南	1	大林	3
安庭	1	祝彩	1
上街	1	谭井	1
大浪	1	村场	1
那林	1	广西	1
锦马			
50 元（5 户）；100 元（74 户）；200 元（9 户）共 88 户，礼金共 9450 元			
结婚时间：2000 年 12 月 3 日（农历庚辰年十一月初八）			

---

① YHC 结婚"红钱簿"是笔者 2014 年 3 月 17 日于 YHT 家里搜集整理而来。

② 对于这里所说的户数的界定，一般来参加婚礼的人，无论是一个人、两个人还是三个人来参加，主要都是这一家庭的，习惯性都是只登记一个名字，因此笔者对红线簿上户数的统计是以一个名字为一户的方式来进行统计。

HW 入火"红钱簿"所体现参加人员所在的村落范围汇总表[①]

参加人员所属村落	户数	参加人员所属村落	户数
津前	150	淡水	2
宴庭	4	赤马	1
志满	1	太尹	1
锦马	1	榾棚	1
湖南	1	庄屋	1
咸宝	1	上街	1
麻章	1		
100 元（8 户）; 200 元（124 户）; 210 元（1 户）; 300 元（20 户）; 400 元（1 户）; 500 元（3 户）; 600 元（6 户）; 800 元（1 户）; 1000 元（1 户）; 米担套椅 1 套（1 户）			
共 166 户，入伙时间在 2013 年			

在前文中提到由于受到地方性伦理道德观以及行动逻辑的影响，红线簿所记录的家户未必是承办喜事的这一家庭全部的社会交际网络，但是红钱簿却成了这一家庭在日常生活中所建构起来的社会交际网络的主体，而在这一主体中，初级的家庭网络关系肯定会被纳入其中，而至于地缘、业缘的社会关系则大多是按照地方性的伦理观与行动逻辑出发来进行筛选合适的家庭来参加酒席，并被纳入红钱簿的记载之中。因此可见红钱簿作为个体家庭社会交往网络的主体，将这一个体家庭的血缘、地缘以及业缘三种关系网络融入其中。若从社会交换的角度来解读红钱簿，我们可以看出这一家社会交往网络的主体构成的主要内容。比如从"YHC 结婚'红钱簿'所体现参加人员所在的村落范围汇总表"来看，当地渔民 YHC 一家户的社会交际网络在地域上分布比较广泛，不但在硇洲岛上津前、周屋、存亮、淡水、应凡、孟岗、洪拱、安庭、上街、大浪、那林、锦马、下港、榾棚、那昆、

---

① HW 入火"红钱簿"是笔者 2014 年 8 月 10 日在津前村田野调查中于 HW 家里搜集整理而来。

招宅、上岭子、大问、赤马、大林、祝彩、谭井、村场等村庄，还包括了硇洲岛附近的东海岛、以及岛外的广西省、湖南省。在硇洲岛当地，从酒席筹办的规模上来看，当地有一个现象，就是一般婚礼的筹办所要考虑来参加的人就比较多，几乎覆盖了筹办家庭所有的主体社会关系网络，而如果只是"入伙""办大学酒"等，一般筹办的规模都不大，小的只有四五桌，大的有二三十桌。从"HW 入火'红钱簿'所参加人员所在的村落范围汇总表"来看，在津前村人们对于"入火"所考虑"请人"的范围大多是以血缘或者同村为主，再兼顾一些关系比较好的村落之外所认识的朋友。可见，在硇洲岛当地，对于筹办不同内容的酒席，人们"宴请"来参加酒席的家庭所要考虑的范围是不一样的，不一样的考虑范围也约束了红钱簿对这一家庭最真实的全部社会交际网络。除了特殊情况之外，一般渔民家庭在筹办酒席时，规模越大，越能在红钱簿上体系这一家庭较为全面的社会交往网络，而越是小规模的酒席，其真实的整个社会人际网络越难在红钱簿上得到体系。此外，从上面的两个汇总表中我们也发现，渔民个人的社会交际网络如费孝通先生所说的"差序格局"一般，越是地理距离近的群体之间的互动越频繁，而由于地理的阻隔，越是地理距离远的群体之间，其社会交往互动间的频率越低。而在海岛社会中，在岛内生活的群体之间的互动比岛内与在岛外生活的群体之间的互动要频繁得多。岛内群体间的互动是海岛社会人际互动网络形成的主体。

（三）血缘、地缘与业缘：在海岛渔民人际网络中如何运作

1. 由血缘因素区分的渔民人际网络运作

血缘关系是建立初级家庭网络的基础，在地方社会中，渔民一般会首先将自己现存的资源以及初级的家庭网络在进行一开始的生产劳作，比如一开始捕鱼归来，由于劳动力不足，就会请初级家庭网络上的成员，比如哥哥及哥哥家庭其他成员、父亲、姐姐及姐姐的家庭等人力资源来帮助自己在较短的时间内完成解鱼、搬运、卖鱼等工作。不过在渔民长期的劳作中，其对区域资源的获取，不仅仅是将社会的关系网络局限在触及的家庭网络之间，而是通过扩大的家庭资源，比

如邻居朋友间的资源，甚至更宽广的社会资源来适应在行动策略上的扩大化环境，比如一些通过一定原始资源的积累并将其转化为更大规模的生产劳作中的渔民，由于同时拥有几艘船，他如果单单依靠初级的家庭网络是不可能完成计划之内的运作任务，他需要通过雇工的形式来完成在生产实践中所需完成的任务，他还需要通过自己扩大的交际网络来联系更大的买家以便在最短的时间内来完成销售的任务。因此，在整个渔民的个人运作发展中，其实就是一个由初级家庭网络发展到以自我为中心的扩大化的社会网络中来生产并重新配置自己所获取的资源。不过在整个过程中，无论是雇工还是帮工，血缘关系都是他考虑的第一因素。

血缘关系是渔民开展一切行动策略的思维模式中考虑的第一因素，正因为如此，血缘的关系也会在他遇到好的机会、好的平台上，对于资源的分享首先考虑的是与自己有血缘关系的群体。比如在整个海岛渔村社会中，对于信息的流传，有着公开的一面，也有着保密的一面。信息的公开性体现在他们对类似天气预报等信息的共享、自己了解到其他人捕鱼的成果与收入等等转告给别人等等，其实如果他不分享这些信息，其他的渔民也可以通过其他的人或者其他的方式早晚都会知道的。不过由于其在分享这种大众化信息的同时，也在加强了与被分享人之间的人际关系。而信息的秘密性体现在渔民对于一些信息的掌握只有自己知道，别人不知道，而且别人如果不通过自己也不可能知道，比如说自己的收入、自己的捕鱼技巧等，因此，渔民常常在海上作业时，发现有一片海域的鱼群特别多时，他会将这种信息隐藏起来，一般都不会告诉别人，然后自己每天都去那里捕捞，收入很多。如果遇到鱼群在这一片海域只停留几天，而且很多，单靠自己的能力是不能将这片海域的鱼群全部捕捞，但是如果过了这几天，就再也不捕捞不到这种鱼了，这时他们才会的策略有两种，一种是雇佣几个帮工过来捕捞，雇佣工资日结或者连续几天后再结，这个是根据雇工的要求来定，另外一种就是告诉给自己最亲密的亲戚，跟他们结伴去捕捞，这在不影响自己捕捞收入的情况下，还可以巩固亲戚间的互动往来，以后如果自己的亲戚遇到这种情况，也会告诉自己，这是一种信息的人际往来，一般是用自身实践既得的信息资源通过保密的形式在自己交往圈最内层的小群体间共享。当血缘的因素被纳入自己最亲密的交际网络以及行动策略中时，掌握信息的渔民就会在自己的行动空间中将自己置于整个行动的主体，并将其他亲密的网络关系纳入自己所生产的空间中来，并在他与其他的亲密网络关系之间赋予亲密网络的空间产生意义。而他的亲密网络，比如他的哥哥、舅舅、叔叔等人也有着自己的人际关系网络。渔民在帮助着自己的血缘关系谋得好处时，等到他的哥哥、舅舅、叔叔等人在某一时间段内发现了一些好处，也会将他纳入亲人所构建出来的生产空间中来，以致于达到资源在血缘空间的分享与再分配。

2. 由地缘与业缘因素区分的渔民人际网络运作

"一个人的关系网越大，他与不同职业、不同地位的人的联系形式也就越多样化；在社会上灵活处理事情的能力也越强……在扩大关系网的过程中，有一个具体的、积累的效果。一个人越有关系，就越有可能扩大关系网，因为通过一个人的关系，他能和社会各个空间里的人有联系。"[①]在硇洲岛津前村，当一种带有威胁性的外力介入这一行政空间时，平时看似不怎么团结的本村人会凝聚起来一致去抵抗外力给他们村落带来潜在的威胁。比如在调查期间，笔者看到当地的客轮向来往于当地的人们收费由原来的 11 元/趟上涨到 18 元/趟，当地的渔民认为提价不合理，于是在津前村，渔民自发性地组织维护整个村落安全的治安队来组织来搭乘客轮的人员。因为在津前村渔民看来，现在客轮与车渡都是占用了本村的土地，而本村不能没有分到一分钱，来来往往拥挤的车辆与人流还会给当地的日常生活秩序以及人身安全带来一定的危险，所以他们希望通过组织治安队的形式来维护本村的共同利益。

---

① 杨美慧著：《赵旭东、孙珉译.礼物、关系学与国家》[M].南京：江苏人民出版社，2009 年版，第 107 页。

然而在渔民的日常劳作与贸易交往中，地缘的因素并不是渔民考虑的第一要素。渔民出海归来，在对其捕捞的水产品卖给谁这个问题上他们并不是因为某个鱼商是我们村子的或者是在我们硇洲这边的，就会首先考虑到把水产品卖给这位鱼商。相反，他们往往喜欢将自己的渔获产品卖给外地的人，按照他们的说法，就是跟本地人太熟悉，不好讲价，而卖给外地人可以通过讲价的形式卖个好价钱。

　　淡水码头是来自霞山、东海岛、雷州等地鱼商贩子的聚集地，每天早上六七点他们就来到这里拿货到各个市场去卖，在早上这里也是临时的市场。"谁的价格高就卖给谁"，这是当地渔民在渔获产品的贸易中喜欢说的一句话。在他们看来，地缘的因素并不是他们主要考虑的，"安全第一确实意味着，围绕着日常的生存问题，有一个防御圈，在防御圈内，潜在的灾难性风险得以避免，在防御圈外盛行的是资产阶级的利润计算。"①因此，每天渔船归来，渔民就开始物色价格比较高的鱼商（当地俗称"客头"），不固定的船主与鱼商的关系，使整个贸易的场面在讨价还价之中变得愈加热闹。不过有些船主和鱼商之间也存在固定的形式，比如说船主在买船时缺钱，有些鱼商就会借钱给船主去买船"做海"，作为交换的是，船主不但需要在出海归来有钱后还这笔钱，还得把捕捞到的海产品固定卖给借钱给他的"客头"。可见，在追求更高利润的前提之下，在渔民社会中地缘的因素并不是他们在贸易交往中首要考虑的因素。而在因利益的互助的被动形式中，渔民与"客头"固定关系的形成在更大程度上去丰富化与复杂化了整个渔民社会的人际关系网络的运作。

　　（四）"赶海"：一种"海洋渔民"异于"江湖渔民"的人际互动

　　"小时候常跟随大人们去挖泥丁，每年的农历十月，农忙初闲，村妇们便相约出海挖掘泥丁，往往三五成群，有守望相助的意味。去的时候，约好挖掘地点，避免多人同去某个滩涂，避免僧多粥少，收

---

　　① Scottjc.The Moral Economy of the Peasant: Rebellion and Subsistencein Southeast Asia [M].New Haven: Yale University Press.1976.

获不丰的局面。挖掘的时候，捉大放小，遵守着一定的自然规则，也是为自己的生活存放多一份希望。挖掘的工具有锄头一把、胶桶一个，另带开水和食物做午餐。早上踏着朝阳去，傍着夕阳归，运气好的话，一锄头下去会有六七条，运气不好的话，几锄头下去，锄锄都是泥巴，海泥粘锄，挺费力气的，考验着人的韧劲。休歇期间，彼此交换自家带来的食物，说说东家长西家短，唠叨着人情世故。很多时候，收获多的人会均一点给收获少的人，然后心满意足地回家。"[①]

在西方的社会中，对于团体与个体的界定中提出了"团体本位"与"个人本位"两个概念，但是在梁漱溟先生看来，这两个概念都不适合中国的传统文化观，对此梁漱溟先生提出了"伦理本位"的概念来对中国传统文化观的界定。梁漱溟先生认为"伦理本位"是介于团体与个人之间来阐述伦理关系的一种本位思想。"伦即伦偶之意，就是情谊，人与人都在相关系中。""即在相关系中而生活就发生情谊。"[②]伦理关系与情谊关系同出一辙，即在人与人的互动交往之间在伦理的层面上所呈现出的一种义务关系。"赶海"即拣海货或者泛指在潮退之后在海面上所从事的一切活动。而这些活动是居住在山地、江湖等地形区域的群体没有的，也是沿海渔民区别于江湖渔民的一种象征符号。"赶海"让海洋渔民在生活方式、人际互动、组织形式等方面有异于从事其他地形生计模式的群体。从上文老刀在《泥丁之约》里写到家乡的"赶海"活动时，我们在里面不难捕捉到渔民在"赶海"过程中所体现的"互助互惠"的人际往来形态。

詹姆斯·C·斯科特（[美] James C. Scott）在对东南亚山地社会的研究中发现互惠作为一种地方性的道德原则渗透在整个农民生活乃至整个社会生活之中。在渔村社会也如此，互惠原则在日常的人际关系中运作根植于一个比较简单的观念：即在彼此遇到困难时都需要相互帮助。这一观念在前文对渔民群体在海上作业时的相

① 老刀：《泥丁之约》[J].粤西越美，2013-06。
② 梁漱溟：《乡村建设理论》[M].上海：上海世纪出版社，2006年版，第25页。

互帮助以及一些不成文的"契约"的达成都是很明显地体现出来。在海岛社会中，互惠原则的存在，就是村落成员自愿履行的一种社会义务，也是在地方性道德伦理观的潜移默化中赋予了地方社会以生存的韧性。对于那些接受了服务和物资的人而言，道德上的压力迫使他回报某些好处给那些曾给予过他好处的人，而共同体的文化和仪式也强化了双方的道德期待"。[①]在渔民的社会中，互惠原则被视为"道德粘合剂"，将个体间以及个体与共同体之间的凝合与互动，居于一种在道德与义务之上的一种"人性关怀"。此外，互惠在海岛社会中也会以其他的形式在区域社会空间之间进行地方秩序的"再生产"。比如在津前村，由地方精英带头并策划出在每年农历九月九日重阳节那天，对于70岁以上老人，每人都免费发一至两袋大米，而购买这些大米的资金都是来自个人捐助或者村民自行筹资。这是年轻一辈的村民对年老一辈村民的一种帮助。换言之，即是由于70岁以上的老人都是无经济收入的群体，而他们在村落里生活了几十年，在年轻的时候也曾对村庄这个共同体的维护或者参与做出了或多或少的贡献，现在步入老年，年轻一辈对他们的关怀与帮助，这是一种地方道德伦理观与互惠原则在村落空间秩序中的一种"再生产"。

社会交往无论在乡土社会还是在海岛社会，都是日常生活中的主要内容，也是社会生活的一种常态。在传统的渔村中人们在社会交往的渠道、范围以及行动上没有做出多少的突破。在硇洲岛中，渔民的社会交往主要是围绕着海岛内部的日常交往来构建起整个社会交往网络的主体。随着改革开放程度的不断加深，渔民群体在消费能力、生活综合水平上的提高促进了渔民群体在社会交往上不断得到拓展。而在全球化与市场经济拉动的今天，很多渔民走出传统的渔民社区，将自己的社会交际渠道与范围不断拓宽，其生活方式

---

① ［法］马塞尔·莫斯著，汲喆译：《礼物：古式社会中交换的形式与理由》[M].上海：上海人民出版社，2002 年版，第 186 页。

也随之趋于多样化，促使整个渔民社会交往处于转型阶段。而渔民社会交往的转型将会推动着海岛社会其他结构的转型，也加快了封闭的海岛社会变迁的步伐。

第二节　后溪村：海边村落祖荫庇护下的人神互动

民间信仰是一种具有历史渊源和深厚社会基础的民俗文化现象。香烛纸炮、磕头烧香、祭品上供、许愿还愿作为民间信仰的外围表征，它既是在人神共处的祭祀空间中民众"有意识"的物质交换，也是民众内心深层"无意识"的心理互动。笔者以雷州半岛一个典型滨海村落为例，来探析乡民在人神共处祭祀空间中表现出来的宗族性互动，以及所体现出来"神圣与世俗、狂欢与日常"二元话语权的掌握和道德观的抉择。

一、后溪村概述

后溪村是坐落在历史文化古城——雷州市（古称雷州府）东里镇的一个沿海村庄。东里镇位于雷州半岛东部沿海，三面环海，海岸线长42公里，是典型的沿海乡镇。作为中国广东省湛江市雷州市下辖的一个乡镇级行政单位，又是东海岸的一个小半岛，东里镇面积136.67平方公里，其中耕地面积4.5万亩。下辖21个管理区，132个自然村，人口67276人（2014年数据）。镇政府所在地——东里圩距雷城41公里。农业以番薯、甘蔗、花生、水稻为主。沿海渔业和盐业比较发达，大小船只约920艘，每年捕捞大虾、墨鱼、鲳鱼、鱿鱼、海蟹等鱼产品。洪流管辖区位于东里镇西北部，下辖4个自然村，总人口3559人（2014年数据），海岸线长3.5公里，近海滩涂6000亩。后溪村是属于东里镇洪流管辖区的一个自然村，具体位置为北纬20°50′20″，东经110°19′39″，海拔0米，该村庄地势平坦，人口皆为汉族，并且是一个单姓村庄，整个村都姓林（除了嫁入本村庄的妇女外）。在农业方面农作物比较单一，主要农作物是水稻、甘蔗、番薯、花生等。作为一个沿海村庄，捕鱼作业是后溪村村民的主要生计方式之一。据本村族谱记载，距林姓始祖受周武王赐姓以来至今，林姓已经经历了一百二十代左右。后溪村的始祖为德直公，在几百年前迁入该村庄，开垦荒地，繁衍生息。据族谱记载得知：早期的祖先生活在福建省莆田市一带，因此从血统而论，后溪村与福建省莆田地区的林姓民众有着一定历史血亲渊源关系。该村庄重视宗亲血缘关系，且在日常的交往中以房系的远近亲疏为准则来进行人际间的互动。

二、后溪村宗族族源与房系简述

（一）后溪村宗族族源简述

林氏之先，出自黄帝高辛氏之后。[①]林氏太始祖是三千多年前中国历史上有记载的第一位谏臣殷太师比干公，公是商王文丁之子。商纣王暴虐无道，国势危殆，公为救国救民，奉而进谏，遭剖心而殉国。时正妃有偒氏怀孕三月，恐其祸及，遂携婢女四人避难于牧野长林石室产一男，名泉，字长思。其后，周武王克纣，寻得遗孤，赐其姓林，改名为坚，封为博陵侯（博陵：今河北蠡县），坚公则为林氏之始祖。[②]林之受姓者，实自坚始。坚之后居博陵，子孙遂成阀阅，历周秦及汉，玉钮金绳，枝叶繁兴。[③]古时因坚公及其世孙一开始在淇水一带活动、生活，又因淇水地处黄河之西，古林氏历称西河郡。[④]坚公第六十四世孙禄公，于中原动乱（西晋）时入闽。禄公为入闽始祖。

萃夫公，《惠来县志》载："萃夫"，《泰国谱》载："华夫"，《广东通志》《湄洲志》载："萃夫"，光岳公之子通玄公七世孙。生于南宋开禧二年（1206 年），原籍潮州惠来县东陇镇埔美村。九牧端州

---

① 雷州长林史纂修委员会编：《雷州长林世系简谱》[M].1999（12）.第 18 页。

② 雷州长林史纂修委员会编：《雷州长林世系简谱》[M].1999（12）.第 4 页。

③ 雷州长林史纂修委员会编：《雷州长林世系简谱》[M].1999（12）.第 19 页。

④ 雷州长林史纂修委员会编：《雷州长林世系简谱》[M].1999（12）.第 4 页。

刺史苇公第十三世孙（九牧是禄公第十六代世孙披公所生的九个儿子，九个儿子后来都登刺史之位，当时刺史也称为州牧，故披公九子被称为"九牧公"。九牧家族后来成为福建林氏主流派。历史上有"唐代兄弟九刺史，宋朝父子十知州"之称），通玄公七世孙。宋景定三年（1262 年）壬戌科特奏（特荐）进士，初任连巡教授，因功累升秘书阁校书郎。据世传，公系宋南渡丞相文天祥荐授翰林七一学士。宋末年间公参与文天祥、陆秀夫、张世杰等忠臣义士护帝报国，誓不归元，同元军周缠逐角，转战东南沿海，潜渡雷州海峡，进入雷州府城，尔后倒转广州湾，直渡崖山岛同元军张弘范血战决斗，但在元军压境，大势不可挽回，最后由陆秀夫背负幼帝伴着宫中诸臣跳海殉国。当时萃夫公也在血战中为国尽忠。[①]公之家族七代八进士，两朝两状元。萃夫公携夫人到雷州初居雷州曲街，后移居东林村为开基始祖。后溪村与东林村是有血缘宗亲关系，两者偶有往来，尤其是在村落喜事庆典时表现更加明显。

后溪村的始祖是德直公，是林姓世孙第一百〇一代，德直公的是萃夫公派下官僚村文章公的世孙，文章公是林姓世孙第九十六代。

据《雷州长林世系简谱》的记载分析，林姓自始祖坚公居博陵（今河北蠡县）开始，由于政治的影响不断南移，路经中原一带，自禄公开始进入福建一带。随着林氏宗族枝繁叶茂，逐渐进入粤地和琼崖一带。自萃夫公开始入雷，林姓开始在雷州半岛繁衍、生长、支系茂盛。北宋末年，被贬雷州的苏辙在《和子瞻次韵陶渊明劝农诗》的引言中说："予居海康，农亦甚惰，其耕者多闽人也。"可见在北宋时期的雷州半岛上，从福建一带迁移过来的宗族中并非只是林姓宗族。然而正因为是伴随着如此大规模的移民潮，林姓宗族也开始在雷州半岛上扎根繁衍。[②]中山大学司徒尚纪教授在《岭南历史人文地理——广府、客家、福佬民系比较研究》一书中指出："宋元

---

① 雷州长林史纂修委员会编:《雷州长林世系简谱》[M].1999 (12)，第 110 页。

② 苏辙:《栾城后集》[M].上海: 上海古籍出版社，1987 年版，第 1193 页。

时期，福佬系已自发展为一个族群以后生齿日繁，人地关系越来越紧张，除部分人留在当地谋生外，大批福佬人远走他乡，开始了大规模的民系迁移潮，首先之地即为地理环境相类似的雷州半岛和海南岛沿海，继及东南亚各地……"①相关闽人入粤地的记载，在后溪村的林姓宗族族谱中也有"源流自八闽（福建），派衍古雷州②"的记载。另外，在后溪村天后宫中有一副对联上写着"闽海恩波流粤土；雷阳德泽接莆田"。这一对联给后溪村的村民关于自己的族源问题提供了一个方向性的答案，回答了村民有关"我是谁""我从哪里来"等基本族源命题，也高度概括了后溪村与福建莆田人、莆田文化之间的"流"与"接"的关系。

（二）后溪村林姓宗族各房系概述

后溪村全村只有林姓一个姓氏（除嫁入本村的女性外），自德直公迁入后溪村这块地区生活、繁衍至今，后溪村有六个房，属于德直公直系血缘的有五个房，还有一个房是在德直公迁入后溪村这块地域之后，有姓王、姓陈两人也搬到了这个地区生活，后来他们的子孙都改为林姓，归属于后溪村林姓宗族六个房中的一房，属于"虚拟血缘关系"的房系，不过在当地的地位也和其他五个直系血缘关系的房系一样平等对待，并融合在一起参与这个社区空间中的一切公共事务活动。

在中国乡土社会里，村中的公共活动都需要有公共资金的支持，而公共的资金是需要村民共同筹钱完成，后溪村也如此。每年的公共社区活动或者祖先神灵的祭祀活动，村民都会积极配合来完成。这不但来自村民在人神祭祀空间中出于对神灵的敬仰和希望神灵能保佑自己内心祈愿的实现，而且还来自于宗族义务的承担。因为由家族连接而成的宗族性义务，往往与光宗耀祖的内心需要是达成一致的。由于后溪村有六个房，每个房都包含着若干个家庭，虽然他

---

① 司徒尚纪：《岭南历史人文地理——广府、客家、福佬民系比较研究》[M].广州：中山大学出版社，2001 年版。

② 雷州长林史纂修委员会编：《雷州长林世系简谱》[M].1999 (12)，第 16 页。

186

们一开始是同一祖先（除了其中一房），具有血缘关系的传承，但是不同房之间也存在着竞争和独立的内聚力，这个内聚力笔者叫它为"内围内聚力"或"房户核心内聚力"，比如说，他们会在乎自己所属房系的家庭与其他房家庭的利益权力关系，他们会在闲谈中对比不同房之间家庭的实力。哪个房系培养出来的有钱人多，哪个房系的青年人考上大学的多等等。正是由于他们在生活中的对比，他们会在整个宗族互动社区空间中加强对自己所属房系的建设，而不同房之间有着共同的祖先，共同的祭祀神灵，所以在祭祀的心态上，他们又有着自己整个宗族的内聚力，这个内聚力笔者叫它为"外围内聚力"或"宗族核心内聚力"。在平时的生活劳作中，人们的活动范围较广，大家在不同行业、不同区域、不同年龄间活动，但是共同的神灵祭祀和宗族内聚力将他们团结在一起去共同举行活动。"自唐以后大量闽人引入雷州半岛，往往是同族、同姓结合，举族而动，形成了强大的宗族派系。为了争夺生存资源，移民与土著之间、移民不同宗族之间，常常发生大规模械斗"。[1]所以在以前村斗、宗族械斗较为严重的时期，不同房系还团结在一起共同对外。因此在后溪村，从村民心理认同与心理归属层面而来，他们房系间的人与人的互动关系就呈现出了一个"差序格局"的格局。在他们的心中，以家为单位，属于自己家里的人是最亲的，在平时的交往中也是最频繁的。在一个房系内，血统关系越近的几家人，平时的交往和互相帮助的程度越高。这样的关系网在一个社区中一波波地散开，如果在房系之间的对比，属于自己房系中的人比其他房系中的人很亲密，在交往中他们也认为更可靠。房系间的交往相互对立与相互统一。在平时生活中没有明显的界限。笔者认为这主要是在他们的内心认同中有一个很重要的相同点：他们一直认为全村各房系间有着共同的血统关系（包括虚拟的血统），有着共同的神灵信仰。因此，

---

① 赵国政：《雷州半岛文化区的形成及其文化特征》[J].《雷州文化的历史地位论文集》，第32页。

187

相对其他村庄而言，他们又是一个统一的整体。

三、后溪村祭祀空间的文化概述

（一）男人与女人在祭祀空间的互动

不同的文化会给生活在不同文化圈里的人有着不同的定位，或许是身份、地位的定位，也可能是地方性思想意识流的掌控。因为文化是具有习得的特征，文化的形成是人们在长期的劳作、改造中创造并代代相传的。因此，每一代人从出生的那一刻起就开始学习自己生活氛围中的文化，并通过长期濡化而形成属于这个文化圈中特定的人格与性格特征。这也是我们平时为什么一提到日本人与中国人有什么区别、不同地区的族群的区别时，总能说出一些不同的原因。因为他们生活的文化氛围赋予了他们成长形成的性格特征和特定的人格类型。美国人类学家本尼迪克特（Benedict）在研究日本国民性格时提出过类似的观点。

从生物性别的角度看，不同的社会都存在着男性与女性这两种性别，但是不同的文化却赋予了男性与女性不同的社会性别。美国人类学家卢克·拉斯特（LukeLassiter）在《人类学的邀请》一书中给"社会性别"定义为"指的是文化在个体的人生中嫁接到性别上的意义。这种嫁接，和人类本身一样变化多样。"[①]中国传统的汉族社会是一个男权掌控社会主流话语权的社会。在这个社会中重男轻女，一切国家政治事务都是男的说了算，而在摩梭人的母系大家庭、澜沧拉祜族母系家族中，所生子女都属于女方，血缘按母系算，财产按母系继承。这些差异都是在不同的社会文化中给男性与女性赋予了不同的价值、权利和身份地位。在日常互动的背景下，文化界定的地位（即我们和其他人建立关系的位置），很难与当地的文化所赋予的身份地位及社会角色分离开来。事实上，这些关系常常是由地方性的文化所赋予的身份地位认同来决定的。无论我们是在谈论

---

① ［美］卢克·拉斯特（LukeLassiter）著，王媛、徐默译：《人类学的邀请》[M]. 北京：北京大学出版社，2008年版，第153页。

188

一位母亲还是一个女儿，不同族群的成员、年轻人还是老人，一个文化界定的位置，都会受到与其相连的其他文化上界定的位置的影响，并为不同的群体赋予了多种不同的行为、角色和意义。比如说，你很年轻有为，但却生活在一个以长辈为重的社会里，长辈是对这个社区发展的一切公共事务掌控者。反过来，如果你生活在一个重视"青年文化"的社会氛围里，年轻有为的你就会显得更有价值、权利和地位。

而在后溪村，这是一个男性占主导地位的村落。在这里暂且不提当地文化赋予男性与女性不同的社会性别。当从祭祀文化空间这个角度来论，无论从仪式的筹划、准备到仪式的参与、互动，还是从祭祀活动劳作分工的角度，这个村落祭祀文化赋予了男性更多掌握祭祀活动的权力。在这些活动中，虽然我们不能忽略女性也在其中参与、在其中扮演角色，但是活动正式开始到活动结束都是男性在公共场所占据主导地位。在他们的祭祀空间中，"他们的神灵信仰又可以看作是家庭伦理道德和社会行为规范的一种强调和表达，它强调了作为家庭成员和社会成员所应承担的责任和义务。"[1]相对应的，社会性别也赋予了当地男女不同的劳作分工。比如在平时的家神祭祀活动，一切与祭祀有关的家务活动大多都是由女人去做，包括煮饭、去买祭祀品、去煮熟祭祀所要的猪肉、鸡等。但是一旦祭祀活动开始，都是男人在参与并扮演祭祀角色，另外，在清明节，按照以前传统的习俗，嫁入本村的妇女是不能去当地宗族坟地参加祭拜，妇女只能忙着清明前后的家务工作。不过现在女性地位在慢慢提升，在当地逐渐也见到女性在墓地参与祭拜的情况了。从族源关系来看，当地与福建闽南一带是有着一定的血缘关系，当地传统的"重男轻女"的观念依然存在，因此他们的生育观念与祭祀空间联系起来，希望通过到地方神那里祈祷能生男孩的愿望。如果真的

---

① 黄彩文：《仪式、信仰与村落生活》[M].北京：民族出版社，2011 年版，第213 页。

生了男孩还得去"还愿"答谢祖先，所以不同的地方性观念引出了一系列不同的地方性民俗仪式。不过现在"重男轻女"的观念在本地区也在慢慢淡化。"如果建立在社会性别基础上的不平等是习得的，那么它也是可以改变的。[①]"随着全球化女权运动的影响和"男女平等"呼声的高涨，以及年轻一代女性从大城市里所带回来的女性平等意识的影响，当地文化在赋予社会性别的权力上也在逐步地发生变化，女性地位也在逐渐提升。在当地正月十二"摆宗台"的习俗祭拜活动中，男女老少都可以参加，因此在当地祭祀空间中也逐渐看到女性活跃在"前台"的身影。

（二）后溪村神灵空间分布与社会功能表达

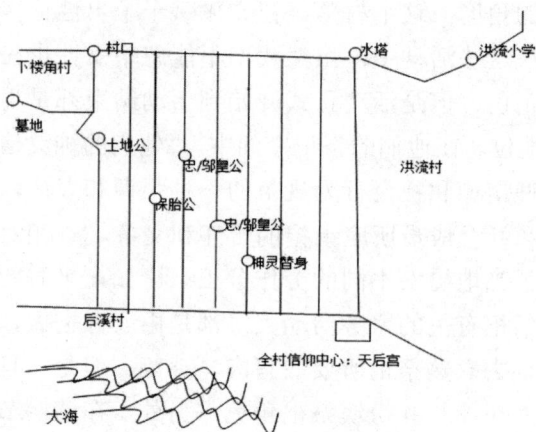

图一　后溪村简图与神灵在村落中所处位置

从图一中我们不难发现后溪村的地方神灵中有男性神灵也有女性神灵。女神为天后（又名为妈祖、天妃），女性神灵居于后溪村天后宫内。天后也是当地本土神灵中的主神，这与族源历史有一定关系。根据当地族谱记载，他们与福建莆田地区有着一脉相传的血缘关系，而在中国，讲闽方言的民众无论是在历史上还是在现在，大多数都是居住在沿海地区。

---

① ［美］卢克.拉斯特（LukeLassiter）著；王媛、徐默译:《人类学的邀请》［M］. 北京: 北京大学出版社，2008 年版，第 159 页。

190

表一　后溪村信奉神灵详情统计表（统计时间：2013.02.11）

神灵所在位置	每处神灵数量	神灵具体称呼	神灵发挥作用	神灵生辰诞日
天后宫	5	天妃 英烈公 泗海公 镇海公 水仙公	天妃一开始是海神，保护渔民出海捕鱼平安，现在上升为村中全能神；英烈公相当于在村中"元帅"之位，征东征西，稳住全村平安；泗海公容纳四海八方，在平时村子中遇到风雨时，他可以利用他的法力把风雨镇平下来；镇海公稳住海上妖魔鬼怪，不让它们上来扰乱村民生活，确保安居乐业；水仙公保护渔民鱼虾水产丰产、生意兴隆	天妃：农历三月二十二 英烈公：农历正月十二
LYJ 旧宅	2	忠王公 郐王公	忠王公是村中忠孝神灵的守护神，郐王公表情凶猛，镇住一切邪气和不公道的行为，确保全村平安	正月初五 十月十五
LFS 旧宅	2	忠王公 郐王公	同上	正月初五 十月十五
LFX 家里	1	保胎公	不言而喻，主要确保胎儿的健康成长和产妇顺利生下孩子	未详
距村口不远处	无神像	土地公	村中守护神，守护村口，保佑农产丰收，若村中有人在神灵面前的愿望实现，那么他们就会在正月十二在这里挂上灯笼"还愿"	二月初二

　　自宋朝后，福建沿海航海交通发达，不少随船经商或流落他乡。据 2003 年版《湛江市志》记载，南宋景炎二年（1277 年），元朝大兵追击南宋军约 20 万人，还有 10 多万百姓从莆田、福州、潮州等沿海岸线相继逃到大陆南部，散居在雷州半岛及其北部部分地区。移民潮也带来了汉化高潮，大批的闽潮人携带着他们的文化与宗教信仰来到雷州半岛，他们安身之处多建天后宫、天妃庙等，祭拜海神，希冀出海平安。"据旧《海康县志》记载，海康县天后曾在迎恩

坊、下岗老村、下岗仙村、头角村、东湖村（宋代）、大浦村、南兴墟、博怀渡头等地兴建，为宋代至清代所建。"①这些方面在后溪村林姓宗族族谱上也得到了印证。《雷州长林世系简谱》上记载有"天妃，莆田林氏女也，始祖唐林披公，生九子俱贤……曾祖保吉公……子孚即妃之父也……越次年，宋太祖建隆元年庚申三月二十三日，方夕，见一道红光从西北射室中，晶辉夺目，异香不散。俄而王氏腹震，即诞妃于寝室。邻里咸以为异。父母大失所望，然因其生奇，甚爱之。自始生至弥月不闻啼声，因命名曰'默'……从宋代到现代，妈祖倍受人们的敬仰，民间流传着诸多的传说，塑造了一个伟大的女神形象……妈祖羽化后，被民间成为海姑、圣母、神女、通玄灵女、海神娘娘、妈祖婆、南海女神、湄洲妈等……"②后溪村族源与福建莆田地区有关，而且后溪村又临海而居，所以天后自然成了后溪村民海神信仰的女神。天后在当地神灵中的历史地位由海神逐渐升为全能神，村民一切事情都会到天后宫来进行祭拜祈福。

在后溪村的男性神灵中，保胎公的作用较为容易理解，即主要确保胎儿的健康成长和产妇顺利生下孩子。而英烈公相当于在村中"元帅"之位，征东征西，稳住全村平安。据当地村民所述，泗海公容纳四海八方，在平时村子中遇到风雨时，可以利用他的法力把风雨镇平下来；镇海公稳住海上妖魔鬼怪，不让它们上来扰乱村民生活，确保安居乐业；水仙公保护渔民鱼虾水产丰产、生意兴隆。忠王公与邬王公在后溪村神灵信仰中发挥的作用也是很重要的。据访谈得知"有句当地俗语说'不怕后溪的人，只怕后溪的神'，这是后溪村邻近的几个村庄的人说的。因为这两个神在保护后溪民众中对外村人，一个唱红脸，一个唱黑脸，很多企图来破坏后溪村的人都受到了相应的惩罚，

① 谭启滔：《雷州半岛妈祖文化及其开发》[J].雷州文化的历史地位论文集.第 327 页。

② 雷州长林史纂修委员会编：《雷州长林世系简谱》[M].1999（12），第 207—208 页。

所以他们就说了这句话"。①

　　土地公也是后溪村的地方神灵之一。在雷州半岛上，几乎每个村庄都有土地公。土地公在当地被视为财神与福神，因为当地人相信"有土斯有财"，因此土地公就被他们当地人奉为守护神。据说它还发挥着五谷丰收的作用。因此，很多人就把土地公当作一个重要的地方神灵来祭拜。雷州半岛的主体文化是石狗文化，所以在雷州半岛的各个村庄里，在村口、古道、巷口、门口、水口或古墓前，都有可能看到一尊尊或坐，或蹲，或伏，用玄武岩石雕刻而成的石狗。说到石狗的来源，据说约在殷周年代，从黄河中下游南迁的俚、僚、瑶、僮等少数民族是聚居在雷州较早的先民。由于文明程度与生产力的落后，雷州先民需要依托某物种作为图腾祈求庇护，而当时的瑶族信奉"狗"当始祖，"石狗"成为图腾标志，直至后来瑶汉同化，也一直沿袭下来。②后溪村的村口在土地公的旁边就安放这一对石狗。当地人相信石狗具有神性，可以保佑农作物丰收、人畜兴旺、家宅平安、生儿育女、添丁发财等，因此在祭祀土地公时也会给石狗上香祭祀。

　　当然，在当地的神灵中，他们虽然都有着自己所负责的部分，但是他们在当地民众的心里不是相互独立出来，而是在当地民众与神灵所构成的祭祀圈内共同互动，民众给神灵上香祭祀，各个神灵也协力去保佑当地民众幸福安康、有求必应。"村落的守护神及神祇向来都被视为一种万能之神而赋予其地位。正如人们祈求或感谢五谷丰登时所常识性地考虑那样，守护神及神祇被认为能够保护村落的所有生产与生活。"③在一个共同的祭祀空间中，当地人观念认为：

　　① 访谈人 LHR，男，53 岁，后溪村村民。访谈时间是 2013 年 2 月 6 日。访谈地点在后溪村。

　　② 刘付靖，冼春梅：《岭南石狗崇拜的百越渊源》[J].《雷州文化的历史地位论文集》，第 66 页。

　　③ [日]福田亚细男，周星译：《村落领域论》[J].《民间文化论坛》.2005（01）.第 78—89 页。

"人敬神，神护人，人神、神神之间的互动才保证了整个社区的稳定与动态平衡。"

（三）后溪村宗族分户与家神信仰的互动

家庭是宗族的一个基本的结构单位。一个大的宗族是由若干个房组成，一个房又是由不同的家庭组成。在后溪村的整个宗族村落结构中，所呈现的情况是分家不分房，分房不分族。"分家不分房"是针对一个房系内不同家庭内心归属感的认同，而"分房不分族"即是针对同一宗族不同房系之间的对比时家庭内心归属感范围的不同，这时的范围超越了房系，放在了宗族的层面。换言之，在一个都是姓林的宗族村庄社区里，出现不同房系分支，但是组成房的基本单位的家庭却围绕着整个房紧紧地团结在一起。这种团结不仅仅在表层结构中所表现出来的团结，更多的是在内心深层面对家族房系文化的认同。他们认为他们通过自己的努力所做出来的荣耀，不单单是自己的，也是属于这个房的荣耀，甚至如果跨越了房的界限，上升到宗族层面。越是房系的，也越是宗族的。

四、民俗仪式中的"深描"：人神祭祀空间的互动

（一）信仰祭祀空间与村民生存空间的互动

后溪村是一个沿海的村庄，海岸线距离村庄不到一百米远。靠海的村庄，长期以海为生，靠海而居，所以他们平时大部分的时间都是与海打交道，甚至他们在长期的渔猎生活中衍生出了一套属于自己村落的文化模式。整个村庄到目前为止约 1000 人。整个村子在农业方面主要是种植花生、水稻、番薯、甘蔗等，但是由于年轻劳动力大多都是外出到珠三角一带打工，所以每家每户在农业方面的种植面积不大。他们在农闲时也经常等海潮退去时去抓螺仔、生蚝、沙虫等海鲜作为日常菜或者拿到市场上去卖。捕鱼还是本村庄的主要传统生计方式。因此，沿海生活以及靠海为生的劳作方式让他们在民间信仰方面有了海洋文化的烙印。他们的祭祀空间在他们生活空间中占据了重要的位置。

以前，由于航海技术的落后和海上多变的天气，渔民在海上作业时非常困难和危险。当地渔民谈到："出海是个苦活，十几天的时间都在海上漂泊，除了捕捞作业，就是吃饭睡觉，确实挺枯燥的，赚的钱也不多，30 岁以下的年轻人谁愿意干这个活？"[①]艰苦的生活环境让他们常常与村中的神灵祭祀空间联系起来。为祈求海上交通安全，当地人会将这个祈愿寄托给了当地神灵，这自然就会促进航海守护神的发达。因此，妈祖、水仙公等神灵在当地显得十分重要。

关于后溪村信仰妈祖，经过调查和访谈，笔者总结主要原因有三：一是当地人继承闽南人的血统，他们在迁移过程中大多都是居住在沿海地区，对妈祖的信仰这一文化传统没有改变，反而因为迁移异地生活的艰辛加深了他们对妈祖的信仰；二是后溪村得天独厚的自然地理环境。后溪村与邻近洪流村、下楼角村等都是沿海而居。俗话说"靠山吃山，靠海吃海"，这也就决定了居住在后溪村的村民在平时的生活劳作中捕鱼作业成为他们重要的生计方式之一。妈祖作为使用闽方言的民众海上重要的信仰神灵，在他们出海、护航、镇海方面的作用就不言而喻；三是生活后溪村的村民以海为田，从事捕鱼、航运等经济活动，终年以海为伴，要经受许多与陆上生活不同的复杂因素的影响。如：海洋的自然环境、水文和气象的变化等。在茫茫大海中长时间地航行，小空间的活动，经常与自己家庭和社交朋友圈的分离，高强度的捕鱼作业以及单调、紧张的生活，这种特殊的生活环境，祈福求顺保平安的心理自然在渔民心理需求中就显得相当强烈。妈祖正是适应了人们这种祈求庇护、降临平安、战胜灾害的心愿而应运而生。

后溪村并不是所有的村民都是从事捕鱼作业，有些也外出经商或者从事其他的生计劳作，但是天后、泗海天王、镇海天王等神灵是他们全村的神灵信仰。随着村民生计方式的多样化，当地神灵从原本单

---

① 访谈人林生（化名），男，48 岁，后溪村渔民。访谈时间是 2013 年 2 月 9 日，访谈地点在后溪村。

195

一的护航神演化为全能神,包括保育神、土地神、救苦神、开土神等。因此,伴随人们的生活空间的拓展,他们在祭祀空间上也变得频繁化与多样化。

(二)后溪村的游神民俗仪式

在后溪村,每年到了正月十二和三月二十一日,当地民众就会把神请出来,在全村范围这一个活动空间中人神同乐,也叫"游神"。神灵坐在神轿上,由当地村民一起抬着在整个村庄的各条小巷中游神。"宗教艺术与世俗艺术共存,共放异彩,集中了地方民间艺术的精华,形成年例文化的兴奋点。"[①]在当地的游神民俗活动中,当地民众为了能给神灵创造一个与平日不同的阈限阶段,他们会竭尽全能来准备各种表演,将对神灵的敬仰与地方性艺术竞技结合起来,比如舞狮表演、跳梅花桩等,以此来讨得神灵的欢喜,以祈祷来年风调雨顺、五谷丰登。在这一人神共处的空间里,村民们会选最佳的人选来担任各种扮演的角色,比如选拔举头旗人的要求年轻、才貌双全、身高力壮,选拔举头锣人的要求家庭和谐、父母双全、多才多艺、身强力壮等,这也是当地人希望通过他们最虔诚的行为以期望得到神灵的满意,以保证他们来年能顺顺利利。

在粤西地区,每一次较大的民俗活动的开展都是对宗族内聚力的一种强化。在神灵祭祀的"年例"到来时,祭祀的氛围打破了往日宁静的乡村环境,外出打工的同村人也会从四面八方回到村里参与这场民俗活动和祭祀仪式。民俗活动的开展,赋予了每个参与活动的人不同的临时角色。他们借助不同的角色,呈现出不同的行为表现,淡化了日常生活中的身份、年龄以及辈分,以一种"共同体"的方式完成神灵祭祀年例赋予的"阈限阶段"的民俗文化传承使命。

在当地,游神与摆宗台是两个不同的祭祀场所在同一天不同时间段举行。一般游神是从上午开始,下午结束,然后紧接着是摆宗台的

---

① 冼春梅,刘付靖:《粤西的年例祭祀圈与冼夫人的历史记忆》[J]·岭南文史.2011(01).

祭祀活动。在人和神通过游神的活动都心满意足之后，神又开始起驾，奔向另一个集满了香火、供品和人群，集满了敬重和虔诚的公祭场所，摆宗台这时才开始进行。摆宗台是在天后宫前面的空地上进行。这时的神灵所坐的神轿还是放在天后宫外面，在香火味和鞭炮声中呈现出"人神共处"的阈限阶段。

此外，民众在行为上的参与、表现与规范化，都是关乎他们生存生计而作出的一系列适应策略。在抬神轿时不辞劳苦，因为他们希望能通过对神灵的祭拜来使自己一年有所收成。他们对天后的毕恭毕敬，是希望天后能保佑他们出海平安、满载而归。由此，他们怀着满腔虔诚体现在每一项祭祀程序上，体现在每一个一丝不苟的动作里，各种规矩、禁忌都必须严格遵守，例如抬神轿时，在整个游神过程中是不能把神轿放在地上歇息，所以村中人特地准备了两套人马进行轮换，还有在举绸螺线这个位置上，仿照古代的皇帝巡游的队伍，这个角色得由女性负责，并在整个仪式过程中不能把绸螺线放下来。他们以物质性的仪式道具作为一种象征性的符号和精神的寄托，不但借此来表现对神灵的敬仰，更是在深层面体现着他们将自己在生活中物质上和精神上的心理需求与现实中的单凭自己个人能力将会遇到的重重困难构成一个二元的对立结构，只能祈求借助神道的力量来寻求帮助。在这一个阈限阶段里，人通过与平常不一样的行为方式来表现出自己的愿望。而神在这一个阈限时期，也不再高高居上接受民众的膜拜，不完全具备以往神性尊严的形象，而是以一种人性的方式与民众在同一个祭祀空间中共同参与民俗的庆典活动，以更加亲近的形式来达成人神互动。这其中也包含着民众实用的生存逻辑与丰富的生活智慧，其形成、变异、延续和发展经历了一个漫长的历史过程。

五、结语

在重视宗族文化的后溪村，其祭祖与祭神的民俗显得更加浓厚。宗族观念、村落集体意识以及个人主观意志表达与村落神灵信仰相融合。在祭祀空间中的人神互动，往往会与人们精神生活、社会组织、经济交流、社会交往、道德教育、审美娱乐、空间生产、自然节令、农耕生产等紧密相关。当地神灵天妃、英烈公、泗海公、镇海公、水仙公、邬皇公、忠皇公、保胎公、土地公等，"他们都是该村落最为重要的象征符号之一，与该村落个性和村民的日常生活密切相关，是村民生活空间的重要组成部分"。①在神灵的名义下，有关祖辈流传或者总结的经验都会在一定程度上规训着处于变迁中的这个村落生活的均衡。

当地民间信仰在人们的日常生活中不断调适着不同房系间的动态和谐，也加强了他们对自己宗族和血缘宗亲的认同感和团结度，也在凝聚了后溪村的总体力量。在人神的祭祀空间中常常表现出神圣与世俗、狂欢与日常等的二元对立现象的出现。但是，当地民众最关注的不是这些深层次的对立，而是在乎每一次活动的灵验性与自己行为的虔诚度。所以，他们在仪式实践层面上烧香求神、许愿还愿等行为，都是在满足当地民众希望通过人神互动来实现自己所期待的社会性的需要。同时，也正因为这些祭祀活动都是民间传统中作为一种"小传统"的文化实践，他们才能在长期的发展和全球化的视角中保存着自己的地方特色与有序性。若依靠当地政府的政治力量而与小传统对抗，那么在很大程度上可能会造成当地民俗的无序以及政府和民众矛盾的升级。因此，在当地人神祭祀空间中，他们用非政府、非强制行政手段的方式来维护着整个祭祀空间的动态平衡，并用一套地方性道德观来规训着人们对祭祀仪式的态度和行为。"记忆是一种集体社会行为，人们从社会中得到记忆，也在社会中拾回、重组这些记忆。每一种社会群体皆有对应的集体记忆，借此该群体得以凝聚及延续。集体记忆依赖某种媒介，如实质文物（artifact）以及图像（iconography）、文献，或各种集体活动来保存、

---

① 岳永逸：《乡村庙会传说与村落生活年月》[J]宁夏社会科学，2000（04），第91页。

强化或重温。"①在人祭祀空间中，祭祀仪式以及形成的一套民俗都是祖辈代代相传留下来的文化记忆，通过行为仪式的表现以及实物媒介的支撑才让祖辈的"草根文化"得以继承。此外，后溪村村民意识到通过这些祭祀空间的人神互动，可以实现自己心理精神深层次的祈愿与满足自己生存技术的需求，所以他们有着自己的一套民俗文化自觉意识，用自愿、积极参与的态度投入公共事务中来，更多是为了功利性的"互惠互换"，以确保整个社区生活的稳定和人们在生活阈限阶段的顺利。宗族房系间的互动与村社人际关系网的构成，为当地人神在祭祀空间的互动提供了约定俗成的道德标准。在祖荫庇佑下，整个村落的运作体系得到保障和顺利运转。

附录 后溪村农历正月十二游人队伍详情统计表（2013 年搜集数据）

队伍排列顺序	道具名称	道具数量	负责人数	活动报酬（计数单位：元/人）	备 注
（1）	头旗	1	1	15	旗上写着"令"字，走在最前面，指挥队伍行走方向
（2）	头锣	2	2	10	头锣开道，锣声一响，万物都得让道，让游行队伍顺利通过
（3）	龙旗	2	2	10	纹有龙的图案
（4）	牌举	2	2	10	两个牌举上写着"回避""肃静"
（5）	横旗	1	1	10	旗上标注有"神光普照"的字样
（6）	傩	1	1	未详	舞具的造型呈现质朴、夸张、粗犷，面具是整块樟木雕刻而成，色彩以黑、红、黄为主，线条朴实夸张，色彩鲜明和谐

---

① 王明珂：《华夏边缘：历史记忆与族群认同》，台北：允晨文化出版社.1997 年，第 50 页。

（接上页）

（7）	五色旗	≈25	≈25	5	由黄、红、绿、白、紫五种颜色组成
（8）	八宝	8	8	10	由八仙过海的八仙组成，每一面旗子上都绘有一个神仙的画像
（9）	六国旗	6	6	10	战国七雄中除了秦以后的六个国家的旗子，按大小排列，用六国来表示本地神灵统辖范围之广
（10）	财行	≈4	≈4	10	财行作为第一个上香的神具，走在前面，为神灵和全村人打开财路
（11）	醒狮	1对	≧4	承包	舞狮队包括醒狮和牛皮鼓
（12）	牛皮鼓	1	≧2	承包	舞狮队现由村中年轻人组队承包，价格按照承包价由村中支付给他们
（13）	五色旗	≈25	≈25	5	同上
（14）	八宝	8	8	10	同上
（15）	醒狮	1对	≧4	承包	同上
（16）	牛皮鼓	1	≧2	承包	鼓上写着"林武堂"的字样
（17）	唢呐	2	2	150	队伍中这个角色是最需技术性的，既要保持良好的音乐感，也要具备娴熟的操作
（18）	铜钹	1对	1	10	随着唢呐和鼓声进行和音伴奏
（19）	五士	1	2	20	五个木刻神灵化身，这个需要上香
（20）	神轿	4	8	35	四顶神轿，每顶神轿里坐着不同的神灵，由于正月十二是英烈公诞日，所以这一天他最大，放在第一顶神轿上，三月二十一游行天妃为大

（接上页）

（21）	绸螺线	4	8	20	女性负责，在游人的过程中不能放下来，所以需配两套人马轮流替换
（22）	锣鼓棚	2	6	打锣 30；推车 10	锣鼓棚交错跟在轿子后面
（23）	尾旗	1	1	15	旗上有"帅"的字样，表示元帅挂帅骑马在后稳住军心和队伍

第三节　河唇钟姓：山地客家当代族群文化创新

一、河唇钟氏概述

　　河唇是地处湛江市廉江市的一个镇，是粤西客家人比较集中居住的一块区域，也是唐代罗州古城遗址所在地。这里有九洲江、鹤地水库、仙人洞等有名景点，也有闹元宵、点灯、游灯、游神、龙狮表演等丰富的民俗活动。廉江市旧称石城县，宋孝宗乾道三年（1176 年）设县，这里是从中国东部通往西南地区的一个重要枢纽点。在 20 世纪 50 年代河唇火车站的建成，成为粤西地区较大的铁路中转站。地理区位的优势促进了当地历史上人们经过此地或留驻此地的人口迁移较为频繁。明清时期是河唇客家人迁入的主要时期。历史上的客家人一路迁徙南下，河唇客家人主要从闽西、粤东向西南等地迁移而来，聚族而居，开发山区丘陵土地，修建姓氏宗族祠堂，祭祀祖先。

　　河唇钟氏是河唇镇客家人姓氏、人口最大的宗族，据河唇钟氏族谱载：河唇钟氏是豫州（现河南）颍川堂烈公一脉，先祖理公是友武公次子，于福建上杭迁移广东长乐（今五华），后定居兴宁龙归峒（今岗背）大平湖，后又迁永安（今紫金）乌石澄田水；再后，提龄世系 22 世梦祥公与 23 世钟纶公，携眷于明朝中期（约 1540 年）从兴宁、紫金、五华（长乐）等地分别迁到广西陆川木朵和广东廉江石岭秋风江、河唇、石角等地开拓基业，繁衍后代，至今已有470余年。钟纶公生三子：明富、明琼、明秀。至今，明富公支系与明秀公支系已繁衍至第二十一世代，现有人口约2万，有25个自然村，分别是山背村、牛勥坝村、龙口埇村、田心村、白水塘村、石仔岭村、禾地墩村、龙湖村、朱仔墩村、竹园村、社下角村、苏茅角村、松木岭村、油甘岭村、河唇仔村、青湖村、坡塘仔村、草塘仔村、莲塘口村、莲塘仔村、秧地坡村、望古墩村、黄鳝埇村、横岭仔村、耀仔地村。

（一）河唇钟氏族源历史

据河唇镇龙湖村《龙湖村族谱》[①]修族谱序所载：

> 今观族谱所载，老祖讳镗（王仑）公所生之子，其迁来者，则有三焉，震索所得长男，明富公，乃吾族肇居始祖也。坎索得中男讳明琼公同来分居，立藉陆川县木朵村，又名罗村焉。良索所得少男讳明秀公聿来胥宇，立藉竹村焉。良叔祖世系，繁不俱载。兹按吾族谱书溯吾祖源流，自福建省汀洲府，上杭县而来，于嘉靖年前，由陆川合平抵廉江，卜居清湖，当日者，吾祖忠厚传家，和平处世，仁累德积，业创统垂，子孙寖炽寖昌，宗族愈传而愈盛，延五六世来，功名继超，事也绍兵，未几兵火频仍，粮累星逃，儒术抛弃，绳武乏人。迨康熙三十年，世方昇平，获复先业，生聚日繁。

青湖村是河唇钟氏始祖安居起家之地，在青湖村钟氏大祠堂的对联中有写："始钟离，兴颍川，福建上杭千世脉；迁广东，创青湖，竹园木朵一家亲。"河唇钟氏是"颍川堂"钟氏的一个支系，聚居在广东廉江河唇镇周边。据说[②]，河唇钟氏始祖是两兄弟：兄，钟明富，是一位风水师；弟，姓名不详，读书甚少，但力大无穷。传说弟弟

---

① 资料来源：2016年2月22日，在廉江市河唇镇龙湖村收集《龙湖村族谱》整理。

② 据当地知识分子钟志超先生口述整理。访谈人ZZC，访谈时间是2016年2月20日，访谈地点在廉江河唇青湖村钟氏祠堂里面。

可以用一个拳头在田埂上打一个洞，就能将牛牢牢地绑定在那个地方，使其乖乖吃草。两兄弟用绳子挑着三个神像，从福建上杭出发，迁徙至广西陆川，最后来到廉江市河唇镇青湖村。据老一辈流传下来的传说，两兄弟选择在这里安居落户是因为挑着神像的绳子在这里断裂，钟氏始祖两兄弟认为这是神灵给他们的指引，因此便在青湖落地生根。

哥哥钟明富刚开始是落户在青湖村对面的一个村落——竹园村，弟弟居住在青湖村。因为钟明富是风水师，为了宗族后代的稳定繁衍和发展壮大，他仔细观察了竹园和青湖两个地方的风水，认为竹园这个地方日后必定多出圣贤（读书人），但后代子孙多患麻风；虽然其弟居住的青湖村少出圣贤（读书人），但人丁兴旺。为了顺利和其弟调换居住的地方，钟明富借口说：他们附近的一个村庄（姓钟的人发展壮大以后，这个村逐渐消失），居住的龙姓人家过于野蛮，经常放牛过来吃钟明富栽种的庄稼，弟弟比他力量大，可以制服龙姓人的野蛮行为。因为当时每个地方只居住着三两户人家。因此，钟明富和弟弟顺利调换了居住地方。现钟明富后代繁衍发展壮大到二十多个村落，其弟的后代在河唇镇只占有三个较小的自然村，但其弟后代多出读书人，多数成为各行业的佼佼者。

现钟氏族群在廉江共划分为三个区域（以行政区域为标准进行划分）：莲塘口管区、青湖管区和龙湖管区。除了龙湖管区和莲塘口管区有一些杂姓人口，这三个管区基本上囊括廉江内所有的钟氏人口。据说钟明富弟弟的后代支系有一部分人（几千人）迁到徐闻。在解放前，他们的后代回来打算认祖归宗，但是青湖村钟氏后代害怕他们分割宗族土地财产[①]，因此，青湖村钟氏后代拒绝承认他们的身份。"文革"爆发后，宗族活动被禁止。1982 年前后，三个族委曾找寻过他们，但没有成功，据说目前仍在寻找。

（二）神灵、神庙、祠堂：河唇钟氏的信仰空间

---

① 当地人称土地叫作"租偿"，即祖公财产，田地租金。

1. 神灵

现廉江钟氏族群主要供奉的神灵大概有八位：观音菩萨、普庵祖师、北斗玄天镇武上帝[①]、敕封五显华光大帝[②]、骑鹤仙姑[③]、烟主司命灶君[④]、文昌帝、土地公。

观音菩萨（女菩萨）在钟氏族群供奉的神灵当中，排位是最大的。它是钟氏始祖钟明富带下来的神像之一，在"文革"期间被钟氏族人私藏在家里，因此免遭毁坏，得以保存下来。观音菩萨一般会放在田心村供奉。

普庵祖师，钟氏始祖钟明富带过来的神像之一。现一般供奉在龙湖村。

北斗玄天镇武上帝，武将，属于北方神灵，主管水。现一般供奉在河唇镇龙湖村。据龙湖村村民钟志超介绍，上帝公不属于钟氏始祖钟明富所带下来的神灵。

据说在120多年以前，龙湖村一个村民做鱼苗生意。在加水进鱼塘时，错将两筐鱼苗放进鱼塘，由于这位村民赌上当时所有的身家做的鱼苗生意，需要靠这两筐鱼苗赚回成本盈利。因此这位村民便对天请求：若哪位神仙能将鱼苗找回来，便世世代代祭拜供奉这个神灵。随后便出现一个身穿白衣的人出现在他面前，这位村民跟着这位白衣人进入森林里，发现了"尚帝公"和"何仙姑"的神像，于是他便向那里要了这两座神像，放到鱼苗丢失的池塘位置，最后鱼苗竟然神奇地汇聚在失落的地方，这位村民成功找回了丢失的鱼苗，最后发家致富。目前这位村民的后代生活条件比较好。

敕封五显华光大帝，武将，属于南方神灵，主管火。钟氏族群始祖钟明富带过来的神像之一，现一般供奉在河唇镇青湖村。

文昌帝，建于357年前后（大约在廉江钟氏族群第九代）。据说过

---

① 当地人简称上帝公。
② 当地人简称华光公。
③ 八仙之一何仙姑。
④ 指《封神榜》里的姜太公。

去有一家人在廉江塘蓬镇的一个圩做生意，因为生存不下，把文昌公带回来的。

"文革"时期，廉江市龙湖村的文昌庙没有被毁，但文昌帝君的神像却被毁了。因为当时钟氏族群被分成青湖大队、龙湖大队。"文革"时期龙湖大队没有办公的地方，虽然当时文昌庙的神像已经被毁，但是他们还是用了龙湖村的文昌庙作为办公的地方，这样龙湖大队的文昌庙才被保护了下来。大概在1979年才重新建的，文昌庙前后共修建过四次。目前文昌庙在廉江只有三座，龙湖村的文昌庙是其中一座。

土地公，是每条村都会有的神灵。

2. 神庙、祠堂

廉江市河唇镇钟氏族群所居住的每个村都有祠堂[①]。钟氏族群的祠堂和庙是放在一起共同供奉的。据钟氏族群后裔钟志超所述，他们村曾有一个这样的历史：原本他们一般是一个房头一个祖堂的。后来他们村在外面住得不太好，年轻人平白无故地去世。原来他们旧的村是姓张的在那里住，张姓人家住得比较平安。后来姓钟的人比较多，想要拿那块地，就把姓张的人家赶到吉水镇（距离龙湖村距离两三公里远）。钟氏住进去后，有的祖堂没有后人烧香打理。村上就变得不平安，所以才把所有的祖堂合起来，因此才有现在的祖堂和神合在一起，进行供奉。祠堂属于祖堂，这个和其他村不一样，以前的祠堂和庙是分开的。现在是六个房[②]一个祖堂，全村一个祠堂。

在当地，宗族活动由族长牵头进行，族委会来组织，全村集体参与活动。每个神灵生日的时候都会杀猪，给全村人分猪肉，这些都是村里集体参与的活动，祭祀的费用当地人都是按人头来收的。个人祭神叫拜公，拜公一般用鸡、猪肉、鱼等。这边的集体民俗活动有元宵

---

① 当地人将"祠堂"称为"祖堂"。本段材料来自访谈人钟志超口述。

② 六大房：指现廉江市河唇镇钟氏宗族的龙湖村十一、十二、十三、十四代加上另外村钟氏的八代和九代，一共就是六大房。

节游神、添丁点灯、酬神演戏①。新添丁的家庭都会过去青湖村文昌庙挂灯，这就是"添丁"的意思，一盏灯代表添丁一个，目的是为了让神灵知道钟氏宗族又多了一位成员，这也是一种答谢，表达对神灵的保佑感谢。这时候需要请出华光公和上帝公在各个村庄进行游神活动。每年年初二至年十三，华光公和上帝公便会在十二个村轮流各待一天。除了集体举办的祭祀活动之外，每个村都保留着个人祭神的习俗。在当地人的观念中，"亦神亦祖"是当地文化一大特征，他们认为阿公的显灵也就是神灵的显灵。神灵祭祀的活动，大家都不敢轻怠。无论是日常祭祀还是重大节庆祭祀，从大房第一个祖宗开始，几十个村家里都要派代表过来，没有哪个家庭敢不派代表来的。钱是大家事先计算好，预算好杀猪，买炮的钱，大家平摊。

在以前物质匮乏的时候，拜祖宗摆的酒和菜的顺序和品种是很讲究的，有些东西不能摆的。但现在出现很多新的东西，比如摆上了富士果，烧的东西不局限在草纸和银宝，有些人还会烧房子、车子。虽然根据时代的变化，村民在祭祀时的表达方式与表达内容会有变化，但村民求福、平安、健康、富裕的心理是不变的，文化的血脉和骨架层没变。此外，"亦神亦祖"与神灵祭祀的秩序观念也在影响客家人对于祖先、先辈、长者辈分的秩序达成。如采访资料所言：

> 我们客家人的宗族文化也很强，我们辈分是很清晰的，像我是第十七代，我女儿是第十八代，每个人的起名都有规定的，像我这一辈必须是三个字，我女儿是两个字。所以无论是在村里还是在兄弟村庄，他们一看到你的名字就知道你是哪一代，

---

① 在龙湖村，每年年初二到年初七每一年都会请戏班唱粤剧，龙湖村请的是粤剧，其他村请的是木偶戏。本来是六个晚上，但是年初五是龙湖村的年宵，白天要演一场戏，一本戏有七场。一般单数就叫阳数，双数就是阴数，拜神时候要用三碗饭，就是阳数，那个神是阴，阴阳结合，阴阳平衡。烧香的时候一、三、五支。用的饭碗也是三碗五碗，用的酒杯茶杯也是阳数。庙堂面前的阶梯也是阳数，三五七九这样。很少用阴数，哪怕是建楼房时前面的阶梯保留阳数的例子，论证阴阳平衡。

应该怎么称呼你。如果村里有人去世，近五代以内的钟氏兄弟都要过来奔丧，这个很难得，在商品经济社会冲击力那么大的情况下这个习俗都还保留着。无论平时的矛盾有多大，都要过来参加。在我们村里起名论字派，谁都不敢越过这个规定，而且如果是同一代的，起名是同名也不行，哪怕是同音都不行。如果哪家有老人走了，五代之内每家至少派出一个代表来戴孝和拜祭，披麻是自己直系的子孙做的，这有一套固定的礼节。这可能是人在这样一种绝望和危难的生存状态下，大家团结一致对待最致命性的事件的反应。客家人是一个不断迁移的族群。我们的族谱可以追溯到西安，河南的大槐树，又到江西，到福建，再到三水，才到这里来。往后还有姓钟的人，到广西黎塘。族训、祖训①上的相关规定我们族人也都共同去遵守，不敢违背。

我们村里两三百人，几百人一起吃饭是很自然的。因为我父亲和我爷爷都是最后一个，所以我是十七代，辈分比较高。和我年龄差不多的人已经到二十一代了，一些七八十岁的人比我低一两个辈分，所以他们都叫我阿公。在一起吃饭那一排最好的位置也是我坐的，这是他们对辈分、祖训的尊重，并不涉及世俗的权

---

① 河唇钟氏族训：全体族人，一脉所生，关系各一，连叶同根。忠诚之言，后裔必遵，铭记在心，传子教孙。思想要正，行动贵敏，遵纪守法，忠贞为本。尊长爱幼，男妇平等，兄弟和睦，夫妻谦尊。教子教孙，德孝行先，贫寒不盗，富贵不淫。勤学善思，奋发图强，勤劳致富，兼顾众人。商贾营生，讲究公平，工农商学，专兼都行。从戍卫国，威武不屈，骁勇善战，忠奸要分。位阶公职，清正廉明，尽职尽责，平易近人。走向社会，善于交际，为人处事，善恶分明。逢恶不惧，遇善莫凌，正直公道，世代扬名。

祖训：明明我祖，奕世流芳，基肇春秋，名显汉唐。宋元明清，德业辉煌，凡我裔孙，静吸稽章。颖川二本，视同一堂，虽有外亲，不如族人。荣辱相关，利益相及，宗谊为重，财利为轻。为父当慈，为子当孝，为兄爱弟，为弟敬兄。士农工商，各勤其事，勿怠勿荒，克勤克俭。力图自强，隆师教子，安分守纪，闺门有法。亲朋有交，勿为愧事，勿谓无知，冥冥鉴临。勿谓无人，寂寂闻声，伦理道德，立身之本。家规家法，应当遵守，谨此奉行，降福孔长。违我训者，是为不肖，子子孙孙，咸听斯训。

利和物质的支配。"①

（三）河唇钟氏族委会的组建与管理

河唇钟氏拥有独立的族群管理组织——族委会，专门管理钟氏族群内部事务。他们有自己独立的族委会办公室，一大一小，只提供给钟氏族人使用。钟氏族委会有独立的财政收入。不同于村委管理组织管理的行政事务。

河唇钟氏成立的族委会，都是由村长推荐。河唇整个钟姓的族委大概有十一二个，一般族委都是比较有威望的、或者比较有群众基础的。族长是从钟氏族人里挑选出来，管理年例、游神等宗族活动。族内族长都是公开选出来的，一般是辈分高、人品好、有一定决断能力的人。族长和副族长的选择，辈分年龄都有关系，但最核心的是这个人懂得一脉传承下来的生活习俗和风俗较多，了解祖宗。这样，他在族群里威信最高。他要懂得怎么祀奉祖宗，人生一世的流程，该做什么，行程怎么走，因为他们很怕搞错程序会出报应，有灾祸。族委成员是通过选拔出来的，一般族长都是青湖村的人，因为青湖村人口较多，而且也是钟氏族群始祖的发源地。龙湖村人口也不少，为了均衡族委人员，有时副族长是从龙湖村选出来的，河唇镇整个钟姓的族委大概有十一二个，选拔族委的标准一般是：在村中乃至当地声望地位较高，并且有一定的群众基础的钟氏后人。但是如果村里面人数多但没出人才，一般不会从这个村挑选族委成员。

河唇钟氏宗族还独立拥有一座七层楼房，这座建筑是当时在桂林军分区当司令的钟氏族人出资、借资并号召族群内一部分钟姓老板集资建成的，房产属性登记是三个管区②共同的名义，属钟氏族群所有（不包括杂姓）③。这栋楼出租的所有收入都归入族上。由族上支配钱财的收入支出，用来还钟氏对外所欠的债。

---

① 访谈人 ZMJ（45 岁），访谈时间是 2015 年 12 月 30 日，访谈地点在湛江湖光岩。
② 龙湖管区、青湖管区、莲塘口管区。
③ 龙湖管区的一个村和莲塘口管区的两个村均有杂姓，但钟氏族群房产股份不包括杂姓，不收取他们的费用。

在当地，整个宗族内的重要事务、主要节庆、不定时的志庆活动，族委会都会亲自参与整个组织、管理、决策、监督等各个环节中来。如《钟氏清明祭祖重建始祖公墓碑刻》有载："始祖考钟明富太公及妣黄氏老孺人之仝墓，于壬辰年（2012 年）重修，十一月初一日立碑，十一月二十日竣工。坐向保持原状。修墓期间，族委成立了筹建小组，裔孙们踊跃集资捐资，充分展现了河唇钟氏宗族的兄弟团结、兴旺和谐的精神面貌和诚孝敬祖的优良传统。"此外，族委会还在修族谱、清明祭祀、分祭肉等活动中组织族人参与、捐献、祭拜活动。

在河唇钟氏的日常事务管理中，存在着宗族管理与行政管理两套乡土运作体系。在当地负责行政工作的村主任、村干部和管区书记看来，平时大部分的活动都是由族里的族委会来组织，他们能管理的事务并不多。在田野调查中河唇钟氏副族长钟志芳告诉笔者：

> 我们族长一年负责的事情也比较多，每个神的诞辰搞活动、族里的庆典活动、搞传统文化活动都是需要族长负责的，我们有族委会，活动就是由族长牵头，族委会来组织的。族长要负责二十多个村，一万多人的事务。村主任就是管行政事物。如果是村搞的民俗活动就由村主任来负责，如果是族里面搞的活动就是由族长负责。虽然整个村都是同一个姓，但是村和族是有区别的。族委会有具体分工。以前宗族搞的活动没有计划书，好像大家都习惯了一样，大家是通过抓阄轮流负责。谁搞了什么就自动去，比较自觉。①

（四）河唇钟氏代表性年俗活动

河唇钟氏属于客家民系，使用客家方言，至今仍保留着特色鲜明的传统生活习俗。现挑选其中较有代表性的年俗活动做简单介绍。

1. 游神——保佑四方百姓

游神，又称迎佛、抬佛、抬神像、神像出巡等等。在喜庆的节日

---

① 采访人钟志芳（龙湖村老村长，钟氏宗族副族长），采访时间是 2016 年 02 月 20 日，采访地点在廉江河唇龙湖村钟志芳家。

里，如元宵或诸神圣诞日等，人们就到神庙里将神像抬出来游行，认为只有让神出来巡游，与民同乐，神才保佑四方百姓。

在河唇钟氏聚集地区，无论是大村还是小村庄，每年新年都会组织游神，当地俗称"游神舞狮大会"。游神一般从年初二开始，一直游到元宵节结束，几乎每个村庄都有游神的风俗。游神的种类各式各样，有些村庄的游神时间比较长，白天游完，晚上接着游，热闹非凡。

2. 点灯——感祖恩贺添丁

河唇钟氏点灯习俗由来已久。过年期间，各村新添丁的家庭依特定程序举行点灯仪式，具体细节各村略有不同，但共同目的都是为了敬谢神公和历代祖先庇佑，庆祝各家各户喜添新丁。田心村的丁酒会最有特色。大年初九是田心村的年例，在每年的这一天，村里都会举办丁酒会，舞动醒狮，游神，饮丁酒，燃放烟花爆竹。全村群众及亲戚朋友齐聚一堂，同庆佳节，共度欢乐时刻。

3. 闹元宵——神人同庆祈万福

每年到了正月十五这天，河唇镇上都会锣鼓喧天，彩旗飘飘，异常热闹，这就是闻名四方的钟氏游神闹元宵活动。河唇钟氏元宵游神活动在族委会和组委会的领导下，采取各村轮流主办的组织形式。

游神当天，各村群众聚集到由主办方提前安排布置的场地，场面非常宏大热闹。主要的组织程序与活动过程包括：烧香请出神像坐上抬轿，各村龙狮班入场，经过一系列固有仪式后列队起轿游行，游行线路经过各主要村道和镇街，群众摆桌上香拜神，游神期间安排有花车展览、舞龙舞狮、武术演示、吹喇叭等活动。游神队伍所经过的地方，锣鼓炮竹声震耳欲聋，给当地群众送上祝福和喜悦。

河唇钟氏每年举办的游神活动，都会吸引各大媒体争先报道，如湛江日报社、廉江电视台等，2008 年，曾上过央视直播，2011 年，上了央视 10 套华人世界栏目的《客家足迹行》，产生了热烈的社会反响。

4. 游灯——添福添寿人丁旺

二月二又被称为"春耕节""农事节""春龙节"，传说是龙抬头的日子，此时，春季来临，万物复苏，蛰龙开始活动，预示一年的农事活动即将开始。在中国的很多地方，人们往往会在二月二前后用不同的方式敬龙祈雨，佑保丰收。

河唇钟氏相传，二月二是土地公诞，以前族里都会举行游神活动，俗称游灯（也称游丁）。现在，每逢二月二，青湖、竹园、莲塘仔、莲塘口等钟氏村庄都会举行游灯（游丁）活动，祈求土地公保佑添丁发财，风调雨顺，天下太平。

二、河唇钟氏宗族日常互动与地方秩序运作模式

（一）固定场域：河唇钟氏族内互动重大空间

1. 元宵游神：河唇钟氏族内最大的互动盛会

每年正月十五元宵游神，河唇钟氏所有村庄都会派出队伍参加游神活动，每年都由一个村作为主办方主持整个游神活动，其他河唇钟氏村落会在正月十五当天早上来到主办村的广场上集中开始游神活动。每一年具体由哪个村庄主办，这个是通过抽签方式来决定顺序，等全部村庄都主办过之后，再开始新一轮抽签顺序。河唇钟氏村落在每年元宵轮流主办，在一定程度上也维系与加强族群内部的互动交流。

每年族里都会给主办方的村子几千元，剩下来的就需要这个村自己去筹集。在元宵游神之前，主办方会邀请各兄弟村的村主任、部分族人过来吃个饭，讨论元宵游神的事情。比如 2016 年石仔岭是主办村，办了 150 桌酒席，按照大家交钱来安排座位，每人 80 元。如果一户交了 400 元，那这一户就会安排五个位置给他们。一般至少一户都有一个人来，这也是河唇钟氏兄弟、各家庭集聚坐在一起交流的时候。民俗活动给宗族内各村落间提供了一个人情互动、族人互往的公共场域。

每年游神投入费用的多少，主要是看主办村的组织以及经济情况而定。2016 年是石仔岭村主办，主办村负责人 ZGH 提到：

> 我们这个大广场原是村人的自留田，村里的兄弟比较团结，每家每户分出一点田凑成这么大的地方来建广场的。我们以后会

211

在文化广场这边建一个文化楼，必须有一个有影响力的人才能组织行动。但是不会占太多的田地。

我是代表廉江的客家人经常要到江西赣州、韶关、河源、梅州蕉岭那里。因为不同地区的客家与客家之间会有交流。今年我们这里摆了67桌酒，每桌750元，目前是规模最大的。去年在其他村主办只是摆了二三十桌。这些酒席是我们村主办的，费用大多是我们村里出的，有些老板会捐钱，族里没有出钱。我们村比较大，按照人口收，每人收80块，我们村大概2000多人，那就有10万左右了。像我们这么大的村应该有两个，另一个是莲塘口。1000多人的村比较多。我们每次搞活动都没有策划书，都是靠自己自觉参与。我们是从去年就开始筹划搞这个活动了。这次我们还请了吴川那边的队伍过来，吴川飘色，费用的话，大概是每人1000多块，还有我们活动的服装、道具等这些费用，一般都是我们这边的老板出钱来做这些活动的。

我之所以会请吴川飘色来表演，是因为这几十年都没有什么特色活动，这次想搞一些比较有特色的活动。今年请了十台吴川飘色，每台费用大概4000元左右。这是十年搞一次的活动。每年都搞这种活动也没那么多经费。如果以后这些活动由我负责，我就想搞得漂亮一点，有些活动形式我们需要与时俱进，必须创新。我想请吴川那边的飘色过来，也是为了让乡亲们多认识不同地方的新鲜事物，进行不同地方的文化交流啊。今年我们村的队伍和别村的有所不同，以前我们是不讲究队伍这方面的，但是今年我们队伍更换了新的服装和工具。我们今年也请了舞狮的师傅过来教我们舞狮。

今年我们也专门请人过来进行航拍，花了6000多元，目的就是为了宣传我们钟氏一族，不是宣传我们村。我们今年（河唇）钟氏的年宵庆祝活动除了请吴川飘色、航拍过来之外，还有很多不同的，最起码比以前更加重视了，以前的队伍不整齐，今年我特意组织买了300多套统一的服装，让队伍整体看起来比较整齐很多，也修路、重新规划了队伍的游行路线。①

在元宵游神的头天晚上，各个神像由青湖村派人到各村去接神像回青湖村钟氏大祠堂，齐聚一堂供族人供奉。等整个活动结束后，又把各神像请回各村里。在调查时，笔者晚上 11 点左右就在龙湖村的文昌庙前等待着观看整个接神仪式。一到晚上 12 点整，即正月十五零时到来之时，青湖村接神队伍就在鞭炮声中请神入轿，喧天的锣鼓声、长长的迎神队伍、神秘黑暗的夜色加上人手一把社火，给整个接神民俗活动营造了一种庄严的仪式感。在青湖接神队伍准备返回青湖村时，龙湖村的同族兄弟队伍会跟着青湖接神队伍去到钟氏大祠堂。小孩子也跟着队伍在夜晚走，营造了一种对宗族认同的氛围。待所有神灵请到钟氏大祠堂后，全族人进入拜神的高潮阶段。族委会提前安排族人煮好粥提供给拜神的族人喝以及分好生猪肉给族人。当晚也是族人每年还福祈愿的时间，其中生男孩要挂花灯的仪式也是在当晚进行。在当地钟氏宗族中，他们无论生多少男孩，所有河唇二十多个村的钟氏家族在青湖村的祠堂上只挂一盏花灯，表示同族同一条心。

在元宵游神当天早上五六点，族长就组织族人协助主办村庄开展民俗游神活动的前期工作，做好迎接兄弟村庄游神队伍过来集中的工作。如安排人力物力，煮饭、宾客接待、场面布置，而族长和族委做总指挥。在游神队伍没来之前，族长会带领族委会成员以及主办村庄代表进行集体祭拜活动，向神灵告知族人祈愿以及活动安排，希望神灵保佑全族人团结同心、身体健康、发达兴旺。随后主办村庄的村民会参与整个神灵祭拜活动中来。比较分散的祭拜活动结束之后，大约在早上八点钟，兄弟村庄的游神队伍就会陆续进场。每支队伍都穿着提前定制好的统一服装。届时，主办村会派出一对醒狮站在队伍进来的地方欢迎兄弟队伍的到来。每支队伍到了村口都要燃放鞭炮以告知神灵之后才能进村，而且他们进入迎神队伍入

① 采访人 ZGH（60 岁左右），采访时间是 2016 年 2 月 21 日，采访地点在廉江河唇镇石仔岭村。

口的地方，兄弟队伍的醒狮都会先跟主办村的醒狮在相会之后进行一段表演再进去拜神。这是一个在固定时间、指定的公共场域开展同族兄弟交流、互动、增加宗族的血缘与情感的联络机会。

元宵游神期间，游神路线都是提前设置好的（如下面路线安排）。河唇钟氏游神路线为了不与河唇其他姓氏游神路线冲突，在开展游神活动之前几天，族委会就派人去跟其他姓氏的不同宗族间进行商量，每个姓氏在游神之前也会提前邀请其他姓氏比较有权威的人物去参加他们的游神聚餐，这也是不同宗族之间联络感情。

（2016年）正月十五元宵游行线路安排[①]

石仔岭村元宵场（上午11时半）起马，石仔岭老村水泥路上到东头转弯西头村边路口出，沿铁路边到朱仔墩村伯公坛前过，桂伟门口过，直行到海坤门口转弯进新区镇府路过。直到油甘岭村庆明大门口过（敬神点）又转弯河唇圩路直到朱国喜铁栏门口过三角路口（敬神点）河唇老加油站过对面（敬神点）。百货仓小区大门口过河唇食品站门口对面转弯下罗州路，河唇圩市场门口过朱仔壤村香火堂门口过（敬神点）直到铁路遂洞口转弯火车站上，锡堂门口过（敬神点）五一大道钟氏文化活动中心楼门口过（敬神点），河唇野三角湖（敬神点）转弯上红星陶瓷厂大门口过，过铁路遂洞粮所门口过，居民原沙场（敬神点）石新队进，西头路口出上河唇至吉水水泥路转。锅厂门口过（敬神点）石中队转河唇中学门口过，直青湖村正面转堂。世坤小卖部门口（敬神点）老境主（敬神点），然后竹园村正面转堂。

河唇钟氏族委会
农历2015年12月28日

附：龙班排号：1.耀仔地村；2.草塘仔村；3.莲塘口村

狮班排号：1.龙湖村；2.莲塘仔村；3.朱仔墩村；4.苏茅角村；

---

① 廉江市河唇钟氏丙甲年（资料于2016年2月20日在廉江河唇镇龙湖村搜集整理）。

5.禾地墩村；6.油甘岭村；7.社下角村；8.坡塘仔村；9.松木岭村；10.田心村；11.望古歇村；12.白水塘村；13.黄蟮埔村；14.龙口埔村；15.秧地坡村；16.石仔岭村；17.青湖村；18.竹园村

待各路人马集中以后，按狮、龙队一字排开。每个村都会有一个固定点进行神灵祭拜。游行队伍整个钟姓村落都会经过，每个村的神灵也会出来，按当地人的说法，就是神灵也跟人一样出来相聚、会面、共乐。以前像2012年，游神还是所有的村都游到，保证所有的家庭后代的生活区域都游到，但它不会越界，不会游到其他姓氏的家庭里。其他姓的也不会游到钟姓家庭这里来。但是如果有交叉的路线，其他人也很通融，会让对方通过，他们也会拜和烧香。现在也有入乡随俗的情况，比如游到河唇镇上面，那些做生意或当地居住不一定姓钟的人或国营企业的外地工人，他们也会跟着烧香，也会拜这些地方大神。以前要游一天一夜的。小时候每游到一个村，村里面的狮队在村头路口迎接，迎进来之后烧香拜。以前还有一个打武术的，拳、棍、刀、叉、鞭各种武器都可以打出完整的功夫套路，现在虽然有舞狮队但是平时不学的了，武术也慢慢失传了。不同姓的功夫套路是不同的，他们都是族内人，不用请外面的人。

2. 清明祭祖：在文化变迁中强化的族源记忆

清明祭祖对于河唇钟氏而言，也是一年中除元宵之外族里的人最齐的时候。自河唇火车站开通之后，便捷的交通让当地年轻人选择去打工、做生意等。20世纪五六十年代，生产队的整编与人民公社化运动的开展，外出工作的年轻人较之现在还是比较少。改革开放之后，随着公路、铁路交通运输的快速发展，外出工作的年轻人越来越多。平日里较少人待在村里，清明祭祖时，很多在外工作的人们都会返乡祭祖。

清明祭祖，拜的顺序不能乱，先拜土地神，再拜祖公、祖婆。清明祭祀的土地公和村里的不一样，村里的土地公是管村的，这里的土地公是管山岭的。每一个岭头每一个地方都要土地神管。在河唇钟氏中，一世、二世、三世、四世一般都是所有的村庄合在一起来共同祭祀，每个村每祭祀一位祖公都要出一头猪，到了后面大家都是各自祭

215

拜自己的祖公了。一般拜到八世九世，每天都要二十多块钱。到了十一世、十三世要一百多块了，各自近亲祖公一般要五六百块。清明节花费大概在一千块左右。

河唇钟氏副族长告诉笔者，祭祖的时候，要读祭文，读每家一个家长的名字。

> 在我们宗族祭祀的时候，那些祭文都是我讲的，从我们始祖到现在每一代是怎么从上面迁移过来到我们龙湖村啊，我都很清楚，这些都是有根有据的。我们每一年的清明都是从春分开始的，就是在春分的第一天我们就开始祭祖。祭祖的时候都是需要念祭文的，这些祭文我都能记住，也能写出来，不过一般不用文字保存下来，一般写出来的话，也会在祭祖的时候在我们祖公坟前烧了。我们的祭文内容很丰富，里面都写着我们的祖宗从福建莆田怎么样迁移过来、经过哪里才迁到了我们青湖这边，祭文的内容有很多，包括写我们祖宗的功劳、歌颂祖宗的功绩。这些在我们族谱上都有记载到祖宗如何从福建迁到这边。我家里也有很多族谱，里面都写着祖籍在哪里？开基，经过什么地方，然后歌颂他，生育后代、美好的品德、家族史。新的族谱，六个祠堂六兄弟，都是钟氏兄弟的，不是整个廉江的。"[1]

在清明祭祀的现场，笔者看到有很多从事饮食小买卖的商家会推着车或挑着担过来附近做买卖。当地人告诉笔者，这些小买卖商家不一定是我们钟氏族人，也有附近其他姓氏村庄的人，他们看到哪里热闹，就拿着饮食类商品来售卖。据当地人所述，以前这种现象更多、更热闹。清明祭祖对于他们而言，不单单是一个祭祀场域，也是年轻人相识、约会，儿童相聚、逗玩、买零食吃的地方。以前在清明祭祀场地还会有舞狮舞龙，民俗活动的氛围更加热闹。时间的斗转可能会改变了当地人祭祀的形式、祭祀品的内容，但是他们宗族祭祀观念、

---

[1] 访谈人钟志芳，访谈时间是 2016 年 3 月 20 日，访谈地点在廉江市河唇镇钟氏清明祭祀场地。

216

族人互动在精神层面的交流以及他们在整个祭祀仪式中对族源、血缘的追忆并没有改变。

（二）不固定场域①：河唇钟氏族内频繁互动空间

生活片段一：龙湖村文昌庙的建成与庆典

据《龙湖文昌庙重修碑刻》所记：龙湖文昌庙始建至今已有两百多年历史。据说当时由九世铭瓒公嗣始建于横龙仔，后迁建塘蓬山仔，后再由九世铭琅公嗣孙，十五世吉祥公（字福亭）出资于清末迁建大田面（即现址），由众人供奉。上世纪60年代，由于破四旧运动，文昌公身相一度被毁，庙堂用于学生上课课堂。改革开放后，文昌公身相再由全村村民捐资修复一直至今。但由于原庙堂是土木砖瓦结构，时长久远，风化老旧，瓦面坍塌，庙宇已成危房，为念神恩，尊奉神德。经全村村民一致研究通过，决定拆旧建新。成立庙宇，兴建组委会。在组委会和全村村民辛勤努力，集资捐款，外出募捐，在善心人士捐款的鼎力支持下，庙宇于二〇一五年农历九月初三日动土开工，至二〇一六年农历二月九日建成。

二〇一六年五月二十三日是龙湖村文昌庙重修落成举行庆典仪式的日子。这一天龙湖村村民都在忙碌着款待外出归来的子女、外嫁回来的女儿女婿、外村过来参加的族人兄弟、外姓其他朋友。此外，他们还在文昌庙前面的广场上进行摆酒，大概有一百桌。据当地人所述，在河唇钟氏族里无论是哪个村有庆典活动，都是由村里的村干部、族里的族委会以及村里比较有威望的人员来策划主持。类似这种活动，其他兄弟村庄都会派人过来参加，每个村也会提前随礼给举办庆典的村庄，让他们能在短时间内容攒够可以摆酒的花费。龙湖村钟志超先生告诉笔者：

我们现在族里的活动办酒席都是外包给外面的人来办，通过投标形式，每一桌谁给的钱少，我们就给他们来做，像我们这次

---

① 不固定场域开展的活动指的是这些活动不一定每年都有或每年都是同一个时间来开展，而是不确定的、不连续的、针对一些有意义的目的而开展的一些不常态的活动。

文昌庙庆典每一桌只需要818元，当然还不包括烟酒。族里这些庆典活动，族里的兄弟和各个兄弟村都会捐钱支持，当然我们也会叫他们过来一起热闹一下。

我们村每个人出400元，还有自己兄弟村和其他人，也就是村外的人一共捐了80—90万。还有两个北方人，他们是过来这边打工的，负责拉电缆工作，他们每个人也给我们村里捐了1000元，他们的名字都刻在我们村的芳名榜上。[①]

生活片段二：钟氏一家的孩子"添丁酒"

2016年2月21日，笔者在田野调查的途中经过钟氏一家的门口，刚好遇到他们家举办"添丁满月酒"，受邀参加他们的家庭喜事。当这一家的兄弟忙着给各桌递烟送酒时，笔者发现来参加这家添丁酒的人员中有一部分并不是族里的人。以笔者所坐的这一桌为例，坐在笔者左边有一兄弟讲着不太通顺的普通话，席间相聊，他告诉笔者，他家乡是在湛江东海岛的，他来这边生活好多年了，是因为他父亲是河唇火车站这边的"老员工"了。他旁边的兄弟是跟这家有姻亲关系，他不是客家人，是从外地过来的。还有一些朋友是从外地人过来这边办厂、开发等。可见，办酒席，其实是提供了一个族群交流的空间，也是一个信息交流的空间。外部的信息与内部信息放在一个共同的空间进行交流。河唇这边通火车之后，有些人走出去工作，有些走进河唇来做生意、打工，宗族与外面的互动就加强了。铁路经过河唇，铁路建成之后，成为族群互动的一种动力机制，使河唇镇族群互动更加频繁。

生活片段三："十友会"在当地丧葬中的作用

在龙湖村做田野访谈时，当地村民谈到：在村里如果有人去

---

① 访谈人钟志超，访谈时间是2016年5月23日，访谈地点在廉江市河唇镇龙湖村文昌庙前。

世了，就由"十友会"来组织村民参加丧葬仪式。我们会根据村里的人数分为若干组，每一组都有"十友会"，"十友会"实际上是由十个人组成，其中八个人抬棺材、两个人挖墓穴，他们还负责通知和组织各家庭过来参加奔丧仪式。"十友会"跟他们同族的房系也有密切关系，一般"十友会"的成员都是由同一房系的族人组成。他们在当地的丧葬活动中相互帮工、统筹组织，以保证整个丧葬仪式的顺利开展。这一组织形式的存在，不但增强了他们同族间的交流，也强化了他们对房系观念的认同。

生活片段四：仙人洞背后的区域性族群互动

在廉江仙人洞那边有有一个井，那口井有一个很神奇的传说，传说以前家里面的牛、鸡等家畜发瘟了，打这个水回去给它们喝了以后就会好了。除了有小孩哭闹这些，只要觉得有病，他们觉得这里很灵，就跑上来取水。安铺的人来取水，以前这里是没有水库的，是一条九洲江。他们沿江上来取水，中午的时候人数最多可能有几千人。以前雷州、徐闻那些人都是上来打这个水的。当时雷州太平镇的经济贸易也很发达的，所以他们在经济往来时就发现这口井，知道这个传说。现在比较少的雷州人上来这里了，仙人洞里还有一个仙人的脚印。因为比较神奇，所以会有很多人来供奉。以前风水师在仙人洞这边看过去觉得很神奇，对面这里两座岭，酷似一对杯珓，因此叫杯珓岭。观音庙原本就已经存在，大家供奉的人也不少，我们当地现在准备建设观音庙，是想把我们这个地方的文化扩大影响范围。[①]

因此可见，由于信仰的供奉，把来自不同地方的人联系在一个公共的信仰空间，也是一种族群的互动。九洲江、鹤地水库作为江河湖泊，也是一种人群来往的通道，将河岸两边不同的文化、民俗联系在

---

① 采访人 ZY（32 岁），采访时间是 2016 年 2 月 21 日，采访地点在廉江鹤地水库。

一起，相互交流。

此外，在河唇钟氏日常活动中，他们借助添丁、年例、民俗活动作为一个契机，一个公共场域成了一个对外交流的窗口，对外交流包括同一宗族内不同村庄间交流、宗族内外出工作的人与村民的交流、不同姓氏间因姻亲关系、朋友关系等方面相识结缘的交流等。在河唇钟氏中，不同的宗族交往也比较频繁，一般是通过姻亲，因为很少在族内通婚。以前不一定是客家人和客家人通婚，龙湖村村民告诉笔者，以前他的祖婆就是讲白话的，姓文的，不是客家人。现在年轻人婚嫁的范围更大了。改革开放之后，户籍制度相对方便，人们出去不用开那么多证明，自由了通婚半径就扩大了。读书、旅行、打工、做生意等多种方式，都是促进在更大地域范围通婚的主要动力因素。

（三）纠纷与调解：一套地方性伦理运作方式

在粤西乡土社会中，族内出现纠纷，其调节的机制一般都镶嵌入乡村治理实践的结构性变迁之中，虽然调节机制随着乡村治理逻辑的演变也会发生相应变化，但是如河唇钟氏族长所言："平时不同村之间有点小摩擦也正常，但是毕竟都是一个族里的，我去把理说通了，大家都会理解的，一般都不会打起来。"可见，在村域的视野中，族长作为当地显性的权威①在乡村纠纷的解决中发挥的作用远超于村干部。宗族内部民间权威作为一种显性权威的存在是维系整个宗族团结、和谐的重要保障。河唇石仔岭村的 ZGH 告诉笔者：

> 一般村里面有纠纷都是我出面处理。我的原则和想法是于情于理，不偏不倚，公正公开，就事论事。一般是同姓兄弟，以感情和睦为主，一般这些纠纷很少，就算有纠纷，那也是长时间慢慢积累下来的。这种事情尽量协商处理了，都是族里的兄弟，如果还闹得太厉害，那不是让人笑话嘛。他们给我打电话，我请他们两个村的代表出来，一般都是村主任，大家都是兄弟，坐在一

---

① 参考赵旭东：《习俗、权威与纠纷解决的场域——河北一村落的法律人类学考察》，《社会学研究》，2001 年第 2 期。

起喝酒讨论，有什么就说出来，一起协商来解决。这种事情以前也不会很多出现。

我们钟氏的兄弟总体还是比较团结，以后的民俗活动，我希望搞得更加漂亮一点。像昨晚在青湖村的民俗文化活动，如果以后我来负责。我还可以搞得更加漂亮一些，让我们的钟氏兄弟们在这种民俗传统文化中过得更加舒服、更加开心，也邀请其他附近其他姓氏村的人一起来参与我们的活动，不同姓、不同地方都可以交流。

另外啊，我希望我们族里能重视教育，培养更多的读书人，也给他们一定的奖励。没有读书人就没有我们族里的进一步发展啊。我们也可以像外面一样搞个教育奖励基金，每年都奖励给考上大学、读书好的人，这个我们族里是有实力做好的，很多大老板，想做成这件事情也不是什么困难的事情。

对于我们这边的教育，我也想尽一份力，想培养出更多的人才，搞一点教育基金，有什么困难都可以找我们帮忙。我们从 2017 年开始定下了每年初四村里的人都在这里吃饭聚会，外出工作的老板，年轻人都得回来参加聚会，搞好教育基金，重视孩子教育问题。①

一个宗族里比较有威望、有影响力的人在处理宗族内部事务、宗族纠纷的问题上的原则、做法都会影响着整个宗族的发展和未来的导向。尤其是现在进入了全球化、市场一体化、城乡一体化发展的背景之下，会出现很多新事物、新现象，营造了一种新的发展气象。实际上也是乡村社会在现代社会发展中基于地方文化调适作为出发点的一种新发展。就如一棵大树，把它移植到了新的土壤、新的自然环境中，它不断地分支、不断地长出嫩芽，这就是一种生命力的表现。文化也有生命力，文化的张力会随着对外围环境的发展中体现出来，在原本的文化意义符号的基础上衍生出新的内容，新的生命力。

---

① 采访对象 ZGH（60 岁左右），采访时间是 2016 年 2 月 21 日，采访地点在廉江河唇镇石仔岭村。

文化里最核心的还是精神文化，我们不单单是看它们陈述的表象，还要看他们在表象里呈现出来的价值观、地方伦理运作方式、地方秩序重构模式等。河唇钟氏宗族内部纠纷的处理，体现出一个宗族内部的祖训、宗族伦理、社会道德在其中具象性地表达与运作。

三、河唇钟氏商会：当地族群文化创新的"新引力"①

（一）河唇钟氏文化创新社会背景

河唇钟氏自开基始祖明富、明秀公以来，世代以务农为主，恪守传统，孝慈仁厚，友睦四邻，爱国敬业。新中国成立以来，积极落实党和国家的各项方针政策，本分务实，团结和谐，艰苦创业。改革开放初期，实行家庭联产承包责任制，包产到户，族内各家各户精神饱满，干劲十足，大兴种养，解决温饱生计，供书送读。

随着改革开放的推进，部分族人开始创办乡镇企业、经营蔬果北运生意或者到附近乡镇县市打工，但大部分人继续选择留乡务农种养。此时，家乡经济面貌有较大改善，传统文化开始复苏，物质和精神生活比较丰富：宗族和各村修祠堂续世谱，年节祭祖拜神，做大戏放电影；家庭开始添置电器、单车和摩托，修建新楼房；年轻人开始赶穿戴时髦，听流行歌曲，崇拜港台明星，追看电视连续剧。

最近几年，新一轮发展潮流掀起，族内群众生活更加富裕。家乡的水电设施、道路交通得到有效改善，手机、互联网开始得到普及。先富起来的部分族人生意做得更大，甚至做到海外，开始融入全球化发展前沿；年轻人开始学习掌握信息化时代、电商行业、新兴行业所需的基本技能，尝试借力互联网，探索发展新机遇；出外创业的族人和家乡宗亲借助手机、互联网，彼此保持密切联系，满足亲情、宗情交流的需要。族上更加重视整理、挖掘、振兴传统文化，进一步完善族谱和修建祠堂神社，得到全体宗亲的大力支持。游神、游灯等大型

---

① 本小节部分素材搜集来自河唇钟氏商会内部资料整理而成，由钟冠杰先生、钟明杰先生以及商会部分人士提供。

年俗活动的图文信息，以几何级的倍数增长，在族人的手机微信群里轮番转发刷屏，分布在各地的全体族人仿佛生活在一个亲热的大家庭里，千年回响的宗族情怀激荡在每位族人的心海，复兴传统文化、振兴家乡发展成为全体宗亲的深切渴望和共同梦想。

（二）钟氏商会：河唇钟氏宗族内部互动的"创新引力"

河唇钟氏属于客家民系。河唇钟氏有源可溯的最远古祖先是黄帝，黄帝第六十世钟烈公（烈一世）是"颍川堂"钟氏始祖，河唇钟氏是钟烈公后裔。"始钟离，兴颍川，福建上杭千世脉；迁广东，创青湖，竹园木朵一家亲。"悬挂在河唇钟氏祖祠"钟氏大宗"门前的这副楹联，就是他们祖祖辈辈追溯本宗源流的文化符号。他们这一脉钟氏客家人的迁徙历史，有坎坷磨难，有辉煌功德，淬炼出"重名节，薄功利；重孝悌，薄强权；重文教，薄无知；重信义，薄小人"的客家文化特质。

2016 年 5 月初，河唇钟氏商会正式成立，会址设在顺德北滘镇。河唇钟氏商会的成立，是源于当今深刻的社会背景。从历史上看，钟氏家族从明朝末年就搬到河唇镇青湖竹园一带居住，至今已经繁衍了二十多代，人口两万多人。以明富、明秀两位祖公为始祖的钟氏子孙，为河唇镇的社会经济发展做出了不可磨灭的贡献。改革开放以来，面对日新月异的世界，河唇镇位处粤西山区地区，明显落后于广东省其他发达地区。从现实上看，随着后工业化时代的来临，社会分工越来越细，单打独斗的创业模式已经落后，任何单位和个人都不可能脱离别人的帮助和合作。乡贤精英抱团发展是是凝聚宗族力量基于新时代新形势下的文化调适的趋势。

商会是一个信息交流、整合资源的平台，是一个沟通感情、共谋发展、学习提高、回馈家乡的平台。河唇商会会长钟冠杰先生《在河唇钟氏商会成立大会上的讲话》谈到：

> "从国家政策走向来看，现在国家强调建设良好家风，推崇良好的社会公德，鼓励弘扬传统文化。河唇地区要更好地发展，有赖于他们当代的钟氏子孙的团结奋斗。建设钟氏

商会，就是要把河唇全体钟氏子孙联系起来，团结起来，积极参与家乡各项建设，为家乡发展添砖加瓦。建设钟氏商会，就是要通过不断地学习，不断地吸收中华文明的优良传统，主动为钟氏家族奉献力量，促进钟氏家族家风建设，培养有品德、有担当、有理想、有魄力的钟氏家族接班人，为钟氏的繁荣昌盛固本强基！

此外，我们要有深切的文化认同情怀。我们生活在和平盛世，要倍加珍惜，要通过继承和弘扬客家优秀文化传统，塑造好"立德创业、创业致富、富而思进、进而报国"的客家儒商文化精神。

此外，钟冠杰先生希望同族兄弟能参与族里的活动中，严慈、善良、团结。随着族内越来越多人学会使用手机微信，开始形成了利用微信平台进行交流的生活方式，积极参与族内文化建设。目前，各种微信平台互相联结，实现了信息共享与网上网下互动。

（三）河唇钟氏族群文化创新具体运作方式

河唇钟氏宗族内部的互动，不仅仅体现在人际交往、婚丧嫁娶等日常生活中，新时代背景下，他们对接着地方乡土社会发展的要求以及国家社会主义核心价值观内在要求，以河唇钟氏商会作为互动的载体，互动运作的机制更加立体化、多样化、网络化，主要体现在建立"联宗"平台，创新宗族互动、建立"联网"平台，创新信息交流、培养商业精英人才，学习、借鉴、吸收珠三角地区先进的文化与经济发展理念，反哺并带动家乡文化、教育与经济建设，助学奖学、褒奖孝慈与扶贫济困，整合资源，全面实现驻外商会与家乡本土的融合发展。这也是他们在社会转型大背景下，将乡土传统文化、经济发展、宗族复兴、文化自觉意识觉醒相结合来传承客家传统文化、加强宗族内部认同以及促进乡土社会经济发展。具体运作方式体现如下几点：

1. 重建仙人洞观音阁

几百年以来，仙人洞观音阁一直指引着河唇钟氏和社会信众慈悲向善，多做好事，造福族群，造福社会。2016 年 4 月 26 日当地举办了重建仙人洞观音阁开工仪式。重建仙人洞观音阁，就是要弘扬光大善良、正气、团结的文化精神，提高族群与区域群众的凝聚力，齐心协力图发展，万众一心共圆发展梦。观音阁景区建设具有强大的聚集与辐射功能，各村群众的发展愿景与奋斗追求，将拥有一个更加广阔的施展平台。

2. 构建现代信息交流平台

河唇钟氏商业精英钟冠杰先生提出重建仙人洞观音阁计划之初，族内群众踊跃响应。为了方便沟通与交流，石仔岭 ZWL 牵头建立了河唇钟氏微信精英群，随后的一个月时间，就有几百人响应加入。他们在精英群里讨论怎样为仙人洞建设出谋划策，充分体现了团结担当的集体精神力量。族内涌现了一大批以文化、教育、商业等为主题的微信公众号和微信群，各村也纷纷建立起了本村微信群。族内越来越多的中老年人也因此学会使用手机微信，开始形成了利用微信平台进行交流的生活方式，积极参与族内文化建设。

3. 筹建珠三角河唇钟氏商会

继重建仙人洞观音阁开工仪式之后，钟冠杰等族内精英着手开始筹建珠三角河唇钟氏商会，此举得到族委和各村群众的大力支持。目前，商会确定选址在顺德北滘镇，商会的各项工作议程正在逐步、逐项落实。筹建商会的主要目的就是要拓展河唇钟氏文化发展的内涵与外延，主要体现在：培养商业精英人才，学习、借鉴、吸收珠三角地区先进的文化与经济发展理念，反哺并带动家乡文化、教育与经济建设，助学奖学、褒奖孝慈与扶贫济困，全面实现驻外商会与家乡本土的融合发展。

4. 创新民俗文化活动

与重建仙人洞观音阁和筹建商会相呼应，族内各村不断创新文化观念，积极探索新途径、新方式和新办法，源源不断地注入新鲜文化因素，努力提高群众文化生活质量。石仔岭村高质量地承办了2016年河唇钟氏元宵活动，首次请来吴川飘色表演队，开拓了文化交流与合作的新渠道。莲塘口村首次举办了以"聚亲情，谋发展"为主题的恳亲活动，探索整合资源、共谋发展的有效途径。田心村建起了图书馆，成立了狮武馆，发扬"以德为先，崇文尚武"的优良传统。龙湖村则重建了文昌庙，倡导注重教育、培养人才、人文化成的文化精神。其他各村也都纷纷加大投入，通过整合自身文化资源，增强团结，谋求发展，形成了百花齐放的发展局面。

第四节　罟帆人：红卫社区上岸的疍家人[①]

红卫社区位处于硇洲岛的西南角，靠近硇洲渔港，"面积达 0.6 平方公里，现有 27 个居民组、两个自然村，人口 5018 人。"红卫社区是粤方言区，主要是以疍家渔民居多，他们所讲的白话在当地称"咸水白"，其中"咸水歌""哭嫁歌"就是当地疍家渔民借用"咸水白"传唱的一种民间技艺。此外，红卫社区也是硇洲岛比较有特色的一块居民区，主要是这块区域是当地疍家人的集中居住地。疍家人的民俗文化有异于当地以雷州方言为母语的群体。

广东海岸线较长，由于历史原因，广东也成了疍家人主要分布的省份之一。海湛先生在《疍家传人与咸水歌谣》[②]中对硇洲疍家人的族源有提到：明末清初，疍家先人就陆续从福建莆田、汕尾、台山等珠三角一带移船硇洲海域，过着海上渔业作业和船上定居的颠沛流离生活。道光八年（1828 年），最早上岸硇洲岛定居生活的是罟帆总理性景西率队在谭北的北港泊船作业，后又迁移到淡水的南港，和从北海、闸坡、吴川、乌石等地搬迁的渔民结为一体，组成罟帆渔业船队进行风雨飘摇中的海上作业。他们在北港留居生活，建成名为"小香港"的北港商贸街。我们驱车到北港，看到见证物北帝庙和北港石碑。

顾炎武《天下郡国利病书》有载："世世以舟为居，无土著，不事耕织，惟捕鱼装载装载为业，齐民目为疍家。"硇洲的疍民在新中国成

---

① 本小节选自林春大硕士毕业论文《海岛社会的水平性——广东硇洲岛津前村的海岛民族志》第 138—149 页。

② 海湛：《疍家传人与咸水歌谣》[N].湛江日报，2015.07.05（第 6 版：纪实|博闻。）

立前生活生产条件比较差，跟其他地方的疍民相似，不敢随便上岸居住，只能在靠近岸边的地方搭木棚而居，有些疍民以舟船为家，社会地位非常低，当时流传着"有女不嫁疍家仔"的说法。以海为家的疍家人靠天吃饭，如果遇到台风、强暴雨天气，随时会遇到生命危险，据当地的一些老人回忆说：1928年，硇洲100多艘深海渔船在海上遭遇强台风，被打沉近半，死亡900多人，一些渔民全家葬身海底。新中国成立后，在国家政策的支持下，硇洲疍民逐渐搬到岸边居住。一开始，他们只是在岸上搭建木棚给老人小孩住，主要的劳动力还是以船为家。直到20世纪50年代之后，国家拨款给硇洲当地组建红卫社区，在硇洲附近海域生产生活的疍民才逐渐搬到岸上集中居住。20世纪50年代至70年代，居住在红卫社区的硇洲疍民是当地渔业生产队的主要力量，他们生产队主要是以大船为主，进行深海作业。硇洲疍民群体被重视，也推动着他们在生活、生产、婚姻、经济、民俗观念等方面在当地发生了很大变化。

一、以罟捕鱼："罟帆人""从福建来"的口述史

（一）何为"罟"

"罟"字，在《说文》中解释为："罟，网也。"在词汇的搭配上有"罟戈"指的是捕鱼捉鸟的工具，"罟网"泛指鱼网等。在硇洲岛的疍家歌谣中有《索罟谣》"船仔多只，鼓响通扬。鱼卵惊破，鱼仔惊无"！这一歌谣阐述的就是"以罟捕鱼"的劳作场景。"以罟捕鱼"在中国的渔业史上很早就出现，比如《周易·系辞下篇》曰："古者包牺氏之王天下也……作结绳而为网罟，亦佃亦渔。"。此外，在《诗经·卫风》中有"河水洋洋，北流活活，施罛濊濊，鳣鲔发发"的诗句，其中诗句中所说的"施罛"就是撒网捕鱼的意思，从整个诗句中"河水洋洋""北流活活""鳣鲔发发"中我们不难看出古代撒网捕鱼的鲜活场景。至于诗句中的"罛"是不是与"罟"同义呢？这个答案我们从《说文》中也可以得到答案："罛，罟也。"在《尔雅·释器》亦讲到"鱼罟谓之罛。最大罟也"。可见，"罛"与"罟"不但同音，而且也同义。在较早对"罛"

227

的记载中也出现了罟钓（钓具）、罟师（渔夫）、罟船（渔船的一种）、罟罛（渔网或网状的服饰）等词汇，都是与早期的渔业生产有关。

"以罟捕鱼"的渔船成为"索罟船"，这在蔡佩玲主编《口述历史：从头细说澳门的水上人家》中有提到："位于氹仔的三婆庙，建于道光二十五年（1845年），规模亦不算大，咸丰九年重建碑记提到'迨至咸丰五年，乙卯岁，海寇猖獗，逼近本沙，我拖多被抢夺'的情况，可见其装载财货，惹贼垂涎。该碑所列的捐款名单的单位是'罟拖渔船'，'罟'应该是指'网艇'，据称，"巨网称为罟，是侧面刺网作业的渔船，常由帆船来推动"，"拖"应该是指拖着船尾慢慢地行驶、捕捞水里中下层鱼类的船舶。"[1]对于"索罟船"的记载，在张达明《帆罟》诗中也有载："岂惮滔天浪，舷帆恨不多，利心忘涉险，非是玩风波。""他指的帆罟，是一种巨型渔船。大者六桅，船身长八丈四五尺，面梁宽一丈五六尺，落舱深丈许，中立三大桅，五丈高者一，四丈五尺者二，提头桅一，三丈许，梢桅二，皆二丈许。此种船平时不能傍岸，不能入港，篙格不能撑摇，专候暴风行船。捕鱼时联四船为一带，两船牵大绳前导以驱石，两船牵网随之。"[2]在我国清朝初期，广东沿海一带就遍布着大批的"索罟船"，并且形成了一定的社会组织，这个在屈大均《广东新语》一书中有记载："最大的渔具曰罛。一种深罛，'上海水浅多用之，其深六七丈，其长三三十余丈。每一船一般。一般以七八人施之。以二二般为一朋，二船合则曰罛朋。别有船六七十艘佐之。皆击板以惊鱼，每日深般二二施，可得鱼数百石'。另一种叫索罛，'下海水深多用之。其深八九丈，其长三瓦六十丈'，可见较深罛更大。广东近海渔船，'或十余艇为一粽，或一二二般至十余偎为一朋，每朋则有数乡口随之腌鱼'。"[3]在这段史料中所指的"朋"就是当时在索罟船的一种组织，"以二二般为一朋，二船合则曰罛朋"。有关索罟船

① 蔡佩玲主编：《口述历史：从头细说澳门的水上人家》[M].澳门东亚大学公开学院同学会、录像空间、澳门历史学会出版，2008年版，第67页。

② 高梁：《中国古代渔业概述》[J].农业考古.1992（01）.第281页。

③ 高梁：《中国古代渔业概述》[J].农业考古.1992（01），第282页。

的社会组织的记载在清代范端昂撰《粤中见闻》亦载："渔罛捕鱼者，曰乡钉，曰涝罾，曰索罛船，曰沉罾。其曰朋罛者，以船十数艘为一朋也。琼州有藤埠船，不油灰，不钉搭，概以藤札板缝，周身皆然。海水常从罅漏入，须日夜戽之。其船头尖尾大，巨木为脊，底圆而坚，故能出没波涛云。"[①]可见当时在明末清初时期，广东一带海面的"索罛船"的发展已经形成了较大规模的生产组织。

（二）"罟帆人""从福建来"的口述史

"罟帆人"指的是居住在硇洲岛红卫居委会的"疍家人"。在津前村，人们对于红卫的"疍家人"都是俗称"罟帆人"。对于疍家人的研究和族源的记载在中国学术文献与史料记载中可谓汗牛充栋[②]，对此不作为笔者在本小节讨论的重点。笔者主要是从人类学口述史的视角来解读"罟帆人""从福建来"的口述文本。

笔者对于"罟帆人""从福建来"这一主题在津前人与红卫的疍家人群体中，都做过相关的访谈，以便形成对比来证实口述史的可信度。下面先来看三段文本，主要是从津前人、红卫疍家人两个角度来看他们对"罟帆人""从福建来"这一主题的阐述情况。

文本 1：

访谈人：周爷爷，72 岁，红卫疍家人

访谈地点：淡水码头

访谈时间：2014 年 3 月 12 日

我们祖先是从福建那边下来，那时我们捕鱼都是几艘船围在一起"敲罟"，围捕的鱼主要是以黄花鱼为主，鱼的头里有两粒沙，

---

① ［清］范端昂撰，汤志岳校注：《粤中见闻》[M].广州：广东高等教育出版社，1988 版，第 271 页。

② 可参阅稻泽努：《中国东南沿海的水上居民——族群形成与再造的人类学》[M].中山大学学位论文.2007-05；陈序经著：《疍民的研究》[M].北京：商务印书馆.1935-10:1；罗香林：《百越源流与文化》[M].台北:台北编译馆，中华丛书编审委员会，1978:224；林惠祥：《中国民族学史》[M].北京:商务印书馆，1998:28；刘莉：《被水束缚的命运——海南新村蛋家人的人类学研究》[D].中央民族大学硕士学位论文，2011 年版，第 8 页。

一听到我们"敲罟"的声音就会被敲晕，一群群地跟随着声音走，我们就围捕它们，收获很大。不过现在这种方式属于违法的行为，因为小鱼也会被敲晕，大小一起围捕上来，对海产资源的可持续生产造成一定的影响。

文本 2：

访谈人：SQS 爷爷，70 多岁，津前老渔民

访谈地点：津前文化楼旁边

访谈时间：2014 年 4 月 19 日

红卫人的祖先是从福建过来的，他们驾驶的船只比较大，去的地方也比较远。他们都是一群群在海上作业，以前都是"打罟"的，他们用木材来敲打船只上的固定位置，发出"唝唝唝唝"的声音，传到水里，一般鱼头的两边都有两粒沙，如果听到这种声音，鱼容易被敲晕，跟着船只流动的方向走，渔民容易撒网捕捉到这些鱼，生产收获量很大。后来政府看到了这种现象，为了保护海上的水产资源，禁止他们用这种方式来捕鱼。因为使用这种方法将大大小小的鱼群全部捕捉，不利于海产资源的（可持续）生长。

文本 3：

访谈人：肖奶奶，七十多岁，六个孩子

访谈地点：红卫小学附近

访谈时间：2014 年 8 月 11 日

我们蛋家人被别人叫作"罟帆人"，主要是跟我们的作业和生活情况有关。我们当时从上面过来硇洲岛过程中，都是以敲"罟"捕鱼，而且一开始过来时人数比较少，孤孤单单。我们开的帆船都是比较大的，三个桅杆，捕捞的鱼产量也是比较多的，并不是所有的鱼都可以通过敲"罟"的方式来捕捞，只有特定的，比如黄花鱼每年到了某个季度，某种鱼就会从背面的海面南下到我们

硇洲这边来，所以如果我们能把握好这些规律，通过敲"罟"我们就能捕捞到很多鱼。

这三个文本都有一个共同点，即是对红卫疍家人"以罟捕鱼"这段历史回忆都基本相同，无论是津前人还是红卫疍家人，都承认疍家人"以罟索鱼"的事实，而且在文本3中，从肖奶奶作为疍家人的角度来证实了硇洲岛其他村落的人叫他们"罟帆人"的事实。在对比文本1与文本2中，我们不但可以看到历史上硇洲疍家人的祖先"以罟捕鱼"的生计劳作模式，还可以看到他们祖籍来自福建的历史事实。在田野调查期间，笔者也曾三次去过红卫社区去做访谈，对于祖籍问题，有些被访者讲不清楚，不过绝大部分都认为自己的祖籍来自福建那边。在红卫疍家人中较大的姓氏有吴、周、梁、黄、李、林这六大姓氏。当地的肖奶奶告诉笔者：

> 我们以前是有族谱的，但是我们疍家人流动性很大，有些人带着族谱不知道去了哪些地方，所以我们现在也找不到。不过如果有外地的疍家人来我们这边，我们就会谈起这些，谈字派，看有没血缘关系，我们取名也论字派。在硇洲岛、雷州的乌石港、海南的海口、榆林港都有我们疍家人分布，以前在船上生活，我们也会跑到这些地方"走亲戚"，不过我们分得很散，现在联系比较少了。我们疍家人，以前哪里容易生活，我们就会在哪里去安居。就是在越南那边都有疍家人。在越南战争时期，很多人逃向香港，经过硇洲，上来我们这里停歇，还谈论起自己的祖先，认宗认祖。[①]

在民间口述史中，个人会将自己的内生情感、生活处境、个人利益、生活经历以及对于他所阐述这段历史的个人判断和对聆听者的情感融入整个口述的访谈中，或许不是所有的阐述信息都是真的，正如陈春声教授所言："百姓的'历史记忆'表达的常常是他们对现实生活的历史背景的解释，而不是历史事实本身，但在那样的场景

---

① 访谈人肖奶奶（七十多岁，六个孩子），访谈时间是2014年8月11日，访谈地点在红卫小学附近。

之中，常常可以更深刻地理解过去如何被现在创造出来。"①于此，对于红卫疍家人"以罟索鱼"的历史，在很多史料中都有记载，但是红卫疍家人"从福建来"这段历史在当地的《吴川县志》中没有相关记载，甚至笔者翻了整本《湛江地方志》也没有相关的说明。不过对于红卫疍家人"从福建来"的历史是否属实，笔者认为不是最关键的，我们也无从去判断信息的真假，但是值得注意的一点，就是这一信息是在现在的说话现场中从疍家人的口述史里表达出来的，它融入的是疍家人对现在自己所属环境的一种身份的认同。因为整个硇洲岛除了红卫社区、淡水部分地区之外，其他的地方基本都是讲闽方言的次方言，这部分人群从语言上已经证实了自己"祖先从福建来"的历史。而疍家人将其族源的归属从民间口述史的层面来表达自己的"祖先从福建来"，依笔者看来，更是一种"生存策略"。无论他们的祖籍是不是从福建来，但是从他们当时在场的声音表述中，"从福建来"的口述情感让他们更加能融入硇洲岛的整体文化生存环境中来，与其他讲闽方言的群体构建成为海岛社会的整体格局。

二、语言的"黎化"："罟帆人"在硇洲岛的生存文化调适

（一）硇洲岛"罟帆人"的历史生活简述

"疍民是历史上广泛分布于我国东南沿海地区的、以舟居水处及水上作业为主要生活、生产特征的族群，所涉地域范围，北起浙江，南至广西（包括越南），其中又以福建、广东、广西三省沿海及江河港市最为集中。"②据周去非《岭外代答》："以舟为室，视水为陆，浮生江海者，蜒也。"范成大《桂海虞衡志》亦有载："蜒，海上水居蛮也，舟楫为家，采海物为生，且生食之。"在历史上，疍民曾被王朝统治者以及陆地的人视为"贱民"以及身份来历不明的水上人。在早期的封

---

① 陈春声：《走向历史现场》[J].读书.2006（09）。

② 黄向春：《从疍民研究看中国民族史与族群研究的百年探索》[J].广西民族研究.2008（04），第55页。

建社会中，疍民常常游离于中央政府的"编户齐民"之外，封建统治者为了控制这一特殊的群体，曾一度不允许疍民上岸居住、不能与岸上人家通婚、上岸活动时不准穿鞋子、不准穿白衣服、不被编户入册。至唐朝，疍民开始被"记丁输课"，纳入帝国编制管理体系中。不过往后疍民常常游离于"民户"与"渔户"的户籍身份之间。明洪武年间，疍户被"编户立长，属河泊所，供鱼课"。据萧凤霞及刘志伟的研究指出，明朝时期，疍民被纳入一种特殊的户籍管理，"需交渔课，朝廷并不视之为异类，但由于疍民不住在陆上，地方上往往禁止他们接受教育和参加科举。"[①] 尽管明代以后王朝统治者越来越注重加强对疍户这一特殊族群管理以及提高疍民的地位，比如清雍正七年（1729 年），雍正帝曾下谕旨要对疍民一视同仁：

> 闽粤东地方，四民之外，另有一种名为疍户，即猺蛮之类，以船为家，以捕鱼为业。通省……粤民视疍户为卑贱之流，不容登岸居住。疍户亦不敢与平民抗衡，畏威隐忍，局促舟中终身不获安居之乐。深中悯恻。疍户本属良民无可轻贱摒弃，且彼输渔课与齐民一体，安得因地方积习，强为区别而使之飘荡靡宁乎！著该督抚等转□有司，通行晓谕，凡无力之疍户听其在船自便，不必强令登岸，如有力能建造房屋及搭棚栖身者，准其在于近水村庄居住，与齐民一同编列甲户，以便稽查，势豪土棍不得借端欺驱逐，并令有有司劝谕疍户开垦荒地播种，力田耕共为务本之人，以副朕一视同仁之至意，特喻。[②]

疍户在雍正时期，统治者意想通过户籍等级管理来改变疍户的地位，但是由于陆上长期的歧视观念一时无法改变，疍户在民间还是被列为最下层阶级来遭受歧视。据《清高宗纯皇帝实录》卷 602 所载，在乾隆年间"夷船收泊，所带夷梢众多，种类各别，性多暴悍，既易

① 程美宝等著：《把世界带进中国：从澳门出发的中国近代史》[M].北京：社会科学文献出版社，2013 版，第 22 页。
② [清]《恩恤广东疍户》[M]雍正七年六月，转引自清乾隆郝玉麟纂修《广东通志》卷一。

滋事行凶，而内地奸民蜑户，复潜为勾引"。①当时的地方官员将蜑民与奸民均列为奸民一列。在民国时期，广东民政厅曾颁布《严禁压迫蜑民恶习》的政令，提出要解放蜑户长期被歧视的状况，允许蜑户享有"公权"和"私权"。蜑民地位真正发生根本性的转变是在新中国成立之后，"1950年11月，广州市第三届人民代表会议通过《提高水上人民地位，取消侮辱水上人民'蜑家'的称呼》的决议。1951年，广东省政府也明令取消侮辱水上人民为'蜑家'的称呼。鉴于社会上称蜑民为'蜑家'仍较普遍，1953年7月，省政府重审《关于蜑民应改称'水上人民'并特殊照顾其政治地位》，要求各级机关行文应将蜑民改称'水上人民'，以示汉族与蜑民的平等，禁止汉人社会对蜑民的歧视，并要求各地政府要特别照顾蜑民。"②"1955年，中央政府派出广东查民调查组，经识别认定蜑民为汉族，蜑民遂成为东南沿海汉族族群的重要组成部分。"③

在调查期间，笔者走访了几户老人，谈话间他们经常说起以前蜑家人"以船为家"的危险与艰辛。据他们所说，自己的先辈以前所使用的罟帆船很大，需要很大的风力才能航行。"行船走海三分险。渔民的性命同海龙王只隔寸半板。"红卫的蜑家人有深海作业的传统，如果遇到天气好的时候，他们能有很大的收获，但是若在海上遇到台风，他们就性命难保。在1928年硇洲100所艘深海渔船在海上作业就遭遇了台风，船只被打沉入海接近一半，有900多人在这次台风中丧命。由于蜑家人生活比较艰辛，社会地位在新中国成立前比较低，因此在新中国成立前硇洲地区流传着"有女不嫁蜑家仔"的歌谣。对于蜑家的生活，笔者也对津前村与红卫蜑家人进行了访谈与回忆：

---

① [清]《清高宗纯皇帝实录》卷602[M].乾隆二十四年十二月上.北京中华书局影印1985年版，第16册.第761页。

② 罗远:《广东蜑民问题浅析》[A].中国海洋学会2007年学术年会论文集(下册)[C].2007，第483页。

③ 参见国家民族事务委员会研究室编:《中国民族事务》[M]，北京：民族出版社，2010版。

访谈 1:

　　访谈人：吴奶奶，69 岁，红卫人

　　访谈地点：吴奶奶家门口

　　访谈时间：2014 年 8 月 15 日

　　新中国成立前，我们疍家人主要是住在船上，长期在海上生活，没有种地，也没有大米，我们经常是依靠海上捕捞的鱼赤着脚板到陆地上去卖，拿到的钱再去买米到船上煮着吃。船不是我们的，我们一家人都给老板打工。老板娘和他的儿女比较贵气，所以一般都不会参与捕捞，一般都是雇工来作业的。新中国成立初，我们才上岸来搭棚子居住。国家普及教育，希望适龄儿童要接受教育，我们也被允许上岸居住，后来我们才慢慢搬到陆地上来住。刚开始我们在岸上搭棚居住时，基本是用沥青塑料材料来盖屋顶。后来随着海上生产好，有些积蓄后才慢慢改为瓦片房子，改革开放后，我们这边陆陆续续建起了楼房。住在红卫地区的人来自五湖四海：电白、吴川、雷州乌石等，不过他们大多也是疍家人，到处移动，看到硇洲这边容易生活，就在这边安居下来。我的祖籍也是从东海岛①那边移民过来的。新中国成立后国家要求"扫盲"教育，我们的孩子才能开始读书。以前只有大老板、地主、富农的孩子才能读书。

访谈 2:

　　访谈人：LS，82 岁，津前人

　　访谈地点：津前天后宫里面

　　访谈时间：2014 年 3 月 13 日

　　硇洲以前是个没有人居住的海岛。我们津前人迁入这个岛比较早，占据了比较好的位置。红卫人来得比较晚，加上他们有着住在船上的习惯，一开始他们没有上岸来居住，以前我小时候（二十世纪三四十年代），除了少部分有钱的疍家老板到现在居住的土

---

① 东海岛：硇洲岛旁边的岛屿。

235

地上安家外，很少有疍家人上岸来建屋安家，最多是在海边搭棚居住，现在他们安家的地方以前还是大片的墓地。不过现在红卫的那个地方以前都是墓地，新中国成立后，疍家人也来海岸边用木料来搭棚给老人住，其他的人还是住在船上。老人没具备太大劳动力，年龄大了，疍家人不想老人去世在船里，搭棚给老人在岸边住。新中国成立不久，国家重视深水渔船的发展，成立深水渔业生产队后，统一将疍家的渔船合并入社，成立渔业合作社，原本有船的人将自己的船并入合作社、生产队中，但是原本没有船的渔民也能进入合作社，渔民将自己的船合并入合作社并没有享受到什么优惠的方面。不过他们还是服从国家政策的安排。我们津前这边的浅水渔船也是一样。

据陈志坚所著《建筑文化》一书中对疍家刚上岸搭棚居住时，棚屋的建构特点进行了描述："这些棚大多数是利用残旧的废船板和不规则的废船料掺增一些杂木东拼西凑起来的。棚底离地面很近，有的仅距离 40 厘米，1953—1963 年间，渔民生活改善得较快，普遍建棚，个别人建平房。这个时候的木棚比较美观、宽阔，棚底离地面较高，行人可走过。棚的材料主要是木板和木，柱是用桐木、杂木或砖砌，用杉木或桐木做经纬架，松板做"地板"，板料做"墙"，草盖顶，位置近海滩，无排污设施，常常受到潮水、台风的威胁。"[①]

新中国成立后，疍家人无论是在社会地位上还是户籍管理上都发生了很大的改变，国家在民族识别与身份归属上，将疍家人归属于汉族，并在政策上一律平等。尤其是在 50 年代中后期，国家重视硇洲岛海港建设与渔业发展，将红卫疍家人归纳整编成为红卫渔业大队进行深海作业，红卫疍家人的生活开始好转。到了改革开放之后，疍家渔民开始独立经营船只作业的生产，生活水平得到很大提高，整个收入水平居硇洲平均水平之上。尤其是进入 21 世纪之后，国家柴油补贴政策的实施，

---

① 邓碧泉，陈志坚：《建筑文化》[M].广州：岭南美术出版社，2013 年版，第 87 页。

由于红卫的渔船大多是深海作业的大渔船，国家柴油补贴在大马力的渔船上补贴每年在十几万至几十万不等，这在一定程度上使红卫疍家渔民生活水平得到很大的改善和提高。

（二）罟帆人语言的"黎化"与生存文化调适

闽方言的次方言与咸水白话是硇洲岛两种语言的主要分布格局，这在前文对硇洲岛的方言景观的讨论中已经做过详细探究。所谓"黎话"，不是黎族的语言，而是指闽方言的次方言。在整个雷州半岛以及周边的岛屿大多都是讲黎话（或称雷州话，不过不同地方的黎话音色还是稍微有区别，比如说雷州半岛的雷州市与徐闻县的黎话在音色上很容易区分出来），而在硇洲岛地区，从使用语言的人口数量上统计，讲"黎话"的人数占了大部分。而"罟帆人"以前主要是和珠三角的疍家人一样以白话（即粤语）为母语。据红卫疍家人所说，他们老一辈的人都不怎么会讲黎话，一般在红卫地区交流都是以白话来交流，如果他们出去买菜或者与硇洲岛其他地方认识的人聊天就会用黎话。不过他们讲起黎话来感觉特别吃力。当地一位七十多岁的疍家老奶奶告诉笔者：

> 我以前小时候就开始学黎话，但是很难学。就是到了现在，一般的交流都可以，如果是比较深奥的那种黎话就讲不出来，也无法理解。平时只是遇到讲黎话的人我们才跟他们讲几句，如果是在家，我们都是用白话来聊天，以前我们讲的白话"更白"，一句黎话都没有，解放后我们这边的渔民学校（红卫小学）专门教白话。我们这一代老人会讲黎话，不过不太熟练，经常讲不了几句黎话就会讲成水白话啦，哈哈……[①]

从这段访谈材料中可以看到，肖奶奶在小时候才开始学黎话，现在肖奶奶七十多岁，可以推算出疍家人在解放之前能掌握黎话的人并不多，依笔者看来，主要是由于当时疍家人基本还是居住在船

---

① 访谈人肖奶奶（七十多岁，六个孩子），访谈时间是 2014 年 8 月 11 日，访谈地点在红卫小学附近。

上，只有部分人在海岸边搭棚居住，其与外界的交流互动较之现在而言，还是比较少。新中国成立后，国家与当地政府开始重视红卫渔船大队的深海作业，红卫地区疍户生活水平开始得到好转，与硇洲岛其他地方的人交流互动也逐渐增多。当时根据政府的要求，从津前社区调出一小队参与到红卫深海大队作业，SQS 老人就是被调到红卫社区参与深海作业，与红卫的疍家人生产互动比较多，据他所说：

> 红卫以前讲白话比较多，即使到了解放初，因为他们深水渔船一般去的地方比较远，比如去北部湾、汕尾一带，都是讲白话，而且妇女也在船上参加劳动，回到家里也是讲白话。所以一开始很少会讲黎话。五十年代生产队时期，我被从津前这边调动红卫的深海渔队跟他们一起出海作业，他们很少会讲我们黎话，他们经常跟我说几句黎话，又开始插几句咸水白话，后来跟这边的人交流多了，特别是在改革开放之后，所以他们年轻一代都会讲黎话。[①]

"罟帆人"语言"黎化"的过程其实也是一个文化调适的过程。因为在硇洲岛地区的主体语言环境是以闽方言的次方言为主，白话作为"罟帆人"的母体语言，在整个海岛社会中处于一种弱势地位，在强势语言环境中，"罟帆人"在与硇洲岛讲闽方言的人群交往与交易过程中，慢慢学会"黎话"，甚至到了现在，笔者走在红卫社区，看到很多原本讲白话的人，也直接将黎话用在日常的内部交流中。这种现象的增多，一方面来自将两种不同语言的群体在日常互动与交流中日趋频繁，另外一方面是由于通婚的因素促使了红卫疍家人内部的交流语言环境开始发生改变。因为在改革开放之后，很多从津前村或者硇洲岛其他村庄以闽方言为母语的女孩子嫁到红卫社区去，由于现在红卫社区大多数人都会讲黎话，因此在这样的家庭中

---

① 访谈人 SQS（70 多岁），访谈时间是 2014 年 4 月 19 日，访谈地点在津前文化楼旁边。

以黎话作为直接沟通的语言现象逐渐增多。可见，随着经济的发展以及通婚圈的扩大，通婚也成了"罟帆人"内部语言逐渐被"黎化"的一种动力机制。从文化调适的角度来看，"罟帆人"在语言上的"黎化"过程，不但见证了海岛社会不同族群间日趋密切的交流互动，而且这一过程更是"罟帆人"在海岛社会不同文化生态语境中做出的一套适合自己发展的"生存策略"，因为对地方社会强势语言的掌握，使他们更能融入地方社会的日常交往中，也使他们在强势语言的环境中通过对强势语言的熟练运用以获取一些在"使用强势语言"群体间的内部社会资源。

三、由"只娶罟帆女"到"喜嫁农村人"："罟帆人"婚姻观念的转化

在传统的疍家社会中，由于疍家人长期"以船为家"，漂泊在海上，加上历史的原因，生活在陆上的居民跟疍家人不通婚往来，硇洲当地也有"有女不嫁疍家仔"的说法。新中国成立后，国家颁布相关政策来保护疍家作为一个特殊族群的权利与利益，并将这一特殊族群在民族识别中归纳到汉族的身份归属中，绝大多数的疍家人都搬到陆地上来居住。国家重视深海作业的发展，在硇洲岛地区将疍户整编成为红卫渔业大队，并在户籍管理上以居民户口的户籍身份来进行管理。这一段时期，红卫疍家人的生活水平开始有了好转。但是在疍家这一特殊群体中，传统的通婚规则并没有发生改变。农村的女孩子不愿意嫁到红卫疍家这边来，而疍家这边的男孩子也不太愿意娶农村的女孩子，基本都是娶自己内部的"罟帆女"。按照当地老人的说法，农村人不愿意嫁到疍家这边来是因为疍家这边的妇女都是需要上船参加生产劳作，而在农村地区的女孩子在农村地区很少参加海上的劳作，其劳作的场域主要是放在土地与农田上，而疍家男子不愿意娶农村的女孩子，是因为农村的女孩子从小只会干农活，不熟悉海上的劳动，如果嫁到红卫这边来，也无法跟他们一起参与船上的生产劳作中来。因此他们的通婚范围一般只局限在疍家的女孩子群体中来找对象。

我们红卫人以前是不娶农村①女子，因为我们出海捕捞，她们在农村地区长大，不熟悉我们的生活劳动，干不了我们这边的活。我们红卫疍家女人都要在船上帮工，做火头②，农村的女孩子没上过船，也不熟悉船上的工作，他们会做农（即耕农），但是不会出海参加我们的生产作业，我们红卫的女孩子从小在船里长大，熟悉海上的作业，但是不熟悉农村的生活，所以我们红卫这边的女孩子也很少嫁到农村去。以前我们找对象范围比较小，都是找邻近的女子，从新郎家到新娘家都不用走多远就到了。在结婚的时候，红卫人结婚不坐花轿，盖红盖头，从新娘家送新娘到新郎家，脚是不能碰到土的，都是踩在草席上，一张草席接着一张，这样一直走到新郎家。就是路途远，也得这样，不过我们红卫人都是嫁得比较近，不像农村地区，一个村嫁到另一个村，我们大多是隔几座房子这么近。"③

可见，在不同的族群、不同的社会环境中因从事不同的生计方式也会影响到双方之间的通婚情况。因为从事不同的生计生产的社会对于劳动能力的要求是不同的，劳动能力也是性别气质的一种表现，时常会被纳入通婚考虑的主要因素之一。因此新中国成立后至改革开放前这段时期，硇洲的农村地区与红卫社区之间的通婚极少。此外，津前社区与红卫社区的通婚在那个时期表现也不明显。一开始笔者有些疑惑，同是渔村地区，在津前村长大的女孩子不像在农村地区长大的女孩一样，在海边长大的女孩子应该对渔村的生活都比较熟悉，为什么双方之间的通婚也比较少呢？据津前渔民 LZZ 的分析：

① 在前文中笔者也提到，对于"农村"概念的界定在硇洲岛主要是根据户籍管理来区分，因为在硇洲岛有居民户口与农业户口两种户籍制度，而拥有居民户口的人们经常叫农业户口所分布的地区为"农村"。对于"农村"这一称呼，只是一种俗称，不带有歧视的色彩。

② 做"火头"：即以前在疍家的深海渔船上，男人负责捕捞作业，女的做"火头"，负责打水、煮饭及其他的生活事务。

③ 访谈人肖奶奶（七十多岁，六个孩子），访谈时间是 2014 年 8 月 11 日，访谈地点在红卫小学附近。

240

我们津前的妇女与红卫的妇女不相同的地方就是，我们这边是浅海作业，不需要女孩子上船跟我们一起出海，而在红卫那边，无论是过去还是现在，当地的妇女都是需要在船上生活劳作的。我们这边的女孩子因为没有在船上生活过，一上船就会晕船，而且上船后也不会做船上的工作，所以啊，我们这边的女孩子在当时挺少嫁到红卫那边，也是因为这个原因嘛，人们红卫那边的男孩子也不怎么愿意娶我们这边的女孩子。①

关于疍家妇女在船上劳作的生活情景，清人屈大均在其所著的《广东新语》中曾有过一段生动的描述。说"蛋家的妇女一边操舵一边煮鱼，整天背着孩子，还要帮助丈夫起网摇橹、削竹搓绳，顾不上哭闹着要吃奶的孩子"。②

我们津前的女孩大多数都晕船，而在红卫疍家地区，女性基本都得跟着丈夫在船上劳作，比如煮饭、烧水、将捕捞上来的鱼分类、搬运等。妇女也是记工分的。疍家人在船上生活，婴儿的成活率比我们在陆地上生活的要低，他们那边的妇女比我们这边辛苦得多。还有，就是一开始在红卫那边很少人会讲我们黎话，我们这边很多老人又不会讲白话，很多父母也不愿意把女儿嫁到红卫那边。③

同一种生计方式的不同劳作形式，比如津前村与红卫疍家都是渔猎生计模式，但是由于津前村是浅海作业，而红卫疍家是深海作业，也会影响着双方之间的通婚情况。此外，语言也是成为婚姻考虑的一个参考与阻碍的因素之一。值得注意的是在这一时期，很多农村的女孩子想嫁到津前村这边来，按照当地老人的话说"女人白鸽眼，哪里有钱就嫁哪里"。因为在农村女孩子看来，津前这边因为是浅海作业，

① 访谈人 LZZ（七十一岁），访谈时间是 2014 年 8 月 21 日，访谈地点在 LZZ 家里。

② 武陵君：《水上居民"疍族"考》[OL].资料参见：http://blog.sina.com.cn/s/blog_5fe93b9b01017k5d.html.

③ 访谈人 SQS（七十多岁），访谈时间是 2014 年 4 月 19 日，访谈地点在津前文化楼旁边。

妇女不用到船上劳动，而在农村地区，妇女还得到田地里劳动，比较累，津前村这边妇女既不用上船劳动，也不用参加农田劳作[①]，只要是管理家庭以及补渔网等活计。但是在津前地区，男孩子大多娶的都是居民户口的女孩，这跟国家的口粮补贴正常有关系：

> 以前出海打渔的38斤米/月，在家里的劳动力22斤米/月，如果是小孩，只有十几斤米。此外，津前、红卫、淡水属于居民户口，如果娶了硇洲岛上的农村人（农村户口），从农村里嫁过来的妇女是不能享受在家有22斤米/月的粮食补贴。[②]

从这段材料中，很明显看出津前村的男孩若娶了农村的女孩，在国家口粮补贴上就少了一个劳动力的补贴，只能两个人共用一份口粮，这样在生活上就会变得相对拮据一些。而津前村的女孩子也不大愿意嫁到农村地区，一来是由于嫁到农村地区之后得学会在农田里干活，而对于生活在渔村的津前女孩子来说，对农村的生产劳动不大熟悉，第二是因为在农村地区是不享有国家的口粮补贴，只有半渔半农的村庄才有一些，但是会比纯渔村的居民户口地区少，这也会直接影响着生活的质量。由此可见，20世纪50年代至70年代末这段时间，在整个硇洲岛形成了很特殊的通婚规则，而这一通婚规则的背后主要是受到不同的生计劳作对社会性别的气质要求以及国家政策的影响而局限在小范围的群体中来找对象。

到了改革开放后，随着市场商品经济的发展以及国家政策的变动，这些传统的婚姻规则被全部打乱，并重新构建了新的海岛社会的规则体系。改革开放之后，渔民的生产经营权与所有权分开，渔民的生产劳作由集体劳作变成个体劳作，渔民的生产积极性变得高涨起来，当地的生活水平也普遍得到好转。值得注意的是，在市场经济在整个社会的冲击中形成新的一轮社会资源之间的再分配，当地人们所从事的职业随着市场经济发展的需要也更趋于多元化。很多原本居住在海

---

① 津前村属于纯渔村，没有田地，生活在津前村的女孩子对田地劳作不熟悉。

② 访谈人YHT（八十一岁，关键报告人）、YHM（四十九岁），访谈时间是2014年3月10日晚上，访谈地点在他们家里。

岛中间的纯农村人开始自己买船从事渔业捕捞作业，而在红卫社区原本从事深海作业的家庭随着生产队的解散之后，部分渔民开始改为浅海作业。津前村、淡水社区一带原本以浅海作业作为生计收入主体的渔民开始转行搞起养殖业、种植业。很多原本从事渔业生产的渔民开始改行到海岛中间的一些农村的地区去租田地来种植香蕉，或者在沿海地区养殖龙虾、鲍鱼等。因此，整个海岛社会的阶层结构在改革开放的背景之下开始重新建构，社会分层越来越明显，社会的阶层流动性也表现得越来越明显。有些原本从事农耕的农民开始搞起种植香蕉的行业富裕起来，而原本在红卫地区从事深海作业的渔民，在那段时间由于享受国家的口粮补贴最多，生活水平也较高，但是后来他们改为浅海作业之后，部分渔户的家庭生活水平比不上农村的蕉农，加上有些沿海半渔半农的村庄依靠着旅游业的辅助，在经济生活水平上得到了很大的提高。整个海岛的经济水平的村落格局也被打破，因此，在20世纪50至70年代末的传统婚姻规则和婚姻圈在市场经济以及国家政策的冲击之下而被打破，海岛社会的婚姻圈不再局限在某个小区域或者某个群体之中，而是在整个海岛中自由流动：既有农村人嫁到津前村，也有津前村女孩嫁到农村地区；既有红卫女孩嫁到农村，也有农村的女孩嫁到红卫；既有津前的女孩嫁到红卫，也有红卫的女孩嫁到津前。此外，还有部分女孩嫁到岛外的其他地方，也有岛内的男孩娶到岛外其他地方的女孩。简言之，海岛社会的通婚圈在市场经济的带动与影响下变得更具明显的流动性、自由化与扩大化。

第五节　湛江族群文化的特征

一、神谱的丰富性与顺适性

（一）神谱的丰富性

湛江地区的民俗非常丰富，民间信仰的神灵体系也比较完整。走在湛江的每一个村落，他们都会祭祀着多位神灵，每位神灵的神诞不一样，他们对于不同神灵的祭祀内容和祭祀仪式也不一样，加上每个月的初一、十五、初二、十六都会祭拜神灵，所以在当地的民间祭祀活动也比较高频率。

在民间祭祀仪式上，据《吴川县志》记载："占卦、算命、睇相、扶乩、问花、勾魂（找亡灵谈话）、拜斋（给菩萨开光）、打醮（做道场）、打斋（超度死者）、捉鬼祛邪、赶火殃（火灾后驱逐火妖）、择日子、看风水、建庙敬神等。"[①]这些都是当地信仰体系的一些内容与仪式的表达。

在当地的庙宇建设方面，据光绪《吴川县志》载，全县有形式多样的祠堂234座，坛庙81座。所建神庙主要有康王庙（又称祖庙、广福庙、烈天府、都会庙等）、土地庙、冼太夫人庙、武帝庙、关岳庙、伏波庙、药王庙、神农古庙、天后宫、真武庙、崇德祠、三忠祠、张惠二公祠、秦公祠、姜公祠、陈勇烈公祠、东岳庙（实祀康王。以康王为东岳司官，故取此名，不妥）、五岳庙、元坛庙、金轮庙、华光庙、金花庙、文昌阁、洪圣庙、龙神庙、龙母庙、龙女庙、城隍庙、社稷坛、先农坛、神祇坛、邑厉坛等。[②]而到了现在，庙宇的建设数量远超于清代。

在神谱种类上，各地供奉的神不同，所供神的数量也不一样。比如吴川梅菉头村的祖庙供有94尊神像，包括康王、冼夫人、关帝、华光等，到年例时，游神的队伍浩浩荡荡，颇为壮观；松竹镇山尾村的三宝堂供奉菩萨、玄坛雷首与三山公；白沙镇东岭村的雷麦陈三殿宫供有雷神、麦陈二将；南兴镇下田村帝帅庙供奉北帝、南极、天罡、玄坛与上元；太平镇东岸村供奉三官公、关圣公与观音，家家户户奉祀雷首公；太平镇调浪村奉祀万天雷首保运天君、五显火轮华光大帝、英武、观音与梓童诸神；客路镇内村供奉显赫郇王、雷首、兴武、班师、华光、灵官、土地公、文昌梓童；客路镇客路

① 吴川市地方志办公室：《吴川县志》[M].北京：中华书局，2001。
② 刘岚：《吴川年例祭祀风俗成因探析》[J].湖南科技学院学报，2007，第28卷第7期，第52页。

圩供奉仁勇关皇大帝、仁勇关圣帝君、白马、茗山邬王、康皇、华光、毒蛇王、青蛇王、老师大爷、二爷、三爷、得道李康农、天后宫、陈氏、黄氏、李氏、谭氏等姑娘、四境土地公婆；麻章太平镇麒麟村供奉兴武、邬王、白马、雷首诸神；麻章区太平镇南边园村供奉五海、三爷诸神；赤坎区百姓村供奉天后圣母、康王大帝、镇海大王、乌龙侯王、灵岗三圣；太平镇草坑村供奉老师、观音诸神；遂溪铺仔村大庙供奉康王大帝、班帅侯王、东厄圣帝、白马大王、景子公、景子婆；太平镇仙坡村供奉巡天、白马诸神；南边园村、草坑村、仙坡村一同供奉雷首。从中可以看出，湛江地区的神谱是天地神、圣人神、英雄神、构拟祖先神、血缘祖先神并存的神谱结构。无论供奉哪个神，都寓意了族人对神所代表的精神与文化的敬仰，以祈祷风调雨顺，百业昌隆，人丁兴旺。

明清时期雷州民间神庙统计[①]

神庙名称	分布地点	资料来源
海康县境		
城隍庙	在府治东镇宁坊	据康熙《海康县志·秩祀》
伏波庙	在郡治西南一里许	
英山雷庙	郡治西南八里英榜山	
天师庙	在东城外	
关王庙	在府治东北朝天街	
天妃庙	郡城外南亭坊	
文昌庙	府南城外调会解元坊	
东岳庙	在郡北北城外	
真武堂	在西关外宁国坊	
县城隍庙	附在府城隍庙东	据嘉庆《雷州府志》
伏波庙	在城南关外宁国坊	

---

① 冼剑民，陶道强：《试论明清时期雷州民间神庙文化》[J].广东史志，2002，(1).第43—52页。

（接上页）

天后庙	在北关内迎恩坊	
	在城西关外葛布行	
	在郡西南九十里足荣村	
	在郡东南二十里下岗仙村	
	在郡东十五里东湖村	
	在郡东十五里大埔村	
	在郡西二十五里黎郭村	
	在郡西北七十里博怀渡头	
天福府	在关东外	
龙王庙	在郡东二十里大浦村	
三元宫	在南关外	
三官堂	子谯楼西	
准提阁	在西湖南边	
医灵堂	离城五里	
灵山庙	在新城内	据万历《雷州府志》
镇海雷神祠	即英山庙三殿神祠	
威德王庙（雨顺、风伯、鼓轮、电火）	英 山	
（夏江）天妃龙应宫	雷阳南十里许	据谭棣华等编《广东碑刻集》，广东高等教育出版社，2001年1月
（关部）康皇庙	雷郡城南里许	
白马庙	灵山城东	
雷庙	府内英榜山	据万历二十九年刻本《广东通志》
伏波庙	在南桥	
显震庙	在州西南八里	据道光《广东通志·卷151·建置略二十七》
雷庙	郡西南八里	
文昌庙	明洪武年间迁府治后	

（接上页）

真武庙	在南关外宁国坊	
天后宫	在城外韩公桥之北	
风神庙	在北关外	
马王庙 （合祀火神）	在南关内恺悌坊	
龙王庙	在西湖旧旌忠祠左	
忠烈王庙 （即伏波庙）	在忠显王庙西	

注：雷州府治所神庙归在海康县境统计

徐闻县境

伏波祠	在讨纲村海边	据宣统三年修《徐闻县志》
文昌庙	在县东门内	
武庙	在县北门内	
城隍庙	在县治西	
马王庙	在县北门内	
火神庙	县北门内	
龙王庙	在龙尾街	
玄坛庙	在武东大街	
华光宫	在西门	
太华庙	在县东门外	
邬王庙	城内县署	
城隍庙	在海安城东门内	
龙王庙	在海安南关渡头	
天后庙	在海安城南门外渡头	
关帝庙	在锦囊城东关	
天后庙	在锦囊城南门外	
关帝庙	在曲界市内	
文昌阁	在曲界市	
天后庙	在曲界市东	

（接上页）

关帝庙	在迈陈市内(《广东碑刻集》为迈陈下墟)	
关帝庙	在龙塘市	
文武火雷庙	在戴黄市内	
雷祖庙	在锦囊城西十二里三安村	
雷祖庙	在乌港村东南白沙埠东北	
真武庙	在县西二十里那社村东白鹤山	
真武庙	在县东	
白马庙	在塘西村	
白马庙	在青安村	
五岳庙	在县东高云村	
三元堂	在县城内	
三官堂	在海安北门外	
北府庙	在北门外二里许	据康熙《雷州府志》
土地祠	在县仪门左广益堂之后	
天后庙	水井	据谭棣华等编《广东碑刻集》，广东高等教育出版社，2001年1月。
关帝庙	在迈陈下墟	
火雷圣母庙	海安北关村	
伏波庙	在县治南	据万历二十九年刻本《广东通志》
关帝庙	在北门内	据道光《广东通志·卷151·建置略二十七》
火神庙	在城内	
天后宫	在海安所城南门外渡头	
遂溪县境		
龙王庙	在讨纲村	据道光刻本《遂溪县志》
风神庙	在县城西门内	
城隍庙	在县西北	
文昌庙	旧在县东门外后改学宫内	

（接上页）

关帝庙	在南门内	
关帝庙	在通明港	
关帝庙	在城月墟	
火神庙	在关帝庙西	
天后庙	在县南市（道光《广东通志》为城南）	
	在通明港调蛮村	
	在南柳村西北	
	在梧桐塘	
	在城月墟	
天后庙	在县南市（道光《广东通志》为城南）	
	在通明港调蛮村	
	在南柳村西北	
	在梧桐塘	
	在城月墟	
雷祖庙 （即石牛庙）	县南一百三十里榜山村	
雷祖庙	在第八都海滨	
雷祖庙	在二十二都王札村	
雷祖庙	在县南一百三十里零甲村	
东岳庙	旧在县治西成化后迁于东郊外准提阁左侧	
真武庙	旧在东门外康熙二十一年改建于北门	
两仙宫	在县治东五里	
南天宫	在县治东二里	
南天宫	在城西一百一十里城月墟	
准提阁	在东门外东岳庙左	
三官堂	在东门外旧真武庙	
四帅堂	县治西登后坊	

（接上页）

关帝、天后庙	在通明港	
关帝、天后庙	在北坡墟	
三圣宫	县西南七十里乌泥塘墟	
三圣宫	在吴家墟	
广福庙 （即旧东岳庙）	在县南一百四十里通明村	
元坛庙	在调塾村	
华光庙	在城南三十里	
康皇庙	在城月墟	
三灵庙	在县治南四十里中伙墟	
天后庙	在县东南四十里赤坎埠	
天后庙	在下山井村	据谭棣华等编《广东碑刻集》，广东高等教育出版社，2001年1月。
关王庙	县南惠民坊	据万历二十九年刻本《广东通志》
城隍庙	在县治北	
文昌庙	在学宫内	据道光《广东通志·卷151建置略二十七》
天后宫	在城南	
真武庙	在东门外	
天后庙	在曾家渡头	嘉庆《雷州府志》
仓神庙	在署内之东	

（二）神谱的顺适性

神灵的顺适性主要是体现在"神——族"和"神——人"关系的文化特征上。各路神圣关照现实人生的功能作用彼此顺适，形成圆融自足的人生意义保障系统。据调研了解，很多村庄的神灵一开始并不是随着祖先的迁移带过来的，而是到了本地之后，要么得到某些事物的灵验而形成对某物的神灵信仰崇拜，要么是来到这个村庄，将本地的神灵祭祀融入自己的信仰体系中来，这也有利于他们尽快融入当地的社区认同

250

与归属中来。神灵祭祀既是村民们内部认同的一种文化符号，也有利于凝聚村落的血缘、地缘关系的归属感。"村运之盛衰，不外神恩之眷顾"。①当地的神谱顺适性主要体现在"神——族""人——神"的互动体系中。在当地人看来，"亦神亦祖"是他们对于神灵与祖先两者关系的表达。他们认为祖先也是神灵，神灵在一定意义上也是祖先，两者对于社区的整合功能都是一样的。他们觉得无论是祖先还是神灵都能满足了村人求雨、攘灾、祛病、祈福、决疑、解惑等多种需求。神"是相对于宗族内部有限的自卫权利和血缘权利的普遍权利的代言人"，他"可以克服经验层面上的分裂"，"是社会整合性的象征以及合法的载体"，信众对神的恭顺"可以转化到个体与集体之间的关系上去"。②生活在礼治秩序的乡土社会，只需按此规则做人。如果不懂礼，就成了撒野，没有规矩，简直是个道德问题，不是个好人。"③

案例南寮村：神明祭祀的规则生成（被访者：YXL）④

我是（徐闻县和安镇）南寮村的，开宗祖先来自湛江的东海岛，自300余年前开始定居于徐闻县和安镇望田村和南寮村。我们村隔壁就是望田村，我们两个村都是杂姓的村庄，都是讲雷州话的，平时拜神共用一座妈祖庙，两个村都是在一座妈祖庙拜神。神庙离大海只有百来米远。坐西朝东南。长宽均大约三四米。青灰色的石瓦房。门前两个铁架，专门放燃烧的蜡烛。右前方有一个宝塔状的琉璃色的香火炉。在神庙的左方是土地庙。土地庙里供奉着土地公夫妇。村长或村里有名望的人挑选一些空闲在家的老人，每年从村费里给他一定费用。每天去神庙里上香，更换茶水，打扫卫生。每年神灵祭祀都有元首主持，他们都是按族谱中的户主轮流来主持。主持人都是本村村民，对背景没有要求，按照族谱中轮流来主持。主

① 卜思村，移建真武观音庙暨请移关帝圣像碑记，清宣统二年。

② 德格奥尔格·齐美尔：《宗教社会学》[M]，上海：上海人民出版社，2003年版，第24—25、120页。

③ 费孝通：《乡土中国》，北京：北京大学出版社，1998年版，第54页。

④ 访谈人YXL，访谈时间是2017年1月16日，访谈地点在岭南师范学院校内。

要的职责是在九月初九把神明从宗祠里请出来。每位住持人抱一个神像。去雷州请雷剧团，九月初九的时候在村里的戏台上唱戏。一共唱四天，但有时村里某些人会自掏腰包加一天戏。村民们会到临时将搭建的置放神灵的地方祭祀。每年新年前一段时间，村民会挑一个好日子宰猪祭拜神灵。祭拜的猪一定得是黑色的公猪。村民会在神庙的空地上用石块搭建灶台，用一口大铁锅烧水杀猪。杀好猪后，把猪切成一块块，煮熟。再拼成猪的模样趴在神桌上祭祀神灵，包括猪杂。祭拜完之后，会把猪肉分给每户村民，希望大家都得到神明的祝福。但这是要收取费用的，一般情况下都是五块左右。这是村民按猪的价格，尽量平摊到每户出多少。有时会有多出来的钱，这部分钱用来买日常供奉神明的香火。排骨、猪杂分给主持这次祭祀活动的村民当午餐。祖训：沟通，互爱，互助，团结，遵法，拼搏，创新，致富。

二、族谱的高辨识度与秩序性

在《中国家谱总目》中提到：家谱是记载同宗共祖的血缘集团世系人物和事迹等方面情况的历史图集，它与方志、正史构成了中华民族历史大厦的三大支柱，是我国珍贵文化遗产的一部分。家谱蕴藏着大量有关人口学、社会学、经济学、历史学、民族学、教育学、人物传记以及地方史的资料，对开展学习研究有重要价值，同时对海内外华人寻根认祖，增强民族凝聚力也有着重要意义。[1]在湛江地区族有族谱，家有家谱，当然家谱有时指的也是族谱。族谱对于先祖的由来、宗族的发展、著名人物的光辉事迹、房系、血缘关系与辈分关系等都记述得非常清晰。通过族谱可以看出一个家族的来龙去脉，可以看到一个家族的祖训，可以辨别宗族内部人与人直接的辈分与称呼。在很多家庭中的"神主牌""神坛"也是族谱的辅助佐证。上面往往写着雷州农村，每家每户的堂屋都有一个神台，台上一边安放"神主牌"，一

---

① 文化部办公厅关于协助编好《中国家谱总目》的通知，办社图函（2001）29号。

边置神像。所谓"神主牌"，就是用几块长方形的小木板，分别写上已死的高祖、曾祖、祖父、父亲的名字、乡谥号、妻子的姓氏、生卒年、月、日、时等。同时，在族谱里也很清楚地标示着族内起名的规则，每一代一个"字派"。"族谱"把全族的人从始祖起，一代接一代，逐一记载下来，这也就是血统观念的序物。"派"字的原义是水的支流。祖先为后代定好了"派"，后代人依派起名，说明小农生产者希望子孙繁殖，人丁兴旺，血统像水一样永远奔流。正如山柑村祠堂里的对联说："颖川派衍湛川，川流万派；事礼端崇祭礼，礼肃两端。"（世传姓陈的桃祖起于颖川之地，故陈姓属颖川郡。"湛川"遂溪县的旧名）赤坎区陈处港村也姓陈，故宗祠门口的对联也写着"郡属颖川，一水长流分远近；宗开处港，三支并茂别尊卑。"[①]

　　从族谱内容来看，宗族观念在族谱里面的表达呈现秩序性。里面的记述是有原则的，规定哪些人才能写进族谱里，哪些人不能写。如果是没有任何血缘关系的，哪怕是达官贵人也不能写进入。历史上谈到陈乔森，说他本来是居住在湛江赤坎区文章湾村的，后来小时候随家人迁移到东海岛。东海岛那边的陈姓对他有养育之恩，他后来出仕为官后，为了表示对东海岛陈姓的故土养育之恩，愿意加入东海岛陈姓族系中。当时当地族老通过慎重考虑，为了不乱谱系宗支的顺序，婉言拒绝。族谱支干结构与姻亲散点网布，为个体形成族群认同、角色认同、亲情认同提供清晰有序的参照坐标。从下面存在雷州英山村雷祖降诞处《蔡位卿雷祖后裔族谱记》也能很清晰地写明祖先后裔各个房系间的村落遍布，我们都很清晰地从中了解到这些村落间的血缘关系以及族内的历史发展。

蔡位卿雷祖后裔族谱记（乾隆八年）

雷州历史　文化丛书

（碑存英山村雷祖降诞处）

　　从来物生本天，人生本祖，故设碑谱以志世系，俾后世子孙

---

①　湛江市文化局编：《雷州民俗文化研究文集》，1991年9月，第30页。

有所依据，知根深者枝必茂，源远者流自长。溯我远祖陈讳鍈者，梁大通中，原住州东北五里英灵村。生女三人，终身不字。素好捕猎，家养异犬，九耳而灵，凡将猎，卜犬耳动者，获数亦如之。至承圣癸酉年正月十五日，九耳齐动，鍈时大喜，召邻共猎。随至村前，丛棘深密，犬环迎吠，挖地获一卵，鍈携归家。良久雷震而开，得一男子，两手有文，曰"雷""州"。因天生异种，以赫厥灵者也，鍈禀州官养之。及长，名文玉，赋性明敏，学洞天人，在陈太建二年，即举茂才，拜本州刺史，疏题改古合为雷州，殊多善政著闻。又生于雷而福于雷，以振南天之英灵也。乃于八年丙申九月初一日，白昼升天，止出一嗣讳言，以衍支派。而在天灵爽，屡现真形，子孙就所出地东立祠，塑像祀之。于唐贞观十六年皇封鼻祖为"雷震王"。至梁乾化二年八月十六夜，飓风大作，飞二梁于白院英榜山，奉旨重建祠宇以祀。而一支子孙，随居白院各村，一派仍住鸟卵山之源。自祖至今，卜世三十有六。皇帝屡有加封，历朝均免差役，一以旌灵异，一以表功德。现兹散住海、遂、徐、石各地，老幼千有余丁，均属一脉流衍，无非我祖根深源远，钟英而毓秀也。特虑世远代隔，罔识宗支，爰修谱系，勒诸贞珉。凡有祠田，照旧管业，以垂万世云。今将后裔房序，分住各地村名，开列于后：

长房一年村：廪生陈善扬、生员陈□，耆老南志、克明、仕杰。

下井村：生员秉元、廷瓒，耆老天明、世钦、永寿、良介。

调朗村：耆老陈维璜、□臣、维纪、绍□。

二房白院大村：耆老陈盛、琼□、琼□、□□、英生、□养、彪香、锡宁、□馨。

鸟卵山村：耆老陈弘振、弘彰、□阳、朝正、□珍、□正、□兴、陈纶、宗英、□新、□萌、□。

后发村：生员陈志成、□□、陈珍、九经、九贡，国学□□，候选□□、□□、耆老宗德、云厚、朝均、□□。

东井村：耆老陈可法、良屏、□宪、□才。

254

调罗村：陈大宪、经大、略大、任大、陈□、陈琳。

海州新僚二村：耆老陈如章、□基。

调排村：陈贺尧、贺祖。

东屈丁村：耆老陈咬、至广、至盛

山园村：耆老陈有斐、奇几、廷实。

井头园村：耆老陈和、陈福。

茅园村：耆老陈有琳、陈世栋。

石城那腮那良村：耆老陈琨、陈□、陈□、尚□。

迈岑村：耆老陈以贵、□□、□□、效法、□□、□□、□、□、□□。

三房锦盘村：生员陈□仕、□□、□□、□□，国学秉廷，耆老作□、□□。

新安村：陈上廷、上典。

横罡村：耆老陈□□、国用。

足荣村：国学陈殿开，生员得□、□□，耆老德范、天扶、天成、得寿、得□。

特朗村：国学陈光表，生员廷□，耆老上□、□□、□□。

国朝壬子乡进士、吏部铨选正堂、后学弟子蔡位卿顿首薰沐拜撰。

遂溪学增生臧育英书丹。

督造陈秉□琼瑜谋介国中魁宾

乾隆八年岁次癸亥仲春中澣之吉勒书陈芝祥大忠

（录自谭棣华、曹腾辨、冼剑民编《广东碑刻集》）

三、族际的差异性与兼容性

族际指的是家族与家族、宗族与宗族、族群与族群等间的关系代称，即指的是不同代际间，也指的是不同文化体系上。在湛江乡土社会中，族群聚族而居，分布的格局较为稳定，不同的宗族、族群间在相对稳定的不同地域、不同环境以及不同的集体历史记忆中所形成的

255

方言、风俗、神谱、仪式、人际圈与通婚圈、认同感与归属感等方面都会存在着比较容易识别的文化形态差异。东海岛人龙舞、遂溪醒狮、吴川飘色等都是一种基于地理文化的相互作用中形成的特色文化，它们分别在不同的年例民俗中各放异彩。

在湛江地区，不同的宗族都有各自的游神活动。他们信仰的神灵不一样，游神的内容不一样，有时他们不同村的游神队伍不约而同地到镇上去游神。一开始存在"哪支队伍在前面，哪支队伍在后面"的问题，之前也经常因为这个原因会引起宗族冲突或械斗。后来他们在当地政府、地方精英以及有名望的族员的协调之下，相互理解、相互兼容，体现出了不同族际关系间和谐、亲善的一面。笔者在廉江河唇开展调研时，访谈对象ZZC提到：

> 廉江河唇除了我们钟姓之外，比较大的姓氏是吴姓，你刚刚问到我们钟氏游神计划的路线会不会和吴姓计划的路线冲突，不会的，因为我们在游神之前都会跟他们说好时间，错开时间，每个姓氏在游神之前也会提前邀请其他姓氏比较有权威的人物去参加他们的游神聚餐，这也是不同宗族之间联络感情。另外，在我们小时候，游神要游上一整天，比较大规模的，现在的规模都没有以前那么大，一来按照政府的管理来开展，二是怕大规模游神容易起冲突，所以现在游神比较规范化。

> 不同宗族间，大事情都是相互协商、共同合作的，还是比较和谐相处。我们这边的村斗也比较少，之前是因为土地纠纷有一些，不过现在很少见了。我觉得我们和广西那边有点相似，就像广西那边一个山头就住着好几个民族，但是他们都比较和谐相处，这也是长期以来形成的一种地方文化共融互惜的和谐现象。

> 选族长，是由每一个村的村主任去选的，一般族长都比较有威望的，而且说话都是比较厉害的。我们总共有二十一个村，每年是一个村来主办元宵活动，全部二十一个村都轮流过之后，再重新抽签决定下一轮的顺序。每年族里都会给主办方的村子几千元，剩下来的就需要这个村自己去筹集。在元宵游神之前，主办

方会邀请各兄弟村的村主任过来吃个饭，讨论元宵游神的事情。

下面再看看傩文化区的一些例子，以旧县村和其周边村庄间的族际互动关系来分析。

湛江麻章区旧县村每年计划游神时都会跟其他的村落之间联络，他们的游神路线会经过其他的村落。因此，在不同的文化表征中，虽然不同村落间、不同地方间存在差异，但是他们在长期的互动交往、冲突协调中形成了一些成文或不成文的地方性知识。这些地方性知识的运作也就是维系着族际间的相互包容。他们甚至会通过多方的联络来促进族际间的兼容。比如旧县游神这些活动的组织都是以村众会为核心，村众会的成员主要是德高望重的元老级人物，也有青壮年。特别是大型的民俗节日，政府官员并不是主要的筹划人。运筹帷幄的是村众会的核心领导者，但并不是说政府不参与，年例游神，人多车多事情多，有警队维持秩序。尽管农村实行了基层群众管理制度，村众会虽也只是担任类似文化机构的职能，但村众会会长仍稍微残留着一点点族长性质的影子。特别是大型的祭祖、游神活动，领头羊总是村众会的成员。游神等大型活动靠份子钱，大家都积极参加，一种无形的神的力量让村民心甘情愿地凑钱。因为大家都会受到神的庇护，得到心灵的安宁，付出了份子钱，自己是有回报的。2013年5月6日，麻章湖光镇旧县举办"走进旧县"傩文化节，汇聚吴川、廉江、雷州等地傩舞班子进行会演，在会演活动中，商家、地方官员、新闻媒体、学者、市民借助"现代傩节"表达了各自的诉求与梦想，民俗文化盛会意味着地方民间传统审美文化正在经历着一场自觉的文化选择与变迁。

四、族群的地域性与超越性

地域性是族群认同的一个参考要素，比如雷州人、湛江人、广东人，他们都是一种以地缘关系作为参考点来进行表述，同一个地域的群体，当他们身处外地，哪怕他们不是同宗同族，他们熟悉的语言、共同的地域都是他们彼此间产生认同的主要原因。当然，这里说的族群的地域性，更多倾向于表述成族群间对于地域边界、利益边际、文化符号较为明确，不可侵犯。一旦不同族群间踏进了"他群"明确的边界，无论是土地的边界还是民间信仰的禁忌边界，都可能会引起不同族群间的冲突，这种情况也发生在操持同一种方言的不同村落间。姓氏的不同、族源的不同，同一族群不同宗族间内部的自我认同也不同，前面讨论的宗族械斗就是这种情况。此外，族群的地域性还体现在信仰圈的地域性上。同一片地域的人们信仰同一种民间神灵，他们会因为祭祀神灵相同而表现出内部的自我认同与自我参与。下面以雷州市杨家镇井尾坡妈祖庙会为案例进行呈现。

神灵轿上来相会：族群参与的盛会①

井尾圩也称"阴阳圩"，位于雷州市杨家镇井尾坡（在西汀村附近），圩场面积近1000亩。西汀妈祖庙原建在坡中，后重建在杨家镇西汀村古埠头附近。该圩的圩期与众圩不同，每年仅逢一次圩期，那就是农历三月廿二。

约在明朝起，每年农历三月廿二，井尾坡（杨家镇西汀村、赤步村、井尾村三村交界）举行盛大的妈祖巡游活动（北方称为庙会）。这一天游神队伍、观光人群、经商摊贩汇成人山人海，方圆数里锣鼓喧天，龙腾狮舞，彩旗招展，人神共乐。

据《海康县志》（雷州称海康）记载，清乾隆年间，井尾圩就很繁荣了，每年圩期，除邻近的村镇人们来赶集外，还有东里、北和、乌石和北海、吴川、遂溪、徐闻等地的人们。他们用轿抬着"妈祖"来赶集。每年节前（集前），井尾村民无论男女老少都斋戒三天。各地赶集的商贩也在赶集前将商品运至井尾坡，占据有利位置，搭起临时铺亭。

圩日于凌晨三点钟开始，坡上已摆满了竹器商品，有农家用的竹筐、竹筐等，居家用的竹凳、竹躺椅等，日常用的竹笠、竹

① 选自陈凯杰：《神秘的雷州"阴阳圩"》[DB/OL].2011-06-04.http://blog.sina.com.cn/s/blog_448e762f0100ro1f.html.

烟筒等,专用捕鱼的竹笱、竹筌等。这些竹器用料考究,做工精细,形状各异,令人爱不释手,且不蛀虫,经久耐用,久享盛誉。还用鱼船从水路运来海鲜产品到圩上出售。来赶集的人都遵守一条约定成俗的圩规:至少买一件物品,忌空手而归,以图流年吉利。圩日最为壮观的是正午,其时,摆卖的、赶圩的、游神的都汇聚坡上,人山人海,群声鼎沸,将圩日推向高潮。

据雷州当地史册记载:民国时期至新中国成立后,井尾圩盛况不减,即使在"文革"时期,兴起"破除迷信",井尾圩也从不间断一年一逢地赶集,只是没有"妈祖"赶集。1979年"妈祖"才恢复上市的规例,并且盛况空前。1994年圩日,上市"妈祖"轿达80顶,舞龙队6个,舞狮队40多支,各类机动车2000多辆,赶集人数超过3万人。上市竹器达30多万件,临时摊档1000多个,日集市贸易成交金额80多万元。

直接促使井尾圩的形成应是西汀村每年的神诞"妈祖节"。据村民传说,先有庙而后有圩,当地供奉妈祖,每年农历三月廿二都举行祭祀活动,当时,除了附近的村庄外,还来了很多外地人参加游神仪式,这么庞大的队伍,众多的人们在中午参加游神仪式后,肚子饿了必然要找吃的,所以,做生意的人也就来这里,摆起小吃或熟食叫卖,从而形成了市场(圩),然后,买卖生意扩大为其他种类,主要是竹器商品。

妈祖巡游路线是——北出南返。开始是上午从西汀天后宫的北门出游,经过西汀村的中村、北村、赤步村、东坎村,后至井尾坡,在坡上游三圈,上午十一时半左右,妈祖驻轿在坡顶的临时神阁休息。下午三时左右开始,继续在坡上游三圈,后游至西汀村的南村,返回西汀天后宫的南门,最后升上神座。

西汀村自有人居住以来,就建筑了一个埠头(一直使用至20世纪90年代)。它对井尾圩的繁荣起了重要的作用,据村民传说,运来井尾圩上的商品,一是从陆地,二是从水路,当时圩日,一天来了一百多条船,运来蒲苞、大米、竹器等,人来人往,颇为壮观。它还是妈祖庙会重要活动场所，据《海康县续志》记载："清咸丰十一年（1861年）贡生陈文锋等倡导并呈文，经知县批准收取夏江天后神游河费。"据村民传说，此后每年的农历五月朔日（最后一次是农历1992年五月初一），造彩船一艘，请天后三座圣像驾游内河，取名为"平风浪"游河活动，从夏江启程，途经西洋渡、溪头渡，停泊西汀古埠头，西汀妈祖庙会举行欢迎仪式后，再经松竹河、西汀渡向北而上。当时，一路彩旗招展，锣鼓喧天；两岸人山人海，笑语欢声。

据当地民俗学者介绍，井尾坡"阴阳圩"的圩名由来，缘于一个古老的传说：清朝康熙年间，有一年圩日凌晨三点，一个屠户挑着猪肉来到井尾坡圩上摆卖，刚放下担子，便有一个人急匆匆地赶来，说要买7斤7两猪肉。屠户从未碰到买肉讲定两数的事，虽心里纳闷，但为图个开市大吉，也没多问，当即割下一大块肉，一称量，恰好是7斤7两。当天，屠户的生意奇好，货俏价高，日上才三竿时猪肉已卖光，收市清点钱数时，屠户觉得有枚铜钱奇轻，便将其浸入水中。岂料，铜钱竟浮在水面。屠户大惊失色，"啊"了一声后便跌坐地上。众人询问何故，屠户回过神后便说出了开市时遇到一个声音怪异的顾客。此后，"阴间的鬼神也来赶井尾圩"之说便不胫而走，"阴阳圩"由此得名。阴阳圩附近的几个村庄，男女老少都唱起这样的歌谣："西汀得个婆（指妈祖），井尾得个坡（现在这个阴阳圩集聚于此坡），东坎（附近另一个村庄）走慢什么都没。"它点明了西汀天后宫与阴阳圩的内在联系。

几百年来，当地一直流传着这样的一首雷歌："井尾上圩不开铺，单单搭棚遮毛露（露水），也没乜卖和乜买，只是赌钱到暗摸（天暗）。"从歌中可了解到当时情况。随着时代的进步，"阴阳圩"也充满了现代气息。自古以来，流传着这样的说法，在这里盟定婚约的男女会白头到老。笃信这一传说的许多青年男女，趁着圩日，纷纷相约到这里，在此定情，缘定此生。

此外，族群的超越性体现在不同族群间面临着外界相同因素的侵犯时，他们表现出超越了自己族群所属的地域范围，族际间联合为了共同的利益一直抵制外来的侵略。比如湛江人集体反法侵略一样。据光绪廿四年《知新报》第 106 册《广州湾近事汇志》载："法军登陆后被其污淫暴虐者不可胜数。有不从者，则以死处之。附近土人，恨之入骨。"侵略者的野蛮行为激起各地群众的强烈愤恨，纷纷揭竿而起，抗法斗争风起云涌。1898 年 6 月 19 日，南柳、海头、绿塘、洪屋（霞山区沿海一带）等村民众 500 多人在吴帮泽等的率领下首揭抗法义旗，歃血誓师，以大刀、长矛、木棍等为武器，攻打广州湾的法巢。尔后，湛江人民在代理知县李忠环的支持下成立抗法团练，抱着"寸土当金与伊打"的信念，与敌战斗十余次，打退了装备精良的敌人数次进攻。①可见，当外来侵略者入侵时，宗族对于地域性的划分，将原先的清晰边界模糊化，他们会整合更大的地域联盟群体来把民族利益、国家利益超越于族群利益。

---

① 范忆慧：《粤西边陲红土地+鲜为人知广州湾——撷拾广州湾鲜为人知的红色史实》[J].图书与情报，2015（2）第 143 页。

湛江主要民俗文化

【赤坎调顺网龙】

调顺网龙，起源于明建文初，是湛江赤坎区调顺岛村世代相传的一种具有独特演绎文化的舞龙艺术。龙体是采用众村民热心捐送的废旧渔网、绳缆与竹木、草叶编织扎作而成。意喻"集百舟田野之网草，呈百家村民之祈愿"。网龙于每年农历正月初十"年例"表演，以崇神祭祖、祈福纳祥、驱邪消灾、娱民喜庆为宗旨，主体内容为开光重合、套路技艺、表演类型和伴奏击乐几个方面。网龙舞动即可过村穿巷又可上船下水，因享有"水陆蛟龙"之誉。调顺网龙是中华舞龙文化的艺术奇葩，是极其珍贵的非物质文化遗产。2012 年，调顺网龙被列入广东省省级非物质文化遗产名录。

【调顺草龙舞】

调顺草龙舞有 500 多年的历史，以刚猛舞蹈为主要特色，通过扭、转、穿、腾等动作展现海岛渔民勇敢无畏与大海搏击的精神面貌的民俗活动。由于历史的各种因素，草舞龙曾一度退出人们的视野。但在2005 年，调顺岛黄车炳老人凭着儿时记忆，再次编织四条草龙亮相于首届农民文化节，并在湛江首届"红土文化艺术节"喜获银奖，引起了中央电视台等国内媒体的广泛关注。

【文章湾簕古龙】

文章湾村簕古龙，始于清朝康熙三十八年（1699 年），是祖传特有的、于农历正月十九年例敬祭天后圣母众神活动时表演的传统舞龙艺术。当日，人们用簕古龙沿着村巷巡舞，驱邪镇魔，禳灾祛难。巡舞结束后，每家每户派发一片簕古龙身上的簕古叶放在家中作辟邪物，保佑平安。依据茅山道教"簕古可避邪"的记载，文章湾村簕古龙的产生很传奇，此外制作上也独具一格且材料独具特色。采原生态植物鲜簕古叶片组成龙身，鲜菠萝皮铺成龙鳞，橙子作龙眼，柚子皮作龙鼻，菠萝皮作龙额，菠萝叶作龙眉毛，剑麻片作龙舌，榕树气根作龙须，簕古果嵌成龙牙。簕古龙是已有 300 多年历史的民间传统舞龙文化艺术，2009 年入选广东省级非物质文化遗产保护名录。

【麒麟村"爬刀梯"】

爬刀梯，又名"上刀山"，是流传在湛江市麻章区太平镇麒麟村的一种古老的传统民俗活动。是当地民众在每年农历二月十一、十二年例祭祀仪式中庄严神圣的内容之一，分祭梯、立梯、爬梯、收梯四个部分。这活动是源于 200 年前先人除暴安良的传说，光脚裸掌的表演者在欢快的唢呐、锣鼓、鞭炮声中，手抓刀刃，脚踩青锋，一步步攀登上刀梯顶部。寓意民众敢于"上刀山下火海"无所畏惧、敢为人先的精神。

【湛江傩舞】

湛江傩舞，起源于原始社会图腾崇拜祭祀仪式，是雷州半岛劳动人民祭雷遣灾、祷神保平安的民俗舞蹈，素来享有"舞蹈活化石"的美誉。雷傩舞，以雷首公与东、南、西、北、中五方雷将为主体，还包括土地公婆、艄公婆等，俗称"走清将""舞巫""考兵"等，还有吴川的"舞六将"与"舞二真"。傩舞的造型，呈现粗犷，庄严威武。傩仪活动是由道士在庙前设坛，向神灵燃烛、焚香、烧纸宝、供三牲。接着颁令、颁符、敬请五色旗队，八宝、飘色、锣鼓班、傩舞队等各路兵马到坛前扎寨练兵，然后到各家各户赶鬼驱邪，保佑平安。傩舞表达的寓意是：驱邪遣灾，祈求平安，迎祥纳福。作为珍贵的非物质文化遗产，2007 年 4 月，"考兵"傩舞被列入湛江市第一批非物质文化遗产代表作名录。

【过火海】

过火海，源于先民对火的敬畏，对祖先的崇拜，是在雷州半岛流传已久的一种集祭神、祈福、娱乐于一体的民间活动，以新城街道水店村过火海习俗活动最具有特色。其主要程序有请神、点火、巡火、试火、叼犁头、过火海、取火等。下火海前，先把火场拢成尖堆状，并由道士向神明卜卦，得吉卦后，由一人双手执一张草席，按东、西、南、北四个方位在火堆上翻滚而过火场，接着由两名村民赤脚抬着神像，也按四个方位来回快速踩过火场，紧接着其他村民纷纷赤脚快速踩过火场，直至将火堆踩平、踩散。

【穿令箭】

穿令箭，又名"穿腮"，是雷州半岛流传已久在年例敬拜祭祀神灵时的一种传统民俗傩技活动。以雷州市北和镇洋家村与麻章旧县村的穿令箭习俗最具代表性。表演前，出游的前三天，先将令箭打磨清洗，然后恭敬地放入庙宇封令；表演时，"神童"先用一支银令穿舌，再用一支大铁令穿腮；表演结束后，才拔除银令和铁令。最让人不可思议的是拔出银令和铁令时，穿透部位竟无血无痕。显示的是有神灵庇佑、平安保障、能逢凶化吉的寓意。

【翻刺床】

翻刺床是湛江市一种在年例游神时展演的传统民俗活动。表演者壮年为多，也有老年者，表演道具是带刺的树枝扎成一张床。表演时，傩队则在坛前跳傩舞呐喊助威，自称有"神灵附体"的表演者，赤着上身，卧于刺床上翻滚。他们心里相信是有神灵保佑的，因此不觉疼痛也不会流血。表演"翻刺床"前，忌女人在表演者面前走过，否则表演就会失败。

【东岸村关公磨刀节】

关公磨刀节，是具有悠久历史和独具特色，为纪念关公的忠勇仁义兼且祈求风调雨顺、国泰民安的一种民俗节日。主要盛行于湛江麻章区太平镇东岸村。农历每年五月十三，民间称此日若下雨，便是"关公"在磨刀，其磨刀的用水从南天门处降下凡间。下雨便是吉兆，雨越大越好，预示当年的光景必将"风调雨顺，国泰民安"。

【吴川飘色】

吴川飘色，起源于清代，主要以儿童乔装成各种人物，站在一根看不见的色梗上支撑着表演者在空中手舞足蹈的一种传统民间艺术民俗活动，被誉为"隐蔽艺术"和"东方飘游艺术"。飘色的人物形象普遍是按戏剧人物的艺术造型设计打扮；其内容丰富多彩，有历史故事，或神话传说，或现代题材；表演时用钢筋支撑着化妆演员随车游行表演，形象生动奇妙，各具体态，舞狮舞龙助阵，锣鼓八音相配。吴川飘色乃"三绝"之首，早已闻名中外，曾多次到世界各地进行展演。2007年，吴川飘色被列为"国家第二批非物质文化遗产名录"。

【吴川泥塑】

吴川泥塑，起源于唐末宋初，是古老和传统的民间艺术。主要由梅菉镇瓦窑村民兴起，也被当地人称为"泥鬼"的民间艺术。泥塑传统的题材有历史故事、神话故事、民间传说等，也具有现在的时代主题内容，如：反腐倡廉、扫除黄赌毒等。过去，主要是用稻草、竹木支架、泥为材料，材料简便，制作快捷；如今，已发展到水上彩塑、活动彩塑，配上现代灯光、音响、舞美设计，集电、光、声、动于一体，显得更加流光溢彩，美不胜收。吴川泥塑造型优美、塑工精细、形神兼备、典意吉祥并栩栩如生，是颇为精美的艺术品，蜚声海内外。2007年11月，吴川泥塑被列为"广东省非物质文化遗产名录"。

【吴川花桥】

吴川花桥始于明代，吴川花桥是湛江市的民间传统民俗文化活动。每年农历正月十五，吴川市梅录镇上隔海村群众都会装饰隔海桥。桥的两侧，鲜花争妍斗丽，诗书画高悬，彩灯交辉，倒映水中。远远望去，花桥犹似一条火龙腾出水面，横跨梅江，气势磅礴。花桥发展到今天，包含了雕塑艺术、盆景工艺、灯光效果、诗书情画意和古牌楼建筑艺术风格等的意蕴，同时也表达了劳动人民对美好生活的祈求。花桥与泥塑、飘色被誉为梅录元宵"三绝"，多次被广东电视台摄入荧屏，响誉中内外。

【吴川木偶戏】

吴川木偶戏又称木头戏、鬼仔戏、鬼儿戏，起源于汉代，是湛江市一种非常古老的汉族戏曲艺术。木偶戏种类繁多、各具特色、演技精湛、风格独特，故吴川享有"木偶之乡"的美誉。相传明万历年间（1570—1620）闽南商船到吴川沿海口岸经商，带来布袋木偶（又称指头木偶），吴川说唱艺人仿制、效其操作，组班演出，此为木偶传人之始。由于吴川方言各地不同较复杂，故各地小、中班木偶戏的演腔便有所不同，同样唱词也具有地域性，是与当地民歌有关，它吸收民歌的精华，唱词口语化，是一种通俗流畅而富有鲜明个性的文艺形式。党的十一届三中全会后，成立了吴川木偶艺人协会，发展了一批新会员，促进了木偶戏事业的发展。早期的木偶戏艺人陈茂生、林茂奎等戏班都非常有名气。

【吴川"舞貔狔"】

貔狔舞是流行于广东湛江吴川市梅菉头的一种传统民俗舞蹈，每逢新春元宵佳节或喜庆之日，当地群众都要舞貔狔，或配合国技武术队伍和各式飘色，共同游行表演庆贺节日，以祈福驱邪，保佑平安。近几年来，经过民间艺人的提炼和创新，貔狔上牌山（又名盾牌叠罗

266

汉）和牌山顶上采青等舞法成为貔貅舞中最精彩的一幕。目前貔貅舞（吴川梅菉貔貅舞）已被列入广东省非物质文化遗产名录。

【廉江白戏】

白戏俗称白戏仔，始于清朝乾隆年间，是属于传统木偶戏剧的一种杖头木偶戏。现在廉江市城乡颇为流行，深受群众的喜爱。白戏是用本地白话民歌演唱，辅之以自制简易木偶，一般二至五人即可演出。在演出时需加进音乐伴奏，最初竹筒配击节奏，这是白戏的雏形，又称为"木鱼班"。后来由竹筒改为木鱼、小堂鼓、大钹、高边锣等敲击乐器，从此，"竹筒戏"改称白戏。白戏的演出剧目有取材民间故事和历史传说，如《高文举》，也有根据《三国演义》等小说改编的和创作《青年运河的节日》等现代戏。其唱腔音乐基本上分为长腔、变体板腔和小曲三类，唱词是七字句上下旬句式，代表戏班是曲龙村戏班。白戏以其独特的艺术风格，享誉粤西。

【廉江竹园村"舞雄鹰"】

舞鹰雄是集舞蹈、武术、杂技于一体的一种传统民俗舞蹈。相传在清朝咸丰年间，今廉江新华镇一带就有舞鹰雄活动，已有近300年历史。据舞鹰雄的起源传说，鹰、雄能驱邪镇妖，能带来好运气，于是人们便模仿鹰、雄嬉戏相斗的情景，创造了舞鹰雄这一形式。寓意：祝贺节日，喜报平安，以示同庆。舞鹰雄由二人舞雄，二个单鹰，一个大肚和尚，一只猴子，六人组成表演队。表演的套路大致为"醒鹰雄""格斗四门""洗脸漱口""过桥""采地青"和"采天青"等，其中"采天青"动作惊险，难度最大，是整个舞蹈的高潮。廉江舞鹰雄入选广东省第一批省级非物质文化遗产名录。

【雷州石狗】

雷州石狗是雷州人民代代繁衍生息中遗留下的宝贵文化，是一种独特的民间艺术创作。与雷祖陈文玉诞降的神奇美丽传说有密切的关联。雷州石狗分布不均匀，呈现沿海多、内陆少，西部多、东部少的特点。它以图腾崇拜、雷神、雷祖信仰为文化底蕴，受楚汉文化、道教文化、佛教文化、风水堪舆术的深刻影响，有"呈祥报喜""守护神灵""司仪宠物"等多样、复杂、广泛的用途。雷州石狗大多是由玄武岩雕刻而成，从造型外貌特征上看，可将其分为百物混沌类型、人格化类型、狮象类型等三种类型。纹饰也非常丰富，主要有云雷纹、莲花瓣纹、凤尾纹、风火纹等。雷州半岛是世界两大著名雷区之一，也是"天下雷王"故里。

【雷州乌石蜈蚣舞】

雷州乌石蜈蚣舞起源于明代，是雷州先民创造的一种祛邪消灾、祈盼安康与丰收的传统民俗舞蹈活动。民国《海康县续志·地理·民俗》记载："仲秋日夜……又有箫鼓聒耳，群童队行，手持香火楦饰，龙狮首尾，跳舞通街，曰'舞蜈蚣者'，此农民相沿之习也。"每年农历八月十五、十六之夜，乌石港区群众都要举办传统的蜈蚣舞活动，以驱除邪气祈求平安。主要道具是一具用竹、藤、布、丝绸等制成的蜈蚣模型，身着色彩和装饰镜片，里面悬吊特制的灯烛。蜈蚣舞讲求高度的集体主义和协作精神，也反映了疍家文化的结晶，是农耕、海洋文化融合的产物，对研究疍家文化及海上丝绸之路有重大价值。2009年，入选广东省第三批省级非物质文化遗产。

【雷州歌】

雷州歌是以雷州话演唱，记载着雷州半岛人民生存、劳动、生活的斗争史，是广东省四大民歌之一。雷州歌的主流题材是反映古代雷州地区劳动人民风貌及劳动生产内容。雷州歌分布于雷州半岛10个县（市）区以及历史上雷州人所迁往的新加坡、马来西亚、印度尼西亚等东南亚国家的雷州华（侨）人地区。雷州歌结构严谨，平仄协调，韵律优美，腔调自由。2008年，雷州歌入选第二批国家级非物质文化遗产名录。

【雷剧】

雷剧原名大歌班，起源于明末清初的雷州半岛，是用雷州地区方言演唱，具有浓郁而鲜明地方特色的广东省四大汉族戏曲剧种之一。雷剧经过姑娘歌、劝世歌、大班歌、雷剧四个发展阶段，现今已拥有80多种腔调。以雷胡为主要伴奏乐器，声腔体系完整、曲调优美。唱腔创作以板式变化结构为主，采用原雷讴散、慢、中快板，高商雷讴散、中、快板，高台羽调慢、中板，高台宫调中板，原腔混合复、慢板等11种板式。代表剧目为《貂蝉》，舞台出现了李莲珠、林奋、黄华文等一批观众欢迎的演员。2009年，雷剧成为公示广东省第三批非物质文化遗产名录。2010年，列入国家非物质文化遗产保护名录。

【雷州姑娘歌】

早在明朝隆庆年间，"姑娘歌"就已盛行于雷州农村，距今已有四百余年的历史。"姑娘歌"是在雷州口头歌、对唱歌的基础上产生和发展起来的。"姑娘歌"的演唱以歌姑娘为主，以歌童为辅。女歌手称"姑娘"，男歌手称"相角"，则辅助角色。姑娘歌题材广泛，内容丰富，以雷州方言演唱，且属无伴奏清唱，曲调简朴、古拙、粗犷，并以即兴性对唱为主要特征，其演唱形式有三：一为对唱；二为颂神，三为劝世，以对唱为主。姑娘歌长时间留下来的大量作品，记载了雷州半岛的历史文化、社会经济、民间信仰、风土民俗等，具有较高的社会文化研究价值。

【雷州高跷龙舞】

雷州高跷龙舞是湛江市雷州先民表现祈求风调雨顺、国泰民安的一种汉族民俗舞蹈。主要在每年元宵、中秋节表演，表演者一般是青少年男子，每人脚踩高跷板，头扎面布，身穿开肚衫、统裤古装。龙身道具制作材料为布料、竹器、纸等，形象生动，造型独特。表演时，一句龙出海、双龙相遇，以建立友情、双龙腾飞为主题。舞蹈中有串龙、摆龙、逗龙等一系列高难度动作。

【雷州散花舞】

雷州散花舞是道教祭祀仪式中属赞颂神明公德的吉事类法事的一个舞段。宋、元时期，海康道教"正一派"做朝元会时，已出现散花舞。散花舞伴奏以高音唢呐及小钹、云锣、铜胆、月鼓等，演唱分有"文散花"和"武散花"，其内容主要赞美春、夏、秋、冬四季花。表演时醮公主头戴礼帽，身穿深蓝或浅黑色麻纱大襟长袍，赤足。高功和左右坛师，头戴道冠（红色底绣彩色图案），帽边镶饰珍珠、翡翠，身穿红色道袍，赤足。手捧花盘，走平步和十字步，做"手挽花""旋转点花""献花""散花"等动作。其特点：步法平稳、动作流畅、姿态优美，有较高的欣赏价值。其主要代表艺人是黄妃荣和林胜。

【东海岛人龙舞】

人龙舞起源于明末清初，是由人穿着特别的服装，组成巨龙的形状表演的一种民间传统舞蹈。多在农历中秋，或年晚丰收时节表演。人龙舞全部是由人组成，龙首、龙身、龙尾都用人体接架组合。龙头由一个身高力大的青年身负三个小孩，分别代表龙舌、龙眼、龙角；龙身由大人支撑着仰卧的孩童，一节一节地连接起来；龙尾也是大人肩扛着一个小孩，双脚叉开，以示龙尾。近年来，当地艺人还对人龙舞的结构、舞步、舞姿、乐曲、节奏进行了改革加工，形成了"起龙""龙点头""龙穿云""龙卷浪"等表演程式，使其更臻完美，受到群众的热烈欢迎，被誉为"东海一绝"。

【雷州换鼓】

"雷州换鼓"是雷州先民的求雷、盼雷、敬雷、祭雷的活动。古代的雷州半岛是蛮荒瘴疫之地，为了生存，雷州先民天天求雷、盼雷，且通过某种仪式将人间最好的鼓送给天神，慢慢地便形成了大型的祭雷活动或祭雷仪式。祭雷活动一年分为三次，第一次称为"开雷"，于元宵节（也是雷祖陈文玉的得道升天日）举行；第二次称为"酬雷"，于上元节（农历六月廿四）举行；第三次称为"封雷"，于冬至节举行。当千鼓竞发，百里可闻，祭雷活动进入了最高潮。法师在这一槌落鼓的同时迅速将预先选好的新鼓换去雷坛上的旧鼓，旋即"轰隆隆"一声，晴天霹雳，电闪雷鸣，风雨接踵而至，这也是"雷州换鼓"的最大其妙之处，即祭雷时打雷。"雷州换鼓"寓意：以图吉祥，期望在新的一年里风调雨顺，五谷丰登，国泰民安。

【徐闻屯兵舞】

屯兵舞是湛江市徐闻县的一种流传于汉族民间独特的道教舞蹈，音乐伴奏有小鼓、锣、钹、小锣、唢呐和牛角号。伴奏多为拍击乐，节奏鲜明，气氛热烈。道具有呼唤各路军马的号角、兵器王即刀、短剑、驱魔的火把，嗽法水画符的酒杯，象征军粮银饷的一大碗白米和一只经嗽水画符后神化可调遣千军万马的大将军——大红公鸡。道士屯兵时，在自家住宅正堂内以一张八仙桌设"内坛"，另于院场置两张八仙桌为"外场"。在"内坛"的舞蹈有请神、启师、请水、颁兵、颁符、分粮、散饷；外场的舞蹈有结集东、西、南、北、中五路军马，操练、驱除妖魔鬼怪等。至今仍流传在雷州半岛南麓地区的徐闻民间屯兵舞的舞蹈，可以说是巫舞的演变和再现，是远古时期汉族民间艺术的活化石。

【阵式藤牌功班舞】

阵式藤牌功班舞又称盾牌舞，以藤牌为主，进行不同类型的阵势转换，突出舞蹈的颠排结构的艺术形式，一种集军事训练、武术对抗、打击乐等于一体的综合性民间武术表演艺术样式，是古代军事布防、战场实战技击项目。明代天顺六年（1462年）由于西寇的骚扰作乱，百姓惨遭荼毒。面对强敌，乡民奋起练功习武，强身壮胆，团结一致，共同抗击敌寇，当时朝廷的地方驻军也派出将官传授藤牌舞，操演乡民用于两军对垒破阵，两人出阵对舞击刺，狠狠地打击了敌寇嚣张气焰，保卫了家乡的安宁。徐闻阵式藤牌功班舞，由军事布阵、对抗演练逐渐演变为民间祭祀的民俗舞蹈活动，突出了它的舞蹈表演风格。反映了人民群众自强不息、热爱乡土的精神情操和祈求、平安、和谐、欢乐、富足的纯朴愿望。

【徐闻青桐"穿镰功"】

"穿镰功"也称穿越剑刃火门，起源于明代中晚期，是徐闻县民间一项传统的绝技表演活动，也是每年农历正月十二至十五闹元宵的重头戏，主要活跃在徐闻西乡的迈陈镇青桐村。表演活动中，全队多由 12 人组成，表演器具有"剑门""火门"、锣鼓、神牌、彩旗等，表演步骤为：先祭拜神灵；第二步，展示剑刃道具；第三步，穿"剑门"，后跃"火门"，寓意上刀山、下火海；第四步，表演结束，谢神退场。"穿镰功"的历史文化内涵深厚，承载了徐闻人民敬畏生命、团结一致、不屈不挠、抗击外侮、自强不息的精神和历史，也表达了祈求安康生活的纯朴愿望。

【遂溪醒狮】

遂溪醒狮表演始于明清时期，是一种地道的民间舞蹈而形成的传统民俗文化。遂溪民间醒狮的表演形式，一般分为传统狮和高桩狮。遂溪民间传统狮表演的项目一般分庆贺、竞技、联谊、驱邪、阵式和演艺等六类，并且特别注重狮的形神、步法和动作。据 2016 年不完全统计，遂溪县民间醒狮团有 360 多个，其中高桩狮 38 个，地狮 258 个，队员 13885 人，其中尤以黄略文车、许屋的醒狮队水平最高。这支队伍，活跃在我市城乡乃至广西、海南等省区、市和国际舞台。湛江遂溪醒狮曾应邀参加 2008 年北京奥运会闭幕式的表演。

【遂溪游鱼】

游鱼起源于清朝康熙年间，是湛江市遂溪县历史悠久的传统民俗文化活动。"遂溪游鱼"是遂溪县北坡老圩"游鱼"传统基础上发展而来的新文化，是遂溪县传统民俗文化的新亮点。主要表演节目有《鱼祭祈福》《鱼游得水》《鱼跃龙门》等，是将游鱼和舞龙这两种民间文化经过巧妙结的编排，融合编造出独具一格的鱼龙舞。2017年元宵佳节，遂溪孔子文化城举行"万人鱼龙舞、醉美孔圣山"的元宵鱼龙展演巡游活动，当晚游人如织；鱼游龙翔，热闹非凡。

【安铺八音】

安铺八音是光绪年间该镇盛名的音乐爱好者李六朋秀才创立，在廉江市古镇安铺流传至今为人民所喜爱的一种古老的汉族民间音乐艺术，至今有80多年的悠久历史。八音是中国古代汉族乐器的统称。据《三字经》云："匏土革，木石金，丝与竹，乃八音。"八音队由当时21个文人雅士或音乐爱好者组成，平时他们躬自教练，每逢元宵、端午等佳节演出。游演时，人手一乐器，列队沿街而行。人人长衫马褂，个个衣冠楚楚。操音响者行于前，弄箫琴者随于后。乐器均缀彩带、丝带、绒球，五彩缤纷，雅丽夺目。行进徐徐，音韵飘逸。

田野调查图片

一、开展田野调查

与老渔民 SQS 访谈

参与 TXA 老人的割网衣劳作

参与津前渔民的赶海活动

与 CFG、LS 两位老渔民访谈

与钟氏副族长 ZZF 访谈

了解湛江客家族源情况

二、湛江人生计劳作场景

渔民男性在船上撩网解鱼

渔民女性在码头上撩网解鱼

渔民空闲之余整理网具活动

从事鱼商生计的渔家妇女

丧葬帮工中的妇女

275

三、湛江宗族活动场景

廉江河唇钟氏宗族欢庆民俗活动

硇洲津前村分"福肉"场景

雷州后溪村宗族房系间"分福饼"场景

宗族"添丁"挂花灯仪式

四、湛江神灵祭祀活动

宗族祭祀神祇碑

宗祠内祭祀活动

宗族内部"摆宗台"祭祀活动

村落石狗崇拜祭祀活动

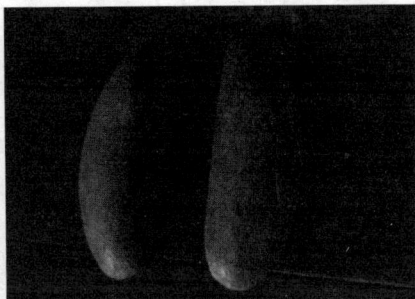

宗族祭祀事务常用的"杯珓"

宗族内部交流与神灵祭祀

宗族日常祭祀用品

五、湛江年例文化习俗

文章湾村簕古龙习俗

湛江舞龙习俗

年例期间酬神演戏活动

280

湛江"翻刺床"习俗

吴川飘色习俗

湛江游花车习俗

年例舞狮习俗

年例敲"锣鼓棚"习俗

年例习俗族群参与互动场面

湛江"穿刺令"习俗

后　记

　　我是一位在雷州半岛这片红土地上长大的"孩子"，打小听着"红土乡音"节目长大。对于这片红土地上的民风民俗、生计方式、社会样态、文化模式等方面从小耳濡目染。小时候，提着竹篓子跟着妈妈去赶海、拾贝。走过渔村的乡间小道，看着渔家妇女在门口"咯吱咯吱"地编织着渔网。每有亲人从他乡归来，总能听着他们讲着隔壁村、隔壁镇、隔壁县的"奇风异俗"。长大后，我走出了雷州半岛，去了两个省会城市求学，学过民族学、人类学、社会学、民俗学、语言学、区域史等专业或课程。慢慢地，我对雷州半岛这片土地更加熟悉，也更具情怀。也许走过了万水千山，才明白真正让我们梦绕魂牵的地方是故乡。因此，我在云南读书接近毕业那年，我跟我的导师沈海梅教授商量之后决定回到家乡做田野调研，完成我的研究生毕业论文。

　　那一年，为了选田野调研点，我从雷州半岛的东边走到了西边，从沿海的渔村走到了海岛社会，见证了琼州海峡的东西两边潮水的"奇异景象"，也远眺过北部湾地区的地缘生态。这一切让我加深了对雷州半岛区域文化的认知，也让我对雷州半岛乡土社会的族群文化产生了浓厚的兴趣。毕业后，我回到了湛江的一所高校工作。因缘际会，我接触了湛江地方文化、地方史系列研究的项目。这也让我更加坚定了开展湛江族群文化及其历史研究的信念。为此，在 2015 年至 2020 年期间，我利用寒暑假时间在湛江多地开展调研。这段时间，我对雷州半岛的沿海渔村、海岛社会、疍家文化、客家文化、广府文化等多种社会文化样态有了区域文化系统的概念。同时，我也开始着手梳理文献材料、收集调研资料、撰写文稿的工作。

由于行政工作的繁忙、大量调研工作的开展以及湛江当代文化系列丛书在整体统筹出版上需要些许时间，这本小册子前前后后历经了七年。这个过程在我看来，充满着艰辛。我在高校从事行政类工作，非寒暑假时间工作比较繁忙，所以从事科研工作、调查研究只能是放在每年的寒暑假里进行。寒暑假期间校园的安静是我从事科研工作的最佳状态。从选田野点到调研的开展，再到书稿的撰写，一切的精益求精只是为了更好地保障书稿的质量。当然，由于能力有限和部分调研不够深入，我深知鄙书尚有很多不足的地方，请各界专家、同行、师友多雅正。

值此小书出版之际，我要感谢我的家人，感谢他们对我求学生涯、学术生涯的支持与生活关怀。作为子女，有时因为科研工作的开展无法在寒暑假时间回家乡去看望父母，心里充满着愧疚。然而，我的家人自始至终都在支持我、理解我、关爱我，让我放下压力、静心开展研究，我的内心充满着感动与温暖。

同时，我也感谢钟明杰老师对我的帮助与关怀。钟明杰老师是我工作上的领导，更是我开展本课题研究的引路人以及平时工作生活的引航人。感谢刘娟博士的关心与帮助，感谢我在不同田野点开展调研时积极配合我调研工作的父老乡亲。其次，我也感谢我的三位学生叶钰茹、李菁、钟锦平在项目开展中关于调研资料的整理方面所付出的努力。她们都是学习异常勤奋的好学生。

最后，衷心感谢所有在我学术研究道路上予我以不同方式支持与鼓励、关爱我、支持我的学界前辈、时贤，缘于大家的支持、厚爱、鼓励，我才有今天的一点点进步。

林春大

壬寅年夏记于岭南师范学院燕岭园

图书在版编目（CIP）数据

湛江当代族群文化简史 / 林春大著. -- 北京 : 中
国文史出版社，2022.9
（湛江当代文化简史丛书 / 刘娟主编）
ISBN 978-7-5205-3615-8

Ⅰ. ①湛… Ⅱ. ①林… Ⅲ. ①民族文化－文化史－湛
江－现代 Ⅳ. ①K280.653

中国版本图书馆 CIP 数据核字（2022）第 162261 号

责任编辑：全秋生

出版发行：中国文史出版社
地　　址：北京市海淀区西八里庄路 69 号　　邮编：100142
电　　话：010－81136602　　81136603　　81136606（发行部）
传　　真：010－81136655
印　　装：廊坊市海涛印刷有限公司
经　　销：全国新华书店
开　　本：787×1092　　1/32
印　　张：9.25　　字数：222 千字
版　　次：2023 年 1 月北京第 1 版
印　　次：2023 年 1 月第 1 次印刷
定　　价：268.00 元（全五册）

岭南师范学院科学研究处资助　湛江市哲学社会科学规划项目《湛江当代文化简史丛书》(ZJ14YB14)资助

林　捷◎著

湛江当代旅游文化简史

中国文史出版社

图书在版编目（CIP）数据

湛江当代旅游文化简史 / 林捷著. -- 北京：中国
文史出版社，2022.9
（湛江当代文化简史丛书 / 刘娟主编）
ISBN 978-7-5205-3615-8

Ⅰ．①湛… Ⅱ．①林… Ⅲ．①旅游业－文化史－湛江－现代
Ⅳ．①F592.765.3
中国版本图书馆 CIP 数据核字(2022)第 162265 号

责任编辑：全秋生

出版发行：中国文史出版社
地　　址：北京市海淀区西八里庄路 69 号　　邮编：100142
电　　话：010－81136602　81136603　81136606（发行部）
传　　真：010－81136655
印　　装：廊坊市海涛印刷有限公司
经　　销：全国新华书店
开　　本：787×1092　1/32
印　　张：8.125　　字数：195 千字
版　　次：2023 年 1 月北京第 1 版
印　　次：2023 年 1 月第 1 次印刷
定　　价：268.00 元（全五册）

文化湛江的当代视角（总序）

宋立民

1992 年，李学勤先生序吴方《中国文化史图鉴》之际说："由二、三十年代开始，已有学者编写比较系统的中国文化史。日本学者写的几本书，也被迻译到我国。后来文化史的研究冷落了一段很长时期，直到近十几年，才一跃而为历史学界最热门的课题之一。"[①]

如今三十年过去，看到由湛江市社会科学界联合会、岭南师范学院科学研究处大力支持，刘娟博士主编、岭南师范学院青年教师编撰的"湛江当代文化简史"丛书，感觉到发端于二十世纪八十年代的"文化研究热"还在继续，只是研究更加沉实，更加具体，没有续用"新旧三论手法""中西文化比较""重评文学史"的旗帜而已。

与"单打一"的专门研究相比，"文化研究"的切入固然是新颖的，甚至不无"捷径"的特质，但是，稍微深入一点考察，则不难发现，此类纵向跨越的研究颇不容易。

问题首先在于"多文化而无文化"。《中国大百科全书·考古卷》说："文化一词有着不同的含义，一般是指人类的人类社会在科学、技术、

---

① 李学勤：《中国文化史图鉴·序》[M].山西教育出版社，1992 年版。

艺术、教育、精神生活以及其他方面所达到的总成就。"美国最流行的词典《The American Heritage Dictionary》曰，文化"是一种人民或集团在特定时期创造的艺术、信仰、风俗、制度以及其他成就和思想"。笔者30年前编辑河南《大河报》的文化副刊时，已经发现"文化"的门类达数百种之多，政治、经济、军事、科技、东西方、烟酒茶……以至于"没有文化"也是"文化研究"的范畴，曰"文盲文化研究"。故此，文化研究更需要宽厚的人文科学与自然科学基础。在学科分支越发精细的时下，其难度不言而喻。

也正是在"知难而进"的意义上，"湛江当代文化简史"丛书是值得肯定的，因为筚路蓝缕不易，剑走偏锋更难——更何况体育史、族群文化史、教育史等并不是作者们读硕读博研究的方向乃至领域。

该丛书的第一个特点是当代性。

二十世纪八十年代，杂文家、文学史家唐弢与资深作家、翻译家、教育家施蛰存两位老前辈，有感于"当代文学史"出版物泛滥而著文指出：当代文学不宜写史。洪子诚先生认为，"唐弢先生说的当代文学不宜写史，主要是对当代人处理新近发生的事情的可靠性的怀疑。"意为"史"是需要沉淀的——小说《围城》里苏小姐那本《十八家白话诗人》序言，引 Jules Tellier 的比喻，说有个生脱发病的人去理发，那剃头的对他说不用剪发，等不了几天，头毛压儿全掉光了；大部分现代文学也同样的不值批评。"——疑似钱锺书本人对于白话诗的"史论"。

然而，对立的观点认为"李杜诗篇万口传，至今已觉不新鲜"，至少，看看身边人对于身边人的评价，总是不无当代意义的。例如冯文炳在北大谈新诗，就是讲身边刚刚发表的作品。问题在于欣赏者的见地与水准。梁任公《饮冰室诗话》第一则便开宗明义："我生爱朋友，又爱文学，每于师友之诗文词，芳馨悱恻，辄讽诵之，以印于脑。自忖于古人之诗，能成诵者寥寥，而近人诗则数倍之，殆所谓丰于昵者

耶。"他在第八则里又说："窃谓自今以往，其进步远轶前代，固不待蓍龟，即并世人物亦何遽让于古所云哉？"①于是他把黄遵宪的长诗《锡兰岛卧佛》推为中国"有诗以来所未有"。这种立足当代、肯定当代、放眼未来的"与时俱进"的胆识，为我们提供了理解"湛江当代文化简史"思路。例如湛江的"当代旅游"，其当代性就是毋庸置疑的。古代压根没有"旅游"这门产业——"近乡情更怯，不敢问来人"。不要以为本家宋之问已经到了自己的村口，或者至少到了老家河南灵宝（或山西汾阳），实际上他才到汉水。汉水到洛水尚有 500 多公里。是故哪怕仅仅提供了认识湛江当代教育、族群、旅游、文学、体育的一种思路或者史料，这种"当代意识"也不容忽视的。

该丛书的第二个特点是本土化。

或曰中国大陆最南端是"民风彪悍"的"文化沙漠"，那是对雷州半岛的红土文化与海洋文化知之太少。2004 年春节，著名文化学者、多次获得国家"山花奖""飞天奖"的孟宪明先生南下湛江，跟随雷州的傩舞表演跑了整整一天，拍照片上千张，大为震惊曰："失礼求诸野！中原已经没有如此完整的傩文化表演！"日前参与"湛江市优秀传统文化进校园"项目，笔者的任务是梳理"人文湛江"。结果是由浅入深粗粗分类，就涉及了湛江的地质文化、海岛文化、童谣文化、年例文化、祭祀文化、名人文化、音乐文化、舞蹈文化、台风文化、雷神文化、石狗文化、方言文化②——尚未包括"湛江当代文化简史"丛书里的体育、旅游、族群、教育、文学种种。

"三才者，天地人"。费尔巴哈说：文化的最终成果是人。同理，是否可以说：文化的最初据点是地，是故土、是方志。今年年初，读黄乔生新著《鲁迅年谱》，发现浙大出的这一套"浙江文化研究工程"传记类

① 梁启超：《饮冰室诗话》[M].人民文学出版社，1959 年版，第 1 页。
② 宋立民：《人文湛江》[M].中南大学出版社，2020 年版。

丛书，第一部分均为"家世简表"——有关鲁迅的这张简表，就是据《越城周氏族谱》而来，周知堂在该族谱上题识署："中华民国二十年四月七日会稽周氏清道房公允四支十四世作人书"。闻立鹏审定的《闻一多年谱长编》亦是将"闻氏世系"置于谱前。

浏览"费孝通江村纪念馆"与"饶宗颐学术馆"，我们不难发现，两位文化大师，均是在自己的故土起步：没有江苏吴江县庙港乡开弦弓村的社会调查，就不会有"人类学实地调查和理论工作发展中的一个里程碑"《江村经济》。饶宗颐可以居家自学而在敦煌学、甲骨学、词学、史学、目录学、楚辞学、考古学、金石学、文学、艺术史、宗教史、中外文化交流史、地理学、地方史、文献目录版本学等领域均有重要建树，家学渊源与潮汕文化的滋养功莫大焉。

"湛江当代文化简史"体例不一，写法不一，侧重不一，但是立足本土的特点十分突出，既有历史文献，又有作者自己的田野调查，可以为本地的"创文"提供文化支持，又可以为八方游客了解湛江提供方便。例如文学简史里对于著名本土诗人洪三泰的介绍，即擦亮了本土文化的品牌。洪三泰先生在 74 岁高龄，尚能以踏上时代潮头的诗心、认识与经略海洋的诗心、热爱港城故里的诗心和追寻艺术效果的诗心，写出了长诗《大海洋》，在"2019 俄罗斯普希金国际诗歌艺术节及第二届丝绸之路国际诗歌艺术节"上，一举获得俄罗斯普希金诗歌艺术勋章，是本土的荣耀与广告，更是中国诗坛的幸事。

该丛书的第三个特点是原创性。

原创是可贵的，原创更是困难的。即便外地有现成的"文化研究"模板在，"照猫画虎"的局限性也是显而易见。正如不可以把"松下问童子，言师采药去。只在此山中，云深不知处"简单地改为"阶前问先生，言师上课去。只在此城中，校多不知处"。尤其是关于族群、教育、旅游之类的设计千家万户的领域，多如牛毛的材料如何取舍？"论从史出"

的"论"如何定位？起承转合的阶段如何划分？都是不折不扣的难题。

该课题申报之初提出了设想：首次系统对湛江当代文化的历史积淀、形态特征、现实变迁、机制创新等方面进行了较为全面深入的研究，从中提炼出湛江当代文化的精神内涵，并着眼于湛江经济社会发展的现实需求，研究湛江当代文化精神对湛江社会经济发展的重要影响，具有较强的原创性。

无论现在的成果是否完全实现了初衷，"雏形"是活生生地摆在这里。而且，几本小册子各有自己的格局与思考。例如"族群文化"的三个切入点——湛江当代族群文化的退隐、湛江当代族群文化的断裂、湛江当代族群文化的复兴，就鲜明地体现出"史"的特色。记得四十年前听北大严家炎先生谈文学史的作家作品研究，让弟子们始终记得三点：一是与前人相比，该作家或作品有什么贡献；二是与同代人相比，该作家或作品有什么特点；三是该作家或作品对于后世有什么影响。固然湛江的族群是全国族群研究的一个点，会具备一定的共性，但是这个点的特征一定是具有雷州文化气息的、无可替代的。又如对于湛江当代旅游文化发展的定位："快速起步—徘徊摸索—调整尝试—飞跃发展"，视野开阔，眉目清晰，例证充实，即便材料还可以补充更新，但是框架已经十分坚固。

龚自珍诗曰："文侯端冕听高歌，少作精严故不磨。诗渐凡庸人可想，侧身天地我蹉跎。"[①]说恰恰是年少时写的诗歌，精密严谨，所以不可磨灭；到了"诗渐凡庸"的老年，"斯亦不足畏也已"。笔者垂垂老矣！南下湛江二十年，写了十本小册子，曰老子文化，曰孔子文化，曰鲁迅文化，曰博雅文化，曰审美文化，曰传播文化，曰台风文化，曰韵语文化，曰死亡称谓文化，最后一本是《人文湛江》。然而，回头看看，自知纯属

---

① 刘逸年等：《龚自珍诗集编年校注》[M].上海古籍出版社，2013年版，第653页。

"打一枪换一个地方"而尚未摸到"文化研究"的门径。因此，看到年轻老师的文化论著，真是由衷地高兴，虽不敢说"少作精严故不磨"，至少从确定选题到田野作业，从资料梳理到论从史出，他们付出的辛劳显而易见。唯愿已经有了基础的诸位作者，"咬住"自己的选题，一步步深入下去，为脚下红土文化的长城增砖添瓦。

壬寅夏至于广东文理职业学院紫荆苑

作者简介：宋立民，河南商丘人。广东文理职业学院教授。全国文科高校优秀学报主编。发表学术论文 200 余篇，各类评论近 5000 篇，出版个人专著 11 部。其中评论《清明祭》入选《中国新闻学大系》《中华杂文百年精华》，名列"中国当代杂文 200 家"。

目 录
CONTENTS

第一章　湛江旅游文化的传统与积累／1

　　第一节　湛江概况／1

　　第二节　古代旅游文化遗迹／6

　　第三节　近现代旅游文化资源／35

第二章　新中国成立初期的湛江旅游文化／71

　　第一节　新中国成立初期的旅游业／71

　　第二节　"文革"时期旅游文化的沧桑／118

第三章　湛江旅游文化的复苏与发展／123

　　第一节　改革开放初期的湛江旅游业发展

　　　　　　（1979－1984）／123

1

第二节 快速起步期的湛江旅游业发展

（1985－1991）/ 126

第三节 徘徊摸索期的湛江旅游业发展

（1992－1998）/ 132

第四节 调整尝试期的湛江旅游业发展

（1999－2003）/ 140

第四章 21世纪湛江旅游的飞跃式发展/ 153

第一节 全市动员捧回的"中国优秀

旅游城市"/ 156

第二节 从"花园城市"到"国家园林

城市"/ 166

第三节 喜获"海鲜美食"金招牌/ 172

第五章 湛江旅游文化新篇章/ 184

第一节 湛江旅游新形象的形成/ 191

第二节 湛江精选旅游线路/ 216

第三节 旅游营销新手段/ 222

第四节 湛江旅游文化新希望/ 239

后 记/ 247

第一章
湛江旅游文化的传统与积累

第一节　湛江概况

　　湛江，广东省西南部地级市，旧称"广州湾"，别称"港城"，位于中国大陆最南端，包括整个雷州半岛及半岛北部的一部分。东濒南海，南隔琼州海峡与海南省相望，西临北部湾，西北与广西壮族自治区的合浦、博白、陆川县毗邻，东北与广东省茂名市的茂南区和电白、化州县接壤。辖区总面积13263平方公里，下辖4个市辖区（赤坎、霞山、坡头、麻章）、3个县级市（廉江、雷州、吴川）、2个县（遂溪、徐闻）。湛江的陆地大部分由半岛

1

和岛屿组成，半岛地势大致是中轴高，东西两侧低，南北高而中间低，起伏和缓，多为平原和台地。湛江主要岛屿有东海岛、南三岛、硇洲岛、特呈岛、调顺岛、东头山岛、南屏岛等。东海岛面积达289平方公里，为广东省最大的岛屿，是中国第五大岛屿。湛江南三岛面积164平方公里，为广东省第二大岛屿，是全国第七大岛屿。

湛江所辖五县四区均面向海洋，海岸线总长2023.6公里，其中大陆海岸线1243.7公里、岛岸线779.9公里，大陆海岸线约占广东省海岸线的2/5和全国的1/10，为全省之最；拥有148.7万亩海洋滩涂，占全省的48%，也是全省之最。

湛江地处北回归线以南的低纬地区，属于热带北缘季风气候，终年受海洋气候的调节，冬无严寒，夏无酷暑，年平均气温在22.7℃～23.5℃，4月至9月为多雨季节，8月雨量最多；10月至次年3月雨量较少。全年适宜旅游，尤其为冬休的上佳目的地。亚热带作物及海产资源丰富，海鲜产品闻名全国。

湛江地处粤、桂、琼三省区交会处，海陆空交通条件便利。湛江港是新中国成立后自行设计和建造的第一个现代化港口、国家 12 个主枢纽港之一，是"一带一路"支点港口、西南沿海港口群的主体港、中西部地区货物进出口的主通道和中国南方能源、原材料等大宗散货的主要流通中心，与世界 150 多个国家和地区直接通航。铁路方面，黎湛铁路、河茂铁路、粤海铁路、洛湛铁路、深湛铁路在湛江交会，铁路交通发达。有发往北京西、上海南、广州、重庆、南宁、贵阳、昆明、武昌、郑州、九江、徐州、海口、襄阳等地的列车。2018 年 6 月，深圳—湛江高铁建成开通，湛江进入高铁时代。正规划建设时速 350 公里合浦—湛江高铁、张家界—海口高铁、湛江—海口高铁和广州—湛江客专，未来 5 条高铁将汇聚湛江。目前，湛江市共有湛江站、湛江西站、遂溪站、廉江站、河唇站、雷州站、徐闻站、吴川站 8 座铁路客运站。公路方面，207 国道、228 国道、325 国道贯穿湛江全境，广（州）湛（江）、渝（重庆）湛（江）、湛（江）徐（闻）、汕（头）湛（江）、玉（林）湛（江）四条高速公路交会境内。市汽车客运站开通运营前往广州、深圳、珠海、中山、东莞等省内城市和北海、海口、三亚等省外城市的客运班车。市内共有100多条大小巴公交线路，通达市内各地，出租车数量达760多辆。湛江机场位于市区西北部，距离市区大约5公里，为国家4D级机场，截至2019年底，湛江机场通航城市共40个，其中国际（地区）通航城市共4个，分别是柬埔寨金边、泰国曼谷、越南芽庄和中国香港；国内通航城市共40个。目前正在建设的湛江吴川机场位于距离湛江市区30公里的湛江吴川市塘㙍镇内，飞行区等级4E，项目先期建设6.18万平方米航站楼和30个机位（17个近机位13个远机位），预计2022年3月正式投入运营。

湛江是全国首批沿海开放城市、首批"一带一路"海上合作支点城市、首批全国海洋经济创新发展示范城市、全国性综合交通枢纽，被评为全国综合实力百强城市、国家卫生城市、国家园林城市、中国优秀旅游城市、全国双拥模范城市、中国特色魅力城市。

湛江市地图

湛江市地图①

① 图片来源：广东省标准地图服务子系统。

目前湛江正围绕"省域副中心城市"的定位，以海湾大桥为未来城市格局的中轴线，规划"一湾两岸"中央商务区，打造现代化滨海城市名片，并以大开发的理念挖掘整合旅游资源，推进全域旅游开发，努力实现文化和旅游融合发展。①

第二节　古代旅游文化遗迹

"旅游文化"一词最早由美国学者罗伯特·麦金托什和夏希肯特·格波特在《旅游学——要素·实践·基本原理》一书中提出，而我国最早使用"旅游文化"一词则是在 1984 年出版的《中国大百科全书·人文地理学卷》中。一般认为，旅游文化是一个较广义的概念，旅游文化应是在旅游活动中，由旅游主体、旅游客体和旅游介体之间相互作用而产生的物质成果和精神成果以及各种文化现象、文化关系的总和。以一座城市为例，尽管每座城市都拥

----

① 本节资料主要出自湛江市人民政府门户网 https://www.zhanjiang.gov.cn/。

有各自独特且悠久的自然和历史文化资源，但这些物质文化资源只有在被旅游者当作旅游资源而加以利用时，才能构成旅游文化。因此，从这个意义上说，湛江旅游文化遗迹的追溯，还得从汉代开始。

一、徐闻古港与海上丝绸之路

汉武帝元鼎六年（前111年）开合浦郡，下辖徐闻、高凉、合浦、临允、朱卢五县。今湛江南部徐闻、雷州、遂溪属徐闻县，北部吴川、廉江分属高凉县和合浦县。《汉书·地理志》载：

> 自日南障塞、徐闻、合浦船行可五月，有都元国，又船行可四月，有邑卢没国；又船行可二十余日，有谌离国；步行可十余日，有夫甘都卢国。自夫甘都卢国船行可二月余，有黄支国，民俗略与珠厓相类。其州广大，户口多，多异物，自武帝以来皆献见。有译长，属黄门，与应募者俱入海市明珠、璧流离、奇石异物，赍黄金，杂缯而往……自黄支船行可八月，到皮宗；船行可二月，到日南、象林界云。黄支

之南，有已程不国，汉之译使自此还矣。

这是我国史籍对古代海外交通航线最早、最详尽的记载，可见徐闻在汉代已是重要的对外贸易口岸。秦汉时，宫门多漆成黄色，故称黄门，因此黄门一般又指能够出入皇宫，为皇室管理私财和生活事务的近侍官员。译长既属黄门，且携同应募者出海进行贸易，还能得到沿途国家的友好接待，所以《汉书·地理志》记载的应该是官方有组织的贸易活

徐闻放坡村盐场（王雯婧　摄）

动。清代严观补辑的《元和郡县补志》称:

> 徐闻县,案本汉县名,隋开皇初改名隋康,
> 贞观二年复旧名。县南七里与崖州澄迈县对岸相
> 去约百里,汉置左右候官,在此屯积货物,备其
> 所求,与交易有利。故谚云:"欲拔贫,诣徐闻"。

这条文献记载进一步佐证了《汉书·地理志》对徐闻古港海上贸易的描述,并且通过引用谚语说明徐闻曾富庶一时。

那么徐闻古港的遗址究竟在哪里?明代万历《雷州府志》记载:"徐闻县城,汉元鼎置县海滨讨网村",由此可知汉代设置的徐闻县治在讨网村。虽然今天的徐闻县已找不到"讨网村"这个村名,但根据 20 世纪 60 年代以来的考古发现来看,讨网村应在今徐闻县的二桥村一带。广东各级文物工作者以徐闻南山镇华丰岭为中心,通过考古发现附近港头、二桥、南山等村庄及龙塘镇那泗村、西到西连镇大井村沿海 50 多公里的地带上,发掘汉墓总计 350 多座。古汉墓出土文物丰富,有大量陶器、陶珠、铁器、铜器、银饰和琥珀珠、玛瑙珠、水晶

珠、琉璃珠等海外舶来品，特别以南山镇二桥村、南湾村、仕尾村的汉墓出土文物最具代表性。由于这些汉墓多为平民墓，这些海外舶来墓葬品也侧面反映了当时民间贸易的兴盛。

二桥村正前海面中有三海岛相望，名为三墩。三墩岛，犹如三只巨大神龟守护着古老的海湾，雅称"瀛岛联璧""蓬莱三仙洲"。现今开发的"大汉三墩"旅游区正由徐闻县南山镇的三墩海域和仕尾、二桥、南湾村地域的这一片海面、一个弯海港、三个岛屿、三个渔村组成。2000年6月，受广东省政府参事室、省文史馆、广东省珠江文化研究会的委托，中山大学教授黄伟宗率领海上丝绸之路专家考察团对二桥、仕尾、三墩等汉代遗址遗迹进行考察，经过考古论证，确认徐闻是中国海上丝绸之路最早的始发港。2017年，徐闻古港入选为广东十大海丝文化地理坐标。

二、贬谪文化与名贤游踪

古代的岭南地区因远离中原政治权力中心，自然环境恶劣，且交通、讯息闭塞，成了封建统治者流放政治犯的首选之地。据《资治通鉴》记载，名字可考且被流放至岭南的唐代官员多达数十人。唐宋两代，被贬谪至雷州半岛的名贤即有二十二人，其中寇准、苏轼、李纲、赵鼎等名臣贤相赫赫在列。对于其时文化相对落后的岭南地区而言，这些名贤的流贬反倒成为中原精英文化进入岭南并融入当地社会的重要途径。流贬名人的事迹往往被写作本土或乡邦文化中极具光彩的篇章，与他们行迹相关的庙宇处所也成了当地旅游文化里一道非常亮丽的风景线。湛江地区与流贬名人相关的景点主要有：

（一）湖光岩楞严寺

湖光岩楞严寺位于湛江湖光岩风景区内，景区的核心景点是一个面积 2.3 平方公里，水深 20 多米的玛珥湖。玛珥湖是火山爆发的产物，富含热液和蒸汽的火山爆发，冲破原来的地层或岩层而形成塌陷盆地，盆地形成后积水成湖。湛江所处的雷州半岛上共有 76 座火山，火山地貌类型多样，除了湖光岩景区里的湿玛珥湖，还有像雷州青桐洋、田

11

楞严寺（何苑莹 摄）

洋这样的干玛珥湖，在地理学上极具研究价值。

湖光岩玛珥湖四周为火山垣环抱，火山岩层理、韵律清楚。岩石火山壁、清澈的湖水和丰富的植被相互映衬，构成了一幅美丽的山水画卷，自古便是旅游胜地。楞严寺，相传由宋代僧人孙琮于北宋靖康年间（1126—1127）修建。据明万历《雷州府志》记载，建炎三年（1129 年），丞相李纲遭贬，谪海南，滞留雷州。李纲与僧琮有所往还，得知琮所居之处景色优美，欲往游览，可惜未成行，于是应僧琮之邀，题"湖光岩"三字，今存李纲赠诗二首。湖光岩亦由此得名。此后历代文人墨客、贬官谪臣多慕名来游，遂成名胜，寺内外现存明清碑刻 24 通。寺

12

宇依傍岩石山体营建，以石窟为后殿，坐东向西，面宽25米，纵深18米，占地面积450平方米，为二进混结构硬山顶。今寺门额塑有"湖光镜月"四大字，为清咸丰三年（1853年）进士、清政府第一任驻美公使、吴川黄陂人陈兰彬所题。后殿殿顶巨石上有楷书"湖光岩"三字，即李纲手迹。1997年，楞严寺被确定为湛江市市级文物保护单位。

（二）雷州西湖、十贤祠

雷州西湖，《元一统志》称："西湖，旧之罗湖也。在雷州府海康县西，夏有荷花五里许，郡守帅僚属与民有游赏之乐。东坡兄弟皆有诗，秦少游云：坡公所至有西湖。"北宋绍圣四年（1097年），苏轼由惠州再贬海南儋州，途经雷州，与谪居当地的胞弟苏辙相聚，同游此湖，期间兄弟二人留下了不少脍炙人口的诗篇。乡人为志贤踪，遂易名为"西湖"。南宋咸淳年间（1265—1274），环湖建亭，跨堤设桥，为当时游览胜地。1984年，重修亭祠，辟为公园。目前园内有莱泉井、十贤祠、苏公亭、濬元书院等古迹。

雷州西湖（王雯婧　摄）

位于雷州西湖公园内的十贤祠，始建于南宋咸淳九年（1273年），时任雷州知军虞应龙为纪念宋代天禧至绍圣150年间十位名相贤臣先后谪居雷州而建。祠堂落成之时，文天祥应邀撰作《十贤堂记》，其中记曰：

> 按雷志，丞相寇公准以司户至，丁谓以崖州司户至。绍圣端明，翰林学士苏公轼、正言任公伯雨以渡海至，门下侍郎苏公辙以散官至，苏门下正字秦公观至，枢密王岩叟虽未尝至而追授别驾，犹至也。未几，章子厚亦至，其后丞相李公纲、赵公鼎，参政李公光，枢密编修胡公铨皆由是之琼，之万，之儋，之崖。

在这份贬谪人物名单中，丁谓、章惇有"奸臣"之

14

名，自然不能入祠，而王岩叟为人刚正，有政声，生前虽未曾到过雷州，但死后被追贬雷州别驾，因此被抬入十贤祠中。这样的取舍标准，正说明了修祠者劝民"敬贤如师，疾恶如仇"的初衷。如今十贤祠壁上的《雷州十贤堂记碑》为清嘉庆九年（1804年）重修十贤祠时，雷州知府宗圣垣请时任广东学使姚文田所书。

（三）雷州天宁寺

天宁禅寺位于今雷州市雷城镇西湖路北侧，古称"报恩寺"，亦称"天宁万寿禅寺"，创建于唐代宗大历五年（770年）。据明万历《雷州府志》记载，天宁寺距离当时的郡城只有半里（约200余米），且邻近西湖，丛林幽静，寺后还有一座一览亭，适合登高望远，为当时胜地，文人墨客、名士贤流往来皆到此游观，留下丰富的诗联题刻。

寇准初到雷州时便寓居在天宁寺西馆，写有《海康西馆有怀》一诗。东坡渡海途经雷州，也宿在此处，爱寺中环境清幽，欣然手书"万山第一"四大字以赠。"苏门四学士"之一的秦观也在天宁寺留下一段奇遇。北宋僧人惠洪在《冷斋夜话》中记录了这则轶闻。秦少游被贬雷州后，某夜梦见一美人，自称维摩诘散花天女，为维摩诘像求赞。少游爱画，梦中题其像曰："竺仪华梦，瘴面囚首，口虽不言，十分似九。天笑覆大千作狮子吼，不如博取妙喜如陶家手。"惠洪自言曾在雷州天宁寺见过少游这幅题赞的真迹，可惜今不传。李纲寓寺期间，更是留有诗文多篇，其中《咏阇提花》三绝句传诵悠久。

其一曰：

深院无人帘幕垂，玉英翠羽灿芳枝。

世间颜色难相似，晴雪初残未坠时。

当时天宁寺住持的居室后有阇提花数株，连月盛开。阇提花，据明代吴彦匡在《花史》中的描述，其叶与栀子花相似，花为白色，虽不及栀子花香那般芬郁，但也微有清香。其花夏月开，至秋方歇。流寓此地的诗人看着长得玉雪可爱、散发幽香的花株，不禁联想起家乡天晴后积雪欲坠的美丽画面，怅然感怀，写下这首七言绝句，向远方的亲人表达心中的思念之情。

雷州天宁寺（何苑莹 摄）

南宋末年，天宁寺毁于兵火，元代住持和尚石心重建，后历代皆有重修或拓建。现今寺院为三进四合院格局，一进为山门，门额"天宁古刹"为明代名臣海瑞所题，门内两侧各塑一金刚；二进为天王阁，塑有四天王像，中立弥勒佛及韦驮；三进为大雄宝殿，殿内塑三宝佛及十八罗汉。全寺建筑按中轴线对称布局，主体建筑为硬山顶、抬梁与穿斗混合式梁架结构。两侧有僧舍厢房及钟鼓楼。寺后有藏经楼。山门外有四柱三间通天式石牌坊，为明弘治丙辰年（1496 年）太监陈荣捐资重修寺院时所立，坊额刻东坡手书"万山第一"四字。1984年后，相关机构对天宁寺进行了全面重建和修葺，增建寺门、牌坊，新牌坊匾额"天宁禅寺"为全国政协副主席、广东省原省长叶选平所题。

（四）贵生书院

贵生书院坐落在徐闻县徐城镇旧城内，由明代杰出剧作家、文学家汤显祖倡建于明万历十九年（1591年）。其时，42岁的汤显祖因上《论辅臣科臣疏》触犯明神宗，被贬至徐闻县任添注的典史。典史，明清时为知县下掌出纳文移的属官，官阶未入九品。"添注"，指添入注拟，注拟是一种登录姓名，拟定官职，以备委用的册籍。添入注拟，即等候委用之意。在明代，添注官员非额定设置，通常为安插人员的冗官。而汤显祖到徐闻任职，正是出于友人、当时吏部尚书陆光祖的安排。其挚友刘应秋甚至在汤显祖赴徐闻之前已为其周全打点，仔细谋划赴任前后的事宜。刘氏在信中说：

> 徐闻在广为善地，此出陆太宰之意。作令者，瑞郡人。聂惕吾谓有书先与言之。吾丈行，或暂不携家，看彼中景象何如？若不欲求差假归，为久住计，弟意即携家亦可……

18

凭限尚宽，九月后起身未迟。

据信所言，友人们除了帮助汤显祖将任职地点选在了条件较为优善的徐闻县，还提前通知了江西同乡、徐闻县令熊敏，甚至对其赴任时间及旅途间的各项细节都有所谋划。汤显祖于当年五月自南京返回江西家中后因患疟疾，直至九月初才离家入粤。同年十一月至徐闻。

明代嘉隆之际，讲学风盛。据徐朔方《汤显祖年谱》所记，汤显祖 13 岁便从学于热衷讲学的泰州学派传人罗汝芳，深受其思想影响。因此，素有才名且因疏被贬的汤显祖甫到徐闻，便得到地方学子的热烈欢迎，纷纷登门问道，以致"户屦常满，至廨舍隘不能容"。或许是受到学子求学热情的鼓舞，汤显祖与县令熊敏决定共同捐资，选一个宽敞的地方新建一座书院。汤显祖不仅手书其匾为"贵生书院"，还特地写了一篇《贵生书院说》来解释书院命名"贵生"的深刻含义，同时嘱托好友刘应秋作《贵生书院记》。可惜未待书院落成，汤显祖已接到转任浙江遂昌知县的任令，起程返乡。在离开徐

徐闻贵生书院（叶举究　摄）

闻前，汤显祖以一首《徐闻留别贵生书院》来纪念
他在徐闻的这段讲学经历：

　　　天地孰为贵，乾坤只此生。

　　　海波终日鼓，谁悉贵生情。

　　虽然汤显祖在徐闻只逗留了不到半年，但他在
此期间写成的《贵生书院说》和《明复说》都是最
能体现其哲学思想的重要文献。除了讲学，汤显祖
还对徐闻周边的风景名胜进行了一番游历，如参观
北海涠洲珠池，访廉江石城，乘舟登海南岛等。他
在旅途中见识到的不少土产风物，也被一一融入他
后来的剧作中。而他留给徐闻的贵生书院，则成了

当地明清两代重要的文化教育场所，吸引了许多鸿儒硕学在此讲学。

原贵生书院因地震崩废，今书院于清道光元年（1821年）重建，书院整体坐北向南，中轴线上依次为前厅、中堂、亭阁、后厅，四进四合院式布局。前厅门额题"贵生书院"四字，东西学斋各一座六间，分别以"博学、审问、慎思、明辨、笃行、格物、致知、诚意、正心、修身、齐学、治国"命名。两排学斋之间有一座明复亭。1985年，湛江市人民政府拨款重修前厅，重建学斋、后堂，加筑院内石道。西斋专展汤显祖事迹，后堂有一尊供瞻仰的汤显祖塑像。1989年，贵生书院被定为广东省文物保护单位。

三、多元融合的民俗文化

要找寻今日多彩灿烂的雷地文化源头，一定绕不开一则千百年来流传在雷州半岛上关于雷祖陈文玉诞生的传奇故事。故事最早见于宋真宗祥符二年（1009年）任雷州军事的吴千仞撰写《英山雷庙记》：

《（万历）雷州府志》^①内页书影

有居民陈氏，无子，尝为捕猎。家有异犬，九耳而灵。凡将猎，卜其犬耳动者，所获数亦如之。偶一日，九耳齐动，陈氏曰：'今日必大获矣！'召集邻里共猎，既抵原野间有丛棘

———

① 书目文献出版社1990年版。

深密，犬围绕惊匝不出。猎者相与伐木，偶获一卵，围尺余，携而归，置之仓屋。良久，片云忽作，四野阴沉，迅雷震电，将欲击其家，陈氏畏惧抢其卵置之庭中。雷乃霹雳而开，得一男子，两手皆有异文，左曰'雷'，右曰'州'。其雷雨止后，陈氏祷天而养之。既长，乡人谓之'雷种'。至大建二年领乡举，继登黄甲。赋性聪明，功业冠世，授州守刺史之职，陈文玉是也。[①]

这则故事现在看来并不稀奇，大凡古时先民出于祖先崇拜，往往将祖先的诞生经历加以神化。正如明代《雷祖志》所言：

尝闻不凡之人，不凡其生，胡足奇也。然不凡其生而能垂万古者，正足奇矣。上溯夏禹发迹于龟而开四百之祥，商以玄鸟之卵而兴六百之祀，周以巨人之迹而享八百之久，是三王以奇而君万古者也。麟吐书，龙绕室，老降庭，

---

① 《（万历）雷州府志》卷之十一，北京：书目文献出版社，1990年版，第307页。

23

> 胸有文是孔子以奇而师万古者也。是雷祖以奇
> 而神万古者也。[①]

这个看似套路的始祖诞生故事却包含了"犬报喜、雷霹雳、卵出身、手有文"等主要元素，而这些元素无一不是古越神话传说里常见的意象。

犬原为苗、瑶、畲三族的图腾崇拜对象。盘瓠（即龙犬、狗）一直被湖南、广西、广东等地众多瑶族氏族奉为祖先。瑶族民众敬称其为盘王，或盘瓠王，不仅在民间口耳传颂，还将其写入族谱，供于神庙。《后汉书·南蛮传》就记载了神犬盘瓠帮助帝高辛氏杀戎吴将军平天下，帝高辛氏将女嫁于盘瓠，生六男六女，自相配偶，繁衍后代的故事。盘瓠子孙衣饰斑斓，言语与中原音不同，喜好蹲踞饮食，居住在山中。帝于是将他们赐封在名山广泽之间，号为蛮夷。

雷州半岛上的狗图腾崇拜主要体现在此间形态百千、寓意丰富的石狗。在雷州人的心目中，石

---

① （明）庄元贞修，（清）刘世馨纂编：《雷祖志》，张智主编：《中国道观志丛刊续编》25，扬州：广陵书社，2004 年版。

形态各异的石狗（林磊　摄）

狗具有生育、守卫、驱邪、镇魔、吉祥等功能，石狗崇拜反映了人们日常生活的各种美好愿望和祈盼。如雷州市博物馆展出的汉代体壮肚大的雌性石狗或是生殖器尤其突出硕大的雄性石狗，当地一些育龄妇女或渴望子嗣的老人，通常于每月初一、十五烧香拜石狗，以求儿孙满堂。此外，狗与雷在雷祖诞生故事中产生的关联，也表现在人们认为神犬是天狗的化身，有招雷引雨的法力，故逢天旱，雷州百姓便抬着捆绑的石狗游坡祈雨。雷州"石狗祈雨"或"石狗赶雨"等求雨习俗相传始于元明，盛于清代及民国时期。雷州半岛的不少乡镇，如雷城、附城、白沙等，以及半岛其他县市，直至1956年还保留该习俗。而守卫、驱邪功能则是所有神话故事中神物自带的天然属性，为镇魔驱祟，人们往往将石狗置于房前屋后、田头地角等各处入口，如在

25

石桥上设石狗做栏柱,南渡河畔麻演渡边上即立有一尊威猛的石狗,以震慑水怪,雷州东西洋田间亦有不少石狗放哨守望。

而雷神崇拜则是一种更具普遍性的原始崇拜。无论是希腊神话中,普罗米修斯为人间偷来火种,还是我国佤族、壮族、哈尼族中有关取火、创造、献祭的神话,都与雷神密切相关。一方面,雷电活动带来的声响光亮,能让人在心理上自然产生恐惧,从而生出敬畏。另一方面,雷电活动的后果又直接显现在人类生活中。因为雷不仅是雨水的先兆者,更是火的直接来源。对于尚未进入农耕文明的先民而言,火于人类文明进化的意义不言自明。

但在自古多雷又易受旱灾的高雷地区,古人即使脱离刀耕火种,进入精细耕作的社会,祈雷施雨仍具有长久的实际意义,因此雷神祭祀在这片土地上一直长盛不断。历代王朝都非常重视雷神对安定岭南的重要意义。从唐代起至清乾隆六十年(1795年),雷祖被加封多达14次。雷祖得到朝廷的封号,因此对雷祖的祭祀是雷州地区全民性的敬祀盛会，既有民祭，也有官民同祭。祭祀规模之大、时间之长，远超过其他神祀。一年之中，雷神祭祀包括"二月开雷""六月酬雷""八月封雷"等，皆与雷州半岛季风气候特性以及雷在一年中的季节分配相对应。

至于卵生说，亦是人类起源神话中常见的要素。盘古开天地的故事中，盘古即是生于鸡卵般混沌的天地里。商代的祖先神话也是类似，玄鸟生商，人吞鸟卵而生子。但雷祖降生说里的卵生还是与雷神相关。古代素有雷神是龙形之说，故清代屈大均在《广东新语》里这样解释雷祖卵生说："雷与龙同体……雷者龙之声也，电者龙之光也。龙本卵生，故雷神亦卵生。"[①]但雷神除了龙形外，常见的还有鸟的特征。古代南方铜鼓上多有鸟形纹饰或半人半鸟的图形，而铜鼓又多用于祭雷求雨，因此不少学者认为铜鼓上的鸟或半人半鸟之形，均为雷神的形象，且在壮族和苗族的神话里，雷神也

---

① （清）屈大均著，李育中等注：《广东新语注》卷六，广州：广东人民出版社，1991年版，第179页。

多为鸟形。然而，无论雷神为龙形还是鸟形，雷祖作为雷种诞生，卵生都是合理的。①

屈大均《广东新语》（清康熙水天阁刻本）①

而雷祖降生神话中"手有文"这一条，也与古代文献的记载相吻合。《礼记·王制》云："南方曰蛮，雕题交趾，有不火食者。"又《山海经·海内南经》曰："伯虑国、离耳国、雕题国、北朐国皆在郁水南。郁水出湘陵南海。一曰：相虑。"晋代郭璞注离耳即儋耳。儋耳是儋州古称，就在今大的海南岛上。根据谭其骧《中国历史地图集》所绘制的西汉时期交趾刺史部的地图来看，郁水之南即

① 图片来源：中国国家图书馆·中国国家数字图书馆网站。

今广西右江、郁江、浔江以及广东西江以南地区。雷州半岛无疑属于上述离耳、雕题等南方古国的范围。雕题即在额上刺绘花纹，汉代杨孚《异物志》记："雕题国，画其面皮，身刻其肌而青之。"在古书中，纹身几乎是古越人的特征，故生于雷地的雷祖"手有文"也是情理之中。

综上，雷祖降生传说实际表现了雷地文化源头上厚重的古越文化特征，而故事后半部分到了南陈之时，土著越人陈文玉受出身颍川陈氏的陈朝政权之封，任州守刺史，又反映出古越文化与中原文化渐行渐近。唐宋之后，高雷地区一直是移民的迁入地，其中经海路移居雷州半岛的闽潮人最多。宋以后，移居雷州的闽潮人已发展为当地的主体居民。苏辙在《和子瞻〈次韵陶渊明劝农诗〉》的小引中写道："余居海康（今雷州市），……其耕者多闽人。"雷州的居民构成也在日常语言的使用中有所反映。明《（万历）雷州府志》卷五对当时雷州府的"言语"状况这样描述："雷之语三：有官语，即中州正音也，士大夫及城市居者能言之；有东语，亦名客语，与漳潮大类，三县九所乡落通谈此；有黎语，即琼崖临高之音，惟徐闻西乡言之，他乡莫晓。"①据此，到了明代中后期，使用客语的闽潮移民已是雷地居民主体，另有部分官员或城市居民使用官话，但范围有限，而土著居民使用的黎语已退缩至徐闻西乡，成了语言孤岛。

因此，唐宋以后的雷地文化已汇聚包括古越文化、中原文化、闽潮文化在内的多种不同文化，表现出兼容并包的复杂性。这种复杂性表现在饮食住行、婚丧嫁娶、宗族信仰、游戏艺术等诸多方面，形成了独具风情的民俗文化，能为现代民俗风情旅游提供更鲜活的文化体验。以下以妈祖诞和吴川飘色为例，介绍湛江地区传统民俗文化的独特魅力。

（一）天后诞

天后诞，又称妈祖诞。妈祖作为我国东南沿海的航海保护神，始兴于福建。妈祖信仰在宋代随闽人迁居雷州半岛而传入。广东现存100多座妈祖庙基本上是继承自明清妈祖庙而来，而雷州半岛的妈

---

① （明）《（万历）雷州府志》，第205页。

祖庙多达 30 座。雷州面积仅占广东的 4.5%，而妈祖庙占广东的 1/3。雷州是广东妈祖庙集中地区，其妈祖崇拜香火鼎盛。

这种妈祖崇拜反映在物质文化和非物质文化的各个层面。妈祖出游、楹联、题额，以及歌颂妈祖勇敢、正义、慈爱、济世救民的文艺作品更多地表现为非物质文化遗产。湛江赤坎平乐村天后宫，每年农历正月初十至十五全村抬妈祖像出游，祈求保佑全村风调雨顺、人寿年丰。而每年农历三月二十三妈祖诞日，人人斋戒，朝拜奉祀圣母。妈祖诞活动期间，演戏持续达两三个月。雷州半岛最大的雷城夏江天后宫，妈祖诞日的庆祝活动称"雷城三月春"。参加者须封斋三日，而后进行游神；各路人马齐聚，浩浩荡荡，既

壮观又热闹。整个活动从三月十九持续到三月二十三。期间请道士诵经、宣读祝文，祈求妈祖永保社稷康泰、海疆靖安、百姓富裕。

（二）吴川飘色

飘色又称抬阁、重阁、彩架等，是流传于我国中部及东南沿海广大地区的一种民间艺术。据史料记载，飘色至今已有 2700 多年历史，是傩文化的傩仪活动。它发源于河南、河北、山西一带，在明代崇祯年间由江西传入广东。吴川飘色在明末清初由广东番禺沙湾传入吴川。期间经过吴川的民间艺人精心打造，突出了它飘逸灵巧的风格。清代梅菉有种"色"叫"转色"，用一张长方形的台，装上一张转动板凳，中间坐着化装的少儿数人。每年游神时，四人抬着游行，不时停下奏乐唱曲，人们将板凳转动一周，谓之"转色"。后又演变为"板色"。板色以木板做成色台，高约 50 厘米，长 2 米、宽1.5 米左右，用纸扎成花木亭台。所谓色，是一名歌伎坐在台上，手抱琵琶或胡琴，人们抬着游行，经过社庙必奏乐唱曲。

吴川梅箓泰康路（王雯婧　摄）

　　吴川飘色，是糅合了戏剧、音乐、美术、魔术、杂技、力学的综合造型艺术，也是万众传统喜庆迎神纳吉的民俗活动，它将民俗、技艺、巧思融为一体。"飘"是动词，也是形容词，点明了这种民间艺术的特点"凌空而立"。"色"是名词，是景，是指这特有的艺术形式，即用一条经过精心锻造的钢枝，也就是"色梗"，支撑下面的"屏"和上面凌空而起的 6 岁至 12 岁儿童扮演的人物造型称为飘，合称为"飘色"。飘色由过去的一"屏"一"飘"发展到现在的一"屏"多"飘"，甚至多"屏"多"飘"。一板飘色就像一座活动的小舞台。

　　飘色的题材多来自民间喜闻乐见的故事、传说，如《八仙贺岁》《观音送子》等，有来自粤剧舞台艺术的，如《六国封相》《苏武牧羊》《千里传书》《梅开二度》等，也有来自古典小说的，如《三国演义》中的《貂蝉拜月》《文姬归汉》，《西游记》中的《唐僧取经》《童子拜观音》，《封神榜》中的《哪吒闹海》等，都是民间非常熟悉的内容。近年来也出现了许多现代题材，如《普天同庆》《红色娘子军》《奥运健儿》，甚至流行的卡通形象等通过飘色塑造出来，使人们倍感亲切，通过造型的创新设计，起到有效的宣传教化作用。

吴川飘色具有强大的艺术生命力和民俗感染力。吴川飘色不仅在本地每年元宵节广泛开展活动，还先后到过广东省内的茂名、中山、江门、深圳、广州，海南省海口市、云南潞西等地参加文化活动的展演。1987年10月，被邀请前往广州东方乐园参加广东第一届欢乐节。1990年9月，再次被邀前往广州东方乐园参加中国旅游艺术节暨广东欢乐节演出。1991年和1997年，两次进京参加中央电视台春节联欢晚会。2003年，吴川飘色造型作品进京参加中国首届文物仿制品暨民间工艺品展，荣获金奖。2000 年和 2008 年，国家文化部先后命名吴川市梅菉镇、黄坡镇为"中国民间（飘色）艺术之乡"。2008 年，列入国家级非物质文化遗产名录。

第三节　近现代旅游文化资源

一、"广州湾"的历史由来及现代旅游文化的输入

现今湛江市区的部分区域在 1899—1945 年间曾有过一段被称为"广州湾"的历史。"广州湾"这一名称最早见于明清的方志舆图，其中"广州湾"又写作"广洲湾"，如明代嘉靖年间郑若曾撰《筹海图编》云："高州东连肇广，南凭溟渤，神电所辖一带海澳，若莲头港、汾州山、两家滩、广洲湾，为本府之南翰。"与郑氏同时的姚虞，则在其所撰的《岭海舆图·高州府舆地图》中标注"广州湾"的位置。这种"州"或"洲"混用的情况一直延续至清代的地理志书。如《（嘉庆）雷州府志》卷十

三《海防志》中关于"海头炮台"一条下曰:"郡城东北一百四十里,东与吴川蔴斜炮台对峙,外通东头山、广州湾等处洋面",其后文按语也多处提及"广州湾"。而在该志所附《遂溪东山营图》中,"广洲湾"被标注在陆地上。之后的《(道光)遂溪县志》《(光绪)吴川县志》等志书也都同时使用"广州(洲)湾"的名称。而《(光绪)高州府志》只采用了"广州湾",却在其书末尾的"订误"专门对"广州湾"进行了说明:"此洲在吴川境,字从水旁,乃洲渚之洲,凡写作州郡之州者皆误。"其实,从文字学的角度来看,"州"是"洲"的正字,段玉裁《说文解字注》云:"水中可凥(居)者曰州……俗作洲。昔尧遭洪水,民凥水中高土,故曰九州。州本州渚字,引申之乃为九州,俗乃别制洲字,而小大分系矣。""州"的本义即是水中高地,大禹治水后分疆土为九州,所以引申为行政区划名,而"洲"为后来出现的俗字,指称水中的小高地。总之,在古代文献中,"州"和"洲"字混用的情况是常见的,如《诗·关雎》"在河之州"

36

一句，在毛诗版本中则写作"在河之洲"。若以正字的标准，"广州湾"才是正确的写法，所以，收藏在中国第一历史档案馆的清代官方档案使用的多是"广州湾"这个名称。[①]

那么明清文献中"广州湾"的具体地理位置在哪儿？和我们现在将要描述的湛江历史上的"广州湾"时期又有什么联系？关于前一个问题，不少学者已经做出详细的考论。[②]根据阮应祺等学者的考证和清代《吴川县志》等材料，我们可以知道清代的"广州湾"确切是指高州府吴川县南三都下辖的广州湾及其附近港汊海面。清代的户籍制度基本延续明代的里甲制，根据城邑的户数多少编为若干里，而一里之中再分为十甲，十甲在县城称为坊，在附城称为厢，在乡称为都，广州湾正是属于南三都的一个村甲的名称。南三都即在今天湛江市坡头区南

① 余燕飞：《近代"广州湾"地名内涵的变化》，《史学月刊》2014年第1期。

② 阮应祺：《清末广州湾地理位置考》，《学术研究》1982年第5期；唐有伯：《广州湾地名考辨——明清方志舆图中的广州湾》，《岭南师范学院学报》2015年第4期。

三岛一带，这一带海域原有的 10 个小岛在 20 世纪 50 年代经过修堤堵海被连成一个大岛，取名南三岛，所以清代的"广州湾"只是今天南三联岛之一、原名灯塔岛的南端一角，与东海岛的东北角隔海相望。

广州湾虽面积狭小，但却位处清代高雷两府的交界海面之上，《（嘉庆）雷州府志》卷十三《海防志》按语称："凡舟之从硇州北而入雷州海头各港必从广州湾而来"，其为海防门户的重要战略地位显而易见。因此，中日甲午战争后，法国在帝国主义瓜分中国的狂潮中也对这片小小的海湾生出了觊觎之心，以"停船戩煤"为由，要求清政府将广州湾租予法国。慑于法国的强硬态度，清政府总理衙门在收到法方照会的次日即以照录的方式予以允准，同意在查勘地界后租借广州湾。不料，法国方面采取"先占地后谈判"的策略，1898 年 4月 22 日，在未通知地方官员的情况下派出战舰，强行在遂溪县登陆，占领了海头炮台。其时，法方不顾广州湾的实际地域概念，一再扩大租借地边界，一方面提出要租借遂溪、吴川两县沿海共四百多里，囊括硇州岛、东海岛甚至遂溪县城在内的各大小岛屿、城镇以及分支水道，另一方面不断使用武力强占土地，对清政府施加外交压力。法军的野蛮侵占引发了地方民众的激烈抗争。清政府在内忧外困之下与法国政府展开了长达一年半的边界谈判，最终签订《广州湾租界条约》。①《条约》以"遂溪县属南，由通明港登岸向北至新墟，沿官路作界限，直至志满墟转向东北，至赤坎以北福建村以南，分中为界……复由赤坎以北福建村以南，分中出海水面，横过调神岛北边水面，至兜离窝登岸向东，至吴川县属西炮台河面，分中出海三海里为界……又由吴川县海口外三海里水面起，沿岸边至遂溪县属之南通明港，向北三海里转入通明港内，分中登岸，沿官路为界"②，把当时遂溪、吴川两县的部分陆地（含东海全岛，硇州全岛）及两县间水域总称广州湾划为租借地，租期 99 年。从此，

①　郭康强：《1898—1899 年中法广州湾租借地勘界交涉研究》，《史林》2018 年第 4 期。
②　《广州湾租界条约》，王铁崖编：《中外旧条约汇编》，北京：三联书店出版社，1957 年版，第 929 页。

"广州湾"这个旧地名有了新的地域范围，这片合遂溪、吴川两县部分辖地而成的广州湾租借地，即后来湛江市区的基本辖地。

广州湾沦为法国殖民地后，隶属印度支那联邦，法国殖民者分别驻兵于麻斜和海头渡一带，并将兵营的所在地命名为"东营"和"西营"，法国殖民者出于纪念白雅特号军舰的目的，又将西营称为"白雅特城"，但民间一直沿用西营地名。当时，广州湾法国当局最高行政首府所在地初设在东营，后来迁往西营，以西营为行政首府。初期，法殖民当局将租借地分为四个行政区（赤坎区、坡头区、东海区、硇州区）进行管理。后废除区乡制，采取代表制，于坡头、淡水、铺仔、志满、太平、东山、三合窝等处，各推选一名代表治理。同时设西营市和赤坎市。[①]1914年，《时事汇报》刊登了一篇标题为"法人广州湾之经营"的译文，文章对法国人租借广州湾后十余年的经营情况进行了概述：

---

① 邱炳权：《法国广州湾租借地概述》，湛江市政协文史资料研究委员会编，《湛江文史特辑》，1993年，第5页。

40

白雅特城位置极佳，宜于商业，筑于一高堤之上，气候尤宜于卫生，风景绝佳，建筑物甚为美观。道路亦极齐整。惟本港商业尚未发达，赤坎汽船经此约停一小时，香港、广南（属越南）往来之船舶约每两星期泊此一次……广州湾虽于过去之数年内，毫无成绩之可言，然今日当道急起直追，其进步亦多足述者。白雅特城现已有广宽洁净之道路，六阅月前，曾筑一长十二基罗密达①之广道，通至赤坎。白雅特之北山（译音）之道，共长十四基罗密达，亦已完工。此外尚有一长四基罗密达之道，亦已开始建筑。自后由白雅特至惊湖②，自行车须三刻钟。摩德车仅二十分钟即达。白雅特港现已筑有船舶停泊所，以后各种船舶及渔船均可系缆。而白雅特将为广州湾第一良港矣。"③

① 基罗密达，译音，即千米。
② 即湖光岩。
③ 《法人广州湾之经营》，《时事汇报》1914年第5期，第16页。

据此可见，在文章作者视察之时，广州湾的现代城市建设仍处于起步阶段，其对外交通仅靠班次不多的船运，除了西营市建有基本的道路和港口，其余商业设施则付之阙如，所以作者特别提出要为商人活动建造旅馆，为商贸往来提供便利：

> 广州湾向无旅舍，故商人游历团群苦之。现已于黄加尔筑有相当之旅馆。此项重要建筑，足使华人知吾法人已有久居白雅特城之决心。故自该旅馆工竣后，华人亦开始建筑……医院法庭，不久即可成立，华人自后已可安居无恐，而外来之华商将益多矣。"①

这个殷切地提出种种发展建议的作者显然希望法国殖民者建设一个宜商宜居的广州湾，但其所说的在20世纪第一个十年里"毫无成绩"的广州湾也侧面反映了法国统治者对待这片殖民地的真实态度，正如日本人在占领广州湾之后总结的那样："法国租借广州湾的目的，与其说是作经济上的利用，

---

① 《法人广州湾之经营》，《时事汇报》1914年第5期，第16—17页。

不如说是用作军事上政治上的跳板。"①

1937 年，《申报每周增刊》登载《广州湾一瞥》，西营市区仍被描述为狭小的弹丸之地，只要站在市中心，就"可以望到东西南北四郊野"②的乡下，但其城市面貌却大为改观，基本功能齐全，"离海滨码头不远是警察局，由这里上去有纵横交叉的街道，各处分立着公使馆、银行、洋行、军营、教堂、学校、邮局、俱乐部、电影院……等"③。而作为商业区的赤坎市，"街道窄狭，店铺内充满舶来品，西洋的多，东洋的更多"。④有趣的是，赤坎的商店里虽充满着舶来品，但中国传统的"泥菩萨、香烛纸马"也一应俱全，就连书店也不多见"新出之杂志刊物"，反而是"孔圣孟圣的《论语》《孟子》"充斥其间，可见此时的赤坎虽有自由贸易的洋货之利，却仍无现代开放的都市风范。

---

① 子真译：《广州湾的经济实况》，《经济月报》1944年第 3 卷第 1 期，第 58 页。
② 王雪林：《广州湾一瞥》，《申报每周增刊》1937 年第 2 卷第 8 期，第 162 页。
③ 同上。
④ 同上。

然而，广州湾的形势很快发生了变化，随着中日之间的战火自中国东北烧至东南、中南的广大区域，粤港大批难民纷纷涌至广州湾，以致该地人口数倍骤增。另一方面，由于滇越、滇缅物资运输线被截断，香港沦陷，广州湾成为继香港之后避处西南的重庆国民政府的重要物资通道。战争和人口带来的需求使得广州湾在短短几年间步进了畸形的繁荣中，现代旅游文化也随之输入。

　　其时不少报章杂志刊载了有关广州湾的旅行见闻，大多旅行者分享他们从香港出发，经由广州湾，进入西南内陆的重庆、贵阳等地的行程经历，为其他旅行者提供参考。其中一位旅行者这样记录他的行程：

　　　　从香港乘轮船到广州湾，一日即到。船泊海中，旅馆接客者纷纷登轮。按广州湾有两地可宿，一为西营，即滨海处，一为赤坎，即与遂溪县为邻之边界。旅客不必宿西营，可迳到赤坎，时间金钱皆较上算。故在轮上选择旅馆，首须辨明系在西营或赤坎，以免周折。赤坎最大之旅馆有南华、大中、宝石三家，皆系新式建筑，设备亦佳。（房金由三四元毫银起）……在赤坎可与旅馆接洽雇轿夫挑夫。[1]由此往郁林，全程约四百华里，行程五日，轿子每乘约需国币一百五六十元，挑夫运行李以斤计算，每斤需国币八角左右，视当时供求情形而定。"[2]

其篇首还有一段编者按语：

自日人恣言南进后，南洋已不是安乐窝，侨胞之欲归国者颇多。牛年以前多取道沙鱼涌[3]——韶关——柳州——贵阳，自沙鱼涌被日人侵占后，此路交通一时中断，于是除在香港乘飞机外，（但由香港飞渝，票值需国币二千四五百元），不得不取道广州湾。国人之由内地赴香港上海者，亦多取道于是。"[4]

---

① 当时广州失陷，从广州湾到廉江入广西的公路遭到破坏，车辆不能通行，所有陆上进出广州湾的货物都由挑夫运送。

② 朱绍昌：《经广州湾到重庆来》，《中央周刊》1941年第 3 卷第 39 期，第 14 页。

③ 在今深圳市龙岗区沙鱼涌一带。

④ 朱绍昌：《经广州湾到重庆来》，《中央周刊》1941年第 3 卷第 39 期，第 14 页。

较之昂贵的飞机票,取道广州湾进入内地自然是更大众的选择。广州湾的旅店业在这时达到昌盛,各旅馆日日客满,有记述当时情形的文章称:"全城一百多家旅馆,家家都已客满。"①其中的高级酒店也渐臻规模,如赤坎最大的酒店有南华、大中、宝石三家,旅客若从香港乘坐轮船至广州湾,在船上即可选择入住的旅店,行李亦可交由旅店统一运送,旅客到埠后再搭乘旅店接送车直达住处。上等的旅店里一般设有酒楼食肆,如南华酒店开设价廉物美的茶市,宝石酒店则设有西餐部。②

新人口的增长同样带动娱乐休闲业及交通业的飞速发展。来自上海、广州、香港等地的商人带来了成熟新颖的经营理念和方法,广州湾各行业的面貌焕然一新,银业、金业、酒楼、酒店、旅馆、印刷、运输、汽车、美术装饰、建筑等商业门类应有尽有。满布新街头、法国马路等娱乐区的赌场、戏

---

① 林苍:《跨入国门(广州湾至廉江)》,《大风(香港)》1939年第54期,第1673页。

② 瞿天况:《经广州湾入内地情形》,《海王》1941年第13卷第21/22期,第118—119页。

院、歌舞厅，更是成了赌徒、寻欢者的"不夜城"
"销金窟"，就连往日荒僻的边界地区也呈现繁盛
的景象。以寸金桥一带为例，这里当时是法租界与
中国边境的交界，过了桥即入中国境。1940 年以前
的寸金桥附近只有两座砖瓦房，其余都是荒野。到
了 1943 年，此处已是房屋林立，报馆、电报局、邮
局、咖啡店、饭店、汽车修理厂、银行开设得热闹
非常，每天进出旅客多达六七万人。[①]

可惜，战争带来的繁荣转瞬即逝。1943 年 2 月，
日军占领广州湾，建立短暂的日伪政权。1945 年 8
月 15 日，日本宣布无条件投降。同年 9 月 21 日，
广州湾受降仪式在赤坎举行。10 月 19 日，举行中
法交收广州湾租界典礼。[②]国民政府根据原广州湾
租借地所处历史上曾有"椹川"一名的缘故，结合
其滨海、临水的特征，改椹为湛，以川为江，设立
湛江市。至此，"广州湾"正式成为一个历史名称，

① 汤克：《三个时期的广州湾（附图）》，《新亚》1943
年第 8 卷第 4 期，第 21 页。

② 《湛江市地名志》编辑委员会编：《湛江市地名志》，
广州：广东省地图出版社，1989 年，第 3—4 页。

名称背后的这段波诡云谲的岁月也就此落下帷幕。

二、近现代建筑遗迹

广州湾时期的种种喧嚣与繁华或已消散在历史的浩瀚中，但这一时期由法国建筑文化、西方工程技术和中国传统建筑理念、本地建筑工艺交融碰撞所形成的建筑风景却保存至今，为这座城市增添了一份独特的建筑文化旅游资源。[①]

（一）霞山法式建筑群

法国租借地时期的广州湾行政中心设在西营，即今霞山区。关于当时的街市风貌，时《中央日报》曾载通讯：

> （西营）商务平平，惟建筑较好于他处，各办公处及东方银行，洋楼均极宏丽。法国式的建筑终不脱农场风味。各大洋楼外照例

---

① 本节内容主要根据以下资料整理：谭青惠：《湛江"广州湾"时期（1898—1945）的建筑艺术研究》，广东工业大学2013年硕士学位论文；彭晓光：《广州湾地区历史建筑综述》，《建筑与环境》2016年第1期，第85—86页；叶彩萍：《赤坎近代建筑一瞥》，政协湛江市赤坎区委员会编：《赤坎文史第三辑》，2011年，第132—139页。

> 都有园地，以短墙包围，种植林木草花，荫
> 森幽美，马路也如上海那样两旁人行道上排
> 植桐槐外，复增加草地两直，看去无异绿绒
> 毡毯铺垫一般，车道即在此两草毡间。"①

如今，霞山区保存的一批广州湾时期的西式建筑主要是办公建筑和宗教建筑。

1. 广州湾法国公使署旧址

广州湾法国公使署旧址，位于今霞山区海滨路3号，旧称公使堂。公署大楼建于1925年，占地面积为1902平方米，包括一个两层半高并设地下室的主体建筑物和左右两边对称的长方形庭院。主体建筑坐西朝东，呈"凸"字形，地上两层地下一层，屋顶筑有钟楼，外墙主体为乳黄色，柱子与窗框为白色。公使署侧立面为三段式，每层（含地下层）各为一段。南立面多为带三角山花窗楣的方形百叶窗，北立面窗型则多是带弧形窗楣的方形百叶窗。公使馆的窗是内外三层，外层是木质百叶窗，既通

---

① 程（作者名不详）：《广州湾一瞥》，载《中央日报》1936年8月28日（0012）。

广州湾法国公使署旧址（林磊 摄）

风又很好地保护了室内的私密性，中间是防盗的铁制栏杆，里层是玻璃窗。

大楼一层于东、南、北三面分设五个出入口，东立面出入口为主入口，前有方形门廊，连接十级阶梯，阶梯两旁为西式花瓶状栏杆扶手。二层平面由八个小型门厅堂、三个外廊、四个外凸阳台组成。四个外凸阳台中，只有设在南面及东面正中的阳台可使用，其余两个设在东面两侧的阳台只作为装饰。二层室内还设有四个壁炉。屋顶钟楼在"凸"字形平面的凸出位置，与一二层空间相呼应。钟楼总高6.8米，分四层，基座一层为方形，二层东、南、北三面均悬挂时钟，并以石膏作花纹修饰，三层层高很矮，顶部为半球圆拱形。钟楼方形四角各有一根柱子，作为立面装饰，柱子和顶部弧顶都有一个葫芦形的装饰物，从外观营造出庄重挺拔的视觉感。

公署大楼原是法国在中国广州湾租界的统治机关的驻地。1943—1945 年，曾为广州湾日本占领军军部。1945 年抗战胜利后，中华民国政府收回广州湾建湛江市，市政府曾驻此。1949 年，湛江解放后，市人民政府亦曾驻此。该公使署旧址于 1986 年被定为湛江市文物保护单位，2002 年，被定为广东省文物保护单位，2013 年，被定为第七批全国重点文物保护单位。

2. 广州湾法国警察署旧址

广州湾法国警察署旧址，位于今霞山区延安路与海滨大道交汇处南侧，与广州湾法国公使署旧址隔延安路相对。1899 年，法国军队进驻广州湾后，设立法军广州湾指挥部，统一指挥武装军队和武装警察，武装军队包括国防军（俗称"红带兵"）和保安队（俗称"蓝带队"），而武装警察俗称"绿衣兵",故警察署大楼也被称作"绿衣楼"。

大楼为砖石结构建筑,坐南朝北偏东,总面积460平方米。建筑整体有三层,包括地上二层,地下一层。和公使署大楼一样,警察署大楼立面也采用了法式建筑传统的三段式构图方式,即横向和纵向皆为三段分割。沿九级阶梯直上,进入一层主出入口前的一个长方形门廊。主入口门洞为圆拱形,并在门洞的两侧分别搭配两个细长的圆拱形窗户。门窗由四个方形科林斯壁柱分隔,壁柱柱身以立体横向四槽线条装饰。大楼正立面两翼各设三扇圆拱形百叶窗,百叶窗下有装饰用的圆形宝瓶状栏杆。二层中心主体部分由方形窗户、木质栏杆、女儿墙、壁柱构成。主体部分用四个方形科林斯壁柱将三扇窗分隔开来,中间那扇窗大,两侧偏小。居于次要地位的两翼各三扇方形百叶窗,窗脚设有木质栏杆。侧立面的一层各设一个出入口,为圆拱形门洞,设四个圆拱窗户,两大两小。二层设五个方形窗户,两大三小。

建筑外形采用仿石材构造的处理手法,显得造型十分严谨，比例匀称，细部装饰精美，是广州湾租借地最具代表性的西方古典式建筑。新中国成立后，该警察署大楼一直作为公安系统办公楼，1983年，改为霞山区公安分局办公楼。2013年，被定为第七批全国重点文物保护单位，霞山区公安分局搬迁，此后至今一直处于施工围挡中。

3. 维多尔天主教堂

维多尔天主教堂，别名霞山天主教堂，位于今霞山区绿荫路85号，是湛江市唯一的哥特式教堂。1900年，法籍神父范兰来到广州湾主持教务，在西营筹建教堂，于1903年竣工。

教堂建筑面积约为600平方米，坐落在庭院内，平面按法国哥特式教堂的传统安排，设有礼拜堂、神父休息室和一对钟

霞山天主教堂（林磊 摄）

塔。礼拜堂能同时容纳千人参与宗教活动，是当时华南地区最具规模的哥特式教堂。教堂正面采用了哥特式教堂的典型构图方式，尖形拱门、彩绘狭长玻璃窗、尖塔高耸。在设计中利用束柱、飞扶壁、尖肋拱顶、小尖塔、窗楞、栏杆等局部细节营造向上的动势，体现向往天国的宗教思想。

新中国成立后，法籍神父被驱逐出境，1951 年8 月，教堂封闭。此后解放军驻扎于教堂，直至 1956 年，解放军迁出，教堂恢复宗教活动。20 世纪 60 年代，教堂一度被改为厂房。1985 年 6 月，湛江天主教爱国会和湛江天主教教务委员会将本部设于教堂内。1991 年，天主教堂被列为湛江市重点文物保护单位。

4. 东方汇理银行广州湾分行旧址

东方汇理银行广州湾分行旧址位于今霞山区延安路 8 号，为一座坐北朝南、白色外墙、平屋顶的三层（含地下层）砖混结构建筑。其基座处理成地下室，南立面主入口为罗马陶立克式白色石柱廊，显示出金融建筑所特有的稳重挺拔气度，建筑使用线条简洁，不带装饰的矩形窗，门窗两侧楼体外墙则以花岗岩砌筑，整体形象硬朗敦实，比例得当，一定程度上反映出现代主义的建筑风格。

1925 年，东方汇理银行广州湾分行挂牌营业，为广州湾第一家现代银行，主营法国殖民地经济业务，其中处理鸦片贸易资金占其业务的绝大部分。东方汇理银行发行越南纸币作为当时广州湾的官方货币。法殖民当局规定，凡在广州湾与法政府税收及其所办理的邮电收费业务都必须使用俗称"西贡纸"

东方汇理银行广州湾分行旧址（林磊 摄）

的越南纸币。但其时广州湾与中国内地、香港等地贸易往来频密，故市面流通货币实际以银毫为本位，其他如省毫券、港币、国币等也可在市面上按市价折算流通。

新中国成立后，人民银行湛江支行曾在此办公。20世纪50年代，霞山区人民政府亦曾使用此处作为办公地。1984年至今，该大楼一直为中国工商银行湛江分行所使用，现设中国工商银行广东湛江分行第一支行。

5. 霞山基督教福音堂

霞山基督教福音堂，原名西营浸信会福音堂，位于今霞山区延安路19号，为美国基督教牧师时乐士于1925年筹建，1936年落成。其占地面积1700平方米，建筑面积247平方米，为一座高9米、钢架挂瓦平房，内设礼拜堂和幼儿园两室。该建筑立面处理朴素简洁，门窗皆为半圆形拱券，屋顶样式采用中国传统的四坡红瓦屋顶，在闹市中显得低调沉稳。1985年，湛江市基督教"三自"爱国会成立后驻在此处，并对其进行了装修。霞山福音堂现仍是湛江市区基督教徒进行宗教活动的场所。

（二）赤坎近代建筑群

霞山基督教福音堂（林磊　摄）

赤坎自清代以来便是粤西地区重要的商埠，直至广州湾时期，仍延续商业区的定位。赤坎因地形所限，建筑及街道虽不比西营的整齐宽阔，但更多体现了中西建筑交融汇聚的特点，特别在商业建筑和民居方面较西营更具风格。赤坎近代建筑群主要集中在今赤坎区民主路、中山路、九二一路、民族路、民权路、和平路一带，其中代表性建筑有：

1. 连壁式骑楼商铺群

赤坎的连壁式骑楼商铺群主要分布在民主路、和平路、大众路、民权路、胜利路和南京路等街道。这些连壁式骑楼群的平面造型几乎全为

一式的长方形，立面二层或三层，屋顶形制则坡
顶、平顶均有，布局一般是下店上宅或前店后宅。

赤坎民主路上的明德艺术馆（王雯婧 摄）

以广州湾时期被称为海边街，亦称克兰满索街
的民主路为例，自西侧与福建街交会处向东南，沿
路保存了明清时期的十个古渡码头。20 世纪 20 年
代，富商许爱周看到赤坎商业兴旺却受限于土地稀
少，故有意发展地产业，于是筹资对今民主路至民
生路一片进行填海造地工程。工程结束后，许氏分

得铺地约 100 间。今日可
见的连壁式骑楼建筑的
很大一部分即为当年许
氏所有。[①]

2. 广州湾商会会址

广州湾商会会址位
于今赤坎区民主路 105
号，是一座法国古典主义
风格的建筑。该建筑于

广州湾商会会址（林磊　摄）

1923 年动工兴建，1925 年竣工落成，建筑面积约
245 平方米。

商会大楼坐西南朝东北，为两层半（包括钟楼）
钢筋混凝土结构的白色建筑。大楼正立面依然采用
纵横三段式的构图方法，以钟楼为正中高，两翼低，
正中钟楼形成构图中心。一层为大厅堂，二层为办
公机构，顶部为意大利式平屋顶加盖阁式钟楼。每
层有弦线走边，长方形扁弧顶窗，窗下端用宝瓶式

---

① 谭天星等编著：《香港英杰风采 1》，北京：长征出版
社，1998 年版，第 139—140 页。

栏杆装饰。屋顶女儿墙为分隔宝瓶式栏杆。室内楼梯扶手、门窗均以柚木铺制。主楼有天桥式廊道通后座。1991年，广州湾商会会址被列为湛江市文物保护单位。建筑目前作为一个小型公共博物馆使用。

3. 静园

静园，位于今赤坎区南兴街49号，为广州湾时期著名商人陈斯静的旧宅。陈斯静是广东澄海人，于清代末年随父迁居赤坎，开设泰发号商行，主营国货和洋货批发业务。陈氏热心社会公益，三任广州湾商会会长，广州湾商会会馆即由其主持筹建，同时还是广州湾益智中学、救火局以及抗战时期救国募捐会的倡办人。1940年11月，陈斯静在香港逝世，享年58岁。①

1926年，静园由陈斯静所建，其时广州湾商会大楼刚于1925年落成，广州湾商会正式成立，陈为商会首任会长。根据现今对静园旧址的勘测，整座静园由临街建筑、中庭和主建筑三部分组成，总占

---

① 《广州湾闻人——陈斯静在港逝世》，载《大公报（香港）》1940年11月17日（0006）。

地面积达 1114 平方米。①静园中最引人注目的部分是，由主入口通往中心庭院须经过一条长 18 米、宽约 2 米的半圆形拱券长廊，据称以前长廊上方铺满大红炮仗花和喇叭花，如今只留下拱形结构。主建筑为二层砖木混合结构建筑，正立面入口为两个罗马柱组成的方形门廊，二层正立面为八个拱形彩色玻璃窗，与一层门洞垂直正对的玻璃窗最大，其余两侧的七个玻璃窗较小。屋顶则兼采中国传统建筑的排山脊瓦顶和西式平顶，平顶以饰有西式浮雕的女儿墙，体现出中西相融的建筑特色。

中日战争爆发后，静园为梁显强夫妇租下，1939 年，改为"现代照相馆"。在梁氏夫妇的经营下，现代照相馆凭借先进的摄影设备和周到的服务赢得了良好的商誉，成为当时广州湾地区的知名照相馆。新中国成立后，静园被改造为若干单位，成为国营企业的职工宿舍。

4. 宝石大酒店旧址

---

① 刘汉芸、谢东：《广州湾时期静园建筑艺术特征探析》，《福建质量管理》2020 年第 11 期，第 242 页。

宝石大酒店旧址位于今赤坎区中山二路步行街内。原酒店由富商许爱周出资于1930年兴建，为当时广州湾租借地内最高级的酒店。其外墙装饰采用了中西合璧的处理手法，主立面为西方古典主义的"三三式"构图，纵向上分为底部架空前廊、中部的楼层、顶部的墙头和装饰。横向则以最上端的三角山花为中轴线，左右两翼各一个圆拱形山花呈对称造型。而每个山花又可再分为"三段式"，每个山花双侧皆是短小而带有装饰意味的柱子。山花上的纹样及栏杆均表现出受中国传统建筑文化影响的本土化倾向。

其时，宝石大酒店设备齐全，提供船运售票及候船服务，客房宽敞豪华，餐厅供应中西餐食，还有花园茶座，中西厨师均聘自香港，深得旅客欢迎。宝石大酒店旧址现被划分为若干间商铺。

5. 南华大酒店

南华大酒店，位于今赤坎区中山二路57号。原酒店由广州湾风云人物陈学谈出资兴建，赤坎著名建筑商梁日新承建。酒店于1938年竣工，1939年，开张营业，为当时广州湾高级酒店之一。南华大酒店楼高三层半（含钟楼），由于地处马路转角，平面因地制宜设计为梯形，使用钢筋混凝土结构，总面积 3466 平方米。从外观上看，建筑线条简洁，所

南华大酒店（林磊 摄）

有门窗整齐统一，不带装饰，反映了当时现代主义的设计倾向。据文史研究者考证，其时酒店招牌由清末榜眼朱汝珍所书，室内装饰富丽豪华，所有木制家具均选用进口酸枝、坤甸、花梨等名贵木料制作，天花板装有坤甸木板大吊扇、大吊灯等。[①]

---

① 梁政海：《小店"淘出"南华酒店开业镜屏》，载《湛江晚报》2017 年 9 月 17 日（03）；陈志坚：《一座规模雄伟的西式建筑——南华大酒店》，载《湛江日报》2018 年 3 月 12 日（A07）。

新中国成立后，该酒店被收归国有经营，20世纪60年代，曾一度改称人民酒店，是当时政府机关重要的公务集会场所。1973年，恢复南华大酒店招牌。

三、湛江旧十景

1945年9月，中国人民抗日战争胜利，广州湾光复，国民政府决定在广州湾设省辖市，并定名为湛江。抗战胜利后，广东全省所辖的85县、2市（汕头市、湛江市）被置于9个行政督察区内，湛江市和海康、徐闻、遂溪三县同属第八区，而廉江、吴川两县属第七区。[①]因此，抗战胜利至湛江市解放期间，湛江市所辖地区只是原广州湾租借地的范围。其时，广东省政府指派广东大埔人郭寿华任首任市长。郭氏早年曾赴俄、赴日留学，后任驻意大使馆武官，中日战争打响后，回国加入军统，长期从事香港、广西等地的地下情

---

① 傅林祥、郑宝恒：《中国行政区划通史·中华民国卷》，上海：复旦大学出版社，2007年版，第279页。

报工作，1941 年，任军统局督察处主任，是戴笠属下的得力干将。①国民政府此时委派郭寿华担任湛江市长，显是顾及抗日战争结束后，原广州湾租借地内法、日、国、共各方势力相互角力的复杂形势。从战后整肃环境的角度来看，精通外语、熟悉西南地区事务、拥有丰富地下工作经验的郭寿华无疑是合适的市长人选。②

但中日战后尚未安定的环境，也决定了当时湛江市府在市政建设上难有建树。国民政府收回广州湾后，于初期对新湛江市的规划发展充满雄心，一方面于 1946 年 12 月开放湛江、江门、北海为对外通商口岸，另一方面又计划开辟西南西北铁路大干线，始点设在湛江，经桂、黔、川、甘各省，终点为兰州，试图打造西南西北货物外运的通道。同时将湛江发展计划纳入美国五亿贷款项目之内，规划

---

① 天使：《第一任湛江市长郭寿华穷极无鞋》，载《针报》1046 年第 10 期，第 8 页。

② 郭寿华编写、翻译的著作有《越南通鉴》《中英注释缅甸语》《韩国通鉴》《苏俄通鉴》《德国社会政策》等，从这些书目和其工作经历可知郭氏相当熟悉粤港桂缅越等地区情况。

建设深水港口。[①]其时，国民政府专门聘请了外国专家团就湛江发展建设进行相关考察和建议。[②]但这些计划最终只是纸上谈兵，郭寿华任职一年多便调任台湾，继续从事保密工作。

郭寿华任内曾征集各界名流意见，推选出湛江十景，并赋诗推介。其十景诗如下：

咏湖光岩吊宋丞相

扭转乾坤成再造，当年宋室有奇才。

湖边庙宇分明在，烟雨迷蒙感慨来。

钱（田）头村越王祠纪念诗二首

幸获垂青岂为诗，孤忠犹仗故君知。

名王庙宇堪千古，大业堂堂百代思。

① 黄献文：《华南吐纳口　湛江市商业近况》，载《金融日报》1947 年 4 月 26 日（0007）；《交通消息：西南西北大干线，广州湾直达兰州》，《交通部公路总局第六区公路工程管理局月刊》1947 年第 2 期，第 30 页；《发展广州湾——列入五亿贷款计划》，载《新闻报》1947 年 5 月 27 日（0001）。

② Tudor，R.A. Knudsen，M.著，王言绥译：《广州湾视察报告（1946 年 7 月 29 日）（中英文对照）》，载《港工》1948 年第 2 卷第 2 期。

才高八斗岂平常，上国衣冠拜九荒。

海峤知音膺驸马，千秋遗爱在他乡。

寸金桥纪事诗

执戈捍卫作英雄，千古无名史册中。

寸土尺金金不换，当今桥畔血犹红。

凭吊硇洲宋王城

最足今人凭吊处，硇洲宋室帝王城。

波光照耀城头月，一片古魂万古晶。

白头山咏歌

海上仙山话九州，奇峰叠翠倚城楼。

美人名将休伤感，总许人间见白头。

赋东营（坡头）晨渡

分明碧水界中分，朝日方升映霭云。

欲渡何忧无舟楫，问心未愧圣明君。

西营（霞山）夜月

海头古市方兴日，锦绣河山拱抱回。

感慨今年明月夜，梅花歌舞彩云开。

西赤远眺

神龙挂影与天齐，田野牛羊跳不迷。

此去途程无限远，惊心铁轨贯欧西。

鸭姆港观潮

春潮水暖鸭先知，欸乃舟声日影移。

喜睹群黎同庆乐，渔歌唱晚棹归迟。

沙环海浴场纪事

天为华盖水长流，日月江山作伴游。

逐戏闲鸥浮海上，西环松柏独清幽。[①]

郭氏推选出的十景，除湖光岩和寸金桥外，其

余八景对于今天的旅游者而言，或许感到陌生又熟

---

① 郭氏的十首诗作转引自刘佐泉：《首任湛江市市长郭寿华》，《湛江文史 第21辑》，2002年，第97—98页。原诗出自郭寿华：《湛江市志》，大亚洲出版社，1972年版。

悉。感到陌生是因为时过境迁，南三岛上的越王祠、硇洲岛上的宋王城遗址已少有人寻，白头山则不为人知①，鸭嫲（nǎ）港更是沧海桑田，昔日滩地变城区，渔歌舟声早不闻。而东营晨渡、西营夜月、西赤远眺、沙环海浴四景虽仍为人们熟识，却也旧貌换新颜，别是一番气象。如今宏伟气派的高铁湛江西站正坐落在赤坎之西，复兴号列车飞驰其间，郭氏当年的"惊心铁轨贯欧西"已然实现。红嘴鸥游轮穿梭十里军港，坡头霞山两岸晨光暮景尽收眼底。往时清幽的沙湾海滨浴场，今日人头涌动，成

① 现今湛江市内并无"白头山"这一地名，骆国和先生所著《湛江掌故》介绍湛江旧十景时称"白头山载东海岛之北，湛江最高奇峰之一，四面临海，如白山茶花浮水，一枝独秀"，这个说明应是根据高雷旅港乡会于1985年编写的《高雷文献专辑》中吴熙业辑述的《湛江市简介》一文而来，其中于湛江市之名胜古迹一节，如此描述白头山："地在湛市东南，东海岛之北，浮在海中，仿若白茶花一朵，突出海面，为湛市高山奇峰之一。以山顶常白，故名白头山。北望特呈，南瞰东山，为湛江一重要战略据点，宋兵曾在此筑城，现仍存残址，足供游人凭吊或考古家研究。"今或以白头山在"东海岛之北"，认为白头山是东海岛上龙水岭，但龙水岭在东海岛之东，且并非"北望特呈，南瞰东山"，按照吴氏的描述，在"东海岛之北"且"北望特呈，南瞰东山"的只有东海岛与特呈岛之间的东头山岛。吴熙业于国民政府时期曾担任省立雷州师范学校校长、湛江市政府参事兼社会科长，为当时人，其描述应可信。

金沙湾海滨浴场（何苑莹　摄）

为莅湛旅客的必游景点。今朝往昔，两相对比，让人感叹不已。

郭寿华离任后，湛江市长更迭频繁，两年多内先后换有四任。解放战争时期，国民政府治理下的湛江局势动荡，吏治腐败，经济秩序混乱，天灾人祸横生，政府只顾"剿匪绥靖"而不顾民生，各项事业遭受严重破坏。湛江社会陷入了萧条崩溃的局面。1949 年 12 月 19 日，中国人民解放军粤桂边纵第二、第六支队配合南下野战军解放湛江市，郭氏口中所称"美丽之南中国花园"[1]重获新生。湛江历史的新篇章由此揭开。

---

　　[1] 郭寿华：《留别湛江父老书》，《湛江市志》，大亚洲出版社，1972 年版。

70

第二章
新中国成立初期的湛江旅游文化

第一节　新中国成立初期的旅游业

一、旅游观念的淡漠和局限

在 1949 年以后的很长一段时间内，从半殖民地半封建社会翻身做了国家主人的广大人民群众沉浸在大干事业、建设国家的强烈喜悦之中，"革命工作"成为全体中国人民生活的第一要义，带有休闲玩乐性质的旅游活动自然得不到人们的重视。另一方面，经历连年战争后的新中国百业待兴，国家重点发展第一、第二产业，第三产业的发展处于满足人们日常所需的阶段，政府的工商业登记分类中就不设置旅游业一项。当时国内搭乘火车、轮船出行的旅客绝大多数是因公出差，或是探亲访友，专门的旅游者少之又少。国际旅游方面，由于当时处于冷战时期，资本主义和社会主义之间阵营分明，国际旅游活动也多限制在各自阵营内。因此，中国旅游部门的任务主要是配合国家政治外交工作，负责接待来华国际友人和侨胞。1949年成立的国营华侨服务社和1954年的中国国际旅行社正是负责这些事务的机构。

如此的社会氛围和历史背景下，旅游已被人们淡忘，只有在国庆节或五一劳动节，或是固定的节假日，人们才会在本地的公园里进行一些游园活动。孩子们最难忘的出游经历则多是学校组织的春游、秋游。面对这样的形势，湛江原有的旅游文化资源也不得不纷纷解体，或是在新的体制下进行更新组合。

1949年12月19日，湛江市解放。至此，雷州半岛全境解放。此后1949—1958年间，五县（遂溪、

白切鸡

徐闻、吴川、雷州、廉江）先后隶属广东省南路区行政督察专员公署、高雷区专员公署、广东省人民政府粤西办事处、粤西区行政公署、湛江专区专员公署和湛江地区行政专员公署。人民政府商业工作的主要任务是稳定市场，调剂供求，改组社会商业。之前湛江市内著名的大酒店如南华大酒店作为官僚资产收归国有，成为人民群众集会或召开重要会议的场所，1952年曾一度停业，1956年才再度复业。当时这样的场所，常见的还有赤坎百乐殿戏院、西营中国大戏院、西营京华酒店、西营新华戏院等。

饮食业、旅店业方面也以

田艾籺

木叶搭

73

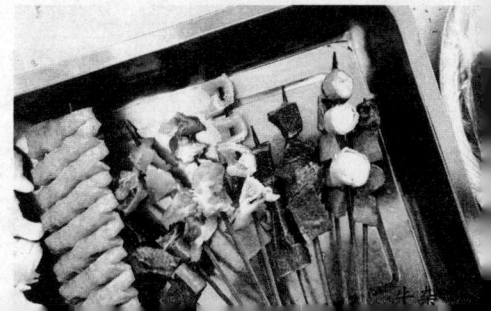

簸箕炊

牛腩粉

酸　菜（以上图片均由王雯婧提供）

服务大众消费为主。市区"哝记"鸡饭、"食到笑"炒粉、"唯一"裹粽、"勤记"云吞面、吴川沙螺粥等小食，深受欢迎。赤坎南华广场、中山二路路口、霞山逸仙中路一旁的小食夜市一到晚上，食客如云，热闹非凡。1956年，湛江市区共有旅店41间，从业人员212人，各县区在改造旧企业的同时，增添了一些旅游业设施，如湛江火车南站新开的交通饭店，徐闻县作为来往琼州海峡的主要客运地，也建有徐闻旅店和海安饭店，解决旅客住宿问题。[①]

① 以上资料整理自湛江市商业局编：《湛江市商业志》，广州：中山大学出版社，1992年版，第177页。

二、旅游场所的扩展和兴建

新中国成立之后，湛江的旅游业和旅游文化虽然处于萌芽状态，但是为了满足本地居民的休闲度假需求，政府仍然扩展和兴建了一些对外开放的公园作为旅游场所。由于外地游客甚少，所以这些场所的旅游价值只局限在一定范围内，相当有限。

1954年2月，湛江市被确定为中南区9个重点建设城市之一，城市建设自此进入较大发展时期。这一年，市人民政府对湛江市未来15—20年的发展远景和发展规模进行了规划设计，并对市区重要工程、市中心、主要道路走向作出初步规划。次年，该建设规划得到国家建委批核，并由国家建委、国务院建工部和苏联专家组派员到湛江指导编制工作。1956年1月1日，黎湛铁路建成并通车运营，湛江与内地的铁路交通自此打通。市政建设在这一时期也有较大发展，一批重要交通工程，如平乐码头、海滨路顺利建成，赤坎西山公园（后改为人民公园、寸金桥公园）、霞山海滨公园、霞山花圃等休闲设施也相继动工，为市民群众出行度假提供了更多选择和便利。现将 20 世纪五六十年代建成的公园及宾馆作基本介绍。

（一）寸金桥公园

寸金桥公园，位于湛江市赤坎西面的鸡岭。因地势较高，又接近市中心区，旧为居民夏日乘凉休息之地。公园始建于 1956 年，1957 年对外开放。以坐落于赤坎西面山坡，故初名西山公园。1966 年，改名人民公园。1972 年，复原名。1980 年，因邻近抗法斗争纪念性桥梁——寸金桥而改为今名。公园现有面积 513 亩，其中水面 113 亩，是湛江市最大的综合性公园和主要旅游景点之一，植物品种 80 多个，一万余棵，一年四季奇花争妍斗艳。1959 年至 1961 年，先后建成公园大门牌楼、月影亭、九孔桥、寸金桥（重建）、溜冰场、月影湖、玉兰亭，1963 年，开辟动物角。20 世纪 60 年代初，党和国家领导人郭沫若、董必武、朱德等同志先后到过这里，董必武和郭沫若还留下了珍贵的手迹。

1983 年，建成儿童乐园和抗法纪念像。1985

寸金桥公园（林磊　摄）

年至 1992 年，共投资 600 多万元，先后建成金竹园、新溜冰场、碰碰车场，娱乐场、北苑、鸳鸯岛、圯苑、仙溪园、烈士陵园。寸金桥公园依山傍水，山清水秀，景色秀丽，绿树成荫，草坪处处可见，月影湖从南到北把公园联成一体，九孔桥像一道彩虹横跨在月影湖上，是旅游参观的理想地方。

（二）海滨宾馆

海滨宾馆位于霞山区海滨大道中 2 号，此地原为霞山区东北 4 公里，面临海湾的狮子山。海滨宾馆于 1952 年兴建，原为接待苏联专家而建。1953 年，投入使用。1957 年，改为海滨招待所。1981 年，与港商合作经营，改为现名。经多次改造扩建，海滨宾馆现为一座独具海滨特色、亚热带风光的大型园林式国宾馆。宾馆内部拥有国际会议中心一座，

77

海滨宾馆（林磊　摄）

各类客房、别墅421间套，总统别墅1套，总房间数467间套，床位804个。酒店内中西餐厅、大小会议室、SPA健康中心、游泳池、网球场等康体设施一应俱全。2004年，宾馆利用该处蕴含的丰富火山地热泉水资源，新建蓝月湾温泉度假村，并成功申请国家4A级旅游景区。

该宾馆历来是湛江市接待国家领导人、外国贵宾、著名专家学者的主要场所，党和国家领导人周恩来、朱德、邓小平、董必武、彭真、杨尚昆、华国锋、江泽民、胡锦涛、李鹏、朱镕基、温家宝等，以及越南国家主席、民主也门总统、美军太平洋总部总司令等大批外国贵宾均曾在此下榻。现今的海滨宾馆面向公众营业，提供政务接待、商务会议、节日观光、休闲度假、餐饮娱乐等服务，是来湛游客及本地市民常去的旅游场所。

（三）霞山绿苑

霞山绿苑，原名霞山花圃，位于霞山区人民大道南与人民西五路交汇处。公园始建于 1954 年。1977年开放。2003 年，市政府对霞山花圃进行改建，并改名为霞山绿苑。2020 年，霞山绿苑再经升级改造，因应城市发展的需要，由以前的花卉培育基地、花鸟观赏公园改造为城市景观绿地。目前，公园占地2.2 平方千米，设枫铃草坡、唯吾知足印、禅意功德月洞门、"大小平安"所、高升六角竹亭、石山通幽处、四鹅湖、如意局、湛江十大怪等十个景点。[①]

（四）霞山海滨公园

海滨公园位于霞山区海滨大道南 1 路 4 号，原为海边荒滩，广州湾时期法殖民当局在此建油库。公园建于 1957 年。1960 年，邓小平视察了公园，并称"北有青岛，南有湛江"。1963 年，陈毅元帅亲手在公园植了两棵白玉兰树。公园总面积 28.4 万

---

① 潘洁婷：《霞山绿苑成热点》，载《湛江日报》2020年 10 月 9 日（第 1 版）。

79

海滨公园时代广场（林磊　摄）

平方米，有细白的沙滩、湛蓝的海水、挺拔的椰树、如茵的芳草、鲜艳的花卉，四季繁花似锦，绿树成阴凉，风景秀丽，具有浓郁的热带、亚热带海滨风光。海滨公园是湛江市民观海、晨运、娱乐、大型聚会的胜地。

（五）霞湖公园

霞湖公园位于霞山区人民大道南与解放东路交会处东南侧，北接霞山绿苑。公园于1958年辟建，主要围绕霞湖而建。霞湖原为低洼的污水塘，后经整理开拓成人工湖。1964年，人工湖初现规模，后加建水闸和公园道路，并种植一批高大乔木，定名

80

霞湖公园。1984年，公园改由团市委接管，添建一批游乐、参观项目，改为青少年公园。2003年，为配合"国家园林城市"创建活动，市政府对城市中心绿化和公园景点进行了重新规划和改造。公园改回"霞湖公园"原名。

现今公园以秀长的霞湖为主体，一座三孔曲桥横卧其上，环湖绿树繁花，错落高矮有致，植有鸡蛋花、香蕉树、龙眼树、吊瓜树、椰子树等极富亚热带特色的植物，一年四季花开不断。凉亭、绿地、小溪、花苑、健身设施点缀其间，是城区市民散步健身的好去处。

（六）湛江博物馆

湛江博物馆，位于赤坎区南方路50号，紧邻寸金桥公园和湛江市第一中学。博物馆始建于1960年。1961年，并入湛江人民戊戌抗法纪念馆（1957年成立，原址在霞山），成立湛江专区博物馆。1968年，更名为湛江地区宣传毛泽东思想展览馆。1972年，改称湛江地区展览馆。1973年，并入湛江地区工农业展览馆。1975年，更名为湛江地区博物馆。

湛江博物馆（林磊 摄）

1983 年称现名。现今馆名题刻取自董必武 1964 年 2 月在湛江参观戊戌抗法纪念馆时的题咏手迹。

博物馆大楼为典型的苏联建筑风格，强调中心轴线对称，建筑立面横向五段式，中心部分突出，强调向上的气势。大楼共六层，楼高约 28 米，建筑面积 6000 平方米，顶部建有高 15 米的五角星塔。馆内设陈列室 6 个，用于举办地方历史、文物陈列和临时专题展览。目前基本陈列有湛江人民抗法斗争陈列、馆藏古代铜鼓陈列、馆藏陶瓷精品展览、湛江市非物质文化遗产展览等。①

三、20 世纪 50 年代的湛江 "名片"

20 世纪 50 年代建成的橡胶农场、湛江港、雷州青年运河，是具有全国影响力的三项大工程，在当时吸引了络绎不绝的个人及团体前来参观考察，其中包括国家领导人、社会主义友好国家的领导人、诗人、作家等。这三张闪亮的湛江 "名片" 极具历史意义及时代特色，是珍贵独特的红色旅游文化资源。现就这几项工程的缘起及发展做一个基本介绍：

（一）粤西农垦发展的缩影——湖光农场②

湖光农场位处湛江市郊，紧邻湖光岩风景区和

---

① 叶彩萍：《湛江历史的见证——记湛江市博物馆》，中国人民政治协商会议湛江市赤坎区委员会编，《赤坎文史 第 1 辑》，2009 年，第 37—44 页。

② 本小节内容主要参考以下资料整理：李东琼主编：《湛江市麻章区志》，广州：广东人民出版社，2013 年版，第 712—714 页；湛江农垦局：《粤西农垦事业的开拓》，中共广东省委党史研究室编：《新中国成立初期广东若干历史问题探讨》，北京：中共党史出版社，2003 年版，第 576—587 页；湛江农垦信息网：http://www.zjnk.com/Sites/Pages/Default.aspx。

广东海洋大学，场部距市区仅 10 公里，湛江火车西站设在农场境内，粤海铁路、沈海高速、玉湛高速、雷湖快线、湛江疏港大道等贯穿农场，交通条件十分优越。

湖光农场的创建离不开粤西农垦事业的开拓。新中国成立之初，在外部国际环境封锁、抗美援朝战争和国家全面工业化建设的重重压力之下，橡胶成了急需的重要战略物资。为了打破困境，党中央及时做出了"开发南疆，发展橡胶业"的决定，以雷州半岛为重点的大规模橡胶种植事业随之展开。1951 年 8 月，中央人民政府政务院第 100 次会议通过《关于扩大培植橡胶树的决定》，要求 1952 年至 1957 年，以最快的速度在广东、广西植胶 500 万亩，其中 400 万亩应于 1954 年完成。同时，确定此事由陈云副总理主持，中共中央华南分局第一书记叶剑英直接指挥。同年 9 月，陈云和叶剑英在广州主持召开了华南垦殖局筹建工作会议。11 月下旬，叶剑英（当时兼任华南垦殖局局长）到粤西视察。1952 年 2 月，华南垦殖局从广州市迁来湛江市赤坎区南华酒店办公。1952年3月，来自全国各大专院校森林、农学、植物、土壤等专业师生共1000余人由国家林业部组织，前来湛江参加粤西地区橡胶宜林地的全面勘测和规划。同年，中央军委决定抽调人民解放军两万人，组建林业工程第一师、第二师和一个独立团，到海南、高雷和桂南垦殖橡胶树。8月，林二师到达湛江参加粤西垦殖工作。同时，各县动员数万民工，自带粮食、工具参加垦荒。在战士们的带领下，农场人员使用当时苏联支援的拖拉机，掀起了热火朝天的开荒植苗高潮。到1952年底，湛江市属各县共开垦荒地72.66万亩，建立72个橡胶垦殖场。

1953年，朝鲜战争停火，国际形势有所缓和，同时1952年秋种下的橡胶小苗在没有完善的防护林网的庇护下，经过一冬寒风的袭击，大量死亡。鉴于此，根据中央调整后的决策部署，该年夏季，华南垦殖局提出了"加强、精简、合并、裁撤"的具体方针。1952年冬，已颁建番号的一百多个垦殖场一再调整合并，最后定为28个，经国家农垦部于 1955 年秋批准正式命名，一直沿袭至今。湖光农场正是这 28 个农场之一，由原属遂溪垦殖所的 0305、0306、0307、0309 和原属湛江垦殖所的 0901—0904 等 8 个垦殖场合并而成，于 1955 年定名为国营湖光农场。经过多年的试验和不断调整，克服风灾、寒流等重重困难，粤西各农场终于取得在较高纬度大面积种植橡胶树的成功，于 60 年代初先后投产，正式割胶，为国家工业生产提供了宝贵的自产橡胶原料。

其时，湖光农场的发展得到了党和政府的高度支持和关怀。党和国家领导人朱德、叶剑英、董必武、贺龙、王震、罗瑞卿、陶铸、陆定一、余秋里、郭沫若等先后到场视察和指导工作，特别是曾任农垦部部长、国家副主席王震曾视察农场 19 次，不仅给农场送来米棉粮谷、牛羊猪兔等良种，还在经营发展方面提供战略指导意见。1957 年，国家领导人陆定一、罗瑞卿在农垦部部长王震的陪同下到湖光农场视察。王震部长指示湖光场应发展畜牧业，推广多种经营方式，利用区位优势，为市区服务，之后便给农场陆续调来巴克夏、约克夏种猪和三河奶牛种牛等。1982 年，王震再一次视察农场时又说："从场部到柳秀水库，要搞成旅游区。"①这些意见在今天看来都极具长远价值和现实意义，为农场的发展奠定了良好的基础。

党的十一届三中全会后，湖光农场紧跟时代发展步伐，积极调整生产布局，从最初单一种植橡胶开始，发展为现今以种植、加工、销售热带、亚热带作物为主，农工商一体化，一二三产业均具规模的大型国有企业。农场现下辖4个农业分场、12间公司工厂。农业经营有甘蔗、蚕桑、果蔬、花卉、生猪、奶牛、肉牛、淡水鱼等项目。场办工业主要生产奶制品、茶叶、皮革、橡胶、塑胶、纸包装等工业产品，其中与广东燕塘奶业公司合资经营的湛江燕塘乳业公司是粤西地区最大的乳制品生产基地。目前，湖光农场倚靠得天独厚的自然环境和地理地缘优势，大力建设特色养殖基地和名优蔬菜示范基地，打造精品农业，同

---

① 孙远辉、韦利克：《将军的眼光和农场的蝶变》，《中国农垦》2021 年第 5 期，第 62—63 页。

连片的火龙果田 （林磊 摄）

时着力发展生态休闲旅游产业，与湛江市政府合作开发湛江南国花卉科技园、湛江教育基地等项目。

（二）新中国第一个自行设计建造的现代化港口——湛江港

湛江，是一座因港而生的城市。1898 年，法殖民主义者威逼清政府划出今霞山、赤坎两区沿海数十里与东海、硇洲两岛陆地及其之间海面，成广州湾租借地。法殖民者看中这片港湾背靠大西南，外有东海、硇洲二岛为屏障，终年不冻，且无内河裹挟泥沙冲击，水清浪静，是得天独厚的军事要塞和海运良港，其背后的意图正是占此港可挟西南而望华南。

1945 年，国民政府收回广州湾，改设湛江市，甫一建市，便确立湛江为对外通商口岸，后又寻求美国贷款，意欲在湛修建大港和通往内地的铁路。

1946 年 5 月，国民政府行政院派出中国工程人员组成计划团,陪同美国顾问专家到湛江视察海港事务。7 月，计划团提交了一份《广州湾视察报告》，认为广州湾是我国南海岸九龙以南仅有的天然深水港，稍加疏浚即可供吃水卅呎海轮停泊，若加建一座码头，便可装卸一百万吨货物。同时需修建湛江市向北伸展的铁路，改善货运贸易条件。[①]国民政府遂于 12 月派任桂铭敬为湘桂黔铁路工程局副局长，兼来（宾）湛（江）段粤境工程处处长，到湛江市负责开辟港口及展筑铁路工程。桂铭敬，广东南海人。曾主持粤汉铁路株韶段、湘桂铁路的技术设计和施工指导工作，是著名的桥梁隧道专家。桂氏到任后，即着手编制修路筑港计划，根据其编制的《湛江建港计划》，整个建港项目需分三期共 11 年完成。[②]另外，四百公里长的来湛铁路的修筑，

---

① Tudor，R.A.Knudsen，M.著，王言绥译：《广州湾视察报告（1946 年 7 月 29 日）（中英文对照）》，载《港工》1948 年第 2 卷第 2 期。

② 桂铭敬：《湛江建港计划（附图）》，《南大工程》1948 年第 2 期，第 24—35 页。

桂氏预计需耗时一年半。[①]但是，当时政局动荡，财政捉襟见肘，国民政府根本无法支持工程的开展。这些计划最终只是停留在纸上，并无实质性开展。

50 年代初期，台海局势紧张，美帝国主义勾结台湾国民党集团对新中国实施封锁禁运，通过控制台湾海峡切断我国南北海运通道，同时阻击拦截前往中国大陆的海外商船。在这种情形下，中央人民政府于1953年12月决定在湛江建设一个新的商港，同时筑建黎湛铁路和民航机场，以突破美帝国主义的贸易封锁圈，巩固国防并发展我国的对外贸易事业。1955 年 7 月 4 日，交通部向国务院提交建设湛江新港的报告。同日，国务院全体会议第 14 次会议通过《关于建设湛江港的决定》，明确港口区域、建设时间及形式，同时决定成立湛江商港工程局，任命周纶为局长，谭真为总工程师。于是，建设湛江港的重任又交到了另一位广东籍工程师的手上。

谭真，生于广东中山县，早年赴美国麻省理工

---

① 桂铭敬：《来湛铁路建筑现况及远境》，《湘桂黔旬刊》1948 年第 3 卷第 22 期，第 4—5 页。

学院深造获硕士学位。学成归国后，长期在天津工作。抗日战争胜利后，被国民政府聘为塘沽新港工程局总工程师，主管新港建设。1948年底，拒绝随国民政府前往台湾，后在人民政府的邀请下，仍主持塘沽新港的扩建和改建工作。1955年，年近六十的谭总工程师带领着年轻的筑港队伍在湛江港建设工地上攻克一个又一个难题，提出了"冲捣孔打桩法"等先进施工方法，大大提高了施工进度和质量，这些新技术新方法也被迅速推广到其他筑港工程上，为国家节省了大量财富。[①]通过湛江港工程建设的锤炼，新中国一大批筑港新力军快速地成长起来。

　　1954年，湛江港的建设从开始进行施工准备，1955年正式开工。1956年10月，完成首期主要工程，深水码头和仓库等交付使用。短短不到两年的时间，一座万吨级现代化港口奇迹般地出现在湛江湾蔚蓝的海岸线上。这般伟大功绩的成就，离不开

---

①《湛江港完成首期主要工程　深水码头和仓库等已移交港务管理局使用》，载《人民日报》1956年10月11日。

谭真等筑港、管港专家们刻苦钻研、群策群力的科学精神，更离不开广大人民群众和人民子弟兵众志成城、移山倒海的力量。自国务院《关于建设湛江港的决定》一通过，全国各地积极响应，7万多吨钢材、水泥、燃料、木材和各种各样大型建港设备从祖国的四面八方调往湛江。[①]为配合港口施工，铁道兵团司令员王震带领十多万士兵民工开山劈岭，日夜奋战修筑黎湛铁路，仅9个月，全长314公里的黎湛铁路胜利通车，有力保障了建港物资的输入。湛江人民以当家作主的主人翁精神，全力支援港口建设：先后抽调230名干部，动员1.1万民工，组织1000多辆牛车和几百艘木船，提供7.8万根杉木竹竿，13万条蒲包，200万块红砖，在人力物力上保证施工需要。[②]1956年10月中旬，首艘远洋万吨巨轮——波兰"玛布切克"号驶入湛江港，上万吨货物只用了一百三十五小时零四五分钟就全

---

① 陈立新：《湛江新港的诞生》，《湛江海上丝绸之路史》，香港：南方人民出版社，2009年版，第341—353页。
② 骆国和：《百年沧桑湛江港》，《湛江珍闻》，北京：中国文联出版社，2006年版，第131页。

部卸下, 比原定计划提前了几乎五十五个小时。

我们现在依然能够看到这些建设湛江港的可爱的人们脸上的自豪笑容。1956

湛江港霞山港区一角（王雯婧　摄）

年 12 月, 中央新闻电影制片厂制作完成的彩色纪录片《湛江新港》将这些波澜壮阔、激动人心的画面一一摄录了下来。1956 年间, 全国主流媒体纷纷报道湛江港建设情况。以《人民日报》为例, 5 月 7 日,《人民日报》配图介绍了湛江港内的大型起重机。6 月 17 日, 又转载《南方日报》稿件《在建设中的湛江港》。8 月 7 日、8 月 8 日连续两天以大篇幅连载通讯《旧闻新事话湛江》。11 月 1 日, 再度报道万吨巨轮驶入湛江港的消息。11 月 28 日, 甚至有一篇反映旅客呼声的报道, 指黎湛铁路通车及湛江港开始施工后, 来往湛江的旅客较去年同期增长了一倍多，导致市内旅店不足，旅客不得不借宿工会礼堂、学校宿舍，希望之前被改为办公用房的大旅店能重新开放，为旅客提供住宿服务。直至 1957 年 1 月，《人民日报》仍大幅转载南方日报社、中国青年报社的配图稿件《南方的新港——湛江港》，全面介绍湛江港运营情况及市区风貌。一时间，一座崭新的港口城市映入国人视野，前来参观考察的个人及团体不断。据不完全统计，1956—1966 年间，党和国家领导人周恩来、邓小平、朱德、彭德怀、刘伯承、贺龙、陈毅、罗荣桓、聂

湛江湾（何苑莹　摄）

荣臻、叶剑英、陈云等频频抵湛视察，外国友人代表团如苏联新闻工作者代表团、波兰访华代表团、越南民主共和国运输代表团等也纷纷上门交流建设经验。

如今的湛江港，经过 60 多年的发展，有过辉煌的历史，也经历了曲折和磨难。经过政企分开、整体改制和增资扩股等发展阶段，现今的湛江港由招商港口、湛江市、中国宝武集团等八家股东共同持股的湛江港（集团）股份有限公司运营，拥有霞山、调顺岛、宝满和东海岛四个港区。2001 年，在湛江市旅游局组织的湛江八景评选活动中，以湛江港港区景色为主体的"港湾揽胜"获评为八景之一。

（三）半岛命脉——雷州青年运河

雷州半岛受季风气候影响显著，降雨集中在汛期，非汛期降雨量少，且综合气温高蒸发大、地形平缓不易蓄水，极易出现季节性干旱，常常遭受冬春连旱的威胁。1955 年，湛江地区就出现了罕见的冬春连旱，地下水位下降 2—3 米，全市受旱面积达206.49 万亩，占耕地面积 44.1%，早稻因旱减产严重。①要想治理雷州半岛的旱患，进行水利建设是必不可少的手段。1958 年 5 月，中共湛江地委做出兴建雷州青年运河的决定。整个工程主要分为两个部分，一是在雷州半岛地区开凿一条 174 公里的运河，定名"青年运河"，二是在运河的上游，于廉江市东北部的河唇镇鹤地村，修筑一座蓄水量十亿三千万立方的水库。②

1958 年 6 月 10 日，运河上游工程正式动工。湛江地区各地民工、驻湛部队官兵、青年学生纷纷响应号召参加工程建设，参与建设人数多达三十万人。这支三十多万人的建设大军，仿照军队建制，分班分工日夜建设，保证施工进度。大家食在工地，宿在工地，不少民工自带粮食和劳动工具，远涉百数十里参加建设，工棚不够住，就自搭工棚。经过 14 个月的奋战，建设者们成功筑坝 37 座，成功拦截九洲江，山岭间生出一个巨大的"人造湖"。水

---

① 湛江市地方志编纂委员会编：《湛江市志》，北京：中华书局，2004 年版，第 93 页。
② 《中共湛江地方委员会关于兴建雷州青年运河的决定》，湛江市雷州青年运河管理局编：《雷州青年运河》，1998 年。

库建成后，建设者们挥戈南下，转战运河。1960 年 5 月，各主要干渠建成，开始发挥效益。雷州青年运河工程的建成，有效保证了雷州半岛 146 万亩农田的灌溉用水，同时为湛江市区、廉江、遂溪、雷州等县市提供工业和生活用水。

雷州青年运河渠首枢纽（林磊 摄）

半岛人民封江筑坝，建库开河的壮举，一时传为美谈。1960 年 2 月 2 日，中共中央书记处总书记邓小平、中共中央政治局委员彭真，中共中央书记处书记刘澜涛、杨尚昆，候补书记胡乔木，中共中央候补委员徐冰、孔原等到湛江视察，专门听取了关于雷州青年运河情况的汇报。邓小平还为青年运河题了字。之后，苏联、朝鲜、越南、巴基斯坦、阿尔巴尼亚、日本、美国、加拿大、联合国水利考

97

察团等国际友人也纷纷前来参观运河工程。

鹤地水库建成后，以其优美的自然风光而闻名，一直是湛江市的著名景区。2013年，在湛江新八景评选活动中"鹤地银湖"名列新八景之一。近年来，鹤地银湖景区一再升级，被打造成为红色文化和绿色生态示范基地，除旧有的青年亭、渠首大坝外，再添碧连湖公园、群英广场、水文化公园、建库开河纪念馆等新景点。2016年9月，鹤地银湖风景区被评为"国家水利风景区"。

鹤地银湖（林磊 摄）

四、湛江美誉

由于开荒垦殖，建设湛江港、雷州青年运河带来的轰动效应，湛江一直受到党和国家领导人的高度关注，周恩来、邓小平、陈毅、叶剑英、董必武等都曾前来湛江视察，还有众多国际友人、海外华侨、著名作家、文艺工作者组团到访湛江，为50年代至60年代初期的湛江建设留下一片赞誉。

当代著名诗人、文学家、历史学家，时任全国人大副委员长郭沫若曾先后于1959年11月和1961年2月到访湛江，视察期间，郭老对湛江的秀丽风光以及湛江人民在抗法斗争，堵海工程、雷州青年运河工程、港口建设中所取得的辉煌成就给予了高度评价，写下《颂湛江（5首）》《题湛江市西湖宋公亭》等诗作。1961年3月30日，《光明日报》发表郭沫若旧体诗《颂湛江》中的四首（《堵海工程》《港口》《雷州青年运河》和《看演〈寸金桥〉》）。《颂湛江（5首）》①后收入1963年11月由作家出版社出版的诗集《东风集》中。值得一提的是，《东风集》收录的诗篇中虽有不少纪游诗，但其中大部分诗作以"咏"或"访"或"游"或"纪行"

————————

① 《颂湛江（5首）》中还有一首为《游湖光崖》。

99

为题，仅有《颂湛江》《颂党庆》《颂延安》《五一颂》几组诗以"颂"为题。"颂诗"在我国诗教传统"风雅颂"中是最为庄重严肃，用以歌颂功德的诗体，可见湛江之行的所闻所见给这位感情丰沛的诗人留下了极强烈的印象。

1961 年 12 月，应农垦部部长王震之约，赵朴初、冰心、周立波、徐楚等中国作家协会和华君武、梁思成等美术家协会一行到湛江农垦局及部分农场参观、演讲。赵朴初等人到种植园看花圃，在海滨路散步，看到了木麻黄防风林带，参观了堵海工程、青年运河、湛江盐场等项目建设。[①]赵朴初写下多篇赞颂湛江农垦、青年运河和木麻黄树的诗词。一年多后，冰心也写下纪实散文《湛江十日》发表在《人民文学》1963 年第 5 期，用 5000 多字细细勾勒出她在湛江的所闻所感。清新自然笔触下闪闪发亮的景色、活泼动人的场面、可爱质朴的人民，冰心的记录让 50 多年前的湛江生动的仿佛就在眼前。

---

① 冰心著，王炳根编：《冰心日记》，北京：作家出版社，2018 年版，第 69—78 页。

1962 年 4 月，著名剧作家田汉也到湛参观，写有《湛江纪行》若干诗篇，记录了看堵海工程、访南三岛、游湖光岩等经历。田汉随后在海南岛访问月余，在过境雷州、徐闻等地期间，还写有《过海康》《看苏轼题石并访汤显祖贵生书院遗址》《赠徐闻县委》等组诗。

附录部分作家作品：

访南三岛①

田 汉

不许风潮犯稻粱，沿滩百里木麻黄。

北涯南澘岛连岛，东陌西阡秧接秧。

曾说白沙遮日月，今看绿水泛鸳鸯。

归来已是湛江夜，灯塔回眸万丈光。

看苏轼题石并访汤显祖贵生书院遗址②

万里投荒一邑丞，孱躯哪耐瘴云蒸？

---

① 田汉著，屠岸、方育德编：《田汉全集·第12卷·诗词》，石家庄：花山文艺出版社，2000年版，第370页。

② 田汉著，屠岸、方育德编：《田汉全集·第12卷·诗词》，石家庄：花山文艺出版社，2000年版，第417页。

忧时亦有江南梦，讲学如传海上灯。

曾见缅茄初长日，应登唐塔最高层。

贵生书院遗碑在，百代徐闻感义仍。

冰心《湛江十日》[①]

一九六一年底，我在湛江度过了难忘的十天，回来后就有出国的任务，把我所要写的"湛江"滑过去了。这十几个月之中，几番提笔，总感到明日黄花，不大好写。湛江和祖国其他的地方一样，你去过一次，再来时已是万象更新，那时撒下的种子，现在已经遍地开花，那时开着的花心现在已经累累结果。追述过去，不如瞻望将来。但是，正因为是过去的经历，有些人物，有些山水，在迷濛的背景中，却更加鲜明，更加生动。它们像闪闪发光的帆影，在我的脑海中不断地明灭！这回忆，往往把我重新放在一种特别浓郁的色、香、味之中，使我的心灵，再来一阵温馨，再起一番激发，就

---

① 此文载于《人民文学》1963 年第 5 期，第 65—69 页。

是这奇妙的感情，逼得我今天又提起笔来。

湛江不像北京和南京，也不像苏州和杭州，它没有遍地的名胜古迹，更没有壮丽精雅的宫殿园林，它在古代是蛮风瘴雨之乡，当宋朝丧失了北部边疆的时候，便把得罪朝廷的人们，贬谪到这地方来。著名诗人苏东坡，便是其中之一。解放前的五十年中，它是法帝国主义者所盘踞的"广州湾"，这里除了一条法国人居住的街道以外，只有低洼、腥臭、窄小的棚寮和草屋。除了骑在人民头上的帝国主义者和反动派之外，就是饥饿贫困的人民。但是这些饥饿贫困的人民，五十年来，坚持着抗法斗争、抗日斗争和解放斗争，终于在一九四九年十二月十九日，冲洗净了这颗祖国南海的明珠，使它在快乐勇敢的人民手里，发出晶莹的宝光！

一九六一年底，我们从严冬的北京骤然来到浓绿扑人的湛江市，一种温暖新奇的感觉，立刻把我们裹住了。这宽阔平坦的大道，大道两旁浓密的树荫，树荫外整齐高大的楼屋，树荫下如锦的红花，如茵的芳草，还有那座好几里长的海滨公园，连续不断的矮矮的紫杜鹃花墙，后面矗立着高大的椰林，林外闪烁着蔚蓝的波光，微风吹送着一阵阵的海潮音，这座新兴的海滨城市，景物是何等地迷人呵！

在这里，道路是人民开的，楼屋是人民盖的，花草树木是人民栽的……几十万双勤劳的手在十二年之中，建起了一座崭新的现代的城市。当我看到这座城市的时节，我的喜乐，我的自豪，并不在看到京、宁、苏、杭的那些古代中国人民所创造的宫殿园林以下，反过来，我倒感到，我国古代的劳动人民，尽力地兴建了那些宫殿园林，却不能恣情享受自己劳动的果实，而在解放后的今天，人民的点滴血汗，都能用在自己身上，这奇迹般的美丽的城市，就是在这种无比热情和冲天干劲之下产生的。

在这里，最使人眼花缭乱的，是树木花草。树木里有凤凰树、相思树、合欢树、椰子树，还有木麻黄。这木麻黄树，真值得大书特书！这种树我从来没有见过，连名字也是我在翻译印度泰戈尔的小说的时候才接触到的。我只知道它是一种热带的树，从那篇小说里也看不出它的特征，翻译过后也就丢开手。没想到这次在祖国的南方，看到了它的英雄本色！它的形象既像松柏又像杨柳。有松柏的刚健又有杨柳的婀娜，直直的树干，细细的叶子，远远地看去，总像笼住一团薄雾。它不怕台风，最爱海水，离海越近它长得越快。解放后，翻身的湛江人民要在这一片荒沙上建立起美丽的家园，他们就利用这种树木的特长，在沙岸上里三层外三层地种起木麻黄树来。这些小树，一行行一排排地扎下根去，聚起沙来，在海波声中欣欣向荣地成长，步步为营地与海争地。到如今，这道绿色长城，蜿蜒几百里，把这座花园城市围抱了起来。当我们的车沿着这道长城飞驰而过的时候，心里总会联想到从前在国庆佳节，从观礼台前雄赳赳气昂昂地整齐走过的人民解放军的队伍。在气魄和性格上，他们和木麻黄树完全是一样的。

说到花草，那真是绝美，可以说是有花皆红，无草不香。这里的花，不论是大的，小的，单瓣的，双瓣的，垂丝的，成串的……几乎没有一种不是红的。在浓绿的密叶衬托之下，光艳到不可逼视。乍从严冬的北方到来的人，忽然看到满眼的红光，真是神摇目眩，印象深得连睡梦也包围在一片红云之中！这些花名，有的是我们叫得出来的，如一品红，垂丝牡丹，夹竹桃……但多半是初次听到的，如炮仗花，龙吐珠，一串红，毛茸红等等，有的花名连陪我们的主人也不知道，他们只笑答："横竖是大红花呗！"他们那种司空见惯满不在乎的神情，真使人又羡又妒。说到草，所谓"十步之内，必有芳草"，"天涯何处无芳草"，才真是这里的写实。我们随时俯下身去，捡起一片叶子，在指头上捻着，都会喷出扑鼻的香气。哪怕是一片树叶,如柠檬桉,闻着也是香的。摘过树叶的手,再去翻书,第二天会发现书页上还有余香!

主人说,可惜我们种树的日子还浅,飞来的鸟儿还不多。但是蝴蝶真是不少,而且种类还多。我们常看见相思树上飞舞着一团一团的蝴蝶。在文采光华的地方,连蝴蝶也不是粉白淡黄的!这些蝴蝶翅翼的颜色,就像虎皮一样,黄黑斑斓。它们不是成双捉对地飞,而是一群一群地上下舞扑,和乳虎一般地活泼壮丽。此外还有翠蓝色的像孔雀翎一样的蝴蝶,在红情绿意中闪出天鹅绒般的柔光,这都是北方所看不到的。

其实,花木也好,草虫也好,都不过是我的画图中的人物的陪衬。这十几个月之中我脑子里始终忘不了在湛江招待我们的主人。他们是一群最可爱的人,在抗日战争、解放战争中,一直从长白山、大别山、太行山,一个胜利接着一个胜利地打到海南岛,最后他们"解甲归农"。他们在这里披荆斩棘，开辟出几十万亩广阔平坦的田园，他们用木麻黄和其他高大的树，种植出棋盘般的防风林带，围护了农林作物，改良了环境，调节了气候。他们在这些标准林园里，办着社会主义农业企业，为祖国生产了许许多多的物资财富，加速了祖国的社会主义建设。他们在对敌战争中是最勇敢的战士，在建设时期是最辛勤的劳动者，在招待客人上又是最热情的主人。他们热情洋溢地把我们当作远别的亲人一般，带领我们参观了他们开创出来的家园，给我们介绍了周围环境里过去和现在的一切。他们白天陪我们参观，晚上和我们畅谈，到现在我的耳中还不时地响着激动的一段叙述，热情的一声招呼……在这些声音后面，涌现出一个个熟悉的人：中年的，年轻的，豪爽的，拘谨的，泼辣的，腼腆的……这些形象和他们背后的蓬勃浓郁的画景，不断地一幅一幅向我展开……

他们把我们从飞机场簇拥到赤霞山海滨

招待所①。这是一个童话般美丽的地方。我们头一夜就兴奋得没有睡稳，早晨一睁眼就赶紧起来，走到窗前，纵目外望：十几座楼房错落地隐现在繁花丛树之中。在近处，一丛翠竹旁边立着高出屋檐的一品红，盘子大的花朵，就像红绒剪成的那么光润。再远些，矮的是大叶子的红桑，稍高的是嫩绿叶的玉兰花树，最后面是树梢上堆着细小的黄花的相思树。这一层层深浅浓淡的颜色，交融在一起，鼻子里闻到沁入心腑的含笑花和玫瑰花香，耳朵里听到树影外的海潮摇荡的声音。就在这种轻清愉快的气氛里，我们开始了幸福的十天！

我们首先参观了他们农场里面的热带植物研究所。在会客室中饱餐了他们种出来的花生和香蕉，痛饮了他们自己种出来的咖啡，然后在种植园中巡礼。这里真是祖国的宝地，从东亚各地引种过来的，如油棕、咖啡等经济作物，都生长得很茂盛。在我们惊奇赞赏之下，主人

---

① 应为霞山海滨招待所。——编者注

们不但往我们车上装了许多新从树上摘下的木瓜、香蕉和甘蔗；还往我们手里和口袋里塞了许多珍奇的花果，如九里香、玉兰、玫瑰茄、乳茄、番鬼荔枝等，一路走着，愈拿愈多，压得我们胳臂都酸了。第二次参观的是他们的湖光农场的一部分。在棋盘式的高大防风林里，我们看到了一望无际的幼小树苗，安稳地整齐站立在低暖的地方，欣欣向荣地在茁长着。我们参观了三鸟场和畜牧场。牧鹅的姑娘、挤奶的女工、养猪的老汉……在清水池塘边和整洁的厩房里，紧张而又悠闲地工作着。在鸡栏里我们看到一群火鸡，垂下文采辉煌的双翅，一只只彩船似的向着我们稳稳地驶来。猪圈里有日本猪和荷兰猪，但是最好看的还是本地种的猪，雪白的背上，堆着沿着浅灰色边的大黑花点，这种猪是我在别处所没有见过的。

我们参观了雷州青年运河工程，到了新建成的鹤地水库。生长在北方的我，从来没有想到祖国极南端的雷州半岛会是个缺水的地方！

主人们笑着向我介绍：雷州地区，平原地带多，森林丛草少，通过这地区的九洲河，河床窄浅，有雨就泛滥成灾，不起灌溉的作用。一九五八年，在党的领导下，雷州十万人民，特别是青年，用了十四个月的工夫，开出一百七十四公里长的青年运河。他们截断了九洲河，建了水库。在运河通过的道上，凸出的地方挖深了，凹下的地方兴修起槽道，引出一股潺潺清澈的河流，来灌溉雷州半岛的二百五十万亩土地。我们站在鹤地水库堤边上，只觉得它微波粼粼，远山围抱，和密云水库、十三陵水库的面貌大同小异，有如同胞姐妹。倒是未到水库之先，路上所看到的矗立的高大的槽道，地上望去，好似在江上仰望长江大桥一般，十分雄伟，十分美丽。将来这里桥上走车，桥下行船，这种奇观，是密云水库和十三陵水库所没有的。去到水库的路上，在赤坎地方，经过一座很短的"寸金桥"，但是这座桥的意义却不小，它纪念了一八九八年至一八九九年间，当地人民奋起抵抗法帝国主义者的英勇事迹。他们把祖国的一寸土地当作一寸金子那样地护惜，他们据河苦战把法帝国主义者的强占土地，从一百几十里缩小到十几里！我们下了车，读了桥上的碑文，在窄窄的河边，一棵很大的缅甸合欢树下，徘徊瞻仰了许久。

南三联岛之行，也是使人永不忘怀的。这天天气晴和，我们到了码头，那里停着一艘登陆艇——登陆艇船头的栏杆，放下来是跳板，吊上去就是船栏。出去时，迎着清新的海风，归来时，望着朦胧的落日，在来去的航程中，我就没有离开栏杆一步！真的，从离开海滨生活起，好久好久没有在小艇上作过乘风破浪的海行了。

南三联岛本是十个孤岛，解放前这里住着三万多农民和渔民。这些人整年整月地要和潮、沙、风、旱四种自然敌人作殊死的搏斗。再加上帝国主义者和反动派的罪恶统治，磨死的、逃荒的已经所余无几了。解放后，党领导了岛上的居民清了土匪，反了恶霸，一步一步地解决了饮水、烧柴等等迫切的问题。本来这些岛上的人民，要到湛江一趟，至少要渡过七次海，自从一九五○年开始了联岛的工程以后，人民生活又大大地提高了。他们不但填了海，还种了树，圈出田地，盖起水堤，把这几个小岛，链条般接在一起。建设成一个树木葱茏、庄稼遍地的水林……我们站在船头上，听着这一段神话般的改造自然的奇迹，四十分钟以后，南三联岛就已青葱在望。我们从东调岛湖村湾上岸，已经有辆大车在滩头等着。沿着一条平坦的大道，经过好几个鱼池、盐田、稻田和错落的新盖的民居，直到东头灯塔岛的招待所。这招待所的一排楼房，荫蔽在万木丛中，我们从大路下车，在沙地上走了几里路，正觉得有些炎热，一进入这片木麻黄树的深林，骤然感到凉透心脾，在清鲜的空气中，抬头相顾，真是"人面皆绿"。原来这岛上从一九四九年起，就开始造林，在离海七八步的沙滩上，种上密

南三岛海滩（王雯婧　摄）

密的木麻黄树。这里的林带面积长六十华里，宽五至十华里，面积共有十万亩。这十二年之中木麻黄树已葱郁成林，海水也后退了有一百公尺，就是这座木结构的招待所楼房，也是用木麻黄木建成的。木麻黄树材又硬又苦，蚂蚁不敢吃也啃不动，是最理想的建筑木材。我们在这楼上听了公社吴书记极其生动的报告，吃了他们自种的花生、大米，和他们自捕的鱼、自养的鸡。这个从前曾是荒岛上的人民的生活，和我们祖国的每个角落的人民一样，也已经开始富裕起来了。

最后，我还要谈一谈湛江的码头。法帝国

主义者占据湛江大港，为的就是要抢到一个从中国掠得物资的出口，但是他们在这里只修了一个小小的栈桥码头。解放后十几年之中，人民亲手建设起来的崭新的湛江港，它就拥有现代化的起重运输和装卸设备，有宽大码头，各种货物可以直接装上火车。在这个清碧的海港里，每天进出着几十艘社会主义国家、民族主义国家和资本主义国家的商轮。在港区，还有一座现代化的海员俱乐部，亲切地接待着来湛江作客的各国海员。我们参观了里面的百货商店、阅览室、餐厅、舞场和各种文娱设备。资本主义国家商船上的海员，在新中国湛江大港逗留时期中，过的是愉快健康的生活，帝国主义统治下的那些黑暗污秽的陈迹，早已一洗无余了。

我们在码头边登上一艘停在那里的名叫"芍药"的商轮。这只船航行于广州和湛江之间。船长姓马，是一位从海外归来的航海者，和我们纵谈他自己归国前后的海上生活。这一

海港青年（王雯婧　摄）

段"海客谈瀛"，以愤懑开始，以自豪结束。

这位船长，和我所熟悉的海上工作人员一样，十分豪爽，十分热情。他坚决要留我们在船上吃饭，但是我们知道海员们在岸上的很短的时间，是十分宝贵的，结果只应邀和他们一同照了几张相片，就恋恋地道别了。

这以后，我就匆匆地在一九六一年的除夕，独自飞回祖国的首都。那几天正遇到寒流，下了飞机，朔风凛冽。一路进城，西边是苍黄的田野，和光裸的挺立的树行，回忆湛江飞机场上送行的人群，和衬托着这些人物的青葱的背景，心里有着一种说不出的滋味！十几度月圆过去了，如今正是赤霞山上凤凰树开花的季节，湛江的条条大道上，也张开了红罗的慢幕，应该是我践约南行的时候了。我还曾经应许我的"解甲归农"的朋友们，说我要像南飞的燕子，一年一度地回到赤霞山楼檐下的旧巢。但是，春天也罢，秋天也罢，我去得了也罢，去不了也罢，当全国人民，在党的"以农业为基础，以工业为主导"的号召下，万众一心，在自己的岗位上，努力完成这伟大而艰巨的任务的时候，我就想到我的湛江朋友们正在这条战线的最前沿，坚韧而乐观地战斗着。让我的湛江回忆，时时鼓舞推动着我，使我在自己的林园里，也做一个像他们一样的坚韧而乐观的劳动者！

一九六三年四月十九日

117

第二节　"文革"时期旅游文化的沧桑

　　1960 年后，中苏关系恶化，以苏联为首的社会主义阵营国家来华人数渐少，而西方国家来华旅游人数却渐增。1964 年，周恩来总理出访亚非欧 14 国，中法建交，中巴通航。这些外交上的突破为中国旅游业的发展带来新的机遇。1964 年，中国旅行游览事业管理局在中国国际旅行社总社的基础上正式成立，为外交部代管的国务院直属机构，主要负责对外自费旅行者的旅游管理工作，领导各有关地区的国际旅行社和直属服务机构的业务，组织我国公民出国旅行以及有关旅游的对外联络和宣传工作。[①]就在全国旅游事业步入新的发展阶段之际，一场轰轰烈烈的"文化大革命"运动全面爆发。1966 年 5 月至 1976 年 10 月的这一时期，中国各项事业的发展都遭到不同程度的阻碍和冲击，与文化息息

---

　　① 谢贵安、谢盛：《中国旅游史》，武汉：武汉大学出版社，2012 年，第 490 页。

相关的旅游业更是遭受重创，陷入扭曲、停滞的特殊发展阶段。

一、"文革"对旅游文化的冲击

1966 年，随着"文化大革命"在全国迅猛展开，成立不久的中国旅行游览事业管理局和其合署办公的中国国际旅行社总社基本停摆，总社分赴上海、广州、西安、武汉、长沙等各省省会筹备建立分社的工作也就此搁置。

这一年，整个湛江地区被严峻的国际环境、恶劣的气候事件以及"文革"纷乱重重包围。1966 年，在国际方面，美越战争升级，美军飞机多次扫射轰炸北部湾海面，炸伤遂溪、雷州、硇洲渔民。印尼华侨遭受印尼政府迫害，大批回国避难，湛江成为接待和安置归国华侨的重点城市。是年，雷州半岛连续遭遇强台风侵袭和旱灾，农业生产损失严重。而湛江政府机关、企业和广大农村，原有的旅游文化资源都受到不同程度的冲击。

（一）改换路名店名

在运动浪潮中,有人以组织名义提出要把一些道路、街道、店铺进行更名。赤坎"关庙、水仙、和平、博爱"等10多条街道名称被提议改为"前进、立新、防修、反帝、援越"等名称,哝记鸡饭店改为"湛江鸡饭店",南华酒店改为"人民酒店";霞山的逸仙路被改为红旗路,"民有、民治、民享"三条路分别改为"为民、东风、军民"路等。和平电影院改为"东风电影院"。药材公司"同仁"门市部职工也集体同意换下"同仁"这个招牌,改为"保健门市部"。迫于压力,市城建局于10月1日发出《关于更改街道名称的通告》,公告更改一批街道名称。

(二)旧有旅游资源遭破坏瓦解

古迹文物、寺庙教堂更是受冲击的重灾区。湖光岩楞岩寺、白衣庵的佛像、题联、霞山天主教堂等旧有景区和宗教场所受到不同程度的破坏和冲击。

餐饮旅店业各项经营规章制度被打破,经营不讲服务质量,不问盈亏,付款、端饭菜、取碗筷、打开水、取钥匙开门、打扫房间等都提倡顾客"自我服务"。

而且每年秋冬季，大批上山下乡知识青年、建筑队伍过往市区，住宿床位严重紧缺。

二、曲折整顿和后"文革"时代的旅游发展

1971 年，国务院召开全国旅游工作会议，提出"宣传自己，了解别人"的旅游工作方针。一些重大交通建设项目也取得较大进展，如 1970 年建成成昆铁路，湘黔铁路、襄油铁路也于 1972 年、1973 年分别通车。外交方面，中国恢复在联合国的合法地位，中日、中美外交关系取得突破，这些国内国际条件的成熟促使中国旅游业的发展逐渐步入正轨。

湛江也在这一时期建成了市郊赤岭至东南码头的公路，赤坎西山公园的灯光球场开始动工兴建。湛江港在周恩来总理"三年改变港口面貌"的指示下，被列为全国重点建设项目。湛江港油码头突堤工程开工扩建，工程包括 5 万吨级泊位 1 个，1000 吨级泊位 2 个和油罐工程。1973 年 9 月湛江地区专业文艺会演、业余文艺调演大会顺利举行，大会直

至 10 月 13 日结束，共有 1600 多人参加会演，是新中国成立以来本地规模最大的文艺盛会。霞山儿童公园也在这一年建成。

市区旅店业在这一时期也积极谋划扩容，1970 至 1975 年间，先后在赤坎新建红光旅店、工农兵旅店（后改为南溪酒店，今新华文化大厦所在建筑），到 1975 年，市区共有旅店、招待所 48 间，提供 7495 个床位。

1976 年，随着"四人帮"的粉碎，长达十年的动荡得以结束。1977 年也是湛江旅游的恢复阶段。在"文革"后期，随着国家恢复经贸活动与扩大国际交往，湛江的对外交往也进一步扩大。1977 年 8 月，美国石油代表团一行十三人到湛江访问。9 月，由非洲、东南亚 17 个国家组成的联合国"林业支持农业"考察团一行二十人到湛江访问考察。湛江友谊商店大楼也于这一时期破土动工，1981 年 1 月开张营业，是当时省内规模较大的专供外宾、海员和港澳台同胞购物的综合性商场。1983 年扩建餐厅和改造、装修旅业部，扩成友谊宾馆。

第三章
湛江旅游文化的复苏与发展

第一节　改革开放初期的湛江旅游业发展
（1979－1984）

1978 年 12 月 18 日，党的十一届三中全会做出了把党和国家工作中心转移到经济建设上来，实行改革开放的历史性决策。这是新中国成立以来党的历史上具有深远意义的伟大转折，开启了改革开放和社会主义现代化的伟大征程。

改革开放后，我国旅游业回归其经济功能，实施以政府为主导的发展战略，各级政府积极支持旅游业作为国民经济的重要产业之一进行有序发展。1978 年 3 月，与中国国际旅行总社合署办公的中国旅行游览事业管理局改为直属国务院的中国旅行游览事业管理总局，仍由外交部代管。与此相应，各省、市、自治区也相应成立了旅游局。1981年，又成立了国务院旅游工作领导小组，健全了各级政府行政管理组织。随后国务院召开了第一次全国旅游工作会议，提出从中国实际出发，探索出一条适合国情的旅游发展道路，制定了"积极发展，量力而行，稳步前进"的方针和"统一领导，分散经营"的管理体制。1982年7月，国家旅游局与中国国际旅行总社分开办公。8月，经全国人大常委会批准，中国旅行游览事业管理总局更名为中华人民共和国国家旅游局，简称国家旅游局。

在这样的调整背景下，湛江地区旅游局也于1982年成立，下辖湛江地区旅游公司。1983年9月，地区建制被撤销，实行地市合并、市领导县体制。新建制的湛江市辖赤坎、霞山、坡头、麻章4个市区，徐闻、雷州、遂溪、廉江、吴川5个县（市）。地市合并后，湛江地区旅游局、地区旅游公司改名为湛江市旅游公司，为副局级单位，归市外经委领导。同年 10 月 1 日，分别成立湛江市中国旅行社、湛江市华侨旅行社。同年 11 月 10 日，湛江市中国旅行社、湛江宾馆、海滨宾馆归市旅游公司管理。1983 年 11 月 14 日，中国国际旅行社湛江分社成立，为公司下属单位。1984 年 3 月，在湛江市旅游公司加挂湛江市旅游局牌子。湛江市旅游局成立后，先后与香港中国国际旅行社、香港中国旅行社、广东（香港）旅游有限公司、香港立明国际旅行社、香港华南旅行社、香港锦绣游踪公司、香港电视旅游部、香港启邦（中国）投资有限公司、香港启邦旅游有限公司、南游旅业 10 家机构建立了业务关系。

1983 年，湛江旅游工作全面铺开。1983 年 8 月 18 日，湛江旅游公司分别在湛江港、湛江民航机场开办了免税品商店。9 月 1 日，湛江至香港客运航线通航，"南湖"号客轮载湛江市代表团和首批乘客赴港。客轮通航后，湛江市旅游公司统一负责南湖轮的接待工作。同日，农垦系统经营的翠园宾馆及其商业门市部开业。

这一时期，湛江市旅游公司在对湛江地区和南中国海底资源进行勘探研究的基础上，规划开发中国大陆第一个潜水旅游点——放鸡岛潜水旅游点。1983年6月，香港新闻媒体首先报道电白放鸡岛正在规划建设潜水旅游点的消息，随后香港潜水教练协会余天蔚一行三人，于8月8日自带一整套专业潜水工具，第一次到放鸡岛进行潜水旅游考察。1983年11月22日，湖光岩被列为广东省八大著名风景区之一。湛江市人民政府发出《关于保护湖光岩风景区的布告》，确定了湖光岩风景区的土地范围。自此，湛江旅游业逐渐步入发展正轨。

第二节　快速起步期的湛江旅游业发展
（1985－1991）

1984年5月4日，中共中央、国务院发出《关于批转〈沿海部分城市座谈会纪要〉的通知》，湛江市被列为全国14个沿海对外开放港口城市之一，这为湛江发展提供了千载难逢的机遇。通知发出后，当时湛江市委立即着手对湛江市社会经济发展总体规划进行研究，开展相关工作。主要有以下几条：（一）制定对外开放措施，提高开放力度。对外开放措施的制定要对标深圳、珠海、广州，甚至比它们更优惠。（二）筹建经济技术开发区。地点选在霞山和赤坎两区之间。1984年11月29日，湛江经济技术开发区（简称湛江开发区）获国务院批准成立，成为全国首批14个沿海经济技术开发区之一。（三）开通人民大道和扩建机场。1984

湛江经济技术开发区（林磊 摄）

127

年 8 月，湛江机场进行第三次扩建。1985 年 4 月，扩建工程完成，此后机场能降落波音 737 等大型客机，成为符合国际标准的三级机场。同年 9 月 29 日，贯穿整个开发区的主干道——人民大道破土动工。至 1986 年 11 月完工，全长 7376 米，为市区 6 车道主干道。

在全国首批沿海对外开放城市的东风下，湛江这一时期的发展呈现良好局面，对外交往显著增长。1984 年上半年，即有 20 多个国家和地区的客商 377 批共 1390 人次抵湛考察，签订各种合资、合作经营合同 55 宗，合同额 2300 万美元。①旅游发展同时也表现出开放创新的工作思路和风格。

一是加大旅游景区扩建力度。为打造良好的旅游形象，湛江市投入资金建设部分景区，主要包括：1985 年 8 月，湖光岩风景区进行较大规模的旅游设施建设，建造观海楼、斋餐馆、餐厅、诗廊等。这些工程于 1986 年 12 月竣工。建设并完善东海岛部

① 符铭：《湛江列入首批沿海开放城市的前后》，全国政协文史和学习委员会编：《十四个沿海城市开放纪实·湛江卷》，北京：中国文史出版社，2015 年版，第 44—51 页。

分旅游设施，其中 1988 年 5 月 28 日，市郊东海岛"飞龙滩"浴场开业迎客。

二是加快新旅游项目的开发。该时期进一步开展并推广潜水旅游项目。1984—1985 年，香港海龙、海涛潜水旅游协会先后三次组织潜水专业考察团，到放鸡岛考察潜水旅游。1986 年，湛江市旅游局成立湛江市南海潜水旅游服务公司，正式开展潜水旅游接待业务。同年 3 月 15—18 日，湛江市旅游局派出人员随同国旅广州分社到杭州参加浙江省旅游局举办的"中国特殊旅游项目交流展销会"，推出此次展销会上独一无二的特种旅游项目——电白县放鸡岛潜水旅游，吸引了来自美国、日本、联邦德国、瑞典等国家和港澳地区与会旅行商社的注意。他们纷纷索要潜水旅游资料，并初步达成一批组团意向和协议。12 月 4 日，湛江市旅游局参加在北京举行的中国国际旅行社 1987 年旅游展销会，展出潜水旅游项目和旅游线路，很受欢迎。《人民日报》海外版和《中国旅游报》先后报道了这一消息。展销会期间，中央一些领导同志参观了湛江旅游局展台。

时任国家旅游局局长韩克华接见了湛江旅游局派去参加展销的代表，满意地说："你们湛江发展潜水旅游潜力很大"，"不久将来会成为亚洲最有推动力的潜水旅游中心"，并一再表示会来湛江潜游。世界潜水运动协会也把中国列入第37个开展潜水旅游业的国家。1986年，美国黄玉雪旅行社组织访华的美国潜水旅游团23人，美国若底罗斯旅行社组织的潜水旅行团，先后前来潜游。

三是创新旅游推介手段。随着电视机的普及，电视旅游宣传逐渐成为地区旅游业宣传的重要手段。作为视听艺术的电视有着优越的地位，它一方面通过画面诉诸人的视觉，另一方面通过音乐、解说和效果诉诸听觉，它比文字、绘画或摄影别具动人的魅力。电视是直接的艺术，具有形、图、声并茂的"立体性"，把名山胜景、文物古迹等形象输进人的大脑，观众仿佛置身于山水田园美景中，无须进行翻译，只需起码的社会实践和最一般的知识、经验，便能理解并接受电视中的形象。

1987年，广东电视台推出的《雷州大地》（6

集）电视片宣传了湖光岩秀色、硇洲岛和南山岛海滩、三元塔、椰林晨曦、雷州西湖、港口之夜等热带风景名胜，使湖光岩风景名胜区接待游人从1985年的67万人次增加到1987年的百万人次。香港亚洲电视台播出湛江旅游局的《南海潜水旅游猎杂》录像后，湛江在海内外游人中知名度上升。通过电视旅游片的宣传，湛江作为我国潜水旅游的发源地，开始接待外国、港澳地区的游人，潜水旅游成为湛江率先打入国际旅游市场的一个项目。

四是完善旅游相关配套项目。这一时期，挪威皇家游轮总公司的"皇家之星"号国际游轮于1984—1986年间先后四次，搭载超过10多个国家和地区逾1900名旅客游览湛江。1987年11月11日，湛江—香港直航旅游包机公司正式成立通航。

是年，全市列为对外旅游接待的宾馆有海滨宾馆、南海宾馆、友谊宾馆、广州湾华侨宾馆、翠园宾馆、环球大酒店、湛江迎宾馆、赤坎宾馆、霞山宾馆、海湾宾馆、湛港宾馆等，客房1575间，床位3109张，其中甲级床位1995个，别墅式小楼房66

套，另外中低级宾馆 70 多家，床位 800 多个，年接待能力可达 39 万人，全市旅游从业人员 2500 多人。1987 年，全市接待国内外旅游客 307136 人次，其中外国游客 3722 人次，华侨、港澳台同胞 9043 人次，经营收入 5368 万元。

1990 年，旅游业又有新发展。是年，全市有客房 1785 间，床位 3325 张，其中可接待国外游客客房 1434 间，床位 2569 张。全市接待国内外游客 442816 人次，其中外国游客 2881 人次，港澳台同胞、华侨 14670 人次，营业收入 9015 万元。旅游业总产出和增加值分别从 1985 年的 1381 万元和 966 万元增加至 1990 年的 4851 万元和 3153 万元，分别增加了 251% 和 226%，年均增长 50.2%.和 45.2%。[①]

第三节　徘徊摸索期的湛江旅游业发展

（1992－1998）

时间很快到了 20 世纪 90 年代，之所以选择

① 《湛江市志》，第 1049 页。

1992 年，而不是 1990 年作为这一时期的起点，主要有以下三个方面的原因：

一是 1992 年国际政治经济形势发生了巨大的变化。1991 年底，苏联解体，世界两极争霸的格局正式瓦解，其后果在 1992 年立即显现出来。这一年，南斯拉夫一分为五，西方经济回升乏力，美国、西欧共同体以及日本之间的经济矛盾和摩擦增大，西欧爆发金融危机。

二是对于国内经济发展形势而言，1992 年也是一个非常重要的时间点。1988 年，我国经过十年改革开放的高速发展，通货膨胀压力增大，为了整顿治理通货膨胀，1988 年第四季度起，我国利用各种手段紧缩投资和货币投放，在严厉的紧缩手段下，国家经济增长速度也迅速下滑。针对这种形势，1992 年初，邓小平发表著名的"南方谈话"，号召加快改革和发展。"南方谈话"推动了新的改革热潮，港台澳地区和外国掀起新一轮来华投资和旅游的热潮。

三是湛江在 1992 年迎来了发展战略的调整。湛江上一次发展战略的调整发生在被列为首批沿海开放城市之后的一年。1985 年 7 月 25 日，中共湛江市委召开县（区）委书记会议，会上提出"在抓好粮糖油的前提下，大力发展'两水一牧'（水产、水果和畜牧业）为重点的开发性农业，以此振兴湛江农村经济"的决策。

湛江经济发展之所以实施这一转型，与当时现实的市情市况密切相关。湛江获批沿海对外开放城市的时候，恰逢地市合并。此时的湛江市，不再是原来的港城湛江市，而是管辖五县四区、农业人口占 85%以上的农业大市。以现在的眼光来看，"两水一牧"战略的提出似乎过于超前。在发展外向经济的浪潮中选择全面振兴农村经济，虽然可以使农村经济搭乘改革开放的快车，驶上高速发展的道路，快速增加农民收入。但另一方面，这个战略忽略了湛江当时城镇化比例低，工业基础不坚实的现实情况，农业立市的时间一长，湛江就会错失与其他城市同步发展、实现经济交流的机会，导致其商品经济和企业发展与全国经济发展出现脱节，而经济落后的局面最终也会制约农村发展水平的进一步提高。1992 年，湛江的经济实力在广东省已经滑落到了第 11 位，人均 GDP 远远落后于省内珠三角地区。1992 年，人均 GDP 只有 2489 元，仅仅是广东省平均水平的 67.29%。1992 年，湛江工业产值占 GDP 的比重仅为 21.8%，比广东省 36.74%的平均水平低 15 个百分点。

如何在新一轮的经济增长过程中抓住机遇，促进湛江经济的发展，是摆在全市人民面前刻不容缓的任务。1992 年初，广东省政协组织专家经过调研帮助湛江拟定了《湛江市经济社会发展战略纲要》。该《纲要》根据当时的国际国内形势，结合湛江市的优势，提出了"围绕建设我国南方国际深水大港功能战略目标，全面推进国民经济国际化和现代化，把湛江建设成为以大工业为基础，以港口建设为依托，以国际贸易为导向，第一、第二、第三产业全面繁荣，具有亚热带风光特征、多功能的国际海港城市"，实施"有湛江特色的海港型工业化战略"，战略方针是"以大港口带动大发展；以大工业推动大起飞；以大市场保障大繁荣；以大科技实现大升级；以大综合促进大进步"。

在第三产业发展的"商饮旅游业"部分，《纲要》提出，首先，要发展面向沿海西部地区的大型现代化零售商业和批发商业，使湛江市成为具有较强吸引力的区域购物中心。其次，要借助丰富的海岛型旅游资源和发达的商业资源发展旅游业，使湛江市成为区域性商务旅游、购物旅游和娱乐旅游中心。再次，要借助发达的旅游业促进饮食服务业的全面繁荣，逐步形成有湛江特色的沿海型饮食文化。要使购物中心、旅游中心、沿海型饮食文化中心有机地结合起来，形成互促共生的良性发展格局。这一战略使急切要求改变落后面貌的湛江人为之振奋。

正当湛江人踌躇满志、准备迎头赶上之际，国家开始对经济进行宏观调控，银根紧缩使得湛江诸多准备上马的项目不得不搁置。另外，湛江在这一时期走私风行，使湛江经济发展受到严重冲击。原有的工厂企业纷纷出现经济困难，迷失在经济发展的浪潮中。1998年，随着以湛江市原市委书记陈同庆为首的湛江特大走私、受贿等案的一批案犯伏法，新中国成立以来走私数额最大、涉及党政机关和执法部门人员最多的严重经济犯罪案件终于得到解决，但湛江经济落后的局面已经成型。1998年，湛江的经济实力在广东省已经滑落到了第16位，进入广东省最不发达地区行列。

这一时期，随着全国人民生活水平的快速提高，旅游需求量迅速增长。在国家产业政策的支持下，旅游产业化进程十分迅猛，旅游已成为国人生活的重要组成部分。湛江拥有丰富的旅游资源，但由于开发宣传力度不够，且地处偏远、交通不便，旅游业仍显落后。1992—1998年，湛江市入境旅游年平均0.64万人次，与1991年的0.6万人次相比，变化不大。针对这种形势，湛江市的旅游从业者们也在积极探索出路，提升发展水平。

一是加强景区的开发与管理。针对湛江市景点老化、游人逐渐减少的情况，湛江市加强对景区（点）项目规划制定的指导，千方百计提高景区建设的品

硇洲灯塔（何苑莹　摄）

位和内涵。1997 年，重点对东海岛旅游度假区的中心广场项目、湖光岩风景区望海楼景点以及南亚所植物园进行环境改造和美化。截至 1998 年，全市已经形成国家级历史文化名城雷州、国家级森林公园东海岛森林公园、省级风景名胜区湖光岩、省级自然保护区廉江高桥万亩红树林、省级旅游度假区东海岛龙海天、吴川吉兆湾、市级旅游度假区南三岛游区、吴川吴阳金海岸、徐闻白沙湾、鹤地水库、南亚热带作物研究所植物园、硇洲灯塔等旅游景点。

二是盘活企业经营机制。1996 年，湛江市旅游总公司由经理目标责任制改为经理年度包干责任制，按公司的营业费用、财务费用、管理费用分解到各业务部门，包定上缴利润，给予业务部门更大的自主权。公司四个主要业务部门也实行三年包干责任制。包干责任制的执行，大大刺激了一线人员的积极性，海外部实行责任制后，全年完成利润105万元，比上年增加30.7%，超额完成公司下达任务的26.5%。票务部面对市场包机业务的增加，敢于竞争，积极建立销售网络，建立网点单位12个，全年完成14.5万元，超额完成任务。

三是积极开展外联促销。为拓展湛江旅游市场，湛江市旅游总公司积极开展外联促销活动。1996年2月28日，总公司在香港举办春茗活动，邀请香港新闻和旅游客商31个单位共71人参加，介绍湛江旅游概况。会后又上门促销，拜会近20家旅行社，并签订一部分业务合同。该年8月和12月，湛江市旅游总公司组织相关外联人员，分别参加了湛江市在四川成都举办的"96湛江（成都）产品展销暨经贸合作洽谈会"和国家旅游局在上海举办的国内旅游交易会。同年还分别在霞山工农路、廉江、遂溪等地设立 4 个旅游营业部，在各县市及涉外旅游宾馆巩固和增加 13 个业务代办点。

第四节 调整尝试期的湛江旅游业发展
（1999－2003）

改革开放后，湛江已经错失了两次发展良机，1998 年底，历史再次赋予湛江第三次发展良机。1998 年 12 月 31 日，时任广东省委书记李长春带领省四套班子领导和省政府各部门领导来湛江召开现场办公会议，为湛江市解决经济社会发展中的重要问题给予实质性的帮助。在这次会议上，李长春提出："要把湛江建设成为环境优美，秩序优良，经济发达，文明富庶的区域性中心城市。"这为湛江未来的发展提供了战略性指导和准确定位——建设区域性中心城市。

这一次的发展良机，湛江在努力把握。在湛江市国民经济与社会发展"十五"规划中，市政府提出要把发展壮大工业作为发展经济的首要任务。从

1998 年以后，湛江的经济发展逐步进入快速发展的轨道。1998 年，湛江 GDP 为 3298629 万元，2003 年增加至 4839463 万元，增长了 46.71%，年均增长 9.34%。

这一时期，随着经济发展水平带来的人们思想观念和生活态度的转变，各种旅游机会增多，旅游宣传和旅游产品成熟，中国大众的旅游意识已经形成。从人的需求理论出发，人们开始追求工作之余放松心情，愉悦精神；从社会需求而言，旅游能够满足人们渴望与人交往，受到尊重，突出自己的名声和地位等愿望；从审美需求来看，审美体验已成为未来世界发展的趋势。旅游作为全社会审美体验运动的特定产物和有效手段，激发了人们参与体验旅游的热情。因此，旅游成了社会的一种文化时尚。

就国家层面而言，旅游业已被确定为国民经济新的增长点。1998 年 11 月，中央经济工作会议召开，提出旅游业作为国民经济新的增长点。国家计委首次把旅游项目列入国债项目，国家经贸委也在制定旅游产业政策，财政部尽力增加对旅游业发展的财政支持。旅游业显著的经济功能，特别是多方位（食、住、行、游、购、娱、康、教）和多档次（高、中、低）的旅游需求对地方经济发展的关联带动作用，已被世界各国所认识。许多国家将旅游业作为经济发展的先行产业优先发展。其时面对亚洲金融危机的冲击，国家急需调整国民经济结构，在开辟消费新领域、扩大城乡居民就业面、加快货币回笼、增加国家外汇储备、拉动内需和国民经济增长等方面，旅游业均能发挥特殊功能。因此，全国各地形成了共促旅游发展的局面。1999 年 9 月，国务院改革出台新的法定休假制度，每年国庆节春节和五一法定节日加上调休，全国放假 7 天，每年三个黄金周掀起了旅游消费热。2000 年"五一"长假，假日经济出现井喷，电视新闻充斥着各地旅游景点全线爆满的消息，一周内旅游收入达到 181 亿元。

湛江的旅游业也在这一时间进入快速发展期。首先，入境旅游人数大幅增加。入境旅游人数从 1998 年的 0.6 万人次增加至 2003 年的 3.4 万人次，增加了 5.67 倍；其次，国内旅游人次快速增长：国

湖光岩东大门（何苑莹 摄）

内旅游人次从1998年的295.8万人次增加至2003年的435.7万人次，增加了47.30%；最后，国际和国内旅游收入均不同程度增长，尤其是国际旅游外汇收入增长速度很快。其中，国际旅游外汇收入从1998年的939.4万美元增长至2003年的1462万美元，增长了55.63%。国内旅游收入从1998年的237890万元增加至2003年的270417万元，增加了13.67%。[①]

　　1999年，湛江市明确了湖光岩应定位于"自然风景区"，并决定由市财政拨款400万元，在湖光岩兴建环湖路、西大门、科普馆等10项工程。历时半年，湖光岩10项工程全部完工，景区面貌发生很大变化。2003年，湖光岩为创国家级4A景区，投

_____

① 数据参见王永辉主编，湛江市统计局编：《湛江统计年鉴2003》，2003年。

入 1500 多万元建设东大门配套工程、玛珥湖度假村、火山科普展馆、科普长廊、绿化建设、环保观光车项目。南亚热带植物园为创 3A 景区,投入 109.8 万元建设资金,建设观光温棚、主题广场、生态停车场、美化糖棕等项目。雷州天成台旅游度假村投入 40 多万元修建钓鱼台、广场道路,大搞绿化建设。2003 年 12 月 25 日,国家旅游局正式命名湖光岩风景区为国家 4A 级旅游区。南亚热带植物园、雷州天成台度假村、吴川吉兆湾省级旅游度假区通过了广东省旅游局 3A 级的验收评定。

湛江特大走私"9898"案后,百废待兴,民心思变,新一任的湛江市委市领导除了抓意识形态教育之外,重点抓城市环境的整治,于 2000 年前后新建了霞山观海长廊、赤坎南桥河,霞山、赤坎两区的步行街等一批市区旅游景点。

（一）霞山观海长廊

霞山观海长廊位于广东省湛江市霞山区东部海滨,南起海淀路北至海洋路,全长约 1.7 公里,根据其地形现状分为南、中、北三个区（南区 860 米,

中区 150 米，北区 690 米），总面积为 156 公顷（南
区 6.38 公顷，中区 3.5 公顷，北区 5.12 公顷）。

霞山观海长廊（王雯婧　摄）

南区较狭长 以紫荆广场居中，两翼园道收分
有致，曲弯自如，特别是北翼的园道曲直对比，同
时节点连结灵活，小型空间收放得体。南区的绿化
品种繁多，组团结合，乔木、灌木及地被三个层次
分明，28 种花木共 21005 株，草皮 23490 平方米。
中区地形宽广，分东西两面（东面 13149 平方米，

西面 32000 平方米）东面冠名"观海台"，有园路通绕，整体以草地为主。西面空旷草坪呈四方形，植油棕两行于三条伸侧边。花木共 11263 株，草皮 45149 平方米。北区以"海螺广场"为主，种植不同棕榈植物。其花木品种达 28 种，共 24181 株，草皮 9600 平方米。南、中、北三区从整体来看形象修长，中区带动南、北两翼，总共硬底铺装面积达 10 万平方米，呈现一派南国风光特有的海滨城市景观。

停在霞山观海长廊上的巨型客轮"海上城市"也是一大景观。船长 160 米，高近 20 米，站在船顶，海湾美景、城市风光尽收眼底。

观海长廊建成，成了市民来客休闲观光娱乐活动的好去处。观海长廊扩大绿地面积，引入上百种南亚热带雨林乔木，开辟了花坛绿道，改善了周边自然生态环境，多年不见的候鸟红嘴鸥又云集飞翔在观海长廊的碧海蓝天上，绿地、蓝天、白云、阳光、红树林、绿道、白帆，一幅绚丽多彩的南亚热带锦缎展现在人们眼前。

（二）赤坎南桥河改造与南桥公园

南桥河旧称"南溪"，后因南桥而得名。南桥旧称"西赤桥"，建于法国殖民时期的清宣统二年（1910年），是连接霞山与赤坎的主要交通要道。民国2年（1913年），法国人将原木桥改为混合结构桥。民国37年（1948年），被洪水冲垮后，国民政府改搭木桥。1952年，人民政府重修为永久性混合结构桥，并因处赤坎之南而改名"南桥"，南溪也因桥而名"南桥河"。

南桥河源于麻章古河村，出口在沙湾海，全长14.5公里。20世纪50年代末，建成赤坎水库后，南桥河仅存赤坎水库闸口至原赤坎港一段。沙湾筑堤前，河水受潮水影响。每当潮退之后，下游河口一段水清见石，游鱼历历。由于围海筑堤，海潮远去，南桥河失去了天然净化的能力。为此，2000年浚疏河道，另建排污渠，河岸分别修建了乳白色的雕花护河栏与绿化带，并在两岸安装了梅花彩色路灯。护栏旁的绿化带栽满了各种奇花异草，有美人蕉、酒瓶椰、黄金榕、棕榈、紫薇、剑兰以及各式各样热带植物，草坪上四季轮换盛开着各种鲜花，

赤坎南桥河风光（何苑莹　摄）

成为赤坎城区一湾流淌的风景线。

南桥公园位于赤坎南桥河上游，2003 年 10 月建成，面积 85000 平方米，是集观赏、游憩、文化、健身、休闲为一体的市级公园。

南桥公园是以植物造景为主的生态公园，园内种植有上百种植物，以棕榈科植物为主，环境优美，格调幽雅。通过丰富的植物群落山体、溪涧、瀑布、湖泊与建筑的巧妙结合，突出热带风情景色。园内依照地形地貌划分为南苑、北苑两部分，通过一座斜拉索桥将两苑相连。

南苑设有文化广场、桃花潭、竹溪、钓鱼台、水帘洞、椰林沙滩、花架廊、一览亭等主要景点区；北苑设有植物廊、浮雕小广场、情侣亭等景点区。苑内绿树成荫，绿草如茵。其中拥有 28 个拱门、长 50 米、高 5 米的福建植物廊尤为引人注目，成为北苑一道亮丽的风景线。南桥公园的建设充分体现"以人为本"的理念。公园自建成开放后，使用状况良好，2004 年 8 月，广东省风景园林协会组织专家对南桥公园进行考察，专家给予的评价是：因地制宜，因势构景。既构建出朴野与生态的自然风韵，又体现精致而文雅的乡土文化品位，荣获广东省风景园林优秀样板工程二等奖。

（三）商业步行街

湛江市区的商业步行街有两条，一条位于霞山的民享路，一条位于赤坎的中山二路。商业步行街融购物、休闲与赏景于一体，是游客购物、休闲的好去处。步行街内店铺林立，精品荟萃，是湛江市名牌商品集中地，成为城市的一道景观。

霞山民享路过去坎坷泥泞，经改造建设后，步行街两边入口处分别设立花木簇拥的广场，中段设立旱地喷泉广场、阳光走廊、休闲绿化带、叠泉瀑布、独特的鱼形风标和城雕等。

中山二路位于赤坎老城区中心地带，全长 600 米，形成于清末民初，是"倚海临风，商贾云集，贸易频繁"的商业老街。其店铺房屋多为民国时期所建，建筑风格有欧陆式、南洋式、民国式等特色，反映了赤坎对外来文化的吸收和接纳。在法国殖民者侵占广州湾时期，该路曾名为法国大马路，抗日战争胜利后改为中山路至今。

新中国成立前中山路商业十分发达，有闻名省港澳的南华大酒店、宝石大酒店、大中大酒店、中南百货公司、百乐殿电影院等等。中山二路附近的中兴街、新太路、兴汉路灯红酒绿，纸醉金迷，彻夜不眠。新中国成立后，中山二路持续繁华兴盛，成为赤坎的商业中心，改革开放后，中山二路附近的中兴街逐渐形成了贩卖舶来品的购物街，个体商贩云集于此，兜售港澳时装和进口小百货，中山二路盛极兴旺。市民纷纷前来中山二路购物，粤西地区不少商贩也到这里采购商品。凡是来湛江的游人都慕名到中山二路购物观景。到了 21 世纪 90 年代后期，由于种种原因，小商品购物街搬走，中山二路逐渐沉寂下来。

赤坎中山二路步行街（林磊 摄）

1999 年，政府对中山二路商业街进行了全面治理，将沿街楼房进行了改造和装修，路面铺设了大理石，并安装了路灯和灯饰，使商业街新与旧相结合，现代与传统相统一，既体现了南方热带海滨城市的特色，又体现了古商埠的风貌，成为集商贸、购物、休闲、旅游为一体的新型步行街。旅客徜徉其中，可以感受到历史与现代文化的交融，领略到湛江这座海滨城市独特的风情与魅力。

第四章
21 世纪湛江旅游的飞跃式发展

　　湛江作为粤西区域中心城市，曾面临很好的发展机遇，遗憾的是与机遇失之交臂。1998 年以来，湛江作为区域中心城市的发展定位，赋予了湛江新的发展活力。但湛江经济发展毕竟落后良久，迎头赶上绝非一朝一夕之功。湛江具有许多其他地区所不具有的独特优势，湛江港作为我国第一个自行设计和开发的深水良港，素以"北有青岛，南有湛江"而闻名全国，但这些优势却有待发挥。随着国家深化改革及对外开放的扩大，新的发展机遇又向湛江抛来了橄榄枝。2003 年 1 月，中共中央政治局原委员、广东省委原书记张德江视察湛江，感慨"湛江这么好的地方，老天爷给了这么好的条件，发展不上去，讲不过去，不能再这样下去了。"他要求湛江全市上下统一思想，振奋精神，抓住机遇，加快发展，并提出"努力建设现代化新兴港口工业城市"的发展定位，为湛江的发展指明了方向。

围绕"努力建设现代化新兴港口工业城市"这一奋斗目标，2004年以来，湛江确定并实施了"工业立市、以港兴市"的发展战略。这"八字"发展战略，是基于湛江拥有的港口、地缘、资源要素、产业基础和人文环境五大基础优势提出来的。"工业立市"，就是要着力发展工业，逐步形成临港石化、近海油气开发、电力、造纸、农海产品加工、饲料、纺织、电器机械八大支柱产业，特别要加快发展石化、能源等重化工业，使之成为最重要的经济增长极和拉动全市经济发展强有力的杠杆。"以港兴市"，就是依托湛江港的地缘优势，把湛江港建设成为超亿吨级国际大港，使之成为涵盖大半个中国特别是中西部的南方深水大港，以港口发展促进临港工业以及国民经济发展。

在这样的背景下，湛江旅游业取得了跨越式的发展。湛江优美风景和迷人风情，越来越引起世人关注。入境旅游人次大幅增长，从 2003 年的 3.4 万人次增加至 2010 年的 10.3 万人次，增长了 203%，年均增长 28.99%。国内旅游人次也增长迅速，从 2003 年的 435.7 万人次增加至 2010 年的 1405 万人次，增加了 222.47%。旅游收入大幅增加，其中国际旅游外汇收入增长了 85.77%，国内旅游收入增加了 134.72%。2008 年国庆黄金周全市接待游客达 106.82 万人次，同比增长 16.60%，旅游收入 2.08 亿元，同比增长 7.8%，首次实现黄金周游客接待量突破百万人次的大关。

湛江旅游业的迅速发展，与 2003 年以来湛江市致力于打造几个"国字号"旅游品牌密切相关。以下分享几位城市建设者亲身经历的故事。

第一节　全市动员捧回的"中国优秀旅游城市"

一、上下齐心，擂响创优战鼓[①]

"中国优秀旅游城市"是国家对地方旅游产业、旅游环境和经济、社会环境的最高评价。国家检查考评标准有 20 个大类 183 个小项，总分 1000 分。评比合格率要达到 90% 以上才能捧回牌匾。2001年，时任湛江常务副市长的徐少华带领旅游局班子到湛江中国旅行社召开旅游企业负责人座谈会。座谈会上，少华同志提出湛江"创优"，旅游行业有没有信心。在座的同志情绪激动，认为旅游业只有通过"创优"才有希望。纷纷表示有条件要上，没有条件创造条件也要上，一定要成功不能失败。当年"两会"后，少华市长带领旅游界代表到肇庆、惠州两地考察学习。一场规模空前、声势浩大、上

---

① 本节内容主要根据郑德胜《"国字金牌"是这样捧来的》一文整理。参见郑德胜：《"国字金牌"是这样捧来的》，《十四个沿海城市开放纪实·湛江卷》，第 382—387 页。

下动员、全民参与的创优行动迅速在湛江铺开。

以当时的条件来看，湛江"创优"任务艰巨，基础条件相当不成熟，特别是经历"9898"特大走私案，湛江经济仍然处在复苏起点，财政相当困难。部分人对湛江"创优"是否成功，担忧多过信心。但湛江"创优"工作得到省旅游局领导和省创优办的支持和鼓励，还多次莅湛给予指导。

2002年，湛江市《政府工作报告》明确提出"把旅游业作为我市优先发展的重点产业""加快旅游业发展，把旅游业培育成为我市新的经济增长点"的战略决策，颁布《关于加快旅游业发展的决定》，确立旅游业在经济产业中的地位。创优主题口号确定为"全民参与创优，共建美好家园"。市政府与各责任单位、市旅游局与各旅游企业均签订了责任书，把创优任务分解到具体部门，并加强检查督办，力求每分必争，每分必得。严格要求对存在的问题认真梳理督导，否则追究责任单位主要领导的责任。

湛江市旅游局原来和旅游总公司合署办公，一套人马两块牌子，36个事业编制，工资靠旅游业务收入，干部收入很低，情绪低落。机构改革时市政府决定重组旅游局，变成政府工作部门。[①]虽然全局编制总共才 15 人，人虽少，但大家精神饱满、干劲很足、激情满怀。当时市创优办就设在旅游局。旅游局既要承担创优办繁重的规划、检查、督导、协调工作，还要负责全市旅游企业创优工作，及日常的旅游业务工作，加班加点不计其数。为了按时完成创优任务，市旅游局取消了休假制度，五加二、白加黑地加班是家常便饭。创优国颁标准 20 大项的 183 个得分点被一一分解，并据此详细制订出工作任务安排和工作计划，分解到责任单位并负责指导工作。工作做到月月有布置、月月有检查，真正起到对全市创优工作指导、督查、协调的作用。收集整理完成了 65 本 450 多万字的创优资料。旅游局充分发挥旅游企业创优的积极性，使全市旅游行业成为创优的排头兵，受到市领导的高度赞扬。各部门积极联动配合，使各项工作真正落到实处。城

---

① 2001 年进行机构改革，政企分开，市旅游局与市旅游总公司脱钩，调整为市政府工作部门，由原副处级升为正处级单位。——编者注

管办、城建局、交通、交警、湛江港、机场、火车站、电信等单位和部门，在加强城市环境建设、完善城市功能、提高城市整体素质等方面都做出了巨大的努力。

二、优化环境，树立城市形象

2000 年至 2002 年，市政府共投入 52698 万元对城市形象工程进行建设和改造。整治美化了南桥河、北桥河、海滨大道、湖光路，兴建了湛江国际会展中心、霞山观海长廊、霞山、赤坎步行街。市政府实施"还路于民、还岸于民、还绿于民"的民心工程，拆除影响市容和卫生的违章建筑物近 16.8 万平方米，清理户外违章广告 600 多块，整治占道经营、乱摆乱卖大排档 87138 档次、乱堆占 2881 处，近 10000 平方米，拆除废弃电线杆 100 支。市区拆除隔离护栏 3330 块，水泥墩 2686 个，新标路线 309.6 公里，新增标志牌 168 个，更新维护隔离护栏 6930 米。在市区大型建筑统一设计灯饰，维护更新路灯 1306 支，新增路灯 1033 盏。

市区公园的大片油菜花海（林磊 摄）

　　2002 年 10 月，市政府决定海滨公园、寸金公园免费为游人开放。市委、市政府动员全市各部门及全市人民为美化绿化港城做贡献，做到一区（小区）一公园、一路一绿带、一楼一绿地、一人一棵树一盆花，在市区建成了多个街区小公园，并规划建设环城绿带、环区绿带。创优其间，市区公共绿地覆盖面积达 18763100 平方米，绿化覆盖率36.69%，2002 年新增绿地 13 万平方米，造林 30000棵。市区噪声平均值 55 分贝，空气 API 指标优良，城市饮用水质达标率大于 95%。2002 年，还投入220 多万元在市区改造和新建 24 间旅游（环保）公厕。当时，市区仅有霞山观海长廊一间环保公厕，由于使用费用太大，时开时关。在居民区的公厕既窄又烂又臭，改造难度相当大，更难的是新建公厕的选址，周边居民阻力很大，城建部门排除困难，依时完成任务。景区、加油站、客运站、火车站、机场等公共场所公厕全部按标准进行改造。

为整治城市环境，市政府召开全市城市管理会议，与109个单位、6个区政府、管委会签订《市容环境管理目标责任书》，并在《湛江日报》公布，接受群众监督。市环保部门实施碧水、蓝天、宁静、洁净、生态等五大工程，建设生态型滨海城市。2001年度"城考"综合得分86.29分，全省排名第七。市公安局建立了多种形式的治安防范工作机制和多警种快速反应的接处警机制，做到"有警必接，有求必应，有难必帮，有险必救"，在社会上产生了良好的反映，树立了人民警察为人民的良好形象。交警部门实施"畅通工程"，开展"平安大道"活动，对乱停乱放、非法营运等违章行为进行整治，加强对岗亭、人行道的管理。这些措施，使城市环境更加优美，城市管理更加有序，全市形成了"美化湛江，人人有责"的良好风尚。

为了创优，市交通局对旅游车船公司及全市出租车司机进行培训，培训人数近 2500 人。对全市出租车和公交车线路站点设置进行调整，对出租汽车进行规范管理，统一定做了 2400 套座套，印制 1700 多份乘客须知，印制《湛江市出租汽车行业创建中国优秀旅游城市宣传手册》3000 册，更新车辆 120 多辆。湛江市运通旅游运输有限公司投入 3000 万元购置 26 辆旅游观光巴士和一辆双层观光巴士。湛江航运集团投资 350 多万元，抽调一艘正在琼州海峡盈利的旅游客船改装定名为"红嘴鸥"号，该游船长 48 米，宽 8.5 米，装修豪华，可容 248 名游客。并专门成立湛江市兴湛旅游船务有限公司，开辟港湾游项目，船上还开设湛江特色小食、海鲜火锅、卡拉 OK，受到广大市民、游客的欢迎。"红嘴鸥"号游船填补了湛江市海湾旅游无游船的空白。各旅游景点也加大资金投入，完善各种环境建设。

三、巧思妙想，主题活动丰富多彩

　　创优以来，湛江市积极举办多项主题活动，

如湛江精彩一日游、"评选湛江八景"、举办湛江八景书画、摄影展和诗、文、歌曲比赛，举办湛江美食节，评出湛江"十大名菜""十大名厨""十大名宴""十大名店"。评出金小小叉烧酥、吴川烂镬炒粉、肠粉王、海滨宾馆牛角包等湛江名小吃。

2002 年创优主题活动更加丰富多彩，月月有活动，创优气氛浓郁高涨。在湛江（广州）旅游推介会上，徐少华市长亲自推介湛江旅游，邀请广大海内外游客到湛江"观海赏绿吃海鲜"，收到极好的宣传效应；举办"湛江醒狮表演艺术大赛"，从此，湛江醒狮闻名海内外。2004 年文车醒狮赴法国表演，2008 年湛江文车 100 头醒狮应邀参加北京奥运会开幕式展演；举办"广东省民间表演艺术湛江邀请赛"，东海人龙舞、吴川飘色、叠貔狮、高桩狮、廉江舞鹰雄、潮汕英歌舞等十多种一直活跃在乡村地区的民间艺术走进城市，盛况空前，街道两边人山人海，广大市民大饱眼福，反应十分热烈；"开心广场"文化节日层出不穷；全市军民 11000 多人上街大搞市容环境卫生；26 辆崭新的豪华旅游客车、双层观光巴士大巡游，双层巴士首次盛装出游，每天穿梭于市区和旅游景点，备受市民和旅客的喜爱；国庆黄金周举办"万人创优签名活动"，湛江工业博览会隆重开幕，其间南亚热带旅游推介会、第二届湛江美食节、第二届珍珠节、南珠小姐旅游使者评选活动、相约在中国大陆最南端《湛江之夜》文艺晚会这些丰富多彩的活动成了湛江市创优的良好载体，形成了全民支持创优、参与创优、推动创优的良好局面。

新闻媒体积极配合，《湛江日报》开设"全民行动，参与创优""创优话劣""立此存照"等专栏。《湛江晚报》则设"创建旅游城市""创优在行动"等专栏。湛江电视台的专题节目，湛江电台"整治软环境大家谈""湛江旅游点的故事""湛江旅游知多少""半岛瞭望"节目，中央、省级新闻单位、新闻网站等都及时报道了湛江市创优活动的成果，为创优营造了良好的舆论氛围。

四、不负年华，三年创优显成效

接近三年的付出和艰辛总算有所回报。2003 年 1 月，湛江市创优以 927 分的成绩顺利通过广东省旅游局初检，在规定参评的 20 个大项目中，有 13 个获得满分。初审组给予高度评价，认为"湛江经过创优，已基本具备优秀旅游城市的条件，达到并超过了国家旅游局规定的可申报验收的分数线标准，且游客满意率比较高"。同意推荐湛江市作为中国优秀旅游城市上报国家旅游局验收。

2003 年 3 月 11 日，国家旅游局检查组听取了市领导的创优汇报，观看了创优汇报电视片，全面细致地审阅了 450 多万字的创优资料，现场检查了 60 个旅游及相关经营单位，包括旅游厕所、旅游专线车、临街小食档，现场拨打检查 110、120 紧急救援电话等。经过 5 天紧张的检查验收，国检组对湛江市创优工作总体评价是：政府主导型发展旅游的战略得到进一步落实，旅游业的发展环境进一步优化；城市的现代化旅游功能进一步强化，旅游环境得到有效改善；旅游基础设施建设和旅游资源的开发有了新的起点；旅游市场的管理进一步加强；精神文明建设水平进一步提高。国家旅游局副局长张希钦说："湛江创优已形成了政府主导、部门联动、全民参与的良好局面，全市创优气氛热烈，旅游产业蓬勃发展，湛江旅游业发展活力强，后劲足。"国家检查组组长唐洪广说："可以把湛江创优概括为三句话：'政府创优，企业增收，市民受益。'"由于真抓实干，优质高效，终于高分通过国检。2003年12月10日，湛江被命名为中国优秀旅游城市，创下了湛江市第一个国家级的荣誉。

第二节 从"花园城市"到"国家园林城市"

一、50年代的"花园城市"[①]

20世纪50年代，湛江曾是全国园林绿化的先

---

① 本小节主要根据以下资料整理：吕冠嵘：《几年来湛江"创园"工作的感想》，《广东园林》2005年第B06期，第10—11页；李土寿：《湛江园林的历史、现状与未来》，《广东园林》2005年第B06期，第62—64页。

锋。新中国成立之前，市区到处荒坡秃岭，草木稀疏，公共绿地人均还不到0.5平方米。新中国成立后，城市园林绿化工作得到长足的发展。1955年毛主席发出"绿化祖国"的号召后，湛江市委做出三年（1957—1959）绿化湛江的规划。几年光景，市区和近郊共植树653.38万棵，道路两旁种上风景大苗28.64万棵，实现了三年绿化湛江的规划。在此基础上，开始在市区范围内搞四化（绿化、美化、香化、果化）。同时开始建设海滨公园和西山公园（今寸金桥公园），在人民、友谊、和平和南华四个广场以及路边花坛栽植各种花灌木30多万棵。1959年3月，全国造林园林化现场会议在湛江召开，当时湛江市绿化工作走在全国的先进行列，有"花园城市"的美称。

随后几年，湛江的园林绿化名声在外。拍摄《女跳水队员》的北京电影制片厂、制作《碧海丹心》的八一电影制片厂等都相继来湛江拍摄外景。银幕上形象的展出，扩大了湛江在国内外的知名度。

20世纪70年代至80年代，湛江市的园林绿化道路建设向前推进。霞山区解放东路素有"花街"之称。1984年新建的人民大道分设有机动车道、非机动车道、绿化带、人行道和林荫道，这在当时广东省各地区的街道建设并不多见。

进入新世纪，长江后浪推前浪，后来者居上。深圳、珠海、江门、中山以及邻近的兄弟城市茂名都相继成为国家级园林城市。湛江开始加快追赶的步伐。

二、奋起直追，"创园"展新貌

1998年始，湛江市委、市政府把城市绿化园林建设作为民生工程和形象工程来抓，加大投入的力度。为迎接工博会、海博会，湛江人在四年间紧锣密鼓地整合了绿地园林资源。修建了南桥河、机场路、人民广场、会展中心广场、体育北路，扩建了海滨公园、寸金公园。绿化景点，新开绿道，使湛江园林绿化建设迈进了一大步。

2001年，湛江市政府提出还绿、还海、还岸、还路于民，创建国家园林城市的计划。城市园林绿化建设必须和自然生态保护紧密有机结合起来。文明东西路、金沙湾路、赤坎水库绿道、湖光路口等路面地段被绿化，增大了表面体积和绿量系数，平衡了生态环境，让浓厚的南亚热带植物色调与闹市中的高楼大厦相融合，天然构成空间透视的立体艺术美，步移景异。

三、保护好"城市之肺"

湛江市沿公路沿海岸建设园林绿道取得成效，市民步行 15 分钟可有一块绿地一处小公园休憩，形成都市中绿化景观的点线面。前路永无止境，湛江人又将目光投向"市脉"三岭山国家森林公园，开始环湖环山的绿化工程建设。

霞山区西北面的三岭山、交椅岭、平顶山等纵深宽广的原始次森林，其植被尚未受到很大破坏，是湛江生态绿色的"肺"和"肾"，是不可再生的资源。湛江市委、市政府上下统一了认识，要用法律手段保护起来，严格控制，不得乱采滥伐。1983年，湛江市政府就将三岭山林场更名为三岭山国家森林公园，林地纳入城市绿地管理，按照公园绿地的要求进行规划、建设和维护。

2005 年，湛江市政府着手筹划三岭山国家森林公园、东坡荔园两郊野公园建设。这一年，湛江市开始改造扩建进入三岭山森林公园的百逢路，动工建设赤溪水库环湖路，直到 2010 年，完成了登山通道的建设。

四、"创园"创出湛江经验

仅仅过去三年，湛江人的勤劳汗水终于浇灌出创建国家级园林城市的成功，展现在人们眼前的是近十个公园和绿地景区：中澳花园、南国热带花园、渔港公园、南桥公园、菉塘河湿地公园、赤坎金沙湾、改造后的森林公园和湖光岩等，而且探索出属于湛江的"创园"经验：园林绿化建设坚持人本理念，力求达到功能与景观和谐统一。通过实施"还岸于民、还绿于民、还景于民"工程，大力整治市区海岸，疏浚河道，拆除违章建筑，回收闲置土地，优化绿地系统布局，营建好市民身边的绿化。市区公园绿地全部向市民免费开放，各公园、景区内体育器材和健身步道等配套设施较齐全，绿树成荫，方便市民休闲娱乐，新、老公园都成为市民所喜爱的城市"客厅"。

截至 2011 年，湛江市城市绿地总量稳步增长，市区公园和小游园、小绿地分别增加到 30 个和 63 个，城市建成区的绿地率、绿化覆盖率和人均公

渔港公园（何玮莹　摄）

南国热带花园（林磊　摄）

滨湖公园（林磊　摄）

园绿地面积分别为 36.48%、40.42%和 12.81 ㎡，城市绿化覆盖率居全国环境保护重点城市前列，基本实现了市民从家出门步行 10—15 分钟就可到达公园或小游园的目标，形成"绿色港城、热带风光"的城市品牌风貌。湛江并因此获得了"中国十大休闲城市"称号。

第三节　喜获"海鲜美食"金招牌

现代旅游是一项"吃、住、行、游、购、娱"多元结合的综合性活动。饮食文化是旅游文化中的一个重要组成部分。在旅游活动中，品尝旅游目的地有特色的美食，是游客的必备项目。因此，餐饮业的蓬勃发展能够产生集聚效应，形成专项的餐饮旅游，从而进一步丰富旅游文化的内涵。湛江人常说："食海鲜，到湛江"。湛江海岸线绵长，气候、生态环境造就了丰富的海产品资源。这里是中国重要的渔业基地，捕捞、养殖业发达，不仅有国内最大的海产品批发市场，还有众多水产品加工企业。

湛江人靠海吃海，有悠久的海鲜烹饪传统，海鲜美食文化积累丰富。然而在过去很长的一段时间里，湛江餐饮业对于餐饮品牌形象的建设和经营存在不足，因此，2010年湛江成功申报"中国海鲜美食之都"称号，对于梳理湛江餐饮特色，打造名店名厨名菜品牌，丰富海鲜美食文化内涵，提升旅游品质有着广泛而重要的意义。现将此"海鲜美食"金招牌的申报过程、成果效应整理介绍如下。[①]

一、精心策划，成功"申都"

"中国海鲜美食之都"称号是由中国烹饪协会依据《"中华美食名城"认定管理办法》的规定进行认定的荣誉称号，以表示对某一城市具备一定餐饮文化、餐饮特色和餐饮品牌集群效应的肯定。2008年，湛江市烹饪行业协会在会长梁强先生的带领下，向湛江市经贸局呈送了一份关于申请申报"中国海

[①] 本节内容主要根据以下资料整理：梁强口述，谭启滔整理：《中国首个海鲜美食之都诞生记》，全国政协文史和学习委员会编：《十四个沿海城市开放纪实·湛江卷》，北京：中国文史出版社，2015年版，第259—268页。

鲜美食之都"的报告。烹饪行业协会在报告中指出，湛江资源优势是海洋，湛江的文化是海洋文化，湛江餐饮最具特色的是海鲜美食，并建议应亮出"彩色湛江——中国海鲜美食之都"这一最具区域特色的城市品牌名片。2008 年 12 月，湛江市经贸局向市政府提交《湛江申报"中国海鲜美食之都"称号的工作方案》。2009 年 1 月 15 日，成立湛江市申报中国海鲜美食之都筹备办公室，开展申报前期准备工作。3 月 18 日，市政府办公室《关于成立湛江市申报中国海鲜美食之都领导小组的通知》（湛府办函〔2009〕45 号），批准成立申报领导小组，由时市委常委、副市长赵志辉任组长，黄寒副秘书长、黄戈副部长、刁岚副局长、陈振华副局长等任副组长。领导小组办公室设在市经贸局，刁岚副局长兼任办公室主任，梁强会长任办公室副主任。日常工作由市经贸局和市烹饪行业协会承担。至此，湛江市申报中国海鲜美食之都工作正式启程。

其时市委书记陈耀光、市长阮日生十分关心和支持申报活动，多次主持召开会议研究布置申报工

雷州乌石渔港（王雯婧　摄）

作，对申报工作进行具体指导。市财政专门安排了专项经费支持开展申报工作。市政府召开新闻发布会，让湛江各主流媒体大力宣传"申都"的意义，发动各行各业支持"申都"工作。

2009年3月29日至4月1日，中国烹饪协会和省餐饮服务行业协会领导和专家一行十人，由中国烹饪协会副秘书长李亚光先生带队到湛江考察，指导申报工作。紧接着，5月23日至26日，中国烹饪协会派出专家组到湛进行现场考察，认定"中华餐饮名店、中国名菜、名点、名宴"。同年8月10日至11日，中国烹饪协会派出专家组到湛进行现场认定"中国烹饪大师、名师"。

为了更好地吸取外地打造餐饮品牌的先进经验，2009 年 9 月，由市人大副主任、市总工会主席陈亚德带队的工作组组成湛江市代表团，参加由中烹协与苏州市政府共同主办的全国餐饮品牌考察交流会暨苏州美食节活动，拜会中烹协会会长苏秋成、广东省餐协常务副秘书长陈翔。同年 10 月，副市长梁志鹏带队参加了中烹协与扬州市政府共同主办的第十九届厨师节暨中国首届餐饮品牌市长论坛活动，通过虚心学习兄弟省、市的宝贵经验，不断充实"申都"内容。10 月 9 日至 14 日，市委常委、副市长赵志辉带队工作组到北京拜会中国烹饪协会领导，向中烹协的领导汇报湛江市申报工作进展情况。

11 月 9 日，市政府召开湛江市申报中国海鲜美食之都动员大会。会上市经贸局局长陈鹏飞通报申报工作情况，市委常委、副市长赵志辉做动员讲话，他介绍了湛江市目前的社会、经济发展情况，特别是餐饮业、海产业以及相关行业的发展情况。自 2009 年初提出打造"中国海鲜美食之都"这一构想以来，市政府制定了一系列加快餐饮业发展的政策，用以推动城市餐饮品牌的建设，使全市餐饮业焕然一新。最后，市长阮日生做动员报告。他说："这是湛江市有史以来最大规模的美食行业动员大会，意义重大，将对我市餐饮业的发展产生深远的影响。"阮市长号召湛江向"中国海鲜美食之都"冲刺。湛江市这次的申报工作还得到了时任中共中央政治局委员、广东省委书记汪洋同志的肯定，得到了广东省经贸委的大力支持，并将湛江申报"中国海鲜美食之都"列为 2009 年首次设立的广东省流通品牌扶持项目，拨出 70 万专项资金作为支持。

2009 年 11 月 18 日，湛江市政府向中国烹饪协会提出《关于申请授予湛江市"中国海鲜美食之都"称号的函》（湛府函〔2009〕355 号）。12 月 11 日至 14 日，市长阮日生带队，市委常委、副市长赵志辉，黄寒副秘书长、市经贸局陈鹏飞局长一行到北京拜会中国烹饪协会。

2010 年 1 月 11 日，中烹协组织专家组莅临湛江。1月12日，中烹协专家认定组召开了首次认定会议。当天，市委常委、副市长赵志辉，市政府副秘书长黄寒，广东省餐饮服务行业协会常务副秘书长陈翔，广东海洋大学水产学院教授叶富良，广东海洋大学食品科技学院副院长、教授王维民，湛江师范学院（现岭南师范学院）人文学院教授刘佐泉，湛江师范学院生命科学与技术学院党委书记、教授陈道海，湛江市商业技工学校副校长、高级技师、烹饪师高级考评员谭小敏等湛江专家组成员和湛江市经贸、劳动保障、旅游、统计、海洋渔业、食品药品监督、文广新、宣传等部门领导同志，以及行业协会、有关餐饮企业代表数十人参加了会议。会上播放了湛江市申报中国海鲜美食之都专题录像片，副市长赵志辉做了关于申报"中国海鲜美食之都"的陈述报告。认定组还与湛江专家组成员进行了交流。

会后，认定组考察了湛江美食街区，并前往湛江霞山水产品批发市场、新菉丰、新大天然、海上世界等知名餐饮企业和国联水产公司、特呈岛、硇洲岛、广东海洋大学等单位进行了深入考察调研。1月13日下午，经过两天紧张的实地调研考察后，中烹协专家认定组在皇冠假日酒店召开考察总结会议，专家认定组对湛江申报"中国海鲜美食之都"所开展的各项工作给予了充分的肯定，认为湛江具有得天独厚的海洋优势，拥有丰富的海鲜美食资源基础；海鲜美食产业发展取得了显著成效，特色突出，烹饪技法鲜明；悠久的历史文化渊源不断得到挖掘传承；发展海鲜美食产业具备可靠的人才保障；政府高度重视，大力支持产业发展；海鲜美食品牌建设取得了显著成效。同时，认定组认为按照中国烹饪协会《"中国美食名城"认定管理办法》规定的条件与标准，湛江市达到了主要指标要求，具备了"中国海鲜美食之都"的基本条件，可以提交中国烹饪协会予以审核。

2010年1月15日至30日，中国烹饪协会在网站上予以公示，中国烹饪协会将授予湛江市"中国海鲜美食之都"称号。2月2日，中国烹饪协会正式授予湛江市"中国海鲜美食之都"称号。

二、借申报东风，促行业发展

此次申报活动显著提升了餐饮企业的品牌意识和服务质量，成功打造了一批名店、名厨、名师、名菜，大大充实了湛江饮食文化品牌。

其中，七家酒店获得"中华餐饮名店"称号，分别是御唐府鲍满楼、银海酒店、新菉丰大酒楼、金辉煌酒店、金海酒店、利苑金阁酒家、海洋世界酒楼。

九个菜式获"中国名菜"称号，分别是御唐府鲍满楼"鲍汁扣原只干鲍""霸王海星汤"、飞奴鸽馆"红烧乳鸽皇"、红嘴鸥海港渔村"海鲜全家

花蟹（王雯婧 摄）

金鲳鱼（王雯婧 摄）

180

福（鱼虾蟹煲）"、金辉煌酒店"柱皇凉瓜炖排骨""乡下米酒焗血鳝沙龙""霹雳沙追鱼"、新菉丰大酒楼"菉丰白切鸡""菉丰地炉猪"。三个糕点获"中国名点"称号，分别是金辉煌酒店"大树菠萝包""椰汁腰豆糕"，新菉丰大酒楼"菉丰鲍鱼酥"。

三人获得"中国烹饪大师"称号，分别是湛江大海湾渔村董事长陈国兴，湛江市小旺角酒楼行政总厨李君茂、李君雄。四人获得"中国烹饪名师"称号，分别是湛江新菉丰大酒楼行政总厨林胜江、湛江皇冠假日酒店行政总厨张安明、湛江中国城大酒店行政总厨林志来、湛江新新格里拉大酒店行政总厨黄光星。

三、擦亮美食品牌，助推旅游发展

按照《"中国美食名城"认定管理办法》的规定，"中国海鲜美食之都"荣誉称号需每五年复审一次。称号的申报只是"头盘"，如何持续擦亮这块美食金招牌，切实促进湛江餐饮业跨越发展，提升城市美誉度，才是考验城市管理者和餐饮业从业者功夫的"主菜"。

自 2010 年荣获"中国海鲜美食之都"称号以来，湛江饮食服务业商会（湛江市烹饪行业协会）和湛江"中国海鲜美食之都"品牌发展中心在湛江市委、

炭烧生蚝（王雯婧　摄）

市政府的指导和支持下，持续开展"中国海鲜美食之都"美食名店、名师、名菜（点）、名宴等"四名工程"的评选推介工作。此外，湛江市还积极开

展"中国海鲜美食之都"名镇、名街、名产、名小吃等"新四名工程"的品牌认定工作，系统促进湛江海洋美食文化的创新、推广和营销。

据不完全统计，2016 年，全市规模以上的餐饮企业有 135 家，个体工商户经营的大排档有 10000 多（档）个，从业人员 80 多万人，餐饮和住宿业年零售额累计达 162.04 亿元。其中餐饮业零售额由 2010 年的 81.1 亿增长至 2016 年的 149.3 亿元，年均增长 10.71%，全市餐饮行业与企业规模持续扩大，发展质量和水平明显提高。①

在全市餐饮业健康快速发展的同时，湛江文旅部门也围绕"中国海鲜美食之都"品牌多做文章，开发特色海鲜美食旅游线路，配合"四名工程"进行宣传推介，邀请国家知名电视媒体打造专题宣传片、纪录片，打造"海洋周""开渔节"等节日庆典活动，进一步促进美食旅游消费，提升湛江海鲜美食在全国乃至世界的知名度。

---

① 何有凤：《"中国海鲜美食之都"湛江：让美食文化扬名四海》，载湛江文明网 2017 年 8 月 4 日 http://gdzj.wenming.cn/toutiao/201708/t20170804_4662876.shtml。

第五章
湛江旅游文化新篇章

进入 21 世纪的第二个十年，中国旅游业的发展显著提速，在旅游活动中享受美好生活成为人们的共同追求和时代潮流。人均国民收入的提高，国家假日制度的调整，高速铁路、高速公路、民航航线网络的丰富完善，互联网经济带动下旅行社、酒店业、旅游文创产品的服务创新，种种条件都催化着我国大众旅游时代的成熟繁荣。2011年，我国国内旅游人数 26.4 亿人次，是 2002 年的 3 倍；国内旅游收入 1.93 万亿元，是 2002 年的近 5 倍；出境旅游人数 7025 万人次，是 2002年的 4 倍多；出境旅游消费达 726 亿美元，排名世界第三。①到了 2019 年，国内旅游人数已达 60.1 亿人次，国内旅游收入达 5.73 万亿元，出境旅游人数高达 1.55 亿人次，旅游业各项主要发展指标皆创新高。②人们对于旅游活动的需求日益呈现出多样性、差异化的特点：一是从单一的观光游向综合的休闲度假游转变，人们在旅游目的地不仅追求游山玩水、赏景观花、增长见闻，还期盼旅游能够带来不同于日常生活的身心愉悦和放松。二是从单个景区游向全域游、生活体验游转变，天南地北、民风民俗、一地一城一村都是旅游去处，人们更乐于融入当地生活，体验独特的地方文化。三是从团队游向自助游、分众游转变，旅游方式更加丰富多样，自驾游、房车游、邮轮游、背包游、研学游等项目层出不穷，无论是"千禧

———————

① 《十六大以来旅游业发展述评之一：十年发展铸辉煌》，载中央政府门户网站 2012 年 9 月 13 日 http://www.gov.cn/govweb/gzdt/2012-09/13/content_2223589.htm。

② 《中华人民共和国文化和旅游部 2019 年文化和旅游发展统计公报》，载文化和旅游部政府门户网站 2020 年 6 月 20 日 https://www.mct.gov.cn/whzx/ggtz/202006/t20200620_872735.htm。

一代"，还是"银发一族"都能来一场"说走就走的旅行"。

旅游成为人民生活的常态和"刚需"，需求转型升级倒逼供给侧创造新产品，提供优服务。2009年12月1日,《国务院关于加快发展旅游业的意见》（国发〔2009〕41号）正式颁发，明确提出"把旅游业培育成为国民经济的战略性支柱产业和人民群众更加满意的现代服务业"。2013年2月，国务院发布《国民旅游休闲纲要（2013—2020）》。国家对"国民旅游休闲"概念的提倡表明了旅游业服务主体由"游客"扩大至全体"国民"，发展方向也由以往重旅游而轻休闲转为强调旅游与休闲的有机融合。同年10月1日，首部《中华人民共和国旅游法》正式施行，这部酝酿了30多年，历经三次审议的法律在保障旅游者和旅游经营者的合法权益、规范旅游市场秩序、保护和合理利用旅游资源、促进旅游业持续健康发展等方面具有重大的现实意义，标志着中国旅游业进入了有法可依的良性发展阶段。2014年8月，国务院发布《关于促进旅游业改革发展的若干意见》（国发〔2014〕31 号），提出促进旅游业的改革发展应树立科学旅游观，通过深化旅游改革、推动区域旅游一体化等措施增强旅游发展动力，通过积极发展休闲度假、乡村旅游、研学旅行、老年旅游等项目拓展旅游发展空间，并且进一步优化旅游发展环境和完善旅游发展政策。该文件还附有《重点任务分工及进度安排表》，分工安排涉及旅游局、外交部、财政部、发改委、教育部、国土资源部、商务部等 20 多个政府部门，真正体现旅游综合管理、融合发展的新趋势，为我国旅游业在转型改革关键时期的发展提出更细、更实的指导意见。

2018 年，在中国特色社会主义进入新时代的背景下，新一轮党和国家机构改革正式启动。2 月 28 日，十九届中央委员会第三次全体会议通过了《中共中央关于深化党和国家机构改革的决定》。3 月，中共中央印发《深化党和国家机构改革方案》，提出将国务院文化部、国家旅游局职责整合，组建文化和旅游部，作为国务院组成部门，同时不再保留文化部、国家旅游局，以增强和彰显文化自信，坚持中国特色社会主义文化发展道路,统筹文化事业、文化产业发展和旅游资源开发，提高国家文化软实力和中华文化影响力。在《深化党和国家机构改革方案》公布的第二日，国务院办公厅印发《关于促进全域旅游发展的指导意见》，明确提出推动旅游业从门票经济向产业经济转变，从粗放低效方式向精细高效方式转变，从封闭的旅游自循环向开放的"旅游+"转变，从企业单打独享向社会共建共享转变，从景区内部管理向全面依法治理转变，从部门行为向政府统筹推进转变，从单一景点景区建设向综合目的地服务转变。

至此，坚持融合发展、打造全域旅游已经明确成为新时代中国旅游业的发展方向。关于"全域旅游"的解释，最早见于原国家旅游局 2015 年下发的《关于开展国家全域旅游示范区创建工作的通知》（旅发〔2015〕182 号），其中提出："全域旅游是指在一定的行政区域内，以旅游业为优势主导产业，实现区域资源有机整合、产业深度融合发展和全社会共同参与，通过旅游业带动乃至于统领经济社会全面发展的一种新的区域旅游发展理念和模式。"在这个官方定义里，我们可以了解到"全域旅游"这一全新的旅游发展理念和发展模式与"融合发展"是深度联系的，这至少包含资源、产业和人员三方面的融合，而且这种融合是体现在一定的行政区域内的。因此，全域旅游的发展实际上离不开旅游学意义上的旅游目的地建设。

旅游目的地与客源地相对应，由旅游通道将两者相连接从而形成完整的旅游系统。根据传统的旅游理论，旅游目的地更多地被认为是一个明确的地理区域。2002 年，世界旅游组织将旅游目的地确切定义为一个游客至少停留一个晚上的物理空间，这个空间包括旅游产品和服务，是具有地理区域和行政界线的，可以通过影响市场竞争力等方面的要素来体现管理活动、形象和旅游者满意度。①世界旅游组织的这一定义除了突出旅游目的地的地理空间

---

① 张科、李璐主编：《旅游学导论》，北京：北京理工大学出版社，2016 年版，第 108—109 页。

属性外，还强调了目的地吸引力要素的组成。因此如何提升目的地的旅游吸引力一直是目的地研究的重点领域，其中，营销是影响旅游目的地市场竞争力的重要条件。在当前的旅游目的地营销研究中，目的地的营销主体、目的地的形象、目的地的营销传播工具以及营销案例都是研究的重点。

就目的地的营销主体而言，由于旅游目的地具有综合性、文化性、多用途性等特点①，其管理和营销必定涉及政府多部门协作和社会多方利益，因此，世界上许多国家的政府都选择承担起旅游目的地的营销责任，从而成为旅游目的地的营销主体。在我国现代旅游业形成发展的数十年经历中，从产业定位调整，政企有序脱钩到政策持续创新，政府一直发挥着主导作用，旅游目的地层面的营销基本上由政府旅游管理部门负责完成，形成了一种中国特色的"政府主导型"旅游发展模式。②本章即从

① 张科、李璐主编：《旅游学导论》，北京：北京理工大学出版社，2016年版，第110—111页。
② 厉新建、时姗姗、刘国荣：《中国旅游40年：市场化的政府主导》，《旅游学刊》，2019年第2期，第10—13页。

190

旅游形象、旅游线路、旅游营销三方面，介绍21世纪以来，尤其是第二个十年间，在政府主导下，湛江旅游发展的新动态。

第一节　湛江旅游新形象的形成

对于旅游目的地而言，形象是旅游目的地引起旅游消费者注意的关键，只有形象鲜明的旅游目的地才能更容易被消费者所认知。面对激烈竞争的旅游市场，形象策划已经成为旅游目的地提高自身吸引力的重要途径。国内外一系列深入人心的城市形象为此提供了绝佳的案例，如"浪漫之都"之于巴黎，"购物天堂"之于香港，长沙的"网红"标签，成都的"悠闲"气质。影响旅游消费者形象认知的因素是多维度的，涉及市场学、广告学、心理学、传播学、地理学、文化学、社会学等诸多领域。因此，策划者在设计旅游形象时，不仅要对旅游主体——旅游者进行市场化分析，评估游客的旅游感受和偏好，还需要根据目的地的地理环境和历史文化提炼出独特的文化内涵，以区别于其他目的地。从这个意义上讲，旅游目的地的形象策划既是一种市场营销方式，也是一种特别的文化展示。湛江城市管理者对城市形象的打造起步于 21 世纪之初，经过近二十年的凝练和打磨，湛江城市形象逐渐实现了由隐至显的转变。本节将按时段分别介绍这一过程。

一、"十五"时期的旅游形象

踏入世纪之交，湛江城市管理者经过前二十年的摸索和尝试，为湛江构筑起了一个初具规模的旅游形象。这个初步的形象规划可在《2002 年湛江市政府工作报告》和《湛江市国民经济和社会发展第十个五年计划纲要》两份文件关于旅游业的内容细节中体现出来。

在《2002 年湛江市政府工作报告》中，湛江市政府首次对旅游业在经济产业中的位置做出清晰的厘定："把旅游业作为优先发展的重点产业"，并第一次提出了"相聚在中国大陆最南端"的主题口号，开始打造湛江旅游品牌。直至"十五"时期最后一年的《政府工作报告》，已经可以清晰地看到湛江旅游形象表达为：宣传"相约在中国大陆最南端"的旅游品牌，以独特的红土文化、蓝色海滨、绿色生态为主线。

中国大陆南极村（何苑莹　摄）

结合《湛江市国民经济和社会发展第十个五年计划纲要》关于旅游业发展的描述：充分发挥湛江市丰富的海洋文化、滨海滩涂、南亚热带风情和餐饮购物等优势，挖掘历史文化资源，加强旅游业的规划设计，利用各种媒体大力宣传湛江的旅游资源、设施以及优美的风光，建设和完善一批休闲度假旅游观光景点，创建"中国优秀旅游城市"。

一是利用海岸沙滩资源，发展和完善滨海旅游度假区，重点建设和完善东海岛、吉兆两个省级度假区和硇洲岛、南三岛、徐闻白沙湾等一批滨海旅游点；利用徐闻角尾省级热带珊瑚资源保护区、硇洲岛斗龙角、乌石东土角和康港盐庭角等四处热带珊瑚礁开发潜水旅游；利用丰富的海洋生物资源和红树林资源，发展海上田园和海洋生物博物馆等一批形式多样的滨海旅游项目。二是利用热带亚热带气候特点，建设雷州半岛南亚热带生态农业旅游带和南亚热带作物研究所"精品百果园"。三是完善湖光岩、雷州历史文化名城等景点的配套设施，开发徐闻古代丝绸之路始发港、解放海南岛渡海作战纪念馆等景点旅游，争取徐闻古丝绸之路始发港列为世界文化遗产。四是在继续巩固与丽星邮轮合作的基础上，争取与更多的邮轮公司合作，签订长期协议，扩大国际豪华邮轮的接待任务。五是发展具有地方特色的旅游商品和海洋美食。到2005年，旅游接待总人数达到492万人次，旅游总收入达到35亿元，其中旅游外汇收入1000万美元。

可以看出，在此《纲要》中的湛江旅游发展规划的重点仍是独立的景区旅游建设，邮轮旅游和旅游购物等新兴旅游项目被置于次要位置。与此同时，《纲要》对湛江的优势地理资源、气候资源和历史文化资源做出了准确的把握。

因此，在整个"十五"时期，湛江的旅游形象概括起来就是"一个主题、三种色调、四种风格"。一个主题是相约在中国大陆最南端；三种色调是蓝色之旅、绿色之旅、红色之旅；四种风格是热带风光、海洋风韵、火山风貌、红土风情。在此形象定位上开发出三大旅游品牌路线：

（一）蓝色滨海休闲度假旅游

以东海岛省级旅游度假区、吉兆湾省级旅游度假区，南三岛市级旅游度假区、吴阳金海岸市级旅游度假区、徐闻白沙湾市级旅游度假区、雷州乌

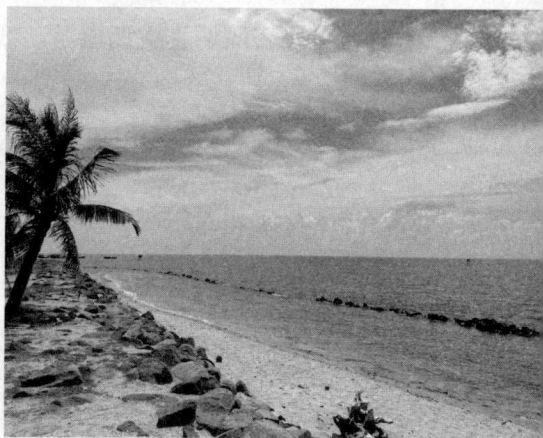

徐闻海岸（王雯婧　摄）

195

石天成台度假区为主要景点，辅以"军港、商港、油港、渔港、旅游港"的"五港一湾"优势。

（二）绿色自然生态观光旅游

以湖光岩为主体的南亚热带生态旅游圈和中国最大的人工桉树林、中国最大的剑麻园、中国最大面积菠萝种植园、中国大陆近海惟一保存最完好的珊瑚自然繁殖区、中国大陆沿海面积最大、树种最多的天然红树林组成的热带农业旅游观光带。

（三）雷州红土风情文化旅游

以国家级历史文化名城雷州、海上丝绸之路始发港徐闻、硇洲岛宋王古迹为主要景点，体验湛江民俗风情为主的旅游路线。

二、"十一五"时期的旅游形象

相对于"十五"时期立足景区建设的规划思路，湛江旅游管理者在"十一五"时期显然具有强烈的品牌意识。目的地旅游品牌和旅游形象是一对既相互联系又相互区别的概念。形象相对于具象而言，是人们对具体事物的感知印象。旅游形象，对于旅游地而言，是指旅游地对本身的各种要素资源进行整合提炼，有选择地对旅游者进行传播，希望旅游者获得并形成的印象。旅游形象是旅游地旅游资源硬件形象和内在精神文化软件形象的有机统一。旅游品牌则是旅游管理者和经营者以旅游地的资源条件为基础，提炼出的用于代表其自身产品或服务特征的符号系统。旅游品牌可以是代表旅游地资源特质或个性的一系列名称和标志。旅游形象往往通过多个旅游品牌来展示。2006年，湛江市编制了《湛江市旅游业"十一五"发展规划》，规划立足"蓝、绿、红"三大旅游资源特色，构建起六大特色旅游品牌。

（一）湖光岩世界地质公园品牌

以湖光岩火山旅游区为龙头，建设"湖光三角生态旅游区"，促进金鹿园、南亚热带植物园、森林公园、麻章云脚古樟树林和麻章旧县村、庐山村、通明村等景观建设。

（二）滨海休闲度假游品牌

以市区"一湾两岸"风光为主景观，包装"红嘴鸥"游船港湾游线路，发展港湾游、岛屿游、潜水游、渔家乐等旅游项目。引进湛江市中鑫有限公司开发特呈岛滨海旅游项目，抓好东海岛、吴川吉兆湾、雷州天成台、徐闻白沙湾等休闲度假项目建设。

（三）乡村旅游特色品牌

湛江市新农村建设涌现出一大批村容整洁、风景优美、村风文明的新农村，成为旅游的新亮点。其中吴川蛤岭村、林屋村，廉江新屋仔村，雷州邦塘村，徐闻广安村、包宅村等乡村开发农家乐、渔

坡头区乾塘荷花节（何苑莹　摄）

家乐等旅游项目。开发廉江绿色生态游、吴川全国文明村风情游、雷州历史文化游、徐闻生态文明游等线路。

（四）工业旅游特色品牌

推出湛江中粮可口可乐文化长廊，湛江港 30 万吨级油码头、20 万吨级铁矿石码头、集装箱码头，广东富虹油品生产流程等工业旅游线路。

（五）海鲜美食旅游品牌

举办湛江旅游美食节和吴川特色美食节，引导餐饮企业突出海鲜特色，提高经营管理水平，打响"食海鲜到湛江"品牌。

（六）红土文化旅游品牌

雷州半岛喜闻乐见的民间艺术受到国内外游客的喜爱。醒狮、人龙舞、舞鹰雄、飘色等民间艺术多次参加省、国家、国际的大型活动，屡获大奖。雷祖祠、雷州石狗、徐闻贵生书院、吴川状元故里等景点因集中展示雷州红土文化特色，成为热门旅游线路产品。同时组织东海岛人龙舞文化节、硇洲妈祖节等多项节庆活动，打响红土文化旅游品牌。

三、"十二五"时期的旅游形象

进入"十二五",湛江旅游发展迈入精细规划期。湛江市旅游局于 2011 年 3 月对《湛江市旅游产业发展规划（2010—2020）》（以下简称《产业发展规划》）进行了公示。①该《产业发展规划》响应了《国务院关于加快发展旅游业的意见》（国发〔2009〕41 号）和《中国旅游业"十二五"发展规划纲要》等文件的要求,重新确认了旅游产业在湛江经济建设发展中的重要位置,即旅游产业是湛江市促进发展方式转变的重要抓手,是扩大内需的重要抓手,是绿色发展的重要抓手,是城乡一体化的重要抓手,是创业富民的重要抓手,是建设幸福湛江的重要抓手。旅游产业是湛江市战略性支柱产业,是现代服务业的领航产业,是湛江市现代产业体系的重要组成部分。

---

① 《产业发展规划》详情参见《湛江旅游产业发展规划（2010—2020）公示》,湛江市人民政府门户网站 https://www.zhanjiang.gov.cn/whgdlytyj/zwgk/gkmllssj/content/post_7106-55.html。

更可喜的是，《产业发展规划》明显转变了过去以景区旅游为中心的规划思路，突出了区域协作、产业融合、旅游项目多样并举的新发展方向。《产业发展规划》将湛江市旅游空间布局确定为"一心一带两极三板块"格局。"一心"指旅游业中心以湛江市区为中心。"一带"指围绕环雷州半岛公路分布的主要旅游景点而形成旅游产业带。"两极"即吴川旅游业增长极、徐闻旅游业增长极。"三板块"指：①海洋度假旅游板块，以湛江市区和吴川为中心，以海洋度假旅游为特色，包括吉兆湾旅游度假区、南三岛旅游度假区、特呈岛旅游度假区、东海岛旅游度假区及硇洲国际文化旅游岛等旅游资源，该板块内旅游资源品位高、特色鲜明，开发投入大，适宜于中高端旅游度假群体，是湛江旅游发展的核心区域；②生态观光旅游板块，以廉江、遂溪为中心，以农业生态观光游为主体，包括鹤地水库、高桥红树林小区、杨桃沟、南方国家级林木种苗示范基地、银河富贵竹基地、洋青马铃薯和西红柿种植基地等旅游景点，该板块内资源分布较为集

高桥红树林（何苑莹　摄）

中，覆盖面积大，旅游容量大，适宜于大众化、周边游及周末游旅游市场，是湛江对接北海旅游业发展的重要区域；③历史文化旅游板块，以雷州和徐闻为中心，以雷州历史文化为特色，包括雷祖祠、三元塔、真武堂、伏波祠、天宁寺、大汉三墩、贵生书院、徐闻古港、登云塔、徐闻博物馆、雷州博物馆等独特文化旅游景点，该板块内旅游资源文化特色突出、地方色彩浓厚、独特性强，适宜于进行差异化旅游产品开发，同时该区拥有国内少有的观看海上落日的天成台旅游度假区，是通往海南的必经之路，是湛江市旅游开发的亮点区域，也是海南国际旅游岛客源外溢的重要吸引力源。

《产业发展规划》还分区域详细地指出了湛江

各县市区旅游业发展方向：

（一）湛江市区旅游业发展方向。湛江市市区是整个粤西旅游区的旅游业中心，也是南中国海洋度假休闲旅游中心，是一个综合性的旅游集散中心，实现对全市旅游业开发的组织功能，更主要的是体现为旅游服务接待中心和各类大型活动的举办场所。同时，湛江市内观光、度假休闲旅游资源丰富，具有旅游开发的良好基础和条件，应将城市建设与城市旅游结合起来，完善城市绿化、各类接待设施的建设，重点建设商务旅游、海洋度假、都市娱乐休闲、城郊休闲等旅游精品，着力打造"魅力港湾"旅游度假城市名片，建设"五岛一湾"滨海旅游产业园和"大湖光岩旅游区"。

赤坎区旅游业发展方向：充分发挥中心城区的区位优势，集中建设海鲜美食基地，培育成为中国海鲜美食旅游龙头。依托历史文化沉淀，打造城市文化娱乐演艺项目集中区。重点建设湛江会展中心、三民古街、调顺岛及金沙湾观海长廊一带，打造广东最富特色的滨海夜市，发展特色购物旅游。

霞山区旅游业发展方向：大力建设特呈岛旅游区，打造国际度假会议中心和海岛旅游精品，建设文明生态旅游新海岛。充分利用延安路法式建筑群，建设法国风情精品休闲街，以酒吧咖啡吧为主要业态，打造法式浪漫休闲体验旅游的龙头。打造霞山港湾旅游精品，建设渔人码头，打造渔港、商港、油港、军港、旅游港和谐游线路。

坡头区阳光玫瑰葡萄庄园（林磊 摄）

坡头区旅游业发展方向：充分发挥港口、区位及优美环境等优势，重点发展高端海洋度假、游艇度假旅游产品。打造邮轮母港、游艇基地，成为湛江游艇度假旅游业龙头，国内知名的高端海洋度假、游艇度假旅游目的地。积极打造东海岸滨海度假休闲品牌，建设海东新区旅游新亮点；重点建设海湾运动精品项目，建设炭之家康体养生特色项目。

麻章区旅游业发展方向：重点建设大湖光岩旅游区。以湖光岩世界地质公园建设 5A 级景区为龙头，整合海洋大学海洋生物馆等旅游资源，打造全国科普教育旅游示范性基地。以康琦赛欢乐世界、南国花卉科技园为重点，结合东坡荔园、湖光农场等旅游资源，发展高端旅游农业产业园，打造现代农业旅游精品；以交椅岭为依托发展高端体育休闲度假项目。以旧县、庐山村、通明村等为重点，发展特色文化风情旅游项目。

湛江经济技术开发区旅游业发展方向：凸显"大工业、大旅游"的发展格局，成为高端商务旅游和工业旅游的龙头。中心城区打造中央商务区；东海岛建设旅游产业园，形成有全国影响力的滨海旅游产业园和工业旅游示范区。以旅游产业园为形式，重点开发东海岛、南屏岛高档商务旅游区、高端度假休闲旅游产品,形成国际水准高端商务旅游精品。重点打造硇洲岛国际文化旅游度假区，张扬湛江历史文化特色。

（二）湛江各县市旅游业的发展。吴川市旅游业发展方向：利用优质海岸资源，建设高端度假旅游精品，成为高端度假旅游业龙头。利用优质海岸实施集聚开发，全力打造吉兆湾精品度假旅游区。结合吴川丰厚的文化底蕴，打造梅菉古镇精品文化旅游区。

廉江市旅游业发展方向：突出修建鹤地水库水利枢纽工程的社会主义建设精神，成为湛江市红色旅游龙头，建设成为与红旗渠媲美的有一定国际影响力的红色旅游精品。把高桥红树林打造成为经典生态旅游区，利用杨桃沟百果园景观和中国红橙之乡的优势，打造农业休闲旅游产品。利用茶叶种植基地，打造茶文化生态休闲旅游区。

遂溪县旅游业发展方向：创新养生开发模式，打造"遂溪南中国休闲养生示范园"品牌，建设中国福利旅游示范区，成为养生旅游业龙头。挖掘醒狮文化，建设中国醒狮城。结合现代农业，开展农业旅游，形成特色鲜明的生态农业旅游产品。

雷州市旅游业发展方向：利用雷州历史文化古城品牌，开发雷祖祠等一批雷州文化旅游精品景点，利用"雷州换鼓"中国四绝之首，结合雷歌雷剧等精彩地方文化，打造大型文化旅游演艺项目。充分利用天成台、赤豆寮岛等优质资源，在全国率先提出"中国大陆最美落日景观"，结合历史文化资源，打造国际滨海度假旅游精品，建设成为海洋文化度假休闲龙头。

徐闻县旅游业发展方向：利用中国大陆最南端和珊瑚礁资源优势，建设滨海观光精品旅游区。利用海上丝绸之路的始发港，形成海洋休闲度假旅游业重要基地，文化体验型休闲度假旅游精品集中开发区域。打造"古法恋海，梦境龙宫"品牌，建设文化体验型度假旅游业龙头。打造大汉三墩文化旅游精品，在罗斗沙建设中国最具吸引力的海岛高尔夫基地，在杏磊湾一带海岸建设温泉度假旅游区，在白沙湾至青安湾一带海岸建设文化体验型休闲度假旅游精品集中开发区域，积极建设游艇码头，形成连接湛江市"五岛一湾"度假区和海南国际旅游岛的重要节点。

2012 年 12 月 19 日，湛江市人民政府在海南省海口市喜来登度假酒店举行湛江城市旅游形象标识新闻发布会，正式公布湛江启用"湛蓝海天、云浪呈祥"的城市旅游形象标识图案。发布会对相关形象标识图案的含义寓意进行了解释。该图案以中国传统的"祥云"图案为蓝本，改变为"海浪"形状。海浪是海洋文化的标志，彰显了湛江南国海湾城市的特色；五彩祥云表达了缤纷半岛、多彩湛江的寓意。祥云与海浪形貌合一，"湛江"字体立于其上，表达出新时期湛江人"胸怀理想、艰苦奋斗、开放兼容，勇立潮头"的精神。

图案整体色彩丰富，融合了湛蓝、青绿、金黄、橙红、洁白等色素，集中表现出湛江的蓝天、白云、碧海、银沙、绿野与红土风情等优美的自然生态与人文特质，突显"多彩湛江"的城市旅游特色，切合湛江市"黄金海岸、热带绿都、天南古邑、魅力

港城"的城市旅游品牌定位。^①

四、新时代的旅游新形象

2015 年 6 月，湛江市旅游局发布了《湛江市滨
海城市旅游规划（2015—2030）》（以下简称《滨

金沙湾滨海休闲旅游区（林磊　摄）

① 路玉萍、林洪强：《湛江旅游形象标识昨于海口发布》，
载《湛江日报》2012 年 12 月 20 日（A01）。

海城市旅游规划》），提出把旅游业作为湛江五大产业之一发展，将湛江城区打造为南中国海洋休闲度假旅游组织中心、国际旅游半岛核心、国际一流的滨海城市旅游度假目的地。该文件的发布标志着湛江市正式确立以"国际滨海度假休闲城市"为主形象的旅游发展方向。

值得注意的是，《滨海城市旅游规划》只涉及湛江市中心城区及五岛一湾。湛江中心城区即是包括赤坎区、霞山区、麻章区、坡头区及湛江经济技术开发区（包括东海岛）行政管辖范围内的22个街道办事处及原麻章镇（规划镇改街道），以及湖光、东简、东山、南三、龙头等镇的部分用地范围，总面积约762.2平方公里。五岛一湾（与中心城区部分重叠），包括湛江湾、特呈岛、南三岛、东海岛、硇洲岛、南屏岛，总面积约1617.8平方公里，其中陆域约553.2平方公里，水域面积约1064.6平方公里。[①]这样的规

① 《滨海城市旅游规划》详情参见《湛江市滨海城市旅游规划（2015—2030）公告》，湛江市人民政府门户网站 https://www.zhanjiang.gov.cn/xxgk/ghjh/zxgh/content/post_106540.html。

划范围主要是适应2012年7月广东省人民政府发布的《广东省滨海旅游发展规划（2011—2020）》对环湛江湾滨海旅游组团和湛江五岛一湾战略性旅游区域的定位，配合广东省塑造"活力广东、欢乐滨海"的旅游整体形象。

2016年4月，在湛江市十三届人民代表大会第六次会议上审议通过的《湛江市国民经济和社会发展第十三个五年规划纲要》再次明确提出，将在"十三五"时期提升发展滨海旅游业。重点凸显"湛蓝的海、湛蓝的天"旅游优势，擦亮"黄金海岸、热带绿都、天南古邑、魅力港城"旅游品牌，实施3844旅游工程[①]，把湛江建设成为国家级滨海度假休闲旅游目的地，争创广东省滨海旅游示范市。

2017年10月，广东省人民政府发布《广东省沿海经济带综合发展规划（2017—2030）》，提出进

---

① "3844"工程中的"3"，即《湛江市滨海城市旅游规划三年行动计划》；"8"即8大建设工程，包括国家旅游休闲区创建工程、脚印城市建设工程、花园城市提升工程、夜色港城营造工程、城市友好度提升工程、城市影响力提升工程、旅游安全保障提升工程、旅游产业深化改革创新工程；"44"即44项重点工作任务。

一步加强陆海统筹规划建设，优化区域经济布局，拓展蓝色经济新空间，以打造更具活力和魅力的广东黄金海岸，建设具有全球影响力的沿海经济带。该文件第八章明确提出规划建设连通潮州至湛江的滨海旅游公路，促进"交通+旅游"发展新模式，打造高品质滨海旅游带。其中，环雷州半岛组团被列为全省"七组团"滨海旅游布局之一，确立重点发展滨海城市观光、海岛休闲度假、商务会议、海上运动、生态休闲、海峡文化、军港文化等多元化滨海旅游，主要包括吉兆湾、湛江湾、雷州湾、白沙湾、角尾湾、安铺港以及东海岛、特呈岛、硇洲岛、南三岛、南屏岛等。[①]至此，湛江滨海旅游城市的建设由以中心城区和五岛一湾为重点扩展至雷州半岛全域，"全域旅游"的战略发展理念愈发凸显。

2018年4月8日，国务院机构改革后新组建的文化和旅游部正式挂牌。旅游业国家层面的"文旅融合"发展方向得到体制上的确定。8月，中共中

---

① 文件参见广东省人民政府门户网站 http://www.gd.gov.cn/gzhd/zcjd/wjjd/201712/t20171205_262514.htm。

央办公厅、国务院办公厅印发《文化和旅游部职能配置、内设机构和人员编制规定》，即文化和旅游部的"三定"方案。方案出台后，全国大部分省份新组建文化和旅游厅，海南省则新组建旅游和文化广电体育厅。10月25日，广东省文化和旅游厅正式挂牌。一个月后，湛江旅游界就行动了起来，参与到文化和旅游深度融合的探索。11月24日，由广东省文化和旅游厅主办，湛江市旅游局承办的2018中国海博会滨海旅游发展论坛在湛江奥体中心举行。论坛围绕"新形势下，滨海旅游创新发展之路"的主题，邀请了国内外众多专家学者就国家政策、行业布局、文旅融合、实例分享等方面，探讨滨海旅游发展现状及前景，为推动滨海旅游实现形式多样化、特色个性化和可持续发展献言献策。①

2019年1月2日，湛江市文化广电旅游体育局揭牌成立。在完成市辖各县市区文化广电旅游体育局新建改组后的第一个"五一"假期，"2019湛江

---

① 何有凤、康豪乾：《探讨滨海旅游，创新发展之路》，载《湛江日报》2018年11月25日（A03）。

湾文化旅游节"成功举办。文化旅游节采取"主会场+分会场"联合的方式，以金沙湾滨海旅游区为主会场，吴川鼎龙湾景区、雷州茂德公古城景区、

吴川鼎龙湾（何苑莹　摄）

遂溪孔子文化城景区、赤坎埠里市集和霞山特呈渔岛度假村为分会场，举行 13 项特色文旅活动，推出 10 条"品游湛江湾"特色文化旅游线路，共接待游客达 311.66 万人次。

2021 年 8 月，湛江市人民政府发布《湛江市国民经济和社会发展第十四个五年规划和 2035 年远

景目标纲要》。^①"滨海旅游业"被列为湛江特色现代产业体系重点发展产业之一。从具体规划目标来看，"将湛江打造成为国际滨海旅游目的地、全国全域旅游示范市、中国南方冬休基地、北部湾和粤西地区旅游中心"的定位与"十三五"时期确立的"国际滨海度假休闲城市"形象保持一致。在优化全域旅游空间结构和具体旅游项目的打造方面，"十四五"的规划内容有了质的提升。华侨城欢乐海湾文化旅游综合体、吴川鼎龙湾国际海洋度假区、大湖光岩旅游区、雷州古城历史文化街区、雷州九龙山国家湿地公园、雷州西海岸滨海旅游区、徐闻两湾一角滨海旅游区等项目被作为雷州半岛滨海旅游产业带的重点进行打造。首次提出旅游产品向精细化、个性化发展，滨海旅游交通大走廊、房车宿营基地、特色民宿群落等旅游新业态也被纳入了建设规划视野。在可以预见的未来，湛江滨海旅游业将在全域旅游开发格局的基础上，进一步走向大文

---

① 详情参见湛江市人民政府门户网站 https://www.Zhan jiang.gov.cn/szfwj/content/post_1483707.html。

旅融合，实现"旅游+"多业态的健康持续发展。

第二节　湛江精选旅游线路

　　旅游线路是旅游经营者为了使旅游者能够以最短时间获得最大观赏效果，而将若干旅游点串联起来形成的具有一定特色的合理走向。旅游市场日新月异，旅游者的需求也在不断地变化和提高，旅游目的地营销主体对旅游线路的设计绝不能一成不变，而应因市场需求、旅游资源特色、旅游成本、旅游者身心特点等因素的变化不断做出调整。以下湛江旅游线路主要参考不同客源的需求，结合湛江城市形象、县域旅游和历史文化特色做出安排，仅供读者参考。

　　一、客源市场旅游线路

　　（一）面向以中国为目的地的海外游客市场的线路整合

　　北京—西安—上海—桂林—湛江—广州；北京

—重庆—长江三峡—湛江—广州—香港；广州—湛江—贵阳—昆明。

（二）面向以粤、港、澳、闽、桂、琼区域为目的地的客源市场的省际精品线路整合

湛江—广州—香港—澳门；三亚—北海—湛江—厦门；桂林—湛江—武夷山（世界自然与文化双遗产）；香港—广州—湛江—三亚。

（三）面向以南中国海洋度假休闲区为目的地的客源市场的市际区域旅游线路整合

湛江—清远—广州；湛江—茂名—阳江；湛江—广州—深圳；湛江—肇庆—韶关。

（四）面向国际的邮轮游艇旅游线路

邮轮：东京（首尔）—大连—青岛—上海—台北—厦门—香港（深圳）、澳门（珠海）—湛江（徐闻）—海口（三亚）—胡志明市—新加坡；湛江—三亚—新加坡。

游艇：广州—阳江—湛江；香港（深圳）—阳江—湛江；澳门（珠海）—阳江—湛江；湛江—阳江—澳门（珠海）—香港（深圳）—广州；湛江—

海口—三亚。

（五）面向直接以湛江为目的地的市域旅游线路整合

湛江市区：金沙湾观海长廊—中澳友谊花园—赤坎古埠—法式风情街—渔港公园—乘红嘴鸥游港湾；

湛江郊区：特呈岛—三岭山森林公园—湖光岩—南亚热带植物园—金鹿园—硇洲岛；

吴川市：鼎龙湾国际海洋度假区—梅菉祖庙—林召棠故居—陈兰彬故居—张炎故居—蛤岭村赏荷（每年7月）

遂溪县：螺岗小镇—孔子文化城—江洪仙群岛—草潭渔港—金龟岭休闲农场；

廉江市：塘山岭生态公园—樱花公园—鹤地银湖旅游区—谢鞋山风景区—田园寨旅游景区—高桥红树林保护区；

雷州市：茂德公古城—三元塔—雷州西湖—高山寺—陈瑸纪念馆—雷祖祠—九龙山自然风景区—天成台度假村—茂德公大观园；

遂溪螺岗小镇（何玮莹 摄）

徐闻县：贵生书院—登云塔—曲界菠萝的海—大汉三墩—徐闻县珊瑚馆—角尾乡南极村。

二、主题旅游线路

（一）滨海度假游：①特呈岛—南三岛—湛江湾—东海岛—硇洲岛；②特呈岛—南三岛—吴川鼎龙湾；③廉江高桥红树林—遂溪草潭渔港—遂溪江洪仙群岛—雷州天成台—徐闻滘尾角灯塔—徐闻白沙湾。

（二）火山科普游：①湖光岩世界地质公园—植物园（火山峡谷）—硇洲岛（柱状节理）；②湖

光岩世界地质公园—雷州鹰峰岭干玛珥湖—徐闻田洋干玛珥湖—曲界菠萝的海—龙塘文部村（柱状节理）—海口石山火山群地质公园。

（三）历史文化游：①麻章旧县古民居—赤坎三民街—大通街—霞山延安路法式风情街；②雷州邦塘古民居—雷州西湖—雷州博物馆（石狗馆）—天宁寺—三元塔—雷祖祠—徐闻贵生书院—大汉三墩旅游区（汉代丝绸之路始发港）；③坡头麻斜侯王庙—南三岛靖海宫—林召棠故居—陈兰彬故居—文天祥纪念馆—梅菉祖庙。

（四）红色体验游：①赤坎中兴街130号（中共南路特委机关驻地旧址）—晨光小学（八路军驻香港办事处交通线广州湾中转站遗址）—中共广州湾支部旧址—遗风小学（南路人民抗日解放军成立地旧址）—广东省农民协会南路办事处旧址—张炎故居；②黄学增烈士纪念亭—钟竹筠故居—甘霖抗日民众夜校旧址；③湛江市博物馆—朝东公祠、东征文化村（粤桂边区人民解放军东征支队誓师首发地）—粤桂边区人民解放军新编第三团团部旧址—山底红色革命教育基地；④赤坎区中华路 67 号（中国人民解放军第四十三军渡琼作战司令部旧址宁园）—硇洲渡琼作战指挥部红色廉政教育基地—中国人民解放军第四十军渡海作战指挥部—灯楼角（中国人民解放军渡琼作战首发地遗址）。

（五）生态休闲游：①南国热带花园—中澳友谊花园—森林公园—金鹿园—南亚热带植物园—南国花卉科技园—螺岗小镇；②遂溪金龟岭休闲农场—谢鞋山旅游区—鹤地银湖旅游区—茗皇茶博园。

（六）乡村精品游：①麻章圩红色旅游基地—黄外文化旅游特色村—城家外全国文明村—志满圩（湖光农场）—圣希小镇—外坡文化旅游特色村—旧县村；②安铺古镇—尖仔村—营仔海上牧歌—车板镇松明村—车板镇龙头沙渔港—高桥红树林—高桥镇平山岗村。

（七）工业特色游：湛江市城市规划展览馆—西城快线—东海岛铁路—巴斯夫（广东）新型一体化基地—中科（广东）炼化一体化项目—宝钢湛江钢铁基地—渔人码头—湛江湾风貌游船。

湛江市红色印迹[1]

第三节 旅游营销新手段

现代旅游目的地营销研究表明，目的地旅游形象是目的地营销的主要内容，政府旅游管理部门（或区域性旅游组织）作为目的地营销主体，一方面要塑造本区域独特的旅游形象，另一方面要举办和协

---

① 图片来源：广东省标准地图服务子系统。

调好本区域旅游企业和旅游产品的营销活动。自"十二五"时期确立滨海旅游发展方向以来，湛江旅游的宣传营销力度一再加大，先后出台《湛江市支持旅游产业发展优惠办法》《湛江市城市旅游营销奖励办法》《湛江市东北旅游市场引客入湛奖励暂行办法》等优惠支持政策，在营销推广实践中，逐步形成一系列行之有效的手段措施。以下对这些营销办法作简单分类介绍。

一、完善旅游形象标识

从 2016 年起，湛江市以系统、规范和统一为标准，全面启动全域旅游交通标识系统建设。经过四年的建设，基本实现从高速公路、国道、省道、县道等主要公路到达全市 A 级旅游景区（点）和乡村旅游点交通标识牌全覆盖，满足了日益增长的自驾游、滨海休闲游、徒步游等新常态旅游方式的标识指引需求。2020 年，"湛江市全域旅游交通标识体系建设"入选广东省年度文化和旅游公共服务体系建设优秀案例。

除了交通标识的系统建设，营造城区旅游形象推广氛围也是市旅游管理部门多年来坚持不懈的工作。在市区公交候车亭设立灯箱广告，在公交车投放车身广告，宣传"湛蓝的海、湛蓝的天"城市旅游形象。在市主要旅游星级饭店、机场安置旅游信息触摸查询机，不仅为宾客提供图文并茂的湛江旅游咨询信息，还增加在线预订酒店、门票、机票功能。推出景点智慧语音导览系统，实现按游客自动接收景点电子语音导游讲解，提升游客的旅游体验感。整合海洋、水产、农业、旅游、文化等商品包装，统一推广湛江旅游形象标识。吸引茗皇茶、钱大姐等旅游商品企业投资建设我市旅游特色商品店。制作具有湛江特色的旅游形象服装、帽子，印制湛江旅游画册、湛江市旅游手绘地图、湛江市旅游线路攻略、湛江旅游明信片等宣传资料，供全市星级饭店、景区等主要旅游接待场所向游客展示派送。

二、创新旅游节庆活动

旅游节庆是高度浓缩地方文化内容，以旅游、经济为指向的节事活动，能在短时间内将高质量的产品、服务、娱乐、设施、人力等众多因素围绕某一主题进行组织、整合，通过媒体密集大量的传播报道，可以迅速提升举办地的知名度和美誉度。同时，节庆活动本身就是举办地形象的塑造者，举办节庆活动就是举办地形象的塑造和推广过程。成功节庆的主题能够成为举办地形象的象征，尤其是通过定期举办的节庆活动，可以强化举办地的形象特征，在一定区域内积累巨大的无形资产。正如人们提到斗牛节就想到西班牙，提到风筝节就想到潍坊，提到啤酒节就想到青岛，提到冰雪节就想到哈尔滨一样。这些成功的案例说明，节庆和节庆举办地之间可形成很强的对应关系，能够迅速提高举办地的

知名度，塑造举办地的形象。

自 2000 年湛江国际会展中心落成，海博会、农博会、工博会、茶博会等一系列经济、旅游博览会几乎一年一"博"地接踵而来。尽管这些博览会并不都是专门的旅游推广会，但它们的举办实实在在推动了湛江旅游的发展，为湛江旅游带来了人气，提升了知名度。与一年一"博"相对应，21 世纪以来，各式各样的旅游文化节也是遍地开花，有已经连续举办多届的湛江美食节，有独具地方文化特色的湛江傩文化节、硇洲妈祖文化节、东海岛人龙沙滩旅游文化节、廉江红橙节、特呈渔岛旅游节，还有依托地方文化优势承办的全国或国际旅游文化赛事，如湛江海上龙舟邀请赛、湛江国际舞狮邀请赛、吴川飘色艺术大会演、全国帆船冠军赛等等。如今，湛江旅游管理部门已推动旅游节庆活动常态化发展，鼓励各县市区举办地方特色的节庆活动，做到全市"一月一节，一县一特色"，其中代表性旅游节庆活动有：

（一）湛江美食节。首届广东湛江美食节于

2001 年举办，并作为湛江农博会内容之一。活动内容包括开幕式、烹饪比赛、评选湛江名菜、名宴，"十大名菜""十大名宴""十大名厨""十大名店"评比，名店名菜大汇展等。"美食节"作为湛江旅游著名节庆品牌，多次纳入农博会、工博会、海博会内容。自湛江获"中国海鲜美食之都"称号后，湛江市旅游局将美食节品牌进一步升级为中国（湛江）海鲜美食节，通过提高外地参展商参展门槛，加强品种筛选、优惠本地优质参展商等手段，提高本地参展商的比例，同时还举办海鲜美食烹饪大赛、海鲜食材采购大会、海鲜美食盛宴、海鲜美食之都文化长廊等活动，突出湛江本地海鲜文化，有力增强了湛江作为中国海鲜美食之都的品牌效益。

（二）廉江红橙旅游文化节。自 2003 年起，廉江市已成功举办多届红橙旅游文化节，会展经济逐渐成为该市经济社会全面发展的助推器。红橙节多年来秉持"以橙为媒，以节会友，文化搭台，经贸唱戏"的宗旨，于 2012 年转变举办形式，实现政府"零"投入，所需资金完全由承办单位廉江市工商

廉江红橙（何苑莹 摄）

联合会、广东省（廉江）商会、廉江市建设行业联合会负责向社会筹资，以及湛江众利文化传播有限公司通过市场运作筹集。2015年，廉江红橙节首次与京东集团合作，建立京东·中国特色廉江馆，打破往年办节的地域界限，上升为全国性的大型节庆，全面提升红橙旅游文化节的档次和格局。同时为突出旅游特色，廉江市与湛江市各县（市）区及省内各旅行社合作，开通廉江休闲旅游专线，打造廉江特色生态旅游，为地方旅游节庆插上"互联网+"的翅膀，取得极佳的经济及示范效应。

（三）湛江海洋周。2013年9月29日至10月

5 日，首届湛江海洋周由湛江市政府和省海洋渔业局、省旅游局联合举办。湛江市旅游局负责筹办海洋周的日常工作。首届海洋周围绕"南国港湾、欢乐海洋"的主题，按照海洋文化、海洋经济、海洋军事、海洋旅游等四大板块，精心组织了海洋周开幕式、湛江海洋经济成果展、宝钢"梦想起航"大型展览、茶业博览会农海产品展、军事开放周、湛江海鲜美食节、湛江新八景评选等 13 项特色大型活动，营造了安全有序、简朴隆重、欢庆和谐的节庆氛围，成为国庆黄金周期间沿海城市会展活动最大的亮点，引发各种媒体竞相报道宣传，吸引大批各地客商、游客和本地市民纷纷前来参展考察、旅游休闲。据不完全统计，首届海洋周带动全市国庆黄金周接待游客 250.6 万人次，旅游总收入 5.4 亿元，

海洋周沙雕展（何玮莹　摄）

分别增长 9.9%和 16.7%，多项旅游接待指标创历史新高。

2017 年，湛江海洋周与中国海博会首次同时举办。中国海博会特别设立滨海旅游展，首次邀请广东 14 个沿海城市参展，搭建"滨海旅游"的交流合作平台，吸引超过 80 多万人次的客商和观众前来参观，签订了一批旅游合作项目，签约金额超过 80 亿元。而 2017 湛江海洋周则在市区主会场成功举办沙滩音乐会、沙雕节沙画秀、啤酒嘉年华、魅力湛江万人游及茶业旅游博览会和大型风筝展演等活动。

（四）徐闻菠萝文化旅游节。徐闻县是中国菠萝生产第一大县，种植面积达 26 万多亩，年均生产菠萝达 40 多万吨，产量占全国的三分之一，号称"中国菠萝之乡"，特别是曲界镇，菠萝种植田多达 13 万亩，散布于丘陵地势上，舒缓起伏，一年四季呈色彩斑斓的田园风光，与散落其间的村庄、巨大的白色风力发电机，构成一幅独具魅力的"菠萝的海"热带生态农业画卷。

菠萝文化旅游节是徐闻县自 2016 年着力打造的一大文化品牌，也是全县群众的盛会，更是雷州半岛乃至全国菠萝文化盛会。历届活动包括自驾采摘体验游、自行车骑行赛、菠萝产业暨旅游融合发展研讨会、农民竞技赛以及"菠萝宴"等内容。

三、坚持"走出去，引进来"策略

2003 年以来，湛江市改变以往做法，积极实施旅游品牌"走出去"策略。2004 年，世界第三区（亚澳区）滑水锦标赛暨亚洲滑水锦标赛在湖光岩风景区举办，湛江市抓住这一契机，通过媒体和展销会等多种形式宣传推介滑水锦标赛和湛江旅游特色。同年，还参加了香港国际旅游展览会、长沙中国旅游博览会、中国—东盟博览会，并举办湛江（北京）旅游推介会，积极宣传湛江旅游特色和历史文化风情。2005 年，组织旅游景区景点参加"广东最美的地方"评选活动。广东省评选出的 11 个"广东最美的地方"，湛江市获得两项殊荣：湖光岩风景区被评为"广东最美的湖泊"、徐闻珊瑚礁保护区被评为"广东最美的海岸"。湖光岩风景区还被广东省推荐参加"全国最美的地方"评选活动。

进入 21 世纪第二个十年，湛江人推介湛江旅游的步子迈得更大。北京、西安、昆明、贵阳、海口、珠海、广州、香港、纽约、温哥华、布鲁塞尔……这一个个中国乃至世界的著名旅游城市都曾留下湛江人推介湛江旅游的足迹，我们在学习先进旅游发展经验的同时，也大胆地将自己的旅游文化传扬出去，让更多的人关注湛江、向往湛江。在重点客源地的市场推广也屡有突破。2016 年，市政府主要领导带队前往长春、哈尔滨、齐齐哈尔、大连、沈阳等主要北方城市开展旅游推介，签订合作协议，在旅游度假、养老服务、医疗卫生等方面建立有效合作机制，吸引东北游客来湛冬休度假。同时，出台《湛江市东北旅游市场引客入湛奖励暂行办法》，对东北来湛的旅游团队给予直接奖励。2017年，冬休旅游市场规模喜人，共引进大型团队冬休游客 3.8 万人，冬休过夜游客 11.7 万人，同比 2016年增长 300%。

在坚持"走出去"的同时，湛江人对"引进来"也是热情满满。2011年，湛江旅游投资官方网站正式上线，次年新引进项目25个，计划投资总额259亿元。近十年，一个个明星重点项目——民大喜来登酒店、雷州樟树湾大酒店、金沙湾花园酒店、雷州茂德公古城、廉江谢鞋山风景区、遂溪御唐府螺岗岭生态农庄、徐闻大汉三墩旅游区、遂溪孔子文化城、吴川鼎龙湾国际海洋度假区纷纷落成开业。2018年7月1日，深湛高铁江门至湛江段开通运营，湛江市融入珠三角三小时经济圈。借此发展契机，湛江市人民政府联合广东省旅游局共同举办2018深湛高铁旅游发展大会。会上市政府与深湛高铁沿线的广州、深圳、佛山、江门、阳江、茂名等兄弟城市的政府代表、旅游管理部门共商高铁旅游发展大计，签订深湛高铁旅游推广联盟合作协议，以推进高铁沿线城市旅游区域合作，实现经济发展共赢。会议还邀请了全国知名旅游投资企业、专家学者和百家新闻媒体记者、珠三角百家旅行社代表一起集聚行业智慧，深化合作交流。

遂溪孔子文化城（林磊 摄）

2018 年底，湛江旅游招商引资的"朋友圈"再度扩大。市人民政府与国内文旅领军企业华侨城集团签订全域旅游开发合作协议，双方计划在旅游景区改造提升、重点旅游项目打造、旅游配套设施开发、三旧改造、城市基础设施建设等领域开展全面合作，合作项目包括湖光岩景区委托管理及整体提升、调顺岛片区综合开发、雷州历史街区提升改造、雷州九龙山湿地公园委托管理、徐闻青安湾、白沙湾滨海度假区打造等，未来五年投资金额不低于

湛江文化旅游展示中心（何玮堂

500 亿元。遂溪县人民政府也与在全国多地打造运营多家主题乐园、出品知名儿童动画片《熊出没》系列的华强方特文化科技集团签订合作协议。遂溪县将联合华强方特集团在遂溪新城投资 30 亿元,打造千亩的"东方神画"文化科技主题乐园。

2021 年 5 月 20 日,湛江文化旅游展示中心在华侨城欢乐海湾项目现场正式开放。展馆以"逐浪·观城"为主题,展示"印象湛江""自然之美""海湾之心""项目展示长廊""都市海湾文化艺术高地"等内容,通过裸眼 3D、电子屏动态视频、人机互动等形式全方位展示湛江优质旅游资源和风土人情,让游客在城市景观和科技元素的结合下充分感受湛江美景的视觉冲击。市文化旅游展示中心的开放,也标志着湛江市与华侨城集团的合作开发项目进入了新的加速建设时期。

四、拓宽全媒体宣传渠道

文化传媒一直是城市旅游形象传播的重要载体。尽管交通条件的发达和媒体工具的丰富拉近了人们之间的距离，但人们依然需要通过媒体来了解和认识日新月异的城市，特别是在所谓的图像时代之下。一部电影、一部电视连续剧、一段短视频，甚至是自媒体平台上的一张照片，都能形成有效的形象输出，引发话题效应。

2020 年 6 月，网络悬疑剧《隐秘的角落》的热播将该剧主要取景地——湛江带进了无数网民的视野中。剧中众多重要地点，如主角朱朝阳的家、本利士多、新华书店、老井油条早餐店、大白船、海

电视剧《隐秘的角落》带火的水井头早餐店（何苑莹 摄）

湾大桥、硇洲岛等成了游客的热门打卡地。剧集收官后的一周内，马蜂窝旅游网上的湛江旅游热度上涨 261%。

事实上，湛江"触电"火爆并非偶然。凭借独特的海港城市风情，近年来，多部电影、电视剧和纪录片都曾在湛江取景拍摄。由英皇娱乐投资拍摄的励志片《灿烂这一刻》以徐闻菠萝的海为主要拍摄地，香港名导林超贤导演的口碑票房大片《红海行动》则展现了湛江军港的壮阔风光。作为重要的驻军大市，湛江是军旅题材电视剧里的"熟面孔"。观众在《火蓝刀锋》《舰在亚丁湾》《青春燃烧的岁月》等剧集里都能看到熟悉的湛江风光。美食纪录片《人生一串》《老广的味道》等则集中展现了湛江的美食魅力。

湛江城市名片在影视圈能够打响知名度有赖于湛江市政府和旅游管理部门多年来对旅游宣传的支持和投入。一是坚持利用主流媒体，加强正面宣传。湛江旅游管理部门一直坚持在 CCTV—13、CCTV—4、CCTV—5 和中国人民广播电台等官方主流媒体投放城市天气预报。在《中国日报》《中国旅游报》《南方日报》等重要纸媒发布湛江旅游专题。在本市主要媒体开设旅游专栏、制作旅游专辑，宣传湛江特色旅游线路，联合媒体举办征集湛江旅游宣传口号、"湛江旅游推介大使"选拔赛、"湛江最好玩"旅游攻略征集、"房车体验游湛江"等活动。

二是搭建网络多媒体平台，进行融合宣传。打造微信、微博、网站立体宣传架构，加强与腾讯、新浪等新媒体的合作，开展"互联网+旅游"营销。2016年，湛江旅游网实现改版。旅游部门在"今日头条"平台策划"冬休来湛江"专题报道，微博"冬休来湛江"话题吸引国内外超过1000万粉丝的点击和跟帖。2017年，与新浪微博合作发起"牵手微博去湛江"等微博话题，冲上全国旅游微博热榜第11名。与网易、今日头条合作，对魅力中国城、中国海博会、海洋周等大型活动进行跟踪报道。

三是主动登台出镜，打造宣传亮点。2017年，以城市为单位参加中央电视台推出的大型城市文化旅游品牌竞演节目《魅力中国城》。湛江旅游管理部门在市委、市政府的领导和各部门的支持配合下，以"看海来湛江"为主题，通过央视舞台宣传湛江的自然生态、人文历史、美食生活，以及人龙、醒狮、飘色、游鱼、雷州换鼓等充满地域性的传统民俗，展现湛江钻石旅游线路和城市精华，务求充分展示湛江经济、社会、文化、旅游等方面发展成果。2019 年春节前夕，湛江成为中央电视台《东西南北贺新春》节目录制会场。全市主流媒体及本地自媒体公众号、微博、朋友圈中大量刊播节目录制消息，引起市民高度关注。《湛江日报》公众号在节目录制当天发布的该条消息阅读量高达 10 万+，网友精选评论达百余条，大家纷纷为湛江点赞。而在微博上，"东西南北贺新春湛江会场"话题，阅读量高达 200 多万。节目播出后，观众反响热烈，湛江城市知名度、美誉度进一步提升。

第四节　湛江旅游文化新希望

2020 年初，新冠疫情突袭，全球旅游业几乎陷入全面停顿，受到前所未有的冲击。尽管在国内疫情得到有效快速控制，转入常态化防控之后，随着省内游和跨省游的恢复，旅游行业开始筑底回升，但由于受全国局部地点多点散发疫情的影响，具备流动性、聚集性和接触性行业特点的旅游业只能在不断地暂停重启中摇摆，面临着出游人数减少，出游距离和旅游消费收缩的史上最严峻挑战和最漫长复苏。

面对突如其来的行业凛冬，如何化"危"为"机"，是许多旅游人迫切的现实考虑和思考。幸运的是，疫情发生以来，湛江市政府坚决贯彻国家"外防输入、内防反弹"总策略和"动态清零"总方针，保证了人民日常生活和各行业复工复产的有序稳定。这让湛江旅游人在从容应对挑战、探索解危之道上

湛江海洋周（林磊　摄）

有了充足的信心和底气。

2020 年 4 月 30 日，市文化广电旅游体育局为迎接疫情发生后的第一个"五一"假期，推动文旅经济复苏，适时地推出了"春暖花开——湛江人游湛江"活动，引导市民开展短途的生态休闲游。活动创新采用了网络视频直播的形式，开设"云游湛江"直播间，在进行景区"云推介"的同时，安排组织"局长带货"，由市文化广电旅游体育局局长直播推介各类旅游产品，在线派发旅游消费优惠券。在多项措施的促进下，2020 年"五一"假日期间，全市累计接待游客 171.9 万人次，实现旅游收入 8.7 亿元，自驾旅游、乡村旅游、滨海旅游、夜间旅游成为旅游市场亮点。

紧接而来，随着网剧《隐秘的角落》成为全网热点，湛江赤坎旧街区成功"出圈"，吸引了大批剧迷游客探访，旅游热度一直持续到当年国庆中秋长假，湛江甚至以话题"隐秘的角落取景点国庆客流量暴增"一度冲上了微博热搜第三名。央视新闻频道节目《新闻周刊》也将报道视角对准了湛江。

话题热度带来的效应不止于此，在接下来的一年多时间里，湛江旅游人一直思索着如何将短时间的流量冲击转化为长久的发展动能。

历史文化老街所在的赤坎区第一时间投入发展资金，落实旅游营销奖励等政策，结合剧集取景点制作拍摄打卡点图文指示牌，录制自助导游解说词，游客可通过扫描二维码随时享受引导服务，同时策划出版一批赤坎全域全景图、美食手绘地图、老街手绘地图等宣传折页及明信片，借助各大酒店、民宿、旅行社等平台发放，方便游客选择旅游线路和景点。随后又完成"赤坎一机游"小程序建设，实现智慧管理、智

赤坎古商埠导览图（林磊　摄）

慧营销、智慧服务三位一体，为游客提供智能导游、电子讲解、实时信息推送、在线预订、网上支付等个性化智能服务。老街片区的修复活化工程也在加快建设，建成"三民"路停车场，将对永宁路、幸福横路、胜利路、幸福路、大通街等路段及旧楼进行外立面改造工程，投入350多万元建设的游客服务中心也已投入使用。除了重新盘活老街，赤坎区政府还对全区滨海旅游资源、乡村旅游资源进行统筹规划，力求实现全域立体开发。2021年8月，广东省文化和旅游厅公告第四批省级全域旅游示范区名单，湛江市赤坎区成功名列其中。

另外，"网红"景观火爆，也从侧面反映了现今个性游、小众游、主题游的兴起。市旅游管理部门针对这一趋势，连续启动"我要去湛江"理由征集、湛江开渔节、海洋周、文化创意产品征集等活动，推出50个"我要去湛江"网红打卡点，加强景（区）点与游客的互动，打造个性旅游体验。房车旅游也是湛江旅游市场新近的热点。房车客在湛江旅行生活的小视频不时在抖音、快手等网络短视频平台热传，湛江在"房车圈"内的名气越来越大，不少来自东北、河北、内蒙古、新疆等北方地区的房车客选择在每年暑假至次年2月份之间来湛过冬。完善房车服务配套，有针对性地做好旅游推介以及加强交通安全的规范引导，对湛江旅游人来说，又是一次发展机遇。目前，湛江市初步计划结合广东省滨海旅游公路、环雷州半岛公路建设，引导自驾车旅居车营地向特色村镇、风景廊道、景区等重要节点延伸布点，尽快完善自驾车、旅居车服务配套设施布局，引入成熟的房车营地项目落地建设，以推动旅居车旅游更快更好发展。

2022年2月21日，国家发改委联合财政部等14个部门共同发布《关于促进服务业领域困难行业恢复发展的若干政策》，为包括旅游在内的服务业出台纾困扶持措施，可以预期国内旅游业将进入疫情发生以来力度最大的政策周期。3月3日，湛江市召开推进文化和旅游强市建设大会。会议指出，"十三五"时期，湛江作为全国境内游增长最快的五大城市之一，文旅产业发展迅猛，此时提出推进大文旅开发，是恰逢其时、正当其势、大有可为。会议确定了未来几年的文旅工作建设目标，就《湛江市文化发展改革"十四五"规划》《湛江市创建全域旅游示范区促进文旅产业高质量发展实施意见（2022—2025）》相关编制工作展开研究部署。

人勤春来早，奋进正当时。湛江正处于全力建设省域副中心城市、加快打造现代化沿海经济带重要发展极的关键时期。以临港产业、滨海旅游业、特色优势农业、军民融合发展为支柱的现代产业结构已初步形成，城市基础交通落后的状况得到根本改善，机场搬迁扩建和广湛高铁等重点交通项目进展顺利。同时城市建设加快，"一湾两岸"生态型海湾城市的知名度显著提升，华侨城欢乐海湾、鼎

赤坎金沙湾夜景（林磊　摄）

龙湾水上世界等大型旅游项目进驻落户，新增4家国家4A级旅游景区，上榜全国"十大新兴海岸休闲城市"。往日制约湛江旅游发展的难题被逐一破解，主题旅游、乡村旅游、自驾旅游、夜间旅游等新兴旅游方式亮点纷呈，湛江文化和旅游实现高质量、跨越式融合发展的宏伟蓝图正在我们面前徐徐展开，让人神往。

后　记

在如今大文旅融合发展的背景下，相信大多数人都能认同"文化是旅游的灵魂，旅游是文化的载体"这个观点。既然文化和旅游，你中有我，我中有你，那么"旅游文化"又是什么？这正是我刚开始编写这本小书时内心最大的疑惑。为此，我对目前各高等院校开设的《旅游文化》课程的教材进行了一番学习和阅读，发现学界对于旅游文化的主流理解主要分为两种：一是采用"三体模式"（主体、客体、介体）的理解，将旅游文化分为旅游主体文化、旅游客体文化和旅游介体文化，其中旅游客体文化即细分为中国历史、自然景观、园林建筑、宗教、饮食和民俗旅游文化，是教学的重点内容，以帮助学生掌握上述文化，为日后开展导游业务或其

247

他相关业务打下知识基础；另一种则认为旅游文化是旅游主客体在旅游过程中通过媒介相互接触互动而产生的各种文化现象。这一理解是从"三体"的关系出发，强调旅游文化的动态特征。

出于没有旅游活动就没有旅游文化，旅游活动是旅游文化的前提的认识，我在写作时采用了上述第二种关于旅游文化的理解。因此本书向读者展现的并不是湛江现有旅游文化资源的介绍。我在这里有意识地为大家呈现的是各路游人通过旅行活动在湛江这片土地上形成的各种文化现象以及这些文化现象在不同历史时期的发展演变。此外，虽然作为一本"当代"史，但考虑到"史"书体裁要求的完整性，我还是选择从古代商贸、贬谪、移民而来的旅行活动谈起，第一章则主要介绍与这些活动相关的历史遗迹、文学作品和建筑。工业革命以后，人们开始从经济的角度看待旅游，当代的中国旅游更多被看作是政府主导发展下的一门经济产业。于是，这种政府主导型的旅游发展模式成了我在后面几个章节重点关注的对象，写作材料主要来源于地方文史部门编写的年鉴、政府年度工作报告、统计公报以及各级官方媒体报道。

本书的写作，还曾受到多位师长的热情帮助和指导。自开题至提纲初拟，岭南师范学院刘惠卿教授、钟明杰老师作为丛书项目筹集人，曾给予我非常多的建议和指导。感谢他们的信任与支持，给予我参与项目的机会。作为一名生于斯长于斯、深深热爱自己家乡的湛江人，能以这样的形式记录家乡的发展，表达内心对这片土地的深情厚意，是无上的光荣。湛江市文化广电旅游体育局林兵副局长曾给予我在资料搜集和章节安排上的点拨。岭南师范学院刘娟副教授作为丛书项目负责人，为本书的编写和出版，提供了大量宝贵意见和支持。中国文史出版社为本书提供了出版的机会，编辑全秋生先生认真负责的工作态度让人感动。在此向诸位师长的帮助和指点深表谢忱！本书得到了 2014 年度湛江市哲学社会科学规划项目资金的支持。在写作期间，我的家人多次陪同我完成资料搜集、实地探访、图片拍摄等工作，谨以此书献给你们。

2022 年 3 月于武昌珞珈山